한국의
근대성
소설집

: 이해조의 〈자유종〉, 이광수의 〈재생〉, 나도향의 〈환희〉

한국의 근대성 소설집 : 이해조의 〈자유종〉, 이광수의 〈재생〉, 나도향의 〈환희〉

발행일 초판1쇄 2016년 6월 27일(丙申年 甲午月 庚辰日) | **지은이** 이해조, 이광수, 나도향 | **엮은이** 문성환 |
펴낸곳 북드라망 | **펴낸이** 김현경 | **주소** 서울시 중구 청파로 464, 101-2206(중림동, 브라운스톤서울) |
전화 02-739-9918 | **이메일** bookdramang@gmail.com

ISBN 979-11-86851-31-9 03810 | 이 도서의 국립중앙도서관 출판예정도서목록(CIP)은 서지정보유통지
원시스템 홈페이지(http://seoji.nl.go.kr)와 국가자료공동목록시스템(http://www.nl.go.kr/kolisnet)에서
이용하실 수 있습니다.(CIP제어번호: CIP2016014417) | 이 책은 엮은이와 북드라망의 독점계약에 의해 출
간되었으므로 무단전재와 무단복제를 금합니다. 잘못 만들어진 책은 서점에서 바꿔 드립니다.

책으로 여는 지혜의 인드라망, 북드라망 **www.bookdramang.com**

한국의 근대성 소설집

: 이해조의 〈자유종〉
이광수의 〈재생〉
나도향의 〈환희〉

엮은이

문성환

BookDramang
북드라망

한국의
근대성
소설집

目次

일러두기

1 이 책은 '고미숙의 근대성 3부작'(『계몽의 시대』, 『연애의 시대』, 『위생의 시대』)에서 다루고 있는 '한
   국의 근대성' 담론을 이해하고 풍성히 하는 데 도움이 되고자 하는 기획 아래, 엮은이가 한국 근대기
   의 소설들 가운데 각각 계몽, 연애, 위생의 키워드에 맞는 소설들을 선별하고 해제를 단 책입니다.

2 이 책에 실린 세 편의 소설이 각각 처음 발표된 곳과 때는 다음과 같습니다.
   - 이해조의 『자유종』: 광학서포(廣學書舖), 1910년
   - 이광수의 『재생』: 『동아일보』 1924년 11월 9일~1925년 9월 28일(총 209회 연재)
   - 나도향의 『환희』: 『동아일보』 1922년 11월 21일~1923년 3월 21일(총 117회 연재)

3 각 소설의 표기는 현대적 표기로 옮겼으며, 소설에서 괄호 안의 내용은 원저자가 직접 단 것입니다.

4 신문 및 잡지 이름, 단행본, 장편 및 단편, 자료집 등에서는 겹낫표(『 』)를 썼으며, 신문 및 잡지의 기
   사, 논문 등에는 낫표(「 」)를 사용했습니다.

한국 근대문학과 계몽·연애·위생 담론의 영원회귀

문성환

1. 문학, 천하룻밤의 이야기

보르헤스의 통찰로부터 이야기를 시작해 보자. 『천일야화』千一夜話라는 책이 있다. 『천일야화』의 화자인 셰헤라자드는 결혼 첫날밤이 지나면 신부를 죽이는 무자비한 왕으로부터 끝내 목숨을 지켰다. 그녀가 죽음으로부터 자신을 지킨 무기는 총이나 칼이 아닌 '이야기들'이었다. 엄청나게 재미있고, 말도 안 되게 어마어마한 이야기들. 우리는 이 이야기들을 『아라비안 나이트』 혹은 '신밧드의 모험'이라는 이름으로 기억한다.

그런데 『천일야화』의 '천일'이 '1,000일'이 아니라 '1,001'이었다는 걸 나는 보르헤스에게 배웠다. 다음날이면 죽게 될 페르시아의 마지막 밤 하늘을 앞에 둔 셰헤라자드를 상상해 보면, 그녀가 매일 밤 자신의 목숨을 걸고 풀어놓는 이야기들이 이제는 재미를 넘어 긴장감으로 가득해진다. 무려 천 하룻밤이다. 물론 이 숫자는 실제 날짜 수를 의미하지는 않을 것이다. 뭐 그렇더라도 상관없다. 어쨌든 이 대목에서 중요한 건 처음 '천 하룻밤'A Thousand and One Night이라 이름붙인 최초 번역자의 '실감'reality이니까.

천일(1,000日)과 천일(1,001)은 날짜로는 단 하룻밤에 불과한 차이이지만, 사실상 이 하룻밤으로 인해 이 둘은 전혀 다른 우주로 갈라진다. 간단히 말하자. 『천일(1,000日) 밤의 이야기』였다면 그것은 '세상의 모든all 이야기'를 의미한다. 하지만 『천일(1,001) 밤의 이야기』는 '끝없는 이야기'이다. 셰헤라자드는 세상의 모든 이야기를 하나씩 풀어냄으로써 무자비한 왕을 감복시켜 하루하루 목숨을 구한 것이 아니라, 스스로 끝없는 이야기가 됨으로써, 이야기를 생산하는 생산자가 됨으로써 스스로 생명의 길을 찾아갔던 것이다. 『천일야화』의 첫번째 외국어 번역자는 이국적인 페르시아의 황홀한 이야기들에서 정확히 이 지점을 포착해 냈다.

셰헤라자드는 매일 밤 이야기를 시작해 다음 날 새벽 동이 틀 때까지 이야기를 풀어놓는다. 언제까지 그 이야기가 진행될지 알 수 없다. 분명한 건 오늘이 천일(1,000日)에서 하루 줄어든 날이 되는 게 아니라, 날마다 첫번째 하루(1000+1)였다는 사실이다. 오늘은 오늘 하루가 있을 뿐이다. 내일이 되면? 내일은 다시 그 내일(오늘) 하루가 있을 뿐이다. 그러므로 셰헤라자드는 단 하룻밤의 이야기를 할 뿐이다. 매일매일 단 하룻밤의 이야기를. 다시 돌아오자. 어찌됐건 여기 한 여인이 있다. 매일 반복되지만, 늘 첫째날인, 이야기 시간 위에 셰헤라자드가 있다.

2. 번역된 '문학'과 근대 담론의 인식론적 배치

한국근대문학은 천일(1,000) 밤의 이야기일까, 천 하룻(1,001)밤의 이야기일까.

잘 알려진 바와 같이 문학은 리터러쳐literature의 번역어다. 정확히 말하면 리터러쳐의 번역어는 처음에 '文學'(문학)이었다. 한국뿐만이 아니라 일본, 중국 등 한자를 사용하는 동아시아 국민국가들에서 문학은 근대 이후

본격적으로 시작된 것이다. 근대 이후 문학이 시작되었다고? 그렇다면 그 이전의 문학은 무엇인가? 천천히 문제를 풀어 보자. 어찌됐건 文學(문학)은 리터러쳐의 번역어로 새롭게 수입되었지만, 수입하려고 하니 이미 그 이전에 존재하던 문학(文學)과의 관계가 문제되었다(편의상 '리터러쳐-문학'과 '문=학'이라고 구분한다). 리터러쳐-문학은 분명 새로운 것이었지만 본래부터 있던 무엇인 듯 여겨지기도 했던 것이다. 일찍부터 다종다양하고 품격 높은 글쓰기[文(문)] 전통을 전개시킨 동아시아였던 것이다. 그런 까닭이었을까. 리터러쳐-문학은 리터러쳐 이전에 글을 쓴다는 행위 자체가 갖는 특별한 권위로 적극 포섭되었다는 것.

더 간단히 이야기해 보자. 한·중·일 등 동아시아 3국은 리터러쳐-문학과 만나는 과정에서 각기 다른 태도를 보였다. 이 태도의 차이가 곧 각 나라의 근대 시기가 걷게 되는 갈래길이었다면 지나친 일반화일까. 하지만 근대문학의 문제가 곧 국민국가로서의 근대국가가 경험하는 근대역사와 분리 불가능한 밀접한 관계라는 것은 꽤 알려진 통념이다. 요컨대 동아시아 각국은 근대-문학(리터러쳐-문학)이 시작되는 곳에서(이는 곧 근대의 시작이기도 하다) 대체로 서구의 특정한 시대·특정한 문학 이념을 마치 문학 본연이자 보편적 이념인 양 왜곡·굴절하여 흡수했던 것이다. 하지만 이와 같은 수용과 왜곡과 굴절의 양상은 동일하지 않다. 특히 한국(정확히는 조선)의 경우 리터러쳐-문학은 마치 천일(1,000)의 이야기를 흡수 혹은 복제하는 문제처럼 받아들여졌다. 지금 여기, 오늘 하루의 이야기가 아니라 이미 어딘가에 있던 근대문학이라는 완성된 이야기를 옮겨 재현하려는 듯이. 그러니까 리터러쳐-문학의 원본이 어딘가에 있다. 그러니 빨리 그 원본을 배워서 (혹은 베껴서) 조선(한국)에 재현시켜야 한다.

여차如此히 문학文學이라는 어의語義도 재래在來로 사용하던 자煮와는 상이하다. 금일, 소위 문학이라 함은 서양인이 사용하는 문학이라는 어의를 취함이니, 서양의 Literatur 혹은 literature라는 어語를 문학이라는 어語로 번역飜譯하였다 함이 적당하다. 고로, 문학이라는 어語는 재래의 문학으로의 문학이 아니요, 서양어에 문학이라는 어의를 표하는 자로의 문학이라 할지라. 전에도 언言하였거니와 여차히 어동의이語同意異한 신어新語가 다多하니 주의할 바이니라.

문학이란 그 범위가 광대하고 내용이 극히 막연하여 제반과학과 여如히 일언一言으로 개괄할 정의를 하下하기 극난極難하며, 극난할 뿐만 아니라 엄정하게 언言하자면 불능不能하다 하리로다. 연然이나, 기旣히 일학一學이라 칭하는지라. 전연 정의定義가 무無치 못하리니 문학비평가文學批評家들은 흔히 여좌如左히 정의한다.

문학이란 특정한 형식하에 인人의 사상과 감정을 발표한 자者를 위謂함이니라.

차此에 특정한 형식이라 함은 이二가 유有하니, 일一은 문자文字로 기록함을 운云함이요, 기이其二는 시·소설·극·평론 등 문학상의 제형식이니 기록하되 체제가 무無히 만록漫錄한 것은 문학文學이라 칭稱키 불능하다 함이며, 사상 감정이라 함은 그 내용을 운云함이니 비록 문자로 기록한 것이라도 물리物理·박물博物·지리地理·역사·법률·윤리 등 과학적 지식을 기록한 자者는 문학이라 위謂키 부득하며, 오직 인人으로의 사상과 감정을 기록한 것이라야 문학이라 함을 위謂함이로다 엄정하게 문학과 과학을 구별하기는 극난하거니와 물리학과 시를 독讀하면 양자간의 차이를 각覺할지니, 차此가 문학과 과학의 막연한 구별이니라. 아무러나 타 과학은 차此를 독讀할 시時에 냉정하게 외물을 대하는 듯하는 감이 유有한데, 문학은 마치 자기의 심중心中을 독讀하는 듯하여 미추희애美醜喜哀의 감정을 반伴하나니 차감정此感情이야말로 실로 문학의 특색特色이니라.

문학은 실로 학學이 아니니, 대개 학學이라 하면 모사某事, 혹은 모물某物을 대상으로 하여 기사물其事物의 구조·성질·기원·발전을 연구하는 것이로되, 문학은 모某 사물을 연구함이 아니라 감각함이니, 고로 문학자라 하면 인人에게 모 사물에 관한 지식을 교教하는 자者가 아니요, 인人으로 하여금 미감美感과 쾌감快感을 발發케 할 만한 서적書籍을 작作하는 인人이니, 과학科學이 인人의 지知를 만족케 하는 학문學問이라 하면 문학은 인人의 정情을 만족케 하는 서적이니라. (이광수, 「문학이란 하何오」)

인용이 좀 길지만, 핵심은 간단하다. 문학을 통해 근대를 만나고자 했던 이광수는 조선의 근대문학을 서구의 근대문학으로 수입하려 했다는 것. 그것은 이광수에게 있어 문학(리터러처)이란 이제까지의 문학(전통적인 문=학)과는 대척점에 서는 것이었기 때문이다. 물론 이광수의 이러한 태도는 비단 이광수만의 시각이라기보다 근대 초기 계몽주의자들의 계몽담론에 대한 문학적 전개 과정에서 일반적으로 나타나는 과정에 다름 아니었다. 요컨대 이미 새로운 시대는 시작되었다. 새로운 시대(근대 즉 1,000일의 희망)가 저기에 '있다'. 문명文明의 길, 근대의 길. 이제 과제는 하루라도 빨리 저기 있는 이상(원본)으로서의 근대를 따라가는 문제였다는 것.

이런 관점에서 이광수의 『무정』은 전형적인 리터러처-문학의 산물이라고 할 수 있다.(이 말은 실제로 『무정』이 근대문학인가 아닌가와는 별개로 지적할 수 있다.) 어디 이광수뿐이었을까. 이광수 이전 신소설 작가들이 그러했고, 이후 김동인·염상섭 등의 후배 문인들이 그러했다. 이 과정에서 한국 근대문학은 리터러처-문학의 길만큼이나 또렷한 한국 근대의 담론적 특징들을 노정하였다. 한마디로 말해 한국근대문학은 한국 근대화 과정을 관통하는 화살과 같다. 이는 문학적 의지와는 또 다른 근대 담론의 인식론적 욕망의 배치라 할 수 있다. 다시 말하자. 여기 계몽 의지, 주체화된 연애, 내면화된 위생 등등 한국 근대에 관한 천 한 개의 밤들이 있다.

3. 『자유종』과 계몽의 시대 : 근대적 시공간과 민족의 탄생 배경에서

이해조의 『자유종』은 1910년 7월 30일 광학서포에서 처음 출간되었다. 토론소설이라 이름붙여진 이 소설은 네 명의 여성(부인)들이 근대 개화 사상에 관해 각자의 주장을 펼치는 형식으로 되어 있다. 『자유종』은 출간 시기와 관련해 약간의 논란이 있다. 그 이유는 작품 속 강금운의 언급에서 토론이 이루어지는 당시를 융희 2년(1908년)으로 언급하고 있기 때문이다("작일은 융희 2년 제일 상원이니"). 1910년과 1908년은 『자유종』의 토론을 완전히 '다르게' 의미화한다. 윤동주의 「서시」가 일제강점기가 아닌 1904년 작품이었다면 어떤 평가를 받을지 상상해 보면 된다.

　　1908년은 이른바 헤이그 밀사사건으로 대한제국의 고종이 폐위된 직후 일본과 체결하게 된 정미7조약^{1907년 내정 일체를 통감부 지도 승인으로 편제. 사실상의 속국화} 체제의 연장선상에 있다. 다시 말해 근대 애국적 계몽사상이 최후이자 최고로 고양되던 시기인 셈이다. 이해조는 근대계몽기(1894년 갑오동학혁명~1910년 한일병합)의 주요한 글쓰기 매체인 신문기자(『제국신문』)이자 대표적인 신소설 작가인데, 그의 주요 작품들이 주로 1907년와 1908년 사이에 생산되었다는 점에서도 근대계몽기의 시대적 의미는 간접적으로 확인된다고 할 수 있다. 『자유종』은 그러한 이해조의 작품 중에서도 가장 정치적인 작품이었다.

　　『자유종』은 이매경의 생일날 모인 여성 4인(이매경, 신설헌, 강금운, 홍국란)의 시국(시사) 토론으로 이루어져 있다. 형식으로서의 토론과 내용으로서의 정치(시사)라는 이 양식 자체가 이미 근대계몽기 아니 나아가 근대 한국의 어떤 성격을 예고하는데, 그것은 소설이라는 국문 글쓰기, 시국 토론이라는 장치, 연설이라는 시대성, 전면화된 여성 주인공 화자 등등 언뜻 보이는 것들만으로도 국가, 민족, 근대(시공간), 국민 등이 탄생하는 '계몽의 시대'의 산물이었던 것이다.

요컨대 작품의 배경이 되는 융희 2년(1908)은 대한제국이 반半식민지가 된 해이다. 현실이 매우 부끄럽고 통곡할 상황인 것. 요컨대 '자기 나라의 노예가 될지언정 남의 나라 정부의 보호를 받을 수는 없다'는 것인데, 이 문제가 '어떻게 독립할 것인가'의 문제로 이어지는 것은 그런 점에서 자연스럽게 느껴진다. "외국 의뢰도 쓸데없고 한두 개 영웅이 혹 국권을 만회하여도 쓸데없고 오직 전국 남녀 청년이 보통 지식이 있어서 자주권을 회복하여야 확실히 완전"한 것이기 때문이다. 이러한 인식은 초기 급진 개화파의 엘리트 위주의 국가 개화주의와 구별되는 일종의 국민 개화 비전이다. 그리고 많은 근대계몽기 계몽담론이 근대적 국민의 창출을 강조하는 이유도 여기에 있다. 그 결과 소수의 기득권 양반계급이 아닌 다수의 국민이, 그리고 낡은 남성 중심의 사회에서는 배제되어 있던 여성들이 '나타난다'. 『자유종』에서의 '자유'는 최소한 전근대적 계급과 이념으로부터 새로운 시대로의 전환을 지향하고 있는데, 그런 전제 위에서 모든 계층 및 계급이 그 대상으로 자신의 사람다움을 실현하는 자유인 셈이다. 자유로운 국민-개인의 출현이 국권 회복의 과제라는 것.

①우리나라 지식을 보통케 하려면 소위 무슨 변에 무슨 자, 무슨 아래 무슨 자라는, 옛날 상전으로 알던 중국 글을 폐지할 필요가 있겠소. 대저 글이라 하는 것은 말과 소와 같아서 그 나라의 범백 정신을 실어 두나니, 우리나라 소위 한문은 곧 지나의 말과 소라. 다만 지나의 정신만 실었으니 우리나라 사람이야 평생을 끌고 당긴들 무슨 이익이 있겠소? 그런 중

에 그 말과 소가 대단히 사나워 좀체 사람은 끌지 못하오. (중략) 대체 글을 무엇에 쓰자고 읽소? 사리를 통하려고 읽는 것인데 내 나라 지지와 역사를 모르고서 『제갈량전』과 『비사맥전』을 천만 번이나 읽은들 현금 비참한 지경을 면하겠소? 일본 학교 교과서를 보시오. 소학교 교과하는 것은 당초에 대한이라 청국이라는 말도 없이 다만 자국 인물이 어떠하고 자국 지리가 어떠하다 하여 자국 정신이 굳은 후에 비로소 만국 역사와 만국 지지를 가르치니, 그런고로 물론 남녀하고 자국의 보통 지식 없는 자가 없어 오늘날 저러한 큰 세력을 얻어 나라의 영광을 내었소.

②종교에야 어찌 귀천과 남녀가 다르겠소. 지금이라도 종교를 위하려면 성경현전을 알아보기 쉽도록 국문으로 번역하여 거리거리 연설하고, 성묘와 서원에 무애히 농용農用하며, 가령 제사로 말할지라도 귀인은 귀인 예복으로 참사參祀하고, 천인은 천인 의관으로 참사하고, 여자는 여자 의복으로 참사하여, 너도 공자님 제자, 나도 공자님 제자가 되기 일반이라 하면 종교 범위도 넓고, 사회단체도 굳으리다.(이해조, 『자유종』)

1896년 『독립신문』의 국문國文 전용 이후, 국가어로서의 국문 사용 문제는 다양한 방식으로 제기되었다. 언문일치는 근대 국민국가의 필수적인 과제였기 때문이다. 이 과정에서 국문의 실용성, 즉 남녀노소 귀천 고하를 막론하는 구어의 보편성이 강조된다. 인용문에서처럼 유학 경전을 국문으로 번역한다는 것도 그 근저에는 국문의 실제적 대상을 광범위하게 확보하려는 욕망, 다시 말해 국민 기획의 연장선 위에 있다. 국민은 우선 남녀 및 상하 귀천의 차별이 해체되어야 하고, 이 해체 위에 이들을 묶는 일종의 공통감각이 재구성되어야 한다. 그리고 국민을 만드는 가장 강력하고 확실한 방법은 언어와 영토 그리고 이들을 잇는 어떤 앎(지식)의 동일성이었던 것.『자유종』의 토론자들이 국문-여성-교육을 강조하는 이유는 정확히 이런 배경에 근거한다. 근대 "지식은 구체적으로 '어떤 국적'을 가진, '어떤 개인'의 소산"(고미숙,『계몽의 시대』, 211쪽)으로 존재했기 때문이다. 공자도 국문으로 번역되어야 한다.

우리 대한의 정계가 부패함도 학문 없는 연고요, 민족의 부패함도 학문 없는 연고요, 우리 여자도 학문 없는 연고로 기천 년 금수 대우를 받았으니 우리나라에도 제일 급한 것이 학문이요, 우리 여자 사회도 제일 급한 것이 학문인즉 학문 말씀을 먼저 하겠소. 우리 2천만 민족 중에 1천만 남자들은 응당 고명한 학교를 졸업하여 정치·법률·군제·농·상·공 등 만 가지 사업이 족하겠지만, 우리 1천만 여자들은 학문이 무엇인지 도무지 모르고 유의유식으로 남자만 의뢰하여 먹고 입으려 하니 국세가 어찌 빈약치 아니하겠소? 옛말에, 백지장도 맞들어야 가볍다 하였으니 우리 1천만 여자도 1천만 남자의 사업을 백지장과 같이 거들면 100년에 할 일을 50년에 할 것이요, 10년에 할 일을 다섯 해면 할 것이니 그 이익이 어떠하고, 나라의 독립도 거기 있고 인민의 자유도 거기 있소.
세계 문명국 사람들은 남녀의 학문과 기예가 차등이 없고, 여자가 남자보다 해산하는 재주 한 가지가 더하다 하며, 혹 전쟁이 있어 남자가 다 죽어도 겨우 반구비半具備라 하니, 그 여자의 창법 검술까지 통투通透함을 가히 알겠도다.(이해조,『자유종』)

여성이 남성에게 의지하는 까닭은 곧 여성이 교육받지 못했기 때문이다. 하지만 여성 교육의 필요성은 단지 여성을 위한 것이 아니다. 여성의 개명은 국가 구성원의 반에 해당하는 국민 만들기의 필수 요건이기 때문이기도 하다. 여성이 개명하지 않으면 나라의 독립도 인민의 자유도 없다.

더불어 자녀 교육을 다루는 대목에서도 마찬가지 지적을 할 수 있다. 홍국란은 이렇게 말한다. "자식의 효도를 받는 것이 어찌 내 몸만 잘 봉양하면 효도라 하리오. 증자 말씀에 인군을 잘못 섬겨도 효가 아니요, 전장에 용맹이 없어도 효가 아니라 하였으니, 이 말씀을 생각하면 자식이라는 것이 내 몸만 위하여 난 것이 아니요, 실로 나라를 위하여 생긴 것이니 자식을 공물公物이라 하여도 합당하오." 자녀들을 어떻게 볼 것인가. 자녀는 공물이다. 즉 국가의 공공물이다. 이렇듯 국가와 국민을 잇는 연결로서의 가정이라는 이 구도는 국민 만들기의 최전선에서 작동한다. 하지만 어느 순간 상상적으로 작동되던 국가는 최상위의 공공적 가치로 군림하게 되는 것이다.

　　물론『자유종』의 이러한 계몽담론은 현실적으로는 한바탕의 꿈에 지나지 않았다고 볼 수 있다. 교육 사업에 직접 투신한 적인 있었던 기자 출신 작가 이해조의 현실 감각으로는 그 스스로 누구보다도 그 한계를 체감하고 있었을 수도 있다("사상이야 어찌 다르며 꿈이야 못 꾸었겠소."). 하지만 이 조급증에서 한국 근대 계몽담론은 자유로울 수 없었고, 이후에도 이 조급증은 더 강조되는 방향으로 움직였다.

　　『자유종』은 이해조의 대표 작품 중 하나이자 근대계몽기 한국 신소설의 대표 작품 중 한 편이다. 하지만 이 말은『자유종』이 한국 근대문학사, 즉 한국 리터러쳐-문학의 대표 작품이라는 말과 저절로 겹치지 않는다. 요컨대『자유종』은 보통의 리터러쳐-소설이 보여 주는 소설적 형식을 갖추고 있지 않다. 구성과 관련해서 보면 서사적 흐름이 제한적이고, 등장하는 인물은 개성화되지도 못하고 평면적이다. 한마디로 리터러쳐-문학의 미달형인 셈. 하지만『자유종』은 1900년대 초반 조선의 근대계몽기라는 좌표 위에서 국민과 국가를 상상하는 하나의 '사건'이 된다. 한국 근대 계몽담론에 관한 천 하고도 하룻밤의 이야기.

4.『재생』과 연애의 시대 : 근대적 여성성과 사랑의 탄생 배경에서

『재생』은 1924년 11월 9일부터 1925년 3월 12일까지 1차 연재되고, 다시 7월 1일부터 9월 28일까지 후반부가 연재된 이광수의 장편소설이다. 『동아일보』에 연재될 때 "많은 학생(그중에서도 여학생)이 신문 배달부를 마치 정인情人이나 기다리듯" 기다렸다는 일화가 있을 정도로 대중적 인기를 누린 작품이었다. 사실 이광수의 작품이 대중적 인기를 누린 것은 어제오늘 일이 아니다. 첫 장편『무정』(1917)이『매일신보』에 연재될 때부터 이광수는 당대 최고의 인기작가였다.

　『재생』의 기본 줄거리는 간단하다. 여학교 재학 중이던 순영은 3·1운동 후 복역 중인 신봉구와 부호인 백윤희 사이에서 갈등하다 결국 백윤희를 선택하지만, 끝내 불행해져서 죽게 된다. 학생 신분으로 만세운동(3·1운동)에 적극 참여하며 인연을 맺었던 청춘 남녀이지만 삶의 대의가 상실된 이후 즉 목적과 목표가 불투명하게 되자 허무하게도 삶을 훼손하게 된다는 줄거리인 것이다.

　1910년대 유입된 일본 번안소설『장한몽』의 기본 문제의식을 공유하고 있는 이러한 삼각구도는『무정』이래 꾸준하게 이광수가 '재생'하고 있는 구조이기도 하다.(실제로『재생』의 주인공 봉구는 작품 속에서 자신을『곤지키야샤』金色夜叉.『장한몽』의 원작의 남자 주인공 하자마 간이치에 비교하고 있다. 이런 점을 고려해 볼 때『재생』은 '돈-사랑' 사이에서 갈등하는 삼각구도의 노골적 차용임을 알 수 있다.) 하지만 이광수 본인은 이 소설을 단순한 통속 연애소설이 아니라고 말한다. 적어도 자신은 결코 독자의 즐거움을 위하여 '윤리적 동기'가 없는 '흥미 본위'의 소설을 써 본 일이 없다는 것이다. 일단 이광수의 이러한 변명(?) 위에서 논의를 진행해 보자.

　『재생』의 인물들이 움직이는 기본 동력은 연애다. 3·1운동에 참가했던

혁명가들이었지만, 그 혁명의 열기가 사라진 이후 어떻게 다음 생의 스텝을 이어 갔는가에 관한 후일담인 것이다. 더 간단히 말하면 조국에 대한 열렬한 사랑을 연인에 대한 사랑으로 대치시킨 이야기인 것이다. 그리고 돈은 연인에 대한 사랑을 이야기하는 배경에서 그 사랑의 순도를 저울질하는 일종의 척도인 셈.

"나는 조선을 사랑한다──순영이를 낳아서 길러 준 조선이니 사랑한다. 만일 순영이가 없다고 하면 내가 무슨 까닭에 조선을 사랑할까? 순영이를 알기 전에도 나는 조선을 사랑하노라고 하였다. 그러나 그때에는 내가 왜 조선을 사랑하였는지 모른다. 순영이를 떼어 놓으면 조선에 무슨 의미가 있을까? 아아, 얼마나 순영이가 조선의 자유를 원하였나. 그가 몇 번이나 밖에서 들리지도 아니할 만한 소리로 조선을 사랑하는 여러 가지 노래를 부르고는 울었다. 나도 울었다. 순흥도 울었다. 순영은 부른 노래 끝을 눈물로 마쳤다. 순영이가 그처럼 사랑하는 조선을 내가 아니 사랑할 수가 있을까? 내가 조선을 위하여 이까짓 감옥의 고초를 받는 따위는 엿이다. 살이 찢기고 뼈가 부서지고 목숨이 가루가 된들 무엇이 아까우랴!"(이광수, 『재생』, 10회)

이 모습이 3·1운동에 열렬히 투신했다가 감옥에서 2년을 복역했던 '운동권' 출신 남자주인공 봉구의 현재형이다. "봉구는 무슨 까닭으로 이 운동을 시작하였는지 그것조차 잊어버렸다. 인제는 다만 자기가 힘을 쓰면 쓰느니만큼, 위험을 무릅쓰면 무릅쓰느니 만큼, 순영이가 기뻐해 주고 애썼다고 칭찬해 주는 것이 기뻤다."(『재생』, 9회) 일견 헛웃음이 날 만한 장면이지만 반드시 그렇게 볼 문제만은 아니다. 거꾸로 보자면, 이런 진술은 1920년대 청춘남녀들의 열정과 에너지가 어떻게 소거되어 갔는지를 살펴볼 수 있는 진실에 가까운 기록이기 때문이다. 연애나 사랑이 문학의 소재나 주제가 되는 것은 조금도 특별하지 않지만 1920년대 식민지 조선에서 마주하게 되는 연애와 사랑의 서사는 동서고금의 영원한 문학적 테마로서의 러브스토리가 아니라는 것.

『재생』의 순영은 유부남이자 천박한 부자인 백윤희의 엄청난 재물과 '짐승같은 육욕'에 흔들렸다. 다이아몬드 반지, 자동차, 별장, 대저택, 침대, 피아노 등등 순영의 마음을 흔들었던 다방골 부자 백윤희의 부는 근대 경험과 식민지를 동시에 맞닥뜨려야 했던 조선에서 돈(화폐)으로 상징되는 새로운 가치의 척도가 삶의 미시적인 영역 속으로 파고들어 가는 지점을 묘파한다. 이 시기가 특별히 사랑과 연애의 시대가 되는 것은 사랑과 연애가 근대의 특별한 지상적 과제이거나 또는 인류의 보편적 주제여서라기보다 가장 선명하게 돈 앞에서의 욕망을 대비시켜 보여 줄 수 있는 상대이기 때문일 것이다. 다시 말해 주인공이 사랑과 돈 사이에서 갈등한다면 그 갈등은 자극적이면 자극적인 대로 그 추문을 통해 이 시대의 흔적을 남기게 되는 것이었다.

그렇다면 돈과 사랑 사이에서 갈등 없이 사랑의 가치를 지켜 낸다면 어떻게 되는가? 사실이 그렇다면 그 해결은 해결대로 이 시대의 이념적 표정이 된다. 문학적 평가 이전에 근대담론의 쟁점 위에 놓이게 되는 셈이다. 예컨대 『재생』과 비슷한 시기에 쓰여진 이광수의 단편 『혈서』(1924)에는 자신을 사랑한다고 고백하는 일본인 여인(노부코)에게, 자신은 이미 사랑보다 더 큰일에 몸을 바쳤다며 거절하는 '나'가 등장한다. 결국 노부코는 폐병에 걸려 죽게 되는데, 죽어 가면서 '나'에게 자신을 아내로 알아 달라는 마지막 부탁을 한다. 나는 노부코의 사랑 앞에 끝내 무릎을 꿇는다. 그렇게 사랑은 국가보다 더 위대하고 성스러운 존재가 된다.

앞서 『자유종』의 경우에서 보았듯, 근대계몽기에 여성은 민족이라는 초월자의 출현과 더불어 민족 구성원으로 호명되었다. 하지만 여성이 근대 국민국가의 어엿한 구성원이 되기까지 여성은 새로운 시대의 주체로서 또 하나의 관문을 통과해야 했다. 새로운 신민이자 새로운 성윤리의 주체여야 했던 것(고미숙, 『연애의 시대』 참조). 그런데 이 과정에서 기묘한 전도(?)가 발생한다. 남녀평등, 여성해방, 자유연애 등의 새로운 담론이 등장하면서 여성이 스스로 자기 삶의 주체가 되었지만, 이제 여성은 스스로 남성과 동등한 민족 구성원으로 삶의 주체적 개척자로 빠르게 재구축되어야 했기 때문이다. 그런데 이 과정에서 여성은 전근대의 습속과 억압을 새로운 시대의 자유와 권리의 이름으로 새롭게 전유한다. 예컨대 전근대의 정조 이데올로기는 신여성의 순결 이데올로기로, 남성/여성의 차별과 억압은 여성 내에서 또 다른 여성들을 차별하고 구별해 내는 방식으로.

그러니까 자신의 소설은 한갓 통속 연애담을 그리는 작품이 아니라고 항변하는 이광수의 주장은 기묘한 아이러니와 새겨들을 만한 진실 위에 있다. 국가 상실의 상황에서 민족이라는 기표가 모든 가치를 빨아들이는 블랙홀이 되었을 때, 민족이라는 지고한 가치에 대한 문학적 형상화의 방식이 순결하고 지순하고 열렬한 사랑 외에 다른 무엇으로 현존가능했겠는가. 상실된 국가 및 상처받은 민족의 가치가 고양되면 될수록 현실에서 그 욕망을 대치하고 투사할 무엇이 필요했고, 그 점에서 사랑과 연애는 적절한 대체물이었던 것. 하지만 사랑과 연애에 대한 그와 같은 강박에서 새로운 삶의 가능성은 탄생하지 못한다. 무균실은 생명의 공간이 아니기 때문이다. 그러므로 근대 한국문학의 이러한 사랑과 연애는 순정이냐 막장이냐의 문제가 아니다. 중요한 건 사랑과 연애의 내용이 아니라 사랑과 연애로 흡수될 수밖에 없었던 그 무의식이었기 때문이다.(물론 이광수의 소설들이 여기에 해당하는가 하는 문제는 또 다른 논의의 장이 필요하다.)

5. 『환희』와 위생의 시대 : 병리학과 근대적 신체의 탄생 배경에서

『환희』幻戲는 1922년 11월 21일부터 1923년 3월 21일까지 『동아일보』에 연재된 나도향의 첫번째 장편소설이다. 나도향은 1921년 1월 『신청년』에 글을 쓰기 시작하면서 작품 활동을 시작했다. 『환희』는 연재 당시 젊은 남녀들로부터 큰 호응을 불러 일으켰으며, 후대의 평가에서도 한국 근대문학사에서 "거의 유일한 낭만주의 소설"(최원식)이라는 평가를 받는 작품이다. 그런데 『환희』는 이와는 상반된 평가를, 요컨대 '습작 수준'(조연현)의 작품이라는 평가를 동시에 받는 작품이기도 하다.

『환희』의 여주인공 혜숙은 오빠의 친구이자 가난한 동경 유학생 김선용에게 마음을 주지만, 집요하게 자신에게 추근대는 부호 백우영에게 몸을 허락하게 된다. 혜숙은 우영과 결혼하지만 이 결혼은 혜숙의 죄의식과 백우영의 방탕함 등으로 곧 관계가 피폐해지고, 결국 혜숙이 폐병과 죄의식에 자살하게 된다는 줄거리다. 이렇게 보자면 사실 『환희』의 기본 골격은 위생 및 병리학적 모티프라기보다 상당 부분 『재생』과 같은 연애 모티프와 겹친다. 아마도 이는 1919년 3·1 운동이 실패한 이후 식민지 조선의 무력감이라는 공통 분모 위에서 조선 청년들의 '낭만'과 '퇴폐'가 작동하고 있기 때문일 것이다. 그리고 결국 계몽의 조건 속에서 근대적 연애관과 위생 담론이 상호 교호하고 있기 때문이기도 하다.

혜숙은 왜 폐병에 걸려야 했을까. 물론 병에 걸리는 사람이 따로 있는 것은 아니다. 하지만 1920년대 조선에서 죄의식과 실존적 허무함에 사로잡힌 여주인공이 돌아갈 곳으로 병病만 한 출구가 없었다. 아니면 『무정』의 영채처럼 자살을 선택하거나(비록 실패했지만), 『유정』의 순임처럼 시베리아 바이칼호로 떠나 버리거나. 결국 지금 이곳에서는 다른 삶의 가능성이 봉쇄돼 버린 것이라는 뜻이다.

근대 이후 '국민'으로 새롭게 구성된 자유롭고 지위가 보장된 여성의 삶의 길은 왜 이렇게 제한돼 버린 것일까. 그 이유는 여성의 지위가 사회적·법적으로 억압 철폐의 형식으로 규정되는 대신 도덕적·내적으로는 순결 등 더욱 고매한 윤리 강령으로 내면화되었기 때문이다. 성담론은 해방된 것이 아니라 병리학과 결합되어 다르게 말해지게 된 것이다. 비정상적인(여기에는 비도덕도 포함된다) 성적 결합의 귀착지는 개인의 죽음이라는.

어린 혜숙은 다만 마음 가운데 이러한 것만 그리고 있을 뿐이었다. 선용 씨가 일본서 공부를 하며 가지고 돌아오거든 앞에는 수정 같은 냇물이 굼실굼실 여울지어 돌아가고, 뒷동산에는 성垈된 종려나무 그늘 같은 무르녹은 녹음 가운데 어여쁘고 얌전하게 양옥집을 짓고 살자!
그리고 선용 씨는 서재에서 글을 쓰고 자기는 전깃불이 고요히 비치고 나부끼는 창장窓帳을 가는 바람이 고달프게 할 때 그 옆 교의에 앉아 책을 보다가 선용 씨가 머리가 고달프다고 붓대를 놓거든 나는 피아노의 맑고 가는 '멜로디'로 그의 머리를 가라앉혀 주리라. 그러다가 달이나 훤하게 밝거든 뒷동산 이슬 내린 사이로 두 사람이 팔을 마주 잡고 이리저리 소요하면서 나무 사이로 흐르는 푸른 달빛에서 한없고 달콤한 정화에 취하여 보리라 생각하였다.(나도향, 『환희』, 42회)

보다시피 '어린 혜숙'의 이런 판타지는 말 그대로 그녀의 미성숙함을 보여 주지만, 다른 한편 근대 경험을 피상적으로 '학습'한 세대의 환幻이기도 하다. 체화하지 못한 모더니티(근대성)는 결국 외피적 모방과 판타지에의 함몰로 이어질 수밖에 없기 때문이다. 혜숙의 머릿속에 존재하는 행복한 가정은 실제가 아니라 개념이었다.

처녀성에 대한 집착도 이런 관점에서 살펴볼 수 있다. 말 그대로 근대적 신체가 되기엔 아직 미성숙한 이 젊은이들이 자신들의 세련(!)된 시대감각을 상상하는 방식은 '자유연애'를 관념에서만 허락하고 여기에서 육체성을 소거해 버리는 방식이었기 때문이다. 마치 자유연애의 완성은 처녀성을 통해 완성된다는 듯이(^^). 육체에 대한 이와 같은 염결성은 근대적 위생주의와 통한다. 왜냐고? 하지만 생각해 보자. 혜숙은 선용에게 왜 죄의식을 느끼는가. 그들은 단 두 번밖에 만나지 않았고, 그것도 한 번은 겨우 인사만 나눴을 뿐이다. 또한 그들은 육체적으로도 손 한 번 잡지 않았다. 같이 있었던 시간을 전부 합해 봐야 한두 시간을 넘지 않는다.

그렇다면 김선용은 또 왜 혜숙에게 배신감을 느끼는가. 자신도 일본에 있을 때 어떤 여학생에게 '사랑의 정'을 느꼈으면서도. 그 이유도 간단하다. 혜숙은 자신이 아닌 다른 사람에게 처녀성을 '잃었고' 결혼까지 했기 때문이고, 선용은 아직 누구와도 육체적으로는 죄를 짓지 않았고 결혼도 하지 않았기 때문이다. 특별히 잘못(?)한 것 없으면서도 죄책감을 느끼는 혜숙과 특별히 사랑의 권리라고 할 만한 아무것도 없으면서도 배신감을 느끼는 선용 사이에는 자신들도 모르는 어떤 무의식적 공통감각이 있는 것이 아닐까. 가히 1920년대 문학담론의 무의식이라 부를 만한 '죄의식의 선험성'이라는 무엇이.(이수영, 『섹슈얼리티와 광기』, 그린비, 2008 참조)

혜숙이 백우영과의 결혼을 결정(!)하게 되는 것도 육체적 순결의 문제를 벗어나지 않는다. 처음 백우영에게 정조를 유린당한 날, 혜숙은 자신의 오빠인 영철에게 이 사실을 털어놓으며 울부짖는다. 자신이 더럽혀졌다는 것이다. 처녀성의 순결성은 혜숙의 오빠 영철과 기생 설화와의 관계에서도 반복된다. 영철의 사랑을 바라면서도 자신은 더러운 여자라고 말하는 기생 설화에게 영철은 이렇게 말한다. "설화! 설화는 다시 살았다. 설화는 다시 처녀가 되었다! 아아, 나는 영원히 잊지 않을 터이야."

순결에 대한 강박은 넓은 의미에서 근대 위생담론 위에 있다. 이 점에서도 『환희』의 혜숙은 『재생』의 순영에 비해 훨씬 경직된 모습을 보인다. 예컨대 혜숙이 백우영을 처음 만나던 장면을 생각해 보자. 원래 선용을 만나기로 한 자리에서 혜숙은 선용을 만나기 전에 '대모테 안경, 은단장, 양복' 등으로 단장한 백우영을 만난다. 그리고 백우영의 이러한 모습에서 혜숙은 훌륭한 지식인(일본유학) 신청년으로 선용을 상상했던 것이다. 그러므로 가난하고 못생긴 선용이 실망스러운 건 당연했다. 혜숙의 상상 속에 있는 지식인 신청년이란 얼마나 관념적인 이름인가.

'마침내' 혜숙은 폐병에 걸린다. 혜숙의 폐병은 폐+질환이라는 질병의 의미라기보다 정신적 타락에 대해 신체(혹은 육체)에 부과된 도덕적이고 규율적인 단죄다. 주지하다시피 근대 의료체계에서 의사는 전근대 시기 사제들이 맡던 역할을 떠맡는다. 이 말은 근대 의료체계 이전 병의 의미를 상기시킨다. 병은 건강한 정신의 외부와 교감한다는 것, 즉 정신의 불완전과 타락이 병이 된다는 것. 근대 사회에서 정신적 불완전과 타락의 대표적인 형태는 게으름과 성적 타락이다.(고미숙, 『위생의 시대』, 43쪽) 이런 의미에서 질병은 그 자체로 치료 대상이 되는 한편, 정신적 차원에서 순수성을 회복하지 않으면 안 되는 무엇이었다. 혜숙이 병원을 나와 절을 찾아 들어가는 것은 이런 맥락에서 무엇보다도 그 자신의 치료(혹은 정화) 의식이었다. 그리고 끝내 폐병의 죽음을 기다리지 못하고 혜숙은 자살로 생을 마감한다. 1920년대 한국문학의 감수성은 이처럼 낭만화된 비애와 비극성으로 귀결된다.(이수영, 『섹슈얼리티와 광기』 참조)

근대계몽기는 전근대에서 근대로 이행하는 과정에서 역동적인 삶의 상상력이 폭발했던 시기였다. 하지만 근대 한국사회는 시간이 지날수록 다른 삶에 대한 상상력과 가능성이 봉쇄되고 왜소해져 가는 시간이었다고 할 수 있다. 삶의 외부에 관한 상상력의 상실은 '다른' 삶에 대한 가능성뿐 아니라 그러한 삶을 향한 실천의 능동성에 대한 약화를 의미한다. 위생담론은 끊임없이 작동한다. 가깝게는 각종 병원체균과 관련된 병원의 위생권력이 있고, 학벌·지연·종교·정치색 등등 넓은 의미에서는 삶 곳곳에서 지속적인 분할과 배제의 논리로 배타적 타자들을 구분하는 논리 속에서도 위생담론은 작동한다. 결국 내 안의 타자성을 잃는 것과 외부의 타자성에 대한 수동적이고 배타적인 무능력은 동시적으로 발생·작용하는 셈이다. 위생적인 너무나 위생적인, 한국적인 너무나 한국적인.

6. 문학은 재현하지 않는다, 문학은 생성한다

영화 〈설국열차〉가 던진 질문 하나. '쉬지 않고' 달리는 설국열차 안에서 '다른 삶'은 가능한가. 혹은 어떻게 다른 삶을 찾을 것인가. 열차는 정해진 철로를 이탈할 수 없고, 각각의 칸마다 위계가 있다. 첫번째 상상력. 어떻게 앞으로 갈 것인가. 두번째 상상력. 꼬리칸에서 맨 앞 칸으로 이동하면 삶이 바뀌는가. 거기에 정말 새로운 삶이 있기는 '있는' 것인가. 세번째 상상력. 맨 앞 칸에 새로운 삶이 '있는' 것이 아니라면?

　영화는 기차를 멈추는 데서 문을 열고 '다른' 세계로 나아가는 주인공의 모습을 보여 주지만, 실제 삶에서는 기차를 멈추고 문을 열기보다 달리는 기차에서 문을 열어야 할지도 모른다. 아직까지 그 누구도 멈춘 삶을 본적은 없기 때문이다. 삶의 본질은 멈추지 않는 데 있기 때문이다. 멈추지 않는 삶, 즉 삶(生)이란 그렇게 낳고 또 낳고 살아가고 살아가는 것뿐이다. 마치 셰헤라자드의 이야기가 하루하루 이어졌듯이.

　동경이란 참 치사스런 도십니다. 예다 대면 경성이란 얼마나 인심 좋고 살기 좋은 '한적한 농촌'인지 모르겠습니다.

어디를 가도 구미가 당기는 것이 없소그려! キザナ기자나: 마음에 걸리게도 표피적인 서구적 악취의 말하자면 그나마도 그저 분자식分子式이 겨우 여기 수입輸入이 되어서 ホンモノ혼모노: 진짜 행세를 하는 꼴이란 참 구역질이 날 일이오.

나는 참 동경이 이따위 비속卑俗 그것과 같은 シナモノ시나모노: 물건인 줄은 그래도 몰랐소. 그래도 뭣이 있겠거니 했더니 과연 속 빈 강정 그것이오. (이상李箱이 김기림金起林에게 보낸 1936년 11월 29일자 편지 중)

1936년 11월, 조선 경성 출신 '촌놈' 이상은 근대의 본향인 일본 동경을 방문한다. 하지만 그가 실제로 만난 동경은 그가 상상했던 근대의 고향 동경이 아니었다. 근대는 저기에 '있지' 않다는 것. 이것은 단순히 1936년 이상과 1916년 이광수의 차이가 아니다.

문학의 존재 의의는 무엇일까. 지난 100여 년간 한국의 근대문학은 한국사회를 비추는 첨병으로서의 역할과 긴밀하게 연결되어 있었다. 요컨대 문학은 그 시대 및 사회의 삶의 양식과 분리 불가능한 무엇이었던 것이다. 그것은 또한 이광수가 수입하고자 했고, 이상이 그 실체 없음에 당황했던 지금-여기의 모더니티(근대)였다. 이렇게 '문학=근대'는 저기 어딘가에 있는 삶의 재현再現으로서가 아니라 지금 이곳의 삶에 관한 통찰의 언어가 된다. 요컨대 문학은 재현에 저항함으로써, 지금 이곳에서의 삶의 길을 찾아냄으로써 근대국민국가의 리터러쳐-문학이 된다.

이 책은 고미숙의 근대성 3부작(『계몽의 시대』, 『연애의 시대』, 『위생의 시대』)에 대한 소설작품집 사용설명서의 용도로 구상되었다. 주지하다시피 한국 근대계몽기는 한국의 근대성이 현재적으로 작동하게 되는 기원의 시공간이다. 계몽과 연애와 위생은 근대계몽기에서 현재에 이르기까지 한국 근대의 지식(담론) 및 사회(제도)에 관한 계보학적 탐사의 결과였다. 하지만 기원이란 곧 은폐되고 억압된다. 요컨대 근대계몽기라는, 지금 현재 우리에게 자명했던 것들이 민낯으로 등장하는 시공간에서 낯설어지는 것이다.

나는 문학의 최고 목표가 '떠나는 것'이라는 말에 동의한다. 떠난다는 것은 세계를 발견하는 것이고, 그것으로 이미 다른 삶을 시작하는 것이다. 돌이켜 보면 좋은 문학 작품 속의 매력있는 주인공들은 언제나 당당히 자기 삶의 외부와 접속하고 그 스스로 새로운 삶의 창안자로 우뚝 서는 인물들이었다. 모험소설을 쓰자는 말이 아니다. 주인공들이 길을 떠나는 만큼 문학은 그 스스로 자신의 지반을 떠날 수 있어야 한다. 하룻밤 하룻밤의 이야기로 천 하고도 하룻밤의 생을 만들어 간 페르시아의 왕비처럼. 시작은 있지만, 끝은 없게. 문학은 머물지 않음으로써 떠나고, 떠남으로써 타자와 만나고 새로운 삶을 창조한다. 지금 여기에서 우리가 다른 삶을 창안하지 못하는 한, 한국 근대문학의 원점으로서 계몽·연애·위생 담론은 다시 되돌아온다.

계몽의 시대를 읽는 소설,

이해조의

자유종

自由鐘

이해조의 『자유종』은 1910년 7월 30일 광학서포에서 처음 출간되었다. 토론소설이라 이름붙여진 이 소설은 이매경의 생일날 모인 여성 4인(이매경, 신설헌, 강금운, 홍국란)이 근대 개화사상에 관해 각자의 주장을 펼치는 형식으로 되어 있다. 형식으로서의 토론과 내용으로서의 정치(시사)라는 이 양식 자체가 이미 근대계몽기 아니 나아가 근대 한국의 어떤 성격을 예고하는데, 그것은 소설이라는 국문 글쓰기, 시국 토론이라는 장치, 연설이라는 시대성, 전면화된 여성 주인공 화자 등등 언뜻 보이는 것들만으로도 국가, 민족, 근대(시공간), 국민 등이 탄생하는 '계몽의 시대'의 산물이었던 것이다.

_ 엮은이 해제 中

역사가 기억의 대서사를 통해 국민의 이성을 고양시키는 역할을 담당했다면, 문학은 우리말의 미적 잠재력을 통해 국민의 감성을 촉발하는 역할을 수행하였다(더 솔직히 말하면, 그렇다고 믿어졌다). 그와 더불어 미적이고, 정서적인 글쓰기는 온통 문학이라는 형식으로 수렴되었다. (……) 문학에 투여된 이미지는 더할 나위 없이 고결했건만, 실제로는 계몽의 도구적 역할에 만족할 수밖에 없었던 것이다.(고미숙, 『계몽의 시대』, 222쪽)

자유종

천지간 만물 중에 동물되기가 희한하고, 천만 가지 동물 중에 사람되기가 극난하다. 그같이 희한하고 그같이 극난한 동물 중 사람이 되어 압제를 받아 자유를 잃게 되면 하늘이 주신 사람의 직분을 지키지 못함이어늘, 하물며 사람 사이에 여자가 되어 남자의 압제를 받아 자유를 빼앗기면 어찌 희한코, 극난한 동물 중 사람의 권리를 스스로 버림이 아니라 하리오.

여보, 여러분. 나는 옛날 태평시대에 숙부인까지 바쳤더니 지금은 가련한 민족 중의 한 몸이 된 신설헌이올시다. 오늘 이매경 씨 생신에 청첩을 인하여 왔더니 마침 홍국란 씨와 강금운 씨와 그 외 여러 귀중하신 부인들이 만좌하셨으니 두어 말씀하오리다.

이전 같으면 오늘 이러한 잔치에 취하고 배부르면 무슨 걱정이 있으리까마는, 지금 시대가 어떠한 시대며 우리 민족은 어떠한 민족이오? 내 말이 연설체 격과 흡사하나 우리 규중 여자도 결코 모를 일이 아니올시다.

일본도 30년 전 형편이 우리나라보다 우심尤甚하여 혹 천하대세天下大勢라, 혹 자국전도自國前導라 말하는 자는 미친 자라 괴악한 사람이라 지목하고 인류로 치지 않더니, 점점 연설이 크게 열리매 전도하는 교인같이 거리거리 떠드나니 국가 형편이요, 부르나니 민족 사세라, 이삼 인 모꼬지라도 술잔을 대하기 전에 소회所懷를 말하고 마시니, 전국 남녀가 10여 년을 한담도 끊고 잡담도 끊고 언필칭 국가라 민족이라 하더니, 지금 동양에 제일 제이 되는 일대 강국이 되었습니다.

오늘 우리나라는 어떠한 지경이오? 세월은 물같이 흘러가고 풍조는 날로 닥치는데, 우리 비록 아홉 폭 치마는 둘렀으나 오늘만도 더 못한 지경을 또 당하면 상전벽해桑田碧海가 눈결에 될지라. 하늘을 부르면 대답이 있나, 부모를 부르면 능력이 있나, 가장을 부르면 무슨 방책이 있나, 고대광실 뉘가 들며 금의옥식錦衣玉食 내 것인가? 이 지경이 이마에 당도했소. 우리 삼사 인이 모였든지 오륙 인이 모였든지 어찌 심상한 말로 좋은 음식을 먹으리까? 승평무사昇枰無事할 때에도 유의유식遊衣遊食은 금법이어든 이 시대에 두 눈과 두 귀가 남과 같이 총명한 사람이 어찌 국가 의식만 축내리까? 우리 재미있게 학리상으로 토론하여 이날을 보냅시다.

이때 매경이 말했다.

"절당切當, 절당하오이다. 오늘이 어떠한 시대요? 이 같은 수참悲慘하고 통곡할 시대에 나 같은 요마한변변치 못한 여자의 생일잔치가 왜 있겠소마는 변변치 못한 술잔으로 여러분을 청하기는 심히 부끄럽고 죄송하나 본의인 즉 첫째는 여러분을 만나 뵈옵기를 위하고, 둘째는 좋은 말씀을 듣고자 함 이올시다.

남자들은 자주 상종하여 지식을 교환하지만 우리 여자는 한 번 만나기 졸연하오니까? 『예기』禮記에 가로되, 여자는 안에 있어 밖의 일을 말하지 말라 하였고, 『시전』詩傳에 가로되, 오직 술과 밥을 마땅히 할 뿐이라 하였기로 층암절벽 같은 네 기둥 안에서 나고 자라고 늙었으니, 비록 사마자장司馬子長: 사마천, '자장'은 호의 재주가 있을지라도 보고 듣는 것이 있어야 아는 것이 있지요.

이러므로 신체 연약하고 지각이 몽매하여 쌀이 무슨 나무에 열리는지, 도미를 어느 산에서 잡는지 모르고, 다만 가장의 비위만 맞춰 앉으라면 앉고 서라면 서니, 진소위眞所謂: 정말 그야말로 밥 먹는 안석벽에 세워 놓고 앉을 때 몸을 기대는 방석이요, 옷 입은 퇴침서랍이 있는 목침이라, 어찌 인류라 칭하리까? 그러나 그는 오히려 현철한 부인이라, 행검行檢: 품행이 점잖고 바름있는 부인이라 하겠지마는, 성품이 괴악하고 행실이 불미하여 시앗에 투기하기, 친척에 이간하기, 무당 불러 굿하기, 절에 가서 불공하기, 제반 악징은 소위 대갓집 부인이 더합디다. 가도家道가 무너지고 수욕受欲이 자심하니 이것이 제 한 집안일인 듯하나 그 영향이 실로 전국에 미치니 어찌 한심치 않으리까?

그런 부인이 생산도 잘 못하고 혹 생산하더라도 어찌 쓸 자식을 낳으리오? 태내 교육부터 가정 교육까지 없으니 제가 생지生知의 바탕이 아닌 바에 맹모가 삼천하시던 교육 없이 무슨 사람이 되리오? 그러나 재상도 그 자제요, 관찰·군수도 그 자제니 국가의 정치가 무엇인지, 법률이 무엇인지 어찌 알겠소? 우리가 비록 여자나 무식을 면치 못함을 항상 한탄하더니, 다행히 오늘 고명하신 부인께서 왕림하여 좋은 말씀을 들려주시니 대단히 기꺼운 일이올시다."

설헌이 말했다.

"변변치 못한 구변이나 내 먼저 말씀하오리다. 우리 대한의 정계가 부패함도 학문 없는 연고요, 민족의 부패함도 학문 없는 연고요, 우리 여자도 학문 없는 연고로 기천 년 금수 대우를 받았으니 우리나라에도 제일 급한 것이 학문이요, 우리 여자사회도 제일 급한 것이 학문인즉 학문 말씀을 먼저 하겠소. 우리 2천만 민족 중에 1천만 남자들은 응당 고명한 학교를 졸업하여 정치·법률·군제·농·상·공 등 만 가지 사업이 족하겠지만, 우리 1천만 여자들은 학문이 무엇인지 도무지 모르고 유의유식으로 남자만 의뢰하여 먹고 입으려 하니 국세가 어찌 빈약지 아니하겠소? 옛말에, 백지장도 맞들어야 가볍다 하였으니 우리 1천만 여자도 1천만 남자의 사업을 백지장과 같이 거들면 100년에 할 일을 50년에 할 것이요, 10년에 할 일을 다섯 해면 할 것이니 그 이익이 어떠하고, 나라의 독립도 거기 있고 인민의 자유도 거기 있소.

세계 문명국 사람들은 남녀의 학문과 기예가 차등이 없고, 여자가 남자보다 해산하는 재주 한 가지가 더하다 하며, 혹 전쟁이 있어 남자가 다 죽어도 겨우 반구비半具備라 하니, 그 여자의 창법 검술까지 통투通透함을 가히 알겠도다.

사람마다 대성大聖인 공자가 아니거든 어찌 생이지지生而之知: 도(道)를 스스로 깨달음하리오. 법국프랑스 파리대학교에서 토론회를 열매, 가편은 사람을 가르치지 못하면 금수와 같다 하고, 부편은 사람이 천생한 성질이니 비록 가르치지 아니할지라도 어찌 금수와 같으리오 하여 경쟁이 대단하되 귀결치 못하였더니, 학도들이 실지를 시험코자 하여 무부모한 아이들을 사다가 심산궁곡에 집 둘을 짓되, 네 벽을 다 막고 문 하나만 뚫어 음식과 대소변을 통하게 하고 그 아이를 각각 그 속에서 기를 새, 칠팔 년이 된 후 그 아이를 학교로 데려오니 제가 평생에 사람이 많은 것을 보지 못하다가 육칠 층 양옥에 인산인해가 됨을 보고 크게 놀라 서로 돌아보며 하나는 꼬꼬댁꼬꼬댁 하고 하나는 끼익끼익 하니, 이는 다름 아니라 제 집에 아무것도 없고, 다만 닭과 돼지만 있는데, 닭이 놀라면 꼬꼬댁 하고 돼지가 놀라면 끼익끼익 하는 고로 그 아이가 지금 놀라운 일을 보고, 그 소리가 각각 본 대로 난 것이니 그것도 닭과 돼지의 교육을 받음이라.

학생들이 이것을 본 후에 사람을 가르치지 아니하면 금수와 다름없음을 깨달아 가편이 득승하였다 하니, 이로 보건대 우리 여자가 그와 다름이 무엇이오? 일용 범절에 여간 안다는 것이 저 아이의 꼬꼬댁, 끼익보다 얼마나 낫소이까? 우리 여자가 기천 년을 암매하고 비참한 경우에 빠져 있었으니 이렇고야 자유권이니 자강력이니 세상에 있는 줄이나 알겠소? 일생에 생사고락이 다 남자 압제의 아래 있어, 말하는 제웅과 숨쉬는 송장을 면치 못하니 옛 성인의 법제가 어찌 이러하겠소.『예기』에도, 여인 스승이 있고 유모를 택한다 하였고,『소학』小學에도 여자 교육이 첫 편이니 어찌 우리나라 여자와 같은 자고송自枯松이 있단 말이오?

우리나라 남자들이 아무리 정치가 밝다 하나 여자에게는 대단히 적악하였고, 법률이 밝다 하나 여자에게는 대단히 득죄하였습니다. 우리는 기왕이라 말할 것이 없거니와 후생이나 불가불 교육을 잘하여야 할 터인데 권리 있는 남자들은 꿈도 깨지 못하니 답답하오. 남자들 마음에는 아들만 귀하고 딸은 귀치 아니한지 일분자라도 귀한 생각이 있으면 사지오관이 구비한 자식을 어찌 차마 금수와 같이 길러 이 같은 고해에 빠지게 하는고? 그 아들을 가르치는 법도 별수는 없습니다.『사략통감』史略通鑑으로 제일등 교과서를 삼으니 자국 정신은 간데없고 중국혼만 길러서 언필칭 좌전左傳이라 강목綱目이라 하여 남의 나라 기천 년 흥망성쇠만 의논하고 내 나라 빈부 강약은 꿈도 아니 꾸다가 오늘 이 지경에 이르렀소.

이태리국 역비다산에 올차학이라는 구멍이 있어 해수로 통하였더니 홀연 산이 무너져 구멍 어구가 막힌지라, 그 속이 칠야같이 캄캄한데 본래 있던 고기들이 나오지 못하고 수백 년을 생장하여 눈이 있으나 쓸 곳이 없더니, 어구의 막혔던 흙이 해마다 바닷물에 패어 가며 일조에 궁기가 도로 열리매, 밖의 고기가 들어와 수없이 잡아먹되, 그 안에 있던 고기는 눈을 멀뚱멀뚱 뜨고도 저해하려는 것을 전연 모르고 절로 밀려 어구 밖을 혹 나왔으나 못 보던 눈이 졸지에 태양을 당하매 현기가 나며 정신이 없어 어릿어릿하더라 하니, 그와 같이 대문·중문을 꽉꽉 닫고 밖에 눈이 오는지 비가 오는지 도무지 알지 못하고 살던 우리나라 교육은 올차학 교육이라 할 만하니 그 교육받은 남자들이 무슨 정신으로 우리 정치를 생각하겠소? 우리 여자의 말이 쓸데없을 듯하나 자국의 정신으로 하는 말이니, 오히려 만국 공사의 헛담판보다 낫습니다. 여러분 부인들은 대한 여자 교육계의 별방침을 연구하시오."

금운이 이어 말했다.

"여보, 설헌 씨는 학문 설명을 자세히 하셨으나 그 성질과 형편이 그래도 미진한 곳이 있습니다. 우리나라 지식을 보통케 하려면 소위 무슨 변에 무슨 자, 무슨 아래 무슨 자라는, 옛날 상전으로 알던 중국 글을 폐지할 필요가 있겠소. 대저 글이라 하는 것은 말과 소와 같아서 그 나라의 범백 정신을 실어 두나니, 우리나라 소위 한문은 곧 지나의 말과 소라. 다만 지나의 정신만 실었으니 우리나라 사람이야 평생을 끌고 당긴들 무슨 이익이 있겠소? 그런 중에 그 말과 소가 대단히 사나워 좀체 사람은 끌지 못하오.

그 글은 졸업기한이 없고 일평생을 읽을지라도 이태백李太白·한퇴지韓退之: 한유가 못 되며, 혹 상등으로 총명한 자가 물을 쥐어 먹고 10년, 20년을 읽어서 실재라 거벽이라 하여 눈앞에 영웅이 없고, 세상이 돈짝만 하여 내가 내놓으라고 도리질을 치더라도 그 사람더러 정치를 물으면 모른다, 법률을 물으면 모른다, 철학·화학·이화학을 물으면 모르노라, 농학·상학·공학을 물으면 모르노라. 그러면 우리 대종교 공자 도학의 성질은 어떠하냐 묻게 되면, 그 신성하신 진리는 모르고 다만 아노라 하는 것은, 공자님은 꿇어앉으셨지, 공자님은 광수의廣袖衣를 입으셨지 하여 가장 도통을 이은 듯이 여기니, 다만 광수의만 입고 꿇어만 앉았으면 사람마다 천만 년 종교 부자가 되오리까?

공자님은 춤도 추시고, 노래도 하시고, 풍류도 하시고, 선배도 되시고, 문장도 되시고, 장수가 되셔도 가하고, 천자도 가히 되실 신성하신 우리 공자님을, 어찌하여 속은 컴컴하고 외양만 번주그레한 위인들이 광수의만 입고 꿇어만 앉아 공자님 도학이 이뿐이라 하여 고담준론을 하면서 이렇게 하여야 집을 보존하고 인군을 섬긴다 하여 자기 자손뿐 아니라 남의 자제까지 연골에 버려 골생원님이 되게 하니, 그런 자는 종교에 난적이요, 교육에 공적이라 공자님께서 대단히 욕보셨소. 설사 공자님이 생존하셨을지라도 오히려 북을 울려 그자들을 벌하셨으리라.

그만도 못한, 승부꾼이라 일차꾼이라 하는 자는 천시도 모르고, 지리도 모르고, 다만 의취 없는 강남 풍월한 다년이라. 뜻도 모르는 것은 원元코 형亨코라 하여 국가에 수용하는 인재 노릇을 하였으니 그렇고야 어찌 나라가 이 지경이 아니 되겠소?

대체 글을 무엇에 쓰자고 읽소? 사리를 통하려고 읽는 것인데 내 나라의 지지와 역사를 모르고서『제갈량전』과『비사맥비스마르크전』을 천만 번이나 읽은들 현금 비참한 지경을 면하겠소? 일본 학교 교과서를 보시오. 소학교 교과하는 것은 당초에 대한이라 청국이라는 말도 없이 다만 자국 인물이 어떠하고 자국 지리가 어떠하다 하여 자국 정신이 굳은 후에 비로소 만국 역사와 만국 지지를 가르치니, 그런고로 물론 남녀하고 자국의 보통 지식이 없는 자가 없어 오늘날 저러한 큰 세력을 얻어 나라의 영광을 내었소.

우리나라 남자들은 거룩하고 고명한 학문이 있는 듯하나 우리 여자 사회에야 그 썩고 냄새나는 천지현황天地玄黃 글자나 아는 사람이 몇이나 되오? 남자들도 응당 귀도 있고 눈도 있으리니, 타국 남자와 같이 학문에 힘쓰려니와 우리 여자도 타국 여자와 같이 지식이 있어야 우리 대한 삼천리 강토도 보전하고, 우리 여자 누백 년 금수도 면하리니, 지식을 넓히려면 하필 어렵고 어려운 10년, 20년을 배워도 천치를 면치 못할 학문이 쓸데 있소? 불가불 자국 교과를 힘써야 되겠다 합니다.”

국란이 반박하며 말했다.

“아니오. 우리나라가 가뜩 무식한데 그나마 한문도 없어지면 수모세계를 만들려오? 수모란 것은 눈이 없이 새우를 따라다니면서 새우 눈을 제 눈같이 아나니 수모세계가 되면 새우는 어디 있나? 아니 될 말이오. 졸지에 한문을 없이하고 국문만 힘쓰면 무슨 별지식이 나리까? 나도 한문을 좋다 하는 것은 아니나 형편으로 말하면 요순 이래 치국평천하 하는 법과 수신제가 하는 천사만사가 모두 한문에 있으니 졸지에 한문을 없애고 국문만 쓰면, 비유컨대 유리창을 떼어 버리고 흙벽을 치는 셈이오. 국문은 우리나라 세종대왕께서 만드실 때 적공이 대단하셨소. 사신을 여러 번 중국에 보내어 그 성음 이치를 알아다가 자모음을 만드시니, 반절이 그것이오.

우리 세종대왕의 근로하신 성덕은 다 말씀할 수 없거니와 반절 몇 줄에 나라 돈도 많이 들었소. 그렇건만 백성들은 죽도록 한문자만 숭상하고 국문은 버려 두어서 암글이라 지목하여 부인이나 천인이 배우되 반절만 깨치면 다시 읽을 것이 없으니 보는 것은 다만 『춘향전』, 『심청전』, 『홍길동전』 등물뿐이라, 『춘향전』을 보면 정치를 알겠소? 『심청전』을 보고 법률을 알겠소? 『홍길동전』을 보아 도덕을 알겠소? 말할진대 『춘향전』은 음탕 교과서요, 『심청전』은 처량 교과서요, 『홍길동전』은 허황 교과서라 할 것이니, 국민을 음탕 교과로 가르치면 어찌 풍속이 아름다우며, 처량 교과로 가르치면 장진지망長進之望: 앞으로 잘되어 갈 전망이 있으며, 허황한 교과서로 가르치면 어찌 정대한 기상이 있으리까? 우리나라의 난봉 남자와 음탕한 여자의 제반 악징이 다 이에서 나니 그 영향이 어떠하오?

혹 발명하려면 『춘향전』을 누가 가르쳤나, 『심청전』을 누가 배우라나, 『홍길동전』을 누가 읽으라나, 비록 읽으라 할지라도 다 제게 달렸지 할 터이나, 이것이 가르친 것보다 더하지, 휘문의숙 같은 수층 양옥과 보성학교 같은 너른 교장에 칠판, 괘종, 책상, 걸상을 벌여 놓고 고명한 교사를 월급 주어 가르치는 것보다 더 심하오. 그것은 구역과 시간이나 있거니와 이것은 구역도 없고 시간도 없이 전국 남녀들이 자유권으로 틈틈이 보고 곳곳이 읽으니 그 좋은 몇백만 청년을 음탕하고 처량하고 허황한 구멍에 쓸어 묻는단 말이오.

그나 그뿐이오? 혹 기도하면 아이를 낳는다, 혹 산신이 강림하여 복을 준다, 혹 면례를 잘하여 부귀를 얻는다, 혹 불공을 하여 재액을 막았다, 혹 돌구멍에서 용마가 났다, 혹 신선이 학을 타고 논다, 혹 최 판관이 붓을 들고 앉았다 하는 제반 악징의 괴괴망측한 말을 다 국문으로 기록하여 출판한 판 책도 많고 등출한 세책貰冊도 많아 경향 각처에 불똥 뛰어 박히듯 없는 집이 없으니 그것도 오거서五車書라 평생을 보아도 못다 보오.

그 책을 나도 여간 보았거니와 좋은 종이에 주옥같은 글씨로 세세 성문 하여 혹 이삼 권 혹 수십여 권 되는 것이 많고 백 권 내외 되는 것도 있으니, 그 자본은 적으며 그 세월은 얼마나 허비하였겠소? 백해무익한 그 책을 값을 주고 사며 세를 주고 얻어 보니 그 돈은 헛돈이 아니오? 국문 폐단은 그 러하지마는 지금 금운 씨의 말과 같이 한문을 전폐하고 국문만 쓸진대『춘 향전』,『심청전』,『홍길동전』이 되겠소? 괴악 망측한 소설이 제자백가가 되 겠소? 그는 다 나의 분격한 말이라, 나도 항상 말하기를 자국정신을 보존하 려면 국문을 써야 되겠다 하지만 그 방법은 졸지에 계획할 수 없습니다.

가령 남의 큰 집에 들었다가 그 집이 본래 남의 집이라 믿음성이 없다 하고 떠나려면, 한편으로 차차 재목을 준비하고 목수·석수를 불러 시역할 새, 먼저 배산임수 좋은 곳에 터를 닦아 모월 모일 모시에 입주하고, 일대 문 장에게 상량문을 받아 아랑위 아랑위 하는 소리에 수십 척 들보를 높이 얹 고, 정당 몇 간, 침실 몇 간, 행랑 몇 간을 예산대로 세워 놓으니, 차방 다락 이 조밀하고 도배장판이 정쇄한데, 우리나라 효자 열녀의 좋은 말씀을 문장 명필의 고명한 솜씨로 기록하여 부벽주련付壁柱聯으로 여기저기 붙이고 나 도 내 집을 사랑한다는 대자현판을 정당에 높이 단 연후에 그제야 세간 집 물을 옮겨다가 쌓을 데 쌓고 놓을 데 놓아 질자배기질흙으로 빚어 구워 만든 아가 리 넓은 그릇, 부지깽이 한 개라도 서실이 없어야 이사한 해가 없나니, 만일 옛 집을 남의 집이라 하여 졸지에 몸만 나오든지 세간 집물을 한데 내어놓든지 하고 그 집을 비워 주인을 맡기면 어디로 가자는 말이오?

우리나라 국문은 미상불 좋은 글이나 닦달 아니 한 재목과 같으니, 만일 한문을 버리고 국문만 쓰려면 한문에 있는 천만사와 천만 법을 국문으로 번역하여 유루遺漏한 것이 없은 연후에 서서히 한문을 폐하여 지나中國 사람에게 되돌려 주든지 우리가 휴지로 쓰든지 하고, 그제야 국문을 가위 글이라 할 것이니, 이 일을 예산한즉 50년가량이라야 성공하겠소.

만일 졸지에 한문을 없이하려면 남의 집이라고 몸만 나오는 것과 무엇이 다르오? 남의 집은 주인이 있어 혹 내놓으라고 독촉도 하려니와 한문이야 누가 내놓으라 하는 말이 있소? 서서히 형편을 보아 폐지함이 가할 것이오. 국문만 쓸지라도 옛날 보던 『춘향전』이니 『홍길동전』이니 『심청전』이니 그 외에 여러 가지 음담패설을 다 엄금하여야 국문에 영향이 정대하고 광명하지, 그렇지 못하면 수천 년 숭상하던 한문만 잃어버리리니 정대한 국문만 쓸진대 누가 편리치 않다 하오리까?

가령 한문의 부자군신이 국문의 부자군신과 경중이 있소? 국문의 백 냥, 천 냥이 한문의 백 냥, 천 냥과 다소가 있소? 국문으로 패독산敗毒散: 탕약의 하나 방문을 내어도 발산되기는 일반이요, 국문으로 삼해주三亥酒: 정월의 세 해일(亥日)에 만든 술 방법을 빙거憑據하여도 취하기는 한 모양이오. 국문으로 욕설하면 탄하지 않겠소? 한문으로 칭찬하면 더 좋아하겠소? 국문의 호랑이도 무섭고, 국문의 원앙새도 어여쁘리라.

국문과 한문이 다름없으나 어찌 우리 여자 권리로 연혁을 확정하리요. 문부 관리들 참 딱한 것이, 국문을 쓰든지 아니 쓰든지 그 잡담 소설이나 금하였으면 좋겠소. 그것 발매하는 자들이 투전 장사나 다름없나니 투전은 재물이나 상하려니와 음담소설은 정신조차 버리오. 문부 관리들은 그 아니 답답하오? 청년남녀의 정신 잃는 것을 어찌 차마 앉아 보기만 하오?

학무국은 무슨 일들을 하며, 편집국은 무슨 일들을 하는지 저러한 관리를 믿다가는 배꼽에 노송나무가 나겠소. 우리 여자사회가 단체로 문부관리에게 질문 한번 하여 봅시다.

여보, 사회단체가 그리 용이하오? 우리나라의 100년 이하 각항 단체를 내 대강 말하오리다. 관인사회는 말할 것이 없거니와 종교사회로 말할지라도 물론 어느 나라하고 종교 없이 어찌 사오? 야만 부락의 코끼리에게 절하는 것과, 태양에게 비는 것과, 불과 물을 위하는 것을 웃기는 웃거니와 그 진리를 연구하면 용혹무괴요. 만일 다수한 국민이 겁내는 것도 없고 의귀할 곳도 없고 존칭할 것도 없으면 어찌 국민의 질서가 있겠소? 약육강식하는 금수 세계만도 못하리다.

그런고로 태서泰西 정치가에서 남의 나라의 강약허실을 살펴려면 먼저 그 나라 종교 성질을 본다 하니 그 말이 유리하오. 만일 종교에 의귀할 바가 없으면 비록 인물이 번성하고 토지가 강대한 나라로 군부에 대포가 가득하고 탁지에 금전이 가득하고 공부에 기재가 가득할지라도 수백 년 전 남미 인종과 다름없으리다.

동서양 종교 수효와 범위를 말씀하건대 회회교, 희랍교, 토숙탄교, 천주교, 기독교, 석가교와 그 외에 여러 교가 각각 범위를 넓혀 세계에 세력을 확장하되 저 교는 그르다, 이 교는 옳다 하여 경쟁하는 세력이 대포 장창보다 맹렬하니, 그중에 망하는 나라도 많고 흥하는 사람도 많소.

우리 동양에서 제일가는 종교는 세계의 독일무이하신 대성지성하신 공자 아니시오? 그 말씀에 정대한 부자, 군신, 부부, 형제, 붕우에 일용 상행하는 일을 의론하사 사람으로 하여금 사람이 되는 도리를 가르치시니, 그 성덕이 거룩하시고 융성하시며 향념하시는 마음이 일광과 같으사 귀천남녀 없이 다 비추건만 우리나라는 범위를 좁혀서 남자만 종교를 알지 여자는 모를 게라, 귀인만 종교를 알지 천인은 모를 게라 하여 대성전에 제관 싸움이나 하고 시골 향교에 재임이나 팔아먹고 소민들은 향교 출렴이나 물으니 공자님의 도하는 것이 무엇이오?

도포나 입고 쌍상투나 틀고 혁대와 중영이나 달고 꿇어앉아서 마음이 어떠한 것이라, 성품이 어떠한 것이라 하며 진리는 모르고 주워들은 풍월같이 지껄이면서 이만하면 수신제가도 자족하지, 치국평천하도 자족하지, 세상도 한심하지, 나 같은 도학군자를 아니 쓰기로 이렇다 하여 백 가지로 개탄하다가 혹 세도 재상에게 소개하여 좨주 찬선으로 초선이나 되면 공자님이 당시의 자기로만 알고 도태를 뽑아내며 괴팍한 위인에 야매한 언론으로 천하대세도 모르고 척양합시다, 척외합시다, 상소나 요명차로 눈치 보아 가며 한두 번 하여 시골 선배의 칭찬이나 듣는 것이 대욕소관^{大慾所關}이지.

옛적 정자산^{鄭子産: 춘추시대 말기 정나라의 정치가}의 외교 수단을 공자님도 칭찬하셨으니 공자님은 척화를 모르시오. 척화도 형편대로 하는 것이지 붓끝으로만 척화 척화 하면 척화가 되오? 또 고상하다 자칭하는 자는 당초 사직으로 장기를 삼아 나라가 내게 무슨 상관 있나? 백성이 내게 무슨 이해가 있나? 독선기신^{獨善其身}이 제일이지, 자질도 이렇게 가르치고 문인도 이렇게 어거하여 혹 총명재자가 있어 각국 문명을 흠선하여, 정치가 어떠하다, 법률이 어떠하다, 교육이 어떠하다, 언론을 하게 되면 자세히 듣지는 아니하고 돌려 세우고 고담준론으로 아무 집 자식도 버렸다. 그 조상도 불쌍하다 하여 문인 자제를 엄하게 신칙하되, 아무개와 상종을 말라, 그 말을 듣다가는 너희가 내 눈앞에 보이지 말라 하니, 우리 2천만 인이 다 그 사람의 제자가 되면 나라꼴은 잘되겠지요.

그만도 못한 시골고라리^{어리석고 고집 센 시골 사람을 놀림조로 이르는 말} 사회는 더구나 장관이지. 공자님 성씨가 누구신지요, 휘자가 무엇인지 알지도 못하는 인류들이 향교와 서원은 자기들의 밥자리로 알고, 사돈 여보게, 출표하러 가세. 생질 너도 술이나 먹으러 오너라. 돼지나 잡았는지. 개장국도 꽤 먹겠네. 수복아, 추렴 통문을 놓아라. 고직아, 닭아라. 아무가 문필은 똑똑하지만 지체가 나빠 봉향가음이 못 되어, 아무는 무식하지만 세력을 생각하면 대축이야 갈 데 있나. 명륜당이 견고하여 술주정을 좀 하여도 무너질 바 없지. 교궁은 이렇게 위하여야 종교를 밝히지. 아무 골 향교에는 학교를 설시하였다 하고, 아무 골 향교 전답을 학교에 붙였다 하니, 그 골에는 사람의 새끼 같은 것 하나 없어 그러한 변이 어디 또 있나? 아무 골 향족이 명륜당에 앉았다니 그 마룻장은 대패질을 하여라. 아무 집 일명이 색장을 붙였다니 그 재판에 수세미질이나 하여라 하여, 종교라는 종자는 무슨 종자며, 교자는 무슨 교자인지 착착 접어 먼지 속에 파묻고, 싸우나니 양반이요, 다투나니 재물이라. 이것이 우리 신성하신 대종교라 하오. 한심하고 통곡할 만도 하오. 종교가 이렇듯 부패하니 국세가 어찌 강성하겠소?

학교와 서원 성질을 말하리다. 서원은 소학교 자격이요, 향교는 중학교 자격이요, 태학은 대학교 자격이라. 서원은 선현화상을 봉안하여 소학 동자로 하여금 자국 인물을 기념케 함이요, 향교에는 대성인 위패를 봉안하여 중학 학생으로 하여금 종교를 경앙케 함이요, 태학에는 예악 문물을 더 융성하게 하여 태학 학생으로 하여금 종교 사상이 더욱 견고케 함이니, 어찌 다만 제사만 소중이라 하여 사당집과 일반으로 돌려보내리오? 교육을 주장하는 고로 향교와 서원을 당초에 설시하였고, 종교를 귀중하는 고로 대성인과 명현을 뫼셨고, 성현을 뫼신 고로 제례를 행하나니 교육과 종교는 주체가 되고 제사는 객체가 되거늘, 근래는 주체는 없어지고 객체만 숭상하니 어찌 열성조의 설시하신 본의라 하리오?

제사만 위한다 할진대 태묘도 한 곳뿐이어늘 아무리 성인을 존봉할지라도 어찌 360여 군의 골골마다 향화를 받들리까? 저 무식한 자들이 교육과 종교는 버리고 제사만 위중한다 한들 성현의 마음이 어찌 편안하시리까?

종교에야 어찌 귀천과 남녀가 다르겠소? 지금이라도 종교를 위하려면 성경현전聖經賢傳: 유학의 성현(聖賢)이 남긴 글을 알아보기 쉽도록 국문으로 번역하여 거리거리 연설하고, 성묘와 서원에 무애히 농용農用하며, 가령 제사로 말할지라도 귀인은 귀인 예복으로 참사參祀하고, 천인은 천인 의관으로 참사하고, 여자는 여자 의복으로 참사하여, 너도 공자님 제자, 나도 공자님 제자가 되기 일반이라 하면 종교 범위도 넓고, 사회단체도 굳으리다.

또 사회의 폐습을 말할진대 확실한 단체는 못 보겠습디다. 상업사회는 에누리사회요, 공장사회는 날림사회요, 농업사회는 야매사회라, 하나도 진실하고 기묘하여 외국 문명을 당할 것은 없으니 무슨 단체가 되겠소? 근래 신교육사회는 구교육사회보다는 낫다 하나 불심상원不甚相遠: 거의 같음이오.

관공립은 화욕학교라 실상은 없고 문구뿐이요, 각처 사립은 단명학교라 기본이 없어 번차례로 폐지할 뿐 아니라, 물론 아무 학교든지 그중에 열심히 한다는 교장이니 찬성장이니 하는 임원더러 묻되, 이 학교에 제갈량과 이순신과 비사맥비스마르크과 격란사돈윌리엄 글래드스턴과 같은 인재를 교육하여 일후의 국가 대사를 경륜하려고 하면 열에 한둘도 없고, 또 묻되 이 학교에 인재 성취는 이 다음 일이요, 교육 사회에 명예나 취하려고 하면 열에 칠팔이 더 되니 그 성의가 그러하고야 어찌 장구히 유지하겠소? 교원 강사도 한만한 출입을 아니하고 시간을 지키어 왕래한다니 그 열심은 거룩하오. 공익을 위함인지, 명예를 위함인지, 월급을 위함인지, 명예도 아니요, 월급도 아니요, 실로 공익만 위한다 하는 자, 몇이나 되겠소?

물론 공사 관립하고 여러 학생에게 묻되, 학문을 힘써 일후에 사환을 하든지 일신 쾌락을 희망하느냐, 국가에 몸을 바치는 정신 얻기를 주의하느냐 하게 되면, 대·중·소학교 몇 만 명 학도 중에 국가정신이라고 대답하는 자 몇몇이나 되겠소?

또 여자 교육회니 여학교니 하는 것도 권리 없고 자본 없는 부인에게만 맡겨 두니 어찌 흥왕하리오. 물론 아무 사회하고, 이익만 위하고, 좀 낫다는 자는 명예만 위하고, 진실한 성심으로 나라를 위하여 이것을 한다든가, 백성을 위하여 이것을 한다는 자가 역시 몇이나 되겠소?

이렇게 교육 교육 할지라도 10년, 20년에 영향을 알리니 그중에도 몇 사람이야 열심 있고 성의 있어 시사를 통곡할 자가 있겠지요만, 단체 효력을 오히려 못 보거든 하물며 우리 여자에 무슨 단체가 조직되겠소? 아직 여러 자녀를 잘 가르치고 정분 있는 여자들에게 서로 권고하여 10인이 모이고 20인이 모여 차차 단정히 설립하여야 사회든지 교육이든지 하여 보지, 졸지에 몇백 명, 몇천 명을 모아도 실효가 없어 일상 남자사회만 못하리다."

이에 설헌이 말했다.

"그러하오만 세상 일이 어찌 아무것도 아니하고 앉아서 기다리기만 하리까? 여보, 우리 여자 몇몇이 지껄이는 것이 풀벌레 같을지라도 몇 사람이 주창하고 몇 사람이 권고하면 아니 될 일이 어디 있소? 석 달 장마에 한 점 볕이 갤 장본이요, 몇 달 가물에 한 조각 구름이 비 올 장본이니, 우리 몇 사람의 말로 천만인 사회가 되지 아니할지 뉘 알겠소?

청국 명사 양계초梁啓超 씨가 말씀하였으되, 대저 사람이 일을 하려면 이기려다가 패함도 있거니와 패할까 염려하여 당초에 하지 아니하면 이는 당초에 패한 사람이라 하니, 오늘 시작하여 내일 성공할 일이 우리 팔자에 왜 있겠소? 그러나 우리가 우쭐거려야 우리 자식 손자들이나 행복을 누리지. 일향 우리나라 사람을 부패하다, 무식하다 조롱만 하면 똑똑하고 요요한 남의 나라 사람이 우리에게 소용 있소?

우리나라가 300년 이전이 어떠한 정치며 어떠한 문물이오? 일본이 지금 아무리 문명하다 하여도 범백 제도를 우리나라에서 많이 배워 갔소. 그 나라 국문도 우리나라 왕인 씨가 지은 것이니, 근일 우리나라가 부패치 아니한 것은 아니나 단군 기자 이후로 수천 년 이래에 어떠한 민족이오?

철학가 말에, 편안한 것이 위태한 근본이라 하니, 우리나라 사람이 기백 년 편안하였은즉 한 번 위태한 일이 어찌 없겠소? 또 말하였으되, 무식은 유식의 근원이라 하였으니 우리나라 사람이 오래 무식하였으니 한 번 유식하지 아니할 이유가 있겠소? 가령 남의 집에 가서 보고, 그 집 사람들은 음식도 잘하더라, 의복도 잘하더라, 내 집에서는 의복 음식 솜씨가 저러하지 못하니 무엇에 쓸꼬 하고 가속을 박대하면 남의 좋은 의복 음식이 내게 무슨 상관이 있소? 차라리 저 음식은 어떠하니 좋지 아니하다, 이 의복은 어떠하니 좋지 아니하다 하여 제도를 자세히 가르쳐서 남의 것과 같이하는 것만 못하니, 부질없이 내 집안사람만 불만히 여기면 가도家道가 바로잡힐 리가 있으리까?

『소학』에 가로되, 좋은 사람이 없다 함은 덕 있는 말이 아니라 하였으니, 내 나라 사람을 무식하다고 능멸하여 권고 한마디 없으면 유식하신 매경 씨만 홀로 살으시려오? 여보 여보, 열심을 잃지 말고 어서어서 잡지도 발간, 교과서도 지어서 우리 1천만 여자 동포에게 돌립시다.

우리 여자의 마음이 이러하면 남자도 응당 귀가 있겠지. 10년, 20년을 멀다 마오. 산림 어른이 연설꾼 아니 될지 뉘 알며, 향교 재임이 체조 교사가 아니 될지 뉘 알겠소? 속담에 이른 말에 뜬쇠가 달면 더 뜨겁다 하였소.

지금은 범백 권리가 다 남자에게 있다 하나 영원한 권리는 우리 여자가 차지합시다. 매경 씨 말씀에, 자녀를 교육하자 함이 진리를 알으시는 일이오. 우리 여자만 합심하고 자녀를 잘 교육하면 제 이세의 문명은 우리 사업이라 할 수 있소.

자식을 기르는 방법을 대강 말하오리다. 자식을 낳은 후에 가르칠 뿐 아니라 태 속에서부터 가르친다 하였으니, 그런고로 『예기』에 태육법을 자세히 말하였으되, 부인이 잉태하며 돗자리가 바르지 아니하거든 앉지 아니하며, 벤 것이 바르지 아니하거든 먹지 말라 하였으니, 그 앉는 돗, 먹는 음식이 탯덩이에 무슨 상관이 있겠소마는 바른 도리로만 행하여 마음에 잊지 말라 함이오. 의원의 말에도 자식을 밴 부인이 잡것을 먹지 말라 하고, 음식의 차고 더운 것을 평균케 하고, 배를 항상 더웁게 하고, 당삭하거든 약간 노동하여야 순산한다 하였소.

뱃속에서도 이렇게 조심하거든 나온 후에 어찌 범연히 양육하오리까? 제가 비록 지각이 없을 때라도 어찌 그 앞에서 터럭만치 그른 일을 행하겠소? 밥 먹는 법, 잠자는 법, 말하는 법, 걸음 걷는 법 일동일정—動一靜을 가르치되, 속이지 아니함을 주장하여 정대한 성품을 양육한즉 대인군자가 어찌하여 되지 못하리까?

맹자님 모친께서 맹자님을 기르실 때에 마침 동편 이웃집에서 돼지를 잡거늘 맹자께서 물으시되, '저 돼지는 어찌하여 잡나니이까?' 맹모가 희롱으로, '너를 먹이려고 잡는다' 하셨더니 즉시 후회하시되, '어린아이를 속이는 법을 가르쳤다' 하고 그 고기를 사다가 먹이신 일이 있고, 맹자가 점점 자라실새 장난이 심하여 산 밑에서 살 때에 상두꾼 흉내를 내시거늘 맹모가 가라사대, 이곳이 아이 기를 곳이 못 된다 하시고 저자 근처로 이사하였더니, 맹자께서 또 물건 매매하는 형용을 지으시니 맹모가 또 집을 떠나 학궁 곁에 거하시매 그제야 맹자가 예절 있는 희롱을 하시는지라 맹모의 말씀이, 이는 참 자식 기를 곳이라 하시고 가르쳐 만세 아성이 되셨소. 한 아들을 가르쳐 억조창생에게 무궁한 도학이 있게 하시니 교육이란 것이 어떠하오? 만일 맹자께서 상두나 메시고 물건이나 팔러 다니셨다면 오늘날 맹자님을 누가 알겠소?

『비유요지』라 하는 책에서 말하였으되, 서양에 한 부인이 아들을 잘 교육할새 아들이 장성하여 장사치로 나가거늘 부인이 부탁하되, 너는 어디 가든지 남을 속이지 아니하기로 공부하라. 아들이 대답하고 지화 몇백 원을 옷깃 속에 넣고 행하다가 중로에서 도적을 만나니 도적이 묻되, 너는 무슨 업을 하며 무슨 물건을 몸에 지녔느냐 하되, 아이는 대답하되, 나는 장사하는 사람이니 지화 몇백 원이 옷깃 속에 있노라 하니, 도적이 그 정직함을 괴히 여겨 뒤져 본즉 과연 있는지라, 당초에 깊이 감추고 당장에 은휘치 아니

하는 이유를 물은즉 그 사람이 대답하되, 내 모친이 남을 속이지 말라 경계하셨으니 어찌 재물을 위하여 친교를 어기리요. 도적이 각각 탄복하여 말하되, 너는 효성 있는 사람이라. 우리 같은 자는 어찌 인류라 하리요. 지화를 다시 옷깃에 넣어 주고 그후로는 다시 도적질도 아니하였다 하였소.

그 부인이 자기 아들을 잘 교육하여 남의 자식까지 도적의 행위를 끊게 하니 교육이라는 것이 어떠하오? 송나라 구양수歐陽脩 씨도 과부의 아들로 자라매, 집이 심히 가난하여 서책과 필묵이 없거늘, 모친이 갈대로 땅을 그어 글을 가르쳐 만고의 문장이 되었고, 우리나라 퇴계 이 선생도 어릴 때 모친이 말씀하되, 내 일찍 과부가 되어 너희 형제만 있으니 공부를 잘하라, 세상 사람이 과부의 자식은 사귀지 아니한다니 너희는 그 근심을 면하게 하라 하고, 평상시에 무슨 물건을 보면 이치를 가르치며 아무 일이고 당하면 사리를 분석하여 순순히 교훈하사 동방공자가 되셨으니 교육이라는 것이 어떠하오?

예로부터 교육은 어머니께 받는 일이 많으니 우리도 자식을 그런 성력과 그런 방법으로 교육하면 그 영향이 어떠하겠소? 우리 여자 사회에 큰 사업이 이에서 더한 일이 있겠소? 여러분 여자들, 지금 남자와 지금 여자를 조롱 말고 이다음 남자와 이다음 여자나 교육 좀 잘하여 봅시다."

국란이 동의하며 말했다.

"그 말씀 대단히 좋소. 자식 기르는 법과 가르치는 공효를 많이 말씀하셨으나 자식 사랑하는 이유가 미진한 고로 여러분 들으시기 위하여 그 진리를 말씀하오리다.

세상 사람들이 자식을 사랑한다 하나 실상은 자기 일신을 사랑함이니, 자식이 나매 좋아하고 기꺼하는 마음을 궁구하면, 필경은 '저 자식이 있으니 내 몸이 의탁할 곳이 있으며, 내 자식이 자라니 내 몸을 봉양할 자가 있도다' 하고, 혹 자식이 병이 들면 근심하고, 혹 자식이 불행하면 서러워하니,

근심하고 서러워하는 마음을 궁구하면 필경은 '내 자식이 병들었으니 누가 나를 봉양하며, 내 자식이 없었으니 내가 누구를 의탁하리오' 하나, 그 마음이 하나도 자식을 위한다는 자도 없고 국가를 위한다는 자도 없으니 사람마다 자식 자식 하여도 진리는 실상 모릅디다.

자식의 효도를 받는 것이 어찌 내 몸만 잘 봉양하면 효도라 하리오? 증자 말씀에 인군을 잘못 섬겨도 효가 아니요, 전장에 용맹이 없어도 효가 아니라 하셨으니, 이 말씀을 생각하면 자식이라는 것이 내 몸만 위하여 난 것이 아니요, 실로 나라를 위하여 생긴 것이니 자식을 공물公物이라 하여도 합당하오.

혹 모르는 사람은 이 말을 들으면 필경 대경소괴하여 말하되, 실로 그러할진대 누가 자식이 있다고 좋아하며 자식 없다고 서러워하리오? 청국 강남해 말에, 대동 세계에는 자식을 못 낳은 여자는 벌이 있다 하더니, 과연 벌하기 전에야 생산하려는 자가 있겠소? 혹 생산하더라도 내 몸은 봉양하여 주지 아니하고 국가만 위하여 교육을 받으라 하겠소? 이러한 말이 널리 들리면 윤리상에 대단히 불행하겠다 하여 중언부언할 터이지만, 지금 내 말이 윤리상의 불행함이 아니라 매우 다행하오리다.

자식을 공물로 인정하더라도 그렇지 아니한 소이연이 있으니, 가령 우마를 공물이라 하면 농업가와 상업가에서 우마를 부리지 아니하리까? 저 집에 우마가 있으면 내 집에 없어도 관계가 없다 하여 사람마다 마음이 그러하면 우마가 이미 절종되었을 터이나, 비록 공물이라도 우마가 있어야 농업과 상업에 낭패가 없은즉, 자식은 공물이라고 있는 것을 귀히 여기지 아니하리오. 기왕 자식이 있는 이상에는 공물이라고 교육을 아니하다가는 참말 윤리에 불행한 일이오.

가령 어부가 동무를 연합하여 고기를 잡되, 남의 그물에 걸린 것이 내 그물에 걸린 것만 못하다 하니, 국가 대사업을 바라는 마음은 같으나 어찌 남의 자식 성취한 것이 내 자식 성취한 것만 하오리까? 그러한즉 불가불 자식을 교육할 것이요, 자식이 나서 나라의 사업을 성취하고 국민에 이익을 끼치면 그 부모는 어찌 영광이 없으리까?

옛날 사파달스파르타이라 하는 땅에 한 노파가 여덟 아들을 낳아서 교육을 잘하여 여덟이 다 전장에 갔다가 죽은지라, 그 살아 돌아오는 사람더러 묻되, 이번 전장에 승부가 어떠한고? 그 사람이 대답하되, 전쟁은 이기었으나 노인의 여러 아들은 다 불행하였나이다 하거늘 노구 즉시 일어나 춤을 추며 노래를 불러 가로되, 사파달아, 사파달아, 내 너를 위하여 아들 여덟을 낳았도다 하고 슬퍼하는 빛이 없으니, 그 노구가 참 자식을 공물로 인정하는 사람이니, 그는 생산도 잘하고 교육도 잘하고 영광도 대단하오이다.

우리나라 사람들이 자식의 진리를 몇이나 알겠소? 제일 가관의 일이, 정처에 자식이 없으면 첩의 소생은 비록 여룡여호하여 문장은 이태백이요, 풍채는 두목지요, 사업은 비사맥이라도 서자라, 얼자라 하여 버려 두고, 정도 없고 눈에도 서투른 남의 자식을 솔양하여 아들이라 하는 것이 무슨 일이오?

성인의 법제가 어찌 그같이 효박할 이유가 있으리까? 적서라는 말씀은 있으나 그래, 적서와는 대단히 다르오. 정처의 소생이라도 장자 다음에는 다 서자라 하거늘, 우리나라는 남의 정처 소생을 서자라 하면 대단히 뛰겠소. 양자법으로 말할지라도 적서에 자녀가 하나도 없어야 양자를 하거늘 서자라 버리고 남의 자식을 솔양率養: 양자로 데려옴하니 하나도 성인의 법제는 아니오. 자식을 부모가 이같이 대우하니 어찌 세상에서 대우를 받겠소?

그 서자이니 얼자이니 하는 총중에 영웅이 몇몇이며, 문장이 몇몇이며, 도덕군자가 몇몇인지 누가 알겠소? 그 사람도 원통하거니와 나랏일이야 더구나 말할 것이 있소? 남의 나라 사람도 고문이니 보좌니 쓰는 법도 있거든 우리나라 사람에 무엇을 그리 많이 고르는지 이성호는 적서 등분을 혁파하자, 서북 사람을 통용하자 하여 열심히 의논하였고, 조은당의 부인 김 씨는 자제를 경계하되, 너희가 서모를 경대하지 아니하니 어찌 인사라 하리오? 아비의 계집은 다 어머니라 하셨나니 이 두 말씀이 몇 백 년 전에 주창하였으니 그 아니 고명하오?

또 남의 후취로 들어가서 전취 소생에게 험히 구는 자가 있으니 그것은 무슨 지각이오? 아무리 나의 소생은 아니나 남편의 자식은 분명하니 양자보다는 매우 긴절하오. 사람의 전조모와 후조모라 하여 자손의 마음에 후박이 있으리까? 그렇건마는 몰지각한 후취 부인들은 내 속으로 낳지 아니하였으니 내 자식이 아니라 하여 동네 아이만도 못하고 종의 자식만도 못하게 대우하니 어찌 그리 박정하고 무식하오? 아무리 원수 같은 자식이라도 내 몸이 늙어지면 소생 자식 열보다 나으며, 그 손자로 말할지라도 큰자식의 손자가 소생 손자 열보다 낫지 아니하오?

원수같이 알고 도척같이 알던 그 자식, 그 손자가 일후에 만반진수를 차려 놓고 유세차, 효자모, 효손모는 감소고우, 현비, 현조비, 모봉, 모씨라 하면 아마 혼령이라도 무안하겠지. 또 자식을 기왕 공물로 인정할진대 내 소생만 공물이요, 전취 소생은 공물이 아니겠소? 아무리 전취 자식이라도 잘 교육하여 국가의 대사업을 성취하면 그 영광이 아마 못생긴 소생 자식보다 얼마쯤이 유조하리니, 이 말씀을 우리 여자 사회에 공포하여 그 소위 서자이니, 전취 자식이니 하는 악습을 다 개량하여 윤리상 영원한 행복을 누리게 합시다."

매경이 이어 말했다.

"자식의 진리를 자세히 말씀하셨으나 그 범위는 대단히 넓다고는 못하겠소. 기왕 자식을 공물이라 말씀하셨으면 공물이 많아야 좋겠소, 공물이 적어야 좋겠소? 공물이 많아야 좋다 할진대 어찌 서자이니 전취 소생이니 그 것만 공물이라 하여도 역시 사정이올시다.

비록 종의 자식이나 거지의 자식이라도 우리나라 공물은 일반이어늘, 소위 양반이니 중인이니 상한이니 서울이니 시골이니 하여 서로 보기를 타국 사람같이 하니 단체가 성립할 날이 어찌 있겠소? 또 서북으로 말할지라도 몇백 년을 나라 땅에 생장하기는 일반이어늘, 그 사람 중에 재상이 있겠소, 도학군자가 있겠소? 천향이라 하여도 가하니 그 사람 중에 진개 재상 재목과 도학군자 자격이 없는 것이 아니라, 재상의 교육과 군자의 학문이 없음인지 몇백 년 좋은 공물을 다 버리고 쓰지 아니하였으니 어찌 나라가 왕성하오리까?

이성호의 말씀에, 반상을 타파하자, 서북을 통용하자 하여 수천 마디 말을 반복 의논하였으나 무효하였으니 어찌 한심치 아니하겠소? 평안도의 심의도사 오세양 씨는 그 학문이 우리 동방에 드문 군자라. 그 학설과 이설이 대단히 발표하였건마는 서원도 없고 문집도 없이 초목과 같이 썩은 일이 아니 원통한가?

그 정책은 다름 아니라 서북은 인재가 배출하니 기호畿湖와 같이 교육하면 사환 권리를 다 빼앗긴다 하니 그러한 좁은 말이 어디 있겠소? 사환이라는 것은 백성을 대표한 자인즉 백성의 지식이 고등한 자라야 참여하나니 아무쪼록 내 지식을 넓혀서 할 것이지, 남의 지식을 막고 나만 못하도록 하면 어찌 천도가 무심하오리까?

철학박사의 말에, 차라리 제 나라 민족에 노예가 세세로 될지언정 타국 정부의 보호는 아니 받는다 하였으니, 그 말을 생각하면 이왕 일이 대단히 잘못되었소.

또 반상으로 말할지라도 그렇게 심한 일이 어디 있겠소? 어찌하다가 한번 상놈이라 패호하면 비록 영웅 열사가 있을지라도 자자손손이 상놈이라 하대하니 그 같은 악한 풍속이 어디 있으리까? 그러나 한 번 상사람이 된 자는 도저히 인재 나기가 어려우니, 가령 서울 사람이라 해도 그 실상은 태반이나 시골 생장인즉 시골 풍속으로 잠깐 말하리다. 그 부모 된 자들이 자식의 나이가 칠팔 세만 되면 나무를 하여라, 꼴을 베어라 하여, 초등교과가 꼬부랑 호미와 낫이요, 중등교과가 가래와 쇠스랑이요, 대학교과가 밭갈기와 논갈기요, 외교수단이 소 장사 등 짐꾼이니, 그 총중에 비록 금옥 같은 바탕이 있을지라도 어찌 저절로 영웅이 되겠소? 결단코 그중에 주정꾼과 노름꾼의 무수한 협잡배들이 당초에 교육을 받았으면 영웅도 되고 호걸도 되었으리라 하오.

혹 그 부모가 소견이 바늘구멍만치 뚫려 자식을 동네 생원님 학구방에 보내면 그 선생이 처지를 따라 가르치되, 너는 큰 글을 하여 무엇하느냐, 계통문契通文: 계원에게 전달사항 알리는 글이나 보고 취대하기나 보면 족하지. 너는 시부표책詩賦表策하여 무엇하느냐, 『전등신화』나 읽어서 아전질이나 하여라 하니, 그런 참혹한 일이 어디 있겠소? 입학하던 날부터 장래 목적이 이뿐이요, 선생의 교수가 이러하니 제갈량, 비사맥 같은 바탕이 몇 백만 명이라도 속절없이 전진할 여망이 없겠으니 이는 소위 양반의 죄뿐 아니라 자기가 공부를 우습게 알아서 그 지경에 빠진 것이오. 옛날 유명한 송귀봉과 서거정은 남의 집 종의 아들로 일대 도학가가 되었고, 정금남은 광주 관비의 아들로 크게 사업을 이루었은즉, 남의 집 종과 외읍 관비보다 더 천한 상놈이 어디 있겠소만 이 어른들을 누가 감히 존중치 아니하겠소?

그러나 무식한 자들이야 어찌 그러한 사적을 알겠소? 도무지 선지라 선각이라 하는 양반이 교육을 아니한 죄가 대단하오. 물론 아무 나라하고 상·중·하등 사회가 없는 것은 아니나, 국가질서를 유지하려면 불가불 등급이 있어야 문란한 일이 없거늘, 우리나라 경장대신更張大臣들이 양반의 폐만 생각하고 양반의 공효는 생각지 못하여 졸지에 반상 등급을 벽파하라 하니 누가 상쾌치 아니하겠소만, 국가 질서의 문란은 양반보다 더 심한 자 많으니 어찌 정치가의 수단이라고 인정하겠소?

지금 형편으로 보면 양반들은 명분 없는 세상에 무슨 일을 조심하리오? 그 행세가 전일 양반만도 못하고 상인들은 요사이 양반이 어디 있어 비록 문장이 된들 무엇하며, 도학이 있은들 무엇하나 하여, 혹 목불식정目不識丁하고 준준무식蠢蠢無識한 금수 같은 유들이 제 집에서 제 형을 욕하며, 제 부모에게 불효한대도 동네 양반들이 말하면 팔뚝을 뽐내며 하는 말이, '시방 무슨 양반이 따로 있나? 내 자유권이 왜 상관이 있나? 내 자유권이 무슨 걱정이야? 그러다가는 뺨을 칠라, 복장을 지를라' 하면서 무슨 질욕하나 누가 감히 옳다 그르다 말하겠소? 속담에 상두꾼에도 수번이 있고, 초라니 탈에도 차례가 있다 하니, 하물며 전국 사회가 이렇게 문란하고야 무슨 질서가 있겠소?

갑오년 경장 대신의 정책이 웬 까닭이오? 양반은 양반대로 두고, 학교하는 임원도 양반이며, 학도의 부형도 양반이며, 학도도 양반이라 하고, 학도의 자모도 학부인이라, 내부인이라 반포하면 전국이 다 양반이 될 일을 어찌하여 양반 없이 한다 하니, 4천 년 전래하던 습관이 졸지에 잘 변하겠소? 지금 형편은 어떠하냐 하면 어기어차 슬슬 다리어라, 네가 못 다리면 내가 다리겠다. 어기어차 슬슬 다리어라 하는 이 지경에 한 번 큰 승부가 달렸은즉, 노인도 다리고, 소년도 다리고, 새아기씨도 다리어도 이길는지 말는지 할 일이오. 나도 양반으로 말하면 친정이나 시집이나 삼한갑족三韓甲族이로되, 그것이 다 쓸데 있소? 우리도 자식을 공물이라 하면 소위 서북이니 반상이니 썩고 썩은 말을 다 그만두고 내 나라 청년이면 아무쪼록 교육하여 우리 어렵고 서러운 일을 그 어깨에 맡깁시다."

금운이 말했다.

"작일昨日은 융희隆熙 2년 제일 상원이니, 달도 그전과 같이 밝고, 오곡밥도 그전과 같이 달고, 각색 채소도 그전과 같이 맛나건마는 우리 심사는 왜 이리 불평하오?

어젯밤이 참 유명한 밤이오. 우리나라 풍속에 상원일 밤에 꿈을 잘 꾸면 그해 일 년에, 벼슬하는 이는 벼슬을 잘하고, 농사하는 이는 농사를 잘하고, 장사하는 이는 장사를 잘한다 하니, 꿈이라는 것은 제 욕심대로 꾸어서 혹 일 년, 혹 수십 년이라도 필경은 아니 맞는 이유가 없소. 우리 한 노래로 긴 밤을 새우지 말고, 대한 융희 2년 상원일에 크나 작으나 꿈꾼 것을 하나 유루없이 이야기합시다."

설헌이 동의하며 말했다.

"그 말씀이 매우 좋소. 나는 어젯밤에 대한제국 자주 독립할 꿈을 꾸었소. 활멸사라 하는 사회가 있는데 그 사회 중에 두 당파가 있으니, 하나는 자활당이라 하여 그 주의인즉, 교육을 확장하고 상공을 연구하여 신공기를 흡수하며 부패 사상을 타파하여 대포도 무섭지 아니하고 장창도 두렵지 아니하여 국가에 몸을 바치는 사업을 이루고자 할새, 그 말에 외국 의뢰도 쓸데 없고, 한두 개 영웅이 혹 국권을 만회하여도 쓸데없고, 오직 전국 남녀 청년이 보통 지식이 있어서 자주권을 회복하여야 확실히 완전하다 하여 학교도 설시하며 신서적도 발간하여, 남이 미쳤다 하든지 못생겼다 하든지 자주권을 회복하기에 골몰 무가하나, 그 당파의 수효는 전사회의 10분지 3이오.

하나는 자멸당이라 하니 그 주의인즉, 우리나라가 이왕 이 지경에 빠졌으니 제갈공명이 있으면 어찌하며, 격란사돈이 있으면 무엇하나? 십승지지 十勝之地가 어디 있노, 피란이나 갈까 보다, 필경은 세상이 바로잡히면 그때에야 한림翰林·직각直閣을 나 내놓고 누가 하나? 학교는 무엇이야, 우리 마음에는 십대 생원님으로 죽는대도 자식을 학교에야 보내고 싶지 않다. 소위 신학문이라는 것은 모두 천주학인데 우리네 자식이야 설마 그것이야 배우겠나?

또 물리학이니 화학이니 정치학이니 법률학이니, 다 무엇에 쓰는 것인가? 그것을 모를 때에는 세상이 태평하였네. 요사이 같은 세상일수록 어디 좋은 명당자리나 얻어서 부모의 백골을 잘 면례하였으면 자손이 발음이나 내릴는지, 우선 기도나 잘하여야 망하기 전에 집안이나 평안하지, 전곡이 썩어지더라도 학교에 보조는 아니할 터이야. 바로 도적놈을 주면 매나 아니 맞지, 아무개는 제 집이 어렵다 하면서 학교에 명예 교사를 다닌다지. 남의 자식 가르치기에 어찌 그리 미쳤을까? 글을 읽어라, 수를 놓아라 하는 소리 참 가소롭데. 유식하면 검정콩알이 아니 들어가나? 운수를 어찌하여? 아무 것도 할 일 없지. 요대로 앉았다가 죽으면 죽고 살면 사는 것이 제일이라 하니, 그 당파의 수효는 10분지 7이요, 그 회장은 국참정이라는 사람이니, 아무 학회 회장과 흡사하여 얼굴이 풍후하고 수염이 많고 성품이 순실하여 이 당파도 좋아 저 당파도 좋아 하여 반박이 없이 가부취결만 물어서 흥하자 하면 흥하고, 망하자 하면 망하여 회원의 다수만 점검하는데, 그 소수한 자활당이 자멸당을 이기지 못하여 혹 권고도 하며, 혹 욕질도 하며, 혹 통곡도 하면서 분주 왕래하되, 몇 번 통상회의니 특별회의니 번번이 동의하다가 부결을 당한지라, 또 국회장에게 무수 애걸하여 마지막 가부회를 독립관에 개설하고 수만 명이 몰려가더니 소위 자멸당도 목석과 금수는 아니라, 자활당의 정대한 언론과 비창한 형용을 보고 서로 기뻐하며 자활주의로 전수가결 되매, 그 회원들이 독립가를 부르고 춤을 추며 돌아오는 거동을 보았소.”

매경이 이어 말했다.

“(깔깔 웃으며) 나는 어젯밤에 대한제국이 개명하는 꿈을 꾸었소. 전국 사람들이 모두 병이 들었다는데, 혹 반신불수도 있고 혹 수중다리도 있고 혹 내종병도 들고 혹 정충증도 있고 혹 체증 횟배와 귀먹고 눈멀고 벙어리 까지 되어 여러 가지 병으로 집집이 앓는 소리요, 곳곳이 넘어지는 빛이라, 남녀노소를 물론하고 성한 사람은 하나도 없더니 마침 한 명의가 하는 말이, 이 병들을 급히 고치지 아니하면 우리 삼천리강산이 빈터만 남으리니 그 아니 통곡할 일이오? 내가 화제 한 장을 낼 것이니 제발 믿으시오 하더니 방문을 써서 돌리니, 그 방문 이름은 청심환 골산이니 성경으로 위군하고 정치, 법률, 경제, 산술, 물리, 화학, 농학, 공학, 상학, 지리, 역사를 각 등분하여 극히 정묘하게 국문으로 법제하여 병세 쾌차하도록 무시복하되, 병자의 증세를 보아 임시 가감도 하며 대기하기는 주색잡기, 경박, 퇴보, 태타_{怠惰:} 몹시 게으름 등이라.

이 방문을 사람마다 베껴다가 시험할새 그 약을 방문대로 잘 먹고 나면 병 낫기는 더 할 말이 없고 또 마음이 청상해지며 환골탈태가 되는데 매미와 뱀과 같이 묵은 허물을 일제히 벗어 버립디다.

오륙 세 전 아이들은 당초에 벗을 것이 없으나 팔 세 이상 아이들은 가뭇가뭇한 종잇장 두께만 하고, 15세 이상 사람들은 검고 푸르러서 장판 두께만 하고, 30, 40씩 된 사람들은 각색 빛이 얼룩얼룩하여 멍석 두께만 하고, 50, 60 된 사람들은 어룩어룩 두틀두틀하며 또 각색 악취가 촉비하여 보료 두께만 하여, 노소남녀가 각각 벗을 때 참 대단히 장관입니다. 아이들과 젊은이와, 당초에 무식한 사람들은 벗기가 오히려 쉽고, 조금 유식하다는 사람들과 늙은이들은 벗기가 극히 어려워서, 혹 남이 붙잡아도 주고 혹 가르쳐도 주되, 반쯤 벗다가 기진한 사람도 있고 아니 벗으려고 앙탈하다가 그대로 죽는 사람도 왕왕 있습디다.

필경은 그 허물을 다 벗어 옥골선풍_{玉骨仙風}이 된 후에 그 허물을 주체할 데가 없어 공론이 불일한데, 혹은 이것을 집에 두면 그 냄새에 병이 복발하기 쉽다 하며, 혹은 그 냄새는 고사하고 그것을 집에 두면 철모르는 아이들이 장난으로 다시 입어 보면 이것이 큰 탈이라 하며, 혹은 이것을 모두 한곳에 몰아 쌓고 그 근처에 사람이 다니는 것을 금하면 다시 물들 염려도 없을 터이나 그것을 한곳에 모아 쌓은즉 백두산보다도 클 것이니, 이러한 조그마한 나라에 백두산이 둘이면 집은 어디 짓고 농사는 어디서 하나? 그것도 못될 말이지 하며, 혹은 매미 허물은 선퇴라는 것이니 혹 간기증에도 쓰고, 뱀의 허물은 사퇴라는 것이니, 혹 인후증에도 쓰거니와 이 허물은 말하려면 인퇴라 하겠으나 백 가지에 한 군데 쓸데가 없으며 그 성질이 육기가 많고 와사 냄새가 많아서 동해 바다의 멸치 썩은 것과 방불한즉, 우리나라의 척 박한 천지에 거름으로 쓰면 각각 주체하기도 경편하고 또 농사에도 심히 유 익하겠다 하니, 그제야 여러 사람이 그 말을 시행하여 혹 지게에도 져 내고 혹 구루마에 실어 내어 낙역부절하는 것을 보았소."

금운이 이어 말했다.

"나는 어젯밤에 대한제국이 독립하는 꿈을 꾸었소. 오뚝이라는 것은 조 그마하게 아이를 만들어 집어던지면 드러눕지 아니하고 오뚝오뚝 일어서 는 고로 이름을 오뚝이라 지었으니, 한문으로 쓰려면 나 오吾 자, 홀로 독獨 자, 설 립立 자 세 글자를 모아 부르면 오독립이니, 내가 독립하겠다는 의미 가 있고 또 오뚝이의 사적을 들으니 옛날 조그마한 동자로 정신이 돌올하여 일찍 일어선 아이라. 그런고로 후세 사람들이 아이를 낳아서 혹 더디 일어 설까 염려하여 오뚝이 모양을 만들어 희롱감으로 아이들을 주니 그 정신이 오뚝이와 같이 오뚝오뚝 일어서라는 의사라. 우리나라 사람들이 오뚝이 정 신이 있는 이는 하나도 없은즉, 아이들뿐 아니라 장정 어른들도 오뚝이 정 신을 길러서 오뚝이와 같이 오뚝오뚝 일어서기를 배워야 하겠다 하여, 우리 영감 평양서윤으로 있을 때에 장만한 수백 석지기 좋은 땅을 방매하여 오뚝 이 상점을 설치하고 각 신문에 영업 광고를 발표하였더니 과연 오뚝이를 몇 달이 못 되어 다 팔고 큰 이익을 얻어 보았소."

국란이 이어 말했다.

"나는 어젯밤에 대한제국이 천만 년 영구히 안녕할 꿈을 꾸었소. 석가 여래라 하는 양반이 전신이 황금과 같이 윤택하고 양미간에 큰 점이 박히고 한 손은 감중련하고 한 손에는 석장을 들고 높고 빛나는 옥탁자 위에 앉았 거늘. 내가 합장 배례하고 황공 복지하여 내두의 발원을 묻는데, 어떠한 신

수 좋은 부인 한 분이 곁에 섰다가 책망하기를, 적선한 집에는 경사가 있고, 불선한 집에는 앙화殃禍가 있음은 소소한 이치어늘, 어찌 구구히 부처에게 비나뇨? 그대는 적악한 일이 없고 이생에도 부모에 효도하며 형제에 우애하며 투기를 아니하며 무당과 소경을 멀리하여 음사 기도를 아니하며 전곡을 인색히 아니하여 어려운 사람을 잘 구제하고 학교에나 사회에나 공익상으로 보조를 많이 하였으니 너는 가위 선녀라 할지니, 그 행복을 누리려면 너의 일생뿐 아니라 천만 년이라도 자손은 끊기지 아니하고 부귀공명과 충신 효자를 많이 점지하리라 하시니, 이 말씀을 미루어 본즉 내 자손이 천만 년 부귀를 누릴 지경이면 대한제국도 천만 년을 안녕하심을 짐작할 일이 아니겠소?"

여러 부인 중에 한 부인이 일어나사 말하되,

"나는 지식이 없어 연하여 담화는 잘하지 못하거니와 사상이야 어찌 다르며 꿈이야 못 꾸었겠소? 나도 어젯밤에 좋은 몽사가 있으나 벌써 닭이 울어 밤이 들었으니 이 다음에 이야기하오리다."

연애의 시대를 읽는 소설,

이광수의

재생

再生

3·1운동이 끝나자, 이들은 졸지에 '연애의 화신'들로 변모한다. 말하자면 이 작품『재생』은 1990년대 후반에 유행한 운동권 '후일담'의 원조격인 셈이다. 그렇기 때문에 근대적 욕망의 구조가 적나라하게 스케치되어 있다. 3·1운동 이후 왜 그토록 연애 열기에 휩싸였는지, 그리고 그것이 어떤 식으로 작동·변주되는지 등. 마치 인류학적 보고서를 읽는 느낌이 들 정도였다.(고미숙,『연애의 시대』, 99쪽)

대상을 만나기도 전에 이미 존재를 걸고 사랑할 준비가 되어 있는, 참으로 기이한 열정! 진정, 봉구는 순영이라는 한 여인을 사랑한 것일까? 혹시 그게 아니라 단지 자신이 설정한 사랑의 이념을 실현하기 위해 순영이라는 우상이 필요했던 건 아닐까? 돈키호테의 '눈먼 열정'이 그러했듯이.
순영은 자신을 유혹하는 다방골 부자 백윤희의 화려한 저택과 침대, 피아노, 자동차에 매혹된다. 그것은 '욕망의 오색불길'이 타오를 만큼 강렬하다. 화폐에서 욕정을 느끼는 근대인의 모습을 여실히 보여 준 것. 자본주의하에서 '화폐-성욕-죽음', 이 세 가지 충동은 언제나 함께 간다.(고미숙,『연애의 시대』, 107쪽)

재생

-상편-

1회　청년회에 열린 추기秋期음악회가 아직 다 파하기도 전에 부인석에 앉았던 순영淳英은 슬며시 일어나서 소곳하고 사뿐사뿐 걸어 밖으로 나온다. 그의 회색 삼팔 치마는 흐느적흐느적 물결이 치는 대로 삭삭 하고 연한 소리를 내며 걸음발마다 향수 냄새가 좌우편 구경꾼의 코에 들어갔다. 사람들은 잠깐 무대에서 눈을 돌려 순영을 바라보고는 픽픽 웃기도 하고 수군수군하기도 하였다.

"순영이다."

"저게 김순영이다."

하는 속삭임이 학생들 중에서 들린다. 과연 순영은 이날 밤에는 더욱 어여뻤다. 호리호리한 키와 날씬한 몸맵시, 얌전하게 튼 윤이 흐르는 머리 모양, 오늘따라 순영은 더욱 어여쁘다. 바탕도 어여쁜 얼굴이지만 학교 안에서 소문이 나도록 순영은 화장에 힘을 쓰고, 또 화장하는 솜씨가 있으며, 옷감 고르는 것이라든지 옷고름 매는 것까지 모두 남보다는 모양이 있었다. 게다가 그는 지금 갓 스물이라는 한참 필 대로 다 핀 꽃이다. 다만 흠을 잡자면 그의 얼굴에 살이 좀 부족해서 풍부한 맛이 없는 것이다. 그러나 흠 없는 옥이 어디 있나. 이만하면 서울 여학생 중에 이름난 미인으로 청년들이 사모하는 꽃이 되기에는 넉넉할 것이다. 게다가 재주도 있고 공부도 잘하고 음악도 잘한다. 진실로 서울 장안에 젊은 사람치고 김순영의 이름을 모를 사람은 없다.

순영은 가만히 문을 열고 나왔다. 문 밖에는 한 30분이나 전부터 어떤 네모난 모자를 쓴 학생 하나가 맘을 진정치 못하는 듯이 지키고 서서는 가끔 사람 안 보는 틈을 타서는 문틈으로 방 안을 들여다보고 있었다. 순영이가 나오는 것을 보고 그는 얼른 모자를 벗었고, 순영은 잠깐 멈칫하더니 얼른 그 학생의 곁으로 뛰어가서 손이라도 잡을 듯이 반가운 모양을 보이며,

"아이, 벌써부터 나와서 기다리셔요?"

하고 방긋 웃는다. 앞니에 씌운 금니가 비상히 강하게 번쩍한다.

"나온 지 한 30분 되었어요! 벌써 9시 반입니다."

하고 학생은 순영이가 늦게 나온 것을 책망하는 듯하는 눈으로 순영을 노려본다.

"아이, 어느새 그렇게 늦었어요? 그래도 시간은 넉넉하지요?"

순영도 무슨 일을 그르친 듯 근심하는 표정을 한다. 그 찡긋하고 양미간을 찌푸리는 것이 말할 수 없이 사람을 미혹하는 힘을 가지었다.

"어서 나가야 돼요! 그놈의 청량리 전차를 믿을 수가 있나. 어떤 때에는 20분씩이나 사람을 기다리게 하는 걸. 댁에 갔다 오실 새는 없습니다. 바로 나가야지."

하고 학생은 순영이야 따라오거나 말거나 급히 가야 된다 하는 듯이 한 걸음 앞서 층층대를 향하고 나온다. 순영은 어찌할 바를 모르는 듯이 또는 좀 성을 내는 듯이 한 번 더 양미간을 찡긋하고 눈을 깜박깜박하더니 다시 상긋 웃고 빠른 걸음으로 학생의 뒤를 따라 층층대 중간에서 그를 앞서려는 듯이 스치며 그의 손을 더듬어 한번 꼭 쥐고,

"그럼 바로 나가요! 우리 자동차 불러 타고 나가요! 시간 안 늦게."

하고 고개를 돌려 학생을 본다. 학생도 할 수 없는 듯이 빙긋 웃고는 둘이서 청년회관 문을 나섰다.

"자동차!"

자동차라는 말에 너무 으리으리해서 놀라기도 하였으나 전차를 타고 가다가 아는 사람들을 만나는 것보다는 차라리 돈을 좀 들이더라도 자동차로 가는 것이 좋겠다. 더욱이 순영이와 단둘이 자동차를 달려가는 것을 상상할 때에 학생은 자릿자릿한 기쁨을 깨달았다.

'마침내 순영은 내 것이다' 하는 승리의 강렬한 기쁨을 깨달았다. 음악회장에서는 손뼉 치는 소리가 어디 딴 세상에서 오는 소리같이 들린다.

2회   순영을 동아부인상회로 들어가 기다리게 하고 신봉구라는 그 학생은 자동차를 구하러 돌아다녔다. 오늘이 마침 음력 팔월 중순이라 장안 인사들이 한강철교로 청량리로, 혹은 술친구를 싣고 혹은 기생들을 싣고 달구경 다니노라고 자동차들은 모두 다 나가고 말았다. 봉구는 종로로 구리개로 마라톤 경주하는 사람 모양으로 돌아다니며 자동차를 찾았으나 하나도 얻어 만나지 못하였는데 그의 왼쪽 팔목에 맨 니켈 시계의 가느다란 바늘은 벌써 10시하고도 반을 가리킨다. 인제 30분이다. 11시까지에는 청량리역을 나가야만 한다. 그런데 인제는 전차로도 안 되고 인력거로도 안 된다. 만일 자동차를 구하지 못하면 오늘 기회는 지나가 버리고 만다. 이 주일 동안 그렇게 모진 애를 쓰고 밤잠도 편히 못 자고 학교도 결석을 하여 가면서 지어 놓은 이 기회를 놓쳐 버리고 마는 것이다. 이 기회를 한 번 놓치면 다시 아니 돌아올는지를 누가 아나. 여자의 맘은 바람개비와 같다. 금방 동쪽으로 향하였다가도 어느덧 서쪽으로 향한다. 한 번 서쪽으로 향한 여자의 생각을 동쪽으로 다시 끌기는 하늘에 오르기와 같은 일이다. 여자의 맘은 결코 두 번도 한 번 가던 길을 다시 가기를 원치 아니하고 그는 항상 새 길을 찾는다.

"그렇게 어려우시거든 그만두세요. 다른 데로 구하려면 구할 데가 있으니까요."

하던 순영의 말에 정신이 아득해지며 온몸이 찌르르하게 아팠던 기억이 지금도 새롭다. 그까짓 돈 300원! 순영이 같은 계집애 뒤에는 300원은커녕 3천 원, 3만 원의 소절수小切手: 수표는 아무 때나 떼어 드리리다 하고 수정 도장 한 손에 들고 따라다니는 어중이떠중이가 여간 둘셋만이 아니다. 봉구에게는 그 300원 돈은 자기의 일생의 밑천인 학비인 동시에 육십이 넘은 늙은 어머니의 양식이다. 그러나 순영에게는 그것이 무엇이 끔찍하랴.

오늘은 꼭 순영이를 데리고 가야만 된다. 순영의 내게 향한 맘이 바람개비 모양으로 팽 돌아서기 전에 순영을 내 것을 만들어야 된다. 그리하려면 원산 가는 오늘 밤차를 꼭 잡아타야만 된다. 이렇게 생각하면 봉구의 맘은 견딜 수 없이 조급해진다.

'순영을 잃어버리고도 내가 살 수가 있을까?' 조급한 중에도 조선호텔을 향하고 예전 소공동 골목으로 뛰어 들어가는 봉구는 혼자 생각하였다.

'못해! 못 살아! 꼭 못 살 것을, 어찌하나.' 순영이가 없으면 봉구는 꼭 못 살 것만 같았다.

조선호텔에는 마침 들어오는 자동차 한 대가 있었다. 지배인은 호텔 손님이 쓰실 터이니 못 빌려 주겠다고 하는 것을 마침 어느 아는 사람의 조력으로 얻기는 얻었다. 그러나 시간은 10시 45분. 11시까지는 겨우 15분이 남았다. 그러나 11시 5분에만 정거장에 가면 차는 탄다. 봉구는 푸근푸근한 자동차 쿠션에 앉아서 몸을 흔들면서 길게 한숨을 쉬었다.

자동차가 동아부인상회 앞에 서서 뚜뚜 하고 두어 번 소리를 지를 때에 순영은 문을 열고 무엇을 한아름 안고 나온다. 안으로서는, "안녕히 가십시오" 하는 소리가 들리고 문이 닫힌 뒤에도 창으로 내다보는 여자 점원의 흰 얼굴과 깨득깨득하고 웃는 소리가 들린다. 봉구는 무슨 큰 모욕이나 당하는 듯이 불쾌하였다. 그래서 자동차 호로幌: 마차 등의 덮개를 뜻하는 일본어 그늘에 몸을 숨기고 고개를 한길 쪽으로 돌렸다. 순영이가 곁에 앉는구나 하면서도 일부러 외면하고 있을 때에 웬 인버네스소매 대신에 망토가 달린 남자용 외투 입은 얼굴 흰 자가 고개를 기웃하고 자기네를 들여다보고 지나간다. 봉구는 더욱 불쾌하여서 자동차가 떠난 뒤에도 순영을 돌아보지도 아니하고 말도 아니하였다.

순영은 봉구의 눈치도 못 차린 듯이 동아부인상회에서 들고 나오던 뭉텅이를 쳐들어 봉구의 눈앞에 내밀면서,

"이것 봐요! 이게 뭔데요?"

하고 몸을 봉구에게로 싣는다.

3회 그래도 봉구가 아무 대답이 없는 것을 보고는 순영은 머쓱하여 고개를 기울여 봉구의 얼굴을 들여다보며,

"왜 노여웠어요?"

한다. 그 목소리와 어조가 어떻게 슬프다, 미안하다 하는 빛을 띠었는지 봉구는 단박에 순영을 껴안고,

'아니야요. 당신을 슬프시게 해서 미안합니다' 하고 사죄라도 하고 싶었다. 그러나 여태껏 미친놈 모양으로 장안 대로상으로 자동차를 찾아 돌아다니던 것을 생각을 하면 분하기도 하고 수치스럽기도 하여 얼른 성난 모양을 풀기가 싫었다. 실로 봉구는 오늘날까지에 별로 남의 심부름을 하여 본 일이 없었고 누구의 시키는 말을 들어본 일도 없었다. 어려서 아버지가 죽고 편모 슬하에 톡톡한 꾸중 한 번도 들어보지 못하고 제 맘대로 뛰고 놀고 자랐다. 그러므로 학교에서 선생이나 교무주임이 무슨 일로 자기의 자유를 누르더라도 곧 반항할 맘이 생기도록 불쾌하였다. 그는 제 맘에 맞지 않는 명령은 복종하지 않았다. 그래서 벌도 여러 번 섰고 학업의 성적은 늘 우등

이면서 품행에 을을 받은 적도 두어 번 되었다. 다만 그에게는 자기의 위엄을 중히 여기는 일종의 자제력이 나면서부터 있기 때문에 할 수 없는 악소년이 되지 않고 말았다. 이렇게 자존심이 강한 그는 기미년1919년 통에 감옥에 들어가서 무진무진 간수들의 속을 썩였다. 그 까닭에 한 달에 한 번 어머니를 면회하는 특권조차 빼앗기고 독방에도 서너 번 들어가서 남들이 다 가출옥을 당할 때에 그것도 못하고 2년 8개월의 형기를 날수대로 다 채우고야 나왔다. 그렇게 자존심이 강한 봉구로는 어떤 사람의 명령으로 자동차를 구하러 돌아다닌 것이 불쾌하지 아니치 못하였다.

그래서 순영의 말에는 대답도 잘 아니하고 뚱하고 앉은 것이다.

순영은 봉구를 달래는 듯이 한 팔을 들어 봉구의 목을 안으려 하다가 놀란 듯이 팔을 도로 물리며,

"에그머니, 땀을 흘리시네…. 이를 어쩨!"

하고 향내 나는 부드러운 손수건을 꺼내어 우선 봉구의 목의 땀을 씻고 그러고는 그의 가슴의 땀을 씻으려는 듯이 저고리 단추를 두어 개 끄르더니 그럴 수는 없다 하는 모양으로 손에 들었던 수건을 봉구에게 주며,

"자, 단추를 끄르고 땀을 씻으세요. 네, 어서!"

하고 봉구가 몸을 맘대로 움직일 자유를 주노라고 잠깐 물러앉는다.

"어서" 하는 순영의 목소리에는 아직도 평양 사투리가 남아 있구나 하고 경기도 태생인 봉구는 빙그레 웃으면서 그 수건을 받아서 몸의 땀을 씻었다.

순영은 봉구가 땀을 씻는 것을 보며,

"아이 어쩨, 감기가 드시면 어쩌나! 차 타는 대로 활활 벗고 침대에 들어가 누우세요, 네. 내복이랑 말려 드릴게."

하고 아직도 정거장에를 아니 왔나 하는 모양으로 고개를 기울여 바깥을 내다본다.

어느덧 북적북적하는 야시터도 다 지나고 아마 배오개도 지나온 모양인지 침침한 길로 자동차는 전속력을 내어 달아난다. 순영은 그래도 자동차의 속력이 맘에 차지 않는다는 모양으로 허리를 굽혀 손가락으로 운전수의 어깨를 꾹 찌르며,

"못도 하야쿠. 이소구까라!"(좀 더 빨리 가요. 바쁘니까!)

한다. 그 어조가 항상 자동차를 타서 자동차의 속력이 얼마나 하면 느리고 빠른 것을 잘 아는 귀부인의 어조와 같다.

운전수는 잠깐 고개를 돌이고는 들릴락말락 "하이"(네) 하고는 기운차게 뿡뿡하고 사람 비키라는 소리를 지른다.

봉구는 순영이가 차 속에서 내복을 말려 주마 한 것이 사랑스럽기도 하고 우습기도 하여,

"무엇에다 내복을 말려요?"

하고 웃었다.

순영은 봉구의 성난 것이 풀린 것을 기뻐하는 모양으로 몸을 봉구에게 실으며, "왜요, 스팀히터(증기난로)에 말리지요." 한다.

4회 봉구는 스팀히터란 말에 더욱 웃었다.

"겨울에나 스팀이 있지 여름에도 있소?"

하고 봉구는 소리를 내어 웃었다. 순영은 한참 맥맥하더니^{맥맥하다: 생각}
이 잘 돌지 않아 답답하다

"아이 참, 아직 겨울이 아니지. 나는 지난 겨울에 동래온천에 갈 적에…"

하다가 순영은 말을 뚝 끊는다. 그러고는 제가 한 말에 제가 놀라는 듯이 몸을 흠칫한다.

봉구도 불의의 말을 듣는 듯이 목을 쑥 빼었다. 그리고 부지불식 간에,

"동래온천? 누구하구?"

하고 부르짖었다. 봉구의 가슴에는 형언할 수 없는 의심과 질투의 불이 확 일어났다.

'내가 감옥에서 덜덜 떨고 있는 동안에 나를 사랑하노라는 순영이가 동래온천에? 또 그것은 누구하고 갔을까?' 할 때에 봉구는 단박 순영의 멱살을 움켜쥐고 싶었다. 그러나,

"아니야요! 이런! 둘째오빠하고 동래온천 구경갔다 왔단 말이야요."

하고 부끄러운 듯이 순영이가 고개를 숙이는 판에 봉구의 분은 풀렸다. 그러나 둘째오빠라는 것을 생각할 때에 여러 가지 불쾌한 생각이 났다. 둘째오빠라는 자가 봉구에게는 가장 위험한 인물인 줄을 봉구는 잘 안다. 순영의 집 재산을 없애 버린 것도 둘째오빠요, 순영을 이용하여 어떤 부자의 돈을 좀 얻어먹으려고 여러 어중이떠중이를 순영에게 소개하고, 따라서 자기와의 사랑을 훼방놓는 자는 둘째오빠인 줄은 봉구는 잘 안다. 그러므로 만일 순영이가 둘째오빠와 같이 동래온천을를 갔다 하면 반드시 어떤 돈 있는 녀석이 따라갔으리라, 할 때에는 잠깐 잠잠해졌던 봉구의 가슴 바다에는 또 물결이 일기를 시작하였다. 또 한 가지 '오빠'란 말에 봉구가 괴로워하는 것은 순영에게 오빠라는 소리 듣는 젊은 남자가 많은 것이다. 그중에도 김창현이라는 바이올린도 들고 다니고 소설 편도 쓰는 얼굴 희고 머리 긴 사람을 순영이가 가장 친절하게 교제하는 것이 퍽 싫었다. 이 사람은 도리어 봉구와는 동향 친구련만 그럴수록 더욱 미웠다.

"아니야요. 미스터 김은 그런 사람이 아닙니다. 장차 큰 예술가가 되실 분입니다. 또 내가 미스터 김을 사랑하는 것은 형제의 사랑이야요. 형제의 사랑과 애인의 사랑과는 다르지 아니해요──아니 미스터 신은 퍽도 완고해서."

하고 순영이가 어린 사람을 타이르듯이 자기에게 설명할 때에는 암만

해도 그렇게 찬성은 못하면서도 더 다툴 필요가 없다 하여 혼자 입만 다시고 말았다.

왜 둘째오빠 같은 사람이 순영에게 있을까, 왜 김창현이 같은 작자가 순영에게 있을까, 그런 것들이 다 없고 순영은 오직 나 하나밖에 믿을 곳도 없고 의지할 곳도 없었으면 작히나 좋을까. 그러면 순영의 가슴속에는 오직 신봉구라는 나 한사람밖에 없을 것이다. 이렇게 생각하고 봉구는 순영의 가슴속을 들여다보려는 듯이 물끄러미 순영을 바라보았다.

진실로 순영은 이때의 봉구의 눈이 무서웠다. 항상 봉구를 자기보다 채 어린 남동생같이 생각하였건만(기실은 봉구가 순영이보다 네 살이나 위다)이 때에는 봉구가 자기보다 큰 위엄과 권세를 가진 재판관같이 보였다.

'모른다──알 리가 없다' 하면서도 순영은 감히 봉구를 바라보지 못하였다. 그리고 순영의 맘속엔 슬픔과 후회의 아픈 정의가 일어났다. 그러나 '나는 봉구 씨를 사랑한다──가장 사랑한다' 하고 생각할 때 순영은 스스로 위로도 얻었고 또 봉구의 얼굴을 정면으로 볼 용기도 얻었다.

순영은 고개를 들어 봉구를 쳐다보며,

"왜 그렇게 저를 보세요? 제가 무엇 잘못한 거나 있어요?"

하고 동생이 그 형에게나 하는 모양으로 고개를 기울여 봉구의 어깨에 기대고 한 팔로 봉구를 껴안으면서,

"설혹 제가 잘못한 게 있더라도 유^{you}(당신)께서는 모두 용서해 주세요. 그렇지요? 유께서는 저를 사랑하시니까요."

하고 말끝이 흐린다. 어떻게 그 어조가 가련하고 순진한가.

5회 진실로 이때의 순영의 가슴속에는 봉구를 사랑하는 정과 봉구에 대하여 자기가 신실하고 정성되지 못한 미안으로 차서 울고 싶었다. 봉구가 지금까지 만 4년 동안이나 자기에게 대하여 어떻게 충실하였던 것과 더욱이

그가 감옥에 있는 동안에 어떻게 자기를, 오직 자기만을 생각하고 있었던 것과 또 감옥에서 나온 뒤에도 자기를 위하여 어떻게 두 번이나 적지 아니한 돈을 만들어 준 것과 이 모든 일을 생각할 때에 울고 싶도록 봉구가 고마웠다.

순영은 봉구의 어깨에 기대었던 머리를 굴려서 봉구의 가슴에 묻고 비볐다. 순영의 등은 들먹거렸다. 그는 운다. 봉구는 손으로 순영의 들먹거리는 등을 만졌다. 그리고 순영의 머리에 자기 뺨을 비비면서,

"자아, 왔소. 일어나시오."

하였다. 순영은 더욱 느끼면서,

"제가 잘못한 게 있더라도 다 용서해 주세요, 네? 저를 불쌍히 여겨 주세요."

"잘못은 무슨 잘못이야요? 자, 일어나요. 정말 다 왔어요."

하고 봉구는 순영을 안아 일으켰다. 자동차는 휘움히^{조금 휘어져} 돌아서 청량리 정거장 앞에 대었다.

자동차에서 내려 정거장으로 들어선 두 사람에게는 자동차를 탄 동안이 2시간은 넘은 것 같았다. 오랫동안 단둘이만 만날 기회를 얻지 못하던 그들은 비록 15분 못 되는 시간에라도 단둘이 만나게 될 때에 자기네 스스로 생각해 보아도 의외라 하리만큼 여러 가지 복잡한 감정이 흐른 것이다. 그들의 얼굴은 심히 피곤한 사람과 같이 보였다. 더욱이 그렇게 항상 근심이란 모르는 듯 하던 순영의 얼굴에 아주 인생의 모든 슬픔과 근심을 통과하여 온 사람과 같은 빛을 주어 그것이 그를 좀 더 노성하게 갸륵하게 한다.

강원도, 함경도 방면으로 가는 시골 손님들은 흔히 듣지 못하던 자동차 소리와 함께 그 속으로 나오는 청년 남녀 한쌍을 주목하지 않을 수 없었다. 그중에도 속속들이 비단으로 내리감은 미인 순영에게 정신을 아니 빼앗길 수 없었다.

봉구가 차표를 사는 동안에 순영은 몸을 숨기려고도 않고 그렇다고 주위를 살피려고도 않는 모양으로 대합실 한복판에 정신없는 사람 모양으로 서 있었다.

이윽고 개찰구가 열리고 사람들은 저마다 앞을 다투어 비비고 뚫고 떠들고 서로 욕지거리를 하면서 나간다. 봉구와 순영이는 맨 뒤에 떨어져서 다른 사람들이 다 나가기를 기다렸다.

마침내 두 사람은 달빛이 찬 플랫폼에 섰다. 벌써 가을은 깊어서 홍릉으로 거쳐 오는 바람이 산들산들한데 봉구는 아까 땀 났던 몸이 마르느라고 추우리만큼 몸이 식었다. 그래서 바람을 피하는 듯이 정거장 이름 쓴 패 그늘에 들어서서 열차가 올 왕십리 쪽을 바라보고 있다.

순영은 어른에게 책망받기를 두려워하는 아이들이 하는 모양으로 가만가만히 봉구의 곁으로 가서,

"추우시지요? 나도 추운데…. 내 내복 말려 드릴게요…. 퍽 추워하시는데, 에그 감기나 드시면 어찌해."

하고 근심스러운 얼굴로 봉구의 생각 많은 듯한 그리고 애티 있는 얼굴을 쳐다본다.

"좀 선선하지만 석왕사는 어지간히 차겠는데, 겹옷이나 한 벌 가지고 오실 걸 그랬지요?"

하고 봉구는 부드러운 눈으로 순영을 내려다보았다. 그때 봉구의 생각에는 순영은 좀 더 자기 것이 된 것 같고 자기에게밖에 의지할 곳이 없고 오직 자기의 사랑과 자기의 힘으로만 보호할 수 있는 가련한 여성과 같이 정답게 사랑스럽게 보였다.

순영도 그러하였다. 이때에 그의 맘속에는 봉구밖에 없었다. 지금까지도 그를 그리워하지 아니한 것은 아니지만 지금같이 그에게 기대고 의지하고 싶은 생각은 난 일이 없었다. 그렇게 생각할 때에 순영은 봉구가 지극히

사랑스러우면서도 일변 그에게 대하여 미안한 듯한 생각이 가슴의 어느 구석을 쏙쏙 찌르는 듯하였다.

6회 이때에는 경원선에는 서울로 향하고 오는 손님은 많아도 서울로서 북으로 가는 손님은 적은 때여서 마침 침대는 비었다. 봉구와 순영은 네 사람이 차지할 침실 한 칸을 단둘이 차지할 수가 있었다. 봉구가 자리를 깔고 나아가는 보이boy에게 돈 얼마를 미리 쥐어 줄 때에 보이는 모자를 벗어 허리를 굽히고 그러고는 의미 있게 "안녕히 주무십시오" 하고 나가 버렸다. 봉구도 순영이도 빙그레 웃었다.

두 사람은 우선 한자리에 가지런히 앉아서 조그마한 방안을 둘러보았다. 젖빛같이 하얀 천장, 까무스름하고도 누루스름하게 칠한 벽이며, 짙은 초록 문짝과 눈같이 흰 하얀 자리며, 그것을 비추는 조그맣고도 밝은 전등하며 쿵쿵쿵 하고 차바퀴 굴러 가는 소리까지도 말할 수 없이 봉구에게는 유쾌하였다. 더욱이 봉구는 생후에 차에 이등이 처음이요, 더구나 침대차라고는 구경도 하여 본 일이 없었고, 또 자기가 일생에 그것을 타리라고 생각해 본 일도 없었다. 그래서 봉구는 자못 흥분도 하고 또 어찌할 줄도 몰랐다. 그러나 기쁘기는 퍽 기뻤다. 그래서 만족한 듯이 곁에 앉았는 순영을 바라보며 빙그레 웃었다.

순영은 마치 이런 이등침대 같은 것은 언제나 늘 탄다는 듯이 별로 호기심도 보이지 않고, 다만 어머니가 어린애를 지키고 앉았는 모양으로 물끄러미 두리번거리는 봉구를 보고 앉았더니, 일어나서 제 손으로 봉구의 모자를 벗겨 C자 셋을 얽어서 만든 모자표를 처음 보는 듯이 이윽히 들여다보고 손가락 끝으로 만져도 보더니 서슴지 않고 벽에 있는 모자걸이에다 걸어 놓고는 침대 담요 위에 개켜 놓은 자리옷을 들어 활활 털어 봉구 앞에 내밀면서,

"자, 어서 갈아입으세요. 감기 드셔요."

한다. 봉구는 벌떡 일어나면서 손을 내밀어 순영이가 들고 섰는 자리옷을 받으려 하였다. 그러나 순영은 안 주려는 듯이 그것을 자기편으로 당기며,

"어서 저고리하고 적삼을 벗으세요. 내가 입혀 드릴게."

하고 역정내는 듯이 순영은 발을 한 번 구른다.

봉구는 저고리 단추를 서너 개 끄르더니,

"아니야요. 그걸 날 주셔요!"

하고 우뚝 선다.

순영은 하릴없는 듯이 봉구를 물끄러미 보더니 상긋 웃고 그 자리옷을 봉구에게 주고 자기는 픽 돌아서면서,

"그럼 내 나갈게, 갈아입으세요."

하고는 나가 버리고 만다.

봉구는 문을 열고 순영이가 어디로 가나 하고 고개를 내밀어 본 뒤에 얼른 제자리에 돌아와 저고리 단추를 끄르고 저고리를 벗었다. 아직도 땀에 젖은 내복 단추를 두어 개쯤 끄르다가 그는 손을 마지막 단추에 댄 대로 무엇에 놀란 듯이 고개를 번쩍 들었다.

'이게 잘못이 아닌가? 내가 아직 혼인도 안 한 여자와 같이 한방에서 자는 것이 잘못이 아닌가.' 이렇게 생각하매 무슨 큰 위엄을 가진 것이 어느 높은 곳에서 자기를 내려다보며 책망하는 듯하였다.

'처음이다, 처음이다. 어머니 곁에서 자던 것 외에 여자와 한방에서 자기는 처음이다.' 봉구는 갑자기 무슨 큰일이나 저지르는 듯이 무서웠다. 그래서 자리옷을 든 채로 침대에 펄썩 주저앉았다.

'그러나 순영은 내가 사랑하는 여자가 아닌가. 내가 일생을 같이하기로 맹세한 여자가 아닌가! 순영은 내 아내가 아닌가, 그렇다. 그는 내 아내다.' 이렇게 봉구는 자기를 변호하고 또 자기에게 용기를 주었다. 그러고는 벌떡 일어나서 적삼을 벗어서 등과 가슴을 씻고 풀향기가 나는 간조한°°°°° 간조하다: 건

자리옷을 걸쳤다.

7회 '아내? 순영이가 내 아내? 그러나 아직 내 아내는 아니다. 남들도 순영을 내 아내라고 불러주지를 아니하고 내 생각에도 어째 그가 아직 내 아내는 아닌 것 같다. 나는 입을 대로 옷을 갖춰 입고 단추 하나도 떼어 놓지 아니하고 손까지라도 감추고 그를 대하여야만 될 것 같다.' 봉구는 다시 어쩔 줄을 몰랐다.

'아무려나 변괴는 변괴다!'

'그렇지만 애초부터 석왕사로 오려고 할 때는 이런 모든 일을 예기한 것이 아닌가? 이렇게 함으로 그는 더욱더욱 내 것이 되고 나는 더욱 그의 것이 되는 것이 아니냐! 또 여행 중이 아니냐! 차 중이 아니냐! 침대차가 아니냐!' 이렇게 생각하고 봉구는 급작스럽게 옷을 갈아입었다. 그러나 그의 얼굴은 후끈거리고 그의 가슴은 뛰었다. 그는 무슨 죄나 지은 사람 모양으로 얼른 담요를 들고 자리 속으로 들어가서 벽으로 얼굴을 향하고 돌아누웠다.

'잘못했다. 도로 옷을 입자. 내복만이라도 입자. 무어 괜찮지.' 이 모양으로 봉구의 머릿속은 심히 혼란하였다. 그러나 그가 다시 옷을 입을까 말까를 결정하기도 전에 누가 문을 열고 들어왔다. 봉구는 그것이 순영인 줄을 알았으나 돌아볼 용기가 없이 죽은 듯이 가만히 누워서 처분만 기다리는 사람 같았다.

순영이는 들어와서 한참이나 우두커니 섰더니 봉구가 벗어 놓은 옷을 개킬 것은 개키고 걸 것은 걸고 구두는 길체^{한쪽으로 치우쳐 있는 자리}로 들여놓고 그 자리에 슬리퍼를 가지런히 놓고 땀에 젖은 내복은 윗침대에 잘 펴서 걸어 놓고, 그러고는 또 한참이나 말없이 섰더니 전등 스위치를 틀어 불 하나를 끄고 봉구가 자는 침대의 장을 늘여 전등 빛이 봉구의 얼굴에 가지 않게 하고, 그러고는 자기도 자기의 침대로 들어가 버렸다.

봉구는 가만히 돌아누워 있으면서도 순영이가 '지금은 무엇을 한다, 지금은 무엇을 한다' 하고 다 알았다. 그러고는 아까 있던 불안과 무서움도 다 스러지고 더할 수 없는 만족을 느꼈다. '내가 순영이와 한집에 살아서 저렇게 일생을 두고 순영이가 내 옷을 돌보아 주고 만져 주고 하면 어떻게나 행복될까?'

봉구는 진실로 이 순간에 행복되었다. 일생에 처음 당하는 기쁨과 만족함을 깨달았다. '과연 인생이란 행복된 것이다!'

이렇게 봉구는 속으로 부르짖지 않을 수 없었다.

차는 정거장에 잠깐 섰다가는 또 가고 섰다가는 또 간다. 역부들이 정거장 이름도 외는 모양이요, 밖에서 사람들도 떠드는 모양이나 어느 정거장을 지났는지 몇 정거장을 지났는지 봉구는 모른다.

봉구는 가만히 눈을 떠서 순영의 침대의 초록장을 바라보고 그 밑으로 살짝 나온 하얀 담요를 보고 침대 밑에 가지런히 벗어 놓은 끝 뾰족한 조그마한 구두가 칠같이 반짝거리는 것을 본다.

'저 속에 순영이가 있다. 그렇게도 오래 그리워하던 순영이가 이 방 안에 있다. 아무도 그를 건드리지 못한다. 그는 내 것이다. 인제부터는 확실히 내 것이다.' 이렇게 생각하고 봉구는 혼자 웃었다. 기쁨과 행복을 이기지 못하는 웃음이다.

'그러나 만일 순영이가 내 것이 아니 되면 어찌할꼬? 내일 하루는 같이 있을 터이다. 석왕사의 송림 속으로 손을 이끌고 산보도 같이 한다. 그러나 내일 저녁 차에는 다시 서울로 올라와야만 한다. 그러면 나는 어머니 집으로 가야 하고 순영은 둘째오빠 집으로 가야만 된다. 그러면 우리는 만나기가 심히 어렵다.'

이런 생각이 날 때에 봉구는 다시 괴로워졌다. 그러고는 그 뻔질뻔질한 둘째오빠며, 그녀석이 몰아들이는 돈푼도 있고 나이깨도 먹은 어중이떠중이며, 웬일인지 그 집에는 통 내외하고 다니는 김창현이며, 이 모든 것이 생각이 나서 가슴이 답답하도록 불쾌하고 불안한 생각이 난다.

'어찌하면 이 행복을 붙들어 매나──어찌하면 순영을 영원히 내 품에서 못 떠나도록 만드나.'

8회 '혼인을 해버려야 한다.' 하고 봉구는 순영을 영원히 자기 것을 만들 방침을 생각한다.

'혼인을 하여서 순영을 영원히 내 안방에 갖다가 가두어 놓아야 한다. 그때에는 둘째오빠도 그에게는 아무 힘이 없다. 창현이나 백윤희 놈 따위야 내 집 문전에 발길이나 얼른할까 보냐. 만일 내 아내와──그렇다. 순영이가 아니다. 내 아내──다만 한 마디라도 이야기를 해, 한 번이라도 곁눈질을 해, 그래만 보아라. 그때에는 내가 턱 나서며 점잖은 목소리로 "여보 정신을 차리시오. 이것은 내 아내요!" 하고 소리를 지를 것이다. 그때에는 아무도 감히 내 아내에게 범접을 못한다!'

이렇게 생각할 때에 그는 기뻤다. 당장에 자기의 소원은 다 달해진 것 같았다.

'가 보아야' 하고 그는 벌떡 일어나서 잠든 어린애 곁에나 가는 모양으로 가만가만히 순영의 침대 곁으로 가서 그의 얼굴이 있으리라고 생각되는 데를 자리장을 가만히 약간 밀었다. 그런즉 전등빛이 그의 하얀 담요를 덮은 가슴을 반쯤 비추고, 그리고 남은 흰한 빛이 약간 봉구의 섰는 편으로 기울인 순영의 하얀 얼굴을 희미하게 비춘다.

순영은 잠이 들었다. 그는 잠깐 동안 성욕의 충동을 받았으나 봉구 모양으로 여러 가지 공상도 하지 않고 내일 하루의 즐거울 것을 꿈꾸면서 잠이 든 것이다.

봉구는 사랑스러움과 기쁨이 가득한 눈으로 순영의 평화롭게 자는 얼굴을 언제까지나 들여다보았다. 그리고 그는 생각하였다.

'어쩌면 이것이 내 것이람! 이렇게 아름다운 것이 내 것이 되어? 내가 아내라고 부를 사람이 되어?'

진실로 봉구는 무슨 꿈을 꾸는 거나 싶었다. 도저히 이것이 자기 사람이라고는 믿어지지를 아니하였다.

봉구는 과연 4년이 넘도록 일념에 순영을 생각하였고 어쩌면 내 사람을 만들까를 생각하였다.

그것은 기미己未년 2월 전국을 한 번 들었다 놓은 만세운동이 일어나기 바로 사오일 전이다. 각 학교(각 학교라야 전부는 아니나 그렇게 불렸다) 학생을 연합하려 할 때에 우연히 봉구는 남학교를 맡고 순영은 여학교를 맡게 되어 자주 만날 기회를 얻었다. 그전에는 순영의 셋째오빠가 봉구보다 두 반이나 앞선 동창이기 때문에 그 집에 놀러 가서 몇 번 인사나 서로 한 일은 있었고 그때부터 '아름다운 여자다' 하고 생각은 해왔으나 별로 특별한 정이 든 것도 아니었다. 그러다가 역시 순영의 셋째오빠 되는 순흥의 알선으로 두 사람은 나랏일을 위하여 자주 만날 기회를 얻은 것이다.

학생 간에 통지를 하고 기를 만들게 하고 그날에 할 일을 다 지휘한 뒤에 그러고는 삼월 초하룻날 일이 터진 뒤에 봉구와 순영은 다른 여러 남녀 학생과 함께 경찰을 피할 몸이 되었다. 시골서 올라와 사는 순영과 순흥은 서울에 친척을 많이 둔 봉구의 힘을 빌리지 않고는 몸을 숨기지 못할 사정이었으므로 봉구는 자기의 위험도 돌보지 않고 순흥과 순영을 이 집에서 저 집으로 빼어돌리느라고 무척 애를 썼다. 그 통에 순흥이와 순영이와 봉구 셋이서 봉구의 어떤 일가집 광 속에 사흘 낮 사흘 밤을 지낸 일조차 있었다. 그러면서도 그들은 가만히 있지 않고 일변 서울 사정을 해외로 통지하며 또 아직도 감옥에 안 붙들려 가고 서울에 남아 있는 동지에게 열렬한 격려의 말을 써 돌렸다. 그들이 가는 곳마다 반드시 등사판이 따랐다. 박은 것을 돌리는 직책은 봉구가 맡았었다.

봉구는 여러 번 위험한 지경을 당하였고 또 마침내 셋 중에 맨 먼저 붙들렸다. 그러나 그가 순영을 생각할 때 모든 고생과 위험은 꿀과 같이 달았다. 만일 자기가 사형대에 올라선다 하더라도 순영이가 곁에서 보아 주기만 하면 목이 달리면서도 기쁘리라 하였다.

9회 봉구는 무슨 까닭으로 이 운동을 시작하였는지 그것조차 잊어버렸다. 인제는 다만 자기가 힘을 쓰면 쓰느니 만큼 위험을 무릅쓰면 무릅쓰느니 만큼 순영이가 기뻐해 주고 애썼다고 칭찬해 주는 것이 기뻤다. 잡힐 뻔 잡힐 뻔하던 여러 가지 위험을 벗어나서 자기의 사명을 마치고 세 사람이 숨어 있는 곳으로 들어갈 때에 그가 얼마나 기뻤을까.

그가 똑똑하고 문을 두드릴 때에,

"아이구 오시네."

하고 순영이 문을 열어줄 때에 그가 얼마나 기뻤을까.

"아니 어쩌면! 나는 아직도 안 오시기에 붙들려 가신 줄 알고 얼마나 가슴이 두근거렸는지."

하고 자기의 얼굴을 쳐다볼 때에 얼마나 기뻤을까.

"무어요? 그렇게 만만하게 붙들려요?"

할 때에 얼마나 유쾌하였을까.

삼월이지만 아직도 어떤 날은 몹시도 추웠었다. 봉구가 밤에 늦게 들어와서 추워하는 양이 보일 때에,

"아이 어째! 추우신 모양인데."

하고 자기가 입고 있던 재킷에 손을 대고도 그것을 봉구에게 주어야 옳은지 안 주어야 옳은지 몰라서 곁에서 등사판 원지를 쓰고 앉았는 셋째오빠를 돌아볼 때에 봉구는 얼마나 기뻤을까. 그때에 순흥이가 고개를 번쩍 들

어 순영이와 봉구를 번갈아 보면서,

"벗어 드리려무나."

하는 말이 떨어지자마자 얼른 단추를 끄르고 그것을 벗어서 봉구에게 입히려는 듯이 손에 들고,

"아니야요. 이것이 저고리 위에야 들어갑니까? 저고리를 벗고 속에 입으세요, 네?"

할 때에 봉구는 얼마나 기뻤을까. 그야말로 눈물이 흐르도록 기뻤다.

모든 위험하고 고생스러운 임무를 다 마치고 혹은 으슥한 뒷방이나 행랑방 구석에서 혹은 그 추운 광 구석에서 셋이 한 이불을 덮고 잘 때에 봉구가 여러 가지 생각으로 잠을 이루지 못할 때에 순영의 손이 그 셋째오빠를 지나와서 이불로 자기의 몸을 가려 줄 때에 더구나 그의 손이 자기를 더듬는 서슬에, 혹은 그의 뺨에 혹은 그의 등에 스칠 때에 얼마나 봉구는 행복되고 감사하였을까.

그때에 만일 순영이가,

"미스터 신, 죽으십시오."

한 마디만 하였다 하면 그는 그 자리에서 기쁘게 죽었을 것이다.

순흥이도 봉구와 순영이가 깊이 정들어하는 양을 알아차리고 만족해하는 눈치를 보였다. 그래서 한번은 봉구더러,

"여보게, 이 애가 이렇게 자네 앞에서는 얌전을 빼지만 어지간한 말괄량일세."

하고 농담 삼아 유심한 말을 한 적도 있었다.

그러다가 봉구가 먼저 붙들려 가고 뒤따라 순흥, 순영 남매도 붙들려 갔다. 그후부터 한 3년 동안은 봉구는 순영의 소식을 알 길이 없었다.

그러다가 2년 6개월의 징역을 마치고 오래간만에 봉구도 이 세상에 다시 나오게 되었다. 세상에 나오는 날 그의 늙은 어머니가 서대문 감옥에 그

를 맞으러 왔다. 그는 곧 순영과 순흥의 말을 물었다. 그때에 그 어머니의 대답은 이러하였다.

순흥은 5년 징역을 받고 경성 감옥에 있고 순영은 붙들려 갔다가 두어 달 만에 다시 나왔다. 나온 뒤로부터 순영은 한참 동안 여전히 학교에 다녔으나 얼마 아니하여 어떤 큰 부자의 후실로 가느니, 작은집으로 가느니 하는 소문이 났고, 또 전과 달라 밤낮 모양만 내고 웬 놈팡이들하고 돌아다닌다는 소문이 있단 말을 들었다고 한다.

봉구는,

"어머니 잘못 들으셨습니다. 순영 씨는 결코 그럴 리가 없습니다! 제가 잘 압니다."

하고 굳세게 어머니 말을 부인하였다. 어머니는 오랫동안 감옥에 가 있던 아들이 성하게 돌아온 것만 기뻐서 아들의 말을 꺾으려고도 않고 다만,

"그래? 내가 아느냐."

하고 말았다.

10회 봉구가 감옥에서 나와서 할 첫 일은 순영을 찾아보자는 것이었다. 그가 감옥에 있는 동안에 생각한 것은 오직 순영뿐이었다. 그 며칠 못 되는 순영이와 같이 있던 기억을 천 번이나 만 번이나 되풀이를 하였다. 그리고 밤에 홀로 찬 자리에 누워서 조그만 창으로 흘러 들어오는 달빛을 바라보고는 중이 염불을 하는 모양으로 수없이 순영의 이름을 불렀다.

"나는 조선을 사랑한다──순영이를 낳아서 길러 준 조선이니 사랑한다. 만일 순영이가 없다고 하면 내가 무슨 까닭에 조선을 사랑할까? 순영이를 알기 전에도 나는 조선을 사랑하노라고 하였다. 그러나 그때에는 내가 왜 조선을 사랑하였는지 모른다. 순영이를 떼어 놓으면 조선에 무슨 의미가 있을까? 아아, 얼마나 순영이가 조선의 자유를 원하였나. 그가 몇 번이나 밖

에서 들리지도 아니할 만한 소리로 조선을 사랑하는 여러 가지 노래를 부르고는 울었다. 나도 울었다. 순흥도 울었다. 순영은 부른 노래 끝을 눈물로 마쳤다. 순영이가 그처럼 사랑하는 조선을 내가 아니 사랑할 수가 있을까? 내가 조선을 위하여 이까짓 감옥의 고초를 받는 따위는 엿이다. 살을 찢기고 뼈가 부서지고 목숨이 가루가 된들 무엇이 아까우랴!"

이러한 소리를 혼자 중얼거렸다. 그러고는 간수에게 반항하는 것을 조선을 사랑하는 한 의무와 같이 알고, 그러다가 매를 얻어맞거나 독방에 갇히거나 감식의 벌을 받아 배가 고플 때에,

'이것이 다 조선을 사랑하는 일이다' 하고 맘에 만족하였다.

이 모양으로 3년 동안을 오직 순영이만 생각하고 살았다. 그렇기 때문에 봉구의 생각에는 순영이는 마치 퍽 오랫동안 한집에서 동거하던 동생이나 아내와 같았다. 자기가 감옥에서 나오는 날에는 반드시 순영이가 어머니와 함께 감옥 문 밖에서 기다려야 옳다고 생각하였다. 그랬던 것이 감옥 문을 나서 본즉 그 어머니 하나밖에 아무도 없을 때에 그는 얼마나 낙담하였을까.

"어머니 혼자 오셨어요?"

하고 물을 때에,

"그럼, 누구 또 올 사람 있니?"

하는 어머니의 대답을 들을 때에 얼마나 섭섭하였을까. 얼마나 낙담하였을까. 그는 그가 오랫동안 가지고 오던 모든 달콤하고 행복스러운 생각이 일시에 깨어진 듯하여 천지가 깜깜해지는 것 같았다.

"허기야 순영이가 내가 감옥에서 나오는 줄 알았을 리야 있나? 그렇지만 내가 나왔다는 말을 들으면 뛰어올 테지."

하였다. 이렇게 생각하고 겨우 맘을 위로하였다.

그는 곧 이화학당 기숙사로 순영에게 편지를 썼다.

"저는 오늘 감옥에서 나왔나이다. 모친으로부터 대강 소식은 들었나이다. 다행히 몸은 건강하오니 염려 마시옵기 바라오며 순흥 형은 아직도 옥중에 계시다 하오니 얼마나 염려되시올는지, 동정함을 마지아니하나이다. 약 일주일간 집에서 정양하려 하옵나이다." 하고 '弟申鳳求拜'제 신봉구배라고 서양 사람이 서명하는 모양으로 초서로 썼다.

일주일 동안 집에서 정양한다 함은 물론 자기집으로 놀러와 달란 뜻이요, 또 반드시 그리할 줄을 믿은 것이다.

그러나 그 이튿날 종일 기다려도 답장이 안 오고 또 이튿날 종일 기다려도 답장이 안 왔다. 봉구 따위가 감옥에서 나왔대야 어느 신문에 그런 말 한 마디 나는 것도 아니기 때문에 누구 하나 그를 찾아오는 이도 없고 다만 아침부터 저녁까지 그의 늙은 어머니가 끝없는 이야기를 할 뿐이었다.

봉구는 어머니더러 산보 나가노라 하고 무교정 자기집을 떠나서는 대한문 앞으로 C예배당 앞으로나 여학교 앞으로 휘돌아서 새문턱까지 갔다가는 다시 W여학교 앞으로 C예배당 앞으로 대한문 앞으로 돌아서 집에 돌아오기를 여러 번 하였다.

11회 봉구가 W여학교 앞으로 오느라면 담과 집의 모든 벽돌이 다 눈이 되어 자기를 내려다보고 비웃는 듯하여 부끄러웠다. 피아노 소리가 둥둥둥 울려 나올 때, 맑은 노랫소리가 스며 들릴 때, 유리창으로 사람의 그림자가 얼른할 때, 잔디판 위에 처녀들이 번뜻번뜻 보일 때에 그것들이 모두 순영이만 같아서 힐끗힐끗 보았으나 하나도 순영은 아니었다.

보통부 코 흘리는 학생들이 그 대문으로 뛰어 들어가고 뛰어 나오는 것을 볼 때에 그는 얼마나 그들의 신세가 부러웠을까. 허리 굽은 늙은 소사가 빗자루를 들고 어슬렁어슬렁 학교 구내로 돌아다닐 때에 그는 얼마나 그의 신세가 부러웠을까.

'아마 순영은 나를 잊었나 보다' 하고 봉구는 정동 대궐 모퉁이로 고개를 푹 수그리고 나오면서 한숨을 쉬었다. 그렇게 생각하면 봉구에게 천지가 아득해지는 듯하였다.

'아아 내가 왜 감옥에서 나왔을까. 무엇을 바라고 내가 감옥에서 나왔을까. 순영이가 없는 세상일진대 내가 무엇을 바라고 나왔을까. 차라리 감옥에서 순영의 향기로운 옛 기억을 가슴에 품고 있는 편이 낫지 않았을까.'

봉구의 어머니는 봉구를 위하여 근심하였다. 그는 감옥에서 나온 후로 날이 지날수록 기운이 없어지고 말이 없어지고 밥을 먹다가도 멍하니 숟가락을 떨어뜨리게 되었다. 그 어머니는 봉구의 괴로워하는 까닭을 짐작한다. 봉구가 밖에서 돌아오는 길로,

"어머니 내게 편지 안 왔어요?"

할 때마다,

"아니 무슨 편지를 그리 기다리느냐?"

하고 봉구가 기다리는 편지를 기다릴 필요가 없는 뜻을 은연히 보였고, 한번은,

"요새 계집애들 돈밖에 안다든? 더구나 낯바닥이나 밴밴한 년들은 눈깔에 돈밖에 안 보이나 보더라. 그러기에 모두 학교까지 졸업한 애들이 남의 첩으로 들어가지. 복례도 첩으로 들어갔단다."

이 모양으로 은연히 봉구더러 순영이에게 대한 것을 단념하라는 뜻을 표하였다.

"복례가 첩으로 갔어요? 그 약혼한 남편은 어찌하고?"

하고 얼굴 동그스름하고 항상 방글방글 웃는 창가 잘하는 여학생을 머리에 그리면서 물었다.

"어찌하긴 어찌해!"

하고 어머니는 네 들어 보아라 하듯이 힘 있게 말하였다.

"성환이(복례와 약혼했던 사람이다)는 그 때문에 학교도 다 그만두고 울고 돌아다니다가 청국으론가 달아나고 복례는 속속들이 비단옷을 내려 감고 밤마다 조선극장, 단성사로만 다닌다나…. 요새 계집애들이 누구는 안 그러냐. 모두 돈만 알지. 순영이도 벌써 어떤 다방골 부자하고 말이 있다더라. 순영이 둘째오빠가 미두를 해서 돈을 다 없애 버리고 은행 빚을 많이 졌는데 그 백 무언가 하는 다방골 부자하고 순영이하고 혼인을 해야만 그 빚을 벗어 놓지, 그렇지 않으면 쓰고 있는 집까지 빼앗긴다나. 그리고 요새는 그애 학비도 그 백부자가 대어 준다고 그러더라."

하고 이 말로 괴로워하는 아들을 위로하는 듯이 일어나 마루로 나가며,

"낸들 아니? 예배당에서들 모두 그러더구나. 아니 인제는 저녁 지을 때가 되었지? 몇 시냐?"

하고 마루에서 묻는다.

"5시 반입니다."

하고 봉구가 대답한즉

"5시 반, 에그 늦었네 오늘이 삼일 저녁이다. 너도 예배당에 나가자. 세상 사람을 어떻게 믿니? 하나님밖에 믿을 사람이 어디 있나?"

하는 어머니의 소리가 점점 멀어지더니 부엌에 덜거덕거리는 소리가 난다.

"아아, 육십 넘으신 어머니가 손수 부엌일을 하시는구나!"

하고 봉구는 퍽 슬펐다.

그리고 어떻게 한번 큰 부자가 되어 볼 도리가 없을까 하였다. 그리고는 민영휘, 이완용, 백인기… 이 모양으로 생각나는 대로 부자의 이름을 꼽아 보았다. 그리고 본즉 세상에는 귀한 것이 돈뿐이요, 돈이 없는 자기 따위는 사람값에도 못 가는 보잘것없는 물건같이 보였다.

12회 저녁을 먹고 그는 그 어머니와 함께 4년 만에 처음 C예배당으로 갔다. 초종은 치고 아직 재종은 치기 전이라 사람들은 예배당 마당에서 서성서성 하고 이야기들을 하고 있다가 봉구를 보고 모두 반갑게 인사를 하며 위로 하는 말을 하였다. 그중에는 같이 붙들려 갔던 사람들도 여럿 있었으나 모두 그때 일은 다 잊어버린 듯이 더할 수 없이 유쾌한 모양으로 재미있던 옛날 일을 회억回憶: 돌이켜 추억함이나 하는 모양으로 소리 높이 유치장 이야기와 감옥 이야기를 하고는 크게 웃었다. 그것을 볼 때에 봉구의 맘에는 '예끼 천박한 것들!' 하고 반감이 안 들어갈 수 없었다. 진실로 4년 전의 세상을 보던 눈으로 지금 이곳에 모인 사람들을 볼 때에 봉구는 놀라지 아니치 못하였다. 감옥에 있는 동안 봉구의 생각에는 아직도 사람들은 이 구석 저 구석에서 수군수군거리고 사람 많이 모인 자리에 가면 모두 근심스러운 얼굴로 말들도 잘 안 하려니 하였다. 그러나 지금 본즉 사람들은 모두 쾌활하고 아무 근심 걱정 없는 사람들같이 보였다. 세상에 어리석은 것은 오직 자기 혼자뿐인가 하고 양미간을 찌푸리지 아니할 수가 없었다.

봉구가 오래 못 보던 사람들과 이야기하는 동안에 뒤로는 W여학교 여학생들의 흰 옷이 번뜻번뜻하는 모양이 보였다.

'아마 저 속에 순영이도 섞였으리라' 하면서도 그는 고개를 돌이킬 용기가 없었고, 다만 순영이가 자기의 뒷모양이라도 알아보아서 옛날 생각을 다시 살려나 주었으면 하고 바랐다. 이윽고 재종이 운다. 땡땡 하는 그 소리가 봉구에게는 심히 슬펐다.

풍금 울고 찬미를 하고 목사가 무슨 기도를 하였으나 봉구의 귀에는 들어가지 않았다. 그러다가 교인들이 자유로 기도를 드릴 때에,

"또 오랫동안 감옥에서 고생하던 사랑하는 형제를 도로 자유의 몸이 되게 하시와 이 자리에 나와서 같이 예배를 드리게 하여 주시오니 감사하옵나이다."

하는 소리가 들린다. 그것은 늙은 부인의 목소리다. 그러나 목소리만으로 그가 누구인지를 알 수가 없다. 다만 자기를 위하여 기도하는 것은 분명하다. 아마 어머니에게서 자기가 감옥에서 나왔다는 말을 듣고 하는 모양이다. 그 목소리가 어떻게나 참스럽고 간절한지 봉구는 모든 괴로운 생각을 다 잊어버리고 그의 순박한 기도 소리에 귀를 기울였다.

"… 그 형제의 몸을 강건하게 도와 주시옵고 성신의 힘을 풍부히 부어 주시어 그 형제가 우리나라에서 주께 큰 영광을 드리는 일을 하는 큰 일꾼이 되게시리 주님께서 도와 주시옵소서."

할 때에 부인석에서는 여러 사람의 "아멘!" 하는 소리가 들리고 그 속에는 봉구의 어머니의 소리가 더욱 분명하게 들렸다. 봉구는 몸이 저리도록 감동이 되어서 자기를 잊고 "아멘!"을 아니 부를 수가 없었다.

'그러나 순영이가 없이 내가 살 수가 있을까?' 할 때에는 그의 가슴에서 잠깐 흩어졌던 괴로움과 번뇌의 구름은 다시 모여들었다. 기도가 끝나고는 이화합창대의 특별 찬양이 있었다.

풍금이 다시 웅웅 하고 울기를 시작할 때에 봉구는 고개를 번쩍 들었다. 그의 눈에는 합창대 앞줄 왼편 셋째로 선 순영이를 본 것이다.

'순영이다!' 하고 봉구는 순영을 바라보았다. 얼굴이 더 피었다. 애티가 좀 줄었다. 몸이 좀 났다. 더 환해졌다. 머리 쪽진 모양이 변하였다.

순영은 두 손을 치마 앞에 읍하고 고개를 약간 뒤로 젖히고 아무 시름 없는 듯이 입을 벌렸다 다물었다 한다. 그러나 순영이가 크게 노래하는 소리를 들어본 경험이 없는 봉구는 그 합창하는 소리에서 순영의 목소리를 골라 낼 길이 없었다. 그가 순영의 목소리를 골라 내려고 애쓰는 동안에 합창도 다 끝났다. 순영의 눈은 두어 번 사람들의 위로 돌았으나 봉구의 위에는 머물지도 않고 지나가 버리고 말았다.

13회 '어쩌면 저렇게 냉랭할까' 하고 봉구는 제자리로 돌아가는 순영을 보며 생각하였다. 그때 순영은 마치 따뜻한 피나 정이라고는 한 점도 없는 겨울 하늘의 달과 같이 차디찬 사람으로 보였다. 후에 본즉 순영에게는 어떤 때에는 얼음장으로 싸늘해지고 어떤 때에는 불덩어리 모양으로 이글이글 더워지는 특성이 있었다. 그가 싸늘해진 때에는 그의 입에서는 찬바람이 솔솔 나오고 그의 눈에서는 찬 빛이 흘러 마주앉은 사람의 피라도 얼어붙게 할 듯하고, 그와 반대로 뜨거워진 때에는 입과 눈과 두 뺨에서까지 뻘건 불을 토해서 온 방안 사람을 태워 버릴 듯하다. 이날 밤 예배당에서 본 순영은 차디찬 순영이었다.

기실 이때에는 순영이가 봉구에게 사랑하는 일의 의무가 생기지도 않았었다. 4년이나 전에 며칠 동안 같이 고생을 하였고 그때에 젊은 청년 남녀가 가까이할 때에는 으레 생기는 정다움이 순영에게도 생기기는 생겼었다. 그러나 순영은 아직 봉구를 사랑하겠다고 결심한 일도 없었고 더구나 봉구에 대하여 그러한 뜻을 표한 적도 없었다. 그렇기 때문에 피차에 흩어진 지 얼마가 아니 되어 순영은 거의 봉구의 일을 잊어버리고 말았다.

재작년 이래로 순영에게는 혼인 문제가 생겼다. 사실상 청혼하는 자도 많았다. 순영이만 한 얼굴, 그만한 피아노, 그만한 학식은 청년 남자의 맘을 끌기에 넉넉하였다. 더욱이 작년에 어떤 미국 다녀온 남자가 순영이를 못 잊어 한참 발광을 하다가 세상의 웃음거리가 된 이래로 순영은 장안의 말거리에 오르게 되었다.

실로 그 미국 다녀왔다는 김 모의 사건은 당시 서울을 뒤흔들었다. 그가 미국 다녀왔다는 것과 어떤 전문학교의 교수라는 것과 상당히 이름 있는 것과 상당히 이름 있는 집 자손이란 것과 또 그가 서울에서 유명한 하이칼라 신사라는 것도 이 사건을 크게 한 원인이 되었으나, 그보다도 이 사건을 크게 만든 것은 그 김 모가 그렇게 열심히 거의 미쳤다 할 만하게 순영을 사랑한 것과 순영이가 그렇게도 냉랭하게 그를 물리친 것이라 할 것이다.

김 모는 순영을 한번 만나 본 후로는 모든 일을 제쳐 놓고 일변으로는 W여학교의 선생 되는 서양 부인을 달래기에 전력을 다했다.

순영을 사랑하던 P라는 늙은 부인도 김 모가 순영과 좋은 배필인 것을 깨닫고 한번은 순영을 집으로 불러,

"순영이 혼인할 생각 없어?"

하고 물을 때 순영은 벌써 그 뜻을 알아차리고,

"이태만 지나면 대학을 마치지 않습니까? 그러고는 미국으로 갈 테야 요."

하고 은근히 선생의 말을 거절하고는 웃어 버리고 말았다.

그러나 순영을 딸과 같이 사랑하여 십여 년을 길러 낸 P부인의 생각에는 순영이가 이 좋은 혼처를 놓쳐 버리는 것이 심히 아까웠다. 그래서,

"순영이. 미스터 김 좋은 사람이오. 내가 억지로는 시집가라고는 아니 하지마는 순영이 그이와 혼인하면 대단히 좋다고 내가 생각하오. 미스터 김 이렇게 말씀하시오. '약혼만 하면 공부 다 끝나기를 기다려서 혼례할 수 있 소!' 이렇게 말하오. 순영이 지금 대답 아니해도 좋소. 잘 생각해 보시오."

하였다.

순영은 그 자리에서 아무 대답도 않고 방으로 돌아갔다. 방에 돌아와서 순영은 김 모를 또 생각해 보았다. 순영의 생각에도 그러한 신랑이 조선에 드문 것은 안다. 또 동창으로 있는 많은 여자들 중에는 그 사람에게 시집을 가고 싶어도 겉으로 말 못하고 속으로 혼자 애쓰는 사람이 많은 것과 그 애들이 자기를 부러워하는 줄도 잘 안다. 또 자기의 둘째오빠 때문에 온 집안 이 다 망해 버리고 또 그가 자기를 이용하여 어떤 부자를 후려내려는 것도 잘 안다. 이 모양으로 자기의 처지가 심히 위태한 때에 확실한 사람과 혼인 을 하는 것이 가장 옳은 일인 줄도 알았다.

14회 그러나 순영에게는 김 모가 싫었다. 그 자기가 천하에 제일인 체하고 자기면 누구나 줄줄 따라오리라 하는 태도와 더욱이 순영을 대할 때에 마치 아버지가 귀여운 딸을 어르는 듯한 그 태도가 몹시 순영의 자존심을 상하게 하였다.

'나는 저런 사내는 싫어!' 하고 순영은 속으로 부르짖지 아니할 수 없었다. 게다가 김 모는 미국 가기 전에 자기보다 여덟 살이나 위 되는 아내가 있던 것을 까닭없이 쫓아 보냈다고도 하고, 혹은 그이가 김 모에게 소박을 당해서 어디 가서 여승이 되었다고 하고, 미국 가 있는 동안에도 누구누구 하는 계집애들을 혹은 누이로 정하고 혹은 사랑을 청하다가 거절을 당하였다고도 하고, 또 본국에 돌아온 뒤에도 환영회가 끝나는 날부터 깨끗한 계집애라면 추근추근도 따라다녔다 하며, 혹은 여학생을 데리고 우이동으로 자동차를 타고 가는 것을 보았다고 하고, 혹은 웬 여자와 함께 어느 온천 여관에 가서 삼사일이나 묵었다고 하여, 이런 말이 교회 안 여학생 간에 퍼지자, 혹은 정말이라고도 하고 혹은 그럴 리가 없다 거짓말이라고도 하여, 이것저것 다 합하여 김 모라 하면 순영에게는 구역이 나도록 싫었다. 그 분을 바른 듯이 하얀 얼굴, 기름 바른 머리, 여름에도 까만 지팡이와 같이 밤낮 팔에 걸고 다니는 외투, 속에도 없는 것을 지어서 하는 듯한 그 공손한 태도와 웃음 ──어느 것 하나도 순영의 비위를 안 거스르는 것이 없었다. 그가 순영에게 친절한 태도를 보이면 보일수록 더욱 싫어졌다.

그러나 김 모는 선교사 편에서는 매우 신용을 얻은 모양이었다. 그는 가끔 선교사의 집에 저녁에도 불려가고 P부인 집에도 두 달에 한 번씩은 저녁 먹으러를 왔으며, 그때에도 P부인은 반드시 순영이와 다른 여학생 한둘을 불렀다. 그것은 물론 순영이 하나만을 부르기가 어려운 까닭인 줄을 순영은 잘 안다.

순영은 P부인을 사랑하므로 그가 시키는 대로 차 심부름도 하고 피아노도 쳤다. 다른 여학생들도 P부인이 자기네를 부른 것은 순전히 순영이 혼자만을 부르기가 어려워서 그리한 줄을 알기 때문에 식탁에 앉았는 동안에도 연해 순영이를 바라보고는 입을 비죽거렸고 10시나 되어 김 모가 돌아가고 P부인 집에서 기숙사로 돌아올 때에는,

"얘야, 오늘도 우리는 순영이 들러리를 서 주었지."

하고 순영이를 쿡쿡 찌르며 웃었다. 그러고 난 이튿날은 반드시 P부인이 순영을 불러서 김 모에게 대한 뜻을 물었다. 그러나 순영은 어머니와 같은 P부인이 그처럼 칭찬하고 그처럼 애써 권하는 사람에게 단 한마디로,

"아니야요, 저는 싫어요."

하기는 어려웠다. 그래서 그저,

"저는 학교 졸업하고도 미국 가요."

하고는 어물쩍해 버리고 말았다. 이래서 P부인은 다만 순영이가 부끄러워서 "네" 하는 대답을 아니 하는 줄로만 알았다. 또 순영이가 김 모의 앞에 있을 때에는 별로 싫어하는 눈치도 보이지 않고 도리어 유쾌한 듯이 김 모의 이야기를 듣고 또 자기가 먼저 김 모에게 친절히 말을 걸기도 하였다. 이것을 김 모와 P부인은 꼭 순영이가 김 모에게 뜻이 있는 것으로만 여긴 것이다.

하기야 김 모가 생각하기에 순영이가 자기에게 시집오기를 좋아하지 않을 리가 없었을 것이다. 자기와 같이 모든 자격이 구비한 신랑감이 또 어디 있나──김 모에게는 이러한 자신이 있었다.

바로 이때다. 이때에 둘째오빠가 백윤희를 앞세우고 나섰다. 다방골 부자로 백윤희 모르는 사람이 어디 있을까. 그는 장안에 셋째로 간다고 하고 넷째로 간다고도 한다. 추수하는 것만도 만 석이 넘거니와 그가 가지고 있는 주권과 현금에 비기면 그것은 몇십분지 일도 안 될 만큼 큰 부자다.

15회 백윤희가 화투를 하여서 하룻밤에 20만 원을 잃었다는 둥 사흘 밤에 백만 원을 잃었다는 둥 한참은 백이 화투로 해서 못 살게 된 것처럼 소문이 높았지마는 워낙 등댄 데가 많은 사람이라 형사문제도 되네 안 되네 하다가 말고 여전히 한성은행 취체역取締役: 예전에 주식회사의 이사를 이르던 말, 조선상업은행 취체역, 이 모양으로 일류 실업기관에 중역의 이름을 셋씩 넷씩 가지고, 게다가 독력으로 대정무역주식회사라는 큰 회사를 세워 자기가 사장이 되어 있다. 그 밖에도 시내에 있는 집과 토지만이 수백만 원 가격어치는 된다 하며, 다방골 그의 큰 집과 동대문 밖 별장만 해도 여러 십만 원어치라 한다. 세상이 전하는 말을 모두 믿을 수는 없지만 어쨌거나 천만 원 가까운 재산을 가진 큰 부자인 것은 사실이다.

그가 수없이 기생첩을 들이고 내인 것은 말할 것도 없거니와 아무리 수단이 많은 기생도 그와 1년 이상을 살림을 계속한 이가 없는 것과 갈려 나올 때에 쓰고 있던 집 한 채도 얻지 못하고 겨우 제가 들어가 장만하였던 세간과 옷벌이나 들고 나온다는 것도 유명한 이야기다. 그러하건만 그가 워낙 돈이 많은 것과 또 풍신이 좋고 첩을 끔찍이 귀해 준다는 소문이 높으므로 어떤 기생첩이 쫓겨날 때에는 세상에서는 그 잘못을 백에게 돌리지 않고 대개는 쫓겨나는 기생에게 돌렸고, 쫓겨난 기생도 웬일인지 그를 원망하는 것보다도 두고두고 그를 사모한다. 이 까닭에 전 기생이 나가 버리기가 바쁘게 새 기생이 또 달라붙는다. 서울에는 백과 같이 이러한 생활을 하는 계급이 꽤 많거니와 그들 중에도 백을 부러워하는 표적이 되어 버렸다. 더욱이 그의 건강은 주색의 생활을 하기에 적당하리만큼 좋았다. 모두들 고량 진미에도 입맛이 없고 죽을 먹어도 잘 내리지를 아니하여 골골하는 중에 유독 백 하나는 언제나 핑핑하였다. 해마다 세포, 검불랑지금은 북한에 속한 강원도의 지명으로 다니며 녹용과 녹혈과 멧돼지 피를 먹는 때문이라고 자기도 자랑하고 남들도 부러워하거니와 천품으로 좋은 건강을 타고난 것이다.

그러하던 백이 한참 동안 기생첩을 안 두었다고 소문이 났다. 그것은 꽤 큰 사건인 듯이 장안에서는 문제가 되었다. 그런 지 얼마 아니하여 또 이러한 소문이 났다. 백이 요새 기생 작첩을 아니 하는 까닭은 여학생 장가를 들 맘이 있는 까닭이라고. 또 이런 소문도 났다. 만일 맘에 드는 여학생만 나서면 본처를 이혼하고 그 여학생을 정실로 맞기까지라도 한다고. 또 이런 소문도 났다. 동대문 밖 별장을 산 뒤로는 그 별장에는 아직 '부정한 계집'은 들여 보지 아니하고 여학생 새 아내를 위하여 깨끗하게 아껴 두는 것이라고.

이러한 소문은 모두 거짓말은 아니었었다. 그가 요사이 각 여학교의 인물 깨끗한 여학생을 고르는 것은 세상이 다 아는 사실이 되어서, 그의 대정무역주식회사 사원 중에는 그것을 전문으로 하는 사람까지 있었다. 이 통에 첫째 간택으로 걸려든 것이 순영인 것은 말할 것도 없고 순영이를 곧 백에게 붙여 주려고 애를 쓰는 것이 그의 둘째오빠 되는 순기인 것도 말할 것이 없다.

순기가 동경 유학을 하고 나와서 재령 나무리에 조상 적부터 전래하던 금전옥답을 다 팔아 가지고 서울에 커다란 집을 사고 주식중매업을 하네, 금융업을 하네, 토지업을 하네, 자동차상회를 하네, 한창 흥청거릴 때에 실업가의 한 사람으로 백과는 교분이 있었고, 또 순기가 아주 판셈빚진 이가 돈을 빌려 준 이들에게 자기 재산의 전부를 내놓아 나눠 가지게 함을 하게 되는 판에 백에게 빚도 좀 지었다.

이러한 처지에 백은 순기에게 어여쁜 누이 순영이가 있는 줄을 알았고 순기는 백이 순영이에게 맘이 있는 줄을 알았다. 이만하면 이 속에서 무슨 변화가 나올 것은 누구나 상상할 수 있을 것이다.

그러나 백이나 순기나 모두 실업가다——장사하는 사람들이다. 그들은 흥정의 원리를 안다. 흥정의 원리란 것은 서로 배부른 체하는 것이다.

16회 백과 순기는 흥정의 원리를 아는지라 서로 먼저 말을 꺼내지 않았다. 피차에 저편이 먼저 꺼내기를 기다리는 것이다. 이러는 동안에 백은 순영의 사진을 모으고 순영에게 관한 이야기를 모으고 또 순영을 먼 빛으로라도 볼 기회를 구하고, 그리하고 어찌하면 순영의 맘을 끌어——말하자면 그 약점을 이용하여 가장 힘과 돈을 덜 들이고 그를 손에 넣을까를 연구하였고 그와 반대로 순기는 어찌하면 백에서 가장 많은 값을 받고 순영을 팔까 하는 계책을 연구하였다.

이러던 차에 순기는 미국 다녀온 김 모가 순영에게 미치어 뜬다는 말을 듣고 '옳다!' 하고 그것을 이용하기로 하였다. 그래서 어떤 주석에서 순기는 능청스럽게 어떤 사람더러,

"자네 저 미국 다녀온 김○○ 아나? 사람도 상당하고 재산도 상당한 모양이어. 내 누이동생에게 청혼이 왔는데 합당하겠지?"

하고 의논하는 모양으로 물었다. 물론 그 곁에서는 백이 바둑 훈수를 하고 앉아 있다가 순기의 이 말을 들었다. 그리고 아니 놀랄 수가 없었다. 인제는 더 흥정의 원리를 이용할 때가 아니라고 생각하였다.

과연 백의 심복되는 대정무역회사 사원 하나가 순기를 찾았다. 그는 순기에게 백이 청혼한다는 뜻을 통하였고 그 교환조건으로는 상당히 큰 자본을 순기에게 제공할 수 있다는 뜻까지도 은연히 비쳤다. 순기는 자기의 계책이 들어맞은 것을 기뻐하였으나 그 기쁨을 발표할 때가 아직 오지 아니한 것을 잘 안다. 그래서 짐짓 성내는 빛을 보이며,

"그게 무슨 말이오? 아무리 내가 사업에 실패를 했기로 거지가 되었기로 내 동생을 남의 첩으로 팔아먹는단 말이오? 내가 그이한테 진 빚은 있소만 그것을 자세하고 내 동생을 뺏으련단 말이오?"

하고 소리를 질러 돌려보냈다.

그러나 그 이튿날 백이 몸소 순기의 집을 찾아 왔다. 순기는 그때까지

도 백에게 대하여 심히 냉랭하였다.

백은 한참 동안이나 어떻게 말을 할 바를 모르고 우두커니 앉았다가,

"노형께서 그렇게 노여워하시는 것도 마땅하시지요."

하고 심히 공손하게 말을 꺼내었다.

"어디 첩이라니, 내가 노형의 매씨를 첩으로 달라고 할 리가 있나요? 노형은 내 집 사정을 아시는지 모르지마는 내 아내라는 자가 벌써 병으로 누워 있는 지가 3년째니까, 그대로 내버려 두더라도 금년을 넘기가 어려울 것이고, 또 만일 내가 하려고만 하면, 만일 노형 매씨와 혼인만 하게 된다면, 금시라도 이혼 수속을 할 수가 있는 것이니까──그러니까 말이지 어디 노형 매씨로 첩이란 말이 당한 말씀인가요…. 부청 민적계에 있는 사람들이 모두 내 사람이나 다름없고 또 부윤으로 말하더라도 내 말이라면 거스를 리가 없으니까 만일 이혼이 필요하다 하면 그것은 금시라도 될 일이지요…. 그래서 그러는 것이니까 그처럼 노형께서 노여워하실 것은 아니지요."

하고 말할 수 없이 미안하고 공손해하는 태도를 보인다.

순기는 백에게 대하여 더욱 성내는 이유를 보일 이유가 없었다. 그러나 한 푼이라도 더 값을 높여야 하겠고 또 그것을 구체적으로 작성한 후에야 비로소 허락하는 것이 마땅한 것을 알았으며, 겸하여 비록 어린 동생이라 하더라도 순영의 뜻도 한번 물어 볼 필요가 있다고 생각하였다. 그래서 술을 먹고 얼마 동안 유쾌하게 담화를 한 끝에,

"허지만 요새 계집애들이 제 맘에 들기 전에야 시집을 가오? 하니까 최후에 결정은 제게 있지요…. 하지만 김씨하고 거의 승낙이 다 되었으니까 심히 어렵겠는걸요. 그 애가 공부에 골똘한 애니까 지금 다니는 대학교를 마치고는 미국으로 유학을 간다고 그러는구려. 그런데 김씨 말이 혼인한 뒤에 내외가 다 미국을 간다고 그러니까 그 애는 더욱이 거기 마음이 솔깃한 모양이야요." 하였다.

17회　봉구는 아직도 근 1년이나 있어야 감옥에서 나올 어떤 가을날이었다. 아직 개학은 아니 하였으나 학생들은 모두 기숙사에 모여들어서 밤낮으로 웃고 떠들고 사다 먹고 즐길 때였다.

마침 사흘만 지나면 개학을 한다는 어떤 날 기숙사 몇 동무들이 P부인 집에 모여서 한바탕 놀려고 하는 판에 순기 집 계집하인이 순영에게 편지 한 상을 가지고 왔다. 그것은 순기에게서 온 것이었다——해주 아주머니께서 올라오셔서 너를 보시기를 원하니 선생님께 이틀 수유만 얻어 가지고 집으로 나오라는 뜻이었다.

순영은 둘째오빠를 싫어한다. 그는 자기에게 이롭지 못한 사람이라고 순영은 생각하였다. 그의 셋째오빠 되는 순흥을 사랑하고 따르는 반비례로 순기를 싫어한다. 순기는 순영이가 어렸을 때부터 소리나 지르고 걸핏하면 때리기나 하고 "계집년이 공부는 무슨 공부" 하고 야단이나 하고 돈을 한참 잘 쓸 때에도 학비도 잘 안 주는 아주 무정한, 또 밤낮 술이나 먹고 기생집에 다니는 사람답지 못한 오빠로 알았다. 그러던 오빠에게서 평생 처음 이렇게 정다운 편지를 받는 것이 이상도 하거니와 그래도 불쾌하였다. 그러나 둘째오빠를 생각할 때에는 둘째 오라범댁을 생각지 아니할 수 없었다. 그는 구식 부인이지만 순영이가 보기에는 심히 좋은 부인이었다. 순영이가 방학에라도 둘째 집에를 가는 것은 그 언니가 보고 싶고 "학교 아주머니!" 하고 매달리는 조카들이 보고 싶은 때문이었다.

그러나 만일 해주 아주머니만 아니면 순영은 안 나왔을 것이다. 해주 아주머니는 젊어서 홀로 되어 양자를 데리고 늙은 육십이 넘은 아주머니다. 방학 때마다 순영은 반드시 해주 아주머니 댁에를 다녀오던 것인데, 금년에는 동무들과 같이 원산에를 가노라고 못 갔었다. 해마다 혹은 세찬으로 혹은 옷값으로 돈도 가끔 보내 주고 또 명절 때나 제사 때나 잔치 때에는 떡 같은 것까지도 소포 우편으로 부쳐 주었다.

'그 아주머니가 내가 보고 싶어서 올라오신 것이다' 할 때에 순영은 가슴이 뛰도록 기뻤다. 그래서 순영은 그 편지를 들고 별드는 창 앞에 커다란 안경을 쓰고 앉아서 피아노 곡조를 고르고 있던 P부인 곁으로 뛰어가서 영어로 해주 아주머니의 이야기와 둘째오빠가 나오라고 했다는 뜻을 고하였다. P부인은 큰 안경을 손에 떼어 들고 순영의 이야기를 듣더니,

"응, 그 아주머니여?"

하고 웃으면서 유창한 조선말로,

"이담엘랑 제사 음식일랑 보내지 마시라고…. 순영이 가 보오. 모레 오전에 들어오오."

하고 수유를 주었다.

순영은 섭섭한 듯이 다른 동무들에게 부득이 다녀온다는 인사를 하고 얼른 뛰어나와 문 밖에서 기다리던 인력거를 타고 관철동 둘째오빠의 집으로 왔다.

순영은 안방으로 들어오는 길로 사방을 돌아보며,

"언니, 해주 아주머니 어디 가셨소?"

하였다.

순영의 목소리에 아이들이 모여들어서 순영에게 매달렸다.

언니는 의심스러운 듯이 순영을 보며,

"웬 해주 아주머니요?" 한다.

"그래도 오빠가 해주 아주머니가 오셨으니 이틀 수유를 얻어 가지고 나오라고 이렇게 편지를 하고 인력거를 보냈는데?"

하고 순영은 웬 영문을 모르는 듯이 그의 독특한 눈살을 찌푸린다.

"그게 웬일이야?"

하고 언니는 여섯 살 먹은 계집애더러,

"용아, 사랑에 가서 아버지 들어오시라고, 학교 아주머니 오셨다고."

세 아이는 한꺼번에 우르르 사랑으로 뛰어나갔다. 이윽고 양복을 입은 순기가 들어 왔다. 순영을 보고,

"응 너 왔니?" 하고 퍽 말소리가 부드러웠다.

18회　순영은 질문하는 듯이,

"오빠, 해주 아주머니 어디 계세요?"

하고 한 번 눈을 흘겼다.

"해주 아주머니나 오셨다고 해야 네가 오지, 그렇지 않으면 어디 오느냐?"

하고 유쾌한 듯이 껄껄 웃으며 반가운 듯한 눈으로 순영을 한 번 훑어본다.

순기에게서 평생 처음 반가와 하는 빛을 보고 귀여워하는 말소리를 들을 때에 순영은 그를 미워하는 생각이 다 사라지고 도리어 눈물이 나도록 고마웠다. 그래서 성난 것도 다 풀어지고 '아마 오빠가 그래도 속으로는 나를 사랑하는 정이 깊을 것이다' 하고 동기의 정을 본 듯이 기뻤다.

그래서 순영은 어이없어 웃으며,

"아이 오빠두, 오빠가 오라시면 내가 안 오우? 언제 오라고 해보셨나 봐."

하고 젖먹이 조카를 쳐들고 흔든다.

"말 탄 양반 *끄떡끄떡*, 소 탄 양반 *끄떡끄떡*."

하고 웃었다.

"그동안에 벌써 이 애가 갑절 무거워졌수. 인제 쳐들기가 힘이 드는데."

하고 젖먹이 뺨에 입을 맞추었다.

"그럼 벌써 누이가 다녀간 지가 언제요? 애들은 밤낮 '학교 암지 학교 암지 왜 안 와?' 한다오. 어쩌면 그렇게도 안 오시우?"

하고 언니는 순영의 팔에 안긴 어린애를 보며 만족해한다.

'언니도 늙는구나' 하고 순영은 언니의 약간 까무족족한 눈초리에 잡힌 가는 주름을 들여다보았다. 나이는 아직 서른댓밖에 안 되었으나 오빠가 밤낮 기생집에나 돌아다니고 첩이나 얻고 돌아다니고 게다가 금년에는 생활조차 어려워지니 왜 언니가 늙지를 아니할까 하고 순영은 언니가 불쌍해졌다. 그리고 곁에 선 오빠를 보면 그도 살은 피둥피둥하나 사업에 실패한 뒤로는 풀이 죽어서 어디인지 모르게 궁한 빛이 보이고, 하루에도 양복을 두세 번씩이나 갈아입던 그가 오늘은 풀이 죽은 낡은 셔츠를 입은 것을 볼 때 순영의 가슴에는 동기가 아니고는 경험할 수 없는 본능적 동정을 깨달았다.

'오빠는 불쌍하다. 다시 한번 옛날 모양으로 돈이라도 있게 해 드렸으면' 하는 생각에 순영은 가슴이 답답하였다.

세 사람 사이에 한참 동안이나 침묵이 계속되는 것을 보고 언니가 남편을 향하여,

"오래간만에 누이가 오시었는데 무슨 대접이라도 해야지요."

한다. 언니에게는 순영을 대접하려야 대접할 돈이 없는 것이다. 순영은 여성의 민감敏感으로 언니의 충정을 직각하고,

"아니야요. 언니두… 내가 손님인가 무어."

하고 방구석에 흩어진 아이들 장난감과 그림을 주워 한편 구석에 치워 놓았다. 이리함으로 자기가 결코 특별한 대접을 받을 손님이 아니요, 이 집 식구인 것을 표하려 함이다. 진실로 이상한 기회에 순영은 그 둘째오빠에게 대한 동기의 애정을 회복하였다.

순기는 필 대로 편 순영의 몸맵시와 얼굴을 취한 듯이 물끄러미 보고 있더니 아내가 순영의 대접 걱정하는 말을 듣고,

"아니, 오늘은 이 애를 어디로 데리고 가서 점심을 먹일 테야. 아마 저녁도 먹고 좀 늦어야 돌아올 것 같소. 날도 좋고 하니 밤낮 기숙사 구석에만 있

던 애를 소풍이나 한 번 시켜 주어야지."

하고 아직도 방을 치우고 있는 순영을 향하여,

"그만두어라. 그걸 치우면 얼마나 가니? 금방 또 벌여 놓을걸. 자동차 소리 나거든 대문 밖으로 나온."

하고 사랑으로 나가 버렸다.

자동차를 태워 주고 소풍을 시켜 준다는 말이 다 순영에게 기뻤으나 한 끝 생각하면 오빠의 태도가 갑자기 변한 것이 이상도 하고 또 한끝 생각하면 언니만 혼자 집에 두고 나가는 것이 미안하였다. 그래서,

"언니, 나는 가기 싫어!"

하였다. 그리고 오빠가 자기에게 태도를 변한 것은 아마 나이 많아 가면서 동기 생각이 나는 것인가 하였다. 그리고 어서 자동차 소리가 안 나나 하고 도리어 어서 자동차 소리 나기를 기다렸다.

19회　자동차의 뺑 하는 소리에 순영은 한 번 더 미안한 듯이 언니를 돌아보고는 다소 허겁지겁 대문 밖으로 뛰어나왔다.

운전수가 운전대에서 익숙하게 툭 뛰어내려서 순영을 슬쩍 보고는 모자를 벗으며 자동차 문을 열고 그리로 올라앉으라는 뜻을 보인다. 순영은 어찌할 줄 모르는 듯이 잠깐 주저하다가 '이럴 게 아니라' 하는 듯이 얼른 귀부인의 위엄을 지으며 한손으로 치맛자락을 걷어 잡으며 자동차 자리에 올라앉았다. 털썩 올라앉을 때에 자리 밑에 있는 용수철이 들썩들썩 순영의 몸을 움직이게 한다. 그것이 순영에게는 꽤 유쾌하였다.

순영은 값가는 비단으로 돌라붙인 자동차 내부를 돌아보고 손길같이 두껍고 수정같이 맑은 유리창과 그것을 반쯤 내려 가린 연회색 문장을 얼른 손으로 만져 보고 그러고는 천장에서 늘어진 팔걸이에 하얀 손을 걸치고는 운전대 뒷구석에 걸린 뾰족한 칼륨유리에 꽂힌 백국화 한 송이를 바라보았

다. 이때의 순영의 얼굴에는 흥분의 붉은 빛이 돌고 가슴에는 알 수 없는 욕망의 오색 불길이 타올랐다.

자동차에 올라 앉아서 그 오빠가 나오기를 가다리는 순간——진실로 순간이다. 3분이나 될까 말까 하는 극히 짧은 순간은 순영이가 10년 동안 학교에서 P부인에게 배운 모든 도덕적 교훈을 이길 만한 큰 인상을 주었다. 물론 순영이가 지금 처음 자동차를 타 보는 것도 아니다. 그는 해주 아주머니 집에 다닐 때에 사리원에서부터 장거리를 자동차를 탔고, 금년에 원산 해수욕장에서도 가끔 동무들과 같이 15전짜리 자동차를 탔다. 그러나 그때에는 다만 유쾌하다 하였을 뿐이요, 이처럼 깊은 충동은 받지 아니하였다.

그러나 이 자동차는 부富의 상징이었다. 수없는 인류 중에 오직 뽑힌 몇 사람밖에 타 보지 못하는, 마치 왕이나 왕후의 옥좌와도 같은 그렇게 높고 귀한 자동차와 같았다. 자기가 그 자리에 턱 올라앉을 때에 순영은 이 자동차의 주인이 되어 마땅한 사람인 듯한, 지금까지에 일찍 경험해 보지 못한 자기의 높고 귀함을 깨달았다.

이 자동차가 순영이가 처음 보는 화려한 것인 것도 한 이유지만 그보다도 더 큰 이유는 순영의 오늘 기분이다. 오늘따라 순영의 맘이 왜 이렇게 봄날 종달새 모양으로 날개를 돋치어 둥둥 떠오를까.

순기가 왕과 같은 위엄으로 모자를 벗고 섰는 운전수는 보지도 아니하고 슬쩍 올라앉을 때에 순영은 만족하게 웃는 눈으로 그를 보았다.

"뿡." 길게 한 소리를 내고는 자동차가 움직였다. 좁은 골목을 가만가만히 굴러 나가 바다와 같은 종로거리로 나설 때에는 초가을 볕이 바닷물과 같이 온 세상을 덮은 듯하였다.

바다와 같은 종로 넓은 길에 오고 가는 수없는 사람들이 순영에게는 자기의 자동차 길을 방해하는 하루살이떼 같기도 하고 넓은 바다의 물거품 같기도 하다.

순영은 너무 기뻐하는 빛을 그 오빠에게 보이기를 부끄러워하는 듯이 일부러 시치미를 떼며,

"오빠, 그런데 우리는 어디로 가요? 오늘은 날도 퍽 좋아요. 오빠하고 이렇게 가는 게 좋아요."

하고는 그만 참지 못하고 입이 벌어지도록 웃었다.

순기는 순영이가 기뻐하는 것이 퍽 만족한 듯이,

"좋은 데로 간다."

하고 잠깐 쉬었다가,

"그런데 요새도 김가가 귀찮게 구니?"

하고 순영의 눈치를 보았다.

"귀찮게야 무엇이 귀찮게 굴어요. P부인이 자꾸만 조르시지요…. 아무려면 내가 그 사람한테 가요…. 오빠 웬일인지 그이가 싫어요. 내년부터 그이가 우리 학교 선생으로 온다나. 오면 대수요?"

하고 순영은 고개를 기울여 휙휙 지나가는 길가 집들을 바라본다. 순영이는 마치 그 집들이 당성냥갑이 바람에 불려 가는 것 같았다.

<u>20회</u> 순기도 순영이가 좋아하는 것을 볼 때에 심히 기뻤다. 미상불 순영의 태도를 근심하였던 것이다. 백을 대하여서는 겉으로는 최후의 결단이 순영에게 있단 말을 하면서도 은연히 순영의 혼인에 대한 전권이 자기에게 있는 것을 장담하여 두었고 또 속으로도 그렇게 생각하였었다. 그러나 정작 순영을 대하고 본즉 그는 이미 "이년아, 귀찮다" 하고 머리를 때려 울리던 어린 계집애가 아니요, 벌써 커다랗게 어른 꼴이 메인 부인네일뿐더러, 그가 대학생인 것과 또 시체時體: 그 시대의 풍습이나 유행을 따름 여학생인 것을 생각할 때에 용이히 자기의 주먹에 들 것 같지 아니하고 좀 벅찼다. 만일 순영이가 "아니오, 싫소!" 하고 말을 안 들으면 어쩌나, 그리되면 형인 체, 가장인

체하던 자기 모양도 수통하거니와 또 오려던 큰 복을 잃어버리게 되는 것이다. 그래서 근심근심하던 차에 순영이가 기뻐하는 것을 보고 자기의 복이 가까워 오는 것을 기뻐하였다.

'대체 오빠가 어디를 나를 데리고 가나?' 하고 가는 데를 물어 볼까 물어 볼까 하면서도 자기가 너무 흥분되어 하는 것을 오빠에게 보이는 것이 부끄러워서 심히 조급한 맘으로 자동차 서기만 기다렸다.

자동차는 오래 가뭄에 마르고 마른 길바닥에다 호기 있게 뽀얀 먼지를 일으키면서 동대문 모퉁이를 휘돌아 얼마를 더 나가서는 높다란 솟을대문으로 그냥 자동차를 들이몰아서 수목과 화초 사이로 꼬불꼬불 몇 바퀴를 돌아서 바로 어저께 역사를 끝낸 듯한 길이 넘는 하얀 돌층층대 앞에 섰다.

'으리으리하게도 큰집이다!' 이것이 자동차에서 아직 흙도 아니 묻은 화강석 층층대에 내려설 때의 감상이었다. 순영이는 이렇게 으리으리한 마당과 집과 석물을 대할 때에 자기가 너무도 초라한 듯한 것을 깨달았다. 비록 자기가 입은 옷이 희기는 희지만 여러 물 빨아 다린 말하자면 철에 맞지 않은 모시 생풀치마다. 순영의 눈은 뒤축이 약간 한편으로 기울어지게 닳아진 낡은 구두에 떨어졌다. 처음부터 이 구두가 맘에 들지 않아서 돈만 생기면 새것을 하나 맞추려고 노상 맘에 두었던 것이다. 학교 안에서 돌아다닐 때에는 그렇게 맘에도 걸리지 아니하였지만, 또 만일 오늘도 오빠의 집에 올 때까지도 그런 생각이 없었고 자동차를 타고 올 때에도 그런 생각을 할 여유가 없었으나, 으리으리한 대문으로 자동차가 속력도 줄이지 아니하고 달려들어 올 때에 무엇인지 모르게 내리눌리는 생각이 났고, 아직 때도 안 묻은 화강석 층계에 설 때에는 일시에 자기의 초라함이 뒤통수를 덮어 눌러서 자기의 온 몸뚱이가 그 돌층계로 졸아드는가 싶었다.

그러나 순영이가 자동차에서 접힌 치마의 주름살을 채 만져 펴기도 전에 머리 위에서는 극히 점잖은 목소리로,

"어, 지금 오시오? 나는 지금 댁으로 전화를 걸려고 하는 참이야요. 허허허, 자, 올라오시오!"

하는 것이 들린다.

순영은 눈을 들어 위를 바라보지 아니하지 못하였다. 순영이가 선 층계에서 여섯 층계나 더 올라가서 하얀 마루의 꼬불꼬불한 난간에 기대어 잠깐 허리를 굽히고 선 사람이 셋이 있다. 하나는 나이 사십이나 되었을까. 몸이 좀 뚱뚱하고 얼굴이 희고 눈이 가늘고 근시안인 듯한 안경을 쓰고 조선옷에 조선버선을 신고 회색 대님을 쳤는데 난간을 짚은 손가락이 마치 여자의 손가락과 같이 희고 토실토실하다. 그 담에 선 이는 얼굴이 붉고 키가 작달막하고 나이는 그렇게 많아 보이지 아니하건만 머리가 반백이나 되었는데 검은 양복을 입었고, 그 담에는 어떤 여학생 하나가 섰는데 좀 큰 두 눈이 하얗게 분 바른 조그마한 얼굴에 둥둥 뜬 것 같고 짧은 치마 밑으로는 흰 양말을 신은 좀 보기가 숭없도록 통통하고 대받다. 순영은 그를 어디서 본 여자다 하였으나 얼른 누구인지 생각이 나지 아니하였다.

21회 순영은 그 오빠의 뒤를 따라 발자취까지 그 오빠의 뒤를 따르면서 화강석 층층대를 올라갔다. 한 걸음 두 걸음 층층대를 올라갈수록 순영의 정신은 무엇에 취하는 듯하여 발을 헛디딜 만큼 혼란해졌다. 마루 위에 턱 올라서서,

"이 양반이 너도 알겠지만 백윤희라는 양반이시다."

하는 순기의 말을 따라 공손히 허리를 굽힐 때에는 순영의 얼굴은 마치 복날 더위에 먼 길을 걸어온 사람 모양으로 더운 김이 피어오르도록 빨갛게 익었다. 그것이 심히 아름다웠다.

"허, 변변치 못한 곳에 이렇게 오시니 과시 봉필의 생광인데요, ^{봉필생광}(蓬蓽生光): 누추한 집을 빛내 준다. 즉 가난한 집에 귀한 손님이 찾아옴을 뜻함 허허."

하고 백이 답례를 하면서 한 번 슬쩍 순영을 바라본다.

백의 이 말에 그 얼굴 붉고 머리 센 사람은 순영에게 인사를 청하는 모양으로 두어 걸음 가까이 오며,

"영감, 봉필은 좀 과분한걸. 생광은 되겠지만."

하고 백을 바라본다.

"허허, 봉필이지요. 나 같은 야인이 사는 곳이야 금전옥루도 무비봉필이 아니오니까, 허허."

하고는 백은 마치 무슨 잊어버렸던 것이 생각난 모양으로 그 얼굴 붉고 머리 센 사람의 어깨를 툭 치며,

"영감은 내가 김 양께 소개하지요. 이 영감께서는, 어, 윤 변호사시라고 하는 양반이시구요."

그 뒤에 섰는 치마 깡똥한 여자를 가리키며,

"이 부인 어른은 명선주 양이신데 음악가로 유명하시지요."

하고 윤 변호사라는 이를 보고 빙그레 웃으며,

"그리고 장래 이 윤 변호사 영감의 영부인이시지요."

한다.

이 모양으로 말 마디마다 순영을 힐끗힐끗 보며 소개를 할 때에, 순영은 눈도 거들떠보지 않고 다만 자기에게 소개받는 사람이 섰을 듯한 곳을 향하여 고개 숙일 뿐이다. 그러나 그러면서도 백의 눈이 차차 가을 석양길의 하루살이 모양으로 자기의 얼굴과 목을 빈틈없이 간질이는 것을 깨달았고 그럴 때마다 숨이 막힐 듯한, 전신에 식은땀이 흐르는 듯한 괴로움이 가슴속에 일어나서, 소개가 끝나기가 바쁘게 얼른 순기의 등 뒤로 돌아가 숨었다. 더욱이 그 사람들의 하는 말이 여태껏 학교에서는 들어보지 못한 말이라 영어보다도 어렵게 못 알아들을 구절이 있을 때에 순영은 이 사람들이 이상한 사람들이다 하였다.

이러한 이상한 사람들 틈에 있으면서도 수줍어하는 빛이 없고 도리어 자기는 벌써 이러한 상류사회의 생활과 예의에는 익었다 하는 듯이 웃을 때 웃고 시치미 뗄 때 시치미를 떼고 하며 그 태연한 모양이 순영에게는 한끝 밉기도 하고 한끝 부럽기도 했다.

'명선주!' 하고 순영은 혼자 생각하였다. '내가 저를 모르나——제까짓 게 무언데 학교라고 겨우 저 시골 변변치 못한 것을 졸업하고 피아노깨나 울린다고 가끔 나서지만 내게야 어림이나 있나. 그런데 저 계집애가 이렇구 저렇구 꽤 도고道高: 스스로 높은 체하여 교만함한 소리를 한다더니 어째서 저 엎어 삶은 상 같은 영감장이한테로 시집을 갈까, 알 수 없는 일이다.'

이 모양으로 속으로 한바탕 명선주를 짓이기고 나니 순영의 폭 가라앉았던 맘은 점점 땅에서 떠오르려는 비행기 모양으로 슬슬 올라 뜨기도 하고 또 마루로 지나가는 첫가을 시원한 바람이 상기한 얼굴을 식혀 주는 것도 같았다. 그래서 순영은 한 번 더 속으로 '제까짓 게 무어? 얼굴은 저게 다 무어야? 저 몽퉁한 다리는 다 무엇이구?' 하고는 얽어매었던 줄이 풀린 새 모양으로 자유로 날아다닐 수가 있는 듯함을 깨달았다.

'내가 무엇하러 이렇게 수줍어? 내가 대학생이 아니야? 내가 수백 군중을 앞에 놓고는 연설도 하고 피아노도 치는 사람이 아니냐? 나는 학식으로 보더라도 저 사람들보다 나은 사람이 아니냐? 백윤희! 피, 응. 그 기생작첩 잘하기로 유명한 그 부자 녀석이야? 윤 변호사? 옳지, 대가리가 허연 것이 어린 계집애를 따라다니기로 유명한 그 녀석이로구먼!'

22회 이렇게 한바탕 거기 있는 사람들을 속으로 비평하고 나니 문득 자기의 몸이 공중에 날아올라 백 부자나 윤 변호사나 자기 둘째오빠까지도 저 발밑으로 내려보는 듯하고 더구나 저 손녀 같은 계집애들을 따라다니기로 유명한 영감장이의 마누란지 첩인지로 되어 가는 선주가 개새끼만큼도 아니 보이고 순영이 자기는 그 사람들보다는 천 층 만 층 높고 깨끗한 천사와 같았다. 그는 이리하여 용기를 얻어서 마루에 붙인 주련과 그림도 보았고 방에 들어가서는 주인 되는 백씨가 앉으라는 대로 사양도 않고 비단 교의에 털썩 자리를 잡고는 값가는 고물과 서화로 장식한 벽을 둘러보았다. 실상 여학교에서 자라난 그로는 백씨 집 응접실 설비에 그다지 놀랄 것은 없었다.

별로 이야기도 있기 전에 점심 준비가 되었다고 계집하인이 나와 백에게 말하였다. 백이 앞서고 다른 사람들이 뒤를 따라 문 하나를 지나 양장판한 마루를 지나 까만 테를 두른 장지를 열면 거기는 넓은 육간이나 되어 보이는 네모 번듯한 장판방인데 한가운데는 하얀 상보를 덮은 팔각 교자상이 놓이고 그 위에는 어른어른한 은그릇과 오색이 영롱한 유리그릇이 놓였다.

사람들은 백이 앉으라는 자리에 둘러앉았다. 윤 변호사와 명선주는 이웃해 앉고 명선주 담에 순영이가 앉고 그 담에 순기가 앉고 순기 담에는 한 자리를 비워 놓고 주인이 앉았는데 바로 순영이와 마주보게 되었다.

순영이는 그 설비의 화려함에 아니 놀랄 수가 없었다. 그의 잠깐 진정되었던 정신은 다시 산란하기 시작하였다. 식탁 위에 놓인 기명들이 모두 은인 것과 주전자와 술잔 같은 것에는 모두 금으로 아로새긴 것이며, 그 이름도 잘 알 수 없는 기명에 담긴 이름도 알 수 없는 음식도 순영에게는 놀라웠거니와 방에 깔린 보료와 방석에 모두 일월 무늬가 뚜렷뚜렷한 모본단인 것이며, 이 구석 저 구석에 놓인 화류문갑, 화류탁자에 오색이 영롱하게 자개로 아로새긴 것이며, 미닫이, 갑창틀까지도 모두 금시에 피가 뚝뚝 떨어질 듯한 화류로 된 것이며, 갑창에서 잠깐 삐죽 내민 겹미닫이의 초록빛하며 이런 모든 것은 수없는 바늘 모양으로 순영의 신경을 폭폭 찔렀다.

"어째 이 사람이 안 올까?" 하고 백은 비워 놓은 자리를 차지할 사람이 아니 오는 것을 근심하면서도 음식을 시작하기를 청하였다. 백은 손수 주전자를 들어 술을 따랐다. 노란 술이 하얀 은주전자 귀로 휘임하게 무지개를 그리면서 금으로 아로새긴 은잔에 떨어질 때에 돌돌 가는 가을 시내 소리와 같은 음향을 일으켰다. 순영에게도 그것이 심히 맛날 것같이 보였다.

술 주전자가 순영의 앞에 올 때에 순영은 어쩔 줄을 모르고 자기 앞에 놓인 술잔을 집어 치우면서,

"저는 못 먹습니다."

하였으나 그 소리는 처량하게도 떨렸다. 백은 눈을 들어 순영을 한 번 슬쩍 보고는 무안한 듯이 주전자를 끌어 자기의 잔에 따랐다.

윤 변호사와 순기는 이 자리를 유쾌하게 만들려고 애쓰는 듯이 연해 무슨 이야기를 끌어냈으나 매양 실패되고 말았다. 식탁은 퍽 적적하였다. 순영은 몇 가지를 입에 넣는 체하고는 젓가락을 놓아 버리고 곧잘 집어먹던 선주도 순영이를 본받는 듯이 얌전을 빼고 말았다. 주인 되는 백도 내려던 흥이 아니 나는 듯하여 불쾌한 빛이 보였다.

순영은 점점 이 자리에 앉았는 것이 고통이 되게 되었다. 이 자리는 무슨 좋지 못한 자리인 듯한 생각이 나서 놀라는 모양으로 스스로 반성을 해 보려 하였다.

'이 사람들이 무엇에 쓰는 사람일까?' 순영은 웬일인지 모르나 이러한 생각이 났다. 그러고는 그 뒤를 따라, '이 사람들은?' 그런 생각이 나매 순영은 곧 기숙사로 돌아가고 싶었다. P부인과 동무들이 보고 싶었다.

23회   그러나 순영은 "저는 가요! 여기는 있기 싫으니 저는 기숙사로 돌아가요!" 하고 일어나 나올 용기는 없었다.

순영이가 아무 흥이 없어서 멀거니 무슨 생각을 하고 있는 것을 보고 주인과 다른 사람들도 흥이 깨져 제각기 제 생각을 하다가 식탁에서 일어나려고 할 때에 웬 양복 입은 퍽 사내답게 생긴, 얼굴 기름한 신사가 들어왔다.

"아, 최군, 웬일이여?"

주인은 일어나려다가 다시 자리에 앉으며,

"우리는 이렇게 자리를 남겨 놓고 기다렸는데 어디서 무얼 하다가 인제 오우?"

하며 최군이라는 사람더러 앉기를 청하였다.

"아이, 오빠두 어쩌면 인제 오세요?"

하고 명선주가 일어나 응석 부리듯 최씨를 흘겨본다.

"응, 어느새 동부인이여?"

하고 최씨는 윤 변호사를 유심히 보며,

"영감도 젊으셨는데. 그런데 영감, 좋은 일이 있어요. 신문을 보니깐 두루 아주 좋은 약이 발명되었는데…. 아니여, 약이 아니구 수술이여. 주인 영감도 좋아하실 일요. 아주 썩 도저한 수술이 발명되었다는데, 그 수술을 받으면 아무리 늙은 사람두 도로 젊어진다는구려! 낙치落齒가 부생하고 백발이 환흑까지는 되는지 나도 자세히는 모르지만 일본서는 지금 돈 많은 늙은이들이 꽤들 많이 그 수술을 받는다는데, 아주 효험이 도저허대. 어떠시우, 영감. 이번 신혼두 허시구 하니 한번 안 받아 보시려우?"

이렇게 큰 목소리로 떠들면서 식탁 옆에 앉아서 자작으로 주전자의 술을 수없이 잔에 따라 마신다. 다른 사람들은 그 기운에 눌린 듯이 아무 말이 없고 다만 빙그레 웃으면서 그 최씨라는 사람의 입이 열리기만 바라보는 듯하였다.

"왜 자네부터 그 수술을 받아 보게그려."

하고 순기가 말을 붙이니 최씨는 무엇을 연해 입에다 집어넣으면서,

"내야 너무 젊어서 걱정이구, 너무 기운이 많아서 걱정일세! 어디 빨리 늙게 해주는 수술이나 있다면 가 받아 볼까? 자네나 내나 프롤레타리아는 하루 더 살면 하루 더 고생이 아닌가? 우리 같은 놈에게 어여쁜 아가씨들이 따른단 말인가. 홍, 인제는 기생들도 아저씨라고 부르지! 기생한테 오라버

니 소리 듣던 때도 다 지났어! 나이 많아 그런 게 아니라 돈이 없어 그렇단 말이야."

최씨라는 사람은 이 모양으로 방약무인하게 떠들더니 갑자기 무슨 생각이 나는지 모자를 벗으며 순기를 보고,

"이 어른이 노형 매씨신가?"

하고 순영의 앞에 고개를 숙이고 나서 갑자기 점잖은 어조로,

"실례하였습니다! 저는 이런 미친놈이니 허물치 마세요."

하고는 다시 모자를 쓰고 술을 먹어 가면서,

"가만 있자, 내가 무슨 말을 하다 말았나. 시장했다가 한잔 먹었더니 좀 이상한걸. 옳지, 영감 어떠시우? 그 수술 한번 안 받아 보시우?"

하고 당장 회답을 구하는 듯이 윤 변호사를 향하고 고개를 쑥 내민다. 윤 변호사는 자기를 늙은이 대접하는 것이 퍽 불쾌한 듯이 좀 외면하면서,

"그건 그리 젊어서 무엇하오?"

해버린다.

"왜 이러시우? 이건 왜 이래? 영감은 오늘 밤차로 수술받으러 떠나고 싶을걸? 일본 가는 밤차가 밤 10시하고 아침 10시에 있습니다. 하하! 좋대, 좋대, 저렇게 좋아한단 말이야? 왜 평생에 젊어 있구 싶다고 말을 못허우? 영감 무어 헐 일 있수? 하루 한두 시간씩 재판소에 가서 응, 에, 어 하고 거짓말이나 몇 마디 하면 돈이 절절 끓것다. 넓고 예쁜 마나님이나 데리고 안방문 꼭 닫아 걸고 자깔자깔할 일밖에 또 무슨 일 있수? 하하, 아무려나 내 동생이나 잘 귀해 주우? 적어도 3년 동안은 다른 마누라 생각하면 안 돼!"

하고 주먹을 한 번 두른다.

24회 점심이 끝나기까지에 이럭저럭 3시간이 넘어 걸렸다. 최씨는 남들이야 듣거나 말거나 한참 동안 혹은 이 사람을 거들고 저 사람을 거들다가 간

다 온단 말없이 어디로 휙 달아나 버리고 말았다.

최가 나가는 것을 보고는 백이나 윤이나 모두 안심이 되는 듯이 그러나 서운한 듯이 마주보고 싱그레 웃는다.

"어쨌으나 저 군도 사람은 좋아!"

하고 백이 힐끗 순영을 보더니,

"허지만 밤낮 떠들고 돌아다니기만 하지. 어디 한 자리에 붙어야 무슨 일을 하지… 월전에도 만주 가서 조 무역을 한답시고 한참 떠들고 돌아다니더니 웬 정말 조를 사왔는지 아니 사왔는지 알 수 없지. 그래도 만주를 가기는 갔던가 보데. 아마 한 달 반 동안이나 안 보였지?"

한즉 윤 변호사가,

"그겐들 누가 아나? 그 사람은 동에 번쩍 서에 번쩍 하니까 만주에 간답시고 일본에 나갔는지 뉘 아나? 그런 일을 곧잘 하지. 아마 일본에 무엇이 있는 게야? 그러기에 가끔 가지."

하고 조롱하는 어조가 보인다.

이렇게 최를 조롱하는 듯하는 말이 나매 선주는 얼굴에 불쾌한 빛이 나타나며 그 불룩 나온 듯한 두 눈방울을 디굴디굴 굴리더니,

"아니야요. 우리 오빠는 그러실 양반이 아니야요. 그이가 일 없이 돌아다니는 것 같지만 무슨 큰일을 경영하시는 것이야요. 그이가 그렇게 가볍게 볼 인 줄 아세요?"

하고 멍멍하니 앉았는 윤 변호사를 한번 흘겨본다. 윤 변호사도 잠깐 얼굴에 불쾌한 구름이 끼는 듯한 무슨 말이 나올 듯이 두 볼이 경련하는 모양으로 우물우물하더니,

"여보시오, 인제부터 그 사람더러 오빠라고 마시오! 오빠는 무슨 오빠란 말이요? 그 사람이 무슨 친족이란 말이요? 나는 그 말이 듣기가 싫소!"

하고 말끝을 맺을 때쯤 해서는 더욱 불쾌한 모양으로 두 볼이 우물우물

한다.

백은 마땅치 않은 듯이 고개를 돌려 한편 구석에 가만히 앉았는 순영을 바라본다. 순영은 부끄러운 듯이 고개를 돌려 벽에 달린 바다 물결을 그린 액자를 바라보았다.

선주는 퍽 신경질인 듯이 분을 참지 못하는 듯이 여윈 손가락을 마주 걸고 비비꼬며 윤 변호사의 느리게 느리게 하는 말이 다 끝나기를 기다리더니,

"아니야요, 아니야요. 왜 그래요? 왜 내가 그이를 오빠라고 못 불러요? 왜 내가 그이를 오빠라고 사랑하지를 못해요? 그렇게 내 자유를 꺾으세요? 나는 싫어요, 싫어요!"

하고 틀어 얹은 머리가 요동을 하도록 굳세게 고개를 두른다. 방안에는 불온한 기운이 도는 듯하였다.

윤 변호사는 아니꼬운 듯이 부모가 자식을 꾸짖는 듯한 눈으로 선주를 물끄러미 보더니,

"오빠도 사랑해요? 사랑이란 말을 아무런 데나 쓰는 것인 줄 아시오? 요새 여자들은 다들 그렇소? 남편 따로 사랑하고 오빠 따로 사랑하고…."

하다가 차마 할 말을 다 못한다는 듯이 말을 뚝 끊고 만다. 그러나 그의 붉은 얼굴은 더욱 붉어지고 씰룩거리는 두 볼은 더욱 씰룩거렸다.

선주도 더욱 흥분한다. 그는 여성의 위엄을 이때에나 보여야겠다는 듯이 허리를 쭉 펴고 고개를 번쩍 들어 싸움을 돋우는 모양으로 마른 입술에 두어 번 침을 바르더니,

"왜 못해요? 남편에게 대한 사랑 따로 있고 오빠에게 대한 사랑 따로 있지요. 그래 남자는 민적에 이름 있는 본처라는 것 두고 기생첩 두고 또 유처 취처로 처녀 장가를 들고! 계집을 둘씩 셋씩 해도 상관이 없고 그래 여성은 순결하게 플라토닉 러브로 이성을 오빠로 사랑해서는 못 쓴다는 법이 어디 있어요? 안 그래요?"

하고 응원을 청하는 듯이 순영을 돌아보다가 순영이가 벽을 향하여 외면하고 앉았는 것을 보고는 '후원은 해서 무엇해? 나 혼자라도 넉넉히 싸울 걸!' 하는 모양으로 도로 윤 변호사를 향하여,

"글쎄 안 그래요? 어디 대답해 보세요? 남자들이 안 그러면 여자도 안 그러지요." 하고 어성을 번쩍 든다.

25회 윤 변호사는 마치 법정에서 재판에 질 때에 가지는 듯한 태도로 기가 막히는 듯이 선주의 변론을 한참 듣고 앉았더니 비웃는 듯이 빙그레 웃으며 일부러 외면을 하고,

"그래 시체 여자들은 사내첩을 하나씩 데리고 시집을 온단 말이로구려? 어 참, 해괴한 소리도 다 듣겠네."

하고 귀찮다는 듯이 벌떡 일어난다.

백의 근시안이 가늘어지며 그 양미간을 여송연 연기 속에서 잠깐 찌푸린다. 백은 과연 호남자다. 그 눈살 찌푸리는 태도가 꼭 순영과 같다.

선주의 얼굴은 푸르락누르락 하고 전신이 경련적으로 두어 번 떨리더니,

"무엇이 어째요? 어디 한 번 더 말해 보세요? 사내첩이 어찌하구요? 어디 한 번 더 말해 보세요? 그것이 여성에게 대한 모욕적 언사라고 생각하지 않으십니까? 그렇게 아무렇게나 입을 놀려도 괜찮아요?"

하고 윤 변호사를 때리기나 할 듯이 벌떡 일어나 바싹 대든다.

백도 일어나고 지금껏 아무 말도 아니하고 담배만 피우고 앉았던 순기도 일어나고 순영도 가슴을 두근거리면서 일어났다.

선주는 여러 사람들이 일어나는 걸 보고 더욱 기운을 얻은 듯이 한걸음 바싹 윤 변호사 앞을 대들어 그의 얼굴을 정면으로 흘겨보고 성난 서양 여자 모양으로 한 손으로 옆구리를 짚으면서,

"왜 대답이 없으세요? 왜 말씀을 못하세요?"

하고는 순영을 돌아보고 순영의 팔을 끌어 잡아당기며,

"글쎄 안 그래요? 지금 그 말을 다 들었지요? 그런 모욕이 어디 있어요?"

하고 몸부림을 하려는 듯이 발로 방바닥을 탕 구른다.

"괴변이여, 괴변!"

하고 윤이 밖으로 나가려는 것을 백이 앞을 가로 막으며,

"영감 글쎄 왜 이러오? 어느새에 이렇게 내외 싸움을 하시오? 영감이 잘못했으니 아따 사죄를 하시구료."

하고 자기 말에 찬성을 구하는 듯이 선주와 순영을 한 번 둘러본다.

윤은 더 고집을 부리고 밖으로 나가려고도 않고, 그래도 성이 다 풀리지 않는 듯이 두어 번 입을 실룩거리더니 선주의 어깨에다가 손을 얹으며,

"내가 잘못 했소이다. 그러나 이훌랑 여러분 계시는 데에서는 그 사람더러 오빠니 무어니 그러지 말아 주우."

하고는 싱그레 웃는다.

백은 깨졌던 흥을 다시 일으킬 양으로 쾌활한 빛을 보이며,

"자 부인네 두 분은 안으로 들어가시지요. 안에는 아무도 없습니다. 아직 안을 차지할 양반이 없어요."

하고 유심히 이번에는 순기를 바라본다. 순기는 알아차린 듯이 또 자기도 이 자리에서는 중요한 사람이라는 듯이 빙그레 웃는다. 순영은 왜 그런지 모르게 그것이 자기를 모욕하는 듯하여 불쾌하기는 하면서도 또 맘의 어느 한편 구석에서는 '내가 이 집 주인' 하는 생각이 난다. 그러나 순영은 제 맘이 부끄러워서 얼른 그 생각을 작소하느라고 눈을 한번 찡그렸다. 백은 말을 이어,

"맘대로 들어가서서 노시지요. 변변치 못하지만 악기도 있고 그림도 좀

있습니다. 악기라야 사다 놓기만 하고 한 번도 써 보지도 못한 것이지요. 어디 소리나 고른지 한번 울려 보아 주시지요." 하고 이 말은 특별히 순영에게 하는 뜻이라는 것을 보이려는 듯이 순영을 바라본다.

그래도 순영이와 선주가 가만히 있는 것을 보고는 백은 후원을 청하는 모양으로 순기와 윤을 바라본다. 그렇게 하는 태도가 모두 점잖고 자리가 턱 잡혀서 일종의 위엄이 있다.

"주인 영감 말씀대로 하려무나."

하고 순기가 순영에게 눈짓을 한다. 순영은 자기의 오빠가 집에서는 왕 노릇을 하면서도 여기 모인 중에 제일 못나 보이는 것이 부끄럽고 불쾌하였다. 남들은 다 기운을 펴고 언성을 높여서 떠드는 판에 그 오빠만이 말참견도 잘 못하고 풀이 죽어 앉았는 것이 불쌍도 하고 또 그 때문에 순영 자신의 지위가 떨어지는 듯도 하였다. 그래서 순영은 맘에는 없었지만 그 불쌍한 오빠의 시키는 말대로 유순하게,

"네" 하고는 동의를 청하는 듯이 선주를 바라보았다.

26회 윤도 인제는 성도 다 풀리고 선주가 귀여운 생각이 다시 일어난 모양으로 빙그레 웃으며 선주를 향하여,

"가 보시우! 김양 모시고 안에 들어가시오. 들어가서 피아노들이나 치고 노시오."

한다.

"자, 첨이니 내가 길은 안내해 드리지요."

하고 안으로 통한 문고리에 손을 대고 뒤를 돌아보며,

"내 잠깐 다녀오리다! 이 양반들을 모셔다 드리고 오리다! 아 저…. 응 내가 와서 하지."

하고는 문을 열어 잡고 두 여자가 나가기를 기다린다. 선주가 먼저 나

가고 순영이가 그 뒤를 따라나가고 나중에 백이 나가고는 문을 닫아 버렸다. 세 사람이 복도로 걸어가는 발자취 소리가 사라지기를 기다려 윤이 먼저 안석에 기대어 앉으며 순기더러,

"어, 매씨는 참 미인이신데! 드문 미인이신데!"

하고 찬탄함을 말지 않는다는 듯이 두어 번 고개를 기웃기웃한다.

"아직 어린애야요."

하고 순기도 웃는다.

"아니 참 미인이신데."

하고 윤은 '내가 왜 저 미인을 못 가졌을까?' 하는 듯이 입맛을 쩍쩍 다신다.

"왜 명선주 씨는 미인이 아니시오?"

하고 순기는 백이 없는 곳에서는 좀 기운을 펴서 비스듬히 문갑에 기대어 천장을 향하여 담배 연기를 뿜는다.

"아니! 어림이나 있나요? 게다가 성미가 그 모양이로구려. 허니 그보다 난 게야 좀처럼 나 같은 사람 차례에 돌아오우?"

하고 진정으로 낙심하는 듯이 윤은 한숨을 진다.

"그런데, 대관절 매씨와 김 박사라든가 하는 이와 말이 있다더니 그것은 다 허설이든가요?"

하고 윤이 눈을 껌뻑거린다.

"왜 오랫동안 말이 있었지요. 지금도 김가 편에서야 야단이지요. 저 낙산 밑에다 일변 새집을 짓고 재한테 편지질을 하고 야단이지요. 그 사람은 미국 공부를 한 사람이니까 우리와 달라 여자를 섬기려고 들지요. 무릎이라도 꿇고 발바닥이라도 핥으라면 핥을 지경이지요."

하고 순기는 비웃는 듯이 하하 웃는다. 그러고는 우연히 생각이 난 듯이 벌떡 일어나서 목소리를 낮추며,

"그런데 영감! 이 백이 왜 평양 여자하고도 무슨 말이 있다지요. 그게 정말인가요?"

하고 엄숙한 얼굴로 묻는다. 윤은 지어서 하는 모양으로 웃으며,

"백에게 왜 하나만이겠소? 사람 잘났겠다. 돈이 많아 천하 여자가 모두 백에게만 쏠릴 것이 아닌가요? 실상 말이지 요새 계집애들이야 돈만 있으면 백 개는 못 사고 천 개는 못 사요? 그래도 우리네가 체면을 보니까 그렇지. 저 누구누구 모양으로 체면 불고하고 덤비면 당일에 이십 명은 모아들일걸! 허허허."

하고는 이것은 농담이라 하는 모양으로 슬쩍 태도를 고치며,

"그러나 노형이야 염려하실 것 없지요. 매씨가 저만하신데야 누가 경쟁을 해요? 지금 백이 정신 다 뺏겼소이다. 이 틈을 타서 바짝 졸여야지. 아따 한 이천 석 떼어 내시오그려. 매씨가 20만 원짜리는 착실히 되시는걸."

하고는 윤은 순기더러 눈을 끔적거려 가까이 오라는 뜻을 표하며 큰 비밀이나 되는 듯이 순기의 귀에 입을 대고,

"그런데 내가 노형께니 하는 말이지, 애어 천 석이면 천 석, 몇 십만 원이면 몇 십만 원 작정을 해놓고 하셔야지. 그렇지 않다가는 매씨만 떼우고 마시우. 이 백이 어떤 사람인 줄 알고 그리시우. 그동안에도 몇십 명 여자가 헛수고를 했는지 아시우? 그러기에 애어 단결에 졸여 대요."

하고 '잘 알아들어라' 하는 듯이 눈을 끔적끔적한다. 순기가 큰 걱정이나 생긴 듯이 눈을 한참 감고 앉았더니,

"영감만 믿지요. 모두 영감께 일임합니다. 그렇기로 내가 직접 말할 수야 있어요? 허니까 영감께서. 일이 잘 되도록만 해줍시오그려. 그러면 내가 넉넉히 사례를 드리지요…. 정말 영감만 꼭 믿습니다."

하고 단단히 다진다.

윤은 말없이 손가락 둘을 내민다. 순기는 그 뜻을 깨닫는 듯이 고개를

끄덕끄덕한다. 그러고는 들릴락말락한 소리로 빠르게,

"십 이상이면."

하는 것을 윤도 얼른 알아듣고,

"십 이하면."

하고 손가락 하나를 내민다. 순기는 또 알아들었다는 듯이 고개를 끄떡하고는 머리를 긁는다.

27회 "꼭 되기는 될까요?"

하고는 얼마 있다가 순기는 그래도 의심이 나는 듯이 윤에게 묻는다. 윤이 무슨 대답을 하려고 할 때에 안으로 통한 문 밖에서 발자취가 들린다. 윤은 큰 목소리로,

"비가 오는구려!"

하고 영창을 내다본다.

순기는 알아차린 듯이,

"응, 비가 뽀얗게 지어 넘어 오는걸."

하고 얼른 시계를 내어 본다. 4시 반이다. 그는 오늘 비가 만일 우박으로 변하면 기미 값이 오르리라는 생각이 난 것이다. 벌써 밑천이 끊어져서 기미를 못한 지도 오래건만 그래도 오래 하여 오던 버릇이라 비가 오거나 바람이 불거나 볕이 나거나 그는 곧 볏값이 오르고 내리는 데 끌어붙였다.

"허, 비가 오는걸."

하고 백이 들어와 자리에 앉는다.

"어떠시오?"

하고 윤이 웃으며 백을 쳐다본즉 백도 웃으며,

"무엇 말이요? 과연 윤 부인은 피아노를 잘 치시는 걸."

한다.

"이건 왜 이러시우? 왜 백 부인은 그만 못하십디까?"

하고 아까 순기에게 대하여 하던 모양으로 부러워하는 빛을 보인다.

"허, 허, 어디 감히 그런 양반을 내 아내로 할 복력이 내게 있을까요?"

하는 백은 진정으로 순영을 존경하는 듯하였다.

"그런데 오래 끌 것 있어요? 아주 오늘 작정해 버리지."

하고 윤은 순기를 바라보면서,

"그렇지 않아요? 좋은 일에는 마가 많은 법이니까. 단결에 해버리는 것이 좋지 않아요?"

하고는 다시 백을 향하여,

"자, 영감부터 먼저 말을 내시지요. 신랑이 먼저 청혼을 해야 안 허우? 자, 영감이 말을 내시우. 내가 중매가 되지… 허허, 이 김 형의 매씨와 같이 재색덕才色德이 겸비하신 양반의 중매가 되는 것도 큰 영광이여, 허허허"

하고 두 볼을 씰룩씰룩한다.

백은 이때에도 배부른 체하는 비결을 잊지 아니한다. 그는 다만 점잖은 사람 모양으로 입에 미소를 띨 뿐이다. 그리고 지금 앉아서 피아노 곁에 섰던 순영의 모양을 눈에 그리고 있다.

백은 순기의 입에서 먼저 말이 나오기를 기다리지만 순기도 먼저 자기 입으로 말을 내는 것이 이롭지 못한 것을 잘 안다. 그러나 백의 맘이 조급한 만큼 순기의 맘도 조급했다. 그래서 순기는 어서 백에게서 무슨 말이 나오기를 기다린다. 그러나 백의 입에는 웃음이 떠돌 뿐이요 무슨 말이 나올 듯싶지도 않았다. 윤도 더 백에게 재촉하는 말을 하여서 자기가 이 혼인에 무슨 이해관계나 가진 듯한 속을 보이기가 싫었다.

방안은 고요하고 가을 소나기가 함석 차양에 부딪치는 소리만 새삼스럽게 요란한데, 세 사람의 눈은 서로 남의 눈치를 정탐하는 듯이 떠돌았다. 백도 이 침묵이 괴로운 듯이 신경질 모양으로 몸을 연해 움직이더니,

"자, 우리 비도 오고 하니 소일이나 하지요."

하고 문갑 속에서 오동나무 조그마한 곽을 꺼내어 뚜껑을 열고 달그락 달그락하는 화투를 방석 위에 죄르르 쏟아 놓는다. 어떤 장은 누런 등을 보이고 엎어지고 어떤 장은 송학이니 공산명월이니 하는 울긋불긋한 배를 보이고 자빠진다. 윤은 유쾌한 듯이 그중에서 한 줌을 집어 무슨 점이나 하는 모양으로 여기저기서 한 장씩 쪽쪽 뽑아서는 손을 피끈 돌려서 슬쩍 그 배를 보고 던진다. 순기는 윤이 던지는 장을 들어서 손에 모아 가지런히 하면서 땅에 떨어진 것을 다 주운 뒤에는 윤의 손에서 새것이 떨어지기를 기다린다. 그리고 백은 윤이 젖히는 장이 무엇인지를 우두커니 보고는 담배를 빨고 앉았다.

한참 동안이나 이 모양으로 싱거운 짓을 하고 있더니 윤이 손에 들었던 화투를 방바닥에 모두 내던지며,

"자, 한 번 해보지요."

하고 백을 본즉 백은 순기를 보며,

"비도 오는데 한 번 하지요. 저녁도 아직 멀고 했으니…. 저녁에는 좀 이상한 것을 시켰는데."

하고 두 사람의 흥미를 끌려는 듯이 웃는다. 세 사람은 화투 놀기를 시작했다. 소일이건만 한 끗에 금 1원 내기였다. 순기와 윤의 손은 가끔 떨렸으나 백은 지나 이기나 항상 태연하였다.

28회 순영은 백의 뒤를 따라 안으로 들어갈 때에 진실로 아니 놀랄 수가 없었다.

'어쩌면 집이 이렇게 굉장하고도 화려할까. 조선집은 도저히 서양 집만 못한 줄로 알았더니 이런 집은 도리어 서양집보다도 으늑하고 화려하다' 하였다.

사랑에서 안방까지 전부 복도로 되었는데 복도라야 모두 어떤 방의 마루다. 방도 많기도 많다. 이화학당 기숙사 모양으로 많은 듯하였고 그 방들이 모두 딴 방향이요, 또 조금씩이라도 딴 모양인 데는 안 놀랄 수가 없었다.

몇 굽이를 지나고 몇 마루를 지나고 몇 문을 지나고 또 화초 심은 몇 조그만큼씩한 마당을 지나서 환한 안마당이 보이는 곳에 다다랐다. 안마당은 네모 반듯하게 되고 저쪽 산으로 향한 곳에는 두어 길이나 될 듯한 화초담이 쌓이고 거기서 좀 위로 아주 산꼭대기를 향한 곳은 툭 터졌는데 수없는 길굽이가 노송과 바위틈으로 번득거리고 마당 한가운데에는 조그마한 연당이 있고 거기는 맑은 물이 다 마른 연줄기를 흔들고 있는데 그 연당이 안방 큰 마루에서는 한 서너 길이나 떨어져 있는 듯이 까맣게 보인다. 그리고 층계는 전부 대패로 민 듯이 잘 깎은 화강석들이다. 그리고 바로 안방 앞과 건넌방 앞에는 연꽃 모양으로 곱게 깎은 돌소반을 두어 길이나 될 듯한 돌기둥에 얹어 놓은 것이 있는데, 그것이 무엇인지 순영은 알지 못하였다.

"마당을 만들어만 놓고 당초에 손을 대지 아니하여서 모두 저 꼴이 되었어요."

하고 백은 옷이 스치도록 순영의 곁에 바싹 다가서면서.

"무엇 맘에 드실 것도 없겠지만 특별히 좋지 못해 보이는 데가 있거든 말씀해 주시어요. 명년 봄에는 좀 고쳐 보렵니다."

하고 순영을 돌아보면서 웃는다.

"천만에 말씀이세요. 제가 무얼 아나요."

하고 저 높은 돌담이 좀 속되다 하고 생각하였다. 그러면서도 백이 자기의 눈을 높이 보아서 그러한 일을 물어 주는 것이 기뻤다.

순영은 안방으로 안내함을 받았다. 여섯 간은 될 듯한 네모반듯한 방이 서창으로 광선이 비스듬히 흘러들어 와서 방안은 마치 옥등피를 끼운 큰 전등에 비추인 듯이 은은하고도 밝다. 장이며 병풍이며 보료방석이며 사람의 몸만 들어오면 살림할 수 있도록 차려 놓았고 방 윗목에는 예쁜 서양테이블과 수수한 비단의자들을 놓고 테이블에는 탁상전화와 조그마한 화병이 있으나 꽃은 없었다. 순영은 방안을 한 번 둘러보고는 남모르게 까닭 없는 한숨을 지었다. 모두 새것이다. 장판도 마른 걸레를 쳐서 윤이 돌지만 사람의 때는 묻지 않았다.

순영은 다시 건넌방으로 인도를 받았다. 거기는 별 장식은 없으나 역시 한 번 들어가 앉았고 싶게 차려 놓았고, 가장 눈에 띄는 것은 앞창에 파르스름한 서양 문장을 친 것과 뒷구석에 한편에는 가얏고, 또 한편에는 거문고를 세워 놓은 것이다. 그리고 벽에는 여러 가지 그림과 글씨 족자를 걸었으나 그것은 그다지 순영의 맘을 끌지 아니하였다.

건넌방을 보고는 다시 마루로 나와서 안방 쪽으로 뒷문을 열면 또 조그마한 마당이 있는데 그것은 바로 큰 바위와 노송을 건너 뒷산으로 연하였고 유리 분합을 들인 복도로 얼마를 걸어가면 거기는 돌로 지은 조그마한 양실이 있다. 순영은 이 양실에 들어가서 더욱 놀라지 아니할 수 없었다. 대개 방은 사간통밖에는 안 되어 보이지만 방안이 온통 비단으로 장식되었는 까닭이다. 응접실 식으로 가운데 테이블이 있고 의자 넷이 둘러 놓이고 사방에는 눕는 교의, 기대는 교의, 앞뒤로 흔들리는 교의가 놓이고 한편 구석에는 대리석으로 만든 서양 아궁이요, 나머지 세 구석에는 여러 가지 모양으로 생긴 화류탁자를 놓고 그 탁자 위에는 소나무와 국화의 분이 놓였는데 국화는 아직 피지는 아니하였으나 수없는 꽃봉오리가 달린 줄기가 수양버들 가지 모양으로 거의 방바닥까지나 축 늘어졌다. 그보다도 놀라운 것은 벽을 온통 초록빛 나사^{羅紗: 양털 또는 거기에 인조견사 등을 섞어서 짠 모직물}를 발라서 흙이나 돌이나 나무는 조금도 보이지 아니하고 천장에서는 금빛 같은 전등대가 마치 꽃나무 가지 모양으로 네다섯 개 꽃전등을 달고 늘어진 것이다.

29회 "여기 좀 내다보세요."

하고 백은 방에 볕 들어오는 것을 막으려는 듯이 무겁게 드리웠던 누런 바탕에 자주 무늬 놓은 문장을 걷고서 창을 드르르 열며,

"밤에 내다보면 꽤 좋습니다. 이거 하나 쓸 만하지요. 그런데 오늘은 날이 흐려서… 아차, 비가 너무 옵니다그려."

하고 뽀얗게 비에 싸인 남산으로 가리킨다. 순영도 내다보았다.

"저 성 위에 소나무 보아요!"

하고 선주가 소리를 질렀다. 과연 낙산 마루턱으로 굼틀굼틀 기어 올라간 성 위에는 웬 뭉툭한 소나무 한 그루가 외로이 서서 가을 소나기를 몰아오는 바람에 가지를 흔들고 있다.

"으응" 하고 순영도 그 소나무를 바라보면서 부지불각에 대답하였다.

"옛 성에 늙은 소나무!"

하고 백은 시나 읊조리는 듯이 중얼거린다.

"그것을 우리가 바라보고요."

하고 선주가 대구를 놓는다.

순영은 속으로, '풍우에 흔들리는 외로운 솔' 하고 혼자 빙그레 웃었다. 백은 순영의 입에서 무슨 말이 한마디 나오기를 바랐으나 없으므로,

"저게 동대문이지요?"

하고 소낙비 속에 우뚝 선 동대문을 가리켰다. 동대문은 마치 날개를 벌리고 금시 날아오르려는 새같이 순영에게 보였다.

이때에 바람에 불리는 소낙비가 창으로 들이쳐 맨 앞에 섰던 순영의 머리와 얼굴, 적삼에 이슬방울이 맺혔다. 순영이가 뒤로 물러설 때에 백의 발을 밟고 그 턱에다 머리를 부딪쳤다. 순영은 얼굴을 붉히고 고개를 숙이며,

"용서하십시오."

하였으나 백은 웃으면서,

"아차! 적삼을 적시셨습니다그려."

하고 얼른 창을 닫치었다. 그러고는 또 한 문을 열었다. 그것은 이 방보다 조금 작다. 한복판에 누런 침대가 놓이고 거기에는 하얀 시트가 덮이고 천장에는 분홍 망사 서양 모기장이 달렸다. 그리고 서창을 옆에 끼고 북벽을 향하여서는 그리 크지는 않으나 얌전한 피아노 하나가 놓이고 다른 구석에는 서양 경대와 서양 의걸이가 놓이고 침대 곁에는 조그마한 탁자와 의자들이 놓이고 침대 머리에는 초인종 대가리가 달리고 동창에는 짙은 초록 문장을 드리웠는데 그 위에는 나체 미인화 하나를 걸었다.

"이게 하쿠라이舶來: 외래품는 하쿠라이라지만 내야 음악을 알아요?"

하고 백은 피아노 뚜껑을 들고 되는 대로 키를 서너 개 눌러 보더니,

"맘대로 쳐 보세요. 그리고 무엇이나 시킬 것이 있거든 이 초인종을 누르세요. 나는 사랑에 나가 보아야겠습니다. 이따가 비가 그치거든 뒷동산에 올라가 보시지요."

하고 처음은 선주에게 고개를 숙이고 담에는 순영에게 웃고 고개를 숙이고 가만히 나가 버리고 만다.

백이 나간 뒤에 순영은 어찌할 줄을 모르는 듯이 우두커니 서 있었다. 그러나 선주는 백이 슬리퍼를 끄는 소리가 스러지기도 전에 방을 휘휘 둘러보더니,

"에라, 침대도 좋기도 하다. 누가 이 침대에를 드러누우려노?"

하고 슬리퍼도 아니 벗고 침대에 덜썩 드러눕더니 등으로 포근포근한 침대의 용수철을 들먹들먹 해본다.

"여보, 순영 씨 왜 그렇게 얌전만 빼고 있소? 인제는 선 볼 사람도 없는데."

하고 히스테리 병자 모양으로 깔깔 웃는다.

선주의 이 말에 순영은 얼굴이 빨개지도록 성이 났다.

"그게 무슨 말씀이야요?"

하고 순영은 창을 향하고 돌아섰다.

"왜요? 내 말이 잘못 되었어요? 지금 이 집 주인 양반이 당신께 이렇게 되었단 말이야요. 당신 때문에 죽을지 살지 모른단 말이야요. 이 집도 당신을 준다고 이렇게 찬란히 차려 놓았단 말이야요, 하하하하. 왜 어때요? 나 같으면 춤을 추겠어요."

하고 혼자 좋아서 침대에 누운 춤을 추고는 혼자 웃는다.

순영은 분에 못 이겨 이를 갈았다. 그러나 이년 저년하고 해들어 싸울 수도 없고 다만 입술만 물고 부르르 떨 뿐이었다.

30회 자기가 암만 떠들어도 순영이가 돌아선 대로 대답이 없는 것을 보고 선주도 무안하여진 듯이 가만히 침대 위에 누워서 그 큰 눈을 껌벅껌벅 하고 있더니 침대발이 움직이도록 벌떡 일어나서 순영의 곁으로 와서 그 어깨에 손을 대며,

"순영 씨! 내 말에 노여우셨어요?"

하고 눈이 동그래서 순영의 핼끔해진 눈을 쳐다본다.

"왜 노여우세요?"

하는 선주의 목소리는 회개하는 유순한 빛을 띠었다.

그 목소리에 순영도 적이 맘이 풀려서 선주의 눈을 보았다. 그때의 선주의 얼굴에서는 마치 어린애와 같은 얌전스러운 얼굴이었다.

"글쎄 무슨 말씀을 그렇게 하세요? 우리 오빠가 놀러 가자니까 어딘지도 모르고 놀러 왔는데 무얼 선을 보이느니 이 집 주인이 어쩌니 하세요?"

하고 책망을 하면서도 순영의 목소리는 부드러웠다. 선주는 이때의 순영의 얼굴이 심히 어여쁘다고 생각하였다. 그래서 한구석에서는 질투의 불길이 일어나면서도 또 한구석에서는 순영을 사랑하는 맘도 일어났다.

"에그머니, 그러면 모르시우?"

하고 선주는 심히 의외라는 듯이 눈이 둥그래졌다.

"무엇 말이야요?"

하고 순영이도 눈이 둥그래지지 않을 수가 없었다.

"에그머니, 웬일이야? 나는 오늘 두 분이 약혼을 하신다고 해서 왔는데. 그래도 백씨 말이 오늘 약혼을 할 테니 둘이 와서 증인이 되어 달라고 그러던데."

하고 선주는 동정하는 듯이 순영의 손을 꼭 쥔다.

"무어야요? 정말이야요?"

하고 쓰러지려는 듯이 순영은 곁에 있는 교의에 앉았다.

'아 그랬구나!' 하고 자기의 오빠가 자기를 기숙사에서 불러내 온 것과 오늘에 생긴 모든 일이 다 무슨 까닭인지 모든 문제가 다 풀려 버리고 말았다. 그렇게 깨닫는 순간에 순영은 무슨 무서운 함정에나 빠진 듯하고 큰 죄나 저지른 듯하여 가슴이 덜컥 내려앉았다. 이 자리에 앉았는 것만이 무슨 크고 더러운 죄악이나 되는 듯하여서 얼른 머릿속에 학교 기숙사가 생각났다. '어서 돌아가야 한다. 어서 돌아가서 P부인한테 매달려야 한다' 이런 생각이 불현듯 가슴에 일어났다. '아! 무서워!' 하고 순영은 한 번 더 몸을 떨었다. 그러고는 문을 향하고 한걸음 나서며,

"나는 가요!"

하고 선주에게 고개를 숙였다. 선주는 길을 막고,

"아이 왜 이러셔요? 가기는 왜 가요? 여기서 우리 둘이 이야기나 하시어요. 그러다가 비나 그치거든 가시지요."

하며 정답게 순영의 손을 잡았다.

"아니야요. 기숙사 시간이 있으니까 가야 해요."

하고 순영은 선주에게 잡힌 손을 빼려 하였으나 선주는 놓지 아니할뿐

더러 도리어 다른 팔로 순영의 허리를 안았다.

"아이 그러실 게 무어야요. 혼인하기가 싫으시면 이따가라도 싫다고만 하시면 그만이지, 그렇게 황겁해서 달아날 게 무어야요? 왜 그렇게 약하시우?"

하고 순영을 안아다가 피아노 곁에 앉히고는 자기도 교의를 끌어다가 순영의 곁에 앉는다.

선주의 말을 듣고 보니 그렇기도 하다. 그렇게 황겁해서 달아날 것이야 무엇인가 하였다. 또 아까부터 그렇게 얄밉던 선주가 상냥하게 구는 것을 보니 정다운 생각도 난다.

순영이가 좀 안정되는 것을 보고 선주는 안심하는 듯이 빙그레 웃으며,

"그래 조금도 몰랐어요?"

하고 물었다.

"난 몰랐어요."

하고 순영은 머리를 흔들었다.

"아이 어쩌면…. 아마 오빠께서 속여서 데리고 오신 게지. 그렇기루 어찌하면 말도 아니 할까. 대관절 혼인 말은 있었지요?"

한즉 순영은 고개를 흔들며,

"아니요. 오빠를 만나기를 한 달 만에 첨 만난걸…."

하고 무엇을 생각하는 양을 보인다.

"말이야 있었구 없었구."

하고 한참 무엇을 생각하더니,

"그래 어때요? 이이와 혼인할 맘이 없어요? 주인인 백씨허구?"

하고 단도직입으로 묻는다.

순영은 이 묻는 말에 얼른 대답할 수가 없었다. '없어요' 하는 대답이 얼른 왜 안 나올까. 순영은 혼자 놀랐다.

31회 그래도 순영은 무엇이라도 대답하지 아니할 수가 없었다.

"난 아직 혼인할 생각은 없어요. 나 다니는 학교를 졸업하거든 미국으로 가려고 해요."

하고 순영은 우연히 대답이 잘된 것을 만족하게 여겼다.

"공부는 뭐 일생 공부만 하다 마나? 언제 죽을지 모르는 세상에."

하다가 선주는 자기의 말이 점잖지 못함을 감추려는 듯이 얼른 웃어 버리고,

"아니 참, 그런 말도 있습디다. 순영 씨하고 혼인하면 이이도 미국으로 같이 간다고 가서 자기는 상업을 경영하고, 순영 씨는 맘대로 공부를 시킨다고 그런 말도 들었어요. 아이구 부러워라. 나 같으면 얼른 이이하고 혼인해 버리겠소. 글쎄 부족한 것이 무엇이람! 돈이 밀리어네어(백만금부자)렷다, 사람 잘났것다, 나이 좀 많지. 사십이 넘었으니간 나이야 좀 많지만 나이 많은 남편이 아내 귀해 준다우. 나는 오십이 넘은 이한테두 가는데──또 이이야 말이 사십이지 아주 새서방 같지 않수? 몸 든든허구…. 또 점잖기는 어떻게나 점잖은 인데…. 인제는 다시는 첩도 안 얻는대, 기생도 안 불러들이고. 인제는 여학생 부인 얻어 가지고 새살림하기로 꼭 작정을 했대요. 그래서 작년에 얻었던 기생첩도 둘 다 내보냈다우. 그러구는 이때껏 첩은 안 얻는다던데…. 글쎄 이만 한 자리가 쉽수? 조선 십삼도를 골라두 이만 한 자리야 없지요."

하고 선주는 신이 나서 순영의 무릎에다 자기의 두 팔꿈치를 올려놓으며,

"그래서 내가 순영 씨 말을 했다우. 순영 씨는 날 모르지만 나는 잘 알아요. 순영 씨두 나 모양으로 오빠 안 있수? 아니 정말 오빠 말구 사랑하는 오빠 말이야. 그이허구 우리 오빠허구 친하다우. 그래서 우리 오빠가 노상 당신 말을 해요. 어떻게도 칭찬을 하는지 그래서 내가 샘을 내서 울기까지 했

다우, 히히히히. 그런데….”

하고 말을 더 이으려는 것을 순영은 자기의 오빠라는 이에게 대하여 한마디 변명할 필요가 있다고 깨닫고 얼른,

“아니야요. 내가 그이를 사랑해서 오빠가 아니라 어찌어찌 어려서부터 그이가 우리 셋째오빠허구 친해서 노상 집에 오기 때문에 어찌어찌 오빠라고 부르게 된 것이야요. 그것두 요새야 만나기나 하나요. 우리 오빠 감옥에 들어가신 뒤로는 두어 번이나 만났을까.”

하고 극히 냉정한 태도를 보였다. 자기가 정말 오빠도 아닌 사람을 오빠라고 부르는 것이 심히 수치인 것 같았던 것이다.

“에그, 그다지 변명을 안 하시면 무슨 큰일 나우? 응, 내가 남편 되실 어른한테 일러바칠까 봐서? 애어 그런 염려는 마시어요. 또 내가 일러바치기로 어떻단 말이오? 제 맘에 드는 남자를 오빠라고 좀 사랑하기로 무슨 잘못이야요? 사내들은 안 그러나. 실컷 이 계집 저 계집 함부로 주워 먹든 것들인데 안 그렇수?”

하고 선주가 웃는 것을 보고 순영도 어째 속으로 불쾌한 듯하면서도 아니 웃을 수가 없었다. 그래서 둘은 한바탕 웃었다. 웃고 나니 순영도 맘이 펴지는 듯싶었다. 두 여자는 벌써 친하여졌다.

“그거 다 우스운 말이구.”

하고 선주는 말끝을 찾느라고 고개를 기울이더니,

“아니 내가 무슨 말을 하다 말았나?”

하고 순영을 본다. 순영은 방글방글 웃으면서,

“그래 오빠한테서 내 말을 들으시구.”

한즉 선주가 한 손으로 무릎을 치면서,

“응 옳지! 그래 우리 오빠한테 들어서 나는 당신을 잘 알아요. 당신 오빠는 내 말 안 해?”

하고 순영을 바라보더니 순영의 대답이 없는 것을 보고 좀 불안한 듯이 잠깐 찡그리고 다시 '그러면 어때?' 하는 듯이 웃고,

"그래서 내가 이이한테 당신 말을 했다우. 이이가 윤 변호사허구 친해요. 오랜 친구래. 이 집 소송 사건은 다 윤 변호사가 맡는다나. 그랬더니 이이가 야단이 났지요. 그래서 예배당에를 다 가구, 음악회를 다 가구. 어쨌거나 이럭저럭 당신을 세 번이나 보았다우. 순영 씨는 다 모르지?"

하고 순영을 본다.

"그럼은, 내가 어떻게 알어, 아이 숭해라."

하고 순영은 부끄러운 듯이 손으로 입을 가리고 엎더지는 듯이 선주의 어깨에 이마를 댄다.

32회 "그러더니" 하고 선주는 순영이가 일어나기를 기다려서,

"어저께 이이가 — 당신 영감 되실 양반 말이요, 호호호호 — 윤 변호사 집에 와서 오늘 약혼을 하게 되었다구, 오라구, 와서 증인이 되라구 — 그리구 나는 당신 동무를 해드리라구, 그래서 내가 왔는데, 내가 죄다 아는데, 그렇게도 멀쩡스럽게 시치미를 뚝 따우? 아이 참, 인제는 죄다 자백을 하우!"

하고 아파라 하고 순영의 넓적다리를 꼬집어 뜯는다.

"아야, 아야, 정말이요."

하고 소리를 지르면서 순영은,

"나는 짜장 몰랐어요. 알았으면 내가 왜 거짓말을 허우? 아이 아퍼, 어찌하면 그렇게도 몹시 꼬집어요 — 피가 나겠어요."

하고 꼬집힌 자리를 비빈다.

"피가 좀 나우!"

하고 선주는 순영을 향하여 눈을 흘긴다.

그동안에 몇 소나기가 지나갔는지 모르나 두 여자가 서창을 바라볼 때에는 외솔나무 박힌 낙산 성머리에 술 취한 듯한 시뻘건 해가 시커먼 구름 속으로 얼굴을 반이나 내어 놓고 뉘엿뉘엿 걸리고, 성 밑에 굴 조개 모양으로 다닥다닥 박힌 조그마한 초가집들이 어스름한 자주빛 안개 속에 가물가물하다. 동산의 까치들이 둥지로 모여들어서 지저귀는 소리가 들린다.

순영은 벌떡 일어섰다.

"아이, 가야 되겠어! 너무 늦었어요."

하는 순영을 두 손을 붙들어 앉히며,

"이거 왜 이래. 픽 변덕두 부리네. 절에 온 색시가 오기는 맘대루 왔지만 가기도 맘대루 갈 줄 알구, 열두 대문에 창 든 군사 검 든 군사가 모두 지키고 있는데 그렇게 허수히 나갈 줄 아우? 나갈 맘이 있거든 이리로나 나가 보아요."

하고 시뻘건 해가 비치는 창을 가리키면서,

"여기가 천인절벽이 아닙디까──크리스탄 같은 이가 와서 줄이나 늘여야──그렇지 않구는 간힌 왕녀야요. 호호호호."

하고 웃는다.

"아니야, 정말이야요. 가야 돼!"

하고 또 일어나려는 것을 선주가 붙들며,

"정말야?" 하고 짐짓 시치미를 뗀다.

순영은 '어쩌나' 하는 듯이 선주의 방글방글 웃는 큰 눈을 내려다보며,

"응, 정말이야, 가야 돼!"

하고 애걸하는 태도를 보인다.

"안 돼! 못 가!"

하고 선주는 점잖아지며,

"그런 게 아니라 오늘 이 집 프로그램이 어떤고 하니 점심 먹고 놀고 그

리고 저녁 먹고 이야기하구 그리고 의논하게 됐단 말이야——의논이란 무언고 하니 약혼을 하게 됐단 말이야요. 샛별 같은 다이아몬드 약혼반지가 이 손가락에 들어가서는 환하게 천하를 비치게 됐단 말이야! 알아 있어?"

하고는 순영의 뺨에 자기의 뺨을 비빈다.

순영은 한 번 더 놀랐다. 세상이 모두 들러붙어서 음모를 하여서 자기를 무슨 큰 죄악의 함정에 몰아넣은 듯하여서 속이 떨리고 기숙사와 P부인 생각이 났다.

이러는 동안에 전등이 켜졌다. 젖빛 같은 빛이 방안에 차고 차차 창 밖이 갑자기 어두워지는 듯하고 순영의 앞길도 갑자기 어두워지는 듯하였다. 순영은 전등을 바라보았다. 그리고 벽에 걸린 나체의 미인화를 바라보았다. 그는 목욕을 하고 나오다가 불의에 사람을 만난 모양으로 하얀 헝겊으로 배 아래를 가리고 몸을 비꼬고 앉았으나, 자기의 육체의 아름다움을 자랑하는 듯이 빙그레 웃음을 띠었다. 순영은 그것이 자기인 것 같았다. 그리고 자기도 '가야 해, 가야 해' 하면서도 선주에게 붙들려 가지를 못하고 이 자리에 갇혀서 오는 운명을 기다리는 듯하였다.

순영을 붙드는 것이 과연 선주일까. 그런 것 같지는 아니하다. 무슨 알 수 없는 힘이 선주의 손을 빌려서 순영을 붙드는 듯하였다. 그 힘이 순영의 안에 있는 것인지 밖에서 오는 것인지 순영은 알 수 없었다. 다만 그 힘이 순영의 목덜미를 내리누르는 힘이 갈수록 더욱 굳셈을 깨달을 뿐이었다.

순영이가 더 가려고도 안 하고 멀거니 무엇을 생각하는 모양을 보고는 선주는 피아노에 앉아서 보표도 없이 생각나는 대로 이 곡조 저 곡조를 울렸다. 순영의 귀엔 그 곡조가 들어가지 않았으나 웨딩마치(혼인 행진곡)가 울릴 때에는 순영은 몸서리를 치지 아니할 수 없었다.

33회 선주가 피아노를 치고 있는 동안에 순영은 백씨를 아니 생각할 수가 없었다. 처음 만날 때 순영은 '저것이 백윤희!' 하고선 선입견으로 백을 무서운 악인같이 보았으나 이 집에 들어와 오륙 시간을 있는 동안에 백에게 대한 생각이 변하였다.

첫째, 백은 점잖고 공손한 사람이었다. 어쩌면 그렇게 젠틀(점잔)해 보이고 엘리건(우아)해 보일까. 순기는 못나 보이고 윤은 못난 듯하고 음흉해 보이고 최는 남자다우나 더펄이성미가 침착하지 못하고 덜렁대는 사람다. 김씨는 말라깽이요 추근추근하고 아니꼽게 군다. 그런데 백은 라운드(둥글고)하고, 스무스(미끈하다)하다. 진실로 아리스토크래틱(귀족적)이다. 게다가 밀리어네어(백만금 부자)요, 이런 좋은 집이 있고 또 나를 사랑한다──이렇게 생각할 때에 그는 혼자 웃고 혼자 얼굴을 붉혔다. 그러고는 곁에서 피아노를 타고 앉았는 선주가 그 늙은 변호사에게 시집가는 뜻을 깨달은 듯도 싶었다. 실상 처음 그가 새파랗게 젊은 계집애로, 또 상당한 교육까지 받은 계집애로, 그런 돈밖에 아무것도 볼 것 없는 늙은 것한테 시집간다는 말을 들을 때에 퍽 해괴하게 생각되었다. '응. 천한 계집!' 하고 낯바닥에 가래침을 탁 뱉어 주고 싶도록 미웠다. 그러나 지금 생각해 보니 좀 알아지는 듯싶었다. 그래서 한끝 선주가 정다운 듯도 싶고 그에게 대하여 미안한 듯도 싶어서 친한 사람 모양으로 선주의 어깨를 툭 치며,

"여보, 그래 정말 그이하구 혼인 하시려우?"

하고 물었다. 선주는 피아노를 뚝 끊고 돌아앉으며 순영의 친한 듯한 표정을 보고 기쁜 듯이 한 팔을 내밀어 순영의 두 다리를 안으면서,

"응?" 하고 재우쳐 묻는다.

"아니, 그래 정말 그이허구 혼인하세요?"

"그럼, 왜? 해서 안 돼?"

"아니 글쎄 말이야, 나는 지금 생각하니까 선주 씨 말을 들었어요. 저 본래 대구서 공부하셨지요? 응, 그래 알아요, 알아요! 내가 선주 씨 일을 잘 알

아요."

하고 잠깐 주저하다가 빙그레 웃으며,

"노하지 마우. 내가 잘못 들었는지 모르지마는 선주 씨가 퍽 오래전부터 사랑하는 이가 있었더라지? 노하지 말아요."

"노하긴 왜?"

하고 선주는 '안심하라. 내가 그만 일에 노할 사람이 아니다' 하는 듯이 픽 웃고 순영을 더욱 정답게 껴안으며,

"그럼, 있었지 없어? 사랑하는 사람이 있었구말구요. 있으면 하나만 있어요──수두룩허지."

하고 깔깔 웃는다.

"아니. 그런 게 아니라."

하고 순영은 좀 무안한 듯이 낯을 붉히고 양미간을 찡긴다.

"그런데 그 사랑하던 사람들은 다 어찌하고 저 영감장이한테로 시집을 가느냐 말이지? 아마 순영 씨 같은 크리스찬에게는 그것이 꽤 해괴하지?"

하고 분명한 대답을 기다린다는 듯이 선주는 순영을 노려본다. 순영은 어쩔 줄을 몰랐다. 그러나 선주는 얼른 순영을 곤경에서 벗겨 내었다.

"아니오, 내가 웃는 말이요. 그렇게 마지메ま じ め: 진심, 진정하게 들으실 것은 아니유. 아아, 나두 인제는 버린 계집이 다 되었어…. 호호호호, 그럼 어때? 응, 순영 씨, 웃는 뜻을 내가 알아요. 너 예전 사랑하던 사내는 어찌하고 그 영감장이에게로 시집을 가느냐 말이지?"

하고 선주는 지나간 일을 생각하는 듯이 한참이나 멀거니 전등을 바라보고 앉았더니 옆에 있는 교의를 자기 곁으로 끌어 놓고 순영을 거기 앉히고 나서,

"다 말하자면 이야기가 길지요. 또 그까짓 것을 다 말해 무엇하우? 간단히 말하자면 이렇지요. 한 번은 어떤 남자허구 사랑하다가 그 남자가 내 단

물을 다 빨아 먹고는 달아나고, 한 번은 내가 어떤 남자에게 단물을 줄듯줄듯 하기만 하다가 내 편에서 달아났지요. 사랑이란 오래 두구 할 것은 못 되어요. 오래 두구하다가는 반드시 무슨 탈이 나고야 말아요. 한두 번 사랑 맛을 보았으면 그것은 고만 젖혀 놓고 장래 생각을 해야지. 그렇지 않구 사랑만 따라댕기다가는 큰 코를 떼고 마는 법이야요──나중에는 아무것도 안되고 기생 퇴물 마찬가지가 되구 마는 것이야요."

하고 선주는 설교하는 사람 모양으로 순영을 내려다본다.

34회 선주는 점점 침착하여지면서, 그러나 말에는 더욱 힘이 있고 자신이 있게,

"글쎄 우리 동무 중에도 그런 사람이 수두룩하지 않소? 사랑 따라다니다가 행랑살이 하는 사람이…."

하고 웃는다. 순영도 웃었다. 선주는 다시 말을 이어,

"낸들 왜 사랑이야 싫겠수? 사랑하는 남자허구 부부가 되어서 일생을 같이 살면 작히나 좋겠어요. 허지만 세상사가 그렇게 모두 뜻대로 되요? 허기는 첫번 사랑하던 사내가 나를 박차고 달아나지만 아니하였으면, 그 사람허구만 곁으면 내가 거지가 되더라도 따라갔지요. 그것도 지금 같으면 어떨는지 모르지만 그때에는 그랬어요──어느 게 옳은지 모르지만 그후에 여러 남자와 교제도 해보구 사랑을 주어도 보구 받아도 보았지만 모두 별수가 없습니다. 얼굴이 뺀뺀하면 맘이 틀려먹구 재주푼어치나 있는 작자는 되지도 못하게 젠체나 허구──사람이 좀 쓸 만하면 먹을 게 없구, 먹을거나 좀 있으면 사람이 젬병이구──아무리 사랑도 좋지마는 사랑두 먹구 나서 사랑이지──안 그렇수? 낫살이나 먹구 세상에서 쓴맛 단맛도 좀 보고 나니 그런 생각이 다 나는구려──호호, 내가 타락했지? 타락했으면 어때? 그래서 에라 돈이나 있구 중간에서 변치나 않구 내 떼를 잘 받아나 줄 만한 사내

를 골라서 시집을 가 버리구 말자, 가 보아서 다행히 재미가 나면 좋구 안 나면 먹을 거나 얻어먹고 나오면 그만이지——이렇게 생각을 했지요. 그렇게 생각을 허구 있는데 마침 윤씨가 나섭디다그려. 가만히 생각해 보니 나이두 늙수그레허니 인제 난봉도 그리 안 피울 것 같구, 난봉을 피우면 대수요만 그래도 다른 계집을 따라댕기지두 않을 것 같구, 또 사람도 못났다 할 만큼 순해서 내 말도 잘 들어줄 것 같구, 또 혼인하기 전에 벼 백어치나 내 이름으로 옮겨 주마구 그래서, 에라 그래라, 나 같은 년이 나이 삼십이 가까워 가는데 잔뜩 빼구 고르면 무슨 신통한 수가 있겠나? 하고 허락해 버렸지요."

이렇게 한숨에 이야기를 하고 나서는 선주도 약간 흥분된 빛이 보이고 스스로 저를 저주하는 듯한 한숨을 휘 내어쉬더니 근심스러운 듯이 순영을 바라보며,

"아마 미친년이라고 생각하시겠지? 더러운 년이라고 생각하시겠지요? 그래두 할 수 없어. 나만 그런가, 세상이 모두 그런걸! 세상이 모두 나를 이렇게 만들어 준걸."

하고 어디를 바라다보는지도 모르게 이윽히 무엇을 바라보는 듯하더니,

"알 수 있소? 사람의 일을 알 수 있소? 나는 윷가락을 내던지는 셈으로 내 몸뚱이를 내던졌어요. 그 윷가락이 바닥에 떨어져서 모가 될는지 도가 될는지 내가 알아요? 될 대로 되라지. 또 누구는 그 밖에 더 별 수가 있나?"

하고는 심히 맘이 불편한 듯이 눈물을 막으려고 애쓰는 듯이 그 큰 눈을 껌벅껌벅 하면서 고개를 숙인다.

순영은 곁에 앉았는 선주가 심히 불쌍하게 보였다. 마치 캄캄한 무저갱으로 엎치락뒤치락 둥둥 떠내려가는 사람을 본 듯하고 자기 혼자 그 무저갱 가에 서서 소리도 못 지르고 몸도 못 움직이고 두 주먹에 땀을 쥐고 발발 떠는 것만 같이 생각하였다. 그래서 무슨 말로 선주를 위로할 바를 모르고 우

두커니 앉아 있었다. 그러나 순영의 맘속에는 무엇이라고 형언할 수 없는 생각이 부걱부걱 고여올라서 맘을 진정할 수가 없었다. 인생은 W학교의 기숙사에서 생각하던 것과는 다른 듯하였다. 일찍 몽상도 못하던 인생의 한 장면을 본 듯하여 순영은 멀미가 나는 듯하였다.

이러할 때에 백이 웃고 들어와서 저녁이 준비되었단 말을 고하고 두 사람을 이끌어 아까 오던 길로 아까 밥 먹던 곳으로 나왔다.

그러나 순영은 실심한 사람 모양으로 또는 몹시 피곤한 사람으로 아무 흥미도 깨닫지 못하고 저녁을 마치었다. 그동안에도 백은 눈에 거슬리지 아니할 만큼 여러 가지로 순영에게 친절히 하는 뜻을 표하였다. 선주도 일향 떠들지도 않고 근심스럽게 앉았다. 그래서 백이나 윤이나 모두 무슨 일이 생겼나 하고 가끔 힐끗힐끗 두 여자의 눈치를 엿보았다.

오늘 화투에 평생에 처음 많이 따 본 순기만 혼자 좋은 듯이 점심 때와는 반대로 기운을 내어 떠들었다.

35회 10시나 되어서야 순영은 오빠와 함께 집에 돌아왔다. 그러나 집에 돌아와서까지도 아까 찌뿟하던 생각이 풀리지를 않았다.

이튿날 아침을 먹고 나서 순영이가 기숙사로 들어가려 할 때에는 순영은 속으로 '오빠가 왜 아무 말이 없을까?' 하고 속으로 은근히 기다렸다. 그래서 일부러 기숙사에 들어가기를 지체하느라고 어린애와 놀기도 하고 오라범댁과 이야기도 하였다. 그 이야기 제목은 해주 아주머니였다.

10시나 되어서 오빠가 사랑에서 순영을 부른다는 전갈이 왔다.

"왜 사랑으로 나오래?"

하고 순영은 기어오르는 조카를 떼어 놓고 귀찮은 듯이 뛰어나갔다.

순기는 무슨 궁리를 하는 듯이 방안으로 왔다갔다 하더니 순영이가 들어오는 것을 보고 앉아서 심히 말을 꺼내기가 어려운 듯이 공연히 손만 싹

싹 비비고 앉았다. 순영에게는 그것이 우스워서 깔깔 웃었다.

"왜 웃니?"

하고 자기도 웃으면서 순영을 본다. 퍽도 싱겁게 되었다.

"나 기숙사에 갈 테야요. 왜 부르셨어요?"

하는 순영 자신도 우스웠다.

순기는 겨우 기운을 내어서 여러 가지로 예를 들어서 순영이가 백씨와 혼인하기를 권하였다. 일언이폐지하면 순기는 순영을 사랑한다, 동생이니까 아니 사랑할 수가 있으랴, 사랑하는 고로 순영의 일생이 행복 되기를 원한다, 순영의 일생이 행복되기를 원하는지라 백씨에게 시집가기를 원하는 것이다.

순영은 아무 말도 아니하고 오빠의 긴 이야기를 들었다. 물론 순영도 노상 백에게 마음이 없는 것은 아니다. 그러나 순기가 자기더러 백과 혼인하기를 권하는 것이 오직 자기 행복을 위하는 것이라고 중언부언하는 것이 반감이 났다. 그래서 순영은 쌀쌀스럽게,

"아니야요. 나는 학교 졸업을 하고는 미국으로 가야만 해요. 내 장래를 위해서도 그렇거니와 또 학교에서 벌써 그렇게 작정을 했으니깐 나는 명년에 졸업만 하면 곧 미국으로 갈 테야요."

하고 찬바람이 나게 딱 잡아떼었다.

순기는 설마 그런 줄은 몰랐다는 듯이 깜짝 놀라는 빛을 보였다. 자고나서 지금까지에 지어 놓았던 공상이 모두 깨어지고 만 것이다. 순영이를 백에게 줌으로 백에게서 돈을 얼마나 얻어서 어떠한 사업을 시작하여, 어떠한 이익을 얼마나 남겨서, 그것을 어떻게 어떻게 쓰겠다는 것까지 다 예정해 놓았던 판에, 순영의 이 쌀쌀한 대답이 그 모든 유쾌한 공상을 다 부숴 버리고 만 것이다. 그러나 그렇다고 순기는 그대로 단념할 수는 없는 형편이다. 그는 아무리 하여서라도 순영을 백에게 가도록 하여야만 한다. 여기 일

생의 부침이 달린 것이다.

그래서 마침내 순기는 순영에게 애걸하는 태도를 취하였다. 에둘러서 순영이가 백에게 시집을 감으로 자기도 무서운 곤경을 벗어날 수 있는 것이니, 첫째 오라비 하나를 살려주는 줄 알고라도 백에게 시집가기를 허락해 달라고 간청했다. 순영은 오빠의 심사가 밉기는 하나 그래도 마침내 그 속에 먹었던 것을 실토를 시킨 것이 퍽 유쾌하였다. 그래서 어서 이 자리를 벗어날 양으로 또는 아주 거절해 버리는 뜻은 보이지 아니할 모양으로,

"오빠, 내 더 생각해 볼게요."

하고 기숙사로 돌아왔다.

P부인이 순영을 보고,

"그래 아주머니 반가이 만나 보았소?"

할 때에는 순영은 가슴이 활랑활랑하고 얼굴이 붉어졌다.

이날부터 순영에게는 큰 괴로움이 생겼다. 그것은 백에게 시집을 갈까 말까 하는 괴로움이었다. 이때에 봉구는 감옥에서 미칠 듯이 홀로 순영이를 생각하고 그리워하였고 또 순영도 자기를 생각하고 그리워하려니 하고 혼자 애를 졸이고 있었지마는 순영은 그를 잊어버린 지가 오래였다. 백에게 시집을 갈까 말까 할 때에도 일찍 봉구를 염두에 둔 일은 없었다. 차라리 밉기는 미우면서도 김 선생이 맘에 걸렸다. 그가 허겁지겁으로 자기를 사랑하는 양이 불쌍하였다. 더구나 그가 자기의 환심을 살 양으로 그리 큰 부자도 못 되는 처지에 땅을 팔아다가 낙산 밑에다가 집을 짓고 피아노를 주문하고 한다는 말을 듣고는 고맙다는 생각까지도 났다.

36회 하지만, 털끝만치도 김 선생에게는 시집갈 생각은 없었다. 더구나 백을 본 후로는 그러하였다. 김씨가 미국의 높은 학위를 가진 것이나 김 아무라 하면 조선에 모르는 사람이 없을 만한 그의 명성이나 전문학교 교수라는

것이나 그것이 다 합하여도 순영의 맘을 끌 수는 없었다. 그러나 백은 순영의 맘을 무섭게 끌었다. 그의 조선 양반식인 무거운 태도가 어려서부터 서양식 교육을 받은 순영 같은 신식 여자의 맘을 몹시 끌었고, 또 백의 중년미라 할 만한 남성미가 무서운 힘을 가지고 순영의 정을 끌었다. 백의 품에 안길 때의 형언할 수 없는 기쁨을 상상할 때에 순영은 몸이 찌르르하도록 기뻤다. '백의 돈은?' 이것을 순영은 생각하지 않으려고 애를 썼다. 그것은 순영이가 지금까지에 받아 온 교육이 금하는 까닭이다. 그러나 백을 생각할 때마다 동대문 밖 집이 보이고, 그 집이 보일 때마다 선주의,

"아무리 사랑이 좋더라도 먹고야" 하던 것과

"내 동무도 사랑만 찾아가니까 행랑살이를 하게 되었다우" 하던 것이 생각되었다. 또 백과 혼인만 하면 미국 유학도 내 맘대로요, 영국 유학도 내 맘대로다. 학교에 빌붙어서 몇 푼 안 되는 학비를 얻어 쓸 필요도 없는 것이다.

그러나 날이 지날수록 순영의 생각은 더욱 변하였다. 그까짓 공부는 해서 무엇하나, 미국 유학은 해서 무엇하나, 꽃 같은 청춘을 삼십이 넘도록 기숙사 구석에서 보낸다 하면 거기서 얻는 것이 무엇일까, 그 춥고 쓸쓸한 방에서 젊은 몸이 혼자 늙어야 할 까닭이 무엇인가.

순영은 자리에 누워서 곁에 자는 동창들의 깊이 잠든 숨소리를 들으면서 가슴속에 이상한 젊은 욕심이 일어남을 깨닫는다. 그의 몸은 지나치게 발육되었다 하리만큼 발육이 되었다. 그의 뜨거운 피는 귀를 기울이면 소리라도 들릴 만큼 기운차게 돌아간다. 그리하고 그의 정신은 일종의 간지러움과 아픔을 가지고 무엇을 붙잡으려는 듯이 수없는 손을 허공으로 내두른다. 그의 손바닥에는 수백만 원의 재산이 놓였다. 그의 몸은 동대문 밖 백씨의 집 양실 침대 위의 포근포근한 새털 요와 가뿐한 새 이불에 싸였다. 그의 곁에는 건강하고 아름답고 은근하고 사랑이 깊은 중년의 남자가 누웠다. 밖에

서 바람이 불고 비가 뿌린다. 그러나 방안은 봄날 일기와 같이 따뜻하다.

그의 하얀 몸과 검은 머리에서는 향기가 동한다──살은 비단결같이 부드럽다.

이 모양으로 순영은 끝없는 공상을 한다. 공상이 공상을 낳아 점점 공상의 깊은 구렁으로 빠져들어가매 순영은 도리어 가슴이 벅차는 듯한 괴로움을 깨닫는다. 그래서 곁의 사람이 깰 것을 두려워하는 듯이 가만히 일어나 창으로 달빛이 서리 같은 밖을 바라본다.

달은 서쪽으로 기울었다. 서리 덮인 학교 뜰은 죽은 듯이 고요하다. 네모 번듯번듯한 서양 선생의 주택들이 시커먼 그림자를 앞에다 놓고 그 속에 자는 사람들의 꿈과 같이 고요히 서 있다. 별들은 금시에 바서져 떨어질 듯이 무섭게 차디찬 푸른 하늘에서 반짝거린다.

순영의 눈에는 백의 집에서 보던 낙산 마루턱의 석양에 홀로 선 소나무가 번뜻 보였다. 자기는 그 양실 창에서 밤 경치를 바라보는 것이다. 비에 싸인 동대문을 생각하고 무심코 고개를 비끗 돌릴 때에 빤한 불 하나가 순영의 눈에 띄었다.

'P부인이다!' 하고 순영은 놀라는 듯하였다. P부인은 기숙사 학생들이 다 잠들기를 기다려서 기숙사를 한바퀴 돈다. 방방이 가만히 문을 열어 보아서 다들 잘 자면 가만히 도로 문을 닫고 나가고, 만일 어떤 아이가 이불을 차 던졌으면 그는 살그머니 들어와서 이불을 덮어 주고 바람이 들어오지 않도록 어깨까지 꼭꼭 눌러 주고는 무어라 속으로 중얼중얼하면서 나온다. 그 중얼중얼하는 소리의 뜻이 무엇인지 아는 사람이 없다.

37회 그러나 아이들은 그것이 기도라도 한다. 그는 기숙사 방방이 들어 갈 때마다 무슨 기도를 올린다고 아이들은 믿는다. "귀여운 당신의 딸들을 잘 자라게 하여 줍소서, 아멘." 아마 이러한 기도를 드리나 보다고 어떤 아이가 추측으로 이야기한 뒤에는 아이들은 그것으로 P부인의 기도를 만들어 버리고 말았다. 그러고는 저희들끼리도 불 끄고 잘 때에는 P부인의 흉내를 내느라고 이러한 기도를 하고 웃는다.

이렇게 P부인이 온 기숙사를 한번 다 돌고는 반드시 채플(기도실)로 간다고 한다. 어떤 아이가 따라가 보았다고도 한다. 거기 가서 한참 꿇어앉아서 기도를 드리고는 반드시 집으로 돌아가서는 늦도록 불을 켜놓고 무엇을 하는데 그 하는 것이 무엇인지는 아무도 알지 못한다. 혹은 책을 보는 것이라고도 하고 혹은 기도를 하는 것이라고도 한다.

순영은 조그마한 창으로 커튼 틈으로 스며나오는 불빛을 볼 때에 그 밑에 앉은 키가 크고 얼굴이 기름하고 눈이 크고 깊고 콧마루 몹시 서고 서양 부인네치고는 약간 고개가 앞으로 숙은 P부인을 아니 생각할 수가 없었다. 그러고는 그의 곁으로 뛰어가려고 아니 할 수가 없었다. P부인은 순영에게는 어머니요 아버지요 선생님을 겸한 이였다. 누구든지 다 P부인의 귀염을 받고 P부인을 따르지만 순영은 특별히 그의 사랑을 받았다고 생각한다.

그 P부인을 생각할 때에 자기가 지금까지 자리 속에서 상상한 것이 모두 더러운 죄와 같이 보여서 순영은 몸서리를 쳤다. 자기가 어려서부터 얼마나 P부인을 사모하였던가, 얼마나 P부인과 같이 되기를 바랐던가, 그이와 같이 인격이 높은 교육가가 되어서 우리 불쌍한 조선 여자들을 교육하리라. 그래서 나도 P부인과 같이 늙은 뒤에는 여러 어린 여자들에게 은인같이 어머니같이 사랑하고 사모함을 받으리라. 이러한 생각을 가지고 있었다. 그래서 그와 같은 생각을 가진 다른 여학생들과 결의형제를 한 일도 여러 번 있었다. 그러나 그들은 대부분 고등과를 마치기가 바쁘게 시집들을 가 버리고 지금에 남은 것은 순영이 자기와 아직도 순영이와 한방에 있는 강인순과 두 사람뿐이다. 김씨가 자기에게 청혼을 할 때에도 자기는 인순이더러 일생을 교육에 바치기 위하여 청혼을 거절하노라고 말했고 인순이도 그 뜻으로 청혼을 거절하라고 순영에게 권하였다.

그러나 순영이 생각은 차차 변하기를 시작하였다. 독립운동이 지나가고 사람들의 마음이 모두 식어서 나라나 백성을 위하여 인생을 바친다는 생각이 적어지고 저마다 저 한 몸 편안히 살아갈 도리만 하게 된 바람은 깊은 듯한 W여학교 기숙사에도 불어 들어왔다. 그래서 그때 통에 울고불고 경찰서와 감옥에 들어가기를 영광으로 알던 계집애들도 점점 그때 일을 웃음거리 삼아서 이야기할 뿐이요, 인제는 어찌하면 잘 시집을 갈까, 어찌하면 미국을 다녀와서 남이 추앙하는 여자가 될까, 이러한 생각들만 많이 하게 되었다. 순영도 이 바람에 휩쓸려 넘어가기를 시작하였던 것이다.

더구나 오래전부터 학교에 있던 조선 사람 선생들이 혹은 그때 통에 감옥으로 들어가 버리고 혹은 외국으로 달아나고 혹은 무자격이라 하여 쫓겨나가고, 새로 애송이 선생들이 들어와서는 학생들이 제 몸을 희생하여 조선을 위하여 힘쓰려는 자극을 받을 곳이 없어져 버리고, 더욱이 순영에게는 가장 감화하는 힘이 많은 그의 셋째오빠 순흥이가 5년 징역을 받고 감옥에 들어 간 뒤로는 그의 감화도 받을 길이 없어져 그만 예사 계집애가 되고 만 것이다. 만일 P부인과 그의 옛 친구인 강인순조차 없었던들 그는 백씨를 만나보기 전에 벌써 그의 옛 생각을 모두 잊어버리고 말았을 것이다.

그러나 아직도 P부인의 창에 비추인 등불을 볼 때에는 근 10년 동안이나 받은 교육의 힘이 그를 찌르지 않을 수가 없던 것이다.

38회 P부인은 이름은 부인이라 하지만 그의 남편을 본 사람이 없다. 그는 젊어서 혼인을 하였다가 남편이 죽고 그후로는 교회와 교육에 일생을 바쳤다고 한다. 그러나 이것도 남들이 하는 말이요, 사실은 어떠한지 자세히 아는 사람이 없다. 그는 조선에 온 지가 벌써 20년이 넘었고 20년 동안을 일찍 W학교 문 밖을 나가 본 일이 없다고 한다. 7년 만에 한 번씩 돌아오는 선교사의 안식년에도 그는 미국에 돌아가지도 않았고 여름에 다 가는 피서도 가지 않고 꼭 W학교 그의 집에 자기와 같이 늙은 조선 부인 한 분과 같이 살아간다. 어린 여학생들이 보기에 그의 생활은 본받을 수 없을 만큼 거룩하고 높은 것 같았다. 사실상 그렇기도 하였다.

그러나 P부인의 생활은 순영에게는 너무도 멀었다. 스무남은 살 때까지는 그 생활을 이상으로도 하였지만 금년에 와서부터는 그 생활은 도저히 자기가 견딜 수 없는 생활과 같았었다. 그러하던 것이 백의 집에 다녀온 후로는 다만 그 생활만이 우스워 보일 뿐 아니라 P부인까지도 어째 어리석은 듯하였다.

'나는 못해! 못한다는 것보다도 안 해! P부인과 같은 생활은 안 해!' 하고 순영은 P부인의 창에 비친 불에서 눈을 다른 데로 돌리면서 무엇에 굳세게 반항할 듯이 맘속으로 외쳤다. 그러고는 그따위 보기 싫은 것은 다시는 안 보리라 하는 듯이 창에서 물러서서 자기의 자리로 오려 하였다. 그때에 인순이가,

"애, 너 왜 안 자고 무얼 그렇게 생각하니?"

하고 물었다. 인순은 순영보다 나이가 두 살 위이다. 그러므로 순영은 인순을 언니라고 부르고 인순은 순영을 동생이라고 불러 애재 하는 것이다.

순영은 깜짝 놀라서 우뚝 섰다.

"너 어째 요새는 무슨 걱정이 많은 듯하구나. 왜 내게는 아무 말도 안 하니?"

하고 인순이가 이불을 안고 일어나 앉는다.

순영은 자기 자리에 와 앉아서 한숨을 지었다. 인순이가 내 눈치를 아니 채었을 리가 없다 하고 순영은 생각하였다. 그리하고 피차에 털끝만 한 비밀도 없던 인순에게 대하여 자기가 비밀을 가지게 된 것이 미안하기도 하고 부끄럽기도 하였다. 그러나 순영은 지금 자기가 속에 품은 생각을 인순

에게 말할 용기가 없었다. 언제 그것이 발로가 되어 자연히 인순이가 알고 원망하는 한이 있다 하더라도 순영은 자기 입으로 그 말을 낼 수는 없었다.

"아니오, 언니! 아무것도 없어. 달이 좋아서."

하고 더 말하기를 꺼리는 듯이 이불을 쓰고 자리에 들어가고 말았다.

인순은 우두커니 앉아서 한참이나 순영을 바라보더니 역시 한숨을 지고 이불을 쓰고 누워 버렸다.

그러하는 동안에 길어 보이는 가을 학기도 다 가고 크리스마스 방학이 되었다. 그동안에 김씨의 간절한 청혼이 두어 번 있었고 또 둘째오빠에게서 백씨에게 허혼하라는 재촉이 두어 번 왔다. 그러나 김씨에게 대하여서는 듣기 좋게 공부한다는 평계로 거절해 버렸으나 백씨에 대하여서는 아주 허락하는 것도 아니요 거절하는 것도 아닌 대답으로 어름어름하여 왔다.

동기冬期 방학이 된 이튿날 순영은 순기의 집으로 갔다. 순기는 순영이가 오기를 기다린 것처럼,

"너 구경 안 갈래?"

하고 물었다.

"무슨 구경이요? 어디요?"

하고 순영의 묻는 말에는 깊은 호기심이 있는 듯하였다.

"내가 신경통이 생겨서 의사가 온천에 가라는데 너도 가고 싶거든 가자." 한다.

순영은 인순이가 혼자 있을 것을 생각하였으나 순기의 말대로 곧 행장을 수습해 가지고 그날 밤차로 동래온천을 향하여 떠났다.

순영이가 놀란 것은 순기가 새 양복에 털깃 단 외투까지 입고 서슴지 않고 일등침대를 타는 것이었다.

39회　일등침대는 순영에게는 생전 첨이다. 깨끗하고 조그만 방안에, 외투

깃을 대려고 해도 저마다 못하는 우단 침대며 백설 같은 담요와 그보다도 더 흰 시트가 퍽 기뻤다.

순기는 이런 데는 퍽 익숙한 듯이 담배를 두어 대 피우며 얼른 자리에 들어가서 잠이 들어 버린 모양이었으나 순영은 좀체로 잠이 들지를 아니하였다. 차가 쿵쿵하는 대로 몸이 알맞추 흔들릴 때에 순영은 더할 수 없이 유쾌하였다.

'사람이란 이렇게 살 게야!' 하고 순영은 빙긋 웃었다. 게다가 방안은 덥다고 하리만큼 따뜻하여서 가슴을 내어 놓아도 추운 줄을 몰랐다. 순영은 가만히 누워서 혹은 하얀 천장을 바라보고 혹은 자기의 윤택 있는 손과 팔을 물끄러미 들여다보고 혹은 부드러운 자기의 살을 만져 보았다. 세상이 모두 봄날이요 자기의 온몸이 모두 아름다움과 기쁨과 행복으로만 된 것 같았다.

이튿날 식전에 부산역에 내려서는 곧 정거장 호텔에서 아침을 먹고 자동차를 내어 타고 동래온천으로 올라갔다. 그렇게 춥던 서울과 달라 이 남녘 나라는 아직도 늦은 가을 모양으로 따뜻하였다.

"봉래관은 크기는 크지만 욕실과 음식이 명호(여관 이름)만 못해!"

하며 자동차는 명호여관 앞에 놓았다. 뉘 집 부인네가 아니면 어느 댁 아가씨와 같이 아름다운 하인들이 나와 허리를 굽히고 땅에 엎드려 두 사람을 맞았다. 모두 순영에게는 처음 보는 광경이요, 처음 하는 호강이었다.

'사람이란 이렇게 살게야!' 하고 순영은 한 번 더 웃었다.

얼마나 넓고 깨끗한 방인가. 순영의 방은 바로 서남 모퉁이에 있는 방이었다. 환하게 밝은 방의 도코노마床の間: 일본식 방의 상좌에 바닥을 한층 높게 만든 곳에는 매화 가지가 꽃이 피어 있었다. 화롯불이언만 방안은 알맞추 더웠다.

"밤낮 기숙사에서 얼었으니 며칠 동안 잘 쉬어라. 어서 가서 목욕이나 해라."

하고 순기는 거기서 한 방 건너서 있는 자기 방으로 가 버렸다.

순영은 그날 종일 퍽도 행복되었다. 목욕을 하고 와서는 책을 좀 꺼내어 보려고 하였으나 책이 눈에 들어오지를 않았다. 그렇다고 가만히 있을 수도 없어서 앉았다 일어났다 거닐었다 창으로 내다보았다, 화젓가락으로 불을 묻었다가 팠다가, 매화 가지에 코를 대고 싸늘한 향기를 킁킁 맡다가, 이 모양으로 마음이 흥분하였었다. 순기도 술이 뻘겋게 취한 얼굴로 일본 사람의 자리옷을 입고 한 번 들여다보고는 영 오지를 아니하였다. 그래서 순영은 혼자서 즐거운 심심 속에 앉으락일락하였다.

순영은 누구를 기다리는 듯함을 깨달았다. 도저히 이런 곳에서 혼자 있을 것은 아니라고 생각하였다. 오빠한테로 갈까——아니다, 오빠도 내가 기다리는 사람은 아니다. 인순이? 아니다. 그도 인제는 나의 기다리는 사람은 아니다. P부인?——그도 물론 아니다. 그들로 하여금 내가 이렇게 행복된 것을 보고 부러워하게 하고는 싶다. 그러나 그들은 나의 기다리는 사람은 아니다.

아아, 그게 누굴까? 기다리는 그 사람이 누굴까? 그때에 순영의 눈앞에는 한 떼의 남자들이 죽—늘어섰다. 순영은 두 팔을 뒤로 세우고 두 다리를 쭉 뻗고 고개를 번쩍 들고 앉아서 자기의 눈앞에 나타난 남자들을 일일이 점고해 보았다.

순영에게 사랑을 청하던 여러 남자들, 길에서 순영의 뒤를 따라다니던 추근추근한 학생들, 누군지도 모르나 혹은 기차 속에서, 혹은 전차 속에서, 혹은 길가에서 우연히 번뜻 보인 남자들 중에서 순영의 맘에 '아이 얌전도 한 남자다!' 하고 정다운 생각이 나던 남자들, 이러한 남자들이 수십 명이 죽—늘어선 가운데는 머리에 기름을 바르고 팔에 외투를 걸고 까만 지팡이를 든 김 선생이 자기를 보고, "순영 씨 나를 사랑해 주세요" 하고 애걸하는 모양도 있고 손에 파란 연기가 오르는 반쯤 탄 여송연을 들고 음전하게 서서 빙그레 웃고 자기를 바라보는 백씨도 있다.

40회 순영은 장군이 군대 검열이나 하는 모양으로 높은 데 떡 서서 그 남자들의 무리를 내려다보기도 하고 또 하나씩하나씩 자기 앞으로 불러내어서 사랑할 만한가 아니한가, 그보다도 쓸 만한가 안 한가를 시험도 하여 보았다. 그들은 무섭고 존경하는 어른 앞에 나오는 모양으로, 또는 아이들이 선생님에게 불려서 칠판 앞으로 나오는 모양으로, 또 감옥 죄인들이 전옥 앞으로 불려 나오는 모양으로, 모두 머리의 가르마와 옷깃을 바로잡고 분주히 턱과 목을 쏠어 보며 두 손을 읍하고 순영의 앞으로 나와서는,

"순영 씨 저를 사랑해 줍시오!" 하고 청을 하는 것 같았다. 그럴 때마다 순영은 혹은 빙긋 웃고,

"저리 가!" 하고 한번 눈짓을 하면 뒤에 대어 섰던 남자가 팔굽이로 이 불쌍한 남자를 홱 떼밀치고,

"천사 같으신 순영 씨여, 저는 어떠합니까?" 하고 나선다. 그럴 때에 순영은 혹은,

"안 돼!" 하는 뜻으로 입을 비쭉하기도 하고 혹은,

"네까짓 게?" 하고 노려보기도 하고 혹은,

"염치 없는 녀석!" 하고 깔깔 웃어 버리기도 한다.

그러는 중에는 김도 나오고 백도 나온다. 그러나 그것은 의례 것인 모양으로,

"당신네들은 저기 가서 있으시오." 하고 밀쳐 버리고,

"그 밖에는 또 나올 사람 없어?" 하고 다른 남자들을 불러내 세운다. 이때에 우연히 한 남자가 나선다. 순영은 여러 해 못 만났던 사람을 의외에 이곳에서 만나는 모양으로 깜짝 놀란다. 그 남자는 꼭 다문 입, 항상 무슨 깊은 생각이 많은 듯한 좀 자그마한 눈, 호걸스러우면서 착한 뜻을 표한 높고 풍

부한 코, 그 하얗고 넓직한 이마, 아마 아직도 애티가 있는 예쁘장한 두 뺨, 숭글숭글하게 아무렇게나 갈라젖힌 머리, 약간 무슨 의심이 있는 듯한 걸음으로 당연히 만날 사람한테 가까이 오는 듯이 와서 순영의 손을 잡으려고 한다.

"아아, 이것은 봉구 씨다! 봉구 씨다!"

하고 순영은 갑자기 얼굴이 엄숙하여졌다. 그러고 일어나 앉았다.

순영의 눈앞에는 3년 전 그 셋째오빠와 봉구와 같이 몸을 피해 다니던 광경이 번개같이 지나갔다. 그때에 봉구가 자기에게 대하여 얼마나 친절한 태도를 가졌고 또 자기도 얼마나 그를 정답게 대하였던가. 얼마나 봉구가 자기 눈에 사내답고 그러고도 항용 학생들과 같이 난잡하거나 빼거나 여자에게 추근추근한 빛이 없이 일종 위엄이 있고도 다정해 보였나, 더욱이 많은 청년들이 그를 믿고 그의 말에 달게 복종하였다. 셋째오빠도 항상,

"우리 동무 중에는 제일이다. 얼마 아니해서 큰일을 하는 사람이 되리라"고 칭찬을 하였다. 이런 것을 기억할 때에 순영은 불현듯 봉구를 그리워하는 생각이 간절하였다.

그러나 그때에는 순영은 아직 시집이라는 것을 생각해 보지 않았고 연애라는 것은 더구나 입에 담을 수도 없는 죄악으로 알았었다. 그때는 아직 순영이가 꽃으로 이르면 아직 필 생각도 아니 하는 봉오리였었다. 그렇기 때문에 그처럼 봉구를 정답게 생각하면서도 '그와 일생을 같이할까?' 하는 생각은 없었다. 그래서 봉구가 감옥에 간 뒤에 한참은 퍽 섭섭도 하였으나 셋째오빠가 붙들려 간 뒤에는 그 일이 근심이 되어서 봉구를 생각할 여유는 없었다. 그러다 다시 기숙사에 들어오고 공부를 하게 될 때에는 맑은 하늘과 같은 처녀의 맘에는 봉구의 그림자가 오래 머물 동안도 없었다.

봉구가 순영이 눈앞에 나서자 지금까지 관병식에 온 병정들 모양으로 수없이 모여 섰던 남자들은 다 흩어지고 말았다. 그리고 봉구의 때 묻은 학

생복에 되는 대로 머리를 갈라붙인 모양만이 마치 자기를 위협하는 듯이 또는 보호하려는 듯이 앞에 우뚝 섰다.

41회 그러나 그 모양으로 봉구를 길게 생각할 새는 없었다. 여관 하인이 와서,

"작은아씨, 오라버님께서 잠깐 오십시사고."

하고 나갔다.

순영은 여자의 본능으로 옷고름을 다시 매고 얼른 머리에 손질을 하고 오빠의 방으로 갔다. 들어서면서 놀랐다. 백이 와 있는 까닭이다. 순영은 어쩔 줄 모르고 고개를 숙였다.

"여기서 만나보이게 되었습니다. 나도 우연히 놀러 왔다가 두 분께서 오셨단 말을 듣고…."

하면서 담배를 화로에다 놓고 일어나서 은근히 인사를 한다.

순영은 얼른 이번 길도 해주 아주머니 핑계와 같이 순기가 자기를 꾀어낸 것임을 깨달았다. 처음 동래로 오자고 할 때는 어째 그런 듯한 예감이 없지는 않았었다. 그러나 그때에는 백을 보았으면 하는 맘도 있었다. 그러나 봉구를 금방 생각하다가 인제 백을 대할 때에는 순영의 가슴은 몹시 울렁거렸다. 자기의 앞에는 무슨 큰일이 가로 막힌 듯하며 머리가 쭈뼛하도록 무서운 생각이 나고 당장에 이 방에서 뛰어나와서 서울 기숙사로 달아나고도 싶었다. 그러나 순영에게는 그만한 용기가 없어 자기도 알 수 없는 무슨 힘에 질질 끌려가는 것만 같았다.

아니나 다를까 이튿날 순기는 새로 잡화 직수입 무역상을 시작한다 하여 약 일주일 간 대판大阪: 오사카을 다녀올 테니 순영은 그동안 기다리고 있으라고 떠나 버리고 순기가 있던 방에는 백이 올라왔다. 순영은 순기의 이 행동이 심히 옳지 않은 줄을 알면서도 혼자 떨어져 있었다.

순기가 떠나는 것을 부산까지 전송하고 순영은 백과 한 자동차를 타고 10시나 가까운 깊은 밤에 동래로 같이 올라오게 되었다. 그때에 순영은 일종의 무서움을 깨달았으나 백은 극히 신사답게 자동차로 오는 동안에는 순영이를 보지도 않고 말도 안 하므로 순영은 속으로, '존경할 만한 사람이다' 하고 의외인 듯이, 또는 바라는 바가 만족한 듯이 기뻤다. 그러다가 여관 앞에 다다라서 자동차에서 내릴 때에 백이 순영의 손을 꼭 쥐어 내리었으나 순영은 서양식으로는 의례히 하는 일이라 하여 아무렇지도 아니하였다.

순영은 목욕을 갈까 하다가 혹 백과 만날 것을 두려워하여 그만두고 간단하게 잘 때에 하는 기도를 올리고 자리에 누웠다. 그러나 이상하게 흥분이 되어 잠이 들지를 아니하고 무엇인지 종잡을 수 없는 생각이 끊임없이 끓어올랐다.

'불을 안 꺼서 그렇다. 불을 꺼야지' 하고 순영은 전등을 껐다. 그러고는 아무 생각도 다 잊어버리려는 듯이 머리를 한 번 흔들고는 눈을 감고 깊이 잠든 사람이 하는 모양으로 숨소리를 내어 숨을 쉬었다.

그러나 잠이 들지를 아니하였다. 눈앞에는 봉구가 나서고 백이 나서고 P부인이 나서고 인순이가 나서고 셋째오빠가 나서고 기숙사 방에 걸린 십자가 위에서 피를 흘리는 예수의 모양이 나선다. 그러고는 또 봉구가 나오고 백이 나오고 이 모양으로 끝없이 되풀이를 한다.

'만일 백이 이리로 들어오면?' 하고 불현듯 순영은 몸을 흔들었다.

'그럴 리가 없다. 그런 점잖은 이가 그럴 리가 없다' 하고 제 생각을 작소해 버렸다.

'그러나 만일 들어오면?' 하고 순영은 또 스스로 물었다.

'물론 거절하지. 준절하게 거절하지' 하고 순영은 결심하는 듯이 주먹을 불끈 쥐었다. 그러할 때에 순영은 자기에게 일종의 위엄이 생김을 깨달았다. 그러고는 안심한 듯이 또 잠이 들 양으로 머리를 한 번 베개에 비볐다.

밖에서 바람 부는 소리가 들린다. 휘휘 소리가 나고는 일본 덧문이 덜 걱덜걱 소리를 낸다.

42회   셋째오빠가 순사에게 붙들려 가는 무서운 꿈을 꾸다가 순영은 무슨 소리에 놀라서 잠결에 숨소리를 죽였다.

"순영 씨!" 하고 누가 부르는 것 같았다.

순영은 눈을 떴다. 그러나 자던 눈에 캄캄한 어두움뿐이요, 아무것도 보이는 것은 없었다. 전등을 켜리라 하고 일어나려 할 때에 누가 뒤로 자기를 껴안으며,

"나요, 나요." 하였다.

백이다, 백이다, 하고 순영은 몸을 움직이려 하였으나 꼼짝할 수가 없었다.

"이게 무슨 일이세요! 놓으세요! 놓으세요!" 하는 소리는 떨릴 뿐이요, 크지는 않았다.

"용서하시오. 하지만 내가 얼마나 오래 참고 기다렸는지 아시오? 자, 오늘 허락을 하시오. 그리고 순기형이 오시는 대로 곧 혼인을 하십시다."

한다. 그러나 순영은 더할 수 없이 욕을 당하는 듯하여 분이 치밀어 올라 왔다.

"이것은 모욕이야요. 이런 법이 어디 있어요?"

하고 순영의 목소리는 고요하던 여관의 공기를 울렸다. 그러나 백은 순영보다 육체의 힘으로나 의지의 힘으로나 짐승 같은 욕심의 힘으로나 순영의 대적이 되기에는 너무 강하였다.

순영은 후일에,

'백이 억지로 자기의 정조를 깨뜨린 것이다' 하고 변명하였으나 만일 순영이가 진실로 백을 저항하려 하였으면 저항할 길도 있었던 것이다. 그러

나 그는 첫째 소리를 질러 망신을 살 것이 무서웠고, 둘째는 백을 망신을 시켜서 백이 전혀 돌아보지 않을 것이 무서웠고, 셋째는 순영의 속에 움직이는 유혹의 힘이 무서웠다.

"누가 보는 사람이 있소?"

하고 백의 말은 점점 예가 없어져 가고 그의 씨근거리는 입김은 마치 성난 맹수와 같았다.

'응, 아무도 보는 사람은 없다. 감쪽같다' 하고 순영의 성난 것은 가라앉았다.

참 일순간이었다——일순간보다도 더 짧은 순간이었다——그렇게 짧은 순간에 사람의 성격은 시험을 당하는 것이다. 순영은 엄한 교육을 받았다. 좋은 말도 많이 들었다. 정조가 굳어야 할 것도 많이 들었다. 그러나,

'누가 보는 사람이 있소?' 하고 유혹이 부를 때에 또는 '이 기회를 놓치면 일생의 행복이 아주 영영 지나가 버리고 마오' 하고 유혹이 위협할 때에 그것을 이길 아무 준비도 없었다. P부인도 여기서 순영의 교육에 실패한 것이다.

*　　*　　*

아침에 하녀가 숯불과 끓인 물을 가지고 들어와서 아마도 雨戸: 비바람을 막기 위한 덧문의 일본어를 열어 환한 아침빛이 확— 방으로 들어 쏠 때에 순영은 화로에 숯불을 일으키고 앉았던 하녀를 바라보았다. 그는 젊고 어여쁘고 일본 여자에게서 항용 보는 얌전함이 있었다. 그 하녀는 불을 피워 놓고 차한 잔을 따라 순영의 앞에 놓고는 방긋 웃으며 나가 버리고 말았다.

'저 계집애도 처녀일까? 이렇게 남자들이 많이 드나드는 여관의 하인으로 있는 저 계집애도 아직 처녀일까?' 이런 생각이 날 때에 자기가 몹시 부끄러웠다.

순영은 차를 들어 마시려고 일어나 앉았다. 열병을 앓고 난 사람 모양

으로 무섭게 목이 말랐다. 찻잔을 들다가 순영은 멈칫하였다. 왼손 무명지에 번쩍번쩍하는 금강석 반지가 눈에 띈 까닭이다.

"자, 표로 이것을 줄게, 무엇은 안 주나, 달라는 것은 다 주지."

하고 어린애를 달래는 모양으로 이 반지를 끼워 주며 울고 있는 자기를 달래던 백의 짐승과 같은 모양이 나타난다. 그렇게 공손해 보이고 그렇게 점잖아 보이던 것도 다 껍데기다. 그는 사람이 아니요 짐승이다! 하고 순영은 반지를 빼어서 부서져라 하고 아무 데나 함부로 내던졌다. 그러나 원망스럽고 분한 눈을 가지고 얼른 일어나서 그 반지의 보석이 부서지지나 아니하였나 하고 찾아보아서 그것이 무사한 줄을 알고는 울기를 시작하였다.

43회 순영은 울수록 더욱 슬퍼짐을 깨달았다. 마치 끝없이 자라오를 듯이 하늘로 뻗어 올라가던 나무가 갑자기 순을 잘리운 듯한 절망적인 슬픔이 북받치어 올라왔다. 천하에 저보다 높은 사람도 없고 저보다 큰사람도 없고 저보다 더 깨끗한 사람도 없어 하나님 앞에서밖에는 고개를 숙일 데도 없는 듯한 처녀의 자랑이 일시에 여지없이 부서져 버리고, 자기는 길에 다니노라면 수없이 보는 기름 묻고 때 묻고 사내의 장난감으로 실컷 밟히고 이기운 보통 여자와 같은 여자가 되어 버리고 말았다. 하물며 자기의 행실은 분명히 남에게 알리지 못할 더러운 죄악인 것을 생각 할 때에 순영은 가슴을 북북 긋고 싶도록 분하고 원통하였다.

"예끼 짐승 같은 놈!" 하고 순영은 백이 자기 앞에서 있기나 한 듯이 노려보았다.

'짐승이다! 짐승이야! 사람은 아니다. 어쩌면 그렇게 점잖은 가면을 쓰던 것이 그렇게 금시에 짐승과 같이 숭없고 더러운 놈이 되어 버리나. 그는 나를 사람으로 보지 않았다!'

순영은 백이 자기를 어떻게 추하게 음탕하게 대하던 것을 생각하고 몸서리를 쳤다. 그리고 두 손으로 방바닥을 치며 앞으로 엎더졌다. 그러다가 다시 일어나면서 두 손으로 자기의 머리카락을 쥐어뜯었다.

'아아. 어찌하나! 다시는 회복할 수 없는 일이다!'

이때에 백은 자기 방에서 유쾌하게 한잠을 자고 나서 목욕하러 갔다 오던 길에 순영의 방문을 열었다. 순영은 문이 열리는 것을 알고 고개를 번쩍 들더니,

"가요! 가요! 들어오지 말아요!"

하고 백을 향하여 소리를 질렀다.

백은 처음엔 놀라는 듯하였으나 빙그레 웃고 문을 도로 닫고 자기 방으로 가 버렸다. 그리고 속으로 중얼거렸다. '아무 계집애나 처음엔 다 저러는 법이지' 하고 제 방에 들어와서 또 한 번 웃었다. 여러 번 계집애를 깨뜨려 준 경험을 생각한 것이다.

'그렇지만 얼마만 지나면 제 편에서 달려 붙을걸' 하고 백은 순영을 손에 넣은 것이 유쾌하였다. 그래서 하녀를 불러서 아침을 가져오라고 명하고 술을 잘 데워오라고 이르고 순영에게 맛나는 특별한 반찬을 주라고 일렀다.

그러나 순영은 백의 얼굴을 볼 때에, 더욱이 자기가 그렇게 분해하고 슬퍼하는 양을 보고 도리어 빙그레 웃는 것을 볼 때에 심히 분하였다. 대들어서 그 웃음 띤 눈깔을 손가락으로 할퀴어 빼내어서 입으로 아작아작 씹어 버리고도 싶었다.

순영은 미친 사람 모양으로 일어나서 세수를 하고 올라와서는 곧 주섬주섬 짐을 쌌다. 하녀가 밥을 가져 왔으나 먹으려고도 아니하고 인력거 하나를 불러 달라고 말하였다. 그리고 또 짐짝에 얼굴을 대고 한바탕 울었다.

'나는 서울로 갈 테야' 하고 순영은 어린애 모양으로 혼자 중얼거렸다.

그러나 순영은 깜짝 놀랐다. 자기에게는 돈 한 푼도 없었다. 인력거 값은 무엇으로 주고 차표는 무엇으로 사나. 이것을 생각할 때에 순영의 눈에

서는 더욱 뜨거운 눈물이 펑펑 쏟아졌다. 그리고,

"P부인!" 하고 소리를 질렀다.

이러할 때에 하녀에게 순영이가 울고 짐을 싸고 인력거를 불러 달란다는 말을 듣고 백이 순영의 방으로 왔다.

백이 순영의 방으로 들어와도 순영은 거들떠보지도 아니하였다. 백은 순영의 엎드려 우는 양을 보고 빙그레 웃더니 방바닥에 떨어진 반지를 보고 놀라는 양을 보이고는 얼른 집어서 가방 위에 순영의 머리 밑에 깔린 순영의 손을 잡아당기어 어젯밤에 끼던 모양으로 끼우려고 하였다. 그때에 순영은 벌떡 일어나면서,

"그걸랑 도로 가지세요! 난 그런 것 그런 더러운 것은 싫어요."

하고 소리를 질렀다.

44회 "글쎄 왜 이러우? 이왕 된 일을 이러면 어찌하우? 자, 남편이 주는 것은 일생에 지니는 것이 옳지요."

하고 떨어졌던 그 반지를 다시 집어 들고 순영의 곁으로 간다.

"남편?"

하고 순영은 눈을 크게 떴다.

"암, 남편 아니오?——내가 오늘부텀은 순영 씨 남편 아니오? 자 그러지 말고…."

하고 백은 순영의 손을 잡아끌었다. 그 손은 차다.

"나를 놓아주세요——나는 학교로 갈 테야요. 나를 인력거 값과 삼등 차표 하나만 사주세요——그리구 나를 건드리지 마세요."

하고 순영은 무서운 것을 피하는 사람 모양으로 고개를 돌렸다.

백은 반지를 들고 어찌할 줄을 모르는 듯이 우두커니 섰더니,

"글쎄 가실 때 가시더라도 아침이나 자시고 이야기나 더 하다가 가시

지 지금 나가면 차가 있나요——그렇게 꼭 가셔야만 되겠거든 오늘 밤차로 나 가시지——자아, 아침이나 자시오."

하고 종을 누른다.

'차 시간이 없다?' 순영은 생각하였다. 과연 차가 없을 것이다. 벌써 아침 10시가 아니냐. 인제는 밤차밖에는 없을 것이다. 순영은 낙심하는 듯이 방바닥에 푹 거꾸러졌다.

하녀가 왔다. 백은 아침을 다시 가져오기를 명하고 순영의 등을 만지며,

"자 일어나시오. 처음에는 그렇게 슬픈 듯하기도 합니다. 우리 앞에서는 행복된 생활이 있지 아니하오? 낫살이나 먹은 남편을 그렇게 못 견디게 굴지 마시오. 자, 일어나 아침 자시오!"

하고 어머니가 우는 자식을 달래는 모양으로 백은 순영을 안아 일으킨다. 순영은 더 반항하려고도 아니하였다. 다만 기운도 다 빠지고 정신도 다 빠진 사람과 같이 되어 백을 미워하고 원망할 경황도 없는 듯하였다. 어찌 하면 이렇게도 갑자기 세상이 암흑이 되어 버릴까. 마치 환하게 광명으로 찬 천당에서 영원한 지옥의 암흑 속에 떨어진 것 같다. 또 어찌하면 이렇게 갑자기 내 몸이 작아지고 더러워지고 천해진 것 같을까, 마치 백설 같은 흰 날개를 펄럭거리며 한없이 넓은 허공을 자유로 날아다니던 천사의 몸으로서 갑자기 날개를 분질리우고 구린내 나는 더러운 누더기에 감기어 다니엘이 바벨론에게 잡혀 갔던 토굴 속에 이빨에 피 묻는 사자들과 같이 갇힌 듯하였다.

순영은 자기가 이 모양으로 갑자기 무서운 변화를 겪은 것을 놀라는 동시에 어저께까지의 자기가 몹시 그립고 부러웠다. 그러나 어저께까지의 자기는 지금의 자기 얼굴에 침을 탁 뱉고 비웃는 눈으로 나를 힐끗힐끗 보면서 높이높이 구름 위로 올라가면서,

"마지막이야, 다시는 나를 못 만나! 이 죄 많은 더러운 년아."

하고 외치는 듯하였다.

*　　*　　*

백이 만류하는 것도 듣지 않고 그날 저녁차로 순영은 서울로 올라와 버렸다.

기숙사에는 인순이와 집 없는 다른 여학생밖에는 아무도 없었다. 모두 다 기다리고 기다리던 방학을 이용하여 크리스마스가 끝나자마자 그리운 집으로들 내려가 버린 것이다.

순영이가 의외에 속히 돌아온 것을 보고 인순이는 한편으로 이상하게도 알았으나 퍽 반가워하였고, 순영도 인순이가 무척 정답고 반갑고도 한끝으로는 미안하였다. 전에는 인순을 언니라고 부르면서도 자기보다는 좀 못한 사람으로 속으로 알아왔으나 지금은 자기는 도저히 인순이와 같이 깨끗한 사람의 곁에는 갈 수도 없는 것같이 부끄러웠다.

"순영아 너 웬일이냐? 갑자기 서너 살 더 먹은 사람 같구나."

하고 참다 못하여 얼마 후에 인순이가 순영에게 말하였다. 그 말을 들을 대에 순영은 가슴이 찔리는 듯하였다. 과연 순영은 몹시 변하였다. 그렇게 항상 방글방글하던 아이가 요새는 말도 없고 항상 무엇을 생각만 하고 있는 것 같다고 동무들이 모두 이상하게 여겼다. 그러나 동래온천 일은 하나님밖에는 아는 이가 없는 듯하였다.

45회　꽃피는 봄이 되어 순영은 사년급에 진급을 하였다. 명년이면 졸업이다. 봄 방학 동안에 순기는 여러 번 순영을 불렀으나 순영은 그 부름에 응하지 않았다. 순영은,

"하나님, 제 죄를 용서하여 주시옵소서. 저를 버리지 마시고 당신의 뜻대로 써 주시옵소서."

하고 그 추운 겨울밤에 학교 뒤 바위 밑 눈 위에 꿇어 엎디어서 울고 회

개하는 기도를 올리고 자기도 인제부터는 결코 결코 짐승과 같은 남자를 접하지 아니하고 P부인 모양으로 일생을 교회 일과 교육에 바치리라고 결심을 하였다. 그러고는 P부인에게 동래온천 사건도 다 자백해 버리고 P부인이 세상을 떠나는 날까지 그와 늘 함께 있으리라고 결심을 하고 그 이튿날하학 후에 P부인의 방에를 찾아갔으나 마침 다른 손님들이 있어서 말을 못하고, 그러고는 어찌어찌 점점 결심이 무디어서 그런 말을 할 생각이 없어지고 그럭저럭 한 학기를 지내었다.

그러다가 학년 시험이 끝난 뒤에 김씨가 P부인 집에 와서 한번 더 순영에게 약혼을 청할 때에 순영은 이때야말로 내 결심을 말할 기회로구나 하고 이렇게 담대하게 말하였다.

"P선생님, 저는 일생에 혼인을 아니하고 선생님을 따라서 교회 일과 교육에 종사하기로 결심하였습니다. 죄 많은 저를 버리지 않으시면 인제부터 일생을 선생님 곁에 있게 해 주시오."

하고 P선생에게 대한 말로써 김씨의 청혼을 거절해 버렸다.

그 순간에 순영은 마치 눈앞에 하나님을 뵈옵는 듯하였다. 그가 자기의 머리에 손을 얹으시고,

"사랑하는 딸, 순영아, 내가 네 죄를 다 용서한다! 그리하고 네게 나의 복음을 전하는 사도의 힘을 준다."

하시는 듯하였다.

순영은 마치 기절하는 사람 모양으로 천지가 아득하여짐을 깨달았다. 다시 정신을 차린 때에 순영은 실심한 듯이 앞에 고개를 수그리고 앉았는 김씨의 기름 흐르는 머리를 가엾게 여기는 듯이 내려다보며,

"김 선생님!"

하고 불렀다.

벌써 약혼반지까지 준비하여 가지고 오늘은 꼭 순영을 내 손에 넣으리

라고 친한 친구들에게는 그날 저녁에 새로 지은 집에서 약혼 피로로 한턱 내기까지 약속하여 놓았던 김씨는 죽었다가 깨어나는 사람 모양으로 고개를 번쩍 들었다. 그의 좀 간사하고 아첨하는 듯한 눈에는 눈물이 빛났다.

순영은 높은 자리에서 밑에 있는 자에게 호령하는 듯한 훈계하는 듯한 태도로,

"선생님께서도 이미 한번 혼인하셨던 일도 있고, 또 연세도 사십이 가까우니 인제는 혼인하실 생각은 마시고 사도 바울의 말씀과 같이 독신으로 하나님 일을 하시지요. 지금 우리 조선에는 일신의 행복을 돌아보지 않고 하나님과 민족의 일을 위해서 일생을 바치는 이가 많아야 하지 않겠습니까. 선생님같이 학식도 많으시고 명망도 높으신 어른이 그런 일을 아니하시면 누가 합니까. 저는 선생님 같으신 어른이 이 여학생을 따라다니는 양을 보면 제가 부끄러워 못 견디겠습니다." 하였다.

이 말에 김 씨는 물론이어니와 P부인도 너무 의외여서 어안이 벙벙하여 한참은 말이 없었다.

순영은 그러고는 일어나 나왔다. 문 밖에는 서너 계집애가 순영이 약혼한다는 소문을 듣고 지키고 엿듣고 섰다가 순영이 나오는 것을 보고 모두 비켜나면서,

"얘, 참 시원스럽게도 말을 했다. 그 김가 녀석의 낯바닥을 좀 보았더면."

하고 킥킥 웃으며 달아났다.

김씨는 순영에게서 이러한 선고를 받고 나와서는 머리가 아프다 하고 어디로 가 버리고 말고, 서울 안에서는 한참 동안 그를 볼 수가 없었다. 그리고 이 이야기는 순영의 말을 엿듣던 세 계집애 입으로 전지전지하여 교회 안에서는 쪽 돌았다. 다들 이 말을 듣고는 재미있다고 웃었다. 그리고 순영의 믿음이 굳고 생각이 도저한 것을 칭찬도 하고 비웃기도 하였다. 그러나

순영의 맘은 여름 구름과 함께 움직이기를 시작하였다.

46회　순영의 맘은 결코 편안하지를 못하였다. 그의 맘 한구석에는 항상 바람이 될지 비가 될지 검은 구름점이 떠돌았다. 그러할 때마다 순영은 기도를 하였으나 하나님이 자기의 기도에 귀를 기울이시지 않는 듯하였다. 이 모양으로 여름도 점점 깊어서 방학 때가 가까워졌다.

　하루는 하기 시험 준비를 하느라고 순영이가 인순과 함께 복습을 하는데 고등과에 다니는 아이 하나가 와서,

　"순영 씨, 사감 선생님께서 오시래요."

　하고 불렀다.

　"사감 선생님?"

　하고 순영은 놀랐다. 사감 선생님은 사월 학기부터 새로 들어온 분이다. P부인이 사감을 겸하여 오다가 점점 나이 늙고 몸이 괴로울 때가 많아서, 미국에서 금년에 새로 대학을 마치고 돌아온 강 부인이라는 이가 사감이 되었는데, 이이가 사감이 된 후로는 학생들은 맘을 펼 새가 없었다. 그는 애정은 조금도 없고 오직 엄하기만 한 선생이었다. 그가 젊어서 기생으로 있다가 중간에 강 참령의 첩으로 갔다가 강 참령이 죽은 후에 거기서 얻어 가지고 나온 몇천 원 돈으로 단연한 결심을 하고 미국을 갔다. 간 지 7년 만에 대학을 졸업하고 왔다. 그래서 강 부인이라면 여자의 모범으로 일반에게 많은 추앙을 받았다. 그러나 자기의 과거가 과거이기 때문에 마치 여자이던 모든 것——즉 애정이라든가 부드러움이라든지 이런 것은 다 내버리고 남자 중에도 가장 쌀쌀하고 매서운 남자와 같이 되어 버려서, 학생들은 그의 앞에 불려가면 검사의 앞에 불려간 죄인 모양으로 벌벌 떨었다.

　"무슨 일이야. 사감 선생님이 왜 너를 부르니?"

　하고 인순이도 의아롭게 여겼다.

순영이가 강 부인의 방에 들어갔을 때에는 강 부인은 타이프라이터에 무슨 편지를 쓰느라고 순영이가 인사하는 것을 거들떠보지도 아니하였다. 사람을 불러 놓고 짐짓 무슨 일을 계속하는 것은 불길한 징조인 줄은 학생들이 잘 안다. 순영도 마음이 놓이지를 않았다. 그의 눈에는 동래 사건이 번쩍하였다.

'그러나 그것을 알 리야 있나' 하고 순영은 태연하게 강 부인의 편지 찍는 것이 끝나기를 기다리고 우두커니 서서 방안을 둘러보았다. 방안에는 예수, 마리아, 사도들, 강 부인의 선생들, 이러한 그림과 사진이 둘려 걸리고 사치한 빛은 하나도 없었다. 강 부인에게 남은 것은 그의 천연한 미인의 자태와 옷 모양이다. 옷은 대개 검은 빛이나 산동주 빛밖에 아니 입건만 감은 퍽 값가는 것을 택하고 모양도 심히 얌전하였다.

'참 젊어서는 미인이었겠다' 하고 순영은 소곳하고 앉아서 타이프라이터를 찍는 강 부인의 한편 쪽 얼굴을 바라보면서 생각하였다. 그의 이마에서 콧마루를 지나 동그레한 턱을 내려온 선이 어떻게 예뻤는지 몰랐다. 비록 가까이 가 보면 얼굴에는 가는 주름이 약간 있지만 이렇게 몇 보쯤 떠나서 보면 젊은이의 살과 같이 부드럽고 윤택하였다. 다만 나이는 속일 수가 없어서 살빛이 좀 누렇다. 이것은 강 부인의 젊어서부터 가지고 오는 자궁병에도 관계가 될 것이다.

이런 생각을 하고 섰을 때에 타이프라이터 소리가 뚝 그치며 강 부인은 고개를 들고 오른편 둘째손가락을 한 번 꼬부린다. 이것은 가까이 오란 말이다.

순영이는 강 부인의 책상머리에 섰다.

"자 이것을 보아."

하고 양봉투에 넣은 편지 한 장을 주며,

"그것을 보고 내게 할 말이 있거든 내가 이 편지봉투를 쓰는 동안에 생각을 해두어."

하고 봉투를 꺼낸다. 피봉에는 "W학교 김순영 양"이라고 썼다. 그러고
는 붉은 연필로 니은 자 표를 하였다. 이것은 사감 선생이 검열하다가 '불
온'하다고 인정하는 표다. 이러한 편지를 받는 학생은 대개는 그 이튿날 기
도회 시간에 여러 사람 앞에서 책망을 당하고 적더라도 한 번은 사감실에
불려서 눈물이 쏟아지도록 책망을 당하는 법이다.

순영은 떨리는 손으로 그 편지를 뽑아 들었다.

47회 그 편지 속에는 차마 입에 담지 못할 말이 쓰여 있었다. 대강 뜻은 순
영이가 백윤희와 동래온천에서 추한 관계를 맺었다는 말과 그러고도 시치
미 떼고 가장 깨끗한 처녀인 듯이 빼고 있다는 말과 만일 제 죄를 회개하고
곧 학교에서 나오면 좋지만 만일 안 그러면 좋지 못한 일을 당하리라는 위
협이었다.

순영은 앞이 아득해졌다.

'누가 이런 줄을 알았을까? 아무도 알리는 없는데.' 그러나 순영은 이럴
때가 아닌 것을 깨달았다. 그래서 그 편지를 도로 봉투에 넣어서 사감의 책
상 위에 놓았다. 이렇게 태연하게 하는 것이 좋으리라고 생각한 까닭이다.

"그래 이게 웬 소리요?"

하고 사감이 철필을 픽 집어 내던지며 물을 때에,

"저는 모릅니다."

하고 순영은 기가 막히는 모양을 보였다.

"작년에 동래 갔던 일은 있소?"

하고 사감은 순영의 가슴속을 꿰뚫어 보려는 듯한 눈으로 순영을 본다.

"네, 오빠허구 가서 하루 묵어서 왔습니다… 누가 무슨 원혐으로 그런
편지를 했는지 저는 몰라요."

하고 순영은 울었다.

사감은 한참이나 순영의 모양을 바라보더니 그의 얌전하고 천연한 태도에 정이 드는 듯이 일어나 순영의 어깨를 만지며,

"어서 나가오! 내 잘 조사해 보지." 한다.

순영은 사감 방에서 나왔다. 그러나 그의 유순한 태도가 도리어 순영의 가슴을 찔렀고,

"잘 조사해 보지" 하는 말이 냉수를 머리에서 내려얹는 듯하였다.

방에서 인순이가 근심스럽게 기다리고 있다가 순영이가 낙심해서 돌아오는 것을 보고,

"애, 왜 부르던? 어떤 못된 놈이 무슨 편지나 했던?"

하고 동정하는 눈을 향한다. 순영은 말없이 고개를 끄덕끄덕하였다.

"어떤 놈이 무어라고 했어?"

"……."

"걱정 말아…. 너 울었구나. 그까짓 사내놈들이 그런 편지를 했으면 어떠냐? 그까짓 편지야 밤낮 오는 걸."

이 모양으로 대답도 없는 자기를 보고 위로하느라고 애를 쓰는 인순의 호의까지도 순영에게는 도리어 바늘방석과 같이 온몸을 찌르는 듯하였다.

그 편지가 순영의 한참 동안 고요하던 마음을 흔들어 놓았다. 왜 모처럼 잊어버리려 하던 순영의 양심의 괴로움을 새로 끌어일으키나, 모처럼 순영이 자기까지도 아주 그 더러운 기억을 잊어버리고 일생을 P부인과 같이 깨끗이 살아가겠다고 결심한 때에 무엇하러 그러한 편지가 들어왔나. 그 편지를 한 사람이 누구인지 모를수록 더욱 그것이 심상한 사람의 짓은 아니요 무슨 피할 수 없는 운명의 소위인 듯하여 몸서리가 치도록 무서웠다. 이번 뿐이 아닐 것이다. 이 알 수 없는 시커먼 손이 일생을 두고 순영을 따라다니면서 야속하게도 순영의 옛 기억을 끌어내서는 순영의 간을 바짝바짝 졸일

것 같다. 그러다가 언제나 한번 순영의 부끄러운 옛 기억을 말썽 많은 사람들 앞에 펴 놓고 그 시커먼 큰 손이 큰 소리로 외쳐서 자기의 죄상을 들추어 자기로 하여금 영영 고개를 들지 못하게 할 것도 같았다.

이렇게 생각할 때에 순영에게는 모든 사람이 다 무섭고 의심이 났다. 인순이까지도 자기의 비밀을 죄다 알고 있으면서 자기를 빈정거리고 맘 졸이게 하느라고 모르는 체하는 듯하고, 무심코 찾아오는 동무들까지도 심술궂게 자기의 눈치만 보러 오는 듯하였다. 그래서 사감 방에서 나온 뒤로부터 순영은 잠시도 맘의 평안을 얻지 못하고 지금까지 따뜻하고 행복스럽던 온 천지가 변하여 순영에게 저주의 독한 눈살을 몰아 붓는 것 같았다.

"아 죄값이다!" 하고 순영은 그날 밤에 학교 뒤 큰 바위 밑에서 혼자 탄식하였다.

48회 '암만 해도 나는 깨끗한 사람이 되지 못한다. 그 알지 못할 검은 손이 한사코 나를 따라다니면서 동래 사건을 가지고 나를 비웃고 위협할 것이다. 별수 없다, 별수 없다.'

시험을 다 마치는 날 순영은 혼자 이렇게 생각하였다.

아무려나 사감 선생에게 그 편지가 온 때부터 사감 선생과 P부인이 순영에게 대한 태도가 퍽 변하여진 것 같다──싸늘해진 것 같다. 예전 같으면 마땅히 자기에게 시킬 만한 일도 일부러 자기를 따고 남에게 시키는 듯하였고, 명년에 미국 보내는 것도 혹은 인순이를 말하고 혹은 순영이와는 아주 원수라 할 만하게 서로 미워하는 혜원이 말도 하게 되었다 하며, 그렇게 생각해서 그런지는 모르거니와 근래에 와서는 혜원이가 자주 P부인을 찾는 듯도 하고, 또 예전에 순영이 자기 일신에게 모였던 전 학교의 사랑과 존경이 점점 자기의 몸을 떠나며 반은 인순에게로 반은 혜원에게로 가 버리고 말고, 자기는 비웃는 눈으로밖에는 돌아보지도 않는 듯하였다. 그래서 그는 마치 맏딸 아기의 특권을 빼앗긴 모양으로 한끝으로는 서운도 하고 원통하기도 하고 또 원망스럽기도 하였다. 그놈의 뾰죽뾰죽한 학교 집까지도 미웠다. 물론 다른 사람들이 순영의 비밀을 알 리는 만무하지만 순영의 맘에는 모든 사람이 다 자기의 비밀을 알고 자기를 돌려놓는 듯만 싶었고 또 학교 안 사람들도 웬일인지 순영에게 대하여 다소간 범연스러운 태도를 취하게 된 것도 사실이다. 그것은 말하자면 여러 사람의 잠재의식과 순영의 잠재의식과가 서로 교통하는 까닭이라고나 할까.

이리하여 시험을 다 끝내는 날까지에 순영은 아주 세상에 모든 희망을 잃어버린 사람같이 되어 버렸다. 그래서 P부인한테도 될 수만 있으면 안 가고 인순이와도 될 수만 있으면 말을 하지 않았다. 그리고 기회 있는 대로 혼자 있기만 원하였다. 이것이 P부인이나 인순의 눈에 안 띄었을 리가 만무하고 또 근심이 안 될 리가 없었다. 그러나 그네들은 순영의 눈치만 볼 따름이요, "너 무슨 까닭이 있구나" 하고 물어 보고 싶으면서도 참았다. 그러고는 각각 여러 가지 상상으로 순영에게 일종의 의심을 가지게 되었다.

방학 되는 날 다른 학생들은 다 집으로 달아났으나 순영은 데리러 오는 사람도 없었고 또 오라는 말도 있기 전에 둘째오빠의 집에 가기도 싱거웠다. 그렇지만 학교에는 있기가 싫었다. 둘째오빠의 집에라도 가고 싶었고 아무 데고 좋으니 학교 아닌 데면 좋을 듯싶었다. 그래서 갈까, 방학되었으니 데리러 와 달라고 엽서를 할까, 하고 온종일 학교 마당으로 헤매다가 그날 밤은 인순이와 같이 자고 이튿날 식전에 순영이가 둘째오빠에게 데리러 와 달라는 편지를 부치려 할 때에 삼월 방학에 하던 모양으로 어멈과 인력거가 왔다. 순영은 뛸 듯이 기뻤다.

"언니, 나는 가오!" 하고 여러 날 만에 처음 웃는 낯으로 인순에게 인사하고는 그냥 뛰어나오다가 잊었던 것을 생각하는 듯이 P부인에게로 뛰어가서 하직을 하고 나오려 할 적에 P부인은 근심스러운 듯이 순영을 붙들며,

"순영이 요사이에 무슨 괴로움이 있소? 괴로움은 다 죄요. 괴로움을 맘 속에 오래 두면 영혼이 썩어지오. 순영이 지금 대단히 위태한 때요. 사람 한 번 잘못하면 아주 일생 잘못하는 것이오. 내 들으니 순영의 둘째오라버니 좀 좋지 못한 사람이오. 순영이 조심하오. 나는 순영이를 딸같이 사랑했소. 그런데 순영이 지금 좋지 못한 괴로움이 있는 것을 보니 슬프오."

하고 만족한 대답이나 구하는 듯이 눈물이 그렁그렁한 눈으로 순영을 내려다본다.

P부인의 말은 마디마디 순영의 가슴을 찌르는 듯하였다. 일찍 김씨를 충고할 때의 여왕과 같은 자기의 태도와 감옥의 교회사의 훈계를 듣는 파렴치죄의 죄수와 같은 오늘의 그의 태도에는 무서운 차이가 있었다. 순영은 그 차이를 볼 때에 정신이 아뜩하도록 슬펐다.

49회 학교 문을 나설 때 순영은 말할 수 없이 괴로웠다. 10년 적공이 아무 것도 남은 것이 없는 듯하였다. 그래서 아주 영원히 학교를 작별이나 하는 듯이 슬픈 얼굴로 다시금 뒤를 돌아보았다.

'아아, 다시 만날 수 없는 무엇을 내가 잃었다' 하고 긴 궁장宮牆: 궁궐을 둘러싼 성벽을 끼고 인력거에 흔들리면서 순영은 생각하였다.

'암만해도 인생이 찌그러지었다' 하고 순영은 자기도 무슨 뜻인지 모르면서 이렇게 생각을 하고는 그 생각이 재미있다는 듯이 혼자 웃었다. 그러할 때에 인력거가 대한문 큰 거리에 나왔다. 거기는 더운 날이지만 자동차도 다니고 일인, 청인 할 것 없이 사람들도 많이 다녔다. 기숙사에서 생각하던 세상과는 다른 세상이다. 저 사람들은 사감 선생의 절제도 받지 아니하고 기도회 시간도 두려워하지 않고 살아간다. 모두 제멋대로 먹고 마시고 지껄이면서 곧잘 살아간다. 보라, 그들의 더위에 상기한 땀 흘리는 얼굴에는 자유로움이 있지 아니한가.

이렇게 생각할 때에 순영은 지금까지 자기의 몸을 내리누르던 무거운 무엇이 떨어져 나가는 듯이 몸이 가뿐해졌다. 그리고 인력거가 북악을 향하고 달릴 때는 난데없는 서늘한 바람조차 자기의 근심에 타는 몸을 샅샅이 식혀 주는 듯하였다.

'에라, 세상은 넓은 것을' 하고 순영은 유쾌하게 길가는 사람들을 바라보았다.

모든 것은 순영의 마음대로 되었다. 도리어 바라던 이상으로 되었다.

"얘, 백이 날더러 너를 데리고 원산 별장으로 오라고 했다."

하고 순기는 순영이가 아주 똑 잡아떼는 태도가 없어진 것을 본 뒤에 편지 한 장을 양복 주머니에서 꺼내어 주면서 말하였다. 그 편지에는 이러한 구절이 있다.

"…… 이 별장은 어떤 이태리 부인이 원산 경치를 사랑하여 지어 놓은 것이라고 하오며 오래 돌아보지 아니하여 집이 퇴락하고 마당과 길에는 풀이 자랐사오나 그것이 도리어 운치 있사옵고 달밤에 난간에 기대어 바다와 먼 산을 바라보는 경치는 내 자랑 같지마는 더할 수 없이 상쾌하여이다. 그러나 이것도 다 그이를 위한 것이라, 그이가 있고서 쓸 데 있는 것이니 오는 십오일 전으로 형도 함께 오시기를 바라오며 먼저 기별하시면 정거장에 나가 맞으려 하나이다. 또 이곳은 원산 시가에서 발동기 배로도 한 시간이나 넘어 오는 데라 극히 조용하오며……"

이러한 심히 긴 편지다. 그런데 그 편지의 군데군데에 거슬리지 아니할 만큼 점잖게 순영이를 그리워한다는 뜻과 모든 것을 순영을 위하여 한다는 뜻을 표한 것이 순영이 보기에 퍽 아름답고 점잖았다. 다만 영문식 교육을 받은 순영에게는 한문식인 백의 어조가 불만한 듯한 점도 있었지만 그래도 그 속에 말할 수 없는 은근한 맛이 있었다.

'짐승 같은 것!' 하고 그를 물어뜯어 주고 싶던 생각보다도 그의 불덩어리같이 뜨거운 살이 그립고 힘 있게 자기를 꽉 껴안던 두 팔이 그리워졌다.

'내가 왜 이렇게 변했을까. 며칠 동안에?' 하고 혼자 물었으나,

'가는 대로 가자. 인생의 향락이 여기 있지 아니하냐' 하고 쌩긋 웃어 버리고 말았다.

"그래 너 가련?"

하고 순기가 근심스럽게 순영에게 물을 때에

"글쎄."

하고 주저하는 듯한 순영의 대답을 듣고 순기는,

"글쎄 할 것 없다. 백이 금년 가을에는 아주 혼인식을 해버리기를 원한다고 그러더라. 그러니까 너도 가서 피차에 의논도 해야지! 지난 봄 방학에는 그렇게 간절히 청하는 것을 네가 안 나와서 어떻게 백이 낙심을 했는지 모른다."

하고 순영이가 돌아설 틈이 없게 복병을 해 놓았다.

"예전 동래서 모양으로 혼자 내버리고 달아나지 않으신대야."

하고 순영은 어리광을 부렸다. 순기는,

"글쎄 달아나지 말라면 안 달아나지."

하고 빙그레 웃었다. 순영은 얼굴이 빨개졌다.

50회 이리하여 순영은 한여름을 원산 바다 외딴 섬 별장에서 백으로 더불어 아무도 꺼리는 사람 없이 순전한 부부생활을 하였다. 처음에는 인사 체면도 돌아보아서 딴 방에 자리를 폈으나 일주일이 못하여서 아주 한자리에서 자는 생활을 하게 되었고, 오직 삼사일에 한 번씩 몸이 피곤한 것을 쉬기 위하여 딴 방에서 잤다. 순기도 상당한 핑계를 만들어 가지고는 이삼일이 못하여 가 버리고 별장에는 하인들밖에 아무도 아는 사람이 없이 되매, 또 순영이도 점점 수줍은 티와 학교에서 쓰고 있던 탈을 벗어 버리게 되매, 백

과 순영과는 마치 여러 해 같이 살아 온 흠 없는 내외와 같았다. 순영이가 10년 동안 학교에서 얻은 금박은 극히 떨어지기 쉬운 것이었다. '아무도 보는 이'가 없으매 그 금박은 일주일이 못하여 벗어져 버리고 말았다. 그리고 순영은 차차 백과 동무하기 위하여 술 한 잔을 마시기와 담배 한 모금 빨기까지도 가장 쉽게 배워 버렸다.

바다로 향한 누마루 위에 비스듬히 누워 독하고 단 서양 술에 얼근히 취하여 향기로운 청지연을 피우고 있는 순영의 모양은 여학생 시대의 얌전보다도 무섭게 사내를 호리는 힘이 있었다. 심부름하는 하인들까지도 입을 비죽거릴 만큼 두 사람의 태도는 나날이 난잡하게 되었다.

"결혼식은 언제할까?"

하고 백이 물으면,

"흥! 결혼은 먼저 하고 식은 나중에 하는구려."

하고 순영이가 담배 연기를 백의 얼굴에다 푸우 불어 보내며 빈정거린다.

"누군 안 그러나?"

"허, 허, 계집애들은 다 못 쓰게 되겠소. 세상에 당신 같은 불량한 이가 많으니깐 결혼은 먼저 하고 식은 나중하게 되는구려⋯. 왜 나도 본래는 이런 계집애가 아니라오."

이러한 회화를 하게 되었다. 심지어 몇 번 내외 싸움까지 하게 되었다.

방학 때가 가까워 순기와 함께 발동기선을 타고 근 50일 만에 백의 별장에서 나올 때에는 순기도 기막히는 듯한 얼굴로 순영의 얼굴을 물끄러미 아니 바라볼 수 없었다.

"왜 그렇게 처다보세요? 모두 오빠 때문이지요!"

하고 순영은 에라 빌어먹을 깃 하는 태도로 바스켓에서 청지연 하나를 꺼내어 피워 물었다.

"너 담배 먹니?"

하고 순기도 놀랐다.

"무언 못 먹어요? 술은 못 먹어요?"

하고 순영은 일부러 하는 모양으로 청지연 연기를 해풍에 길게 날리면서,

"그래 오빠 장사는 잘되어요?"

하고 빈정거리는 듯이 물었다. 순기는 미안도 하고 무안도 하다는 태도로 외면을 하면서,

"애야, 가을에는 결혼식을 해버리자. 백도 그것을 원하는 모양이다."

하고 동문서답을 한다.

"흥! 아무 때나 하지요! 그런데 장사는 잘돼요?"

"그저 그렇지…. 아차 저기 물고기가 뛰는구나!"

하고 순기는 일어나 순영의 말소리가 안 들릴 만한 곳으로 가 버렸다.

"흥! 원산만 떠나면 이것도 못 먹지."

하고 순영은 또 궐연 한 대를 피워 물고 무심도 한 듯이, 다한도 한 듯이 파란 바닷물을 내려다보았다. 벌써 가을 맛이 있다. 하늘에 그은 산의 날들이 분명하였다.

그날 밤 11시 차에는 해수욕장에 왔던 손님들이 많이 탔다. 순영은 아는 서양 사람과 조선 사람을 많이 만났다. 그러나 조금도 꺼림 없이,

"용서하세요. 나는 몸이 곤해서."

하고 침대로 들어가고 말았다.

'50일!' 하고 순영은 50일 동안 백과 같이 지나던 일을 생각하였다. 그러할 때에는 지금 차에서 만났던 선교사 부인, 교사, 장차 혼인하려는 사람, 여학생, 이러한 사람들과 기숙사에 있는 P부인, 인순이, 이러한 사람들이 생각났다. '50일! 아아 과연 변화 많은 50일이다!' 하고 순영은 한숨을 쉬었다.

과연 이 차로 올 때의 순영과 지금 갈 때의 순영과는 무섭게도 달라진 딴 사람이었다.

51회 기숙사에 돌아온 순영은 전이나 다름없이 어여쁘고 얌전하였다. 도리어 여름 방학까지에 가지고 있던 근심스러운 빛도 다 없어지고 예전과 같이 유쾌하게 방글방글 웃게 되었다. 인순이도,

"너 이번 여름에 퍽 좋았던 게다. 혈색도 좋아지고 또 정신도 쾌활하게 되었으니."

하고 기뻐해 주었다. 그러면 순영은,

"응, 아주 경치가 좋아. 공기도 좋고⋯."

하고 천연덕스럽게 대답하였다.

처음 며칠은 담배와 술이 좀 먹고 싶어서 괴로웠으나 아직 그렇게 인박힌 것은 아니라 삼사일이 지나매 그다지 견디기 어렵도록 먹고 싶지는 않았다. 그래서 퍽 유쾌하게 며칠을 지냈다. 그러는 동안에 크리스마스 임시해서는 백과 혼인식을 거행하기로, 또 그 혼인식은 예수 교회 예식으로 예배당에서 거행하기로 모두 승낙을 하였으나 다만 절대로 비밀을 지키고 있었다.

순영은 돈과 육의 쾌락이 심히 기뻤다. P부인을 따라가거나 인순과 뜻을 같이 하거나 그런 일은 침 뱉어 버릴 우스운 일이요, 아직 세상 모르는 어리석은 계집애들의 꿈이라 하였다. 과연 선주의 말은 옳았다. 선주는 자기보다는 아무리 보아도 선진이라고 감탄하지 아니할 수가 없었다. 그러나 지금은 순영이 자신도 깨달았다 ─ 지혜로운 사람이 된 것이다. 그래서 그는 P부인이며 다른 동무들을 비웃는 눈으로 내려다보고 속으로는,

'이것 봤구' 하고 자기의 영화로움을 자랑하는 태도를 가졌다.

하루는 순영이 자기의 행복을 감추려다 못하여 조용한 틈을 타서 인순

에게 자기가 혼인 정했단 말을 자랑삼아 하고 앉았을 때 보통부 어린 여학생 하나가 순영에게 편지 한 장을 전하고는 아무 말도 없이 달아나 버린다.

순영은 무심중 놀라면서 그 편지를 떼어 보았다. 노트북 장에 철필로 똑똑하게 길게 쓴 편지다.

"나의 사랑하는 순영 씨께" 하는 허두를 읽어 보고는 얼른 편지 끝을 보았다. '신봉구' 하는 이름이 씌어 있다. 순영은 숨이 막힐 듯이 깜짝 놀라며,

"아, 신봉구!"

하고 소리를 쳤다.

"신봉구?"

하고 인순도 같이 놀라며 순영의 손에서 떨리는 편지 끝을 보았다.

"그이가 언제 감옥에서 나왔니? 어디 그 편지 좀 보자."

순영은 정신없이 봉구의 편지를 인순에게 주었다. 그러고는 멀거니 3년 전 셋째오빠 순흥과 봉구와 자기와 함께 피신해 다니던 일과 봉구가 붙들려 간 뒤에 자기가 남모르게 한참 동안 애를 태우던 것과 그후 아주 잊어버리고 말았다가 작년 겨울 동래온천에서 우연히 생각나서 그리워하던 일과 또 그때부터 지금까지에 자기가 지내 오고 변해 온 여러 가지 일을 번개같이 생각하였다. 그러다가 인순이가 읽는 편지 소리에 깜짝 정신이 들었다.

"…… 나는 감옥에 있는 동안에 한 시각도 순영 씨를 잊은 일이 없나이다. 내가 아니 잊으려 하여 그러한 것이 아니라 아무리 잊으려 하여도 잊을 수가 없어서 그러함이로소이다. 만일 세상에 다시 나아가 당신을 뵈오리라는 희망이 없었던들 이 사람은 벌써 죽어 버리고 말았을 것이로소이다…. 내게는 아무것도 없나이다. 아시는 바와 같이 돈도 없고 학식도 없고 명예도 없고 오직 빨간 마음 하나와 든든한 주먹 둘이 있을 뿐이오니, 빨간 마음이 족히 순영 씨를 사랑할 것이요 든든한 주먹이 족히 순영 씨의 입으실 것과 자실 것을 벌어들일 것이로소이다…. 비록 세상이 모두 황금만능주의로

변하였다 하더라도 순영 씨는 결코 그러시지 아니할 줄을 확신하나이다….
아시는 바와 같이 내게는 오직 늙으신 모친 한 분이 계실 따름이오며…. 지
금 동지요 또 사랑할 벗 되는 순흥 형이 오직 옥중에서 고초를 당하는 이때
에 내가 먼저 나와서 이러한 편지를 쓰는 것이 심히 죄송하오나 나에게는
생사 문제라 염치를 불고하고 이 편지를 쓰나이다….”

52회 “애, 이거 큰일났고나!”

하고 인순은 편지를 더 눈으로 가까이 끌어가며 말했다. 순영은 말이
없었다. 그러나 그의 얼굴에는 심히 슬픈 기운이 떠돌았다.

“…… 순영 씨 나는 이로부터 나의 몸과 마음을 모두 당신에게 바치나
이다. 만일 내가 조선을 사랑하는 마음이 있다 하면 그것은 당신을 낳고 길
러 준 나라이기 때문이로소이다. 순영 씨! 사랑의 힘이 어찌하면 이다지 크
고 무서우리까. 그 뜨거움이 눈 깜짝할 사이에 나를 온통 살라 버릴 듯하여
이다…. 나는 당신의 앞에 이렇게 두 무릎을 꿇고 두 팔을 들어 당신의 손이
이 불쌍한 영혼을 쳐들어 일으키기를 고대하고 있나이다…….”

몽롱한 순영의 정신에 인순이가 읽는 봉구의 편지 구절이 높았다 낮았
다 멀었다 가까웠다 울려 올 때마다 자기도 경기구 모양으로 또는 풍랑 사
나운 바다 위로 흘러가는 조그마한 배 모양으로 오르락내리락 뜨락잠기락
하면서 끝없는 허공으로 가물가물 떠내려가는 것 같았다. 그렇게 움직임을
따라서 슬픔과 반가움과 깨끗함과 더러움과 에라 빌어먹을 하고 자포자기
하는 생각과 가슴이 쓰린 뉘우침과 이 모든 정서情緖들이 비비 틀리고 꼬여
이상야릇한 끈을 이룬다.

“애, 이이가 무섭게 너를 사랑하는구나!”

하고 인순은 편지를 무릎 위에 놓고 깊이 동정하는 듯 또 처음 당하는
무서운 경험에 놀라는 듯이 탄식하였다. 과연 인순에게는 남자의 이러한 편

지는 처음이었고 따라서 이렇게 뜨거운 사랑의 고백은 처음이었다. 그 편지의 구절구절이 모두 불덩어리 같았다. 그 말 구절 중에 하나만 사람의 몸에 닿더라도 몸이 펄펄 타오를 듯하였다. 이러한 감격을 받을 때에 인순은 알 수 없이 가슴이 두근거리고 얼굴이 화끈화끈함을 깨달았다. 그 편지가 마치 자기에게나 온 듯하였다.

순영은 한 손으로 고개를 고이고 색색 한숨만 지우고 말없이 무엇을 생각하고 있을 때에 인순이가 도리어 마음이 바빴다.

"얘, 무어라고 답장을 해 드려라… 그이가 아무렇게나 말할 이가 아니다. 그때에 안 보았니? 무서운 이다!"

"무어라고 답장을 해요?"

하고 순영은 어찌할 줄을 모르는 듯한 눈으로 인순을 보았다.

"순영아! 될 수 있거든 그이헌테로 가려무나."

"가닷게?"

"봉구 씨하고 혼인하란 말이다. 백씨하고 혼인하면 너 말 많이 듣는다… 또 백씨가 너를 이만큼 사랑하겠니? 돈 있는 사람은 사랑도 돈으로 사는 줄 알고 있다고, 그 말이 옳아. 봉구 씨는 네게 몸과 맘을 다 바친다고 안 그러니?"

"몸과 맘?" 순영은 "몸과 맘을 먹고 사오?" 하려다가 말았다. 그리고 자기에게 이러한 생각이 나는 것이 부끄러운 듯하였다.

순영의 마음에는 난데없는 봉구가 뛰어들어와 평화를 어지럽게 하였다. 동대문 밖 고래등 같은 큰 집에 여송연을 피워 들고 선 백과 때 묻은 학생복을 입고 머리를 아무렇게나 갈라 넘긴 봉구와 두 사람이 순영의 분홍꽃 핀 맘 동산을 서로 제 것을 만들려고 싸운다. 백은 "엇다, 금강석 반지를 받아라! 자동차를 받아라! 음란한 육욕의 만족을 받아라!" 하고 거만하게 점잖게 자기를 부르고, 그와 반대로 봉구는 "내 몸을 받으소서. 내 맘을 받으소서"하고 자기의 발밑에 꿇어앉았다. 순영은 그 사이에 서서 이 팔을 내밀까 저 팔을 내밀까 하고 망설인다.

순영에게는 둘이 다 가지고 싶었다. 백에게도 좋은 것이 있었고 봉구에게도 좋은 것이 있었다. 백의 음탕한 것과 돈과, 봉구의 깨끗하고 어린 것과 뜨거운 사랑과 이것을 다 아울러 가지고 싶었다. 순영의 속에는 두 순영이가 있었다. 하나는 백의 순영이요, 또 하나는 봉구의 순영이었다. 만일 한 팔로 백을 안고 또 한 팔로 봉구를 안고 동대문 밖 집에나 원산 별장에 누웠으면 작히나 좋을까. 순영은 이렇게 생각하고 괴로워한다. 그래서 답장도 못하고 있는 동안에 봉구에게서 또 둘째 편지가 왔다.

53회 둘째 편지, 셋째 편지는 갈수록 더욱 열렬하였다. 인순은 순영에게 처음에는 답장하기를 권하였고 그 다음에는 한 번 만나 주기를 권하였다.

순영도 봉구를 만나 볼 마음이 퍽 간절하게 되었다. 그저 보고 싶기도 하고 그의 천진한 사랑도 받아 보고 싶기도 하고 될 수만 있으면 겨울옷 장만할 돈도 좀 얻고 싶었다. 그래서 미리 아무 날 간다고 통지를 해놓고 그날 시간을 맞추어 봉구의 집에 찾아갔다. 그것이 봉구가 예배당에서 순영이가 독창하는 것을 보고 나온 지 이삼일 후이다.

봉구의 집에서 만날 때에는 피차에 별로 많은 말도 하지 아니하였고 다만 순영이가 마침 사흘 동안 연해서 휴가가 생기니 우선 가을옷 장만하기 위하여 돈 200원만 내일 안으로 취해 달라 하고 또한 300원(왜 하필 300원이라 하였는지 그것은 봉구도 모른다)가량만 준비가 되거든 내내주일 금요일 밤 종로 청년회관 음악회에서 만나서 석왕사로 같이 가기를 청하여 봉구도 허락하고 자세한 말은 석왕사에서 하기로 하고 서로 헤어져 버리고 말았다.

순영의 이러한 태도를 보고 봉구는 그가 자기를 사랑하는 것이 물론인 줄 자신하였다. 그래서 갑자기 큰 기운을 얻어서 어머니에게서 자기가 옥중에서 팔아먹다가 남은 땅 문권과 지금 들어 있는 집 문권을 얻어 가지고 그 날, 그 이튿날 종일 쏘다녀서 아는 사람들의 힘으로 제발 빌어서 석 달 삼푼 변으로 돈 500원을 얻어내었다. 그 500원이 손에 들어올 때에 봉구는 어떻게나 기뻤는지 모른다.

"아아! 나는 그이가 구하는 것을 이루었다!" 하고 곧 그 뜻으로 편지를 하였다. 순영은 저녁 먹고 난 틈을 타서 사감 모르게 봉구의 집을 찾아갔다. 봉구는 순영이가 자기에게 끌려온 것을 생각할 때에 황송하기도 하고 기쁘기도 하였다. 그래서 도적질해 온 물건이나 남 모르게 전하는 모양으로 10원짜리 스무 장을 넣은 서양 봉투를 살그머니 순영의 손에 쥐어 주었다.

"에그, 얼마나 애를 쓰시었어요."

하고 순영은 그 돈을 얼른 손가방에 넣고 그대로 돌아서 나가려다가 잠깐 서서 생각하더니 핑그르르 몸을 돌려 봉구에게 안기는 듯, 그 입을 얼른 봉구의 입술을 스치고는 달아나 버리고 말았다.

봉구는 순영의 입술이 자기의 입술에 닿던 기억을 잃어버리지 않으려는 듯이 우두커니 그 자리에 서 있었다.

이리하여 지금 두 사람은 석왕사를 향하여 가는 길이다. 순영이가 봉구와 만날 때까지의 이야기가 의외로 너무 길어졌다. 그러나 그 이야기를 하지 않고는 이야길 할 수가 없기 때문에 이렇게 지루한 설화를 집어넣은 것이다. 이로부터 이야기가 외줄기로 돌아갈 것이다.

＊　　＊　　＊

봉구는 침대차에 누워 자는 순영을 마치 천사와 같이 깨끗하게 생명과 같이 귀중하게 바라보고 섰다. 그는 순영이가 과거에 어떠한 일이 있었는지 꿈에도 알지 못한다. 다만 순영의 태도가 심히 활발해지고 전에 있던 수줍은 티가 없어진 것과 옷 모양을 내는 것이 이상도 했으나 그것은 순영이가 명춘明春에 대학을 졸업할 여자인 것을 생각할 때에 가장 자연스럽게 보일 뿐이었다.

순영은 티 없는 처녀다. 오직 하나님의 품에밖에 안겨 본 일이 없고 장차 오직 자기의 품에밖에 안겨 볼 일이 없을 그러한 깨끗하고 티 없는 처녀다. 저 하얀 가슴속에는 아직 끌러 보지 못한 사랑의 봉지가 있다! 그것은 오직 나에게만 끌러 놓을 것이다! 봉구는 이렇게 생각한다.

그러할 때에 순영이가 눈을 뜬다. 차가 정거장에 닿느라고 속력을 늦춘 것이 순영의 잠을 깨운 원인이 된 것이다.

"아니, 아직 안 주무세요?"

하고 순영은 봉구의 손을 잡으며 방긋 웃었다. 잠이 다 안 깬 눈에 웃는 웃음이 더 어여뻤다.

54회 "왜 안 주무셨어요? 그리구 나 자는 양만 보셨네, 아이 숭해라."

하고 봉구의 손을 잡지 않은 다른 손으로 눈을 가리더니 벌떡 일어나 앉으며,

"여기가 어디야요? 평강 지내 왔어요?"

하고 눈을 비빈다.

"다음 정거장이 삼방이야요."

하고 봉구도 순영의 곁에 걸터앉았다.

"삼방?"

"왜요? 삼방 와 보시었어요?"

"아니오. 잠깐 들렀었어요…. 아이 그렇게 안 주무셔서 어쩌해?"

"가서 자지요."

"인제 석왕사까지가 몇 정거장이야요?"

"삼방, 고산, 용지원. 인제 셋 남았습니다."

하고 봉구가 일어나서 옷 벗어 놓았던 데 가서 시계를 꺼내어 귀에다

대어 본다.

"벌써 5시나 되었는데요."

순영은 가만히 이윽히 앉았더니,

"기쁘세요?" 하고 봉구의 어깨에 기댄다.

"네." 봉구는 퍽 싱겁게 대답하였다 하고 혼자 낯을 붉혔다.

"저도 기뻐요. 미스터 신이 이렇게 저를 사랑해 주시니깐 기뻐요. 저를 오래오래 사랑해 주세요. 네?"

"오래오래?"

"네, 오래오래. 아주 오래."

"……."

"그러시지요? 그런다고 그러세요…. 네. 오래오래 사랑해 주신다고 그러세요, 네?"

봉구는 말없이 순영을 물끄러미 바라보기만 하였다.

그러다가 순영이가 여러 번 재촉하므로 봉구는 웃으면서 고개를 끄덕하였다. 그런즉 순영은 마치 어른에게 무슨 어려운 일에 허락이나 받은 모양으로 들썩들썩 앉은 춤을 추었다. 그러더니 끓어오르는 정열을 억제할 수가 없는 듯이 봉구를 껴안고 수없이 키스를 하였다. 봉구는 어찌할 줄을 모르는 듯이 순영이가 하는 대로 맡겨 두었다. 그러나 맘속에는 일종의 기쁨도 있는 동시에 일종의 불쾌함도 있었다. 자기가 순영에게 기대한 것은 그런 것은 아닌 듯하였다. 그러나 그것도 좋은 듯도 하여서 봉구는 어떤 게 옳은지 어떤 게 그른지 그만 판단의 표준을 잊어버리고 말았다. 순영이가 하는 일은 아마 모두 옳은 듯하였다. 그렇게 아름다운 순영이가 무슨 일이나 잘못할 수는 없는 것 같다. 그래서 봉구는 맘놓고 순영의 포옹과 키스를 받았다.

이로부터 석왕사 감천정에 있는 동안 봉구는 마치 순영의 장난감과 같왔다. 악의로 하는 장난은 아니라 하더라도 마치 어린 동생이나 자식을 귀애하는 듯한 귀염으로 순영은 봉구를 대하였다. 봉구도 어린아이 모양으로 순영의 어여쁜 손에서 놀았다.

순영은 봉구의 무릎 위에 올라앉았거나 또는 봉구의 무릎을 베고 누워서 이러한 소리를 한다.

"봉구 씨, 다른 여자 사랑해 보신 일 있어요?"

"나요? 없어요! 나는 당신을 사랑하는 것이 첨이요, 마지막이야요."

"허기는 남자마다 사랑하는 여자 앞에서는 다 그런 소리들을 한대──나는 과거나 현재나 미래나 꼭 너 하나밖에 사랑하지 않겠노라고. 그렇지만 천하에 그러한 맹세를 지켜본 이가 있었나요? 아아, 나도 일생에 변치 않고 사랑해 줄 이의 사랑을 받아 보았으면."

순영은 낙심하는 듯이 고개를 돌린다. 그러나 고개를 돌리고는 웃었다.

"정말이오! 내가 거짓말하는 것을 들으셨소? 당신은 나를 안 믿는구려. 어찌하면 나를 믿으실 테요? 응, 염려할 것 없소. 두고두고 보면 내가 어떠한 사람인지 아실 테지요."

하고 봉구는 순영에게 대하여 다소간 분개한 모양을 보인다.

"아이, 노여우셨어요? 이를 어째? 부러 그런걸."

하고 순영은 봉구에게 매달린다.

봉구는 일부러 귀찮은 듯이 순영을 떠밀며,

"순영 씨는 어떠시오? 나밖에 다른 사내를 사랑한 일 있어요?"

하고 순영의 눈을 들여다보았다.

55회 순영은 봉구의 시선이 자기를 내려다볼 때에, 그 시선 속에 자기의 맘을 푹푹 찌르는 날카로운 날이 있는 듯하여서 무심중에 몸서리를 쳤다. 그러나 얼른 그의 특유한 웃음과 찡그림으로 그것을 가리워 버리고,

"내가? 어떻게 생각하시어요? 봉구 씨 생각에는 내가 다른 남자를 사랑한 일이 있을 것 같아요?"

하고 반문하였다.

"글쎄."

"글쎄? 글쎄가 무에요?"

순영은 성내는 모양을 보였다.

"아니, 그런 게 아니라——들으니까 요새 여학생들은 모두 그렇다고 그립디다그려." 하고 봉구는 웃어 버렸다. 그러고는 어조를 고쳐서,

"내가 순영 씨를 그렇게 의심하였다 하면 나는 벌써 순영 씨를 죽여 버렸거나 내가 죽어 버렸거나 했지 아직까지 이렇게 무사하겠어요? 조선 여자를 다 의심하더라도 순영 씨는 의심할 수가 없지요. 자기가 사랑하는 사람까지 의심하고야 어떻게 살아요?"

하고 봉구는 순영을 믿는다는 표정을 보이려는 듯이 한 번 힘 있게 순영의 입에 키스를 하였다.

이 순간에 순영의 눈에는 시퍼런 칼을 들고, "이년! 이 부정한 년!" 하고 자기를 노려보는 봉구의 모양이 번뜻하였다. 그 봉구의 눈에서는 피와 눈물이 흘렀다.

'그럴 것이다' 하고 순영은 한숨을 쉬었다. '그렇게 참된 사람인데, 그렇게 열렬한 사람인데' 하고 봉구의 성격을 생각해 보면 자기가 봉구를 속이는 것이 심히 미안도 하고 또 머지않은 장래에 이 속임의 씨에서 무섭고 큰 비극의 열매가 맺히어 순영의 몸이 그 열매에 눌리고 깔려 부서져 버릴 듯하였다.

'그러나 어떻게 차마 이 말을 하랴. 못해, 못해.' 순영이가 봉구를 속이는 것은 결코 미워서 하는 일이 아니요, 도리어 사랑하므로 하는 일이다. 순영은 봉구를 사랑한다. 더구나 석왕사에 온 지 이삼일 동안에 더욱 깊이깊

이 정이 듦을 깨달았다. 처음에 석왕사에 오려고 할 때에는 비록 어디 순결한 남자란 어떠한 것인가, 음탕한 백과 비겨 어떠한가를 비교해 보려 하는 호기심도 있었지만 그동안 봉구와 기거를 같이하매 봉구의 참됨과 열렬함에 깊이 감화함이 되어 자기도 한 부분은 옛날 순영에 돌아간 듯하였다. 그러나 옛날 순영에 돌아갈수록 봉구에게 진정을 말할 수는 없었다. 자기의 지나간 일을 봉구에게 말한 때에 생길 봉구의 고통은 순영이가 견디기에는 너무 무서울 듯하였다.

하루 이틀 봉구와 같이 하는 시간이 오랠수록 순영은 봉구에게 끌리는 것이 더욱 심하였다. 역시 백은 음탕한 사람이요 짐승 같은 사람이요 자기를 장난감으로 아는 사람이다. 그는 자기에게 대하여 아무 존경도 가지지 않는다. 그러나 봉구는 정말 영혼이 있는 사람이다. 돈이 있는 백과 영혼이 있는 봉구와… 순영은 돈과 영혼과 어느 것을 잡을까 방황하였다. 두 가지를 동시에 가지기는 점점 불가능한 것을 깨달을 때에 순영은 돈을 차 버리고 영혼으로 가 붙을 생각이 났다. 그러나, 그대로 작정할 수도 없었다.

그러나 마침내 순영은 분명히 자기의 태도를 아니 정하면 안 될 때가 되었다.

"여보, 명년 졸업하고 미국 가려오?"

"글쎄…."

"글쎄라니, 학교에서 보낸다지요?"

"보아야 알지, 갈까?"

"가우! 나도 가도록 주선을 해보지요. 한 해 더 있어야 하지만."

"당신도 미국 가려오?"

"순영 씨가 가면 가지. 태평양을 헤엄을 쳐서라도 따라가지."

이러한 이야기를 하던 끝에 봉구는,

"그럼 우리 혼인은 언제 해요? 명년에 당신이 졸업하는 대로 곧 해버릴까, 좀 더 기다릴까?"

하고 중대한 문제를 제출하였다. 순영은 정말로나 거짓말로나 이 문제에 대답하지 않을 수가 없었다.

56회 순영은 곧 대답하기를 피하는 듯이,

"혼인은 꼭 해야만 하우?"

하고 웃고 말았다. 봉구도 그 자리에서 더 다져 묻는 것도 어리석은 듯하여 그만 입을 다물고 말았다.

저녁을 먹고 나서 약수터로 산보를 가려고 할 때 우연히 선주가 어떤 남자와 함께 이야기를 하고 오는 양이 보였다. 가까이 온 때에 본즉 그 남자는 최씨였다.

"아이, 이게 누구여? 사뭇 얼마 만이오?"

하고 선주가 먼저 가까이 뛰어와서 순영의 손을 잡으며,

"이런! 그때 동대문 밖에서는 그렇게도 얌전을 빼더니 금년 여름에는 잘 놀았더구면그래, 에끼 여보! 아기나 안 뱄소? 그래 이번에도 영감과 같이 왔소?"

하고 순영이가 듣기 어려워하는 눈치도 못 알아차리고 한참 떠드는 것을 참다 못하여 순영은 선주의 옆구리를 슬그머니 찌르며,

"쉬쉬" 하고 엄지손가락을 흔들어서 봉구를 가리켰다. 선주는 깜짝 놀라는 듯이 봉구를 바라보았다. 봉구는 내외하는 모양으로 너덧 걸음 앞서서 저쪽으로 외면하고 섰다.

선주는 순영의 귀에 입을 대고,

"응. 잘허는구려. 어느 사이에 이 짓이여. 대관절 저이는 어떤 수령이 도련님이오?"

하고 누구나 다 들으라는 듯이 깔깔 웃는다.

순영은 선주를 부러워하였다. 선주는 과연 순영보다 더 그 방면으로는 능란하고 씩씩었다.

순영으로는 도저히 곧 그를 따를 수는 없었다. 그래서 좀 수줍은 태도로,

"아니오, 그저 친구야."

하고 순영도 웃었다. 두 여자의 웃는 소리가 봉구와 또 그보다 두어 걸음 더 가까이 서서 담배를 피우고 있는 최씨의 귀에 들렸다.

"그럼, 좋으신 친구지, 응?"

선주의 어조와 몸짓은 퍽 음탕하였다.

"그런데 영감은?"

하는 순영의 말에,

"역시 이거지."

하고 아까 순영이가 하던 모양으로 엄지손가락을 흔든다.

"그럼 그 어른은 안 오셨소?"

"응, 그이는 무슨 일이 있어서 일본을 간다고 갔는데, 그 틈을 타서 우리 오빠하고 잠깐 놀러 왔지. 그런데 어디 계시우? 여러 날 있으려우? 우리 하루 모여 놉시다그려. 여기 청요리가 다 있어요."

순영은 자기의 어려운 문제를 해결해 줄 지혜를 가진 사람은 선주 밖에는 없는 듯하였다. 그래서 약수터를 지나서는 마침 달밤인 것을 이용하여 큰 절을 향하고 걸어 올라가면서 자기의 사정을 설파하였다.

순영이가 봉구와 처음 만나던 이야기부터 지금까지 지내온 경로를 말할 때에 선주는 가끔, "재미 좋구료!" 이러한 농담을 끼워 가면서 들었다. 그러다가 순영이가,

"그런데 지금은 자꾸 혼인을 하자는구려. 그러니 무에라고 대답을 하면 좋소?"

하고 물을 때에는 선주는 늙은 소나무 사이로 비치는 밝은 달을 우러러 보면서 극히 심상한 말이나 되는 듯이,

"그이헌테 시집갈 생각이 있으면 가고 없으면 마는 게지, 무슨 걱정이야. 아이 참, 달이 좋기는 좋소. 이렇게 달이란 소나무 새로 보아야 쓴다더니. 참 그런데 또 어떤 사람 말이 아무리 달이 좋아도 젊어서 보아야만 좋대. 그렇지 여보!"

하고 순영은 돌아보지도 아니하고 달만 본다.

"그렇지만 글쎄 진정을 말하면 이이헌테 가고야 싶지. 그렇지만…"

"그렇지만 백헌테도 가고 싶단 말이지. 양수집병兩手執餅: 두 손에 떡을 쥐고 있음이라는 게야 그것이——두 손에 떡을 들었는데 어느 떡을 먹을지 망설이는 게야——아차 아차, 저놈의 구름이 달을 가리는구려. 이놈의 구름! 그러면 두 손의 떡을 다 먹구려. 이 떡 한 입 먹고 저 떡 한입 먹고 그러면 안 좋은가. 하나만 먹으면 물리지 않우? 지금 세상에 누구는 안 그런답디까? 흥, 그렇지 않으면 열녀 정문 내리우. 열녀도 죽으면 썩어지고 나도 죽으면 썩어지지. 그렇게 쿠요쿠요くよくよ: 사소한 일을 걱정하는 모양할 게 무에요? 어, 달 나온다!"

57회 "그럴까?" 하고 순영은 선주의 말에 너무도 놀라는 듯이 한탄을 하였다. 과연 선주의 말은 순영에게는 좀 과하였다. 자기도 한 팔에는 백을 안고 한 팔에는 봉구를 안고 동대문 밖 집이나 원산 별장에 누웠으면 하는 공상을 안 해 본 것도 아니지만 그것은 자기 스스로에게도 몰래한 생각이다. 이렇게 확신 있는 어조로 분명이 말하는 것을 들을 때에는 순영이도 아니 놀랄 수는 없었다.

"그럼 안 그래? 나는 그렇게 사니까 좋기만 하던데——나쁜인가. 모두야요."

'모두' 하고 자기의 말에 더욱 힘을 주는 듯이 팔을 내두른다. 반지의 보석이 달빛에 번쩍한다. 가늘디가늘게 여흘여흘 울리는 시내 소리가 퍽 구슬프게 순영에게 들렸다.

"그러면 세상은 어떻게 되우?"

순영의 말은 퍽 근심스러웠다.

"세상이 어떻게 되어, 저 될 대로 되지. 왜 세상에 무슨 큰 변이나 생긴 답디까? 제일 큰 변이 있습니다. 그것은 나나 당신이나 병이 나는 것허구 돈 없어지는 것허구. 이밖에는 세상에 큰일이라고 할 것이 하나도 없습니다. 다른 놈들이야 죽거나 살거나 내게 무슨 상관이오? 그놈들이 우리 생각해 준답디까. 제 생각뿐이지. 저마다 제 생각만 하는 세상에 남 생각하는 놈 다 어리석은 놈입니다. 나는 그 대가리가 허연 영감장이를 생각해서 그리로 시집을 갔나요? 나 위해 갔지. 또 그 영감장인들 나 위해 내게 장가를 들었나요? 돈푼이나 생기니깐 젊은 계집 얻어 가지고 한바탕 호강할 양으로 지랄 발광을 하고 나를 얻었지. 누구는 안 그렇소? 당신은 안 그렇소? 다 그래, 다 그래! 그러니깐 당신도 저이를 데리고 노는 것이 재미있는 동안 실컷 데리고 놀구려. 그저 백씨 눈에만 띄지 않게 하구려. 사내란 질투가 심하니깐⋯. 그러다가 싫어지거든 혹 붙어세지. 그리고 또 새 사내 얻지. 어디 사내 흉년 들었소? 우리네가 손가락 한 번 움직이면 줄줄 따라올걸. 그러다가 우리네가 늙어지면 사내가 안 돌아볼 테니깐, 시방 눈 밝게 덤비어서 먹을 거나 해 놓는단 말이야요. 그런데 당신은 무슨 걱정이우? 걱정이 무슨 걱정이야? 아아 추워! 자, 인제는 내려갑시다."

"그러면 정조란 아무 상관없어요?"

"정조? 뉘집 애 이름인가. 아직 내 말을 못 깨닫는구려. 사내들은 사내들 제 욕심 채우느라 우리를 따라오는데 우리가 그 사람들에게 무슨 의무가 있수? 그저 사내를 노엽게 하면 내 경영이 틀려지니까 몰래 이러는 게지⋯.

홍 과연 교회 학교에 다니는 양반이라 다르구려. 정조! 정조!"

선주는 말없이 두어 걸음 내려가다가 문득 좋은 것이 생각이 난 듯이 우뚝 서서,

"그래 여태껏 정조를 지켰수?"

하고 순영을 본다. 순영은 그 말에 얼굴이 화끈화끈하였다. 과연 자기는 벌써 두 남자에게 몸을 허해 버렸다. 인제는 자기는 정조를 말할 사람이 되지 못하였다. 그렇게 생각할 때에 자기가 작년 가을까지도 지니고 오던 처녀의 사랑과 깨끗함을 생각해서 슬펐다. 맑은 달빛, 맑은 가을바람, 그것에 움직이는 맑은 솔 그림자, 시내 소리…. 이러한 모든 것을 덮은 파랗게 맑은 푸른 하늘이 다 사람으로 하여금 맑은 것을 생각하게 할 때에 순영은 자기의 맑아 보이지 않는 양심을 보고 하늘과 땅에 대하여 면목이 없는 듯하였다.

"그래도 양심에 찔리는 것을 어찌해요. 정조란 반드시 이해관계만은 아니겠지요."

하는 순영의 말은 가엾이 울렸다.

"양심, 그것이 사람의 맘속에 만들어 놓은 먼지가 켜켜이 앉은 귀신 그릇입니다. 그 속에 빈대도 들어가고 쥐며느리도 들어가서 가끔 꼭꼭 찌르기도 하고 서물서물하기도 합니다. 그놈의 귀신 오장이를 번쩍 들어내어요. 내다가 혹 불어세란 말이야. 그러면 아주 마음이 깨끗합니다. 그놈의 오장이를 끼고 다니는 사람은 밤낮 우는 소리만 하여서 인생을 슬프게 만들어 놓지요. 당신도 당장에 그놈의 먼지 앉은 양심 오장이를 내던져요."

58회 "에그머니!" 하고 순영은 아니할 수가 없었다. '양심 오장'이를 내버리라는 말은 참으로 상상도 못하였던 말이다. 그래서 그는 이렇게 소리를 지르고 멈칫 섰다.

"그 말이 그렇게 놀랍수? 지금 세상에 누구는 양심 오장이를 안 내버린 사람이 있는 줄 아시우? 그야 우리두 고등여학교에나 다니던 어린 시절에야 그것이 생명이나 되는 듯이 소중하게 지니고 있었지만 한 번 세상 풍파를 겪어 보니깐 그것이 다 쓸데없는 것이요, 도리어 우리에게 해되는 것임을 깨달았단 말이지. 그러니깐 내버리는 것 아니오? 해되는 줄 알구두 끌구 다니는 게야 어리석은 짓 아니유?"

"그럼 선주 씨는 양심을 다 내버렸소?"

"그럼 아직두 끌구 다녀?"

"언제부터 내버렸소?"

"한 3년 되었어. 첫번 사내 녀석이 달아난 줄을 알던 날."

"그리구는 다시는 양심을 가져 본 일이 없소?"

"왜, 가끔 있지."

"어떤 때에?"

"더러 있지만 근래에는 거의 없었어. 그만큼 수양이 되었으니깐."

"수양?"

"그럼은, 여간 수양으로 그 병을 떼어 버리는 줄 아우? 그 병이 다시 일어나면 어찌하게, 슬퍼서 죽게."

"그럼 당신은 영감을 사랑하는 맘은 조금도 없소?"

"내 맘에 들 때에는 사랑도 하지. 그렇지만 깊이 정 들이는 것은 좋지 못한 일입니다. 무슨 일이 있어서 헤어질 때 안 되었어…. 내야 영감 앞에서 아양도 부리고 내 몸뚱이도 맘대로 내맡기지. 그래야 저편도 내게 상당한 값을 물어 주지 않수? 세상 일이 모두 다 흥정이니깐…. 그러다가 그 사람 없는 데서는 또 내 맘에 드는 사내허구 맘대로 놀기도 하고 다니기두 하지. 그 사람이 내 몸을 안 쓸 때에 내 몸을 아무렇게 쓰면 어때우? 흥, 왜 나는 이런가? 세상에 안 그런 사내는 몇이나 되며 안 그런 계집은 몇이나 되는 줄 아우? 지금이니 말이오만, 처음 나를 버려 준 사내가 누군데? 우리 학교 선생님이라누. 내가 재주가 있고 장래성이 있다구 퍽 귀애해 줍디다그려. 그래서 나도 따랐지요. 나보다 아마 20년은 위야. 어쨌거나 그 친구의 딸허구 나허구 한반이니깐. 허더니 그후에 알아본즉 그 작자는 내 장래를 위하여 나를 귀애해 준 것이 아니라 내 낯바닥이 빤빤하니깐 그랬던 게야. 나를 일본으로 유학 보내 줍네 하고 끌고 가다가 버려 놓고는 시치미 뚝 따고 여전히 그 학교의 선생님이시라누…. 아주 얌전합신 학감 선생님 이시라누…. 세상이 다 그런 게야…. 우리 있는 여관을 보구려. 여관 주인이 굉장하게 친절히 해주지? 왜 그렇수? 우리가 언제 보던 친구라고? 그게 다 저를 위해 그러는 게로구려…. 이기주의라나, 제 몸만 이롭게 하려는 주의 말이야. 세상이 다 이런 게야요. 사랑도 그렇구…."

선주는 대단히 흥분하였다. 선주의 말을 듣는 순영도 역시 흥분하였다. 지금까지 생각하는 바와 달라 순영에게는 선주는 무슨 대단히 지혜롭고 경험 많은 사람같이 존경할 만하였다.

두 사람은 물터에 돌아와서 성냥불을 켜들고 얼음같이 찬 물을 두어 잔씩 먹었다. 순영은 쭈그리고 앉아서 물을 마시고 있는 선주를 바라보았다. 그 찬 물을 꿀꺽꿀꺽 들이켜는 것이 변변치 못한 이 몸뚱이의 목숨을 안타깝게 늘여서 몇 푼어치 안 되는 쾌락을 하루라도 더 맛보려고 빠당빠당 애를 쓰는 양이 보이는 듯하여 심히 가엾었다.

선주는 셋째 그릇을 쭉 들이켜더니 순영을 바라보고 싱긋 웃으며,

"그래두 살겠다구 이 추운 밤에 냉수를 이렇게 켜는구려. 가엾지, 나는 소화불량에, 신경쇠약에, 모두 병주머니야. 소화가 불량하니까 이렇게 수척하구려. 내가 꽤 늙었지."

하고 여윈 뺨을 만지며 "순영 씨는 혈색도 좋아."

하고 부러운 듯이 한숨을 쉰다.

59회 그럴 때에,

"선주, 선주!" 하고 부르는 소리가 들린다. 선주는 순영에게 눈을 끔쩍하며 인기척 말고 가만히 있으라는 뜻을 보인다.

"저이는 무엇을 하는 이요?"

하고 순영은 소리를 낮추어 물었다.

"돌아댕기는 이야, 내 동무나 해주구."

"그래도 무슨 업이 있지 않겠소?"

"안 해 본 업이 없다나, 교사 노릇도 하고 신문기자도 좀 하고 공장도 벌여 보고 무역상도 좀 해보고 저 만주에 갔다가 개간사업도 좀 해보고 상해 가서 독립운동도 좀 해보고 사회주의자도 되어 보고…. 어쨌으나 이루 다 그 이력서를 내려 섬길 수가 없다우. 허지만 그중에 하나도 1년 이상을 해본 일은 아마 학교 공부밖에는 없나 봅디다. 응, 그리구 계집애 후리는 것은 썩 능란하지. 누구든지 그 오빠 눈에 한 번 들기만 하면 별수 없지. 당신도 조심허우."

하고 웬일인지 어두운 속에 순영의 손을 더듬어 꼭 쥔다.

"선주, 선주." 부르던 소리가 안 들리게 되매 두 사람은 문 밖으로 나왔다. 개천에 놓인 다리를 건너서 두리번두리번 최씨를 찾으려 할 때 어두운 그늘에서,

"우아앙" 하고 소리를 지르며 무엇이 뛰어나온다. 최다. 두 여자는 깜짝 놀라서 뒤로 물러나며 소리를 질렀다.

"그렇게들 놀래?"

하고 최가 웃는다.

"그게 무슨 짓이오? 사람을 그렇게 놀리는 법이 어디 있단 말이오?"

하고 선주가 최를 책망한다.

"어, 잘못했네. 용서하게. 어디 동태나 안 되었나? 그랬다가는 내가 경

을 칠걸."

최는 참 풍채가 좋았다. 그리고 그 말하는 양이 사람을 어디까지든지 내리누르고 비웃어 버리려는 것 같은데 일종의 위엄이 있다.

최는 두 사람 곁으로 가까이 오더니 순영을 향하고,

"얼른 내려가 보세요. 같이 오신 양반이 매우 괴로워하는 모양 같습디다. 가서서 단단히 위로를 하셔야 되겠나 보던걸요." 한다.

'그 말을 들었구나' 하고 순영은 깜짝 놀라며 선주를 바라보았다. 봉구가 혼자 방에서 고민할 것을 생각할 때 순영의 마음이 괴로웠다. 그래서 얼른 발길을 돌리며,

"나는 먼저 가요."

하고 최씨와 선주를 향하여 고개를 숙였다. 얼마를 걸어오다,

"아직 어린애야" 하고 선주가 자기를 비평하는 소리를 듣고는 부끄럽기도 하고 분하기도 하였다.

여관에 돌아온즉 과연 봉구는 혼자 책상에 가슴을 기대고 열 손가락으로 머리카락을 막 그러쥐고 앉았다. 순영은 자는 사람 곁으로 가는 모양으로 가만가만히 걸어서 방에 들어가서는 봉구의 곁에 우두커니 서서 봉구가 고개를 들기를 기다렸으나 잠이 들었는지 영 움직이는 기색이 없었다.

순영은 봉구를 건드리기가 무서운 듯도 하고 미안한 듯도 하여 그냥 내버리고 돌아서서 다다미 위에 통통하는 소리를 내며 자리를 깔았다. 자리를 깔고 난 뒤에는 봉구의 곁에 가만히 꿇어앉아서 애걸하는 듯한 목소리로,

"여보세요. 여보세요" 하고 불렀다 그 연연하고 온공한 목소리가 마치 극히 정숙한 아내가 그의 남편에게 무슨 용서함을 청하는 것 같았다. 그 목소리를 듣고야 누구든 그의 참됨과 정성과 깨끗함을 믿고 사랑하지 않으랴.

"여보세요, 무엇에 노여우셨어요. 왜 그러세요? 내가 너무 늦게 들어와서 그러세요, 네?"

하고 손으로 가만가만히 봉구의 어깨를 흔들었다.

"순영 씨!" 하고 고개를 번쩍 드는 봉구의 얼굴과 눈은 무섭게 되었다. 순영은 그것을 보고 무서워서 앉은 대로 뒤로 물러서지 않을 수가 없었다.

"여보시오, 순영 씨. 당신은 나를 사랑하시오? 나밖에는 사랑하는 남자가 없소? 분명히 당신은 처녀요? 나는 이 자리에서 그 대답을 들어야 하겠소이다."

60회 순영은 말없이 봉구의 무릎에 엎더지면서 울었다. 이 울음 속에는 두 가지 뜻이 있었다. 첫째는 봉구가 자기에게 그러한 말을 묻게 된 것이 슬펐고, 둘째는 이 경우에 자기가 우는 것이 가장 이로운 일이라고 생각한 까닭이다.

"왜 우우?"

하고 봉구는 심히 냉담하게 순영의 등을 내려다보면서 부르짖었다.

"분명히 단마디로 말을 해요. 처녀라든지 아니라든지, 한마디 하면 그만이지 울기는 왜 우우?"

하고 봉구는 순영의 울음에 움직이려는 마음을 억지로 굳게 하면서 더욱 냉담하게 소리를 질렀다.

아까 최가 자기에게 하던 말을 생각할 때에 봉구의 맘속에는 순영이에 대한 의심이 부쩍부쩍 높아졌다. 최의 말은 실로 사람을 못 견디게 하도록 빈정거리는 어조였다. 봉구가 오라는 말도 없는 것을 봉구의 방까지 따라와서 마치 어른이 어린 자녀에게 훈계나 한 태도로 이러한 말을 하였다.

"사랑을 너무 중하게 알지 마시오! 사랑을 한 장난으로 아시오. 이게 심히 중요한 처세술입니다. 그런데 노형과 같은 순진한 청년은 사랑을 너무 소중하게 아는 것이 걱정이여. 장난으로 알아요. 장난감이란 한참 가지고 놀다가 깨어지면 내버리고 누구누구 달라면 주어 버리기도 하고 그리고 또 가지고 싶으면 새로 장만하면 그만이지만, 아직 세상에 경험이 없는 청년들은 사랑을 한 번 잃어버리면 다시는 찾지 못할 무슨 하늘에서나 떨어진 것처럼 생각을 하다가 만일 거기 실패를 하면 죽네 사네 하고 야단들을 하지요. 사랑이란 그런 것이 아니야요. 말하자면 감기지. 감기란 앓을 때에 몸이 펄펄 끓지만 하루 이틀 내서 아스피린이나 먹고 땀이나 한 번 빼면 씻은 듯 부신 듯 나아 버리는 게란 말이야요. 그 대신에 몇 번이라도 감기는 들 수 있지요. 허지만 될 수 있으면 당초에 감기가 안 드는 게 좋아. 들었다가 조리를 잘못하면 폐렴이 되기 쉽단 말이야, 하하하하. 나도 폐렴까지 될 뻔한 적도 있는걸요. 그러나 지금이야 까딱없지, 까딱없어요…. 보니까 노형은 퍽 순결한 청년인데 아마 단단히 감기에 붙들린 모양이외다. 선병자先病者 의醫: 먼저 앓은 사람이 그 병에 경험이 있어 뒤에 앓는 이의 병을 고칠 수 있음을 이르는 속담로 나도 경험한 일이기 때문에 미리 말씀해 드리는 것이니 들으시기는 좀 거북하리다만 내 말이 진리는 진리입니다…. 그러니까 사랑을 장난으로만 알아 두시우! 그러기만 하면 걱정없지요. 그리고 모든 계집애는 다 거짓덩어리로만 알고 애여 그들의 과걸랑 묻지 말아요. 과거를 물어야 바로 대답하는 법도 없고 공연히 피차에 어성버성하게만 되는 것이니 애여 계집애들의 과걸랑 묻지 말아요. 또 미래의 맹세도 받지 말아요. 계집애들의 맹세란 썩은 새끼니다. 그것을 믿고 몸을 실었다가는 경치지요. 내 친구도 그런 사람 많소이다. 그러니까 계집애들은 과거야 어찌 되었던지, 장래야 어찌 되든지, 내 품 속에 들어온 동안 실컷 데리고 놀고는 어지간히 물리거든 훅 불어세요. 그런 뒤에야 제가 무엇이 되거나 무슨 상관이오? 그래야 살지, 그렇지 않으면 괴로워 어떻게 사오? 아, 내가 너무 오래 지껄였군. 난 갑니다."

최가 이런 소리를 지껄이고 달아난 뒤에는 더욱 아까 들은, "영감하구 왔수?" 하던 소리가 심상치를 아니하였다. 그래서 순영이가 없는 동안 혼자 방에서 번민을 하였다. 최의 말에 순영의 정조를 의심케 하는 구절이 있는 것도 아니언만 또 어찌 어찌 생각하면 최의 말 전부가 "이놈아, 순영이는 벌써 헛것이야!" 하고 자기를 비웃는 빛이 보이는 듯도 하였다.

'만일 순영이가 자기만 사랑하는 것이 아니라 하면?' 이렇게 생각할 때에 봉구는 도저히 견딜 수가 없었다. 그래서 혹은 그것을 부인했다, 혹은 그것을 시인했다, 갖가지로 번민할 때 또 최가 와서 마루에 걸터앉으며, "데리러 가지 않으시려우? 이런 때엔 데리러 가주어야 좋아해요, 허허" 한다.

"혼자 가시지요."

하는 봉구의 얼굴은 불빛에 보기도 무섭게 초췌하였다.

61회 이러한 때에 순영이가 돌아온 것이다. 순영의 어여쁘고 정다운 모양이 곁으로 가까이 옴을 깨달을 때에 봉구의 마음은 더욱 괴로웠다. 그처럼 사랑이 믿을 수 없는 것일까. 그처럼 사람이 믿을 수 없는 것일까. 그처럼 사람은 오직 제게만 좋도록 아무러한 일이라도 해서 좋을 것일까. 이 아무도 없는 방에 두려워하는 빛이나 꺼리는 빛도 없이 서슴지 않고 더벅더벅 들어와서 자기와 둘이서 같이 잘 잠자리를 훌훌 까는 순영을 볼 때 어떻게 그의 자기에게 대한 정성을 의심할 수가 있을까. 더구나 자리를 다 깔아 놓고는 자기의 곁으로 와서 어깨에 손을 대며,

"여보세요, 여보세요" 하고 다정하게 부를 때에 어떻게 그의 자기에게 대한 참됨과 정조를 의심할 수가 있을까. 더구나 자기가 "처녀냐?" 하고 물을 때 울며 자기의 무릎에 엎더지는 것을 보고 어떻게 그를 의심하랴. 만일 그래도 순영을 의심할 것이라면 봉구는 하늘을 의심하고 땅을 의심하고 모든 존재를 의심하고 마침내 자기를 의심해야 할 것이라고 생각하였다. 그러나 최의 말이 어떻게 사람을 미혹하게 하는 맘이 있는지 아무리 하여서라도 순영의 입에서 한마디 아니 듣고는 마지않을 듯하였다.

순영도 지금까지는 아무쪼록 봉구가 자기의 과거를 묻지 말기를 바랐

고 또 말이 그 방향으로 향하는 눈치가 있으면 곧 무슨 꾀를 써서 화두를 돌리기를 힘썼다. 그러다가 지금 봉구에게서 이러한 단도직입적인 질문을 받고는 낭패하지 않을 수 없었다. 순영은 한마디로 봉구의 신문에 대답을 하여야만 된다. 그런데 이 경우가 순영에게는 죽기만큼이나 괴로웠다. 더욱이 봉구의 얼굴에 나타난 그 괴로움을 볼 때에 눈물이 아니 쏟아질 수가 없었다. 그래서 순영은 울었다.

그러나 봉구는 한 번 더 물었다.

"왜 대답을 못하시오?"

그 어조는 여전히 냉담하지만 좀 떨렸다. 순영은 그것을 깨달았다.

"그것을 왜 물으셔요?"

"……."

"무슨 까닭에 갑자기 그런 숭한 말씀은 물으세요?"

하고 순영은 '숭한'이란 말 한마디를 살짝 집어넣었다.

"내가 알고 싶어서 묻지요. 일생을 같이하기를 맹세하는 사람의 과거를 모르고 어찌해요?"

하고 봉구의 말은 좀 부드러워졌다.

"내가 순영 씨를 의심할 생각을 왜 하겠소? 천하를 다 의심하고 내가 내 마음을 의심할지언정 순영 씨를 어찌 차마 의심하겠소? 그런데 오늘 저녁에 내가 당신을 의심하지 아니할 수 없게 되었으니 이런 슬픈 일이 어디 있어요."

하고 말끝이 울음에 묻히어 버렸다.

순영은 잠깐 생각하였다. 그 잠깐에는 안 나는 생각이 없도록 많은 생각이 나왔다. 그러다가 여자에게 특유한 지혜와 결심으로 얼른 이렇게 말하였다.

"응, 내가 다 알아요. 아까 명선주가 한 이야기를 들으셨구려. 또 최씨가 무어라고 해요?"

봉구는 고개를 끄덕끄덕했다.

"그래서 나를 의심하세요? 나를 그처럼 못 믿으세요?"

순영의 두 눈에는 새로 고인 눈물이 굵은 방울을 지어서, 울어서 불그 레해진 순영의 두 뺨으로 흘러내렸다.

그러더니 봉구가 잠깐 눈을 감고 무슨 생각을 하는 동안에 딱 하는 소 리가 나며 순영은 좌수 무명지를 이빨로 물어서 살 한 점을 떼어내고 거기 서 흐르는 피로 삼팔수건에 '영원불변' 넉 자를 써 놓았다. 봉구는 하도 어 이가 없어서 미처 만류할 생각도 나지 못하였다. 그러다가 그 글자를 다 써 놓은 뒤에야 허겁지겁으로 순영의 손가락을 싸매었다.

"내가 잘못했소. 용서해요."

하고 봉구는 순영을 껴안았다. 순영은 만족한 듯이 봉구의 가슴에 고개 를 기대고 조는 사람 모양으로 가만히 있었다. 봉구는 한 번 더,

"잘못했소. 용서해요."

하고 뺨을 비비었다.

62회 봉구는 진정으로 미안하였다. 순영을 잠시라도 의심한 것이 더할 수 없이 미안하였고 미안한 지경을 넘어서 죄송하고 황송하였다.

"용서해요. 사랑하는 이를 의심하는 것은 내가 사랑이 부족한 까닭이지 요. 그러나 인제는 믿습니다. 다시는 내 맘에 당신께 대한 의심을 품지 아니 합니다. 영원히 당신을 믿을게…. 자 울지 마시오."

순영은 이 말을 듣기가 괴롭고 가슴이 찔리는 듯했으나 그래도 자기의 과거를 말하지 아니치 못할 것보다는 훨씬 편하였다. 그러나 자기는 장차 어찌 되는 심인가, 백에게 가는 심인가, 또는 봉구에게로 가는 심인가. 선주 의 말 모양으로 그렇게 간단하게 양심 오장이를 집어내던질 수도 없었고 또

돈이 제일이라 하여 확실하게 백에게로 가기로 작정하기도 어려웠다. 며칠 동안 지나 보니 봉구에게는 백에서는 보지 못할 여러 가지 아름다움이 있었다. 그러나 꼭 백을 떼어 버리고 일생을 봉구를 좇으리라는 굳은 결심도 얼른 생기지 않았다. 그것이 무엇이라고 이름 지어 말하기는 어려워도 백에게는 봉구에게 있는 것보다 더 큰 힘이 있어서 순영의 허리를 잡아끄는 까닭이다. 이 모양으로 정치 못한 생각을 가지고, 미친 듯이 뜨거운 사랑을 순영에게 퍼붓는 봉구에게 안겨서 그날 밤을 지냈다. 이튿날은 서울로 가야만 한다. 순영은 봉구의 품을 벗어나는 것이 아쉽기도 하고 시원키도 하였다.

낮차에 가려다가 봉구의 간청으로 밤차에 가기로 하고 아침 일찍이 떠나서 향적암香積庵에 올라가 바다를 바라보고 또 수미암에 구 처사를 찾아 두 사람의 일생 운명을 묻기로 하였다. 순영에게는 노곤한 빛, 원치 않는 빛이 보였으나 봉구는 더할 수 없이 유쾌하였다. 그래서,

"염려 말아요. 가다가 다리 아프거든 내 업어 내려올게."

하고 순영과 단둘이서 산골길을 걷는 것이 마치 오래 그리워하던 애인들끼리 혼인을 해 가지고 신혼여행이나 하는 것처럼 기뻤다.

아무쪼록 걷는 거리를 줄이기 위하여 큰 절까지 자동차를 타기로 하고 점심과 과자와 수통을 봉구가 둘러메고 큰 절이나 어디 적당한 곳에서 기념으로 사진을 박을 양으로 사진사 하나를 데리고 떠났다. 늦은 가을 일기는 청명한데 바람이 꽤 쌀쌀하다. 순영은 어제 저녁 선주와 이야기하던 터를 지나오면서 선주가 하던 이야기를 되풀이하였다. 그러나 중간 중간에,

"저것 봐요. 단풍 단풍!" 하는 봉구의 부르짖음에 되풀이를 끊기었다. 과연 단풍이 좋았다. 좀 늦기는 늦었으나 그래도 좋았다.

"참 단풍이 좋은데요."

순영이가 감탄을 하면,

"그까짓 것이요! 내원암만 지나가 봐요. 거기는 온통 금수강산이니⋯.

금강산에야 비길 수 없겠지만…. 우리 금강산 갑시다."

"언제요?" 하고 순영은 웃었다.

"신혼여행으로——명년 가을에, 아니 내명년 가을에. 명년에는 내가 졸업을 못하는걸…. 그래요, 우리 가요, 웅?"

순영은 빙그레 웃으며 고개를 끄덕여 보였다. 봉구는 어느새에 금강산 가는 노정기까지 꾸미었다. 그러나 노정기가 끝나기 전에 자동차가 불이문不二門 밖에 정거하였다. 봉구는 먼저 뛰어내려서 손수 자동차 문을 열고 순영의 손을 끌어내리며 운전수더러,

"향적암까지 못 올라가? 비행기를 탔다면 좋을 것을…. 오후 4시에 와 기다리우."

하여 자동차를 돌려보냈다.

"불이문이라 이름 좋다. 왜 불이문인지 아우, 마이 디어?"

"당신하고 나하고 둘이 아니란 말이야."

봉구와 순영은 손을 한 번 꼭 마주 쥐었다.

"여기서 찍으시지요."

하고 멀리 가기 싫은 사진사가 영월루暎月樓 앞에 사진 기계를 끌러 놓으려는 것을 사람 많은 데는 싫다는 순영의 반대로 그냥 사진사를 끌고 조용한 내원암으로 올라가서 봉구와 순영이 앞마루에 가지런히 앉고 절에 있는 늙은 중을 청하여다가 증인을 뒤에 세우고 약혼 기념사진을 박았다.

63회 사진사를 돌려보내고 봉구와 순영은 졸졸졸졸 흘러가는 맑은 시내를 따라 약간 늦은 듯한 단풍 속으로 향적암을 찾아 올라갔다. 몇 번 친 서리에 벌레 소리는 벌써 다 없어지고, 가끔 새 날개에 떨어지는 마른 잎의 바삭거리는 소리가 들릴 뿐이었다.

조그마한 개천을 건너도 봉구는 순영의 손을 잡아 건너고 조그만 바위

하나를 넘어도 손을 끌어 넘기며 한걸음 앞서 가다가는 순영을 돌아보고 두 걸음 가다가는 순영을 돌아보았다. 그러하기가 봉구에게는 심히 기뻤다. 순영도 그 눈치를 알므로 일부러 오똑이 서서 발자취를 끊기도 하고, 혹은 바위 모퉁이에 서서 숨기도 하였다. 그러할 때면 봉구는 깜짝 놀라는 듯이 뒤를 돌아보고는 찾았다. 이러할 때에는 순영은 어린애 모양으로 허리를 굽히고 깨득깨득 웃으면서 뛰어와서 봉구에게 안겼다. 두 사람에게는 끝없는 행복이 있었다. 가을의 얇은 볕이 행복된 두 사람을 싸고 맑은 시내는 사랑의 끝없는 곡조를 알리는 듯이 단조하고도 신비한 곡조로 졸졸졸 소리를 내어 흘렀다.

향적암에서는 파란 바다가 보였다. 구름 한 점 가리운 것 없이 파란 바다와 파란 하늘이 마주 붙은 것이 보였다. 그리로 떠다니는 꿈 같은 배들도 보였다. 두 사람들은 그 어디서 와서 어디로 가는지 알지도 못하는 배들에게까지도 사랑을 부쳐 보냈다.

"아이가! 조 속에들 사람이 타고 있겠지."

하고 순영이가 조그마한 배를 가리키며 물을 때에 봉구도 그 속에 사람들이 오글오글할 것을 생각하고는 공연히 우스워서 깔깔 웃었다.

"사람이 저렇게 조그맣구려."

"글쎄 말이야. 우리들이 여기 섰는 것이 저 배에서는 안 보일 테지."

"흥, 산에 녹아 붙어 버리고 말 테지. 허지만 저 멀리 별세계에나 올라가면 이 산은 보인답디까, 지구는 보인답디까? 우리가 한없이 크다고 생각하고 타고 다니는 이 지구도 창해지일속인데 우리네 사람이야 말은 해 무엇하오. 생각하면 과연 한바탕 꿈이지."

"참 그래요. 하지만 사랑도 한바탕 꿈일까요? 우리 이 사랑도."

순영은 봉구를 보고 생긋 웃는다.

"글쎄, 사랑 하나만은 꿈이라고 할 수 없는 것 같아. 이 지구가 다 부서져 버려도 사랑 하나만은 환한 불덩어리 모양으로 허공에 둥둥 떠 있을 것 같구려. 안 그래?"

"글쎄, 그럴 것 같애요. 사랑도 헛되면 어찌하나, 나는 그것이 무서워."

순영은 근심하는 표정을 하였다.

봉구는 순영을 좀 빈정거려 주고 싶었다. 왜 그런지 모르나 그저 한번 그러고 싶었다. 그래서,

"순영 씨 사랑은 저기 산골짝의 구름 같고 내 사랑은 이 산 같지요. 저 구름은 내 가슴에 안겼다가 날아가 버리더라도 이 산은 그대로 있어서 그 구름을 생각하고 울 테지요."

하고 나니 과연 그러할 것도 같아서 비감한 생각도 난다.

순영은 잠깐 양미간을 찡그리더니,

"아니야요, 안 가요! 안 가요! 내 사랑은 구름이 아니라 저 바위야요. 네, 저 커단 바위야요. 저 바위, 어디 구름 모양으로 날아가요? 산이 있는 날까지는 늘 있지요, 네. 그래 응, 당신은 이 산이구 나는 바위구… 응 그렇다고 그러우!"

하고 어리광을 부린다.

"그래!" 하고 봉구는 힘없이 대답을 하고는 싸늘하게 웃었다.

"나는 청산이요, 너는 백운이라. 백운이 날아가니 청산 홀로 섰구나. 만고에 흐르는 시내는 눈물인가 하노라. 백운이 어이 가리 청산을 두고 어이 가리, 때 아닌 광풍이 구태 떼려 하옵거든, 차라리 소나기 되어 님의 품에 들리라."

"무얼 중얼거리셔? 시 지으셔요?"

"시조를 지었소이다. 하나는 내가 되어서 짓고, 하나는 당신이 되어서 지었어요."

하고 위에 중얼거리던 것을 불렀다.

64회 "참 잘 지으셨어요! 어쩌면!"

하고 순영은 노래 곡조로,

"때 아닌 광풍이 구태 떼려 하옵거든 차라리 소나기가 되어 님의 품에 들게요."

하고 봉구의 손을 잡는다.

'과연 봉구는 산과 같다' 하고 '산'이란 말이 이상한 힘으로 순영을 감동시켰다. 그래서 진정으로 아무러한 일이 있더라도 봉구를 떠나지 아니하리라, 모든 것을 다 버리고 오직 봉구를 따르리라는 생각이 났다.

"우리 더 가요. 네, 저 누구, 구 처사인가 한 사람 찾아가요, 네. 깊이깊이 산속으로 들어가는 게 좋아. 당신을 따라서 이렇게 어디까지든지 가고 싶어요. 어디까지든지 어디까지든지 고개를 넘고 또 넘고 단둘이서만. 자꾸자꾸 가고 싶어요. 그래요. 응?"

"다리 안 아프시우?"

"아니… 암만 가도 아플 것 같지 않아."

"그래도 여기서 점심을 먹고 가야지요."

"어서 가요——갔다가 오다가 먹어요. 그렇지 않거든 거기서 우리 지어 먹어요. 내 지을게, 네?"

"정말? 정말 다리가 안 아파?"

"그럼."

"일생 가도 안 아플 테요?"

순영은 고개만 까딱까딱한다.

"그럼 갑시다."

하고 봉구는 아까 향적암 중이 가리키던 길을 향하고 앞섰다.

"못 가십니다. 길이 없어요."

하고 중이 뒤에서 소리를 친다. 그러나 봉구도 순영을 인도하기 위하여서는 불구덩이라도 기쁠 것 같고 순영도 봉구를 따라가는 길이면 아무런 데라도 갈 수 있을 것 같았다.

길은 대단히 험하였다. 나뭇잎사귀가 떨어지어 여기도 길 같고 저기도 길 같고 갈수록 담벼락같이 가팔랐다. 봉구는 한 손으로 순영의 손을 끌고 한 손으로 나무뿌리를 더위잡으면서 땀을 흘렸다. 그러나 사랑하는 이를 위한 노역은 괴로울수록 유쾌하였다. 순영도 얼굴이 빨갛게 상기가 되고 연해 흘러내리는 옷을 치켰다. 두 사람은 몇 걸음 만에 한 번씩 서로 바라보고는 말없이 웃었다. 그것이 기뻤다. 발이 미끄러져 넘어질 뻔한 것도 기쁘고 싸리 가지가 몸에 찔리는 것도 기쁘고 힘들고 숨 차는 것도 기뻤다. 원컨대 이 길이 천리 만리에 뻗쳤고 싶었다. 아마 40분 동안이나 이 모양으로 애를 써서 구 처사가 산다는 수미암 들어가는 고개 마루턱에 다다랐다.

"바다! 바다!"

하고 순영이가 기운이 지친 듯이 펄석 앉는다.

"곤하지요?"

"그래도 기뻐요."

"정말요?"

"그럼. 자 앉으셔요. 등의 땀 씻겨 드릴게요. 날 끌고 올라오시느라고."

"이렇게 고생스럽더라도 일생에 날 따라오실 테야요?

"그럼은요."

"정말, 이렇게 고생스러워도?"

"으응…. 나를 손수 끌어만 주시면."

서늘한 바람이 두 사람의 땀 흐르는 상기한 얼굴을 스쳐 불었다. 서로 바라볼 때에 서로 웃었다. 하늘도 웃고 땅도 웃고 멀리 보이는 바다도 웃었다.

"갑시다."

"응."

"있기나 한가?"

"없으면 대수요?"

"있거든 무엇을 물어 볼까?"

"우리 장래?"

하고 순영이가 봉구의 어깨에 손을 짚는다.

"그러다가 좋지 못한 소리나 하면?"

"글쎄…. 그럼 죽은 뒤에 어찌 되나 물어 봅시다. 죽은 뒤에 정말 영혼이 있나 없나?"

"글쎄…. 조심해요. 구르리다."

"염려 마세요."

"응, 있다, 있어!"

"어디? 그이가?"

"응, 저거 아니오? 저 시커먼 바위 밑에 저게 사람 아니오?"

봉구는 저 밑에 검은 바위 곁에 하얀 점을 가리킨다.

"어디? 응 저거?"

"그게 사람이오──이 골짜기에서 혼자 20년을 살았다는 사람이야요. 어쨌든 뜻은 무척 굳은 사람이지요?"

"나 겉으면 20년은커녕 이틀도 못 견딜 테야."

하고 순영의 하는 말을 봉구가 유심히 듣더니 우뚝 서며,

"일생이라도 좋다더니?"

하고 묻는 듯이 순영을 쳐다본다.

65회 순영은 어째 자기의 말이 천박했던 것 같아서 시무룩했다. 두 사람 사이에는 말이 한참 끊기고 두 사람의 발에 밟히고 몸에 흔들려 떨어지는 마

른 잎사귀 소리만 부스럭거렸다.

내려오기는 그래도 쉬워서 얼마 힘들이지 아니하고 구 처사가 있는 수미암에 다다랐다. 여러 군데를 모양 없이 기운, 빨래를 잘 못해서 회색빛이 나는 무명 바지 저고리에 헝겊총 짚세기를 신고 조그마한 상투 바람에 수건을 동여맨 사람 하나가 장작을 패고 있다가 고개를 돌려 두 사람이 오는 것을 눈이 부신 듯이 눈을 가늘게 해 가지고 슬쩍 바라보고는 자기에게 아무 상관도 없다는 듯이 여전히 장작을 팬다. 그의 얼굴은 빛이 검고 이마는 넓고 하턱이 빨고 고개가 한편으로 좀 기울어지고 눈초리가 위로 올라가고 눈은 가늘고 입은 크고 얼른 보기에 농촌에서 흔히 보는 반쯤 어리석은 사람 같았다. 별로 신기한 모양도 안 보여서 봉구와 순영은 생각하였던 것과 좀 틀려서 낙망이 되었다.

"구 처사 계세요?" 하고 봉구는 그 수건 쓴 사람에게 물었다. 그 사람은 패던 장작을 마저 패려는 듯이 말없이 두어 번 더 도끼질을 하더니 쪼개어진 장작을 장작더미에 내던지고 도끼 자루를 짚고 일어나 허리를 펴며,

"어디서들 오셨나요?" 하고 두 사람을 본다.

역시 눈이 부신 듯이 반쯤 감았는데 그 짧은 살눈썹 사이로 가늘게 보이는 눈씨가 몹시 빛나는 듯하였다.

"네, 우리는 서울서 왔어요. 석왕사에를 왔다가 구 처사라는 이의 이름이 높은 것을 듣고 찾아뵈일 양으로 일부러 이렇게 올라왔어요."

하고 봉구는 다소간 구 처사에게 아첨하는 태도를 보였다.

"네, 세상에서들 나를 구 처사라고 하지요. 오셔야 보실 것이 있나요. 들어오시지요."

하고 방문을 연다. 문이라는 것은 찌그러진 문틀에 칡으로 이리저리 서너 번 어리고는 게다가 베 헝겊과 종이로 발랐는데. 통나무를 가로 놓고 세로 놓아 지은 집이 그것도 한편으로 찌그러져서 문을 열어 잡았다가 놓기

만 하면 덜컥하고는 그 탄력으로 서너 번 찌국찌국 소리를 내다가야 가만히 있게 생겼다. 구 처사가 안내하는 대로 방안에 들어가니 초어스름 모양으로 캄캄한데 그래도 넓기는 간 반 폭이나 되고 벽은 칠한 듯이 검으나 자세히 보면 종이로 도배한 흔적이 있다. 아마 그가 20년 전에 처음 이리로 올 때 한 번 바르고는 다시는 손질을 아니 한 모양이다. 얼마 앉아서 눈이 어두움에 익으니 저 뒷벽에 무슨 부처 그림 하나가 역시 내걸려서 채색 흔적도 보일락 말락 한 것이 있고 그 앞에는 촛대와 질향로 하나가 놓인 것이 보인다.

구 처사는 손님을 청해 들여놓고는 무엇을 할 바를 모르는 듯이 우두커니 앉아서 고개를 두리번거리고 있다.

"여기 몇 해째나 계세요?"

"나요? 수십 년 되지요."

함경도 사투리가 약간 있다.

"적적하시지 않은가요?"

"왜요, 적적하지요."

"그래도 사람들이 더러 찾아옵니까?"

"가끔 오지요. 당신네들같이 구경 오시는 이도 있고 또 기도하러 오시는 이도 있고."

"한 달에 얼마나 와요?"

"대중없지요. 겨울 동삼에는 너덧 달 동안 사람 구경 못하는 때도 있구요, 또 봄철이나 가을철에는 한 달에 두어 사람 오는 때도 있구요."

봉구와 순영은 마주보고 놀라는 웃음을 웃었다. 순영이가,

"그러면 1년에 여남은 사람 와요?"

하고 물은즉 구 처사도 빙그레 웃으면서,

"왜요, 한 20명이야 오지요." 한다.

"1년에 겨우 20명만 보고 사람이 보고 싶어서 어떻게 견디어요?"

하고 순영이가 놀라는 소리를 질렀다.

"무어요. 그것도 지나면 상관없어요. 가만히 눈을 감고 있으면 삼계중생三界衆生 이 방안에 들어오는 걸요. 또 정말 사람이 보고 싶으면 큰 절에 내려가도 좋고…. 허지만 사람을 만나면 무슨 재미가 있나요."

하고 구 처사는 벽에 붙은 관음상을 쳐다본다. 두 사람도 그를 따라 쳐다보았다.

<u>66회</u> 관음상은 산 것같이 보였다.

"그래, 이렇게 혼자 수십 년을 산중에서 보내실 때에는 무슨 뜻이 있으시겠지요?"

하고 이번에 봉구가 엄숙한 어조로 물었다.

"그저 이럭저럭 이 세상에 오고 이럭저럭 이 산중에 들어와서 이럭저럭 수십 년을 보냈지요. 나 같은 사람이 무슨 다른 뜻이 있겠어요?"

"겸사 말씀이시지요. 그럴 리가 있어요? 우리도 인생의 참뜻을 진정으로 알고 싶어서 묻는 것이니 바로 가르쳐 주세요."

처사는 봉구의 얼굴을 슬쩍 보더니 그의 얼굴에 진실한 빛이 있는 것을 보고 안심한 듯이 염주 꾸러미를 한 손으로 빨리 빨리 돌리면서,

"그저 내가 무엇인가를 알자는 것이지요."

하고 극히 심상하게 조금도 흥분하는 빛이나 호기심을 내는 빛 없이 평범하게 대답을 한다.

"그러면 나란 무엇인가요?"

"저마다 생각해 보면 다 알지요."

"우리 같은 사람이라도 그저 생각만 해보면 알아요?"

"그럼요. 바로 생각만 하면 알도록 다 마련이 된 것이언만 사람들이 부질없는 물욕에 어두워서 생각들을 안 하지요."

"그러면 처사께서는 분명히 아시나요?"

"그럼요."

"그럼 우리가 죽으면 어찌 되나요?"

"죽는 거요? 죽는 거란 자고 나는 것과 일양이라오. 사람이 길을 가면 주막에 안 드는가요? 어떤 주막에서는 점심만 하고 말기도 하고 어떤 주막에서는 하룻밤을 묵기도 하고 어떤 주막에서는 다리가 아프든지 비나 눈을 만나든지 하면 오륙일을 묵지도 않나요? 사람이 세상에 왔다가 얼마를 살다가 죽는 것이 이와 같지요."

"그럼 우리가 죽으면 무엇이 되나요?" 이것은 순영이 묻은 말이다.

"길을 가는 것이니까 대체 어떤 고개를 넘어 가서 어떤 주막에 들는지 보아야 알지요. 무엇이 되면 대순가요."

구 처사의 말이 어떻게나 태연스러운지 그 말을 듣고 나니 과연 고대 죽어도 무섭지 아니할 것 같다. 그 생각이 서로 사랑하는 두 사람에게 큰 위로와 기쁨을 주었다.

"죽는 것은 무섭지 않다고 하더라도 늙는 것은 어찌할까요? 늙는 것도 슬프지 아니해요?"

하고 봉구는 순영을 대신하여 묻는 듯이 순영의 얼굴을 바라보았다. 순영의 아름다운 얼굴이 늙어질 것이 말할 수 없이 봉구를 슬프게 하였다.

"글쎄요. 인생에 슬픈 일이 있다고 하면 청춘이 늙어지는 것이겠지요. 그렇지만 좀 더 크게 생각하면 젊으나 늙으나 마찬가지지요."

하고 적막하게 웃는 그의 눈초리에는 나이를 감출 수 없는 주름이 잡혔다. 그래도 봉구와 순영과 같이 청춘을 대할 때에는 오랫동안 잊어버렸던 웃음이 아니 돌아올 수가 없었다. 그러고는 맘속에 질투에도 가깝고 축복에도 가깝고 후회에도 가깝고 경멸에도 가까운 일종의 이상한 감정이 둔하게 둔하게 메마른 처사의 맘속에서 움직였다. 그는 벽에 붙은 관음화상을 바라보고 들리지 않게 무엇을 중얼중얼 하면서 미처 눈에 보일 새 없이 염주를 빨리빨리 넘긴다. 봉구와 순영도 말없이 처사의 마른 나무와 같은 모양을 물끄러미 보고 있었다. 봉구의 맘속에는 처사를 불쌍히 여기는 듯한 또는 무엇인지 형용할 수 없는 슬픔이 들어옴을 깨달았다. 구태여 이름을 지으려 하면 인생의 슬픔이라고 할 만한 슬픔이었다.

"나도 처사와 같이 되고 싶은 마음이 있어요."

이것은 봉구의 이때의 형언할 수 없는 슬픔을 억지로 표하려 하는 말이었다.

"좀 있다가… 아직은 청춘에 재미있게 지내시고."

처사는 웃는다.

"처사께서도 청춘에 재미가 있으셨어요?"

"조금이야 없었겠어요."

"청춘의 행락을 믿을 수가 있을까요?"

"그저 꿈으로 아시지요."

"꿈?" 하고 봉구는 감개무량한 듯이 한숨을 지었다.

처사는 고개를 기울여 문틈으로 마당의 볕을 내다보더니,

"시장하시겠지요. 반찬이 없지만 내 집에 찾아오신 손님을 점심이나 드려야."

하고 끙끙하며 일어나 밖으로 나간다.

67회 처사가 나간 뒤에 봉구는 손을 내밀어 순영의 손을 잡았다. 순영도 봉구의 곁으로 가까이 와서 그의 어깨에 기대었다.

"순영 씨!" 하고 봉구의 소리는 슬펐다.

"응? 왜요?" 하는 순영의 소리도 가라앉았다.

"얼마 안 있으면 늙어 버리는구려."

"글쎄."

"그러고는 죽는구려."

"에그, 왜 그런 말씀을 하세요? 아서요!"

하고 순영은 무서운 듯이 봉구에게 착 달라붙어서 바르르 떤다.

"죽기는 싫어요?"

하고 봉구는 순영의 등을 쓸어 주면서 물었다.

"안 죽어요. 우리 언제까지든지 살아요. 살다가 살다가 정 살기가 싫거든 죽더라도."

"하하하하." 봉구는 웃었다. 순영도 웃었다.

"죽기까지나 이렇게 늘 같이 있었으면…. 우리 얼른 혼인해 버려요. 혼인을 안 하면 안심이 안 돼. 웬일인지 그래. 졸업은 하거나 말거나 우리 서울 올라가는 대로 혼인해 버려요. 그래 가지고 우리 집 다 팔아 가지고 어떤 경치 좋은 시골에 가서 농사해 먹읍시다그려. 우리 집 죄다 팔면 아직도 농사 밑천은 돼요. 우리 그럽시다──서울 가는 대로 곧 혼인합시다. 우리 저 관음보살 앞에서 혼인식을 해 버릴까. 저 구 처사를 목사로 삼고…."

봉구의 어조는 말할 수 없이 간절하였다. 그것이 순영이에게는 무척 애처롭기도 하고 슬프기도 하였다.

"제가 언제까지나 늘 이렇게 사랑해 드리면 당신께서는 행복되시겠어요?"

"그럼요."

"제가 없어지면요?"

"천지가 깜깜하지요. 아마 죽어 버리겠지요."

"무얼 그래요?"

"정말이야요!"

"정말?"

"그럼요."

순영은 봉구의 가슴에 얼굴을 파묻고 이윽히 한숨 섞어 무엇을 생각하더니 번쩍 고개를 들어 봉구를 쳐다보며,

"내 일생——죽는 날까지 당신을 사랑하고 당신 곁에 있을게요."

하고 눈에서 눈물이 뚝뚝 떨어진다. 봉구는 손수건으로 순영의 눈물을 씻어 버리고 순영의 가슴이 부서져라 하고 힘껏 안았다.

"고맙습니다. 꼭 그래 주세요. 네? 굳게 작정하고 맹세해 주세요. 네"

꼭 껴안은 두 사람의 높은 숨소리 밖에 방안에는 아무 소리도 없고 이따금 부엌에서 처사가 불 때는 소리와 잎나무 꺾는 소리가 깊은 산중의 적막을 깨뜨릴 뿐이다.

수미암을 떠날 때에 봉구는 10원짜리 지전 한 장을 내어 구 처사에게 주며,

"무엇에나 보태어 쓰세요." 하였다.

"네. 이걸로 향과 초를 사다가 관음보살님 앞에 켜고 두고두고 양위의 수부귀 다남자를 비옵지요."

하고 구 처사는 사양도 아니하고 그것을 받았다. 그는 사람들을 위하여 혹은 명을 빌어 주고 혹은 자식을 빌어 주고 혹은 복을 빌어 주고 그들이 주는 대로 돈이나 양식이나 의복이나 소금이나 간장이나 아무것이나 받아 가지고 살아간다는 말을 봉구가 들은 까닭이다.

"내가 내 몸을 깨끗이 하고 사람을 위하여 복을 빌면 사람들이 나 먹고 살 것을 갖다 줍지요."

처사는 이렇게 믿고 또 말하며 실상 그러하기도 하다.

두 사람이 가물사물 안 보이게 되도록 처사는 마당에 서서 바라보았다. 두 사람도 가끔 뒤를 돌아보며 손을 흔들었다. 석양은 설봉산에 걸렸는데 벽송대 골짜기에서 피어오르는 구름이 이상하게 험상스러운 모양을 이루

어 가지고 저녁 하늘을 덮어 차디찬 가을 한 소나기가 금시에 쏟아질 듯하다. 음산한 바람이 단풍든 관목 잎을 흔들어 어지러이 날리는데, 두 사람은 말없이 아래로 아래로 걸어 내려온다. 그러나 비록 날이 저물 염려가 있고 찬 소나기가 올 근심이 있더라도 두 사람의 마음은 기뻤다. 다만 순영이가 무슨 말을 할듯할듯 하다가는 못하기를 여러 번 하다가 봉구가 자기가 할 말이 있어 하는 눈치를 챈 줄을 안 뒤에야,

"만일 내게 허물이 있으면 어찌하세요?" 하였다.

"무슨 허물?"

"아니 무슨 허물이든지 말이야요. 용서해 주세요?"

"순영 씨께 허물이 있을 수가 없지요. 그렇지만 만일 있다 하면 천 번 만 번이라도 용서하지요."

순영은 봉구의 목에 매달려 봉구에게 감사하는 뜻을 표하였다.

68회　그렇지만 아름다운 꽃이 오래가지 못하는 것과 같이 아름다운 사람도 오래가지 못하는 것 같았다. 꽃이 항상 날리는 바람을 탓하는 것과 같이 사랑을 져 버리는 사람은 항상 운명을 한탄하는 것이다.

봉구와 순영이가 석왕사에 다녀온 지 한 달이 못하여 관수동 백윤희의 집(동대문 밖에 있는 집은 백의 정자요. 원집은 관수동이다)에는 성대한 잔치가 벌어졌다. 동리 사람들은 백씨 집에서 며느리를 맞는가 또는 조카사위를 맞는가 하고 공론도 많았거니와 기실은 이것도 아니요 저것도 아니요 백씨가 유처취처로 첩장가를 드는 잔치인 것은 아는 사람이나 알았다. 백의 돈에 고개를 숙이는 장안의 많은 사람들은 백의 혼인(?)에 대하여 여러 가지로 축하하는 뜻을 표하였다.

이 소문을 봉구의 어머니가 듣기는 이 잔치가 있기 한 주일쯤 전이었다. 그는 이 소문을 듣고 차마 봉구에게 말을 전하지는 못하였다. 봉구가 오

는 봄이 오기를 손꼽아 기다리는 정경을 보매 그것을 실망시키기가 너무도 가엾은 까닭이다. 그래서 그는 봉구에게 아무 말도 안 하고 혼자서 이 혼인을 깨뜨릴 도리를 연구하였다.

첫째에 봉구의 모친이 취한 방책은 직접 신부될 순영을 찾아보는 일이다. 그는 맛난 과자 한 봉을 사서 보자기에 싸 가지고 하루는 순영을 찾았다. 순영은 벌써 학교에서 퇴학을 하여 순기의 집에 나와 있을 때다. 순영은 봉구의 모친을 볼 때에 처음에는 퍽 부끄러운 빛이 보였으나 곧 태연하게 그를 영접하였다.

"에그, 과자는 왜 사오셨어요?"

하는 인사를 할 여유도 있었다. 그러고는 봉구의 모친이 무슨 말을 할 듯할듯하면서도 하지 못하는 양을 보고는 순영이가 먼저,

"그렇지 않아도 제가 오늘이나 내일이나 한번 찾아가 뵈려고 했어요. 오늘 이렇게 저한테 찾아오신 뜻도 짐작은 합니다. 그러나 여기서 여러 말 씀드릴수도 없으니 일간 댁으로 찾아가 뵙고 봉구 씨한테도 이야기를 하겠습니다."

하여 봉구의 모친의 말을 막아 놓았다. 진실로 순영은 한번 봉구를 찾아볼 맘도 있고 일도 있었던 것이다.

봉구의 모친은 순영의 태도를 볼 때에 벌써 일이 틀어진 줄을 알았다. 그러할 때에는 봉구의 전도가 눈앞에 보이는 듯하여 가슴이 아팠다.

며칠 후에, 바로 순영이가 백의 집에 시집을 가기 바로 전날에 봉구의 집을 찾았다. 봉구는 이때까지도 순영이가 백에게로 시집가게 된 줄도 모르고 가슴에 장래의 아름다운 꿈을 품으면서 학교에서 돌아왔다.

마루 앞에 여자의 구두가 놓인 것을 보고 봉구는 가슴이 두근거렸다.

"어머니, 나 왔어요."

하고 일부러 소리를 높였다. 그 소리에 응하여 봉구가 예기하던 바와

같이 순영이가 문을 열고 마루 끝에서 구두끈을 끄르는 봉구를 내다보고 반가운 듯이 웃으며,

"제가 왔어요. 추우시지요?"

하고 봉구의 낡은 외투를 본다.

석왕사 다녀온 후에도 두어 번 만났다. 만나서는 아주 부부와 같이 정답게 지냈다. 그러나 지난 두어 주일 동안은 순영이가 여러 가지 핑계로 오지를 않아서 봉구의 마음을 좀 괴롭게 하고 있었던 터이다. 순영은 봉구가 아무것도 모르고 자기가 찾아와 준 것만 좋아하는 양이 심히 불쌍하였다. 그래서 마음껏 오늘 하루에 그를 위로해 주리라 하고 극히 봉구를 정다워하는 생각으로 봉구의 곁에 놓인 책보와 모자를 들고 앞서서 건넌방으로 들어갔다. 건넌방은 봉구의 방이다. 봉구의 책상 머리에는 여전히 자기의 사진과 자기가 석왕사에서 향적암 갔다 오다가 꺾어 주었던 단풍 가지를 아직도 그 사진에 그늘이 지도록 필통에다 꽂아 놓았다. 그것을 볼 때에는 순영은 피를 토할 듯이 가슴이 아팠다.

"웬일이야요? 오늘은 무슨 바람이 불었어요?"

하고 벙글벙글 웃고 들어와 자기를 안으려 하는 봉구를 순영은 피하였다.

69회 피해 가는 순영을 봉구는 껴안았다. 순영은 애써 피하려고도 아니하고 봉구가 하는 대로 안기었다. 그러나 봉구는 순영의 눈에서 눈물이 흘러내리는 것을 보고 깜짝 놀랐다.

"왜 우우?"

어머니가 안방에서 들을까 봐서 봉구의 말소리는 가늘었다. 기실 불쌍한 어머니는 가슴을 두근거리면서 건넌방에서 무슨 일이나 생기지 않는가 하고 근심을 하고 있었다.

그러나 순영은 대답이 없이 그저 울기만 하였다.

"무슨 일이오? 응? 내가 무얼 잘못했어?"

"아니… 아니오."

순영의 말소리는 떨린다.

"그럼 왜 우우?"

"……."

"말을 하구려. 말을 해야 알지. 왜 울어요?"

봉구가 재우쳐 물을수록 순영의 입은 더욱 굳어지는 듯하였다. 이것을 보고는 지금까지 아무 다른 생각이 없던 봉구의 얼굴에도 무슨 의심과 근심의 빛이 돌았다. 그러나 '그럴 리가 없다' 하고 혹 순영이가 다른 데로 시집을 가려는 뜻이나 아닌가 하는 의심에 대하여는 혼자 굳세게 부인해 버렸다. 그러고는 자기의 무릎 위에 쓰러진 순영의 눈물에 젖은 뺨을 만지며,

"자, 일어나요. 일어나 말을 해요. 자, 내가 순영 씨 오면 드릴 양으로 사다 둔 과자가 있으니 우리 그거나 먹으면서 이야기를 해요. 울기는 왜 울어…."

하고 봉구는 순영을 무릎 위에 누인 대로 허리를 펴서 책상 문을 열고 종이로 만든 과자상자를 내놓는다. 한 일주일이나 전에 진고개를 갔다가 '기무라야'라는 일본과자집에서 가장 맛나 보이는 것으로, 또 순영이가 좋아할 듯한 것으로 이것을 사고, 어머니를 위하여 다른 과자를 좀 사가지고 왔다. 그러고는 날마다 날마다 순영이가 오기만 기다린 것이다. 봉구에게는 석왕사에서 돌아와서부터는 순영은 잠시 일이 있어서 어디 출입한 아내라고밖에 더 생각할 수가 없다. 그래서 순영을 기다리는 것도 어디 다니러 갔던 가족을 기다리는 것과 같았던 것이다.

"이 과자 사온 지가 일주일이나 되었어요. 그런데 어쩌면 과자가 다 말라 빠지도록 오지를 아니하오?"

이 모양으로 봉구는 과자상자를 열어 놓고 우는 순영을 달래었다. 그제야,

"저는 기숙사에서 나왔어요."

하고 순영이가 결심한 듯이 고개를 들고 말을 냈다.

"기숙사에서? 왜요?"

봉구는 눈이 둥그래졌다.

"우리가 석왕사에 갔다 온 것이 탄로가 되었어요?"

"아니오. 그런 것도 아니지만…."

"그러면 왜요? 왜 기숙사에서 나오셨어요?"

"저를 용서해 주세요!"

"무얼요?"

"용서하시는 것보다는 저를 못된 년이라고 잊어버려 주시어요──과연 제가 안된 년입니다. 그렇지만 봉구 씨는 저를 용서해 주시겠지요? 저도 제 맘으로 그러는 게 아니니까요. 제 맘으로야 그럴 리가 없지만…. 그야 제 맘이라고도 할 만하지만──그렇지만 어디 제 맘으로야 그럴 리가 있어요? 그렇지만…."

"아니 대관절 무슨 말이오?"

하고 봉구의 낯빛은 엄숙해진다. 순영은 그것을 보고 무서운 듯이 몸을 뒤로 흠칫 끈다. 그리고 말이 뚝 끊긴다.

"아니, 대관절 어쨌단 말이야요? 지금 무슨 말씀을 하는 심이야요? 당초에 알아들을 수가 없으니."

"모르세요?"

"무얼?"

"에그머니, 내가 어쩌면 좋은가?"

하고 순영이가 또 운다.

"울더라도 이야기나 시원히 하고 우시오! 무얼 내가 모른단 말이야 요?"

봉구가 지금까지 어머니를 꺼리던 것도 다 없어지고 점점 목소리가 커가고 관자놀이에 핏줄이 불끈불끈 내민다. 그러나 아직도 봉구는 무슨 일인지 알지는 못한다.

"제가 내일은 혼인을 해요!"

하고 순영은 고개를 들어 잠깐 봉구를 바라보고는 무슨 무서운 처분이나 기다리는 모양으로 고개를 숙인다.

봉구는 순영의 말을 들었는지 못 들었는지 마치 이목구비와 오장육부가 모두 굳어진 사람 모양으로 움직임도 없이 소리도 없이 멍멍하니 앉았다. 방안에는 찬 기운이 핑 돈다.

70회 봉구가 말없이 앉았는 것이 순영에게는 퍽 무서웠다. 순영의 눈앞에는 봉구가 피 선 눈으로 시퍼런 칼을 들고 자기에게 덤벼드는 것이 눈앞에 번쩍하였다. 그리고 눈을 가만히 들어 봉구를 바라보니 봉구는 여전히 말없이 자기를 건너다보고 앉았다. 그때의 봉구의 얼굴은 오직 엄숙하게 침착하게 보였는데 그것이 순영에게는 말할 수 없이 무서웠다. 이 순간에 순영은 봉구가 자기보다 심히 높고 크고 무서운 사람인 것을 깨달았다. 그의 좀 크고도 순해 보이는 눈은 한없이 깊은 듯하고 속에는 무서운 불이 숨어 있는 듯하였다. 만일 봉구가 한 번 큰 노염을 발하여 그 눈을 부릅떠 자기를 노려본다면 자기는 그 불에 타서 스러져 버릴 것 같았다.

'아아, 봉구에게는 말할 수 없는 무슨 큰 힘이 있구나!' 하고 순영은 봉구가 그리워졌다. 백은 고깃덩어리다. 욕심과 음욕과 점잖은 체를 꾸미는 허식을 채운 보기 좋은 고기주머니다. 그러나 봉구에게는 무슨 무서운 힘이 있다. 불이 있다. 그의 아직 애티 있는 귀여움 외에 역시 봉구에게는 심히 높고 귀한 무슨 힘이 있는 것을 순영은 봉구를 무서워하여 가슴이 두근거리면서도 깨달았다.

"왜 저를 그렇게 가만히 보시고만 계셔요? 무서워요. 차라리 저를 책망해 주세요, 때려 주세요!"

하고 순영은 손을 내밀어서 봉구의 무릎 위에 놓인 손을 잡으려 하였다. 그러나 봉구는 그 손을 치우고 거절하는 뜻으로 고개를 흔들며,

"무에라고 하셨소? 어디 한 번만 더 말해 보시오. 나는 내 귀를 믿을 수가 없소이다. 무엇이 어때요? 내일 어때요?"

순영은 잠자코 말이 없었다.

"혼인을 해요?"

"……."

"누구하구?"

"용서하세요. 둘째오빠가…."

"가오. 더러운 것 ─가!"

하고 봉구가 순영을 피하여 돌아앉는 서슬에 책상 위에 놓였던 순영이의 사진이 눈에 띄었다. 봉구는 그것을 사진틀에 끼인 채로 어깨 위에 높이 들었다가 방바닥에 내던지니 요란한 소리를 내며 유리알은 부서지고 사진은 꺼꾸러진 사진틀 밑에 반이 찢겨서 방바닥에 떨어져 버렸다.

순영은 절반이 찢어진 자기의 사진을 보고 아랫입술을 꼭 물었다. 그러고는 가만히 일어나서 봉구의 등 뒤를 돌아서 도망하는 사람 모양으로 마루로 나왔다. 마루에는 아까부터 봉구의 어머니가 지켜 섰다가 건넌방에서 나오는 순영을 눈물 머금은 눈으로 물끄러미 보았다. 그러나 순영에게 무슨 말을 하려고는 아니하였다. 그의 맘에는 순영을 경멸히 여기는 생각이 가득히 찬 까닭이다.

순영은 봉구 어머니의 눈을 피하여 얼른 구두를 신고 난 뒤에 손에 들

었던 보통이에서 커다란 서양 봉투 하나를 내어 말없이 봉구 모친 앞에 내놓고는 고개를 푹 수그리고 빠른 걸음으로 봉구의 집을 뛰어나왔다.

밖에는 살을 베이는 듯한 찬바람과 아울러 싸락눈이 부슬부슬 뿌렸다. 순영은 얼마를 뒤도 안 돌아보고 뛰어나오다가 종로 한일은행 모퉁이에 나와서 요란한 차 소리와 사람의 소리에 비로소 정신이 든 모양으로 멈칫 섰다. 서서 생각하니 과연 자기가 언제 봉구의 집에를 갔다가 어떻게 여기까지 뛰어나왔는지 마치 무슨 무서운 꿈을 꾸다가 중도에 깬 것 같았다. 혹 뒤에 눈에 피가 서고 손에 칼을 든 봉구가 따라오지나 아니하나 하고 무서운 생각으로 뒤를 돌아보았으나 석양에 좁은 골목에서 다니는 사람조차 드물었다.

순영은 잠깐 추녀 끝에 몸을 감추고 인제 손에 들고 오던 목도리로 목과 코를 쌌다. 그리고 머리 모양과 옷 모양과 구두끈 맨 것을 한 번 살펴보고는 비로소 맘이 놓이는 듯이 예사로운 걸음으로 집을 향하고 돌아왔다. 그러나 아무리 그 생각을 아니하려 하여도 일전 선주와 같이 백인이라는 점쟁이한테 갔을 때에 그가 자기를 보고,

"미인이 본래 박명하니 신변에 항상 나를 원망하는 이가 따르는도다. 재물이 누거만累巨萬: 매우 많음이나 마침내 와석종신臥席終身: 제명을 다하고 편안히 자리에 누워 죽음이 어려우리라. 도무지 나의 탓이어니 누구를 원망하리오."

하던 것이 무서운 힘을 가지고 연해 생각되었다.

71회 앞날이 어찌되려는가? 순영의 맘에는 근심이 가득하였다. '내 잘못이야. 내 잘못이야!' 하고 혼자 애를 태우나 그것이 아무 소용이 없었다. 순영의 앞에는 무서운 시커먼 굴이 가로막혔는데 아무리 자기가 그 굴을 피하려 하여도 피할 수 없이 자기가 지금까지에 뿌려 놓은 여러 가지 씨의 열매가 눈에 안 보이는 수없는 동아줄이 되어 울고 발버둥치는 자기를 그 무서운

굴 속으로 몰아넣으려는 것 같았다.

"에이, 누가 아나? 아무렇게나 되는 대로 되어라!"

하고 순영은 길게 한숨을 쉬었다. 그러고는 백을 졸라서 조선에 있지 말고 어디 멀고 먼 나라로 가리라. 그리하면 '원망하는 자'가 신변을 따르지도 못하리라. 봉구에게는 자기네가 오는 곳에 올 만한 돈이 없는 것이 다행이다. 이렇게 생각하고 홀로 안심하려 하였다.

그러나 순영의 맘에는 평화가 오지 아니하였다. 그날 밤새도록 순영은 눈이 뻘겋게 되고 손에 칼을 든 봉구의 그림자에게 위협을 당하느라고 조금도 잠을 이루지 못하였다. 그리고 그 이튿날은 혹 봉구가 와서 야료나 아니할까 하여 어서 오전이 가고 오후가 가서 혼인식이 끝나고 자기가 백의 집 안방에 깊이 몸을 감추게 되기를 기다리고 맘이 초조하였다. 그럴수록 그날은 더욱 길었다. 흐리기 때문에 더욱 긴 것 같고 눈이 오기 때문에 더욱 긴 것 같았다.

마침내 오후 4시가 왔다. 윤 변호사와 함께 밀려다니는 변호사 측 몇 사람이 오고 순기의 친구라는 자 몇이 오고 백의 친구라기보다 백에게 달려서 먹고 사는 병정이 한 사오인 오고 선주와 함께 오정 때부터 와서 설레는 여학생 출신으로 남의 첩으로 간 여자 사오인이 있고, 돈만 주면 어떠한 혼인 예식이라도 하여 준다는 김 목사가 오고 마침 신랑 되는 백이 오고 이리하여 한 이십 명이나 모여서 순기 집 사랑채에서 혼인 예식을 하기로 되었다. 순기 부인의 반대로 안채는 못 쓰게 된 것이다.

이렇게 손님도 적게 모였건만 모두 많이 모인 체하고 남모르게 하는 모양 같건만 아주 당당히 하는 체하느라고 순기는 안팎으로 나왔다 들어갔다 하며 호기롭게 호령을 하고 지휘를 하였다.

예식도 꼭 같았다. 순영은 곱게 화장을 하고 연분홍 신의에 면사포를 쓰고 계집애 둘 얻어다가 꽃 들리고 신랑은 프록코트 입고 풍금 갖다 놓고 혼인 행진곡 치고 목사가 성경 읽고 기도하고 갖은 격식을 다 차렸다.

"김순영 백윤희에게로 시집간즉…."

하고 순영의 맹세를 청할 때에 순영은 극히 엄숙하게,

"네!" 하고 대답하였다.

"이 혼인이 마땅치 않다고 생각하는 이가 있거든 지금 말하시오."

하고 목사가 방안을 둘러볼 때에는 아무 말도 없고 오직 순영의 가슴만 뛰었다. 만일 봉구가 오면 어찌하나 하고 순영이 맘을 졸였다. 그러나 마침 내 봉구도 오지 않아 순영이가 백윤희의 첩으로 들어가는 혼인 예식은 무사 히 끝이 나고 손님들을 곧 조선호텔로 보낸 뒤에 신랑 신부는 관수동 백의 본집으로 갔다. 이 집에서는 상당히 큰 잔치를 베풀었다.

백의 집에 와서 순영은 신식 혼인 복색을 벗고 구식으로 차렸다. 다만 신랑 신부의 차림은 모두 첩의 예에 의지한 것이다. 순영은 그것이 심히 불 쾌하였으나 모두 다 참았다.

"신부가 얌전도 해."

"어쩌면 저렇게 이쁘우?"

"무슨 선녀 같으이."

이러한 여편네들의 자기를 비평하는 말이 들릴 때에는 마음에 기쁘기 도 했으나,

"첩으로는 아깝다." 하는 어떤 사내 목소리 같은 노파의 비평이 들릴 때 에는 가슴이 선뜻했다.

시부모에게 폐백을 드리는 것은 당연한 일이지만 백의 본마누라에게 절을 하라고 할 때에는 그 자리로 귀신 같은 복색을 벗어 버리고 뛰어나가 고 싶었다.

'그러나 그것도 해야 된다' 하고 순영은 양미간을 찌푸렸다. 자기가 힘 들여 절을 하고 나서 잠깐 눈을 떠 보니 본마누라는 며느리 절이나 받는 듯

이 앉아 받은 모양이다. 본마누라는 얼굴에 벌써 잔주름이 잡혔으나 예쁘장하고 점잖은 얼굴이었다. 그의 눈과 순영의 눈이 마주칠 때에 순영은 깜짝 놀라는 듯하였다.

72회 순영이가 모든 예식을 마치고 동대문 밖 집으로 나가려고 자동차에 오르려 할 때에 문득 구경꾼 틈에 봉구의 모양이 번뜻 보이는 것을 보았다. 순영은 정신이 아뜩하여짐을 깨달았다. 그러나 다시 정신을 차려 볼 때는 봉구는 벌써 거기 있지 아니하였다.

'얼마나 내게 대하여 원망을 품었을까' 하고 생각할 때에 순영의 몸에는 오싹 소름이 끼쳤다. 그렇더라도 봉구를 따라갈 수는 없는 것이 아니냐. 또 봉구가 자기를 위하여 썼던 돈 500원도 갚아 준 것이 아니냐. 봉구는 자기에게 대하여 밑진 것은 하나도 없는 것이 아니냐. 순영은 이렇게 생각하였다.

그러나 순영의 맘은 결코 편안할 길이 없었다. 잠깐만 방에 혼자 앉아 있게 되어도 혹은 문으로 혹은 창으로 봉구의 벌겋게 된 눈이 보이는 듯하였고 밤에 자리에 들어 자다가 밖에서 들리는 바람 소리에 문뜩 잠이 깨더라도 머리맡에서 시퍼런 칼을 든 봉구가 와 섰는 듯 하여 가만히 팔을 늘여서 슬슬 더듬어 보고야 한숨을 쉬고 다시 잠이 들었다.

찾아오면 어찌하나, 백에게나 자기에게 여러 가지 말을 쓴 편지를 하면 어찌하나, 또는 자기를 잃어버린 것을 비판해서 봉구가 유서를 써 놓고 자살이나 하면 어찌하나, 자살한 뒤에 그 유서가 나와서 각 신문에 그와 자기와의 관계가 탄로가 되면 어찌하나, 지금 세상에 그럴 리는 없겠지만 자살한 봉구의 영혼이 자기 곁을 떠나지 않고 못 견디게 굴면 어찌하나.

백에게 시집을 와서 동대문 밖 구중궁궐 같은 집 안방에 깊이깊이 들어앉아서 생각해 보면 역시 자기의 일생 운명은 봉구의 손에 달린 것 같았다.

어찌 하여 봉구의 마음을 좀 풀어 줄 도리가 없을까. 자살을 하거나 따라다니거나 편지질을 하지 아니하고 가만히 있도록 할 도리가 없을까. 순영이가 시집오던 날 자동차에 오르는 순영을 힐끗 보던 봉구의 눈! 그것이 생각이 날 때마다 순영은 모골이 송연함을 깨달았다.

이 모양으로 십여 일이나 지났다. 단꿈과 같아야 할 신혼생활은 도리어 바늘방석에 누운 것 같았다. 마침내 백이,

"어디가 편지 않소?"

하고 근심스러운 듯이 순영에게 묻게 되었다.

"아니오. 좀 피곤해서."

하고 말을 흐려 버리고 말았으나 거울에 비치는 자기의 얼굴을 보더라도 십여 일 내에 퍽 수척한 빛이 보인다.

"겨울을 타오? 온천에나 가려오?"

하고 백은 순영의 속도 모르고 친절히 물어 주었으나,

"아니야요. 괜찮아요." 하고는 두근거리는 가슴이 남편의 눈에 띌까 봐서 두 겹으로 애를 태웠다.

날마다 봉구의 손으로 말미암아 무슨 일이 날 것을 기다려도 아무 일이 없었다. 봉구는 결코 그렇게 무지한 일을 할 사람은 아니다, 이리로 달려오거나 못된 편지를 보내어 나를 괴롭게 할 사람이 아니다 하고 순영은 의외에 안심을 얻었다. 그러나 봉구는 한번 하려고 맘에 먹은 일은 하고야 마는 사람이니 그가 그날에 나를 위하여 어떠한 일을 생각하였을까, 그때에 생각한 일은 반드시 실현되고야 말 것이다──이렇게 생각하면 여전히 무서움과 근심이 있었다. 도리어 여러 날을 두고 아무 소식도 없는 것이 무서웠다.

'편지로 빌까. 죽을 죄로 잘못했으니 용서해 달라고. 이왕 잘못한 것을 어찌하느냐고.' 그래서 순영은 편지도 여러 장을 쓰다가 말고 써서는 찢어 버렸다.

'한번 찾아가 보자. 가서 울고 매달려서 빌자. 기왕 일을 저질러 놓았으
니 용서해 달라고 울고 빌자.' 순영은 자기의 아름다움의 힘과 눈물의 힘을
믿었다. 그래서 둘째오빠 집에 간다는 핑계로 봉구를 찾아갈 것도 생각해
보았다. 그러나 오늘 내일 하고 그것도 곧 실행이 되지 못하였다.

그러나 하루는 순영이가 탐보원으로 세운 계집하인에게서 무서운 보
고를 받았다. 그것은 웬 학생 하나가 대문 밖에서 왔다갔다 하더니 들어올
듯 말 듯 서너 번이나 머뭇거리다가 가 버렸다는 말이다. 그 사람의 모습을
물으면 계집하인은 순영이가 묻는 대로, "네, 네" 하고 모두 승인을 하였다.
얼굴이 기름하고 콧마루가 서고…. 그렇다 하면 이것은 분명히 봉구다. 어
찌하나.

-하편-

73회 순영을 돌려보내고 나서 봉구는 순영의 뒤를 따라볼 양으로 마루에
나섰다. 그때에 마루에 놓인 봉투를 보고, '흥. 유언인가' 하고 봉구는 분노
하는 마음으로 떼었다. 그 속에는 '일금 오백원'이라고 쓴 종이 조각 하나와
10원짜리 쉰 장이 들어 있었다.

"응. 그래도 돈은 도로 가지고 왔고나."

하고 그 모친이 말하는 것을 봉구는 그 돈을 마룻바닥에 동댕이를 치며,

"그년이 돈만 도로 가져왔어요! 돈만 도로 가져오고 내 희망은 영 가지
고 달아나고 말았어요. 어머니, 나는 그년의 원수를 갚고야 말 텝니다. 어머
니, 지금 그년이 하는 말을 들으셨지요? 내가 잘못 들었습니까? 아아 어머
니!"

하고 뛰어나가는 것을 모친이 붙들었다.

"애, 지금 따라가면 어찌하니?"

"내가 왜 그년을 살려 돌려보냈어요? 고년을——고 혓바닥과 맘을 둘씩 셋씩 가진 년을 내가 왜 칼로 박박 찢고 오리지를 못하였어요? 어머니, 놓아 주세요!"

마땅히 당장에 차고 때리고 칼로 찌르고 할 것을, 헛된 체면과 위엄을 차리느라고 그 죄인을 그냥 돌려보낸 것이 말할 수 없이 분해서 봉구는 그 어머니가 붙드는 것을 뿌리치며 이를 갈았다.

"이년을——이런 년을 안 죽이고 세상에 살려 두면 세상이 썩어진단 말이야요."

"애 네가 분한 것을 나도 안다마는 사내대장부가 그게 무에냐. 그까진 계집애 하나 때문에 일생을 버린다는 것이 말이 되느냐——늙은 어미를 생각하더라도 네가 어디 그럴 수가 있느냐."

어머니의 목소리는 슬프고 말은 간절하였다. 또 생각해 본즉 지금 달려 가서 순영을 쾌하게 죽여 버린다 하더라도 그것은 너무도 힘없는 보복이다. 순영이를 죽여만 버려 가지고는 도저히 이 원망을 풀 길이 없다. 그를 오래 오래 살려 두고 지지리 지지리 괴로움과 부끄럼을 당하게 해도 시원치 않고 저승에까지 따라 가서 순영을 지옥의 유황불 가마에다 넣고 재글재글 끓이 고 볶아도 이 분풀이가 될 것 같지는 아니하였다.

봉구는 어머니에게 반항하기를 그치고 마루에 펄썩 주저앉았다. 모친 은 식은 숭늉을 갖다가 목을 축이기를 청하였다. 진실로 봉구의 목구멍에 서는 보이지 않는 불길이 확확 타오르는 듯하였다. 벌떡벌떡 서너 모금이나 물을 마시고는,

"어머니, 제가 불효자 올시다."

"아서라. 그런 소리 밀고 어서 맘을 가라앉혀라. 왜 조선 천지에 순영이 밖에는 계집애가 없드냐. 그런 계집애가 들어오면 집안 망한다, 집안 망해.

우리 집에 안 오기를 잘했다."

"어머니 그렇지마는 어쩌면 사람이 그렇게도 변합니까. 다른 사람도 그런가요?"

"그럼, 지금 세상에 누구를 믿니? 부모 형제도 서로 못 믿는 세상에."

"어머니도 저를 못 믿으셔요?"

"네가 나를 안 믿지."

"아니오. 나는 어머니를 믿지만 어머니가 나를 안 믿으시지요. 어머니, 제가 불효자입니다. 그렇지만 어머니, 저를 불효하도록 내버려 주세요. 네?"

"무엇?"

모친은 의심스러운 듯이 눈을 치뜬다.

"아니야요. 제가 지금 결심을 했습니다. 그년의 원수를 갚을 결심을 했습니다…"

"이 애가 또 그런 소리를 하는구나. 아서라."

"아니야요, 어머니. 원수를 갚는대야 그년을 죽이거나 그렇게 하지를 아니합니다. 대번에 그년을 죽여 버려요? 안 돼요. 어떻게 하는 고하니…. 아니 지금 그런 말씀 드릴 필요가 없습니다. 3년만 저를 내어 보내 주세요. 그러면 이 원수를 갚고 말겠습니다."

"왜 그런 소리를 하느냐 감옥에서 나오자마자 왜 또 그런 소리를 하느냐. 3년 동안을 어떻게 기다리기는 하며 또 원수는 무슨 원수를 갚는단 말이냐. 안 된다, 안 되어. 인제는 나를 묻고 가고 싶은 데로 가거라. 내 생전에는 다시는 아무 데도 못 간다――봉구야, 가지 마라, 응?"

모친의 말끝은 울음소리에 흐려졌다. 그러나 가야만 할 봉구는 순영에게 원수 갚는 길을 아니 떠나지 못했다.

74회 10여 일이나 공로를 들여서 마침내 봉구는 김영진金英鎭이라는 가명으로 인천 마루김金 미두米豆: 현물 없이 쌀을 팔고 사는 일. 실제 거래 목적이 아니라 일종의 투기 행위다 취인중매점에 사환 겸 점원 겸 들어가게 되었다.

처음에는 매삭 10원씩을 받고 손님을 끌어들이는 대로 구문 모양으로 또는 상급 모양으로 얼마든지 먹게 된 것이다.

봉구는 학교 정복에서 학교 단추를 떼어 버리고 각 단추를 단 헌옷을 입고 큼직한 운동모자를 푹 눌러쓰고는 아침 8시도 치기 전에 중매소에 와서 다른 사환 하나와 함께 방과 책상을 치우고 난로를 피우고 '영감'이라고 칭하는 주인 김연오金淵五가 발에 철철 끌리는 인버네스를 입고 회색 중절모를 곱다랗게 앞을 눌러쓰고 인력거를 타고 오는 것을 기다려서는 그의 외투와 모자를 받아 걸고 그때부터는 탁상 전화 하나를 들고 앉아서는 여러 손님에게 오는 전화에 일일이 대답을 하고 전장前場이 파하고 후장後場이 시작되기 전과 기타의 여가에는 이 집 단골손님이며 그밖에도 각처에서 미두하러 와서 묵는 손님을 찾아다니며 주문을 받아오는 것이 그의 일이다. 이것을 일본말 절반 조선말 절반으로 '주문도리'라고 한다. 그러나 아직 봉구는 완전한 '주문도리'도 되지 못하였다.

어떤 날은 종일 전화를 받기에 귓속이 윙윙하도록 피곤하여 가지고는 빈손 치고 객주로 돌아오고, 어떤 날은 우연히 '마바라疎ら: 소액거래를 전문으로 하는 사람꾼' 손님의 주문을 조금 얻어서는 '리구이'利食い: 주식을 팔거나 사들여 차액을 버는 일로 돈 원이나 분배를 받아 가지고 돌아온다. 그러나 객주에 돌아오면 독방 치이고 밥값 내고 있는 당당한 손님이다. 봉구는 아무리 하여서라도 건강하고 아무리 하여서라도 오래 살아야 할 몸을 위하여 아무쪼록 음식과 거처에는 돈을 아끼지 아니하였다.

저녁을 먹고 나서는 두어 시간 동안 손님들을 찾아 돌아다니고 9시나 되어 방에 들어와서는 취인에 관한 서적과 각 신문의 경제란을 보았다. 얼마 지나서는 봉구가 일어와 일문을 곧잘 하는 것이 주인의 눈에 들어 전보

통신사에서 오는 하루에도 삼사 차의 통신을 맡아 보아 특별히 볼 만한 중요한 것을 주인 영감 김 씨에게 골라 드리는 책임을 맡게 되었다. 이것은 봉구에게는 여간한 다행이 아니니, 첫째는 매삭 100원 돈이나 들여야 볼 통신을 보는 것이 큰 이익이요, 둘째는 주인 영감과 토론을 하므로 기미에 대한 식견이 느는 것이다. 더욱이 봉구는 잠시라도 상과^{商科}에 있었기 때문에 주인 영감에게는 매우 중요한 말동무가 되었다. 이렇게 이 집에 온 뒤에 봉구의 지위는 너무도 속히 쑥쑥 올라가서 석 달도 지나지 못해서 월급은 30원으로 올라가고 주인의 비서와 같은 자리를 맡게 되었다. 그렇게 되면 또 손님들 중에도 점점 낯익은 이가 많아지고 또 봉구를 신용하는 이도 생겨서 주문도 남보다 많이 받게 되어 차차 수입이 늘어서 어떤 날에는 하루에 100여 원이나 들어오는 때도 있었다.

이렇건만 이것이 봉구를 만족케 할 리는 없다. 봉구가 어머니를 버리고 학교를 버리고 말하자면 인생을 버리고 이 속에 들어온 것은 큰돈을 잡아 보자는 큰 뜻을 품은 까닭이다. 얼마나한 돈을 모으면 흡족할꼬. 적어도 백을 곯려서 순영이가 자기의 발 밑에 목숨을 빌러 올 만하게 돈을 모아야 한다. 봉구는 500만 원이라는 무서운 돈을 목표로 하였다.

'나는 인생의 모든 이상과 모든 의무를 다 내버렸다. 오늘부터 나는 500만 원의 돈을 모으기 위하여 사는 사람이다.' 이것이 봉구가 기미중매소에 들어가던 날의 결심이다. 그래서 아무리 하여서라도 기미에 관한 지식을 얻으면 한번 크게 떠 보자. 그리해서 제2의 반복창^{潘福昌: 일제 강점기 미두로 갑부} ^{가 되었던 사람}이가 되되, 그보다 더욱 큰 반복창이가 되자 하고 결심한 것이다. 이렇게 되는 길밖에는 맘껏 순영이에게 원수를 갚을 수는 없는 것이다.

전화 앞에 우두커니 앉아서 연해 걸려오는 손님의 전화에 대하여 "5정입니다" "8정이야요" 하고 연해 전보로 오는 대판 시세와 인천 거래소 시세를 대답하다가도 잠시라도 빈 시간이 생기면 순영의 생각과 분한 생각이 나고 언제나 목적한 500만 원 돈을 만들어 맘껏 순영과 백윤희에게 원수를 갚아 볼까 하고는 혼자 한숨을 쉬고 주먹을 부르쥐었다.

"여보게, 영진이. 얼른 이 돈을 은행에 맡기고 오게. 2만 원일세."

이 모양으로 차차 주인은 봉구를 신용하게 되었다. 그러나 봉구가 기다리는 날은 언제나 오나.

75회　하루는 봉구가 지금 배달된 전보 통신을 읽고 앉았다가 런던 전보로 이러한 것을 발견하였다.

"독일은 프랑스에 대한 배상 지불을 거절하는 결의를 하였다. 영국은 독일의 이번 결의에 대하여 동정하는 태도를 가지리라."

이 전보에는 분명히 무슨 깊은 뜻이 품겨^{기운 따위를 지닌} 있다. 봉구는 곧 그 전보를 가지고 주인에게로 갔다. 주인은 마침 어떠한 손님과 돈 거래를 하는 중이므로 봉구는 문 밖에서 그 손님이 나오기를 기다렸다. 이윽고 그 손님이 나온다. 봉구는 깜짝 놀랐다. 그 손님은 다른 이가 아니고 자기 있던 학교 선생 김 박사다. 순영과 혼인을 하려고 애를 쓰다가 실패한 김 박사다. 봉구는 얼결에 "선생님" 소리가 나오는 것을 꾹 참고 얼른 외면을 하였다. 그는 물론 자기가 누구인지를 모르고 모자를 푹 숙여 쓰고 외투 깃으로 두 뺨까지 싸고 나가 버렸다.

"영진이, 내게 무슨 말이 있나?"

주인의 음성은 매우 다정한 듯하였다. 영진은 전보 통신을 주인의 책상에 펴놓고 그 런던 전보를 보였다. 주인은 안경 너머로 한참 동안이나 그 전보를 들여다보더니 별로 신기하지도 않은 듯이,

"그게 어쨌단 말인가?"

하고 봉구를 바라본다.

"그 전보가 참이라 하면 반드시 일본 경제계에도 큰 영향이 올 것입니

다. 제 생각에는 '가부'株: 주(식)는 떨어지리라고 믿습니다."

'가부'가 떨어진다는 말에 주인은 놀라는 듯이 그러나 그 이유를 알 수 없다는 듯이,

"응? '가부'가 떨어져? 어째서?"

하고 심히 황황한 모양이다.

"독일이 만일 불란서에게 배상금을 안 준다 하면 불란서 공채가 뚝 떨어질 것이 아닙니까. 그렇다 하면 영미의 경제계가 동요가 될 것이요, 따라서 일본에도 그 파동이 올 것입니다. 알아듣기 쉽게 말하면 독일이 배상금 지불을 거절하기 때문에 세계적으로 큰 '후케이키'不景氣: 불경기, 불황가 올 것입니다. 설사 불란서가 들고 일어나서 독일의 이 결의를 눌러 버린다 하더라도 한참 동안은 야단이 나리라고 믿습니다."

이 말을 듣는 동안 주인은 가끔 고개를 끄덕거리기도 하고 근심되는 듯이 눈살을 찌푸리기도 하더니 봉구의 말이 끊어지자,

"자네 말이 옳아! 지금 몇 시인가? 11시 10분. 아직도 시간이 조금은 남았으니 영진이 자네가 서울 백락삼 중매점에 얼른 전화 걸어서 내 주株 지금으로 팔아 버리라고 그러게. 일오─五에 팔아 버리라고 그래 주게."

하고 자못 황황해한다. 봉구는 주인이 많은 주를 가진 줄을 생각도 아니 한 바요, 다만 기미 시세를 말하기 위해서 이 전보를 보였던 것이다. 이런 기회를 이용해서 자기의 조그마한 밑천(500원)으로 돈을 좀 만들어 보려 하였던 것이다.

"그런데 영감 저는 이번 기회에 쌀을 팔고 싶습니다. 비록 그 전보가 잘못이거나 또는 불란서가 일어난다 하더라도 적어도 일주일 이상은 이 영향이 가리라고 믿습니다. 제게 돈 500원이 있으니 그것을 맡으시고 제 이름으로 천 석만 팔아 줍시오."

"그러게, 그러게! 자. 어서 서울 걸어 응. 이제 한 시간──어서 해야, 어

서 해야."

하고 주인은 서울 주 파는 일을 봉구에게 맡겨 버리고는 취인소로 들어가 버리고 만다. 봉구는 서울 백락삼 중매점을 불러 놓고는 회답이 오는 동안 가만히 생각해 보았다. 주인이 너무도 자기의 말을 믿어 주어 쌀을 모조리 팔아 버렸다가 아주 낭패가 되면 어찌하나 하였다. 그러나 모든 것은 모험이다. 나도 내 전 재산 500원을 내어 던지는 것이 아니냐. 아무러나 시간이 늦어지면 만사가 다 틀어져 버리고 만다. 사람들이 모두 이 소문을 듣게 되면 다들 팔려고만 들고 살 사람이 없을 것이다. 봉구는 자기가 맘대로 나가서 시각이 바쁘게 팔지 못하는 것이 애가 탔다.

이윽고 서울서 전화가 왔다. 봉구는 주인의 뜻을 전하였다. 봉구는 혼자 앉아서 거래소에서 오는 전화를 받고 손님에게 오는 전화를 대답하여 주었다. 거래소에서는 정부에서 20만 석 사들인다는 소문 때문에 얼마가 안 남은 토요일 끝장에 기미값은 끝을 모르고 자꾸 올라갔다.

76회 봉구는 애가 탔다.

"이러고 있을 수가 없다. 반드시 몇 분 내에 큰 변동이 생길 것이다. 어서 이때에 팔아야 할 텐데."

하고 취인소에 주인을 부르나 주인은 나오지를 아니하였다. 마침내 봉구는 참다 못하여 자전거를 달려서 취인소로 갔다. 우연히 전화가 혼선이 되어 어떤 일본사람이 급한 듯이 1만 석을 팔아라 하고 소리 지르는 것을 들은 때문에 더욱이 자기의 판단에 확신을 얻은 까닭이다.

"영감님 파시오. 얼마라도 파시오. 시각이 급합니다."

하고 옷소매를 잡아채었다.

"글쎄, 자꾸 이렇게 올라가는데."

하고 주인은 매우 주저하는 모양이다.

"그러면 제 돈 500원 갖고 천 석만 팔아 줍시오."

하여 봉구는 꽤 황황하게 졸랐다. 자기는 약은 체하지만 기실은 혜식은 맺고 끊는 데 없이 싱거운 궁리가 둔한 주인은 봉구가 서두르는 판에 만 석을 덥석 팔아 버렸다. 그러는 것을 보고 봉구는 안심한 듯이 집으로 돌아왔다.

시계는 벌써 11시 55분. 만일 이 시계가 거래소 시계와 꼭 맞는다 하더라도 나머지는 5분밖에 없다. 아아 무서운 운수의 바늘이 똑딱똑딱 소리를 내고 돌아간다. 아나나 다를까. 각처에서 전화가 온다. "팔아주시오!"하는 주문이다. 그러나 이때는 벌써 시간이 없었다.

"시간이 없습니다. 2분밖에 없습니다."

이 모양으로 대답하는 동안에 오포가 울었다. 일은 다 끝난 것이다.

이날 거래소에서는 일본 정부에서 20만 석 산다는 소문에 구미가 동한 미두꾼들이 나도 나도 하고 사기를 다투었다. 그러다가 12시에 겨우 10분을 남겨 놓고 마루김金이 만 석을 팔고 이어 스즈키가 만 석을 팔게 되매 장내는 대혼란이 되었다. 그러나 벌써 손 쓸 새도 없이 오정이 울었다. 많은 사람들은 벼락 맞은 사람들 모양으로 영문도 모르고 눈이 둥그레서 비슬비슬 거래소 밖으로 나왔다.

"대관절 웬 셈이야?"

"아마 대판 무슨 일이 생긴 게야."

이러한 근심 가득한 회화가 거래소에 몰려오는 조선 사람들이 중에서 들렸다. 봉구는 전승 장군 모양으로 의기양양하게 교의에 걸터앉아서 꾸역꾸역 몰려 들어오는 손님들에게 오늘 시장에서 대혼란이 일어난 이유를 설명하였다. 그러고는 맘 놓지 못해 하는 사람들에게

"염려 마세요. 사셨거든 참고 견디세요."

하고 비결을 가르쳐 주었다. 그러나 팔아라, 팔아라 하는 미두심리라 할 만한 일종의 군중심리에 휩쓸려 군중에게는 그렇게 냉정한 생각을 할 만

한 여유가 없고 오직 어서 월요일이 오면 앞장 첫 절에 팔아 버릴 생각뿐이었다.

"영진이, 옷 입고 나와!"

영진은 깜짝 놀라서 고개를 돌렸다. 그 큰 얼굴에 넘치는 웃음을 띠고 자기의 어깨에 손을 짚은 주인이다.

"네? 어디를 갑니까?"

하고 봉구는 상관 앞에서 하는 모양으로 벌떡 일어나 '차려'를 했다.

"자, 어서 나하고 가세."

봉구는 주인과 같이 인력거를 타고 만국공원 못 미쳐 있는 청요리집 사해승평루로 올라갔다.

"당신의 신세가 크이."

주인은 테이블에 마주 앉은 봉구를 유심히 보면서,

"지금 모두들 야단이야! 하하. 서울에도 전화를 걸었더니 내 것 팔린 뒤에 5분이 못 되어서 대혼란이 일어나 가지고는 반시간 내에 200점 떨어졌다네그려. 모두 자네 덕일세. 어, 수만 원 패 볼 뻔한걸."

하고 여간 좋아하지를 않는다. 봉구도 기뻤다. 돈이 좀 생기는 것도 기뻤거니와 자기의 지혜를 믿게 된 것이 더욱 기뻤다. '500만 원!' 500만 원 돈을 만드는 것은 결코 공상이 아니요, 순식간에 될 것 같았다.

"영진이 자네 아무리 해도 이상한 사람일세. 내 어쩌 처음부터 이상하게 보았거니…. 진정을 말하게. 내 힘으로 도울 수 있는 일이면 힘껏은 도와줌세."

"진정이 별 것 없습니다. 학교에라고 좀 다니다가 학비도 없어지고요. 또 실업계에서 실습도 좀 해보고 싶어서 그러는 거지요. 말하자면 돈을 좀 벌고 싶어서 그러는 거지요. 그 밖에 무슨 다른 진정이 있겠습니까."

그래도 주인은 믿지 아니하는 듯하였다.

77회　그러나 원래 좀 헤식고 더펄더펄하는 성격이 있는 주인은 더 기쁜 김에 혼자 술만 마셨다.

"아까 아침에 왔던 이가 여러 번째 오십니까?"

하고 봉구는 주인이 말 없는 틈을 타서 물었다.

"응. 김 주사? 가끔 오지 그런데 복이 없어서 웬일인지 그이가 사면 오르고 팔면 내린단 말이야. 오늘도 그이가 사더니 내리는구면 왜 안 먹나? 어서 먹게."

"네, 많이 먹었습니다."

하며 봉구는 해삼 한 조각을 입에 넣고 씹었다.

과연 여러 가지 사람이 미두판에 모인다. 망건을 도토리같이 쓴 학자님 같은 이가 있으면, 얼굴이 볕에 그은 농부 같은 이도 있고, 십수 년간 서양이나 다녀온 사람 모양으로 양복을 말쑥하게 차린 사람도 있고, 기성복에 기성 외투에 풀이 죽은 옷을 질질 끄는 시골 협잡꾼 같은 이도 있고, 또 어떤 이는 보기에 매우 점잖은 지사와 같은 이도 있었다. 이렇게 거의 모든 계급, 모든 종류 사람들이 갑작 부자를 바라고 사방으로서 모여드는 것이 우습기도 하고 자기도 그 무리들 속의 하나라 하면 부끄럽기도 하였다.

"전라도 손님이 제일 많은 모양이지요?"

하고 봉구가 물은즉.

"응. 작년까지는 경상도 손님이 제일 많더니 이제는 거의 다 불어 먹었으니까…. 아마 명년 봄쯤 되면 전라도 손님들도 다 불어 먹고 말겠지…. 차차 남에서 북으로 올려 먹는단 말이야. 지금 조선 사람이 돈벌이 할 일이 있나 벼슬해 먹을 터인가, 장사를 해 먹을 터인가, 배운 재주가 있으니 재주를 팔아먹을 터인가. 그래도 먹을 노릇이 이것밖에 있어야지…. 그야 망하는 놈이 많지. 아흔아홉 놈이 망해야 한 놈이 부자가 되는 것 아닌가. 미두란 금을 파내는 것도 아니요, 은을 파내는 것도 아니니까. 그저 저놈에게 있던 돈이 이놈에게로 오는 것이니까. 한 놈이 잘 되려면 아흔 놈이 망해야 되는 법이여…. 허허, 이 사람 말 말게. 나도 이 노릇을 하는 지가 칠팔년 되네만 돈을 벌기도 무척 벌고 잃어버리기도 무척 잃어버렸네. 허허."

주인은 많은 경험을 가진 것을 자랑하는 듯이 웃는다. 점점 술이 취해 간다.

'심히 호인인 듯 하면서도 한편으로 제 볼 장을 다 보노라고 자신하는 그런 사람이다!' 이렇게 봉구는 생각하였다.

"자네 장가들었나?"

술이 점점 취해 가매 이러한 소리까지도 묻게 되었다.

"장가? 무슨 장가입니까."

하고 그런 일에는 전혀 흥미가 없는 듯이 부인해 버리고 말았다.

이 일이 있은 뒤에 주인은 더욱 봉구를 사랑하게 되었다. 후에 알아본 즉 주권에서 2만 원을 남기고 기미에서 3만 원을 남겨서 사오일 내에 5만 원을 남겼다고 하고 봉구도 약속한 대로 천 석 이익으로 3천 원을 얻었다. 만일 봉구가 아니었더면 주인은 이렇게 크게는 이익을 보지 못하였을 것이다. 대개 불란서가 출병한다는 전보를 받자 봉구는 쌀값과 주권이 올라 갈 것을 예언한 까닭이다.

그러나 반드시 모든 일이 생각되로 되지는 아니하여서 봉구는 이듬해 1년 동안에 거의 판셈할 지경을 여러 번 당하였다. 그러나 그 1년이 끝날 때에는 봉구는 기미에 대한 지식을 정통하게 되었고 수중에는 만여 원 돈이 굴게 되었다. 그러나 이 모양으로 해서는 500만 원 목적을 달할 것 같지도 아니하였다.

봉구는 혹시 이익이 많이 난 날에 어떤 요리집에 혼자 들어가서 배운 술을 마시고 일근히 취하여 사기의 과거와 현재와 장래를 생각하고는 웃기도 하고 울기도 하였다. 어떤 때에는 500만 원 목적이란 것이 우스워 보이기도 하고 어리석어 보이기도 하였으나 순영을 생각할 때에는 이가 북북 갈려서 자리에 가만히 앉아 있기가 어려웠다.

'응. 내가 500만 원을 벌어 가지고 서울로 올라가는 날은….'

주인은 봉구를 자기의 작은딸의 사위를 삼으려는 뜻을 보였다. 작은딸은 인천서 날마다 서울로 통학을 하였다. 봉구는 여러 번 그를 보았다. 원래 혼인할 맘이 없기도 하지마는 얼굴이 길고 눈이 크고 모두 그 아버지를 닮아서 조금도 여자다운 얌전함이 없어서 봉구의 맘을 끄는 것이 없었다.

78회 그러나 봉구가 더욱 주인의 사사집에 자주 출입하게 되매 그의 작은 딸이라는 경주瓊珠와 만날 때가 많았다. 만난대야 피차에 이야기를 하는 것도 아니언마는 여러 번 만나면 사람이란 낯이 익는 모양이다. 더구나 젊은 남녀 사이에 그러하다.

주인이 출입을 하고 없으면 사랑은 비기 때문에 경주는 가끔 어떤 동무 하나나 둘을 데리고 아버지가 없는 동안 사랑에서 떠들고 놀았다. 주인 김 씨가 본래 혜식은 사람이요. 또 근본이 그렇게 규모 있는 집에서 자라난 사람이 아니기 때문에 이 집에도 그렇게 가규가 엄하지는 않은 모양 같았다. 들은즉 벌써 3년째나 친정에 와 있어서 시집으로 갈 생각을 아니하는 그의 맏딸에 관하여서도 이러니저러니 말썽이 없지 않다. 적어도 그 시집과는 인연을 끊고 있는 것은 사실인 듯하다.

"혼인이란 어려워! 그저 하나만 보아야 해!"

하고 주인은 혼잣말 모양으로 노상 중얼거렸다. 그렇게 만사태평인 듯한 그에게도 그래도 딸의 일이 맘에 걸렸던 모양이다.

주인의 부인은 어찌된 연고인지 예수를 믿어 예배당에를 다녔다. 돈도 많이 내고 부자댁 마님이라 하여 예배당에서 대접이 융숭하였고, 또 그 남편이나 다름없이 맘은 좋은 사람이었다.

봉구도 주인의 생일날 아침에 청함을 받아 갔을 때에 안방으로 불려 들어가서 상을 받으면서 부인께 인사를 하였다. 영감은 아직도 그렇게 피부가 좋고 얼굴도 동탕한 편이지마는, 영감보다 3년이 위라는 그 부인은 오십이 많이 넘은 부인 모양으로 바스러졌었다.

'좀 앙큼이 있겠는데.' 봉구는 그 부인과 인사하면서 이렇게 속으로 생각하였다.

"영감이 노상 김서방 말씀을 하신다우 젊은 양반이지만 그렇게 얌전하시고… 어떻게 입에 침이 없이 칭찬을 하시는지."

부인은 처음 보는 사람에게 대한 것 같지 아니하게 친절했고, 그러는 동안에 경주는 오라버니 앞으로나 지나다니는 듯이 수줍은 빛도 없이, 어떤 때에는 장에서 무엇을 꺼내느라고 봉구를 스치고 지나가기도 두어 번 했고, 머리 쪽진 맏딸까지도 자기가 있는 것을 꺼리지 아니하고 방으로 들어왔다 나갔다 했다. 그러나 주인은 다 좋다고 벙글벙글 웃고 있고, 그 부인은 바쁜 듯이 들락날락하며 하인들을 나무랐다. 이렇게 주인집에서는 봉구를 친족이나 같이 대우하였다.

가끔 봉구는 주인집 안방에서 이러한 대접을 받았거니와, 맘에 못 견딜 아픔을 품어 무서운 결심을 하고 있는 적막하고 냉랭한 봉구도 주인집에서 이처럼 친절하게 해주는 것이 맘에 싫지는 아니하였다. 여러 번 주인은 봉구더러 객줏집에 있지 말고 아주 자기집에 와 있으라는 간청을 했으나 봉구는 이것을 거절해 버렸다.

'나는 남의 신세를 져서는 안 된다. 신세진 종이다. 돈을 모으려거든 식은 밥 한 술도 신세를 지지 말자. 돈을 모으려면 맘을 짐승과 같이 만들어야 한다.' 이러한 말을 어디서 들었던 것이 생각이 나고 또 그 말이 옳은 듯하여 봉구는 결코 남의 신세를 아니 지기로 또 따뜻한 인정이라는 것을 베어 버리기로 결심한 것이다. 「금색야차」金色夜叉라는 일본 소설에 나오는 주인공

'하자마 간이치'間貫一를 생각한 것이다. 그는 가끔 자기를 간이치에게 비겨 본다. 비겨 보면 어떻게 그렇게도 같은가 하고 감탄하게 된다. 그러나 '간이치'가 왜 그렇게만 '미야'여주인공 시가사와 미야(鷺澤宮)에게 원수를 갚았나, 왜 더욱더욱 철저하게 통쾌하게 시원하게 갚지를 아니했나 하였다.

그러나 봉구의 맘은 그렇게 냉혹해지지를 못하였다. 그래 가끔 주인집 부인이 어떤 때에는 경주까지도 혹시는 경주를 통하여 경주의 형(시흥 아가라고 어머니에게 불려진다)까지도 봉구에게 무슨 부탁을 할 때에는 봉구는 금할 수 없는 따뜻한 기쁨으로 그 일을 맡는다. 부탁이라는 것은 대개는 시시부러한 물건을 사 오는 것이요, 그중에도 주인 영감 모르게 사 오는 것이었다. 봉구가 자기의 돈을 처서 사다 주기도 한두 번만 아니었다. '흥, 나를 저희 집 청지기로나 아나 봐' 하고 혼자 이것을 불쾌한 의미로도 해석해 보려 하였으나 따뜻한 인정은 어느 때나 따뜻한 것이었다.

79회 여름 어떤 날 봉구는 주인집 사랑에서 웬 양복하고 술 취해 누워 자는 청년을 보았다. 그래서 웬 셈을 모르고 마당에서 망설이는데 마루에서 경주가 나서며 봉구더러 가까이 오라는 뜻을 표한다. 봉구는 갔다.

"우리 오빠야요."

하고 경주는 봉구의 귓바퀴에 입김이 닿도록 입을 가까이 갖다 대고 말한다.

"우리 오빠가 동경 조도전대학와세다(早稻田)대학에 가 계시다가 어저께 왔어요."

"네?"

하고 봉구는 고개를 기울여서 오빠라는 사람을 들여다보았다. 과연 비슷하게 생겼다.

'그런데 어쩌면 내가 몰랐을까' 하는 뜻으로 경주에게 말을 하고 싶었

으나 그게 다 부질 없는 소리요, 공연히 남의 정만 끄는 소리다 하고 꾹 참고
는 맥고모를 들어 경주에게 작별하는 뜻을 표하고는 발을 돌릴 때에 경주는
뛰어 내려와서 봉구 곁에 가까이 오며,

"가시지 마세요." 한다.

"네? 왜 그러세요?"

하고 봉구는 놀라는 빛을 보였다.

"인제 아버지가 오시면 또 야단이 날걸요. 오빠하고 싸우고 나가셨는데
요."

경주는 애걸하는 뜻을 표한다. 그 태도가 퍽 순진하고 사랑스러웠다.
그러나 자기는 남의 부자 싸움에 참견할 이유가 없다고 봉구는 생각하고는
또 한번 모자를 벗으며,

"제가 있으면 어찌합니까?"

하였다. 이때에 보니 경주의 적삼 고름에는 W여학교 교표가 붙었다. 얼
마나 무심하였으면 이 집에 다닌 지 8개월이 넘도록 경주가 어느 학교에 다
니는 것도 몰랐을까. 봉구 스스로도 아니 놀랄 수가 없었다.

"W여학교에 다니셔요?"

봉구는 거의 무의식적으로 이렇게 소리를 질렀다.

"네. 왜요?"

하고 경주가 물을 때에는 다시 대답할 말이 없었다.

"우리 학교에 누구 아는 이가 계셔요? 누구세요?"

하는 경주의 말소리와 낯빛은 이상하게 떨렸다.

"아니오. 이전에 아는 사람이 하나 있었는데 죽었어요."

하고 봉구는 고개를 돌렸다.

"응. 죽었어? 누가 죽었어? 내가 아직도 안 죽고 살아 있는데 누가 죽었
어?"

하고 방안에 취해 누웠던 경주의 오빠라는 이가 입 안의 소리로 중얼거린다.

그런 뒤에 며칠이 지나서 봉구는 주인 영감의 명령으로 사랑에 있는 금고에서 무슨 중요한 서류를 꺼내려 왔을 때 경훈(경주의 오빠다)을 만났다. 경훈은 역시 술이 반이나 취하여서 왜못 몇 개 들고 금고 가에서 어름어름 하더니 봉구가 오는 것을 보고 손에 들었던 왜못을 집어내어 던지고, 봉구의 곁으로 와서 손을 내밀어 아주 친한 듯이,

"따와리쑤^{동무여}, 노형 잘 오셨소. 내가 지금 이 금고를 열려고 애를 쓰던 판인데 노형 잘 오셨소이다. 자 열쇠 좀 주시우."

하고 손을 내민다.

"네? 내게 그 금고 열쇠가 있기는 있어요. 하지만 그것은 춘부 영감께서 맡기신 것이니까 아무에게도 드릴수가 없습니다."

봉구의 말은 공손하고도 엄숙하였다.

"아따, 좀 주구려. 우리 아버지가 생전 내게는 금고 열쇠를 안 주니 나는 언제 이것을 열어 본단 말이오?"

봉구는 우스운 것을 참았다. 그러나 경훈의 얼굴에는 비통한 빛이 있는 것을 볼 때에는 도리어 불쌍한 생각이 났다.

"여보시우, 좋은 일이 있소. 그 열쇠를 내게 줄 수가 없거든 노형이 이 금고문만 좀 열어 주시구려!"

봉구는 참을 수 없어 웃어 버렸다.

"왜 웃소. 내 말이 우습소?"

하고 처음에는 성난 모양을 보이다가 자기도 웃음을 못 참는 모양으로 하하 웃는다.

"노형은 아마 나를 미친놈으로 아시겠지요? 그렇지만 언제 아버지가 죽기를 기다린단 말이요. 아버지가 죽어서 이 금고 열쇠가 내게 오기를 기

다린다 하면 그것은 불효자지요. 그러니깐두루 내가 지금 왜못으로 이놈을 열어 보려고 해두 당초에 열리지를 않는구료."

하고는 또 한번 왜못 끝을 열쇠 구멍에 넣어 본다.

<u>80회</u> '이 사람이 미친 사람이로구나' 하고 봉구는 경훈의 어쩔 줄 모르는 태도를 물끄러미 보다가 동정하는 어조로,

"왜 그렇게 금고를 열려고 애를 쓰세요?"

하고 물었다.

"얼마나 쓰세요?"

봉구는 얼마 안 되는 돈이면 자기라도 대어 주려고 했다.

"얼마를 쓸는지 보아야 알지요. 우리 아버지 재산이 온통 얼마나 되는지 모르지마는 그중에서 아버지 자실 것 돈 천 원이나 남겨 놓고는 다 써야지요."

봉구는 경훈의 말에 놀랐다.

"그건 다 무엇에 쓰세요?"

"술 사먹지. 허허. 술 사먹어. 그런데 대관절 열어줄 테요, 이 금고를?"

"지금 좀 열고 서류를 꺼낼 것이 있으니 열기는 열겠지마는…."

"자아. 어서 여시오."

하고 경훈은 구경 좋아하는 아이 모양으로 금고 곁에 우두커니 선다. 봉구는 주저하였다. 열기도 위태하였고 아니 열기도 어려웠다.

"나는 춘부 영감 심부름을 하는 사람이올시다. 지금 급한 일이 있어서 무슨 급한 문서를 가져오라고 하시지 내 일을 방해하지 마시기를 바랍니다."

하고 열쇠를 내어 금고를 열었다.

자물쇠 열리는 소리가 곡조 있게 우는 것을 경훈은 빙그레 웃으면서 물끄러미 보고 있다. 봉구는 한 눈과 한 팔로 경훈을 방비할 준비를 하면서 할 수 있는 대로 빨리 필요한 서류를 꺼내어서 손가방에 넣고는 다시 금고문을 잠갔다. 다 잠그고 나서 봉구가 일어나려 할 때에 경훈은 봉구의 팔목을 붙들고 마치 활동사진에 나오는 강도가 하는 모양으로,

"돈 100원만 내라, 내!"

하고 눈을 부릅뜬다. 봉구는 그것만 청구하는 것을 다행히 여겨서 지갑에서 돈 100원을 내어주고 100원을 받았다는 영수증을 받았다.

봉구는 이로부터 경훈의 행동을 감시치 않을 수가 없었다. 대개 그는 미친 것 같고 아니 미친 것도 같은 까닭이다. 봉구를 만날 때마다 의례히 반가운 듯이 '따와리쑤'를 부르고 악수를 하고 그러고 나서는 돈 걱정을 하고 그 끝에는 반드시 몇 원이나 몇 십 원 돈을 달라고 하였고 돈을 받고는 반드시 영수증을 써 주었다. 그리고 그 눈에는 무슨 괴로움이나 비밀이 있는 것 같다.

"그 자식이 웬 심이야?"

하는 영감이 안방에서 마누라와 말하는 걱정 소리도 가끔 들렸다. 또 몇 번은 경주가 봉구를 조용히 만나서,

"오빠가 웬일인지 이상해요."

하고 걱정을 하였고 봉구가,

"어디 가시지는 않아요?"

하고 물으면,

"누가요? 오빠가? 왜요, 날마다 저녁 때면 나갔다가 자정에나 들어오지요." 하였고,

"누가 찾아오는 사람은 없어요?" 하면,

"왜요, 웬 사람이 와서는 한참씩 단둘이 이야기를 하고는 가요. 그것도 거의 날마다 그러는데 내가 나오는 소리가 들리면 '손님 계시다. 나오지 마

라' 하고 소리를 빽 질러요."

하고 그 둥굴둥굴한 둔해 보이는 눈에는 의심과 무서움의 표정이 보인다. 남의 일을 근심하지 않기로 작정은 하였지만 봉구에게는 경훈의 일이 아무리 하여도 심상치 아니하게 보여서 다소 근심이 아니 될 수 없다.

"경훈 형이 맘에 무슨 근심이 있나 봐요."

하고 한번은 주인 영감에게 그 말을 비추었다.

"무슨 근심?"

"글쎄올시다. 무슨 근심인지는 몰라도 심상치 아니한 근심이 있는 것 같습니다."

"글쎄. 또 어떤 계집애한테 미쳤담. 그래도 안 될걸."

"무엇이 안 된단 말씀이세요."

"제 본처 이혼해 달라고 그러지──어림도 없는 소리를──워낙 사람놈이 못났어."

하고 주인은 불쾌한 듯이 고개를 흔들고 일어나더니 그래도 근심이 되는 듯이 다시 봉구를 돌아보며,

"여전히 모두 자네만 믿네. 경훈이도 잘 돌보아 주게."

하고는 봉구의 어깨를 만졌다.

"아니올시다. 그보다 더 큰 무슨 일이 있는 것 같습니다."

하고는 봉구는 예언하는 어조로 말하였다.

81회 봉구의 생각에 경훈의 행동에는 분명히 크게 수상한 점이 있건만 주인 영감은 그것을 그렇게 귀담아 듣지도 아니하는 모양이요 다만 무엇이라고 형언할 수는 없이 근심만 되는 모양이었다. 주인은 그 아들에게 대하여 특별한 애정이 있는 것 같지 아니하였다. 원래 주인은 무슨 일에나 그렇게 애착심이 있는 사람은 아니어서 기생도 상당히 좋아하지마는 어느 기생 하

나에 미치는 일이 없었다. 이것을 어떤 친구들은 주인이 약은 까닭이라고도 하거니와 반드시 그런 것도 아니었다. 그는 애착심이 없는 것과 마찬가지로 누구를 미워하는 생각도 오래 가지고 있지를 못하였다. 경훈과도 거의 날마다 다투고 다툴 때에는 아주 영원히 부자의 윤기가 끊어질 듯이 성을 내건마는 몇 시간이 못 되어 곧 풀어 버리고 만다. 그의 좀 불쑥 내밀고 꺼벅꺼벅하는 큰 눈이 그의 성질을 소와 같이 순하게 그리고도 불끈하게 만든 것 같았다. 그렇게 순해 보이고 좀 헤식어 보이는 것이 그의 장처이다. 사람들은 이 점을 보고 결코 속을 것 같지 아니하여서 그를 찾아오는 것이다. 실상 주인은 결코 남을 속일 사람은 아니었다. 만일 그가 거짓말을 하는 일이 있다 하면 그것은 저 사람을 속여 넘기려는 것이 아니요 실망시킬까봐 두려워서 그러함이다. 그러나 그러면서도 돈에 관하여서도 꽤 분명하게 남에게 속아 넘어 가는 일은 별로 없었다.

경훈도 그 눈하며 그 긴 얼굴하며 그 아버지를 닮은 점이 많다. 그러나 웬일인지 가끔 미친 사람 모양으로 까닭도 모를 소리를 떠들었다. 그러나 봉구는 차차 경훈이가 불평해하는 까닭을 알게 되었다. 경훈은 주인의 전실 아들이요, 시흥 딸은 그 담 후실의 딸이요, 지금 아내에게는 경주와 열 살 되는 경옥이라는 계집애가 있을 뿐이다.

"나도 자네 닮은 아들이 있으면 오죽이나 좋겠나. 이것들은 해 무엇하나."

하고 부인이 딸들을 돌아보며 봉구를 향하여 한탄하리만큼 친하였다.

이리하여 이집에는 하 백만 원이나 될락 말락 한 재산을 쌓아 두고 맏아들과 계모와 그 딸과의 사이에 오랫동안 암투가 있어 온 것을 봉구는 알게 되었고, 또 주인 부인이 특별히 봉구 자기를 가까이 하려는 것과 사위 삼을 뜻이 있는 듯이 비추는 까닭도 알게 되었다. 그러나 이 재산 싸움에는 시흥집도 한몫 들 것은 물론이다. 또 통진 산다는 매우 심술궂어 보이는 웬 일가 작자도 드나들고 꼭 경찰서 형사 모양으로 생긴 경주의 외숙이란 사람도 찾아 왔다가는 주인은 보지도 않고 주인 부인더러만 무슨 이야기를 하고 돌아가는 일이 가끔 있었다.

그러나 주인은 이 모든 일에 대하여 나는 상관 안 한다는 태도로 지나는 듯하였다. 모든 재산권이 자기의 수중에 있으니까 아무런 사람들이 무슨 생각을 하고 무슨 음모를 하더라도 상관없다 하는 태도였다.

이 집에는 금고 셋이 있다. 하나는 안방에 있고, 하나는 주인이 쓰는 큰 사랑 골방에 있고, 또 하나는 사무소에 있는데, 그 열쇠는 항상 주인이 조끼 속 주머니에 지니고 다니며 그가 생각하기에 모든 재산을 이 금고 속에다 넣고 열쇠 세 개만 몸에 지니고 다니면 하늘이 무너져도 까딱없을 듯이 턱 믿고 있는 모양이었다. 사무실과 사랑 골방에 놓인 금고는 봉구도 가끔 열어 보았고 그 속에는 무엇이 있는 것도 잘 알고 있지마는 안방에 있는 것은 겉만 보았을 뿐이요, 봉구도 그 속을 본 일이 없으며 그뿐더러 그 열쇠를 여는 법도 알지 못하였다. 그렇지만 이 집 재산의 대부분이 그 속에 있을 것은 다른 두 금고의 내용을 보아서 알 것이다. 이 중에서 경훈은 사랑 골방에 있는 금고를 엿보고, 경주 모녀는 안방 것을 엿보고, 시흥 집은 거기서 떨어지는 부스러기를 엿보는 것이다. 이렇게 생각할 때에 봉구도 일종의 굳센 유혹을 아니 받을 수가 없었다.

하루는 봉구가 저녁을 막 다 먹고 여관에 앉아서 신문을 떠들어 보며 오늘의 시장의 혼란과 거기서 이기어 낸 것을 생각하고 있을 때 밖에서

"김영진 씨!"

하고 부르는 소리가 났다.

<u>82회</u> 그것은 경훈이다.

"저녁 잡수셨소?"

하고 경훈은 들어오려고도 아니한다.

"네 지금 막 먹었어요. 들어오시오."

봉구는 경훈을 바라보았다.

"좀 늦었군…. 약주 자시지요? 맥주야 못 자셔요?"

하고 경훈이가 웃는다. 그 웃는 것이 도리어 처량하였다.

"먹지요. 사다 드려요?"

"아니오――우리 맥주 먹으러 갑시다. 월미도 갑시다."

봉구는 경훈의 청을 거절할 수도 없어서 두루마기에 맥고모자를 쓰고 경훈과 같이 나섰다. 무척 덥다. 해안통에도 바람 한 점 없다. 그래도 월미도나 건너가면 시원한 바람이 있을까 하고 사람들은 수없이 열을 지어서 길다란 축동으로 건너간다. 자동차가 꼬리를 마주 물었는데, 마침 만조인 바닷물은 길다란 축동에 켜 놓은 전등을 비추어 흔든다. 자동차가 축동으로 건너갈 때는 그래도 소금냄새 나는 바람이 땀방울 맺힌 살을 스쳐 건너갔다.

"아차. 잊었구료."

하고 경훈이가 놀라는 듯이 말을 시작한다.

"왜 그러세요?"

"기생을 두엇 불러 가지고 올걸."

하고 아깝다는 듯이 입맛을 다신다. 두 사람은 마침 호텔이 바다로 향한 방 하나를 얻었다. 맥주잔이 두 사람에게 들렸다. 경훈은 무섭게 목마른 사람 모양으로 한 육칠 잔이나 맥주를 벌컥벌컥 들이마시더니,

"노형, 나를 정말 미친놈으로 아시오? 천치로 아시오?"

하고 다시 한 번 판단해 달라는 듯이 자기의 기름한 얼굴을 봉구의 눈 앞에 내어 대더니,

"그렇게 노형이 나를 아시면 잘못이요. 물론 내가 아버지 닮아서 그렇게 똑똑하고 영악한 삶으로는 못 되오마는 그래도 천치는 아니오. 내 속에

도 육조 배판을 다해 놓았단 말이요…. 어…. 나도 어려서는 꽤 똑똑했다오. 누구는 나 모양으로 어리석은 아버지와 흉악한 계모 슬하에 3년만 박아 두면 나같이 안 될 줄 아시오? 나같이 안 될 사람 없지, 없어!"

하고 한바탕 자기집의 좋지 못한 내막을 타매하고 나서 맥주 한 병을 또 들이켜고 나서 바싹 봉구의 곁으로 다가앉으며 목소리를 낮추어서,

"그런데 따와리수! 또 따와리수가 무엔지 아오! 아라사^{러시아} 말인데 동무란 말이야. 사회주의자들이 쓰는 말이야. 여보 따와리수."

하고 벌써 취해 버린 어조다.

"그런데 지금 내가 꼭 돈을 써야 될 일이 생겼단 말이요. 인제 열흘 안으로 돈을 써야만 할 일이 생겼는데 아무리 생각해 보아도 이 일은 노형이 아니고는 할 수 없단 말이오. 왜 그런고 하니 지금 우리집 재산을 맡은 사람은 김영진이니까."

"천만에, 천만에. 어디 그럴 리가 있나요? 내야 춘부 영감 심부름이나 하는 사람이지, 내가 댁 재산을 알 리가 있나요."

"왜 이러오? 나를 그렇게 천치로 아시오?"

하고 경훈은 봉구를 노려보더니 다시 웃는 낯이 되어 봉구 손을 잡으며,

"나는 노형을 믿으니까 이 말을 하는 것이오. 노형과 나와는 초면이나 다름 없지마는 웬일인지 노형이 그렇게 믿어지는구려. 그러니까 노형께 이런 말을 하는 것이니까 내 말을 꼭 들어주어야만 되오. 만일 노형이 내 말을 안 들어주신다면 나는 죽는 사람이요, 내 집은 망하는 집이외다."

하고 비창한 눈으로 봉구를 바라본다. 봉구는 그것을 보고 무서웠다. 과연 경훈의 눈에는 무슨 살기가 뻗은 듯하였다. 순하게 생긴 눈에 살기가 뻗은 것이 더욱 무서웠다.

"왜 그런 말씀을 하세요."

하고 봉구가 위로하는 말을 팔을 내둘러 막으며,

"글쎄 내 말 들을 테요? 안 들을 테요?"

하고 경훈은 양복바지 주머니에서 손수건에 싼 것을 꺼내더니 손수건을 벗겨 던지고 말긋말긋한 육혈포를 내어 허리를 뚝 꺾어서 알 검사를 하고는 곧 발사하려는 듯이 오른손 식지^{집게손가락}로 방아쇠를 그러쥐고 한 번 더,

"내 말을 들을 테요, 안 들을 테요?"

하고 위협하는 태도를 보인다.

"대관절 무슨 일인지 말씀을 하시지요!"

하고 봉구는 경훈의 육혈포 잡은 손만 주목하였다.

83회 "이런다고 내가 위협하는 것은 아니오. 노형이 누구의 위협에 겁날 사람이 아닌 줄을 나도 아오. 나도 이렇게 못나 보여도 정말 그렇게 못난 사람이 아니지요──하여간 내가 노형을 위협하는 것은 아니오. 어디 위협을 할 수 있소? 말하자면 내가 노형께 애걸하는 게지요."

"암. 애걸이구 말구요."

하고 경훈은 육혈포를 들어 자기의 관자놀이를 겨누며,

"만일 노형이 내 말을 안 들으시면 나는 이렇게 할 수밖에 없소."

하고 극히 비통한 빛을 보인다. 봉구는 황망하게 팔을 내밀어 경훈이의 팔을 잡으며,

"아서요──위태합니다. 무슨 일이든지 말씀하세요. 내가 들을 수가 있는 일이면 들어드리지요."

하였다. 진실로 봉구의 깊은 동정이 경훈에게로 갔다.

"그럼 말하지요."

하고 경훈은 사람을 꺼리는 듯이 사방을 둘러본 뒤에 봉구더러 자기 곁으로 가까이 오라는 눈짓을 하고는 반만 취한 커다란 눈을 번뜩거리면서 말

을 시작한다.

"어디서부터 이야기를 시작할까. 무엇 여러 말할 것 없지요. 내가 노형께 청하는 것은 다른 것이 아니라 우리 아버지 재산 중에서 한 30만 원만, 곧 될 수 있으면 열흘 안으로 만들어 달란 말이오. 30만 원 이상이면 암만이라도 좋지만 30만 원 이하가 되어서는 안 되겠단 말이오."

"30만 원? 그것은 다 무엇 하시게요?"

하고 봉구는 이 어리석어 보이는 사람이 그처럼 많은 돈을 쓰려는 것이 신기하였다.

"무어요? 30만 원이 많단 말이야요? 실상은 그것도 부족하지요. 그렇지만 우리집 재산에서 30만 원밖에 꺼낼 도리가 없으리다——그러니까 30만 원이란 말이지요."

봉구는 경훈의 말이 점점 지혜로워지는 것을 깨달았다. 그래서

"그것은 무엇에다 그렇게 급작스레 쓰시려나요?"

하고 물어 보았다.

"그것은 좀 비밀이구요, 응. 좀 말할 수 없는 비밀이지만 만일 노형이 내 말을 들어준다면 그까짓 것도 물론 알려드리지요. 어쩌시오. 내 청을 들어주시려오?"

"글쎄. 댁 재산에 대해서 나 같은 사람이 무슨 관계야요? 내가 그렇게 할 힘이 있나요."

"힘이 있지요——노형이 힘이 있지요."

하고 경훈은 봉구의 동정하는 듯한 어조에 안심하는 듯이 점점 맘을 턱 놓는 태도로 말을 한다.

"원래 내가 집으로 돌아올 때에는 노형이 우리집을 보시는 줄도 몰랐으니까 몇 번 아버지를 졸라 보다가 안 되면 최후 수단을 쓰려고 했었지요. 물론 말로 해서 알아들을 아버지가 아니고, 또 아버지는 처시하니까, 내 계

모 말이오. 내 계모가 말을 들을 리가 만무하니까 부득이 열이면 열 최후 수단을 쓸 수밖에는 없다고 생각하였지요. 했더니 와 본즉 노형이 계시단 말이야. 얼마를 두고 지나 보니까 노형이 가히 일을 의논할 만한 사람이란 말이오. 그리고 본즉 상서롭지 못한 최후 수단도 쓸 필요가 없이 노형만 말을 들으면 일이 될 수가 있겠단 말이오. 안 그러오?"

"내가 어떻게…."

"금고 쇠만 열면 되는 것이니깐두루. 그리고 아버지 도장만 얻으면 되는 것이니까—안 그래요?"

하고 경훈은 만족한 듯이 빙그레 웃고 맥주 한 컵을 새로 따라서 맛 나는 듯이 맛을 본다.

"어떻게 그렇게 할 수가 있어요?"

"왜요?"

"그러면 사기 절도가 아니야요?"

"사기 절도?"

"……."

"그 돈을 아버지 금고 속에 넣어 두면 무슨 좋은 일에 쓰일 줄 아시오? 하지만 지금 내 손에 있으면 그것이 큰일 하는 밑천이 된단 말이오. 노형도 알지만 지금 ○○○○에서 30만 원이 없어서 ○○○○를 못하는 형편이 아니오. 우리 할아버지가 가난한 백성들 속이고 빼앗아 모아 두었던 돈을 이럴 때에 한번 써야 지옥에 간 할아버지 죄까지 풀린단 말이오. 나도 가만히 있다가 우리 아버지가 죽기만 기다리면 그 재산이 다 내 것이 될 줄도 알지만 나는 그런 것 다 바라지 아니해요. 나도 천상천하에 외로운 몸이니깐 두루 어디 가서 어떻게 뒹굴다 죽어도 상관 없어요. 재산도 다 소용 없어요."

끝에 와서는 자기의 슬픈 신세타령이 된다. 그의 눈에는 눈물이 있었다.

84회 봉구는 실상 경훈의 속에 이만큼 크고 엉큼한 생각이 들어앉았으리라고는 상상도 못하였다. 그래서 처음에는 '이 사람이 이중인격을 가진 것이 아닌가' 하고 의심도 하였다. 그러나 오래 이야기해 본 결과로 이만한 엉큼한 말을 하는 것은 어떤 동지가 불어넣어 준 것임을 깨달았다.

기실 경훈은 지금은 독립한 사람으로 움직이는 것이 아니요, 어떤 비밀 결사의 기계로 움직이는 것이다. 그러나 그렇게 기계로 움직이는 것을 그는 수치로 생각하지 아니할뿐더러 도리어 영광으로 안다. 대개 그가 동경에 유학한 지 오륙년이 되어도 학우회에서나 기타 무슨 회에서 그의 존재를 인정해 주는 이도 없었다. 그러면서도 경훈에게는 남에게 인정을 받으려는 야심이 있기 때문에 사람들이 자기를 돌보아 주지 않는 것이 그 단순하고 반쯤 어리석은 맘을 무척 슬프게 하였었다. 그래서 혹 누구누구 유학생 간에 명성 있는 사람을 청하여 대접도 하고 혹 돈도 꾸어 주고 하였으나 오직 꾸어 준 돈을 짤리울 뿐이요, 신통한 효험이 없었다.

이러한 때에 ○○단의 고려인高麗仁이라는 사람을 만나게 되었다. 고려인이라는 것이 그 본이름이 아닌 것은 분명하지마는 그 본이름은 아무리 물어도 말을 아니할뿐더러 도리어

"지금에 우리가 네다 내다 할 때가 아니라 우리는 모두 고려 사람이니까 김씨니 이씨니 할 것 없이 모두 고려인이라. 어, 이 사람 그렇지 않은가?"

이렇게 말하였다. 그의 사투리로 보아 경훈은 그가 경상도 사람인 것만 알았다.

고려인은 경훈과 만나는 날 자기는 상해에서 들어온 것과 여러 동지가 비밀히 들어온 것과 해외에는 ○○단의 동지가 여러 천 명 되는 것과 자기네가 이번에 조선과 일본 내로 들어온 것은 30만 원을 만들고자 함인데 경훈이가 10만 원만 담당해야 한다는 말과 만일 경훈이가 10만 원 내면 성훈은 ○○단 중에 가장 큰 공로를 가진 이가 되어서 ○○의 재정을 맡는 책임

을 가질 것이라는 말과 또 ○○단의 목적은 이렇고 저렇고 대단히 크고 좋다는 말을 하고, 또 맨 나중에 자기네는 육혈포와 폭발탄을 가지고 다니니까 만일 자기네의 일을 경찰에 밀고하거나 동지로 약속하였던 사람이 배반하는 자가 있으면 천 리 만 리를 따라가서라도 목숨을 없애 버리고야 만다는 말을 하고는 양복 속주머니에서 과연 육혈포를 꺼내어 경훈의 눈앞에 번쩍 내대었다. 그때에 경훈은 한끝 무섭기도 하고 또 한끝으로는 그렇게 큰 사업을 하는 사람들이 특별히 자기를 찾아와서 자기에게 그러한 큰 의논을 하는 것이 고맙고 기쁘기도 하여서 너무도 흥분된 끝에(좀 절제력이 부족한 사람이니까),

"30만 원 내가 혼자 다 내지요. 염려 마시오."

하고 장담을 했다.

그랬더니 그 이튿날 고려인이 경훈을 어떤 외딴 요리집으로 청하였다. 거기는 고려인과 같이 이상한 사람이 사오인이 모여 있다가 경훈이가 들어오는 것을 모두 일어나서 존경하는 뜻으로 맞았다. 그때에 고려인이,

"동지들이여, 이이가 우리의 나라와 주의를 위하여 30만 원을 혼자 담당하기를 허락한 우리의 귀한 동지 김경훈 군이외다."

하고 공식으로 소개를 하였다. 그러고는 그 자리에서 간단하고도 맹세가 심히 엄한 입단식을 행하고 또 돈 30만 원을 금년 7월 30일 안으로 하여 놓는다는 계약서를 써 놓았다.

그 자리에서 경훈은 일생에 처음 경험하는 기쁨을 깨달았다. 남들이 다 못났다고 대수롭게 보아 주지도 않던 자기가 갑자기 큰사람이 된 것같이 보였다. 그때부터 그의 태도는 아주 오만하게 되었다. 이 오만한 태도와 술 먹고 미친 모양을 피우는 것은 고려인에게서 배운 것이다. 고려인이 하는 일이면 무엇에나 다 경훈에게는 모본이 되었다. 그의 길게 내버려 둔 머리를 더부룩하게 함부로 갈라 버리는 것이며, 그가 면도를 아니 하는 것이며, 술

을 많이 먹고 미친 모양을 하는 것이며, 심지어 손톱에 까맣게 때가 끼게 내버려 둔 것까지 경훈에게는 좋아 보이고 모본하고 싶게 보였다. 그래서 실상 불과 일이 개월에 경훈의 행동은 우습게 변해 버리고 말았다.

그러나 차차 경훈에게는 걱정이 생겼다. 그것은 어떻게 하면 약속한 30만 원을 만들어 낼까 함이다.

85회 "어떻게 되었소?"

하고 고려인 일파의 재촉은 날로 급하였다.

"차차 경시청(동경)에서 우리들이 들어온 줄을 안 모양이니까 어서어서 빠져나가야 아니하오."

"내가 나가야지요!"

하고 경훈은 방학 후에 자기가 귀국해야 할 것을 유일한 핑계로 여겼다. 그러나 귀국한 지도 벌써 한 달이 넘고 두 달이 가까워 가건만 날마다 아버지 금고를 노려보고 있어도 30만 원 돈이 될 가망이 없었다.

고려인 일파도 더러는 서울에 더러는 인천에 와 있어서 거의 날마다 경훈을 졸랐다.

"우리는 당신 일로 다른 일도 못했소."

하고 점점 불쾌한 말까지 나오게 되었고,

"우선 여비라도 좀 주오!"

하고 100원, 200원을 졸랐다. 그것은 더러는 아버지에게 얻어 주고 더러는 봉구에게서 취해 주었다. 그러다가 하루는,

"7월 30일이 지나간 지가 벌써 열흘이나 되었소. 혁명사업에 이렇게 서로 약속을 안 지키면 어떻게 할 도리가 없지 아니하오. 인제는 우리는 최후 수단을 쓸 수밖에 없소."

하고 고려인이 얼굴이 뻘겋게 되어 경훈을 위협하였다. 경훈은 공연한

것을 허락한 것을 후회도 해보았으나 이미 후회할 사이도 없었다.

"그러면 내게다 육혈포 한 자루를 주시오. 아버지한테 한 번 더 담판을 해보고는 최후 수단이라도 쓰리다."

하고 경훈은 고려인에게서 육혈포 한 자루를 얻었다. 봉구의 앞에 내어 번득거리는 것이 그것이다.

"아버지, 내 말을 들어보아요."

"글쎄 글쎄, 안 된다는데 그러는구나."

"무얼 말씀이야요?"

"글쎄 글쎄, 안 돼 안 돼!"

"아니 이혼 말구, 그 돈 말씀이야요."

"글쎄 글쎄, 공부해서 학교만 졸업하려무나, 그러면 돈도 주마."

"지금 있어야 해요──지금 안 주시면 큰일이 틀어지고 집안에도 큰일이 납니다."

"에이 듣기 싫다. 미친 녀석!"

경훈과 그의 아버지와 사이에는 이러한 문답이 수없이 반복되었다. 아버지는 그것이 귀찮아서 아무쪼록 그 아들을 피하였다. 그러나 경훈은 아버지를 붙들기만 하면 그 소리를 반복하였고 그때마다 아버지는,

"안 돼 안 돼!"

하고 소리를 지르고 나가 버렸다.

만일 경훈이가 좀 더 들이대면,

"이놈. 아비를 위협해! 그것이 일본 유학까지 가서 대학까지 다니며 배운 버릇이냐!"

하고 호령을 하였고, 만일 경훈이가 봉구에게 말한 것 모양으로 고려인에게 언어 들은 설교를 시작하면,

"듣기 싫어. 듣기 싫어!"

하고 손을 내두르고 달아났다. 그러면 경훈은 여전히 사랑 골방에 놓인 금고를 물끄러미 바라보고 되지 않을 것을 알면서도 왜못 끝으로 금고의 열쇠 구멍과 돌쩌귀계를 딱작딱작해 보았다──갑갑한 까닭이다.

그러다가 생각난 듯이 봉구를 붙드는 것이었다. 둔한 경훈의 눈에도 김영진이라고 부르는 봉구가 사실상 자기집 재산을 맡았고, 또 아버지의 신용을 가진 줄을 아는 까닭이다.

"여보시오. 내가 꼭 열흘 안으로 30만 원 돈을 해 놓아야만 되겠소. 그렇지 아니하면…."

하고는 말하기를 꺼리는 듯이 중간을 뚝 끊고 물끄러미 봉구를 쳐다보다가,

"만일 그렇지 않으면 큰일이 생긴단 말이오."

하였다. 봉구는 경훈에게 지금 조선에서 아무리 큰 부자라도 갑자기 현금 30만 원이라는 큰돈을 만들 수 없는 뜻을 말하였으나 경훈은 듣지 아니하였다. 그러고는,

"인제는 나는 모루우. 이 일이 되고 안 되는 것은 노형에게 달렸으니까 나는 모든 일을 노형께 다 밀 테요, 하하하. 자 맥주나 좀 더 먹읍시다. 어이."

하고 하인을 부른다. 갑자기 기뻐한다.

이때에 봉구의 맘속에는 무슨 생각이 고개를 들었다.

'돈! 네가 지금 구하는 것이 돈이 아니냐. 그런데 이것이 네게는 큰 기회가 아니냐.' 이 생각이 날 때에 봉구는 무서워 떨었다. 자기의 생각이 무서운 것이다. 봉구는 '어찌할까' 하면서 공연히 기뻐하는 경훈을 물끄러미 바라보았다.

86회 "그러시오!"

하고 마침내 봉구는 경훈에게 허락하였다.

"내가 춘부장 손에 돈이 들어가도록은 해드릴 것이니 그후 일은 노형께서 담당하세요."

경훈은 너무도 좋아 춤을 추는 듯이 몸을 흔들었다.

그때는 마침 일본 사람이 이르는바 이백십일二百十日: 니햐쿠토카. 일본에서 입춘날부터 210일째 되는 날. 보통 이때 태풍이 불어 재해를 입게 됨을 앞에 둔 때라 인천 시가는 미두꾼으로 꽉 찼다. 해마다 이때가 되면 미두꾼들이 모여 들어서는 약 이주일 간은 1년 동안 다른 데 비길 수 없는 대혼란을 이룬다. 이 통에 시골 사람들의 벼 천, 벼 백 석이나 되는 땅들이 훌훌 날아가고 마는 것이다. 봉구는 며칠 전부터 무섭게 바빴다. 조선 사람 중매점이 워낙 세 집밖에 없는 데다가 다른 두 집이 근래에 터렁터렁하게 되매 조선집을 찾는 사람은 모두 '마루김'으로 모여 들었다. 물론 조선 사람이라도 좀 더 큰 흥정을 하려는 사람은 대개 일본집으로 가는 것이 예사연마는 지난번 런던 전보 통에서 민첩하게 이기고 난 뒤로는 '마루김'의 명성이 조선 사람들 속에서만이 아니라 일본 사람들 중에도 다소간 알려지게 되었다. 이것을 어떤 이는 김 참사(주인이 경기도 참사다)가 운이 트인 것이라고도 하고, 어떤 사람은 김 참사가 사람을 잘 얻은 것이라고도 하였다. 사람이라 함은 물론 김영진이라고 일컫는 봉구를 가리키는 것이었다. 그 까닭에 봉구는 일개의 사무원에 불과하면서도 여러 부자 어른들의 사랑과 신용과 이따금 두려움과 존경까지도 받았다. 그럴 때마다 봉구 일변 간지럽기도 하지마는 일변 만족도 하였다.

이백십일이라는 양력 9월 1일이 앞에 사흘이 남았다. 하늘 어느 구석에 조막만 한 구름 한 장만 떠돌아도 사람들의 가슴은 혹은 희망으로 혹은 절망으로 두근거렸다.

"여보. 저 구름장이 괜찮을까?"

"저 구름장이야 그대로 스러지지는 않을 테지."

이 모양으로 같은 구름장 하나가 어떤 사람에게는 희망이 되고 어떤 사람에게는 두려움이 되는 것이다.

오늘은 일요일이다. 이백십일이 내일모레다. 그런데 하늘에 가끔 떠돌던 구름장도 소리없이 스러져 버리고 오전 중에 솔솔 불던 바람조차도 이제는 머리카락 하나 안 날리게 자 버리고 날은 삼복염과 다름없이 짓무른다.

"에이 더워, 에이 더워!"

하고 인천에 모인 사람들은 하늘을 우러러 보며 미친 사람 모양으로 중얼거린다. 봉구는 주인과 함께 공일의 한가를 이용하여 문서도 정리하고 내일 아침에 할 계책도 의논하였다. 선풍기는 시끄러우리만큼 소리를 내며 돌아가고 책상 위에는 빨간 얼음냉수 그릇이 놓였다.

이때에 전화가 따르르 울려 왔다. 봉구가 처음 받았으나 저편에 청대로 주인에게 수화기를 주었다. 봉구는 잘 돌아가는 선풍기를 물끄러미 바라보면서 내일 일과 경훈의 30만 원 일을 잠깐 생각할 때,

"네 10만 석이오? 네 파세요."

하는 소리를 듣고는 봉구는 깜짝 놀라는 듯이 숨 쉬기를 끊고 가만히 엿들었다. 저편에서 전화로 말하는 소리가 벌의 소리 모양으로 들린다.

전화는 끝났다.

"영진이 어서 옷 입게."

하고 주인은 기쁨을 못 이기는 모양으로 그 큰 눈과 입이 온통 웃음으로 변하고 만다.

"왜 그러세요?"

하고 봉구는 부러 모르는 척하고 시치미를 뚝 뗐다.

"수났네. 10만 석 주문이 들어왔네. 아아, 자네가 복이 많은 사람인가 보이. 이번에는 자네에게 넉넉히 줌세."

주인은 더할 수 없이 만족한 뜻을 표한다.

'참 주인은 좋은 사람이다. 저 사람이 어떻게 장사를 하나' 하고 봉구는 주인을 고맙게도 생각하고 불쌍하게도 생각하면서 옷을 입었다.

"어디 가요?"

"응. 저 20만 원 영수증 써 가지고 월미도 호텔로 가보게. 돈 받아 가지고 오게."

봉구는 영수증을 쓰고 주인의 도장을 찍었다.

"이름은 누구야요?"

"응, 백윤희——자네 백윤희라고 모르나?"

"네?"

봉구는 손에 들었던 영수증을 떨어뜨릴 만큼 놀랐다.

87회 '장난이다——과연 조물의 장난이다!' 봉구는 자동차를 아니 타고 일부러 인력거를 몰아가면서 생각했다.

봉구는 '백윤희'라는 이름을 듣는 순간에 가슴속이 뒤집히는 듯하였다. 봉구가 순영이 시집가는 것을 보고 서울을 뛰어나간 지가 벌써 250일이나 지났다. 그동안에 하룬들 봉구의 머릿속에서 순영의 생각이 아니 날 일이 없고 그 생각이 날 때마다 가슴이 찢어지는 듯한 아픔이 없지 아니하였건만 그래도 백이 지척에 있다면 순영도 따라와 있을 것 같아서 그리로 몸이 쏠림을 깨달았다.

'사랑이 원수다——마땅히 미워해야 할 사람이언만 도리어 보고 싶어 하는구나' 하고 봉구는 빙긋 웃었다. 제가 저를 웃는 것이다.

호텔에 가서 백씨를 찾았더니 일본 하녀는 얼른 알아듣고 '관해정'이라는 현판 붙인 조그마한 별장으로 봉구를 인도한다. 별장은 서쪽으로 멀리 바다를 바라보게 되었는데 댓가지로 성긋성긋 운치 있게 담을 두르고 거기는 나팔꽃을 여기저기 올렸고 통로에는 역시 대를 휘어서 조그마한 홍예문을 만들고 거기는 등덩굴을 올려 푸른 잎이 서늘한 지붕을 이루었다. 이 호텔에 부속한 별장 중에 가장 화려한 것임은 얼른 보아도 알 수 있었다.

봉구가 하인을 따라 그 조그마한 홍예문을 들어설 때에 웬 유모가 호로[幌: 마차 등의 덮개를 뜻하는 일본어] 씌운 아기 수레를 끌고 나오는 것을 만났다. 봉구보다 앞에 가는 하인은 그것을 보고 고개를 호로 밑으로 들여다보며,

"오보짱 네데이루노."(도련님이 잠자나.)

한다. 봉구도 무심코 하인이 하는 대로 고개를 수그려서 그 속을 들여다 보았다. 그리고 깜짝 놀라서 한 걸음 물러섰다. 그리고 속으로 '꼭 나로구나!' 하고 소리를 질렀다.

하인이 명함을 가지고 간 동안 봉구는 아기 수레 곁에 선 아직 눈도 잘 뜨지 못하는 핏덩어리 같은 어린 아기를 들여다보면서 자기가 순영과 함께 석왕사에 갔던 때를 꼽아 보았다. '꼭 열두 달이다!' 하고 봉구는 다시 어린애를 보았다. 어린애는 눈이 부신 듯이 눈을 떴다 감았다 한다. 그러나 그 큼직한 눈 모양이 자기 눈과 같은 것을 봉구는 더욱 자세히 알았다. 그러할 때에 봉구는 그 어린애를 쳐들어 안아 주고도 싶고 그 연한 뺨에 입이라도 맞추고 싶었다. 그러나 이상한 눈으로 곁에서 보고 섰는 유모를 볼 때는 그런 용기도 안 나서 자기의 어린애에게 대한 이상한 표정을 그 유모에게서 감추려는 듯이 픽 돌아서서 저 멀리 강화도 있는 쪽 바다를 바라보았다. 질펀한 바닷물, 파란 먼 산 하늘 끝에 뜬 구름 두어 점 구름, 그런 것이 봉구의 눈에 들어가기는 갔으나 그보다도 더 그의 눈에 어른거리는 것은 순영과 그 어린애다.

'아비의 사랑인가?' 할 때에 봉구는 슬퍼졌다.

"왜 거기 섰나. 어서 앞서 가지."

하는 소리는 분명히 순영의 소리다.

"네, 이 손님께서 아기를 보시느라고."

하고 유모는 책망을 피하려는 듯이 핑계를 대고는 아기 수레를 끌고 가려는 모양이다. 봉구는 피끈 몸을 돌려서 유모에게 끌려가는 아기를 보았다. 하얀 것만이 보이고 얼굴은 안 보였다. 아직도 순영은 봉구의 뒤에 있다. 봉구는 결심한 눈을 마침내 순영에게로 돌렸다.

순영은 멈칫 섰다.

순영을 따라 오던 웬 여학생도 멈칫 섰다.

봉구의 눈은 순영의 흰 구두 신은 발에서부터 굴러 올라가서 아직도 산후의 쇠약이 없어지지 아니한 해쓱한 순영의 얼굴에 머물렀다. 순영은 마치 봉구의 눈살에 눌림을 당하듯이 꼼짝을 못하고 그린 듯이 서서 꿈꾸다 깬 사람 모양으로 봉구를 바라보았다. 순영이 보기에 봉구도 무척 수척해 보이고 그렇게 애티가 있던 얼굴이 어느덧 변하여 풍파를 많이 겪은 사람과 같은 노성한 빛을 띠게 되었다.

하인이 봉구의 명함을 가지고 들어가매 백은 객이 오는 것을 핑계로 순영과 인순을 목욕터로 보내는 것이다. 백은 결코 순영이의 앞에서는 돈을 번뜩이지 아니한다.

88회 "오아가리나사이마세."(들어오십시오.)

하고 명함을 가지고 들어갔던 하인이 나와서 봉구를 부른다.

봉구는 순영을 만날 때에 무엇인지 하고야 말 것 같았다. 순영을 때리든지 발길로 차든지, 또한 반갑게 껴안든지, 다만 말 한마디라도 하고야 말 것 같고 해야만 할 것 같다. 그러나 아니하였다. 만일 순영이가 혼자만 있을 때 만났다면 반드시 무슨 일이라도 하고야 말았을 것이지마는 곁에 웬 낯모를 여자가 있는 것을 볼 때 저절로 봉구가 가만히 있게 된 것이다.

봉구는 한 번 더 순영과 벌써 홍예 튼 일각문 밖에 나간 아기 구루마를 슬쩍 보고는 부르는 하인을 따라 뚜벅뚜벅 방으로 걸어 들어갔다.

별장이래야 오직 방 두 개로 된 조그마한 집이다. 그중의 한 방에는 흰 상보를 덮은 등 탁자와 등교의 사오 개를 둘러놓고, 그중 한 교의에 백이 조선 고의적삼을 입고 앉았다. 여름옷에 비치는 백의 육체가 마치 젊은 여자의 육체 모양 풍부하다. 그것을 볼 때에 봉구는 견딜 수 없는 불쾌감을 깨달았다. 그러나 나의 원수 갚음은 모두 계획이 있다. 장래의 큰 목적을 위하여는 현재의 수치와 괴로움을 참아야 한다. 만일 입으로 똥구더기나 노래기가 기어 들어온다 하더라도 양미간 하나도 찌푸리지 말고 꾹 참자── 봉구는 이렇게 생각하고 침을 꿀떡 삼키면서 그래도 떨리는 손으로 가방을 열고 20만 원의 영수증을 꺼내어 백의 앞에 놓았다.

백은 그것을 슬쩍 곁눈으로 보더니 그것은 그렇게 대수롭지 않다는 모양으로 봉구를 바라보고 여송연 연기를 피우면서,

"어, 노형이 김영진 씨요? 김 참사 영감한테 노형 말씀은 들었지요…. 젊으신 양반이 어떻게 그렇게 도저하시오?"

한다. 정말인지 인사말인지 봉구는 바로 판단할 길이 없었으나 어쨌든지 참으로 교제가 능란하구나 하였다.

하인은 식은 홍차를 봉구의 앞에 놓았다. 과연 봉구의 목은 갈하였다. 그러나 비록 냉수 한 그릇이라도 이 집 것을 먹기를 원치 아니하였다.

"어떻게 생각하시오?"

하고 백은 식은 홍차를 마셔 가며 봉구더러 묻는다.

"이 이백십일은 무사히 지나가는 모양이이니까 일본도 이와 같기만 하면 금년은 풍년이지요?"

이것은 물론 그러니까 쌀값은 떨어지리란 결론을 약한 말이다.

"글쎄올시다. 하늘이 하시는 일을 알 수야 있습니까만 모두들 그렇게 생각하는 모양 같습니다."

"노형은 어찌 생각하시오."

"제가 무슨 특별한 생각이 있습니까."

이러한 별로 중요하지도 아니한 문답이 있은 후에 백은 손수 트렁크 자물쇠를 열고 그 속에서 작은 손가방을 내어 또 열쇠로 열고 그 속에서 수표첩과 도장을 꺼내서 매우 정중하게 일금 20만 원의 수표를 써 준다.

10만 석 매도 계약이 성립되었다. 내일 즉 8월 31일 첫절에 31원 이상만 되면 당한當限으로 10만 석을 팔라는 뜻이다. 그렇게 돈이 많다는 백도 20만 원——기실은 몇 십만 원이 되는지도 모른다——이라는 무섭게 큰돈이 왔다갔다 하는 수표에 도장을 찍을 때에는 그래도 손이 떨렸다.

"노형을 태산같이 믿소."

하고 봉구가 작별하고 나올 때는 백은 정답게 봉구의 등을 쳤다.

'아아, 과연 장난이로구나——조물주의 장난이로구나' 하고 봉구는 인력거를 타고 오던 길을 돌아나오면서 한탄하였다.

더욱 봉구의 눈을 떠나지 아니하는 것은 그 어린애다.

'그것은 분명히 내 아들이다!' 하고 봉구는 인력거 위에서 홀로 고개를 흔들었다.

주인집에 돌아와 사랑에 들어가니 거기는 아무도 없다. 그러나 여기서 주인과 만나기를 약속하였으므로 봉구는 저고리를 벗어 놓고 마루 끝에 걸터앉아서 순영과 이름도 모르는 어린애 생각을 하고 괴로워하였다.

"벌써 오셨어요?"

하고 경주가 뛰어나오더니,

"아버지가 곧 오실 테니 기다리시라고…. 여기 가만히 계세요."

하고 안으로 뛰어 들어간다.

얼마 있더니 경주는 수박 하나를 소반에 받쳐 들고 나와서 사랑 아랫목 주인 자리에 놓고는,

"수박 잡수세요——아주 달아요."

하고 웃고 봉구를 부른다.

89회 봉구는 목이 갈하였던 김에 경주가 갖다 놓은 수박을 먹기 시작하였다. 꿀을 타서 얼음을 박은 것이 시원하고 달았다. 경주의 호의가 고마워서 곁에 섰는 경주를 바라보았다. 경주는 봉구가 맛나게 먹는 것을 만족하게 생각하는 듯이 빙그레 웃고 있다. 그 좀 둔해 보이는 얼굴에 만족한 웃음이 봉구에게 아름답게 보였다. 순영을 장미꽃에 비기면 경주는 호박꽃에 비길까. 장미꽃같이 아름답지 못할는지 몰라도 도리어 수수하고 순박하지 아니할까. 그러면 자기는 순영같이 참되지 못한 요망한 계집애를 생각하고 맘을 괴롭게 하는 것보다는 차라리 경주와 같이 순박한 여자와 일생을 같이하는 것이 좋지 아니할까. 설사 자기가 수백만 원 재산을 만들기에 성공한다 하더라도 짓밟힌 자기의 맘을 회복할 수가 없을 것이다. 이런 생각을 하면 지금까지 맘에 맺히게 결심하고 왔던 것이 다 우스운 것 같다.

'흥. 순영은 멀쩡하게 백윤희의 첩 노릇을 하지 않느냐. 분명히 내 자식인 어린애까지도 백가의 자식인 줄 알고 있지 아니하느냐.' 진실로 그렇다. 그 어린애는 백의 아들이 아니요, 봉구의 아들이라고 생각하는 사람은 오직 봉구와 순영뿐일 것이다. 순영이도 모르는지 모른다. 이러한 세상이다.

"우리 학교에 계시던 이가 누구야요?"

하고 경주가 부끄러운 듯이 고개를 숙이고 몸을 비틀며 묻는다. 자기 딴에 봉구의 그 말이 퍽 맘에 걸려서 일종의 질투까지 깨달았던 것이다. 얼마나 벼르고 별러서 이 말을 물은 것일까. 봉구는 경주의 이 심리를 추측할 때에 한없이 가련하였다.

"나쁜 계집애야요"

봉구는 이렇게 내답하었나.

"그이가 정말 죽었어요? 언제?"

봉구는 웃었다.

"거짓말이지요? 그 이름이 누구야요?"

경주는 내놓은 걸음이라 끝까지 파들어 가려는 듯하다.

"죽지는 않았지만 죽은 것이나 마찬가지야요. 죽었으면 좋지만."

봉구는 시무룩했다.

둔한 경주도 이런 일에 관한 눈치는 밝을 때다. 그는 불쾌한 듯이 입을 다물더니,

"그래도 아직도 그이만 생각하시지?"

하고 노골적인 원망하는 눈으로 봉구를 흘겨본다.

봉구는 이러한 이야기를 더하기가 싫었다. 그러나 어떻게나 경주의 태도가 진실한지 봉구는 마치 벗어날 수 없는 무슨 줄에 얽매인 듯하였다. 그래서 동정하는 눈으로 물끄러미 경주를 바라보았다. 경주의 뺨에서는 눈물이 흘러 내렸다.

"생각은 하지요. 하지만 정다워서 생각하는 것이 아니라 미워서 생각하는 게지요. 그까짓 것 아무려면 어떻습니까? 오빠 오늘은 어디 가셨어요?"

하고 봉구는 화두를 돌리려 하였다.

"그게 누구야요?"

하고 경주는 또 W학교에 있었다고 하며 봉구가 안다는 여자의 이름을 물었다. 경주는 더욱 흥분한 모양이었다. 그러한 때에 만일 누가 보면 창피할 듯하여 봉구는 일어나 나오려 하였다.

"여보세요!" 하고 경주는 한걸음 따라오면서 부른다. 눈물로 얼굴이 어룽어룽하였다.

"네?"

"여보세요!"

"울지 마시지요."

봉구는 어쩔 줄을 몰랐다.

"아직도 그이만 생각하시지요? 내가 다 알아요. 그렇지요?"

"누군데 그러세요?"

"나는…."

하고 경주는 미리 작성했던 것 모양으로 봉구의 가슴에 몸을 싣고 매달렸다.

"나는——저는 이렇게 영진 씨를 사랑하는데 어쩌면 그렇게도 모르는 체하세요? 난… 난… 몰라요."

하고는 흔들어도 안 떨어질 만큼 그 팔로 봉구의 목을 껴안고 늘어진다. 봉구는 경주의 불덩어리 같은 몸이 자기의 가슴에 닿음을 깨달을 때 부지불각에 두 팔로 경주를 껴안아 주었다. 경주는 눈을 감았고 얼굴은 술 취한 사람 모양으로 붉었다. 그리고 그의 좀 두껍다 할 만한 입술은 반쯤 열린 대로 봉구의 눈앞에서 불 같은 김을 토하고 있다.

봉구는 마침내 불쌍한 거지에게 물건을 던져 주는 듯한, 또는 병신 아이에게 불쌍히 여기는 귀염을 주는 태도로 경주의 열린 입술에 입을 대었다.

90회 봉구의 입술이 자기의 입에 닿자마자 경주의 몸은 굳센 경련을 일으켰다.

"아아, 어떻게 강한 사랑인고!"

봉구는 이렇게 한탄하였다. 그렇게 경주와 같이 몸에 경련이 일어나도록 취할 수는 없었다——그것이 봉구에게는 슬펐다.

순영이가 석왕사에서 봉구를 안은 양이 결코 이렇게 격렬하지 못한 것을 봉구는 잘 안다. 경주가 하는 양을 볼 때에 순영이가 한 것은 마치 배우가 무대에서 재주를 부린 것과 같이 봉구에게 생각된다. 봉구는 힘껏 경주를 껴안아 주었다. 그러나 봉구의 가슴은 두근거리지 아니하고 입김은 뜨거워지지를 아니한다. 아무리 하여도 지어서 하는 것만 같았다. 봉구는 경주에게 대하여서 가엾은 생각이 나서 정답게 손을 가지고 경주의 이마에 돋은 땀방울을 씻어 주었다.

과연 경주도 가엾은 여자다. 나이는 스물한 살, 한창 꽃이 필 때지마는 공부를 늦게 시작하여서 아직 중등과 2년밖에 못 되고 재주로나 공부로나 창가로나 테니스로나 말로나 무엇에나도 빼어난 것이 없으니 학교 안에서는 아무도 경주를 찾아 주는 이가 없다. 만나면 모두 인사는 하지만 인사를 하고 나서는 이야기를 곁에 사람들과만 하고 자기는 돌보지 아니하였다. 선생들까지도 자기는 못 본 체하는 듯하였고 누구나 안 사랑하는 이가 없다는 P부인까지도 일전에는 경주의 이름까지도 잊어 버렸다. 장난꾸러기 상급생이 가끔 경주를 놀려 먹는 일까지도 있었다. 그러할 때는 경주는 인순의 방에 가서 울었다.

"선생님!"

하고 경주는 울면서 인순의 방에 들어갔다.

"경주! 들어와!"

하고 인순은 반갑게 경주를 맞아 들였다. 인순도 얼굴이 아름답지 못하기 때문에 학식이나 명망으로는 이제는 학교 안에 제일이면서도 그렇게 눈에 띄지를 못한 것이다. 그 때문에 일종의 적막을 깨닫는 인순은 경주의 불쌍한 심리를 동정할 수 있는 것이다.

학교에서는 계집애들끼리도 하나하나씩 다 사랑하는 짝이 있었다. 그러나 경주에게는 그것조차 없었다. 경주도 다른 애들이 사랑을 주고 받는 것이 부러워서 얼마나 사랑할 동무를 구하였는지 모른다. 그러나 자기가 나이가 많기 때문에, 사년생들보다도 도리어 나이가 많기 때문에 남에게 사랑을 받을 수도 없고 그렇다고 어린 동급생이나 하급생이 자기에게 와 붙지도 아니하였디. 하루 이틀 따라다니는 양을 보이다가는 빙글빙글 웃고 달아나 버리고 말았다. 그리고 모처럼 준 은으로 만든 선물(그것이 유행이 되었다)도 돌려보내기도 하고 경주의 책상에 갖다가 내던지기도 하였다.

경주를 맨 처음 불쌍히 여겨서 사랑한 것은 순영이다. 순영은 웬일인지(아마 나는 이런 미운 계집애까지도 사랑한다 하는 허영심에서 나온 것인지도 모르지만) 경주를 불쌍히 여겼다. 그래서 방으로 불러다가 귀애해 주었다. 그러다가 순영은 가 버리고 인순이가 남게 되매 경주는 인순에 매달리게 된 것이다.

이렇게 아무도 돌보아 주는 이가 없는 경주에게 도리어 더 굳센 사랑의 요구를 넣어 준 것은 조물주의 작희라고도 하겠다. 그렇게 계집애들을 못 견디게 굴기로 유명한 기차 통학생들까지도 건드릴 생각도 아니 하는 경주는 혼자 사랑해 주는 사람을 구하느라고 애를 태웠다. 그러다가 만난 것이 봉구다.

물론 봉구가 경주를 사랑하는 모양을 보인 것도 아니지만 다만 가까이 할 수 있는 유일한 남성으로 경주는 봉구를 자기의 애인을 삼아 버리고 남편을 삼아 버렸다. 봉구는 꼭 자기의 것이 된 것같이만 생각된 것이다. 아마 자기는 부자집 따님이요, 봉구는 가난한 사람이라는 생각이 경주에게는 그러한 생각을 주었는지 모른다.

경주가 몇 번이나 오늘 모양으로 자기가 먹는다고 수박을 사 오래서 꿀을 치고 얼음에 채워서 식혀 놓고는 봉구가 혼자 사랑에 들어오기를 기다렸던가. 사랑문 소리만 나면 가슴을 두근거리면 뛰어나왔던가. 그러다가 문소리 낸 것이 혹은 오빠요, 혹은 다른 사람이어서 눈물이 쏟아지도록 낙심을 하고는

"배가 아파서 수박이 먹기 싫다."

고 그 수박을 하인들에게 내주어 버렸던가.

91회　경주의 봉구에게 대한 사랑은 거의 극도에 달하였다. 그 사랑이야말로 숫사랑이다. 지혜가 좀 부족한 경주의 사랑은 마치 굴레를 벗겨 놓은 말과 같다. 뜨거워질 대로 뜨거워지고 불길이 일 대로 일었다. 경주는 꺼릴 것이 없다. 꺼릴 줄 모른다. 다만 아직까지 문을 열지 못하였던 것이다.

"놓으세요. 누구 옵니다."

하고 봉구는 경주를 떠밀었다.

"날 사랑해 주세요?"

"……"

"그이만 생각하시지요――내가 그이를 죽여 버릴테야요!"

경주는 눈을 흘긴다.

"그이가 누군데――부러 하는 말이야요?"

"내가 알아요. 내가 죄다 알아요. 영진 씨가 거짓 이름인지도 죄다 알아요. 성씨가 누군지 내가 죄다 알아요. 신씨 아니세요? 이름은 봉구 씨구 새 봉鳳 자하고 구할 구求 자…. 내가 죄다 알아요. 무엇은 모르나요. 내가 다 들은 걸요. 내가 그이가 누구인지도 아는 걸요. 김순영이지요? 자, 내가 몰라요? 그 선생님이 나를 귀애해 주었지요 그렇지만 영진 씨가 자꾸 그이만 생각한다면 나는 그이를 가서 죽여 버릴 테요. 그이가 바로 인천 와 있는 걸."

이 모양으로 한바탕 주워섬기더니 또 봉구에게 와 매달린다.

봉구는 아니 놀랄 수가 없다. 이렇게 둔해 보이는 여자가 그렇게까지 소상하게 조사를 하였는가. 봉구는 지금까지 보지 못하던 무엇을 경주에게서 본 것 같았다. 경주는 그렇게 아무것도 모르고 아무 능력도 없는 고깃덩어리는 아니다. 그에게는 자기가 "내가 그이를 죽일 테야요" 하는 모양으로 사람이라도 죽일 무슨 큰 힘이 있는 것을 본 것 같았다. 불쌍하게만 생각되던 경주가 무서워진 것이다.

"영진 씨는 모르시지요――영진 씨는 왜 영진 씨인가, 봉구 씨지! 그렇지만 봉구 씨는 순영이가 부르던 이름이야. 싫어."

하고 고개를 흔들더니,

"그래, 영진 씨가 좋아. 나는 영진 씨라고 부를 테야…. 영진 씨는 모르시지요? 순영이가 어떤데. 순영이가 영진 씨하고 석왕사 갈 적에 처녀인 줄 아시어요? 여름 동안 백부자하고 원산 가서 실컷 있었다우. 영감 마누라로 있었다우. 그래서 벌써 아들까지 낳았단 말이에요."

봉구는 또 한 번 아니 놀랄 수가 없다. 순영이가 자기와 함께 석왕사에 왔을 때에는 벌써 처녀가 아니었었다? 그러면서도 자기가 좀 의심하는 빛을 보일 때에는,

"그래, 나를 의심하세요? 난 몰라요!"

하고 도리어 성을 내지 아니하였는가. 그뿐인가. 석왕사에 가서 첫날 밤 자고는 이튿날 순영이가 수심하는 듯이 앉아 있는 것을 봉구가 미안히 여겨서 이유를 물을 때에,

"처녀가 영원히 깨어졌으니까."

하고 가장 지금까지 지켜 오던 처녀가 금시에 깨어지기나 한 듯이 슬퍼하였다. 그때에 봉구는 얼마나 미안해하고 슬퍼하였던가.

"내가 죄인입니다."

하고 봉구는 진정으로 순영을 더럽힌 것이 죄송스러워서 울다시피 사죄를 하였다. 그때에 어쩌면 순영이가,

"무어요. 그보다 더한 것은 당신께 안 드리나요? 무엇은 안 드리나요."

이렇게까지 말하지 아니하였던가.

"에끼!"

하고 봉구는 눈앞에 떠오르는 순영의 모양을 향하여 이를 갈았다.

"그래도 그이를 생각해요?"

"인제는 생각하지 말지요."

"정말요?"

"언제는 생각했나요? 생각하면 미워했지요?"

"인제는 그이는 생각마세요. 인제도 생각하시면 내가 그이를 죽이고 올 테야요."

"아서요. 왜 그런 말씀을 하세요."

봉구는 경주를 위협하는 모양을 보였다.

"그이가 없어야 영진 씨가 나를 생각해 주실 테니깐…."

말이 그치기도 전에 경주는 봉구에게서 떨어져서 흑흑 느낀다. 울고 싶게 봉구는 괴로웠다. 아, 어찌하면 좋을까.

문 밖에서 왁자지껄하는 소리가 난다. 경훈이가 술이 취해서 들어오는 모양이다. 오늘이 팔월 그믐이다. 오늘은 경훈이가 ○○○에게 30만 원을 약속한 날이다.

92회 순영은 목욕에도 정신이 없었다.

봉구의 얼굴——석왕사에서 보던 얼굴——아까 보던 얼굴——이 뒤섞여서 순영의 눈앞에 어른거린다.

불의에 봉구를 대할 때의 감정은 순영이 자신도 형언할 수 없는 것이다. 반가움과 놀람과 두려움과 부끄러움과 미안함과 이 모든 것이 한데 엉클어진 감정이었다.

'그이가 어째 왔을까?' 하는 근심은 다른 모든 생각을 눌러 버렸다.

'그이가 어째 왔을까——어째서 남편을 찾아왔을까?' 하고 생각할 때에 순영의 등에는 냉수를 끼얹는 듯하였다. 그래서 목욕탕 가던 길에 깜짝 놀라는 사람 모양으로 우뚝 섰다.

"얘, 왜 이러니?"

하고 인순이가 놀랄 만큼 순영의 얼굴은 변했다.

"아니."

하고 순영은,

"나는 웬일인지 가끔 이렇게 놀라는 일이 있어서——그것도 무슨 병인지. 저 애 설 때부터 그래."

하고 인순의 의심을 피해 버렸다.

목욕탕에서도 한번 기절하다시피 순영은 정신이 아득하였다.

'암만 해도 봉구가 찾아온 것은 무슨 까닭이 있다. 변성명은 했더라도 반드시 까닭이 있다' 하고 순영은 자기의 몸에 이미 무슨 비극이 내려 온 것 같이 상상하였다. 그래서 산후의 쇠약으로 든든치 못한 신경이 견딜 수 없도록 긴장이 된 것이다.

이런 것을 보고는 인순도 의심이 아니 일어날 수가 없었다. 의심을 하고 생각하면 아까 본 어떤 사람의 모습이 봉구와 비슷한 듯도 하였다. 만일 봉구라 하면 큰일이다 하고 인순도 걱정하였다. 괜히 왔다 하는 생각까지도 났다.

"언니, 나 먼저 가우, 응. 어린애 데리고 오우, 응?"

하고 순영은 인순보다 한걸음 앞서 돌아왔다. 무슨 큰 변이 자기를 기다리고 있는 듯하여서 그렇지 않아도 그 기운 없는 다리가 허둥허둥하였다.

"아무려면 어때?"

하고 순영은 거의 별장 가까이 와서 혼자 중얼거렸다.

"본래 인생이란 그리 행복된 것도 아닌걸…. 멀리서 바라볼 때에는 천국 같은 생활도 가까이 가보면 역시 고통뿐인걸. 제일 오래 살면 별수 있나. 살기 어렵거든 죽어 버리면 고만이지."

순영은 이렇게 속으로 중얼거려서 울렁거리는 가슴을 억지로 진정해 가지고 돌아왔다.

"혼자 오우?"

남편은 반갑게 인사를 한다.

"다들 뒤로 와요."

순영도 안심이 되었다. 무슨 변은 아직 아니 일어났다.

"그이는 갔어요?"

순영은 봉구 일이 궁금해졌다.

"그이? 누구?"

"아까 왔던 이요."

"응. 그 사람?"

백은 봉구를 '그이'라는 경어를 붙일 사람이 못 된다는 것처럼 경멸하는 어조다. 순영은 그것이 웬일인지 불쾌했다. 봉구는 역시 순영에게 가장 사랑스러운 사람이다.

백은 유심히 순영의 새로 목욕한 얼굴을 물그러미 바라보더니.

"왜 그 사람 아우?" 한다.

"아니요."

하는 순영의 대답에는 힘이 없었다. 모르면 다행이라는 듯이 백의 얼굴에는 다시 만족의 빛이 떠돌았다. 그러나 순영은 자기에게로 오는 남편의 시선이 고통이 아니 되지 아니하였다. 그래서 부채를 집으러 가는 체하고 얼굴을 남편에게서 돌렸다.

그러나 순영은 봉구의 일을 잊을 수가 없었다. 아까 번뜻 보인 봉구는 순영이의 가슴에 이상한 불길을 던져 주었다. 가만히 남편을 바라보고 있으면 남편의 둥그레한 얼굴이 변해서 기름한 봉구의 얼굴이 되어 버리고 만다.

'어쩌면 그동안에 그렇게도 늙었을까' 하고 순영은 혼자 생각하였다.

'얼마나 맘이 괴로웠으면 저렇게 중병을 앓고 난 사람과 같을까' 하는 생각을 하면 순영은 가슴이 아팠다. 그 아픈 모양이 나와는 아무 관계도 없는 다른 사람의 일을 위하여 아픈 것과는 다르고 나와 가장 깊은 관계가 있던 사람의 불행을 볼 때에 아픈 그러한 아픔이다.

'내가 잘못이다' 하고 순영은 후회를 해보았다. 그렇게 후회하는 생각을 할수록 봉구가 더욱 불쌍해지고 더욱 그리워졌다.

93회 오늘까지 순영이가 봉구를 잊은 날은 물론 없었다. 시집가는 날——백의 본마누라에게 절을 하고 동대문 밖 집의 주인이 된 날부터 봉구는 잠시도 잊혀진 때가 없었다. 처음에는 정다움보다 무서움이 많았다. 칼을 들고 들어오는 봉구의 모양이 때때로 눈앞에 어른거려서 순영은 깜짝깜짝 놀랐다. 대문 밖에 웬 학생이 어른거린다는 말만 들으면 순영은 죽고 싶으리만큼 무서웠다.

'아아, 봉구만 없었으면.' 이렇게 순영은 생각하고 자기에게도 몰래 '봉구가 죽어 주었으면' 이렇게 저주도 여러 번 하였다.

남편이 좀 늦게 들어와서 좀 불쾌한 빛을 보여도 '봉구를 만난 것이나 아닌가' 하였고, 선주가 시무룩하게 들어오더라도 봉구에게 관한 일이 아닌가 하였다.

봉구가 이 세상에서 살아 있는 동안 도저히 자기는 행복을 누릴수 없는 것처럼 순영의 맘을 맺혔다. 이 떠나지 않는 근심과 남편의 과도한 건강과 음욕이 그렇게 건장하던 순영을 불과 반년에 병인처럼 만들어 버렸다. 게다가 첫아기를 서느라고 낳느라고 순영은 거의 죽을 뻔하였다.

만일 몸이 아픈 것을 핑계로 남편을 한 번만 거역하면 남편은 반드시 그 이튿날에는 밖에서 잤다. 기생집에도 가 자는 모양이나 간혹 본마누라 집에도 가서 자는 모양이다. 본마누라에게서도 한 달 전에 딸 하나가 났다. 이 때문에 순영은 자기 몸이 못 견딜 지경이라도 남편의 요구를 거절하지 못하였다.

백은 순영에게서 성욕의 만족밖에 구하는 것이 없었다. 그는 아무 때에라도 나갔다가 집에 들어오기만 하면 순영을 껴안았다. 혹 순영이가 피아노를 울리면 그런 것은 듣기 싫으니 그만두라고 소리를 질렀다. 다만 순영이의 몸뚱이를 끼고만 앉았으면 그만인 듯하였다.

'그이는 안 이럴 걸.' 순영은 이러한 때에 봉구를 생각해 보았다.

'역시 사람은 고깃덩어리뿐이 아닌데' 할 때 순영은 봉구를 그리워하는 생각이 퍽 간절하였다.

돈! 백에게 돈이 누거만이 있으면 무엇하랴. 순영은 일찍 5원짜리 지전 한 장을 손에 들어본 일이 없었다. 더욱 심한 것은 안방에 두는 금고 열쇠는 꼭 백이 자기가 지니고 다니고 순영은 한 번 건드려 보지도 못하였다. 금고뿐 아니라 장이며 궤며 문갑 서랍 같은 것 중에는 순영이가 열어 보지 못하는 것이 퍽 많다.

"저기는 무엇이 있어요?"

"그것은 알아 쓸데없는 게야!"

이런 문답이 자주 반복되었다.

순영은 도저히 남편의 비밀을 다 알아서는 못 쓰는 사람인 듯하였다. 그럴 때에는 분하기도 하고 슬프기도 하였다.

그러할 때에 봉구를 생각하였다. 석왕사에서 어찌하였나. 그는 아직 혼인도 하기 전에 말하자면 초면이라 할 만한 순영이 자기에게 돈 지갑과 양복 호주머니를 모두 맡겨 버렸고, 거기서 돌아온 후에도 봉구의 방에 있는 모든 것을 모두 순영이가 할 대로 맡겨 두지 않았나. 비록 얼마 안 되는 재산이라도 봉구는 자기의 가진 모든 것을 모두 순영이에게 맡겨 버린 것이다. 그러하건만 백은 순영에게 열쇠조차 맡기지를 아니한다.

'아, 돈! 그까짓 놈의 돈이 내게 무슨 상관이람.' 순영은 입술을 물어 뜯었다.

그뿐인가. 순영의 배가 점점 불러 갈수록 백은 음욕만으로도 순영을 사랑하는 도수가 줄었다. 그래서 순영은 허리띠 끈으로 배를 꽁꽁 졸라매어서 아무쪼록 배가 작아 보이도록 하였다. 그렇지만 칠팔 삭이 가까워 오면 아무리 배를 졸라매더라도 얼굴과 눈부터 달라지는 것이다. 이때가 되면 남자가 가까이 안 하는 것이 좋기 때문에 자연은 여자의 얼굴을 미워 보이게 만드는 것이다. 그러나 아기를 낳는다는 부부가 합하여서 하는 대사업이 끝나서 아내의 얼굴이 다시 아름답게 보이기를 기다릴 백윤희는 아니었다. 그래서 점점 어성버성해 가는 백을 끌어붙임에 배를 조르는 것과 화장을 하는 것과 음란한 모양을 하는 것과 백과 함께 술동무와 화투 동무를 하는 것이었다. 그것이 순영의 원하는 바는 아니지마는 그래도 일생을 희생해서 따라온 남편을 그렇게 쉽게 다른 여편네에게 빼앗기기는 차마 못할 일이었다.

이러한 때에도 봉구를 그리워하였다.

94회　오랫동안 지내어도 봉구는 칼을 들고 달려들지도 아니하고 위협하는 편지 한 장조차 아니 보내는 것을 보고는 순영은 봉구에게 대하여 안심하였다는 것보다도 고마워하는 생각이 났다.

'정말 착하신 어른이다. 정말 나를 사랑해주시는 어른이다.' 이렇게 생각하면 더욱 그리웠다.

그러다가 어린애가 난 때에 순영은 그의 아버지가 누구인가를 생각해 보았다. 그 애가 난 날을 계산해 보면 백윤희와 떠난 지 296일, 봉구와 떠난 지 280일이었다. 순영은 날짜를 생각할 때 모든 것이 다 해결됨을 깨달았다. 그러나 신봉구의 혈육을 낳아 가지고 백윤희 집에 살기는 전보다 더욱 고통이었다. 그래서 행여나 봉구의 아들이지 맙소사, 제발 백씨의 아들입소사, 하고 어린 아기의 얼굴만 날마다 들여다보았다.

'아아, 봉구다. 봉구냐' 하고 순영은 어린애의 얼굴을 늘여다볼 때마다 부르짖었다. '기름한 얼굴, 높은 코, 눈 모양까지도 천연 봉구다!' 하였다.

그래도 자기를 안 닮은 것을 알아보아서,

"이 자식. 누구를 닮았어."

하고는 이리 기웃 저리 기웃 하고는 어린애 얼굴과 머리를 들여다보고,

"응. 그래도 귀하고 뒤통수가 날 닮았군."

하고 혼자 위로를 하였다. 남편이 그러한 말을 하는 것을 들을 때마다 순영은 단근질을 당하는 듯이 괴로웠다.

"그 애가 할아버지 안 닮았어요?"

하고 순영이가 미안한 듯이 백에게 물으면 백은 죽은 지 오래어서 자기도 그 얼굴을 잘 기억하지 못하는 할아버지를 생각하는 듯이 여송연 연기로 그림을 그리며,

"글쎄."

할 뿐이었다.

그러나 그 아이가 자기의 씨가 아니요 얼토당토 아니한 신봉구의 씨리라고는 백은 꿈에도 생각 안 하였다. 백은 순영의 처녀를 자기가 깨뜨린 것을 분명히 믿는 까닭이요, 또 그것은 사실이었다. 처녀는 한 번 깨뜨린 뒤에는 다시는 아무 흔적도 없는 까닭이다. 그래서 백은 그 아이를 자기 자식으로만 믿고 자기집 항렬을 달아서 영식榮植이라고 축복 많이 하는 이름을 지었다. 더욱이 백의 본마누라가 딸만 오형제를 내려 뽑던 판에 순영이가 아들을 낳은 것은 여간 큰 공로가 아니었다. 사실상 순영은 아들을 낳은 후로부터는 온 집안 사람에게 한층 대접을 받았다.

'백영식!' 백씨 집 장손이다. 그래서 서자 되기를 두려워 순영이가 낳은 것처럼 아니하고 본마누라가 낳은 것처럼 민적에 올렸다. 순영은 그런 줄 추측하면서도 대답을 듣기가 두려워서 더 물어 보지도 아니하였다.

그러나 언제든지 하루는 이 일이 발각될 날이 있을 것 같았다. 그날은 어찌하나? 이것이 순영의 근심이었다. 순영은 처음 백의 집을 찾아갔을 때

에 선주와 둘이서 피아노 치고 이야기하던 그 방에서 저 낙산 마루턱 석양에 홀로 선 늙은 소나무와 하늘가에 날아갈 듯이 우뚝 선 동대문을 바라보면서 홀로 근심하고 후회하고 울었다. 순영의 단꿈도 실로 짧았던 것이다.

그러나 사람이란 죽지 않으면 사는 것이다. 그렇게 큰 근심과 불안을 품고도 살아가면 살아가는 것이다. 게다가 아이를 낳은 뒤에 얼마를 지나 순영의 모양이 점점 어여쁨을 회복함으로부터 남편의 사랑도 따뜻하여졌고 더욱 영식이로 해서 집안에는 웃음이 많았다. 아무리 고깃덩어리만 아는 백도 자식(기실은 자기 자식도 아니지만)에게 대해서는 일종의 사랑을 가진 듯하였다. 순영은 백이 어린애를 귀애하는 것을 보는 것이 한끝 안심되고 한끝 근심도 되어 매양 고개를 돌리고는 한숨을 쉬었다.

"어쨌거나 이대로 오래갈 수는 없다!" 이렇게 무엇이 순영의 속에서 소리 지르는 듯하였다. 오래갈 수는 없다. 언제나 파탄이 온다. 이제나 저제나 나의 운명의 마지막 날이 온다. 이러한 무거운 무서움이 마치 폭풍이 몰아오는 검은 구름장 모양으로 순영의 맘속에 빙빙 떠돌았다.

그러하던 즈음에 봉구를 만났다. 봉구가 백을 만나고 백이 봉구를 만났다. 아아, 마침내 폭풍우가 오는 것이다. 이렇게 순영의 가슴은 남편으로 더불어 저녁을 먹을 때에 울렁거렸다.

95회 '내가 잘못이다!' 하고 순영의 후회는 더욱 깊어진다. 동대문 밖 집이 좋기는 좋았으나 그곳에도 행복은 있지 아니하였고 순영이가 몸에 감는 옷, 입에 먹는 음식이 모두 값가는 것이었지만 행복은 그 속에 있지 아니하였다. 또 백은 몸이 건강하고 잘난 사내이언만 행복은 그 속에도 있지 아니하였다.

'첩!'이란 말은 순영의 귀에 꽤 아픈 말이다. 그런 생각만 하여도 괴로웠다.

'민적이란 무엇인고?' 하고 억지로 그것을 우습게 여기려고 하면서도 그래도 남의 정실로 시집을 가서 민적에 '처'妻라는 글자를 박히는 것이 여간 부럽지를 아니하였다.

'첩으로 간 것!' 하고 철없는 계집애들까지도 자기를 대하기를 싫어하는 것 같아서 순영은 아무쪼록 아는 여자를 아니 만나도록 피하였다. 오래간만에 음악회에나 구경을 가면 거의 다 아는 여자들이 보고도 인사도 잘 아니하고 저희들끼리만 수군거리는 것을 볼 때에는 그만 죽어 버리고 싶도록 괴로웠고, 그중에 특별히 순영이에게 대하여 동정이 많거나 호기심을 가진 여자들이 아주 반가운 듯이 그러나 불쌍한 듯이 순영을 붙들고 인사도 하고 이야기를 할 때에는 적이 낯이 회복되는 듯도 싶었으나 그래도 그 사람들의 심리를 생각하면 그렇게 친절히 해주는 것이 도리어 괴로워서 순영은 될 수 있는 대로 속히 이야기를 끝내고는 뛰어나오다시피 나와서 자동차를 타고 달아났다.

'아아, 전과 같이 맘 놓고 사람을 대해 보았으면.' 순영은 이렇게 하는 일도 있었다.

'아아, 그때에는——그때에는——' 하고 순영은 동래온천 가기 전의 자기를 생각했다. 그때에는 누구를 대하면 부끄러웠던가, 아는 사람을 대하거나 모르는 사람을 대하거나 자기는 부끄러울 일이 없었다. 학교 마당에 우뚝우뚝 선 늙은 나무들이나 봄철에 푸릇푸릇 돋는 풀이나 하늘의 달이나 흰 구름이나 무섭게 드릉거리는 우레나 무엇을 대하여도 순영은 겁나거나 꺼릴 것이 하나도 없었다.

'하나님 앞에서라도!' 순영은 고개를 번쩍 들고 겁 없이 손을 내밀었다. 그러하던 옛날 일을 생각하였다.

그러나 지금은 어떤가? 하인들 앞에서도 꺼리지 아니하나, 남편 앞에서도 꺼리지 아니하나.

"여보시오, 나는 당신과 일생을 같이하고 고락을 같이할 권리가 있는 사람이요!" 이렇게 남편에게 큰소리 칠 수가 없다. 자기 방이라고 이름 지은 안방에 자기가 손을 댈 수 없는 궤가 있든지 서랍이 있든지 순영은,

"저것을 내게 보여 주오!"

하고 큰소리로 청구할 기운이 없었다. 심지어 남편이 기생집에 가서 자고 오더라도 그런 줄을 분명히 알더라도 그것을 준절하게 책망할 기운이 없었다. 하물며 백이 큰집에 가는 것이야 이틀을 가든지 사흘을 가든지 오직 내 가슴만 박박 긁어서 피를 낼 뿐이지 무슨 말 한마디 할 권리도 없었다. 영식이가 나면서부터 더욱 남편 앞에 고개를 들지 못하였다. 그 때문에 순영은 아주 겁 많은 사람이 되어 버려서 남편의 낯빛이 변하는 것만 엿보지 아니하면 아니 되게 되었다. 바깥 세상에 대하여서는 부자의 첩으로 시집간 것 때문에, 안으로 남편에게 대해서는 남편의 자식 아닌 자식을 낳았기 때문에 고개를 들 수가 없었고, 이러하기 때문에 아무쪼록 세상 사람의 눈과 남편의 눈을 피하려 하였다. 그러나 순영은 아무리 혼자 어두운 방안에 있어서 모든 눈을 다 피할 수 있다 하더라도 자기 자신의 양심의 눈까지는 피할 수가 없었다.

"아이! 왜 그렇게 약하우? 무엇이 어떻단 말이유? 그렇게두 세상이 무섭수? 그까짓 세상 놈들이 무슨 상관이길래──당신이 먹을 게 없기로 밥 한 술이나 주는 놈이랍디까. 아따 내버려 두구려. 찧구 까불구 할 대로 다하라구 내버려 두구려. 무엇을 공연히 쿠요쿠요〈よくよ: 사소한 일로 걱정하는 모양〉우? 자 일어나, 어뜨무러차〈어린아이나 무거운 물건을 들어 올릴 때 내는 소리〉."

이 모양으로 선주는 순영을 위로하고 또 기운을 내게 하였다.

96회 "그래도 세상이 아주 상관이 없지는 않아요. 아주 세상을 떠나서야 사람이 어떻게 사오?"

순영은 이렇게 반대하였다. 그 말을 들으면 선주도 다소간 낙심이 아니 되지는 아니하였다. 그러나 선주는 순영처럼 맘이 약한 여자가 아니다. 그는 한번 작정한 것은 잘못된 줄 속으로는 알면서도 밀고 나가는 여자다.

"무얼, 맘만 단단히 먹어요!"

하고 화나는 듯이 선주는 담배를 피워 물었다. 이러한 이야기를 할 때면 두 사람 앉았는 방에는 담배 연기가 자욱하였다.

'어쩌나. 비록 선주의 말대로 맘을 단단하게 먹는다 하더라도 어린애 영식으로 하여서 조만간 반드시 비밀이 탄로될 것이다. 그 비밀이 어떠한 방법으로 탄로될는지는 모른다. 하더라도 한번 탄로되는 날에는 순영이 자기는 어떻게나 수치와 고통을 참을까? 설혹 그 비밀이 탄로되지를 아니한다 한들 이 무서운 비밀을 가슴속에다 품고 어떻게나 기나긴 세상을 살아갈까?'

그러한 중에도 영식이는 귀여웠다. 그 부드럽고 따뜻한 입에 젖꼭지를 물리는 동안 모든 근심을 잊어버릴 수가 있었다. 그러나 생각하면 서러운 일이 아니냐──어미의 죄로──그러나 어미의 죄로 아무 허물도 없는 새 생명이 일생의 고통을 지고 난 것이 아닌가. 만일 이 비밀을 아는 날이 올 때에 영식은 어떻게나 죄 많은 어미를 원망할까, 그렇게 생각하면 눈물이 흘렀다.

이 모든 사정은 순영을 괴롭게 한다. 후회의 날카로운 바늘은 순영의 염통을 푹푹 쑤신다. 그래도 살기를 그만둘 수는 없었다. 아무 때에나 올 운명이 저절로 들들 굴러 오기를 기다리고 살아갈 수밖에 없었다. 그동안이 비록 짧았지만 순영이에게는 한 10년이나 지난 것 같았다.

그래서 생각해 낸 것이 여행이요, 어린 것을 데리고 몸 약한 사람이 먼 여행도 어려울 터인즉 인천이나 가자 한 것이요, 인천으로 올 때에 그래도 옛날 친구를 생각하여 인순을 청한 것이다.

인순도 옛정을 생각해서 순영의 초대를 받아서 인천으로 내려왔다.

"아이구, 언니 와 주셨구려."

하고 순영은 인순에게 매달려 울었다.

"그럼 안 와."

하고 인순도 울었다.

"나를 안 된 년이라고 했지?"

하고 순영은 자기가 감히 우러러볼 수 없는 사람을 우러러보는 듯이 인순의 자그마한 좀 암상스러운 듯한 눈을 보며 물었다.

"지난 일이야 말을 하면 무엇 하니."

인순은 다만 이렇게 말해 버리고 말았다.

인순이가 자기를——남의 첩을, 행실 나쁜 년을 찾아와 준 것이 참으로 고마웠다. 마치 돌아가신 어머니가 살아온 것처럼 반가웠다. 그래서 한 이틀 동안은 정신없이 기쁘게 지내었다. 그러나 순영은 점점 인순과 자기와는 딴 세계 사람인 것을 깨달았다.

'거짓말쟁이!' 순영은 인순을 대할 때에 이렇게 자기를 책망하였다. 자기가 얼마나 이 입을 가지고 거룩하고 깨끗한 소리를 많이 했던가? 얼마나 '남의 첩으로 시집가는 년들'을 꾸짖었던가!

'음탕한 년!' 순영은 또 이렇게 자기를 꾸짖는다. 과연 나는 음탕한 계집이다. 이렇게 순영은 인순을 바라보며 아파한다.

선주를 대하고 선주의 말을 들으면 순영의 맘은 적이 편안하였다. 그러나 인순을 대할 때에 그가 아무 말을 아니 하여도 다만 그가 앞에 있다는 생각만이 순영의 양심을 피가 나도록 푹푹 찔렀다.

'에라 빌어먹을 것. 남이라고 살라고' 하고 양심의 눈을 딱 감으려고 할 때에는 영식이의 우는 소리가 들렸다. 영식이의 우는 소리는 순영이에게 최후 심판 날에 하나님의 정죄하는 소리 같았다.

정히 이러할 때에 봉구가 뛰어든 것이다.

저녁도 맛 모르게 먹은 순영은 망연하게 서편 바다에 가물가물 어두워지는 것을 보았다.

"나는 이 차로 서울 다녀오겠소. 10시 차에 안 오거든 내일 아침에 오는 줄 아시오."

하고 백이 떠나 버리고 말았다. 남편을 전별하고 들어와서 순영은 교의에 펄썩 몸을 던지고 울었다.

"왜 이러니?"

하고 인순이는 두어 번 위로해 보았으나 할 수 없는 줄을 깨달은 듯이

"하나님께 기도를 올려라."

하고 자기 먼저 기도를 올렸다.

97회 "언니 어쩌면 좋소?"

하고 순영은 울던 눈을 들었다.

"남이 어떻게 말을 하니? 그저 네 생각에 이것이 하나님의 뜻이다 하고 믿는 대로 하려무나. 언제나 그것이 안전한 길이지. 우리가 이렇게 하면 행복될 것 같아서 그렇게 해보지만는 어디 우리 생각대로 되나——너도 그렇지 않으냐⋯. 사람이 행복되고 불행된 것은 제 힘으로 할 수 없는 게야⋯."

"그래."

하고 순영은 고개를 끄덕끄덕하였다. 과연 자기의 과거 생활을 생각하면 그러하였다.

"허지만 지금은 내가 어쩌면 좋아요?"

"⋯⋯"

"언니⋯. 어떤 것이 내 양심의 소리야요? 어떤 것이 하나님의 뜻이야요? 나는 인제는 모르겠어⋯. 내가 인제 어쩌면 좋소?"

진실로 순영은 이 처지에서 어느 것이 양심의 소리인지 분별할 수가 없었다.

인순이의 속에는 생각이 있었다. 어떤 것이 하나님의 뜻인지 인순은 그것을 아는 것 같았다. 그러나 지금 그것을 순영에게 말할 수는 없었다. 대개 그것은 말한대야 순영에게는 아무 이익이 없을 듯한 까닭이다.

순영은 물끄러미 인순을 바라보고 무슨 말이 나오기를 기다리는 것 같더니 그 눈이 이상하게 번쩍 빛나며,

"언니. 나는 이제라도 봉구 씨한테로 가야 옳지? 인제라도?"

하고 결심의 빛이 보인다.

"글쎄."

"왜. 글쎄라고 그러우?"

"허지만 저렇게 아기까지 낳고…."

"언니, 그 애가…. 그 애가…."

순영은 차마 그 애가 봉구의 아이라는 말까지는 하지 못하고 말이 막혔다. 그러나 인순은 알아 차렸다. 아이는 그런 일 저런 일 다 알지 못하고 쌕쌕 자고 있다. 인순의 생각에도 어린애가 과연 아까 보던 봉구를 닮았다고 생각하였고 그렇게 생각하면 더욱 순영이의 일이 난처하였다.

"만일 그렇게 하는 것이 네 양심에 옳다고 생각되거든 그리 하려무나——양심밖에 누구를 믿니?"

"내가 만일 인제 봉구 씨한테로 가면 세상이 얼마나 웃을까. 미친년이라고 그럴 테지——또 백이 가만히 있겠어요?"

"그도 그렇지만 사람이란 그런 이해관계를 생각하기 때문에 일을 그르치는 것이다. 무슨 일이 옳은지 그른지를 볼 것이지, 그래서 옳은 일이면 하고 그른 일이면 하지 말 것이지, 사소한 이해관계만을 돌아보다가는 크게 일생을 그르치는 것이다."

이렇게 인순은 순영 개인의 사정에는 저촉되지 아니하게 대책론만 하여 버렸다.

순영은 이윽히 무엇을 생각하고 앉았더니,

"언니, 나는 가요."

하고 벌떡 일어난다.

"어디로?"

인순도 놀랐다.

"봉구 씨헌테로."

"응?"

하고 인순은 순영의 팔을 잡았다.

"가 볼 테야. 가서 적어도 용서라도 청할 테야. 나는 이대로는 살 수가 없는 것 같아요——내 갔다 올게."

하고 순영은 자는 영식을 보며 눈물을 씻는다. 인순도 운다.

"집을 아니?"

"응 여기 명함이 있어——내 찾아보고 올게. 언니, 어린애 데리고 있수, 응?"

"그러다가 이 어른이 어시면 어쩌니?"

"웬걸…. 오면 대수여요?"

"얼른 다녀와."

"응…. 언니 있수."

순영은 나가 버린다 인순은 뒤에 혼자 남아서 울었다. 어쩐지 알 수 없는 슬픔이 복받쳐 오른 것이다. 그러는 동시에 사람의 천성 속에 크고 아름다운 것을 본 듯도 하였다.

8시도 지나고 9시도 지났다. 그래도 순영은 돌아오지 아니하였다. 10시가 지났다. 인순은 들락날락 근심이 되기 시작하였다. 11시가 되어도 순영은 돌아오지 아니하였다.

인순은 차차 여러 가지 근심을 하게 되었다. 영식이가 깨어서 보채는 것을 가까스로 달래어 재웠으나 아직도 순영은 돌아오지를 아니한다.

98회 "여보시오. 영진 형!"

경훈은 들어오는 길로 봉구의 손을 잡았다. 그의 얼굴에는 무슨 심히 중대한 근심을 가진 때에 보이는 표정이 보였다. 봉구와 경주가 함께 가까이 있는 것도 눈에 띄지 않은 듯하였다.

"여보시오. 이거 큰일 났소이다. 내 목숨은 노형의 손에 달렸으니 날 살려 주시오."

하고 경훈은 아랫목에 놓인 금고를 노려보았다. 경훈의 생각에는 저 금고만 열면 자기는 이 곤경을 벗어날 수 있는 것이라고 생각한 것이다.

"염려 마시오. 나 하라는 대로만 하시오."

하고 봉구는 경훈의 귀에다 입을 가까이 대고,

"지금 그만한 돈이 있기는 있소이다. 하지만 내가 알아보니까 그 사람들의 행색이 향기롭지 못한 듯해요. 혹 ○○단을 빙자하고 협잡을 하는 사람들인지도 알 수 없으니 이렇게 말하시오──지금 돈이 되었다고. 되었지만 여기서 그네들에게 주면 여러 가지 위험이 있으니 상해 본부에서 서로 주고받기로 하자고 그렇게 말을 하시오."

하였다. 경훈은 이윽히 생각하더니,

"그러면 그 사람들이 들을까?"

하고 눈을 껌벅껌벅한다.

"그 사람들이 정말 ○○단 사람이요, 또 노형을 동지로 생각하면 그 말을 들을 것이오. 만일 안 든다면 무슨 까닭이 있는 사람들이지요. 그렇게 큰돈을 누구인지 알지 못하는 사람에게 내맡긴다는 것이 어리석은 일이 아니야요? 근래에 그러한 직업을 하는 사람이 얼마나 많은데."

"그런데 오늘이 약속한 기한이니까 오늘 밤 자정까지에 돈이 안 되면 생명에 무슨 일이 생길 텐데…"

"누구를 죽인대요?"

하고 봉구는 조롱하는 듯이 웃었다.

"그런 소리 마시오."

하고 경훈은 크게 겁을 내는 듯이,

"그 사람들이 신출귀몰이야요. 그 사람들이 무슨 일은 못하나요. 육혈 포가 없나, 폭발탄이 없나, 칼이 없나, 그 사람들이 사람 하나 두엇 안 죽여 본 사람 있는 줄 아오? 경찰은 피할 수가 있어도 그 사람들의 손은 피할 수가 없어…"

하고는 혹 곁에서 누가 듣지 아니할까 하고 휘휘 돌아보다가 저편 구석에 경주가 서 있는 것을 보고 그 곁으로 가서 팔을 꽉 쥐며,

"너 지금 내가 한 말을 들었지?" 한다.

"응."

"너 누구한테도 말 말아라──큰일 나, 큰일 나."

만일 경훈의 생명이 위급한 때에 자기가 담당하마 하는 봉구의 말에 경훈은 안심한 듯이 스스로 어디로 나가 버리고 만다.

봉구는 경훈의 뒷모양이 중문 밖으로 스러지는 양을 보더니 얼른 경주의 곁으로 오며,

"안에 들어가서 아버지 오셨나 보세요──오셨거든 내가 사랑에서 기다린다고 말씀하세요."

하였다.

"큰일 났다. 오늘은 무슨 큰일이 날 모양이다."

봉구는 이렇게 혼자 중얼거리면서 혼자 방안을 왔다갔다 하더니 무슨

생각이 나는 듯이 우뚝 서며 또 한 번,

"기어코 무슨 일이 난다."

하고 중얼거렸다. 그러한 즈음에 경주가 안으로부터 나왔다.

"아부지 서울서 전화가 와서 서울 가셨대요. 막차에나 내려오신다고."

경주는 무슨 다행스러운 기별이나 전하는 듯이 이 말을 한다. 봉구는 두어 곳에 서울로 전화를 걸어 보았으나 주인을 만날 수가 없었다. 그래서 하릴 없이 경주에게 정답게 작별하는 뜻을 표하고 여관으로 돌아올 모양으로 문 밖에 나섰다.

'어찌하면 좋은가?' 하고 근심이 봉구의 머리를 무겁게 하였다. 그 근심은 무엇에서 나온 것인지 분명히 알 수가 없었다. 그러나 가슴이 묵직하게 괴로워서 봉구는 노상 가는 청요리집에 들어가서 맥주와 저녁을 먹고 짧은 여름밤이 어느덧 9시가 지나서야 여관으로 돌아왔다.

"웬 젊으신 부인네가 찾아 오셨어요. 두 번이나 오셨다가 또 오신다고 가셨어요. 인력거를 타시고…."

이렇게 여관에서 심부름하는 송서방이란 사람이 봉구의 방을 들여다 보면서 말하였다.

"혼자?" 하고 봉구가 물은즉,

"네! 아주 미인이시던데요." 하고 송서방이 웃는다.

99회 '그가 왔고나' 하고 봉구는 놀랐다. '순영이다!' 그러나 과연 순영이가 봉구를 찾아 왔을까. 봉구에게는 꿈속과 같았다. 그러나 봉구가 오랫동안 공상을 하기도 전에 순영이가 들어왔다. 사뿐사뿐 문 앞으로 와서 가만히 고개를 숙이고 서 있는 것은 분명히 순영이다. 봉구는 다만 돌로 만든 사람 모양으로 뻣뻣이 시시 순영을 노려볼 뿐이요, 아무 밀이 없있다. 순영은 들어오라는 말도 없는 것을 보고 이윽히 주저하더니 굳게 결심한 듯이 구두를 벗고 봉구의 방으로 들어갔다.

그래도 봉구는 말없이 서 있을 뿐이었다. 반가운 듯도 미운 듯도 원망스러운 듯도 패씸한 듯도 찾아온 것이 고마운 듯도, 봉구의 가슴속은 진정할 수가 없이 빙글빙글 소용돌이를 쳤다.

"여보세요!"

하고 마침내 순영이가 불렀다.

"여보세요. 제가 이렇게 뵈오려 찾아오더라도 저를 돌아보아 주시지도 아니할 줄을 미리 알았습니다. 그렇지만 제가 이렇게 찾아온 것은 꼭 한 가지 청할 것이 있어서 온 것입니다."

순영의 말은 무섭게 침착하였다.

"청이오? 내게 무슨 청이오?"

"잠깐만 앉으세요. 앉아서 제 말씀을 들으세요."

하고 순영이 먼저 앉는다.

"아니오. 나는 남의 댁 젊은 부인과 이렇게 밤에 단둘이 마주 앉아서 이야기할 말은 없는 걸요. 그보다도 주인 영감께서 아시면 공연히 내 밥줄까지 떼실 것이니 어서 가시지요."

봉구의 어성은 낮으나 깊은 원한과 분노를 억제하느라고 떨렸다.

"그렇게 말씀하실 줄도 알았습니다마는…."

"알았걸랑 여러 말 할 필요가 없지 않나요? 무엇하러 나한테를 오신단 말씀이야요, 응. 황후가 불쌍한 백성의 정경을 살피는 심으로 오셨나요? 고맙습니다. 흥, 그렇지만 나는 그러한 은혜를 원치 않으니 내 가슴이 터져 버리기 전에 어서 가세요——안 가시면 내가 나갈 테야요."

하고 봉구는 두루마기를 떼어 입고 모자를 든다.

순영은 일어나면서 봉구의 모자 든 손을 잡았다. 그리고 애걸하는 눈으로 봉구를 쳐다보았다.

"죄는 용서받을 수가 없습니까?"

하는 순영의 말소리는 실로 뼈가 저리도록 애련하였다.

봉구는 대답이 없다. 그러나 이 말이 봉구의 맘을 찌른 것은 사실이다.

"네, 저를 용서해 주세요. 저를 사랑해 주시던 그 사랑으로 저를 용서해 주세요."

순영은 그만 지금까지 가졌던 침착한 태도를 잊어버리고 울며 봉구에게 매달렸다.

"용서요? 인제는 용서할 것이 없지 아니한가요? 용서할 때도 다 지나지 않았나요? 인제 용서하면 무엇하고 안 하면 무엇해요…. 그렇게도 내게 용서받기를 원하시거든 기다리시지요. 한 번은 내가 용서해 드릴 때가 있으니 그때까지 기다리지요. 아마 그 전에는 하나님께서나 용서해 드릴는지 모르지마는 나는 못해요─나는 못해요!"

"지금은 용서를 못하세요?"

"……."

"한 번은 용서를 하신다니, 그것은 언젠가요?"

"생각해 보시지요."

"제가 죽으면 용서하신단 말씀인가요?"

"옳게 생각하셨소이다. 돌아가시었다는 소문을 들으면 나도 일생에 아껴 두었던 눈물을 한 번 쏟고 당신을 용서해 버리겠지요. 그렇지만 당신이 그 몸뚱이를 쓰고 다시는 동안은 못해요. 나는 못해요 그러나 백 부인! 조금도 염려는 마세요. 나는 돈이 없기 때문에 어떤 사랑하던 사람에게 버림을 받았으니까. 인제는 평생 소원이 돈 모으는 것밖에는 없으니까요─그러니까 나는 오늘 당신 댁에라도 꺼리지 않고 간 것이지, 조금도 원수를 갚을 뜻은 없었어요. 또 지금도 없고요. 요즈음은 원수 갚을 새도 없고 또 힘도 없으니까 아무 염려 말고 재미있게 사시지요. 그것이 청이겠지요? 그것이 청이라면 들어드립니다."

<u>100회</u> "아닙니다. 아닙니다. 그것은 너무도 저를 무시하는 말씀이야요…."

"무시? 당신에게도 아직 체면이 남았던가요? 아직도 사람이 조금은 남았나요?"

하고 봉구는 순영을 노려보았다.

"네. 나야 사람이 아니지요 ──그렇지만 저 어린애는 어찌합니까? 어린애야 무슨 죄로…."

하고 순영은 울음에 목이 메었다. 자식을 위한 격정에 비기면 자기 일신의 향락은 헌신짝 같았다. 영식이 날 때부터 그를 아비 아닌 이의 아들로 기르는 것이 맘에 괴로워하는 생각이 맘에 그칠 날은 없었지만 이럭저럭 언덕을 굴러 내려오는 돌맹이 모양으로 살아 왔다. 그러다가 오늘 봉구를 다시 만나고 인순의 말을 듣고 이것저것이 합하여 감수성 예민한 순영의 맘을 못 견디게 괴롭게 한 것이다.

어린애란 말에 봉구도 깜짝 놀랐다. 그 아이 수레에 누운 어린애가 자기의 모습을 가졌던 것을 생각하고 석왕사 일을 생각하였다. 그것은 진실로 자기의 자식인 것 같았다. 그러나 그 자식이 백에게로 간 순영에게서 나온 것을 생각하면 맘이 불쾌하였다. 백에게로 가기 전 순영과 그 어린애와를 한꺼번에 회복한다 하면 얼마나 기쁠까. 그러나 불가능한 일이다. 서에서 동으로 돌던 땅덩어리를 동에서 서로 돌도록 뒤집어 놓는다 하더라도 이것은 불가능한 일이다.

"에끼…. 왜? 왜?"

하고는 봉구는 그밖에 더 말이 나오지를 아니하였다. 그만해도 순영은 봉구의 뜻을 알았다.

"절 용서해 주세요 ──어린애를 보아서 용서해 주세요. 그것은 우리 둘의 것이 아니야요——우리 둘의 것이 아니야요? 우리 둘이서 어린애를 데리고 멀리로 달아나요——나를 데리고 달아나 주세요."

순영은 차차 말에 기운을 얻고 자기가 반드시 이길 것을 믿는 듯하였다. 봉구는 순영이가 어린애를 데리고 같이 달아나자는 말에 많이 감동되었다. 그러하면 자기가 잃어버렸던 인생이 다시 찾아질 것같이 생각되었다. 그러나 그렇다고 곧 좋다고도 할 수도 없었다. 봉구는 좀 더 분노할 필요가 있는 것을 깨달았다.

"어때요? 언제는 배반하고 인제는 또 백을 배반할 테야요. 어서 가오! 내가 괴로워 못 견디겠으니 어서 가오!"

하고 극히 엄하게 소리를 질렀다. 그렇게 말을 할수록 자기의 말이 옳고 순영의 행위가 더욱 괘씸해 보여서 분한 생각이 북받쳐 올라왔다.

"그럼 영——용서 못하세요?"

하고 순영은 절망하는 듯이 물었다.

"당신이 죽었다면 용서하지요."

하고 봉구의 대답은 여전히 냉랭하고 또 경멸하는 빛을 띠었다.

"나는 가요."

하고 순영은 일어나 나왔다. 순영은 뒤를 돌아보았다. 봉구는 전송하려고도 아니하였다.

11시나 지나서 순영이가 별장으로 돌아온 때는 백은 벌써 서울서 내려와 있었다. 순영은 지금까지 월미도 바닷가 바윗등에 앉아서 달 비친 바닷물을 바라보면서 남편을 만나면 할 일과 할 말을 다 준비하였다. 문을 열고 들어서는 순영의 얼굴은 매섭도록 파랗고 해쓱하였다. 백은 물론이요 인순도 놀랐다.

"어디를 갔었소?"

하는 백의 말에는 다소간 노여움이 풍겼다.

"구경을 가시거든 이 어른도 모시고 가지, 혼자 어디들 늦도록 다닌단 말이오?"

그 어조에는 일종의 남편의 질투조차 섞였다. 순영은 말없이 교의에 앉았다. '바로 말을 해야 한다.' 이렇게 순영은 생각한다. 자기는 백에게 시집 오기 전에 이미 봉구에게 몸을 허락하였다는 말과 영식은 백의 아들이 아니요 기실은 봉구의 아들이라는 말과 봉구란 다른 사람이 아니요 아까 낮에 왔던 사람인 것과 그러므로 자기는 영식을 데리고 봉구에게로 가겠으니 지금까지에 속여 온 것을 다 용서해 달라는 말을 하여야 한다. 그 말을 하기로 바닷가에서 생각하고 결심하고 맹세한 것이다. 그러나 자기의 몸이 남편의 앞에 놓이매 그 말을 하려던 용기가 다 스러져 버리고 만다. 남편은 아무것 도 모르고 있지 않느냐. 남편은 여전히 순영을 사랑해 주지 않느냐. 자기만 아무 말 말고 가만히만 있으면 감쪽같을 것이 아니냐.

101회 정직이란 좋은 것이다. 그러나 이런 경우에 정직은 다만 나의 행복을 깨뜨리는 것이 아닌가. 이렇게 생각할 때에 순영은 지금까지 가지고 있던 결심이 심히 어리석은 일 같았다. 하마터면 큰일을 저지를 뻔했다 하고 순영은 얼른 어린애를 쳐들었다. 이리하여 위험한 기운은 지나가 버리고 말았다. 인순은 호텔 자기 방으로 가고 순영과 백은 전과 다름없이 자리에 들었다.

순영을 보내고 봉구는 도리어 순영을 그리워하는 생각이 나서 곧 뒤를 따라나와 보았다. 그러나 멀리 서울서 오는 막차가 터덜거리고 올라가는 것이 보일 뿐이요, 순영의 모습은 보이지 아니하였다.

'그러나 순영이가 자살을 하면' 하고 봉구는 근심이 되었으나, '어찌할 수 없지'하고 억지로 단념하여 버렸다.

그러나 봉구는 꼭 순영이가 잊어지지를 아니하여 그 집으로 가 보리라 하고 나섰다. 생각하면 역시 순영은 사랑스러웠다. 비록 그가 자기를 배반하고 백에게로 가서 몸이 더럽혀졌다 하더라도 그는 자기에게서 떼어 버릴 수 없는 사람인 것같이 생각한다. 그가 자기를 찾아온 것, 자기에게 용서함을 청한 것, 운 것, 모든 것이 다 불쌍하고 가엾게 생각한다. 더욱이,

"어린애는 우리 둘의 것이 아니야요?"

하던 것이 더할 수 없이 정다웠다. 그렇게 생각하면 자기가 너무 냉혹하게 그를 대우한 것이 후회가 된다. 얼마나 연약한 그의 맘이 아팠을까!

봉구가 이런 생각을 하며 대문 밖으로 나서서 몇 걸음을 나가려 할 때에 웬 인력거 하나가 쏜살같이 마주 오더니 그 속에서,

"영진 씨, 영진 씨!"

여자의 소리가 나온다. 봉구는 멈칫 섰다. 인력거 속에서는 경주의 고개가 나온다. 경주는 어찌할 줄 모르게 황황한 태도로,

"인력거 하나 불러 타고 오세요——어서 나오세요."

하고 발을 동동 구른다.

봉구는 웬 셈을 모르고 경주를 물끄러미 바라보았다. 그의 눈에는 놀람과 무서움이 가득 찼다. 봉구는 무슨 무서운 일을 예기하였다.

"왜요, 무슨 일이야요?"

"저… 저… 누가 아버지를 죽였어요…. 육혈포로 죽였어요."

하고 연해 사방을 돌아보더니 암만 해도 안심이 아니 되는 듯이 인력거에서 툭 뛰어내리며,

"이리 오세요."

하고 앞서서 어두운 샛골목으로 들어간다. 봉구는 그 뒤를 따랐다.

"아버지가 서울서 내려 오셔서 오빠하고 무슨 말다툼을 하더니 그 담에는 여러 사람의 소리가 왁자지껄하더니…. 그러구는 한참 동안 쥐죽은 듯하더니…. 그러구는 땅 하고 총소리가 나길래 뛰어나가 보니깐 아버지는 벌

써 정신 잃고 거꾸러지고 곁에는 사람 하나도 없어요…. 그러구는 순경들이 우루루 오더니 오빠를 찾고 영진 씨를 찾아요. 그러더니 누가 암만해도 영진 씨가 의심스러운걸, 그놈을 붙들어야. 그러기에 내가 뒷문으로 빠져나왔어요. 자, 어서 달아나요. 인제 순검들이 올 테니 어서 달아나요. 나하고 가요. 우리 배 타고 달아나요――자, 여기 돈도 있으니 우리 달아나요."

멀리서 사람들의 발자취 소리가 들린다.

"아이구 저것 보아! 자, 어서 가요."

하고 경주는 마치 어린애 모양으로 발을 동동 구른다.

진실로 청천벽력이다. 그러나 어찌할 여유가 없다. 여관이 설레는 것은 분명히 경찰서에서 온 짓이다.

자기를 의심하는 것은 당연한 일이다. 더구나 자기의 몸에 20만 원 은행 절수^{수표}를 지니고 있는 것을 생각할 때에 자기가 잡히는 날이면 반드시 유력한 혐의자가 될 것은 분명한 일이다. 그러나 청청백백한 몸이 달아날 필요도 없는 것 같다.

'아아, 어쩌면 좋은가?' 하고 봉구는 본능적으로 철로길을 향하고 몇 걸음을 걸어 나아갔다. 경주도 봉구의 뒤를 따랐다. 그러나 벌써 뒤에서는 무거운 구두 소리가 들리며,

"거기 섰거라. 뛰면 쏠 테야."

하고 외치는 소리가 들리자마자 사오 인의 경관이 와락 달려들어서 봉구와 경주를 묶었다. 묶이는 경주는 어린애 모양으로 목을 놓아 울었다.

102회 "날 왜 결박을 지오?"

"이이는 김 참사의 따님이오."

이 모양으로 봉구는 경관에게 변명을 하여 보았으나 다만 말 한마디에 뺨 한 대를 맞았을 뿐이다.

봉구는 끌려서 주인이 누워 있는 사랑으로 왔다. 대문과 중문에는 순사가 파수를 보고 안에서는 부인네의 곡성이 울려 나왔다. 봉구를 시체 앞에 끌어다 세우고 시체의 얼굴을 덮었던 홑이불을 벗긴다. 핏기 없는 주인의 얼굴이 드러난다. 봉구는 그 친절하고 못났다 하리만큼 순하던 주인을 생각하고 고개를 돌렸다. 그때에 뒤에서 어떤 손이 봉구의 돌리는 뺨을 딱 붙이면서,

"이놈! 저 얼굴을 보아! 네 은인의 얼굴을 보아라!"

하고 호령을 한다. 봉구의 눈에서는 눈물이 쏟아졌다.

"총소리가 난 뒤에 분명히 이놈의 그림자가 얼른하였어?"

하고 묻는 일본 경관의 소리가 들리고,

"네, 네. 꼭 저 사람의 그림자가!"

하는 경훈의 목소리가 들리고,

"또 이 애는?"

하는 것은 경주를 가리키는 것이요,

"네… 아까 낮에도 둘이 안고 섰는 것을 보았어요."

하는 것은 역시 경훈의 대답이다. 봉구는 눈물 흐르는 고개를 숙이고 이러한 문답을 들을 때에 혼자 모든 것을 다 상상하였다.

"이게 뉘 게야?"

하고 사복형사 하나가 봉구의 코앞에 내어 대는 육혈포는 분명히 일전 요리 집에서 자기 앞에 내어 놓던 경훈의 것이다.

"몰라요!"

봉구는 이렇게 대답하였다.

그 자리에서는 그만하고 말았다. 경관들은 다만 가장 유력한 혐의자인 김영진을 현장에 붙들어다 놓고 그의 행동을 살펴서 판단의 참고를 삼으려 하였을 뿐이었다.

봉구는 즉각적으로 자기가 도저히 이 죄를 벗어날 수 없는 것같이 깨달았다. 지금까지 주소와 성명을 속인 것이며, 몸에 20만 원이나 되는 돈을 지닌 것이며, 또 경주라는 천치에 가까운 여자를 '유혹'한 것이며, 또 봉구가 일찍 만세 사건에 상해에 통신하는 것을 맡았던 전과자인 것과 근래 ○○단이 무기를 가지고 횡행하여 경상도에서 부자 하나가 그 손에 죽은 것을 다 주워 모으면 봉구는 의심할 수 없는 진범인이었다. 이것은 경찰서 형사계 주임의 머릿속에나 검사의 머릿속에나 또는 신문을 보는 모든 사람의 머릿속에 꼭 같이 난 생각이요, 달하여진 결론이다.

"너 그 육혈포는 어디서 얻었어?" 하는 것과,

"너같이 은혜를 모르는 음흉한 놈은 처음 본다."

하는 것은 심문하는 사람이 갈릴 때마다 시끄럽게 되풀이된 말이다.

"그 육혈포는 내 것이 아니야요."

"그러면 뉘 것이야?"

"몰라요."

"그러면 누가 알아?"

"그 육혈포를 가지고 쏜 사람이 알겠지요."

그러한 문답 끝에는 반드시,

"이놈, 음흉한 놈!"

하고 주먹이나 발길이 떨어졌다.

심문관은 언제까지든지 봉구의 입에서,

"그 사람은 내가 죽였습니다. 돈을 횡령할 목적으로 죽였습니다. 그 사람을 죽인 육혈포는 ○○단에서 왔습니다. 경주는 내가 유혹하여 내었습니다."

이러한 답변을 요구하였으나 봉구는 결코 그 대답을 하지 않았다. 그 때문에 심문관의 눈에 봉구는 갈수록 더욱 흉악한 사람이 되고 말았다.

봉구는 이것이 ○○단원이 경훈을 시켜서 한 일인 줄로 분명히 안다. 자기가 만일 경훈이가 자기를 요리집으로 불러 이야기하던 것을 말만 하면 경훈은 반드시 붙들려 들어올 것이요, 붙들려 들어와서 두어 번 얻어맞기만 하면 곧 있는 대로 내어불 것은 정한 일이다. 봉구는 차마 그 못생긴 경훈을 죽을 곳에 몰아넣을 수는 없었다.

더욱 봉구를 흉악한 놈으로 만든 것은 경주다. 경주는 심문을 당할 때마다 악을 쓰며,

"우리 아버지는 오빠가 죽였어요…. 봉구 씨는 아무것도 모르고 있는 것을 내가 인력거를 타고 가서 말해 드렸어요."

했기 때문에 봉구는 어리석은 경주를 꾀어서 이처럼 애매한 경훈을 모함하게 하는 것이라 하였다.

103회 이 때문에 경주의 어머니까지도 의심을 면치 못하게 되었다.

'경주의 어머니가 전실 아들인 경훈을 미워하여…' 이렇게 생각할 수도 없지는 않은 까닭이다. 게다가 경훈도 밝히는 말을 하지 아니하나 그의 계모에게 대하여 다소간 의심을 가지는 것처럼 보인 것이 더욱 법관의 의심을 돋운 것이다. 이 모양으로 인천의 제일 큰 부자, 그의 딸과 부인에게 다 혐의가 있는 것, 또 그 범인이 고등한 교육을 받은 자인 것, 또 피해자의 딸로서 공모자의 혐의를 받는 경주가 여학생인 것——이러한 모든 사실이 합하여 이 사건은 소위 '인천 살인 사건'으로 세상의 큰 이야깃거리가 되었다.

신봉구는 흉악한 인물의 모형이 되다시피 하였다. 더욱이 여러 신문에서 들은 바로 봉구의 속에 들어갔다가 나오기나 한 듯이 봉구가 주인을 살해하던 심리를, 그리고 그전에도 봉구에게는 애국자인 듯한 가면 밑에서 여러 가지 향기롭지 못한 일을 한 것처럼 늘어놓았다. 봉구의 동창이며 감옥에 같이 있던 친구들 중에는 봉구의 인격을 잘 믿는 사람도 있었으나 구태

여 남의 비위를 거스리기까지 봉구를 변호할 정성도 용기도 없었다.

이 소문을 들은 봉구의 모친의 슬픔은 말할 것도 없다. 별로 신문도 보지 않는 노인이라 세상이 다 떠들 때까지도 모르고 있었다. 예배당에서,

"아, 아드님이 그렇게 애매하게 걸려서…."

하는 교인들의 위문하는 인사를 듣고야 비로소 놀랐다. 그러나 그는 아들의 위인을 잘 알기 때문에 믿지 아니하였고, 아마 성명 같은 사람으로 알았으나 마침내 아니 믿을 수 없는 사실인 줄을 알게 되매 그는 천지가 아뜩하였다.

봉구가 집을 떠나서부터 두어 달 동안은 아무 소식이 없다가 그후부터는 혹은 100원, 혹은 200원, 어떤 때에는 평양에서, 어떤 때에는 원산에서 돈이 왔다. 그 돈을 받고는 비록 편지는 없건만 아들이 잘 있나 보다 하고 안심을 하였다. 그러다가 이런 변을 당한 것이다.

그는 곧 인천으로 내려갔으나 면회를 허하지 아니하므로 못 만나 보고 얼마 아니하여 경성 감옥으로 올라온 뒤에도 예심이 끝나고 검사국에 넘어간 때에야 겨우 면회의 허락을 받았다. 감옥에는 익숙하다. 그러나 아무리 익어도 익지 않는 것은 감옥이었다.

모친은 벌벌 떨면서 면회실에 가서 조그마한 창이 열리기를 고대하였다. 그래도 행여나 그것이 자기의 아들이 아니기를 바란 것이다. 이윽고 달깍 하는 소리가 나며 조그마한 널쪽 창이 줄에 달리어 올라가고 정거장 차표 파는 구멍 같은 데로 봉구의 여윈 얼굴이 보인다.

"에구머니!"

하고 어머니는 울고 쓰러졌다.

"안 돼, 안 돼!"

하는 소리에 겨우 정신을 차려서 모처럼 얻은 면회의 기회를 잃어버리지 아니할 양으로 억지로 정신을 진정하였다.

"봉구야, 글쎄 이게 웬일이냐!"

어머니의 눈물 고인 늙은 눈이 자기에게로 향할 때에 봉구는 뼈가 저렸다.

"어머니, 저는 아무 죄도 없습니다. 하나님께서는 제가 애매한 줄을 아십니다——어머니, 염려 마십시오. 검사국에서는 나가게 될 터이니 염려 마십시오. 그리고 제가 저금해 둔 것이 있으니 그것을 찾도록 하셔서 지내셔요…. 책이나 사들여 줍시오."

이렇게 봉구는 극히 냉정한 태도를 가지고 어머니를 안심케 하려고 애를 썼다.

"글쎄, 이놈아! 늙은 어미를 두고 이놈아!"

하고 어머니는 또 목을 놓고 울었다. 봉구도 더 말할 용기가 없이 울음소리를 내었다. 간수는 온당치 못하다고 인정하였는지 널쪽문을 덜컥 하고 내려 버렸다. 밖에서는 늙은 어머니의 "아이구 이놈아——나는 죽는다" 하고 몸부림하고 우는 소리가 들려온다.

'아아, 어머니도 내게 죄가 있는 줄로 아는 구나!' 하고 봉구는 간수가 자기를 억지로 끌어내도록 쓰러져 울었다.

어머니까지도 자기를 그러한 사람이라고 생각하는가 하면 분하였다. 봉구는 그날 종일 밥을 굶었다. 반드시 굶어서 죽어 버리리라고 결심한 것은 아니언만 세상에 살아 있고 싶은 생각이 없었다. 감방 벽에다가 머리를 부딪쳐 골을 바숴서 죽어 버리고 싶었다.

104회 봉구의 공판은 10월 초순 어느 궂은비 오는 날에 열렸다. '인천 살인 사건', '딸이 아비 죽인 사건'의 공판이라 하여 옷이 젖는 것도 돌아보지 아니하고 경성 지방법원 제7호 법정이 뿌듯하도록 방청꾼이 모였다. 방청꾼 속에 봉구의 모친이 섞인 것은 물론이다. 그를 아는 방청꾼들은 귀와 입들을 모으고 수군거렸으나 그는 아들을 근심하느라고 정신이 다 빠진 사람 같았다. 도리어 슬퍼하는 빛조차 없었다. 또 봉구의 모친의 곁을 떠나지 않고 그의 팔을 붙들어 인도해 드리는 청년 하나가 있다. 몸은 좀 작은 편이나 그의 얼굴에는 긴장한 빛이 가득 찼다. 그 눈과 얼굴 모습과 걸음걸이까지도 순영이와 같은 점이 많았다. 그는 일주일쯤 전에 옥에서 나온 순흥이다.

방청꾼 중에는 순영을 아는 이도 두어 사람이 있었다. 그들은 순흥이가 옛날 동지이던 봉구의 모친을 친어머니처럼 모시는 뜻을 알아보는 듯한 태도를 보였다.

사람들이 이상하게 생각하는 것은 이날 방청석에 여자 세 사람이 일찍부터 들어와 앉은 것이다. 아는 몇 사람은 백윤희 첩으로 간 김순영으로 알아보고 손가락질을 하였으나, 다른 두 여자는 알아보는 이가 적었다. 하나는 선주요, 하나는 인순이다. 오늘 봉구를 변호해 줄 사람이 윤 변호사이니까 선주가 남편의 변호하는 모양을 보려고 두 동무를 데리고 온 것이라고 아는 사람은 그렇게나 생각하였다.

그러나 오늘 여기 온 데는 순영이가 주인인 것은 물론이다.

'나 때문이다! 봉구 씨의 이 모든 불행이 나 때문이다!' 하는 아픈 소리가 봉구가 경찰서와 검사국에서 살인범으로 심문을 당하는 동안에 순영의 맘에 울렸다.

순영은 '다 쓸데없어. 양심도 하나님도 다 집어치워 버리자——봉구나 무엇이나 다 잊어버리자. 그리고 편안히 살아가자' 하고 혼자 맘눈을 감고 맘의 귀를 막아 보았으나 맘속에 든 가시는 뽑을 수가 없었다. 깬 때에는 생각으로 찌르고 잘 때는 꿈으로 찔렀다.

순영으로 하여금 이렇게 맘의 아픔을 깨닫게 한 것은 물론 백에게 대한 불만도 될 것이다. 그러나 그보다 더 큰 것은 어린애를 낳음으로 하여서 생긴 정신의 변동이다.

"사람이란 떡으로만 사는 것이 아니야."

"그래도 떡이 없으면 못 살지."

"그렇지만 굶어 죽는데야 별로 있소. 돈과 정욕의 만족만으로 행복을 사는 것은 아니야."

"또 나왔다. 그놈의 양심을 떼어 버려요."

순영과 선주와 사이에는 이러한 문답이 있었다. 순영은 과연 돈도 행복의 근원이 못 되고 육욕의 만족에 부족함이 없는 남편도 행복의 근원이 못 되는 줄을 어렴풋이라도 깨닫기 시작하였다. 수백만 원의 재산보다는 남들이 다 부러워하는 잘생기고 건강한 남편보다도 도리어 말도 못하는 핏덩어리인 어린애가 자기에게 조금이라도 행복을 주고 뜻을 주고 힘을 주는 듯하였다.

'행복이란 이상한 것이다.' 이 의문은 순영에게는 심히 큰 사실이었다. 그러한 의문이 생길수록 그의 반대 방면이 또 분명히 보여졌다. 즉 불행의 근본이 무엇인가? 돈이 없음인가, 남편이 없음인가. 순영의 맘눈에는 돈 없이 만족하게 화평하게 사는 여러 사람들이 보이고, 남편 없이 슬프지만 화평하게 거룩하게 사는 사람들이 보였다. 돈이 무엇인가, 먹을 것, 입을 것이면 그만이 아닌가. 집이 천만 간이라도 내 몸을 담는 것은 불과 한두 간이요, 땅이 여러 만석지기라도 하루 세 때 밥밖에 더 먹는가. 내가 무엇 하러 돈을 바랐던가.

"얘, 역시 예수께서 가장 지혜로우신 어른이시다."

인순은 마치 어머니 모양으로 이런 말을 하였다. 진실로 이러한 말을 할 때의 인순은 어머니와 같은 자비와 위엄을 아울러 가진 듯하였다. 질투심이 생길 만큼 인순의 영혼은 거룩하다 하고 순영은 퍽 슬펐다.

"언니, 사람이 행복될 수가 있소?"

순영은 이렇게 인순에게 물었다.

<u>105회</u> "사람은 제 힘으로 제가 행복될 수가 없지."

인순은 이렇게 대답하였다.

"그럴까?"

"그럼, 돈이 있으면 행복될 것 같지. 하지만 돈이 생긴 때에는 사랑하는 사람이 변해 버린다면 어쩌니? 그러면 행복이 없지 않어?"

"둘 다 겸했으면 좋지 않어?"

"그것을 둘 다 겸한다 하더라도 자기가 병이 들거나 죽으면 어쩌니…. 성경에도 안 그랬어? 오늘 밤으로 주께서 네 영혼을 찾아가면 어쩌려고…. 꼭 그렇다."

"그러면 행복이란 없소?"

이 말을 묻는 순영은 한숨을 쉬었다.

"왜, 있지. 그러나 그것을 주시고 안 주시는 것은 오직 하나님이시다. 하나님밖에는 사람을 행복되게 할 힘을 가진 이가 없지…. 구약에 욥을 보렴. 그 많던 자손과 재물이 일조에 없어지고, 그 좋던 건강이 없어지고 온갖 병이 다 들어왔지. 그 좋던 명예도 다 잃어버리고 거지보다도 더 천해지지 않았어? 허다가 또 어찌 되면 일조일석에 옛날보다도 더 자손이 많아지고 더 건강해지고 더 명성이 높아졌지. 이것이 다 하나님의 뜻이지, 욥의 힘이 아닌 게 아니냐? 내가 이런 말을 하면 너는 혹 나를 골신자라고 웃을는지 모른다만 이게 진리다. 아무리 생각해 보아도 진리다. 천하를 다 돌아보려무나. 제가 행복되려 해서 행복된 사람이 어디 있나. 온 세계 사람이 누구는 행복을 안 구하니? 남녀노소가 저마다 행복을 구하지. 너도 구하지 않았니. 하지만 정말 행복을 얻은 사람이야 몇이나 되니, 왜 그래? 왜 다들 행복이 못 돼? 왜 너는 괴로워해? 안 그러냐?"

"그래."

하고 순영은 고개를 숙였다.

"그러면 우리가 할 일은 무에요?"

"남을 행복되게 하도록 힘쓰는 것이지. 말하면 의와 그 나라를 구하는 것이지!"

"의와 그 나라?"

"왜?"

"내게는 너무도 높구려──그것이 너무도 멀구려. 내 손에 닿는 행복은 없을까?"

순영은 몸을 내던지는 듯이 인순의 무릎 위에 엎드렸다.

"언니! 나를 도와 주! 내가 어쩌면 좋우?"

인순은 어린 동생에게 대하는 듯한 애정과 불쌍한 맘으로 순영의 등을 어루만졌다.

"첫째는 네가 죄로 아는 것을 회개하고 잘못해 놓은 일을 바로잡는 것이지."

순영은 알아들었다.

"언니!"

하고 순영은 무슨 말을 할 듯하다가 입을 다물었다. 자기의 모양이 너무 초라하고 추한 것을 본 까닭이다. 얼마나 순영이가 일찍 자기를 높게 아름답게 보았을까. 얼마나 자기를 세상의 빛같이 보았을까. 천사같이 새침하고 여왕같이 높았을까. 그러나 지금 볼 때에 자기는 마치 때 묻은 누더기와 같았다. 세상에 나갈 때에 고개를 숙이고 다니지 않으면 안 된다.

"언니, 나는 죽고 싶어요."

얼마 있다가 순영은 한마디 탄식하였다.

"사람은 죽어 쓰니? 죽을 권리가 네게 있는 줄 아니? 우리가 진 짐을 다 벗어 놓기까지 우리에게 자유가 있는 줄 아니? 또 설사 네 말대로 할 수 있더래도 죽길 왜 죽어? 할 일이 태산 같은데 죽기는 왜 죽어?"

"그럼 내가 인제 어찌하오?"

순영은 가만히 눈을 감는다.

이날 순영은 곧 윤 변호사를 찾아보고 봉구의 죄상과 무슨 조건이 구비해야 봉구가 무죄가 될까를 물었다.

"왜 그러세요? 피고가 불쌍하세요?"

하고 윤 변호사는 웃었다. 순영은 선주를 돌아볼 때에 얼굴을 붉혔다.

윤 변호사에게서 이러한 것을 알았다.

봉구가 무죄인 것을 증명하려면 첫째 봉구의 성격을 유력하게 증명하는 이가 있어야 하고, 둘째 8월 30일 오후 9시와 10시 사이에 봉구가 김 참사의 집에 있지 않았다는 것, 셋째 봉구와 경주와 사이에 연애 관계가 있지 않았다는 것, 즉 봉구가 경주를 유혹하지 않았다는 것을 증명해야 할 것을 알았다.

106회 순영은 곧 자기가 봉구의 여관에 있었던 것이 바로 밤 9시에서 10시 반까지였던 것을 생각하였다.

"그러면 어떻게 해서든지 그이가 8월 30일 오후 9시에서 10시까지에 김 참사의 집에 안 있은 것만 증명하면 피고는 무죄가 되겠습니까?"

하고 순영은 한 번 더 확실한 대답을 얻으려는 듯이 윤 변호사를 쳐다보았다. 그 순간에 순영에게는 이러한 무서움이 들어갔다——자기가 이렇게 봉구의 일을 위하여 근심하는 것을 윤 변호사가 백에게 이르면 어찌하나하고.

"이를테면 그렇지요——검사의 기소장으로 보건댄 그렇지요."

하고 윤은 아직 순영의 묻는 말을 농담으로 아는 듯이 그 어리석은 듯한 눈에 빙글빙글 웃음을 띄운다. 그러나 그의 눈에는 법관과 변호사의 눈에 흔히 보는 의심하는 듯한, 남의 속을 뚫어 보는 듯한 빛이 있었다. 순영은 그 빛을 알아차리고 무서운 맘이 생겼다.

"아니야요──그 피고가 제 작은오빠의 친구인데 저도 잘 아니깐 그래 요."

하고 묻지도 않는 말에 순영은 싱거운 변명을 하고는 낯을 붉혔다. 그 러고는 윤에게 봉구에게 대한 말을 더 물어 보고도 싶으면서도 그 일을 위 해서 찾아왔던 표를 아니 보이느라고 봉구와는 아무 상관도 없는 이야기를 하고 한참 웃고 떠들다가 집으로 돌아와 버렸다.

'내가 그를 옥에 넣은 것은 아니다!' 순영은 윤 변호사 집에서 돌아오는 길에 동대문 밖 대궐 같은 자기집 대문을 들어오면서 인력거 위에서 생각하 였다.

'영식이가 울지나 않나, 남편이 벌써 돌아와 있지나 않나.' 순영의 머릿 속에 이 생각이 들어가자 봉구에 관한 생각은 저 낙산 허리에 떴던 저녁 안 개 모양으로 흔적도 없이 스러져 버리고 말았다. 그래서 순영은 안으로 뛰 어들어 가는 대로 유모의 품에 안긴 영식을 빼앗아 안고 미친 듯이 뺨을 비 비고 입을 맞추었다.

'이렇게 살면 그만이 아닌가' 하고 순영은 어린애를 다시 유모에게 맡 기고 남편의 저녁상 차리는 것을 감독하였다.

가끔가끔 봉구의 일이 생각나지 않음이 아니요, 또 인순이가,

"첫째는 네가 죄로 아는 것을 회개하고 잘못하여 놓은 것을 바로잡는 것이지."

한 것이 무슨 채찍 모양으로 획획 양심을 갈기지 않음도 아니나, 순영 은 그러할 때마다 눈을 감고 귀를 막고 '나는 몰라, 나는 몰라' 하고 고개를 흔들어 버리고 말았다.

내일이 봉구의 공판날이라는 어젯밤에 순영이는 무서운 꿈을 꾸다가 남편이,

"여보, 여보. 웬일이야, 웬일이야?"

하고 흔드는 소리에 겨우 깨었다. 깨어나니 몸에 흠뻑 땀이 흘렀다. 그 꿈은 이러했다.

봉구가 사형선고를 받고 어떤 넓은 마당에서 사형 집행을 당한다는데 순영도 여러 사람 틈에 끼어서 섰다. 꿈에도 순영은 '아아, 나 때문에 나 때문에!' 하고 애를 썼으나 꿈에도 또한 남이 자기의 낯빛을 이상하게 볼까 봐서 애를 썼다.

그러고 있을 때에 저쪽 조그마한 쇠문이 열리며 그리로 하얀 옷을 입고 하얀 헝겊으로 얼굴을 가리운 봉구가 긴 칼 찬 간수들에게 끌려나왔다. 목 매 가는 틀이라는 이상한 틀 앞에 와서는 한 간수가 얼굴 가리운 흰 헝겊을 벗기니 봉구의 얼굴이 보이고 그 눈이 둘러선 사람들을 돌아보다가 자기에게로 온다.

봉구는 자기를 보고 무슨 말을 할 듯 할 듯 하더니 한 번 더 눈을 들어 자기를 바라보고는 간수가 시키는 대로 순순히 목매는 틀에 올라선다. 그 다음에는 어찌된지 분명치 않으나 봉구는 죽었다 하여 관 속에 넣어 놓았다는데, 순검들은 김순영이도 신봉구와 같은 죄인이니 함께 죽여야 한다고 봉구의 관을 들고 순영을 따라다닌다. 순영은 일변 슬프고 부끄럽고 무섭기도 하여 쫓겨다니다가 남편에게 흔들려서 깨인 것이다.

'꿈도!' 하고 순영은 진저리를 쳤다. 백은 어린애를 달래는 모양을 순영을 위로해 주었다.

아침에 일어나니 머리가 띵한데 선주가 재판소에 방청을 같이 가자고 순영을 청하러 온 것이다.

107회 선주가 순영을 청하러 온 것은 아마 순영이가 봉구의 일에 관하여 애를 쓰리라고 믿어서 하는 호의다.

"가 볼까." 하고 순영은 끌리는 체하고 선주를 따라왔다. 재판소 앞에서 인순을 만났다.

기다리는 시간은 무척 길었다. 10시 개정이라는데 아직도 30분이 남아 있다. 아직 재판이 시작도 안 되었건만 순사들이 무서운 눈으로 두리번두리번 살피니까 이야기도 못하고 사람들은 허리를 굽혔다 폈다 하며 하품만 하고 있었다. 이때에 순흥이가 봉구의 모친을 인도하여 들어왔다. 봉구의 모친은 정신 잃은 모양으로 아직도 텅텅 빈 재판석과 피고석을 물끄러미 바라보았다. 순흥은 순영을 보았으나 얼른 고개를 돌렸다. 그러고는 분함을 이기지 못하는 듯이 고개를 흔들었다.

순흥은 감옥에 있는 동안에 순영이가 백의 첩으로 간 것을 알았고 봉구가 부지거처로 종적을 감추었다는 말도 들었다. 그리고 혼자 절치액완^{切齒}扼腕: 이를 갈고 팔을 걷어붙이며 몹시 분해함 하다가 감옥에서 나오는 날 감옥까지 마주 나온 순기와 한바탕 싸워서 당장으로 의를 끊고 순영이도 찾아온 것을 대문 딱 닫아 걸고,

"내 집에는 발길도 말아라."

하고 돌려 쫓아 버리고 말았다. 순영도 그 길로 돌아와서는 저녁도 못 먹고 울었다.

그렇게 안 가는 시간도 가기는 간다. 법정 정면에 걸린 둥근 시계의 긴 바늘이 10시 5분 전이 지나자 창밖으로는 바쁘게 다니는 신 소리가 들리고 검은 옷 입은 사람들이 가끔 법관석 뒷문을 열어 보고는 닫는다. 그럴 때마다 방청석에서는 행여 피고가 들어오나 하고 고개를 늘여서 바라보다가는 도로 움츠린다. 신문기자들도 이삼인 들어와서 무슨 좋은 일이나 있는 듯이 웃고 자기네는 법정에서도 이러할 특권이 있다 하는 듯이 몸을 좌우로 움직이며 무슨 이야기를 한다. 시계의 긴 바늘이 바로 12시를 가리키느라고 함칫 하고 한 걸음 뛰어 건너갈 때 땡땡땡 시계는 10시를 쳤다. 사람들의 하품

은 없어지고 정신들은 긴장해졌다.

이윽고 법정석 옆문이 스스로 열린다. 사람들의 눈은 그리로 쏠렸다. 발 하나가 들어온다. 앞으로 읍한 모양으로 수갑한 손이 들어오고 얼굴이 들어온다. 봉구다!

"아이구, 봉구야!"

하는 울음소리가 들렸다. 봉구의 모친의 소리다. 그는 피고석으로 뛰어 들어 가려는 듯이 방청석 앞 난간에 매달렸다. 순사가 무섭게 위협하는 얼굴로 와서 그의 팔을 붙든다.

"그러면 내보낼 테야!"

봉구는 벌써 피고석에 앉았다. 봉구의 모친도 인제는 난간에서 손을 떼고 순흥에게 안기었다. 순영은 울음을 참느라고 입술을 깨물었다. 봉구의 눈은 그 어머니 위에 오래 머물렀다. 그리고 피고석에 거의 다 온 때에 순영의 눈과 번개같이 마주쳤다. 그러나 오래 바라볼 사이도 없이 간수는 봉구를 교의에 앉혔다.

뒤를 이어 경주가 들어왔다. 그는 별로 부끄러워하는 빛도 없이 성큼성큼 들어오더니 순영을 보고 잠깐 머무르고 입을 오물오물하다가 봉구의 오른편 교의에 와 앉았다.

그러고는 법정은 도로 조용하였다.

순영은 뺀뺀하게 깎은 봉구의 머리 뒷모양을 바라보았다.

딸랑딸랑 종이 울자 검은 공단으로 만든 이상한 옷에 이상한 감투를 쓴 법관들과 그냥 양복을 입은 서기들이 들어온다. 들어와서는 턱턱 앉으면서 앞에 미리부터 쌓여 있는 서류를 펴 놓는다.

공판이 시작되자 문제가 생겼다. 그것은 봉구가 재판장의 모든 질문에 대하여 침묵을 지키는 것이다.

그는 저번 독립운동 사건에도 검사국에서나 재판정에서 입을 열지 않기로 유명하던 피고다. 이번 사건은 비록 정치적 사건은 아니라도 봉구는 검사나 판사를 대할 때에는 누를 수 없는 불쾌감과 반항심이 일어남을 경험한 것이다. 이것이 얼마나 검사의 감정을 해하였는지 또 감옥 관리의 감정을 해하였는지 알지 못한다.

"대답을 안 하는 것은 피고에게 해로운 줄을 몰라?"

하고 재판장은 봉구를 달래기도 하고 어르기도 하였으나 봉구는 아무 대답이 없고 다만 몸만 좌우로 흔들고 앉았다.

108회 "대답 안 하면 결석판결로 할 테다. 피고에게 불이익한 줄을 몰라?"

하고 재판장은 화증을 내었다. 장내에는 불온한 기운이 돌고 방청인들도 하회가 어찌 되는가 하고 모두 불안한 맘이 생겼다.

마침내 어찌할 수 없이 봉구의 심문은 뒤로 밀고 경주의 심문으로 시작하였다. 주소, 성명, 연령 등의 질문이 있은 후에 재판장은 매우 흥미를 끄는 듯한 어조로,

"너는 피고 신봉구를 사랑하였느냐?"

하고 물었다. 살벌한 기운이 가득 찼던 법정에도 일종의 화기가 돌았다.

경주는 잠깐 몸을 움직이더니 그래도 겁내지 아니하는 태도로,

"네."

하고 대답하였다.

순영의 눈썹이 쨍긋 올라갔다.

"그러면 너는 피고 신봉구에게 시집갈 생각이 있었느냐?"

"네."

"신봉구도 너를 사랑하고 너와 혼인하기를 허락하였느냐?"

경주는 말없이 고개를 숙였다. 법정 내에 있는 사람들은 모두 고개를

늘였다. 두어 번 재촉받은 뒤에야 경주는 고개를 들어서,

"그런 건 왜 물으세요?"

하고 소리를 질렀다. 재판장은 좀 창피한 듯이 픽 웃더니 얼른 소리를 가다듬어서,

"8월 30일 오후 4시로부터 5시 동안에 너는 너의 집 사랑에서 신봉구와 회견을 하였지?"

하고 허리를 쭉 편다.

"그랬어요."

"그때에 무슨 말을 했어?"

경주는 어찌할 줄을 모르는 듯이 발을 움직이고 몸을 비틀기만 한다. 검사는 저것 보라 하는 듯이 재판장을 바라본다.

"그때에 신봉구는 너를 보고 네 아버지 금고에서 돈을 훔쳐 가지고 둘이서 상해로 달아나자고 그런 말을 하였지? 그때에 너는 신봉구의 유혹에 빠지어 그러자고 허락을 아니 하였나?"

재판장의 위험은 더욱 높아가고 방청석의 주의는 더욱 긴장하여 간다.

"아니오. 다른 이야기를 했지만 그런 이야기는 한 일이 없어요. 신봉구 씨는 그런 말을 할 사람이 아니야요."

"그러면 다른 이야기란 무슨 이야기야?"

"그건 왜 물어요? 아무려나 돈을 훔치느니, 사람을 죽이느니 그런 소리는 꿈에도 생각한 일이 없어요…. 돈을 쓰려면 돈이 없어서 돈을 훔쳐요! 다 거짓말이야요. 봉구 씨를 미워하는 사람들이 지어낸 거짓말들이야요."

"그러면 왜 경찰서와 검사국에서는 했다고 자백을 했어?"

하고 재판장은 경주를 내려다보며 소리를 질렀다.

"내가 했다고만 하면 이이를(하고 고개를 돌려 봉구를 본다. 그것이 사람들에게 슬픈 인상을 주었다.) 무죄 방면한다고 그러니 그랬지요. 그래 그 이

틀날 물어 보면 응 내보내마 내보내마 그러고도 어디 내보내었어요? 모두 거짓말쟁이야요."

하고 경주는 검사를 눈으로 가리키며,

"저 양반도 그러지 아니하였어요. 네가 아버지를 죽였노라고 하면 이 이를 놓아 준다고? 그러셨지요? 그러고서는 왜 이 모양이야요."

하고 경주의 목소리는 울음으로 변한다.

법정 안에 일종 슬픈 기운도 돈다. 사람들의 시선은 검사에게로 모였다. 그러나 검사는 이런 소리는 너무도 많이 들었다는 듯이 까딱도 아니하고 혹 재판장의 감정이 움직이지 않는가 하고 연해 곁눈으로 재판장을 보며 연필로 무엇을 적는다.

재판장도 검사의 체면을 꺼리는 듯이 말을 돌린다.

"그렇게 악한 사내의 꼬임에 빠져서 아비를 죽이는 그런 흉악한 일을 해?"

"아니오! 아니오! 거짓말이야요. 아버지를 왜 죽여요? 그렇게 나를 귀애해 주시던 아버지를 죽인 놈을 만나면 내가 그 사람을 죽여 버릴 테야요."

하고 경주는 소리를 내어 울기를 시작한다.

"나는 알지도 못하는걸, 그렇게 대답을 아니 하면 이이를 죽인다니까 내가 그랬는데, 그러고선…."

109회 방청석에서도 우는 소리가 난다. 어리석은 듯한 경주의 답변이 사람들의 맘을 움직인 것이다. 더욱이 슬피 우는 것이 순영일 것은 말할 것도 없다.

'사랑하는 이를 죄에서 건져 낼 양으로 제 몸에 살인죄를 넘겨 씌우려 하였다' 하고 경주의 심리를 생각할 때에는 순영은 마치 등에다 냉수를 끼얹는 듯하였다. 만일 자기가 이 살인죄를 씀으로 봉구가 무죄하게 되리라 하면 자기는 당장에 나서리라고까지 생각하였다.

'아아, 나는 저이를 이 지경에 빠지게 하였는데' 하고 순영은 맘속으로 경주를 높이 보았다. 경주는 학교에 있을 때에도 모름이 아니었으나 그것을 귀애해 준 것도 지금 생각하면 마치 여왕이 거지의 딸을 귀애해 주는 듯한 그러한 교만한 태도로 하였던 것이다. 그리고 법정에서 경주를 대할 때에는 마치 순영은 무슨 큰 욕을 당한 것과 같이 생각되었다. 어쩌면 저런 것이 내가 사랑하던 사람을 가져갔던고 하고 시기가 난 까닭이다. 그러나 순영은 경주가 사랑하는 이를 위하여 그 사랑할 이와 자기에게 해가 될 줄도 모르고 짓지도 아니한 죄를 자기가 지었노라고 뒤집어쓰는 그 큰 사랑에 경주의 속에 숨어 있던, 그 어리석어 보이고 얌전치도 못해 보이는 속에 숨어 있던 한 거룩한 빛을 보았다. 그리고 그 앞에 고개가 숙었다.

사실 심문은 이 모양으로 확실한 결과를 얻을 수가 없었다. 두 피고 중에 하나는 침묵을 지키고, 하나는 경찰서와 검사국에서 한 진술을 전부 부인해 버리니 법정에서는 어찌할 수가 없었다. 그래서 판사들도 모두 천장만 바라보고 서기들도 연필을 놓고 방청석만 바라본다. 검사만이 태연한 태도를 차리기는 차리면서도 신경질인 듯이 공연히 몸을 앞으로 기댔다 뒤로 기댔다 하고 주먹을 쥐었다 폈다 하였다.

마침내 재판장은 검사에게 논고를 청하였다. 시계의 바늘은 11시 반을 가리킨다. 검사는 일어났다.

그는 이 범죄가 사회를 위하여 통탄할 범죄인 것, 특히 피고가 모두 중등 이상의 교육을 혹은 받고 혹은 받는 중인 사람인 것, 그중에도 그들은 종교 학교의 교육을 받았다는 것, 게다가 인륜을 깨뜨린 대죄악인 것을 역설한 뒤에 피고의 죄상에 관하여 이렇게 말하였다.

"피고가 어떻게 악인의 소질을 구비한 것은 그가 법정에서 답변을 아니 하는 것을 보아서 알 것이다. 그는 대정大正: 다이쇼 8년1919년 소요 사건에도 검사정에서와 법정에서 일절 답변을 아니 한 불령한이다. 피고가 출옥 후에 학교를 중도에 폐하고 성명을 변하고 노모를 버리고 인천으로 간 것에는 일종의 비밀이 있다. 그것은 본 사건에 관계가 없고 또 어떤 가정에 관계되는 일이므로 말하지 아니하거니와, 피고는 독립운동을 빙자하고 어떤 여학생을 유혹하였다가 그가 어떤 부호에게로 시집을 가매 이에 돈을 많이 벌어 한번 크게 분풀이를 할 결심이 생긴 것이다. 그러나 인천에 가 본즉 그렇게 갑자기 일확천금의 공상이 실현될 가망이 없을뿐더러 원래 정당한 업에 종사하여 각고면려刻苦勉勵: 어떤 일에 고생을 무릅쓰고 부지런히 노력함할 정신 기백이 없으므로 어떤 요행적 성공을 바라던 차에 그의 독한 이빨에 걸린 것은 피해자의 딸 피고 김경주다. 이것으로 보더라도 피고 신봉구는 가증한 성격자임을 알 것이다. 피고는 인천에 온 후로 피해자의 사환 겸 사무원이 되어 많은 애고愛顧: 사랑하여 돌보아 줌를 받았다. 그 은혜를 돌아보지 아니하고 오직 재산에만 탐욕을 내어서 아직 철도 없고 또 정신적으로도 보통 이하인 그 은인의 딸을 유혹하였다. 그러다가 피해자가 혼인에 허락할 가망이 없으므로 막대한 금전이나 훔치거나 또는 강탈하여 가지고 해외로 달아날 생각을 낸 것은 가장 자연한 일이다."

하고 검사는 자기의 명철한 논고에 스스로 감복되는 듯이 빙그레 웃고는 더욱 어성을 높여서, 그러나 아무쪼록 피고의 시선을 피하면서 말을 계속하였다.

"그때에 마침 해외로서 군자금 모집의 사명을 띠고 들어온 불령한 무리에게 흉기를 얻어 가지고 기회를 기다리던 차에 마침 이백십일의 중매소에 돈 많이 들어오는 기회를 타서 일을 행하기로 작정한 것이니, 이것은 피고 신봉구의 성격에서 나온 무서운 지식적 범죄다."

하고 검사는 여러 사람의 동의를 구하는 듯이 법정 안을 둘러본다.

<u>110회</u>　검사는 비분강개한 어조로 피고석을 내려다보며 이렇게 논고를 계속한다.

"더욱이 피고 신봉구의 범죄 당시의 행위는 가증하고 몰인정하다. 그는 흉기를 그의 정부요 피해자의 딸인 김경주에게 주어 그 아버지를 살해케 하고 자기는 뒤로 따라 들어가 피해자의 열쇠를 빼앗아 금고를 열고 돈을 꺼내려다가 아마 밖에서 인적이 나고 또 무서운 생각이 나므로 피고의 몸에 지녔던 20만 원 은행 절수만을 절취해 가지고 도망하던 것이다. 그는 경주가 자기를 깊이 사랑하는 것을 이용하여 모든 책임을 경주에게 돌리고, 자기는 가장 지사인 체하고 침묵을 지키는 것이니, 그 심리의 가증하고 흉악함을 실로 드물게 보는 바다. 만일 피고 신봉구에게 한 조각이라도 남아다운 점, 사람다운 점이 있다 하면 마땅히 죄상을 일일이 자백하고 도리어 모든 책임을 자기 한 몸만이 지려고 힘을 쓸 것이 아닌가."

"그러나 아무리 피고 신봉구가 죄상을 자백하지 아니한다 하더라도 범죄의 증거가 충분하고, 또 피고 김경주의 자백이 소명한 이상 조금도 의심할 여지가 없는 것이다. 피고 김경주는 순실무구한 처녀로 또 거짓말을 꾸며 낼 만한 기술이나 지혜를 가진 자가 아니다."

검사는 장내를 한번 돌아보고 다음에는 재판장을 슬쩍 바라보더니 눈가에 승리의 웃음을 띠며 도리어 어성을 낮추어서,

"그러므로 이 사건은 일점의 의심이 없을뿐더러 또 터럭끝만치도 동정할 여지가 없는 것이니 형법 제○○○조에 의하여 피고 신봉구는 사형에, 피고 김경주는 정신 발육이 불충분한 것을 동정하여 징역 10년에 처함을 마땅하게 여깁니다."

하고 자리에 앉는다.

검사의 말이 끝나기도 전에 경주는 여러 번,

"아니야요, 거짓말이야요――날더러 그렇게 말하면 이이를 놓아 주마

고 그러구는."

하다가는 간수에게 제지를 받았다.

검사의 논고가 끝나자 법정 안의 공기는 움직였다. 그리고 사람들의 시선은 변호사들에게로 옮았다. 변호사들도 인제는 자기네가 나설 때가 왔다는 듯이 분주히 앞에 놓은 서류를 이리 뒤지고 저리 뒤진다. 윤 변호사가 일어나려고 할 때에 재판장은 고개를 우로 기울여 우편 배석 판사와 무엇을 수군거리고 좌로 기울여 좌편 배석 판사와 무엇을 수군거리더니 무엇인지 방청석에서도 잘 들리지도 않은 말을 하고 일어나 나가고 다른 법관들도 뒤를 따라 나간다.

"휴게야, 휴게야."

하고 재판소에 여러 번째 다니는 방청꾼들이 중얼거리므로 처음 온 사람들도 그것이 잠깐 쉬는 것인 줄을 알았다. 과연 시계를 보니 오정이 벌써 지나 버렸다.

피고들도 점심을 먹으러 끌려나가고 변호사와 신문기자들도 나갔다. 그러나 방청꾼 중에서는 더러는 나갔으나 대부분이 자리를 잃어버릴 것이 무서워서 그 자리에 눌러 박이려고 한다.

순영 일행은 윤 변호사를 따라서 태서관에서 차를 마시었다. 그때에 순영은 윤을 조용한 데로 불러내어 이러한 말을 하였다.

"재판이 어떻게 될 모양입니까?"

"피고에게 이롭지 못합니다. 검사의 논고를 반박할 만한 무슨 재료가 있어야겠는데 그것이 없으니 할 수가 있어야지요. 또 피고가 말을 아니 하니까 법관의 감정을 몹시 상했단 말씀이야."

하고 윤 변호사의 어조도 매우 절망적이다.

"그러면 무슨 방법이 없겠습니까?"

하는 순영의 입술은 떨렸다.

"글쎄요. 어떻게 사형이나 면하도록 할까 하지요."

윤씨는 봉구의 범죄를 믿는 모양이었다.

"그러면 그이가 정말 범인이라고 영감께서도 생각하십니까?"

하고 순영은 놀랐다.

"우리가 아는 한에서는 그렇게 판단할 수밖에 없지요."

하고 변호사는 재미있는 듯이 웃는다.

"아니야요——아닙니다. 저를 증인으로 불러 주세요. 저는 잘 압니다.
그럴 리가 있어요?"

하고 순영은 매우 흥분된 어조로,

"저를 증인으로 부를 수 있습니까?"

하고 굳은 결심을 보인다.

"아서세요——왜 상관없는 일에."

하고 윤은 여러 가지로 만류하였으나 듣지 아니하므로 마침내 오후에
공판이 계속될 때에는 순영이가 재정증인在廷證人: 미리 호출되거나 소환되지 않고
법정에서 선정된 증인으로 불렸다.

111회　순영이가 재정증인으로 법정에 나설 때에 사람들은 모두 놀랐다. 봉
구와 경주가 놀란 것도 물론이다.

증인석에 잠깐 고개를 숙이고 선 순영의 태도는 아직도 열칠팔 세밖에
안 되어 보이는 처녀와 같이 얌전하고 아리따웠다. 그 항상 무엇을 조롱하
는 듯한 검사도 정신없이 순영을 바라보지 아니할 수 없었다.

주소, 성명을 묻고 거짓말 아니 하기로 서약하는 형식이 순영의 고운
목소리로 끝난 뒤에 판사는 곧 증인 신문을 시작하였다.

"증인은 피고 신봉구와 피고 김경주와 연애 관계가 있지 아니한 것을
증명할 수 있다 하니 그러한가!"

“네.”

“무슨 증거가 있는가?”

“신봉구 씨는 결코 남의 여자를 유혹할 사람이 아닙니다. 만일 어떤 여자에게 유혹함이 되었다 하면 믿을 수 있으려니와 그이가 유혹했다는 것은 말이 아니 됩니다.”

“어떻게? 무슨 증거로?”

하고 판사는 웃는다. 다른 법관들도 웃는다.

“그이는 못났다 하리만큼 겸손하고 어리석다 하리만큼 정직한 사람입니다.”

“글쎄 무슨 증거가 있느냐 말이야?”

재판장은 화증을 낸다.

순영은 얼굴을 붉히고 잠깐 주저주저하더니 결심한 듯이 고개를 들며,

“그이는 또 다른 사람을 사랑할 사람이 못 됩니다. 그이는 한번 먹은 맘을 변할 줄을 모르는 사람입니다──그러니까 그이는 김경주 씨를 사랑했을 리가 없습니다.”

검사가 일어나더니,

“이 증인의 증언은 요령을 얻을 수가 없으니 그만두는 것이 어떻습니까?”

하고 불쾌한 듯이 픽 웃는다.

재판장도 그 말이 옳다는 듯이,

“간단히 증거될 말만 하는 것이 좋지요.”

하고 주의를 준다.

순영은 마침내 말을 내었다.

“신봉구 씨는 나를 사랑하던 사람입니다. 그가 한번 나를 사랑하기 시작한 후로는 감옥에 있는 3년 동안에도 조금도 변치 아니하고──나는 변하

여도 자기는 조금도 변치 아니한 이입니다. 그이는 나를 사랑하면서도 나를 유혹할 줄은 몰랐습니다. 도리어 나에게 유혹을 받고 나에게 속은 일은 있지만 그이가 나를 유혹하고 나를 속인 일은 없습니다. 나는 이렇게 그이에게 한 군은 약속도 다 지워 버리고 다른 남편에게로 시집을 갔거니와 그이는 아직도 나밖에는 사랑하는 여자가 없을 것을 믿습니다. 만일 여기 있는 경주더러 물어 보더라도 그렇게 대답하리라고 믿습니다."

하고 경주를 돌아본다. 경주도 어쩔 줄 모르는 눈으로 순영을 바라본다. 순영이가 아직도 봉구가 자기만 사랑할 줄 믿는다고 할 때 가슴에 무엇이 불끈했으나 과연 그렇구나 하였다. 그러고는 벌떡 일어나며,

"그래요! 그렇습니다. 이 이는 밤낮 순영 선생님만 생각하고 나는 사랑해 주지 않아요." 하였다.

법관들도 빙그레 웃었다. 그러나 경주의 이 법에 어그러진 자백도 그의 넘치는 진정 때문에 법조차도 움직이게 했다.

재판장은 순영이에게 쓸데없는 말은 말고 아무쪼록 간단히 사실만 말하라는 주의를 또 주었다.

순영은 말을 잇는다.

"이것 봅시오──신봉구 씨는….''

피고에게 대한 경어는 약하라는 주의가 있었다.

"신봉구는.''

하고 경어 없이 부르기가 심히 어려운 듯이 순영은 말을 더듬는다.

"그러니까 이이가 여자를 유혹하였다는 것은 말이 아니 되는 말이 올시다."

하고 순영은 재판장을 쳐다본다.

"또 있습니다. 신봉구가 만일 얼굴을 취하여 여자를 유혹한다면….''

하고 순영은 심히 말하기 어려운 듯이 머뭇하더니,

"만일 색을 취한다면 경주에게 대해서는 매우 미안한 말이어니와 내가 경주보다 낫지 않습니까?"

이 말에 모두 빙그레 웃는다. 그러나 우는 사람도 적지는 않았다. 인순은 그중의 한 사람이었고 봉구도 그중의 한 사람일는지도 모른다.

112회 순영은 말을 잇는다.

"내가 그이에게 몸을 허하기를 자청하였습니다. 내가 그이의 집을 찾아가서 그이더러 나와 같이 외국으로 달아나기를 청하였습니다. 그러나 그때에, 그때에, 그이는 의리로써 나를 책망하였습니다. 그러하던 그이가 경주를 유혹하겠습니까?"

"또 그날은 바로 이 범죄가 일어나던 날입니다. 8월 30일 밤 9시에 내가 그이 여관을 찾아갔다가 10시 반이 넘어서 거기서 나왔습니다."

순영의 이 말은 청천에 벽력과 같이 법관은 물론이요, 방청인까지도 놀라게 했다.

"응, 9시에서 10시 반까지?"

하고 검사는 놀라는 듯이, 그러나 아니 믿는다 하는 듯이 순영을 노려본다. 순영은 확신 있는 어조로,

"네 분명히 8월 30일 오후 9시에서 10시 반까지입니다. 그것은 일일이 증거를 댈 수도 있습니다. 내가 그날 밤에 그이를 찾아가려고 집을 떠난 것이 8시쯤 지났습니다. 월미도 유원지에서 외리까지 인력거로 반시간밖에는 안 걸렸을 겁니다. 처음 갔더니 아직 그이가…."

"그이가 누구야?"

재판장이 주의를 한다. 순영은 얼른 말을 고쳐서 한다.

"갔더니 아직 신봉구가 안 돌아왔기로 한 10분 동안 거닐다가 또 기보고 그래도 안 왔길래 또 거닐다가 또 가보았습니다. 그때는 아직도 9시가 못

되었는데 그때에는 만났습니다. 내가 세 번이나 찾아간 것은 그 여관에서 잘 기억할 줄 압니다. 그리고 마지막 들어갈 때에는 여관 문 밖에서 배달부 하나를 만났는데 그 배달부가 나를 픽 유심히 쳐다보고 또 내 인력거꾼에게 무엇을 묻는 양을 보았습니다. 또 집에 돌아온 것이 11시 이후인 것은 서울서 막차로 내려온 내 남편이 벌써 와서 기다리고 있다가 내가 늦게 온 것을 책망한 것을 보아도 알 것입니다. 그러니까 그이——신봉구는 그날 밤 9시서부터 10시 반까지 여관에 있었던 것이 분명하고요. 또 내가 그날 밤에 그 집에 갔던 것은 저기 놓인 저 빗이 증거가 됩니다."

하고 육혈포와 같이 놓인 흰 빗을 바라본다.

"이 빗을 경주의 것이라고 하시는 모양이나 기실은 내 것입니다. 내가 그이에게 용서를 청하노라고 울고 매달린 것을 그이가——신봉구가 홱 뿌리칠 때에 내가 방바닥에 쓰러지면서 떨어진 듯합니다. 저 빗은 항용 시장에서 파는 것이 아니요, 삼월오복점에 말하여서 특별히 보석을 박아서 주문한 것입니다."

"또 피고 신봉구가 돈을 탐하여 경주를 유혹하고 또 경주의 부친을 살해까지도 하였다 하지만 내가 바로 그날 밤에 갔을 때에 그이더러 내가 돈 30만 원을 변통해 놓을 것이니 같이 도망하자고 말할 때에 그이는 픽 웃고 물리쳤습니다. 그런 사람이 돈을 위해서 사람의 목숨을 살해하리라고는 전혀 믿어지지 아니합니다. 나는 오늘 이 증언을 함으로써 나의 명예를 다 잃어버리고 또 남편에게서는 어떠한 처치를 받는지도 모릅니다. 그렇지만 나는 차마 옳은 사람이 옳지 아니한 죄명을 쓰는 것을 볼 수가 없고, 또 그렇게 높은 인격자로서 이러한 경우를 당하게 하는 것이 내 책임인 듯도 해서 자청해서 증인으로 나선 것입니다. 재판장께서나 검사께서 밝히 생각하시기를 바랍니다."

말이 끝나자 극도로 흥분하였던 순영은 현기가 나는지 비칠비칠한다.

간수들은 그를 붙들었다. 증인 신문은 끝났으니 순영을 내보내라는 재판장의 명령으로 순영은 간수들의 부축을 받아 법정 밖으로 나갔다. 이때에 방청석에 있던 사람들 중에서는 순영을 따라 나가는 사람들이 있었다——하나는 순영의 셋째오빠 순흥이요, 하나는 인순이다.

순흥은 간수의 팔에서 순영을 받아서 마치 어버이가 자식에게나 대하는 모양으로 순영을 껴안으면서,

"순영아! 너 잘했다! 내 동생이다. 응 잘했다. 고마워라. 내가 무정했다. 용서해라!"

하고 느껴 울었다. 순영은 정신을 차려 오빠를 보고 또 인순을 본다. 인순도 순영의 손을 잡으며,

"고맙다——하나님의 은혜다!"

하고 울었다.

늦은 가을 오후 볕이 법정에서 나온 사람들의 눈을 부시게 한다.

113회 "오빠 이제 나는 어디로 가요?"

재판소 문을 나선 순영은 겨우 정신을 진정하면서 순흥에게 이렇게 말하였다.

순흥과 인순은 말없이 순영을 붙들어 행랑 뒤로 인도하였다.

"어디를 가요? 나는 인제는 갈 데 없는 사람이야요."

하는 순영의 목소리가 흐린다.

과연 순영은 돌아갈 곳이 없었다. 차마 백의 집으로야 갈 수 있으랴. 순흥도 순영을 위하여서 가슴이 막혔다.

"염려 마라——인제는 하나님이 네 편이시다. 하나님은 언제나 의인의 편이시다. 또 내가 있지 아니하냐. 아무 염려 말고 기뻐하여라."

순흥은 이렇게 어린아이를 달래는 모양으로 순영을 위로하고는 인순

을 돌아보며,

"이 아이를 데리고 내 집으로 좀 가 주십시오. 혼자 보내지 말고 꼭 데리고 가 주세요."

하고 명령하는 어조로 부탁한다. 순흥은 본성이 교만한 것이 아니나 사람이 천진하고 단순하기 때문에 남에게 부탁할 때에도 어려운 말을 쓰지 않고 이렇게 명령하는 어조를 쓴다. 그렇기 때문에 혹 노여워하는 사람도 있지만 그때에는 순흥은 까닭을 알 수 없다는 듯이 물끄러미 바라보다가 간단하게,

"내 말이 당신을 노하게 하였으면 용서하시오."

해 버린다.

"네."

하고 인순은 허락하는 대답을 하고 순영의 팔을 끈다.

"가 있거라──공판 끝나거든 내 갈게."

하며 순흥은 뒤도 아니 돌아보고 다시 재판소로 뛰어 들어갔다.

순흥의 집은 청진동 천변에 있었다. 순흥의 부인은 남편과 싸우고 나서는 친정으로 달아나고 집에는 순흥이가 아주머니라고 부르는 침모 겸 식모와 행랑 사람이 있을 뿐이다.

"아이, 저 아씨가 오시네."

하고 침모가 순영을 나와 맞았다. 그는 순영이가 두 번이나 이 집에 왔다가 대문 안에 들어서 보지도 못하고 쫓겨난 것을 가엾이 생각한 사람이다.

"또 왔어요."

하고 순영은 안방으로 들어갔다. 문 안에 들어서자마자 순영은 지금까지 참았던 것을 풀어 놓은 듯이 인순에게 울고 매달렸다.

"언니 나는 어쩌면 좋아요? 내가 인제 어디로 가요? 죽을 길밖에는 없지요? 그러면 저 영식이──어린애는 어찌하나요? 언니!"

"사람의 일생은 사람의 힘으로는 어찌할 수 없는 것이다. 우리가 할 일은 다만 의를 할 뿐이지. 그러니까 오빠께서 말씀하신 대로 하나님께 모두 맡기려무나."

"언니, 그래도 나는 죽을 길밖에는 없는 것 같아. 세상과 다 담을 쌓아 놓고 남편 하나만 믿고 살아왔는데 인제는 그이와도 담을 쌓았으니 어떻게 사오? 어디 가서 사오? 하룬들 살 수가 있소? 내일쯤은 신문에들 굉장히 떠들겠지──그러면 세상에서 오죽들 나를 비웃겠소? 내가 어떻게 고개를 들고 사오? 언니! 아까 법정에서 내가 말을 막 다 마치고 나니까 앞이 아뜩아뜩하는데 어디서 그러는지는 모르지만 인제는 너는 죽어라, 네게 남은 것은 죽는 것뿐이다, 이러는구료. 언니, 나는 죽어야 해. 죽는 수밖에 없어!"

순영은 몸을 흔들며 운다. 진실로 순영은 이 광명한 세계를 벗어나서 캄캄하고 찬 나라로 끌려 들어가는 듯하였다. 아무 빛도 없고 아무 희망도 없다. 오직 기억되는 것은 모든 부끄러운 것, 괴로운 것뿐이다. 자기와 같이 부끄러움도 없고 괴로움도 없는 듯한 인순이가 도리어 미운 듯하였다. 자기가 지금 당하는 이 아픔과 이 부끄러움, 이 괴로움을 값으로 하여 무엇을 얻었는가? 얼마만 한 행복과 얼마만 한 안락을 얻었는가. 아무것도 없다.

"언니, 나 같은 년은 무엇하러 세상에 나왔소? 무엇하러 세상에 나와서 이렇게 갖추갖추 아픈 맛, 부끄러운 맛을 보나요? 이게 다 내 죄일까요? 언니, 이게 다 내 죄일까요?"

"나는 그렇게 생각한다. 네가 지금까지 갈림길에 섰던 때가 많았을 것이다──나는 그렇게 믿는다. 이 길은 의로운 길, 이 길은 정욕의 길, 어느 길을 택할까 하고 갈랫길에 서서 헤매던 때가 많았을 것이다. 그때에 너는 완전히 자유를 가졌었다──그때에 잘못 판단한 것이 네 슬픔의 근원인 줄 안다. 하나님의 법칙은 저울에다 머리카락 한 오리만 올려놓아도 한편으로 기울어지는 것이다."

하고 인순은 울음을 머금은 어조로 말을 잇는다.

"네가 슬퍼할 때에 내가 기쁘도록 위로를 해주지를 아니하고 더욱 슬프고 괴로운 소리만 하는 것을 용서해라, 순영아. 나는 너를 사랑하기 때문에 이런 말을 하는 것이다. 내가 지금까지 좀 더 네게 듣기 싫은 소리를 했더라면 좋을 것을 내 사랑이 부족했던 것이다."

"내가 지금까지 얼마나 너를 위해서 기도를 했겠니. 자정마다 나는 강당에 혼자 들어가서 너를 건져 줍소사 하고 기도를 하였다. P부인도 그러셨단다. 그저께 P부인은 나를 보고 일기책을 내보이는데 한 주일에 꼭 세 번씩 너를 위해서 기도를 드렸어. 나를 대하면 네 안부를 묻고… 순영아, 하나님께서는 아마 나보다 P부인보다도 더 간절히 네가 돌아오기를 기다렸을 것이다…. 그러나 인제는 하나님께서 우리 기도를 들어주셨다. 네가 아까 재판소에서 그렇게 힘 있게 그렇게 네가 가진 모든 것을 다 희생하고 너만 침묵을 지켰으면 그만인 것을 그렇게 힘 있게 그렇게 말할 때에 나는 무어라고 말해야 좋을까, 나는 엎디어서 울었다. 내 동생은 결코 죽은 아이가 아니다, 내 동생의 영혼은 크고 빛나는 영혼이다——이렇게 울었어."

"순영아, 네가 인생의 고락을 한 번 맛보느라고, 인생의 향락이라는 것이 얼마나 값 없고 얼마나 쓴 것인 것을 한 번 알 양으로 네가 고생한 것이다. 그러나 너는 너무 늦지 않게 아버지 집으로 다시 돌아왔다——죽기는 왜 죽어? 오래오래 살아서 네가 목숨으로 얻은 진리를 전해야지, 안 그러냐?"

"지금 내가 무슨 일을 한다 하면 남이 믿어 주오, 내가 무엇을 해요?"

순영의 맘속에는 오랫동안 잊어버렸던 생각들이 떠 나온다. 그것은 나 한 몸의 고락을 다 잊어버리고 세상을 위하여 나라를 위하여 예수를 위하여 P부인 모양으로, 그보다 더 나은 거룩한 일생을 보내리라는 꿈들이었다. 이 꿈들은 지나간 1년 반 동안 일찍 맘에 들어온 일도 없더니 인순의 말이 인도가 되어서 잊었던 옛 꿈이 다시 맘속으로 떠들어오는 것이다. 순영은 가만히 맘눈을 뜨고 꿈속같이 그 생각들을 받아들여 보았다.

"언니, 나는 다시 그 나라에는 들어갈 수가 없는 사람 아니야요?"

하고 길게 절망하는 한숨을 쉬었다.

"왜 그럴 리가 있니? 하나님은 회개하는 영혼을 일꾼으로 쓰신다고 아니 그러든?"

"그러면 대관절 나는 어쩌면 좋아요? 오늘부터 어디를 가면 좋아요?"

"나하고 있지——오빠 집에 있든지."

이렇게 말하고 인순은 빙긋 웃었다. 순영도 따라서 빙긋하였다. 그러나 젖을 생각하고 영식을 생각할 때에는 다시 눈물이 앞을 가렸다. 그러나 아직 아기를 가져 보지 못한 인순은 그 눈물의 뜻을 알 수가 없었다.

순흥이가 재판소에서 돌아와서, 순영의 증언이 비록 교묘하나 사실성이 부족하다는 것과 또 봉구는 순영의 정부인 모양인즉, 그것이 도리어 봉구의 인격이 범죄에 합당하도록 좋지 못함을 증명함에 불과하다는 것으로 봉구에게 별로 큰 이익을 주지 못하였다는 것과 판사가 웬일인지 검사에게 눌리는 기미가 있다는 말과 다음 번 화요일에 판결 언도가 있으리라는 말을 들었다.

자기의 증언이 봉구를 구하지 못할 듯하다는 말을 들을 때에 순영의 얼굴은 죽은 사람의 살빛과 같이 변하였다. 자기의 모든 것을 희생하여 봉구를 만일 구하지 못한다 하면 자기의 소득은 오직 수치와 파멸뿐인가. 그러나 발은 이미 내디디었다. 다시 물러설 수 없는 길을 내디딘 것이다. 이제는 나가야만 한다.

"순영아, 울지 말아라. 너는 내 동생이다. 너는 그까짓 이 세상에 아무 쓸데없는 짐승 같은 백가의 노리개로 일생을 보낼 사람이 아니다. 네 앞에는 큰일이 있다. 한량없이 크고 거룩한 일이 있다. 누이야, 너와 나와 우리가 그 큰일을 위하여 몸을 바치자. 애어 슬퍼하지 말아라."

이렇게 순흥은 감격한 어조로 순영을 위로하였다. 그러나 순영에게는 그 말만으로는 위로받을 수 없는 깊은 슬픔이 있는 듯하였다.

115회　순영이 인력거를 타고 동대문 밖 자기집(?)으로 나간 것은 해가 넘어가고 전등불이 켜질 때였다.

'오냐. 무서울 것 없다. 될 대로 되어라.' 순영은 인력거가 집으로 가까이 올 때 이렇게 생각하였다. 그러나 장차 남편과 자기와, 집과 자기와 사이에 일어날 비극을 생각할 때에 그것은 순영이가 감당하기에는 너무 무거운 것이었다. 3년 전 자기가 그 둘째오빠를 따라서 처음 여기 올 때와 지금과의 신세를 순영은 비교하지 아니할 수 없었다. 만일 인력거나 무심히 자꾸 끌고 가지만 아니하였던들 순영은 중간에서 돌아서고 다시는 백의 대문에 발을 아니 들여놓았을는지 모른다. 그러나 인력거꾼이 끌고 가니 순영은 아니 따라갈 수가 없었다.

안으로 들어가니 하인들이 여전히 공손히 맞는다.

'아직도 변이 안 일어났다.' 순영은 이렇게 생각하고 한숨을 지었다. 그러고는 무슨 일이 생겨서 자기를 막아 버린 것이나 두려워하는 듯이 뛰는 걸음을 안방으로 뛰어들어 갔다 ── 영식을 보려 함이다. 그리운 영식 ──이 세상에 오직 하나로 그리운 영식을 보려 함이다.

그러나 안방에는 영식이는 없다.

'어디 갔나?' 하고 순영이 숨도 막힐 듯이 놀라는 표정을 보인다.

'이 방──이 모든 손때 먹인 세간!' 할 때에 눈물이 나오려 하였다. 역시 이 방의 생활은 행복의 생활이던 것을! 역시 그것이 나의 생명의 귀한 부분이던 것을….

"아기 어디 갔나?"

하고 마침내 순영은 목멘 소리로 불렀다.

어디서 유모가 툭 튀어 들어온다!

"마님, 돌아오셔 계시오?"

하고 유모는 동정하는 듯이 순영을 치본다.

"아기 어디 갔어?"

순영은 화를 내는 듯이 물었다.

"아깁시오? 영감마님께서 안으시고 사랑으로 나가셨습니다. 그렇지 않아도 왜 이렇게 늦도록 안 돌아오시는가 하고 걱정을 하시던데요."

"사랑에 손님 오셨나?"

하고 순영은 유모의 눈을 자세히 살폈다. 무슨 눈치를 보려는 것이다.

"네, 동관댁 영감마님 내외분이 아까부터 오셨습니다."

어찌 되었을까, 윤 변호사 내외가 왜 왔을까? 왔으면 어찌하여 자기가 돌아오기를 기다릴까? 그리고 어린애는 왜 내어 갔을까? 그 얼굴을 누구에게 비교해 보려는 것은 아닌가?

"아직 신문은 안 왔나?"

하고 자기가 아까 법정에서 말한 때에 뒤에서 마그네슘 사르는 소리가 나던 것을 기억한다. 그러고는 지금 사랑에 남편과 윤 변호사 부부 앞에 그 사진 난 신문이 놓였을 것을 상상해 보았다.

"무서운 곳에 가 보자! 내놓은 걸음이다."

순영은 아무쪼록 태연한 모양을 꾸며 가지고 사랑으로 나갔다.

"오셨습니까?"

하고 순영은 남편은 보지도 않고 윤 변호사에게 인사를 드렸다.

"어 참, 어려운 일을 하셨습니다. 지금도 우리가 그 이야기를 하고 있었이요."

윤 변호사는 마치 치하나 하는 모양으로 유쾌하게 웃는다. 순영은 어찌할 바를 모르고 낯을 붉히면서 남편의 품에 안겨 있는 영식을 바라보았다.

'아, 미안하다──자기 자식인 줄 알고' 하고 순영이의 맘을 무슨 바늘이 푹 찔렀다.

"어 이놈──어 이놈!"

하고 백도 별로 불쾌한 빛도 없이 말도 못하는 어린 영식을 어른다. 그의 눈에는 자식에게 대한 어버이의 사랑이 분명히 나타났다.

'미안해라!' 하고 순영의 맘은 또 한 번 푹 찔렀다.

"그런데 무슨 증인을 내 승낙도 없이 선단 말이오? 신문에서 좋지 못하게 전하기만 하면 명예에 관계가 되지 않소? 불쌍한 청년 한 사람을 구하는 것도 좋지만 내 일도 생각해야지요."

이렇게 말하면서 남편은 잠깐 책망하는 표정을 보이고는 다시 웃는 낯으로 영식을 들어서,

"자, 엄마한테 간다, 응." 하고 순영에게 준다.

116회 '아아, 벌이다, 벌이다. 이것이 더 무서운 벌이다' 하고 순영은 아이를 받아서 그 뺨에 뺨을 비비었다.

"허기는 그래! 꼭 말이 되었거든."

하고 백은 담배를 피우면서 감탄한다.

"용하세요──과연 용하시단 말씀이야요. 아주 사실같이 말씀하시는데 어쨌으나 검사가 땀을 빼었어요. 이번에 부인께서 그렇게 증인을 서 주셨기 때문에 혹 일심에는 그것이 큰 효력을 못 내더라도 복심법원이나 고등법원에서는 반드시 큰 문제가 될 것이지요."

윤 변호사는 연해 칭찬을 한다.

"글쎄 어쩌면 그렇게 능청스러워? 모르는 사람 같으면 꼭 참으로 알 테야, 아이!"

선주는 이렇게 말하면서, 순영의 어깨를 툭 쳤다. 순영은 모든 것을 깨달았다. 그러나 윤 변호사 내외의 자기를 구해 주려는 호의가 고마운 것보다도 그 능청스러움이 미웠다. 하기는 윤 변호사는 뭣도 모르는지 모른다. 선주도 자기의 비밀을 순영에게 쥐였기 때문에 순영의 비밀(석왕사 비밀)도 그 남편에게 말 아니했을 것이다. 만일 그 말을 하게 된다면 선주가 자기가 석왕사에 갔던 이유도 설명하여야만 하게 된다. 그러므로 그런 소리는 아예 입 밖에 안 내는 것이 좋다.

"누구는 안 하나? 사내들은 더한걸!"

순영이가 와서 백과 사이에 아무 풍파가 없는 것을 보고 윤 변호사 내외는 만족한 듯이 돌아갔다. 이러한 말을 남기고!

"우리 내일 저녁은 호텔에서 저녁을 같이 먹고 음악을 들읍시다."

문 밖에서 선주는 순영을 보고 귓속말로,

"사내들이란 밝은 체하지만 잘 속아요. 우리가 다 좋게 말했으니 암말 두 마우── 그리고 몸이 곤하다고 그러구 자 버리구려."

하고 등을 두어 번 툭툭 치고 갔다. 윤 내외가 간 뒤에 백은 무슨 말을 기다리는 듯이 순영을 쳐다보았다. 그러나 순영은 아무쪼록 남편의 눈을 피하였다.

순영이가 이리로 올 때에는 백의 앞에 모든 것을 자백하고 그의 용서함을 청할 생각이었었다. 자기는 백에게 갖은 모욕과 노염을 당할 것을 예기하였고 발길로 차여서 '음란한 계집'이라는 이름을 지고 백씨집 대문 밖으로 쫓겨날 것도 미리 생각하였다. 그러나 정작 이 집에 와 보면 그 집에는 차마 뛰어나가지 못할 무엇이 있어서 자기를 끄는 것 같고 백을 대할 때에는 그에게 대한 정다운 생각뿐이요, 아무 미운 생각도 없었다. 게다가 윤씨 내외가 오늘 재판소에서 자기가 한 일을 이상한 뜻으로 해석을 하여서 백의 맘을 풀어 놓은 것을 볼 때에는 더욱이 아무 일도 없는 곳에 풍파를 일으켜서 자기를 괴롭게 하고 남편을 괴롭게 할 필요가 없을 듯하였다.

'봉구나 나온다면.' 순영은 이렇게도 생각해 보았다. 윤의 말을 들건대 봉구가 나오기는 어려울 모양이요, 못 나온다 하면 10년 징역이 될는지 종신 징역이 될는지 또는 사형이 될는지도 알 수 없는 일이다. 일생을 간대야 신봉구를 한 번 대면하게 될는지 말지 하다. 그렇게 생각하면 봉구는 마치 죽어 버린 사람 같아서 그에게 대한 모든 의무, 특별히 사랑하는 이성이 가지던 모든 의무는 소멸되는 것같이 생각하였다.

'내가 왜?' 하고 순영은 스스로 자기의 맘을 책망하였다. 남편이 나를 사랑하지 않는가. 그 남편을 사랑하고 기쁘게 하는 것이 내 의무가 아닌가.

'어린애는?'

'누가 알길래? 나 밖에 누가 알길래?'

그렇다. 어린애를 위해서도 자기가 이 집을 떠나지 않는 것이 좋다. 그 어린애가 신봉구의 아들이 되기는 아마 지극히 어려운 일일 것이다.

이렇게 생각할 때에 인순과 셋째오빠가 눈앞에 번뜩 보인다.

"쓸데없는 사내 하나의 노리개로 일생을 보낼 네가 아니다. 네게는 네가 맡은 큰일이 있다. 의무가 있다!"

이런 말을 들은 것이 생각이 난다. 그러나 그것은 순영에게는 너무나 높은 것 같고 먼 것 같다. 지금 손에 꽉 잡은 행복을 놓아 버리고 그러한 십자가를 지기에는 순영은 너무도 행복을 좋아하였다. 너무도 젊었다.

117회 순영은 다시 문 밖에 나가지를 말고 전과 같은 생활을 하여 가기로 결심하였다. 백은 아주 낯빛이 풀리지는 아니하나 그렇다고 가혹하게 순영을 책망하지도 아니하였다. 여전히 끼니 때도 들어오고 잠자리도 같이 하였다. 순영은 이만 한 다행이 없다고 혼자 생각하였다. 그러나 셋째오빠와 인순의 얼굴이 눈앞에 떠올 때에는 매양 괴로웠다. 그러나 참자, 이것이 행복의 값이다 하였다.

'내가 왜 그런 어리석은 소리를 해 버렸어?' 하고 혼자 애를 태웠다.

"어디까지가 정말이오? 하기는 그날 밤에 어디를 갔다가 그렇게 늦게 왔소?"

남편이 이렇게 의심스러운 어조로 물을 때에는 순영은 도리어 빨끈 성을 내면서,

"신봉구헌테 갔다 왔지. 어디를 가요?"

하고 순영은 고개를 패끈 돌렸다.

과연 남자는 잘 속았다. 순영의 이 정책은 잘 성공하였다.

"그렇게 성낼 거야 있소?"

남편은 이렇게만 말하고 말았다.

그 공판이 있은 지 사흘 만에 순영은 검사국에 불렸다. 마침 백은 회사 일로 부산을 가고 없었다. 그러나 순영은 가슴이 울렁거리면서 인력거를 타고 우비를 꼭 내려씌우고 검사국으로 갔다. 이때에 신문사 사진반의 사진 기계에 들어간 줄은 순영은 꿈에도 몰랐다.

그 검사다. 그는 순영에게 교의를 권하고 차를 권하고 은근하게 묻기를 시작하였다.

"그대는 신봉구와 애정 관계가 있었는가?"

이 말이 순영을 무척 불쾌하게 하였다. 마치 큰 욕이 나 보는 듯하였다. 그래서 얼굴을 붉히며,

"없어요!"

하고 좀 어성을 높였다.

"백윤희의 첩으로 가기 전에 신봉구와 같이 석왕사에 갔던 일이 없는가? 가서 추한 쾌락을 실컷 맛보지 아니하였는가?"

검사는 마치 호령하는 듯하였다.

"그런 일 없어요."

하고 순영은 바르르 떨었다. 어쩌면 이렇게도 사람을 욕을 보이나 하였다. 그러나 검사는 도리어 빙그레 웃는다. 목적을 달하였다는 웃음 같았다.

"분명히 없어?"

"없어요."

순영이의 입술은 파래진다.

"그러면 8월 30일 밤에 그대의 남편의 돈을 도적하여 가지고 둘이서 멀리로 달아날 양으로 신봉구를 찾아갔다가 머리에 꽂았던 빗을 방바닥에 떨어뜨리고 10시 반이나 지나서 돌아온 일이 있나——이것은 그대가 일전 법정에서 말한 것이니까 틀릴 리는 없겠지?"

검사는 무서운 눈으로 순영을 노려보았다.

순영은 분한 생각, 욕을 당하는 생각보다 이 기회야말로 자기에게 큰 이해관계가 있는 것이다 하고 직각하였다. 그리고 자기가 법정에서 한 말을 부인하는 것이 도리어 검사를 기쁘게 하리라 하는 생각도 있었다. 또 법정에서는 봉구와 경주와 여러 방청인도 있었거니와 여기는 검사와 서기와 자기밖에 아무도 없는 것을 보았다.

"제가 그런 말을 했어요."

하고 순영은 부드러운 어조로,

"그때에는 피고가 불쌍해 보여서 그런 말을 할 생각이 났어요. 하지만 그것은 사실이 아니야요. 내가 생각하는 대로 꾸며 낸 말이야요!"

하였다.

검사는 또 웃었다. 순영은 자기의 뒤에서도 웃는 소리가 나는 것을 깨달았다. 박달 방망이로 얻어맞는 듯한 무서움을 깨달으면서 순영이 잠깐 고개를 돌려보니, 그 뒤에는 웬 사람이 둘이나 있고 그중의 하나는 언제 한 번 본 얼굴 같다. 순영은 자기의 말을 듣는 사람이 따로 있는 것을 볼 때에 얼굴에 있던 피가 모두 달아나 입술이 파랗게 되었다. 그러고는 웬 셈인지 요 담방에나 어디나 벽 하나 사이를 두고 봉구와 경주가 지금까지 자기가 하던 말을 다 엿들은 것도 같았다.

순영은 지금까지 자기가 부인한 것을 모두 부인해 버리고 법정에서 한 증언이 옳다는 말을 하고 싶다고 생각은 하나 입이 열어지지 아니할 때에 검사는,

"수고했소, 끝!"

하고 일어나 나가 버렸다.

순영은 울면서 인력거에 숨어 집으로 돌아왔다.

118회 '그 여자의 증언은 오직 일시 허영에서 나온 것이다.' 검사는 이렇게 믿고 다소간 순영의 증언을 믿는 빛이 보이는 판사를 움직이려 한 것이다. 그러나 검사 자신에게도 물론 봉구의 범죄에 대하여서는 의심이 없지는 못하였다. 그러나 한 번 기소가 되고 논고가 된 사건은 인제는 그 기소와 그 논고를 한 자기의 힘으로도 어찌할 수 없는 것이다. 설혹 무슨 이유로 검사가 봉구를 건져 낼 맘이 생기더라도 할 수 없었을 것이요, 또 그러한 일에 걱정을 할 만한 정성도 없었을 것이다.

공판정에서 돌아온 봉구는 딴판으로 맘이 변하였다. 그 좁고 침침한 독방에 갇혀 들어가면서도 봉구는 기뻤다.

감방에 들어오는 대로 봉구는 땅에 엎더졌다. 봉구의 두 눈에서는 눈물이 흘렀다.

"하나님!" 하고는 다시는 말이 나오지를 아니하였다. 다만 가슴속에서 형언할 수 없는 감격과 기쁨이 뭉게뭉게 피어오를 뿐이다.

경주의 자기에게 대한 충성, 순영의 자기에게 대한 헌신적·희생적 행위──이런 것은 봉구가 이 세상에서 눈을 뜬 이래로 처음 보는 것인 듯하였다.

'그들은 자기를 위하는 것이 아니다——조금도 터럭끝만치도 자기를 위하는 생각이 없다. 오직 나를 위하는 것이다——나를 살려 내기 위하여 그들은 위험과 수치를 무릅쓰는 것이다.' 이렇게 생각할 때에 봉구는 자기의 이기적이던 것이 깨달아지고 자기를 높게 아름답게 보아 오던 것이 부서지고 만다.

"내가 왜 순영을 원망하였나?"

봉구는 이렇게 스스로 물어 보았다.

"순영이가 내 것이 안 되었기 때문이다."

"왜 순영을 내 것을 만들려고 하였나?"

"그를 사랑하므로."

"정말 사랑하므로? 순영을 위하여 또는 나 자신을 위하여? 만일 진정으로 순영을 사랑하였음이라면 나는 오직 그의 행복만 도모할 것이 아닌가. 비록 그가 나를 길가에 내버리더라도 그가 나를 발길로 차고 또는 나를 죽이더라도, 진실로 내가 그를 사랑한다면 이런 일이 있더라도 나는 결코 그를 원망하거나 미워함이 없이 끝까지 그를 사랑하고 그의 복을 빌어야 할 것이 아닌가. 그런데 나는 순영에게 대하여 어찌하였나?"

"원망하였다. 미워하였다. 저주하였다. 죽기 전에는 결코 용서함이 없으리라고 맹세하였다."

이렇게 봉구는 자문자답하였다.

"보라. 예수께서는 어찌하였는가? 십자가에 달려서도 자기를 십자가에 다는 자들을 사랑하고 그들의 복을 빌지 않았나——이것이 진실로 사랑이다. 아니 나는 일찍 순영을 사랑하여 본 일이 없었다. 아무도 일찍 사랑하여 본 일이 없었다. 나는 오직 순영을 욕심내었던 것이다. 순영으로 나의 노리개를 삼을 양으로, 장난감을 삼을 양으로 욕심을 낸 것이다. 그러다가 내 것이 안 되매 나는 스스로 순영에게 대한 나의 사랑이 참되고 깨끗지 못함을 뉘우칠 줄을 모르고 도리어 순영을 미워하고 원망하고 저주한 것이다. 내가 순영을 원망할 무슨 권리를 가졌던가?"

"그뿐인가, 순영은 나를 위하여 두 번이나 위험을 무릅쓰고 수치를 당하였다. 그렇건만 나는 오직 그를 미워하고 원망하고 저주하는 감정의 노예가 되어 있었다. 나는 진실로 값없는 사람이다. 나는 진실로 죄인이다."

봉구의 맘은 더욱 아파졌다. 경주에게 대한 생각을 할 때에는 자기의 손으로 자기를 없애 버리고 싶었다. 경주가 어떻게나 헌신적으로 봉구를 사랑하였나. 어떻게나 모든 죄를 자기가 뒤집어쓰고 봉구를 놓아 주려 하였나. 이런 것을 다 봉구는 아직도 꿈도 꾸지 못하던 것이다──이렇게 봉구는 자탄하였다.

"왜 너는 검사정에서와 법정에서 침묵을 지켰느냐?"

하고 봉구는 또 스스로 물었다.

"오직 네가 의리에 굳다는 것을 보이려 함이 아니냐. 너를 위하여 몸을 희생하려는 경주를 희생하여서까지 너는 의리가 굳은 자, 뜻이 갸륵한 자가 되려고 하느냐. 아서라. 왜 네가 차라리 불쌍한 경주를 위하여 모든 죄를 받아 주지를 못하였느냐?"

119회 봉구의 눈에서는 지금까지 밝히 보기를 가리우던 무슨 껍데기 하나가 벗어진 듯하였다.

"나는 짧은 동안이언만 인생의 길을 잘못 걸어왔다. 잘못 걸어오면서도 잘 걸어오는 줄로 스스로 교만하였다. 나는 어리석은 자다!"

이러한 결론을 얻었다.

'아아, 얼마나 좁았던가. 추하였던가' 하고 봉구는 법정에 가지런히 앉았던 자기와 경주와 또 자기 앞에 서서 말하던 순영과 그때의 광경을 생각하고는 혼자 자기를 원망하였다.

'두 여자는 각각 자기를 희생하고 자기를 모욕하여서 위험과 수치를 무릅쓰고 나를 건지려 할 때에, 그 사이에 나는 순영에게 대하여는 원망을 품고, 경주에게 대하여는 경멸을 품고, 오직 나 한 몸의 권리와 명예만을 위하여 우두커니 앉았었구나! 아아, 더러워! 이기적이다!'

'나도 경훈을 위하여 저를 희생하는 것이 아닌가?' 하고 스스로 위로도 해보았으나 만일 경훈을 걸어 넣었다면 그것은 봉구가 밀정의 행위를 한 것에 지나지 못하는 것이다. 또 봉구가 살인죄를 뒤집어쓸 위험을 무릅쓰면서도 그렇게 겁도 내지 아니한 것은 다른 이유가 있다.

'에라 빌어먹을 것, 이놈의 세상에 오래 머물러 있으면 무슨 별수가 있나? 끌려가는 대로 끌려가려무나.' 봉구는 자기가 붙들려 갈 때에 이렇게 생각하였다.

'어찌하여 늙은 어머니의 슬퍼하실 것을 생각하지 아니하였을까. 진실로 나는 이기주의자였다. 내가 오늘까지 사랑한 것, 슬퍼한 것, 기뻐한 것, 모든 것이 다 이기주의의 더러운 동기에서 나온 것이요, 법정에서 드러난 것과 같은 경주나 순영의 동기와 같이 자기 희생의 진정한 사랑에서 나온 것은 하나도 없었다. 진실로 나는 내 몸이 죽을 위험에 있을 때에 내가 귀찮은 세상을 벗어나는 쾌함만 생각하고 늙은 어머니의 슬퍼하실 것조차 생각할 줄 모르는 이기주의자라!'

그렇게 생각하면 자기가 미워졌다.

'미워하고 저주할 자는 오직 너뿐이로구나!' 하고 봉구는 자기를 책망하였다.

감방은 춥다. 이상하게 습기를 띤 바람이 어디선지 모르게 스며들어 와서 봉구의 피곤한 몸에 소름을 돋는다.

'아아, 발가벗은 몸!' 하고 봉구는 몸을 움츠렸다. 얼마나 가난한 몸인가. 아무것도 자랑할 것이 없는 몸, 아무것도 내 것이라고 내어 놓을 것이 없는 몸, 헛된 이기욕을 따라서 허덕거리는 피곤한 몸, 이 몸을 앞에 세워 놓고 볼 때에 스스로 조상하지 않을 수가 없었다.

"춥다. 춥다——영혼이 춥다!"

봉구는 이렇게 소리를 질렀다.

'만일 다시만 세상에를 살아 나가면…. 다시 세상에 나가기만 하면 나는 새로운 생활을 할 것이다——나는 모든 이기적 욕심을 버리고 몸을 바치는 사랑의 생활을 하리라. 아아, 그 생활이 참으로 얼마나 갸륵할까, 얼마나 깨끗할 것일까?' 봉구는 고개를 들어 하늘을 향하면서 자기의 장래의 생활을 상상하여 보았다. 몸 바치는 생활, 진정한 사랑의 생활을 상상해 보았다.

'그러나 나는 다시 세상에를 나가 볼 것인가?' 할 때는 봉구의 고개는 수그러지지 아니할 수가 없었다.

'나는 지금까지 사람을 위하여서 무엇 하나 이루어 놓은 것이 없다. 사람들의 땀을 먹고 땀을 입고 땀을 쓰고 돌아다니면서, 아마 27년 동안에 많은 동포의 피땀, 기름땀을 허비하면서, 무슨 좋은 일 하나를 이뤘는가, 한 가지도 없다. 농촌 소년은 소라도 먹였고 밭의 풀이라도 뽑았다. 지게꾼 아이들도 바쁜 사람의 짐 하나라도 날라 주었다. 그러나 나는 한 가지도 없다. 아아, 명예를 따르다가, 연애를 따르다가, 돈을 따르다가, 마침내 이 처지를 당한 것이다. 만일 이대로 죽어 버린다 하면 나는 큰 죄인이다!'

이런 생각을 할 때에는 봉구의 가슴은 아팠다. 그러나 그 아픔은 욕심에서 오는 근질근질한 아픔이 아니요, 의무감에서 오는 맑은 아픔이었다. 봉구는 마침내 이렇게 빌었다.

"하나님이시여. 당신의 뜻대로 하시옵소서. 나는 이 몸을 당신께 드리오니 죽이든지 살리든지 당신 뜻대로 하시옵소서. 다만 나로 하여금 내 몸을 내 욕심을 위하여 쓰지 말게 하시옵소서."

120회 봉구의 인생에 대한 태도는 사오일 내로 일변하였다. 봉구는 다시 순영을 원망하고 저주하지 않는다. 그는 순영을 다시 사랑하려 한다. 그러나 그 사랑은 결코 순영을 자기의 것을 만들려는 것이 아니요, 어찌하여 자기와 이 세상에서 깊은 관계를 맺게 되었던 순영을, 아마 자기라는 것이 그의 괴로움의 한 근원이 되었을 순영을 위하여 돕고 복 비는 맘으로 사랑하려 하였다.

"그의 맘에 화평이 있고 그의 앞길에 항상 행복이 빛나게 하소서."

이것은 봉구가 순영을 위하는 진정한 기도가 되었다. 이러한 기도를 진정으로 올릴 수 있을 때에는 봉구의 영혼은 한없이 기뻤다.

또 경주에게 대하던 일종 경멸의 정도 끝없는 감사와 사랑의 정으로 변하였다. 그 남들이 어리석다고 할 만한 처녀가 어떻게나 헌신적으로 자기를 사랑해 주는가. 더욱이 그가 아비 죽인 죄인이라는 누명을 쓰면서도 자기는 털끝만치도 돌아보지 아니하고 오직 봉구가 무사하기만 바라는 충정을 생각할 때에는 뼈가 저릴 듯이 감격하였다.

'나는 어찌하여 그의 호의를 갚나, 무엇으로나 내가 세상에 나서 받은 수없는 사랑과 수없는 호의, 지금까지는 잊어버리고 있던 이것을 무엇으로나 갚나.'

참으로 봉구는 그동안 세상을 원망하였거니와 세상에서 받은 은혜와 사랑을 생각하여 보지 못하였던 것 같다.

'그야 사람들이 나에게 물려준 것 가운데는 이런 감옥같이 좋지 못한 것도 있지만 대체로 보면 다 고마운 것들이다. 길 하나를 보아라. 그것이 몇천 년 동안 또는 몇 만 년 동안에 우리 조상들이 밟아 만들어 놓은 것인가. 밥은 누가 내었나, 벼 심어 쌀 만드는 법, 집 짓는 법, 옷 짓는 법, 이 모든 것을 만들어 내고 지켜 오는 이들은 누구인가. 내 몸뚱이는 몇 만 년 몇 만 대 동안에 몇 만 사람의 피와 살이 합한 것인가. 내가 추위와 볕을 피하고 사라난 집은 뉘 집인가. 그것은 인류의 집이다. 내가 먹고 살아온 밥은 뉘 밥인가. 그것은 인류의 밥이다. 내가 걸어 다니던 길이 인류의 길인 것은 말할 것도 없거니와 말이나 사랑인나 내가 가진 무엇이 인류의 것이 아닌 것이 어디 있나? 내 것이라 할 것이 어디 있나? 만일 인류의 모든 유산이 다 없고 내가 이 세상에 혼자 떨어졌다면 나는 그날로 죽어 버렸을 것이다.'

'그렇다! 나는 세상을 원망할 아무 이유도 없다. 나는 오직 인류에게 빚을 진 사람이다. 그 빚이 얼마나 되나, 한없이 큰 빚이다. 인류는 한없는 사랑으로 내게 그네의 피땀의 유산을 물려줄 때에 오직 한 가지 부탁이 있었다. 그것은 그 유산을 더 좋은 것, 더 많은 것을 만들어서 후손에게 전하라 하는 뜻이다. 그런데 나는 이것을 잊었다!'

봉구는 옛 잘못을 바로 깨달을 때에 맛보는 기쁨과 슬픔을 동시에 깨달았다.

'대관절 이렇게 분명한 이치를 어떻게 아직까지 못 보았을까?' 이렇게 봉구는 빙그레 웃었다.

그러나 봉구에게는 이 새로운 깨달음을 실현해 볼 기회가 영원히 없어지는 듯하였다. 판결 언도일이 연기가 되어 가다가 서울에 첫눈이 펄펄 내리던 날에 봉구는 사형, 경주는 작량의 여지가 있다 하여 징역 7년의 판결이 내렸다.

판결을 받은 봉구의 탄 마차가 재판소 문을 나서서 전찻길을 건너 서려할 때에 거기 섰던 사람 중에 갑자기 기절해 넘어진 부인네가 있었다——그것은 순영이었다.

'닷새 동안!' 이 동안에 공소를 하여야 한다. 그렇지 않으면 판결은 확정하고 마는 것이다.

각 신문에서와 일반 사회에서는 판결이 정당치 않다고 말이 많았다. 그러나 그것이 무슨 힘이 있나. 봉구가 사람 죽인 사람이 아닌 것이 분명해지기 전에는 법률은 봉구를 죽이고야 말려 한다. 봉구도 '사형 선고'라는 무서운 말을 들을 때에는 몸이 흠칫함을 깨달았다. 그러나 차라리 당연한 일이라는 듯이, 그러나 섭섭하다는 듯이, 소리를 내어 우는 경주를 정다운 눈으로 한 번 돌아보고 고개를 숙여 버리고 말았다.

　장안은 이 이야기로 짜하였다.[*]

121회　"혹 살아나는 도리도 있으니 너무 낙심 말고 저녁이나 잘 먹어!"

　사람 잘 때리기로 유명하고 감옥 안에서 돼지라는 별명을 듣는 홍 간수가 봉구의 등을 툭 쳐서 감방에 몰아넣고 무거운 감방을 잠그면서 이렇게 말한다.

　"낙심?" 하고 봉구는 마룻바닥에 펄썩 주저앉아 홍 간수 구두 발소리가 멀어 가는 것을 들으면서 고개를 벽에 기대었다. 봉구의 눈앞에는 아까 재판소에 판결을 언도하던 광경이 선하게 보인다.

　"사형에 처함!" 하는 판사의 엄숙한 소리가 들릴 때에 같이 피고석에 섰던 경주가 어린애 모양으로 소리를 내어 울고 고꾸라지던 것과 등 뒤 방청석에서 늙은 어머니의 울음소리와 함께,

　"내 아들은 사람을 죽일 사람이 아니야요."

　하는 소리가 들려 법정에 비상한 공기가 차던 것이 보인다.

　그러나 재판들은 그런 일에는 너무도 익숙하여 양미간 하나 찌푸리지 아니하고 더욱 씩씩한 소리로 판결문을 낭독해 버리고는,

　"만일 이 판결에 불복하거든 5일 내로 공소할 수가 있다."

　하는 말을 남기고, '인제는 나 할 일은 다하였다. 이 피고들을 갖다가 죽

<hr />

[*] 『재생』의 연재는 120회 편이 실렸던 1925년 3월 12일 이후 저자 이광수의 신병 문제로 집필이 잠시 중단되었다가 7월 1일부터 재개되었다.

이든지 징역을 지우든지 그것은 내가 알 바가 아니다' 하는 듯이 재판장이 먼저 나가고 그 뒤를 따라 다른 재판관들도 다른 데 또 바쁜 볼일이 있다는 태도로 뒤도 안 돌아보고 나가 버린다. 오직 뚱뚱한 검사가 '이겼다' 하는 듯한 만족한 비웃음으로 피고와 방청인들을 한 번 슬쩍 바라보고는 일부러 마루를 텅텅 울리고 나간다. 몇 달을 두고 꼭 자기를 죽이고야 말려는 듯이 악을 쓰던 뚱뚱한 검사의 뒷모양을 바라볼 때에 봉구는 따라가 그를 붙들고 한바탕 울고 싶다.

그러나 그것은 봉구가 사형을 당한 것을 슬퍼하는 것은 아니다. 도리어 사형선고를 받는 것은 의례히 그럴 것을 예기하고 있었다. 그렇기 때문에,

"사형에 처함!"

하는 소리가 내릴 때에 봉구는 부지불식간에 잠깐 정신이 아뜩하였으나 조금도 놀라지는 않았다. 봉구가 뚱뚱한 검사를 붙들고 울고 싶은 것은 그 때문이 아니다. 그러면 무슨 까닭인가.

어찌하여 경주나 순영의 속에 있는 사랑이 그 검사에게는 그렇게 한 땀도 없을까. 몇 달을 두고 자기를 심문할 때에 일찍 자기는 그 검사가 한 번도 자기를 같은 사람으로 불쌍히 여기는 것을 본 일이 없었고 항상 자기를 죄 속으로 끌어넣으려고, 속여서라도 자기를 죽일 놈을 만들어 놓을 양으로 애쓰는 것만 보았다. 그러다가 마침내 봉구 자기의 뜻대로 사형 선고를 받는 것을 볼 때에 가장 만족한 듯한 웃음을 웃고 자기를 돌아보고 물러나가는 것을 볼 때에 봉구는 따라가서 그 검사를 붙들고 울고 싶어진 것이다.

봉구는 간수들이 자기를 마치 한 번 놓치기만 하면 큰 변이 나거나 할 무슨 짐승 모양으로 좌우에서 끼고 뒤에서 밀어서 자동차에 올려 싣고 나오던 것을 생각한다. 그 사람들도 봉구 자기와는 일찍 통성명한 적도 없고 따라서 아무 원수도 없는 사람들인 것을 생각하였다. 그렇건만 그들은 자기가 재판소 문 앞에서 자동차 소리에 섞여 겨우 들리는 여자의 울음소리를 듣고

창살 틈으로 좀 밖을 내다보려 할 때에 자기를 뺨을 때리고 팔을 내밀어서
파랑 문장을 펄렁거리지 않도록 꼭 가리기까지 하였다.

'아마 그 울음소리는 어머니 울음소리!' 봉구는 간수에게 뺨을 얻어맞
고 고개를 숙이며 이렇게 생각하였다.

'혹 순영의 울음소린지도 모른다!' 이렇게 생각할 때에 봉구는 간수
에게 한 번 더 뺨을 얻어맞더라도 자동차 창으로 한 번 더 뒤를 돌아보고 싶
었다. 그러나 생각하면 벌써 자동차는 황토마루나 지나왔을 것이다. 아마
봉구를 위하여 울던 사람들의 눈에는 벌써 봉구가 탄 자동차가 보이지도 아
니할 것이다.

122회　봉구는 자동차를 타고 올 때 생각을 계속하였다. 재판소 문 밖에서
바람결같이 들리던 여자의 울음소리 ──그 소리의 빛과 그 소리의 뜻을 생
각하며 고개를 숙인 대로 눈을 뜰 때에 마주 앉은 아까 자기의 뺨을 때리던
간수의 두 발이 보인다. 수없이 틈이 튼 바닥 두꺼운 구두가 무슨 생명 없는
물건 모양으로 가만히 놓여 있다. 그 구두에는 각각 한두 군데씩 기운 데가
있다.

봉구는 차차 눈을 들어서 그 허름한 전바지와 저고리 단추를 차례로 보
아 올라가 마침내 그의 얼굴을 바라보았다. 아마 오십은 됨 직하다. 주름 잡
힌 두 뺨이 쑥 들어가기 때문에 껍질만 씌워 놓은 듯한 코가 더욱 높아 보인
다. 코 밑에 난 그리 많지 아니한 영양 불량인 듯한 수염, 그 좌우에 기운 없
이 껌벅거리는 멀건 눈, 한번 슬쩍 건드리기만 해도 픽 쓰러질 듯한 얼굴이
다. 일생에 가난 고생과 여러 가지 뜻대로 안 되는 고생으로 허덕이는 사람
인 것이 분명하였다. 그도 불쌍한 사람이다! 저도 불쌍한 사람이면서 왜 같
이 불쌍한 사람인 나를 때리나.

"자제 병 좀 나았어요?"

이때에 봉구의 바로 곁에 봉구의 허리와 팔을 얽은 줄을 잡고 앉았던 혈색 좋고 뚱뚱하고 모자를 소곳하게 쓴 젊은 간수가 묻는다.

이 말에 늙은 간수는 기운 없는 한숨을 쉬면서

"낫지 못해요. 총독부 의원에 입원을 시켰더니 돈이 너무 들어서 일전에 퇴원을 시켰지요. 의사 말이 내지^{일본}로 보내서 정양을 시키라고 하나 그럴 힘도 없고…"

하며 괴로워하는 빛을 보인다.

젊은 간수는 '내게는 병이라든지 가난이라든지 죄라든지 그런 것은 상관이 없다' 하는 모양으로 유쾌한 듯이 웃으며,

"나도 어린 것이 하나 생기니깐 걱정이 생기던 걸요, 하하…. 그래도 종일 있다가 집에 돌아가면 꼬물꼬물하는 것을 보는 것이 아주 언짢지는 않아요, 하하!"

하고 웃는다.

봉구는 이 회화를 듣고 생각하였다――저들에게도 사람들이 다 가지는 사랑의 따뜻한 정이 있기는 있구나! 그 뚱뚱한 검사에게도 아마 아내도 있고 아들딸도 있을 것이요, 혹 자기와 같이 늙은 어머니도 있을 것이다.

자동차가 섰다. 보통 사람과 조금도 다름없는 어조와 표정으로 보통 사람과 똑같이 슬퍼도 하며 기뻐도 하며 서로 이야기하던 간수들은 자동차가 서는 서슬에 갑자기 모두 피도 없고 눈물도 없는 듯한 무섭고 엄숙한 얼굴이 되어 용수철로 만든 기계 모양으로 일제 벌떡 일어서서 봉구를 자동차에서 끌어내려서 그 무서운 감옥 문으로 끌고 들어갔다.

그때에 봉구는 이 세상을 마지막 본다 하는 생각이 나서 불현듯 무엇을 잃어버린 듯한 서운하고도 비감한 생각이 났다. 이 감옥은 봉구가 3년 동안이나 꽃 같은 청춘의 세월을 보내던 데다. 여러 백 명――아마 여러 천 명이라 할 만한 같은 조선의 젊은 아들과 딸들로 더불어 없는 힘에 그래도 나라

를 위하노하고 피를 끓이고 애를 태우던 데다. 더욱이 봉구에게 대하여는 이곳이 아름다운 순영에게 대한 천사와 같은 맑은 사랑을 자라게 하고 부걱 부걱 고여 오르게 하던 데다. 괴롭기도 그지없이 괴로웠거니와 어찌 생각하면 인생의 일생으로는 즐겁기도 한없이 즐겁던 데다. 불과 같이 뜨겁고 피와 같이 진한 눈물도 많이 흘렸거니와 오색이 찬란한 공중누각도 픽은 짓고는 헐고 헐고는 지었다.

그러나 이번에 이 문을 들어가면 나는 다시 나올 수가 있을까──봉구는 또 한 번 뺨을 얻어맞을 셈을 치고 우뚝 서서 용수와 같은 피고인 모자 밑으로 잘도 아니 보이는 세상을 한 번 돌아보았다.

"봉구! 봉구!"

하고 목멘 소리가 들렸다. 그것은 순흥의 목소리다. 그러나 순흥을 돌아볼 새도 없이 봉구는 문 안으로 몰려 들어갔다.

123회 봉구는 순흥의 목멘 소리, 울음에 목메서 안 나오는 소리를 억지로 "봉구! 봉구!" 하고 부르던 소리를 한 번 더 생각해 보았다. 그가 자기가 판결받는 것을 보고는 감옥 문에서나 한 번 더 자기의 모양을 볼 양으로 감옥으로 뛰어나오던 것과 자기를 번뜻 볼 때에 "봉구! 봉구!"를 두 번 부르고는 더 말이 안 나오는 정경을 생각하고는 봉구의 눈에서도 눈물이 흘렀다. 그 순직하고도 열정적인 순흥이──그렇게도 의리가 굳고 특별히 자기를 믿고 사랑하여 주는 순흥이가 주먹으로 눈물을 씻으면서 독립문으로 혼자 돌아갈 것을 생각할 때에 봉구는 곧 뒤를 따라가려는 듯이 벌떡 일어났다. 그러나 이것은 감옥 속이라 아마 봉구는 죽어서 시체가 되어 맞두레에 들려 나가기 전에는 나가기 어려울 것이다. 봉구는 힘없이 펄썩 도로 앉았다. 알 수 없는 눈물이 쉴 새 없이 봉구의 두 눈으로 흘러내렸다.

'죽는 것을 내가 무서워함인가?' 하고 밤에 봉구는 자리에 누워서 홀로 생각해 보았다. 꼭 그런 것도 아니언만 진정할 수가 없이 맘이 설레고 모든 것이 슬펐다.

이놈의 세상에 오래 살면 무엇을 하나, 나는 이미 모든 희망을 잃어 버린 사람이 아닌가. 사랑하던 사람에게는 배반함을 당하고, 하려던 공부도 중도에 내버리고 오직 돈이나 모아서 나를 배반한 순영과 순영을 빼앗아간 백윤희에게 한 번 시원하게 원수나 갚아 보리라 하던 것이 나의 유일한 희망이 아니었던가. 나라를 위한다든가, 세상을 위한다든가 하는 생각은 봉구가 인천으로 내려갈 때에 벌써 한강 속에다가 다 집어넣어 버린 것이다. 예수에게 대한 믿음조차 다 내버리고 술과 담배도 배우고 도적질이나 다름이 없이 알던 미두까지 하지 아니하였는가.

다만 오래 품었던 생각이 가끔 머리를 들어서 깊은 밤에 홀로 잠을 이루지 못할 때에 '나라 위해 세운 맹세는 어찌하느냐?' '예수를 위해 세운 작정은 어찌하느냐?' 하는 소리가 칼날같이 날카롭게 봉구의 가슴을 찌를 때도 있었다. 봉구는 마치 낮잠을 자려 할 때에 얼굴에 덤비는 파리를 날리는 모양으로 시끄럽게 이러한 생각을 날려 버렸다. 그래도 그 생각들이 날렸던 파리 모양으로 야속하게도 다시 모여올 때에 봉구는 견디다 못하여 뛰어나가 술을 사 먹었다.

'나는 나라도 모른다——세상도 모른다. 오직 순영의 원수를 갚을 돈을 알 뿐이다.' 이렇게 억지로 술 취한 봉구는 스스로 자기의 양심을 꾹꾹 눌러 버리고 유행하는 속어를 읊조리기도 했다.

"에끼 빌어먹을 세상! 망해 버릴 세상!" 이렇게 세상을 저주하게 된 봉구에게 인생의 높은 이상이니 의무니 하고 생각할 여지가 없었다. 그저 돈! 아무리 하여서라도 돈을 만들자! 이러한 생각밖에 없었다.

봉구는 이런 생각을 하고 한숨을 쉬었다. 방은 밤이 깊을수록 추워 가고 피곤하여야 할 신경은 더욱 흥분하여진다. 봉구는 나오는 대로 생각을 계속한다. 더 살아야 할까, 죽어 버리는 것이 좋을까. 이것을 생각해서 결정할 필요가 있는 것같이 생각했다.

사실상 봉구는 김 의관이 어리석은 것과 그의 딸 경주가 자기를 사모하는 것과 또 그의 아들 경훈이가 못난이 같은 것을 볼 때에 김 의관의 재산에 탐심을 내지 않은 것도 아니다. 김 의관을 죽이고 그 재산을 빼앗을 생각까지 한 일은 없지만 모든 재산권이 자기의 손에 들어올 때에 알맞추 김 의관이 죽어 주었으면 하는 생각도 하였고, 이따금 순영에게 대한 생각이 하도 원통할 때에는 어떻게 주인을 속이든지 금궤를 깨뜨리고라도 몇십만 원 돈을 훔쳐 낼 수만 있으면 훔쳐 내려는 생각도 났다. 그것을 아니 한 것은 양심 때문이라는 것보다도 그것이 이롭지 못한 일인 줄을 알기 때문이었다.

124회 봉구는 이러한 생각은 자기의 맘에 대하여서도 비밀을 지켰다. 자기의 맘에 먹은 이러한 추한 생각을 자기의 맘에 알리기도 부끄러웠던 까닭이다.

"네가 네 주인의 재산에 탐심을 내어서 항상 그것을 손에 넣을 기회를 기다렸지?"

하고 예심 판사와 검사가 봉구에게 물을 때에 봉구의 맘속으로는 "네!" 하고 대답하지 아니할 수가 없었고, 또

"백윤희에게서 20만 원 소절수^표를, 그렇지 아니하면 강탈이라도 할 생각을 내었지?"

할 때에도 봉구는,

"아니오!"

하고 대답할 권리가 없었다.

"너는 주인의 딸이 어리석은 것을 기화로 여겨서 그를 유혹하여 주인의 재산을 손에 넣을 흉계를 품고 있었지?"

할 때에 그것도,

"아니오!"

하고 힘 있게 대답할 권리가 없었다. 그러한 질문을 당할 때마다 봉구의 등에는 진실로 땀이 흘렀고 얼굴에도 죄 없는 사람이 가지는 자신 있는 빛이 없었다. 비록 봉구가 가장 지사인 듯이, 가장 강경한 듯이, 가장 용기 있는 듯이,

"아무런 말을 물어도 나는 대답 아니 할 테요. 나는 당신네에게는 재판을 아니 받기로 작정한 사람이오. 또 당신네에게 재판을 받을 의무도 없는 사람이오!"

하고 큰소리를 하였으나 그것도 가만히 생각하여 보면 크로포트킨의 자서전에서 얻은 크로포트킨의 빈 흉내에 지나지 못하였다. 만일 자기가 법관의 심문에 대답하였다 하면 그것은 오직 한 마디,

"네! 과연 그랬습니다."

가 있었을 뿐일 것이다.

"아아, 나는 죄인이다. 죽어서 마땅한 맘의 죄인이다!"

하고 봉구는 떨었다.

"그러다가 네가 마침내 주인을 위협하여서 김경주와 혼인하는 것과 많은 재산을 네 이름으로 옮겨 주기를 강청하다가 주인이 듣지 아니하므로 죽일 맘이 생긴 게지?"

하고 예심 판사나 또는 검사가 최후의 점을 물을 때에도 물론 봉구는 처음에 선언한 대로 입을 다물고 아무 대답도 아니 하였다. 그러나 내심으로 역시 '아니오' 하고 부인할 권리가 없음을 깨닫고 힘없는 한숨을 쉬었다.

과연 봉구에게는 그러한 생각도 났었다. 한 번만도 아니요 여러 번 났었다. 예심 판사나 검사는 마치 자기의 맘속에 들어갔다가 맘속의 모든 비밀을 조사해 가지고 나온 듯싶었다. 봉구는 죽음이 무서운 것보다도 자기의

맘——스스로 깨끗한 체, 높은 체하던 자기의 맘이 말할 수 없이 추한 것이 부끄럽기도 하고 슬프기도 하였다.

"나는 당신네에게는 재판을 받을 의무가 없소!"

하는 가장 지사다운 큰소리가 기실은 자기의 더러운 속을 감추는 것이 될 때에 한층 더 아니 부끄러울 수가 없었다.

주인을 죽인 것을 물론 자기가 아니다. 자기는 주인을 죽일 결심까지 한 일은 없었다. 그러나 자기의 생각은 주인을 죽인 사람들의 생각과 조금도 다름이 없었다. 다만 주인을 죽인다고 그 재산이 온통으로 자기의 손에 들어오지 아니할 것을 알 만큼 약고, 또 설혹 그 재산이 자기의 손에 들어 올 수가 있다 하더라도 자기에게 사람을 죽일 만한 용기가 없었을 뿐이다. 그 까닭에 주인을 죽인 사람들이 자기보다 더 악한 사람이라고 생각할 이유는 없었다.

'내가 주인을 죽인 사람이 누구인 것을 일러바치지 아니하고 그 죄를 내가 뒤처썼다고 그것이 무슨 자랑이 될까?' 하고 봉구는 한숨을 쉬었다.

밤이 거진 새도록 봉구는 혼자 어두운 속에서 괴로워했다. 밤도 어둡거니와 봉구의 맘속은 그보다도 더욱 어두웠다. 마치 더러운 냄새 나는 누더기에 싸인 자기의 영혼은 캄캄한 무저갱 속으로 한없이 한없이 둥둥 떨어져가는 듯하였다.

125회 이튿날 윤 변호사가 공소 수속에 대하여 의논한다고 봉구에게 면회를 청하였다. 봉구는 윤 변호사를 보는 대로 심문하는 듯이,

"누가 영감을 청하였어요?"

하고 물었다. 윤 변호사는 그 말이 불쾌한 듯이 잠깐 주저하더니 그 말에는 대답도 하지 않고,

"나는 노형이 아무 죄도 없는 줄을 잘 아오. 첫째로는 노형의 인격을 믿

고, 둘째로는 전후 사실이 노형에게 죄 없는 것을 증명한다고 생각하오. 그런데 노형이 예심정에서와 검사정에서와 법정에서도 도무지 답변을 하지 아니하기 때문에 법관들의 감정을 내었고 따라서 노형에게 불이익한 판결을 받게 된 것이니까 공소만 하면 노형의 무죄한 것은 판명될 것이오."

하고 가방에서 공소장을 꺼내어서 신봉구라는 이름 밑에다가 지장을 찍기를 청하였다.

봉구는 물끄러미 그 서류와 윤 변호사의 얼굴과를 번갈아 보더니. 무슨 모욕이나 당하는 듯한 불쾌한 어조로,

"나는 그렇게 구차한 짓을 해서까지 살고 싶은 맘은 없어요. 그 사람들이 나를 목을 달아 죽이고 싶거든 죽이라지요──나는 그런 종이 조각에다가 손가락에 인주를 묻혀서 찍을 생각은 없어요!"

하고 고개를 수그린다.

이 말에 윤 변호사는 눈이 둥그레졌다. 곁에 지켜 섰던 간수도 놀라는 듯이 봉구와 윤 변호사를 노려보았다.

"여보시오."

하고 윤 변호사는 한참이나 어안이 벙벙하다가 그래도 이 경우에 봉구의 맘을 돌리는 것이 자기의 권위를 회복하는 것이라 하는 생각으로,

"그렇게 고집하실 것이 없소. 노형의 뜻은 내가 잘 아오. 하지만 이것이 생명에 관한 일이 아니오? 만일 지금 공소의 수속을 아니 하면 이제부터 나흘 후면 일심 판결이 확정이 되는 것이오. 그래서 그 이튿날부터는 어느 날이든지 검사의 맘대로 노형의 사형을 집행할 것이오! 그런데 고집을 부린단 말이오? 다시 생각을 해보시오."

윤 변호사의 어조는 마치 어버이가 자식을 달래는 것으로 변하였다. 초췌한 봉구의 모양을 대할 때에 윤 변호사의 가슴속에는 변호사라는 직업 심리 이외에 사람의 정이 움직인 것이다.

그러나 봉구는 그것이 도리어 자기를 모욕하는 듯이 불쾌하였다. 자기가 '살려 줍시오' 하고 매달리기를 기대하는 듯한 그 태도가 심히 불쾌하였다.

"싫어요! 나는 그렇게 꼭 살아나야만 할 일도 없고, 또 그렇게 살아나고 싶지도 않고요. 또 나 같은 것이 세상에 오래 산다고 해야 세상을 위해서 별로 이익될 것도 없고…. 그냥 내버려 두면 내 손으로라도 내 목숨을 끊을 생각이니까, 한 닷새 동안 가만히 있다가 편안히 죽게 내버려 두시오. 조금도 날 위해 애쓰실 까닭은 없어요."

이렇게 말하고 봉구는 더 할 말 없다는 듯이 문을 향하고 나가려고 하였다. 윤 변호사는,

"여보시오, 잠깐만!"

하고 일어나서 봉구를 붙들려는 듯이 팔을 내밀었다. 간수는 나가려는 봉구의 팔을 붙들어서 아까 있던 자리에 도로 끌어다가 교의에 앉혔다.

"어서, 그렇게 고집을 말고 도장을 찍으시오…. 대단히 흥분되신 모양이오마는 여러 사람의 호의도 생각하셔야 아니하오?"

하고 윤 변호사는 한 번 더 간절히 권하였다.

"어서, 어서!"

하고 간수도 곁에서 재촉을 하였다.

"지금 노형 자당께서와 김순흥씨가 내 집에 오셔서 우시면서 날더러 노형을 가보라고 부탁을 하셨고 또…."

하고 잠깐 주저하다가,

"순영 씨도 친히 와서 어떻게 해서라도 노형의 맘을 돌려서 공소를 하도록 하여 달라고 부탁을 하셨소이다. 노형도 전정이 구만리 같은 이가 왜 공연한 고집을 부려서 목숨을 끊어 버리신단 말씀이오?"

하고 윤 변호사는 더욱 간절히 봉구에게 청하였다.

126회   진실로 윤 변호사에게는 봉구의 이러한 심리는 알 수 없는 것 중의 하나였다. 사람이란 죽는 것보다는 사는 것이 좋은 것, 사는 데는 돈과 젊고도 아름다운 여자가 있어야 재미있는 것, 법률상으로 죄만 짓지 아니하면 선인인 것, 여자라도 얼굴만 예쁘장하고 살이나 포동포동하면 그만이지 정신생활이니 덕행이니 그런 것은 있는 것도 해롭지 않지만 없더라도 상관없는 것 ── 이 모양으로 가장 단순하고 유물론적인 인생관을 가진 윤 변호사로는 봉구가 살 길을 버리고 죽을 길을 취하려는 심리를 알 수가 없었다.

"내가 김 의관 죽인 죄를 안 짊어지면 누가 져요?"

하고 봉구는 냉정하게 물었다.

"진범인이 죄를 지지요."

"진범인이 잡혔나요?"

"진범인이 잡혔으면 문제가 없지요. 진범인이 안 잡혔으니까 법정에서도 노형을 진범인으로 믿은 게지요."

"그러면 만일 내가 진범인이 아니라 하면 다른 진범인이 잡혀야 하겠지요?"

"그렇지요 ── 또 수색을 시작하겠지요."

"그 사람이 잡히면 그 사람이 죽을 겝니다그려?"

"그렇지요. 사람을 죽였으니까 저도 죽어야지요."

"그러니까 나는 공소하기가 싫단 말이야요. 그 사람은 죽기가 싫으니까 도망을 하였겠지요? 어디까지든지 살고 싶을래 아직도 자현을 안 하겠지요? 그러니까 죽어도 상관없는 내가 대신 죽고 그 사람을 맘 놓고 살게 해주는 것이 좋겠지요. 또 내가 잘 알아요. 그 사람도 자기 아버지를 죽이고 싶어서 죽인 것이 아니지요. 맘속에는 아버지를 사랑하는 맘이 있으면서도 위협에 못 이겨서 ── 말하자면 세 맘에도 없는 일을 한 것이지요."

윤 변호사는 깜짝 놀라면서,

"아버지?"

하고 봉구의 말을 반복하였다.

"그러면 김 의관을 죽인 진범인이 김경훈인가요?"

봉구도 자기가 무심코 입 밖에 낸 말을 후회하였다——그러나 한 번 나온 말을 다시 주워 담을 수는 없었다. 법관들 앞에서는 경훈의 일을 입 밖에도 병끗하지 않다가 윤 변호사와 오래 회화하는 동안에 이것이 감옥인 것도 잊고 윤 변호인인 것도 잊고 마치 허물없는 사람을 대하여 비밀한 전정을 설파하는 기분이 되어서 그만 이런 말을 하여 버린 것이다. 그러고는 윤변호사가 "아버지?" 하고 도로 묻는 말에 그만 '아차!' 하고 일 저지른 줄을 깨달은 것이다.

봉구는 신경질적으로 두 주먹을 쥐었다 폈다 하고 이윽히 대답할 바를 알지 못하다가,

"아니야요——이를테면 그렇단 말이야요."

하고 자기가 한 말을 부인해 버렸다.

그러나 변호사인 윤 씨에게는 그 말은 그렇게 소홀히 내버릴 말은 아니었다. 그래서 봉구의 낯빛을 유심하게 바라보았다. 윤 변호사도 기실은 지금까지도 봉구의 범죄에 대하여서는 반신반의 중에 있었다. 봉구를 여러 번 대할수록 점점 봉구를 신용하는 정도는 높아졌지만 그래도 봉구가 전혀 그러한 범죄를 못할 사람이라고까지 믿을 정도는 아니었었다. 더욱이 그는 변호사가 아닌가. 변호사나 판검사나 경찰관이나 무릇 법률에 관계하는 직업을 가진 사람은 결코 사람을 믿는 법이 없는 것이다.

"아니, 이것은 중요한 문제외다. 다만 노형 한 사람에게만 중요한 문제가 아니라 사법 당국이나 법조계에서 보더라도 심히 중요한 문제외다. 그래, 노형이 진범인이 누구인 줄을 애초부터 아시는구려!"

윤 변호사는 극히 엄숙한 태도로 가장 중대 사건이라 하는 태도로 봉구

를 노려보면서 물었다. 그는 법정에서 자기의 힘으로 제일심 판결을 뒤집어 놓을 공적과 쾌감을 상상하였다. 더욱이 조선인 변호사를 매양 멸시하고 빈정거리는 뚱뚱한 검사를 지워 넘을 것이 한량없이 유쾌하였다.

127회 봉구가 사기의 말을 부인하는 동안에 윤 변호사는 가방에서 수첩을 꺼내어서 봉구가 한 말을 기록하였다.

"여보세요. 내가 지금 한 말은 내 실언으로 취소합니다. 이후에 그것으로 말썽이 된다 하더라도 나는 그 말을 부인하렵니다. 왜 나를 괴롭게 구십니까? 왜 며칠 아니해서 죽을 사람을 가만히 맘대로 두지를 않습니까? 과연 내가 알기는 알아요. 정말 죽인 사람이 누구인 줄을 내가 알기는 알아요. 그렇지만 남을 밀고하여서 잡아넣고 내가 살아날 생각은 조금도 없소이다. 아까도 말씀했거니와 나는 살기 싫은 사람이요, 그 사람은 살고 싶어 하는 사람인데 왜 구태여 죽어도 괜찮다는 사람은 살려 내고 죽기 싫다는 사람을 죽이려고 할 게 무엇이야요? 윤 변호사, 내 청을 들어줍시오——이 인생에서 마지막 청이니 들어줍시오. 세상에 나왔다가 꼭 한 가지 좋은 일이나 하고 죽게 해줍시오. 아예 지금 내가 한 말은 내지 말아 줍시오——모두 내 거짓말이야요, 거짓말이야요!"

봉구는 심히 흥분한 듯이 주먹으로 테이블을 두드렸다.

윤 변호사는 마침내 봉구의 도장을 받을 수가 없는 것과 아무리 말을 하여도 듣지 않을 줄을 알았다. 그러고는 유심히 간수를 바라보고 봉구에게 정신을 진정하여 다시 잘 생각하기를 청하고 봉구와 작별하였다. 그리고 그길로 전옥을 만나서 지금 봉구와 면회할 때에 입회하였던 간수를 증인으로 세우고 봉구가 자백하던 말에 대하여 몇 마디 말을 하고는 옥문 밖에 기다리고 있던 전용 인력거를 타고 가 버렸다. 전옥은 일본말 발음 나쁜 윤 변호사의 말을 별로 유의도 안 하는 듯이, "네, 그래요?" "응, 그래요?" 하고 들을 뿐이었었다. 전옥에게는 신봉구가 진범이거나 말거나 죽거나 살거나 그다지 중요한 일은 아닌 것 같았다.

봉구는 감방에 돌아와서 다리를 뻗고 벽에 기대어 앉았다. 무슨 무거운 짐을 벗어 놓은 듯이 또는 뜻에 맞는 무슨 좋은 일을 하여 놓은 듯이 몸이 가볍고 유쾌하였다. 빙그레 웃기까지 하였다.

"죽는 게 무엇이람──그것이 무엇이 무섭담!"

하고 혼자 중얼거렸다. 금시에 검사가 간수를 데리고 와서,

"이리 나오너라. 네가 시간이 되었다!"

하더라도 봉구는 눈도 깜짝하지 아니하고,

"오냐, 그러냐. 기다리고 있었다. 자, 나를 내어다가 너희 맘대로 죽여라!" 하고 빙그레 웃고 나설 것 같았다.

"살아? 사는 게 무슨 재미야. 내가 무엇을 바라고 살아? 죽어라 죽어!" 하고 봉구는 스스로 자기의 맘을 채찍질하였다. 그러고는 학교에서 철학 시간에 듣던 여러 염세주의자들의 이야기를 생각해 보았다. 봉구는 원래 철학이란 것을 그리 좋아하지 않기 때문에 철학개론이나 철학사를 배울 때에도 시험 때 외에는 사람의 이름이나 연대를 기억할 생각은 하지 않고 자기 맘에 맞는 이야기를 기억에 걸리는 대로 보존해 두었을 뿐이었다. 그중에 제일 먼저 생각나는 것은 어떤 파의 철학자들은 이 인생은 살 가치가 없는 것이라 하여 아무쪼록 속히 죽어 버리는 것이 가장 옳은 일이요 가장 지혜로운 일이라고 한 것이다. 그들의 생각에는 애써 이 세상에서 오래 살려고하는 사람들은 더불어 말할 수 없는 어리석은 자들이요 속된 자들이었다. 그래서 그들은 속히 죽기를 힘쓰되 죽는데도 병으로 죽는 것을 가장 천히 알아서 제 손으로 제 목숨을 끊는 자살을 가장 지혜롭고 굳센 사람에게 합당한 방법이라고 하였다. 그래서 사실상 여러 사람이 자살들을 하였다.

그러나 자살을 하는 데도 칼로 목을 따거나 끄나풀로 목을 매거나 독약

을 먹거나 물에 빠지거나 이런 것은 다른 물건의 힘을 빌려서 죽는 것이기 때문에 지혜롭고 굳센 자의 할 일이 못 된다 하여 어떤 이들은 가만히 앉아서 숨을 아니 쉼으로 자살의 목적을 달하였다고 한다.

128회 "정말 그렇게 죽은 사람이 몇이나 되나요?"

하고 그때에 어떤 학생이 철학 선생에게 물었으나 철학 선생은,

"글쎄, 그때에는 신문이 없었으니까."

하고 웃어 버리고 말았다. 학생들도 서로 돌아보고 웃었다. 철학 선생이란 다른 사람이 아니요 순영에게 간절히 혼인을 청하던 김 박사다.

여기까지 생각이 날 때에 봉구는 김 박사라는 생각을 빌미로 순영을 연상하였다. 3·1운동 때에 광 속에서 같이 지내던 일, 바로 이 감옥 속에서 3년 동안이나 그를 그리워하던 일, C예배당에서 합창대에 섞인 모양을 보던 일, 석왕사에 갔던 일, 그가 자기를 배반하고 백윤희에게 시집가던 일, 인천서 그와 그의 아들을 보던 일, 김 의관이 죽던 날 밤에 자기를 찾아와서 울던 일, 법정에서 자기를 위하여 증인 서던 일들이 연상이 되다가, 또 연상은 길을 변하여 어린애 재우는 구루마에 누워 자던 어린애가 연상되었다.

'그것이 내 아들! 내 생명의 씨! 나와 순영과의 사랑의 열매!'

봉구는 갑자기 그 어린애가 그리워졌다. 왜 그것을 한 번 만져 보지도 아니 하였던가. 순영의 말이 그것은 분명히 내 씨라던 것을, 당당히 만져 보고 안아 보고 "내 아들아!" 하고 부를 권리가 있는 것을, 그 중대한 권리와 이 세상에서 가질 유일한 기회를 놓쳐 버린 것이 분하였다. 그러할수록 그 눈에 보이지 않는 어린애에게 대하여 못 견디게 애정이 끌리는 것을 깨달았다.

'조것이 장차 어쩌될 것인가?' 하고 봉구는 자못 흥분이 되어서 그 어린아이의 운명을 생각해 보았다. 그것은 무슨 까닭에 났나. 그 생명 하나가 무슨 까닭에 자기의 생명에서 똑 떨어졌나. 그것이 장차 자라나서 어떤 사

람이 될 것인가. 어떤 기쁨과 어떤 괴로움을 맛보고 어떤 일을 하기도 하고 당하기도 하려는가. 자기는 그것을 볼 수는 없다. 자기의 아버지가 자기의 오늘날을 보지 못한 것과 같이.

그러나 그는 남은 아니다. 나와 관계없는 생명은 아니다. 순영이와도 관계가 있고 그렇게 생각하면 내 아버지, 어머니, 할아버지, 할머니, 또 그 아버지, 어머니, 이 모양으로 끝없이 과거에 줄을 달았다. 순영의 아버지, 어머니, 또 그 아버지, 어머니, 이 모양으로 순영의 편으로도 끝없이 과거에 줄이 달렸다. 봉구는 신기한 듯이 고개를 끄덕끄덕하였다. 또 만일 그 어린애가 자라서 아들을 낳고 딸을 낳고 또 그것들이 아들을 낳고 딸을 낳고 또 그러고 또 그러고──이 모양으로 미래에도 한없이 끈이 달렸다. 봉구의 눈앞에는 뒤로도 몇 천 갈래 몇 만 갈래인지 알 수 없고, 앞으로도 몇 천 갈래 몇 만 갈래인지 알 수 없는 이억 생명의 고리로 얽어 놓은 끝없고 수없는 사실을 본다. 그리고 그 자기가 그 길이가 끝없고 갈래가 수없는 사실의 한가운데에 마치 꼭지 모양으로 달려 있는 것 같고, 과거의 모든 사실은 자기라는 생명의 고리에 모여 들었고 미래의 모든 사실은 역시 자기라는 생명의 고리에서 모여들었고 미래의 모든 사실은 역시 자기라는 고리에서 생명을 받아 나가는 것같이 보였다. 봉구는 눈을 번쩍 떴다.

"모두 내 몸이다! 천하 사람이 모두 내 몸이다!"

이렇게 생각하면 봉구는 무슨 새롭고 큰 진리를 발견한 듯하였다. 그러나 봉구는 이 이상 더 이상 생각의 줄을 따라갈 용기가 없었다.

'나는 죽는다' 하고 봉구의 생각은 처음 떠난 자리로 도로 돌아왔다.

"이미 죽은 자는 살아 있는 자보다 복되고, 일찍 난 일이 없는 자는 죽은 자보다도 복되다" 하는 「전도서」 한 구절도 생각하고, 자기가 어머니 배에서 나오던 날을 저주하던 '욥'의 자탄 중의 한 구절도 생각했다.

'나는 어찌되나? 저 어린애는 어찌되나?' 이 모양으로 봉구의 생각은 갈팡질팡 두서를 잃어버렸다.

129회 "그러나 죽는 것은 무서운 일은 아니야!"

하고 봉구는 결론을 힘 있게 내렸다. 진실로 봉구에게는 죽음이라는 것이 그렇게 무섭지를 아니하고 도리어 어서 죽어 버리고 싶었다. 그래서 봉구는 죽을 자리나 없나 하고 방안을 돌아보기도 하고 스토아 철학자 모양으로 한참 동안 얼굴에 핏줄이 일어서기까지 숨을 막아 보기도 하였다. 그러나 죽는 것도 그렇게 쉬운 일은 아니어서,

"에라, 며칠만 지나면 저 친구들이 나를 끌어내다가 죽여 줄걸, 무얼."

하고 맘을 놓아 버리고 말았다.

그러한 뒤에도 판결이 확정되어서 사형 집행을 기다리는 동안에 죽고 사는 데 대한 여러 가지 생각이 구름장 모양으로 떠돌았으나 봉구의 생각을 뿌리로부터 잡아 흔들 만한 것은 별로 없었다. 봉구는 마치 먼 길을 걸어서 피곤한 몸이 해지게 주막에 들어서 시장하였던 배에 밥을 먹고 뜨뜻한 아랫목에 등을 지지며 드러누운 사람과 같이 한량없이 졸음을 깨달았다. 의식이 몽롱하여져서 같은 생각의 줄을 오래 따라갈 근기가 없이 하루의 대부분을 조는 것으로 보내었다. 사형을 기다리는 죄수라 하여 간수도 봉구를 귀찮게 굴지 아니하였다. 사람 잘 때린다는 홍 간수도 문구멍으로 물끄러미 들여다보다가 봉구가 벽에 기대어 조는 것을 보고는 형식적으로 "고라! 고라!"(이봐! 이봐!) 하고 두어 번 불러 보기만 하고는 잠 깨기를 두려워하는 듯이 가만히 창 널쪽을 내리고 한숨을 쉬고는 곁방으로 갔다.

하루 한 번 부챗살같이 간을 막은 운동장에서 운동을 시킬 때에도 봉구에게는 좀 관대하게 대우하는 모양이 보였다. 몇 날 안 지나면 죽을 사람이라 하면 다 불쌍히 여기는 정을 발하는 듯하였다. 감옥 바로 곁에 있는 도수장에서 날마다 앙앙하고 슬픈 소리를 지르고 죽는 소나 돼지들까지도 그 소

리를 듣는 이들은 불쌍하다는 생각을 발하지 아니하는가? 왜 사람들은 그렇게 죽기를 설워하는 소와 돼지를 꼭 잡아 먹어야만 되는가? 왜 같은 사람끼리 서로 잡아 가두고 서로 때리고 서로 죽여야만 되는가? 봉구의 생각에는 김 의관을 꼭 죽여야 할 필요도 있는 것 같지 아니하고 또 자기를 꼭 죽여야 할 필요도 있는 것 같지 아니하였다.

사람들이 모두 한 사슬에 달린 고리요, 한 그릇 피에 맺힌 방울이라 하면 서로 귀애하고 서로 아끼고 서로 붙들고 울고 웃고 살아갈 것이 아닌가. 간수도 사람이요 죄수도 사람일진대 하나가 하나를 얼러 대고 하나가 하나를 원망할 필요도 없는 것이 아닌가? 봉구는 모든 사람을 사랑할 생각을 하였다. 죽는 시각까지에 천하 만민을 모두 자기의 사랑의 품 속에 안아 보고 싶었다. 봉구는 가만히 눈을 감고 전 인류를 자기의 품 속에 넣는 것을 상상해 보았으나 분명히 품 속에 들어가지를 아니하는 것 같았다. 세계 인류가 다 동포라고 이론으로는 생각이 되면서도 정으로 그렇게 느껴지지를 않았다. 천하 만민 중에는 지금 이 순간에도 기뻐 뛰는 이도 많으련마는 그 기쁨에 자기의 가슴이 뛰지를 아니하고 슬퍼하는 백성도 많으련만 그 슬픔에 자기의 가슴이 잘 쓰려지지도 아니하였다. 봉구는 여기서도 실망을 하였다.

"이런! 나의 사랑은 이렇게도 좁구나!"

하고 한숨을 쉬었다. 앞에 며칠 아니하여 죽을 날을 두고 모든 물욕을 다 떼어 버리고 고요히 천하 만민을 모두 품 속에 넣어 보려 하여도, 생각으로만이라도 한 번 그렇게 해보려 하여도 그것도 안 되는가 하면 당장에 자기의 주먹으로 자기를 바숴 버리고 싶었다.

그러나 졸리는 듯한 봉구의 생활에도 이 생각만은 그렇게 속히 스러지지를 않고 누우나 앉으나 기회만 있으면 마치 외우던 책의 접어 놓았던 페이지를 다시 펼치는 모양으로 봉구의 맘을 점령하였다.

"예수께서 십자가상에서 하신 모양으로 나도 한 번만! 한 번만이라도 천하 만민을 사랑의 품에 안아 보고 싶다!"

130회 봉구는 기도를 시작하게 되었다. 그러나 그 기도는 심히 단순하였다.

"아! 목숨이 스러지기 전에 한 번만——꼭 한 번만이라도——다만 1분 간만이라도 천하 만민을 나의 사랑의 품에 안아 보게 하여 줍소서. 사실상 안지는 못하더라도 안았다고 생각이라도 되게 하여 주옵소서. 공상으로라 도 되게 하여 주옵소서. 허깨비로라도 꿈으로라도 한 번 '나'라고 일컫는 욕 심과 편벽의 껍데기를 깨뜨리고 하늘과 같은 넓은 사랑의 품을 벌려 세계 인류를 안아 보게 하시옵소서. 나의 이익을 위하여 누구를 사랑한다든가, 내게 해롭기 때문에 누구를 미워한다든가, 내게 좋은 일이 있으니 기뻐한다 든가, 내게 싫은 일이 있으니 괴로워 한다든가, 이러한 일이 없이 오직 천하 사람의 기쁨을 위하여 웃고, 천하 사람의 슬픔을 위하여 울고, 오직 천하 사 람의 행복을 위하여서만 나의 몸과 맘을 쓰고, 나의 목숨을 바치는 그러한 생각이 나게 하여 주시옵소서. 다만 하루라도 좋고 한 시간만이라도 좋으니 나로 하여금 죽기 전에 그러한 경험을 꼭 한 번만 하게 하여 주시옵소서."

그러나 어떤 때에는 마치 작은 두 팔로 큰 산을 안으려는 것 같기도 하 고, 혹은 바다와 같이 끝없는 물이나 천지에 가득히 찬 안개를 안은 것 같기 도 하여 아무리 하여도 천하 만민이 봉구의 품 속에 들어와 안기지를 아니 하였다.

이 까닭에 봉구의 맘에는 번민이 생기고 졸리는 듯하던 봉구의 의식은 점점 분명하게 예민하게 깨어 올라왔다.

"나는 아무리 하여서라도 예수께서 하신 바와 같이 천하 만민을 한 번 내 사랑의 품 안에 안아 보고야 죽는다!"

이렇게 봉구는 졸다가 깨어나는 사람 모양으로 부르짖었다.

지금까지의 봉구의 생활은 너무도 작고 너무도 천하고 너무도 뜻이 없는 생활이었다. 학교에 다닐 때에는 우등하는 것을 기쁨으로 알았고, 아름다운 여자를 대할 때에는 내 애인을 만들자는 욕심을 가졌고 돈을 얻어 일신이 안락한 생활이나 하여 보자 하는 것을 유일한 희망으로 가지고 있었다. 혹 나라를 위하여 몸을 바치리라 하는 생각을 가졌고 또 몸을 바치는 일도 하노라 하기도 하였으나 그것도 결국은 내 한 몸의 만족을 위한 것에 지나지 못하였다.

그나 그뿐인가. 그러다가 마침내 사랑하던 사람이 자기를 배반하였다 하여 그에게 원수를 갚으려고 인생의 모든 의무를 버리고——늙고 외로운 어머니를 모시는 의무조차 버리고, 양심에 대한 의무조차 버리고 불의의 재물을 따르다가 마침내 은인을 죽였다는 누명을 쓰고 이 꼴이 된 것이다. 죽을 지경까지에 이른 것이다. 지나간 생활을 돌아볼 때에 더욱 자기에게 대하여 격렬한 저주가 아니 나갈 수가 없었다. 회개의 아픈 눈물이 아니 흐를 수가 없었다. 내 입으로 내 몸을 물어뜯고 내 발로 내 목숨을 썩썩 비벼 버리고 싶지 아니할 수가 없었다.

"한 번 다시 세상에 나가 보았으면…. 한 번 다시 새로운 생활을 하여 보았으면!"

봉구의 가슴속에 회개의 쓰린 생각과 함께 살고 싶다는 새로운 희망이 움트게 되었다.

"인생은 결코 추한 것도 아니요 악한 것도 아니요 무정한 것도 아니다. 추한 것도 없지 아니하지만 순영의 얼굴과 같이 경주의 맘과 같이 땅 위의 꽃보다도 하늘 위의 별보다도 아름다운 것이 있지 아니한가. 악한 것도 없지 아니하지만 인생은 불타佛陀와 같고 예수와 같은 사람을 내지 아니하였는가. 홍 간수의 맘속에도 불쌍히 여기는 생각이 있고 나 같은 자의 맘속에도 만백성을 사랑의 품에 안으려는 생각이 있지 아니한가."

무정한 일도 많거니와 순흥의 따뜻한 우정과 같이 또는 비록 변하기는 변하였다 하더라도 자기를 위하여 생명까지라도 바치려 하는 순영의 사랑이 있지 아니한가.

"인생은 결코 추하고 악하고 무정한 인생은 아니다!"

131회 어떤 사람은 이 세상을 연기 드는 방에 비겼다——이렇게 봉구는 생각을 계속한다. 음력 10월 보름달이 어디선지 모르게 창 틈인지 벽 틈인지로 스며 봉구의 누운 자리 앞에 떨어진 것을 보며 봉구는 생각한다.

연기 드는 방에 앉은 사람들 중에는,

"제기, 이놈의 방에 사람이 살 수가 있나."

하고 연방 방을 저주하는 사람도 있고, 이 방만 벗어나면 공기는 맑고 일월이 명랑한 세계도 있는데 하고 천당 극락을 꿈꾸는 사람도 있다. 그 속에 한 사람은 종이를 가지고 연기 나는 구멍을 찾아 막으면서,

"이 사람들아, 왜 그러고 앉았는가. 나와 같이 연기가 나오는 구멍을 막거나 그렇지 아니하거든 나를 괴롭게 말고 이 방에서 뛰어나가라!"

하고 소리 지르는 사람이 있다고 봉구는 생각한다. 자기는 그중에 어느 종류에 속하였던 사람인가. 연기 나는 방을 저주도 하였고 천당 극락이라는 꿈 세계를 농담 삼아 이야기도 하였다. 그러나 자기는 그보다 더한 일을 하지는 않았던가. 그렇지 않아도 연기가 나오는 방바닥을 돌아가며 뜯어 놓지나 않았으며 애써 연기 나는 구멍을 막는 사람을 비웃고 그의 일을 훼방 놓지나 아니하였는가. 이리하여 그렇지 않아도 괴로운 방을 더욱 괴롭게 하던 사람이 아닌가.

저 하늘을 보라. 저 맑은 달빛을 보고 저 시원한 생명을 주는 물을 보고 그 속에 사는 모든 생물을 보라! 아름답지 않은가. 즐겁지 않은가.

길가에 모여 노는 벌거벗은 아이들을 보라. 산기슭 조그마한 오막살이에 희미한 등잔불 앞에 종일의 노동을 마치고 저녁상을 대하여 앉은 가정을

보라. 책 보퉁이를 끼고 아침이면 학교로 저녁이면 집으로 떼를 지어 뛰어가는 어린 남녀 학생들을 보라. 사람의 눈을 피하여 얼굴을 붉히고 속삭이는 사랑하는 남녀들을 보라. 씨를 뿌리는 농부와 끌을 잡는 공장과 건반을 치는 음악가와 붓을 두르는 그림바치를 보라. 그들에게 모두 사는 기쁨, 일하는 기쁨, 사랑하는 기쁨, 보고 듣는 기쁨이 있지 아니한가. 더구나 앓는 아기 머리맡에서 밤을 새는 어머니를 볼 때에, 물에 빠진 아이를 건지려고 폭포와 같은 급한 물 속에 몸을 던지는 것을 볼 때에, 순영이나 경주가 자기를 건지려고 위험과 수치를 무릅씀을 볼 때에, 순흥이가 감옥 문 밖에서 울고 자기의 이름을 부름을 볼 때에, 아아! 인생은 얼마나 아름다운 인생인가.

'그런데. 왜 인생에 괴로움이 있나? 왜 감옥이 있고 전쟁이 있고 살인이 있고 욕이 있고 미워함이 있나?'

'돈 때문에! 돈 때문에!' 하고 봉구는 고개를 번쩍 들었다. 돈 때문에 사람들의 영혼은 썩었다. 사랑이 있을 곳에 미움이 있고, 화목이 있을 곳에 쟁투가 있고, 서로 아끼고 서로 도와줌이 있을 곳에 서로 해치고 서로 훼방함이 있게 되어, 마침내 즐거움의 동산이라야 할 세상이 피 흐르는 지옥이 되고 말았다.

그러하건만 이 참담한 지옥 속에서 수십 세기를 지내오면서도 사람들의 영혼 속에 뿌리를 박은 사랑의 꽃은 가냘프게나마 때를 찾아 피어서 지글지글 끓는 이 아귀도에서도 사람을 살리는 한 줄기 서늘한 바람, 한 모금 시원한 물이 된 것이다. 인류에게 사랑의 복음을 전하고 인류를 바른 길로 인도하기 위하여 목숨을 버린 수없는 성도들은 이 사랑의 꽃을 피로 길러 온 귀한 영혼들이다.

봉구는 마침내 벌떡 일어나 앉았다. 봉구의 눈앞에는 새 천지가 열린 것이다. 봉구의 눈에서는 그 눈의 밝음을 가렸던 비늘이 떨어진 것이다.

"살아나야 하겠다. 낡은 세상을 고쳐서 새 세상을 만들어야 하겠다. 불타와 예수와 그 밖의 모든 성인, 성도들이 뿌려 놓은 씨를 거둘 때가 왔다. 거둘 사람을 기다린다. 그 사람은 내다, 내라야 한다!"

돈의 욕심과 연애의 욕심과 살려는 욕심과 따라서 나오는 모든 번뇌를 벗어난 봉구에게는 새로운 천지의 문이 열린 것이다.

132회 오늘이 제일심 판결을 받은 지 닷새 되는 날이다. 오늘 오후 4시만 지나면 봉구를 사형에 처한다는 판결이 확정되는 날이다. 봉구는 아침에 잠이 깨어 눈이 뜨는 대로 그것을 생각하였다.

'내일 아침이면 내가 사형을 당하는지도 모른다.' 이렇게 생각할 때에 봉구의 가슴속에서는 무엇이 뚝 떨어지는 듯하였다. 어젯밤에 봉구는 공소를 할까 말까 하고 여러 가지로 망설였다. 꼭 살아야 하겠다 하는 생각이 날 때에 봉구의 맘은 진정할 수 없이 설레었다. 그러나 윤 변호사를 대하여 그렇게 큰소리를 하여 놓고, 또 검사와 판사에게 그렇게 큰소리를 하여 놓고, 이제 다시 공소를 한다는 것은 너무도 염치없는 일같이 생각하였다. 그러다가 잠이 들어 버렸다.

그래서 혹은 사형을 집행한다 하여 여러 간수들한테 끌려 나가는 꿈도 꾸고, 또 웬 사람이 들어와서 옥문을 열고 자기를 옥 밖으로 인도하여 나가는 꿈도 꾸었다. 옥졸들이 자기를 사형장으로 끌고 나갈 때에 처음에는 점잖게 체면을 잃어버리지 않고 나가려 하였으나 옥졸들이 자기를 비웃고 때리고 함을 보고는 분이 나서 몸에 지녔던 조그마한 비수로 수많은 옥졸들을 대드는 대로 찔러 죽였다. 한참이나 찔러 죽이고 나서 다시 덤벼드는 자가 없을 만할 때에 옥졸의 시체를 세어 보니 도합 마흔아홉이요, 칼을 보니 자루까지도 선지피가 묻었는데 칼날이 마흔아홉 군데가 떨어졌다.

"아아, 내가 사람을 죽였구나, 사람을 죽였구나!"

하고 피 묻은 칼을 다다미에 씻을 때에 문 밖으로서 다른 옥졸들이 달

려와서 봉구를 향하고 육혈포를 함부로 놓을 때에,

"응, 나는 죽는 것을 두려워하지 아니 한다. 자, 이 가슴을 맞혀라."

하고 가슴을 벌리고 나서다가 깨었다. 깨어나니 몸에는 땀이 흘렀다.

봉구는 꿈속에 자기가 취한 태도가 심히 불쾌하였고 또 이것이 무슨 앞에 당할 일의 예언이나 아닌가 하여 더욱 불쾌하였다. 밖에는 눈이 오는 모양인지 이따금 유리창을 사뿐사뿐 때리는 소리가 들리고 바람소리인 듯한 소리도 들렸다. 이웃 방에서도 가위 눌린 듯한 죄수의 무어라고 끙끙거리는 소리가 들린다.

그러다가 다시 잠이 들었을 때에는 베드로라고 생각하는 수염 많은 노인이 펄렁펄렁하는 유대 사람이 입는 듯한 옷을 입고 맨발로 봉구의 방에 들어와서,

"봉구야! 봉구야!"

하고 봉구를 깨우더니 한 팔을 들어 환하게 열린 문을 가리키며,

"자, 문이 열렸으니 나가거라! 나가서 주의 일을 하여라."

하고는 옥문 밖에까지 같이 나가다가 꿈을 깨었다. 꿈에 봉구가 그 노인 앞에 꿇어앉아서,

"제가 주의 일을 할 자격이 있습니까? 저는 이 속에 남아 있다가 죽는 것이 가장 마땅한 더러운 몸입니다."

하고 울던 것은 아주 꿈같지 아니하였다. 깨어난 봉구의 눈에는 눈물이 있었다.

어저께 날이 심히 추워서 추위를 잘 견디지 못하는 봉구의 몸이 몹시 얼었고 또 어제 저녁따라 밥과 국이 식었더니 아마 그것을 먹은 것이 체하였던지 밤에 허한이 흐르고 꿈이 많았던 것이다. 이 두 가지 꿈 밖에도 조각조각 생각나는 꿈이 꽤 많았었다.

감옥에 들어온 후로는 봉구는 꿈을 기다린다. 이것은 3·1운동 통에 들

어왔을 때부터 그러하던 것이다. 낮에는 한 걸음도 자유로운 천지에 나갈 수 없던 몸이 꿈에는 나갈 수가 있는 까닭이다. 혹 보고 싶은 사람을 보기도 하고 가고 싶은 데를 가기도 한다. 그러나 꿈도 맘대로는 안 되는 것이어서 반드시 보고 싶은 사람을 볼 수 있는 것도 아닐 때에 꿈의 슬픔이 있는 것이다. 만일 꿈을 맘대로 꿀 수 있었다면 얼마나 불행한 죄수들에게 복이 되었을까.

133회 이러한 꿈을 꾸고 일어난 봉구의 맘이 매우 산란하였다. 날마다 하는 모양으로 점고를 치르고 아침을 먹고 나서 꿈 생각을 하고 앉았을 때에 불의에 홍 간수가 창구멍을 열고 들여다보며,

"너 살아났다. 걱정 말어!"

하고 지나갔다.

봉구는 깜짝 놀랐다. 설마 꿈이 맞는 것은 아니런만 그래도 그 말이 참이었으면 하는 요행을 바라는 맘이 생기지 아니할 수가 없었다.

'공소를 아니 해도 좋은가?' 살고 싶은 생각이 나면 맘이 약하여진다. 죽을 결심을 한 때에는 두려운 것이 없었다.

오늘이 지나면 판결은 확정되는 것이다. 오늘 안으로 공소를 아니하면 다시는 기회를 얻지 못한다. 영원히 기회는 가 버리고 마는 것이다. 벌써 오정이 가까웠을 것이다. 오포만 꽝하면 남은 시간은 한 시간인가 두 시간인가, 봉구는 맘을 진정할 수가 없었다.

이렇게 되면 살고 싶은 맘은 더욱 간절하였다. 비록 온 세계를 다 뜯어고쳐서 낙원을 만들어 천하 만민으로 하여금 사랑의 품에 서로 안고 즐기게 하지는 못하더라도 그래도 살고 싶다. 더러운 세상이면 더러운 대로, 악한 세상이면 악한 대로, 괴로운 세상이면 괴로운 대로, 그래도 살고 싶었다. 살아서 울고 고생하고 지글지글 괴로움 속에서 끓더라도 그래도 죽는 것보

다는 나은 듯싶었다. 먼지 나는 종로 바닥으로 한번 자유로 활개를 치고 다니기만 하여도 얼마나 좋을까. 저 인왕산에를 한번 올라가서 저 바윗등에서 한번 실컷 소리를 질러 보면 얼마나 기쁠까. 더구나 순영의 얼굴을 한 번 더 대하여 보고 그 꼬물꼬물하는 어린애를 한 번 더 보았으면 얼마나 좋을까. 다만 그 일만 위하여서라도 한 번 더 세상에 나가고 싶다.

더구나 이번에 세상에 나가기만 하면 참된 새 생활을 시작하여서 크고 좋은 일을 할 수 있다고 생각하면 더욱 견딜 수 없이 살아 나가고 싶었다. 장님이 되어도 좋고 팔다리가 분질러져도 좋으니 목숨만 붙어서 세상에 나가고 싶다.

사람을 죽이는 것은 악이다. 그것은 어떠한 이유로 하는 것이든지 악이다. 이렇게도 살고 싶은 간절한 의지를 똑 끊어 버리는 것은 그 이유는 물론하고 용서할 수 없는 악이다!

봉구는 일어나서 어찌할 줄을 모르고 방안으로 헤매었다. 좁은 방안을 몇 번인지 수없이 빙빙 돌았다.

"공소를 하자."

이렇게 봉구는 중얼거렸다. 그러나 차마 전옥에게 애걸할 생각은 나지 않았다. 그렇게 하는 것이 자기를 여지없이 모욕하는 것으로 생각하였다.

이 때문에 봉구는 더욱 괴로웠다. 그는 주먹으로 벽을 때려 보았다. 발로 방바닥을 굴러 보았다. 그러나 튼튼한 벽과 방바닥은 다만 텅텅하는 소리를 낼 뿐이었다. 마침내 봉구는 정신 빠진 사람 모양으로 키보다도 높은 창에 붙어서 멀거니 바깥을 바라보았다.

하늘은 겨울에만 볼 수 있는 파랗게 맑은 하늘이다. 밤에 오던 눈과 함께 바람조차 자 버리고 하얀 땅과 파란 하늘 사이에는 햇빛이 넘친다. 눈으로 폭 싸인 인왕산에서는 아지랑이조차 떠오르는 듯하다. 선바위 위에 커다란 솔개 하나가 둥둥 떠도는 것이 보인다.

'어떻게나 넓은 우주인가! 어떻게나 자유로운 우주인가! 어떻게나 항상 새롭고 항상 젊은 우주인가! 그런데 지금 내가 갇혀 있는 방은 얼마나 좁은 방인가! 얼마나 갑갑하고 얼마나 더러운 방인가!' 봉구는 몸을 내던지는 모양으로 방바닥에 펄쩍 앉아서 울었다.

"죽기는 싫어! 살아야 하겠어."

이렇게 부르짖고 울었다. 정신없이 울었다. 순행하는 간수가 몇 번 창을 두드렸으나 그것도 들은 체 못 들은 체하고 울었다.

오포가 들린다. 봉구는 벌떡 일어났다. 감방 문이 열린다.

134회 "어멈, 영감마님 들어와 주무셨나?"

밤새도록 잠을 못 이루고 애를 쓰다가 새벽에야 겨우 눈을 붙였던 순영은 어린 아들의 울음소리에 번쩍 눈을 뜨는 대로 부엌에서 일하는 어멈에게 물었다.

"안 들어오셨어요."

하고 어멈은 상을 보는 마나님이라는 노파를 보고 빙긋 웃으면서 대답한다. 그 웃음은 "킁" 하고 빈정대는 웃음이었다. 순영은 벌써 이 집 하인들에게 빈정거림을 받는 신세가 된 것이다.

순영은 우는 아들에게 젖을 물리고 정신 안 드는 눈으로 넓은 방안을 휘둘러 보았다. 갑창과 덧문을 꼭꼭 닫고 병풍과 모본단 방장까지 두른 방안은 아직도 어두웠다. 다만 아침 햇빛이 어느 틈을 뚫고 두어 줄이 여러 번 굴절이 되어서 방장의 둥근 무늬가 어른어른 컸다 작았다 할 만큼 비추일 뿐이다.

순영은 차차 잠이 깨일수록 머리와 옆구리가 아픔을 깨닫고 어제 저녁일을 생각하고 몸서리를 치며 한숨을 길게 쉬었다.

순영은 한손으로 머리를 만져 보았다. 가르마께가 손을 댈 수가 없도록 아프고 머리 껍데기가 들뜬 것같이 부었다.

"어쩌면 그 망할 녀석이 그렇게도 사람을 몹시 때린담!"

하고 순영은 남편이 자기의 머리채를 감아쥐고 뺨을 치고 머리를 병풍에다 부딪고 발로 죽어라 하고 옆구리를 차던 것을 생각하면서 고개를 돌려 아랫목 두른 병풍을 보았다. 백자동수 병풍에 순영의 머리로 뚫린 구멍이 마치 무슨 무서운 짐승의 아가리 모양으로 순영을 내려다보았다.

"죽여 주우! 죽여 주우!"

하고 순영이가 남편의 앞으로 대들 때에,

"이년! 너 같은 개 같은 년을 죽이고 내가 살인죄를 지게."

하고 백윤희는 순영의 옆구리를 푹 찔러 거꾸러뜨리고 창자가 터져 나올 듯 하도록 등을 밟았다.

순영은 마침내 악이 나서,

"이 녀석! 이 짐승 같은 흉악하고도 더러운 녀석!"

하고 욕을 퍼붓고 문 밖으로 뛰어나오려는 것을 윤희가 다시 머리채를 끌어들여서 병풍 구석에 박고,

"흥, 이년! 어디를 나가! 이년, 네년을 내가 2만 원에 사와서 내 집에서 말려 죽일걸! 그렇게 맘대로 기어나갈 듯 싶으냐! 네년 행세를 보면 당장에 때려 내쫓을게지만 돈이 먹었어! 돈이 먹었으니까 못 때려 내쫓는 게야."

하고 또한 귀가 먹먹하도록 뺨을 때렸다. 침모가 보다 못하여 뛰어들어와서,

"영감마님 참으세요. 아씨가 홀몸도 아니신데."

하고 뜯어 말리려 하는 것을 윤희는 팔로 침모를 뿌리치며,

"저리 가, 웬 참견이야. 이년의 뱃속에 있는 아이가 어떤 놈의 씨인 줄 아나?"

하고 소리를 질렀다.

순영은,

"이 짐승 같은 놈! 급살을 맞을 놈!"

하고 몇 마디 못 되는 욕——어려서부터 교회 안에서 자라난 죄로 몇 마디 배우지도 못한 욕——그것도 근래에 내외 싸움에 배운 욕을 퍼붓다가 그만 기절을 하여 버리고 말았다. 그러는 것을 보고는 윤희는 나가 버리고 말았다.

이런 것을 생각하면 순영은 치가 떨렸다. 그래서 새삼스럽게 울기를 시작하였다.

"그녀석이——그렇게 점잖아 보이는 녀석이 어쩌면 그렇게도 사람을 때린담."

하고 순영은 이를 갈았다.

어린애가 또 울기를 시작한다. 순영은 어린애를 안아 일으켰다. 그리고 방장을 좀 밀어제치고 어린애의 몸을 검사해 보았다. 다친 데는 안 보인다.

"어쩌면 어린 걸."

하고 순영의 눈물은 더욱 흘렀다. 윤희가 "이 개새끼!" 하고 어린 아기를 발로 차 굴린 까닭이다.

135회 순영이가 재판소에서 증인을 선 때부터 윤희가 순영에게 대한 태도는 돌변하였다. 순영이가 꾀 있게 부인을 하여서 며칠 동안은 괜찮은 것 같더니 어디서 얻어들었는지, 하루는 순영이가 봉구와 함께 석왕사에 갔던 이야기를 가지고 와서는 순영을 졸랐다.

"그래 예수 믿는 여학생의 행사는 그렇소?"

하고 어린애가 진정 뉘 자식이냐고 물었다. 그러나 그때는 그럭저럭 지나 버렸다.

또 하루는 어디서 순영이가 인천서 밤에 봉구를 찾아갔던 이야기를 들

고 와서,

"무엇하러 갔었어? 가서 무엇을 했어?"

하고 처음으로 이년 저년 하는 소리를 하게 되었다. 그때에도 순영은 이럭저럭 꾸며대어 큰일은 나지 않고 말았다.

그러나 그로부터는 윤희가 밥을 먹다가도,

"여보, 석왕사에 가서 며칠이나 그놈과 같이 있었소? 한방에 있었지?"

이런 소리,

"정말을 말하오. 이 애가 뉘 자식이오?"

이런 소리,

"바로 말을 하오. 서방질을 몇 번이나 했소? 나한테 오기 전에 한 것은 내가 말을 안 하겠소만 나한테 온 뒤에 서방질을 몇 번이나 했소?"

이런 소리,

"계집년들을 어떻게 믿어."

이런 소리를 하고는 혹은 밥상을 홱 밀어 놓고 일어서 나가기도 하고 자리에 누워 자다가도,

"응. 더러운 년!"

하고는 옷을 주워 입고 어디로 나가서는 이튿날에야 들어오기도 하였다.

그러나 순영은 그러할 때마다 오직 우는 것과 비는 것으로 남편의 환심을 사기를 힘썼다. 그 까닭은 첫째는 자기의 신세를 생각하는 것이요, 둘째는 뱃속에 든 어린애를 생각한 것이다.

더구나 윤희의 본마누라가 근래에는 병이 중하여 멀어도 금년을 넘기가 어렵다 하므로 그가 죽으면 순영은 첩이라는 부끄러운 이름을 면하고 윤희의 정실이 되어서 이 집의 여주인공이 될 수 있음을 희망한다.

큰집에서 하인들이 올 때마다 순영은 큰마누라의 병세를 물었다. 그러

나 그것은 병이 더하다는 소식을 들으려 함이다. 하인들도 순영의 심리를 알아차리기 때문에,

"소복하실 가망은 없으시대요."

하고 큰마누라의 병이 더욱 위중하게 되는 것처럼 전하였다.

'죽었으면, 죽었으면!' 하고 순영은 자나깨나 본마누라가 죽기를 기다렸다.

어떤 날 밤에는 본마누라가 죽었다는데 순영이 자기는 굵은 베로 지은 상복을 입고 어떤 고개턱에 서 있는 꿈을 꾸었다. 그때에 저 너머로서 상두꾼의 구슬픈 "어야 어야" 하는 소리가 들리더니 앙장을 펄럭거리며 본마누라의 상여가 이리로 기웃 저리로 기웃하고 올라오는 것이 보였다. 그때에 순영은 갑자기 무서운 생각이 나서 머리를 쭈뼛거리고,

"아이, 불쌍도 하시어라! 저렇게 오래 앓으시다가 돌아가시니" 하고 죽은 본마누라에게 동정을 표하는 듯한 생각을 억지로 하였다. 그러는 차에 그 상여가 점점 가까이 올라와서 순영의 앞에 오더니 그 상여가 점점 앞으로 기울어지며 씩하고 시커먼 관이 상여 앞으로 쏟아져서 순영의 가슴을 푹 찔렀다. 그 통에 순영은 꿈을 깨어 보니 전신에 땀이 흘렀었다.

'그것이 죽었나. 내가 죽을 꿈인가?' 하고 순영은 이내 잠을 이루지 못하였다. 그러고는 자기가 그 사람 죽기를 바라던 벌이 내리는 것이나 아닌가 하여 무서웠다. 그러나 그 생각을 버릴 수는 없었다.

이 모양으로 일변으로 남편의 환심을 사기를 힘쓰고 일변으로 본마누라가 진작 죽어 주기를 기다리면서 순영이가 괴로운 세월을 보내는 동안에 바라던 행운은 아니 오고 하루는 크게 슬픈 일이 생긴 것이다.

136회 그 슬픈 일이란 이러하다.

하루는 본마누라의 문병을 갔다. 그 흉한 꿈이 무섭기도 하여 한번 문

병이나 하는 것이 죄풀이가 될 듯도 하고 또 한편으로는 정말 본마누라가 죽을 것인가 아닌가 알아보기도 할 겸, 또 한편으로는 남편의 환심을 사는 한 도움이나 될까 함이다.

과연 남편 되는 윤희는 대단히 순영의 이 뜻에 찬성하였다. 퍽 오래간 만에 화평한 얼굴을 보이며,

"고맙소. 순영이가 그런 생각을 내니 참 고맙소. 우리 마누라도 불쌍한 사람이니 가서 문병이나 잘하고 하룻밤 묵어 오시오. 어머니께서도 노상 말씀하시는데."

이렇게 말하며 순영의 등을 두드리고 곧 자동차를 준비시켰다.

순영은 더할 수 없는 모욕을 당하는 듯하면서도 자동차를 타고 관철동 큰집으로 갔다.

큰집에서는 물론 그렇게 환영을 받을 리는 없었다. 더구나 순영이가 재판소에서 증인을 선 말을 신문으로 보고 들은 뒤로는 큰집의 눈에 순영은 한 음탕한 계집에 불과하였고 더구나 시아버지 되는 노인은 순영의 인사조차 받지 않았다.

"내가 죽었나 볼 양으로 왔나. 아직 이렇게 눈이 시퍼러이."

하고 뼈만 걸린 귀신같은 큰마누라가 순영을 보고 픽 돌아누울 때에는 순영의 얼굴에서는 불길이 화끈화끈 이는 듯하였다.

학교에 갔다가 돌아온 딸들도 앓는 어머니 방에 들어왔다가 순영을 보고는 인사도 아니 하며 모두 고개를 돌리며 입을 삐죽거렸다. 유모에게 안긴 순영의 아들까지도 누구 하나 만져 보아 주는 이조차 없었다.

순영은 그 자리에서 기둥이나 방바닥에 머리라도 부딪쳐 죽어 버리고 싶었다. 하늘 아래 땅 위에 자기와 같이 천하고 자기와 같이 수모를 당하는 사람은 없는가 싶었다.

"어서 가! 이건 내 집이야! 내가 죽거든 자연 알 테니 그렇게 보러 올 것

이 무엇 있나?"

하고는 병인은 딸들을 보며,

"얘들아, 저 너의 서모 어서 가라고 그래라!"

하고 갑자기 고통이 더하는 듯이 앓는 소리를 한다.

딸들은 차마 순영이더러 나가라고는 못하고 일제히 눈을 들어 순영을 보았다. 순영은 위문하는 선물로 가지고 온 과자상자를 말없이 방에 놓고 나왔다.

"이것 잊어버렸어."

하고 한 딸이 그 상자를 들고 나와서 반말로 순영을 부른다.

"어머니 드리라고 사온 게야요."

이렇게 말을 하고는 시어머니께 인사도 드릴 새 없이 대문 밖으로 뛰어나오고 말았다. 대문 밖에 나설 때에 안에서 하인들이 깨득깨득 웃는 소리가 마치 굵다란 몽둥이로 순영의 뒤통수를 때리는 모양 같았다.

어디를 가서 이런 설운 사정을 하나. 순흥 오빠 집에 들르고도 싶었고, 학교로 달려가서 오래 못 보던 P부인 앞에 엎드려 울고도 싶었다. 혹은 이 길로 한강으로 나가 철교 위에서 풍덩실 몸을 던져 버리고도 싶었다. 그러나 이도저도 하도 용기가 없어 골목 밖에 나와서 인력거를 불러 타고 동대문 집으로 왔다. 그러나 이것은 장차 당할 일에 비겨서는 우스운 일이었다. 순영이가 관철동 다녀오는 전후 한 시간도 못 되는 동안에 집에는 순영의 가슴을 찢는 일이 순영을 기다리고 있었다.

순영이가 인력거에서 내려서 안중문으로 들어가려 할 때에 어멈이 순영을 보고 중문에 나와서 놀라는 빛으로 목소리도 들릴락 말락하게,

"아씨 웬일이세요? 왜 어느새에 오세요?"

하고 순영을 가로막았다.

순영은 놀랍기도 하고 노엽기도 하여,

"왜 그렇게 내가 오는 게 싫은가?"

하고 어멈을 떠밀었다.

137회 "아니야요. 저것 보세요!"

하고 어멈은 대청 앞 보석 위를 가리켰다. 순영의 눈에는 그 위에 신 두 켤레가 놓인 것을 발견하였다. 하나는 남편의 신이요, 하나는 여학생의 구두다.

순영은 눈이 뒤집혔다. 그러나 억지로 진정하고 막히는 숨을 가까스로 쉬면서,

"왜? 어떤 손님이 오셨나?"

하고 어멈의 낯빛을 보았다. 어멈은 조롱하는 듯이 웃으면서,

"지금 영감마님하고 안에서 주무세요."

하고 순영이더러 자기를 따라오라고 눈짓을 하고 자기가 앞서서 뜰아랫방으로 간다. 순영은 유모더러 어린애를 유모 방에 갖다가 뉘어 두라고 하고 자기는 어멈이 하라는 대로 아랫방으로 따라갔다. 거기는 마나님이라는 차집 겸 침모 겸 하는 노파도 있었다. 순영은 이 두 사람의 입에서 무슨 소리가 나오는가 하고 얼빠진 사람 모양으로, 그러면서도 심히 긴장된 신경으로 두 여편네의 얼굴을 번갈아 보았다.

"아씨!"

하고 어멈은 마나님의 눈치를 힐끗힐끗 보다가 마나님의 눈에 '상관없다'는 빛이 있는 것을 보고 안심한 듯이,

"아씨! 아까 아씨 타고 가신 자동차가 돌아오는 길에 웬 아가씨를 모시고 왔겠지요. 저 회사에 계신 최 서방님이 아남해 가지고 오셨어요──그런 아가씨야요. 인제 열일곱 살이나 되었을까. 예뻐요. 아씨만은 못하지만 머리를 척척 땋아 늘이고 그리고 왔겠지요."

하는 어멈의 말을 막고 마나님이 주인을 변호하는 듯한 어조로,

"아씨가 들어오시기 전에는 가끔 웬 여학생이 와서는 한참 있다가 가기도 하고 하룻밤을 자고 가기도 하고 이따금 이삼일 묵어도 갔지만 아씨 들어오신 뒤에는 처음이셔…. 아이, 가엾으셔!"

하고 순영을 쳐다본다.

순영은 아까 하던 말을 계속하라는 듯이 어멈의 얼굴을 보았다.

"그러나 알아요? 마나님은 사랑에서 무슨 일이 있는지 아시나베."

하고 어멈은 마나님의 말을 부인한다.

"그런데 아씨."

하고 어멈은 더욱 신이 나서,

"글쎄 그 아가씨가 들어오더니 최 서방님은 중문간에서 돌아가시고 아가씨만 한참 머뭇거리더니 영감마님과 함께 들어가시었어요. 그러고는 영 무소식이야요."

하고 웃는다.

"어느 방에? 안방에?"

하고 순영은 초조한 듯이 물었다. 괴로운 때 순영이가 늘 하는 모양으로 양미간과 입을 찡그렸다. 마나님은 바느질하던 손을 쉬고 순영의 괴로워하는 얼굴을 힐끗 보고는 한숨을 지었다. 이 집에 4년째나 있는 마나님은 여러 첩이 들어오는 것도 보고 나가는 것도 보고 알 수 없는 여자들이 들고나는 것을 보았던 까닭에 속으로 '응, 너도 쫓겨날 때가 가까웠구나' 하는 생각을 하였다.

"처음에는 건넌방으로 들어가시더니 한참 있더니 안방에다 자리를 깔라고 그러시겠지요! 그래서 이 마나님이 자리를 깔아 드렸답니다!──아씨 자리를."

하고 원망하는 듯이 마나님을 본다.

마나님은 안경을 벗으며,

"그럼 어째요? 영감마님이 하라면 했지."

하고 변명하는 태도로 순영을 본다.

순영은 마치 졸리던 얼굴에 냉수를 끼얹은 듯이 쇄락함을 깨달았다. 피는 소리를 내어 돌고 숨은 찼다.

"그래 안방에서 내 자리를 깔고 둘이서 잔단 말이냐?"

하고 부지불각에 순영의 목소리는 컸다.

"네에——벌써 한 시간은 넘었을걸…. 그러길래 아씨가 나가시지를 마세요——나가신 것이 잘못이에요."

어멈은 순영을 훈계하는 듯하였다.

138회 "어쩌면 대낮에——내 방에다가."

하고 순영은 치를 떨었다.

"그런 양반들이야 밤낮이 있나요. 돈이 있는 양반이야 왜 한 분이나 두 분만 그렇게 지키시나요?"

마나님은 순영을 위로하듯이 말하였다.

"우리 아들이 그러는데 영감마님이 학비 당해 주는 여학생이 셋이라든가, 넷이라든가 된대요. 왜 공으로 학비를 당해 주겠어요. 한 달에 한 번씩이나 두 번씩 영감 수청을 들이길래 학비를 당해 주시지. 아마 이 색시도 학비 얻으러 온 색신가 봐요."

하는 마나님의 말에 어멈은 찬성하는 듯이,

"그럼, 학교에 다니는 아가씨야요. 글쎄 머리를 척척 땋아 늘이고 또 저고리 가슴에 무슨 표를 붙였던데——아주 어린애야——숫색시야."

하고 탐스럽게 이야기를 한다.

"저고리 앞가슴에 표를 붙였어? 무슨 빛? 파렁이? 뻘겅이?"

"노랗든가? 분홍이든가?"

하고 어멈은 분명치 아니한 표정을 하였다.

순영은 그 밖에 더 물어 볼 기운이 없었다. 자기 방이라고 생각해 오던 안방에서 자기의 자리에 자기의 남편이라고 생각하던 사람이 어떤 머리 땋아 늘인 여자와 누워 있을 것을 생각하면 질투의 무서운 불길이 타올라서 금시에 온몸을 다 태워 버릴 듯하였다. 순영의 눈에는 손에 시퍼런 칼을 들고 문을 박차고 들어가서 불의의 꿈에 즐거워하는 년과 놈을 푹푹 찌르고 피 흐르는 칼을 들고 떨고 섰는 자기의 모양이 번뜻 보였다. 순영은 저도 모르게 이를 갈았다. 그러고 피가 나도록 아랫입술을 깨물었다.

'뛰어들어 갈까. 뛰어들어 가서 한바탕 야단을 할까.' 그러나 순영은 자기에게 그러할 권리가 없는 것을 생각한다. 자기는 첩이 아닌가. 법률에는 첩을 보호하는 조문이 없다. 남편이 자기를 내보내려면 아무 때에나 내보낼 수가 있다. 자기도 남의 남편을 빼앗아 사는 판에 남이 나의 남편을 잠시 빼앗는다고 나서서 말할 아무 권리도 없었다.

'내가 언제는 그가 나만 사랑해 줄 것을 믿었던가. 내가 그 남편을 사랑하여 끌려 왔던가.' 순영은 자기의 남편이 자기에게 요구하는 것이 오직 성욕의 만족인 것을 잘 알고 또 자기가 도저히 그 남편의 강한 성욕을 만족시키지 못한 것을 안다.

'이러고는 살 수가 없다. 남편이 가끔 기생집에라고 갔으면 좋겠다'고 생각도 하였고 또 어떤 때는 남편에게 허락도 하였던 것을 기억한다. 그러나 설마 이렇게까지야 하리라고는 믿지 못하였다.

'어쩌면 글쎄! 어쩌면 글쎄! 이것은 사람 대접이 아니다. 개 대접이다!' 순영은 윤희에게 처녀를 깨뜨림 당한 것을 생각하였다──동래온천의 그날 밤을 생각하였다.

'그 짐승 같은 놈이 내 몸을 더럽혀 주고는…' 또 순영은 과거 1년 동안에 남편에게 육의 만족을 주노라고 기생이 하는 모든 버릇까지 배우려고 애쓴 것을 생각하였고 그러하는 동안에 깨끗하던 몸에 매독과 임질까지 올린 것을 생각하였다.

'그놈 때문에 내가 일생을 망쳤는데…. 이놈 내 일생을 망쳐 놓고는….' 순영의 머릿속에서는 검푸른 불길이 용솟음을 치고 눈에는 아무것도 보이지를 아니하였다.

순영에게 남은 유일한 소원은 한 번 윤희의 본처나 되어서 부잣집 여주인공이나 되어 돈이나 한 번 실컷 써보자는 것이었다. 그러나 머리 땋아 늘인 계집애가 지금 남편의 품에 있지를 아니한가.

순영은 벌떡 일어났다. 마나님과 어멈이 붙드는 것도 다 뿌리치고 신도 신는 듯 마는 듯 미친 사람 모양으로 안대청으로 뛰어들어 갔다.

139회 "문 열어요, 문 열어요!"

하고 순영은 문고리를 잡아채며 소리소리 질렀다. 그러고는 돌아서는 길로 보석 위에 놓인 여자의 구두를 홱 집어 던졌다. 그 구두는 한 짝은 수채 구멍으로 굴러 가고 한 짝은 연못 얼음 위에서 한참 떼굴떼굴 구르다가 모로 누워 버렸다.

"문 열어요, 문 열어요. 대낮에 문은 왜 닫아 걸었어요. 문 열어요."

하고 순영은 여남은 번이나 문을 흔들었다. 그러나 문은 열리지도 않고 문고리 소리만 커다란 집 안에 요란하게 울렸다. 방 안에서는 그제야 옷 소리가 들렸다. 그러나 문은 열리지 않았다.

"아씨, 저리로 가세요."

하고 마나님과 유모가 뒤로 와서 순영을 껴안아 끌었다.

순영도 더 야단할 기운이 없어서 문고리를 한 번 더 잡아채고는 끄는 대로 끌려서 건넌방으로 들어갔다.

건넌방 문갑 위에는 여자의 모사로 짠 목도리와 아직 아무것도 들지 않은 오페라 백이 놓였다. 순영은 그 목도리를 입으로 물어뜯어 찢어 버리고, 오페라 백도 두 손으로 힘껏 아가리를 벌려 찢어서 목도리와 분홍 장갑과 아울러 마당에 집어 동댕이를 쳤다. 그러고는 방바닥에 엎드려서 목을 놓아 울었다.

"아씨, 참으세요——참으세요. 누구는 시집살이 하면 씨앗 안 보는 사람이 어디 있어요? 너무 그러시면 도리어 사내 양반들은 더 하신답니다——참으세요, 아씨!"

마나님은 진실로 불쌍히 여기는 듯이 순영의 등을 어루만지며 달랬다.

순영은 몇 번이나 뛰어나가려 하였으나 마나님과 유모에게 꼭 붙들리고 또 그것을 뿌리칠 기운도 없어서 그대로 쓰러져 울었다.

30분이나 지나서 안방 문소리가 들렸다.

윤희는 몸소 마당에 내려가서 여자의 구두를 주워 왔다. 여자는 구두끈도 채 못 매고 중문으로 뛰어나가고 말았다. 윤희도 신을 질질 끌며 그 여자를 따라나갔다.

순영은 무어라고 소리를 지르려 하였으나 마치 가위눌린 사람 모양으로 목소리가 나오지를 않았다. 물끄러미 여자와 남편이 중문 밖으로 사라지는 것을 보고 순영은 부리나케 안방으로 뛰어 들어갔다.

순영은 아랫목에 어지러이 깔린 이불 요를 물끄러미 보다가 미친 사람 모양으로 와락 달려들어서 이불을 찢으려고 하였으나 비단 이불은 찢어지지 않고 솔기만 두엇이 터질 뿐이었다. 순영은 그것을 불로 살라 버리려고 성냥을 찾았으나 마나님에게 제지를 당하였다.

밖에서 기침이 나며 윤희가 들어왔다. 순영은 눈물에 부은 눈으로 남편을 노려보며,

"이 자식, 이 짐승 같은 자식!"

하고 일생에 처음으로 남편에게 불공한 말을 하였다. 그동안에 내외 싸움이 없지는 않았으나 그런 소리는 할 생각도 못하였던 것이다──질투는 순영을 태워 버리고 만 것이다.

윤희는 말없이 빙그레 웃고 섰다.

"그래 이게 사람의 짓이냐?"

하고 순영은 위협하는 듯이 벌떡 일어섰다.

"글쎄, 남부끄럽게 이게 무슨 야단이야."

하고 윤희는 순영을 달래려 든다.

"흥, 남부끄러워! 그래도 아직도 부끄러운 줄은 아나 보군. 에끼 개 같은 자식 같으니!"

하고 순영은 윤희의 얼굴에 침을 뱉었다. 침방울이 윤희의 코에 묻었다. 윤희는 손수건으로 침을 씻고 이윽히 순영을 바라보더니,

"무엇이 어쩌고 어째? 한 번 더 해봐!"

하고 한 걸음 순영에게 다가섰다.

"개 같은 자식! 짐승 같은 자식! 왜 못해!"

하고 순영은 또 한 번 "퉤!" 하고 남편의 얼굴에다 침을 뱉었다.

140회 이래서 싸움이 된 것이다. 전깃불이 들어올 때에 시작된 싸움이 9시가 넘도록 계속된 것이다. 그동안에 무슨 소리가 안 나왔을까. "이 자식" "이년" 하고 갖은 욕설과 갖은 몸부림이 다 나왔다. 윤희는 순영의 머리채를 잡아당기고 때리고 차고 순영은 윤희에게 침을 뱉고 그 팔을 물고 갖은 추태를 다 보였다.

윤희는 순영이와 봉구와의 관계를 전갈하고, 순영은 윤희가 짐승 같은 사람이라고 전갈하였다.

"이년아! 너 같은 년이 무서워서 내가 내 맘대로 못해! 내일도 또 딴 계

집애가 올걸. 내일부터는 안방을 내놓고야 배길걸."

윤희가 이렇게 빈정거렸다.

"내가 다시 네놈의 집에 있을 줄 아니. 나는 금시로 이 짐승 같은 놈의 집에서는 나갈 테다. 금시로 나갈 테야! 자 먹을 것이나 내어라. 네놈 때문에 더러운 병 올리고 일생을 망쳐 놓고 이놈, 네가 급살을 아니 맞나 보자! 자 돈 내라. 돈 내! 5만원만 내라."

하고 순영이 대들면,

"흥 돈? 내가 너를 2만 원에 사 왔어. 이년, 도리어 돈을 내라. 아직 내가 너를 내보낼 생각은 없으니까 못 나갈걸. 살아서는 못 나갈걸."

하고 윤희가 호기를 부렸다.

이러는 통에 병풍에 구멍이 뚫어지고 순영의 머리에 혹까지 생긴 것이다. 그러다가 마침 사랑에 손님이 왔다 하여 윤희는 사랑으로 나가 버리고 곧 그 손님과 함께 자동차를 타고 어디로 나가 버리고 빈 자동차만 돌아오고 내외 싸움은 중지가 된 것이다.

순영은 그렇다고 그 길로 나가지도 못하고 자정이나 되도록 혼자 울다가 그 더러운 이불을 마루에 내던지고 새 이불을 내려 덮고 자 버리고 만 것이다.

'오늘은 봉구 씨의 판결이 확정되는 날이다. 오늘도 봉구 씨가 공소를 아니 하면 며칠 안으로 봉구 씨는 사형을 당할 것이다.' 순영은 봉구를 생각하였다. 가슴에 붙어서 시름없이 젖을 빨고 누웠는 어린 것을 보고 봉구를 생각하였다.

봉구와의 사랑은 아름다웠다. 수영은 일생에 봉구밖에는 사랑하여 본 남자가 없었다. 얼마나 내심으로는 봉구를 그리워했던가. 더구나 석왕사에서 봉구의 참된 사랑을 접할 때에 얼마나 안겨서 일생을 마치고 싶다고 원하였던가. 그러나 봉구에게는 돈이 없었다.

"돈이 제일이지——사랑하는 남자는 남편 몰래는 좀 못 보오? 그것이 더 재미가 있다우!" 하던 명선주의 말은 그 자리에서는 순영도 비웃었으나 순영의 일생을 지배하였다. 순영에게는 돈이 없이 사랑이 있을 것 같지 아니하였다. 봉구에게다가 윤희의 돈을 두었으면 얼마나 좋을까. 그것이 할 수 없는 일이니 돈에게로 끌려간 것이다.

'백이 무슨 급한 병에 죽어! 내가 그때에는 백의 정실이 되어⋯. 그래서 다만 몇 십만이라도 내 재산을 얻어! 그래 가지고 봉구하고 살어!'

생각만 해도 부끄럽지만 순영은 이런 생각도 하였다. 그러나 마침내 순영은 '돈으로 행복을 살 수 없다'는 것을 깨달았다. 그러나 그것은 너무도 늦었고 또 너무도 값이 많았다. 순영의 몸뚱이는 벌써 영원히 회복할 수 없는 영원히 깨끗하여질 수 없는 더러운 몸뚱이가 아니냐. 순영의 앞에는 오직 시커먼 지옥이 입을 벌리고 있을 따름이다.

그래도 오늘날까지는 순영은 자기가 윤희의 정실이 될 수 있는 기회만 기다리고 있었다. 그 까닭에 오직 그 까닭에 곧잘 봉구를 위하여 양심대로 증인을 서고도 다시 그것을 부인해 버렸고 또 그 까닭에 오직 그 까닭에 생각만 해도 부끄럽고 뼈가 저린 일이지만 내심으로는 어서 봉구가 사형을 당하여서 영영 후환을 끊어 버리기를 바란 것이다.

141회 '아아, 내가 죽일 년이다——천벌을 받을 년이다' 하고 순영은 지나간 닷새 동안 봉구가 사형의 판결을 받고 자동차로 끌려가는 것을 보고 기절을 하고 집에 돌아온 지 닷새 동안에 윤 변호사더러는 공소하도록 권유해 달라고 비밀히 조르면서도 내심으로는 공소가 될까봐 두렵던 것과 윤 변호사에게서 봉구가 공소하기를 거절한다는 말을 들을 때에 겉으로는 슬퍼하는 양을 보이면서도 속으로는 은근히 안심이 되던 것을 생각하고 하늘이 무서움을 깨달았다. 순영은 자기의 품에 안긴 어린아이가 무서웠다. 그것이 말없는 속에 그 한없이 깨끗함으로 자기의 영혼의 더러움을 책망하는 것 같았다.

"볕이 무서워! 밝은 볕이 무서워!"

하고 순영은 조금 젖혀 놓았던 방장을 당기어 놓았다. 방안은 도로 캄캄해지고 어디서 새어 들어오는지는 모르는 몇 줄기 길 잃은 빛만 어른어른하였다. 순영에게는 그것도 무서웠다.

순영은 안간힘을 쓰며 이를 갈았다. 앞에다가 뻔질뻔질한 남편을 그려 놓고 눈을 흘기었다.

"이놈을!" 하고 순영은 한 주먹을 들었다. 날카로운 비수를 가지고 그놈의 복장을 북북 우벼 내고 싶었다.

"이놈이 내 일생을 망쳐 놓고는, 이놈이!"

하고 순영은 몸을 부르르 떨었다.

실상 순영은 나무에도 돌에도 붙을 곳이 없었다. 이제 어디로 가나. 넓은 세상에 자기는 몸 하나를 지접할 곳이 없다.

"오냐! 원수를 갚자! 원수를 갚자!"

하고 순영은 입술을 물었다. 순영의 머릿속에는 윤희에게 원수를 갚을 모든 수단이 마치 활동사진을 보는 모양으로 분명히 보였다.

윤희는 반드시 돌아오리라. 아직도 자기의 살이 그리워 돌아오리라. 자기에게 대하여 음란한 눈치를 가지고 음란한 행동을 하려 할 때에 자기는 품에서 칼을 빼어,

"이놈아! 내 일생을 망친 놈아!"

하고 나는 듯이 대들어 그놈의 복장을 푹 찌르리라. 그러고는 발로 그놈의 가슴을 밟고 마지막으로 껌벅거리는 그 음탕한 눈깔을 내려다보면서,

"이놈, 돈만 있으면 천년 만년 살 줄 알았더냐. 네가 심은 죄악의 열매를 네가 거둘 줄을 몰랐더냐. 이 짐승 같은 놈아!"

하리라. 그때에 만일 그놈이 살려 달라고 빌거든 내 혀끝을 깨물어 선

지피를 그놈의 얼굴에 뱉고 실컷 웃어 주리라.

'아아, 그뿐인가? 더할 것이 없는가?' 그것만 가지고는 원수 갚기에 부족한 듯하였다.

'그놈이 내 머리를 잡아 흔들었으니 방망이로 그놈의 대가리를 바수리라. 칼로 그놈의 눈깔을 파내어 버릴까.'

순영은 미친 사람 모양으로 씨근거린다. 그리고 그의 눈에는 지금 있는 이 집이 하늘에 닿는 불길에 싸여 타오르는 것을 본다. 자기는 피 흐르는 칼을 들고 그 불길을 바라보고 섰다.

'흥! 그래라, 그래라. 다 망쳐 버린 몸뚱이다. 더 살려야 살 수 없는 몸뚱이다. 집이 거의 다 타오르는 것을 볼 때에 자기도 확 몸을 던져 불길 속으로 들어가 타 버릴까. 이 더러워진 몸을 태워 버릴까. 이 더러워진 영혼까지도 태워 버릴까.'

순영은 벌떡 일어나서 방장을 걷고 윗목에 놓인 단스^{옷장의 일본말} 서랍을 열었다. 그 속에는 아무 목적도 없이 사다가 두었던 흰 나무로 자루를 한 칼이 있었다. 순영은 어려서부터 칼을 좋아하기 때문에 눈에 드는 칼이 눈에 뜨일 때마다 사는 버릇이 있었다. 이것도 진고개 어떤 백화점에 갔던 길에 사왔던 것이다. 순영은 아직도 때도 묻지 않은 칼날을 집에서 쑥 빼어 들었다.

142회 칼날은 햇빛에 번쩍번쩍 하였다. 뽀얀 듯 파란 듯한 안개가 피어올랐다. 날카로운 끝에서는 핏빛 같은 살이 뻗친 것도 같았다. 순영은 손길을 펴서 칼날을 한 번 쓸어 보았다──그것은 얼음과 같이 찼다.

'아이 신산한 일생!' 순영은 이 몸이 싫어지고 생명이 싫어진다. 모든 것이 다 신산하고 귀찮아진다. 그러나 이 칼날이 모든 것을 해결하고야 말 듯하였다. 순영은 한 번 더 칼날을 눈에 가까이 대고 보았다. 여전히 뽀얀 듯도 하고 파란 듯도 한 안개가 날에서 피어 오르고 그 날카로운 끝에서는 핏빛 같은 살이 뻗쳤다.

순영은 한 번 더 결심하는 듯이 입술을 물었다. 그리고 칼 쓰기를 시험하는 모양으로 칼을 한 번 공중에 휘둘러 보았다. 그러고는 파랗게 된 입술에 만족한 듯한 비웃는 듯 싸늘한 웃음이 떠돌았다. 피 흐르는 광경과 불 붙는 광경이 눈앞에 떠오를 때에 순영의 맘은 비길 수 없이 쾌하였다. 일생에 가슴에 서렸던 모든 불평과 원한이 일시에 다 풀리는 듯하였다.

'이놈이 안 들어오나' 하고 순영은 고개를 돌려 창을 바라보았다.

"어멈! 영감마님 아직 안 돌아오셨나? 사랑에 나가 보게."

윤희는 아직 돌아오지를 아니하였다.

어린애가 운다.

어린애가 운다.

첫번 울음소리는 순영의 귀에 들어오지 않았으나 둘째번 울음은 무서운 힘을 가지고 순영의 가슴을 울렸다. 순영은 칼을 단스 위에 놓고 우는 어린아이를 붙들어 일으켰다. 어린아이는 조그마한 입으로 어미의 젖을 찾아 물고 울음을 그친다.

"아가, 네 어멈은 오늘 죽는다. 네 아버지도 며칠 아니 하면 돌아가신다." 이렇게 말하고 순영은 제 말에 서러워서 어린아이의 등에 얼굴을 대고 울었다. "아가, 너는 누구하고 사나. 아비 없고 어미도 없이 너는 누구하고 사나."

생각할수록 순영의 눈물은 더욱 흐른다. 눈물에 희미한 눈으로 어린 아이를 바라보면 아주 즐거운 듯이 다리를 버둥거리며 잘 나오지도 않는 젖을 빨고 있었다.

"마지막으로 실컷 젖을 먹어라. 내 속에 있는 젖이 다 말라 없어지도록 빨아 먹어라. 다시는 못 먹을 젖 다시는 쓸데없는 젖을 마지막으로 먹어라."

그러나 어린아이가 먹을 젖은 뱃속에 있는 핏덩어리가 빨아 먹고 있다. 어린아이는 한참이나 빨다가 젖이 시원히 아니 나온다고 보챈다. 뱃속에는 그 원수 놈의 씨가 들어 있다. 순영은 당장에 자기의 배를 가르고 그것을 꺼내어 아작아작 씹어 버리고 싶었다.

생각하면 생각할수록 슬프고 분하고 괴로웠다——원통하였다. 2년 전 크리스마스 때에 자기는 얼마나 순결하였던가, 얼마나 앞에 희망의 빛이 밝았던가. 하늘을 우러러 보거나 사람들 바라보거나 부끄러울 것이 하나도 없었고, 오직 순결한 처녀의 프라이드가 있었을 뿐이었다. 이태 전 가을 자기가 둘째오빠의 유인을 받아 처음이 집에 올 때 얼마나 자기는 천사와 같이 깨끗하고 높았던가. 그러나 그때에 어떻게 자기의 맘속에는 유혹의 독한 기운이 들어갔던가. 그렇더라도 그 독한 기운은 자기의 순결을 이길 힘이 없었다.

그러나 지금은 어떠한가. 지금은 남의 첩이다——돈에 팔려 와서 음욕과 재물밖에 모르는 남자의 더러운 쾌락의 노리개가 되다가 더러운 매독과 임질로 오장까지 골수까지 속속들이 더럽히고 게다가 소박을 받는 신세다. 그래도 정당한 아내가 되어 보려고 본처가 죽기를 빌고 기다리는 몸이다. 돈 욕심과 본처 되려는 욕심을 달할 길이 없게 되매 남편이라고 부르던 사내를 죽여 버리고——그것도 질투 끝에——자기집이라 일컬을 수 없는 집을 불살라 버리려 칼과 성냥을 품에 품는 몸이다.

143회 그러나 순영은 자기를 건져 낼 힘이 없었다. 앞도 절벽, 뒤도 절벽이다. 갈 곳도 없고 숨을 곳도 없다. 인제는 마지막 큰 죄를 지을 수밖에 없이 되었다.

살아서 사랑하던 봉구를 못 따랐으니 죽어서 만일 혼이 있다 하면 혼으로나 봉구를 따라 볼까. 죽어서 비록 혼이 있다 하더라도 봉구가 자기를 용서할 리가 있을까.

"이년, 더러운 년. 내 곁엘랑 오지도 말어" 하고 자기를 차 버리지 아니할까. 설혹 봉구가 자기의 죄를 용서하고 사랑의 손을 내민다 하더라도 자기가 무슨 면목으로 그 손을 잡을 수가 있을까.

"경주도 있는데."

순영은 봉구를 위하여 몸을 바치는 경주가 봉구의 곁에서 자기를 "이년, 더러운 년!" 하고 노려보는 듯이 생각하였다. 그리고 경주가 무섭기도 하고 밉기도 하였다. 순영은 경주에게 대하여서도 일종 격렬한 질투를 깨달았다.

순영은 살아서도 갈 곳이 없거니와 죽어서도 붙을 곳이 없음을 깨달았다. '내 무덤인들 누가 쌓아 주리. 쌓아 준들 누가 돌아보아나 주리.' 자기는 이름 없는 한줌 흙이 되고 말 것이요, 더러워진 영혼은 더욱이 영원히 꺼지지 않은 유황불에서 지글지글 타고 있을 것이다.

"음탕하던 년──사람 죽이 년!" 이러한 누명까지는 차마 생각할 수도 없다.

"그러나 이미 운명은 뇌정牢定되었다!" 이렇게 한탄하고 한 번 더 입술을 물었다.

＊　　＊　　＊

오정이 지나 어린 학생들은 둘씩 셋씩 떼를 지어 재잘거리며 집으로 돌아가고 큰 학생들은 기숙사로 다 돌아간 때에 우비를 씌운 인력거 한 채가 W여학교 문으로 들어와 꼬불꼬불한 길로 올라와 P부인의 사택 앞에 머물고 그 속으로서 망토로 몸을 싼 여자 하나가 나와 사람을 꺼리는 듯이 층층대를 올라 문에 달린 초인종을 누른다. 그것은 물론 순영이다.

"아이, 순영 씨야!"

하고 십여 년 동안이나 P부인의 집에 심부름하고 있던 황 부인이라는 노파가 하얀 서양 앞치마를 두르고 나와서 반가운 빛으로 순영을 맞는다.

"P부인 계세요?" 하고 묻는 순영의 음성은 떨린다. 황 부인은 순영의 초췌한 낯빛을 보고,

"P부인 계셔요. 그런데 손님이 왔어요."

하고 순영의 비단 옷을 부러운 듯이 보았다.

"손님?"

"네, 들어오시우——아래층에 기다리시지."

하고 황 부인은 순영을 응접실로 인도하여 교의를 권하고는 자기는 선 채로 오래간만에 순영을 대하는 것이 지극히 반갑다는 태도를 보이려고 애를 쓴다.

"아이, 얼마만이야? 아기 잘 자라우?"

"네."

"어쩌면 그렇게 꿈쩍을 안 하시오?"

"그렇게 되었어요…. 손님은 어떤 손님이야요?"

"저 김 박사 부인이라나."

"김 박사 부인? 왜 김 박사?"

"아이, 왜 그 저 순영 씨 따라다니던 김 박사 말이요."

하고 노파는 싱긋 웃는다.

"김 박사가 언제 혼인하셨나요?"

"혼인했길래 부인이 있지요."

하고 노파는 킥킥 웃으면서 순영의 귀에 입을 가까이 대고,

"웬 시골 여편넨데——아마 마흔 살은 되었겠어! 한데 붕대로 이렇게 머리를 싸매고서는 P부인을 찾겠지요. 아주 허방지방 무슨 큰일이나 난 것처럼. 그래 당신은 누구냐 물으니깐두루 자기는 김 박사 부인이라고 그러겠지요."

하고 놀라운 듯이 눈을 둥그렇게 뜬다.

144회 순영도 노파의 말에 흥미를 가졌다.

"그래서요?"

"그래서 P부인께 말씀을 했지요——김 박사 부인이라는 이가 시골서 왔다고. 그러니까 P부인은 '김 박사 부인 없소. 김 박사 웬 부인 있소?' 하시겠지요. 그래도 김 박사 부인이란 사람이 왔으니 나가 보라고 했더니 P부인이 나오시지를 않았겠소? '나 P부인이요. 당신 누구요?' 하니까 그이가 여전히 '난 김 박사 부인이요. 김 박사 장가처요. P부인 보고 좀 할 말 있어 왔소.' 그러겠지요. 경상도 말씨야."

하고 노파는 웃는 소리가 이층에 올라갈까 봐 꺼리는 듯이 손으로 막고 웃는다. 순영도 따라서 웃는다.

"아니오——아니오. 나 죽은 일도 없고 이혼한 일도 없어요. 나 그 집에 시집와서 잘못한 일이라고는 동이 하나 깨뜨린 일도 없어요. 그 사람이 미국 가서 공부할 때에 10년 동안이나 집에서 시부모 봉양하고 자식새끼 길렀어요——그런데 이제 날더러 이혼을 하자고요. 편지로 이혼을 하자고 했길래 따라 올라왔더니 P부인이 김 박사 중매를 드신다고요. 첩이야 사내가 첩 아니 얻는 사내가 어디 있어요? 나도 인제는 나이도 많고 요새 시체 색시들이 하는 재주도 없으니까 내 남편이 첩 얻는 건 상관 안 해요. 둘을 얻거나 셋을 얻거나. 그렇지만 이혼은 안 돼요——어디 이혼이라고 말이 되나요. 아이고 망측해라!"

하고 악을 쓰는 소리가 이층으로서 울려 내려온다. P부인이 대답하는 소리는 들리지 아니하였다.

"김 박사가 누구더러 혼인한다는 말이 있었어요?"

하는 순영의 묻는 말이 노파는,

"아이, 순영 씨는 아직 모르세요? 저 인순 씨와 혼인한다는 말이 짜하다오. 김 박사가 여기 매일 오다시피 왔다우. P부인도 좀 귀찮은 모양입디다만 순영 씨도 알거니와 김 박사가 여간 끈적끈적해요. 찰거머리야, 찰거머리!" 하고 웃는다.

"그래 인순이는 무어래요? 시집간다고?"

"인순 씨야 싫다지. 공부한다구. 아직 혼인할 생각은 없다구. 왜 미국 안 가오? 여행권도 나왔지. 정월 배에 떠난다나. 미국만 다녀오면 대학부 선생이 된다던데. 그래서 인순 씨는 싫다건만 김 박사가 한사코 따라다니지요──자기도 인순 씨와 같이 미국까지 따라간다고…."

순영은 윤희가 자기를 달래던 것을 생각하였다. 자기가 서양 유학을 원한다고 하면 윤희는 자기도 회사 일이나 정돈이 되면 같이 서양을 가자던 것을 생각하였고 또 그 말에 자기도 어떻게 솔깃하였던 것을 생각하였다.

이런 생각을 순영이가 하고 있을 때에 초인종 소리가 요란히 들렸다. 노파가 나갔다.

"P부인 계세요?"

하는 것은 분명히 김 박사의 음성이었다.

"네."

하는 것은 노파다.

"누가 오지 않았어요?"

"웬 부인 손님이 오셔서 지금 2층에서 이야기하세요."

이것은 노파의 능청스러운 대답이다.

순영은 일찍 자기가 김 씨를 보고,

"지금은 연애니 무어니 할 새가 없지 않습니까. 선생님 같으신 어른은 그보다 더 큰 일에 몸을 바치실 때에 계시지 않습니까?"

하고 음전하게 책망하던 것을 생각하였다──그것이 바로 3년 전 이 방에서다.

"그러나 나는 돈을 따르다가 김 박사는 연애를 따르다가 둘이 다 몸을 망쳐 버리고 말았구나!"

하고 순영은 혼자 한탄하였다.

노파가 2층으로 올라가는 소리, P부인이 노파를 따라 아래로 내려오는 소리가 나더니 영어로 빈정대는 어조로,

"김 박사! 부인께서 지금 2층에 오셔서 기다리시니 올라가 보시오!"

145회 김 박사를 2층으로 올려 보내고 P부인은 무슨 자기에게 마땅치 못한 일이 있을 때에 흔히 하는 버릇으로 무어라고 중얼중얼 하더니 노파더러 몇 마디 말을 하고는 순영이가 앉았던 방으로 가까이 오는 소리가 들린다.

순영은 2층에서 무슨 야단이 나는지 그것도 들을 새가 없었다. P부인이 자기 있는 방으로 오는 기척이 보일 때에는 김 박사 생각도 다 잊어버리고 자기가 오늘 P부인을 찾아온 목적을 생각하게 되었다.

P부인의 손이 문고리에 닿는 기척이 날 때에 순영의 가슴은 억제할 수 없이 두근거렸다.

'어떻게 P부인을 대하나, 무슨 면목으로 대하나?' 그러나 죽기를 결단한 마지막 결심이 순영에게 용기를 주었다.

'응, 용기 있게 P부인을 대하자. 그리고 용기 있게 내 사정을 고백해 버리자' 이렇게 결심하고 순영은 문이 열리고 P부인이 들어오기를 기다렸다 문이 열리더니 P부인의 뚱뚱한 몸이 문 안으로 들어온다.

"선생님!"

하고 순영은 벌떡 일어나서 마주 나갔다.

오래 못 보던 P부인의 낯을 대할 때에 금할 수 없는 반가움을 느낀 것이다. 외로움을 느끼던 몸이 어머니를 대하는 듯한 반가움이 거의 본능적으로

순영의 가슴속에 복받쳐 오른 것이다.

얼마나 오래 정을 들인 P부인인가. 또 얼마나 사모하고 본받으려 하던 P부인인가. P부인의 얼굴을 대할 때에 순영의 맘속에는 깨끗하게 하늘만 바라보고 예수와 조선만 사랑할 줄 알던 옛날 생각이 회오리바람 모양으로 일어나서 정신이 아득아득함을 깨달았다.

그러나 순영은 실망과 수치와 슬픔을 한꺼번에 깨닫지 아니할 수가 없었다. P부인은 순영이가 허겁지겁으로 반가워하는 양을 본체만체——본체만체라기보다도 일부러 안 보려는 체하고 순영의 손이 자기의 몸에 닿기를 꺼리는 모양으로 가까이 오는 순영을 피하여서 테이블 저쪽 교의에 앉으며,

"순영이 왔소?"

한다. 그 어조는 심히 냉랭하였고 도리어 귀찮다는 듯하였다.

순영은 P부인의 태도를 보고 낙심하였다. 내가 왜 왔던가 하리만큼 기운이 빠졌다. 그래서 벼르고 벼르던 말을 낼 용기도 없이 방바닥만 내려다보고 우두커니 섰다.

P부인은 순영의 고개를 숙이고 섰는 모양을 이윽히 보더니 눈에 동정하는 젖은 기운이 돌며,

"순영이 앉으우——내게 무슨 일이 있소?"

하고 먼저 입을 열었다. 그 말이 냉정한 것이 회초리로 팩팩 종아리를 얻어 맞는 것보다도 순영을 아프게 하였다.

그러나 순영은 용기를 수습하여서 자리에 앉아 입을 열었다.

"선생님은 저를 사람으로 생각하시지 아니하시겠지요. 저도 선생님을 뵈올 낯이 없어서 그동안 와 뵈옵지도 못했어요."

순영은 고개를 들어서 P부인의 낯빛에 어떤 반응이 있는가 바라보았다. P부인은 가장 무심한 듯이 물끄러미 순영을 바라보고 있었다. 그러나 순영은 P부인의 내심에는 자기에게 대한 사랑이 있을 것을 믿고 말을 계속

하였다.

"저는 속아서 잘못 혼인을 해 가지고 여태껏 죽기보담 더한 괴로운 생활을 하였습니다. 그러다가…"

순영의 말이 끝나기도 전에 P부인은 말을 막으며,

"속아? 누가 순영이를 속였소? 나는 순영이 속인 사람 하나도 없다고 생각하오──순영이 속인 사람, 다른 사람이 아니오! 순영이요. 제 죄 남에게 미는 것 더 큰 죄요."

하고 엄한 눈으로 책망하는 듯이 순영을 노려보았다.

146회 옳은 말은 돌같이 무겁고 칼날같이 날카로웠다. 순영의 맘은 마치 밝은 햇빛을 받은 응달의 버섯 모양으로 시들지 아니할 수 없었다. 마치 벽력에 쫓긴 마귀 모양으로 나무 틈이나 돌 틈이나 아무 데나 들어가 그 무서운 위엄을 피하려는 것 같았다──그처럼 순영의 맘은 "순영이 속인 사람 다른 사람 아니오──순영이요. 제 죄 남에게 미는 것 더욱 큰 죄요" 하는 말에 저렸다.

순영은 양심의 소리를 들어본 지가 심히 오래다. 귀에 거슬리는 소리를 들어본 지도 오래다. 비록 지금까지 백윤희에게 육욕의 만족을 공궤하는 노예에 지나지 못하였다 하더라도 순영은 자기의 말이면 반드시 시행되고 자기의 뜻이면 반드시 남들이 받아 주는 여왕의 생활을 하고 있었다. 누구도 순영의 뜻을 거슬리지 못하였다. 오직 하나 어둡고 조용한 때마다 순영을 책망하고 괴롭게 굴던 순영의 양심도 "인제는 무가내하다" 하는 듯이 말하기를 그친 지 오래다. 그러니까 자기를 힘 있게 책망하는 자를 대할 때에 놀라고 주저치 아니할 수가 없었다.

순영은 떨었다.

순영이가 얼굴이 빨개지며 대답을 못하는 것을 P부인은 불쌍히 생각하는 빛이 그의 늙은 눈을 적시었다.

"그래 순영이 말하오. 내 듣소."

하고 어머니가 딸에게 대하는 듯한 인자한 시선을 순영에게 던진다.

"선생님 저는 죽기로 결심했어요."

순영은 길게 하려던 신세타령이 P부인 앞에서는 아무 효력이 없을 줄을 알아차리고 단도직입으로 자기의 최후 결심을 말하였다. 순영은 그윽히 이 무서운 결심이 P부인을 움직이게 할 것과 또 '죽는다'는것이 P부인의 눈에 자기를 높이 보이게 하는 효과를 줄 것을 믿고 바랐다.

"왓?"(무엇?)

하는 P부인의 음성에는 감출 수 없는 여성다운 놀라는 빛이 있었다. 순영은 자기의 말에 효과가 생긴 것을 만족해하는 듯이,

"저는 죽어 버리기로 결심을 하였어요. 영혼이나 육신이 다 더러워진 것이 살아서 무얼 합니까? 저는 죽어 버릴 테야요. 이 몸 하나만 없어져 버리면 그만인걸요…. 오늘 이렇게 선생님을 찾아온 것도 오래 은혜를 받던 선생님을 죽기 전 한 번 마지막으로 뵐 겸 또… 또 선생님께 마지막으로 부탁할 것도 있고 그래서…."

순영은 말을 마치지 못하고 울고 쓰러져 버렸다. 모든 슬픔과 원통한 것이 아까 집에서 생각하던 것보다는 다른 빛을 가지고 한꺼번에 복받쳐 올라온 것이다. 다른 빛이란 혹독한 원망과 미움 대신에 후회와 부드러운 슬픔의 빛을 가리킨 것이다.

이때에 문을 두드리는 소리가 나더니 김 박사가 머리를 들여 밀고,

"P부인 용서하세요. 나는 갑니다."

하고는 도로 문을 닫으려다가 문득 탁자에 쓰러진 것이 순영인 줄 알아보고는 놀라는 듯이 멈칫한다. 그러나 들어올 처지가 아닌 것을 깨닫고 문을 닫고 나간다.

"죽소? 자살하기로 결심했소?"

P부인은 순영이가 지금까지 피를 토하는 생각으로 한 말을 잘 알아듣지는 못한 듯이 싱겁게 재차 묻는다. 그 목소리에는 아까 있던 여성다운 놀라는 빛은 없고 처음과 같이 냉정하게 무심하게 들린다.

"네."

"순영이 죽는 것 싫지 않소? 사람 다 살기 좋아하오. 죽기 싫어하오. 순영은 무슨 까닭에 자살하오? 나 도무지 모르겠소."

P부인은 정말 모르는 듯이 고개를 설레설레 흔들며 의심스러운 눈으로 순영을 바라본다.

"저도 죽고 싶지는 않지요. 누구는 죽고 싶어서 죽어요? 다시는 살아갈 길이 없으니까 죽여 버릴 놈은 죽여 버리고 제 몸까지 죽여 버리고 말자는 것입니다."

147회 P부인은 그래도 알아들을 수 없다는 듯이 여전히 고개를 흔들며,

"나 알 수 없소—나 알 수 없소. 순영이 생각 도무지 알 수 없소. 요새 자살하는 젊은 사람 많이 있는 모양이오. 그러나 나 그 사람들의 뜻을 다 알 수 없소. 그 사람들 생명 대단히 천한 모양이오. 귀한 생명 가지고 천하게 쓰는 것 죄 아니오? 아까운 생명 아끼지 않는 것 큰 죄요."

"내 가만히 생각해 보았소. 이 사람들 왜 이렇게 생명 아까운 줄 모르는가 생각해 보았소. 그 사람들 생명의 뜻—생명의 뜻 모르는 까닭이오. 생명의 뜻 어떻게 귀한 것 알면 그 사람들 그렇게 아까운 생명 함부로 끊어 버릴 수 없을 것이오."

"귀한 아들딸 가진 사람 아낄 줄 알 것이오. 자기가 죽으면 귀한 아들딸 잘 살아갈 수 없는 줄 알므로 그 사람 죽기 싫어하오. 아무리 해시라도 오래 살아서 그 아들딸 벌어 먹이려고 애쓰고 또 하느님께 그렇게 빌 것이오. 그

사람 자기 생명 자기 것 아니고 귀한 아들딸 위하여 있는 것인 줄 잘 믿소. 이런 사람 대단 복 있는 사람이오."

"나 미국서 조선 나라에 올 때에 조선 여자들에게 말씀 전하기로 작정하고 내 몸과 맘 조선 여자를 위해 바친다고 하나님께 작정하였소. 나 조선 온 지 20년도 넘었으나 죽기를 바란 때 한 번도 없었소. 나 한 번 큰 병 앓아서 몸 대단히 아팠소——죽었으면 이 아픈 것 없겠다고 생각났으나 곧 회개하였소. 나 조선에서 할 일이 아직도 남았으나 병신이 되더라도 오래 살아서 이 일 더하게 하여 줍소서, 이렇게 기도하였소. 조선 여자 가르치는 일 아직도 시초요. 그렇게 아까운 줄 모르는 목숨 왜 이 일 위해서 바칠 생각 아니 나오? 참 이상하오. 나 알 수 없소."

"우리 생명 장난감 아니오! 우리 맘대로 가지고 놀다가 싫어지면 아무렇게나 깨뜨려 내버려도 좋은 장난감 아니오. 하나님의 역사하신 것 중에 생명 제일 귀한 것 아니오? 이 생명 하나님의 영광 위해 내신 것 아니오? 주 예수 그리스도께서 그 생명 어떻게 쓰시었소? 만백성——온 인류 구원하시는 일에 쓰셨으니 우리도 주의 본을 받을 것이오. 우리도 우리 생명 살아 있는 동안 하나님의 자녀를 주의 앞으로 인도하기에 이 생명 바쳐야 할 것이오."

"하나님 일 위해서 몸 바치는 사람 결코 실망하거나 낙심하는 일 없소. 제 욕심 채우려고 애쓰는 사람 항상 실망 있소. 낙심 있소. 그런 사람 저밖에 모르오. '셀피쉬'selfish: 이기적인 한 사람이요. 셀피쉬한 것 가장 큰 죄악이요. 또 모든 죄악의 근본이오. 내가 보니 조선 젊은 사람들 셀피쉬한 성질 많소. 저를 희생하는 정신——셀프-새크리파이스self-sacrifice: 자기희생 정신 심히 부족하오. 저를 새크리파이스해서 하나님께 서브(섬기기)하는 생각, 나라에 서브하는 생각 심히 부족하오. 공부 오래한 사람들——서양까지 갔다 온 사람들도 셀피쉬니스(이기심)떠나지 못하고 서비스(봉사)하는 생각 잘 깨닫지 하는 사람 많아. 나 그것 대단히 슬퍼하오. 또 입으로 말하는 사람 있어도 몸으로 행하는 사람 대단히 적어, 나 그것 슬퍼하오. 우리 학교 졸업생 많이 났으나 서비스하는 정신 잘 알고 하나님 일 위해 사는 사람 많지 아니하니 내 맘 아프오."

"지금 조선 나라 대단히 어려운 중에 있소. 셀프-새크리파이스 하는 남자와 여자 많이 있어서 힘을 합하여 일하면 살 수 있고 저마다 셀퍼쉬니스 따라가면 망하는 수밖에 없는 것이오. 누구 그런 사람 있소? 나 아는 사람 그런 사람 대단히 적소. 순영이 그런 사람이오?"

P부인은 자기의 말을 알아들을까 의심하는 듯이 순영을 바라보았다. P부인의 얼굴에는 흥분한 빛이 있었다. 순영의 붉은 얼굴에서는 김이 오르는 듯하였다.

148회 P부인은 무거운 몸을 일으켜서 난로에 석탄을 넣고 누런 연기가 피어오르는 것을 물끄러미 보더니 몸을 홱 돌려서 순영의 곁으로 와서 순영의 어깨에 손을 얹으며 극히 부드러운 소리로,

"순영이 용서하오! 내가 아까 처음 순영이 볼 때에 순영이 미워하는 생각 가지었소. 나 그동안 순영이 좀 미워하였소. 내가 죄지었소."

하고는 팔로 순영의 목을 안고 순영의 입에 뺨을 맞춘다. 순영은 어린아이가 어머니에게 하는 모양으로 P부인의 손이 자기의 등을 만지는 것을 깨달았다.

P부인의 입맞춤, 등을 만짐은 순영의 영혼을 뿌리부터 흔들어 놓았다. 그것은 마치 전기와 같이 순영의 영혼을 찌르르하게 흔들어 들추어서 새로운 영혼을 이루는 듯하였다. 순영의 눈물 흐르는 눈앞에는 오랫동안 보지 못하였던 광명의 세계가 번뜻 보였다. 아침 햇빛이 넘치는 새로운 세계에 끝없이 푸른 벌판이 열린 듯하였다. 그러나 자기가 좋다구나 하고 그 벌판에 춤추며 뛰어들려 할 때에 자기의 몸과 영혼이 여지없이 더러운 것이 눈

에 떠었다.

"선생님. 저같이 더러워진 것이 이제부터라도 하나님 나라의 일꾼이 될수 있겠어요? 제가 인제 무슨 낯을 들고 뻔뻔스럽게 세상에를 나서요."

이렇게 말하는 순영의 생각에는 자기가 '주와 나라를 위하여 몸을 바친다'던 옛 생각을 버린 것, 돈과 영화에 취하여 봉구의 사랑을 버리고 육욕밖에 모르는 남자의 첩이 되었던 것, 술과 담배를 먹게 된 것, 임질 매독까지도 올리게 된 것, 이런 모든 광경이 눈앞에 비치었다.

"더러워진 몸 목욕하여 씻음으로 깨끗하게 될 수 있소. 죄의 더러운 영혼 주에 회개함으로 주의 앞에 바침으로 깨끗할 수 있소. 그러나 자살함으로 죄 있는 몸과 영혼을 깨끗하게 할 수 없소. 살아서 세상사람 대할 면목 없다 하면 죽어서 하나님 대할 면목 더욱 없을 것이오."

"그렇지만 제가 인제 세상에 나서서 일을 한다면 세상이 믿어 주겠어요? 선생님인들 믿어 주시겠어요?"

"세상이 순영이 안 믿소. 나도 순영이 안 믿소. 세상, 나 순영이에게 속았소──순영이 나 속인 것이오. 세상이 순영 안 믿더라도 순영이 세상을 원망할 수 없소. 그러하나 순영이 다시 회개하고 셀피쉬한 생각──제 몸만위하는 생각 버리고 하나님과 나라 위하여 자기를 희생하고 서브하는 정신가지고 오래 실행함으로 세상의 신용 회복할 수 있소. 또 내 신용 회복할 수있소. 그것 쉽지 아니한 일이오──대단히 어려운 일이오. 그러나 굳건한믿음 가지고 넉넉히 그렇게 할 수 있소."

"순영이 참 아깝소. 한 번 순영이 신용 아니 잃어버렸으면 일하기 어떻게 힘 있었겠소?"

P부인은 심히 아끼는 듯이 괴로운 듯이 고개를 흔들더니,

"내 딸! 나는 순영이 사정 다 들을 필요 없소. 순영의 일 순영이 책임 있소. 나 순영이 사랑하므로 내가 믿는 것 말한 것이오."

하고 볼일 다 보았다는 듯이 난로에 석탄을 한 번 뒤적거리고는 자기의 자리에 도로 가 앉는다. 그는 순영의 내답을 기나리는 것 같지도 아니하였다. 자기가 해야 할 무거운 직분을 실수 없이 다한 것이 다행이다. 인제는 내 책임은 다했다 하는 듯이 안심하는 태도를 가지었다.

순영은 자기가 하려고 가지고 왔던 말을 다 할 필요가 없음을 깨달았다. 오직 한 마디 할 말이 있다 하면 그것은,

"선생님 말씀은 과연 옳으십니다. 저도 오늘부터는 선생님 말씀대로 새 생활을 시작하겠습니다. 제 맘이 흐리고 어두워서 보지 못하던 것을 선생님 께서 분명히 보여 주셨습니다. 저는 구원받은 사람이 되렵니다."

하는 것뿐일 것이다. 그러나 순영에게는 그 말을 할 용기가 없었다.

149회 "잘 생각하오! 기도하시오."

"네."

이 모양으로 P부인을 작별한 순영은 10년 동안 어린 꿈을 기르고 정든 학교를 다시금 둘러보고 대문을 나섰다. 인순을 찾아볼 맘이 간절하였으나 여러 사람들 대하기가 싫어서 그만두고 그 길로 윤 변호사 집을 찾아갔다. 봉구가 어찌되었는지 그것을 알고자 함이다. 말없이 죽어 버리기를 기다리던 봉구가 새삼스럽게 순영의 걱정거리가 된 것이다. 맘이 급한 것을 보아서는 곧 집으로 달려가서 끝장낼 준비를 하고 싶건만 이번에 집에 들어가면 다시는 세상 구경을 못할 것 같기도 하고 또 설사 자기가 오늘 안으로 죽어 버리더라도 봉구의 운명이 어찌되는 것은 알아야만 할 것 같았다.

윤 변호사 집 안방에는 많은 여자들이 모였다. 마루 앞에 어지러이 벗어 놓은 구두로 보아 그 여자들이 신식교육을 받은 자들인 것과 또 그 구두의 대개는 흙도 안 묻고 눈도 안 묻은 것을 보아서 적어도 그들이 출입할 때에는 인력거를 타고 다니는 사람들인 것을 추측할 것이다.

순영이가 왔다는 말을 듣고 방안에서 웃고 지껄이던 소리가 그치며 선주를 선두로 육칠인 여자가 우르르 일어나 나와 순영을 맞는다.

선주는 어쩔 줄 모르게 반가운 빛을 보이며 웃고 떠드느라고 흥분된 얼굴에 웃음을 띠우고 순영의 외투를 받아들고 한 손을 붙들어 올리며,

"그래 우리가 생각하는 정성이 미쳐서 기어이 오고야 만단 말이야. 어디 갔었어? 전화줄에 불이 나도록 전화를 걸었다누. 오래간만에 모여서 하루 놀자고. 자 들어가!"

하고 순영의 허리를 안고 방으로 들어갔다. 다른 여자들도 모두 순영에게 인사말을 하고 방에 들어왔다. 방바닥에는 화투, 트럼프장이 넙너른하고 한편 구석 둥근 키 작은 탁자 위에는 납지에 싼 값이 비싸고 맛날 듯한 과자와 10개 한 갑에 40여 전이나 하는 향기로운 청지연과 서양서 온 포도주와 브랜디 병과 오색이 찬란한 유리 접시에는 황금 같은 네이블, 호박빛 나는 능금이 담겨 놓였다. 조그마한 유리잔들에 핏빛 같은 술이 조금씩 담긴 것을 보면 이 색시들이 얼굴이 붉은 것이 반드시 웃고 떠들기에 흥분된 때문만 아닌 듯하였다.

선주는 순영에게 궐련을 권하고 또 한 여자는 브랜디 한 잔을 남실남실하게 따라 순영의 앞에 놓으며,

"추운데 한잔 잡수우."

하고 권한다. 여러 여자들은 모두 아름답고 돈 많은 순영을 부러워하는 듯 관대하였다. 기쁨이 넘치는 그들은 순영의 속에 죽기보다 더한 괴로움과 무엇이 될지 모르는 큰 변화가 일어나고 있는 것을 알 길이 없었다.

순영이가 궐련 한 개를 피우자 다른 여자들도 모두 한 개씩 피워 물었다. 또 순영에게 브랜디 한 잔을 권하는 길에 자기들도 혹은 브랜디를 혹은 핏빛 같은 포도주를 한 잔씩 따라 한 모금씩 마시고는 앞에 놓았다.

모인 여자들은 대개는 순영이가 아는 사람이요, 처음 보는 여자도 한

둘 있었다. 선주가 소개하는 말을 듣건댄 그중에 키 작고 얼굴은 좀 검으나 퍽 몸맵시 있는 여자는 고향이 평양이요 S여학교를 졸업하고 일본 가서 히로시마의 어떤 교회 학교에 다니다가 온 이요, 또 하나 키 후리후리하고 몸 좀 부대하고 눈 어글어글한 여자는 C여학교를 마치고 동경에 유학을 갔다가 3·1운동 때에 무슨 임무를 가지고 본국에 들어왔다가 징역 언도를 받고 상해로 피신하였다가 아라사로 다녀서 얼마 전에 본국으로 돌아온 사람이라고 한다. 그들은 다 순영을 만나기는 처음이나 말을 들은 지는 오래라고 말한다.

"이 두 분은 무도회에서 친하게 되었지요――아 참, 순영 씨도 오늘 저녁에는 무도회에 같이 갑시다. 우리 다 저녁 먹고는 갈 텐데."

하고 선주는 주부 노릇을 하느라고 애를 쓴다.

150회 그 나머지 여자들 중에 더러는 순영이나 선주 마찬가지로 대개는 돈 있는 사람의 첩이거나 또는 분명치 못한 혼인을 한 사람들이요, 더러는 아직 혼인을 아니 하고 또 공부도 아니 하고 말하자면 넘고 처져서 시집도 못 가고 영어나 음악이나 배운다는 사람들이요, 더러는 여학교의 교사요, 더러는 예배당의 찬양대에 나서는 사람들이다. 나이는 모두 이십삼사 세가 되었으나 아직 일정한 직업――아내라든지 교사라든지――이 없는 좋게 말하자면 여자 중의 귀족이요, 좋지 못하게 말하자면 여자 부랑자들이다. 그중에서 순영이나 선주와 같이 부잣집의 첩으로 간 사람들이 가장 성공한 것으로 여러 사람의 부러워함을 받는다.

"연애는 신성하지――사랑만 있으면 나이가 많거나 적거나 본처가 있거나 없거나 상관 있나" 하는 것이 그들의 연애관이다. 이 연애관이 서로 같기 때문에 그들은 서로 친하는 것이다.

그 여자들은 대개 예수교회에 다녔다. 그들이 예배당에서 허락할 수 없는 혼인을 하기까지는 대개는 예배당에 다녔고 혹은 찬양대원으로 혹은 주일학교 교사로 예수교회 일을 보았다.

또 혹은 그들의 가정의 영향으로 혹은 3·1운동 당시의 시대정신의 영향으로 그들은 거의 다 애국자였었다. 만세 통에는 숨어 다니며 태극기도 만들고 비밀 통신도 하고 비밀 출판도 하다가 혹 경찰서 유치장에도 가고 그중에 몇 사람은 징역까지 치르고 나왔다. 그때에는 모두 시집도 안 가고 일생을 나랏일에 바친다고 맹세들을 하였다. 그러한 여자가 서울 시골을 합하면 사오백 명은 되었다. 그러나 만세열이 식어 가는 바람에 하나씩 둘씩 모두 작심삼일이 되어 버려서 점점 제 몸의 안락만을 찾게 되었다. 처음에 한 사람이 시집을 가 버리면 맘이 변한 것을 책망도 하고 비웃기도 하였다. 그러나 그 사람이 시집을 가서 돈도 잘 쓰고 좋은 집에 아들딸 낳고 사는 것을 보면 그것이 부러운 맘이 점점 생겨서 하나씩 하나씩 시집들을 가 버렸고 아직 시집을 못간 사람들도 내심으로는 퍽 간절하게 돈 있는 남편을 구하게 되었다. "조선을 위하여 몸을 바친다"는 것은 옛날 어렸을 때 꿈으로 여기고 도리어 그것을 비웃을 만하게 되었다.

'연애와 돈.' 이것이 그들의 정신을 지배하는 종교다. 그러나 이것은 여자뿐이 아니다. 그들의 오라비들도 그들과 다름없이 되었다. 해가 가고 달이 갈수록 그들의 오라비들의 맘이 풀어져서 모두 이기적 개인주의자가 되고 말았다. 오라비들이 미두를 하고 술을 먹고 기생집에서 밤을 새우니, 그들의 누이들은 돈 있는 남편을 따라 헤매지 아니할 수가 없었다. 이리하여 조선의 아들과 딸들은 나날이 조선을 잊어버리고 오직 돈과 쾌락만 구하는 자들이 되었다. 교단에서 분필을 드는 교사도 신문 잡지에 글을 쓰는 사람도 모두 돈과 쾌락만 따르는 이기적 개인주의자가 되고 말았다. 순영이가 선주의 집에 모여 앉은 동무들을 대할 때에 아까 P부인에게 들은 말을 생각하였다. "셀피쉬하고 서브하려는 생각이 없다…. 그런 사람 많은 나라는 불행하다."

그들의 얘기는 포도주를 마시고 청지연을 피우는 이에게 합당하도록 멋지고 괴상한 말들이었다. 음악 이야기, 소설 이야기, 문사 비평, 시집간 동무들의 남편 비평, 집 비평, 세간 비평, 새로 지은 옷 비평… 이러한 것들이 다 애국이라는 금박과 종교라는 은박을 벗어 놓은 그들에게는 불행이 이런 것 이상의 화제는 없었다.

"인생은 돈이다!"

"오직 나 하나의 쾌락만 생각하여라!"

"나라나 종교나 사회에 대한 의무나 이런 것은 모두 허깨비이다!"

이것이 그때의 조선의 젊은 아들딸들의 생활을 지배한 원리였었다!

151회 재판소에 가서 안 돌아온다는 윤 변호사는 오후 4시나 되도록 돌아오지 않는다. 선주도 순영의 뜻을 알므로 윤 변호사가 가 있을 만한 곳에는 다 전화를 걸어 보았으나 혹은 다녀갔다고도 하여 있는 데를 알 길이 없었다.

"또 어디를 갔어!"

하고 선주는 짜증을 내었다 그것은 자기 남편이 근일에 어떤 여자와 친히 다니는 눈치를 아는 까닭이다. 그 여자는 선주의 동무로 자주 선주의 집에 놀러오던 사람이다. 그것이 자기 남편을 가로채려는 눈치를 보고서는 한바탕 그 여자와 싸웠다. 그때부터 그 여자는 선주를 찾아오지 아니하였으나 그 대신에 윤 변호사가 가끔 어디를 가서는 늦게 들어오게 되었다. 그래서 선주는 가끔 바가지를 긁고 내외 싸움을 하였다. 그러나 선주 자기도 최씨와 하는 간이 있으므로 굳세게 대들지도 못하였고 또 그다지 분할 것도 없었다.

"영감이 난봉이 나시나 보구려."

"누가 아니래요——대가리 희어도 여자라면 사족을 못 쓴다나."

"영감이 그러걸랑 선주도 그러구료. 그게 제일입니다."

하고 총독부 어떤 사무관의 부인이요 성악가라고 소문난 문정숙이라는 쾌활한 여자가 푹 찌른다.

"참 정숙이는 곧잘 그럴걸."

하고 S학교 교사로 있는 웃기 잘하는 여자가 빈정거린다. 이 여자는 육 년래로 시집을 가려고 애쓰건만 데려가는 이가 없는 여자다.

"그럼 안 그래——남편이 한 번 다른 여자허구 놀거든 나는 꼭 두 번만 해요. 그것밖에 사내를 골리는 방법은 없다나."

이것은 정숙의 설교다.

이 사람들도 선주와 최씨의 관계를 모르는 것이 아니다——알기 때문에 더욱 이런 말을 하는 것이다.

순영은 아무리 하여도 흥이 나지를 아니하였다. 그래서 남이 말하면 듣고 웃으면 웃고 속으로 딴 생각을 하고 있었다. 봉구, 낙원이(아들의 이름), 셀피쉬니스, 셀프-새크리파이스, 서비스, 자살, 나랏일, 예수, 돈, 본마누라, 본마누라 딸… 이런 것이 모두 순영의 머릿속에 핑핑 돌아가는 생각의 필름이었다.

"왜 순영 씨는 오늘 그렇게 흥이 없어? 무슨 심란한 일이 있수? 영감이 또 놀아나나 보구려."

이렇게 사람들은 순영의 피지 못한 낯색을 보면서 물었다.

"아이 참, 사람 한 세상 살아가는 게 퍽도 귀찮아——어떤 때엔 한강 철교에서 풍덩실 빠져 버리고 싶은데."

선주는 정말 귀찮은 듯이 눈살을 찌푸리며 브랜디 한 잔을 또 쭉 들이켰다.

이 말이 빌미가 되어서 만좌가 비관적 인생관으로 기울어졌다. 저마다 한 가지씩 불평거리를 제출하고는 자기 것이 가장 중요한 것같이 말하였다.

그러고는,

"나 같으면 이럴 테야."

"그까짓 것 두들겨 부수고 말지."

"그러면 어쩌오! 그저 꾹 참고 살아야지."

이 모양으로 한탄들도 하고 비평들도 하였다. 그러나 그중에 어떻게 하면 먹고 입을 길이 생길까, 어떻게 하면 세상을 좀 더 살기 좋게 할까, 이런 생각을 하는 이는 없는 듯하였다. 상해로 시베리아로 다녀온 뚱뚱한 이가 처음에는 사회주의니 소비에트니 하는 이야기를 좀 하였으나 어떤 돈 많은 전문학교 교수에게 영어를 배운답시고 일이주일 찾아다닌 뒤로부터는 그 것도 쑥 들어가 버리고 말았다.

모두들 무슨 불평을 말하나 순영이가 보기에는 세상에 가장 불행한 사람은 자기인가 싶었다. 그러나 셀피쉬니스, 서비스… 이러한 것을 생각하고 여기 모인 동무들을 생각할 때에는 조선을 위하여 울지 않을 수가 없었다.

152회 아무려나 그들에게는 다 무슨 불평이 있었다. 불평이라는 것보다도 주림이다. 아직 남편과 돈을 얻지 못한 여자는 남편과 돈에 대하여 주림이 있고 그것을 얻은 여자도 얼마를 지나고 보면 그것만이 결코 자기들의 주림을 채우지 못할 것을 깨닫는다. 그러할 때에 그들은 전보다도 더 견딜 수 없는 주림을 깨달아서 어찌하면 이것을 채워 볼까 헤맨다.

'모두 주렸구나—— 쾌락을 찾아서 쾌락을 얻지 못하고 모두 주렸구나.'

순영은 여러 동무들이 저마다 브랜디를 마셔 가며 화나는 듯이 청지연을 퍽퍽 피우고 자포자기하는 모양으로 한탄하는 것을 볼 때에 가슴이 막힐 듯이 괴로웠다.

'좋은 집, 맛 나는 음식, 맘에 느는 남편, 논, 비단옷, 화투, 활동사진… 이것이 행복이 아니었다! 인생의 전체는 아니었다!'

P부인은 행복된 사람이다. 그에게는 이러한 모든 것이 없으되 행복된 사람이다. 그는 남편도 없다. 재산도 없다. 술도 담배도 아니 먹고, 화투도 아니 하고, 음란한 이야기도 아니 한다. 그러나 그의 생활에는 분명히 평화가 있고 행복이 있었다. 설혹 가끔 가다가 그도 화를 낼 때도 있고 한숨을 쉴 때도 있고 눈물조차 흘리는 때가 있었으나 그러나 그 슬픔 그 괴로움은 바라보기에 심히 높고 귀한 것이었다. 순영은 일찍 P부인이 자기 몸을 위하여 근심하는 것을 못 보았다. 그가 근심하는 일이 있다 하면 그것은 혹은 학교를 위하여 혹은 학생들을 위하여서다. 순영이 자신도 한때에는 그렇지 아니하였던가.

그러면 P부인의 행복은 어디서 나온 것인가. 순영이나 여기 모여 앉은 그 동무들의 불평과 아귀스러움, 추접스러움, 천함은 어디서 나온 것인가.

"셀피쉬니스와 셀프-새크리파이스!"

순영은 후유 한숨을 쉬었다. '깨끗한 생활', '자기희생의 생활', '의무의 생활'——이것이 순영의 눈앞에 어른거린 것이다.

'그러나 이제 내가 그런 생활을 할 수가 있을까 나같이 더러운 몸이.' 순영은 이렇게 한탄하였다.

"남편의 애정을 어떻게 믿소? 올 때엔 오지만 갈 때엔 가는 걸. 자식이 제일이야, 자식이."

이것은 사무관 부인의 한탄이었다.

"자식은 무얼 하오? 어려서는 따르지만 자라나서 제 계집 얻으면 어미 생각이나 한답디까? 그저 돈이 제일이지."

이것은 명선주의 한탄이다.

"자식이야 가거나 말거나 내가 자식에게 대한 애정이야 변하오?"

이것은 사무관 부인의 반박이다.

"어그, 듣기 싫어. 바로 노파들 수다같이."

이것은 S학교 교사되는 늙은 처녀의 말이다.

"자 화투나 해요. 무얼 남편이 어떻구 자식이 어떻구 나처럼 교사 노릇이나 해!"

일동은 웃었다. 그러나 왜들 웃는지도 몰랐다.

윤 변호사는 5시가 되도록 돌아오지를 않는다. 마침내 순영은 저녁 먹고 가라는 것도 뿌리치고 그 집에서 나왔다. 순영이가 나간 뒤에 여자들은 순영의 비평으로 화제를 삼았다.

순영이가 재판소에서 봉구를 위하여 증인을 선 것이 물론 이야기의 중심이 되었다. 그 일에 대하여 찬성하는 자, 반대하는 자, 제설이 분분하였다.

"아무려나 저마다 못할 일이야!"

하고 순영이가 한 일을 찬성하는 이도 있었으나 그것은 현재 같이 사는 남편에게 의심을 일으키게 하는 일이 옳지 않다는 편이 많았다.

다음에는 백윤희의 비평이 나왔다. 워낙 여자를 즐겨하는 사람인 데다가 순영이가 저 모양이니 반드시 두 사람의 부부 생활이 얼마 못 가리라고도 하고, 혹은 백의 본마누라가 지금 중병 중에 있으니 그것만 죽으면 순영은 땡을 잡는다고 부러워하는 이도 있었다.

153회 윤 변호사의 집에서 나온 순영은 곧 청진동 셋째오빠 순흥의 집으로 향하였다. 순흥은 봉구의 일을 알 듯함이다. 아까 학교에서 오던 길에도 순흥에게로 가 볼 생각이 없지 않았으나 순흥이가 자기를 미워하므로 감히 찾아갈 용기가 안 났던 것이다. 그러나 인제는 거기밖에 갈 곳이 없었다. 또 오늘 한 번 순흥을 만나 보지 아니하면 다시는 그렇게도 사랑하고 사랑받던 오빠를 만나 볼 기회가 없을 듯도 하였다. 순흥은 집에 있었다. 순영이가 들어오는 것을 보고,

"너 무슨 면목으로 내 집에를 또 오니 ─ 내가 오지 말라고 일렀지."

하고 성을 내었다. 순흥은 술이 취한 모양이었다. 순영은,

"나도 오빠 볼 낯이 없어요. 그렇지만 죽기 전 마지막으로 한 번 얼굴이나 대하고 또는 봉구 씨 소식이나 들어보려고 왔어요. 다시는 영원히 안 올게, 오늘만 잠깐 오빠 곁에 있게 해주세요."

하면서 순흥의 곁에 가 앉는다.

순흥은 순영을 피하는 듯이 일어나 윗목으로 가며,

"죽기 전 마지막?"

하고 빈정거리는 소리로,

"죽기는 왜 죽어? 그 비단옷이 너무 분에 겨워서 죽어?"

하고 쿵 코웃음을 한다.

순영도 침착한 어조로,

"오빠 맘대로 생각하시구려!"

하고는 더 변명하려고도 않고 어서 볼일이나 보고 가겠다는 듯이 자기도 일어서서 뒤로 돌아선 순흥의 등으로 향하고,

"봉구 씨 공소하셨어요?"

하고 물었다.

"너 같은 사람인 줄 아니? 신봉구가 열 번 죽으면 이 재판소에 공소할 사람이냐? 어서 맘 턱 놓고 백가 놈의 첩 노릇이나 해라. 봉구가 인제는 세상에 나올 염려가 없으니까 너도 퍽 안심이 되겠다. 내일부터 신문이나 잘 보지. 사형 집행했다는 기사나 시원히 보게."

하고 순흥은 분을 참지 못하는 듯이 고개를 돌려서 한 번 순영을 흘겨보았다.

"왜 그러시우? 시누님도 오래간만에 오셨는데."

하고 순흥의 부인이 참다 못하여 새에 나서서 순흥을 향하여 눈짓을 하고 다시 순영을 보고,

"시누님 앉으세요. 오빠가 신봉구 씨 판결 확정했다는 말을 듣고 저렇게 안 먹던 술을 먹고 여태껏 혼자 울고 저럽니다그려."

하고 위로하는 말을 한다. 순흥은 휘끈 몸을 돌려 순영을 보고 비분함을 참지 못하는 태도와 어조로,

"순영아! 네가 내 동생이냐? 우리 여러 동기 중에 내가 너를 제일 사랑한 것도 네가 알 것이다. 너를 학교에 데려올 때에 내가 어떻게나 애를 쓴 줄 아느냐? 집에서는 돈을 아니 주어서 내가 점심 한때를 굶어 가면서 네 학비를 대기를 이태나 했어. 나는 재주가 없지만 너는 재주가 있길래 그래도 무슨 큰 일을 할 여자가 되려니 그것만 믿었어. 내가 학교 동무들이나 친구를 대해서 얼마나 네 자랑을 했는지 아느냐? 그러나 지금 생각해 보면 내가 눈이 삐었었다. 네가 그렇게 더러운 것이 되어 버려서 내 얼굴에 똥칠을 할 줄이야 누가 알았니? 내가 감옥에서도 네 행실이 나쁘다는 소식을 들었지만 나는 털끝만치도 아니 믿었다. 네가 얼굴이 반반하고 영어 마디나 하니까 아마 사람의 입에 오르내리는 게다 하고 혼자 사랑으로 알았지. 네가 정말 그렇게 되리라고는 꿈에도 생각을 못했었어."

"나는 네가 백가 놈의 첩이 된 줄을 알고는 칼로 너를 푹 찔러 죽이려고 했었다. 허지만 그것도 못하고…."

하고 순흥은 분을 참느라고 고개를 흔든다.

154회 "거기 앉아라. 나도 이 세상에서 다시 너를 볼는지 말는지 하니 오늘 이야기나 좀 하자. 낸들 왜 네게 대하여 동기의 정이 없겠니? 그렇지만 나는 의리에 살아 보려고 지금까지 애를 써왔기 때문에 불의한 너를 억지로 미워한 것이다. 사랑하는 너를 미워하노라고 얼마나 내가 괴로웠는지 네가 아느냐?"

하는 순흥의 소리는 울음으로 떨린다. 순영이도 어느덧 독살이 난 듯한

새침한 태도가 스러지고 느껴 울기를 시작한다.

"내가 오늘 울었다, 순영아. 내가 오늘 실컷 울었다. 좀 더 울련다."

하고 소매로 눈물을 씻으며 순흥은 말을 계속한다.

"감옥에서 나와서 참고 참았던 것을 오늘 다 울어 버리련다. 그러고는 이것을 안고 죽어 버리련다."

하고 책상 서랍에서 종이에 싼 둥그런 공 같은 것을 번뜻 내보인다. 순영의 머릿속에는 '폭발탄'이란 생각이 번개같이 지나간다. 순흥의 부인도 눈이 둥그레진다. 종로 경찰서에 일전에 폭발탄을 던진 것, 총독부에 폭발탄을 던진 것, 효제동에서 김상옥이가 경관과 싸워 죽은 것, 백 검사가 육혈포를 맞은 것, 경성 시내에서 여러 부자들과 이름난 사람들이 협박장을 받고 매를 맞고 한 것——이런 것들이 순영의 머릿속으로 지나가고 그것이 다 순흥 오빠의 손으로 된 것같이 생각했다.

그러나 순흥은 그 아내나 순영이나 다른 말을 낼 기회를 주지 아니하고 자기의 말을 계속하였다.

"내가 어떻게 울지를 않겠니? 내가 만일 양심이 온전한 사람이라면 벌써 죽어서 마땅한 놈이다. 생각을 해보아! 감옥에서 턱 나오니 산같이 믿었던 동지란 자들은 주색에 빠지지 않았으면 제 몸만 돌아보는 이기주의자들이 되어 버리고, 애지중지하고 산같이 믿던 누이동생은 짐승 같은 부자 놈의 첩으로 가 버리고…. 모든 계획했던 것, 약속했던 것은 모두 물거품이 되고 세상은 전보다 더 망해지고——순영아 내가 울지 아니하면 누가 우니?

나는 감옥에서 나온 후로 오늘날까지 옛날 동지란 자들, 지도자라는 자들, 청년이라는 자들, 신문 내는 자들, 잡지 내는 자들, 교사 노릇하는 자들, 남자 여자 내가 찾아볼 수 있는 대로는 다 찾아보았다. 그러나 그중에 한 놈도 옛날 뜻을 지키고 있는 놈은 없고, 한 놈도 세상을 위해서 몸을 바치려는 놈은 없고, 한 놈도 무슨 일을 어떻게 해야겠다고 계획을 세우고 힘을 쓰는 놈은 없고, 단 두 놈도 서로 합하고 서로 도우려는 놈은 없고, 모두 돈푼에나 눈이 벌겋고, 계집애 궁둥이나 따라다니고…. 온통 세상이 소화기와 생식기의 세상이 되어 버렸으니 내가 아니 울고 어찌하니?

더구나 어저께 ○○ 씨를 만나서 그 늙은이가 별 수 없어, 희망은 조금도 없어, 하고 나가 자빠지는 꼴을 볼 때에 나는 견디다 못해서 이 약한 자식, 거짓된 자식하고 욕을 담아 붓고 뛰어 나왔다.

나는 그 맘 잘 변하고 약고 발라 맞추고 제 생각만 하고 이런 때에 있어서 조선을 위하여 몸 바치려는 맘을 안 내는 놈들! 조선의 재산을 많이 허비해서 고등한 교육을 받은 놈들! 누구누구 하고 지도자 소리, 선생 소리 듣는 놈들을 모조리 내 손으로 죽여 버리고 싶었다! 그리고 나서 나마저 죽어 버리고 싶었다. 순영아 내가 어찌 울지를 아니하겠니?

그러다가 오늘은 내가 가장 사랑하는 친구 신봉구의 사형 판결이 확정이 된 날이다. 오늘만 지나면 내일부터는 봉구의 목숨은 언제 끊어질지 모른다. 그놈도 죽어 싼 놈이지. 그놈 역시 첫 맹세를 잊고 계집과 돈을 따라다니다가 그리 되었으니까! 하지만 신봉구는 좋은 사람이다! 다른 사람 백 놈을 묶어 놓아도, 백윤희 같은 놈 만 개를 묶어 놓아도 신봉구 하나를 못 당할 것을, 순영아 네가 죽여 버렸구나. 내가 어찌 울지를 않겠니?"

155회 순흥은 불덩어리와 같이 뜨겁게 되었다. 그 두 눈에서는 눈물이 흐르고 이마에는 땀방울이 맺혔다. 순영은 가끔 수그렸던 고개를 들어서 걱정되는 듯이 순흥을 보았다. 그렇게 보아 주는 순영의 눈이 더욱 순흥을 흥분시키는 듯하였다.

"나는 인제는 모든 것을 잊어버린 사람이다. 아무것도 없는 사람이다. 희망도 없고 욕심도 없고 움직일 근력조차 잃어버린 사람이다. 지금 숙어 버리려도 죽어 버릴 기운조차 없는 사람이다. 에익 내가 어이 왜 감옥에서 나왔어? 왜 그 속에서 썩어져 버리지를 아니하고 무슨 좋은 일을 보겠다고 이 저주받은 세상에를 나왔어? 눈에 보이는 것이 모두 망할 것뿐, 모두 썩어진 것뿐, 가슴 쓰리고 분통 터지는 일만이니 이러고야 하룬들 어떻게 살아간단 말이냐. 어이휴!"

"내가 조금 더 어리석어서 이런 것을 아주 모르거나 그렇지 않으면 좀 더 능력이 많아서 이것을 바로잡을 만한 힘이 있거나! 꼭 조선 사람들이 날마다 바짝바짝 쟁개비에 지지는 잔 고기떼 모양으로 마르고 졸아들어 가는 것을 빤히 보고도 어찌할 도리는 없어. 네다 내다 하고 떠들던 것들은 빈소리만 떠들고 당초에 정신이 없으니 참말 나는 이 꼴을 보고는 살 수가 없어!"

순흥은 문득 하던 말을 뚝 끊고 주먹을 불끈 쥔다. 그의 눈앞에는 지나간 3주일래로 하여 오던 일과 하려다가 실패하던 일과 오늘밤에 자기가 하려고 하는 일들이 번뜩 보였다. 그러나 그 일들은 자기 아내에게도 알리지 아니한 비밀한 일이다. 말하던 김에 시원히 그 말까지 하여 버리고 싶은 유혹이 순흥의 맘속에 일어났으나 순흥은 '비밀'이라는 동지간의 맹세를 생각하고 입을 꽉 다물었다.

그러나 순영은 순흥의 속을 대강은 추측하였다. 그동안 신문에 떠들던 폭발탄 사건, 육혈포 사건, 협박장 사건, 몇몇 이름난 사람들을 혹은 찾아가서 혹은 어떤 곳으로 불러내어서 욕보인 사건들이 비록 모두 다 순흥이 가 몸소 한 일은 아니라 하더라도 그가 관계한 일인 것을 짐작하였다. 순흥이가 중학교 시절부터 과격한 언행을 즐겨하던 것을 생각할 때에 더욱 순영은 이 추측을 믿을 수밖에 없었고, 또 순흥이 본래의 천성과 지금 하는 말로 보아 장차 생명을 내놓는 무슨 위험한 일을 하려는 결심이 있는 것도 추측할 수 있었다.

이러한 일을 생각할 때에 순영은 자기의 괴로움——오늘밤으로 자기의 생명이 끊어질는지 모르는 그러한 큰 괴로움도 잠깐 잊어버리고 순흥의 몸이 근심되는 동기의 정이 일어났다.

"오빠, 너무 위험한 일은 마세요——언니와 아이들을 보아서라도."

한 것은 순영의 진정에서 생각지도 않고 쏟아져 나온 충고다.

"그걸랑 염려 말어!"

하고 큰소리는 하였으나 순영의 말이 순흥의 가슴을 칼로 찌른 것은 사실이다. "언니와 아이들", 참 그들은 순흥에게 매달린 생명들이다. 순흥도 얼마나 그들을 사랑하였을까——얼마나 위험한 일을 계획할 때마다 그들의 양자가 눈앞에 아른거렸을까. 그러나,

"그것을 생각할 수 없다!"

하고 주먹으로 눈물을 씻는 일이 한두 번이 아니다. 인제는 가만히 있더라도 어느 날 어느 시에 경찰서에서 자기집을 육혈포로 에워싸고 가련한 처자의 문전에서 자기가 덩그렇게 묶여 갈는지도 모르는 것이다. 그리고 만일 자기가 이번에 묶여 간다 하면 그것은 이 세상을 마지막 이별하는 것임을 순흥은 잘 안다. 그러니까 지금 순흥이가 할 일은 어떻게 해서라도 자기의 죄상이 발각이 되기 전에 해외로 도망을 해버리든지 그렇지 않으면 마지막으로 죽을 일을 한 번 더 해보는 것이다. 그런데 순흥은 목숨을 바치기로 동지들과 맹세를 하였고 순흥은 그 맹세를 자기 혼자만이라도 지키려고 한다.

156회 "순영아!"

하고 순흥은 한참이나 말없이 있더니 아까와 같이 흥분한 빛은 없어지고 그 대신에 심히 근심스럽고 낙심하는 태도로 고개를 들어 순영을 보고 부른다. 그 목소리는 부드럽고 정다웠다.

"순영아, 내가 네게 한 가지 부탁해 둘 것이 있다. 너를 보기 전에는 다시는 너를 생각하려고도 아니하였더니 너를 이렇게 만나니까 여전히 동기

의 정이 생기는구나. 이것이 내가 네게 말하는 마지막 부탁이다만 네가 이 부탁을 들을 용기가 있을까?"

순영은 말없이 순흥을 물끄러미 쳐다보다가 괴로운 눈물이 나오는 것을 억지로 참고,

"무슨 말이야요?"

하고 물었다. 순영은 순흥의 낯빛에서 말할 수 없이 비통한 빛을 본 까닭이다.

순흥은 순영의 얼굴에서 무엇을 찾아보려는 듯이 이윽히 보더니,

"너 지금부터라도 그 더럽고 거짓된 생활을 버리고 깨끗하고 참된 생활로 돌아와다오. 너무 늦어지기 전에 회개를 해다오. 네가 만일 그러할 생각이 아니 나거든 나를 보아서라도, 이 불쌍한 오라비를 보아서라도 그리해다오."

하고 애걸하는 어조로 눈물 섞여 말하였다. 그러고는 순영의 대답을 무서워하는 듯이 고개를 돌렸다.

"오빠!"

"응?"

"오빠!"

순영의 입은 열렸다.

"그래."

하고 순흥은 무슨 큰 것을 바라는 듯이 순영에게로 고개를 돌렸다.

"오빠, 내 회개할게요——내 더러운 생활을 오늘 안으로 끊어 버릴게요. 그렇지 않아도 오늘 올 때에는 오빠 보고 그 말을 하려고 왔는데 오빠가 그렇게도 괴로워하는 것을 보니까 내가 어찌하면 좋을지 모르겠어요——내 오빠 말대로 할게요. 네, 할게요."

"정말 그럴 테야, 순영아? 정말 네가 백가 집에서 나올 테야?"

순흥은 순영의 곁으로 몸을 끌어 간다.

"그럼, 정말이야요. 두고두고 생각하다가 오늘 아침에 아주 백가 놈을 죽여 버리고 그놈의 집에 불을 놓고 그 불구덩이에 나도 뛰어들어 가 죽기로 결심을 했어요. 내 장 속에는 백가를 죽이려고 준비해 둔 칼까지 있어요——그놈이 내 몸과 내 일생을 모두 버려 주었으니깐, 그리고 내게 대해서 참을 수 없는 모욕을 주었으니깐, 나는 이 더러워지고 쓸데없어진 몸으로 그 원수를 갚기로 결심했어요."

이렇게 말하는 순영의 얼굴에는 독하고 차고 파란 기운이 돌았다. 순흥도 깜짝깜짝 놀라면서 그 말을 들었다. 건넌방에서 가만히 듣고 있던 순흥의 부인도 순영의 말에 몸을 떨었다.

"그러나 어린 것——오빠 인제야 내가 무엇을 기이겠어요.^{기이다: 어떤} 일을 숨기고 바른대로 말하지 않다. 그 어린 것은 백가의 자식이 아니야요, 그 애는…"

"그럼?"

"그애는 봉구 씨 혈육입니다."

"응?"

순흥은 믿을 수 없는 듯이 놀란다.

"그래요. 그 애는 봉구 씨 아들이에요. 둘째오빠가 꾀어서 나를 동래온천으로 꾀어다가 먼저 버려 준 건 백가지만 그 어린애는 봉구 씨 혈육이야요."

"그럼, 신봉구의 자식을 배에 넣고 백가의 첩 노릇을 했단 말이지?"

순흥의 어성에는 새로운 분기가 타오른다.

"네."

순영은 자기가 용서할 수 없는 죄인인 것을 사백하는 듯이 고개를 숙였다.

"에끼! 짐승보다도 더러운 것!"

하고 순흥은 벌떡 일어서면 발로 순영의 어깨를 찼다.

157회 순영이가 땅바닥에 쓰러지는 소리에 순흥의 부인이 건넌방에서 뛰어 들어와서 근심스러운 눈으로 두 사람을 보았다. 아이들의 퉁퉁 따라나오는 소리를 듣고 부인은 다시 건넌방으로 갔다.

"오빠!"

순영은 일어나 앉으면서 불렀다. 그러나 순흥은 벽을 향하고 서서 대답이 없었다.

"오빠! 내가 짐승같이 더러운 년이지요. 그렇지만 불쌍하지 않습니까? 신씨의 혈육을 안고 백가의 첩 노릇을 한 것이 불쌍하지 않아요? 그러다가 육신과 영혼이 다 더러워져서 죽어 버리는 것이 불쌍하지 않아요? 오빠 나를 불쌍히 여길 사람은 하나도 없지요?"

하고 순영은 목을 놓아 운다.

한참 동안 들리는 것은 오직 순영의 느껴 우는 소리뿐이었다.

"그래, 그 어린애는 어찌할 작정이냐?"

하고 얼마 있다가 순흥은 모든 감정을 억제하는 듯이 다시 앉아서 들먹들먹하는 순영의 등을 바라보면서 묻는다.

그러나 순영은 대답이 없다.

"죽지 말고 그 애를 길러라. 백가 집에서 나와서 남의 집 안잠이라도 자고 그 애를 길러!"

순흥은 말은 명령적이었다.

그제야 순영이가 고개를 들고 눈물을 씻으며,

"나도 그런 생각도 했지요. 나 때문에 봉구 씨가 저 꼴이 되었으니 그 혈육이나 정성껏 기르고 살까. 설혹 후일에 그 애한테 더러운 에미라고 발길로 채는 한이 있다 하더라도 그 애나 기르고 살아볼까, 승이라도 되어서 살아볼까 하기도 했어요. 그렇지만 나는 그렇게도 살 수가 없는 년이야요."

하고 또 엎드려 운다.

"왜? 남이 부끄러워서?"

순흥의 말은 아직도 차디차다.

"남 부끄러운 것도 참으라면 참지요."

"그럼 양심이 괴로워서?"

"나같이 다 썩어진 년에게 양심은 무슨 양심이야요?"

"그러면 무어야?"

"이 뱃속에는 백가의 씨가 들어 있어요. 이걸 어떻게 해요? 이걸 가지고 어떻게 나와 살아요?"

"흥, 그러니까 결국은 백가 집에서 못 나온단 말이구나, 응?"

순흥의 말은 너무도 무정하였다. 너무도 야속하였다. 순영은 순흥에게 대하여 도리어 반감을 일으키지 않을 수가 없었다.

"내 일은 내가 알아요!"

하고 순영은 벌떡 일어나서,

"오빠, 부디 안녕히 계셔요. 나 같은 동생은 다시는 생각도 마셔요…. 언니, 나 갑니다."

하고 대문 밖으로 뛰어나갔다. 언니가 대문까지 따라나갔으나 뒤도 안 돌아보고 벌써 청진동 큰길에 나가 버렸다.

아직 어둡지는 않으나 벌써 가게에는 전등이 켜져서 추위에 견디지 못하는 듯이 발발 떨고 있다. 군밤장수 아이들이 언 손으로 다 떨어진 부채로 풍로에 숯불을 부치면서 외우는 "군밤 사리렛다, 군밤야" 하는 소리조차 얼어붙을 듯하다. 이따금 휙휙 불어오는 바람이 눈가루와 먼지를 날려다가 길가는 사람의 언 얼굴에 뿌린다. 사람들은 고개를 숙이고 따뜻한 아랫목과 김 나는 저녁밥을 생각하면서 바쁘게 다리를 놀린다.

이렇게 추운 겨울 저녁에 순영은 어떻게 걸어 온지도 모르게 종로 네거리까지 걸어왔다. 전차들이 삐걱거리며 휘임한 선로를 돌아가는 것과 마주칠 때에야 비로소 순영은 정신을 차렸다. 뒤에서,

"순영 씨! 순영 씨!"

부르는 소리가 들린다. 돌아보니 아까 윤 변호사 집에 모였던 이들이 인력거를 타고 온다. 무도회에 가는 길이다.

"같이 가요! 어디를 그렇게 걸어 다니시우?"

하고 선주는 인력거에서 내려서 순영의 손을 잡았다.

158회 "순영이 왜 이렇게 손이 꽁꽁 얼었소? 아주 얼음장이야."

선주는 순영의 손을 두 손으로 꼭 쥐면서 이렇게 말하였다. 그 눈에는 동정하는 빛이 찼다.

"윤이 왔는데 봉구 씨는 공소를 아니 한대. 한 시간이나 졸랐건만 어떻게나 고집이 센지 막무가내라는구려. 나 같은 놈은 죽어도 좋소, 죽고 싶은 사람은 죽는 것이 좋소, 하고 아무리 권해도 당초에 삐끗도 안 하더라는구려. 오늘 공소를 안 하면 내일부터는 당신 목숨 없소 하니까 픽 웃더라나. 그래서 윤도 화를 내고 뛰어나왔다는구려. 어쩌면 그렇게도 고집이 세우? 어쨌든 사람은 무서운 사람이더라구. 그렇게도 죽는 걸 우습게 아는 사람은 처음 본다구. 법정에서도 큰소리를 하고 판결이 나오기 전에는 꽤 큰소리를 하는 사람이 더러 있지만 사형선고를 받으면 모두 쭈그러지고 살아 보려고 애도 써 보는 법인데 당초에 이런 사람은 처음 본다고 그립디다. 미상불 그이에게는 영웅 기상이 있어! 그러니 순영 씨야 오죽이나 슬프시겠수! 그러나 어쩌우? 모두 운수요 팔자지."

이 모양으로 선주는 묻지도 않는 말에 설명을 하고는 두어 번이나 더

무도회에 놀러 가기를 권하다가 순영이가 굳이 안 듣는 것을 보고는 하릴 없이 몸소 인력거를 불러 값까지 정하여서 순영을 태워 보냈다.

선주의 말은 순영의 가슴을 더욱 무겁게 하였다. 죽고 싶은 사람은 죽는 것이 좋다고 하는 봉구의 말이 순영의 뼛속까지 찌르르하게 하였다. 그렇게 희망과 야심과 용기가 많던 사람이 그처럼 제 목숨을 저주하게 된 것이 모두 순영이 자기 책임인 듯하여 뼈가 저리게 슬프고 또 선주가 "미상불 그이에게는 영웅의 기상이 있어" 할 때에는 새삼스럽게 못 견디게 봉구가 그리워지고 불쌍해지고 아까워진다.

과연 봉구에게는 영웅의 기상이 있다고 순영이 자기도 생각하였다. 자기가 봉구를 사랑한 것이 그 영웅의 기상이 아니던가? 자기는 '영웅의 기상'과 '돈'과 이 두 가지 중에서 어느 것을 택할까 하고 괴로워하지 아니하였던가. 그러다가 오늘날 조선에서 인격이라든지 영웅의 기상이라든지 하는 것이 아무 소용이 없고 오직 돈만이 전능의 힘을 가진 것을 깨달은 때에 순영은 봉구의 인격은커녕 자기의 인격과 명예와 신앙과 희망과 영혼까지도 빼어 버리고 돈의 첩이 되자 아니하였던가. 진실로 가난한 영웅의 사랑받는 아내가 되는 것보다 돈 많은 속물의 희롱받는 첩이 되는 것이 행복일 듯이 생각되었던 것이다. 선주의 말과 같이 그깟 놈의 영혼이니 양심이니 똥개천에 다 집어 던지고 그저 돈과 쾌락만 취하는 것이 상팔자일 것같이 생각되었던 것이다.

그러나 똥개천에 내버렸던 영혼과 양심은 마치 추근추근한 귀신 모양으로 혹은 조용한 틈을 타서 혹은 잘 때에 꿈이 되어서 혹은 여러 사람들의 말이 되어 쉴 새 없이 순영을 괴롭게 하였고, 또 돈에서 바라던 쾌락도 생각던 바와는 틀려서 오직 몸과 맘을 지글지글 끓이는 괴로움이 있을 뿐인 것을 깨닫게 되었다.

그러나 그것을 깨닫기에 이르기에는 너무나 비싼 값을 내었다. 차라리 깨닫지 말고 살아 버렸다면 편하였을는지 모르거니와 그래도 똥개천에 내던졌던 양심, 예수의 가르침, 공자의 가르침, 이름 지을 수 없는 선조 대대로 내려오는 민족 단체의 가르침, 학교에서 들은 모든 교훈과 학교와 세상에서 보아 온 여러 사람들의 갸륵한 행위, 이런 것들이 모두 하나가 되어 무섭고도 추근추근한 힘을 가지고 순영을 내리눌렀다. 그 소리는 강박적이어서 아니 들으려 하여도 아니 들을 수가 없었다. 심겨진 씨는 언제나 싹이 나고야 말았다.

"그러면 나는 어찌할꼬?"

이렇게 순영은 집에 돌아오는 길로 쓸쓸한 방에 어린애를 안고 앉아서 울었다. 백은 아까 잠깐 들어왔다가 나갔다고 한다.

159회 자고 나면 날이요 또 자고 나면 또 날이다. 날은 수가 없고 또 수없는 날에는 일이 많다. 해가 뜨고 지고 바람이 불고 자고 별들이 생기고 깨지고 또 새로 생기고, 모든 물질이 합하였다 떨어지고 이 모양으로 자연계의 일도 쉴 새가 없거니와 우리 인생 사회의 일도 쉴 새가 없이 많다. 새로 나고 앓고 죽고, 먹기 위하여 일하고 다투고 기뻐하고 슬퍼하고 사랑하고 혼인하고 미워하고 진실로 하루에도 이 지구라는 조그마한 별, 인생이라는 사회에는 수없이 일이 많다. 그러나 그중에도 특별히 일이 많은 날이 있다. 큰 전쟁이 시작되는 날, 큰 접전이 생겨서 수만 수십만의 생명이 죽는 날──이러한 날은 특별히 큰일이 있는 날이라 할 것이요, 석가모니나 예수가 창생을 구제할 진리를 깨닫던 날, 콜럼버스가 서쪽으로 배질하여 동쪽에 있는 인도에 도달하리라는 생각이 나던 날──이러한 날도 날 중에 특별히 큰 날이다.

그러나 어떤 이름 없는 사람 하나가 혹은 가족을 위하여 혹은 물에 빠지는 아이를 위하여 혹은 나라를 위하여 목숨을 바치는 날도 무엇에 지지 않는 큰 날이다. 비록 그 일이 아무도 보지 못하는 빈 곳 어두운 밤중에 생겄다 하더라도, 또 비록 그가 내버린 목숨이 세상에 드러날 만한 아무 효과도 생기지 못하였다 하더라도, 그날의 해와 달은 그 목숨 하나를 위하여 뜬 것이요, 별과 바람과 모든 새와 벌레들은 그 목숨을 위하여 찬송과 기도하는 노래를 부르는 것이다. 진실로 그날의 전 인류가 이 목숨 하나의 덕으로 사는 것이요 그 목숨이야말로 그날의 천지의 주인이다. 날마다 이러한 생명——의를 위하여 저를 희생할 생명이 있기 때문에 해와 달이 날마다 빛이 나고 사람의 생명과 기쁨이 날로 끊어짐이 없는 것이다.

차고 맑은 겨울의 달빛에 새운 서대문 감옥은 지붕에 흰 눈을 이고 자는 듯이 고요한데 그 속에 있는 천여 명 죄수들도 추운 방안에 몸을 꼬부리고 찬 꿈을 이루었다. 잠 안 자고 뚜벅뚜벅 파수 돌아다니는 간수들의 귀에는 불쌍한 생명들이 가위 눌리는 소리, 잠꼬대 하는 소리도 들리고 잠결에 그러는지 깨어서 일부러 그러는지는 모르거니와 팔다리를 방바닥과 판장 벽에 탕탕 부딪는 소리도 들릴 것이다. 특별히 감옥 남쪽 한 부분에 있는 여감 속에서는 깊은 밤에 엉엉 소리를 내어 우는 소리 들리고 감옥에 들어와서 해산한 애의 울음소리조차 들릴 것이다. 그중에는 경주의 울음소리도 있는 것은 물론이다.

경주도 자기를 맡은 변호사에게서 봉구가 죽기로 결심하였다는 말을 듣고는 그 자리에서 소리를 내어 울었고 자기도 지장까지 찍었던 공소장을 박박 찢어 버리고 말았다.

"싫어요, 싫어요. 나는 그이와 함께 죽어 버릴 테야요!"

이렇게 소리를 지르고는 변호사의 권하는 말도 아니 듣고 뛰어나오고 말았다.

그후에 몇 번 봉구도 공소를 한다고 속이고 경주의 승낙을 얻으러 하였으나 경주는 봉구의 공소장을 보기 전에는 도장을 안 찍는다고 울고 떼를 썼다. 이 광경을 보고는 변호사도 울었다. 간수도 울었다.

경주는 독방이 아니기 때문에 다른 여죄수들에게 이런 사정을 말하여 그 사정을 들은 다른 여죄수들도 같이 울었다.

판결이 확정된 이날 밤에 경주는 감옥에 들어온 후로 처음 기도를 올렸다. 봉구와 같이만 가는 길이면 천당길이나 지옥길이나 어디나 기쁘게 갈 것 같았다.

경주가 이렇게 봉구를 생각하고 기도를 올릴 때에는 봉구도 잠을 이루지 못하고 수없이 몸만 움직이고 수없이 한숨만 지었다. 밤은 점점 깊어 간다. 아마도 달도 무악재를 넘었는지 창에 훤하던 빛도 스러졌다. 조금만 더 있으면 무악재 밑 동네 집 닭 우는 소리가 울려 오리라고 봉구는 생각하면서 또 한 번 돌아누웠다.

160회 어젯밤 이맘 때에는 감옥 안에서 어떤 미결수가 자살을 하려던 사건이 생겨서 한 30분 동안 소동이 일어났다. 그때에 봉구는 나도 자살을 하여 버릴까 하는 생각을 하였고 이 감옥 안에 들어와 있는 사람들이 모두 자살을 안 하고 살아가는 것이 이상하다고도 생각하였다. 봉구의 머릿속에는 불길한 생각만 가득 차고 더구나 이삼일래로 감기로 열이 나서 신경이 흥분되었기 때문에 어지러운 생각을 진정할 수도 없고 두서를 차릴 수도 없었다. 간수의 구둣발 소리가 문 앞으로 지나가고 이웃 방에서 잠꼬대하는 소리가 들린다. 그러고 나서는 봉구는 자기의 심장 뛰는 소리가 들릴 만큼 아주 고요해지고 말았다.

봉구가 머릿속에 우글우글 끓는 시끄러운 생각을 떨쳐 버리려고 한 번 길게 한숨을 쉬고 돌아 누우려고 할 때에 어디서 쾅 하고 폭발하는 소리가 들렸다. 봉구의 방 창과 누운 자리까지 두어 번 흔들리고는 그 폭발하는 소리는 스러지고 말았다. 봉구는 '폭발탄!'이라고 생각하면서 고개를 번쩍 돌렸다. 그 소리는 바로 감옥 운동장에서 나는 듯하였다. 이어서 소총 소리 두

방이 나고 밖에서는 호각 소리와 언 땅에 사람들 뛰어다니는 구둣발 소리가 들리고 이웃 방에서도 죄수들이 일어나서 쿵쿵거리는 소리가 들린다. 봉구도 일어나서 창으로 내다보았으나 그것은 북창이기 때문에 희끄무레한 인왕산밖에 아무것도 보이지 않았다.

어디서 "만세!" 하는 것도 같고 "으아" 하고 돌격하는 고함도 같은 소리가 들리고는 또 총소리가 두어 방 나더니 조용해 버리고 만다.

"392호!"

하고 간수가 창을 열고 봉구를 부른다.

"네!"

봉구는 그것이 황 간수의 목소린 줄을 알고,

"웬일이오?"

하고 가만히 물었다.

"어떤 여자가 감옥 담에다가 폭발탄을 던졌어. 여자는 죽었어."

하고 가만히 봉구에게 말을 하고 나서는 간수다운 위엄 있는 어조로,

"소동하지 말고 가만히 있어!"

하고 호령을 하고는 다른 방으로 가서 역시 그와 같은 호령을 한다. 봉구는 악박골 약물 먹으려 갈 때에 보던 높은 벽돌담과 아침마다 운동하러 나갈 때마다 원망스럽게 바라보던 높은 담을 눈앞에 그리고 그것이 폭발탄에 무너지고 그리로 죄수들이 뛰어나가는 양과 뛰어나가다가 간수들의 총에 맞아 껑충 뛰고는 꺼꾸러지는 양을 상상하였다. 그러고는 도로 자리에 누워 버렸다. 밖에서 사람들이 지껄이는 소리는 점점 더 커지는 듯하였다.

＊　　＊　　＊

감옥 담은 삼간 통이나 무너지고 폭발탄 터진 자리에서 한 20보나 나가서 흰 옷 입은 여자가 피투성이가 되어 거꾸러졌다. 어떤 모양으로 폭발탄을 던지고 어떤 모양으로 죽었는지는 알 수 없으나 얼굴과 가슴이 아주 부

서져서 누구인지 알아 볼 수도 없이 되었고, 그 여자의 시체가 거꾸러진 곳에는 눈 위에 사람의 발자국이 없고 오직 무엇을 끌어 간 흔적만 있는 것을 보면 그 여자가 폭발탄을 던지고 뛰어가다가 죽은 것이 아니라 담 가까이 들어와 폭발탄을 던지고는 그것이 폭발되는 바람에 아마 벽돌로 얻어맞으면서 그렇게 불려간 듯싶었다.

감옥에서 건 전화로 서대문 경찰서에서와 경기도 경찰부에서도 자동차로 달려왔으나 오직 감옥 안에 있는 죄수들이 폭동날 것만 경계할 뿐이요, 그 범인인 여자가 누구인지는 아직 알 길이 없었다. 경관들은 눈과 피에 쌓인 송장 가로 몇 번인지 수없이 돌아다녔다. 그러나 이미 피까지 잃어버린 여자의 송장에서는 아무 소리도 나지 아니하였다.

이때에 사직골서 독립문으로 넘어오는 터진 고개에서 울고 있는 남자는 아무의 눈에도 뜨이지 아니하였다.

161회 먹을 줄 모르는 술을 먹은 것에 순영이와 이야기하기에 몹시 흥분되었던 순흥은 순영이가 돌아간 뒤에 저녁을 한술 뜨고는 곧 잠이 들었다가 어린애 우는 소리에 처음 눈을 뜨고는 책상 위에 놓인 낡은 자명종 바늘이 자정을 약간 지난 때였다. 하마터면 늦을 뻔하였다 하고 순흥은 자기가 할 무서운 일을 생각하면서 벌떡 일어났다. 그러나 일어나는 길로 놀란 것은 아내가 자리에 없는 것이다.

네 살 먹은 딸과 여섯 살 먹은 아들이 "엄마! 엄마!" 하고 우는 것을 볼 때에 순흥은 무슨 깨달음이 생기는 듯이 황황하게 폭탄을 두었던 책상 서랍을 열어 보았다. 그것이 없었다.

순흥은 어찌할 줄을 모르는 듯이 방안으로 허둥지둥 헤매었다.

"그래 꼭 오늘밤에 그 일을 꼭 하시고 말 테요?"

"그럼?"

"그러고는 당신은 어떻게 되오?"

"도망하지."

"그러다가 붙들리면?"

"붙들리면 아마 죽을 테지."

"당신이 돌아가시면 이 아이들은 다 어찌되오?"

"당신이 힘껏 맡아 기르구려."

"그렇게 폭발탄을 던지면 무슨 일이 되오? 나랏일이 되오?"

"그것으로 아무 일도 안 되지만 모든 희망을 잃어버린 사람이 마지막 으로 몸 바칠 곳을 찾느라고 그러는 게지. 남들은 다 첫 맹세를 변하고 저마 다 안락의 길을 찾더라도 나는 나라를 위해서 이 생명을 바치노라고 맹세하 였던 것을 지키는 게지요. 당신께 대해서는 심히 미안하지만 어찌하오? 그 저 당신의 팔자로 단념을 해주시오."

아까 순흥이가 잠자기 전에 내외간에 하던 이야기가 생각한다.

'평생에 말이 없는 아내!' 이렇게 생각할 때에 아까 그가 하던 말에 무 슨 깊은 뜻이 있었다 하고 가슴이 뜨끔한다.

"메리야, 울지 마라, 응. 내 엄마 데리고 올게. 울지 말고 있어, 응."

하여 놓고 순흥은 황황히 옷을 주워 입고 뛰어나섰다. 집 안에 있는 하 인에게 아내의 거처를 물어볼 필요도 없으리만큼 순흥은 분명히 아내의 거 처를 아는 듯 싶었다.

아무쪼록 순사 파출소 없는 데를 골라서 순흥은 남이 의심이나 안 할 만한 빠른 걸음으로 사직골을 추어올라 도정궁都正宮 뒤 성 터진 데를 올라 섰다. 달은 벌써 무악재를 넘고 훤한 먼 빛이 인왕산 마루에 비스듬히 비치 었는데 산그늘에 숨은 독립문 근방에는 허연 눈빛에 전등이 반짝거릴 뿐이 었다.

순흥은 나아갈 방향을 찾는 듯이 잠깐 주저주저하였다. 그러나 그 잠깐이란 1분도 못 되는 순간이다.

'어서 가서 붙들어야 한다.' 이렇게 속으로 부르짖고 한 걸음을 내어놓았다. 그때에 순흥의 가슴에는 오직 폭발탄을 안고 뛰어가는 불쌍한 아내를 건져 내고 싶은 생각뿐이었다.

그러나 서너 걸음도 나아가기 전에 눈이 부시는 번갯불 같은 빛이 번쩍함을 깨달을 때에 순흥은 총 맞은 사람 모양으로 한번 깡총 뛰고는 눈 위에 펄썩 주저앉았다. 그때에 "꽹" 하는 요란한 소리가 울렸다.

"만세!" 하고 순흥은 정신없이 소리를 지르고는 두 눈에서 눈물이 흘러 얼음 같은 두 뺨을 적심을 깨달았다.

총소리 한 방이 났다. 또 한 방이 난다. 이어서 서너 방이 또 난다. 순흥은 벌떡 일어나면서 댓 걸음 더 뛰어나가 오똑한 바윗등에 올라서서 고개를 늘여 총소리 나던 방향을 바라보았다. 그의 눈에 폭발탄을 던지고 서벅서벅하고 눈 속으로 도망하다가 탄환에 맞아 거꾸러지는 호리호리한 아내의 펄렁한 모양이 보인 듯하였다.

162회 "아아. 내 아내여!"

하고 순흥은 두 손으로 낯을 가리고 울었다. 자기는 혼인한 지 10년이나 넘도록 그 아내를 잘 사랑해 주지를 못하였다. 학교에 다닙네, 여행을 갑네 하고 1년에 사오일도 아내를 위로해 본 일이 드물었고 3년 동안이나 감옥에 있다가 나온 뒤에도 무슨 생각을 합네, 공부를 합네 하고 아내를 안방에다 두고 자기 혼자 건넌방에 있었다. 그러다가 이번 최후의 결심을 한 후에야 약 일주일 동안 아내와 동거를 하였다. 괴로우나 즐거우나 입 밖에는 커녕 낯색에도 내지 않는 아내가 얼마나 항상 자기의 사랑에 주려 하였던가. 얼마나 자기가 반가운 낯으로 안아 주기를 바랐던가. 자기가 혹 방학 때에 잠깐 집에를 다녀가거나 또는 어디 여행을 떠날 때면 밤을 새워 가며 의복, 음식 범절을 준비하여 주고 나서 마지막 떠날 때에 얼마나 슬퍼하는 빛이 눈에 나타났던가. 그러나 그런 줄은 알면서도 따뜻한 사랑으로써 그의 간절한 요구를 갚아 주지 아니하였다.

그것이 순흥의 가슴을 심히 아프게 한다.

순흥은 그 아내를 사랑하지 않았다. 그의 맘이 착한 줄은 잘 알았건만 그가 자기를 몸 바쳐 사랑하는 줄도 잘 알건만 그래도 어쩐 일인지 그에게로 애정이 끌리지를 아니하였다. 어딘지 모르지만 불만이 있었던 것이다. 순흥이가 순영이를 지극히 사랑한 것도 아내에게 대한 불만이 그 중요한 원인 중의 하나인 것이 사실이었다.

그러나 그 아내는 순흥을 대신하여 목숨을 버렸다. 오직 시골교회 소학교를 졸업하였을 뿐이요, 농촌의 옛날 가정에서 자라난 아내는 남편과 아들딸들에게 대한 헌신적 사랑으로 찼다.

"날 위하여, 날 위하여!"

하고 순흥은 후회와 감사와 감격을 못 이기어 두 손을 비틀고 울었다.

"그러나 이러고 있을 때가 아니다!"

순흥은 다시금 서쪽을 바라보고는 오던 길을 정신없이 걸어서 집으로 뛰어갔다. 울던 메리는 잠이 들었다. 대문도 젖힌 대로 있다. 그래도 행여나 아내가 돌아와 있는가 하고 문을 열었으나 등불 밑에 두 어린애가 자고 있을 뿐이다. 메리의 얼굴에는 아직도 눈물이 마르지 아니하였다.

순흥은 지금까지 다소 귀찮게까지 생각하던 아이들에게 대하여서도 처음으로 누를 수 없는 애정을 깨달았다. 황망한 순흥의 생각에도 이 어린 것을 안고 세상을 살아가는 자기의 모양이 그립게 비치었다.

순흥은 아내가 혹 무슨 필적이나 남기지 아니하였는가 하고 뒤진 데를 또 뒤지고 본 데를 또 보았다. 그러다가 폭발탄 두었던 서랍 속에서 연필로 쓴 종이 조각 하나를 얻었다. 퍽 유치한 글씨로 이렇게 썼다.

"나는 당신 대신으로 갑니다. 나는 다시 살아 돌아오지 아니해요. 내가 죽고 당신이 사시는 것이 좋을 줄로 생각합니다. 반닫이 서랍 속에 돈 200 원 싸 둔 것이 있으니 도망해 주세요. 아이들은 동대문 밖 누이께 맡기시었 다가 무사히 몸을 피하시거든 찾아다가 길러 주세요. 부디부디 죽지 말고 도망하세요. 하나님의 신이 나의 사랑하는 남편을 지키시옵소서. 아멘."

순흥은 이것을 읽고 또 읽었다. 그러나 두번째 읽을 때에는 눈물에 가 리워 글자가 분명히 보이지 않았다.

유언 끝에 무어라고 두어 자 더 쓰려다가 연필로 까맣게 뭉개어 놓은 것이 있다. 순흥은 그것이 무슨 말인지 알아보려고 앞으로 보고 뒤로 보고 불에 비추어도 보고 나중에는 고무를 살살 개칠한 것을 긁어도 보았으나 아 무리 하여도 알 길이 없었다. 그것이 마치 무슨 무서운 말을 쓰려다가 만 것 같아서 무슨 큰 비밀한 뜻이 풍겨 있는 것 같아서 몸서리가 치도록 무섭기 도 하고 다시 알아볼 데 없는 것이 더할 수 없이 애가 타기도 하였다.

'행여나 살았으면. 한 번 더 만나 보았으면' 하고 순흥은 책상에 엎더져 울었다.

163회 순흥은 반닫이를 열었다. 거기는 아내가 애지중지하던 의복──그중 에도 자기 생각에는 가장 중요하다고 생각하는 것들을 넣었다. 물론 순흥의 의복과 아이들의 의복 중에도 좀 값진 것은 다 이 반닫이에 있는 줄을 순흥 은 잘 안다. 아내가 가끔 이것을 열어 놓고는 옷을 꺼내어 마치 그동안 (아마 이삼일 동안) 잘 있었는지를 의심하는 듯이 일일이 만져 보던 것을 기억한 다. 다른 곳에 아무 오락도 없고 맘 붙이는 곳도 없던 아내는 아이들과 옷가 지를 만지고 보고 하는 것으로 유일한 낙을 삼던 것 같다. 이런 일을 그때에 볼 때에는 도리어 순흥에게 불쾌감을 주었다. 좀 더 큰 생각이 없을까. 왜 좀 더 깊은 데 흥미를 못 가질까 하고 불만하게 생각하였던 것이다. 그러나 지금 생각하면 그것이 모두 그립고 슬픈 기억이 되고 말았다.

아내의 유언에 쓰인 대로 반닫이 서랍을 열었다. 그 속에 있는 것은 모두 아내와 아이들의 보물이다. 기실 몇 푼어치 안 되는 것이언만 아내에게는 차마 내놓지 못할 보물들이다.

순흥은 마침내 분홍 헝겊에 꼭꼭 싼 무엇을 찾았다. 그 속에는 10원짜리, 5원짜리, 1전짜리, 50전짜리 은전까지 모두 아울러서 아마 200원이 되는 모양이다. 순흥은 그 돈을 꺼내어 자기의 지갑에 집어넣고 또 무엇이나 없는가 하고 서랍을 살펴 보았다. 과연 거기도 연필로 몇 마디 적은 종이 조각이 있었다.

"당신께서 받은 혼인 반지는 내가 끼고 가요. 어서 어서 이 돈 가지고 도망하세요. 당신의 사랑하시는 아내."

이렇게 써 있다. 순흥은 얼른 반닫이 문을 닫고 그 종이 조각과 책상 위에 놓은 유언서를 한데 꼭꼭 말아서 조끼 속주머니에 집어넣었다.

그 혼인 반지 안 옆에는 순흥의 성명을 새겼다. 아내는 미처 그 생각을 못하고 그것을 끼고 간 것이다.

순흥은 슬픈 중에도 깜짝 놀랐다. 설혹 아내가 죽었다 하더라도 그 반지로 곧 그가 자기의 아내인 것이 판명될 것인즉 경찰이 자기를 붙들러 올 시간은 임박한 것이다.

"새로 2시!"

순흥은 여러 해 묵은 자명종을 보면서 이렇게 중얼거렸다. 벌써 청진동 골목에는 달려오는 경관의 떼가 있는 듯 싶어서 순흥은 귀를 기울였으나 이따금 처마 끝을 스치어 지나가는 바람소리밖에는 아무 인적도 아니 들렸다.

순흥은 거의 본능적으로 모자를 집어 쓰고 목도리를 감고 장갑을 끼고 문고리를 잡았다. 도망하려 함이다. 그러나 "엄마!" 하고 우는 메리의 소리에 뒤를 돌아보지 않을 수가 없었다. 웬일인지 여섯 살 먹은 아들 베드로도 눈을 번쩍 뜨고 무서운 듯이 순흥을 바라본다. 순흥은 아이들을 귀애하지 아니하였다. 때문에 아이들도 아버지에게는 정이 들지 않고 오직 무서워할 뿐이었다.

메리는 손으로 자리를 더듬어 엄마를 찾고 베드로는 무슨 큰 변이 생긴 것을 짐작한 듯이 눈이 둥그레서 벌떡 일어나 앉는다.

순흥은 한참이나 정신 잃은 사람 모양으로 두 아이를 물끄러미 보고 섰더니 끓어오르는 애정을 이기지 못하는 듯이 앉으며 한 무릎에는 메리를, 또 한 무릎에는 베드로를 힘껏 껴안았다. 안긴 아이들은 그 아버지의 가슴이 터질 듯한 슬픔으로 들먹거림을 깨닫고 고개들을 돌려 느껴 우는 아버지의 얼굴을 쳐다보았다. 그러나 아이들은 처음 맛보는 아버지의 사랑에 만족하는 듯이 아무 말 없이 가만히 안겨 있다.

"자자, 응, 아빠하고 자구 내일은 학교 아주머니(순영)한테 놀러 가."

하고 순흥은 옷을 다 벗어 내버리고 자리 속에 들어가 한 팔에 한 아이씩 안고 누웠다. 아이들은 만족한 듯이 잠이 들었다.

순흥은 위험이 시각마다 가까워 오는 것을 느끼면서 아이들이 잠 깰 것을 꺼려 몸도 꼼짝하지 않고 누워 있었다.

164회 짤짤 끓는 조그마한 팔다리가 자기의 몸에 닿을 때마다 순흥은 전에 경험하지 못한 어버이의 사랑과 기쁨을 느끼고 이 어린것들을 위해서는 목숨을 버려도 아깝지 않다는 순진하고 열렬한 헌신적 사랑을 깨달았다. 붙들려 가도 좋다. 붙들려 가 죽어도 좋다. 요 조그마한 생명을 품어 주다가는 몸이 아무렇게 되어도 아깝지 않다.

메리는 조그마한 손과 불같이 뜨거운 입으로 순흥의 가슴을 더듬어 젖을 찾다가는 두어 번 킹킹 하고 실망의 뜻을 표하고는 또 잠이 든다.

"어머니의 사랑!"

순흥의 머릿속에는 이런 생각이 번뜩 난다. 이러한 사랑이 있기에 어머니들이 밤잠을 못 자며 오줌똥을 치워 가며 아들딸을 기르는 것이다.

이런 생각을 하면 아내 생각이 더욱 간절하였다. 남편과 자녀를 위하여 언제나 몸을 바칠 수 있는 그의 사랑——진실로 맑고도 뜨거운 사랑의 뜻이 깨달아지는 듯하였다. 그의 갚아지기를 바라지 않는 사랑을 갸륵하게 생각했다.

순흥은 스스로 나라를 사랑한다고 자처하였다. 그러나 과연 그 사랑이 아내의 사랑과 같이 순결하고 열렬하고 그러고도 자연스러웠을까. 순흥은 스스로 의심하지 않을 수가 없었다.

순흥 자신은 아내를 사랑하지 않았건만 아내는 끊임없이 자기를 사랑하였다. 그러나 자기는 조선과 조선 사람이 자기를 사랑하지 않음을 볼 때에 분노와 원망으로써 그들에게 대하였다. "망할 놈의 조선", "모조리 때려 죽일 조선 놈들!"——이렇게 자기는 자기의 뜻과 같지 않다고 자기의 사랑을 받지 않는다고 분노하고 원망하고 실망하여 마침내 몸까지 죽여 버리려 하였다.

이번에는 베드로의 팔이 순흥의 가슴 위로 넘어 온다.

그러나 어찌하나. 아내의 혼인 반지로 아내의 신분이 판명되었을 것인즉 날이 새기 전에 자기는 붙들려 갈 것이다. 어쩌면 벌써 형사들이 와서 이 목 저 목 지켜 섰을는지도 모른다. 순흥이가 귀를 기울일 때에 과연 멀리서 구두소리가 울려오는 것도 같고 들창 밖에서 숙덕거리는 소리가 들리는 것도 같다. 그러나 다시 가만히 들어보면 아무 소리도 없다.

그렇다고 한편에 하나씩 매달려 자는 어린 것들을 내버리고 혼자 달아날 수도 없다. 또 그렇다고 붙들려 가기를 기다릴 수도 없다. 또 그렇다고 혼자만 도망하여 실 면목도 없다. 이 밤에 서대문 감옥 외에 왜장내 총독부와 경복궁 안에 새로 짓는 총독부와 종로 경찰서와 ○○○의 집과 네 군데 일시에 폭발탄을 던지기로 하였는데 서대문 감옥에서 폭발이 된 후에도 아무 소리가 나지 않는 것을 보건대 모두 중도에 붙들려 간 모양이다. 그러면 다른 동지들은 다 붙들려 갈 때에 자기 혼자만 달아나 생명을 보존할 면목이 있을까. 그렇게 생각하면 아내의 목숨을 대신 희생하고 자기 혼자 살겠다고 도망하는 것이 더욱 비열한 것도 같다.

"어찌하면 좋은가?"

순흥은 빤빤한 눈으로 파리똥 묻은 천장을 바라보았다. 아랫목 못에 걸린 아내의 행주치마가 눈에 뜨인다. 그 곁에는 베드로의 색동 마고자가 걸렸다.

"차라리 경찰서에 자현을 할까. 그래서 동지들과 아내와 운명을 같이할까."

메리가 무슨 꿈을 꾸는지 발을 바둥바둥하여 순흥의 옆구리를 찼다.

그렇게 아내와 동지들과 운명을 같이하는 것이 옳은 듯도 하나 그래도 자기는 살아야 할 것 같다. 살 필요가 있는 것 같고 희망도 있는 것 같고, 아내와 아이들을 위하여서만이라도 살 의무가 있는 것도 같고, 그보다도 베드로와 메리의 입김이 자기의 두 뺨을 스칠 때에는 살고 싶은 욕심이 억제할수 없이 강렬하여짐을 깨달았다.

"아아, 내가 어찌하면 좋은가?"

순흥은 몸도 움직이지 못하고 애를 태웠다.

165회　기나긴 동짓달 밤도 샐 때가 있다. 베드로와 메리가 자주 돌아눕기를 시작하다가 눈들을 떠서 순흥을 보고는 그것이 어머니가 아닌 것을 수상히 여기는 듯이 물끄러미 아버지의 얼굴을 본다.

"어뜨무러차! 자, 일어나자."

아이들은 일어나서 남의 집에 간 아이들 모양으로 사방을 돌아보고는 다시 아버지를 본다.

순흥은 서툰 솜씨로 아이들에게 옷을 입혔다.

순흥은 행랑으로 나아가 잠깐 필요가 있으니 아범의 옷과 지게를 빌려 달라고 청하고 자기의 옷 한 벌을 대신 주었다. 순흥이가 아범의 옷으로 갈아입는 것을 보고 베드로와 메리는 웃음을 참지 못하는 듯이 깔깔 웃었다. 그 웃는 것을 보는 순흥은 창자가 끊어지는 듯하였다.

순흥은 베드로와 메리를 한 팔에 하나씩 껴안고 그 부드러운 뺨에 수없이 입을 맞추었다. 아이들은 영문을 모르는 듯이 눈만 크게 뜨고 아버지가 하는 대로 가만히 있을 뿐이요 아무 말이 없었다.

순흥은 두 아이를 방바닥에 내려놓고,

"내 가서 학교 아주머니 데려올게."

이렇게 달래어 놓고는 아랫방에 자는 안잠자기(그는 예수 믿는 과수로 하인 대접을 안 받고 사오 년째나 순흥의 집에 있는 이다)를 불러 잠깐 아이들을 보아 주라고 이르고, 지게를 지고 목출모(눈만 내어 놓는 노동자의 모자)를 꾹 눌러 쓰고 대문 빗장에 손을 대었다. 집안 사람들은 모두 순흥의 행동을 수상히 보았으나 감히 물어 보지도 못하였다.

순흥이가 대문 빗장에 손을 대려 할 때에 대문 밖에서 자주 걸어오는 구두소리가 들린다. 순흥은 본능적으로 한편으로 비껴 섰다.

"문 열어 주."

하는 것은 어떤 부인네의 목소리다.

순흥은 지게를 벗어놓고 안으로 뛰어 들어왔다. 자기도 어쩐 셈을 모르거니와 가슴이 몹시 설렘을 깨달았다.

그러나 "언니!" 하고 안마당에 들어선 것은 순영이요. "문 열어 주"하던 이는 순영의 아들을 안은 유모. 순영은 마루에 섰는 순흥을 보고도 누구인지 알아보지 못하였다. 아직 전깃불도 나가지 아니한 아침 6시다. 순영이가 순흥을 알아볼 때는 놀래어서 한참 어안이 벙벙하였다.

"웬일이냐?"

"오빠. 나는 오빠 말대로 참사람이 되어 볼 양으로 그 집에서 나왔어요."

아이들이 "학교 아주머니!" 하고 뛰어나와 순영에게 매달렸다.

"들어오너라."

하고 순영을 끌고 안방으로 들어갔다.

"네 언니가 어젯밤에 서대문 감옥에 폭발탄을 던지고 죽었다. 내 대신 죽었다. 내가 지금 길게 말할 시간이 없으니 너 이 아이들 데리고 살아다오. 나는 어디로 가서 어찌될는지 모른다. 내가 그동안 네게 대해서 잘못한 것은 용서해라. 나는 내 아내에게도 잘못하고 아이들에게도 잘못하고 너에게도 잘못하고 나라에 대해서도 잘못하고 모두 잘못만 한 사람이다. 내가 만일 어디 가서 살아나면 좋은 사람이 되어 보마. 엇다."

하고 순흥은 속주머니에서 아내의 유서 싼 것을 순영에게 내주고 순영의 손을 한 번 힘껏 잡고 메리와 베드로의 머리를 한 번 만져 주고,

"모든 희망은 이 아이들에게 있다! 새 조선은 이 아이들에게 있다. 다시는 내가 너를 못 보더라도 너는 조선의 어린아이들을 위해서 몸 바치고 살아라. 자, 나는 간다. 살림살이에 관한 것은 네가 다 알아서 해라. 나는 간다."

하고 나가는 길에 봉구의 아들이라는 순영의 어린아이를 잠깐 보고는 지게를 지고 대문을 나섰다.

"응. 염려 마세요."

순영은 정신없이 마루 끝에 우두커니 서 있다.

166회 순영은 너무도 의외의 일을 당함에 자기의 슬픔과 괴로움은 잊어버리고 말았다. 앞에 놓인 어린애 셋을 보고 정신없이 앉았다가 한참 지나서

야 순흥이가 주던 종이 조각을 펴 볼 생각이 났다.

"내가 사는 것보다 당신이 사시는 것이 아이들을 위하여서는 좋다고 생각합니다."

이 구절에 이르러 순영은 그 종이 조각을 이마에 대고 울었다.

"언니! 내 언니 대신 아이들을 잘 기를게요."

이렇게 순영은 산 사람을 대하는 모양으로 두 번 세 번 중얼거렸다.

"엄마 어디 갔소?"

아까부터 의심스러운 얼굴로 있던 베드로가 우는 순영을 붙들고 묻는다.

"엄마… 엄마, 저 멀리 가셨어…. 인제는 학교 아주머니하고 같이 잔다, 응."

"학교 아주머니 집에 안 가고 우리 집에 늘 있소?"

"응, 아무 데도 안 가고 있을게."

"엄마 어디 갔어?"

베드로는 엄마 간 데를 알고야 말려는 듯이 또 묻는다. 순영은 대답이 막혔다.

"엄마 죽었소?"

베드로의 눈에는 눈물이 어렸다.

"응, 엄마는 저 천당에 가셨어. 너하고 메리하고는 나하고 살라구."

순영은 이렇게 대답하지 않을 수가 없었다.

베드로는 마침내 어머니를 부르고 소리를 내 울고 메리도 따라 울었다. 전등불이 나갔다.

그래도 산 사람은 먹어야 한다고 아침을 먹고 앉았을 때에 정복 순사와 사복한 형사 사오인이 몰려 들어와서 순흥을 찾다가 못 찾고 순영을 붙들고 한참 힐난하다가 가택 수색을 하고는 순영을 끌고 경찰서로 가 버렸다. 그러나 순영은 곧 집으로 돌아올 수가 있었다.

그날 신문에는, 서대문 감옥 폭탄 사건과 그 범인인 여자는 당장에서 죽었다는 말과 그날 밤에 총독부 앞에서와 경복궁 앞에서 수상한 사람 사오 인이 검거되었고 그들의 몸에서는 폭탄이 나왔으며 새벽 안으로 종로, 서대문, 동대문, 본정 각 경찰서에서 수십 명의 혐의자를 체포하였으나 아직 사실은 비밀리에 있다는 말과 그러나 ○○단의 소위는 분명하다는 말이 게재되었다.

이로부터 며칠 동안 서울 장안은 마치 계엄령 밑에 있는 듯하였고 인심은 물 끓듯 하였다. 각 여관은 무시로 수색당하고 평소에 위험분자로 주목을 받아 오던 많은 청년이 경찰서로 붙들려 들어갔다.

그러나 여러 날이 지나도록 서대문 감옥 여자 범인의 신분은 판명되지 않았다. 혹은 중국 방면에서 들어온 여자 ○○단원이라고도 하나, 첫째로 머리가 여학생 머리가 아니요 비녀로 쪽진 것과 젖이 어린아이를 빨려 본 것이 분명한 즉 여염집 부녀라고도 하였다. 그러나 이런 것은 모두 풍설뿐이요 책임 있는 당국자들은 굳게 입을 봉하고 그 사건에 관하여서는 말이 없었다. 그 때문에 더욱 세상의 호기심을 끌었다. 이로 보아 순흥의 집에 경관이 온 것도 그저 혐의자로 순흥을 붙들러 온 것이요 그 범인이 순흥의 아내인줄을 알고서 온 것이 아님을 순영은 알았다.

경찰에서는 이 여자가 누구인가를 다른 연루자들에게 물었으나 그들도 물론 알 리가 없었다.

이 모양으로 십여 일이나 끌어서 양력 세말이 거의 된 때에야 이 대음모단의 진상과 서대문 감옥 사건의 여자 범인의 신분이 판명되었다.

경찰과 재판소에서는 하도 여자 범인의 신분을 알 길 없으므로 그 범인의 시체를 '해부해 보자'는 의론이 생겨서 한번 묻어 버렸던 것을 다시 파내어서 총독부 의원에서 해부를 하였다. 그러한 결과 시체의 위 속에서 김 순홍이라고 새긴 금반지를 발견하였다.

167회　순흥의 부인의 시체가 해부되어 그 위 속에서 나온 금반지로 하여 서대문 감옥 폭탄 범인 판명되는 거의 동시에 또 이러한 사실이 판명되었다──그것을 말하려면 먼저 경훈의 그동안 소경력을 간단히 말할 필요가 있었다.

경훈은 그 아버지가 죽은 후에 얼마 아니하여 ○○단원을 따라 거대한 돈을 가지고 중국 방면으로 달아났다. 처음 상해로 갔다가 거기서 ○○단의 신임을 얻어 ○○단의 본부가 천진을 거처서 관전현으로 올 때에는 벌써 그 단의 중요 간부의 한 사람이 되었다. 그는 다만 돈을 내어 바칠 뿐 아니요 몸까지 내어 바처서 이삼차 몸소 무기를 가지고 강계, 초산 등지에 들어와 혹은 면소를 습격하고 혹은 주재소를 습격하였다. 그리고 겨울을 기약하여 크게 조선을 소란시킬 목적으로 많은 돈을 허비하여 수백 개의 폭탄과 단총을 준비하였다. 이것은 당시 ○○단의 사정으로는 경훈이 아니고는 이 일을 할 수 없었기 때문에 경훈에게 돌아오는 신용은 여간 아니었다. 그는 어리석은 편이나 고등한 교육을 받았고 또 보통 사람이 따르지 못할 일종의 용기가 있었으며, 또 그가 남의 말을 거절하지 못하고 따라가는 그 약점이 도리어 용기가 된 때가 많이 있었다.

폭탄과 육혈포가 준비되자 경훈이가 몸소 앞길잡이가 되어서 서울로 들어왔다. 서울에 들어와서 각 지방으로 퍼진 이십여 명의 일당은 거의 경훈의 지배를 받는 형편이 되었고, 또 경훈이만큼 서울 사정을 잘 아는 이도 그들 중에는 별로 없었다.

순흥은 기실 ○○단원은 아니다. 그는 경성 안에 있는 몇몇 불평분자를 모아 가지고 본디 애국자로서 뜻을 변한 듯한 자들을 찾아도 가고 부르기도 하여 질문도 하고 혹 때리기도 하는 것을 일삼아서 일시 사설 검사국으로 서울 안에 한 무서움이 되었던 것이다. 그러다가 순흥이가 마침내 조선의 지사란 자들에게 실망을 하고 조선의 장래에 대하여 실망을 하고 자기의 생활에 대해서까지 실망을 하게 된 때에 마침 경훈이와 같이 들어온 ○○단원 중의 하나인 이 모를 만난 것이다. 그 이 모라는 이는 본래 의학전문학교 학생으로 만세운동 때에는 순흥, 봉구들과 같이 앞장을 섰다가 서대문 감옥에 들어갔다가 병으로 보석을 받아 나와 있다가 중국인의 소금배를 타고 중국으로 도망하였던 사람이다. 이리하여 순흥이가 이 폭탄 계획에 참여하게 되었던 것이다. 그러므로 순흥은 경훈을 만난 일조차 없다.

얼마 전 총독부와 종로 경찰서에 대한 폭발탄 계획이 들어져서 세 동지를 잃어버리고는 이번에는 하룻밤에 일시에 행하기로 작정을 하였던 것이 또 실패가 되어 단원들이 많이 붙들리는 판에 경훈도 시흥으로 달아나 어느 친척의 집에 숨었다가 서울 그의 첩의 집에 감추어 둔 무기와 서류를 처치하고 집에서 돈도 좀 얻어 가지고 달아날 양으로 서울로 올라와 그의 첩(끔찍이 사랑하던 첩이다. 그 때문에 죽은 아버지와도 많이 싸웠다. 그 첩도 퍽 경훈에게 충실하여 경훈이가 해외에 간 동안에도 정절을 지켰다고 한다.)의 집에서 마지막으로 하룻밤을 자다가 새벽에 달아날 준비를 하는 차에 경관이 달려들어서 육혈포를 놓아 경부 한 명을 부상케 하고 마침내 붙들렸다.

경훈은 용기는 있으나 좀 어리석고 묽었다. 이 약점 때문에 붙들려 간 지 몇 시간이 못하여 모든 사실을 다 불어 버렸다. 그는 심문하는 경관의 꾐과 몸의 고통을 견디지 못한 것과 또 한 가지 호기를 부리자는 일종의 허영심으로 모두 불어 버린 것이다.

"당신은 영웅 기상을 가진 지사가 아니오? 당신이 자백만 아니 하면 여러 십 명 혐의자가 괜히 고생을 안 하겠소? 또 다른 사람들도 다 자백을 하였는데 당신만 고집하면 무엇 하오?"

이러한 경관 말에 경훈이가 확 내불었다고 전한다. 사실상 그리하였는지 알 수 없으나 경훈을 잘 아는 사람들은 다 그럴 사람이라고 말한다.

168회 해가 끝나기 전에 남은 사무를 처리하려고 모든 관청은 밤까지도 바쁘게 일을 하였다. 서대문 감옥에 있는 사형수인 삼사인도 이삼일 내로 다 형을 집행한다 하여 혹은 가족의 특별면회를 허하며, 혹은 변호사에게 유언장을 위임하기를 허하였다.

이러한 일을 당하는 사형수들은 모두 자기의 죽을 날이 임박한 줄을 알고 혹은 슬피 울며 혹은 소리를 지르며 혹은 방바닥과 벽을 울렸다.

봉구가 그 늙은 어머니에게 마지막 면회를 하게 된 것은 12월 20일이다.

"이놈아, 네가 정말 사람을 죽였단 말이냐. 이 불효놈아."

하고 늙은 어머니가 몸부림을 하고 울 때에는 봉구도 소리를 내어 울었다.

"어머니, 저는 사람을 죽인 일은 없습니다. 하나님이 아십니다."

하고 봉구는 어머니에게 빌었다. 그러나 어머니는 인제 와서 봉구의 무죄함을 믿지 않는 모양이었다. 아무렇게 해서라도 이 불쌍한 늙은 어머니에게는 자기가 무죄한 것을 알려 드리고 싶었으나 인제는 그렇게 할 도리가 없다는 것을 깨달을 때에 봉구의 맘은 죽기보다도 더 괴로웠다.

그래서 다만,

"어머니, 어머니, 저는 다른 죄는 많더라도 사람을 죽인 죄는 없습니다. 인천 김 의관을 죽인 사람은 따로 있습니다──누군지도 저는 압니다──저는 아닙니다."

하고 울 뿐이었다. 그러나 봉구의 그 말도 어머니에게는 아무 위로도 되지 못한 듯하였다. 어머니는 마침내 기절이 되어 끌려 나가고 봉구는 윤 변호사에게 조선은행 인천지점에 예금한 돈 2만 원 중에 만 원을 어머니에게 드리고 나머지 만 원을 순홍의 유족에게 보내어 달라는 유언장을 위임하고는 정신없이 방으로 돌아왔다. 순흥 부인 사건은 윤 변호사에게 들은 것이다.

봉구는 그래도 행여나 하는 한 줄기 살아날 희망을 가지고 왔으나 인제는 아주 끊어져 버렸다. 희망이 아주 끊어져 버리니 한편으로는 살고 싶은 굳센 욕심이 일어나고 또 한편으로는 "에끼 빌어먹을 것!" 하고 단념하는 생각이 났다.

그런 지 이틀 후 12월 22일에 봉구는 검사국에 호출을 당하여 천만 의외에 경훈을 대하였다. 검사는 양인이 자유로 담화하기를 허하였다. 그것은 자유로운 담화 중에서 사건의 진상을 알아보자는 뜻이다.

이 허락이 내리자 경훈은 봉구의 손을 잡으며,

"신형! 나를 용서하오. 애매한 형에게 내 아버지 죽인 죄를 씌워서 하마터면 형의 생명까지 위험할 뻔했으니 나를 용서하시오. 낸들 그동안에 맘이 편했을 리가 있었겠소만 나도 불원간에 형의 뒤를 따라 죽을 것을 각오도 하였고 또 될 수만 있으면 형이 죽기 전에 내가 붙들려서 형을 구해 내려는 생각도 가지고 있었소이다. 내가 이렇게 서울로 급히 들어온 데는 그런 이유도 있는 것이니 알아주시오. 형이 믿어 주실는지 어떨는지 나는 모르지요."

"그 사건이 난 뒤에 내가 아버지 장례를 지내고도 20여 일이나 집에 있었소. 나는 노형이 내 말을 내지 않고 그 무서운 애매한 죄를 가만히 뒤집어쓰는 것을 볼 때에 나는 진실로 울었소. 그때에 나는 곧 자현해서 형을 구원해 낼 생각도 났었소. 그러나 나는 이왕이 목숨을 버리려거든 좀 더 뜻 있게 버릴 양으로 지금까지 있었소이다. 신형 나를 용서하여 주시오."

피곤과 흥분이 한데 섞인 듯한 경훈은 반쯤 미친 사람 같았으나 그의 일언일구에는 모두 정성이 찼다. 봉구는 너무도 의외의 일에 어찌할 바를 모르고 다만 경훈의 말을 듣고만 있었다.

경훈은 목이 멜 듯이 감격한 소리로,

"신형, 나는 인제는 죽는 사람이오. 나 같은 놈은 이만하면 났던 보람도 한 심이오만 형은 이제는 살아나갈 터이니 내가 다 살지 못한 목숨까지 형께 드리니 부디 오래 살아서 조선 위해 일 많이 하시오."

하고는 복받쳐 오르는 울음을 참으려는 듯이 잠깐 말이 막힌다.

169회 경훈의 눈에서는 눈물이 흘러내린다.

"신형, 내가 할 말이 대단히 많은데 두서를 차릴 수가 없소그려. 나를 용서하시오. 그리고 내 집 일 맡아 보아주시오. 될 수 있거든 내 누이——경주——사람은 변변치 못하지만 노형을 지극히 사모하니 될 수 있으면 아내로 삼아 주시오…. 내가 만일 사형을 당한다 하더라도 다시 유언할 기회도 있겠지요."

하고 경훈은 주먹으로 눈물을 씻으며,

"나를 용서해 주는 표로 이 손을 한 번 힘껏 쥐어 주시오."

하고 눈물 흐르는 눈으로 봉구를 본다. 봉구는 울면서 함께 경훈의 손을 잡았다. 두 손은 부르르 떨었다.

"더 할 말 없어?"

하는 검사의 말에 경훈은 문득 생각나는 듯이 무슨 말을 하려다가 참는 모양으로,

"없소!"

하여 버린다.

"신봉구, 지금 김경훈이가 한 말은 다 참인가?"

하고 검사가 봉구에게 묻는다. 봉구는 대답이 없었다. 검사는 대답 안 하는 유명한 신봉구인 것을 생각하고 픽 웃었다. 그리고 몇 마디 더 물어도 대답이 없으므로 봉구와 경훈과의 회견은 이로써 끝이 났다.

12월 26일에 간단한 재심의 절차를 마치고 28일 함박눈이 퍼붓는 날

아침 10시에 봉구와 경주는 서대문 감옥 문을 나왔다. 문 밖에 지키고 기다리던 봉구의 모친은 봉구를, 경주의 모친은 경주를 껴안고 울었다. 같은 감옥 안에 경훈이도 있는 줄을 아나 그를 만나 볼 수는 물론 없었다.

황 간수도 빙긋 웃으며 봉구에게 잘 가라는 인사를 하였다. 경주는 봉구를 보더니 사람의 눈도 꺼리지 않고 봉구에게 매달려,

"살아나셨구려, 응. 살아나셨어요!"

하고 소리를 내어 울었다. 봉구는 그 모친에게 경주가 자기의 은인의 딸인 것과 그 어머니는 자기가 인천 있을 때에 많이 귀애해 주던 어른인 것을 말하고 경주 모녀도 우선 봉구의 집으로 들어가기로 하였다.

봉구는 이태 만에 처음 어머니의 집으로 돌아왔다. 본래 열댓 간밖에 못되는 조그마한 낡은 집인 데다가 봉구가 떠난 후로는 늙은 어머니 혼자서 집을 돌아볼 정신도 없어서 아주 사람 안 사는 빈집같이 황폐하였다. 대문 밖에는 물론이어니와 안마당에도 눈이 덮인 대로 발자국 하나도 보이지 않는다. 이것이 어머니가 사시던 집인가 하여 봉구는 눈물이 나오려 하였다.

그러나 이 집은 봉구가 불쌍한 어머니의 슬하에서 어려서부터 자라난 집이다. 지금 저기 창이 뚫어진 건넌방이야말로 봉구가 어린 꿈, 젊은 꿈을 다 꾸던 데요, 또 사랑하는 순영을 맞아들여 향기로운 사랑의 장래를 말하던 데다.

봉구는 마루에 올라서는 길로 건넌방 문을 열어 보았다. 그 속에는 책상이라든지 방석이라든지 벽에 붙인 사진이라든지 모두 자기 떠날 때 모양 그대로 있다.

봉구는 손님이 있는 것도 꺼리지 아니하고 방금 마루에 올라서서 옷의 눈을 털고 있는 어머니 앞에 꿇어앉았다.

"어머니, 이제부터는 잠시도 어머니 곁을 떠나지 아니할게요. 꼭 어머니 곁에만 있을게요. 어머니께서 저렇게 늙으셨습니다그려."

이렇게 맹세를 하였다. 자기 때문에 일생에 애를 쓰고 마침내 눈까지 어두워져서 아까 감옥 문 밖에서도 자기를 붙드느라고 어릿어릿하던 것을 생각할 때에는 가슴이 찢어지도록 어머니가 불쌍하고 어머니의 은혜가 망극함을 깨달았다.

"오냐. 네가 살아 돌아왔으니 나는 금시 죽어도 눈을 감겠다."

이렇게 말하고 어머니는 심히 만족해하는 듯이 손님을 안방으로 청해 들였다.

170회 어머니의 손수 만든 간단한 반찬으로 네 사람이 마주 앉아서 점심을 먹었다. 두 어머니는 각각 그립던 자식을 바라보느라고 밥을 먹는지 국을 먹는지도 몰랐다. 숟가락에 밥이나 국을 떠 들고 아들이나 딸을 바라보다가 는 그것을 소반 위에 엎지르고는 웃고 그러고 나서는 손으로 아들이나 딸의 등을 만지고는 울었다.

"어서 더 잡수세요."

"왜 안 먹니? 더 먹어라."

"에그 얼마나 굶어주렸을까."

이 모양으로 한 어머니가 억지로 국에 밥을 말아 주면 또 한 어머니는 억지로 두 젊은 사람의 밥그릇에 숭늉을 부어 주었다.

그러다가 두 늙은 과부가 각기 신세타령을 하고는 울었다.

봉구는 어머니의 사랑이라는 것을 처음 깨닫는 것같이 감격하였다. 만일 저렇게 깊고도 은근하고도 헌신적이요 아무 갚아지기를 바라지 않는 어머니의 사랑으로써 사람이 사람을 서로 사랑한다 하면 얼마나 세상이 행복될까. 만일 자기 혼자만이라도 이 어머니의 사랑을 가지고 조선을 사랑하고 모든 조선 사람을 사랑할 수가 있으면 얼마나 좋을까?

이때에 봉구의 눈앞에는 한 비전(광경)이 보인다. 그것은 맨발로 허름

한 옷을 입은 예수가 갈릴리 바닷가에 무식한 순박한 어부들과 불쌍한 병인들을 모아 데리고 앉아서 일변 가르치고 일변 더러운 병을 고쳐 주는 광경이다. 사막의 볕이 내리쬐고 바다에는 실물결을 일으킬 만한 바람도 없다. 그 속에서 얼굴이 초췌한 예수는 팔을 두르면서 '사랑'의 복음을 말하고 불쌍한 백성들은 피곤한 얼굴로 예수를 쳐다보며 그 말을 듣는다.

"여우도 굴이 있고 공중에 나는 새들도 돌아갈 것이 있으되 오직 인자는 머리 둘 곳이 없다."

과연 그는 집도 없고 재산도 없고 아내도 없고 전대도 없고 두 벌 옷도 없고 싸 가지고 다니는 양식도 없었다. 그는 거지 모양으로 이 성에서 저 성에, 이 동네에서 저 동네에, 이 집에서 저 집에 돌아다니며 주면 먹고 아니 주면 굶으면서, "사랑하라. 서로 사랑하라" 하고 돌아다녔다. 그리고 정치적으로 로마제국의 압박을 받고 계급적으로는 바리새교인의 압박을 받고 척박한 토지에서는 먹을 것, 입을 것도 넉넉히 나오지 않아 헐벗고 굶주리고, 인심은 효박하여지고 궤휼하여져서 서로 미워하고 서로 속여 이웃이 모두 원수와 같이 된 유대의 불쌍한 백성들에게 끝없는 희망과 기쁨과 위안을 주었다. 그가 무엇을 바랐던가. 돈이냐, 권세냐, 이름이냐, 일신의 안락이냐. 그는 오직 어머니와 같은 사랑으로 불쌍한 인류에게 기쁨을 주기를 바란 것이다.

봉구의 눈앞에는 다시 조선이 떠 나온다. 산은 헐벗고 냇물은 말랐는데 그 틈에 끼어 있는 수없이 쓰러져 가는 초가집들, 그 속에서 먹을 것이 없고 입을 것이 없어 허덕이는 이들——앓는 이들, 우는 이들, 죽는 이들, 희망 없는 기운 없는 눈들——영양 불량과 과도한 노동으로 휘어진 등들——가난과 천대에 시달려서 구부러지고 비틀어진 맘들——러면서도 서로 욕설하고 모함하고 서로 속이고 서로 물고 할퀴는 비참한 모양과 소리——이런 것이 봉구의 눈앞에 분명한 비전이 되어 나뜬다.

"가거라! 어머니의 사랑과 노예의 겸손으로 저들 불쌍한 백성에게로 가거라!"

봉구의 귀에는 분명히 이 소리가 울린다.

"얘, 밥 안 먹고 무슨 생각을 그리하느냐?"

하는 어머니의 말에 봉구의 비전은 깨졌다. 주름살 많은 그 어머니의 얼굴이 눈물과 기쁨으로 빛나는 것을 보고 봉구는 "네" 하고 웃으며 밥을 푹푹 떠 넣었다.

"어머니! 내가 가는 데면 아무 데나 가시지요?"

하고 봉구는 웃으며 어머니를 쳐다보았다.

171회 "암…. 왜?"

이렇게 어머니는 의심스러운 눈으로 아들을 바라보며 물었다.

"아니야요. 글쎄 그러시겠나 말씀이야요."

경주와 눈이 마주칠 때에 경주의 눈은 이상하게 빛난다.

경주는 밥 먹는 동안에도 그 눈은 항상 봉구에게 있었다. 봉구도 그것을 안다.

'나는 당신 가시는 데면 아무데나 갈 테야요' 하는 생각인 줄을 봉구도 안다. 봉구뿐 아니요 두 어머니도 안다.

경주는 곁눈으로나 봉구를 보는 것이 아니라 마치 누이가 반가운 오라비를 만나거나 어린 딸이 아버지를 보는 때에 하는 모양으로 물끄러미 한참씩이나 봉구를 바라보는 것이다. 그 큰 눈에 애정과 눈물이 가득 차 가지고.

그러나 그것을 볼 때에는 봉구의 맘은 괴로웠다. 그처럼 참된 경주의 사랑이 고맙기도 하고 또 한껏 기쁘기도 하면서도 자기는 사랑을 받아들일 권리가 없음을 깨닫는 까닭이다. 예전 인천 있을 때에는 오직 순영에게 대한 실연의 아픔 때문에 모든 여자가 다 미웠을뿐더러 순영이를 사랑하던 눈으로는 경주는 너무도 아름다움이 부족하였었다. 지금은 경주의 안에 크게 아름다운 것이 있는 것을 보았으나 이번에는 자기가 그 아름다움을 받아들일 자격이 없다고 생각한다. 물론 순영에게 대한 사랑의 뿌리가 뽑히지도 않았다. 뽑히기는커녕 한끝으로 순영을 원망하고 저주하는 생각이 깊으면 깊을수록 순영에게 대한 애착심도 더욱 깊어 가는 듯하였다. 감옥에 있는 동안에도 혹 순영과 경주와를 비교해 볼 때에는 이성으로는 경주에게 값을 많이 치면서도 감정으로는 아무리 하여도 순영에게로 끌림을 깨달았다.

'만일 내가 살아나가 순영이가 내게 매달려 ──그러면 나는 어찌할까?' 하고 혼자 생각할 때에는 봉구는, "이 더러운 계집아. 저리 가거라" 하고 차 내버릴 결심이 생기지를 않았다. 더구나 순영이가 법정에서 자기를 위하여 증인을 서 준 뒤부터는 더욱 그리하였다.

점심이 끝난 뒤에 경주 모녀는 2시 차로 인천으로 내려갔다. 봉구는 정거장까지 나가서 표를 사고 자리까지 잡아 주었다. 차에서 내리려고 할 때 경주는 가만히 봉구의 손을 쥐고 울었다. 경주의 어머니는 딸이 하는 양을 책망도 않고, 며칠 후에는 어머니 모시고 부디 한번 오라고 부탁을 하였다.

눈은 아직도 부슬부슬 내리는데 봉구는 오래간만에 ──그도 천만 이외에 얻은 자유를 맘껏 즐기려는 듯이 전차도 아니 타고 슬슬 걸어서 집으로 돌아왔다. 길이나 집들이나 길로 다니는 사람들이나 예와 다름이 없어도 처음 보는 것과 같이 신기하고 반가웠다. 봉구는 마치 시골서 처음으로 서울 구경을 올라온 사람 모양으로 두리번두리번 대한문 앞으로 걸어 들어온다.

정신없이 황토마루^{현 세종로 일대}를 향하고 몇 걸음을 가다가 다시 정신을 차려서 새로 짓는 경성부청 앞으로 돌아나와서 모교다리^{청계천 모전교} 골목으로 들어서려 할 때에 한 손에 어린애 하나씩을 끌고 장곡천정^{소공동의 일제강점기 명칭}으로서 나오는 부인 하나를 보았다.

"순영이다!"

하고 봉구는 우뚝 섰다. 봉구의 가슴은 무엇에 놀란 사람 모양으로 뛰었다. 그리고 저도 모르는 동안에 돌아서서 외면을 하였다.

"눈 잘 온다. 메리야, 눈 오는 것 좋지."

"응, 아주머니 좋소? 나도 눈사람 만들 테야——집에 가서."

"눈사람 만들거든 네 재킷을 입히고 과자도 줄까?"

"싫수——내 헌옷 주어, 응."

순영은 아이들과 이런 이야기를 하면서 봉구의 대여섯 걸음 뒤로 지나 간다. 봉구는 그 아이들이 순흥의 아들딸인 줄을 알았다.

172회 대여섯 걸음이나 무심코 지나가다가 순영은 판장 모퉁이에 저리로 향하고 섰던 남자의 모양이 눈에 띄었던 것을 생각하였다. 그 모양이 어딘 지 모르나 눈에 익은 듯하고 또 자기를 보고 돌아서는 양이 수상하다고 생 각하였다. 그렇게 생각하면 '봉구'라는 생각이 따라나온다. 봉구가 무죄가 되어 쉬 나오게 되리란 말을 신문에서 본 순영은 그 남자와 봉구와를 한데 연상하지 아니할 수 없었다.

순영은 뒤를 돌아보기가 심히 무서운 듯한 생각을 가지고 얼른 뒤를 돌 아보았다. 십여 보나 뒤에 따라오는 사람은 분명히 봉구다. 두 사람의 눈이 마주쳤다. 봉구도 잠깐 발을 멈칫하였으나 순영이가 선 곳에서 될 수 있는 대로 먼 곳을 향하여 아무쪼록 순영의 눈을 피하는 듯이 빠른 걸음으로 활 활 걸어서 앞섰다. 베드로도 봉구를 알아보고,

"모교다리 아저씨야."

하고 소리를 질렀다. 그러나 봉구는 뒤도 돌아보지 아니하고 복음 전도 관 모퉁이 골목으로 들어가 버렸다.

그제야 순영은 걷기 시작하였다. 그의 눈에는 눈물이 고였다. 마치 당 연히 자기의 것이 될 보물을 영원히 놓쳐 버린 것같이 서운하기도 하고 또 오래 그리워하던 님을 만나서도 "당신이여!" 부르고 마주 나아가 안길 자격

을 잃어버린 죄 지은 아내의 처지와 같이 부끄럽기도 그지없었다.

"아주머니, 모교다리 아저씨 왜 인사 안 하우?"

하고 베드로도 섭섭한 듯이 봉구가 들어간 골목을 바라보며 물을 때에는 더구나 순영의 얼굴에는 모닥불을 퍼붓는 듯하였다.

눈은 아직도 펄펄 날려서 순영의 머리 위에 덮인다.

'내가 먼저 불러나 볼 걸.' 이렇게 후회도 하고, '내가 무슨 면목에 그이를 부르긴들 하며 내가 부른다고 그이가 대답이나 할까' 하고 자책도 하여 보았다.

잠시 동안 부모 잃은 아이들을 위로하느라고 물건 사러 돌아다니며 잊어버렸던 설움은 천근 만근이나 되는 무게를 가지고 순영의 목덜미를 덮어 누르는 듯하였다.

자기는 꼭 봉구를 따라야만 옳았을 것이다. 동래온천에 간 것도 자기가 자기의 유혹을 이기지 못한 것이지 안 가려면 안 갈 수도 있었고 또 가는 뜻이 무엇인지도 속으로는 알았던 것이요, 동래온천에서 둘째오빠가 자기와 백가만 두고 일본으로 간다고 할 적에도 자기는 혼자는 안 있는다고 서울로 뛰어올 수도 있었던 것이다. 가장 오빠의 말을 복종하는 체하고 거기 머물러 있은 것은 오직 핑계. 도리어 자기는 밤에 백이 자기 방에 들어올 것을 예기하지 않았던가. 도리어 그리하였으면 하고 바라지 않았던가──아, 무섭다! 더럽다!

자기의 몸을 망쳐 놓은 것은 오직 자기다. 둘째오빠도 아니요, 백도 아니다──아, 무서워라, 더러워라!

석왕사에 갔던 때부터라도 자기는 봉구를 따를 수가 있었던 것이다. 그 때에 만일 자기와 백과의 관계를 자복하고 용서함을 청하였던들 봉구는 비록 일시 성을 내더라도 반드시 용서하여 주었을 것이다. 그러나 자기는 그 기회도 놓쳐 버리지 않았던가.

그것은 다 못하였다 하더라도 자기가 재판소에서 봉구를 위하여 증인을 섰거든 그 다음 검사정에도 그대로 뻗어서 자기의 증인 때문에 봉구가 무죄가 되었던들 그래도 자기는 봉구를 대할 면목도 있었을 것을 인제는 모든 기회를 다 놓쳐 버렸다. 인제는 천상천하에 이 죄를 씻을 기회도 다 놓쳐 버렸다. 아, 무서워라, 더러워라!

'행복을 따르다가 행복도 얻지 못하고 남은 것이 이 죄 많고 병든 몸!'

순영은 집에 돌아오는 길로 아이들을 피하여 얼음장 같은 건넌방에 엎드려 소리도 못 내고 울었다.

173회 더욱이 순영을 슬프게 한 것은 낙원이를 빼앗긴 것이다. 순영이가 순흥의 집으로 도망하여 온 지 사흘 후에 백은 순기와 다른 사람 하나를 보내어 낙원이를 청구하였다. 순영은 부끄러움도 무릅 쓰고 낙원이가 백씨의 아들이 아닌 것을 주장하고 안 내어 놓으려 하였으나 순기는 법률을 빙자하고 낙원이를 뺏어 가고야 말았다.

순영이가 직접 윤희에게 낙원이가 신봉구의 자식인 것을 말한 일도 있었거니와 백은 그 말을 믿지 아니하였을뿐더러 늦게야 난 첫아들이라고 여간 애중하지 아니하였다.

"…… 지금에 진정을 말하거니와 낙원이는 귀하의 아들이 아니요 분명히 신봉구 씨의 아들이오며, 지금 내 복중의 아이야말로 귀하의 아들이오니 낙원은 내가 데리고 가오니 복중의 아이는 낳는 대로 귀하에게 드리겠나이다…."

이것은 순영이가 새벽에 백윤희 집에서 뛰어나올 때에 써 놓은 편지의 일절이다.

백은 이것을 보고는 미상불 낙원에게 대하여 의심도 없지 아니하고 또 어린아이의 얼굴을 자세히 들여다볼수록 자기를 닮은 점이 없는 듯도 하였으나 그렇더라도 이미 당당히 자기의 호적에 자기의 아들로 박힌 낙원을 내놓을 생각이 없을뿐더러 달아나는 순영을 괴롭게 하기 위하여서라도 계집 뺏겼다는 분풀이를 위하여서라도 기어코 낙원이는 순영에게서 떼어 오려고 결심한 것이다.

순기는 바로 형의 위풍을 부리며,

"너 때문에 내가 어떻게 망신이 된 줄 아느냐?"

하고 눈을 부르대며 소리를 질렀다.

"오빠에게도 무슨 망신이 있소? 누이를 팔아먹고 나서도 아직 부족한 것이 있소?"

하고 순영은 울며 낙원이를 빼앗겼다.

그렇게 어린애와 떨어지기가 싫거든 다시 백의 집으로 들어가라는 순기의 달램도 받았으나 죽을지언정 다시는 짐승의 밥이 아니 된다고,

"어서 다 가져 가시오——내 모가지까지라도 잘라 가시오그려! 퉤!"

하고 순영은 순기를 흘겨보았다.

모세(순영은 아들을 낙원이라는 백가 집 이름으로 부르지 않고 자기 혼자 모세라고 불렀다. 그러나 이 이름을 아는 사람은 순영이밖에 없다. 모세는 영원히 자기 이름이 모세이던 것을 모를는지 모른다.)를 빼앗긴 날 순영은 얼마나 슬펐는가. 밤새도록 울었다.

배에 아이가 든 뒤로부터는 젖이 없어서 유모의 젖만 먹였거니와 젖만 다 먹으면 자기가 안아 주었고 더욱이 이 집에 온 후에는 꼭 자기 품에 넣고 자던 것을! 어떻게 원수의 잠이 잠깐 들었다가 번쩍 깨면 눈도 뜨기 전에 먼저 모세 누웠던 자리를 더듬어 보던 것을!

그러나 인제는 사랑도 잃고 처녀도 잃고 모세까지도 잃어버렸다.

'순영아, 네 앞에는 무엇이 남았느냐.' 이렇게 얼음장 같은 건넌방 장판에 끓는 가슴을 대고 순영은 몸부림을 하였다.

하늘에도 땅에도 몸 둘 곳이 없고 돌에도 나무에도 지접할 곳이 없는 것을 생각할 때에 순영은 자기가 어머니 뱃속에서 나오던 날을 저주하지 않을 수가 없었다.

통통 하고 마루에서 소리가 나더니

"학교 아지, 나 과자."

하고 메리가 부르는 소리가 들린다. 베드로가 메리를 시킨 것이다.

"응. 내 갈게."

하고 순영은 벌떡 일어났다. 메리의 그 어린 소리는 순영에게는 더할 수 없는 명령이 된 것이다.

"불쌍한 조카들이나 기르고 살까."

순영은 눈물을 씻고 머리를 다듬고 안방으로 건너갔다.

"나 모스코 과자 주우."

"나두 주우, 난 많이 주우."

아이들은 아까 사 온 과자상자를 바라보며 조른다.

174회 모세를 빼앗길 때에 순영은 이러한 생각으로 단념을 하려고 힘을 썼었다.

오냐. 모든 것을 다 빼앗기자. 그리고 죽다가 남은 이 몸뚱이 하나만으로 세상을 섬기는 사람이 되자. 이 앞에 10년을 살든지 20년을 살든지, 교사가 되거나 그것도 못 되면 간호부라도 되어서 다만 몇십 명 몇백 명 사람이라도 도와 줄 수 있는 '서비스'의 생활을 하자. P부인이 말한 대로 예수의 뒤를 따라 이 더할 수 없이 더러운 몸을 힘껏은 깨끗하게 씻자. 모든 행복의 꿈과 사랑의 욕망도 다 버리고 싸늘하고 깨끗한 수녀와 같은 생활을 하자. 이렇게 힘을 썼다.

백을 죽이려던 결심도 버리고, 자기 모습을 죽이려던 결심도 버리고,

백에게는 도리어 사죄에 가까운 부드러운 편지를 써 놓고 오직 입던 옷 한 벌만 가지고 백의 집을 뛰어나오느라고 혼자 밤을 새워 애를 쓸 때에도 이러한 결심을 안 한 것은 아니다. 옆전 한 푼도 지닌 것 없는 몸이 우선 사랑하고 믿던 셋째오빠를 찾아서 모세를 데리고 밥 벌어먹을 길을 의논하려고 왔던 것이다. 교사나 간호부나 남의 집 하인이라도 좋다고 생각한 것이다. 그러나 그때에는 아직도 모세를 기른다는 희망과 짐이 있었거니와 모세마저 빼앗긴 오늘날에는 오직 더럽고 병든 몸뚱이 하나밖에 없게 되었다.

'인제는 불쌍한 조카들이나 기르고.' 이렇게 생각하고 며칠 동안 모세를 잃어버린 슬픔도 눌러 왔었다.

그러다가 봉구를 보았다. 죽은 사람으로 여기고 모든 일을 생각하였던 차에 봉구를 만났다. 길에서 잠깐 본 봉구는 순영의 억지로 잔잔하게 눌러 놓았던 맘을 폭풍우와 같이 흔들어 놓았다. 왜?

봉구에게 대해서 미안한 것, 부끄러운 것, 후회 나는 것, 또 자신의 장래에 대하여 가엾은 것, 이런 것도 이런 것이려니와 그보다 더욱 힘 있게 더욱 무섭게 순영을 못 견디게 하는 것이 있으니, 그것은 순영의 가슴속에 새롭게 일어나는 사랑의 불길이다. 봉구에게 대한 사랑과 그리움의 폭발이다.

힐끗 봉구가 눈에 뜨일 때에 순영의 가슴은 울렁거렸고 봉구가 잠깐 자기를 보고는 못 본 체하고 훨훨 앞서서 복음전도관 골목으로 들어가 버린 뒤에는 순영은 앞이 아득하고 전신의 피가 모두 이마로만 몰려 올라오는 듯하였다. 그러나 그때에도 그 뜻을 분명히는 몰랐었다. 집에 와서 한바탕 울며 생각하니 자기는 못 견디게 봉구를 사랑하는 것임을 깨달은 것이다. 마치 오랫동안 눌리고 덮었던 것이 무슨 기회에 소리를 내고 폭발하는 것처럼 폭발한 것이다.

아이들에게 과자를 나눠 주고 나서 순영은 책상 앞에 앉았다. 종이를 펴 놓고 철필에 잉크를 찍었다.

"존경하옵는 봉구 씨! 이 죄 많은 순영을 용서해 줍시오."

여기까지 쓰고는 말이 막혔다. 무슨 소리를 쓸까. 몇백 마디 몇천 마디를 쓴대야 "용서해 줍시오"밖에 더 쓸 것이 없는 듯싶었다. 만일 더 쓸 것이 있다면,

"봉구 씨! 이 죄 많은 순영은 다시 봉구 씨를 대할 낯이 없으므로 이 더러운 목숨을 끊어 버립니다. 봉구 씨가 이 편지를 보실 때에는 벌써 이 죄 많은 순영의 몸은 식어 버렸을 것입니다. 이미 죽어 버린 순영이니 그 무거운 죄도 다 용서하시고 불쌍하다고 하여 줍시오."

이렇게 쓸까. 아무리 염치를 무릅쓰더라도,

"저는 변치 않고 봉구 씨를 사랑합니다. 더럽고 죄 많은 몸이어니와 전에 지은 모든 죄를 뉘우치오니 다시 사랑해 주세요."

이렇게 쓸 면목은 없었다.

순영은 붓을 내던지고 두어 줄 써 놓았던 것을 박박 찢어서 입으로 잘근잘근 씹어 버렸다. 그리고 제 손을 제 손으로 비틀었다.

"그것은 안 될 일이다. 나는 사랑도 자식도 다 잃어버리고 싸늘하게 식은 재와 같은 생활을 하여야만 한다! 이 가슴속에 남은 사랑의 뿌리를 끊어야만 한다."

175회 그러나 이 사랑의 뿌리를 끊을 수가 있을까. 순영은 오직 이를 악물었다.

"응. 편지는 다 무엇이냐. 찾아볼 맘도 죽여 버리자."

순영은 이렇게 굳게 굳게 결심을 하였다. 실로 순영이가 이 사랑을 끊어 버릴 수만 있었으면 얼마나 행복될까. 끊어 버리자는 결심을 하는 순영은 마치 얼빠진 사람과 같았다.

이때에 "할로우!" 하고 영어로 인사하고 들어오는 이는 김 박사다. 값

가는 자알로 깃을 단 외투를 입고 지팡이를 짚었다. 그 검은 외투와 모자에 하얀 눈이 여기저기 보기 좋게 묻었다. 그는 그저께부터 오기 시작하여 어제도 오고 오늘도 온다.

"선생님 오세요?"

하고 순영은 학생이 선생에게 대한 태도로 공손하게 인사를 하였다. 순영의 뒤를 따라나오는 베드로와 메리도 마루 앞에 선 대로 한 번씩 안아 주고 인사를 한다.

"올라오세요."

하고 속으로는 귀찮게 여기면서도 순영은 이렇게 인사를 하였다.

"아까도 왔었어요——여기 좀 볼일이 있어서 왔다가…. 들어가도 괜찮아요?"

하며 김 박사는 마루에 걸터앉아 구두를 벗는다.

"적적해서 어떻게 지내세요? 나는 집에서 혼자 순영 씨 일을 생각하면 눈물이 나요——정말 어저께는 울었어요."

안방에 들어와 책상 앞에 앉으면서 김 박사는 이렇게 말한다.

"그러면 어떡헙니까? 제 죄값은 제가 받는 것이 마땅하지요."

하고 순영은 메리를 무릎 위에 올려놓고 그 머리를 쓸어 준다. 순영의 얼굴에는 김 박사가 위로하여 주는 말을 그다지 고마워 아니 하는 빛이 보인다.

그저께 김 박사가 처음 순영을 찾아왔을 때에는 순영은 그를 반갑게도 생각하고 고맙게도 생각하였다. 아무도 이 집이나 자기를 문둥병쟁이 모양으로 돌아보지 아니할 때에 더구나 모세까지도 빼앗긴 때에 자기를 찾아와서 간절히 위로해 주는 정을 고맙게 생각하지 않을 수가 없었다.

그러나 김 박사가 찾아온 것이 자기의 불행을 위로하려 함이 아니요. 도리어 자기의 불행을 기화로 삼아서 자기의 손에 넣으려 하는 눈치인 것을 깨달을 때에 순영은 김에게 대하여 비상한 반감을 느꼈다. 순영을 따라다니다가 순영을 놓치고는 또 어떤 계집애를 따라다니다가 그도 놓쳐 버리고 그러고는 인순을 따라다니다가 그도 성공하지 못하고, 그러고는 예전 아내에게 경찰서에 설유원說諭願: 원통한 일을 당했을 때 상대편을 설득해 달라고 관계기관에 제출하는 청원과 고소까지 당하여 신문에까지 오르내리고, 그러고는 인제 순영이가 백의 집에서 나온 것을 기회로 하여 다시 순영을 따라오는 것을 생각할 때에 순영은 구역질이 나도록 김이 싫었다. 그러나 자부심이 강한 김 박사는 순영이가 이렇게 자기를 싫어하리라고는 생각지 않고 도리어 자기의 친절을 감사히 여기리라 하고 믿는다. 그래서 어저껜가,

"내가 할 수 있는 일이면 무엇이라도 해서 순영 씨를 도와 드리고 싶어요."

하고 순영이가 자기에게 의탁하기를 슬며시 청하는 말도 하였다.

예전 아내가 학교와 P부인에게로 돌아다니며 자기의 험담을 하고 나중에는 이마에 생채기를 내어 가지고는 경찰서에 고소를 하네, 설유 청원을 하네 하고 한참 신문거리도 되었으나, 민적을 조사해 본즉 분명히 그 아내는 김이 미국으로 가기 전에 이미 합의이혼이 된 것이 판명되어 형식상으로 김에게 아무 책임이 없이 되었으므로 일시 풀이 죽었던 김도 다시 기운을 회복하였다. 그렇기 때문에 인순을 대하거나 순영을 대하거나 누구를 대하거나 김은 조금도 자굴할 필요가 없다고 생각하는 것이다.

176회 "나도 여행권 청원할 테야요. 일전에 경무국장과 총독을 찾아보았지요. 청원만 하면 곧 나오리라고 믿어요."

김 박사는 한참 말이 없다가 이런 말을 꺼낸다.

"어디를 가시게요?"

순영은 체면으로 이렇게 대답하였다.

"구라파로, 아프리카로, 아메리카로 실컷 돌아다니다가 어디나 있고 싶은 데가 있거든 있고, 또 싫어지면 다른 데로 가고…. 에이, 조선은 싫어요. 숨을 쉴 수가 없어, 숨을…. 안 그래요 통에 잡아넣은 것 같구려. 사람을 알아주나, 그저 서로 잡아 먹고 시기만 하고. 이런 나라에 있다가는 사람이 말라 죽고 말아요. 순영 씨도 그렇지, 안 그래요?"

하고 찬성하기를 구하는 듯이 순영을 쳐다본다. 전보다 좀 나이를 먹은 듯도 하나 순영은 여전히 아름답다. 더구나 그 노성한 듯한 빛이 아름다웠다. 순영을 대하여 인순이 따위는 김의 기억에도 나지 않는듯하였다.

김에게는 다른 야심이 없었다. 그의 오직 하나인 야심은 아름다운 아내로 더불어 경치 좋은 곳에 집이나 잘 짓고 피아노 소리나 들으면서 살아가는 것이다. '스위트 홈'——이것이 김의 유일한 야심이다. 이 야심을 달한 뒤에 그에게는 명예의 야심이 있다. 어디를 가든지 누구라고 자기를 알아주고 대접해 주기를 바란다. 이 때문에 그는 미국도 갔고 공부도 했고 학위도 얻었다. 자기만 한 얼굴과 재산에 그만 한 학위만 얻어 가지고 본국에 돌아오면 자기의 '스위트 홈'의 목적은 여반장으로 달할 것을 믿었다.

그는 물론 미국에 있을 때에도 미국여자를 셋이나 사랑하였다. 하나는 주인집 딸이요, 하나는 같은 학교의 동창이요, 또 하나는 어떤 미국 친구의 누이였다. 그중에서 주인집 딸은 이미 약혼한 데가 있기 때문에 실패하였고, 다른 두 여자는 한꺼번에 사랑하면서 두고두고 하나를 고르려다가 마침내 두 여자가 다 그 눈치를 알게 되어서 톡톡히 망신을 당하고 한꺼번에 절교까지 당하였다.

그러나 본국에만 돌아오면 자기의 목적은 용이하게 달하리라고 생각하였었다. 과연 그가 처음 본국에 돌아온 때에는 명성은 여간이 아니었었다. 그러하건만 웬일인지 그는 남에게 호감을 주지 못하였고 더구나 여자에게 그러하였다. 그의 주위에 항상 여자가 떠날 때가 없었건만 그를 사랑해

주는 이는 없었고 부질없이 말 많은 조선 세상에서 명예롭지 못한 말거리만
되다가 마침내 그의 본마누라라는 이가 툭 튀어 나와서 학교와 교회와 경찰
서로 돌아다니며 갖은 험담을 다 하고 고소를 하네, 설유 청원을 하네 하기
때문에 의심 속에 조금 남았던 명예까지도 마저 떨어뜨려 버리고 말았다.

이 때문에 조선에 머물 재미도 없어 어디로나 외국으로 달아나려 하던
판에 순영이가 백의 집에서 나온 소문을 듣고 다시 순영을 따라온 것이다.

"그렇지 않아요? 순영 씨도 외국으로 가시지? 가요, 응, 가세요."

하고 재차 물을 때에 순영은,

"저야 외국으로 갈 힘이나 있나요?"

하고 가고는 싶다는 뜻을 보였다. 그것이 열심히 권유하는 사람에게 대
하여 인사도 되거니와 또 미상불 외국으로 달아날 수만 있으면 달아날 생각
이 없지도 아니하였다.

"힘이라니? 돈 말이지요? 돈은 내 꾸어 드리지요──당해 드린단 말이
실례가 된다면 이 다음에 갚아 주시기로 하고 내 꾸어 드리지요──그것은
염려 말아요."

김은 순영의 맘이 동하는 듯한 기회를 놓치지 아니할 양으로 열심히 권
한다.

"또 이 애들도 있고…."

하고 순영은 아직도 김의 말을 거절할 필요가 있는 것을 생각하고 베드
로와 메리를 가리킨다.

"이 애들? 이 애들은 어디 맡기지요! 좋은 사람한테──그렇지 못하거
든 데리고 가도 좋지요."

177회 "이 아이들을 데리고?"

하고 순영은 여비와 생활비가 무척 많이 들 것을 상상하고 놀라면서 김

을 쳐다보았다. 김의 얼굴에는 열심이 넘친다. 그것을 보니 김이 불쌍한 생각도 난다.

"그럼 순영 씨가 데리고 간다면 데리고 가시어요. 나도 아이들을 좋아하지요."

하고 김은 버썩 우긴다.

그러나 순영은 이 아이들을 데리고 김을 따라 외국으로 달아날 생각은 나지 않았다. 김이 그렇게 자기에게 열중하는 것이 가엾기도 하고 우습기도 하였다. 그러나 하도 김이 열심이기 때문에 외마디로 그것을 거절할 용기는 없었고, 또 '두었다가 무엇에나 쓰더라도' 하는 사람의 심리로 모처럼 가져오는 친절한 뜻을 단박에 물리쳐 버리기는 싫었다.

"이 아이들도 떠날 수가 없구요, 또…."

하고 순영은 잠깐 주저하다가,

"또 제가 지금 태중이야요."

하고 얼굴을 붉혔다.

이 말은 김에게 픽 불쾌감을 준 듯하다. 김은 말없이 한참이나 눈을 감고 있다. 그동안에 그 얼굴의 근육이 여러 가지로 움직이는 것을 순영은 보았다.

"몇 달이나 되었어요?"

마침내 김은 눈을 뜨고 묻는다. 아까보다는 기운 없는 어조다. 자기가 사랑하는 여자가 다른 사내의 씨를 배에 품었다고 생각할 때에 억제할 수 없는 불쾌감을 느낀 것이다.

"다섯 달이야요."

"다섯 달?"

"……."

김은 또 한참 생각하더니 말하기 어려운 듯이 입을 우물우물하다가,

"순영 씨."

하고 가만히 부른다.

"네?"

"내 말 한마디 들으시려오? 충고 말이오."

"무슨 말씀이시어요?"

"허물하지 않는다면 말하지요."

"어서 말씀하세요——선생님이 제게 해로운 말씀하시겠어요."

"그렇게 말하면 좀 말하기 어려운데."

"아니야요. 무슨 말씀인지 하세요."

순영은 아무러한 말이든지 평심서기平心舒氣: 마음을 평온하고 순화롭게 함. 또
는 그 마음로 듣겠다는 태연한 표정을 보인다.

"아이를 떼어 버려요."

"네?"

하고 순영은 놀란다. 순영은 놀라는 눈으로 김을 이윽히 바라본다.

"아이를 떼어요? 낙태를 시키란 말씀이세요?"

하고 순영은 몸서리를 친다.

김은 무안한 듯이 말이 없이 고개를 숙인다.

순영은 며칠래로 자기의 뱃속에서 생명이 꼬물꼬물 노는 것을 감각한
다. 다섯 달이면 이목구비와 사지백체 다 갖추어진단 말을 생각한다. 그것
을 생각할 때에 순영은 한 번 더 몸서리를 쳤다.

두 사람 사이에는 한참이나 말이 없다가,

"다시 오지요——내가 오늘은 좀 약속한 데가 있어서."

하고 김은 시계를 내어 보고 일어나 돌아갔다. 순영은 잘 가라는 인사
도 못하였다. 반드시 김의 말이 괘씸해서 그런 것도 아니요, 그 말이 너무도
의외가 되어서 너무도 순영이는 뜻하지 못하였던 무서운 말이 되어서 순영

은 어안이 벙벙하였던 것이다.

그러나 순영에게는 더욱 놀라지 않을 수 없는 일이 생겼다. 김이 돌아
간 뒤에 곰곰이 생각하면 과연 아이를 떼어 버리는 것이 좋겠다는 생각이
남이다. 그것을 떼어 버림으로 생각만 해도 지긋지긋한 백가와의 관계가 아
주 끊어질 것 같고, 또 뱃속에 그것만 없으면 자기가 봉구에게 가까이할 수
가 있을 것도 같음이다. 죄악의 증거가 스러져 버리는 듯이 생각됨이다.

'참, 떼어 버릴까?' 순영은 이런 생각을 배우게 되었다.

178회 부끄러워서 그랬던지 그 이튿날은 김 박사가 오지 않았다. 기실은 김
박사는 이날에 한 번 더 인순을 졸라 본 것이다. 비록 아름다움이나 맘에 드
는 품이 도저히 순영이만 못하지만 '처녀'라는 것이 김의 맘에 인순의 값을
주었다. 그러하므로 한 번 더 인순을 졸라 보고 아주 가망이 없거든 순영에
게 매달리기로 작정한 것이다. 그러다가 그날도 인순에게 거절을 당하였다.

"저는 글쎄 혼인할 생각이 없다는데 그러십니다그려. 저는 그저 조선
여자를 위하여 일생을 보내는 이름 없는 종이 되렵니다. 선생님 다시는 제
결심을 동요시키지는 마세요."

이렇게 딱 잡아떼고,

"선생님도 인제는 사십이나 되시었고, 또 사회적 지위도 그만하시니 연
애는 그만두고 일이나 하시지요──지금은 뜻있는 사람은 연애나 하고 있
을 때가 아니라고 생각합니다."

이렇게 훈계까지 들었다.

이 때문에 김은 인순에게 대하여서는 아주 절망해 버리고 말았다. 그러
고는 밤새도록 순영을 데리고 외국으로 달아날 계교를 하였다.

이튿날 김은 아는 의사 하나를 찾아서 노회환盧薈丸 몇 개를 얻어 가지
고 순영을 찾아왔다가 이 말 저 말 하던 끝에 돌아갈 때에 그 약을 순영에게

주며, "혹 배가 아프거든 자셔 보시오."

하고 악수하자는 뜻으로 손을 내밀었다. 순영은 청구대로 손을 주었다. 김은 순영의 손을 힘껏 쥐고 의미 깊은 눈으로 순영을 바라보았다.

순영은 그것이 낙태시키는 약인 줄을 직각적으로 알아차리고 김이 돌아간 뒤에 혼자 펴 보았다. 까맣고 동글동글한 환약이다.

'먹어 볼까' 하고 순영은 일종의 유혹을 깨달았으나 "아니다!" 하고 그것을 도로 싸서 요강에 집어넣으려다가 "그래도" 하고 책상 서랍에 집어넣고 말았다.

그후에도 김은 거의 날마다 와서는 순영의 눈치를 보고 말을 하고 만일 여행권이 아니 나오면 천진天津이나 상해나 위해위威海衛: 산둥성 연길지구에 있는 도시나 중국 땅에도 자유롭게 살 데가 있다는 말을 점점 노골적으로 하게 되었다. 그리고 돌아갈 때에는 반드시 악수를 청하였다. 날마다 만나 보면 싫은 맘도 좀 줄고 도리어 날마다 그때가 되면 기다려지기까지 하였다.

그런데 순영에게는 또 걱정이 되는 일이 생겼다.

"재주 있고 인물 좋기로 유명하던 오백만장자 백윤희 씨의 애첩 김순영──백씨 집을 뛰어나와 모 박사와 연애의 단꿈에 취하여"라는 커다란 제목으로 사흘이나 두고 순영의 말이 어느 신문에 났다.

순영은 오백만장자요 첩 갈아들이기로 유명한 백윤희의 애첩이 되어 아들까지 낳았으나 순영이가 옛날 애인 신봉구를 위하여 법정에서 증인을 선 때부터 내외간에 풍파가 끊이지 아니하고 또 근래에 백씨가 새로 어떤 여학생 애인을 얻은 뒤로는 순영을 돌아보지 아니하므로 순영은 눈물을 머금고 깊은 밤에 어린아이를 안고 백의 집을 도망하여 나왔다가 아이도 백에게 빼앗기고 눈물과 원한으로 세월을 보내더니 ○○전문학교 교수 ○○○ 박사와 눈과 뜻이 서로 맞아 날마다 ○○○ 박사가 순영을 찾아와서는 혹은 이튿날 아침에야 인력거를 타고 돌아가는 일이 있다──대지로 말하면 이러한 기사인데, 있는 소리 없는 소리 반쯤 소설을 짓는 솜씨로 순영을 더할 수 없이 음탕하고 요망한 여성을 만들어 놓고 그와 동시에 순영의 출신 학교와 예수교회의 교육까지도 비난하였다.

이 기사를 본 순영은 두 손으로 머리를 쥐어뜯었다. 기사의 내용이 거의 다 거짓이요, 자기를 모함하는 것이 분한 것보다는 그 기사를 쓴 사람의 태도가 분하였다. 순영은 그 기사를 쓴 사람이 누구인 줄을 잘 안다. 그는 당장에 그 사람을 찾아가서 질문을 하려 하였다.

179회 그 글을 쓴 이는 한창리라는 사람이다. 순영이가 학교에 있을 때에 여러 번 연애편지를 보낸 것을 한 번도 답장을 안 하였다. 한은 C예배당에서 주일학교 교사 노릇하고 한두 번 삼일 예배에는 강도까지 하였다. 그러면서도 자기를 대하면 이상하게 굴고 편지질을 하고 죽네 사네 하는 소리를 듣고는 순영은 그를 몹시 미워하여 히포크리트(위선자)라고 별명까지 지었었다.

여자의 눈으로 보면 모든 남자가 다 여자만 따라다니는 것 같지만 특별히 한은 예수를 믿는 것도 여자를 위하여, 예배당에 다니는 것도 여자를 가까이 하려고 하는 것같이 보였다. 그래서 순영과 인순은 예배당에 갈 때마다 가만히 그의 행동을 주목하였다. 그는 항상 부인석에 가까운 자리에 자리를 잡고 그의 눈은 항상 부인석에 있었으며, 수금을 하거나 기타 무슨 일이 있을 때에 항상 부인석으로 오기를 힘썼다. 그럴 때마다

"또 또 또" 하고 순영은 인순과 서로 보고는 웃었다. 한이 머리에 기름을 반드르하게 바르기 때문에 여학생 간에서는 기름 대강이라고도 부르고 아브라함(한문으로 아브라함은 아백라한이라고 쓴다.)이라고도 부르고 아부라무시油蟲: 기름벌레라는 뜻의 일본어라고도 불렀다. 그러나 그는 선교사와 목사들에게 사랑을 받는 재주가 있어서 교회에서만 젠 체할 뿐 아니라 Y여학

교 중학부에 교사 노릇까지 시켰다.

그래서 반반한 여학생을 따라다니기도 하고 불러내기도 하더니 마침 내 일본 데려다 준답시고 여학생 하나를 여관에 꾀어들여서 실컷 희롱하다 가 아이까지 배게 한 것이 탄로되어 교회에서도 쫓겨나고 학교에서도 쫓겨 나게 되었다. 순영에게 편지질을 한 것도 이때다.

그는 시를 짓노라 하고 소설을 짓노라 하고 걸핏하면 인생이니 예술이 니 사랑이니 하고 지껄였다. 교실에서 여학생을 대하여서까지 이런 이야기 를 하여서 그 때문에 어떤 여학생에게 배척도 받았거니와 어떤 어린 여학생 에게는 사랑을 받았다고 한다.

학교에서 쫓겨 나온 뒤에 그는 혹은 신문에 혹은 잡지에 연애소설편 이나 쓰는 것을 순영이도 보았다. 그의 소설이나 시에 '사랑'이니 '키스'니 '오오, 나의 생명인 여왕'이니 '처녀'니 '피눈물'이니 '펄펄 끓는 피'니 '달 콤한 설움'이니 이러한 문자가 수두룩하기 때문에 한참 중등 정도 학교 남 녀 학생에게 꽤 환영을 받았다.

이리하여 그는 어느덧 일류 문사가 되어 가지고 머리를 길게 하고 손수 건, 넥타이를 매고 성경 찬미도 다 집어던지고 요릿집, 기생집으로 문사패들 과 몰려다니는 건달이 되었다. 그러다가 어느 기회에 신문사에 들어갔는지 모르거니와 순영이가 순흥의 집에 온 지 얼마 후에 순흥의 부인에 관한 것 을 알아본다고 명함을 들이고 들어와서 오래간만에 순영을 만나게 되었다.

그날은 한은 물으러 왔던 말을 물어 가지고 돌아가고 그 이튿날 저녁에 이번에는 순영이가 백의 집을 뛰어나온 전말과 이 앞에 살아갈 계획을 들려 달라고 찾아왔다.

"참으로 순영 씨에게는 만강의 동정을 표합니다. 편협한 세상 사람들이 야 여러 가지 말도 많이 하겠지요만 나는 순영 씨의 생각을 잘 이해합니다. 참으로 이해하고 동정합니다."

이렇게 한은 참으로 순영에게 동정하는 모양을 보였다. 그뿐인가.

"인제 암만해도 순영 씨 일이 각 신문에 드러날 터인데 순영 씨를 이해하지 못하는 사람이 되는 대로 기사를 쓰면 되겠어요——그러니까 내게 숨김없이 말씀을 하세요."

하고 순영을 힘 있게 보호할 힘도 있고 뜻도 있는 것같이 간절하게 말하였다. 듣고 보니 그럴 듯도 하고 또 한의 뜻이 결코 자기를 해치려는 악의가 아니요 자기에게 동정을 가지는 선의로만 믿었다.

<u>180회</u> 그래서 순영은 할 수 있는 대로 진실하게 자세하게 자기의 사정을 이야기하였다.

"나는 조금도 백씨를 원망하지 않아요. 모두 내 허물을 알기 때문에 나는 도리어 백씨에게는 사죄하는 뜻을 표하였습니다. 백씨는 아직도 나를 사랑해 주지만 내가 깨달은 바가 있어서 나와 버린 것이야요."

이런 말을 분명히 하였건만 한은 자기가 백씨에게 소박을 당해서 "철천의 원한을 품고 쫓겨 나왔다"고 썼다.

"나는 이 앞으로는 행복도 사랑도 다 버리고 이 몸은 세상을 위해서 바치렵니다."

이런 말도 두세 번이나 힘 있게 하였고, 또한 자신도,

"참 갸륵한 뜻이세요. 나도 그러심을 믿었어요."

하고까지 말하였건만 그는 마치 순영이가 잠시도 남자가 없이는 살 수 없어서 "주린 듯이 목 마른 듯이 이성의 따뜻한 품을 그리워하는 빛이 사색에 나타났다"고 하였고, 이때에 나타난 자가 "○○○ 박사"라고까지 하였다.

"내가 언제나 그 박정한 백에게 대하여서는 피로써 원수를 갚을걸요."

하고 순영은 가슴에 품은 수건에 싼 무엇을 만지더라고 마치 순영이가 백에게 원수를 갚을 양으로 칼이나 품고 나니는 듯이 말하였다.

"어쩌면 그렇게도 거짓말을 쓴담. 그렇게도 사람의 말을 뒤집어 잡는 담. 어쩌면…."

하고 순영은 이를 갈았다 . 순영은 한이 자기 기사를 이렇게 흉악하게 이렇게 모함하는 것을 쓴 이유를 안다. 처음 순영을 찾아왔던 다음 날 술이 얼근히 취하여서 한이 순영을 찾아와서는 마치 오랫동안 정답게 사귀는 사람처럼 아랫목에 벌떡 자빠져서 연애니 예술이나 한참 떠들다가 자정이나 되어서야 돌아갔으나 그때에는 순영이도 후환이 무서워서 꾹 참고 아무 말도 아니하였다.

그 이튿날은 11시나 되어서 아이들을 데리고 자리에 누웠는데 "문 열어라!" 하고 마치 제 집이나 들어오는 듯이 술 취한 친구를 사오인이나 끌고 안방에 들어왔으나 순영은 자기 신세가 세상에 의지할 데 없는 죄인인 것을 생각하고 꾹 참고 한이 소개하는 대로 동행한 사람들과 인사도 하고 한편 구석에 가만히 앉아 있었다. 그들은 다 잡지 같은 데서 이름만으로 보던 문사들이므로 안심도 되고 한편으로는 존경하는 생각이 났다.

처음에는 그들은 술냄새와 담배냄새를 한데 피우면서 별로 의미도 없는 잡담을 하면서 순영이가 보기에는 별로 우습지도 않은 일에 집이 떠나가도록 웃더니 점점 말이 연애로 돌아가고 기생으로 돌아가고 누구누구 하고 이야깃거리가 되는 여자들로 돌아가다가 마침내 순영으로 화제를 삼게 되었다. 순영은 그들의 하는 말이 너무도 야비한 것을 불쾌히 여겼으나 그것도 참았고, 도저히 여자의 앞에서는 입에 담지 못할 말도 있었으나 그것도 참았다. 후환이 무서워 참았다. 신문과 잡지에 붓을 잡는 그들을 노엽게 하는 것은 결코 자기와 같이 비평거리 될 만한 사람에게 이롭지 못할 것을 안 까닭이다. 그러나

"기미 도오다? 얏바리 와가준에이상와 비진다로오."(자네 어떤가? 역시 우리 순영이는 미인이지.)"

하고 한이 거리낌 없이 순영의 손을 잡아끌 때에 곁에 앉았던 뚱뚱한 문사가 순영의 손을 한에게서 빼앗으며 역시 일본말로,

"어이 고라, 와가준에이또와 게시카란조."(이 자식, 내 순영이라니 괘씸한 자식.)

하고 모두 유쾌한 듯이 하하 웃을 때에는 순영은 더 참을 수가 없어서,

"이게 무슨 짓이오? 좀 체면들을 차리시오. 문사들의 하는 버릇은 이래요? 다들 가시오!"

하고 소리를 질렀다.

좌중은 잠깐 고요해졌다.

순영은 숨이 막힐 듯이 분하여서 한과 뚱뚱보를 노려보았다.

181회 다소 신경질인 한은 잠깐 부끄러운 표정을 보이고 다른 문사들도 시무룩해졌다.

순영은 한 번 더,

"어서 다들 가시오!"

하고 손으로 문을 가리켰다. 그러나 뚱뚱보는 조금도 동하는 빛이 없이 뚫어지도록 순영을 바라보더니 껄껄 웃으며,

"오이오이 소노 오꼬데이루 도꼬로가 나오 우쓰꾸시이소. 지쓰니다마랑호도 이이와."(여보게들 고 성내는 모양이 더 예쁘구려. 못 견디게 예쁜걸.)

한다.

이 말에 기운을 얻은 듯이 다른 사람들도 모두 웃는다.

"아. 그런데 이렇게 성내요. 이렇게 나를 망신시키기냐 말이야요?"

시무룩했던 한이 벌떡 일어나면서 순영을 노려본다.

"좀 사람이 되어!"

하고 순영도 발발 떨며 소리를 질렀다.

"나니? 난다도? 모오 이치도 있데미."(무엇이 어째 한번 더 말해봐)

하고 한이 금시에 순영을 때리기나 할 듯이 덤빈다.

"오이 요세 요세."(여보게. 그만두게.)

"마, 아마아 유루시데야레."(글쎄, 그만두어요. 용서해 주게.)

"하하하, 후후겡까?"(홍 내외 싸움이야.)

"내외 싸움은 칼로 물 베길세."

이 모양으로 한 마디씩 찔고 까분다.

"자, 가요 가! 이게 무슨 짓이야."

하고 그중에 키 후리후리한 사람 하나가 한을 문 밖으로 떼민다. 이리하여 새로 1시나 되어서 이 상서롭지 못한 사건이 끝이 났다. 한이 순영의 기사를 그렇게도 흉악하게 쓴 것은 이 때문이다. 바로 그 이튿날 이 기사가 난 것이다. 순영은 당장에 칼이라도 품고 가서 한을 푹 찔러 죽이고 싶었다. 정말 순영에게 칼이 있다. 백을 찔러 죽이려던 칼을 순영은 가지고 왔다. 첫째는 칼을 사랑하는 맘으로, 둘째로는 혹 어느 때 쓸는지 아나 하는 맘으로 가지고 온 것이다.

'가서 질문을 하면 무엇 하나. 그것들은 강하고 나는 약한데.' 순영은 이렇게 생각하면서도 맘을 진정치 못하고 앉으락일락 안절부절을 못하였다.

"아주머니, 왜 그러우?"

하고 어린 베드로도 순영의 괴로워하는 양을 차마 못 보는 듯이 물었다. 메리도 물끄러미 순영을 쳐다보았다. 두 아이는 인제는 어머니 아버지도 다 잊어버린 듯이 꼭 순영이 곁에만 있고 순영이가 잠시를 나와도 따라 나온다. 만일 다른 일만 없다면 순영은 이 아이들을 데리고 편안히 살아갈 것도 같았다.

그러나 날마다 신문에는 자기를 비웃고 비방하는 소리가 나고, 신문기자라는 명함을 가진 어중이떠중이들이 마치 요릿집이나 기생집에나 들어

가는 셈으로 하루에도 이삼차씩 찾아와서는 듣기도 싫은 소리를 하고 말하기도 싫은 소리를 물었다. 그들은 모두 무슨 악의를 가지고 순영을 놀려 먹고 못 견디게 굴고 해치려는 것 같아서 "이리 오너라" 소리가 날 때마다 순영은 몸에 소름이 끼쳤다. 게다가 형사들도 거의 날마다 찾아와서는 치근치근 귀찮게 군다.

"나루호도 베빈다나."(과연 미인인걸.)

"모토와 햐쿠만조오자노 오메카산다요."(본래는 백만장자의 애첩이더라네.)

저희들끼리 이런 소리를 주고받고 고개들을 기울여서는 무슨 구경거리나 되는 듯이 순영의 얼굴을 들여다볼 때에는 순영은 죽어 버리고 싶도록 괴로웠다.

"나는 사냥꾼에게 잡혀 온 사슴이다."

순영은 이렇게 자기의 신세를 비겨 보았다. 아직 채 죽지는 않고 눈이 껌벅껌벅 하는 것을 길바닥에 동여 놓고는 지나가는 사람마다 한 번씩 들여다보고 발길로 푹푹 찔러도 보는 그러한 사슴과 같다고 생각하였다.

182회　이럴 줄 알았다면 차라리 백씨 집에 그대로 있을 것을 하는 생각도 났다. 갑자기 새로운 환경 속에 던져진 것이 괴로울뿐더러, 백의 집을 뛰어나올 때에 기대하였던 맘의 화평조차 얻지 못할뿐더러, 도리어 맘을 괴롭게 하는 일뿐인 것을 생각할 때에 순영의 용기는 흔들리기를 시작하였다.

집에 종일 찾아오는 사람도 없다. 있대야 히야카시'놀림'의 일본말하러 오는 신문기자, 문사패뿐이요 김 박사도 발이 좀 떠졌다. 순영은 종일 어린 아이들과 놀고, 죽은 언니가 보던 책장이 돌돌 말리고 헝겊 껍데기에 때가 까맣게 묻은 성경을 보았다. 이따금 백의 집에 두고 나온 피아노 생각이 난다. 이렇게 적적하고 맘이 괴로운 때에 피아노나 한 곡조 치면 얼마나 위로가 될까, 이렇게 생각하면 서러웠다.

그러나 가장 순영을 못 견디게 괴롭게 하는 것이 모세와 봉구인 것은 말할 것도 없다. 가만히 앉기만 하면 모세가 눈에 아른거리고 손에는 모세의 살이 닿는 듯하였고, 베드로와 메리가 노는 것만 보아도 모세가 생각난다. 모세를 그리워하는 생각은 날이 갈수록 더 간절한 것 같아서, 어떤 때에는 살그머니 동대문 밖 집에 가서 백이 없는 틈을 타서 모세를 한 번 안아 보고 올까 하는 생각도 하였고, 기회를 타서 모세를 몰래 빼앗아다가 어디로 달아나 버리고 말까 하는 생각도 하였다. 그러나 생각하면 자기에게는 아무 힘이 없다. 첫째로 돈이 없다. 벌써 양식 팔아 올 것도 걱정이 되니 달아나간들 어디로 달아날까.

모세를 생각하면 곧 봉구가 생각나고 봉구를 생각하면 곧 모세가 생각난다. 봉구에게 용서하라는 편지, 자기는 모든 것을 버렸으니 불쌍히 여겨 달라고 편지도 여러 번 쓰다가는 찢어 버렸고 참으로 봉구가 그리운 때에는 염치 불구하고 봉구 집을 찾아갈 생각도 났으나 그리할 용기도 없다.

이러한 때 백은 새로 얻었던 여학생을 어떤 중학생(그것은 백의 친척이란다)에게 뺏기고 순영을 그리워하는 생각이 나게 되어서, 혹은 순기를 보내고, 혹은 유모를 보내어 지나간 일은 다 잊어버리고 돌아오기를 청하였다. 그러나 순영은 일일이 거절해 버렸다. 자기를 모욕하는 듯한 분노하는 생각까지 가졌다.

했더니 하루는 밤이 늦게 봉구에게 편지를 쓰고 앉았는데 백이 찾아왔다. 순영은 김인 줄만 알고 들였다가 백인 것을 보고는 어찌할 바를 몰랐다. 당장에 "왜 왔어? 가!" 하는 소리도 나오지 않아서 백이 안으로 들어가는 뒤를 따라 자기도 들어와 앉았다. 백은 아무 일도 없던 것같이 빙그레 웃는 얼굴로 순영을 보며,

"글쎄 그게 무슨 일이야. 왜 나도 없는데 살짝 빠져나와?"

하고 맘 턱 놓은 듯이 궐련 하나를 내어 피워 문다. 순영은 고개를 숙이고 대답이 없다.

"자, 갑시다, 마누라! 글쎄 왜 그래? 내가 다 잘못했소."

"내가 또 당신 집으로 갈 줄 아시오?"

하고 순영은 위엄을 보이는 듯이 눈초리를 들었다.

"응, 신문에 난 것도 보았소. 신문기자더러 내 험구를 한 것을 보니까 다시는 나를 안 만날 생각이던가 보오만 그랬으면 어떠오?"

하고 백은 순영의 때 묻은 서양목 치맛자락을 만져 본다. 순영이가 그런 옷을 입은 것을 이상하게 생각하는 듯하다. 그것은 순흥의 부인의 치마다.

"왜 나만 그랬나요? 당신도 갖은 위협을 다 하고 모세를 뺏어 가지 않았어요? 아무려나. 여러 말씀 하실 것 없어요. 나도 참된 사람 구실을 해볼 양으로 뛰어나온 것이니까 죽어도 당신 집에는 다시는 안 들어갈 테야요. 지금 내 뱃속에 아이가 있으나 그것은 낳는 대로 당신 집으로 보내 드리지요. 당신 것은 다 당신께로 보내드리지요. 나는 임질 매독 오른 몸뚱이 하나밖에 가지고 나온 것은 없으니깐."

183회 순영의 얼굴은 푸르락누르락 한다.

"아따, 그러기에 내가 사죄를 않소? 또 이것 봐."

하고 고개를 돌려 어디를 가리키면서,

"죽게 되었어. 의사 말이 사흘을 견디기가 어려우리라니까 그것만 죽으면 순영이는 번듯이 민적에 오르는 내 아내가 아니오?"

하고 순영의 만족하는 빛을 기대하는 듯이 물끄러미 순영을 본다.

순영은 그 말을 들을 때에 소름이 끼쳤다. 자기 본마누라가 이삼일 내에 죽으리라는 것을 다행으로 여겨서 자기를 끌려는 것이 무서운 까닭이다.

순영의 눈에는 얼마 전에 보던 본마누라의 뼈와 가죽만 남은 모양과 "왜 죽었나 보러 왔나? 아직 이렇게 눈이 시퍼렇게 살았어" 하던 모양과 그의 두 딸이 자기가 병 위문으로 가지고 갔던 과자상자를 들고 나와서, "이것 잊어버렸어" 하고 반말로 도로 가지고 가라던 것을 생각할 때에는 부끄럼과 분하기가 형언할 수가 없었다.

"당신 부인이 돌아가게 되었거든 좀 지켜나 앉아서 병구완이나 하지 무엇하러 나한테를 와요? 당신도 죽어서 좋은 데로 가려거든 당신 부인 생전에 듣기 좋은 말이나 한마디 해드리고 새 마누라 얻을 생각이 나더라도 당신 부인이 숨이나 넘어 가거든 하시구려."

순영의 음성은 떨린다.

백도 듣기가 매우 거북한 듯이 잠깐 눈살을 찌푸리더니 돌려 생각한 듯이 다시 빙그레 웃으며,

"이건 내가 마누라한테 다녀왔다니까 바가지를 긁는 심인가, 하하하. 그렇게 나만 책망할 것이 있소? 내외 싸움은 칼로 물 베기라는데 싸우지 않는 내외가 어디 있나. 안 그렇소? 날더러 죽어서 좋은 데로 갈 공부를 하라니 고맙소만 죽어서 좋은 데로 가는 것보다는 순영이하고 재미있게 사는 것이 좋아, 허허허허."

하고 아랫목에서 자는 아이들을 들여다보며,

"응, 이 애들이로구먼. 미쳤지. 어린 것들을 두고 글쎄, 그게 무슨 짓이람, 응. 그런데 이 애들은 순기 집으로 보내야지…. 순기란 사람도 할 수 없는 위인이야. 그 돈 2만 원도 어느 새에 다 깝살리고 또 나만 조르니 낸들 어찌한다나…. 응, 여보 좋은 일이 있소, 이 애들을 당신이 맡아 기르구려. 동성 아주머니 손에 길러 내기로 어떠오?"

하고 모는 문제가 다 해결이 된 듯이 혼자 중얼거린다.

백도 인제는 늙었다――웃수염에 센 터럭이 섞였구나. 저 사람은 무엇

하러 나서 무슨 일을 하다가 저만큼 늦었는가. '술', '계집', '돈', '술', '계집', '돈'——이렇게 생각하고 순영은 도리어 백을 가엾이 여겼다. 그러나 순영은 듣기 좋은 소리를 하여 줄 용기는 없었다. 백을 대할 때에는 반항하기 어려운 무슨 힘이 자기를 끄는 듯함을 깨닫는다. 그래서 어느 때나 백이 끌 때에는 굳세게 반항하리라는 굳은 결심만 가지고 잠자코 앉았다.

"이거 방이 춥구려. 양식이나 있소? 나무가 없나 보구면."

하고 백은 아이들 누운 자리를 쓸어 보는 체 순영의 앉은 자리 밑에도 손을 넣어 본다.

그래도 순영은 전등만 바라보고 말이 없다.

"자, 가지!"

"안 가요!"

"허기는 내가 무리요. 나도 기실은 당장 가자는 것은 아니오. 장례나 끝내고 또 화나 좀 풀릴 만하거든 오시오. 나도 들르지."

하고 커다란 지갑에서 한성은행 소절수표책을 내어 천 원 소절수를 써서 순영의 도장과 함께 책상 위에 놓고 일어서면서,

"내 내일 쌀, 나무, 반찬거리는 사 보내리다. 맘 괴로워 말고 있으시오."

하고는 팔을 내밀어 순영의 허리를 얼른 끌어안아 보고 나간다.

"이거 가지고 가세요. 난 그런 것 싫어요."

하고 순영은 소절수를 들고 따라 나갔다.

184회 그러나 백은,

"어서 그러지 말고 받아두오."

하고 인력거를 타고 달아나 버렸다.

그 이튿날은 과연 얼음 같은 백미 한 가마와 잎나무 한 바리, 장작 한 바리, 반찬거리 한 채롱이 왔다. 순영은 어찌할 줄을 몰랐으나 마침내 아니 받

을 수가 없었다.

이로부터 거의 매일 백의 집 하인들이 무엇을 가지고 와서는 순영에게 공순하게 인사를 드리고 또 '영감마님'께서 '아씨'를 항상 못 잊어 하신단 말을 전하였다.

하루는 여전히 하인이 와서 관철동 마님이 돌아가셨다고 전하였다.

일변으로 한참 동안 발길을 않던 김 박사가 다시 오기를 시작하였다.

"나는 아주 최후 결심을 하였소. 나는 학교와 교회의 모든 직분을 다 내놓고 집까지도 팔아 버렸소──세간까지도 죄다 팔아 버렸는데 모레면 집값을 치른다니까 집값만 받거든 곧 떠날 테요──다시는 조선을 아니 올 양으로──이 맛없는 재미없는 조선에는 다시는 발길을 아니할 양으로 나는 조선을 떠날 테요. 어찌하려오?"

하고 김은 순영의 최후 결심을 물었다.

"여행권은 나왔어요?"

"여행권? 그것은 해서 무엇하오? 우선 중국 지방으로 실컷 돌아다니지요──만주로 몽고로 북경으로 산동으로 양자강으로 동정호 칠백 리로 배도 타고 차도 타고 실컷 돌아다니지요. 그러다가 중국에 있고 싶으면 있고──소주나 항주나 살기 좋은 데서 살고. 그것도 싫어지면 또 다른 데로 가지요. 인도로 소아시아로 애굽^{이집트}으로 유럽으로 어디는 못 가요? 남아메리카 북아메리카나 어디는 못 가요? 훨훨 돌아다니지요. 자유롭게 즐겁게 훨훨 돌아다녀요."

하고 유쾌한 듯이 순영을 바라보며 영어로,

"웨어에버 유 아 고우 아일 고우."(어디나 당신이 가는 곳이면 내가 가지요)

하고 찬성을 구하는 웃음을 웃는다.

김 박사가 하도 유쾌하게 떠드는 바람에 순영이도 맘이 유쾌해져서 빙그레 웃는다. 김 박사도 그 눈치를 알아차리고 한 번 더 다진다.

"컴 온! 노 헤지테이션!"(자! 주저할 것 없어요!)

이 말을 들을 때에 순영은 진실로 맘이 솔깃하였다. 귀찮은 이 세상을 떠나서 김이 말하는 대로 세계 어느 곳이나 자유로 활활 돌아다니면 얼마나 좋을까. 백의 집에를 다시 들어가는 것보다 바라지 못할 봉구의 사랑을 바라고 있는 것보다 아이들을 데리고 온갖 고생을 다하며 세상의 냉대와 비웃음을 받는 것보다 어리석고도 여자면 오금을 못 쓰는 김의 귀염을 받아 가며 세계 각처로 자유로 돌아다닌다 하면 얼마나 좋으랴. 순영의 맘은 진실로 걷잡을 수 없이 솔깃해진다.

"선생님, 저 같은 것과 같이 가셔서 무엇을 하세요? 거추장스럽기만 할 것을."

순영은 마침내 이런 말을 하게 되었다.

"오우 네버 네버 마인드.(어 천만에 천만에) 순영 씨만 같이 가신다면 어디나 가고 무슨 일이나 다하지요."

김은 순영의 솔깃하는 기색을 보매 기쁨과 감격으로 어찌할 줄 모르는 표정을 한다. 그것을 볼 때에 순영은 김을 불쌍히 여기지 않을 수가 없었다. 그도 선량한 사람이다. 다만 세상이 그에게서 바라지 못할 큰 것을 바라기 때문에 그를 비난하는 것이라고 생각하였다. 사십이 넘어 오십 줄에 든 남자가 여자의 사랑을 얻지 못하여 허덕이는 꼴이 실로 불쌍하고 측은하다. 내가 그를 사랑해 줄까, 그러면 그가 얼마나 기뻐할까──순영은 이렇게 생각하고 다정한 눈으로 김을 바라보았다.

"올 라잇. 아일 팔로우 유."(그러지요. 당신을 따르지요)

이렇게 속으로 영어로 대답할까 하고 생각하느라고 순영은 이윽히 고개를 숙였다.

<u>185회</u> 그렇게 생각할수록 자기가 김 박사를 따라가는 것이 가장 좋을 듯하였다. 이 고생을 어떻게 하랴. 이 천대를 어떻게 받으랴. 차라리 김을 따라가서 모든 시름을 잊어버릴까. 더구나 인순이가 그렇게도 자기에게 무정하게 한 것을 생각할 때에 분하기도 하고 조선 세상에는 자기를 용납할 곳이 없을 것 같았다.

순영은 백의 집에서 나온 지 사오일 후에 곧 인순에게 편지를 하였다. 그 편지를 받는 대로 반드시 인순이가 달려와서 자기를 위해 주리라고 믿은 것이다. 천하 사람이 다 자기를 미워한다 하더라도 설마 인순이야 자기를 버리랴 하는 생각과 자기가 이렇게 잘못된 생활을 내어 버리고 새 생활에 들어서려는 결심을 들으면 반드시 기뻐할 것이라 하는 생각과 또 인순은 자기를 위하여 생활할 길도 찾아주리라는 생각으로 그를 기다린 것이다. 그러나 기다리는 그는 오지 않고 어느 날 저녁신문에——그것은 바로 순영의 험구가 마지막으로 나던 신문이다——인순의 사진이 나고 인순은 미국에 가는 길로 그날 밤차로 일본을 향하여 떠난다는 말이 났다. 그 기사를 볼 때에 순영은 실망과 분노와 시기가 한데 섞인 무서운 불쾌감을 깨달았다.

그 이튿날 엽서 한 장이 왔다.

"편지는 받았으나 길 떠날 준비에 분주하여 가지 못하오며 옛일을 다 회개하고 새 생활을 시작하려 하신다니 기쁘오며 아무쪼록 주의 뜻을 잊지 말고 나아가시기를 바라나이다. 총총 이만."

이렇게 냉랭한 편지다. 순영은 이 편지를 받을 때에 분하여서 울었다. 자기가 학교 안에서 가장 큰 신임을 받을 때에 인순이 따위야 누가 돌아보기나 했던가. 얼굴도 못 생기고 재주는 없고 글씨조차 이렇게 쓸 줄 모르는 것을 누가 돌아보기나 하였던가. 그런데 이 편지는 어른이 변변치 못한 후배를 경계하는 어조다! 순영은 사기가 그런 아니꼬운 것에게 자기의 진정을 고백한 것이 부끄러웠다.

'옳지, 내 편지를 웃음거리를 삼았구나.'

이렇게 생각하고 이를 갈았다. 삼사년 후에 인순이가 공부를 마치고 M. A.나 Ph. D의 학위나 얻어 가지고 돌아오면 그 꼴을 차마 어찌 보랴.

'그년이 탄 배가 파선이나 하여 버렸으면.' 이렇게 저주하고 싶도록 순영은 분하고 슬펐다.

그러나 만일 자기가 지금 김 박사를 따라가! 인순은 미국으로 갔으니 나는 프랑스나 이태리에 가서 음악을 배워! 그래서 큰 음악가가 되어! 3년이면 된다. 나는 음악 재주가 제일 많다. 그래서 세계에 이름난 피아니스트가 되어! 그리되면 무엇이 인순이 따위가 부러울까! 그리되면 조선 사람들은 다시 찬양하게 될 것이 아닌가. 그래 그래. 순영의 운명은 이 일순간에 결단되는 것 같았다.

"무얼 생각해요?"

하고 김은 한 번 더 순영의 결심을 재촉한다.

"제가 선생님 따라가면 저 음악 공부시켜 주실 테야요?"

하고 마침내 순영은 고개를 들고 반쯤 농담인 것을 보이려는 듯이 웃었다.

"서튼리 예스.(암 그러지요) 내가 순영 씨의 음악의 지니어스(천재)를 이해 못 하는 줄 아시오? 우리 파리로 가요──로움(로마)으로 가든지. 좋지요? 자, 그러면 작정하세요. 여행권은 중국 가서 얻기로 하고 우리 곧 떠나요. 모레 후면 애니 타임 유 라익(어느 때나 당신 마음대로)."

그러나 순영의 얼굴에는 다시 수심 빛이 보이는 것을 보고,

"워츠 더 매터. 저스트 텔 미!"(왜 그러시오. 내게 말을 하시구료!)

하고 김도 괴로운 듯이 양미간을 찌푸린다. 순영은 기운없이 한숨을 쉬며 손가락으로 배를 가리킨다. 뱃속에 있는 아이를 의미함이다.

186회 그것을 보고는 김의 얼굴에도 불쾌한 빛이 뜬다. 봉구와 백과 순영과의 과거가 연상될 때에 김도 불쾌한 것이다. 차라리 홀몸으로 정처없이 떠돌아다니다가 어디서 맘에 드는 여자를 얻어 만나기를 바라자 하는 생각도 났다. 그러나 지금 앞에 앉은 순영의 아름다움을 잊을 수도 없을뿐더러 이미 거의 다 손에 들어온 보물을 놓쳐 버리기가 아깝기도 하였다. 그래서 김은 다시 유쾌한 낯빛을 지으며,

"테이킷, 테이킷!"(그걸 먹어요, 그걸 먹어요!)

하고 눈짓을 하였다. 순영도 김의 말이 무슨 뜻인지를 안다. 순영은 비웃는 듯이 빙긋 웃었다.

"내 오늘 하루 생각해 볼게요."

하고 마침내 순영은 반허락을 하였다. 그러나 김은 생각해 본다는 것이 심히 불만한 듯이 의심스러운 눈으로 순영을 바라보며,

"테이킷! 월유?"(그걸 먹어요! 먹지요?)

하고 다지었다.

"아일 트라이."(해보지요.)

하고 순영은 얼굴을 붉혔다. 김은 반신반의하는 눈으로 순영을 바라보고는 가 버렸다.

그날 밤, 아이들이 다 잠들기를 기다려 순영은 종이에 싸두었던 노회환을 꺼내어서 입에 넣고 냉수를 마시고는 자리에 누웠다. 큰일을 저지른다고 생각하는 순영은 물론 잠이 들 리가 없다. 뱃속에 들어간 독약이 어떤 작용을 일으키는가 하고 순영은 가만히 뱃속만 생각하고 있었다. 베드로와 메리는 다들 잔다. 밤은 고요한데 행랑에서 어린애 우는 소리가 들린다.

반쯤 감은 순영의 눈에는 모세가 보인다. 모세가 보일 때에 순영은 열 달 동안을 자기 뱃속에 있던 것을 생각하였고 그것이 처음 뱃속에서 꼬물거림을 깨달을 때에 느끼던 일을, 형언할 수 없는 기쁨과 슬픔을 생각하였다.

"참, 이상도 하다. 생명은 이상도 하다."

그때에 이런 생각하던 것을 생각하고 순영은 가만히 자기의 배 위로 손을 쓸어내렸다.

"벌써 죽었나?"

하고 순영은 깜짝 놀랐다. 몸에는 오싹 소름이 끼쳤다. 무서웠다. 그러나 가만히 손을 내려 쓸면 분명히 뱃속에서 이불 밑에 싸인 고양이 모양으로 꼬물거리는 것이 있다. 순영은 아까 번보다 더한 놀람과 무서움으로 손을 빼고 몸서리를 쳤다.

"살았구나. 저를 죽이려는 어미의 뜻도 모르고 그 뱃속에서 꼬무락거리는구나."

순영은 벌떡 일어났다.

"이것을 토해야 한다. 토해야 한다."

순영은 입에 손가락을 넣었다. 그러나 아무것도 나오지 않고 갑자기 메슥메슥한 기운만 생기며 아랫배가 쥐어뜯는 것을 깨달았다. 순영은 손가락으로 목구멍을 쑤시다가 눈물만 흘리고 쓰디쓴 무슨 물이 조금 나오고는 더 나오지 아니하여 "아이고" 하고 자리에 꺼꾸러졌다.

점점 창자 굽이는 꿈틀거리고 배는 힘 있게 쥐어짜서 훑어 내리는 듯이 아프다.

그러나 아아 실망이다. 독은 벌써 전신에 돌았다. 그 독은 나의 혈관으로 돌아 이 꼬무락거리는 태아에게로 가는 것이다. 5분 지나고 10분 지나는 동안에 그 독이 쌓이고 쌓여 이 아이는 죽어 버리는 것이다.

이렇게 생각하면서 순영은 괴로운 중에도 가만히 태아가 살았나 안 살았나 주의하였다. 아직 살았다. 더 활발하게 노는 것 같다.

"괴로워서 그러는구나! 죽느라고 그러는구나!"

하고 순영은 두 주먹으로 얼굴을 가렸다.

이마에서는 식은땀이 뚝뚝 흐른다.

"하나님, 이 죄 많은 년을 죽여 줍소사. 이 죄 없는 어린 것을 살려 줍소사!"

하고 몸을 비꼬았다. 배는 갈수록 더 아프다. 정신을 못 차릴 만큼 아프다. 입술이 파래지고 얼굴 근육에 경련이 일어나도록 아프다.

187회 순영은 밤새도록 네 번이나 무서운 설사를 하였다. 아침에 아랫방 마누라가 안에 들어왔을 때에는 순영은 기운이 빠져 눈도 잘 뜨지 못하고 헛소리 모양으로,

"죽일 년, 죽일 년, 하느님 죽여 줍소서."

하고 중얼거리고 있었다.

아랫방 마누라는 깜짝 놀라서 순영을 흔들었다. 서너 번이나 이름을 부르고 흔든 뒤에야 겨우 눈을 떠서 물끄러미 보더니 손으로 자기의 배를 가리키며 분명치 않은 어조로,

"살았소? 살았소?"

하고 묻고는 다시 눈을 감는다.

아랫방 마누라는 처음에 무슨 뜻인지 몰랐으나 마침내 알아차리고 순영의 배에 가만히 손을 대어 보았다. 팔딱팔딱하는 것이 있다.

"살았어요. 잘 놀아요."

하였다. 순영은 안심하는 듯이 잠드는 양을 보인다. 오정 때나 되어서 김 박사가 왔다.

"할로우——할로우!"

하고 마루 앞에서 부를 때에 베드로가 나오며,

"학교 아주머니 잃아요——들어오시지 마세요."

하고 소리를 지른다.

"싫아? 어떻게?"

"배가 아파요. 들어가지 말고 가요."

하고 베드로는 더욱 어성을 높이며 마루에 올라서는 것을 막는 듯이 우뚝 김의 앞에 막아선다.

김은 잠깐 머뭇머뭇하더니 손으로 베드로를 떠밀고 마루 끝에 걸터앉으며,

"디주 테이킷?"(그것 먹었소?)

하고 회답을 기다리다가 아무 회답이 없는 것을 보고 한 번 더 소리를 높여,

"유 테이킷, 디주?"

하고 한 번 더 물었다.

"가세요! 보기도 싫고 말하기도 싫으니 가세요!"

하고 방안에서 순영의 소리가 나온다. 김의 얼굴은 흙빛이 되었다.

김은 무안한 듯이 우두커니 앉았더니 곁에 섰는 베드로더러 가만히,

"의사 불러 왔니?"

하고 묻는다. 베드로는 말없이 고개를 도리도리하였다.

"의사 불러다 드려요? 대단히 괴로우시오?"

하고 이번에는 조선말로 묻는다.

순영은 창을 와락 열고 해쓱한 얼굴을 내밀어 김을 노려보며,

"김 선생! 어서 가세요——다시는 내 집에 오시지 마세요. 나를 유혹도 마세요. 그리고 인제부터라도 좀 사람이 되시오."

하고 창을 탁 닫쳐 버렸다.

김은 고개를 푹 수그리고 나왔다.

사흘 만에 순영은 일어났다. 태아도 죽지 아니하였다. 일어나는 길로 순영은 옷을 갈아입고 베드로와 메리에게 새 옷을 입혔다.

"아주머니 우리 어디 가우?"

이렇게 베드로는 새로 사 온 재킷을 입으면서 좋아라고 묻는다.

"응, 모교다리 아저씨한테 간다."

하고 순영은 기운없이 대답하였다.

"모교다리 아저씨, 그때에 왜 인사 안 했주? 노앗주?"

"내가 아니? 네가 아저씨더러 물어 보렴."

"내 물어 볼게."

순영은 두 아이를 데리고 얼음판이 된 길을 걸어서 봉구의 집으로 갔다. 순영의 얼굴에는 무슨 독한 결심의 빛이 있는 것 같았다. 순영은 아이들더러 먼저 들어가라고 메리의 손목을 베드로의 손에 쥐어 주었다. 베드로는 메리의 손목을 끌고 대문 안으로 두어 걸음 들어가더니,

"아주머니도 가."

하고 뒤를 돌아본다.

188회 봉구가 길에서 우연히 순영을 보고 집에 돌아온 날 그는 누를 수 없는 괴로움을 깨달았다. 다 꺼져 가던 가슴의 불에 기름을 붓는 듯하였다.

마땅히 미워해야 할 사람이언만, 마땅히 원망해야 할 사람이언만 그 사람을 대할 때에 맘에 누를 수 없는 그리움이 일어나는 것이 괴로웠다.

봉구는 남성적인 의지로 이 정을 억제하려 하였으나 안 되었다. 봉구도 자기의 강한 의지의 힘——무서운 고집쟁이라는 소리를 듣는 의지의 힘을 아니 믿는 것이 아니나 부드러운 정에는 저항할 힘이 적은 듯이 생각하였다. 천한 사람이 강력을 가지고 자기를 내리누르면 그것을 거역하고야 말더라도 어린아이가 부드러운 정으로 봉구를 움직이려고 들면 자기는 아니 움직여지지 못할 것같이 생각되었다.

만일 순영이가 자기에게 울고 매달리면 어찌할까. "저리 가!" 하고 뿌

리칠 용기는 없는 듯싶었다.

더구나 봉구의 가슴에 깊이 뿌리박힌 첫사랑——순영에게 대한 사랑은 봉구가 순결하니 만큼 의지력이 강하니 만큼 더욱 뿌리가 깊었다. 순영을 본 때로부터 봉구의 맘에는 순영의 그림자가 떠난 일이 없었다. 물론 이렇게 봉구의 가슴속에 왕래하는 순영은 지금의 순영은 아니다.——백이란 사람과 더러운 돈에 더럽혀진 일전 길에서 만나 본 순영은 아니요, 옛날 경찰에게 쫓기어 남의 집 광으로 쫓겨 다닐 때 순영, 자기가 감옥에서 그리고 그리던 순영, 자기가 감옥에서 나온 뒤에 C예배당 합창대 속에 섰던 순영, 석왕사에서 자기의 품속에 몸을 던졌던 순영이다. 봉구는 천리 만리를 가더라도 그 순영을 찾고 싶었고 하늘 위에나 땅 속에나 비록 죽음의 그늘에 가더라도 그 순영을 찾고 싶었다.

그러나 그 순영은 영원히 갔다. 죽었다. 지금 살아 있는 순영은 그 순영이가 죽어서 썩어진 시체다. 봉구는 순영의 썩어진 시체를 원치 않았다.

만일 순영이가 아주 죽어 버려서 이 세상에 없었다면 얼마나 행복되었을까 하였다. 그랬다면 봉구는 가만히 눈을 감고 깨끗한 순영의 모양을 그리기나 하였을 것이요, 밤에 홀로 향불을 피우고 앉아서 순영의 영혼을 불러라도 보았을 것이다. 그렇건만 순영이가 백이라는 사람과 돈의 종이 되어 더러운 생활을 한다고 생각할 때에 봉구는 두 팔을 내둘러 눈앞에 아른거리는 순영의 그림자를 쫓아 보내지 않을 수 없었다.

"이 마귀야, 이 사람을 속이는 악마야!"

하고 외치지 않을 수가 없었다. 봉구는 얼마나 캄캄한 허공에 두 팔을 허우적거렸으랴! 그러나 순영이 가지 않을 때에 그는 아프게 울었다. 그의 가슴속에는 영원히 아물지 않을 생채기가 생겨 바람이 불 때, 비가 올 때에 가슴이 터지도록 쓰라리고 아프게 하지 않느냐. 그러나 봉구는 순영이와 가장 가까운 것을 순영의 시체에서라도 찾아볼 것같이 생각도 하였다. 비록 죽어 버렸다 하더라도 그 송장은 일찍 아름답던 순영을 담았던 그릇이 아니냐. 비록 썩어졌더라도 그의 썩다 남은 살점은 일찍 아름답던 순영의 한 부분이 아니냐. 만일 그 썩어진 시체를 불살라 버린다 하면 거기서 오르는 연기와 그 자리에 남는 재라도 순영의 향기를 가졌을 것을!

이래서 봉구는 다시 한번 순영을 만나 보고 싶은 생각이 나서 일전에 순영을 보던 대한문 네거리를 헤매기도 하고, 초어스름에 순흥의 집 앞으로 얼른얼른 지나기도 하였다. 대문 앞으로 두어 번 오락가락하다가는 '아니다!' 하고 빠른 걸음으로 지나기 버리기도 하였다.

그동안에 인천 경주의 모친에게서는 봉구에게 오라는 편지를 거의 날마다 하고 청혼하는 뜻도 여러 번 보였다. 경주의 이름으로 봉구더러 곧 오라고 전보 친 것을 받고 봉구가 경주의 집에 갔을 때에는 경주의 모친은 봉구의 손을 잡고 눈물을 흘리며 딸과 혼인하기를 청하였다.

189회 그러나 봉구는 경주와 혼인하기를 허락하지 못하였다. 마치 이미 일생을 같이하기로 굳게 맹약한 사람에게 대하여 맹약을 배반한 것도 같고 또 경주로는 도저히 자기의 가슴속에 텅 빈 곳을 채울 수가 없는 것도 같았다.

"저는 비록 나를 배반하더라도 내야 어찌 그를 배반하랴. 나라로는 조선에게 이성으로는 순영에게 이 몸이 사랑과 노력과 목숨을 바치노라고 굳게 맹약한 나는 결코 결코 그 맹약을 깨뜨리지 아니하리라."

봉구는 이렇게 생각하였다.

그러나 봉구는 순영에게 관한 신문기사를 볼 때에——순영이가 백을 원망하는 독한 말과 백에게서 나온 지 며칠이 못 되어 뱃속에는 백의 아이를 안고서 김 박사와 좋아한다는 말을 볼 때에 봉구는 신문을 움켜쥐고,

"짐승 같은 계집!"

하고 소리를 안 지를 수가 없었다.

마침내 아주 썩어 버렸는가. 터럭끝만치도 아니 남겨 놓고 속속들이 아주 썩어 버렸는가. 어쩌면 그렇게 아름답던 것이 그렇게도 아주 썩어 버릴 수가 있을까. 그래도 순영의 정신의 어느 구석에는 아름다운 불꽃이 별만치라도 남아 있어서 그것이 무슨 기회를 얻어서 타오르는 날이면 지나간 모든 더러운 것을 다 태워 버리고 한 번 더 순영의 본색이 드러날 날이 있으리라고도 믿었다. 그것이 마치 이미 식어 버린 달덩어리가 다시 불이 되어 타오르기를 기다리는 것과 같았던가.

그러나 순영은 죽어도, 썩어도, 다 녹아 없어져도, 봉구의 가슴속에 박힌 순영의 그림자는 언제나 스러질 것 같지 않았다.

"잊어버리자! 잊어버리자!"

봉구는 잊어버리기를 힘썼으나 잊어버려지지를 않았다. 순영을 잊어버리는 것 ──순영의 아름답던 영혼이 여지없이 썩어져 버린 것으로 여기고 잊어버리는 것은 마치 인류의 영혼이 모두 썩어져 버렸다 하여 잊어버리려는 것과 같았다.

"잊지를 못하겠거든 미워하자! 미워하자!"

그러나 줄곧 미워할 수도 없었다. 잊어야 할 사람을 잊어버리지도 못하고 미워해야 할 사람을 미워하지도 못하는 곳에 봉구의 괴로움이 있는 것이다.

인제는 더욱 재촉이 온다. 경주의 모친의 병은 더욱 위중해진다. 이 기회를 타서 또 호주인 경훈은 아직도 미결수로 있는 기회를 타서, 경주의 친척이라는 어중이떠중이들은 경주 집 재산을 엿보고 미리 악을 쓰고 덤볐다. 봉구가 둘째번 경주 집에 갔을 때에는 사랑과 안채에 머리 깎은 것, 갓 쓴 것 십여 인이 쭈구리고 앉아서 수군거리고 병인이 누워 있는 안방에서는 경주의 형 되는 과부가 돈을 내라고 앓는 계모와 경주와 아우성을 하고 싸우는 판이었다.

봉구가 들어오는 것을 보고 그 사람들은 못마땅한 듯이 고개들을 돌렸다. 들은즉 그들의 공동한 적은 봉구라 한다.

"호주 되는 경훈이가 돌아오기 전에 경주의 약혼을 할 수가 있나. 더구나 경주는 상중이니까 돌아오더라도 삼년상을 치르고야 혼인을 할 게지."

이 모양으로 봉구와 경주가 혼인한다는 것을 방해를 해놓고야 다른 수단을 쓸 수 있다고 그들이 생각한 것이다.

앓는 경주의 모친은 지금껏 전실 딸과 싸우느라고 흥분이 되어서 무섭게 상기가 되고 호흡이 단촉하여 이 모양대로 가면 오늘을 넘기지 못할 것 같이 봉구에게 보였다.

경주의 모친은 봉구의 손을 잡고 한참은 목이 메 말을 못하다가,

"여보게, 내가 죽을 날이 멀지 않으이. 내가 죽기를 기다리고, 안팎에서 칼들을 품고 기다리네그려. 이 애 오빠는 옥에 있고, 내가 자네밖에 믿을 사람이 어디 있나. 이 애가 변변치는 못하지만 내 앞에서 이 애와 혼인한단 말 한마디만 해주게——내가 그 말 한마디를 듣고야 눈을 감겠네."

하고 말끝이 흐린다.

190회 봉구는 실로 대답할 말이 없었다. 그러나 모친의 생명이 경각에 있다 하면 적더라도 재산 소유권을 확실하게 경주에게 넘겨 줄 필요는 있는 것을 깨달았고 또 경주의 모친이 자기와 경주를 속히 혼인을 시키려 함도 이 재산이 경주의 손에 들어가기를 바라는 까닭인 줄도 알았다. 물론 경훈이가 호주지만 경훈은 살아서 이 세상에 나올 여망은 없는 것이요, 또 경훈이가 해외로 달아날 때에 이미 자기가 팔고 남은 재산권을 그 모친의 명의로 옮기고 말았다. 이것은 경훈이가 다시 안 돌아올 결심을 하고 그 계모에게 효행하는 너그러운 뜻을 표한 것이었다. 그러므로 이 집 재산을 처분하는 권리는 실로 지금 병들어 생명이 경각에 달린 경주의 모친의 유언 한마디에

달린 것이다.

이 눈치를 보고 혹은 경주의 과부 형을 내세우고 혹은 경훈의 처를 내세우고 혹은 경훈의 아들이 없으니 경훈이가 죽으면 경훈의 대신 양자로 들어올 경훈의 재종제再從弟: 육촌 아우를 내세우고——이 모양으로 여러 파가 갈려서 병인을 졸라 대는 것이다.

"제가 다 무사하게 할게, 염려 마세요."

하고 봉구는 곧 공증인과 경찰서원을 청하고 모든 친척을 입회하게 한 후에 병인더러 유언하기를 청하였다. 병인과 경주는 이런 수가 있는 것을 보고 대단히 기뻐하였거니와 반대파들은 심히 낭패하여서 혹은 봉구를 붙들고 남의 집 일에 무슨 상관이냐고 힐난도 하고 혹은 공증인과 경관을 보고 저마다 옳은 이치를 말하였다.

그러나 마침내 유언 선언서를 썼다.

첫째, 경주와 봉구와 혼인하기를 허락함.

둘째, 전 재산은 경훈으로 하여금 상속케 하되 만일 경훈에게 재산을 상속치 못할 사정이 있을 때에는 경주로 하여금 상속케 함.

셋째, 재산의 정리와 관리는 이를 신봉구에게 위임함.

이것을 보고 곁에 둘러섰던 친척들은 악마구리같이 떠들었다. 그러나 공증인과 경관은 유언이 끝나니 그들의 떠드는 말에는 귀도 안 기울이고 가 버렸다.

공증인과 경관이 돌아간 뒤에 사람들은 모두 안방으로 들어 모였다. 병인에게 불공한 말을 하고 봉구를 여지없이 욕설하였다. 어떤 자는 이 일을 인륜에 어그러지는 일이라고 분개하고, 어떤 자는 이 일을 신문에 내어야 한다고 떠들었다.

그중에도 경주의 과부 형은 병인더러 이년 저년 하고 소리를 지르며

"이년아, 내 아버지 재산을 왜 네 맘대로 해?"

하고 악을 쓰고 그것을 막는다 하여 경주의 머리채를 끌고 싸움을 시작하였다. 봉구는 일가 사람들이 말리는 양을 보려고 마루 한편 모퉁이에서 기다리고 있었으나 아무도 말리는 이는 없고 도리어 둘의 싸움을 격려하는 태도를 취하였다. 그뿐더러 경훈의 당숙이라는 자는 자기의 종형수인 병인을 향하여 술 취한 어성으로 죄를 다투며 주먹으로 방바닥을 쳤다. 이 작자는 모인 사람 중에 가장 나잇살이나 먹고 말 마디나 하는 자인 듯하다.

마침내 병인은 "아이쿠, 아이쿠" 하고 울기를 시작하였다. 봉구는 더 참을 수가 없었다. 벌떡 일어나는 길로 두루마기를 벗어젖히고 안방 문에 막아 선 자들을 고양이 새끼 집어던지듯이 하나씩 마당에 내려 던졌다. 그러고는 안방으로 뛰어들어 가서 방바닥을 두들기고 떠드는 자의 목덜미를 집어 마루로 끌어내다가,

"이 짐승 같은 놈아! 네 형수가 숨이 넘어가려는 판에 돈밖에는 모르는 개 같은 놈아!"

하고 발길로 차서 마당으로 내려 굴렸다. 이 광경을 보고 더러는 무서워서 달아나고 더러는,

"오, 이놈! 사람 잘 죽이는 놈이라더라."

하고 몽둥이를 들고 봉구에게 대들었다.

191회 봉구는 맨주먹으로 몇 사람을 때렸으나 사오인의 모듬매에 마침내 이마가 터져서 거꾸러졌다. 봉구의 몸에서 피가 흐르는 것을 보고 사람들은 슬몃슬몃이 다 달아나 버리고 말았다.

봉구가 어지러뜨려졌다가 정신을 차린 때에는 봉구는 벌써 건넌방에 드러누워 있고 머리맡에는 의사와 경주가 지키고 있었는데 경주의 눈에서는 눈물이 흘렀다.

"괜찮으니 나는 올라갑니다. 무슨 일이 있거든 곧 기별하시오."

하고 경주 모녀가 붙드는 것도 듣지 않고 저녁만 조금 먹고 서울로 올라왔다.

이마에 상처를 보고 어머니는 놀라 물었다. 봉구는 그날 당한 일을 대강 말하였다. 어머니는,

"그렇게 간절히 청하는데 경주와 혼인을 하려무나——그 애가 그렇게 어여쁘지는 아니하나 사람이 순하고 복성스럽더라."

하고 늘 하던 말로 봉구를 졸랐다. 어머니의 생각에는 물론 그 재산도 있었거니와 어서 며느리를 보고 손주 새끼들을 보고 싶은 맘이 간절한 것이다.

머리 터진 것이 아프고 또 경주 일과 순영의 생각으로 신경이 흥분하여 밤에 석 점을 치는 소리를 듣고야 잠이 들었더니,

"제례하옵고 어머님 병환이 밤새에 더욱 위중하여졌습니다. 어저께 그 짐승 같은 놈들 때문에 더치시었나 보아요. 말씀도 잘 못하세요. 선생님만 찾으십니다. 제가 혼자 어찌합니까. 전보를 쳐도 더딜 것 같아서 내득이(사환)를 보내오니 곧 내려오시기를 바라나이다. 상하신 것이 대단치나 아니하시온지 저는 밤을 새워 근심하였어요. 즉일 선생님의 경주 상서"

라고 한 편지를 가지고 온 내득이에게 일으킴이 되었다. 내득이는 첫차를 타고 왔다.

봉구가 일어나 아침을 먹고 방금 인천으로 가려 할 때에 베드로가 메리의 손을 끌고 "아저씨" 하고 마당으로 들어섰다. 봉구는 입으려는 두루마기를 내던지고 사랑하던 동지의 자녀를 내려가 두 팔로 안아 쳐들었다.

"너희들이 나같이 무정한 아저씨를 찾아왔구나!"

하고 봉구는 목이 메었다.

"난 아저씨 보았죠——저어기 길에서 보았죠——학교 아주머니하고 보았죠."

"응, 그랬어?"

하고 봉구는 두 아이를 마루에 내려놓았다.

어머니도 뛰어나왔다.

"응, 베드로로구나!"

하고 늙은 어머니는 곧 눈물을 흘린다.

"에그 불쌍해라——가엾어. 이를 어찌하나. 추운데 이리 들어온."

하고 어머니는 메리의 조그마한 구두를 벗기고 안아 쳐들었다. 메리는 모두 낯선 사람이라 눈이 둥그레지더니,

"암지——암지."

하고 울기를 시작하였다.

"암지가 무어야?"

"아주머니를 암지라고 그래요"

하고 베드로는 신을 벗고 올라서며 당돌한 듯이 어머니에게 대답한다.

봉구는 순영이가 밖에 와 있는 줄을 깨달았다. 순영이가 자기를 찾아오는 방법으로 아이들을 앞세운 줄을 알았다. 그것을 생각할 때에 봉구는 순영을 불쌍하게 생각하였다. 얼른 대문에 뛰어나가서 그를 불러들이고도 싶었다. 그러나 어머니가 순영을 원수같이 여기고,

"그년을 다시는 내 눈앞에는 안 들여!"

하고 이를 갈던 것을 생각하면 그렇게 불러들이기도 어려웠다. 메리가 연해 "암지"를 부르고 베드로도 대문께로 바라보는 것을 보고는 어머니도 눈치를 채고 낯색이 변하면서 봉구를 바라본다. 봉구도 어머니의 눈치를 엿보았다.

192회 "어머니!"

하고 봉구는 마침내 어머니 곁으로 가서 가만히 귓말을 하였다.

"순영이가 저렇게 아이들을 데리고 찾아왔으니 어찌합니까. 그렇게 밉다가도 이렇게 찾아오면 불쌍한 생각이 나요——들어오라지요. 무슨 소리를 하나 보게."

어머니는 대답도 아니 하고 안방으로 들어가 버리고 말았다. 나는 안 보겠다, 하는 뜻이다. 봉구는 한참이나 주저하다가 겨우 결심한 듯이 대문으로 나갔다.

순영은 대문 밖 화방 모퉁이에 비켜섰다가 봉구가 나오는 것을 허리를 굽혀 인사를 한다. 인사를 하고는 마치 수줍은 처녀 모양으로 다시 고개를 들어 봉구를 바라보지 못하였다. 봉구도 공손히 허리를 굽혔다. 순영의 깊이 회개하는 눈물지는 영혼은 말없는 중에 봉구의 맘을 움직였다.

"들어오시지요!"

하고 봉구는 대문에서 비켜서서 순영더러 앞서서 들어가라는 뜻을 표하였다.

순영은 또 한 번 허리를 굽히고 앞서 들어간다. 봉구도 뒤를 따랐다. 베드로와 메리가 마주 나와 순영에게 매달린다. 순영은 말없이 두 아이의 머리에 손을 올려놓는다.

봉구는 두 아이를 데리고 안마당으로 들어가는 순영을 보고 길게 한숨을 쉬었다. 그렇게도 호기롭고 그렇게도 빛나던 순영이가 어찌되면 저렇게도 세상을 꺼리는 듯하고 저렇게도 수심기를 띠었을까. 얼굴은 중병을 치르고 난 사람 같고 마치 무슨 큰 죄를 짓고 그것을 아프게 뉘우치는 사람 같았다. 그렇게 빛나던 옛날 순영에게 빛나는 아름다움이 있던 모양으로 그렇게 수심스러운 오늘의 순영에게는 오늘의 아름다움이 있었다.

"들어오세요!"

하고 봉구는 순영을 건넌방으로 청해 들였다. 아이들은 마루에서 맘 놓고 뛰놀고 어머니는 안방에서 아들의 고생 많던 과거를 생각한다. 날은 추우나 볕은 난다.

봉구는 창을 향하여 책상에 기대어 앉고 순영은 봉구의 오른편 어깨를 보고 앉았다.

모로 보는 봉구의 모양에 좀 수척한 기운이 있고 어딘지는 말할 수는 없으나 나이 먹은 빛이 보인다.

두 사람의 가슴속에서는 수없는 생각이 용솟음을 쳤으나 피차에 할 말은 없는 듯하였다. 순영은 엄한 부친의 앞에 나아간 어린 딸 모양으로 입술을 달막달막할 뿐이요 입을 열지는 않았다.

봉구는 인천서 기다릴 일을 생각하고 시계를 내어 보았다.

"어디 시간이 있으세요? 바쁘시면 다시 오지요."

하고 순영이가 입을 열었다.

"네, 인천 좀 가야 할 일이 있어서요…. 그렇지만 내게 하실 말씀이 있으시거든 하시지요. 아직 한 15분은 시간이 있습니다."

이렇게 말하는 봉구의 어조는 순영이가 듣기에도 퍽 쌀쌀하였다. 더구나 인천이라는 말에 곧 경주를 연상하고 경주를 연상함에 자기는 마치 버려진 사람 같은 설움과 부끄러움을 깨달았다. 그러나 그것은 다 당연한 일이라고 순영은 단념하고 자기가 참된 맘으로 봉구에게 참회하고 사죄하려 오던 거룩한 결심을 어지럽게 아니 하려고 애를 썼다.

"제가 다른 말씀이야 여쭐 것이 있어요? 그저 제가 과거에 잘못한 모든 죄를 용서해 줍소사고, 그 말씀 한마디를 여쭈려 온 것이지요…. 용서해 달란 말씀인들 무슨 면목으로 할 수가 있겠어요마는 저도 늦게나마 모든 것을 뉘우치고 참 사람이 되어 보려고 결심을 하였으니깐 첫째로…."

하고 봉구를 무엇이라고 부를까 하고 주저하다가,

"용서하심을 받고 싶어서…. 편지도 여러 번 쓰다가는 말고 쓰다가는 말고 하다가 이렇게 염치를 무릅쓰고 뵈오려 왔습니다."

하고 울음을 참는 듯 말이 막힌다.

193회   "내게 용서해 드리기를 바라신다면 암만이라도 용서해드리지요——일곱 번씩 일흔 번이라도 용서해 드리지요."

하고 봉구도 입을 열었다. 입을 여니 할 말이 무한히 많은 것 같으나 억지로 참고 입을 닫쳤다.

"제가 무슨 면목으로 다시 뵈올 생각을 했겠어요마는 그래도 그저 용서해 주실 줄만 믿고…."

하며 순영은 살짝 봉구를 쳐다보았다. 봉구의 얼굴의 근육이 움직인다. 이것은 봉구가 불쾌하거나 괴로울 때에 하는 표정인 줄을 순영은 잘 알므로 말을 그치었다.

"나도 순영 씨를 원망도 했지요——저주도 했지요. 죽여 버리고 싶다고까지 생각도 했어요. 그러나 나는 사랑하는 법을 새로 배웠습니다——네가 사랑하는 이가 있거든 오직 그를 사랑 하여라. 그에게서 사랑을 갚아지기를 바라기는 할지언정 안 갚아진다고 원망은 말아라. 비록 그가 네 사랑을 발로 밟아 버리고 달아난다 하더라도 너는 그를 원망하지 말고 미워하지 말고 오직 그의 행복 되기만 빌어라. 그리함으로 네 사랑은 완전할 수 있으니 그렇지 아니하면 악이다——나는 이렇게 생각하였지요. 그렇게 생각하고 맘에 화평을 얻었소이다. 나는 그로부터 순영 씨가 옳게 되고 행복되기를 빌었습니다. 물론 불완전한 사람의 맘이라 가끔 가다가 무서운 원망의 맘과 미움의 맘이 생기기도 하였지만 나는 그것을 이겨왔어요. 그런데 지금 순영 씨께서 옛일을 다 뉘우치시고 새로운 참된 생활을 하실 결심을 하셨다니 내가 빌던 것이 이루어진 듯해서 기쁩니다. 다시 말씀합니다——모든 것을 다 용서해 드리지요. 벌써 용서해 드린 지가 오래라고 할 수 있습니다."

하고 봉구는 한번 순영을 바라보았다.

"저로 해서 그렇게 못하실 고생을 다 하시고 하마터면…."

순영의 목소리는 더욱 측은하여진다.

"아닙니다——그런 말씀을 하실 것이 없어요. 다 내 탓이지요! 내가 잘못해서 그런 것이지요——나는 순영 씨를 원망하지 아니합니다. 또 지나간 일은 말해서 무엇해요? 좋은 일이나 좋지 못한 일이나 다 지나간 일은 지나간 일이지요. 모래 위에 엎지른 물이지요——결코 다시 주워 담을 수는 없는 것입니다. 순영 씨나 내가 어찌어찌하다가 길을 잘못 들어서 좋은 세월 얼마와 좋은 정력 얼마와 또 명예 얼마를 잃어버렸으니까 그것이나 아프게 여기고 이로부터나 참길을 밟아 나가기를 힘쓰는 것이 좋겠지요——지나간 일은 다 묻어 버리구요."

봉구는 말을 그치고 시계를 내어 본다. 그것이 순영에게는 아픔을 주었다. 모래 위에 엎지른 물은 다시 주워 담지 못한다고 한 봉구의 말이 몹시 순영의 가슴을 찔렀다. 그 말이 마치 자기가 일생에 대한 사정없는 마지막 판결같이 들렸다.

순영은 그 자리에 더 앉아 있을 수 없고 더 할 말도 없을 듯하였다. 자기가 봉구에게 청하려던 것——옛날 일을 용서하여 달라는 것은 두말도 없이 봉구에게 허락을 받았다. 말하자면 얻으려고 목적한 것을 얻은 셈이다. 그러나 자기가 봉구에게서 얻으려던 것은 그것만이 아닌 것 같다——그렇게 싱거운 것만이 아닌 것 같다. 그보다도 더 생명 있는 무엇인 것 같다. 마치 순영은 알맹이 다 빠진 무엇을 헛 얻은 것같이 서운하고 도리어 그것을 얻기 전보다도 어이없는 듯하였다.

"저는 갑니다."

일어나는 순영은 이렇게 말하였다.

"가세요? 아이들 생활비는 부족하거든 내게 기별하세요."

하고 봉구도 일어나 두루마기를 입는다.

"가우? 왜 벌써 가우?"

하고 무심한 베드로가 순영에게 매달린다.

순영은 봉구의 어머니에게 인사를 드릴까 말까 하고 안방을 바라보고 머뭇머뭇하였으나 봉구가 말없이 섰는 것을 보고는 눈치를 알아차리고 그대로 아이들을 데리고 나갔다.

194회 "어머니! 나 인천 가요."

하고 봉구는 안방 문을 열었다. 어머니는 마주 나오면서

"다들 갔구나. 아이들을 아무것도 못 먹여서 어찌하니?"

하고 아들의 얼굴빛을 살핀다.

"무어요. 다음번에 주지요…. 그럼 다녀옵니다."

하고 봉구는 마루 끝에 앉아서 구두끈을 맨다. 어머니는 아들의 뒤에 와 서서 아들의 목덜미를 내려다보며,

"목도리하고 나가려무나."

하면서 경주를 생각한다.

"괜찮아요."

"얘, 너 어찌하련?"

"무어요?"

"혼인 말이다."

봉구는 말없이 하늘을 쳐다본다.

"오늘도 가면 경주 어머니가 또 말을 할 테지? 너 무어라고 대답하련?"

"글쎄요…. 혼인할 맘이 없어요."

히고 봉구는 픽 웃는다.

"글쎄, 밤낮 혼인할 맘이 없다니 혼인이 무슨 큰 죄나 되느냐. 나이 삼십이나 되도록 장가를 안 드는 법이 어디 있니? 게다가 나는 금년에 죽을지 명

년에 죽을지 모르는데…. 글쎄, 그게 무슨 고집이야. 네 말마따나 네 일은 네가 더 잘 알겠지만 어미 생각도 좀 해보아라. 오늘은 혼인 말이 나거든 허락을 하고 오너라──또 경주가 사람이 덕스러워 저 구미여호 같은 순영 같은 년에 비길 뻔이나 하냐. 어서 내 말대로 해라."

"네…. 생각해 봅지요."

하고 봉구는 대문 밖으로 나갔다. 봉구가 경주의 집에 다다랐을 때에는 안방에서 어제 모양으로 경주의 과부 형이 발악을 하는 중이었다.

"언니! 내 돈 줄게. 그러지 마우."

이것은 경주의 소리.

"흥, 내가 왜 거진 줄 알았더냐. 너헌테 돈을 얻어 가지게."

이것은 과부 형의 소리다.

"그럼 어떻게 하란 말이요?"

"내 돈 내란 말이다──내 아버지 돈 내란 말이다. 내 돈 내란 말이야!"

하는 과부형의 어성은 더욱 높아 간다.

"너 시집 갈 적에 네 것 안 가지고 갔니?"

이것은 앓는 이의 말이다.

"왜 그것만 내 거야? 왜 그것만 내 거야?"

하고 과부는 더욱 소리를 지른다.

"흥, 과부면 과부답게 수절이나 하고 있지! 이놈 저놈 배가 맞아서 가명을 더럽히는 년에게 주기를 무얼 주어!"

하는 병인의 목소리도 높아진다.

"응, 내가 무얼 잘못했어? 그래 내가 이놈 저놈과 서방질하는 것을 보았어? 보았어? 또 그러면 어때? 댁이 무슨 상관이야? 아비 죽인 년은 세간 다 주고 그래…."

과부의 기운은 좀 준다. 그 대신 다른 사람은 말할 새 없이 악만 쓴다.

"왜 이 모양이야. 그래 댁이 들어와서 헌 일이 무엇이야? 우리 아버지 천량 가지고 댁이 왜 지랄이야? 죽어서 능구리가 안 되려거든 맘을 그렇게 먹지 말어! 에이 참."

하고 과부가 가래침을 뱉는 소리가 난다.

"그래 무엇이 어째? 또 한 번 해보아! 그 말을…. 언니는 돈만 알고 부모도 모르우!"

이것은 경주의 말이다.

"이년아, 저리 비켜! 못난이! 바보! 아비 죽인 년!"

"무엇이 어째? 무엇이 어째?"

하고 경주가 형에게 대드는 모양이다.

"이 주릴할 년이! 이 주릴할 년이!"

하는 과부형의 소리와 함께 끄는 소리와 때리는 소리와 경주의 우는 소리와 병인이 우는 소리가 들린다.

봉구는 참다 못하여 기침을 하고 문을 열었다.

195회 봉구가 문을 열고 들어서는 것을 보고 경주와 병인은 말도 못하고 일제히 목을 놓아 운다.

"당신은 무슨 까닭에 남의 안방에 말도 없이 쑥 들어오오오?"

하고 과부가 봉구를 흘겨본다.

"부끄럽지 않으시오?"

하고 봉구도 과부를 흘겨보았다. 통통한 얼굴에는 독살이 뻗쳤다.

"왜 무슨 상관이야? 어서 나가!"

하고 과부는 여전히 소리를 지른다.

"나는 당신 어머님께서 부르셔서 왔으니까 당신이 나가란다고 나갈 수 없어요. 당신 어머님께서 하실 말이 다 끝나거든 당신이 가라고 안 하셔도 가지요."

하고 한 번 더 과부를 노려보고는 병인의 곁에 가 앉았다. 경주의 머리는 풀어지고 뜯기고 치마폭도 여기저기 떨어졌다.

"자네 대하기가 부끄러워."

하고 병인은 겨우 정신을 차려서 입을 열었다. 숨이 차고 목에서는 가래 끓는 소리가 그르릉 그르릉 들린다. 말마디 마디마디마다 숨이 넘어가는 듯하였다.

"흥, 미친 녀석…. 제가 무언데…. 흥, 깬 듯 싶은가 보구나──전중이^{징역살이 하는 사람을 속되게 이르는 말} 녀석이…. 내가 한 번 더 저를 전중이를 만들고야 말걸."

이 모양으로 중얼거리며 과부는 봉구를 당할 수 없는 줄을 깨달았는지 밖으로 나간다. 봉구는 사랑에 번뜻 보이던 남자를 생각하였다. 그는 봉구가 김 의관의 신용을 얻기 전에 이 집에 서사로 있던 사람이다. 변호사 사무원, 중매점 거간, 이런 직업으로 살아가는 사람이다. 김 의관의 돈을 좀 축을 내고 또 과부 딸과 어떻다는 말이 있어서 쫓겨났던 사람인데, 봉구가 감옥에 있는 동안 이 집에 자주 출입하였다. 아마 그 작자한테로 나가는 모양이라고 봉구는 생각하였다.

"내가 면목이 없네──내 가문의 수치일세."

하고 병인은 한 번 더 힘들게 말한다.

"오늘은 내가 죽을 테야."

하고 병인은 담이 걸려 말이 막힌다.

"어머니는 새벽부터 저러신다누──꿈자리가 사납다고."

하면서 경주는 타구를 대어 어머니의 담을 받아 낸다. 한참 있다가 겨우 숨을 돌리어,

"여보게, 내가 마지막으로 이렇게 비네."

하고 합장을 하면서,

"암만해도 내 꿈이 수상해. 재 어른이 하얗게 꾸민 장독교를 가지고 와서 날더러 타라고, 같이 가자고 그러기에 경주는 어찌하느냐고 했더니 김 서방만 맡기면 일 없다고, 영감은 아직도 자네를 김 서방으로만 아는 모양이지."

하고 눈물을 떨군다.

"꿈이 맞습니까. 어서 맘을 놓으세요. 안 돌아가십니다."

하고 봉구는 억지로 웃었다.

"아니, 아니, 맞는 꿈도 있고 안 맞는 꿈도 있지——그러면 나는 오늘 안으로 죽네."

경주는 어머니의 이 말에 흑흑 느껴 운다. 병인은 엎디어 우는 경주를 먼히 바라보고 기운이 빠지는 듯이 스르르 눈을 감더니 다시 눈을 뜨며,

"아가! 왜 우느냐. 울지 마라. 신 서방한테 의탁하고 아들딸 많이 낳고 오래오래 잘 살아라! 늙은 어미야 으레 죽는 법이지."

하고 다시는 봉구를 바라보며,

"여보게, 자네야 좋은 데 장가들 데도 많겠지만 저게 불쌍하지 아니한가——저게 그래도 자네라면 물불을 안 가리고 따르네그려. 저것을 불쌍히 여겨서 버리지 말아 주게——내가 눈 감기 전 마지막 소원일세."

하고는 경주더러 가까이 오라고 불러서 봉구의 곁에 앉히고,

"내가 요행 살아나면 자네허구 이 애허구 혼인하는 게나 보고 죽으려고 했더니 인제는 그럴 새가 없어…. 자, 나 보는 데서 둘이 손이나 잡아 주게."

하고 봉구의 손을 끌어 간다.

196회 봉구는 병인이 끄는 손을 차마 뿌리칠 수가 없었고 또 그의 정성을

저항할 힘이 없었다.

병인은 봉구의 손을 자기의 베개 앞에 끌어다 놓고는 다시 손을 내밀어 경주의 손을 끌어다가 봉구의 손 곁에 놓고 다시 봉구의 손을 들고 경주의 손 위에 올려놓고 그러고는 자기의 손으로 그 두 손을 함께 쥐려 하나 기운이 없어 잘 쥐어지지를 않는다. 봉구는 얼른 경주의 손을 들어 병인의 손 위에 놓았다. 병인은 그제야 만족한 듯이 애쓰던 것을 그치고 잠이 드는 모양으로 스르르 눈을 감는다. 병인의 손은 얼음장같이 차고 경주의 손은 불덩어리같이 뜨거웠다.

봉구는 차마 병인도 바라볼 수 없고 경주도 바라볼 수 없어서 한편으로 고개를 돌렸다. 봉구의 눈앞에는 아까 보던 돈을 위한 더러운 싸움과 지금 당하는 인정의 아름다움이 보인다. 경주의 손이 봉구의 손 밑에서 움직이기를 시작하더니 그 손이 벌떡 뒤쳐지며 봉구의 손을 꽉 쥔다. 마치 다시는 안 놓으려는 듯이 힘껏 쥐고 바르르 떤다. 봉구는 고개를 돌렸다. 눈물 흐르던 경주의 얼굴은 내던지는 듯이 봉구의 무릎 위에 놓인다.

경주는 슬픔과 그리움과 기쁨이 한데 복받치어 오르는 모양으로 흑흑 느껴 운다. 손은 더 꼭 쥐어지고 마침내 두 손으로 봉구의 손을 쥐어다가 자기의 가슴에 안는다.

봉구는 한 팔을 들어 경주의 등을 만지며,

"울지 마시오! 방이 차니 불 때라고 이르시오!"

하고 가만가만히 경주의 몸을 흔들었다. 그러나 경주는 놓칠까 봐 무서워하는 듯이 봉구의 손을 더욱더욱 힘 있게 가슴에 품고 울음을 그치지 아니하였다. 봉구는 고개를 들어 멀거니 천장만 바라보고 있었다.

이윽고 병인이 몸을 움직이어 눈을 뜨더니 경주가 봉구의 무릎에 엎디어 우는 광경을 보고 만족한 듯이 빙그레 웃으며 무슨 말을 하려는 모양이나 입술 움직이는 것만 보이고 말은 되지 않는다. 그래도 무슨 말을 하려고 더 애를 쓰다가 마침내 할 수 없음을 깨달았음인지 봉구를 향하여 두어 번 고개를 끄덕이고는 도로 눈을 감아 버린다.

다시는 말 한 마디도 못해 보고 그날 밤에 마침내 병인은 세상을 떠났다. 친족이라고는 한 사람도 아니 오고 봉구와 경주와 경훈의 처와 셋이서 장례를 치렀다.

김 의관의 친구 몇 사람이 잠깐 들여다보았을 뿐이다.

장례를 지낸 후에 봉구도 변호사에게 청하여 간신히 경훈과 면회를 하였다. 어머니가 돌아가신 것과 어느 날 어느 곳에 장례를 지낸 것과 그전에 어떤 모양으로 재산문제를 처리한 것을 말하고 그 유언서를 보였다.

경훈은 한참이나 맥맥하더니,

"잘하시었소. 고맙소이다. 이 앞에도 모든 것은 다 신형께 위임하지요."

하고 얼마를 잠잠하더니,

"내 아내는 어디 있어요?"

하고 묻는다.

"댁에 계시지요."

하고 봉구는 처량하게 경훈을 보았다.

"다 형께 맡기지요――좋도록 해주시오. 또 내 누님도 다 좋게 해주시오…. 그리고 경주는 어찌하시려오?"

하고 경훈은 봉구를 본다. 봉구는 대답이 없다.

"그걸랑 신형이 거두어 주시오――나를 보아서라도 거두어 주시오! 그게 내 선친이 퍽 귀애하던 딸이오."

하고 경훈은 아버지를 생각하고 눈물이 어린다.

"그리고 재산은 내 이름으로 옮길 필요가 없으니, 이것저것 쓸 것은 다 쓰고 나머질랑 경주 이름으로 넘기고 무엇에나 형이 원하는 대로 좋은 일에 써 주시오. 조선에 조금이라도 유익한 일에 써 주시오…. 그리구 나를 위해서는 변호사 댈 필요는 없어요."

이렇게 면회가 끝났다.

197회   경원선 금곡 정거장에서 석양에 내리는 여자 하나가 있다. 복계까지 밖에 안 가는 완행차라 삼등 객실 하나밖에 달지 않은 이 차에는 이 정거장에서 저 정거장까지 가는 농부 승객밖에 없으므로 차가 정거장에 닿아도 극히 조용하였다.

그 여자는 서너 살 된 계집애 하나를 안고 짐도 아무것도 없이 왕십리에서 금곡 오는 삼등 차표를 내주고는 정거장을 나와서 사방을 휘휘 살피더니 피곤한 듯이 조그마한 대합실로 들어가서 안았던 계집아이를 걸상 위에 내려놓고 자기도 그 곁에 앉는다. 음력 팔월 중순의 풀 말리는 바람이 산더미같이 쌓인 마초(군대 말 먹이려고 꼴 말린 것) 더미의 마른 풀 향기를 불어다가 그 여자의 아마에 흩어진 머리카락을 날린다. 입은 지 사오일은 되었을 듯한 옥양목 치마 적삼에 발에는 까만 고무신을 신었다. 그러나 파란 빛이 돌도록 수척한 그의 얼굴에는 아직도 지나간 지 얼마 아니 된 청춘의 아름답던 자취가 남았다.

그는 계집아이의 보닛(여름모자)을 고쳐 씌우고 발목까지 흘러내린 양말을 치켜 준다. 그 애도 조그맣고 까만 빛나는 고무신을 신겼다. 그 얼굴 모습을 보아 그 애가 그 여자의 딸인 줄을 짐작할 수 있다. 한가한 정거장 순사와 역부들도 이 모녀를 맘놓고 물끄러미 바라본다.

어머니는 그 딸이 소경인 것을 남에게 보일까 봐 부끄러워하는 듯이 어린애를 창을 향하여 돌려 앉히려 하나 어린애는 말을 듣지 않는다.

그 여자는 여기 오래 있을 수 없다는 듯이 소경 계집애를 안고 대합실을 나시시는 또 한 번 사방을 휘둘러 보고는 철로길을 건너서 북쪽 신작로로 간다 석양은 맑은 하늘에 차고 가을바람은 풀 많은 벌판에 찼다. 이 두사람의 위로 커다란 소리개 하나가 기웃기웃 큰 바퀴를 지어서 난다. 어머니는 끌고 소경 딸은 끌려서 석양의 가을바람 속으로 뒤에다가 긴 그림자를 끌고 아장아장 걸어간다.

아직도 길가 마른 풀 속에는 국화에 속한 꽃이 한 송이 두 송이 대바른 목을 바람에 간들거리고 있다. 어머니는 가끔 꽃 한 송이를 뜯어서는 딸에게 쥐어 준다. 딸은 그것을 볼 줄도 모르고 먹을 것인 줄만 알고 입으로 뜯어 보고는 맛이 없는 듯이 내버린다.

"꽃이야 꽃! 고운 꽃인데 너는 보지를 못하는구나! 가엾어라."

어머니는 또 다른 꽃을 뜯어서 쥐어 준다. 그 눈에는 눈물이 고였다.

이 모녀는 반 시간이나 넘어 걸어서 새로 지은 초가집 십여 집으로 된 동네 어귀에 다다랐다. 집들의 굴뚝에서는 벌써 저녁연기가 오르고 해는 벌써 뉘엿뉘엿 넘어간다.

모녀가 동네 어귀에서 방황하는 것을 보고 꺼멓게 볕에 그을은 계집애 사내 사오명이 무슨 구경이나 난 듯이 몰려 와서 모녀를 에워싸고 먼 빛에서 물끄러미 바라본다.

그 여자는 아이들 중에 그중 나잇살 먹어 보이는 계집아이 곁으로 가까이 가서 물었다.

"아가, 신봉구 씨 댁이 어디냐? 너 아니?"

"신봉구 씨가 누구야요? 몰라요."

하고 계집애는 고개를 살래살래 흔든다.

"저, 신 선생님 댁 말이야요?"

하고 곁에 섰던 사내아이가 뛰어나선다.

"응, 신 선생님 댁."

하고 그는 고개를 끄덕였다.

"저기 저 뒷집이야요——지 내 나는 집이오."

하고 사내아이가 손을 들어 가리킨다. 그 여자는 가리키는 데를 바라보며,

"신 선생님 계시냐?"

하고 물었다.

"네 계시어요——아까 메밀 베어 지고 들어왔어요."

아이들은 모녀의 곁으로 점점 바싹 가까이 모여들었다. 개들도 꼬리를 치며 두어 마리 따라와서 처음 보는 두 모녀를 물끄러미 바라보고 섰다.

198회 "큰놈아! 큰놈아!"

하고 어떤 집 마당에서 웬 어머니가 부르자 신 선생의 집을 가리키던 사내아이가

"왜?"

하고 대답만 하고는 가지는 않고 바라보기만 한다.

"어서 들어오너라——밥 안 먹으련?"

하고 어머니는 화를 내고 부엌으로 들어가 버리고 만다.

남의 어머니가 밥 먹으러 들어오라고 부르는 것을 보고 몇 아이는 밥 생각이 나는지 두 모녀를 버리고 이따금 뒤를 힐끔힐끔 돌아보며 각각 제 집으로 들어가고 개들도 주인아이를 따라 들어간다. 아이들이 들어간 집에서는 어른들의 고개가 문 밖으로 쑥쑥 나온다. 아마 아이들에게서 웬 보지 못하던 모녀가 왔단 말을 듣고 내다보는 모양이다. 두 모녀가 어찌할 바를 모르는 듯이 우두커니 서 있는 것을 보고 처음에 말대답 하던 사내아이가 가엾은 듯이,

"어서 가세요——신 선생님 집으로 오세요?"

하고 묻는다. 두 모녀는 그 아이의 뒤를 따라서 넓게 아카시아 담을 두른 집 앞에 다다랐다. 나뭇 대 두 개만 세운 대문 기둥에는 "申鳳求"(신봉구)

라는 문패가 붙었다.

얼굴은 볕에 그을어서 검고 소매 짧은 굵은 무명적삼에 무릎까지 치는 잠방이를 입고 맨발로 짚신을 끌고 신 선생님이 아이를 따라 손님을 맞으려 나오다가 벼락 맞은 사람과 같이 우뚝 선다. 한참은 말이 없다.

"잠깐만──한 번만 뵈러 왔어요."

하고 마치 사죄나 하는 듯한 어조로 손님이 먼저 입을 연다. 봉구는 그래도 한참이나 말이 없이 섰더니,

"들어오시오!"

하고 간단하게 말하고는 자기가 먼저 돌아서서 안으로 들어간다. 손님은 주인의 뒤를 따라 두어 걸음 들어가다가 대문기둥을 붙들고 쓰러져 버렸다. 딸은 "엄마! 엄마!" 하고 쓰러진 어머니를 붙들고 운다.

봉구는 황망하게 쓰러진 그를 붙들어 일으키며,

"여보시오! 여보시오! 정신 차리시오!"

하고 불렀다. 봉구가 이렇게 외치는 소리에 무슨 일이 났는가 하고 봉구의 모친과 경주도 뛰어나온다.

"웬일이냐──그이가 누구냐?"

하고 봉구의 모친은 봉구의 팔에 기운 없이 안겨 끌려 들어오는 여인의 뇌빈혈로 노랗게 된 얼굴을 들여다보다가,

"순영이로구나──순영이로구나!"

하고 놀라서 소리를 지른다.

"에그머니!"

하고 경주도 놀라면서 땅바닥에 앉아 우는 소경 계집애를 안고 들어간다. 방에 누이고 얼굴에 냉수를 뿜고 팔다리를 주무르고 하여 얼마 아니하여 순영은 깨어났다. 차 속에서부터 정신이 아득아득한 것을 참고 참고 오다가 봉구를 대할 때에 ── 또 봉구의 얼굴이 하도 엄숙하여 조금도 부드러

운 빛이 없음을 볼 때에 그만 팽팽 도는 듯 하다가 정신이 아뜩해진 것이다.

순영은 눈을 떠 봉구와 그 모친과 경주가 근심스러운 낯빛으로 자기를 바라보고 있는 양을 볼 때에 그만 눈물이 쏟아짐을 깨달았다. 무어라고 형언할 수 없는 설움이 복받치어 올라와서 순영은 흑흑 느끼기를 시작하고 마침내 소리를 내어 울었다. 봉구의 모친도,

"울지 말게──울지 말어."

하고 순영의 가슴을 쓸어 주다가 마침내 우우 하고 소리를 내어 울어 버렸다. 어른들이 우는 것을 듣고 순영의 딸도 조그마한 두 손으로 어머니의 얼굴을 더듬으며 울었다.

199회 순영의 울음소리는 더욱더욱 높아 간다. 마치 네 사람──소경 계집애까지 다섯 사람이다──은 일생의 모든 슬픔과 사랑하던 것과 미워하던 것과 그리워하던 것과 원망하던 것과 이 모든 가슴에 뭉쳐 두었던 감정을 한꺼번에 울어 버리려는 듯하였다. 가슴에 뭉쳤던 모든 것이 다 눈물로 녹아 나오고 에덴동산에서 처음으로 서로 만나는 사람들과 같이 서로 반갑고 서로 불쌍히 여기는 정이 솟아올랐다.

경주는 순영을 위하여 세숫물을 떠다 주고 봉구의 모친은 손수 저녁상을 차렸다.

밥상을 받고 앉아서는 별로 말은 없고 다만 서로 맥맥히 바라보고는 목이 멜 뿐이었다.

"그래 그동안에는 어디 있었나?"

하고 봉구의 모친은 순영의 물 만 밥에 밥을 더 넣으며 물었다.

"영등포 있었어요."

순영은 다만 이렇게 답하고는 또 목이 메는 듯이 고개를 돌렸다. 봉구는 영등포라는 순영의 말을 듣고 순영의 차림차림을 보고 그가 영등포 방직

공장에서 여공 노릇한 것을 추측하였다.

밥이 다 끝나기까지 더 말이 없었다.

"어서 더 말게"

"많이 먹었어요."

하는 말이 있을 뿐이었다. 그러고는 순영의 목메 하는 양과 소경 계집
애가 더듬더듬 반찬을 집어 먹는 꼴을 보고 한숨을 쉴 뿐이었다.

저녁 후에도 서로 말이 없었다. 그러나 순영의 입으로 말을 하지 아니
하더라도 봉구의 눈에는 순영의 지나간 3년간의 생활이 환하게 보이는 듯
하였다. 이렇게 말이 없이 서로 바라만 보고 있다가 각각 자리에 들었다.

추석 전날 달은 무섭게 밝아 등잔을 끈 봉구 방의 남창에 환하게 비치
고 아직도 채 죽지 않은 풀판의 벌레 소리는 끊일락이을락 합창이 되었다가
독창이 되었다가 밤 깊는 줄도 모르는 듯하다.

안방에서는 처음에는 조용하고 모두 잠이 든 듯하더니 차차 한마디 두
마디 이야기가 시작된 모양이었다. 봉구는 이리 돌아눕고 저리 돌아눕고 끝
없는 생각의 줄을 이 갈래 저 갈래로 따라가는 동안에 가끔 안방으로 흘러
오는 말소리도 들었다.

이따금 우는소리가 들리고 울지 말라고 위로하는 소리가 들리고 그러
다가는 두 사람이 어우러져 우는 소리가 들리고, 그러다가 울음소리가 뚝
끊기고 잠깐 조용하다가는 또 이야기 소리가 들리고, 또 울음소리가 들린
다. 끝없는 인생의 이야기와 끝없는 인생의 눈물인 듯하였다.

봉구도 혼자 누워 지나간 반생 일을 생각하고는 울기도 하고 탄식하였
다. 비록 나 한 몸을 위한 모든 기쁨과 슬픔을 다 잊어버리고 죽다 남은 이
몸을 불쌍한 백성들을 위하여 바치기로 굳게 맹세한 얼음과 같이 차고 쇠와
같이 굳은 이 몸이라 하더라도 피는 여전히 뜨겁고 눈물은 여전히 흐르지
아니하는가.

지나간 3년 동안에 봉구는 과연 기계와 같이 냉랭한 생활을 하여 왔다. 낮에는 노동하고 밤에는 자고 겨울에는 이 동네 저 동네를 돌아다니며 농사하는 백성들의 편지도 써 주고 또 원하는 이들을 모아 데리고 가겨거겨 국문도 가르쳐 주고 그들과 같이 새끼 꼬고 신 삼으며 이야기도 하여 주고, 그리하다가 봄이 되면 다시 농사하기를 시작하였다. 만일 늙은 어머니만 안 계시던들 그는 전혀 집 한 간도 가지지 아니하고 아주 의지가 없는 사람이 되어 버렸을는지도 모른다——그처럼 봉구는 아주 일신상의 모든 행복을 떼어 버리려고 애를 써 왔다——또 그대로 실행도 하여 왔다. 그러나 그러하는 3년의 긴 세월에 그는 일찍 순영을 잊어버린 일이 있었던가.

<u>200회</u> 야학을 가르치고 눈 위에 비친 달을 밟으면서도 늦게야 집으로 돌아올 때에 그는 눈 위에 끌려오는 혹은 앞서 가는 자기의 외로운 그림자를 보고 울지 않았는가——울 때마다 그의 눈물 속에는 순영을 생각하는 깊은 슬픔이 솟아나지를 않았던가.

경주가 인천에 있는 자기집도 버리고 봉구를 따라와 진일 궂은일을 다하여 가며 오직 봉구의 곁에만 있기를 원할 때에 봉구는 경주의 참되고도 측은한 사랑을 받아들이지 못한 것도 가슴에 깊이 박힌 순영의 생각을 떼어 버릴 수가 없었기 때문이 아니었던가.

"나는 경주 씨의 내게 대한 정성을 잘 알고 또 뼈가 저리도록 고맙게 생각합니다. 그렇지만 나는 맘에 굳게 맹세한 것이 있으니까 혼인할 수는 없습니다."

"그러시겠지요. 저도 그런 욕심도 못 가져요——시집갈 생각도 없으니 그저 곁에만 두어 두세요——어머님 모시고 있게만 해 주세요."

"나는 이렇게 농사를 합니다. 보시는 바와 같이 나는 농부가 되었어요."

"나도 농부가 되지요."

"무엇하러 농부가 되시오? 나는 무슨 작정한 목적이 있어서 농부가 되는 것이지만."

"나도 농부가 되렵니다──하시는 대로 따라하렵니다."

이렇게 경주가 마지막 담판을 하고 화장 제구도 다 집어던지고 아주 봉구의 집에 와 있기로 작정한 때에도 봉구는 경주의 그 헌신적인 뜨거운 사랑에 감격되어 경주의 손을 붙들고 말은 못하고 울기만 하였다. 그러나 그러한 사랑을 받아들이지 못한 것도 순영을 못 잊음이 아니었던가.

"나는 사랑에 죽은 사람이다. 내 사랑은 순영 하나를 들이고 나서는 자리가 없다. 나는 순영에게 나의 사랑을 다 주어 버렸으니 다른 여자에게 줄 사랑은 없다. 경주는 좋은 여자다. 덕이 있는 여자다. 그는 모든 것을 버리고 나를 사랑한다. 순영이가 만일 경주가 나를 사랑하여 주는 사랑의 십 분지 일만 내게 대해서 가졌더라도 그는 내 사랑을 배반하지 않았을 것이다. 그러나 순영은 갔다──순영은 영원히 나를 배반하고 가 버렸다. 순영은 나의 사랑의 꽃밭을 모두 짓밟아 버리고 소리없이 가 버렸다. 내 사랑의 꽃밭은 비었다. 그의 모진 발에 밟혀서 땅에 떨어진 꽃잎이 가엾게 푹푹 썩어질 뿐이다. 아아, 나의 순영은 영원히 가 버렸다."

"나는 이로부터 혼자다. 하늘 아래 땅 위에 나는 혼자다──영원히 혼자다. 인제부터 조선의 강산이 내 사랑이다──내 님이다. 조선의 불쌍한 백성이 내 사랑이다. 내 님이다. 죽고 남은 이 목숨을 나는 그들에게 바치련다. 그들과 같이 울고 같이 웃고 그들과 같이 고생하고 같이 굶고 같이 헐벗자. 그들의 동무가 되고 심부름꾼이 되자. 종이 되자."

"모든 빛난 것이여! 모든 호화로운 것이여! 모든 아름다운 것이여! 다 가라! 조선의 모든 백성들이 다 안락을 누릴 때까지 내게 안락이 없으리라──다 한가히 놀 수 있을 때까지 내게 한가함이 없으리라."

"만일 순영과 같이한다 하면? 그러나 그것은 지나간 꿈일러라. 다시 오지 못할 꿈일러라."

"가자! 우리 님에게로 가자! 불쌍한 조선 백성에게로 가자! 농부에게로 가자! 거기서 그들과 같이 땀 흘리고 그들과 같이 울고 웃고 그들과 같이 늙고 같이 죽어 그들과 같은 공동묘지에 묻히자."

이것이 봉구가 서울을 떠나서 시골로 내려올 결심을 하느라고 여러 날 동안 밤을 새워 가며 생각할 때에 일기 모양으로, 맹세 모양으로 써 놓은 글이다.

그러나 그로부터 천여 일 동안에 순영으로 하여 생긴 맘의 아픔은 이 굳은 결심과 이 바쁘고 힘드는 생활 중에도 잊어버릴 수가 없었다.

그러하던 차에 순영이가 왔다. 대문 밖에 부인네 손님이 왔단 말을 듣고 뛰어나가서 순영을 볼 때에 봉구의 머리는 두서를 잡을 수가 없이 혼란해졌던 것이다.

201회 대문간에서 만난 순영은 물론 봉구의 가슴속에 박혀 있는 순영은 아니다. 그러나 그 초췌한 모양——그 의복, 그 거칠어진 손, 그보다도 그러한 몸에서 나오는 무한히 슬프고 무한히 가엾은 어떤 기운——이런 모든 것이 봉구의 슬픔을 자아내었다. 그 슬픔과 측은한 생각은 옛날 순영에게 대한 사랑처럼 뜨겁지는 못하여도 더욱 깊고도 힘 있는 듯하였다.

그러나 봉구는 순영을 대하여 직접 자기가 순영에게 대하여 가지는 동정과 측은한 정을 발표할 용기가 없었다. 그래서 극히 평정하게 순영을 대하였다.

또 순영이도 봉구에 대하여 자기의 신세를 말하려고도 않고 마치 오랫동안 한 가족으로 살아서 새삼스럽게 할 말도 없는 것처럼, 또는 아주 초면이 되어서 할 말도 없는 것처럼 봉구를 대하였다.

봉구의 집에 온 지 둘째 날부터 순영은 울지도 않고 아주 천연스럽게 경주와 웃고 이야기하고 밥 지을 때에 불도 때어 주고 저녁을 먹고 나서는 낮은 목소리로 경주와 함께 창가도 하였다.

순영이가 이렇게 하는 것을 보고 봉구는 적이 안심도 되었으나 순영이가 너무 평정하게 구는 것이 도리어 근심도 되었다. 대체 순영이가 어디로 가는 길에 여기를 들렀는가, 무슨 목적으로 날 찾았는가──이런 것이 모두 봉구에게는 가슴을 아프게 하는 근심이 되었다. 그렇다고 순영에게 "어찌할 테요?" 물어보는 것은 마치 남의 아픈 곳을 칼로 찌르는 것 같아서 차마 할 수 없는 일이다.

"베드로와 메리는 어찌하셨나요?"

"제가 데리고 다니다가 암만해도 제 힘으로는 양육할 힘이 없기에 큰 오빠 집에 갖다가 맡겼어요."

"언제요?"

"한 달 전에."

"순흥 군한테서는 기별이 있어요?"

"없어요."

봉구가 순영에게 직접으로 물어본 것은 오직 이것뿐이다. 경주와는 무슨 이야기를 하는 모양이나 봉구에게는 아무 말도 없었다.

사흘째 되는 날 순영은 밤차로 원산으로 간다고 떠났다. 원산은 고모 한 분이 있으니 고모를 만나 보러 간다고 아무리 붙들어도 듣지 않고 떠나 버렸다.

달이 밝고 이슬이 많이 내리는 밤이다. 봉구와 세 사람은 순영의 소경 딸을 데리고 인적 없는 벌판길을 걸어 정거장에 나갔다.

차가 떠나려 할 때에 순영은 차창으로 손을 내밀어 봉구에게 악수를 청하였다. 봉구의 손을 잡는다──순영의 싸늘한 손은 바르르 떨린다.

"봉구 씨, 서를 용서하세요──네, 용서하세요."

하고 순영은 운다. 더운 순영의 눈물이 봉구의 손등에 떨어진다.

"편지 드릴게요——내 일은 염려 마세요."

하고 순영은 입술을 물어 억지로 울음을 참는다.

차가 떠난다.

"경주 잘 있어!"

"선생님 또 오우!"

차는 걸음을 빨리한다.

봉구는 미진한 말이 있는 듯이 닫는 차를 몇 걸음 따라갔으나 손수건 내어 흔드는 순영의 얼굴은 벌써 가물가물하게 되어 버린다. 차는 벌써 포인트 있는 데를 건너서느라고 덜컥덜컥 소리를 내며 등불 단 궁둥이를 삥그르르 돌렸다.

"정말 원산을 가나요?"

경주는 봉구의 곁에 바싹 다가서며 묻는다. 경주도 우는 모양이다

"글쎄."

하고 봉구는 고개를 푹 숙인다. 암만해도 순영이가 세상을 떠나는 길에 마지막으로 자기를 보러 왔던 것같이 생각한다.

202회 봉구와 경주는 정거장에서 나와서 이슬 맺힌 벌판에서 차 소리가 안 들리도록 물끄러미 차 가는 데를 바라보고 있었다.

"가세요."

"갑시다."

하고 봉구와 경주는 집을 향하고 걷기를 시작하였다. 경주는 몇 걸음에 한 번씩 봉구의 얼굴을 힐끗힐끗 쳐다보았다——봉구의 가슴속을 알아보려는 듯이.

"그이가 무엇하러 왔대요?"

하고 봉구가 생각하던 것을 그치는 듯이 고개를 돌려 경주를 바라보며 묻는다.

"그저 한 번 와 보러 왔다고 그래요."

"그밖에는 별말 없어요?"

경주는 한참이나 무슨 생각을 하더니 부끄러운 듯이 빙그레 웃으며

"날더러 왜 아기 안 낳느냐고."

하고는 한 걸음 뒤떨어져서 낯을 가린다. 봉구도 웃었다.

"그래 무어라고 했소?"

"애기는 무슨 애기야요? 시집도 안 가고 애기를 낳아요? 그랬어요. 허니깐. 응 그래? 그러구는 길게 한숨을 쉬겠지요. 아마 내가 혼인한 줄 알았던가 봐요──세상에서는 다 그렇게 안다고."

봉구는 고개를 끄덕였다.

"그 밖에는 무슨 말 없었어요?"

하고 봉구는 또 물었다.

"그 담에는…."

하고 경주가 무엇을 이윽히 생각하더니,

"어떻게 지내느냐, 무슨 일을 하시느냐, 너는 언제부터 와 있느냐, 그저 그런 말이야요."

"그러고는 자기 말은 없어요?"

"무슨 말을 물으면 그저 내 말이야 하면 무엇하오? 하고 잘 말씀을 아니 해요──퍽 낙심해하는 것 같아요. 잠도 잘 안 자는 모양이야요. 자다가도 혼자 울고…. 자기는 인제는 세상에서 아무 데도 쓸데없는 사람이라고 날더러 좋은 사람이 되라고요…."

경주는 이렇게 자기의 기억에 남은 대로 한마디 한마디 주워 섬겼다.

봉구는 밤이 새도록 잠을 이루지 못하였다. 아무리 해도 순영의 이번

행동에 범상치 아니한 뜻이 있는 듯하여 맘이 놓이지를 않고 그를 건져 줄 사람이 자기밖에는 없는 듯하였다.

이 모양으로 온 집안이 근심 속에서 삼사일이 지나갔다. 편지를 주마 하였으니 편지나 오거든 주소를 알아 가지고 어찌하였든지 봉구가 몸소 찾아 가리라고 결심하고 그것만 기다리고 있었다.

순영이가 다녀간 지 엿새 만에 과연 편지 한 장이 왔다. 금강산 온정리라는 우편국 도장이 맞았을 뿐이요 발신인의 주소 성명은 없다.

떼어 보니 물론 순영에게서 온 편지다.

"마지막으로 나의 사랑하는 봉구 씨라고 부르게 하여 주시옵소서."

"순영은 지금 죽음의 길을 떠나나이다. 이 편지를 보실 때에는 순영은 이미 이 세상에 있지 아니할 것이로소이다. 죄 많고 불행한 순영은 이미 이 죄에 더럽힌 육체를 벗어나 버렸을 것이로소이다."

"사랑하는 나의 봉구 씨여! 순영은 전날의 모든 생활을 뉘우치고 새로운 참생활을 하여 보려고 있는 힘을 다하였나이다. P부인께와 기타 어른께 청하여 교사 자리도 구하여 보았사오나 이 더러운 순영을 용서하는 이도 없어 그것도 못하옵고, 하릴없이 세브란스와 총독부의원에 간호부 시험도 치러 보았사오나 모두 매독, 임질이 있다고 신체검사에 떨어져 거절을 당하옵고, 배오개 어떤 정미소에서 쌀 고르는 일도 하여 보고, 영등포 방직공장에 여공도 되어 보고, 갖추갖추 애를 써 보았사오나 몸은 점점 쇠약하여지고 어미의 병으로 소경으로 태어난 어린 것을 제 아비 되는 이는 제 자식이 아니라 하여 받지 아니하고, 선천 매독으로 밤낮 병은 나고 도저히 이 병신 한 몸으로는 세 아이를 양육해 갈 길이 없사와 두 아이는 일전에 말씀한 바와 같이 큰오빠 댁에 데려다 두옵고 순영이 모녀만 죽음의 길을 떠났나이다. 하루라도 더 살아갈 길이 없으므로 죽음의 길을 떠났나이다."

"죽음의 길을 떠날 때에 나 같은 것에서 아까울 것이 무엇이오리이까. 순영이가 세상에 들어온 지 27년에 한 가지도 하여 놓은 일이 없사오니 벌써 죽었더라도 아까울 바가 무엇이 있으리까마는, 야속한 것은 인정이라 죽을 때까지도 잊지 못할 것은 오직 당신과 동대문 밖 백의 집에 있는 모세로소이다."

"죽기 전에 꼭 한 번만 볼 양으로 천신만고하여 모세를 잠깐 보았으나 한번 만져 보지도 못하옵고 그 길로 왕십리에 나와 차표를 사가지고 댁으로 갔었나이다. 댁에 가온 뜻은 일생에 못 잊어하던 당신님을 잠깐이라도 마지막으로 뵈옵고저, 말 한 마디라도 들어보옵고저, 그밖에 다른 뜻이 없었나이다. 그래도 차마 당신님의 곁을 떠나지 못하여 하루 이틀 사흘이나 머물다가 그렇게 오래 머무르는 것이 여러 사람에게 폐가 될 것을 생각하옵고 간절히 만류하심도 뿌리치고 그날 밤에 금곡을 떠났나이다."

"두 분을 작별하고 순영은 눈물로 밤을 새워 원산에 왔사옵다가 마침 순영을 위하여 원산까지 차표를 사 주신 까닭에 노자가 남기로 어제 이곳에 당도하였나이다. 단풍이 한창이라 하여 사람들이 좋아하오나 죽을 자리를 찾는 죄 많은 순영에게는 오직 슬픈 피눈물과 아픈 뉘우침이 있을 뿐이로소이다."

"순영으로 하여 당신님께서도 갖은 고락을 다 겪으시었으니 생각할수록 가슴이 아프오나 지나간 일을 순영의 힘으로는 어찌할 수 없사옵고 오직 죽는 시간까지 용서하시기와 이 앞으로 복 많이 받으시어 불쌍한 동포를 위하여 일 많이 하시옵기만 빌 따름이로소이다. 순영이가 남겨 드리고 가는 목숨을 당신님께 드릴수 있도록 하나님께 비나이다."

"할 말씀이 무한한 듯하오나 두서를 찾을 수 없나이다. 할 말씀 다하지 못하여도 순영을 불쌍히 여기시는 맘으로 헤아려 생각하여 주시옵소서."

하고 편지는 끝을 마쳤다가 다시 이렇게 말을 이었다.

"비록 당신님께오서 순영의 말을 믿지 아니하신다 하더라도 죽을 때하는 한 마디는 믿어 주실 줄 믿나이다. 순영이 비록 당신의 사랑을 배반하였다 하더라도 순영은 이 세상에 있는 동안에 오직 당신님을 사랑하였을 뿐이로소이다. 모두 부질없는 말이오나 순영은 목숨이 끊어질 때에도 당신님을 생각하옵고 오오 사랑하옵는 나의 남편이여 하고 부르려 하나이다. 그때에 혼자 당신님을 나의 남편이라 부르는 것이야 뉘라서 금하오리이까. 이 불쌍한 순영의 모든 죄를 용서하여 주시옵고 불쌍타 생각하시옵소서. 죽음의 길을 떠나면서 순영은 울며 사뢰나이다."

편지를 다 읽고 봉구는 마루로 뛰어나오면서,

"어머니! 순영이가 죽었어요!"

하고 황황하게 소리를 질렀다.

"순영이가 죽었어?"

하고 어머니도 뛰어나오고,

"에그머니, 언제?"

하고 경주도 부엌에서 뛰어나온다.

봉구의 손에 들었던 길다란 순영의 편지는 펄렁펄렁 흔들리다가 힘없이 마룻바닥에 떨어졌다. 봉구는 정신 잃은 사람 모양으로 멀거니 서 있고 모친과 경주는 봉구를 바라보고 우두커니 서 있어 말이 없다. 담 위에서 낮닭이 소리를 길게 뽑아 운다. 천지는 고요하다.

봉구는 곧 행장을 수습하고 금강산을 향하여 떠났다. 무엇하러 가는지 자기도 잘 알지 못건만 아니 갈 수 없는 듯하여 떠난 것이다.

만일 그 편지를 쓰고 나서 곧 어디서 죽었다 하면 죽은 지가 벌써 사흘은 넘었을 것이다. 그러면 무엇을 보러 가나, 순영의 몸을 덮은 흙을 보러 가나, 그가 소경 딸을 업고 마지막으로 허덕허덕 걸어가던 길이라도 보러 가

나. 차는 가을 바람에 너훌거리는 마른 풀 바다로 평강의 높은 벌을 허덕거리고 올라간다.

204회 봉구에게 편지를 부치고 나서 순영은 주막에서 싸주는 벤또^{도시락}를 들고 온정리 주막을 떠나 구룡연 구경을 나섰다.

"어린아이를 업고서는 못 가십니다. 장정들도 빈 몸으로 가기도 힘드는데."

하고 주인이 말리는 말도 아니 듣고 나섰다. 같이 가던 사람들도 앞서 버리고 뒤에 오던 사람들도 앞서 버리고 순영은 어린애 손을 끌고 간다. 구룡연이 30리라 하나 한 걸음에 쉬고 두 걸음에 쉰들 해 지기까지 거기야 못 가랴. 갔다가 돌아오지도 아니할 길을 바빠할 것이 무엇이랴.

그러나 주막에서 3리 밖에 안 되는 극락의 고개에서 벌써 소경 딸은 어머니에게 매달리기 시작한다. 순영은 그것을 안았다가 업었다가 한 굽이에 쉬고 두 굽이에 쉬고 겹옷을 입어도 오히려 선선한 날이언만 고개턱에 올라선 때에는 벌써 전신이 땀에 젖고 기가 턱턱 막힌다.

수학여행 온 중학생 한패가 먼지를 펄펄 날리며 순영의 곁으로 뛰어 지나가고 그 뒤에 양복에 운동화 신고 지팡이 끄는 교사 한 떼가 또 순영의 앞으로 지나간다. 순영은 그중에 혹 아는 사람이라도 있을까 하여 그 사람들 지나갈 때에는 외면을 하였으나 그들의 유심한 시선이 자기에게 떨어지는 줄을 깨달을 수가 있었다. 그러나 누가 순영을 알아보랴, 이처럼 변한 순영을 알아보랴, 하고 순영은 맘을 놓았다.

단풍은 한창 무르녹았다. 금강산 만 이천 봉에 꼭대기에 눈 덮인 듯한 흰 바위를 내놓고는 모두 피가 뚝뚝 흐르는 단풍인데 사이사이 잣나무 소나무의 푸른빛은 마치 하늘이 점점이 떨어져 내려갔다.

순영은 소경 딸을 업고 한 걸음 한 걸음 그 속으로 연주담의 무서운 비탈에서는 어떤 일본 학생이 어린애를 안아 올려 주고, 비봉포 못 미쳐 무서운 비탈은 어떤 서양 사람의 도움으로 올라오고, 옥류동의 무서운 비탈은 수학여행 온 중학생들의 도움으로 건너왔다. 그러나 옥류동에 왔을 때는 벌써 오후 2시나 되었다.

"어쩌자고 어린애를 데리고 여기를 와?"

"무엇하러 소경 계집애를 데리고 여기를 와?"

하고 혹은 비웃고 혹은 동정하고 혹은 이상히 여기는 소리를 귀로 흘려들으면서 순영은 오류동 한복판 천화대天花臺라는 바윗등에 앉아서 딸에게는 과자를 먹이고 물을 먹이고 자기는 벤또를 먹었다.

참으로 아름다운 경치다. 무시무시하도록 아름다운 경치다. 저렇게 맑은 푸른 하늘, 그것을 돌려 막은 깨끗한 봉들, 그 봉에 가슴과 허리에 무르녹은 단풍, 그 밑으로 소리를 내며 흘러 가는 맑은 물, 물 밑에 깔린 반석——아아, 천지는 아름답고 유유한데 그 아름답고 유유한 것을 볼 줄 아는 사람의 목숨을 잠깐이로구나!

생명의 기쁨이 넘치는 어린 학생들은 몸껏 소리를 지르고 기껏 춤을 춘다. 세상에 있는 모든 노래와 모든 곡조와 시와 인생의 모든 위대한 사업이 여기 오면 모두 값없는 한 티끌이다. 천지의 사업이 어떻게 위대하며 그 노래와 곡조와 시가 어떻게나 아름답고 깊고 웅장한가.

"참 크다! 오래다! 신통하다!"

순영은 이렇게 한탄하였다. 그러할 때에 모든 시름은 다 잊어버리고 천지와 함께 유유한 것같이 생각하였다.

"천 년이나 살고저! 억만 년이나 살고지고!"

이렇게 좋은 천지를 버리고 죽을 맘이 없어지는 것이 사람의 정이다. 그래서 그는 바위에 자기의 이름을 새긴다. 그러나 그것은 몇 날이나 가나. 사람은 수없이 나고 늙고 죽는데 천지는 한없이 길고 오래구나. 순영은 천

화대 높은 봉에 스르르 돌아가는 구름 조각을 보며 길게 한숨을 쉬었다.

"엄마! 과자!"

이 소리에 순영은 유유한 천지의 꿈에서 깼었다. 다시 무겁고 무서운 인생의 의무의 쇠사슬에 얽혀짐을 깨달았다. 푸른 하늘도 붉은 단풍도 보지 못하는 과자만 찾는 어린 딸을 볼 때에 피눈물이 흘렀다.

205회 점심을 다 먹고 났으나 몸도 노곤하고 맘도 급하지 않아 순영은 바윗돌에 새긴 이름들도 보며 오색수병풍을 두른 듯한 단풍도 바라보며 어린애 낯도 씻겨 주고 시름없이 옥류동 바위 위에 앉아 있었다. 해는 벌써 오후 3시나 되어 구룡연 갔던 사람들이 단풍잎과 잣송이를 손에 들고 옷깃에 꽂고 아마 동석동動石洞까지 해지기 전에 보려는 듯이 성큼성큼 뛰어들 내려온다. 옥류동 너럭바위에 와서는 그대로 잠깐 머물러 사방을 한번 둘러보고 혹은 코닥 사진기로 사진도 박는다.

아까 어린아이를 업어 올려 주던 일본 학생도 순영 모녀를 보고 고개를 숙여 인사하고 지나고 수학여행하는 학생패도 산이 울리도록 소리도 지르고 체조호령도 부르며 지나간다. 비룡포 못 미처 돌비탈에서 순영이 모녀를 붙들어 주던 키 큰 서양 사람이 수심스러운 얼굴로 동행은 다 어디 두고 혼자 내려오더니 순영이 모녀가 아직도 여기 앉았는 것을 보고 혀 잘 안 돌아가는 조선말로,

"구룡연 칼 씨각 있소? 없소?"

하고 구룡연 갈 시간이 부족하다는 뜻을 말하고 이윽히 순영이 모녀를 바라보더니 내가 상관할 일이 아니라고 깨달은 듯이 모자를 벗어 인사하고 물을 건너가 버린다. 그래도 맘이 안 놓이는 듯이 우두커니 서서 한참이나 순영 모녀를 바라보다가 안심 안 되는 표정을 하고는 바위 모퉁이를 돌아서 버렸다.

순영은 그 사람이 자기네 모녀를 위하여 진정으로 근심해 주는 것이 심히 고마웠다. 반드시 무정한 세상은 아니다. 자기 모녀를 바위 비탈로 끌어 올려 주던 사람들의 정을 생각하면 인생은 반드시 무정한 것이 아니다. 역시 천지간에는 사랑의 신이 있고 사람의 가슴속에는 사랑의 신이 사는구나 하고 순영은 소경 딸을 꺼안았다.

구룡연 갔던 사람들은 점점 많이 내려온다.

"또 가보자."

하고 순영이가 딸을 업고 일어나서 쇠줄을 붙들고 저 돌비탈을 어떻게 올라가나 하고 첫 발 붙일 곳을 더듬더듬 찾을 때에 비탈 위 수풀 속에서 여학생들의 노랫소리 들려온다. 그것은 순영의 귀에 익은 노래다――밤낮으로 부르던 노래다. 아이들에게 가르쳐 주던 노래다.

I can hear my saviour calling,

I can hear my saviour calling,

I can hear my saviour calling,

I'll go with him, with him, all the way

(주의 부르시는 노래 들리네

주의 부르시는 노래 들리네

주의 부르시는 소리 들리네

나는 가려네, 주 따라, 주 따라 끝까지 가려네.)

순영이는 비탈에 한 발을 올려 놓고 들었다. 이 노래를 부른 지도 퍽 오래고 이 노래를 들은 지도 퍽 오래다. 극히 단순하고도 극히 간절한 이 노래를 순영은 얼마나 즐겨 불렀던가――얼마나 깊은 감격으로 불렀던가. 때도 아니 묻고 먼지도 아니 묻은 백설같이 흰 순영의 영혼이 얼마나 이 노래를 부르고 기도 올리는 고개를 숙였던가.

Where'er he leads me I'll follow,
Where'er he leads me I'll follow,
Where'er he leads me I'll follow,
I'll go with him, with him, all the way
(어디로 이끄셔도 따라가려네,
　어디로 이끄셔도 따라가려네,
　어디로 이끄셔도 따라가려네,
　나는 가려네, 주 따라, 주 따라 끝까지 가려네.)

　　노랫소리는 더욱 가까워진다. 부르는 아이들은 무심히 부른 것이건만 한많은 순영의 피눈물을 자아내었다.

__206회__　노래 부르는 여학생들은 바위 비탈 위에 다다랐다. 하얀 적삼 옥색 치마에 가슴에 초록 교표를 붙인 것은 순영의 모교 학생들이 분명하다.

　　"이를 어째!"

　　하고 순영은 두어 걸음 물러섰다. 여학생들은 깨득거리고 쇠줄에 달려 내려와서는 순영을 힐끗힐끗 돌아보고는 무어라고 소곤거리고 웃고 지나가서 순영의 모녀가 앉았는 너럭바위에 혹은 앉고 혹은 서서 동행들이 내려오기를 기다린다. 순영이가 학교를 떠난 지가 벌써 사오년이 되었으니 그때에 이만큼 컸던 아이들은 벌써 다들 졸업하고 나가서 아내도 되고 어머니도 되었을 것이요, 지금 여기 온 학생들은 순영이가 학교에 있을 때에는 보통 과에서 코 흘리던 아이들이다. 순영이의 눈에는 혹 전에 보던 모습이 있는 아이들이 보이려니와 학생들은 순영을 알아볼 길이 없을 것이다.

어린 학생들이 내려오는 뒤를 따라서 둘씩 셋씩 굵은 학생들이 오고 그 뒤에는 얼마를 떨어져서 선생인 듯한 이들이 달렸다. 굵은 학생들 중에는 순영을 힐끗 보고 의심스럽게 고개를 기웃거리고 두세 번 돌아보는 이가 있었으나 순영이가 모른 체하므로 말도 못 붙이고 저희들끼리만 수군거리며 먼발치서 바라보고 섰다.

흰 양복에 흰 운동화를 신고 맥고모를 쓴 키 작은 여자는 분명히 인순이다──인순이다! 순영이와 한 방에 있었고 미국 갔던 인순이다. 시카고 서북대학에서 M.A.의 학위를 얻어 가지고 월전에 본국으로 돌아왔다는 소문은 순영도 신문에서 보았다. 꼭 저 모자에 저 양복을 입고 박은 사진이 『동아일보』 부인 면에 커다랗게 난 것을 순영은 영등포 방직공장에 있을 때에 보았다.

인순은 옛날의 좀 수줍어하고 느린 태도가 없어지고 우쭐우쭐하는 것 같이 순영의 눈에 띄었다. 인순이가 한 손으로만 쇠줄을 잡고 성큼성큼 자기의 곁으로 내려올 때에 순영은 아득하여짐을 깨달았다. 인순은 뛰어 내려오던 탄력으로 서너 걸음이나 순영을 지나쳐 가더니 우뚝 서며 이윽히 순영을 바라본다. 순영도 바라보았다.

"할로우, 이게 누구야!"

하고 인순은 뛰어와서 순영의 손을 잡아 흔든다. 그 어조와 손잡아 흔드는 태도가 냉정한 듯해서──또는 낮추어 보고 조롱하는 듯해서 순영은 불쾌하였다.

"언니 오셨다는 말은 신문에서 보았지요."

하고 순영은 안 나오는 말을 억지로 짜내는 듯이 이렇게 말하고 고개를 숙였다.

"어쩌면 내가 온 줄을 알면서도 안 와 보아? 나는 순영을 암만 찾으니 알 수 있나… 어쩌면 그래?"

인순의 어조에는 다정한 빛이 점점 나오는 듯하였다. 그러나 인순이가 미국으로 떠날 때에 엽서 한 장만 주고 만 것을 생각하면 순영은 인순의 진정을 믿을 수가 없었다.

인순은 순영의 등에 있는 아이의 머리를 만지며 영어로,

"도어터?"(딸?)

하고 순영의 초라한 차림차림을 훑어본다.

여학생들도 하나씩 둘씩 순영과 인순의 곁으로 모여든다. 그중에는,

"아이 김 선생님이셔!"

하고 인사하는 이도 있다. 순영은 말없이 고개를 숙여서 답례를 한다. 한입 두입 건너 이것이 한창적 미인으로 유명하고 재주 있기로 유명하고 영어 잘하고 피아노 잘 치기로 유명하고 백만금부자 백윤희 첩으로 들어갔다가 소박받고 뛰어나와서 이내 종적을 모르기로 유명하던 김순영의 후신이라는 것을 오십여 명 여학생들이 다 알게 되자 여학생들의 시선은 모두 이 방직회사 직공으로 뛰어나와 소경 딸 업은 여인에게로 쏠렸다. 그리고 어린 여학생들의 호기심으로 쏘는 시선은 마치 독약을 바른 화살 모양으로 순영의 전신을 폭폭 찌르는 듯하였다.

207회 다른 교사들도 내려오는 대로 순영과 인사하고 대개 인순이가 하던 모양으로 한다. 반가운 모양을 보이려고는 하나 마치 거지에게 무엇을 던져 주는 태도와 같다. 더구나 혹은 순영이에게 지금까지 어디 있었으며 무엇을 하고 살아왔는가를 묻고, 혹은 이 어린애가 어찌하여 소경이 되었는가, 혹은 동행이 누구인가를 물을 때에 순영은 땅 속으로 기어 들어가고 싶도록 괴로웠다.

더구나 차차 이것이 순영인 것을 한입 건너 두입 건너 알게 된 여학생들은 무슨 큰 구경이나 난 듯이 혹 먼발치서 혹 바싹 가까이 와서 순영을 위

아래로 훑어보고 연해 손가락질을 하고 소곤거리고 픽픽 웃고 깨득거리기까지 하는 것을 보면 순영은 얼굴에 모닥불을 담아 붓는 듯하였다.

순영은 시각이 바쁘게 이 자리를 빠져 나가려나 가장 반가운 듯이 붙들고 씩둑꺽둑 말하는 것을 뿌리치고 달아날 수도 없어서 가슴에 불만 타올랐다.

맨 나중에 뚱뚱한 P부인이 씨근거리고 내려온다. P부인은 순영을 얼른 알아보지 못하고 다른 사람들과만 이야기를 하다가 순영이가 인사를 할 때에 비로소 눈이 둥그래지며,

"오, 순영이오?"

하고 순영을 바라본다. P부인은 한참이나 순영이의 모양을 훑어보고 순영 등에 업힌 소경 계집애를 바라보더니, 두 뺨의 근육이 실룩실룩하여지며 눈에 눈물이 고였으나 더 말은 없고,

"기도 많이 하시오. 순영이 기도 많이 하시오."

하고는 찾아오라는 말도 없이 여학생들 속으로 가 버리고 만다. 순영을 에워싸고 있던 여학생들도 "무서운 것을 다 보았네" 하는 듯이 어깨를 으쓱으쓱 추면서 P부인의 뒤를 따라간다.

"저물었는데 어떻게 구룡연을 가?"

하고 인순은 순영을 만류하였으나 듣지 않고 여러 사람을 향하여 통틀어 한 번 인사를 하고는 눈이 아득아득하는 것을 억지로 참고 다시 올라가기를 시작하였다.

바위 비탈을 다 올라가서 얼른 뒤를 돌아보니 여학생 패들은 물끄러미 순영을 바라본다. 자기가 소경 딸을 업고 비탈을 기어오르는 꼴을 보고 있었구나 하면서 얼굴이 화끈하였다. 손수건을 둘러 주는 이가 있으나 그것이 누군지도 몰랐다.

"어쩌면 내게 배우던 계집애들까지도 인사를 안 한담."

슬프고 괴로운 중에도 순영은 이렇게 원망하였다.

내려오는 사람조차 다 끊어지고 깊은 골짜기에는 자주빛 안개조차 들기를 시작할 때에 순영은 기운이 진하여 구룡연에 다다랐다.

쾅쾅쾅쾅 웅웅웅웅 하는 소리에 온 땅이 흔들리는 듯한 속에 순영은 소경 딸을 업고 바위 비탈을 돌아 구룡연 가로 기어 올라갔다.

하얀 물기둥은 파란 석양의 하늘에서 떨어지고 천길인지 만길인지 깊이를 모르는 검푸른 소에서 뽀얀 안개가 덮였다 걷혔다 하였다. 얼음같이 찬 물보라와 물보라를 따라 일어나는 바람이 순영을 칠 때에 업힌 소경 딸은 흑흑 느끼며 무서운 듯이 울었다.

"오오, 울지 마라! 엄마하고 천당 가."

이렇게 순영은 몸을 흔들며 물끄러미 뽀얀 안개가 걷히기를 기다려서는 검푸른 물을 물끄러미 들여다본다.

물보라에 순영의 때 묻은 옷은 축축히 젖고 몸에는 찬 기운이 돌았다. 등에 업힌 딸은 폭포 소리를 무서워함인지 발을 버둥거리며 울었다.

"울지 마라. 아가 울지 마라."

하고 순영은 고개를 들어 하늘을 바라보았다.

"오오, 가엾은 내 딸이여!"

하고 팔을 벌리고 자기를 부르는 무엇이 번뜻번뜻 보이는 듯하였다.

208회 아무도 순영이가 어떻게 된 줄을 알지 못하였고 또 알려고 하는 사람도 없었다. 순영이가 구룡연을 떠나는 날 밥값 회계까지 다하였으므로 순영이가 어찌되었는지 생각할 필요도 없었고, P부인 일행도 저녁을 먹고 나서는 혹 순영이가 찾아올까 하고 기다리기도 하였으나 아마 부끄러워서 안오는 게지 하고 잊어버리고 노래를 부르고 유회를 하고 잘 놀다가 자고 그이튿날 떠나 버렸다.

순영이가 구룡연으로 올라간 지 사흘째 되던 날 봉구는 원산서부터 독자동차를 내어 타고 밤새도록 몰아서 새벽에는 온정리에 왔다. 오는 길로 여관을 두루 찾아 숙박부를 보았으나 물론 김순영이라는 이름은 없고 하릴없이 소경 계집애를 데리고 온 여자를 물어서 그저께 구룡연으로 올라 간 뒤로는 소식이 없단 말을 탐지하였다.

"구룡연에서 일간 죽은 사람은 없어요?"

"없어요."

이런 말을 듣고 봉구는 아침을 먹는 듯 마는 듯 구룡연으로 뛰어 올라 갔다. 그러나 구룡연에는 오직 푸른 하늘이 달린 폭포와 뽀얀 안개에 싸인 검푸른 소가 있을 뿐이요 순영의 종적은 찾을 길이 없었다.

봉구는 소 가장자리 바위 위에 서서 한참이나 검푸른 물을 들여다보다가 다시 신계사로 내려와 순영이가 혹 승방이나 가지 않았나 하고 승방과 그 근처 암자를 두루 찾았으나 아무도 아는 이가 없었다.

어찌할 줄 모르는 봉구는 신계사에서 점심을 시켜 먹으며 순영이 찾을 도리를 생각할 때에 구룡연에 아이 업은 여인의 신체가 떴다는 기별을 들었다.

봉구는 미처 밥도 다 먹지를 못하고 다시 구룡연으로 올라갔다. 만나는 사람마다 물어보면 아이 업은 여인의 신체가 오정 때가 지나서 쑥 솟아올랐다고 한다.

봉구가 구룡연에 다다른 때에는 찻집 앞에 구경꾼이 많이 모여 섰으나 그 속에 시체는 없었다. 사람들은 모두 지껄이기만 하고 아무도 시체를 건져 낼 생각은 아니 한 모양이다.

봉구는 폭포 밑으로 뛰어갔다. 뽀얀 안개가 싸인 검푸른 물에는 분명히 순영이가 소경 딸을 업은 대로 얼굴을 하늘로 향하고 능능 떠서 폭포가 내려 쬘 때마다 끔벅끔벅 물속으로 들어갔다 나오기도 하고 둥그런 수면으로 이리로 저리로 빙빙 돌기도 한다.

"순영이! 순영이!"

하고 봉구는 발을 구르며 소리를 질렀다. 그러나 순영은 여전히 끔벅끔벅하면서 붙일 곳 없는 혼 모양으로 이리로 저리로 빙빙 돌았다.

순영이가 금곡 집에 왔을 때에 어찌하여 자기는 다정스럽게 안아주지를 아니하였던가. 진정으로 그렇게 그리워하고 그렇게 불쌍히 여기면서도 그 모양으로 냉랭하게 하였던가. 속으로는 은근히 순영이가 조만간 자기의 사랑의 품속에 돌아오기를 기다리지 아니하였던가.

그날 밤 금곡 정거장을 떠날 때에 자기의 손을 잡고 차마 놓지 못할 때에 어찌하여 자기는 순영을 붙들어 내리지 아니하였던가. 붙들어 내리지를 못하면 따라가기라도 하지 못하였던가.

"아아 순영이! 안 죽어도 좋을 것을."

하고 봉구는 바윗등에 펄썩 주저앉아 순영이의 시체를 붙들려고 허리를 굽히고 두 팔을 물 위로 내밀었으나 순영이의 시체는 잡힐 듯 잡힐 듯 하면서도 손에 안 닿으리만큼 끔벅끔벅하면서 빙빙 돌았다. 봉구의 눈에 눈물이 많이 흐를수록 그 시체조차 보일락 말락하였다.

209회 순영이가 다시 살아만 나오면 봉구는 그를 자기의 품에 안고 영원히 놓지 않으리라고 맹세를 하건만 한번 죽은 순영은 다시 살아날 리는 없었다.

여러 사람들이 몰려와서 울고 엎디어 물 속으로 뛰어 들어가려는 봉구부터 끌어내고 순영의 시체를 물 밖으로 끌어내어 너럭바위에 놓은 때에는 봉구는 정신없이 순영이의 찬 가슴에 얼굴을 대고 울었다. 자는 사람을 깨우는 듯이 몸을 흔들기도 하였다.

얼마나 사랑하던 사람인가——그런데 그 사람은 소리 없는 시체가 되어 버리고 말았구나! 한마디만 말을 하였으면 한이 없겠다. 봉구 자기가 지금까지 변함없이 순영을 사랑하여 왔다는 것과 순영의 지나간 모든 허물을 용서해 주겠다는 말만 들려준 뒤에 순영이가 죽었더라도 한이 없을 것 같다.

금곡 왔을 때에 봉구가 한마디만 부드러운 말을 하여 주었더라도 순영이가 죽지 아니하였을 것을——순영을 사랑하노라고 한마디만 하여 주었던들 순영은 자기의 사랑의 품속에서 남은 세상을 살아갈 수도 있었을 것을——세상에서 다시 지접할 곳이 없어 자기를 찾아온 순영을 자기마저 냉정하여 죽음의 나라로 보낸 것을 생각할 때에 봉구의 가슴은 칼로 우비는 듯이 아팠다.

피가 똑똑 흐르는 단풍 가지에 덮인 두 시체를 앞세우고 구룡연의 깊은 골짜기를 내려올 때에 봉구는 그 지접할 곳 없는 두 영혼이 공중에 떠서 자기를 따라오면서,

"무정한 사람——무정한 사람!"

하고 원망의 눈물을 흘리는 듯하였다.

과연 나는 무정한 사람이다. 내 몸을 의탁하고 들어온 두 생명을 건져 주지를 아니하였다. 마치 물에 빠져 살겠다고 허덕거리고 살겠다는 두 생명을 내 손으로 떠밀어 낸 것과 같다. 아아, 무정한 봉구야, 너는 이천만 조선 불쌍한 생명을 건지기 위하여 몸을 바치겠다고 하면서 네 품으로 들어오려는 순영과 그의 불쌍한 소경 딸을 건지지 못하였구나——봉구는 이렇게 스스로 애통하였다.

봉구는 이틀 동안 밤을 새며 순영의 시체를 지키고 곁을 떠나지 아니하였다.

둘째 날 밤 거적자리로 만든 엇가게 속에서 봉구가 혼자 시체를 지키고 있을 때 자정도 넘고 음력 8월 스무사흘 날 하현달이 동석동 육류봉 위에 걸렸을 때에 어떤 사람의 발자취가 점점 가까워지는 것이 들렸다. 등잔불빛에 비친 순영의 얼굴을 물끄러미 바라보고 앉아 있던 봉구는 고개를 돌려

어떤 장삼 입은 중의 모양을 보았다. 그 중은 고개를 숙여 엇가게 속으로 들어오며,

　"봉구! 그만 순영이가 죽었네그려."

하고 봉구의 손을 힘껏 쥐고 운다.

　"이게 웬일인가."

하고 봉구도 앉았다 일어나며 놀랐다. 그 중은 순흥이다.

　"자네를 안 보리라 하고 여기까지 왔다가는 가고 왔다가는 갔네. 그렇지만 아무리 하여도 자네를 안 볼 수가 없고 또 죽은 누이 얼굴도 한 번 안볼 수가 없어서 왔네…. 그만 순영이가 죽었네그려, 죽었어!"

하고 순흥은 순영의 시체를 물끄러미 들여다보고 운다.

　"내가 죽인 걸세──용서하게."

하는 봉구의 말을 막으며,

　"저도 만족하겠지. 비록 이렇게 섬거적에 싸였을망정 자네 손에 묻히는 것을 젠들 기쁘게 알지 않겠나──고마워. 자네도 이 애의 허물을 용서해 주게. 내가 제 맘을 알거니와 비록 맘이 약하여 여러 가지 유혹에 넘어갔다 하더라도 제가 사랑한 사람은 자네밖에 없네."

하고는 순흥은 작별을 하자는 듯이 봉구에게 손을 내민다. 봉구는 청하는 대로 손을 주면서,

　"가려나?"

하고 순흥의 바투 깎은 머리와 눈물 젖은 얼굴을 본다.

　"응. 가네. 세상을 버린 내가 아닌가. 어디를 가든지 자네와 조선을 위하여 기도함세."

하고는 저편 송림 속으로 스러지고 만다.

　이튿날 신계사 동구 밖 길 왼쪽에는 새 무덤 둘이 가지런히 생기고 그중 한 무덤에는,

'나의 사랑하는 아내 순영의 무덤'이라고 목패가 섰고, 그 목패 뒤 옆에는 '무정한 봉구는 울고 세우노라' 하고 좀 적은 글자로 쓰였다.

위생의 시대를 읽는 소설,

나도향의

환희

幻戱

『환희』(幻戲)는 1922년 11월 21일부터 1923년 3월 21일까지『동아일보』에 연재된 나도향의 첫번째 장편소설이다. 나도향은 1921년 1월『신청년』에 글을 쓰기 시작하면서 작품 활동을 시작했다.『환희』는 연재 당시 젊은 남녀들로부터 큰 호응을 불러일으켰으며, 후대의 평가에서도 한국 근대문학사에서 "거의 유일한 낭만주의 소설"(최원식)이라는 평가를 받는 작품이다. _엮은이 해제 中

몸이 외부와 맺는 관계는 오직 은유를 통해서만 말해지게 되었다. 왜냐하면 인간은 인간과 동물, 인간과 자연, 인간과 대기, 그 사이에 가능했던 변이와 생성의 능력, 즉 '되기'의 능력을 몽땅 잃어버렸기 때문이다. 따라서 근대인들은 상징이라든가 비유 같은 메타포 없이는 사유할 수도, 말할 수도 없다. 역설적이게도 은유가 범람할수록 언표의 두께는 얇아진다.(……) 결국 자연과 사물과 마찬가지로 질병 또한 은유로서만 존재하게 되었다. 은유로서의 질병. 더 정확히 말하면, 근대인들은 질병이 몸 안에서 '생성 소멸'하는 생생한 과정이 아니라, 다만 질병의 은유가 만들어 내는 망상 속에 붙들려 사는 셈이다.(고미숙,『위생의 시대』, 164쪽)

환희

1회 쓴 지가 1년이나 된 것을 지금 다시 펴 놓고 읽어 보니 참 괴이한 곳이 적지 않게 많습니다. 터 잡히지 못한 어린 도향稻香의 내면적 변화는 시시각각으로 달라집니다. 미숙한 실과와 같이 나날이 다릅니다.

그러므로 남에게 내놓기가 부끄러울 만큼 푸른 기운이 돌고 풋냄새가 납니다. 그러나 나는 그것을 완숙한 것으로 만족한 웃음을 웃는 것이 아니라, 미숙한 작품인 것을 안다는 것으로 나의 마음을 위로하려 합니다. 푸른 기운이 돌고 상긋한 풋내가 도는 것으로 도리어 성과의 예감을 깨달을 뿐입니다. 장래에 닥쳐 올 희망의 유열愉悅로 나의 심정을 독려시키려 합니다.

이 글을 쓸 때 전적 자애를 부어 주시던 우리 외조모님의, 세상에 계시지 않는 그리운 면영面影을 외로운 도향의 심상心床 위에 그리면서 안타까운 옛 기억으로 떨어져 식어 버리는 추억의 눈물을 흘리나이다.(작자)

*　　*　　*

"어머니" 하고 금방울을 울리는 듯한 혜숙惠淑의 귀여운 목소리가 저녁 연기 자욱하게 오르는 동대문 밖 창신동 어떠한 조그맣게 지은 초가집에서 난다.

"왜?" 하고 대답하는 그의 어머니는 매운 연기로 인하여 눈을 반쯤 감

으며 부지깽이로 부엌 바닥을 짚고 고개를 기웃하여 바깥문을 향해 내다보면서,

"오늘은 다른 날보다 어째 좀 이르구나." 한다.

"네, 오늘 선생님 한 분이 오시지를 않아서 1시간 일찍 하학하였지요."

하고 혜숙은 방으로 들어가 치마를 벗어 횃대에 걸고 때가 묻은 다른 치마를 갈아입고 부엌 앞으로 나오며 다시 자기 어머니에게 향하여,

"오라버니는 어디 가셨어요?"

하고 묻는다. 그의 어머니는 다시,

"글쎄 알 수 없다. 어디를 갔는지, 날마다 나갔다가는 늦게야 돌아오니까." 하며 무슨 미안하고도 걱정되는 생각이 나는지 타는 아궁이의 불만 물끄러미 보고 있었다.

그의 어머니라는 분은 사십오륙 세가 될락말락한 여자로 아직까지도 그의 반지르하게 가꿔 온 머리칼이라든지 그의 두 뺨이 문지르고 또 문지른 연감이 조금 시든 것과 같이 윤이 나고도 잠시 혈색이 퇴한 것을 보아서든지, 또 그 두 눈 가장자리로 도는 아지랑이같이 미소하는 듯하고도 사람의 마음을 잡아당기는, 또는 사람을 못 견디게 하는 무엇이 남아 있는 것을 보아서든지, 그리 탐스럽게 잘생기었거나 그리 아기자기하게 어여쁘다고는 할 수 없으나 어떻든 젊어서는 말할 수 없는 무슨 매력을 가지고 젊은이의 따뜻한 사랑을 다투었을 만한 무엇을 가지고 있었던 흔적이 여태껏 남아 있다.

혜숙은 어린 얼굴에도 근심하는 빛을 띠고,

"어디를 가셨을까요!"

하고, 혼잣말을 하고 아무도 들어오지 않는 문간을 바라보고 쫑그리고 섰다.

"글쎄, 낸들 알 수 있니, 어디를 갔는지……."

하고, 그의 어머니가 대답을 한다.

그의 어머니는 아직까지 젊었을 때의 습관이 남아 있는지 뽀얗게 분세수를 한 얼굴을 잠깐 찌푸리고 한편 입술을 반쯤 열며 말을 할 때마다 번쩍하고 번쩍거리는 금니가 나타나 보인다. 그의 얇은, 쇠퇴하기는 쇠퇴하였으나 아직까지 연붉은 빛이 남아 있는 입술을 애교 있게 벌릴 때마다 어린 혜숙의 가슴에도 알지 못하게 무슨 성욕에 대한 감정이 그의 혈관 속으로 흘렀다.

"오늘은 또 큰집 가서 무슨 짓을 하셨을까요? 참 생각하면 미안하기도 하고 죄송하여서 못 견디겠어요. 아버지께서 그러시는 것을 그대로 듣고만 있으면 그만일 걸 그렇게 날마다 약주만 잡숫고 야단을 치시면 도리어 아버지의 성품만 거슬리는 것이 되지요. 암만 그러지 말래도 자꾸 그러시는 것을 어찌할 수 없고, 참 딱해⋯."

하고 채 뒷말을 마치지 못하고 다시 바깥문에서 무슨 소리가 나는 듯하니까 그곳을 바라보았다. 그러나 거기는 아무도 있지 않았다.

그의 어머니는 솥뚜껑을 열어 거품이 푸―하게 일어나는 짓던 밥을 들여다보고 다시 뚜껑을 덮으며,

"글쎄 말이다. 하루 이틀도 아니고 날마다 날마다 허구한 날 술만 먹고 저리 하니 아버지의 역정도 더하실 뿐 아니라 우리가 송구해서 있을 수가 있어야지⋯."

하고, 부엌 바닥을 쓸고 행주치마를 툭툭 털며 일어난다.

어느덧 해는 넘어가고 황혼의 누런 장막에 비치었던 저쪽 산의 회색 윤곽도 다 사라지고 다만 남은 것은 캄캄한 어둠뿐이었다.

바람은 쓸쓸스럽게 분다. 초가을에 떨어져 나부끼는 누런 갈잎들은 뒷동산 숲 사이에서 부수수. 때때로 청량리로 나가고 들어오는 전차 바퀴의 바탕에 스르릉 하고 갈리는 소리가 처량하게도 동대문 밖 고요한 공기를 울

린다. 저녁에 남대문을 떠나오는 원산차의 철로 다리를 건너는 소리가 바람을 타고 멀리 멀리 넓은 벌판을 건너온다.

2회 혜숙의 집 안방과 건넌방에는 전깃불이 켜졌다. 안방에서는 혜숙이와 그의 어머니가 겸상하여 마주 앉아 밥 먹는 숟가락이 밥그릇과 반찬그릇에 닿는 소리가 달그락달그락 난다.

혜숙의 어머니는 물에다 밥을 말며, 무엇을 생각하였는지 한참 혜숙의 눈썹 까맣고 눈의 광채가 반짝반짝하며 밥을 씹을 때마다 불그레한 두 뺨이 우물같이 쏙쏙 들어가는 것을 바라보고, 또 하얀 목이 우유의 시내같이 꽃다운 향내를 내며 흐르는 듯한 것이나, 그의 등과 고개와 어깨와 젖가슴이 점점 부끄럽고도 눈물나는 즐거움을 타는 가슴에 맛볼 수 있는 유년 시기를 벗어나 새로이 벌어지는 아침 월계꽃같이 단 이슬에 취하여 정신없이 해롱댈 처녀기에 이르른 자기 딸을 바라보며 속마음으로 신기하기도 하고, 귀엽기도 하고, 또 걱정하는 생각도 났다. 그리고 얌전한 사위를 얻어 재미있게 사는 것을 보겠다는 욕망과 한편으로 자기가 젊었을 때에 맛보던 타는 듯하고 정신이 공중으로 뛰는 듯한 정욕의 타는 술에 취한 듯한 과거의 기억이 온몸으로 바짝 흐르기까지 하였다.

시집갈 시기에 달한 처녀를 가진 어머니가 누구든지 생각하는 것과 같이 모든 즐겁고 재미있는 욕망, 모든 걱정되고 염려되는 불안, 자기의 딸을 여태껏 정들여 길러 같은 집 같은 방에서 같이 살다가 섭섭히 알지 못하는 남의 집에 보낼 섭섭한 생각, 으레 하는 일이니까 하는 수 없이 보내기는 하나 다행히 시집을 가서 일평생 재미있게 딸 낳고 아들 낳고 잘 지냈으면 좋겠지만 알지도 못하는 팔자에 만일 소박데기나 되어 도로 쫓겨오지나 않을까, 그래서 날마다 밤마다 먼 산만 바라보고 잠도 자지 않고 한숨이나 쉬고 눈물이나 쪽쪽 짜내면 그 원수스러운 꼴을 이렇게 보나 하는 불안과 같은 생각을 혜숙의 어머니도 생각하였다.

그러다가는 다시 자기 딸이 혼인하면 어떻게 되리라는 것을 속으로 혼자 생각하여 보았다.

자기의 딸은 지금 학교에를 다니니까 학교만 졸업하면 어떠한 양복 입고 모자 쓰고 외국에 가서 공부하고 온 얌전하고 재주 있고 돈 많고 명망 있는 젊은 사람과 한번 만나 보아 마음에 드는지 안 드는지 서로 선을 볼 터이지, 그리고 마차나 자동차를 타고 예배당에 가서 목사 앞에 나란히 서서 반지를 끼워 주고 신식으로 혼인을 할 터이지, 그리고 어떠한 요릿집에 가서 잔치를 할 터이지, 그런 뒤에는 내외가 손목을 마주잡고 신혼 여행인지 무엇인지를 갈 터이지, 그리고 딸 낳고 아들 낳아서 잘 살게 되면 그 자식들이 나더러 '할머니' 하고 따라다니겠지. 그렇다! 저희들끼리 좋아서 혼인을 한 것이니까 일평생 무어라 말을 하지 못할 터이다. 부모 원망도 못할 것이다. 혜숙의 어머니는 혜숙이와 그의 오라버니가 서로 이야기하는 소리를 듣고 또 들어 신식 혼인이란 으레 마차나 자동차를 타고 예배당에 가서 목사 앞에 나란히 서서 반지를 끼워 주고 요릿집에서 잔치를 하고 또 혼인한 뒤에는 신혼 여행 가는 것인 줄만 안다.

그는 또 생각하였다. 그렇게 하면 집에서 아무것도 할 것이 없지. 구식 같으면 집에서 음식도 차리고 손님 접대도 하고 신랑도 맞고 색시도 보내고 야단 법석을 하여 집안으로 아주머니, 할머니, 형님, 조카, 조카며느리, 사돈 마누라, 친한 사람, 친치 않은 사람, 청한 사람, 청치 않은 사람이 가득 들어서서 신랑이 온다면 야단 법석을 하고 구경을 나올 터이지, 늙은이는 안마당에 젊은이는 안방 미닫이 틈으로 신랑 구경을 하느라고 야단들일 터이지, 그리고 코가 뾰쪽하니 눈이 작으니 잘생기었느니 못생기었느니 키가 작으니 크니 하고 수군수군할 터이지. 그러다가 만일 칭찬이나 들으면 나의 마음이 좋겠지만 조금이라도 못생기었다는 소리가 들리면 나의 얼굴이 홧홧하고 가슴이 두근두근할 터이지, 당장에 물르지도 못하는 혼인을 어찌하지 못하고 나는 그만 사지의 맥이 홱 풀어질 터이지….

그렇다! 신식으로 한다. 그렇다면 아무 걱정도 없이 잘하게 될 터이다. 손님 대접을 요릿집에서 한다니 집에서 음식도 만들지 않게 될 터이지, 집에서 음식도 만들지 않게 되면 며칠씩 단잠을 자지 못하고 사람을 얻어 가지고 야단을 하여도 그날 무슨 말이 많은데, 그리고 아까운 국수가 한옆에서 썩지를 않을 터이니까 좋다.

혜숙의 어머니의 머릿속에는 여러 가지 생각이 순서 없이 왔다갔다한다. 그리고 때때로 혜숙을 바라보았다.

그는 또다시 생각하기를 혜숙이 시집갈 때에는 옷이나 많이 하여 주어야겠다 하였다. 그리고 세간도 잘해 주고 금으로 밥그릇까지 하여 주고 싶은 생각이 났다. 그래 시집가서라도 업신여김을 받지 않게 하여야 하겠다 하였다. 그리고 신식으로 혼인을 하면 눈 감고 낭자하고 장님같이 가만히 앉아 있지는 않겠지 하였다.

그리고 첫날 저녁에는 어찌하나? 아마 신식 혼인이니까 신랑이 옷을 벗기지는 않을 터이지, 저희들이 옷을 훌훌 벗고 이불 속으로 쏙 들어가나? 하였다.

3회 혜숙의 어머니는 신식 혼인이란 아주 이상하고도 진기한, 사람들이 하지 않는 무슨 신선이나 선녀의 놀음같이 생각하였다. 그러하다가도 신방에서 새색시가 어떻게 옷을 제 손으로 훌훌 벗고 신랑이 누워 있는 이불 속으로 들어가노? 하는 것이 의문이었다.

그리고 그렇게 하면 아무 맛대가리가 없고 신랑일지라도 무슨 타는 듯하고 가슴이 두근두근하고 손끝이 발발 떨리는 그러한 사랑의 묘한 맛을 모르렷다 하였다.

그리고 은은하게 타는 촛불 앞에 눈을 감고 가만히 신랑에게,

"나는 당신이 하시는 대로 맡깁니다."

하는 것과 같이 침을 삼키면서 신랑의 손이 자기 몸에 닿기만 기다리다가 신랑의 손이 그의 젖가슴 밑 겨드랑이에 닿을 때 얼굴이 확확 달면서 가슴이 두근두근하고 알지 못하는 꿈 같은 맛을 보는 것이 신랑 신부의 정말 초례같이 생각되었다.

그리고 다시 밥숟가락을 떼는 혜숙을 바라보았다. 그때 혜숙의 어머니의 눈에는 혜숙이가 눈 감고 머리에 낭자를 하고 기다란 비녀를 꽂고 눈을 감고 돌아앉아 신랑이 하는 것만 곁귀로 듣는 듯하였다. 그러다가 다시 그의 틀어 얹은 머리를 볼 때에는 어쩐지 심심하고도 양녀 같은 생각이 났다.

그리고 그는 자기도 모르게,

"너 길에 다닐 때라도 조심하여 다녀라. 그리고 하학하거든 즉시 집으로 오너라."

하며 유심한 눈으로 혜숙을 바라보았다. 이 소리를 듣는 혜숙의 가슴은 알지 못하게 선뜻하였다. 그리고 부끄러운 생각이 전신으로 흘렀다. 자기의 어머니가 여태껏 이러한 소리를 하는 일이 없더니 오늘 처음으로 이러한 말을 하며 또 이상한 눈으로 자기를 들여다보는 것을 보고 이상하게 부끄러운 생각도 나고 또한 성욕의 타는 듯한 불길이 알지 못하게 자기 눈앞 공중에서 번쩍번쩍한다.

그는 부끄러워서 자기 어머니를 바로 쳐다보지 못하고 젓가락으로 장아찌 하나를 집으며,

"네…" 하고 대답을 하였다. 그의 대답하는 소리는 떨리는 듯하고 그의 얼굴은 빨개졌다. 그리고 자기 어머니 입에서 그와 같이 부끄럽고도 가슴이 날랑날랑하는 대답하기에 얼굴이 홧홧하여지는 말이 또다시 나오면 어찌하나 하는 생각이 나서 장아찌를 씹으며,

"어머니, 이 장아찌는 아주 짜요."

하였다. 그리고 곁눈으로 자기 어머니를 바라보고 다시 눈을 내리깔고 밥 한 숟가락을 떴다.

'길에 다닐 때라도 조심하여라' 하는 자기 어머니의 말을 듣는 혜숙은 참으로 부끄러웠다. 이러한 부끄러움이 그의 처음 맛보는 부끄러움이었다. 이 세상에 난 지 열일곱 살에 비로소, '길에 다닐 때 조심하여라' 하는 말 속에 있는 무슨 의미를 깨달아 알았다.

그리고, 처음으로 자기 어머니에게 부끄러움을 당하였다.

과연 그녀는 길을 다닐 때에 조심하지 아니하면 안 되었다. 그전에 소학교에 다닐 때에는 길가에 다니는 사람들이, 더구나 젊은 학생들이 활동 사진 속의 사람들과 같이 볼 때뿐이요, 지나가면 그만이었으나 지금 와서는 자기와 날마다 만나는 젊은 청년들이 모두 자기와 밀접한 관계가 있는 것과 같이 보였다. 그리고 자기를 곁눈으로 한번 다시 쳐다보는 사람은 자기에게 무엇을 구하는 것과 같고 날마다 아침이면 학교 들어가는 어귀에서 만나 보는 같은 젊은 학생을 하루 아침만 만나지 못하면 어째 자기에게서 무엇을 잃어버린 듯하였다. 그편 남학생이 잘생겼든 못생겼든 날마다 만났다가 하루만 만나지 못하면 자기에게 무슨 결점이 있어 그 학생이 자기를 피해 간 듯하였다. 그래 그날 하루 종일은 어째 울고도 싶고 온 세상이 쓸쓸하고 재미없는 듯하였고, 그러다가 그 이튿날 다시 만나면 그는 잃었던 무엇을 다시 찾은 듯하였고, 또 다른 여학생보다 더 아름답고 귀여워 보이는 듯하여 마음이 아주 즐거웠다. 그래 그는 그때부터 구두도 반지르하게 닦아 신고 다니고 둥그스름하게 아무렇게나 틀어 얹었던 서양머리를 지금은 한옆으로 가리마를 타고 기름을 발라 한편 눈썹 위로 비스듬하게 어려 덮이게 하였다. 그리고 걸음걸이도 좀 경쾌하게 하고 치마도 짤뚝하게 하여 입었다.

고운 양복이나 입고 모자 쓴 청년이나 조선옷이라도 해정하게 입고 깃

도양가죽 구두나 잘 닦아 신고 대모^{玳瑁}테 안경이나 보기 좋게 쓴 청년은 모두 자기에게서 무엇을 구하는 듯하였다. 그리고 그러한 사람들은 학식도 많고 재주도 있고 돈들도 많은 귀한 집 서방님이나 도련님들이거니 하였다. 그리고 일본 다녀온 청년이라면 다시 한번 쳐다보았다. 그 사람은 공부도 많이 하고 학식도 많이 있으려니 하였다. 그러다가도 그 사람이 자기를 혹 쳐다보면 어째 마음이 퍽 기뻤다.

세상 물결에 시달림을 받지 못한 단순하고 정한 혜숙의 마음은 겉모양을 보아 그 속을 판단하였다. 대모테 안경과 고운 양복과 은장식한 단장이 군인의 랭크^{rank: 계급} 모양으로 그의 머릿속에 있는 학식과 재주의 표현물로만 알았다. 그리고 그와 같은 사람들은 자기같이 여학교 2년쯤 다니는 여학생으로 아주 까맣게 쳐다보는 사람이거니 하였다.

그러나 그의 머릿속에는 한 가지 의문이 있었다. 그것은 자기 오라버니였다.

그의 오라버니는 다 해진 양복을 입고 다 낡은 모자를 쓰고 다 떨어진 구두를 신고 다닌다. 그러나 자기 오라버니는 어떤 중학을 졸업하고 여태껏 사오년 동안 아무것도 아니하고 집에서 소설책이나 보고 잡지나 보고 지내는 것을 볼 뿐인데 어떤 때는 영어로 무슨 책도 읽고 자기는 당초에 무엇이 무엇인지 알지도 못하는 한문 글자 많이 섞인 책을 보다가도 이것을 글이라고 지었나 하고 홱 내던지는 것을 보았다. 그것을 보는 혜숙은 자기 오라버니도 상당히 학식이라는 것이 있기는 있으나 아직 대모테 안경 쓰고 양복 입은 사람만은 못한가 보다 하였다. 그러나 자기보다 아주 말할 수 없이 아는 것도 많고 경험도 많다 하였다. 그래 자기 오라버니의 말이라면 으레 옳으려니 하고 자기 오라버니가 하여 좋다고만 하면 꼭 믿고 행하였다.

4회 그와 같은 혜숙은 대모테 안경을 쓰고 양복을 입고 은장식한 단장을 짚은 청년을 바라볼 때 그 청년에게서 보는 빛과 자기 오라버니에게서 보는 빛을 분별할 수 있었다.

그 수염이 꺼뭇꺼뭇하게 나고 이마의 주름살이 펴지지 못한 자기 오라버니의 얼굴에서는 이러한 빛을 보았다. 그는 자기 오라버니의 무릎 위에 손을 얹고 어리광 부려 말을 하면서도 그를 바로 쳐다보지는 못하였다. 그 얼굴에서——더구나 두 눈에서——번득거리는 것은 아침의 햇빛 같은 붉고도 금빛나는 따뜻한 빛이었으나 바로 쳐다볼 수 없는 엄연한 빛이 있었다. 그러나 그 대모테 안경 쓰고 양복 입고 은장식한 단장을 짚은 청년들의 얼굴을 바라볼 때에는 부끄러운 듯도 하고 한편 눈을 찡긋하는 듯하는 차디찬 날에 눈 쌓인 광야에서 쌀쌀스러운 바람을 쐬면서 쳐다보는 듯한, 얼마든지 바라볼 수 있는 차디찬 초승달 빛과 같았다. 그러나 그 빛은 자기 가슴속에 알 수 없게 짤끔 나는 눈물을 나게 하고 또 기꺼움을 주는 빛이었다.

혜숙과 그의 어머니는 숟가락을 놓았다. 그리고 물을 마셨다.

"여태껏 안 오시네…."

하고 혜숙은 상 옆에서 물러나며 매우 기다리는 것같이 말을 하였다.

"글쎄 말이다."

하고 그의 어머니는 걸레로 밥상 앞을 훔치며,

"오늘도 또 아버지께 가서 무슨 짓을 하고 있는 게지…."

하였다. 시계는 10시를 쳤다. 쓸쓸스러운 바람은 앞창을 스치고 지나간다. 누가 대문을 여는 소리가 요란히 난다. 혜숙과 그의 어머니는 문을 열고 달려 나갔다.

"혜숙이가 있나?"

하고 다 낡은 양복에 모자를 비스듬하게 쓰고 고개를 반쯤 숙이고 문을 닫아 거는 스물서넛이 되어 보이는 청년은 술이 취하여 술냄새를 획획 끼치며 안을 향하여 동생을 부른다.

"혜숙아, 혜숙이 있니? 응응."

하며 아주 감흥적으로 말을 한다.

"네 여기 있어요."

하고 문간까지 나아가 자기 오라버니의 손을 쥐며,

"왜 인제 오세요? 네? 에구 술내! 또 약주 잡수셨습니다그려!"

"왜 술내가 나뻐? 흥! 물론 싫을 테지, 하… 나는 술 안 마시고 못 사는 사람이란다. 너는 모른다. 너는 몰라. 우리 혜숙이는 모르지. 어서 들어가 자."

하고 허허 웃어가며 혜숙의 손을 잡은 채 마루 앞까지 왔다. 그러고는,

"어머니, 오늘 또 술 마셨어요. 하… 어머니도 걱정하실 줄 알지만 어떻게 합니까. 먹어야 하는걸요."

하고, 히히히히 웃으면서 마루 끝에서 구두끈을 푼다.

혜숙은 옹송그리고 마루 뒷돌 앞에 가 섰고 그의 어머니는 마루 끝에 가 서서 혜숙의 오라버니를 내려다보며,

"어디서 또 저렇게 먹었노? 어서 방에 좀 들어가서 눕지…."

그의 어머니의 말하는 것은 자기 친아들에게 하는 소리 같지는 않다.

혜숙의 오라버니는 건넌방으로 들어갔다. 그리고 혜숙이와 그의 어머니도 따라 들어갔다. 혜숙은 요를 내어 깔며,

"여기 좀 드러누우셔요. 그리고 좀 주무셔요." 한다.

"아니 아니. 자기는 잠이 와야 자지. 잠이 오지도 않는데 자?"

하고 한 손을 내혼들며 고개를 숙이고 후— 하고 한숨을 한 번 쉰다. 혜숙은 조금 있다가 자기 오라버니를 바라보며,

"그런데 어디서 그렇게 약주를 잡수셨어요? 네네, 오늘 또 아버지께 갔다오셨어요?"

하고, 혜숙은 무죄한 죄수가 재판장의 선고를 기다리듯이 그의 오라버

니의 말소리만 기다린다.

"아버지 댁에? 아니 오늘은 안 갔어. 오늘 같은 날 아버지 집에 가서 술주정을 할 수가 있나!"

혜숙은 날마다 가는 자기 아버지 집에 가지 않았다는 것과 오늘 같은 날 술주정을 할 수가 있나 하는 말이 괴상하기도 하고 무슨 뜻있는 일이나 있나 하여,

"왜 오늘은 무슨 별다른 날인가요?"

하고 문 앞에서 자기 오라버니만 바라보고 섰는 자기 어머니를 한번 쳐다보며 물었다.

"응 별다른 날이지, 별다른 날이야. 나에게는 아주 별다른 날이지."

"무엇이 그리 별다른고?"

하고, 이번에는 그의 어머니가 미소를 띠고 묻는다. 혜숙의 오라버니는 주머니에서 담배를 꺼내며,

"네, 오래간만에 정다운 친구 하나를 만났어요."

하고 나지막한 목소리로 담배에 불을 붙이면서 대답을 한다.

혜숙과 그의 어머니는 무슨 굉장한 일이나 일어난 줄 알았더니 정다운 친구 하나 만났다는 말을 듣고 시들스러운 듯이 아무 소리 않고 멍하고 있다. 혜숙의 오라버니는 자리에 벌떡 드러누우며,

"참 좋은 사람이지요. 재주 있고 근실하고 마음 곱고 참 좋은 사람이에요." 한다.

5회   혜숙의 어머니 머릿속에는 언제든지 이렇게 칭찬하는 청년의 말을 들을 때마다 반드시 혜숙의 생각이 나며 혜숙의 결혼이라는 것을 생각하게 된다. 그래서 그대로 지나가지를 못하고 더 한번 자세히 물어본다.

"어디 사는 사람인데?"

"네 서울 사람이에요. 에— 후— 술이 취한다. 얼마 전에 일본 유학을 갔다가 어제 왔다고 오늘 종로 네거리에서 만났어요."

혜숙의 가슴속에는 알지 못하게 무엇이 부딪치는 듯하였다. 그리고 한번 보지도 못한 그 사람을 자기 마음속으로 그려보았다. 그리고 그와 자기와 무슨 관계가 있는 것같이 생각하였다. 그리고 자기의 오라버니가 그렇게 칭찬을 하니까 으레 퍽 좋은 사람이려니 하고 또 일본까지 다녀왔으니 공부도 많이 하였으려니 하였다. 그리고 자기 어머니가 다시 재쳐 묻는 것이 부끄럽고 얼굴이 빨개질 의미가 있는 듯이 들리었다. 그리고 또 다시 어서 자기 오라버니의 입에서 그 청년의 말이 나오기를 기다렸다.

혜숙의 어머니는 또,

"나이는 얼마나 되는 사람인데 벌써 일본까지 다녀왔어…."

혜숙의 오라버니는,

"하하하." 하고 한번 웃더니,

"일본 갔다온 것이 그리 굉장한가요. 지금 스물두 살이랍니다."

혜숙의 어머니는 또다시 하나 물어보고 싶은 생각이 났다. 그러나 조금 주저하다가,

"장가는 갔을 터이지?"

하였다. 혜숙의 목은 으쓱하였다. 그리고 얼굴로 뜨거운 피가 몰려 올라왔다. 이 소리를 듣는 혜숙의 오라버니는 무슨 의미가 있는 듯이 허허허 웃으며 다시 혜숙의 불그레한 얼굴을 바라보며,

"안 갔어요. 왜요?"

하였다. 혜숙의 어머니는 다만 미소를 띠며,

"글쎄 말이야,"

하였다. 그러나 '장가는 안 갔나?' 하고 물으려다가 혹 혜숙이나 그의 오라비가 자기 마음을 알아챌까 하여 '장가는 갔을 터이지' 한 것이 벌써 혜

숙의 오라비가 알아채고 허허 웃는 것을 보고 속으로 얼마간 미안하고도 싱거웠으나 어떻든 장가를 가지 않았다는 것이 무슨 희망을 일으켜 주는 듯하였다. 또 혜숙도 공연히 마음속으로 다행하였다.

혜숙의 오라버니는 두 팔을 베고 두 다리를 쭉 뻗었다.

그리고 한숨을 후우 쉬었다. 술내가 홱 끼치었다. 혜숙은 자기 오라버니의 옷자락을 붙잡아 흔들며 어리광처럼,

"인제는 약주 잡숫지 마세요. 그리고 아버지 댁에 가서서 너무 야단도 좀 치시지 마시고요."

하였다. 그의 오라버니는 천장을 바라보며 고개를 홰홰 두르면서,

"괜찮어, 괜찮어. 술 안 먹으면 살지를 못해. 응 너는 모른다. 너는 몰라. 술 먹는 사람이 공연히 술은 먹는다더냐. 너는 모른다. 또 아버지 집에 가서 야단 좀 치기로 어때, 아버지 집이니까 야단을 치지. 그렇지 않으면 야단 칠 수 있다더냐 응. 하… 너의 말도 옳은 말이지. 그렇지, 술 먹는 놈들은 다 미친놈이야. 그러나 먹지 않고는 살 수가 없는 것을 어찌하나."

혜숙의 오라버니는 과연 술에 맛을 취하여 먹거나, 거기서 무슨 취미를 얻기 위하여 마시는 것이 아니었다. 다만 술이 들어가면 자연히 모든 비관되는 생각이 사라지고 가슴속에 울적하게 쌓은 모든 불평을 술을 마시고는 조금 분풀이를 할 수 있음이었다. 그렇다고 술을 마실 때에 이 세상 모든 불평과 걱정을 잊어버릴 수는 없었다.

친구와 자리를 같이 하여 정답게 이야기를 하며 또는 아름다운 여자와 같이 앉아 흥취있게 술을 마실 때라도 그의 가슴속으로 선듯선듯 지나가는 불평과 비관의 번갯불은 아주 사라지지를 않았다. 그리하여 그는 떠들고 즐겁게 노는 사이에 조그마한 침묵이라도 있을 때에는 그는 눈물 날 듯한 쓰라린 감정을 맛보았다.

혜숙은 다시 생긋생긋 웃으면서,

"술 먹지 않는 사람들도 잘만 살던데요. 먹지 않고는 못 살 것이 뭐예요? 네?"

하였다. 그의 오라버니는 다만 '허허' 하고 웃을 뿐이었다. 그의 어머니는 안방으로 건너갔다. 그리고 혜숙은 웅크리고 또렷한 눈으로 전깃불만 바라보았다. 오라버니는 드러누워 천장만 바라보고 담배 연기만 푸— 하고 내뿜는다.

6회 이혜숙의 오라버니라는 사람은 누구인가? 이영철李永哲이라는 청년으로, 유명한 재산가 이상국李相國의 둘도 없는 외아들이다. 그리고 혜숙이라는 처녀는 그의 어머니가 이상국이 젊었을 때에 그의 첩이 되어 낳은 처녀이니 이영철이와는 남매는 남매이나 배다른 남매요, 또 이영철은 이상국의 정실의 몸에서 난 정통의 귀하고 고귀한 아들이요, 혜숙이란, 첩의 몸에서 난 천하고 천하게 생각하는 사생자이다.

그러면 어찌하여 이영철이라는 청년이 자기 아버지의 첩의 집에 와서 어머니 어머니 하며 또는 그의 누이동생과 그렇게 자별히 지내는가?

그의 아버지 이상국이란 이는 지금 나이 예순여섯의 다 늙은 노인이다. 젊어서는 자기 아버지 덕택으로 돈 잘 쓰고 술 잘 마시고 계집 잘 다루고 기운 좋고 말 잘하는 무엇 하나 내버릴 수 없는 호협객이요, 팔난봉이었다. 그렇다고 그의 젊었을 때의 생활은 결코 결코 푸른 치맛자락에 매달려 무정한 세월의 흐르는 것을 탄식하거나 애석한 임 이별을 참지 못하여 뜨거운 눈물을 흘리는 다정하고 다한한 어여쁜 유야랑遊冶郎: 주색잡기에 빠진 사람 생활이 아니라, 세월이란 흐르는 것이요, 여자란 어디든지 있는 것이요, 사람이란 죽어지면 적막한 청산에 한덩이 흙이 될 뿐이라 생각하는 눈물 없고 한숨 없는 흘러가는 듯한 향락의 생활이었다. 물론 그는 인생의 참 비애라는 것은 맛보지 못하였다. 자기 아버지가 돈이나 주지 않으면 '나는 죽어 죽어'

하고 사랑문을 굳게 닫고 쾅쾅 부딪쳐 가며 방성대곡을 하였을지는 알 수 없으나 진정으로 눈물도 나지 않는 가슴을 쥐어짜는 듯한 쓰린 슬픔과 한숨은 알지 못하였다.

그러나 자기 아버기가 돌아가고 형도 없고 동생도 없고 일가도 없고 아무것도 없는 자기 혼잣몸이 젊어서는 으레 가졌으려니 하던 처자를 다스려 가게 된 그때부터 비소로 인생이라 함보다 처세라 하는 것이 어려운 것을 깨달았다.

부모의 재산을 물려 가진 때부터 의식의 걱정은커녕 부유로움을 깨닫는 그는 가슴속에 언제든지 지나간 추억이 그의 가슴을 찔렀다. 젊었을 때에는 인생이란 으레 이러하려니 하던 것도 지금 와서 돌아보면 다만 의미 없고 가치 없는 무엇보다도 큰 죄악과 같이 생각을 하였다. 다만 자기의 쾌락을 위하여 희생을 당한 수를 헤아릴 수 없는 부녀의 정조, 그때에는 그 여자들도 호의로써 자기의 희생물이 된 줄 알았더니 지금 와서 생각하면 그들은 모두 이를 악물고 덤빈 것같이 생각되었다. 자기의 딸의 정결하고 성^聖된 정조의 미^美를 아끼는 그는 지난 일을 생각할 때마다 사지가 떨리었다. 그리고 다만 자기 머릿속으로 지나가는 과거의 환영이 다만 음란하고 간특하고 더럽고 말할 수도 없는 모든 죄악의 메모리의 메모리뿐이었다. 그리고 지나가는 바람에 들어서라도 그의 머릿속에 굳고 단단하게 박힌 것은 동양 윤리의 사상이었다. 자기가, 또한 자기의 젊었을적 쾌락으로 인하여 자기 아버지에게 불효하였다는 것이 자기 양심에 또 한 가지 죄악의 기억이었다. 육체의 안락한 생활을 하는 그는 정신적으로 한없는 고통과 번뇌를 당하게 되었다. 지금 60세를 넘은 그는 베개를 베고 천장을 쳐다보고 누웠을 때마다 그의 머릿속으로 스쳐가는 두려운 생각은 '죽음'이라는 가장 무서운 생각이었다.

젊었을 때 보통 사람의 걱정은 어떻게 일평생을 살아갈까 하는 것이요,

나이 많아 늙은이의 생각은 어떻게 죽고, 죽어서는 어떻게 되는 것인가 하는 것이었다. 60여 년을 돌아보아 조금도 신앙 있는 일을 하여 오지 못한 그의 가슴속에도 또한 어떻게 죽고, 죽으면 어떻게 되나 하는 어렵고도 어려운 큰 문제가 일어났다. 그리고 그것을 생각할 때마다 마음이 편치 못하였다. 죽으면 어떻게 되나? 죽어서 영혼이 으레 어디로든지 갈 줄만 아는 그는 자기의 영혼이 죽어서 좋은 곳으로 갈 것 같지는 아니하였다.

그는 죽은 뒤에 자기의 혼이 돌아갈 곳에 대한 안심은 그만두고 두려움을 찾지 못하였다. 그는 그것을 생각할 때마다 가슴이 답답하고 온몸이 떨리는 듯하였다. 자기는 죽어서 지옥 가서 끝없는 형벌을 받을 것인가? 자기의 일평생 동안 자기의 쾌락의 희생이 된 여자들이 앙상한 이빨로 머리를 풀어헤치고 뜯어먹으려 덤빌 것 같았다. 그리고 눈을 감고 누웠을 때마다 눈앞에 어른거리는 것은 활활 붙는 지옥불 위에 새빨갛게 단 쇠로 만든 창을 든 푸른 옷을 입은 요마妖魔뿐이었다.

3년 전 어떤 봄날이었다. 봄비는 부슬부슬 온다. 계동 이상국의 집 사랑방도 어두컴컴하게 되었다. 쉬지 않고 떨어지는 처마 끝의 낙수 소리는 음울한 음악의 박자를 맞추는 듯이 쓸쓸스럽게 들려온다. 습기 찬 공기는 바람이 불 때마다 방안으로 스쳐 들어온다. 이상국은 아랫목 보료 위에 담뱃대를 물고 앉아 멀뚱멀뚱 눈만 껌벅거리고 앉았다. 그의 마음은 여전히 편치 못하였다. 벽에 걸린 시계가 때깍때깍 하나씩 둘씩 자기의 죽음으로 향하여 가는 경로의 한 마디씩을 셀 때마다 그의 가슴은 말할 수 없이 좁아지는 듯하고 답답하고 캄캄하였다.

7회 그는 담뱃대를 재떨이에 떨고 다시 드러누웠다. 그리고 눈을 감았다. 그의 눈앞에는 모든 과거가 번개와 같이 지나간다. 그리고 지금 자기 집 뒷방에서 바느질을 하고 있는 자기 첩의 모양이 분명히 나타나 보인다. 그 아지랑이가 팔팔 날리는 듯한 눈초리와 불그레하던 혈색 좋던 두 뺨이 조금 여위어 가는 것이나, 얇고도 어여쁜 입술을 애교 있게 한옆으로 살짝 벌리며 말하는 것이나, 나중에는 그의 전신이 아찔할 만큼 아름다운 윤곽이 그의 눈앞에 비치일 때 그는 얼른 눈을 떴다.

"아아! 내가 잘못이다. 내가 잘못이다."

하고 혼자 부르짖었다. 그러나 혼자 부르짖는 자기도 어찌하여 잘못이며 어떻게 하여야 좋을지 알지를 못하였다. 그의 전신의 피가 오싹하고 식는 듯하였다. 그러나 또다시 마음을 굳게 하여 냉소하듯이 자기의 잘못이라고 생각하는 것을 그렇지 않다 하고 부인하려 하였으나 그에게는 그렇게 생각할 만한 힘을 주는 것을 갖지 못하였다. 조금도 인생 문제에 관한 어떻다 하는 굳센 관념을 갖지 못한 그는 다만 두려운 것은 죽음 뒤에 자기의 안락과 고통의 기분뿐이었다.

'아, 이 괴로움을 어찌할까? 나는 죽어서 어쩌나 될까? 죽어서 저승에 가서 끊이지 않는 형벌을 면치 못할 것인가? 다만 눈물과 괴로움으로 한없이 지낼 것인가?'

그의 마음을 위로하여 주는 것은 하나도 없다.

이때, 자기의 딸 혜숙이가 학교에서 왔다.

"아버지 학교에 다녀왔어요."

하고 안으로부터 사랑 중문을 향하여 나오는 혜숙의 너무나 똑똑한 목소리는 드러누워 마음의 괴로움을 당하는 그의 아버지의 마음을 선듯하게 하였다. 죄악의 종자처럼 생각되는 자기 딸의 목소리는 염라대왕 차사의 허리에 달린 푸른 방울 소리같이 들리었다. 그러나 겨우,

"오― 잘 다녀왔니?"

하고 창문을 여는 머리가 하얗게 센 그의 얼굴에는 창백한 가운데에도 반갑고 사랑스러운 빛이 섞이어 있었다. 그러나 어디인지 마주 보기를 싫어

하는 듯한 빛이 보였다.

혜숙은 자기 아버지 사랑문을 열고 방으로 들어갔다. 그리고 자기 아버지 앞에 앉았다. 이 이야기 저 이야기 학교에서 지내던 이야기를 하던 그는 아주 상냥한 태도로 무슨 이상한 것이나 생각한 듯이 손을 마주 치며,

"아버지…." 하였다.

"왜 그러니?"

"저—요."

그리고 '저' 자를 길게 뺀다.

"그래."

"저는 오늘 이러한 이야기를 선생님께 들었어요."

"무슨 소리를?"

"사람은 날 때부터 죄를 짓고 나온대요."

"무슨 죄가 나서부터 있어?"

하고 그의 아버지는 알지 못하는 호기심이 나며 한편으로는 죄라고 하는 소리가 듣기 싫었다.

"우리의 몇만만… 대 — 고개를 숙이고 눈을 감고, 고개를 내흔든다 —할아버지와 할머니는 아담과 이브라는 사람으로 에덴이라는 언제든지 봄이고 먹을 것 마실 것을 조금도 걱정하지 않는 그러한 동산에서 벌거벗고 뛰어다녔대요."

"그래?" 하고 대답은 하면서도 그의 마음은 이상하고도 우스운 생각이 아니 나지 못하였다. '아담', '이브', '에덴', 이 모든 말은 양국 사람의 말이라 천황 씨, 지황 씨만 알던 그는 짐승의 지껄이는 소리처럼 들리었다.

혜숙은 다시 말을 이어,

"그래서 하나님이, 무소부지하신 하나님이 그 동산에 있는 모든 것을 먹고 마시되 다만 선악과——지식의 열매——라는 것은 따먹지 못한다고 명령

하신 것을 뱀이 꾀어 이브에게 따먹으라 하여 이브가 먼저 따먹고, 또 아담을 주어 먹게 한 까닭에 하나님이 노하시어 그 낙원에 그 두 사람을 쫓아내셨다나요. 그래서 우리가 그 아담 이브 때문에 이렇게 괴로운 세상에서 살게 되었대요. 그것이 우리의 원죄라는 것으로 우리가 날 때부터 타고나온 죄래요."

그의 아버지는 다만 빙그레 웃으셨다. 그 웃는 것은 결코 그 말 가운데서 무슨 의미 있고 진리 있는 것을 찾아내어 웃는 것이 아니라 자기 딸이 이야기하는 것이 귀엽기도 하고 한편으로는 너무 허황되어 웃는 것이었다. 그동안에 잠깐 그의 마음의 괴로움은 사라졌다.

"그래서 우리의 그와 같은 죄를 사하기 위하여 1922년 전에 하나님의 아들이 이 세상에 와서 십자가에 피를 흘리고 돌아가셨대요. 그래 누구든지 그를 믿으면 모든 죄를 사하고 천당에 가 영원토록 우리의 시조가 누리던 에덴 동산 같은 곳에서 영광을 누린대요."

이와 같은 순서 없고 애매한 혜숙의 이야기가 끝나고 날은 저물어 전깃불이 켜졌다. 혜숙의 아버지는 별로 이 뜻을 품고 생각지를 아니하지마는 그의 머릿속에는 아까 들은 혜숙의 이야기한 것이 머릿속으로 왔다갔다한다. 천당과 낙원이 그의 머릿속에는 어떠한 세상에 임금님이 계신 대궐보다 더 크고 우리가 알 수 없이 좋은 것이나 선녀와 신선이 놀이하고 노는 이상 낙토같이 생각되었다. 그러다가는 다시 불이 활활 붙는 지옥이 그의 눈앞에 나타나 보인다.

8회 그는 성화聖畫를 보지 못하였다. 그리고 그는 이름난 환장이가 자기가 생각나는 대로 그려 놓은 천당이나 에덴도 보지 못하였다. 그는 다만 천당이라 하면 하늘 위에 있는, 물이 맑게 흐르고 나무가 성하고 햇볕이 따뜻하고 선녀가 구름옷을 입고 시냇가에서 노래하고 다니며 두루미가 춤을 추고 옥황상제가 계신 무슨 전설적 이상경인가 보다 할 뿐이었다. 그러나 있기는 있는 것인데 어떻게 생겼는지 가 보아야 아는 것이라고 생각하였다.

그러나 자기는 갈 수 없는 곳같이 생각되었다. 옛적 지나의 전설로 내려오는 사람들의 일화와 같이 이태백이나 태상노군이나 삼천갑자 동방삭이 같은 신선들이나 요임금이나 순임금이나 또는 아황·여영이나 공자나 맹자는 그러한 곳으로 갔을는지는 알 수 없으나 자기와 같은 범용된 사람은 가지 못할 터이라 하였다. 그러나 자기도 죽은 후에 그러한 곳으로 갔으면 하는 간절한 마음은 있었다.

'예수만 믿으면 누구든지 죄를 사하고 천당에 갈 수 있다.'

그의 마음에는 한편으로 눈이 떠지는 듯하면서도 의심을 품지 않을 수 없었다.

'총리대신이나 양반이나 상놈이나 누구든지 예수만 믿으면 천당에 가서 영원히 살 수가 있다?'

그러나 계급적 사상이 굳게 박힌 그는 천당에 가서라도 옥황상제 이하로 차례차례 계급이 있으렷다 하였다. 무슨 나라의 관제처럼 생각하였다.

그는 그러면 예수를 믿으면 자기도 천당에 갈 수 있을까 하였다.

그리고 자기도 예수를 믿어 생전의 모든 죄를 회개하고 천당에나 가 볼까, 하였다. 처음에는 가 볼까 하던 것이 다음번에는 예수를 믿으면 천당에 간다, 하였다. 그리고 맨 나중에는 가야 하겠다, 하였다. 자기의 몸이 공중으로 구름을 타고 둥실둥실 올라가는 듯 하였다. 그리고 마음은 아주 안락하였다.

그러다가는 다시 정신을 차려 생각을 할 때에는 다시 자기는 괴로운 보료 위에 누워 있었다. 그리고 예수를 믿어 천당에를 가려면, 여태껏 몇십년을 데리고 살고 딸까지 낳은 자기의 첩을 내버려야지 하였다. 그러고는 다시 가슴이 답답하였다. 그리고 그것은 죄가 아닌가 하였다.

그는 자기 혼자로서는 모든 것을 깨닫지 못할 줄 알았다. 그리고 예수

교당의 목사나 전도사는 잘 알렷다 하였다.

그는 일어나서 모자를 썼다. 그리고 바깥으로 나가려다가 다시 멈칫하고 섰다. 얼굴이 알지 못하게 화끈화끈하여지고 부끄러운 생각이 났다.

'그만두어라. 내가 미쳤지. 천당은 무엇이고 지옥은 무엇이야. 죽어지면 누가 알더냐?' 하고 다시 모자를 걸고 앉았다. 한참은 조용하였다. 무엇을 생각하였는지 창문을 열고 아랫사랑을 향하여,

"애 영철아." 하고 불렀다.

"네―." 하고 영철은 자기 아버지 사랑으로 올라왔다. 그의 아버지는 아주 나지막한 소리로,

"너 조금만 있다가 10시쯤 되어서 김 선생님 좀 청해 오너라."

"왜 그렇게 늦게요?"

"글쎄, 왜든지, 가서 청해 와, 그때쯤은 아마 자기 집에 들어올 듯하니."

"네." 하고 영철은 자기 사랑으로 다시 나갔다.

10시가 넘어 영철이가 청하여 온 김 선생이 마루 앞을 들어서며,

"주인장 계시오니까?" 하였다.

주인은 문을 열고,

"어서 오시오. 이렇게 어둡게 오시라고 여쭈어서 대단히 미안하외다."

"천만에 말씀, 그래 댁내가 다 무고하십니까?"

"네, 아무 탈 없이 잘들 있습니다."

"매우 감사합니다."

이상국의 귀에는, 매우 감사합니다 하는 소리가 아주 이상하게 들린다. 그것은 예수쟁이의 사투리같이 들린다.

김 선생은 나이가 50이 넘을락 말락 하고 눈은 조금 들어간 데다가 검정 흑각테 안경을 쓰고 격에 맞지 않은 양복을 입고 말총으로 엮은 모자를 썼다. 그러나 그의 두 눈에는 무엇을 동경하는 빛이 또릿또릿 하고 입 가장

자리에는 언제든지 미소를 띠고 있다.

그는 방안으로 들어섰다. 주인은 방석을 권하며,

"이리로 내려앉으시오." 하였다.

김 선생은 허리를 잠깐 굽히더니 손을 내밀어 사양하는 빛을 보이며,

"네, 감사합니다." 하고 거기 앉았다. 그리고 팽팽하게 켕긴 양복바지를 손바닥으로 조금 문지르는 듯하더니 다시 두 손을 싹싹 비비었다. 그러고는

"참 여러 날 주인장을 찾아뵙지 못하여서 매우 죄송합니다"

하고 다시 노인을 한번 바라보며 미소를 띠며,

"자연히 바빠서 그렇게 되었습니다."

하고 허리를 잠깐 굽히고 방안을 한번 둘러보았다. 노인은,

"천만에 말씀을 다하시는구려. 그러실 터이지요. 자연 교무에 다사하실 터이니까. 그러니까 이렇게까지 오시라고 한 것은…."

하고 주저주저하다가,

"하도 심심하기에 이야기나 좀 할까 하고 청한 것입니다."

담뱃대를 탁탁 털어 재떨이 위에 엎어 놓고,

"그런데 요사이 말을 들으니까 새로이 교인이 많이 생긴다지요?"

"네, 날마다 날마다 늘어갑니다. 제가 맡아보는 교회에도 벌써 두어 달 지간에 오륙십명이나 늘었습니다."

9회 "네──아주 감탄한 듯이──매우 감사합니다."

목사의 흉내를 한번 내어 부지 중에 매우 감사합니다 소리를 한 번 하고는 속마음으로 우습고도 서툴러서 억지로 웃음을 참느라고 코가 벌룩벌룩하였다.

그러고는 얼굴이 붉어지며 김 선생을 잠깐 쳐다보고는 다시,

"그런데 아담인지 이브인지 그게 무슨 소리인가요. 오늘 내 딸자식이

저희 선생님에게 들었다고 하는데 어린 것이 무엇이라 떠드는지 알 수가 있어야죠."

"네, 참 따님 학교에 잘 다닙니까? 허허허허, 처음 들으시면 이상도 하시겠지요."

"그러면 대관절 그게 무슨 소린가요? 우리의 시조가 무엇무엇이라니, 그것 참 처음 듣는 사람은 이상하게 생각되지 않습니까?"

"네, 옛적에…." 하고 『성경』 「창세기」에 씌어 있는 것을 모조리 자세히 이야기하였다.

이상국은 '딴은' 하면서도 의심하는 듯이 멀거니 그의 소리만 듣고 있었다.

"그러면 우리 나라 사람이나 양국 사람이나 다 아담 이브의 자손예요?"

김 선생은 또다시 허허허 웃으면서,

"그렇지요. 서양 사람의 시조도 아담, 이브이고 그리고 일본 사람이나 청국 사람이나 다— 누구든지 하나님의 아들이지요."

이상국은 의심을 하면서도 그런가 보다 하였다.

"그렇다고 우리 시조가 지은 죄를 우리가 벌받을 것이 무엇인가요? 그러면 그 죄를 어떻게 해야 사할 수 있을까요?"

"네, 그러한 까닭에," 하고 허리를 조금 뒤로 젖히는 듯하더니 양복 주머니에서 조그마한 가죽 껍질을 한 책을 꺼내면서,

"보십시오." 하고 펴 읽기를 시작한다. 이상국은 예수쟁이의 축문이나 주문을 쓴 책을 읽는 것같이 생각되었다.

"바리새교인 중에 니고데모라 하는 사람이 있으니 유대인의 관원이라, 이 사람이 밤에 와서 예수를 보고 가로되, 랍비여…… 예수께서 가라사대 진실로 진실로 네게 이르노니 거듭나지 아니하면 하나님 나라를 보지 못하니라……."

하고 「요한복음」 3장을 읽었다. 김 선생이 이 「요한복음」 3장을 택한 것은 언뜻 자기 머릿속에 이상국이가 자기를 청해 온 것이 밤이요, 또 이 사람이 돈 있고 문벌 좋은 사람이라 바리새교인 중에 니고데모라 하는 사람이 예수를 밤에 찾아온 것과 같이 자기를 밤에 청한 것이 옛적의 니고데모와 예수와의 관계가 무슨 인연이 있는 것같이 생각됨이었다.

그는 다시 읽기를 시작하였다. 이상국은 문 열어 바깥을 내다보고 다시 바로 앉았다.

"하나님이 세상을 이처럼 사랑하사 독생자를 주셨으니 누구든지 저를 믿으면 멸망하지 않고 영생을 얻으리라."

읽기를 다하고 그는 아주 신의 묵시나 받은 것같이 점잖게 앉아 노인을 향하고,

"그렇습니다. 누구든지 예수만 믿으면 멸망하지 않고 영생을 얻을 것이외다. 그리고 쉬지 않고 기도하라 하셨으니 우리 모든 죄를 회개하고 기도만 하면 천당에 들어갈 것이외다. 보십시오. 우리 교회에 다니던 젊은 청년 하나 참으로 진실히 예수를 믿었습니다. 그는 날마다 새벽이면 교당에 가서 기도하기를 언제든지 미국 가서 공부하게 하여 주십시오, 주십시오 하고 간절히 기도한 결과 그 말을 하나님이 들으시고 교회의 감독이 이 말을 들어 지금 그는 미국 가서 공부를 잘하고 있습니다. 그와 같이 누구든지 기도만 하면 못 될 것이 없습니다. 그리고 죄를 회개하기만 하면 곧 천당에 갈 것입니다."

하고 손을 들었다놓았다 하며 열심 있게 말을 한다.

이상국은 가만히 있었다. 그리고 한참 생각하였다.

김 선생이 가고 밤이 새도록 그는 한잠도 자지 못하였다. 그의 마음은 아주 헤매었다. 천당과 지옥과 죽음과 아담, 이브, 기도… 이러한 모든 것이 선뜻 그의 눈앞으로 지나간다.

그 이튿날 아침이다.

어제저녁까지 부시시 오던 봄비가 개고 아침 안개를 조금도 볼 수 없는 씻은 듯한 아침이었다. 금빛 같은 아침해가 동쪽 하늘에 솟으며 천지만물을 밝게 비춘다. 하늘은 금강석빛같이 푸르고 맑다.

나무와 나무 끝에는 따뜻한 봄빛이 가득 찼다. 지붕이나 처마 끝이나 풀 끝이나 구슬 같은 방울이 반짝반짝 해롱댄다. 참새들은 기와집 울 위에서 재미있게 재적거린다.

혜숙의 아버지는 지팡이를 짚고 뒷동산으로 왔다갔다한다. 멀리 남산 밑에 우뚝 서 있는 천주교당이 그의 눈에는 아주 신성한 땅 위에 천당이나 같이 보인다. 그리고 새파란 공중으로 둥실둥실 떠나가는 흰 구름장이 저 천애 저쪽 하늘나라로 흘러가는 듯하였다. 그가 하늘을 쳐다볼 때에는 모든 어지러운 생각이 다— 사라지고 다만 정하고 상쾌하고, 무슨 신하고 서로 바라보는 듯 하였다. 그러고는 자기도 그와 같이 빛나는 흰 구름을 타고 보이지 않는 하늘나라로 흘러갔으면 하였다.

그리고 외롭고 가슴이 답답하던 그는 무엇에 의지한 듯하였다.

10회 그는 뒷동산 나무 사이 좁은 길로 천천히 걸어갔다. 맑고 신선한 봄바람은 천당의 처녀의 날개를 스쳐오는 듯 멀고 먼 어디인지도 모르는 곳에서 물을 넘고 산을 넘어 이상국의 이마를 스치고 지나간다. 사면에 둘러싸인 산들의 흐르는 듯한 산골짜기는 시인이 써놓은 목가 그것과 같이 부드럽고 연하고 그윽한 무엇이 숨기어 있는 듯하였다.

그의 가슴은 알 수 없게 무슨 기꺼움을 깨달은 듯하였다. 나무 끝이나 푸른 풀이나 푸른 하늘 위로 가만히 떠나가는 흰 구름장 속에는 무슨 신령이나 정기가 숨어 있는 듯하였다.

또다시 고요한 봄바람이 분다. 붉게 금빛나는 해는 더욱 붉게 온 천지를 비추인다. 예수교당의 아침 종소리는 바람을 타고 멀리멀리 들려와 천애 저쪽 보이지 않는 나라로 스며들어가는 듯하였다. 이상국은 자기도 모르게,

"아, 아 하나님." 하였다.

그러나 그 하나님을 한 번 부른 뒤로 어린아이가 자기의 잘못을 자기 부모에게 고한 것같이 눈물이 날 듯이 마음이 즐겁고 편하였다.

그후부터 이상국은 열심 있는 신자가 되었다. 세례를 받았다. 그리고 그의 믿음은 아주 단단하였다.

그러나 그에게는 한 가지 어려운 문제가 있었다. 자기 첩을 어찌하나 하였다. 딸까지 낳은 자기 첩을 내버리자니 인정에 그리 할 수 없고, 또 그러나 날마다 날마다 그를 대할 때마다 자기의 마음은 편치 못하였다. 그래 나중에는 그와 같이 있는 것이 아주 부끄러운 생각이 나서 동대문 밖에 집을 하나 사고 자기 첩과 혜숙은 거기 나가 있으라 하였다. 그리고 자기가 고생하여 벌지 않은 재산이라 그리 귀함을 알지 못하는 그는 또한 물질을 가지고 자선한 일을 많이 하면 천당에 가서 상받을 것이 올 줄 아는 그인지라 자기 첩의 모녀가 먹고 살고도 남을 만큼 뒤를 보아 주었다. 그러나 아주 잊지는 못하였다. 어떤 때는 무엇인지 모르게 섭섭도 하고 싫기도 하고 괴롭기도 하고 불쌍하기도 하여 혼자 어두운 방에서 눈물까지 흘리었다. 그렇다고 다시 불러올 용기는 또 없었다.

그러나, 그의 아들 이영철은 그렇게 자기 아버지와 같이 단순한 사람은 아니었다. 그의 가슴속에는 인생에 대한 크고도 큰 의혹을 가진 사람이었다. 자기 아버지는 죽어 천당 갈 것을 다만 단순한 동기로 믿게 되었지만 그는 그렇게 천당과 지옥을 쉽게 믿지는 못하였다. 그의 아버지는 아담, 이브를 자기의, 또한 온 인류의 시조로 믿었지만 우리의 몇만 년 전에는 사람이 모두 원숭이와 같았겠다는 다윈의 진화론을 배운 그는 그렇게 모순되는 전설을 믿지 못하였다. 천문학의 성무설을 배운 그는 하나님의 말씀 한마디

로 이 세상이 되었다는 것을 부인 아니치 못하였다. 그리고 어떻게 나서 죽어지면 어떻게 되나 하는 자기 아버지와 똑같은 의심을 품기는 품었으나 영혼이란 참으로 사람이 죽어서 단독으로 어디로 가는가, 하고 의심하는 그는 그렇게 쉽게 천당과 지옥을 믿지 못하였다. 그리고 하나님이란 무엇인가를 참으로 철저하게 알고 싶었다.

이러한 줄을 알지 못하는 자기 아버지는 그에게까지 예수를 믿으라고 권하였다.

그리고 자기의 젊었을 때를 생각하는 그는 자기 아들이 젊었을 때에 자기와 같이 죄악이나 짓지 아니할까, 그리고 자기와 같이 늙어서 괴로움이나 당하지 아니할까, 그리하고 죽어서 지옥이나 가지 아니할까, 가슴이 타도록 걱정하였다. 그리하여 자기가 참으로 인정하는 종교 속에 자기 아들의 마음과 몸을 집어넣으려 하였다.

그러나, 멀고 그윽하고 허황하고 깊은 의심을 품고 있는 그의 아들은 그의 말을 듣지 않았다. 않기커녕 어떤 때는 반대까지 하였다.

자기 아들을 자기 이상 공부를 시켜 놓고도 그의 사상과 모든 것이 자기보다는 못하다는 그는, 더구나 친권親權을 절대로 내세울 줄만 아는 그는, 언제든지 자기 아들을 어린아이라 하여 자기 명령 아래 절대 복종 하기를 원하였다. 그리하여 나라의 법률로까지 인정하는 종교의 자유까지 자기 아들에게는 강제하려 하였다. 강제하여 자기 아들이 자기가 믿는 종교를 믿는 시늉만 해보이더라도 마음이 편할 것 같았다.

어떤 날 또 그의 아버지에게 종교에 대한 질책을 받은 영철은 답답하고, 속에서 너무나 흥분된 감정적으로 인하여 그의 아버지에게 대하여,

"저는 죽어간 예수에게 고개를 숙일 수가 없어요. 그의 말한바 진리는 옳다고 인정하지만……." 하였다.

이 소리를 들은 자기 아버지는 아주 노하였다.

"아니, 네가 무엇을 안다고 예수에게 고개를 숙일 수 없다고 그러느냐?" 하였다.

영철은 다시 더 흥분된 어조로,

"사랑하는 여자와 사랑하는 딸을 희생하면서 죽어 천당으로 가려 하는 아버지의 말씀은 저는 못 듣겠습니다." 하였다.

그의 아버지는 펄쩍 뛰었다.

'사랑', '여자' 이와 같은 말만 하여도 참괴하고 해괴망측하게 생각하는 그는 자기 아들의 입에서 그 말이 나온 것을 듣고는 견디지 못하였다. 무슨 음담을 듣는 듯하였다. 그러고는,

"무엇?" 하고 아무 말도 못하다가,

"이 망할 자식. 아비의 말은 듣지 않고 무엇이 어쩌고 어째? 애당초 이제부터는 내 눈앞에서 보이지도 말아라. 에이, 세상이 망하려니까 별꼴을 다 보겠군." 하고 마루에 섰다 방으로 들어가 애꿎게 재떨이에다가 담뱃대만 탁탁 턴다.

영철은 그리 고분고분한 겁쟁이 청년이 아니었다. 그리고 고집 있고 심술궂은 면이 많이 있었다. 그는 그 당장에 자기집에서 뛰어 나왔다. 그리하고 일평생을 독립으로 지내려고 하였다. 그는 우선 하는 수 없이 동대문 밖 자기 누이동생의 집에 와 있었다.

영철은 눈물 있고, 한 있는 청년이었다. 알지 못하는 운명의 희롱을 받아 자기의 아버지에게 뜻 아닌 정조를 빼앗기고, 일평생 동안을 다만 천하고 천한 생활을 하는 중에도 또 한 사람의 만족을 얻지 못하는 그를 바라볼 때마다 그는 알 수 없게 가련하고 애처로움을 이기지 못하였다. 그리고 사랑스럽고 상냥하고 천진난만한 자기 누이동생을 볼 때마다 그는 귀여운 생각이 드는 중에도 너의 운명은 어떻게 기구하게 되겠니? 하고 누이동생을 위하여 걱정을 마지 아니하였다.

자기 아들이 집에서 나간 후 이상국은 그리하여도 아주 귀하고 귀한 아들을 내버릴 수는 없었다. 한때 감정으로 의외에도 그리된 것을 잘못으로 생각을 하나 또다시 자기가 머리를 굽히어 자기 아들을 불러들일 수는 없었다. 다만 자기 아들이 동대문 밖에 있다는 말을 듣고, 그전보다 더 금전과 모든 것을 많이 보내 줄 뿐이었다. 영철은 이러한 사람이다.

11회　혜숙은 전깃불만 바라보며 자기 오라버니가 이야기하던 그 일본 갔다 왔다 하는 말 잘하고 사람 좋다는 청년을 머릿속에 그려보았다. 자기가 항상 보는 대모테 안경을 쓰고 양복 입고 은장식한 단장을 짚은 사람과 같으려니 하였다. 그리고 인물도 잘났으려니 하였다. 어떻게 생긴 사람인가 한번 보고 싶은 생각이 났다. 사면은 아주 조용하다. 혜숙은 무엇을 생각하였는지 갑자기 '오라버니'를 불렀다. 영철은 아무 소리도 없었다.

"오라버니 주무세요? 이렇게 좀 일어나세요."

하고 영철의 고개 밑에 두 손을 넣어 번쩍 쳐든다.

"왜 이러니. 남 잠도 못 자게."

혜숙은 생글생글 웃으며,

"잠은 무슨 잠을 주무세요. 이불도 안 덮고…… 그런데요, 내일 저녁에 청년회 음악회 구경 안 가세요? 저 입장권 두 장 사 가지고 왔어요. 오라버니 한 장 드리려고……."

"음악회? 가지."

"가세요, 네? 꼭요. 무얼 지난번처럼 가신다 하고 안 가시게."

"꼭 갈 테야, 그리고 선용善鎔이도 같이 가자지."

이 소리 한마디가 혜숙의 마음을 한없이 기껍게 하였다. 그 말 잘하고 글 잘한다는, 자기 오라버니가 그렇게 칭찬하는 청년과 만나리라 하고 생각을 하니 참으로 좋았다.

"그 어른도 오세요?"

하고 가슴이 두근두근하여 물어보았다.

"그래, 같이 가자고 할 테야. 너 내일 그와 만나거든 인사나 하여라. 내소개하여 줄게. 아주 좋은 사람이다. 영원히 사귈 만한 사람이란다."

하고 영철은 다시 술내 나는 한숨을 휘 내쉰다.

영원히 사귈 만하다는 소리가 이상하게 혜숙을 즐겁게 하였다. 다른 때에는 자기의 친구일지라도 혜숙에게 인사를 시켜 주지 않는 자기 오라버니가 그를 자기에게 소개까지 하여 주마 하고, 또 영원히 사귈 만한 청년이라는 말이 무슨 의미가 있게 들리었다. 그리고 부끄러운 듯한 기꺼움을 맛보았다. 그의 귀에는 자기 오라버니의 한마디 말일지라도 의미 없이 들리는 것은 없었다.

그리고 어떻게 인사를 하노 하였다. 생각하면 얼굴이 홧홧하여졌다. 그는 자기 오라버니가 다른 남자들 하는 것같이 할까 하였다. 그러다가는,

"어떻게 인사를 해요?"

하고 자기 오라버니에게 물었다. 그리고 얼굴이 빨개졌다. 그리고 고개를 자기 오라버니의 가슴에 대고 허리를 틀었다.

"무얼 어떻게 해? 못난이. 하하, 다른 사람들과 같이 하지."

"그럼 사내들처럼, 처음 뵙습니다, 해요?"

"그래."

혜숙은 조금 안심하였다. 그리고 무엇을 깨달은 것같이,

"네."

하고 고개를 까붓까붓하였다. 그리고 한참 있다가,

"에그 부끄러워 어떻게 해요. 저는 아직 그렇게 해보지를 못했는데…."

영철은 아직 어린아이로구나 하였다. 그리고 너도 부끄러움을 알게 되었구나 하였다. 그러고는 혜숙의 머릿속에 있는 생각을 알아차린 그는 자기

가 선용과 자기 누이동생을 가까이하게 하여 주려 한 것이 얼마간 성공한 듯하였다.

그 이튿날, 해는 넘어가고 서쪽 하늘에는 파라다이스를 그려 놓은 듯한 붉고 누런 저녁 노을이 가득하게 퍼지었다. 저녁에 집을 찾는 갈까마귀 새끼들은 저쪽 나무 수풀 사이에서 떼를 지어 오락가락한다. 동대문 밖 넓은 길에는 마차의 달아나는 소리와 저녁 소몰이꾼의 누르스름한 소리가 섞여 들린다. 바로 동대문 옆 넓은 길에서는 여러 아이들이 떼를 지어 놀고 있다.

코를 꾀죄죄 흘리고 나막신을 신은 구차한 집 자식, 다 찢어진 모자를 쓰고 두루마기 고름을 풀어 흐트린 보통학교 생도, 『통감』 초권을 옆에 끼고 입과 얼굴에 먹칠을 하고 새까맣게 더러운 바지를 엉덩이에다 걸은 글방 도령, 흰 바지 붉은 저고리에 태사신을 신은 완고한 집 작은 서방님.

"얘들아 고양이 새끼 보아라!"

하고 코를 흘리고 나막신짝을 찍찍 끄는 구차한 집 자식이 새끼로 어린 고양이 새끼 하나를 목을 매어 끌고 나오며 부르짖는다. 빼빼 마르고 까만 털이 으스스하게 일어선 고양이 새끼는 앞발로 땅을 버티면서 앙상한 이빨을 내보이는 작은 입으로 아주 시진한 듯이 야옹야옹 하며 가지 않으려 한다. 그러나 사정없이 끄는 새끼에 끌려질질 끌려간다. 땅에 먼지는 푸— 하게 일어나며 그의 전신을 덮는다.

바지춤을 엉덩이에 건 글방 도령이 이것을 보더니 다짜고짜로,

"이놈 자식 웬 것이냐?"

하고 달려든다. 구차한 집 아이는 다 죽어가는 목소리로,

"왜 이래!"

하고 당장에 울 듯하다. 글방 도령은 주먹으로 한 번 보기 좋게 구차한 집 자식을 질러 넘어뜨리고,

"이놈 자식 이리 내놔, 안 낼 테냐? 죽는다, 죽어." 하고 자빠져서 울고

있는 구차한 집 자식을 바라보며 단단히 벼른다. 구차한 집 자식은 엉엉 울며 일어선다. 이 꼴을 보고 섰던 보통학교 학생이 구차한 집 자식을 보고,

"못난이, 울기는 왜 울어."

하고 또 주먹으로 등을 보기 좋게 한 번 울린다.

그리고

"에그, 그저 그것을 한 번만 더 치면 그대로 당장에 뒈질 테니까…."

하고 벼른다. 구차한 집 자식은 땅바닥에 주저앉아 운다.

12회 "복남아, 이것 보아라."

하고 글방 도령은 그 학생을 부른다.

"요놈의 고양이 새끼가 자꾸 야옹야옹 한다."

복남이란 생도는 아주 무슨 좋은 것이나 만난 것같이,

"가만 있거라. 우리 그놈의 것을 어떻게 해야 할까?"

하고 고양이를 못 견디게 하여 자기 장난을 더 재미있게 할 무슨 방침을 생각한다. 그리고 고양이를 발로 툭 찼다. 고양이는 발길에 맞아 '아웅' 하고 네 발을 반짝 들고 먼지 틈에 가 나뒹군다. 그리고 글방 도령이 새끼를 툭 잡아당기니까, 대롱대롱 매달려 올라오며 발버둥질을 친다. 그것을 글방 도령이 홱 추켜 그 옆에 서서 구경하는 완고한 집 작은서방님 얼굴에다 홱 던지며,

"에비." 하고 깔깔 웃는다.

"에그머니." 하고 대경 질색을 하여 그 작은 서방님이 도망을 하며,

"저런 망할 놈의 집 자식 같으니라고, 너 우리 집에 와 보아라."

하고 저리로 가 버린다.

삶을 구한다 함보다도 숙을 벗어나려 하는 고양이는 지나가는 장난꾼의 손 끝에 매달리어 자기에게 가장 크고 가장 어려운 죽음의 고개를 넘지

않으려고 애를 쓴다.

보통학교 생도가,

"요놈의 것을 우리 저기다가 매달아 놓고 죽으려고 애쓰는 꼴을 보자, 응?"

"그래, 그래."

동대문 성 틈에다 나무때기를 박고 고양이를 거기에 대롱대롱 매달아 놓았다.

고양이 새끼가 '아웅아웅' 하며 발로 성을 버티고 애를 쓸 때마다 아이들은 회초리로 때려 넘어뜨린다. 고양이는 죽었는지 살았는지 혹독한 매를 여러 번 맞더니 아무 소리 없이 매달려 있다.

"요놈의 것이 죽었다."

"아니다, 아냐. 그놈의 것이 어떻게 약은데. 그러니 고양이 꾀라니. 요런 것은 한 번만 더 때리면 정신이 나서 꼼작거리지."

하고 한 번 홱 하고 갈기니 고양이는 '아웅' 하고 다시 꼼질하다가 아무 소리가 없다.

"하하하, 보아라. 요놈이 요렇게 약단 말이야."

이것을 지나가던 영철이가 보았다. 아아! 불쌍하고 가련하고 잔인하게 생각되는 마음이 그의 가슴을 찔렀다. 저것도 생명을 가진 생물이 아닌가. 우리가 생生을 구하는 것과 같이 그것도 생을 구할 것이 아닌가. 우리가 죽음을 싫어하는 것과 같이 저것도 죽음을 싫어할 것이 아닌가. 혈관 속으로 흐르는 새빨간 생명은 사람이나 짐승이나 일반이 아닌가. 사람을 달고 치면 그것은 죄악이라 하면서 고양이를 달고 치는 것은 죄악이 어째 아닐까. 생명을 가진 짐승을 살해할 권리가 있을까. 사람이 사람을 죽이는 것을 보고 모르는 체하는 것을 죄악이라 하면 짐승을 죽이는 것을 보고 가만히 있는 것은 죄악이 아닌가 하였다.

영철은 그대로 뛰어갔다.

"이놈들!"

하고 호령을 한 번 하였다. 아이들은 깜짝 놀라 뒤로 물러서며,

"왜 이러세요?"

"이게 무슨 짓들이야. 고양이를 풀어 주어라, 응. 놓아 주어."

"싫어요, 싫어요. 공연히 그러시네."

영철은 달려들어 고양이를 끌러 놓았다. 고양이는 그대로 느른히 자빠져 있다. 아이들은 고양이를 끌고 달아나려 한다.

"요놈, 이리 와." 하고 영철이는 소리를 지르고 붙잡으니 달아나던 아이는 멈칫하고 섰다.

"그러면 내 돈 줄게. 그 고양이를 나를 다오. 자—."

하고 주머니에서 20전짜리 은전 한 푼을 꺼내어 그 아이에게 주었다. 그 아이들은 의외의 돈이라 정말 같지가 않아서 이상하게 그를 바라보며,

"정말요?" 한다.

"그럼 정말이지. 거짓말할까."

하고 돈을 툭 땅 위에 던졌다. 다른 아이가 그 돈을 집었다. 그러니까 그 돈을 받으려던 아이가,

"이놈 자식, 내 돈이다. 인 내라, 공연히 죽기 전에 어서… 내."

"너 그러면 무엇 사서 나 좀 주어야 한다."

"그래, 어서 내기만 해."

저희들끼리 저리로 가며 떠든다. 영철은 고요히 두 눈을 감고 다리를 편안히 뻗고 옆으로 누워 있는 고양이를 내려다보았다. 생명이 붙어 있을 때까지는 괴로움을 깨닫던 그는 지금 생명이 끊어진 뒤에는 조금도 괴로움을 알지 못하고 영원히 잔다. 영철의 가슴속에는 모든 비애가 저녁 그늘같이 그의 가슴을 덮었다. 주검을 장사하는 묘지와 같이 고요하고 쓸쓸하고

영원히 흐르는 비애가 그를 못 견디게 하였다. 그는 눈물이 새어 나옴을 금치 못하였다. 고요하고 쓸쓸한 저녁날에 한가하고 외로이 산고개를 넘어가는 상여를 바라봄같이 생의 모든 비애를 그는 맛보았다. 그는 다만 한참 서 있을 뿐이었다.

그는 고양이의 털을 가만히 쓰다듬어 보았다. 고양이의 차디찬 몸의 부드러운 털이 더욱 그에게 측은한 생각을 주었다. 애자愛子의 주검을 어루만지는 것같이 그는 어루만졌다.

그는 고양이를 두 손으로 들어가다 개천가 물렁물렁한 땅을 파고 묻어주었다. 그리고 하늘을 바라보며,

'하나님은 어찌하여 모세에게 십계명을 줄 때 살생하지 말라 하지 않고 살인하지 말라 하셨다 하노?' 하였다.

13회 그는 자기 집으로 돌아오며 여러 가지로 생각을 하였다. 그의 머릿속을 괴롭게 하는 것은 사람이 죽어지면 어떻게 되는 것인가 하는 것이었다. 우리가 짐승의 죽은 것을 보고는 별로 다른 생각을 하지 않지만 사람이 죽은 송장을 보면 허무하고 맹랑한 어리석은 생각을 하지 않으리라 하여도 저절로 나는 것이 아닌가? 사람이 생명 있는 짐승의 고기를 맛있게 먹으면서도 사람의 피 흘린 육체를 먹는다 하면 다시 없는 죄악이라 하지 않는 것인가?

짐승도 생물이요, 사람도 생물이라, 짐승의 육체가 우리의 뱃속을 지나 우리의 육체를 기르고 나머지는 똥이 되어 사라지는 것과 같이 사람의 몸도 죽어지면 청산에 파릇하게 나는 푸른 풀을 기르고 다른 것의 성분이 되어 버리는 것이 아닌가? 그와 같이 육체의 원소는 다른 원소와 합하여 아주 다른 것이 되어 없어져 버리면 영혼이란 것도 육체가 없어지는 동시에 한꺼번에 사라지는 것이 아닌가? 코 있고 눈 있고 다리 있고 팔 있고 모든 것을 구

비한 사람의 육체가 윤곽이 사라져 없어져 아주 다른 것이 되어 버리는 것과 같이 영혼이란 그것도 아주 그 육체를 떠나는 동시에 사라져 없어지는 것이 아닌가. 육체가 영혼과 떠나면 모든 관능을 잃어버리는 것과 같이 또한 영혼도 독립하는 능력을 잃어버리는 것이 아닌가? 하였다.

그리고 사람이란 시계와 같지나 않은가? 하였다. 시계는 쇠로 만든 것이다. 그 시계가 아무리 잘 만든 것이라도 그대로 두었을 때에는 그 시계된 본분을 지키지 못하나 그 시계의 태엽을 틀어놓고 시간을 맞춘 뒤에야 비로소 그 시계의 효능이란 것을 발휘하니 태엽을 틀어놓은 때부터 누가 건드리지 않아도 스스로 간단없이 돌아가 '때'라는 오묘한 것을 세우는 것과 같이 사람의 육체가 어머니 뱃속에 있을 때에 어머니의 육체를 돌아가는 피의 고동이 뱃속에 있는 어린아이의 심장을 간단없이 움직이게 하여 비로소 생이란 것이 생기어 영혼의 활약活躍이 생기는 것이 아닌가? 그리고 사람이 살다 죽어지면 육체는 썩어서 다른 원소와 합하여 흙도 되고 나무도 되고 풀도 되고——여러 가지로 화하여 버리는 동시에 영혼이라는 것은 사라질 것이 아닌가? 시계가 그의 운동을 정지하면 그의 능력을 붙잡을 수 없고 찾아낼 수 없이 사라지는 것같이, 그리하여 '나'라 하는 일 개인은 사라질 것이 아닌가? 그러하나 인생이라는 것은 사라지지 않을 것이 아닌가? 하였다.

우리의 몇만 대 전 무궁한 과거 때의 우리 할아버지 때부터 지금 우리까지 이어오고 또 이어온 것은 생이라는 그것이 아닌가? 우리 아버지와 우리 어머니가 나와 나의 동생들에게 그의 생이라는 것을 나누어 주고 사라져 없어지는 것과 같이 우리 시조 때부터 지금까지 우리에게 생이란 것을 부어준 것이라 하면 또한 우리는 죽어 사라지나 우리의 생은 우리의 자손으로 인하여 계승될 것이요, 우리의 자손의 생은 또 그들의 자손으로 인하여 영원히 계승될 것이라, 우리는 죽으나 우리의 생은 천추만만대 영겁으로 살아 있을 것이 아닌가?

그러면 인생이란 전기선줄 같고 대양의 물과 같아 전기선줄의 한 분자로는 그것이 전기선줄인지를 모를 것이요, 대양의 물 한 방울로는 그것이 대양됨을 알지 못하는 것과 같이 영원부터 영원까지 흐르는 우리 인생도 자아自我 하나로는 그것이 무엇인지를 알지 못할 것이 아닌가? 그러나 자아가 없이도 인생이라는 것이 있을 수 없는 것이 아닌가 하였다.

이렇게 생각하며 그는 휘적휘적 걸어간다. 해는 아주 넘어가고 전깃불은 켜졌다. 바람은 우수수하게 분다.

그리고 또다시 생각하였다.

우리 아버지는 죽으면 천당으로 갈 줄로 꼭 믿는다. 대리석과 금강석으로 지은 궁궐에 가서 살 줄 안다. 그는 죽는 날 육체로부터 영혼이 떠나, 파란 무슨 정기처럼 하늘로 올라갈 줄 믿는다. 그렇지만 우리 아버지가 장님처럼 믿는 천당은 그의 마음을 한없이 기껍게 하여 주었다. 그는 합리合理이든지 불합리不合理이든지 자기가 그것을 믿음으로써 죽지 않는 그는 벌써부터 안락을 깨달았다. 그러면 한 번 사라지면 없어질 사람들이 무엇이 무엇이니 공연한 것을 알려 하며 쓸데없는 근심을 하여 공연히 가슴을 답답하게 하여서는 무엇할까? 자기가 죄라고 생각하는 것을 회개하였다고 눈물을 흘리며 바로 천당 갈 줄 알게 마음이 편하여지는 것이 아닌가? 그러면 천당이란 안락의 이상향이라, 목숨이 끊어지기 전에 가슴이 편안하고 즐거운 것이 천당이 아닌?

그러나 인생이란 영원부터 영원까지 새것을 구하고 참된 것을 구하고 아름다운 것을 구하고 선한 것을 구하여 마지아니하였나니, 우리가 지금 이상낙토理想樂土를 구하여 마지않는 것과 같이 우리 몇만 대 전 사람들도 그것을 동경하였으며 또한 우리 자손들도 그리할지라. 그러나 그것은 우리가 지금 얻지 못하고, 우리 선조가 얻지 못하였으니 우리 몇만 대 전 사람들도 그것을 동경하였으며 또한 우리 자손들도 그리할지라. 그러나 그것은 우리가 지금 얻지 못하고, 우리 선조가 얻지 못하였으니 우리 자손이 얻을는지 의문이라. 그러나 오늘의 문명이 예전 사람의 한 공상에 지나지 못하였으며 오늘의 우리는 예전 사람들에 비하여 정신으로나 물질로나 그 사람들이 공상도 못하던 처지에 있는지라 지금 우리가 공상도 못하고 동경도 못하는 것이 몇만만 대 우리 자손대에 이 지구 위에 이루어질지 알 수 없나니 어떠한 조건은 사람마다 다를지라도 우리의 공상하고 동경하는 이상낙토가 또한 이 우리가 선 이 지구 위에 몇만만 년 후에 이루어질는지 알 수 없는 것이 아닌가? 그러하면 지금 같은 문명이 일조 일석에 된 것이 아니요, 몇만만 대 우리 할아버지 때부터의 공로가 쌓이고 쌓여서 된 것이라. 또한 우리의 공로가 한 층을 쌓음으로 인하여 얼마간의 우리 자손의 행복이 가까워질 것이 아닌가? 그러면 인생이란 자손을 위하여, 즉 무한한 인생의 생명을 위하여 존재한 것이 아닌가? 그러고는 또 다시 나 한 사람은 전선줄의 한 분자보다도 적고 대상의 한 방물보다도 적다 하였다. 그러나 무지개의 한 방울의 물방울만 없어도 그렇게 아름다운 빛을 내지 못하는 것과 같이 이 시간에 살아 있는 이 인생이 없을 수가 없지 아니한가?

영철은 그와 같은 의혹에 싸여 자기 집으로 들어갔다.

14회 종현 뾰족집 일곱 점 반 종이 울고 거의 8시나 되었다. 청년회관 대강당은 거의 다 차도록 사람이 많다. 웃는 소리, 이야기 소리, 사람의 발자취 소리. 이 모든 소리가 한꺼번에 뭉키어 웅얼웅얼하는 소리만 온 방안에 가득 찼다. 새로 들어온 손님 하나가 교의를 덜컥 내려놓고 앉는다. 트레머리 한 어떤 학교 여학생들이 한떼 몰려 들어와 여자석 맨 앞 교의에 가 앉는다.

전깃불은 때때로 밝았다 컴컴하였다 한다. 양복 입고 안경 쓴 젊은 청년 하나가 문 앞에 섰다가 저쪽 강단으로 깝죽깝죽 걸어간다. 어떤 청년은 빙그레 웃으면서 여자석을 바라보고 있다. 어서 시작하라는 박수 소리가 요란히 난다.

이혜숙도 입장권을 내고 프로그램을 받아들고 여자석 한 귀퉁이에 앉았다. 그리고 프로그램을 보는 듯하다가 다시 사면을 둘러보는 체하고 남자석을 보았다.

저쪽에 자기 오라버니와 앉은 청년을 보고 '저 청년이 김선용이라는 청년인가' 하였다. 그는 그 청년의 전신을 다 보지 못하고 자기를 한번 보지 않나 하고 기대하는 마음을 가지고도 자기를 볼까 겁하여 얼른 고개를 돌리었다. 앞 강단을 바라보는 혜숙의 눈앞에는 김선용이가 아닌가 하는 청년의 윤곽만이 희미하게 보일 뿐이다. 청년은 대모테 안경과 고운 양복을 입지 않았다. 그리고 얼굴은 검고 잘생기지 못하였으며 그의 머리털은 그의 귀를 거의 덮었다. 그리고 거친 수염이 그의 윗입술에 조금 까뭇까뭇하게 났다.

자기가 어제저녁에 자기 오라버니의 말을 듣고 그려 오던 청년과도 아주 같지 않았다. 그의 마음은 어쩐지 실망하는 생각이 났다. 학식 많고 재주 있고 일본까지 다녀온 사람과 같이는 보이지 않았다. 그러다가는 자기가 얼른 보느라고 잘못 보지나 아니하였나 하고 다시 한번 곁눈으로 자세히 보았다. 그러나 어쩐지 자기 마음은 만족치 못하였다. 그러고는 다시 그 청년의 얼굴을 아름답게 보려고 애를 썼다. 그의 검은 얼굴은 사나이의 표상이요, 그의 텁수룩하고 귀밑까지 덮은 새까만 머리는 문학자의 태도요, 그의 얇은 입술은 말 잘하는 표증이요, 그의 또렷한 눈은 총명한 두뇌의 상징이라 하였다. 그러하나 그의 가슴을 못 견디게 하는 말할 수도 없고 보이지도 않고 들리지도 않으면서 그의 마음을 끄는 무엇을 그에게서 찾아올 수가 없었다.

그는 공연히 음악회에서 그를 만났다 하였다. 도리어 서로 보지 않고 오랫동안 만날 기회를 고대하면서 마음을 태웠더라면 좋았을 뻔하였다. 그러나 자기 오라버니는 무엇을 보고 그 사람과 영원히 교제할 만한 사람이라고 하였는가? 어제 내가 너무 의미 있게 들은 것이 지나쳐 생각함이 아닌가? 하였다.

혜숙은 그를 그렇게 그리워하는 생각이 나거나 사랑하였으면 하는 생각이 나지는 않으면서도 그와 말이나 한번 하여 보았으면 하였다. 그리고 자기 오라버니가 좋은 사람이라 한 사람이니까 어디든지 좋은 점이 있으려니 하였다. 그리고 거죽을 보아서 아무것도 만족한 것을 찾아내지 못한 그는 어떻든 무슨 만족한 것을 그에게서 찾아내어 그를 그리워하여 보기도 하고 사랑도 하여 보았으면 하기까지 하였다. 그와 아주 안면도 없지만 인연 있게 생각하는 것은, 그때 혜숙의 가슴속에 조수가 치밀리는 청춘의 끊기지 않고 타는 열정의 불길이었다. 그는 음악회가 어서어서 끝이 났으면 하였다. 그의 가슴은 죄는 듯하였다. 음악회의 순서가 하나씩 하나씩 끝날 때마다 그는 그 김선용을 바라보며 자기 애인될 만한 자격이 있게 억지로 만들어 생각을 하여 보았다.

제1부가 끝이 나고 제2부가 거의 시작하려 할 때에 어떤 고운 양복을 입고 하얀 칼라에 자주색 넥타이를 맨 얼굴도 예쁘게 생긴 청년 하나가 자기 오라버니에게 와서 아주 반가이 인사를 한다. 자기 오라버니도 반갑게 악수를 하고 그 청년을 자기 옆에 앉히고 무엇이라 재미있게 이야기하는 것을 보았다.

혜숙은 가슴속으로 '옳지' 하였다. '내가 여태껏 잘못 알았었구나' 하였다. '아까 그 사람은 김선용이라는 사람이 아니라 지금 온 이 청년이 김선용인가 보다' 하였다. 그리고 자기 오라버니가 아까 그 청년과 이야기를 하지 않고 지금 이 청년과 이야기를 재미있게 하는 것을 보고 '참으로 이 사람이지' 하였다. 그 청년의 하얀 얼굴에 까만 눈썹이라든지 모양 있게 깎은 머리라든지 전깃불에 반짝반짝하는 하얀 안경이라든지 그의 흐르는 듯한 두 어깨라든지 때때로 경쾌하게 웃을 때마다 나타나는 상아 같은 이라든지 이 모든 것은 혜숙의 마음을 두근두근하게 할 무슨 세력을 가지고 있었다.

혜숙의 낙망되었던 모든 것은 다시 소생하여지는 듯하였다. 그리고 어서 음악회가 끝이 나서 자기 오라버니의 소개로써 그이와 인사를 하였으면 하였다. 그리고는 으레 아무 조건 없고 이의 없이 그가 나를 사모하렷다 하였다. 어린 혜숙은 자기의 용모에 거만스러운 자신을 갖고 있었다.

음악회는 파하였다. 세 청년은 일어섰다. 혜숙도 자기 오라버니를 쫓아 나갔다. 그는 다시 가슴이 덜렁하고 내려앉았다. 이제는 그와 인사를 할 때가 닥쳐왔구나 할 때에는 그리 속하게 걸어 나갈 용기가 나지 않았다. 1분 동안이라도 천천히 나가려 하였다. 그러고는 입속으로, "처음 뵙습니다. 저는 이혜숙이올시다." "……" "네, 안녕하십니까." 하다가는 누가 듣지나 않나 하고 옆의 사람의 얼굴을 쳐다보았다. 그 옆의 사람은 자기의 얼굴을 혜숙이가 너무 유심히 보니까 빙그레 웃었다. 혜숙은 자기의 중얼거리는 소리를 듣지나 않았나 하고 얼굴이 빨개지며 횟횟하였다.

15회 정문을 나왔다. 거기에는 자기 오라버니와 머리털이 귀밑까지 덮인 청년이 서 있었다. 그러나 어여쁜 청년은 있지 않았다. 그는 사면을 둘러보았다. 그러나 그 청년은 있지 않았다.

'그러면 이 청년이 김선용인가?' 하고 부끄럽기도 하고 수줍기도 하여 아무 소리도 없이 대여섯 걸음 저쪽으로 뛰어갔다. 그러다가는 다시 서서 자기 오라버니를 바라보았다.

혜숙은 길 옆으로, 영철과 그 청년은 길 가운데로 걸어간다. 혜숙의 귀에는 자기 오라버니와 그 청년의 이야기하는 소리가 들린다. 전차는 듣기 싫은 소리를 내고 달아난다.

"저것이 나의 누이동생일세."

하는 소리를 듣고 혜숙은 아주 달아나고 싶도록 부끄러웠다. 그 청년의 대답하는 소리는 잘 들리지 않았다. 전차 정류장을 채 가지 못하여 그의 오라버니는 그에게 가까이 왔다.

"너 저이와 인사하련?" 하였다.

혜숙은 지나친 흥분으로 인하여 아무 말도 없이 서 있다가 무엇을 생각하였는지,

"사람들이 보는데 어떻게 행길에서 인사를 해요. 남부끄럽게."

이 소리를 들은 영철은 무엇을 깨달은 듯이,

"그래라. 요 다음에 해라."

하고 저쪽으로 혼자 가 버렸다. 그리고 무엇이라 무엇이라 하더니,

"하……."

"하……."

하고 크게 웃는 소리가 났다. 혜숙은 무슨 무거운 짐이나 풀어놓은 것 같이 후— 하고 한숨을 쉬었다.

영철과 혜숙은 전차를 탔다. 선용은 두 사람을 바라보고 서 있다.

영철은 모자를 벗어들며,

"내일 꼭 우리 집에 오게, 동대문 밖, 알았지? 아까 번지를 적어 주었으니까."

하였다. 선용은,

"응 알았어. 꼭 기다리게."

하고 대답을 한다.

차는 떠났다. 선용은 저편 쪽으로 휘적휘적 걸어간다.

선용은 자기 집에 돌아왔다. 납작한 초가집에 쓸쓸맞게 닫혀 있는 대문을 들어설 때 집 안에서는 답답하고도 음습한 냄새가 코를 스친다. 여태껏 길거리로 오며 머릿속에 그리던 기껍고 희망 있던 모든 공상의 즐거움은 당장에 사라졌다. 그리고 자기 방에 들어가 램프를 켜놓고 파리똥이 까맣게 묻은 천장을 쳐다보고 드러누웠을 때에는 알지 못하게 그의 눈에서 눈물이

날 듯 날 듯하였다.

나 같은 놈이 사랑이 다 무엇이냐? 하고 혼자 손을 단단히 쥐고 중얼거렸다. 그러고는 억울한 감정이 자꾸자꾸 가슴을 메는 듯이 올라왔다. 그리고 한참 엉엉 울고 싶었다.

그는 오늘 혜숙과 만나던 것을 생각하여 보았다. 혜숙이가 어찌하여 자기 오라버니가 인사하라고 하니까 사람들이 보는데 어떻게 해요 하더란 것이 선용은 아주 반가운 무슨 의미 있는 것같이 들리었다. 사람과 사람이 만나서 초인사를 하는데 여러 다른 사람이 있다고 못 할 것이 무엇인가 하였다. 그러고는 그 속에는 무슨 알지 못할 의미가 감추어져 있는 것이라 하였다. 그러고는 얼마쯤 마음이 기뻤었다.

그러나 다시 자기의 처지를 생각할 때에는 그만 낙망을 하게 되었다.

자기는 남과 같이 넉넉한 재산도 없다. 시체 여학생의 머릿속에 그리는 모든 허영의 만족을 줄 만한 보배를 갖지 못하였다. 만일 어떠한 여자가 지금 자기가 드러누운 방에를 들어와 보았다가는 고개를 돌이키고 달아날만큼 지저분하고 습기찬 방에 누워 있다. 그는 어찌하여 돈 많고 권세 있는 집에 태어나지 못한 것이 어떠한 때는 원망스럽기도 하고 분하기도 하였다.

그래 돈 없는 그는 따라서 구하고 싶은 학식도 구할 수가 없었다. 남이 우러러볼 만한 학식을 구하기에도 남과 같은 자유를 갖지 못한 그는 또한 여자의 따뜻한 사랑을 잡아당길 만한 학식을 갖지 못하게 되었다.

그는 그와 같은, 할 수 있고 가질 수 있는 것을 할 수 없고, 더 가지지 못하는 동시에 또 한 가지 절대로 할 수도 없고 가지지도 못할 것이 하나 있으니 그에게는 여자의 마음을 취케 할 만한 아름다운 용모를 갖지 못하였다.

그는 자기를 아주 박명한 사람이라 하였다. 그리고 자기의 박명을 하소연할 곳은 한 곳도 없다 하였다. 부모나 친척이나 형제나 친구나 누구에게든지 자기의 불행을 하소연하는 것은 어리석은 일이라 하였다. 그리고 남이 보는 데서 눈물을 흘리는 것은 소용없는 것이라 하였다. 다만 남에게 동정하여 주시오 하고 눈물을 흘리나 아무도 거기에 참으로 동정하기는 고사하고 비웃음을 받는 것이라 하였다. 그는 이 세상의 운명을 자기의 두 손으로 개척하는 것밖에 없다 하였다. 그리고 섧고 야속하고 무정스러운 생각이 나거든 혼자 이불을 뒤집어쓰고 기꺼이 울 것이라 하였다.

16회 그러나 청춘의 타오르는 열정의 불길은 그도 어찌할 수가 없었다. 다른 사람들은 기껍고 즐겁게 청춘 시절을 꿈속같이 지내나 자기는 그것을 얻기가 어려울 것같이 생각하였다. 돈 없고, 학식 없고, 인물 곱지 못한 자기에게 어떠한 어리석은 여자가 참사랑을 구하여 따라오리요 하였다. 그리고 옛적 소설이나 또는 전설에 불행하고 또 불행하던 청년이 어떠한 왕녀나 또는 천사처럼 어여쁘고 어진 여자의 사랑을 받았다는 것을 생각하고는 자기도 그러한 몸이 되었으면 하면서도 그것은 이 시대에서는 될 수 없는 한 공상이라고 단념하였다.

그는 자기 집이 구차한 것을 생각하고 또 한편으로는 자기의 병든 어머니가 단잠을 자지 못하고 고생에 얽히어 지내가며 온 집안 살림살이를 하여가는 것을 볼 때에는 가엾기도 하고 불쌍한 생각도 났다.

그리고 때때로, "우리 선용이나 장가를 갔으면 내가 얼마간 이 고생을 하지 않을걸" 하는 소리를 생각할 때마다, '에라 이상적 아내라는 것은 다 무엇이며 신성한 연애라는 것은 다 무엇이냐?' 하였다. 그리고 어떤 시골 처녀라도 데려다가 아내를 삼으리라 하였다. 그리고 '어떠한 여자의 사랑이 참사랑인가' 하였다. 세상의 학문을 많이 배우고 세상의 경험을 많이 한 여자와 사랑을 구하는 것이 이상적 사랑인가 하였다. 경박하고 뜬 세상의 처세술을 잘 배운 여자가 이상적 애인이 될 자격이 있는 여자인가 하였다. 산 곱고 물 맑은 자연 세계에서 흠 없고 순결하고 단조하게 자라난 처녀의 사랑이 참사랑이 아닌가 하였다. 그리하고 우리의 아버지나 어머니나 아우나 형이나 누이나 내가 선택하여 아버지나 어머니나 아우나 형이나 누이를 만들지 않았을지라도 끊기 어려운 정이 있는 것과 같이 아내라도 보지도 못하고 택하지도 않고라도 정이 있으려면 끊지 못할 정이 생기는 것이 아닌가? 사랑이란 결코 저 사람의 인물과 학식과 성질을 다 알아 가지고 반드시 생긴다는 것은 거짓말이다. 저 사람의 소문만 듣고도 끊기 어려운 사랑의 불길이 그의 가슴을 태우며 그 사람의 글 한 구절을 보고도 그를 사모하는 정이 생기는 것이라, 어찌 반드시 저 사람의 모든 것을 다 알아가지고 애인을 만들리요, 하였다. 한순간의 사랑이 참 진정한 사랑이라도 순간을 지나면 세상의 사념이 그 사랑을 침노하는 것이 아닌가 하였다.

선용은 다시 영철이라는 자기의 친하고 친한 동지의 누이동생도 또한 자기의 오라버니 영철과 같이 이 세상의 모든 허위와 떠나, 다만 참된 것만 구하는 여자이겠지 하였다. 그리고 자기가 그에게 사랑을 구하면 그것을 허락하여 주겠지 하여 보았다. 그러고는 자기가 어떻게든지 공부를 하고 책도 많이 읽어 훌륭한 책을 지어놓으면 출판하는 사람들이 허리를 굽실굽실하고 와서 몇만 원의 원고료를 주고 사갈 테지, 그리하면 나는 그 돈을 가지고 나의 애인 혜숙을 데리고 세계일주의 대大여행을 떠날 테다. 세계 각처에서 대환영을 받아가며 우리 두 사람은 또다시 없는 행복을 맛볼 터이지 하였다.

그리하다가 다시 정신을 차려 파리가 가만히 한가하게 붙어 있는 천장을 바라볼 때에는 모든 것이 다 공상이었다. 자기 손은 빈털터리였다. 그리고 아무리 자기가 글을 잘 짓더라도 지금 조선사회의 정도로서 어떠한 책장사가 선뜻선뜻 몇만 원의 원고료를 주리요 하였다.

그리하다가 또다시 낙망하는 생각이 났다. 혜숙도 시체 여학생이다. 아니 시체 여학생이 아닐지라도 여자는 여자다. 자기가 그만한 아름다움을 갖고서 나와 같이 인물이 아름답지 못하고 학식 없고 돈 없는 한 개 무명 소년에게 자기의 모든 것을 희생하여 사랑을 줄 리가 없다. 비록 그와 같은 마음이 있다 하더라도 마음이 약한 여자인 그는 세상의 모든 것과 싸워 이길 수가 없다. 그의 사랑은 연하고 박약한 것이라 하였다.

구차한 곳에서 자라나고 부자유한 곳에서 자라난 선용의 가슴은 언제든지 지나쳐 가는 염려와 불안으로 가득 찼었다. 어려서부터 지금까지 자기의 목숨을 위하고 자기의 가정을 위하여서는 자기의 두 팔과 두 다리 아니면 아무도 도와 줄 자가 없는 줄 아는 그는, 그리고 또 이 세상이 다만 무작정한 줄만 알고 자기에게 일평생 행복을 줄 때가 없으리라고까지 낙망 한 선용은 아무리 청춘 시대의 타오르는 열정의 불길로 때없는 가슴을 태웠지만 자기가 선뜻 나아가 여성의 사랑을 구할 용기는 없었다. 그는 감정의 지배를 받는 것보다 이지理智의 힘이 더하였다. 본래 총명하고 재주 있는 그는 모든 세상의 냉정함과 무정함과 쓸쓸스러움을 맛보면서도 하면 되리라 하는 희망을 가슴에 품었을 뿐이었다. 그리고 젊었을 때에 눈물짓고 한숨 쉬고 가슴 쓰린 듯한 비애를 맛보아, 다른 철모르고 날뛰는 사람보다 이 세상이 어떠한 것이라는 것을 더 많이 알 수 있게 된 것을 한편으로 행복으로 생각하고 또한 자랑으로 생각하였다. 때없이 공상에 취하였다가는 눈물을 흘리고 눈물을 흘리었다가는 공상을 하고 하였다.

그는 내일 영철의 집에를 가면 혜숙을 보렷다 하였다. 그러다가는 다시, 물론 아무데도 가지 않고 나를 기다리고 있겠지 하였다. 내가 자기 집에 갈 줄 아는 그는 가슴을 죄면서 고대고대 하다가 나의 목소리를 듣고 가슴이 덜렁 내려앉으렷다 하였다.

17회 그 이튿날이었다. 영철의 집에 어떤 새로운 손이 하나 찾아왔다.

"이리 오너라."

하는 목소리는 얄상궂고도 어여뻤었다. 영철은 대문을 열며,

"야— 이게 누구인가? 웬일인가? 이리 들어오게."

하고 그 양복 입고 얌전하게 생긴 청년의 손을 잡고 자기 방으로 들어간다.

"이것은 참 뜻밖인걸."

하고, 영철이가 방석을 내어놓는다.

"그런 게 아니라 우리가 어디 이렇게 만나서 재미있게 놀아 보았나? 요 몇 달 동안은 아주 서운하게 지냈었으니까."

"그것이야 무엇. 자연 바쁘니까 어디 한가하게 만날 수들은 없었지. 자— 담배나 태우게."

하고 영철은 담뱃갑을 내어놓는다. 그 청년은 담배 하나를 피워 물고,

"그런데 요사이는 너무 심심하겠네. 언제든지 집에만 들어앉았나?"

영철은 한 손을 고개 위에다 얹고,

"하지만 어떻게 하나, 무엇할 게 있어야지. 내 언제든 하는 말이지만 중학교 졸업을 하고는 할 것이 있어야지. 그 머리 아픈 소학교 교원 노릇이나 할까? 그렇지 않으면 돈이나 많았으면 외국 유학이나 가야 할 텐데 나 같은 사람이야 무엇?"

"왜? 자네쯤야 넉넉하지? 너무 그 우는 소리 좀 말게."

"그야 그렇지. 우리 집의 우리 아버지 돈은 넉넉하지. 그러나 그것이 내 돈인가? 나는 지금 우리 아버지의 밥 얻어먹고 사는 거지 비렁뱅이야."

하고 상을 찌푸리고 고개를 내흔든다. 그 청년은 아주 미안한 듯이,

"그러면 어떻게 하나. 놀아서는 안 될걸?"

"어떡허나 할 수 없지."

그 청년은 무엇을 생각한 듯이,

"그래서는 안 되네. 가만히 있게. 내 어떻게 좀 해봄세. 우리 아버지께 여쭈어서라도 어떻게 은행에 한자리 구처해 보지."

영철은 그렇게 시원스럽지도 않은 듯이,

"그렇게 여쭈어 보게." 하였다.

이 청년은 백우영白友英이라 하는 중앙은행장의 아들이다. 본래 귀엽게 길러진 사람이라 조금도 구차한 것과 부자유한 것을 알지 못하고 자라났다. 그에게는 자기의 행복을 얻기 위하여 적절히 깨닫는 요구를 알지 못했다. 학교에 가서 공부하는 것은 으레 젊어서 하는 것으로만 알고 또 사회의 중요하고 제일가는 인물은 그 나라의 총리대신을 빼놓고는 경제계의 권세를 잡은 자기 아버지 같은 은행가밖에는 없는 줄 알았다. 나라의 흥하고 망하는 것이 정치·경제·교육·산업, 또한 예술, 이 여러 가지가 다 발달되는 동시에 그 나라 민족이 문명하고 발달되는 것이 아니라 다만 경제 하나만 잘 발달이 되면 또한 다른 것은 자연히 거기에 쫓아오는 것이라 하였다. 그러나 본래 방종한 생활을 좋아하는 그는 경제에 대한 방면에만 전력하는 것이 아니라 한때의 호기심에 떠어 음악도 하여 보고 테니스도 쳐 봤다. 바이올린을 손에 잡았을 때에는 예술 중의 극치라 하는 참음악을 알아보려 하는 것이 아니라, 춘풍추월을 쫓아 아름다운 여자의 사랑을 맛보면서 재미있고 꿀 같은 활동사진에서 보는 듯한 생활을 하여 갈 때, 여자는 피아노를 하고 자기는 바이올린을 하며 몽롱한 세상을 지내리라는 호기의 생각이 그의 가슴을 찌르는 까닭이었다.

그리고 녹음이 우거진 곳에서 여러 청춘 남녀의 친구를 모아 놓고 뛰어다니며 테니스 장난할 것만 꿈꾸었다.

그는 며칠 전에 영철의 누이동생 혜숙을 학교에서 나오는 길에 보았다. 그리고 어제저녁 음악회에서 영철을 만났을 때에도 또 혜숙을 본 일이 있었다. 아름답고 얌전하다는 여자는 빼놓지 않고 쫓아다니는 백우영은 또 한번 혜숙을 보고는 그대로 지나쳐 버리시는 못하였다. 사기는 인물 잘나고 돈 많고 학교도 상당히 다닌 또한 풍류 남아로 어디를 내세우든지 빠질 것이 없겠다 생각하는 그는 또한 어떤 여자든지 자기 수중에 넣을 수가 있다고 생각하였다. 그래 오늘도 자기가 영철과 같은 학교에서 같이 공부하고 같은 동창생인 것을 좋은 기회로 삼아 어떻게 해서든지 영철의 환심을 사서 혜숙을 좀 가까이해 보려고 당초에 찾아오지도 않던, 더구나 자기보다는 아주 저— 아래로 인정하던 영철을 찾아왔다.

18회 그는 조금 가만 있다가 조롱 같기도 하고 웃음의 말처럼,

"요사이 자네 매씨도 안녕하신가?"

하고 이상하게 웃음을 웃으면서 영철을 바라본다. 영철도 조금 미소를 띄우며

"잘 있지."

하였다.

"오늘은 집에 계시겠군?"

"그렇지, 일요일이니까!"

백우영은 한참 있다가,

"자네 누이 좀 소개하게그려."

영철은 잠깐 가만히 있었다. 그리고 조금 주저하였다. 그리고 속마음으로 백우영의 좋지 못한 평판이 있는 것을 꺼리면서도 그러나 어떠하랴 하고

"그럴까?" 하고 시원치 못하게 대답을 하였다. 그러다가는,

"그러나 우리 어머니가… 좀… 어떻게…"

"응, 알았네, 알았어. 그러실 테지."

하고 담뱃재를 털더니 시계를 꺼내 보고,

"아, 벌써 10시일세, 우리 어디로 산보나 가세그려."

"어디로? 갈 곳이 있어야지."

"나는 영도사永道寺나 가 볼까 하는데."

"영도사? 지금 아주 쓸쓸할걸. 볼 것이 있어야지."

"그러나 갈 곳이 또 어디 있나? 일어나게, 그리고 자네 매씨께도…."

"지금은 갈 수가 없을걸, 누구하고 만나자고 약조한 일이 있어서."

"약조는 무슨 약조인가? 공연히 핑계를 대느라고."

"아니야, 정말이야."

"정말이면 누구란 말인가? 이름이 무엇이란 사람이?"

"왜 자네도 알겠네, 김선용이라고……."

"응, 김선용이. 어저께 음악회에서 보던 그 사람 말일세그려, 그 문학가라는 사람 말이야."

하고 아주 냉소하는 듯 말을 한다.

"그래, 오늘 꼭 만나기로 말을 하였는데 조금만 더— 기다려 보세그려."

"언제 그 사람이 올 줄 알고 기다리나? 그 사람은 내일 만나 보게그려. 무슨 급하게 할 말 있나?"

"별로 급하게 할 말은 없어도…."

"그러면 고만이지, 내일이라도 만나서 그런 말만 하면 그만이지 무얼."

"그래도 왔다가 헛발을 치고 가면 되겠나?"

영철은 아주 난처하였다. 백우영이는 자꾸자꾸 그렇게까지 재촉을 하는데 아무리 약조를 하였다 하더라도 그렇게 공연히 멀거니 기다리는 것도 무엇하고 또 백우영이는 김선용이만큼 친한 사람이 아니라 너무 그의 말을 들어 주지 않는 것은 백우영이가 자기를 조금 덜 친하게 생각을 하는가 할 것 같기도 하였다. 그리고 만나자고 신신당부를 하여 놓고 어디를 놀러 갔다는 것은 친구를 너무 경시하는 것이 아닌가 하였다.

그러나 김선용이는 자기를 믿고 이해해 주는 사람이요, 백우영이는 그렇지 못한 사람이라 김선용이에게 잠시 신용을 잃는 것은 다시 회복할 수가 있으나 백우영이에게는 그럴 수가 없다 하였다. 그리고 모처럼 찾아온 백우

영의 청하는 것을 들어주지 않는 것도 안 된 일이라 생각하고,

"그러면 그러세. 그러나 좀 안됐는걸."

"에, 사람도 어째 그렇게 고집불통이야, 사람이 조금 그럴 수도 있지 않나?"

영철은 안방으로 건너갔다. 혜숙은 무엇인지 책을 보고 앉았다.

"어디 가세요?"

하고 혜숙이가 영철을 바라보며 묻는다.

영도사에 놀러 가자고 하니까 혜숙은 얼굴이 조금 불그레하여지며,

"어저께 그 어른이 오신다고 하였는데요?"

"그러게 말이야. 그러나 자꾸 가자니까 어떻게 할 수가 있어야지, 자꾸 재촉을 하는걸."

혜숙은 다시,

"저도 갈까요?"

하고 부끄러운 듯이 고개를 숙인다.

"가 보련?"

"글쎄요."

그 옆에서 바느질하던 그의 어머니가,

"가긴 어디를 가, 계집애가 미쳤나."

하며 책망을 하니까 혜숙은 어리광처럼 또는 비웃는 듯이,

"어머니는 괜히 그러시네."

한다. 영철은 재촉하듯이,

"어서 옷 입고 나오너라. 가려거든."

19회 12시나 거의 되어 선용은 동대문 안에서 전차에 내렸다. 그리하고 여러 가지 호기심을 가지고 영철의 집을 향하여 온다. 그는 다른 것보다 자기

의 의복이 너무 더러워 보이지 않나 하고 아래위를 훑어보았다. 그리고 구두에 먼지와 흙이 너무 많이 붙은 것을 답보로 하듯이 탁탁 털었다. 옷고름을 다시 고쳐 매었다. 그리고 오늘은 꼭 혜숙이도 자기 집에서 나를 기다리고 있으리라 하였다. 그리고 혜숙이가 나를 보면 반가워 맞으려다 주춤하고 물러서 부끄러운 마음에 자기 집 안으로 뛰어들어 가리라 하였다. 그러고는 선뜻 나와 맞아 주는 것보다 부끄러워 숨는 것이 더 귀엽고 말할 수 없는 그리웁고 사랑스러운 것이라 하였다. 그러다가는 다시 자기 얼굴과 체격을 생각하여 보았다. 그러고는 사람이 어여쁘고 남의 사랑을 받는다는 것은 그의 얼굴과 체격이 잘생긴 데도 물론 있지만 그 중에 어떠한 아름다운 점이 있어서 남의 사랑을 끄는 것이라 하였다. 온 세상 사람이 다 어여쁘고 다 잘생긴 것이 아니지만 서로 애정이라는 것을 깨닫고 살아가는 것이라. 그뿐 아니라 아무리 미인일지라도 파경의 눈물을 자아내는 사람이 얼마든지 있고 인물도 그리 잘 못생기고 학식도 그리 없는 우스운 남자일지라도 그를 위하여 자살까지 하는 여자가 있는 것이 아닌가 하였다. 그리하고 그 미점美點이라는 것은 자기도 알지 못하는 것이요, 다만 어떠한 사람이 그 미점을 찾는 것이다. 자기의 얼굴이 비록 자기가 석경을 놓고 들여다보아도 자기에게는 불만을 줄지라도 남을 못 견디게 할 만한 무슨 매력을 가진 사람도 있고 또 아무리 치장을 하고 모양을 낼지라도 남을 잡아당기는 그러한 힘이 없는 사람도 있는 것이다. 나도 또한 혜숙의 마음을 잡아당길 만한 무슨 매력을 가졌는지도 알 수 없다고 생각하였다. 그러고는 다시 자기 얼굴의 모든 미점을 찾아보았다. 그러나 그리 신통할 것은 없었다. 다만 머리가 까맣고 입술이 얇고 눈썹이 숱할 뿐이었다.

그는 주머니에서 명함에 쓰인 이영철의 집 번지를 꺼내들었다. 그리하고 자례차례 번지수를 찾아보았다. 이 골목 저 골목으로 돌아다니다가 다시 큰 행길로 나왔다. 똑 영철의 집 번지만은 없었다. 그는 아마 집도 못 찾나

보다 하였다. 그러다가는 '될 말이냐. 찾아야지' 하였다. 그는 다시 행길 모
퉁이에 있는 반찬가게에 와서 물었다.

"말씀 좀 여쭈어 보겠습니다."

가게 주인은 쇠고기를 달다가 자기는 보지도 않고,

"네 무슨 말씀이요?"

하고는 다시 하나 둘 하고 저울을 센다. 선용은,

"여기 이영철이라는 사람의 집이 어디인지 아십니까? 이 근처라는데
암만 찾아보아도 알 수가 없어요."

가게 주인은 자기 할 것을 다하고 나서,

"이영철이, 이영철이, 많이 들은 듯한데 알 수 없는걸요."

한다. 선용은 속에서 화가 나며 속마음으로는,

'제기 얼핏 대답이나 하지. 남이 답답이나 아니하게' 하고는 그래도 무
슨 희망이 있을까 하고,

"조금도 모르시겠어요?"

"네, 알 수 없는걸요. 무엇을 하는 사람인가요?"

"지금 하는 것 없지요. 제 집에서 그냥 놀지요."

"네—."

한참 생각하다가,

"젊은 사람이지요?"

한다. 선용은 얼른 반가운 듯이,

"네, 네, 지금 스물서넛밖에 안 된……."

"네, 그리고 누이동생이 있고요, 학교에 다니는."

"네. 바로 맞혔습니다."

그 옆에 있던 어떤 노인 하나가 한참 두 사람의 수작하는 것을 듣더니
가게 주인에게 향하여,

"누구 집? 계동집 말인가?"

한다. 주인은 조금 멸시하는 듯한 웃음을 띠고,

"네. 저—기 저 집요."

하고 바로 바라보이는 초가집을 가리킨다. 선용은,

"네, 고맙습니다."

하고 모자를 벗어 인사를 하고 그 집으로 향하여 갔다.

선용은 무엇이라 불러야 좋을까 하였다. 이리 오너라, 하자니 친한 친구의 집에 너무 저어한 듯하고 영철이라고 부르자니 한번 와 보지도 못한 집에 서투른 듯하기도 하다. 그러나 어떻든 대문간에 가 서서 한참 주저주저하다가,

"이리 오너라." 하였다. 안에서는 아무 대답이 없었다. 선용은 얼핏 뛰어나왔다. 그리고 잘못 들어오지 않았나 하고 문패를 쳐다보았다. 거기에는 이영철이라는 이름이 붙어 있다. 그는 다시 안심하고 문으로 들어서서,

"이리 오너라." 하였다. 또 아무 소리도 없다. 그래 그는 자기 목소리가 너무 작아서 그런가 하고 기침을 한번 하고 목소리를 가다듬어,

"이리 오너라." 하였다.

그때야 문 여는 소리가 나더니 혜숙의 어머니가 나오며,

"누구를 찾으세요?" 한다. 선용은 모자를 벗어들고,

"네, 여기가 영철의 집인가요?"

"그렇소. 그러나 지금은 없는걸요."

선용은 깜짝 놀란 듯이,

"네? 없어요? 오늘 꼭 만나자고 하였는데…."

하였다. 혜숙의 어머니는,

"당신이 김선용이라는…." 하고 묻는다.

"네, 제가 김선용이올시다."

"그런데 영철이가 나갈 때에 이것을 오시거든 드려 달라고 합디다."

하고 종이에 무엇을 쓴 것을 내어 준다. 선용은 무엇인가 하고 얼른 받아 보았다. 그러고는,

"네. 알았습니다…. 그러면 안녕히 계십시오."

하고 그 집을 나섰다. 그는 휘적휘적 걸어오며 낙망하고 실망하는 생각이 그의 가슴에 꽉 들어찼다.

20회 '이런 제기' 하며 혼자 기가 막혔다. 그러다가는, '나 같은 놈이 바라고 믿는 것이 잘못이지' 하였다.

여태껏 애를 쓰고 애를 써 찾아오니까 허탕이다. 그리고 혜숙이가 정말 나를 보고 사랑할 마음이 났더라면 오늘 자기 오라버니를 쫓아 영도사에를 가지 않고 나를 기다렸을 것이지만 그렇지 않으니까 자기는 내가 이렇게 생각하는지도 모르고 재미있게 놀고 있는 것이지 하였다. 그러고는 또다시 억울하고 분한 정이 가슴을 메워 마음껏 시원하게 울고 싶었다. 그가 아까 그집 가르쳐 주던 가게 앞을 지날 때에는 그 가게 주인이 유심히 자기를 보는 듯하였다. 그리고 '너는 쓸데없다. 벌써 백우영이라는 청년에게 빼앗겼다' 하는 듯하였다. 그는,

"다 그만두어라. 우리 집에 가서 책이나 보겠다."

하였다. 그리고 달음박질하여 다시 동대문 전차 정류장에 와 서서 전차를 기다렸다. 그러고는 청량리 편을 바라보았다. 그리고,

"어디 그래도 영도사까지 가 볼까?"

하였다. 가면은 꼭 만나렷다 하였다. 그러다가는 그만두어라. 만나면 무엇하니 하였다. 그래도 어쩐지 그리로 가 보았으면 하는 정은 끊이지 않았다. 가 보리라 하였다. 그러다가는 가서 만일 혜숙에게 부끄러움을 당하면 어찌하나 하였다. 그만두어라. 내가 잘못 생각한 것이다. 내가 스스로 여자

의 사랑을 구하는 것이 잘못이라 하였다. 그러고는 전차 오는 것을 바라보았다. 전차 하나는 가득 차도록 만원이다. 그는 그 자리를 떠날 수가 없었다. 그리고 요 다음 차를 타리라 하였다. 그러다가는 다시 영도사 편을 바라볼 때에는 말할 수 없이 그곳으로 가고 싶었다. 에라 어떻든지 가 보리라. 혜숙은 어찌되었든 영철을 붙잡고 사람을 그렇게 대접하느냐고 싸움이라도 한번 하리라 하였다. 그리고 청량리 차가 오나 안 오나 보았다. 5분 안에 전차가 오면 그 전차를 타고 영도사로 가고 그렇지 않고 5분이 넘어도 전차가 오지 않으면 바로 집으로 가리라 하였다. 그러나 어서어서 전차가 왔으면 하는 생각뿐이었다.

'에라, 전차도 오지 않는구나' 하고 종로로 향하는 전차를 타려 할 때에 땡땡땡땡 하고 아주 기껍게 땡땡 대는 조그마한 전차가 저쪽 청량리 편에서 온다. 선용은 어떻게 기쁜지 몰랐다. 다만 그 전차가 정거하기를 기다려 타면서,

'아마 나에게 이제부터는 분명히 개척되나 보다' 하였다.

선용은 영도사가 들어가는 어귀에서 내렸다. 쓸쓸스러운 이 가을에 영도사들은 무엇하러 왔소? 하였다. 그러고는 백우영이라는 청년은 은행가의 아들이니까, 나와 만나자고 그렇게까지 신신당부를 하더니 그것두 불구하고 돈 많은 놈을 쫓아서 더구나 자기의 누이동생까지 데리고 쫓아나왔구나 하였다. 그러다가는,

'에— 영철이까지 그럴 줄은 몰랐는데—' 하였다. 그리고 내가 구차하고 비렁뱅이처럼 그놈하고 재미있게 노는 데 갈 것이 무엇인가, 도리어 냉담하고 경멸히 여김이나 당치 아니할까 하였다. 그러다가는,

'에라 도로 들어가겠다' 하기까지 하였다. 그러다가도,

'아니, 아니. 내가 오해인지 모른다. 영철은 그와 같은 사람이 아니다. 영철의 말을 듣지 않고는 이번 일의 시비를 알 수 없다' 하였다. 그러나 그의

마음 한 귀퉁이에서는 시기와 불만이 자꾸자꾸 일어났다.

남녀대장군이 눈깔을 부릅뜨고 섰는 곳을 지나 정전 앞다리를 건너섰다. 그리고 사면을 한번 둘러보았다. 그러나 어느 곳에 영철의 일행이 있는지를 알지 못하였다. 그는 이곳 저곳으로 돌아다니었다. 그러다가 아마 다녀갔나 보다 아마 내가 허행을 하였나 보다 하고 이왕 왔으니 오래간만에 절 구경이나 하고 가리라 하였다. 그러고는 혼자 대웅보전 앞에 가서 모자를 벗고 서서 들여다보았다. 그 모자를 벗는 것은 결코 선용이가 불전에 와서만 그리하는 것이 아니라 어떠한 회당·사당·신사 같은 옛적의 위대한 공로를 이 세상에 끼친 사람의 기억을 일으키는 곳에 가서는 반드시 모자를 벗어들었다. 그것은 다만 썩어져 없어져 몇천 년 몇백 년의 길고 긴 세월을 지내었을지라도 변치 않고 이어오는 그의 정신을 존경히 여김이었다. 그가 높다란 돌층계를 내려오려다 선뜻 저쪽을 보니까 거기 영철이가 백우영이와 자기 누이동생과 서 있었다. 선용의 가슴은 부질없이 뛰며 그쪽으로 달음질하여 갔다.

"이영철 군" 하고 반가이 손을 내밀었다. 영철은 어쩌나 의외로 또 반가운지 한참 멀거니 쳐다보다가,

"아니 이게 누구인가. 하하하. 어떻든 잘 왔네."

하며 유쾌하게 웃는다. 그 옆에 섰던 혜숙은 악 하고 반가운 듯이 한 걸음 뒤로 물러서다가 다시 멈칫하고 섰다. 두 눈동자가 반갑게 반짝 어리며 선용을 바라본다.

21회 '그러나저러나 사람이 그렇단 말인가?' 하고 원망하듯이 영철을 바라보는 선용은 지금까지 영철을 만나기만 하면 주먹이라도 들고 한번 실컷 때려서 속이나 시원하게 하리라 하던 감정은 사라지고 몇해 동안 이어오던 그리운 우정이 갑자기 치밀어 올라오며 또한 영철의 유쾌하고 반갑게 웃는 것

과 영철의 누이동생 혜숙이 또렷하고 영롱한 두 눈으로 즐겁게 자기를 쳐다
보는 것을 보고는 모든 불평이 일시에 사라졌다.

"용서하게, 하하하. 어찌하나 사정이 그렇게 된 것을."

하고 항복하는 듯하고도 우정이 뚝뚝 떨어지게 자기에게 청하는 그것
을 본 선용은 더 무엇이라 말할 수가 없었다.

그러고는,

"그런데 갑자기 영도사는 웬일이야?"

하고 아주 침착한 듯이 말을 한 선용은 곁눈으로 혜숙의 서 있는 아름
다운 몸맵시를 바라보았다. 혜숙은 이 소리를 듣고 그 옆에 서 있는 백우영
을 한번 쳐다보고 '이 사람이 오자고 하여서 하는 수 없이 왔다'는 듯이 변
명을 하려는 눈치를 보이려 하며 한편으로는 약속까지 한 당신을 기다리지
도 않고 온 것은 다 이 사람의 탓이라는 듯이 미안해하는 점이 또렷한 두 눈
을 싸고 돈다. 그러고는 다시 '어서 대답을 하여 주시오' 하는 듯이 영철을
바라본다.

"그게 아니라…."

하고 쓸데없는 변명이라고 생각하면서도 그래도 아니할 수 없다는 듯
이 웃음을 웃으면서 그 옆에 서 있는 백우영을 가리키며,

"이이는 나하고 친한 친구인데 오래간만에 만나서 바람도 쏘일 겸 안
될 줄 알면서도 먼저 오게 되었네."

하다가 깜짝 놀란 듯이,

"아! 참, 두 사람이 인사나 하고 지내지."

하고 선용을 백우영에게 소개하며,

"이 사람은 나의 친구인데 일전에 일본서 돌아와서…."

채 영철의 말이 끝나기도 전에 선용은 모자를 벗으며,

"참 뵈옵기는 일전에 한번 뵈었어도 인사를 못 여쭈어서… 저는 김선

용이올시다."

하고 사람 좋게 웃었다.

백우영의 눈에는 말할 수 없이 오만한 빛이 보였다. 그는 김선용이를 자기보다 학식이 많은 사람으로 보기는 하면서도 그것을 시기하는 마음이 생기었다.

그리고 자기가 학식상으로 김선용이만 못한 것을 깨달을 때에 자기의 품위를 높이기 위하여 자기의 어깨와 고개를 높이 들고 자기 집 재산 많은 것을 빙자하여 사정없이 김선용이를 깔볼 수밖에 없었다. 그는,

"네, 나는 백우영이요. 안녕하시오?" 하고 허리를 구부리는 체 만 체하였다. 그러고는 혜숙을 향하여,

"시장하시지요?"

하였다. 혜숙은,

"관계치 않아요."

하고 고개를 숙였다.

혜숙의 숙인 머리는 귀밑 하얀 살이 불그레하게 타오른다. 선용은 그 타는 듯한 살빛을 바라보며 말할 수 없는 부드러운 정을 깨달으면서도 백우영의 거만한 행동과 또한 자기와 같이 혜숙과 수작할 수 있는 행복자이다 하는 것을 보려고 하는 것이 한편으로는 되지 못하고도 질투스러웠다.

선용은 혜숙이라는 여성 앞에 서 있는 공연한 불안으로 인하여 나는 부질없이 수줍은 생각을 억지로 참으면서 영철을 향하여,

"영철 군. 나는 다시 일본으로 가려 하네."

하며 감개무량한 두 눈으로 땅바닥을 내려다본다. 영철은 고개를 번쩍 들어 선용의 신산에 젖은 얼굴을 바라보며,

"언제?" 하였다.

"모레쯤 갈 테야."

"왜 그렇게 속히 가나?"

"그런 사정이 있어서."

하고 선용은 발끝으로 땅을 판다. 그러고는 다시,

"암만하여도 가 보아야 하겠어. 여기 와 보니까 조금도 있을 재미가 없을 뿐 아니라 이번에는 잠깐 다녀가려 한 것이 아닌가."

선용의 말소리는 모든 실망과 비애의 그늘이 엉키어 있었다.

"그러면 며칠날쯤 떠나나?"

"내일은 조금 준비할 것도 있고 하니까 모레 아침쯤 떠나게 되겠지."

"무어야? 왜 그렇게 속히 떠나. 더 좀 놀다 가지. 나하고도 오래간만에 만나서 재미있는 이야기도 해보지 못하고… 그것 안되었네…. 며칠 더 있다 가게그려."

"아냐 조금 더 있으려 하여도 있어서 쓸데가 없어. 얼핏 가서 아침마다 뛰어다니는 것이 상책이야."

하고 뛰어다닌다는 말이 혜숙에게 좋지 못하게 들리지나 아니하였나 하고 혜숙을 곁눈으로 쳐다보았다. 학자學資가 없어 일본서 아침이면 신문을 돌려 몇 푼 되지 않는 삯전을 받아 공부를 하는 그는 그와 같은 말을 남에게 하는 것이 그리 부끄러울 일이 아니나 혜숙이 앞에서 그런 말을 하기는 웬일인지 부끄러웠다.

한편에 서서 두 사람의 말을 듣고 있던 백우영은 아주 심심하고 무취미하여 두 사람의 말을 가로막으며,

"여보게, 시장하지 않은가? 밥 먹으러 가세그려."

하며 혁대를 졸라맨다. 선용의 말만 유의하여 듣던 영철은,

"그렇지만 간들 고생밖에 더 되나?"

하고 무엇을 생각하였는지 고개를 숙이고 한참이나 있다가,

"어떻든 내일이라도 또 만나서 이야기하세."

하고 백우영의 말에는 대답도 없이 선용이와 이야기만 한다. 백우영은 자기의 말을 영철이가 시원하게 듣지도 않고 선용이하고만 이야기하는 것이 한편으로 화가 나지만 억지로 치밀어오르는 감정을 참고 혼잣말같이,

"아이구 나는 퍽 시장한데."

하고 좌우를 둘러본다. 영철은 이 소리를 듣고야 겨우,

"시장해? 그러면 무엇을 좀 먹어야지." 하였다.

22회 "그러면 내려가 보세."

"글쎄, 가 볼까?"

이 소리를 들은 선용은 영철의 손을 잡으며,

"인제 나는 그만 가겠네." 하였다.

선용의 마음에는 어쩐지 여기 있는 것이 마음에 좋지 못하였다. 세 사람이 재미있게 노는 것을 훼방하러 온 것 같기도 하고, 무엇을 먹겠다는데 주저주저하고 섰는 것은 무엇을 얻어먹으려 하는 것 같기도 하여 있기가 싫었다. 그리고 또 자기가 이 자리를 떠나야 할 것이라 하였다. 자기가 없어야 백우영의 마음도 편하고 좋겠지만 자기의 마음이 더 편하겠다 하였다. 여기 있어서 마음을 태우는 것보다 집에 가서 드러누워서 혜숙이나 백우영을 눈 딱 감고 보지 않는 것이 제일이라 하였다. 그러나 그의 발길이 그렇게 속하게 돌아섰을까? 그는 다만 자기가 간다는 말을 듣고 섭섭해 하는 듯이 바라보고 서 있는 혜숙만 쳐다보았다. 영철은,

"무엇이야? 가다니 이게 말인가 무엇인가? 여기까지 왔다가 그대로 가?"

하며 조롱하듯이 싱그레 웃으며 선용을 바라본다. 선용은 아주 침착하고 냉정하게,

"아나, 가 보아야 하겠어. 무슨 준비할 것도 좀 있고…."

하며 붙잡으려 하는 손을 뿌리치려 한다. 영철은,

"무슨 준비가 그리 많아서. 자! 오늘 이렇게 만나 놀면 또 언제 만나 놀 기회가 있을는지 알 수 없으니 놀다가 같이 들어가세그려."

하고 붙잡고 놓지를 않는다. 옆에 섰던 백우영도 선용이가 갔으면 좋겠다 하면서도,

"왜 가세요? 같이 놀다 가시지요."

하였다. 선용은 다만,

"네…."

하였다. 영철은 선용이가 으레 가지 않을 것으로 인정한 듯이 백우영을 향하여, "어서 가세." 하며 밥 시켜 놓은 중의 집으로 향하여 내려가려다가 자기 곁으로 가까이 오는 자기 누이 혜숙을 보고야,

"아차 내가 잊어버렸구나."

하며 멈칫하고 선다. 세 사람도 따라서 멈칫하고 서며 일제히 시선을 영철에게 향한다.

"무얼 인사할 것까지도 없지, 그만하면 알 테니까." 하고,

"자— 내 누이동생하고 알아나 두게."

하고 선용에게 혜숙을 가리켜 소개하며 또다시 혜숙에게 향하여,

"이이가 선용 씨란다. 요 다음부터라도 인사하고 지내어라."

하였다. 이 소리를 들은 혜숙의 얼굴은 연지빛같이 붉어졌다. 그리고 고개를 숙이고 부끄러워 어디로든지 뛰어갈 듯이 몸을 오므라뜨리고 섰다. 선용은 다만 의미 있는 웃음을 빙그레 웃으면서 주저주저하고 바른손으로 머리 뒤를 쓰다듬으며 영철과 혜숙을 번갈아 보며 쳐다볼 뿐이었다. 백우영은 아름다운 혜숙을 선용에게 소개를 하는 것이 질투스럽기도 하고 또한 약한 군사가 강한 대적을 만난 것같이 자기의 영유물을 빼앗기지나 아니할까 하는 불안한 생각이 나서 좋지 못한 얼굴로 바람에 흔들리는 소나무 끝만

바라보고 있었다.

선용과 혜숙은 감히 서로 바라보지를 못하다가 영철이가,

"어서 가자." 하며 가기를 재촉할 때에 선용에게 길을 사양하느라고 고개를 들어 선용의 얼굴을 바라보았다. 혜숙은 다만 그 가을물 같은 두 눈으로 선용의 영롱하게 광채 나는 눈을 바라보고서 그 눈에서 번득거리는 광채가 자기의 얼굴 위에 말할 수 없이 부드러운 그림자를 던져 줄 때 그는 얼핏 두 눈을 깔고 땅을 내려다보았다.

혜숙은 영철의 앞을 서서 내려간다. 으스스한 초가을에 떨어져 나부끼는 누런 갈잎이 시들어져 가는 풀잎 위에서 부스럭거리며 춤을 추고 있는 산길을 내려갈 때 혜숙의 마음은 웬일인지 그리 기쁘지도 못하고 그리 처량한 기분도 아니고 다만 무엇이라 말하기 어려운 감정이 그의 온 마음을 물들이고 있었다.

혜숙은 어제저녁에 선용을 청년회 음악회에서 만나 본 후로부터 공연히 마음 한 귀퉁이가 빈 듯하여 부질없이 가슴속이 미안하여 못 견디었다. 자기가 자기 오라버니에게 이야기를 들으면서 자기 머릿속에 그리어 본 청년과는 아주 다른 선용을 보았을 때에 어린 혜숙의 마음도 낙망이 된다 함보다도 무슨 요술을 보는 것같이 이상하였었다. 그러나 김선용은 김선용이다. 자기 오라버니가 칭찬하는 김선용은 얼굴 검고 머리 길고 아무렇게나 지은 조선옷을 입고 시골 냄새가 도는, 보기에 아름답다 할 수 없는 청년이다. 혜숙은 백우영과 김선용을 많이 대조하여 보았다. 백우영의 인물 곱고 맵시 있는 것을 바라볼 때 도리어 백우영이가 김선용이었으면 좋을걸 하는 생각이 자꾸자꾸 났다.

어제저녁에 백우영이를 김선용으로 보았다가 실망한 혜숙은 다만 두 사람을 대조해 볼 때마다 마음 가운데 무슨 만족을 얻지 못하고 공연히 안타까울 뿐이었다. 그러나 혜숙은 아직까지 세상의 쓰린 맛을 많이 못 본 갓

피려는 백합꽃 같은 처녀이다. 길거리에 오고가는 행인을 누구든지 보고 웃는 순결한 꽃이다. 아름다운 꽃 향내를 누구에게든지 가림 없이 전파하여 주는 어여쁜 꽃이다. 그의 작은 가슴을 태우고 넘쳐 흐르는 붉은 정염은 어떠한 젊은 청년이든지 보기 싫게 보지는 않게 하였다. 그의 마음은 바람 부는 대로, 해롱거리는 것같이 핀 꽃과 같이 백우영의 어여쁜 목소리와 어여쁜 표정이 그의 마음을 도둑질하려 할 때, 그의 끓는 피는 그를 위하여 흘렀으며 그의 정서는 거미줄같이 백우영의 정신에 얽히었었다. 그러다가 다시 김선용을 바라볼 때에는 백우영이의 그것과 같이 아름답고 얇고 가늘고 부드럽고 반쯤 사람의 정신을 녹이는 그것과 같지는 않다 할지라도 자기의 기억 속에서 노래 부르고 있는 자기 오라버니의 칭찬하는 소리가 선용의 얼굴에 장래의 행복을 그려 놓았으며, 미래의 영화를 그려 놓았으며 또는 모든 결점을 흐르는 구름같이 차차 차차 미화하고 말 적도 없지 않고 있었다.

23회 영철은 앞장을 서서 내려가며,

"혜숙아, 너 이런 곳에 처음 왔지?"

하고 반쯤 멸시하는 듯한 웃음을 웃으매,

혜숙은,

"왜요? 올봄에 학교에서 화계사도 갔다왔는데요."

하고 자기의 승리를 자랑하듯이 비웃는 웃음으로 자기 오라버니를 바라볼 때 연분홍빛이 엷게 도는 두 뺨 위에 어여쁜 우물이 쑥 들어간다. 선용은 이것을 보고 무어라 말할 수 없는 어여쁨을 깨달았다. 그 회오리바람 같은 혜숙의 뺨 위에 쏙쏙 들어가는 볼우물 속으로 자기의 모든 전신을 녹이어 들이는 듯이 그의 마음을 간질일 때 그는 다만 짜릿한 혈조血潮가 그의 심장 속에서 가늘게 울 뿐이다.

네 사람은 방에 들어앉았다. 삼물장삼의 어두운 냄새가 도는 승려의 방에서 세속 사람의 발그림자가 쉴새 없이 스쳐 나갈 때마다 신화(神化)한 종교는 점점 인간화가 되어 간다 함보다도 사람의 추태를 여지없이 실현하는 악마의 천당으로 변하여 버렸다. 뜬 세상 티끌, 인간을 멀리한 옛적 사찰에는 사람의 손때가 묻은 돈 조각 소리가 부처님의 귀를 듣기 싫게 하며 난행과 금욕으로 청정을 일삼는 한문(閘門) 옆 갈대밭 속에서는 인간의 성욕의 충동을 속임 없이 노래하는 청춘 남녀의 바스락거리며 속살대는 음탕한 정화가 사람인 승려의 굳세지 못한 마음을 꾀어 박약한 신앙을 얼크러뜨려 버린다.

밥상을 갖다 놓았다. 영철은 먼저 숟가락을 들었다. 그리고 두 청년에게 밥을 권하고 자기는 먼저 술병을 들었다. 술을 좋아하는 영철은 자기가 먼저 한 잔을 따라 백우영에게 권하며,

"자— 한잔 들지!" 하였다.

혜숙의 어여쁜 눈살은 술 권하는 자기 오라버니를 바라보며 얄상궂게 찡그려졌다. 그리고 대리석의 조각 같은 가늘고 흐르는 듯한 손으로 밥공기를 들고 젓가락을 집어 한 젓가락 떠서 터질 듯한 연지 입술을 벌리고 가만히 백설 같은 밥을 넣었다. 그러고는 아주 가만히 오물오물 씹었다. 그 밥을 씹을 때마다 아까 그 웃을 때 들어가던 두 뺨의 볼우물이 선용의 마음을 스미어들도록 잡아당긴다.

"어서 먼첨 하게."

하고 영철의 권하는 술을 사양하다가 다시 선용을 가리키며,

"선용 씨 먼저 드시지요?" 한다.

영철은,

"선용이는 먹을 줄 몰라."

하며 우영에게 권하니 선용은,

"저는 먹을 줄 모릅니다."

하고 밥 한 젓가락을 뜨다가 백우영을 바라보며 사양을 한다. 우영은

하는 수 없는 듯이 술 한잔을 받아들며 혜숙을 사랑에 취한 듯한 얼굴로 바라보며,

"실례합니다."

하고 술을 마시려 하니까, 혜숙은 입에 넣으려 하던 젓가락을 다시 꺼내며,

"관계치 않습니다."

하고 다시 입을 벌리고 뜨거운 밥을 혀 위에다 올려놓고 바람을 들이불면서 뱅뱅 돌린다.

혜숙은 자기 오라버니가 술 마시는 것이 언제든지 좋지 못한 줄 알았건만 그것을 말리지 못하다가 선용의 술 안 마신다는 것이 말할 수 없이 순결하고 얌전해 보였다.

선용은 밥 한 공기를 다 먹었다. 그러나 그것을 다른 사람에게 떠 달라지를 못하고 자기가 밥을 담은 양푼을 잡아당겼다. 그러할 즈음에 영리한 혜숙은 얼른 선용의 손에 쥐여 있는 밥공기를 잡으며,

"이리 주세요."

하며 부끄러운 듯이 웃었다. 선용은 미안한 듯하고도 또는 혜숙의 행동이 무슨 의미 있는 듯하기도 하여,

"아녜요. 제가 떠먹지요."

하였다. 그러나 혜숙은,

"이리 주세요."

하고 공기를 뺏어다가 주걱을 들어 밥을 푼다. 고개를 숙이고 눈을 가늘게 떠서 손에 든 그릇을 내려다볼 때, 한 가닥 두 가닥 앞머리가 깜박깜박하는 속눈썹 위에서 흩날릴 때, 선용은 사랑의 이슬이 그 눈썹 위에서 굴러다니는 듯하였다. 그리고 그의 머리에 꽂은 핀이나 그의 가슴에 가볍게 매어논 저고리 끈이나 그 허리를 두른 치마의 주름살이나 그의 어여쁜 치맛자

락을 볼 때, 혜숙의 사랑 묻은 손이 그의 까만 머리칼을 얽었을 것이며, 그의 가슴에 사랑의 매듭을 매었을 것이며, 치마의 주름살의 사이사이마다 사랑의 냄새가 흐를 것이며, 치맛자락이 그의 종아리를 싸고 돌 때 말할 수 없는 사랑의 냄새가 청춘의 가슴을 얼마나 취하게 하였으리요 하는 생각이 났다.

혜숙은 밥을 떠서 선용을 주었다. 선용은 그것을 받을 때 사랑을 담은 무슨 선물을 자기에게 바치어 주는 듯이 즐거웠다.

영철과 백우영은 술에 취하였다. 때없이 농담 섞은 담화가 두 사람 사이에 일어났다. 우영은 가끔 "나는 어떠한 여자든지 나의 이상적 아내가 아니면 사랑하지 않는다."고 떨어낸다. 그러고는 게슴츠레한 눈으로 뚫어질 듯이 혜숙을 바라본다.

선용은 밥을 다 먹고 물을 마시었다. 그리고 떠들며 이야기하는 영철과 백우영을 바라보았다.

혜숙은 무엇을 생각하였는지 벌떡 일어서서 바깥으로 나간다. 영철은 다만 무심히 쳐다보며,

"어디 가니?" 하였다.

"저 손 좀 씻고 올게요."

하며 머리를 잠깐 숙이고 선용의 앞을 지나간다. 혜숙의 부드러운 치맛자락이 가벼운 공기에 흩날릴 때 향긋한 냄새가 선용의 감정을 녹이는 듯하였다.

24회 혜숙이 나간 뒤에는 웬일인지 선용의 마음이 쓸쓸하였다. 적적한 산속에 홀로 앉은 것같이 적적하였다. 자기 가슴 한 귀퉁이가 빈 것같이 공연히 처량하였다. 선용은 혼자 먼 산만 바라보며 멀거니 앉아 있다. 그리고 혜숙의 모든 행동이 자기에게 무슨 뜻깊은 정을 던져 주는 것 같아서 한편으로 마음이 좋기는 하다가도, 또다시 그렇지 않다 하는 회색의 실망이 그의

따뜻한 정열을 꺼 버리려 할 때 그는 주먹을 단단히 쥐며 속마음으로 혼자 부르짖었다.

'아! 나는 어찌하여 열정이 타오르는 청춘이 못 되었는가?' 하였다. '나의 가슴은 어찌하여 대담히 그 앞에서 자백하지를 못하는가?' 하였다. '아, 나는 어찌하여 청춘을 청춘답게 지내지를 못하나?' 하였다. '청춘이 되어라. 새빨간 피 있는 열정의 사람이 되어라' 하고 혼자 자기 마음을 독려시키었다. 어려서부터 빈곤에 쪼들리고 실망에 헤매던 선용이의 가슴속에도 어찌 뜨거운 사랑이 없었을 것이며 어찌 정의 눈물이 있지 않으리요마는, 너무 맵고 쓰린 빈곤과 낙망은 그의 모든 감정을 소금으로 절이는 것처럼 절이어 버리었다.

그는 혜숙이 들어오기를 기다렸으나 혜숙은 들어오지를 않았다. 선용은 문밖에 나간 혜숙의 환영이 자기를 잡아당기는 듯해 벌떡 일어섰다. 그리고 문밖으로 나왔다. 그러나 혜숙은 보이지 않았다.

'혜숙은 어디로 갔는가?' 그는 이리저리 찾았으나 만나지를 못하였다. 그러나 혜숙을 찾아보리라 하였다. 찾아가는 선용의 온몸에는 무슨 강대한 세력이 그의 피를 식혀 버리도록 쫙 흘렀다.

그가 시냇물이 맑게 흐르는 곳까지 왔을 때였다. 바로 자기 앞에는 혜숙이 손을 씻고 있었다. 그의 모든 결심은 한꺼번에 풀어지며 공연히 가슴이 떨린다. 혜숙은 자기를 보았는지 못 보았는지 보고도 못 본 체하는지 다만 손만 씻고 있었다. 선용은 그 손 씻는 것을 보고서는 다만 멀거니 서 있다가 기침을 한번 하고,

"무엇을 하세요?" 하였다.

"네, 손 좀 씻어요."

깜짝 놀란 혜숙은 선용을 한번 쳐다보고는 고개를 숙이고 아무 소리가 없다.

사면은 고요하다. 한적하고 따뜻한 침묵 속을 꿰뚫고 지나가는 시냇물의 종알대는 소리가 두 사람의 붉게 타는 감정을 구슬같이 꾸미고 지나갈 뿐이요, 아무 소리가 없다. 두 사람의 붉게 타는 감정을 구슬같이 꾸미고 지나갈 뿐이요, 아무 소리가 없다. 두 사람의 피부 밑으로 스며 흐르는 정의 핏결이 두 사람의 귀밑에서 속살거리는 듯하였다. 혜숙은 아무 말 없이 서있는 선용을 볼 때 웬일인지 미안한 듯하여 그 미안한 침묵을 깨뜨리고,

"일본을 가세요?"

하였다. 선용은 이 말을 듣고서 자기의 충정이 혜숙의 마음에 울림같이 기뻤었다.

"네."

"그러면 언제쯤 떠나세요?"

"모레쯤 가게 되겠지요."

"그러면 언제쯤 오시나요?"

선용은 아주 비장한 목소리로,

"그것은 가 보아야 알겠지요. 아주 못 오게 될는지도 알 수 없지요."

이 소리를 듣는 혜숙의 마음은 무슨 처량한 음악을 듣는 듯하였다.

"그러면 또 만나뵈옵지 못하게요?"

하며 혜숙은 섭섭한 눈으로 선용을 바라보았다. 선용의 마음은 이 말한마디가 얼마만한 신앙을 일으켰는지 다만 눈물이 스미는 듯한 어조로,

"네, 사람이 살아 있어 만나려 하기만 하면 언제든지 만나겠지요."

이 말을 한 선용의 가슴은 시원하고도 부끄러웠다. 자기의 마음을 혜숙에게 알릴 방법을 알지 못하다가 의외에 그랬든지 충동으로 튀어나와 그랬든지 어떻든 뜻있는 말을 전한 선용의 마음은 혜숙의 귀에까지 뜻있게 들렸을 것이며, 혜숙의 어린 마음에 그 무슨 반향을 들을 수 있을 것이라 하면서도, 그 무슨 의문이 그를 만족시키지는 못하였다. 혜숙은 다시 말을 고쳐,

"그러면 또다시 이렇게 같이 노시지도 못하시겠지요?"

하며 손수건만 가는 손가락에 홰홰 감는다.

"가는 사람에게 이와 같이 재미있는 기회는 또 있지를 않을 테지요."

하고 선용은 무거운 한숨을 내쉬었다.

"그러면 가시지 마세요."

하며 혜숙은 선용의 눈물날 듯한 두 눈을 바라보았다.

"아녜요. 가야 해요. 가지 않고 있을 수가 없어요. 저는 가야 할 사람이에요."

이 소리를 들은 혜숙은 처량한 두 눈으로 구슬같이 흐르는 시냇물을 내려다보며,

"어째 가신다는 말을 들으니까 저의 마음은 눈물이 날 듯해요."

하였다. 선용은 달려들어 껴안고 실컷 울고 싶도록 혜숙에게로 가까이 가고 싶었다.

25회 "고맙습니다." 선용의 목소리는 떨리고 힘이 있었다.

"저와 같은 사람을 그렇게까지 혜숙 씨가 생각하여 주시니 저는 영원토록 잊을 수가 없겠지요."

"저도 어쩐지 오늘 이 자리를 영원히 잊을 수는 없을 것 같애요."

이 소리를 들은 선용은 다시 산 듯하였다. 그는 한참 있다가 주먹을 조금 힘있게 쥐고,

"저와 같이 불쌍한 사람도 혜숙 씨는 잊어버리지 않으실는지요?"

혜숙은 그 무슨 의미인지를 모르고,

"네!" 하고 고개를 들며 눈을 크게 떠서 선용을 바라본다.

선용은 다만 혼잣말같이,

"불쌍한 사람의 두 눈이라고 차디찬 눈물이 흐르지는 않겠지요."

하였다. 혜숙은 말뜻을 몰랐다. 다만 슬픈 소린가 보다 하였다.

두 사람 사이에 간단없이 날뛰는 뜨거운 감정은 어느 사이에 조화를 얻고 융화가 되어 그 무슨 부끄러움이나 그 무슨 수줍음은 다 없어지고, 어쩐지 그립고 다정한 공기가 그 두 사람을 따뜻하게 싸고 돈다. 선용은 다만 고개를 숙이고 생각하였다.

혜숙의 모든 행동, 모든 표정, 모든 말이 하나도 자기를 사랑한다는 의미가 포함되지 않은 것이 없다 하여 보았다. 그리고, "어째 당신의 말을 들으니까 나의 마음도 눈물이 날 듯해요." 하던 것과 "저도 어쩐지 영원히 이 자리를 잊어버릴 수는 없겠지요." 하던 말을 생각하면 생각할수록 자기 심현心絃에 뜻깊은 곡조를 아뢰어 주는 듯하였다.

선용은 주저주저하다가, "혜숙 씨" 하고 가만히 있었다. 혜숙의 귀에는 선용의 말소리가 너무 가늘고 부드러워서 들리는 듯 마는 듯하였다.

"……"

그래 아무 소리도 없이 두 눈을 반짝반짝하며 선용의 얼굴을 바라보았다. 그러나 선용은 또다시,

"혜숙 씨" 하였다. 어쩐지 선용의 부르는 말소리는 혜숙이의 귀밑에 부끄러움을 속삭이는 듯하여,

"네" 하고 고개를 숙여 땅 위에 반짝거리는 모래만 하나 둘 세었다.

"혜숙 씨의 고마운 마음을 저는 또다시 혜숙 씨를 못 뵙게 되더라도 잊지 않을 테지요."

혜숙은 다만,

"저도 선용씨를 잊지 못하겠어요."

이러할 즈음에 마침 영철이와 백우영이 술에 반쯤 취하여 나오다가 이것을 보았다. 영철은,

"선용이 무엇을 하나, 아무리 기다려도 들어와야지, 하하하."

이 소리를 들은 혜숙은 자기 오라버니에게 달려들며,

"오라버니!"

소리를 지르고 반가워 그리하였는지, 부끄러워 그리하였는지 어리광처럼 그의 팔을 붙잡으며 또렷한 두 눈에 눈물 방울이 그렁그렁하였다.

영철은 무엇을 알아챈 듯이 다만 껄껄 웃으며 선용의 어깨를 두어 번 두드리더니,

"나는 한참이나 기다렸네."

하고 혜숙과 선용의 얼굴만 번갈아 들여다보더니,

"어서 가 보세, 그만 가 볼까."

할 뿐이다. 백우영은 술취한 붉은 얼굴에 타는 듯한 정욕을 두 눈에 어리고 다만 혜숙만 뚫어지도록 바라볼 뿐이었다.

＊　　＊　　＊

선용을 태운 기차의 기적 소리가 남대문 정거장을 애처롭게 울리고, 다정한 어머니, 다정한 친구, 또한 그리운 혜숙을 떠난 지도 벌써 나흘이 지났다. 선용은 일본 동경에 왔다. 본향구本鄕區: 혼고구 **백산**白山: 하쿠산. 지금은 도쿄 분쿄구(文京區)에 속함에 조그마한 방 하나를 얻어 자기의 손으로 밥을 지어 먹고 있는 선용은 오늘도 저녁을 지어 먹고 외로이 다다미 위에 드러누워 무엇을 생각하고 있다.

비는 부슬부슬 창 밖에 오는데 아마도雨戶: 덧문 틈으로 새어 들어오는 구슬픈 빗방울 소리와 철벅거리고 달음질하는 인력거꾼의 발자취 소리가 질척질척하게 들린다.

선용의 눈앞에는 지나간 일주일 전 반만 리 고향에서 혜숙과 이야기하던 그 모양이 다시 나타나 보인다. 혜숙과 영도사에서 헤어진 후 일시 반 때라도 혜숙을 잊지 않은 선용은 오늘 이 자리에 누웠을지라도 혜숙의 그림자가 그의 모든 기억을 채우고 있을 뿐이다.

그가 흐릿한 희망과 확실치 못한 믿음으로 혜숙의 사랑을 얻으려 하였으나 지나간 그날 그 짧은 시간에 한마디를 꾸미고 사라진 두 사람의 이야기가 과연 자기와 혜숙 사이를 굳게굳게 사랑의 가닥으로 얽어 놓았는지 의문이었다. 영도사 물 흐르는 그 자리에 서서 혜숙의 모든 아리땁고 다정한 말소리를 들었을 때는 얼마간일지라도 혜숙의 사랑을 얻는 듯하여 광명하고 힘 있는 신앙이 자기의 모든 실망과 비관을 사라뜨려 버리고 끝없는 앞길로 인도하는 듯하더니, 오늘 혜숙을 고향에 남겨두고 외로이 와서 앉았으매 모든 것이 꿈 같고 거짓 같기만 하다. 그리고 혜숙의 귀여운 소리의 여운이 자기의 귀밑에까지 남아 있는 듯할 때 그는 또다시 생각하기를 그것은 귀여운 여성의 순결하고 흠없는 동정의 자백이요 결코 나를 사랑한다는 사랑의 노래는 아니라 하였다.

26회 그는 귀여운 혜숙을 다정한 여자로서 자기의 비장한 어조와 불쌍한 겉모양에 못 견딜 연민의 정을 깨달았을는지는 알 수 없으나 나를 사랑하려는 여자는 아니라 하였다. 그리고 이렇게 인정을 하여 공연히 속타는 가슴을 진정하여 보리라 하였으나 그러한 생각을 하면 생각을 할수록 그의 가슴은 쓰리고 아프고 모든 것을 잃어버린 듯하고 세상이 캄캄하고 어두워지는 듯하였다. 그러나 그는 혜숙에게 왜 그때에 달려들어, "나는 당신을 사랑합니다" 하여 보지를 못하였노 하였다. 그는 당장에 또다시 고향에 돌아가 혜숙의 부드러운 손을 굳세게 붙잡고서, "나는 당신을 사랑합니다" 하고 간원하고 싶었다. 그리고, "모든 희망과 신앙의 불길을 나에게 부어 주시오" 하고 싶었다.

그는 무엇을 결심하였는지 벌떡 일어났다. 그러나 너무 한적하고 고요한 침묵이 무엇으로 자기를 때리는 것 같이 똑똑하게 조용함을 깨달을 때 그는 또다시 밈칫하고 앉아서,

"그만두어라, 그랬다가 만일 거절을 당하면?"

하고는 멀거니 켜 있는 전등만 바라보다가 또다시,

"그러나, 해보기야 해야지."

하며 주먹을 단단히 쥐었다.

그는 종이와 붓을 들어 편지를 썼다. 한 붓에 20페이지 원고지를 채웠다. 그래 피봉에 어여쁜 글씨로 '혜숙 씨'라 써서 책상머리에 놓았다가 또다시 집어들고 한참이나 들여다보았다.

그 집 노파가 "선용 씨" 하며 올라온다. 선용은 고개를 돌려 노파의 주름살 잡힌 얼굴을 쳐다보며,

"네, 왜 그러세요?" 하였다.

"아까 편지가 온 것을 잊어버리고 여태까지 안 드렸어요."

선용은 "어디 봐요" 하고 편지를 받았다. 그 편지는 영철에게서 왔다. 천리 타향의 외로운 손을 위로하는 것은 다만 고인의 정이 엉킨 몇 자 안 되는 글발이다. 그는 반가이 그 피봉을 뜯었다. 그 편지를 뜯을 때 또 다른 봉투 하나가 떨어져 나왔다. 선용은 이상하여 둥그런 눈으로 그 편지를 집을 때 그의 가슴은 너무나 기꺼움으로 차디차게 식는 듯하였다. 거기에는 과히 서투르지 않은 글씨로 이혜숙이라 씌어 있다. 선용은 영철의 편지는 제쳐놓고 혜숙의 편지를 펴들었다. 거기에는 다만,

떠나가신 선용 씨,

저는 선용씨가 가신 후로 웬일인지 섭섭한 생각이 나서 울기만 하였습니다. 오라버니께서도 자꾸 섭섭하시다고만 하시지요. 저의 섭섭한 마음은 선용 씨를 또다시 만나뵈올 때에 없어지겠지요. 저는 다만 선용 씨의 성공만 빌 뿐이외다.

혜숙.

선용은 손에다 그 편지를 힘있게 쥐었다. 그러다가는 감격한 두 손으로 그 향내나는 편지를 한참 들여다보았다. 그는 너무 반갑고 환희가 그의 가슴을 넘쳐 흘러 뜨거운 눈물이 나는 줄 모르게 그의 눈에서 쏟아져 흘렀다.

'아아, 나는 참으로 산 사람이냐? 나도 다른 사람과 같이 청춘의 뜨거운 피를 사랑의 맑은 물로 청정케 함을 얻은 자이냐? 나에게도 빛난 장래와 굳센 세력을 하나님이 주셨는가? 부드러운 여성의 따뜻한 사랑이 나의 시드는 심령을 다시 살게 하느냐?' 하였다.

그리하다가도 '울기는 왜 울었노?' 하였다. '설령 섭섭하여 울었다 하더라도 그와 같은 여자가 과연 담대하게 편지에 그 말을 쓸 수 있을까?' 하였다.

'그렇다. 그의 뜨거운 피는 나를 위하여 끓었다. 사랑의 큰 힘은 어린 혜숙에게, 그 말을 쓸 만한 용기를 주었다. 그러면 나도 용기를 낼 테다. 혜숙의 사랑을 위하여 나의 일생을 아름답게 꾸밀 테다.'

그는 또다시 영철의 편지를 보았다. 거기에는,

세상에서 가장 불쌍한 친우여!

세상이 과연 그대를 동정하던가? 그대를 불쌍히 여기던가? 그대의 두 팔과 두 다리는 그대가 나아가려는 거친 벌판을 헤쳐야 할 것이다. 그대의 성공은 그대의 육체가 때없이 떨리는 비분과 낙망에 쌓이고 또 쌓인 곳에 있을 것이로다. 나는 그대에게 아무것도 도움을 주지 못한 사람이다. 그러나 나는 그대에게 최대의 세력을 소개하려 한다. 그 최대의 세력이라 하는 것은 즉 이 나의 편지와 함께 그대의 손에 떨어지는 다른 사람의 글발일 것이다.

선용은 그 편지를 껴안으며,

"아, 영철 군!" 하고 부르짖었다.

"아, 나의 가장 굳센 원조자여! 나는 그대의 누이를 믿음보다 그대를 믿을 것이다."

하고는 다만 기꺼움과 즐거움이 그의 가슴을 채워 버리고 아무 의식과 다른 감정은 없었다. 그는 다만 방울방울 흐르는 눈물 괸 눈으로 가만히 천장을 바라보고 있었을 뿐이다.

때는 언제나 되었는지 길 가운데를 달리는 전차 소리가 멀리서 한 번 소란히 들리더니 옆집 시계가 하나를 센다.

27회   선용이가 일본에 와서 영철과 혜숙의 편지를 받아본 지 일주일이 지난 토요일이었다.

백우영은 자기 집에서 저녁을 먹으려다가 무엇을 생각하였는지 그대로 문밖을 나섰다. 아직 날이 어둡지 않은 황혼에 단장을 질질 끌며 담배를 붙여 물고 청진동을 들어섰다. 그는 어떤 집 문 앞에서 섰다. 그리고 문간을 기웃하고 들여다보고 무엇인지 엿듣더니 서슴지 않고 아무 소리 없이 마당을 들어서며 안방을 향하여,

"있나?" 하고 기침을 한 번 크게 하였다. 방문 미닫이를 열고 나오는 사람은 나이가 열여덟이 될락말락한 미인이었다. 저녁 화장을 마침 하였는지 꽃 수놓은 수건으로 손을 씻으면서 "어서 오세요." 하며 백우영을 보고 생긋 웃을 때 희다 못하여 푸른 기운이 도는 어여쁜 이가 입술 사이에서 우영을 맞아 준다.

"들어오세요."

"아냐, 괜찮어, 어제저녁에 고단하였지?"

"아뇨, 별로 고단하지 않아요. 잠깐 들어오시지요."

"글쎄, 잠깐 앉았다 갈까?"

하고 우영은 못 이기는 체하고 방안으로 들어섰다. 방안에서는 기름 향내가 자개 의걸이 화류 받닫이를 싸고 돈다. 머리맡에는 일본제의 석경이 놓여 있고, 그 아래는 얼굴 치장하는 화장품이 늘어놓여 있다. 아랫목에는 비단 보료가 깔려 있으며 윗목에는 오색으로 조각보를 놓은 두꺼운 방석이 두어 개 놓여 있다. 창틀 위에는 풍경화를 끼운 현액이 몇 개 걸려 있고 전기등은 푸른 싸개로 싸 놓았다.

그 미인은 아랫목으로 내려앉으며 석경을 잠깐 들여다보는 듯하더니 고개를 돌려 백우영을 바라보고 옷고름을 다시 매는 체하며,

"담배 태우시지요."

하고 담배를 권하며 성냥갑을 들어 붙여 주려 한다.

"아냐, 나에게도 있는데."

하더니 자기 주머니에서 담배를 꺼내놓고는 마지 못하는 체하고 담배를 받아 물었다.

청춘 남녀가 만나기만 하면 할말이 많으련만 무슨 뜻을 품고서 서로 만나면, 하리라 한 말도 나오지를 않는 모양이다. 두 사람은 다만 한참이나 말없이 앉았다. 우영의 가슴은 이 미인으로 하여 타는 터이라 공연히 수줍고 주저하는 생각이 나서 한참이나 그 미인을 바라보고 앉아 있었다.

그 미인도 우영의 시선이 자기 얼굴 위로 살금살금 지나갈 때마다 공연히 부끄러워서 얼굴을 가만 두지 못하고 이것저것 바라보고만 있다.

우영은 기침을 한 번 컥 하더니, "설화" 하며 담뱃재를 털었다.

"네" 하는 설화는 다만 버선 뒤축만 다시 잡아당겼다.

"설화하고 나하고 사귄 지는 얼마 안 되지만 나의 마음을 그만하면 설화도 알아 주겠지."

"제가 어떻게 우영 씨의 마음을 알 수 있습니까?"

"글쎄 그것도 그럴지는 모르겠지. 사람의 마음을 어떻게 사람이 보지도

못하고 듣지도 못하고 알 수가 있겠냐만… 그러면 나의 청하는 것은 하나 들어줄 테야?"

"무슨 말씀인지 들을 만하면 들어드리고 못 들을 만하면 못 들어드리지요."

하고 설화는 냉정한 얼굴에 억지로 반웃음을 지었다.

"나는 설화를 사랑하는데…."

하며 우영은 빙그레 웃으면서 그녀의 얼굴을 쳐다본다.

그녀는 기막힌 듯이 웃으며 손가락만 쥐었다 폈다 하면서,

"고맙습니다. 저 같은 사람도 사랑을 하여 주신다 하시니… 그러나 저는 우영 씨를 사랑해 드릴 자격이 없겠지요."

"자격이라니? 사랑만 하면 그만이지, 사랑이라는 것은 자격도 아무것도 없으니까…."

"그렇지 않아요, 결코 그렇지 않아요. 마치 말씀하면 밀가루 반죽을 하려 할 때에 적당한 밀가루에 적당한 물을 타야 그 반죽이 잘 되는 것과 같이, 사랑도 적당한 자격과 적당한 자격이 서로 합해야 원만한 사랑이 되겠지요. 저는 다만 한 개의 천한 계집이니까 우영 씨 같은 어른의 사람을 받기에는 너무 자격이 없어요."

"그것은 너무 겸사의 말이지만 나의 충정에서 끓어나오는 열정은 모든 것을 다 버리고 또한 헤아리지 않고 설화를 사랑하여 줄 테니까."

"글쎄요. 그것이 진정한 말씀일지라도 저는 제가 부끄러워서 그 대답을 하기는 어려워요."

"그러면 나를 사랑할 수 없다는 말이지?"

"아뇨. 사랑할 수가 없다는 말씀이 아니라 사랑할 만큼 자신이 없다는 말씀예요."

"그러면 어떻든 나의 말에 대답을 못 하겠다는 말인가?"

<u>28회</u>　설화의 마음에는 우영의 사랑이 없었다. 또한 우영의 가슴에도 설화를 영원히 사랑하여 주리라 하는 뜨거운 열정은 있지 않았다.

"아니 그런 말씀이 아니라요…."

하며 설화는 방그레 웃더니,

"차차 말씀하지요. 오늘만 날이 아닌데요."

"그러면 언제?"

"언제든지요."

우영은 그 말을 듣고서 무엇을 생각하였는지 빙그레 웃으며 천장을 쳐다보고 담배 연기를 후— 하고 내뿜을 뿐이었다. 그러다가는,

"글쎄, 그것도 그럴 테지만 내일이나 모레나 요 다음날 대답할 것을 오늘 못 할 것은 없을 것 같은데."

하고 서투른 웃음을 또다시 웃었다. 설화는 먹을 줄 모르는 담배를 꺼내어 손가락 사이에다 넣고 배배 틀면서,

"그렇지 않지요. 모든 것이 때가 있는 것이니까요. 오늘 대답할 것을 내일 대답 못하는 수도 있고 오늘 대답 못 할 것을 내일 대답하는 수도 있으니까요."

하며 두 다리를 쭈그리고 앉는다. 우영은 바로 점잔을 빼며,

"그러면, 요 다음에 좋은 대답을 하여 줄 텐가?"

하며 무릎 위에 팔꿈치를 대고 고개를 바짝 가까이 설화의 얼굴에다 가까이 한다. 설화는 그것을 피하려고 고개를 비키며,

"글쎄요. 그것은 그때가 되어 보아야 알겠지요."

하였다. 이러할 즈음에 설화 어머니가 마루에서,

"저녁 먹어라."

하는 소리가 나니까 설화는,

"천천히 먹지요."

하며 창문을 열고 바깥을 내다본다. 우영은 무엇을 생각이나 한 것처럼 벌떡 일어서더니,

"그럼 어서 저녁이나 먹지."

하며 방문을 여니까 앉았던 설화가 일어서며,

"왜, 가세요?" 하고 치마 앞을 탁탁 턴다.

"아무 데도 가지 말어. 내 지금 곧 부를 테니."

"네."

우영은 설화의 거슴츠레한 눈을 바라보고 의미 있게 싱긋 웃었다. 그러나 설화는 그 웃음을 본 체 못 본 체하고 다만 문을 닫고 방으로 들어가 버린다.

그날 저녁 8시가 되어 이영철은 동구 안 전차 정류장에서 내렸다. 7시 반에 만나기로 약속한 이영철이가 30분이나 늦어서 오게 된 것이 자기에게 큰 수치나 돌아오는 듯이 걸음을 급히 하여 명월관을 향하여 들어간다.

인력거 종소리가 이영철의 귀를 울리더니 부드러운 냄새가 나는 미인 하나가 명월관에 가 내렸다.

영철도 현관 앞에 가서 구두를 벗고 보이에게,

"백우영 씨가 어느 방에 계신가?"

하였다. 보이는 아주 은근하고도 공경하는 어조로,

"네— 이리 오십시오." 하며 영철을 인도하여 회랑으로 돌아간다. 동편 구석 어떤 조그마한 방 미닫이를 두 손을 벌려서 스르륵 열어젖뜨리며,

"이 방이올시다." 한다. 그 방안에 앉아 있던 대여섯 젊은 청년들은 일제히 영철을 바라보았다. 그리고 한꺼번에,

"야— 인제 오는가?" 하며 손을 내밀어 영철에게 악수를 청하는 자도 있고, 영철의 팔을 잡아 당겨 자기 곁으로 끄는 사람도 있다. 백우영은 물었던 담배를 재떨이에 비비고,

"왜 이렇게 늦었나?" 하며 영철을 바라본다.

"어디를 잠깐 다녀오느라고 자연 늦었어. 어떻게 급하게 왔는지 땀이 다 났네. 가만히 있게, 대관절 담배나 하나 태워 보세."

하며 영철은 웃옷을 벗어 걸고 담배를 붙여 물었다.

옆의 방에서 장구를 두드리고 노래를 부르는 기생의 소리가 안개처럼 그윽하게 들린다.

"여보게."

하는 사람은 백우영이다.

"왜 그러나."

영철은 대답하였다.

"요새 자네 누이 잘 있나?"

"잘 있지."

"그런데 자네, 나 매부 삼지 않으려나?"

"그것을 왜 날더러 물어보나?"

"그럼 누구더러 물어보래나?"

"그애더러 물어보게그려."

"옳지, 그것도 그래. 사랑은 자유니까."

하며 백우영이가 농담을 시작하였다. 그 농담을 듣는 사람은 보통 지나가는 농담으로 알 것이나 백우영의 그 농담은 그 가운데에 깊은 의미를 품고서 말한 농담이다.

29회　상고머리를 깎고 나이가 스물다섯이 될락말락한 청년과 금니를 해 박고, 옥으로 만든 물부리를 들은 청년은 저희들끼리 무슨 이야기인지 저쪽 귀퉁이에서 분주하게 한다. 또 한 귀퉁이에서는 바둑판을 갖다 놓고 무르느니 안 물러 주느니 하고 저희들끼리 떠들어 댄다. 영철도 우영이하고 이야

기만 하는 것이 심심한 듯이,

"어디 나도 한몫 끼어 보세."

하고 바둑판 한모퉁이로 달려들려 할 때 보료 위에 목침을 베고 드러누웠던 조선옷 입은 청년이 이 꼴을 보더니,

"이 사람들아, 젊은 사람들이 곰상스럽게 바둑들이 무엇인가?"

하며 벌떡 일어나더니 바둑판 위로 넓적한 손을 벌리어 쓱 한번 훑으니까 바둑은 모두 허물어졌다.

"에이, 심사도 고약하다."

하고 바둑 두던 청년은 눈을 흘겨 쳐다보며 들었던 바둑알을 바둑통에다 탁 던지며 옆으로 물러앉는다. 영철도 한몫 보려다가 그 꼴을 당하고 기막히다는 듯이 빙그레 웃으며 물러앉았다.

이러할 때였다. 문을 열고 들어오는 사람은 어여쁜 미인 두 사람이었다. 문지방을 넘어선 두 미인은 날아갈 듯이 그 자리에 앉는 듯 마는 듯하게 방안을 둘러보고, "안녕하십니까?" 하며 인사를 한다.

그 두 미인 두 사람이 들어오자 온 방안은 빛이 나고 향내가 나는 듯하였다. 담담하던 공기는 붉고 따뜻한 정조情調로 물드는 듯하고 아무 냄새도 있지 않던 그 방에서는 여성의 붉은 피 냄새가 어리는 듯하였다.

앉았던 청년이나 누웠던 청년의 크지 못한 가슴속에는 물결 같은 정조가 밀려오고, 혼몽한 감정은 그들의 눈들을 거슴츠레하게 하여 놓은 듯하였다. 그 미인들의 기름 바른 머리들은 전깃불에 비치어 무지개처럼 반사된다. 그리고 앉고 설 때마다 비단 치마의 바삭거리는 소리가 사랑의 가루를 뿌리는 듯하였다.

영철은 그 두 미인을 보았다. 하나는 처음 보는 기생이요, 김설화는 꼭 한 번밖에 보지 않은 기생이었다. 그래서 그 김설화가 자기를 알아보는지 못 알아보는지 알지 못하여 아무 소리 없이 그를 쳐다볼 때 옆에서 부르는

백우영의 말에는 대답치 않고 가을물 같은 두 눈으로 자기를 보고 아미를 푸르게 찡기고 입을 반쯤 열어 붉게 웃을 때 그때야 영철은 김설화가 자기를 아나 보다 하고,

"오래간만이로구먼." 하였다. 다른 청년들은 들어온 기생을 향하여 여러 가지 농담을 시작하였다.

그 금니 박은 청년은 다른 한 기생의 손을 다정히 붙잡고,

"요새 재미가 어때?" 하니까, 그 기생은 태연히 앉아 지나가는 말처럼,

"그저 그렇지요." 하고 뒤를 돌아보고 아무 소리 없이 앉아 있다.

백우영은 설화를 자기 옆에다 앉히고 공연히 할말 아니 할말을 시키고 앉아 있다.

요리상이 들어온 지 한 시간이 지났다. 영철의 전신을 도는 붉은 피는 파란 기운이 도는 술에 물들어서 알지 못하게 끓는다. 설화는 어느 틈엔지 영철의 무릎 위에 어여쁜 손을 놓고 앉아 있다. 영철이는 비로소 자기의 무릎 위에서 설화의 매끄러운 손가락이 무엇을 소곤대는 듯이 꼼지락거리는 것을 깨달았을 때 푸른 정기가 어리고 또 어리어 자기의 모든 관능을 마비시키는 듯한 설화의 두 눈을 바라보았다. 초승달 같은 눈썹 밑으로는 영롱하게 구르는 설화의 눈동자가 자기 가슴 위에서 대르륵대르륵 구르는 듯하며 순결함을 말하는 듯한 새빨간 연지 입술이 맞추지도 않은 자기의 입술을 근지럽게 하는 듯하였다. 또다시 그의 까만 머리를 자주 댕기로 홰홰 감아 자그마한 금비녀로 기웃드름하게 쪽진 머리쪽을 볼 때, 정情 묻은 머리 향내가 영철의 코를 지나 모든 신경을 취하게 하는 듯 하였다. 영철은 설화의 손을 가만히 쥐었다. 그 손은 따끈따끈한 피가 도는 중에도 대리석같이 찬 듯하였다. 설화는 영철의 얼굴을 한번 쳐다보고는 또다시 고개를 숙여 부끄러움을 지었다.

30회　"술 먹게." 하는 소리가 영철과 설화 사이에 잡은 손을 놓게 하였다. 영철의 손은 무엇을 잃어버린 것같이 서운하였다.

영철은 "먹지." 하고 그 술을 받아들었다. 그리고 그 술을 마시려 하면서 술에 취하여 건들대는 상고머리 깎은 청년을 곁눈으로 바라보며 속으로,

'내 이번에는 저놈을 한잔 먹이리라' 하였다. 그리고 술을 한숨에 다 마시고 곧 그 술잔을 그 청년에게 내밀며,

"이번에는 내 술 한잔 먹어라."

하였다. 그 청년은 얼굴이 설익은 고기 빛이 되어서 거슴츠레한 눈으로 술잔을 바라보며,

"먹지 먹어, 이영철이가 주는 술인데 안 먹을 수가 있나."

하며 술잔을 받아든다. 설화는 영철을 대신하여 술을 부었다. 영철은 무의식중에 "설화" 하였다.

"네" 하고 설화는 공연히 가슴속이 이상하여 대답을 하였다.

"설화 집이 어디야?"

"청진동요."

"한번 놀러 갈까?"

"오세요."

이러할 즈음에 백우영이가 설화를 부른다. 설화는 가기가 싫어서,

"왜 그러세요?"

하며 앙탈하듯이 가지를 않고 멈칫거린다.

"글쎄, 이리 오라니까. 오지 않을 테야?"

하며 얄밉게 흘겨댄다. 설화는 무슨 동정을 구하는 듯이 영철을 바라보더니 영철이 아무 기색도 보이지 않는 것을 보고 하는 수 없는 듯이,

"왜 그러세요?"

하고 그 옆에 가 앉는다.

이때였다. 보이가 들어와,

"이영철 씨, 밖에서 누가 찾으십니다."

한다. 영철은,

"누가?" 하고 의아하여 보이를 쳐다보았다. 보이는 다만,

"성함은 알 수가 없어도 잠깐만 만나보실 일이 있다 하세요."

하며 저쪽을 돌아볼 뿐이다.

영철은 벌떡 일어섰다.

영철이 문 밖을 나설 때였다.

"오래간만입니다."

하며 자기를 쳐다보는 기생이 하나가 있었다.

"이게 누구야. 오래간만이로구면."

하고 그대로 지나쳐 가려 하니까,

"어디를 가세요?"

하며 그 기생이 손을 탁 잡는다. 영철은,

"응, 누가 좀 보자고 해서…."

하며 손을 뿌리치려 하니까 그 기생은,

"누가요?"

하며 얄밉게 쳐다보며 생그레 웃었다.

"글쎄 누군지 나도 몰라. 가 보아야지."

"이리 좀 오세요. 가 보시기는 누구를 가 보세요. 영철 씨를 청한 사람은 여기 서 있는 이연옥李蓮玉이에요."

영철은 술 취한 마음속에도 가증한 생각이 나서,

"뭐야? 그럼 왜 불렀어?"

하며 무례함을 책망하는 듯이 흘겨보았다.

"조금 말씀할 것이 있어서요."

"무슨 말을?"

연옥은 아무 소리가 없다. 영철은 화가 난 듯이 한참이나 있다가,

"말할 것 없어? 없으면 나는 들어갈 테야."

하고 발길을 돌이키려 하니까, 연옥은 영철의 옷자락을 붙잡으며,

"가기는 어디로 가세요. 연옥이는 사람 값에 못 가나요?"

"누가 사람 값에 못 간대?"

"흥, 고만두십시오. 설화가 못 잊어 그러시죠?"

영철이가 이 소리를 듣고는 가슴속이 태연치가 못하였다. 웬일인지 피 묻은 화살로 염통을 꿰뚫는 듯이 저릿하게 아픈 듯하였다.

"뭐야? 설화라니?"

"설화를 모르세요? 영철 씨를 떨어지지 않는 설화를요? 다 고만두세 요." 하고 얄상스럽게 영철을 바라본다.

영철의 귀에는 설화라는 이름이 새삼스럽게 따스하게 들린다. 얄밉고 가증한 연옥의 시들시들한 입술 사이를 통하여 새어나온 그 설화란 소리가 영철의 심장으로 춤을 추고 지나간다.

영철은 기막힌 듯이 웃었다. 그리고 연옥의 손을 쥐려 하였다. 연옥은 영철의 쥐려는 손을 벌레나 기어가는 것처럼 홱 뿌리치며,

"누구 손을 쥐세요? 이 손은 연옥이란 천한 여자의 더러운 손예요. 설화 의 손과는 아주 다릅니다."

영철이가 뿌리침을 당한 제 손을 다시 연옥의 등 위에 얹으려 할 때,

"설화나 저나 기생은 일반이겠지요?"

하고 손에 들었던 담배에 불을 붙이며 한 모금 흠뻑 빨아 후— 내뿜었 다. 그리고 까만 눈썹을 아래로 깔고 입을 쫑긋쫑긋하며 다리만 달달 까불 고 있었다.

31회 영철은 연옥의 손을 다시 쥐었다. 연옥은 아무 소리가 없다.

"연옥이, 왜 사람이 그렇게도 경망한가? 자, 이리와."

하고 연옥의 팔을 잡아 끌어 사람 없는 조용한 방으로 들어갔다.

"왜, 이러세요. 저리 가세요."

하며 나오는 웃음을 억지로 참으면서 가만히 영철을 밀치려 한다.

"내가 꼭 연옥의 집을 가야지."

하고 영철은 연옥의 손을 가만히 흔들었다.

"그것은 마음대로 하시지요. 그러나 웬걸요, 설화 집에 가실 사이는 있어도 저의 집에 오실 사이는 없을 테니까요. 저의 집에는 무엇을 찾아 먹자고…."

하다가 말이 너무 함부로 나온 것이 실례스러워서 생그레 웃었다.

이때에 누구인지 영철과 연옥이가 있는 방안으로 뛰어들어오며,

"이게 무슨 짓야, 야! 연옥이 오래간만이로구나!"

하는 사람은 백우영이다.

"이 사람아, 술 마시다 말고 이게 무슨 짓인가. 가세, 가."

하고 영철을 사정없이 끌고 간다. 영철도 속마음으로는 에 시원하다 하면서도,

"이 사람아, 하던 말이나 마쳐야지."

하며 두 발을 뻗댄다.

"말이 무슨 말야. 할말은 두었다 하게. 언제든지 그 말이 그 말이지."

영철은 못 이기는 체하고 방안으로 들어왔다. 들어오는 것을 보는 설화의 두 눈에는 반기는 광채가 꺼져 있는 영철의 가슴속에 새로운 불을 켜 대는 듯이 빨개진 듯하였다.

영철은 또다시 설화를 보았다. 설화는 다만 두 손을 모으고서 옆 사람의 이야기 소리만 듣고 있었다.

설화는 그리 어여쁜 기생이 아니었다. 또한 탐스럽게 생기지도 못하였다. 그러나 온몸을 두른 옷맵시라든지 그의 머리 단장이라든지 모든 것이 단조롭고 조화가 있어 보인다.

영철은 설화의 손의 쥐어 자기 앞으로 끌어당겨 앉히고 싶었다. 그리고 녹신한 팔목을 이리 끌 때에 연한 살과 부드러운 피부에 싸인 가는 골격이 오드득하는 소리를 듣는 듯하였다. 그런데 웬일인지 연옥이란 기생이 질투 끝에 설화란 이름을 불러 자기와 설화 사이의 사랑이 있는 듯이 말한 것을 듣고 보니 설화를 보기에도 수줍은 생각이 나고 아까 없던 생각이 자꾸자꾸 난다. 그러나 설화의 눈치가 보이고 설화의 눈 한번 굴리는 것일지라도 그의 가슴속에 숨어 있는 사랑의 그림자를 자기 얼굴 위에 던져주는 듯하였다.

아까까지 설화와 담화를 거침없이 하던 이영철은 웬일인지 말이 없이 멀거니 앉아 있다. 그의 머릿속으로는 무슨 생각이 달음질하는 듯이 전깃불에 비친 두 눈동자만 반짝반짝한다.

설화는 볼일이 있어 바깥으로 나왔다. 바깥으로 나온 설화의 가슴은 웬일인지 가늘게 떨릴 뿐이다. 여태껏 몇 해를 두고 여러 백 명의 남자와 교제를 하여 온 설화의 가슴은 이상하게도 동요가 된다. 어떤 때는 울고도 싶고 몸부림을 하고 싶도록 마음이 처량해지기도 하고 또 어떤 때는 전신으로 차디찬 핏결이 흐르는 듯도 하였다. 그는 무슨 소리가 자기 뒤에서 부스럭만 하여도 뒤를 돌아다보았다. 그리고 찰나일지라도 영철의 그림자가 자기 머릿속을 왔다갔다한다.

그는 요릿집 사무실로 들어갔다. 사무원이 전화 앞에서 무엇을 쓰고 있다가 설화가 들어오는 것을 보고,

"얼굴이 왜 저렇게 파래? 추워서 그런가? 떨기는 왜 떨어?" 한다.

설화는 다만, "추워요." 하고 옹송그리고 그 옆에 앉았다. 그리고 옆에

서 지껄이던 다른 기생들을 보고는,

"언제 왔니?"

한마디를 하고 가만히 앉아 있었다.

"응, 설화 오래간만이로구나." 하는 사람은 연옥이다.

"언니요, 언제 왔소?" 하는 설화는 옴츠리고 앉았던 몸을 일으키면서 연옥의 손을 붙잡으려 하니까,

"네 손이 왜 이렇게 차냐?"

하며 싫은 듯이 설화의 손을 내려다볼 뿐이다.

<u>32회</u> "글쎄, 모르겠어. 나는 아마 일찍 들어가야 할까 봐."

"왜, 어디가 아프냐?"

"아프지는 않아도 공연히 몸이 으슬으슬 추워."

설화는 다시 백우영의 방으로 들어왔다. 그리고 백우영에게 향하여,

"저는 일찍이 가야 하겠어요."

하였다. 술 취한 우영은,

"왜!" 하며 설화를 놀란 눈으로 바라본다.

"몸이 거북해서요."

"몸이 거북해?"

"네."

"어디가?"

"공연히 으슬으슬 추워요."

"추워?"

이 소리를 들은 다른 청년들은,

"뭐야? 추워?"

"그럼 가겠다는 말이지?"

"안 된다, 안 돼."

"가기는 어디를 가."

"에끼!" 하며 저희들끼리 떠든다. 설화는 아무 소리 없이 앉아 있었다. 우영은,

"가지 못하지, 가지 못해."

하고 고개를 좌우로 내흔들며 술잔을 마셨다 놓았다 할 뿐이었다. 같이 왔던 난향이라는 기생은,

"어디가 아퍼서 그러니? 정 아프지 않거든 나하고 같이 가자꾸나."

하며 가려는 설화를 붙잡으려 한다. 이 꼴을 본 영철은,

"어디가 아퍼서 그러나?"

하며 다정하게 설화의 손을 쥐며 물었다.

"별로 아픈 곳은 없어도 몸이 떨리고 으슬으슬 추워요."

"추워?"

"네."

"그러면 꼭 가고 싶다는 말이지?"

"가야 할까 보아요."

영철은 동정하는 듯한 두 눈으로, 설화의 아래로 내리깔고 있는 눈을 보았다. 그리고, 나이 젊고 어여쁜 설화의 어디인지 모르게 불쌍하여 보이는 것을 찾아냈을 때, 그는 더욱 설화의 손을 단단히 쥐었다. 그리고 놓기는 섭섭하였지만, 몸 아파 괴로워하는 설화를 돌려보내는 것이 온당한 일이라 하였다. 그러나 영철이가 만일 범연하게 설화의 말을 들었던들 그 당장에 돌려보냈을는지도 알 수 없겠지만, 알지 못하는 매력에 끌림을 당하는 영철은 설화에게 감히 돌아가라는 말을 하지 못하였다. 영철과 설화 두 사람만 있었던들 다정한 영철이가 그대로 있지는 못하였겠지만 주위의 눈이 있고 환경의 감시가 있다. 또한 떨어지기 싫은 욕망이 영철의 마음을 지배하지

않는 것도 아니었다. 영철은,

"과히 아프지 않거든 우리 곧 갈 테니 조금만 참지?"

하며 부드러운 소리로 설화에게 말하였다. 설화의 몸은 웬일인지 아까보다 더 떨린다. 가슴이 울렁울렁하여 목구멍에 무엇을 틀어막는 듯이 답답하다. 설화는 기침을 가볍게 한번 하고,

"글쎄요."

하였다. 그 '글쎄요' 하는 말 속에는 가고 싶은 의사와 가기 싫은 의사가 반씩 포함되어 있었다. 영철은,

"자, 몸이 그렇게 아프거든 잠깐 여기 누워 있다가 우리하고 모두 같이 가지. 이렇게 왔다가 먼저 가면 가는 사람도 미안하지만 보내는 사람도 섭섭하니까."

"글쎄요." 하는 설화의 마음은 7분 이상의 승낙이 있었다.

설화는 보료 위에 쪼그리고 엎드렸었다. 영철의 부드러운 손이 때없이 그 몸 위로 지날 때마다 설화의 마음에는 그 무슨 위로가 있었고, 그 무슨 부드러움이 있었다. 엎드린 설화의 마음속에는 영철의 다정한 목소리가 들리고, 뜻깊은 눈초리, 그 무슨 의미를 담은 듯한 입 가장자리가 보이는 듯할 때마다 웬일인지 눈물이 날듯이 그리운 생각이 자꾸 났다. 그의 가슴은 무엇이 치밀어 오는 것같이 뭉클하고 그의 전신을 붉게 물들인 뜨거운 피는 영철의 그 말소리와 눈초리와 입 가장자리로 보이지 않게 되는 그 무슨 그림자가 애끓는 불길을 붙여 주는 듯하고 혼몽한 꿈속으로 집어던지는 듯하였다.

다감한 설화는 울고 싶어 못 견디었다. 그러나 치밀리는 감정을 억지로 참고 다시 일어났다. 머리칼은 한 가닥 두 가닥 이마 위로 떨어져 나부끼고 분칠한 두 뺨은 불그레하게 탄다. 그리고 풀어지려는 옷고름 사이로는 우유빛 젖가슴이 바깥을 엿본다. 영철은,

"왜 일어나?" 하였다.

"누워 있기가 싫어요."

"조금도 어렵게 생각 말고 누워 있어."

"아녜요. 그래서 그러는 것이 아니라, 누워 있으면 머리가 더 아픈 것 같고 어째 싫어요."

하며 두 손으로 머리칼을 쓰다듬어 뒤로 씻었다.

33회 영철과 설화 두 사람은 다만 이러한 시간, 이러한 자리에서 이렇게 만났다가 새벽 3시나 되었을 때 각각 자기 집을 향하여 돌아갔을 뿐이다.

영철은 인력거를 타고 동대문을 향하여 간다. 새벽 기운이 차디차게 도는 고요한 공기를 울리며 멀리서 닭 우는 소리가 가늘게 들린다. 반 취한 술은 영철의 얼굴을 타게 하며, 있지 아니한 설화의 환영幻影은 때없이 영철의 가슴을 태운다.

강한 술기운이 영철의 모든 관능을 취하게 하고 반쯤 탕蕩하게 할 때에 설화의 모습과 말소리에 남아 있는 기력은 요염하게도 영철의 정신을 취하게 할 뿐이다. 그리고 아까 설화가 자기의 무릎 위에 손을 얹고 있었던 것이며, 의미 있게 쳐다보던 것이며, 또 다른 말소리와 행동이 모두 다 자기 가슴에 그 무슨 달콤한 의심을 일으킬 때마다, 영철의 마음은 기꺼운 중에도 그 기꺼움을 깨닫는 자기를 어리석은 놈이라고 조소하였다.

그는 설화를 불쌍한 여자라 하였다. 많고 많은 불쌍한 사람을 모두 다 동정하는 영철은 설화를 그 중에 더욱 불쌍하다 하였다. 그러나 어째 더 불쌍하며 무엇이 더 불쌍하나 하면 그것에 대답을 할 조건을 갖지 못하였으나 어떻든 가련한 여성이라 하였다.

설화는 불쌍한 여자이다. 기생인 설화, 세상사람에게 천대를 당하고 유린을 당하는 설화는 피 흘리고 제단 위에 누운 어린 양과 같이 불쌍하다. 기생도 감정이 있고 사랑이 있는 사람이다. 한없는 영화를 가진 한 나라의 황제나 길거리에 추워 떨며 방황하는 빌어먹는 거지나 품을 파는 노동자나 정조를 파는 매음녀나 철창 아래 신음하는 죄수나 꽃 같은 처녀나 생각을 갖고 감정을 갖고 육체를 갖고 혈관으로 돌아가는 뜨거운 피를 갖기는 누구든지 마찬가지다. 얼굴이 같지 않고 마음이 같지 않은 사람, 이런 사람이 16억이나 이 지구상에 있으니 얼굴빛이 누렇다고 사람이요, 얼굴빛이 검다고 사람이 아니라 할 수 없으며, 얼굴이 어여쁘다고 사람이요, 얼굴이 밉다고 사람이 아니라 할 수 없다. 잘난 사람이나 못난 사람이나 웃는 이나 우는 이나 얼굴빛이 흰 사람이나 누런 사람이나 착한 사람이나 모진 사람이나 이 모든 것이 합하고 덩어리가 되어 우리 인생이라는 것을 이룬 것이 아닌가.

사람은 물과 같다는 옛 사람의 말과 같이 물은 그 담은 그릇과 그 흐르는 곳에 따라서 다른지라, 어떤 물은 수은을 내려 붓는 듯한 폭포가 되고 어떤 물은 흰 구름장을 비친 잔잔한 호수가 되고, 어떤 물은 산골짜기를 어여쁘게 흐르고 어떤 물은 강이 되고 어떤 물은 똥덩이를 띄워 가는 개천물이 되고 어떤 물은 바다에 뛰어 노는 파도가 되어 천 가지 만 가지 이루 셀 수 없는 형상을 이루지마는 물은 언제든지 물이다.

그와 마찬가지로 사람도 총리대신이 되고 거지가 되고 학자가 되고 도둑놈이 되고 열녀가 되고 매춘부가 되고 이루 셀 수 없는 무엇무엇이 되지마는 생각을 갖고 감정을 가진 사람은 누구든지 마찬가지일 것이다. 물이 그릇과 흐르는 곳을 따라 다름과 같이 사람도 다만 그 인습과 환경에 따라서 달라질 뿐이다.

설화는 기생이다. 비록 기생이라 하지마는 그의 가슴에도 사랑이 있으며 끓는 피가 있으며 애타는 눈물이 있으리라 하였다. 어여쁜 처녀의 붉고 달콤한 사랑은 아닐지라도 가슴 쓰리고 마음 아픈 푸른 사랑일 것이라 하였다. 설화는 참으로 맵고 쓴 세상을 알 테며 때없는 눈물과 한없는 한숨으로 비운에 부르짖고 불행에 울기도 여러 번 하였으렷다 하였다. 그리고 설화

같은 여자가 참말 눈물을 알고 참한숨을 알아 줄 여자일 것이라 하였다.

이러한 생각을 하는 영철의 가슴속에서는 갑자기 불 같은 애련의 정이 타오른다. 인력거를 돌려서 설화의 집으로 돌아가고 싶었다. 설화의 따뜻한 가슴에 엎디어 끝없이 울고 싶었다. 그러다가도 너도 범범한 기생이겠지? 돈만 아는 아귀 같은 더러운 계집이겠지? 돈 없는 나를 보지도 않으려는 허영의 꿈을 깨지 못한 계집이겠지? 너는 참사랑을 바치려는 것을 거짓 사랑으로 알 테지? 타는 영철의 가슴은 답답하였다. 한참 이런 생각에 빠졌다가 그만두어라, 순결하다는 처녀의 사랑을 구하기도 어려운데 더구나 기생이겠느냐? 하고 단념까지 하여 보았다.

34회 그 이튿날 11시나 되어 일어난 설화는 아침도 먹지 못하고 조합에를 왔다. 조합 문을 들어서려 할 때 마침 만난 사람은 연옥이었다.

"잘 잤니?" 하며 곁눈으로 연옥은 설화를 쳐다보더니,

"어제저녁에 몇 시에나 집으로 갔니?" 하고 평안도 사투리를 써서 물어본다. 설화는 다만 침착하고 조용하게 "3시에" 하였다.

이 말을 들은 연옥은 한참이나 말이 없다가 누구를 놀려 먹는 듯이,

"애, 이영철이라는 손님이 너를 사랑한다더구나?"

하며 거슴츠레하게 웃는다.

설화는,

"뭐야? 듣기 싫소."

하기는 하였으나 웬일인지 마음이 기쁘고도 부끄러웠다. 그래서 연옥에게 듣기 싫소 하고 톡 쏘기는 하였으나 그것이 정말인지 거짓인지 알고 싶어서,

"누가 그립디까?"

하고 재차 물었다. 연옥은 조합 사무실 위로 올라서며,

"몰라, 누구한테 들었어."

하고 방안으로 들어가 버린다.

*　　*　　*

한 달이라는 세월이 흘러갔다. 영철은 여러 친구들과 '은파정'이라는 서양 요릿집에 왔다가 마침 자기 집으로 돌아가려 할 즈음에 보이 하나가 이영철을 보자고 하는 사람이 있다고 한다.

영철은 누구인가 의심하면서도, 물론 어떤 친구나 아는 사람이 부르는 것인가 보다 하고 그 방으로 들어가 본즉 거기에는 설화가 있었다. 설화는 방가운 가운데에도 부끄러움을 머금고,

"이렇게 바쁘신데 청해서 대단히 미안합니다."

하며 의자를 가리키며 앉기를 권한다. 영철은 속마음으로 이상하기도 하고 호기심도 일어나므로 다만,

"아니 별로 바쁘지는 않지마는 참 오래간만이로군."

하고 자리에 앉았다. 자리에 앉는 영철의 마음속을 조금 미안하게 하는 것은 하루 저녁 놀러 가마 하고서 여태껏 가지 않은 것이었다. 그러나 만일 설화의 집이 아니고 다른 기생의 집일 것 같으면 혹시 갔을는지도 알 수 없지만 자기의 마음을 부질없이 잡아끄는 설화의 집에는 가고 싶어도 그렇게 속하게 갈 수는 없었다. 그래서 자기가 먼저 한번 가 주지 못한 것을 말하려 할 때 설화는,

"저는 퍽 기다렸어요."

하며, 너도 보통 풍류 남아로구나 하는 듯이 바라보았다.

영철의 마음은 미안한 중에도 부끄럽고 부끄러운 가운데에도 그 말 한 마디가 반가웠다.

"대단히 안되었소. 자연히 바뻐서 그렇게 되었어…."

하며 사죄하는 듯이 설화의 손을 잡고 환심이나 사려는 듯이 빙그레 웃

으며 그녀의 얼굴을 쳐다보았다.

설화의 얼굴에는 그리움이 있고 인자함이 있었다. 그리고 영철의 두 눈에는 그의 입이나 코나 눈이나 눈썹이나 그 모든 것이 자기의 마음 비친 그림자를 조각을 하는 듯이 또렷또렷하게 보인다. 그리고 천천히 발을 옮겨 그 옆 교의에 가만히 앉을 때 몸에 두른 가벼운 옷이 구름같이 날리며 부드러운 소리를 낼 때 영철은 무슨 달콤한 것을 입에다 넣고 슬슬 녹이는 듯하였다.

두 사람은 서로 바라보기만 하고 얼마간 아무 말 없이 가만히 있었다. 사면은 고요하다. 온 우주에 가득찬 에테르의 분자가 쉴 사이 없이 운동할 때 영철과 설화 사이에 있는 에테르의 분자도 그의 동요를 받아 영철에게서 설화에게, 설화에게서 영철에게 와 부딪치고 가서 부딪치는 것이 보이고 들리는 듯하였다. 설화는 무엇이나 깨달은 듯이 옆에 있는 종을 눌러 보이를 부르더니 무엇이라 무엇이라 이르고 다시 영철이 앉아 있는 교의 가까이 와서 뜻있는 눈으로 들여다보며, "오늘 바쁘신 일은 있어요?" 하였다.

영철은 설화가 자기 등뒤 가까이 와 섰을 때 붉은 육체에 따뜻한 향내를 맡으면서 입김이 맡아질 듯이 가까이 온 그의 희고도 선의 조화가 흐르는 듯한 얼굴을 바라보며,

"별로 바쁠 것은 없어…."

하였다. 설화는 이 말을 듣고 아주 성공이나 한 듯이,

"그러면 오늘 여기서 저하고 조금 놀다 가세요. 네!"

하고 저쪽 교의에 가서 기대 서며 이상한 눈초리로 영철을 바라본다.

35회 영철은 아무 대답도 아니하였다. 그리고 자기가 무엇에 홀린 것같이 자기 주위가 모두 팔팔팔팔하는 주정酒精 불의 푸른 불꽃과 같이 푸른 것으로 물들인 듯할 뿐이요, 어찌하여 여기에 들어왔으며, 설화가 무슨 까닭으

로 자기에게 그와 같이 뜻있고 매력있게 자기를 가까이하려는지 알지 못하였다. 그리고 달빛같이 푸르고 밝은 눈동자를 반짝이며 자기를 유심히 들여다볼 때, 그의 전신으로 돌아가는 붉은 피는 타는 듯한 정욕으로 활활 붙어오르는 듯하였다. 그러다가 온 방안이 고요함을 깨달았을 때 영철은 가슴이 조이는 듯하며 목이 타는 듯하여 설화의 희고 부드러운 손을 정신없이 바라볼 뿐이었다.

설화는 다시 교의에 앉으며,

"여보세요?" 하고 영철을 쳐다보더니 다시 눈을 내리감으며,

"왜 저의 말은 사내 양반들의 말처럼 생각하여 주지 않어요?"

하고 원망스러운 기색을 띠고 가만히 앉아 있다. 이 말을 들은 영철의 마음에는 설화가 불쌍한 듯하기도 하고 한편으로는 문을 열고 바깥으로 나가고 싶도록 부끄러웠다. 너도 사내가 돼서 나 같은 계집의 말은 말같이도 여겨 주지 않는구나, 하는 듯하였다. 그러나 영철은 침착하고 냉정하게,

"그럴 리가 있나."

하고 그녀의 연하게 흐르는 목을 보고 다시 그 밑에는 젖가슴이 있고 또 몽글몽글한 두 젖이 달려 있겠지 하는 것을 생각할 때 서 있는 설화가 마치 요염하고도 깜찍한 여신의 조각을 바라보는 듯하였다.

설화는 조금 원망스럽고도 멍청한 어조로,

"여자도 사람이지요, 네? 영철 씨!"

할 때 문이 열리며 보이가 음식 접시를 영철과 설화 앞에 갖다 놓았다. 그리고, 또다시 포도주 한 병을 갖다 놓았다. 이것을 본 영철의 마음은 미안하고 일종의 호기심이 나서,

"이것은 왜 시켰소?"

하며 설화를 한 번 쳐다보고 보이를 돌아다보았다. 설화는 지금까지의 냉정하고 원망하는 듯한 표정이 미소로 변하고,

"변변치 못하나마 잡수어 주세요. 영철 씨를 모시고 이렇게 앉아 있는 저에게는 또다시 없는 행복이니까요."

하고 생그레 웃는 가운데도 얼굴빛이 연분홍빛이 되었다 사라진다. 영철은 그녀의 그 말 한마디가 자기에게 무슨 뜻깊은 말을 전하여 주는구나 하는 기쁜 희망과 함께 설화가 나이프와 포크를 쥐고 접시에 있는 고기를 써는 것을 바라보고,

"나는 지금껏 무엇을 많이 먹어서 먹을 수가 없을걸."

하고 그녀의 허리를 지근덕거리는 듯한 미소로 바라보았다.

"뭘요, 많이 잡수실 것도 없는데. 약주 한잔 잡숫기를…."

하고 자기 앞에 놓여 있던 음식 접시를 다 썰어서 영철의 앞에 있는 것과 바꾸어 놓으며, "어서 잡수세요." 하고 다시 유리 술잔에 포도주를 부었다. 피같이 붉은 포도주는 콜콜콜, 병을 기울임에 따라서 유리잔에 가득 찬다.

영철은 처음에는 사양하였다. 그러나 나중에는 설화가 주고 권하는 모든 것을 그대로 응종하였다. 그러다가는 늘 하는 버릇과 마찬가지로 자기의 손을 들어 설화의 앞에 놓여 있는 유리잔에 술을 부으려 하였다. 설화는 놀라는 듯이 한손으로 술병 든 영철의 손을 잡고 한손으로는 유리잔을 들면서

"왜 이러세요? 저는 술을 마실 줄 몰라요."

하며 상을 찌푸리면서도 생글생글 웃는다. 영철은 자기 손에 닿은 설화의 따뜻한 손에서 일어나는 간지러운 촉감을 느낄 때 극도의 정욕에서 일어나는 잔인함이 복받쳐 올라왔다. 그는 억지로라도 설화에게 술 한 잔을 먹이지 않고는 만족치 못하였다. 그래서,

"공연히 그래. 내가 주는 것인데도 그러나?"

하며 일어서서 설화에게로 가까이 가며 억지로 설화가 들고 있는 술잔에 술을 부었다.

36회 설화는 술잔을 든 채로,

"이것 보세요. 엎질러져요."

하며 흔들리는 술잔을 바라보면서,

"그러면 저리로 가서 앉으세요. 먹을게요."

하였다. 영철은 술도 권할 겸 설화에게로 가까이 가 보고 싶은 생각이 났으나 자기가 먹겠다고 하는 소리를 듣고는 하는 수 없이 자기 자리에 가서 앉았다. 그녀는 술잔을 다시 테이블 위에 놓으며,

"꼭 한 잔만 먹습니다."

하고 다시 영철을 쳐다본다. 영철은,

"그래."

하였다. 그러나 설화는,

"꼭 한 잔만 먹습니다."

하고 효력 없는 다짐을 받으려 하는 것인 것을 알기는 알면서도 영철에게 다만 한마디 말이라도 더 하는 것이 은연중 기뻤었다.

"그래 한 잔만."

하고 영철은 반웃음 섞어서 대답하였다. 설화는 술을 반쯤 마시고 다시 놓았다. 옆방에서 떠드는 소리가 나고 사람 부르는 종소리가 한 번 나고 사라지더니 방안은 고요하다.

설화의 얼굴은 다시 침착하여졌다. 그러고는 또다시 냉정한 눈으로 영철을 바라보았다. 그러고는 애소하는 듯한 목소리로,

"영철 씨" 하고 한참이나 아무 말이 없다가 다시 가는 기침으로 목을 가다듬더니,

"여자들도 사람이지요?"

하고 아까 하려던 말을 거푸 한다. 설화는 여자인 까닭에 모든 여자들은 다 자기와 같이 남자에게 속아 지내는 줄 안다. 만일 설화가 다른 여자들

이 남자의 진정한 사랑을 받고 있는 사람이 있는 줄 알았다면 이와 같이 대담하게 여자도 사람이지요? 할 수가 없었을 것이다. 아니, 있는 줄 알기는 안다. 그러나 나이가 열여덟이 될 때까지 사람에게 가장 크고 가장 중한 사람을 맛보다가 잃어버리고 속임을 당하고 떠남을 당한 설화는 자기가 다정하게 생각하는 사람에게 "여자도 사람이지요" 하고 대담하게 말하지 않을 수가 없었다.

영철은 다만 빙그레 웃으면서,

"그럴 리가 있나. 그런 사람이나 그렇지."

하며 담배를 집어 물었다. 설화는 성냥불을 켜 영철의 담배에 붙여주면서,

"그러면 영철 씨는 그렇지 않으시단 말이지요?"

하며 불 붙은 성냥개비를 입에다 갖다대고 혹 불어 꺼뜨린 성냥개비만 손가락 사이에다 넣고 배배 튼다.

영철은 참으로 대답하기 어려운 문제로구나 생각하였다. 경솔하게 대답할 수도 없는 문제요 그렇다고 대답 아니할 수도 없는 문제라 하였다.

"그것이야 낸들 알 수 있나. 나의 마음일지라도 내가 알지 못하니까."

하고 억지로 책임을 벗어던지려 하였다.

"나도 알 수 없지. 나라고 그러지 말라는 법이 없으니까."

이 말을 들은 설화는 다시 술을 부으며,

"자, 한잔 더 잡숫지요."

하고 다시 술을 부어 놓았다. 설화의 얼굴에는 아까 마신 반 잔의 포도주가 취하여 불그레하게 타오른다. 영철은 붉게 타는 설화의 얼굴을 바라보고 또다시 못 견디게 설화에게 술이 권하고 싶었다. 그래서 영철은,

"나만 먹어서는 안 될걸. 자, 한 잔만 더 먹어."

하고 다시 권하니까 설화는,

"왜 이러세요. 아까 그래서 꼭 한 잔만 마시겠다고 여쭈었지요."

하고 사양을 하면서도 이번에는 아까보다 거절하는 빛이 그렇게 많지는 않았다.

"아까는 아까고 지금은 지금이지, 그까짓 술 한잔쯤을 무얼 그래."

하고 조소하는 듯이 흘겨보며 영철은 술을 부었다. 설화는 이번에는 흥분된 표정으로 그 술을 마셨다. 그러고는 영철에게 다시 따라놓았다.

시간이 지남을 따라 연한 설화의 가는 핏줄로 타는 마액이 쉬지 않고 돌아간다. 설화는 혈관 속에 긴장된 피가 귀밑으로 돌아가는 소리를 듣는 듯하였다. 그의 두 눈에는 회색 아지랑이가 낀 듯하였다. 그리고 혈액이 높은 고동으로 그의 전신을 돌아갈수록 온 천지를 붉은 심장빛으로 물들여 놓은 듯하고 모든 정情의 불길이 자기의 연한 피부를 사르려고 가는 혀를 날름대는 듯하였다.

설화는 공연히 입을 쫑긋쫑긋하고 시름없는 태도로 담배만 암상스럽게 재떨이에 비비었다. 그러다가는 긴 한숨을 쉬었다. 그러고는 거슴츠레한 눈으로 영철을 바라보며,

"영철 씨! 이 세상에 저를 참사랑으로 사랑하여 줄 다정한 이가 한 사람도 없을까요?"

하였다. 이 말을 들은 영철의 가슴에는 그 무슨 무거운 것으로 때리는 것 같이 다만 띵 하게 울릴 뿐이요, 아무 예리한 감각은 없었다. 설화는 또다시 극도의 흥분된 어조로,

"얼굴에 분칠하고 입술에 연지 바른 더러운 계집의 가슴속에도 참사랑이 있는 것을 알아 줄 사람이 있을까요?"

하고 구슬구슬 떨어지는 눈물이 그의 옷깃을 적셨다.

37회 영철의 가슴은 무엇을 날카롭게 내리흐르는 듯이 쓰리고 아픈 중에도

설화가 불쌍하였다. 영철의 마음에는 설화를 사랑할 만한 사람이라 함보다도 세상에 가장 불쌍한 사람이라 하였다. 그러고는 구하여 주고 싶었다. 영철은 다만 아무 말 없이,

"왜 그런 말을 해? 응?"

하며 일어나서 설화의 등을 어루만지며,

"울지 말어."

하고 자기도 울듯 울듯 하였다. 영철의 이 두어 마디 말이 얼마나 그녀의 감정을 돋우었는지 구슬같이 떨어지던 눈물은 비오듯 쏟아지며 한참이나 느껴 가며 운다. 그러다가는,

"영철 씨, 이런 말을 하는 사람이 불쌍한 사람이지요? 남에게 불쌍히 여겨 주기를 바라는 사람처럼 더 불쌍한 사람은 없을 테지요?"

영철은 아무 말도 못 하였다. 다만 울고 섰는 설화의 등뒤에 서서 설화의 손만 단단히 쥐고 있을 뿐이었다. 그리고 설화가 수건으로 눈물을 씻을 때 영철은 다만 속마음으로 설화가 어찌하여 나를 이 방안으로 불러 들였으며, 어찌하여 뜻깊은 눈으로 나를 바라보았으며, 또한 눈물을 흘려 자기의 신세를 애소하는가? 그의 말소리와 눈초리와 모든 행동이 모두 다 나에게 자기의 사랑을 던져 주는 것이 아닐까? 그리고 그의 두 뺨을 굴러 떨어지는 방울방울의 눈물이 참으로 자기의 사랑을 짜내고 결정結晶시킨 사랑의 구슬이 아닐까? 그것을 나는 받아야 할 것인가, 안 받아야 할 것인가, 하였다.

그러나 그때 설화는 이미 눈물을 씻고 다시 미소를 띠었다. 그러고는,

"영철 씨, 오늘 실례 많이 하였습니다. 용서하여 주세요."

하며 목소리를 아주 따뜻하게 하여,

"오늘 저녁에 저의 집에 한번 놀러 오세요."

하며 종을 눌러 보이를 부른다.

영철은 다만 "그래, 가지." 하며 금방 울었다 금방 웃는 설화의 얼굴을

볼 때 어쩐지 얄미운 생각이 났다. 그러나 불쌍한 여자는 불쌍한 여자로구나 하였다.

"몇 시쯤에 오실까요?"

"글쎄, 10시가량 해서…."

"10시오?"

"그래."

"그러면 10시에 꼭 기다릴 테야요."

설화와 영철은 일어섰다. 그리고 문을 열고 이층 층계 앞까지 왔을 때에 누구인지,

"영철 군" 하고 부르는 사람이 있다. 영철은 뒤를 돌아다보았다. 그 층계 위에는 백우영이 서 있었다. 영철은 쾌활하게 웃으며,

"아, 우영인가?" 하며 고개를 끄덕여서 웃음으로 인사를 하였다. 백우영은 올라가던 다리를 멈칫 하고 서서,

"웬일인가?" 하며 유심히 본다. 영철은,

"저녁 좀 먹으러 왔네." 하였다.

"응 저녁? 자네도 요새 괜찮으이그려. 요릿집 저녁을 다 먹고."

"오늘 생전 처음일세. 하하하."

백우영은 그 옆에 서 있는 설화를 보았다. 그러고는 질투스러운 눈으로 뚫어질 듯이 흘겨보았다. 설화는 다만 백우영의 시선을 피하려 하면서도 얼굴에 웃음을 띠고,

"오래간만이십니다."

하였다. 백우영은 아주 비웃는 듯이,

"좋구나. 오늘은 두 분이."

하며 입을 찡그린다.

설화는 고개를 숙이고 아무 말 없이 바깥으로 나가려 하였다. 영철도

백우영의 짓이 미워서,

"나는 먼저 가겠네, 천천히 오려나?"

하고 설화를 따라 나가려 하였다.

우영은 엄연하고 힘있는 어조로,

"설화! 잠깐 날 만나보고 가."

하고 불렀다. 나가던 설화는,

"왜 그러세요?"

하고 그 자리에 서서 돌아보기만 한다.

영철은 바깥으로 나갔다. 우영은 고갯짓으로 설화를 부르며,

"이리 잠깐 올라와, 할 말이 있으니."

하였다. 설화는 혼자 갈 영철과 자별한 인사도 못 하고 귀찮게 부르는
백우영이가 보기 싫어서,

"무슨 말씀예요. 거기서 하세요."

하고 암상궂게 쳐다본다.

38회 "여기서는 하지 못할 말이야. 저 위로 올라가서 조용히 할 말이 있으
니, 자 이리 올라와."

하며 설화를 기다리는 듯이 돌아본다.

설화는 올라갈 수가 없었다. 마음속에서 귀찮은 생각이 치밀어 올라왔
다. 그러나 기생이라는 생각이 그의 발을 백우영에게로 향하지 않게 할 수
는 없었다.

그러나 그대로 쫓아 올라가기는 싫어서 달아날 듯이 싹 돌아서며,

"그만두세요. 저도 일이 있어요."

하고 가는 허리를 배배 틀면서 바깥으로 나가려 하였다.

우영은 나가는 설화를 보고 간교한 사냥개같이 뛰어내려와 손목을 붙

잡으며,

"어디를 가?"

하고 여우같이 흘겨본다. 설화는 간특한 독부毒婦의 웃음같이 '히' 하고 우영을 깔보는 듯이 바라보더니,

"왜 이러세요?"

하며 잡힌 손목을 벌레나 붙은 듯이 홱 뿌리친다.

우영은 독이 엉킨 선웃음을 치며,

"올라오지 않을 테야?"

"왜 안 올라가요. 돈만 주어 보세요."

우영은 이 소리를 듣고서는 기가 막혔다.

"흥, 돈?" 하고 혼자 부르짖었다. 우영도 물론 설화가 청구하는 돈이라는 것을 으레 줄 것으로 알면서도 사랑을 돈으로 살 수는 없는 것인 줄 알았던지 잠깐 이야기하자는데 돈 소리를 하는 설화의 말이 어떻게 더럽게 들렸던지 알지 못하였다.

설화는 우영이가 기가 막혀 다만 돈? 하고 한참이나 가만히 서 있는 것이 우습기도 하고 또한 우영이가 그 무슨 추악한 세계를 비웃는 듯한 것이 부끄럽기도 하여 "네" 하고 억지로 웃음을 지었다. 그러고는 자기의 고운 옷과 매끄러운 단장丹粧이 다 낡은 걸레같이 더러워 보일 때 또다시, '그래서는 무엇하니. 올라오라는 대로 올라가 보리라' 하였다. 설화는,

"그러면 올라가지요."

하고 이층으로 올라갔다. 우영은 원망스럽게 설화를 바라보며,

"흥, 그만두어라. 영철의 사랑만 사랑이고 나의 사랑은 사랑이 아니라더냐."

하였다. 그 말소리 속에는 영철을 비웃는 동시에 설화에게 자기 사랑을 받아 주지 않느냐 하는 애원이 섞여 있었다. 그녀는 기가 막혀서,

"어떤 정신없는 양반이 그런 말씀을 해요. 조금 잘못 알았다고 그래 주십시오."

하였으나 그의 가슴에는 그 무슨 희미한 기쁨이 있었다.

연옥에게 조합 문간에서 영철 씨가 너를 사랑하신단다 말을 들을 때보다 더욱 농후한 기꺼움이 그를 즐겁게 하더니 오늘 이 소리를 들을 때에 웬일인지 부끄러운 중에도 백우영의 그 말하는 것이 질투 끝에서 나오는 말인 것을 알기는 알면서도 그의 입을 틀어막고 싶도록 듣기가 싫었으며 남이 알까 하는 두려운 생각이 났다.

그래서 설화는 백우영을 달래는 듯이 그의 손을 잡았다. 우영은 설화의 손이 자기의 손에 닿을 때 요악한 계집의 날카로운 입김을 맛보는 것과 같이 마음이 저린 중에도 모든 관능이 취함을 깨달았다. 우영은,

"놓아."

하고 그 손을 뿌리치려 하면서도 술에 취한 듯한 눈으로 설화를 바라보며 또다시 그녀의 손을 당당히 쥐고 빙그레 웃었다. 설화는 우영을 영롱한 눈으로 쳐다보며,

"놓아요? 노시라면 놓지요. 그렇지만…."

하고 우영의 손을 더욱 꼭 쥐었다. 우영은 무슨 해결이나 얻은 듯이 아무 말이 없었다.

두 사람은 방안으로 들어갔다. 백우영은 담배를 피워 물고 한옆에 우두커니 서 있는 설화를 안경 너머로 흘겨보며,

"거기 앉아."

하고 의자를 가리켰다.

설화는 웬일인지 조용한 방에 으스스한 공기가 좋지 못하여 무슨 더러운 행위를 장차 실행하려는 준비의 시간에 서 있는 듯하였다. 그리고 우영의 안경 너머로 자기를 바라보는 것이 더러운 음욕을 채우려고 덤비려는 것

같아 진저리가 처지도록 싫었다. 그래서 설화도 우영을 곁눈으로 흘겨보며 입을 쫑긋하고,

"걱정 마세요. 제가 남에게 매어 지내는 사람인 줄 아십니까?"

하고 창가에 서서 지나가는 사람을 바라보았다. 그리고 저쪽까지 끝없이 연한 큰길 위에 혹시 영철이 지나가지 않나 하였다.

우영은 사교가의 웃음같이 입을 크게 벌리고 하늘을 쳐다보며,

"허허" 하고 웃었다. 그러고는 다시 설화에게로 가까이 가서,

"이리 앉으십시오."

하고 설화의 손을 잡아 억지로 앉히면서,

"설화" 하고 귀밑에서 나지막하게 차디찬 어조로 또다시 부르며,

"영철에게는 훌륭한 애인이 있다나?"

하였다. 설화는 어린아이의 수작이나 듣는 듯이 한참이나 우영의 얼굴을 들여다보더니,

"있거나 없거나 그 말을 나에게 하실 것이 무엇예요? 영철 씨의 애인이거나 나지미馴染ょ: 친한 사람, 혹은 성매매여성이거나 제가 알 것이 무엇예요. 그는 그고 나는 나지요."

하고 고개를 돌이켜 다른 곳을 쳐다보았다.

39회 "정말 말은 잘한다."

"무슨 말이 좋아요. 저는 백우영 씨라는 훌륭한 애인이 있는데요. 그렇지만 백우영 씨가 저의 그 무엇을 꼭 한 가지 알아 주지 않으시는 것이 걱정이에요."

"무엇을?"

"무엇이 무엇예요. 그것은 사람이면 누구든지 아는 것이지요."

"사람이면 다 아는 것이 무엇일까?"

"당신이 나는 똑똑한 줄 알았더니 꽤 미련하시구려."

"무엇이 미련해? 사람이면 다 아는 것이 무엇이야? 말을 해야 알지."

"고만두세요. 저는 말하지 않을 테예요. 설화라는 계집년의 사랑은 언제든지 하나밖에 없지요. 그러나 백우영 씨는 설화 이상 가는 여자를 얼마든지 사랑할 수가 있으니까요."

"설화가 그런 말을 하는 것은 나를 알아 주지 못하는 말이지."

"모르기는 무엇을 몰라요. 제가 만일 백우영씨 한 분만 믿었다가 우영 씨가 당신의 마음이 한 번만 돌아서시는 때에는 저는 속절없는 불행한 사람이 되겠지요. 그러니까 다 고만두세요. 저 같은 년이 참사랑이 무엇입니까? 그대로 엄벙덤벙 지내지요. 그러다가 죽지요."

그러다가는,

"돈만 있으면 저 같은 년의 사랑은 얼마든지 살 수가 있으니까요. 그렇지요. 지금이라도…."

하고 말을 채 못 마친다. 백우영은,

"그게 무슨 소리야. 오늘은 왜 전에 하지 않던 말을 해?"

하고 먼 산만 수심 있는 눈으로 바라보는 설화를 유심히 바라보았다. 설화는 자기가 슬픈 곡조를 노래한 듯이 마음이 처량하였다. 그리고 이 세상을 한없이 저주하는 어쩔 줄을 모를 감정이 복받쳐 올라왔다.

"저는 가요. 언제든지 돈만 가지고 우리 집으로 오셔요. 그러면 무슨 짓이든지 당신이 하라시는 대로 할 터이니요. 자, 안녕히 계십시오."

하고 허리를 휘청휘청하며 바깥으로 나간다.

＊　＊　＊

그날 저녁이었다. 설화하고 만나자 하던 시간보다 한 시간이나 늦어서 영철은 종로 네거리로 걸어온다. 그가 종로 정류장에서 동대문 가는 전차를 기다릴 때에 아까부터 그의 머릿속을 어지럽게 하는 모든 의심이 여태까지 그를 불안하게 한다.

그는 아까 그 서양 요릿집에서 설화와 만난 것이 꿈속같이 희미할 뿐이요, 누구에게 거짓말을 들은 듯이 미덥지 못한 것과 같을 뿐이다. 설화라는 기생이 자기에게 반하였다 하는 것은 도리어 자기의 자긍自矜같이 밖에 생각되지 않는다. 그러나 설화가 자기를 부른 것과 또는 하고많은 사람 중에 자기에게, 이 세상에는 자기를 사랑하여 줄 사람은 하나도 없을까요? 하던 것과 또는 눈물을 흘리던 것과 눈물을 흘려 말을 하다가 또다시 그 눈물을 그치고 냉정한 눈으로 웃는 것이 어떻게 영철의 마음을 의혹 속에 헤매게 하는지 알 수가 없었다.

어찌하여 설화가 나에게 그와 같은 말을 하였을까? 이 세상에는 한 사람도 자기를 참사랑으로 사랑하여 줄 사람이 없을까? 하는 것은 나에게 이 세상에 참으로 자기를 사랑하여 주는 그 한 사람이 되어 달라는 애원이 아니 될까? 그 뜨거운 눈물은 방울방울이 나에게 사랑의 정화精華를 던져 주는 것이 아닐까? 냉랭하고 쓸쓸한 이 세상에 다만 나 한 사람이 자기의 애소와 눈물을 받아 줄 한 사람인 것으로 찾아낸 까닭이 아닐까? 그리고 오늘 저녁에 자기 집으로 오라고 한 것은 나를 참으로 만나고 싶은 간절한 욕망에서 나온 소리가 아닐까?

그러나, 영철은 또다시 생각하였다. 그러면 어찌하여 설화가 그 당장에서 나의 가슴에 안겨 나는 당신을 사랑합니다, 하고 사랑을 간절히 구해보지를 못 하였을까? 어찌하여 흘리던 눈물을 갑자기 씻고서 냉정한 태도로 다시 웃었을까? 설화가 그 자리에서 참으로 나에게 사랑을 구하고 싶은 간절한 욕망이 있었다 하면 어찌하여 말을 못 하였을까?

그렇다. 만일 그 자리에서 설화가 나에게 사랑을 구하였던들 나도 그것을 주었을걸! 그가 만일 나의 가슴에 안겨 울었더라면 나도 따라서 울었을걸! 그러나 약한 여자인 그녀는 나에게 사랑을 구하였다가 배척을 당하면 어찌하나 하는 생각이 있었던 게지! 그러면 그때에 나를 못 믿었던 것이지? 이 세상의 모든 남자를 못 믿는다 하는 설화는 또 나까지 믿어 주지를 못하였던 게지?

이것을 생각한 영철은 아까 그 설화가 눈물을 씻고 냉정한 눈초리로 자기를 바라보던 것이 똑똑하고 분명하게 보여 그 눈이 박혀 있는 그녀의 머릿속에는 자기까지 다른 남자처럼 못 믿어 하고 주저하는 화살을 재어가지고 쏘려고 노리는 듯하였다. 그리고, 그 설화가 모든 남자를 못 믿는 것은 여자가 모든 남자를 그의 모든 아귀같이 간특한 짓으로 모든 남자를 속인 까닭이라는 생각이 떠돌면서 아아, 과연 누가 여자의 눈물을 믿는 자이냐? 누가 여자의 한숨 속에서 진실을 찾아내는 자이냐 하였다.

40회 그러다가 영철은 또다시 설화가 정말 나를 기다리고 있을까? 하는 생각이 날 때에는 그윽한 음악이 설화의 집에서 가늘게 새어나와 골목을 지나고 행길을 돌아 보이지 않는 가는 줄이 명주실이 되어 자기의 가슴을 얽어 청진동 편으로 잡아 끄는 듯하였다. 그리고 "가 볼까?" 하는 것이 처음으로 영철의 입에서 새어나온 주저의 말소리였다.

그러나 그의 발은 떨어지지 않았다. '나를 설화가 맞아 주기나 할까? 보며 반가워하여 줄까? 아까 나더러 오라고 한 말이 지나가는 말소리가 아니었을까? 비록 내가 간다고 하여 보자. 그러나 나보다 돈 많은 사람이 설화를 차지하고 앉았을 테지, 그러면 나는 따돌림을 당할 테지, 아까 그 눈물을 똑똑 떨어뜨리는 눈으로 시침을 딱 떼고 교사한 말로써 나를 문간에서 돌려보내지 아니할까? 그러나 기생의 말을 믿는다는 것은 어리석은 말이다' 할 즈음에 동대문 가는 전차가 와서 섰다.

그 전차가 오기를 기다리고 섰던 영철의 마음은 웬일인지 그 전차가 와서 선 것이 보기 싫도록 미웠다. '빌어먹을 전차, 기다릴 때는 오지 않더니 이런 때는 경치게 속히 오네' 하며, '고만두어라. 집으로나 가지' 하고 전차를 타려다가, '그렇지만…' 하고, 타려던 전차에 올려놓았던 다리를 내려놓으면서, '제가 기다리거나 핀잔을 주거나 냉대를 하거나 내가 갈 곳은 내가 갈 것이다' 하고 다시 발길을 돌이켜 청진동으로 향했다. 시계는 벌써 11시 반이나 되었다. 종로 네거리에는 전차 차장이 두어 사람 서 있고, 빨간 불을 켜놓은 순간 주재소 앞에는 검은 복장을 입은 순사가 뚜벅뚜벅 왔다갔다할 뿐이요, 아주 조용하다.

영철은 재판소 앞 대서소가 많이 있는 골목을 꿰뚫어 청진동으로 들어섰다. 설화네 집에 다다라서 문패를 조사한 영철의 마음은 잠갔던 열쇠를 열어 놓은 듯이 덜컥 하고 부러지는 듯하더니 자기도 모르게,

"여기로구나!"

하였다. 대문은 눈 감은 듯이 닫혀 있었다. 영철은 가만히 문을 밀어 보았다. 문은 영철이 생각하던 바와는 달리 밀치는 대로 스르륵 열렸다. 영철은 마음을 대담하게 먹고서 마음속으로 '어떻든 불러나 보리라' 하다가, 그대로 얼른 목소리가 나오지 않아서 귀를 기웃하고 안방에서 무슨 소리가 나나 엿들어 보았다. 아무 인기척이 없는 것을 안 영철은 그때야 목소리를 가다듬어, "설화!" 하였다. 그러나 대답이 없었다. 두 번을 부르고 세 번을 불러도 대답은 없다. 영철은 속으로 '그러면 그렇지, 기다리기는 무엇을 기다려! 내가 못난이 짓을 하였지!' 하고, 어째 마음이 부끄럽고 설화가 한 거짓말이 얄밉기도 하여, '에 그대로 가리라' 하다가도 그렇지만 한 번만 더 불러 보지 하고 또다시,

"설화!" 하고 크게 불렀다. 영철은 웬일인지 자기 목소리가 조금 떨리는 듯한 데 자기도 모르는 의심이 나서 '목소리는 왜 떨리노?' 하고서, 혼자 자기를 비웃듯이 웃었다.

"누구요?" 하는 소리가 이제야 미닫이를 여는 소리와 함께 들리었다.

영철은 그 '누구요?' 하는 소리가 다시 돌아가려던 자기에게 '네가 잘못이지!'하고 경성시키는 부르짖음같이 그의 마음을 때렸다.

영철은 한참이나 말없이 안에서 사람이 나오기를 기다렸다. 아무 소리도 없는 것을 들은 그 대답한 사람은 신짝을 찍찍 끌며 마당으로 나오려고 한다. 영철은 설화가 나오나 보다 하고 일부러,

"설화 있소?" 하였다.

"있소, 누구요?" 하는 사람은 설화 어미였다.

영철은 문간을 들어서서 마루 위로 올라갔다. 창 안에 전깃불은 향내나는 몰약沒藥이 녹는 듯이 켜 있었다. 영철은 저 불 밑에는 설화가 앉아 있으려니 하였다. 그리고 나를 기다리다 못해서 비스듬히 기대앉아 졸려니 하였다. 그러면 나는 그의 가는 허리를 바싹 껴안고 "나 왔소" 하며 놀리리라 하였다. 그러면 또다시 그는 놀란 중에도 원망스러워하는 눈으로 나를 흘겨보며 연지 입술을 반쯤 벌리고 앵두빛 같은 웃음을 띠렸다 생각하였다.

영철은 문을 열고 들어갔다. 영철이 지금까지 생각하던 것과는 아주 다른 정경이 영철의 마음을 쪼개는 듯했다.

10시에 오마 한 자기를 자정이 넘도록 기다리다 못해서 영철을 원망도 하여 보고 모든 세상을 저주도 하여 보고 그 끝에는 자기 신세를 한탄도 하여 보고 모든 것을 단념도 하여 보다가 그대로 팔을 벤 채로 방바닥에 엎드려 있는 설화가 영철의 눈앞에 놓여 있다. 설화의 아래 눈썹에 괴어 있는 작은 눈물 방울이 전깃불에 비치어 비애의 정화같이 푸르게 반짝인다. 그러다가는 떨리는 한숨이 온 방안에 가득한 정조를 무너뜨려 버리는 듯했다.

41회 영철은,

"설화—" 하고 어깨를 가볍게 흔들었다. 그러나 설화는 대답이 없이 누워 있을 뿐이다.

"설화, 나요 나요."

하고 성화같이 흔드는 영철의 말 끝에 설화는 겨우 잠꼬대같이,

"무어요? 영철 씨가 오셨어요? 그이는 우리 집에 오시지 않으세요. 벌써 날이 밝았는데요."

하고 모든 것을 단념한 듯이 고개를 돌이켜 돌아누우려고 하였다. 영철이가 이 말을 들을 때에 자기가 무슨 죄나 지은 듯이 아까 자기가 종로 정류장에 서서 생각하던 것과 설화의 집 대문간에서 다시 돌아가려던 것이 뉘우쳐지고 부끄러울 뿐이다. 영철은 설화를 껴안으며,

"설화, 나요. 영철이요."

하며 또다시 흔들어 깨우면서,

"용서하시오. 꿈속에서까지 나를 원망하지 마시오."

하였다. 설화는 꿈에 어린 눈으로 수수께끼를 듣는 듯이 영철의 얼굴을 한참이나 내려다보더니,

"아아, 영철 씨!" 하고는 그대로 영철의 가슴에 고개를 대고 느껴 운다.

"영철 씨, 저는 영철 씨까지 그러하실 줄은 몰랐어요. 저는 영철 씨를 원망하였어요. 그러다가는 단념까지 하였어요. 그 단념은 참으로 어려워요."

영철은,

"용서하시오. 모두 내 잘못이지요! 그만 눈물을 씻으시오."

하고 수건으로 설화의 눈물을 씻기었다. 설화는 애원하는 듯이 떨리는 목소리로 "영철 씨" 하고 영철의 대답을 기다림인지 무슨 말을 하려던 것이 부끄러웠던지 말소리를 그치고 가만히 있었다. 영철은 진정이 뭉친 어조로,

"응" 하고 대답을 하였다.

"영철 씨는 나를 불쌍한 사람으로 알아 주세요."

하며 고개를 더욱 영철의 가슴에 대고 다시 복받치는 울음을 운다. 영철은 참으로 불쌍한 여자라 하면서도,

"불쌍하게 여기오."

라고 얼른 대답을 하지는 못했다. 대답을 얼른 하면 입에 붙은 말로써 설화의 환심을 사려고 하는 줄 알 것도 같고 그렇다고 그렇지 않소, 할 수가 없어 다만 아무 말 없이 설화의 머리털만 쓰다듬으며,

"왜, 설화가 불쌍한 사람인가?"

할 뿐이었다. 설화는,

"네, 저는 불쌍한 사람이에요. 아주 가련한 인생이에요. 저는 믿을 곳도 없고 바랄 곳도 없는 사람이에요. 영철 씨! 영철 씨께서는 저를 영원히 불쌍히 여겨 주시지요?"

"설화, 나는 참으로 알지 못하였소. 자— 일어나시오. 나도 이제부터 설화의 가슴에 안기고 싶소. 끝없는 꿈나라로 흘러갑시다. 견디기 어려움을 맛볼 때마다 흘러서 서로 합하는 따스한 눈물의 위로를 받읍시다."

이 말을 한 영철의 눈에서는 알지 못하는 눈물이 보석 반지 반짝반짝하는 설화의 흰 손등 위에 떨어졌다. 설화는 겨우 마음을 진정한 듯이 몸을 영철에게 실리며 가늘게 바르르 떨더니,

"영철 씨, 어떻게 하면 이 괴로운 세상을 벗어날까요? 저는 끝도 없고 한도 없는 세상으로 달아나고 싶어요. 모든 것을 활활 내던지고 한없이 흘러가고 싶어요. 공중으로 흘러가는 구름장같이 둥둥 떠나가고 싶어요. 그러다가는, 그러다가 영철 씨의 가슴에서 죽고 싶어요. 영철 씨, 영철 씨의 가슴은 저의 마지막 무덤이 되어 주세요."

영철은 설화의 흘리는 듯하게 거슴츠레한 눈을 바라보았다. 그리고 자기의 팔을 붙잡는 미끈한 손과 자기의 심장 위로 스치고 지나가는 그의 울음소리가 차디차고 근질근질하게 설화를 불쌍히 여기는 마음이 나게 하였다. 그 불쌍한 생각이 날 때마다 영철은 어머니가 자기의 어린 자식을 껴안는 듯이 설화의 등에 깍지 낀 손을 힘있게 잡아당기어 자기의 가슴에 힘있

게 껴안았다. 그럴 때마다 그윽한 정욕을 일으키는 설화의 젖가슴이 뭉그러지는 듯이 영철의 가슴을 누를 때 영철은 조금 지지리 탄 듯한 설화의 입술을 빨아 보았다. 그러고는 떨리는 목소리로,

"설화!" 하고 불렀다. 설화는,

"네" 하고 영철의 얼굴을 쳐다볼 때 영철의 두 눈에 어리어리한 이상한 정채情彩가 설화의 마음을 매혹적으로 근질일 때 그는 고개를 다시 수그렸다. 영철은 손으로 설화의 뜨거웁게 타는 두 뺨을 곱게 문질렀다. 그러다가 그 뺨을 쳐들어 자기 얼굴과 마주 향하게 하였다. 그러다가 뺨을 쳐들어 자기 얼굴과 마주 향하게 하였다. 그러고는 그의 눈을 들여다보고는 자기도 모르게 본능적으로 싱긋 웃었다. 설화도 영철의 웃음에서 그 무슨 요구를 알아차린 듯이 생긋 웃고는 부끄러움을 짓고 고개를 돌이키려 하였다. 영철은 그러나 돌리려는 얼굴을 돌리지 못하게 하더니, 그의 입술을 바라보았다. 그리고 또다시 가늘게 떨리는 목소리로,

"설화!" 하였다.

이번에는 설화도 응종하는 듯이 다만 싱그레 웃으면서 가만히 있다. 영철은 설화의 쪽찐 머리 뒤로 한 손을 보내고 또 한 손으로 설화의 등을 감아 그녀를 얼싸안았다.

그러고는 한참 동안이나 두 사람은 아무 소리가 없었다. 다만 입김과 입김이 코를 거쳐 나와서 강하게 떨리는 소리가 고요한 밤의 공기를 짜릿한 정욕의 그윽한 맛으로 물들일 뿐이었다.

영철이 두 팔의 힘을 늦추고 설화가 부끄러운 듯이 고개를 갸우스름하고 머리쪽을 고칠 때에는 두 사람의 입술에는 꿀물 같은 사랑의 이슬이 번지르하게 윤이 흘렀다.

영철은 속마음으로 아아 과연 나는 행복의 경계선을 넘어 들어온 자인가 할 뿐이었다.

42회 영철과 설화가 설화의 집에서 만난 지 사흘 동안이 지나갔다.

어린 혜숙은 교실에 들어앉아 한문을 배우고 있다.

수염이 많이 난 털보 선생이 무엇이라 힘없는 목소리로 설명을 할 때마다 여러 학생들의 얼굴들은 점점 누래지도록 염증이 나는 모양이다. 혜숙은 처음에는 책을 펴놓고 선생의 설명을 들으리라 하였다. 그러다가는 10분이 지나지 못해서 공책 위에 그림을 그리기 시작하였다. 또 그러다가는 또다시 선용의 생각이 났다.

선용 씨도 나처럼 공부를 하렷다. 그러나 그는 이런 배우기 싫은 한문을 배우지 않고 영어를 배우렷다 하였다. 그러다가는 또다시 선용의 그리운 생각이 났다. 그리고, 편지나 한 장 쓰리라 하였다.

그리고 선생의 눈을 한번 쳐다보고는 조용히 공책 한 장을 뜯었다. 그리고 모든 묘한 문자와 정다운 문구를 될 수 있는 데까지 자기 힘을 다해서 써 보리라 하였다.

그는 편지를 써서 필통 속에 있는 봉투를 꺼내어 피봉을 썼다. 그래서 책 틈에다 넣었다. 그리고 선생에게 들키지나 아니하였나 하고 다시 선생의 얼굴을 쳐다보고 책을 보는 체하였다.

어린 혜숙은 다만 마음 가운데 이러한 것만 그리고 있을 뿐이었다. 선용 씨가 일본서 공부를 하여 가지고 돌아오거든 앞에는 수정 같은 냇물이 굼실굼실 여울지어 돌아가고, 뒷동산에는 성茂된 종려나무 그늘 같은 무르녹는 녹음 가운데 어여쁘고 얌전하게 양옥집을 짓고 살지!

그리고 선용 씨는 서재에서 글을 쓰고 자기는 전깃불이 고요히 비치고 나부끼는 창장窓帳을 가는 바람이 고달프게 할 때 그 옆의 교의에 앉아 책을 보다가 선용 씨가 머리가 고달프다고 붓대를 놓거든 나는 피아노의 맑고 가는 '멜로디'로 그의 머리를 가라앉혀 주리라. 그러다가 달이나 환하게 밝거든 뒷동산 이슬 내린 사이로 두 사람이 팔을 마주 잡고 이리저리 소요하면서 나무 사이로 흐르는 푸른 달빛에서 한없이 달콤한 정화에 취하여 보리라 생각하였다.

그러나 그것이 참으로 그렇게 되겠다는 확실한 희망을 혜숙의 가슴에 부어다 준다는 것보다도 그렇게 되었으면 좋겠다는 욕망이 그의 머릿속에 쉬지 않고 나타나서 공상의 활동사진을 비치게 하였다.

하학을 한 혜숙은 학교 정문을 나섰다. 그의 책보를 낀 손에는 선용에게 갈 편지를 겹쳐 쥐었다. 그가 마침 우체통 앞으로 가까이 가려 할 때에

"오래간만이십니다."

하고 은근히 인사를 하는 백우영을 만났다. 혜숙은 깜짝 놀라 고개를 들었다. 그리고 얼결에 나온 목소리로,

"네, 오래간만이십니다."

하였다. 그랬으면 고만인 걸 무슨 죄나 짓다가 들킨 듯이,

"어디를 가세요."

하고 서투른 말로써 그에게 무슨 애원이나 하는 듯이 공연한 말을 물어 보았다. 그러고는 자기 손에 든 편지를 백우영에게 들키지나 아니하였을까 하고 얼른 보이지 않게 책보와 자기의 팔 사이에다 넣어 버렸다.

"네에, 어디 좀 갑니다. 벌써 하학을 하셨어요?"

하고 백우영은 나란히 서서 가기를 청하는 듯이 혜숙의 옆으로 가까이 오더니, 아무 말 없이 걸어간다. 혜숙도 하는 수 없이 편지도 부치지 못하고 그대로 우영과 조금 떨어져서 천천히 걸어간다.

우영의 얼굴은 영도사에서 볼 적보다 더욱 어여뻤다. 그리고 양복 입은 맵시가 날씬하고 녹신하도록 태도가 있어 보였었다. 그리고 어여쁜 입이 한 번 맞추었으면 좋을 듯이 사람의 마음을 끈다.

그리고 양복에서 일어나는 구수한 털 냄새와 속옷에 뿌린 향수 냄새가 혜숙의 허리를 홰홰칭칭 감아 잡아당기는 듯이 그윽하다. 그리고 그의 가슴

은 수놓은 비단 방석같이 편안해 보인다.

우영은 말을 좀 붙여 보려고,

"혜숙 씨 오라버니 안녕하세요?"

하고는 곁눈으로 혜숙을 보았다. 혜숙은 땅만 보고 걸어가면서,

"네, 안녕하세요." 하였다.

"지금 바로 댁으로 가십니까?"

"네. 바로 가요."

"저의 집에 가셔서 잠깐 놀다 가시지요?"

이 소리를 들은 혜숙은 깜짝 놀라며,

"네?" 하고 우영을 쳐다보았다. 평생 남자에게 놀러 가자는 말을 들어
보지 못한 혜숙은 백우영이 자기 집까지 놀러 가자는 것이 그 무슨 놀랄 만
한 죄악의 굴로 유인하는 듯하였다. 그리고 죄악 중에도 망측한 냄새가 흐
르는 방안으로 자기를 데리고 가려 하는 듯하였다.

43회 우영은 다만 혜숙의 어린 것을 조소하는 듯이,

"네, 저의 집까지 가셔서 잠깐만 앉아 노시다 가시지요."

하였다. 혜숙은,

"늦게 가면 집에서 기다리시니까, 실례지만 하는 수 없는걸요."

하며, 공연히 마음이 불안하였다.

"뭘요. 잠깐 앉았다 가실걸요. 저의 집은 요기 여기서 가까우니까… 바
로 저깁니다."

하며 저쪽에 있는 기와집을 가리킨다. 혜숙도 그 집을 바라보며,

"네, 그러세요. 그렇지만…."

하고 주지주지한다.

"그러면 언제든지 한번 놀러 오실 수 없을까요?"

"글쎄요. 언제든지 오라버니하고 한번 놀러 가지요."

"네네네!" 하는 백우영의 마음에는 오라버니하고 같이 가겠다는 말이 아주 만족하지는 못하였으나 그렇다고 혼자 오라고 할 수가 없어,

"그러면 그렇게 하시지요." 하였다.

백우영과 서로 헤어져 자기 집에 돌아온 혜숙은 책상 앞에 앉아 복습을 하기는 하나 그의 머리에는 글자라고는 한 자도 들어가지 않고 백우영과 김선용의 그림자가 왔다갔다 한다.

혜숙은 백우영을 오늘 만나기 전까지는 김선용에게 모든 촉망을 두었으며 모든 공상에 실현을 기대하였으나 백우영을 만나 보고 나니까, 거미줄 얽듯 공중에 얽어 놓은 공상이 한낱 꿈같이밖에 생각되지 않는다. 백우영에게서 모든 환희歡喜와 열락悅樂을 얻을 수 있을 것 같을지라도 김선용의 보이지 않는 장래에는 그것을 찾아낼 것 같지는 않았다. 백우영은 모든 미美의 소유자라 할 수 있을지라도 김선용은 그렇지 못하였다.

혜숙은 어찌하여 영도사에서 김선용에게 나는 언제든지 당신을 잊지 못하겠어요 하였노? 하였다. 그때 백우영에게 그런 말을 하였던 것이 도리어 나을 것이 아니었던가, 그리고 오라버니의 편지와 함께 김선용 씨에게 편지는 무엇하러 하였느뇨 하였다. 그러고는 오늘 낮에 학교 교실에서 써서 부치려 하던 편지를 다시 뜯어 읽어 보다가,

'이 편지를 부칠까? 말까?' 하였다. 그러다가는,

'그래도 부쳐야지, 내가 만일 이 편지를 부치지 않으면 내가 죄를 짓는 사람이 될 테지! 선용 씨는 나로 인하여 불행한 사람이 될 테지!' 하다가는,

'오라버니가 만일 나의 이와 같은 주저하는 마음을 알면은 책망을 하렷다' 하였다.

그녀의 마음은 자기가 하고 싶고 옳다고 인정하는 것을 고집할 수 있을 만큼 경험이 없는 어린애다.

자기의 마음이 비록 백우영의 기묘한 힘에 끌려갈지라도 자기의 오라버니를 절대로 신임하는 혜숙은 영철의 말을 일종의 경전같이 믿을 뿐이다. 그래서 지금 자기의 마음 한모퉁이에는 웬일인지 김선용에게 대한 불만이 있을지라도 그 불만이 있는 김선용을 당장에 배척할 만큼 용기는 없었다.

그는 편지를 다시 들여다보다가 '그래도 부쳐 주어야지' 하였다. 그리고 마음 한편으로는 언제든지 틈만 있거든 백우영의 집에 한번 가 보리라 하였다.

*　　*　　*

지구가 돌매 온 우주까지 바뀐 듯하고 가을과 겨울이 지나 따뜻한 봄이 오니, 죽었던 모든 생물들이 생기를 띠어 눈을 부비며 부시시 일어난다. 티끌에 잠겨 있고, 허위에 얽매여 서로 싸우고 서로 다투는 도회 사람이나, 한적하고 적막한 시골에서 순후하고 단조로운 생활을 하여 가는 향토 사람이나, 나무에 깃들이는 어여쁜 새들이나, 산 위에 뛰어가는 사나운 짐승이나, 우뚝 솟은 산이나 잔잔한 바다나 함께 춤추고 같이 노래하는 것은 봄의 신神의 두터운 은총뿐이었다.

나릿한 바람이 사람의 젖가슴을 간질이고, 멀리 가까운 산과 들에는 새로 나는 푸른 풀이 금자리를 깐 듯하고 버들가지 펄펄 춤추는 어떤 일요일 아침이었다. 구릿빛 햇빛이 따뜻하게 쏘아 오는 마루 끝에서 세수를 한 영철이 혼잣말처럼,

"오늘은 은행의 일로 인천을 갈 일이 있는데…."

하고서는 귓바퀴에 묻은 비누를 씻으려 할 즈음에,

"편지요."

우편 배달부가 편지 한 장을 내던지고 달아난다. 영철은 문간에 나아가 물묻은 손으로 편지를 집어 피봉을 살펴 보았다. 거기에는 '이혜숙 양'이라고 한문으로 쓰고 그뒤에는 사직동 '백우영'이라고 씌어 있다.

44회 영철은 아주 유쾌치 못한 생각이 나서 상을 찌푸렸다. 그는 편지를 들고 마루 앞으로 가까이 갈 즈음에 방문을 열고, 혜숙이가 고개를 내밀어,

"누구에게 온 편지예요?"

한다. 영철은 시원치 못한 어조로,

"네게 온 것이다."

하고 여전히 편지를 내려다보고 섰다. 이 소리를 들은 혜숙은 깜짝 놀라는 듯이 반가워하면서,

"네? 제게요. 어디 이리 주세요."

하고 마루로 뛰어나오며 영철의 손에 든 편지를 빼앗는다. 그러다가는 그 편지를 들고 주춤하면서,

"응! 그이에게서 왔군."

하고는 안방으로 뛰어들어가 책상 앞에 돌아앉아 입속으로 소곤소곤 읽는다. 영철은 수건질을 하고 안방으로 들어가며 혜숙에게,

"무엇이라고 했니?"

하고 그 편지의 사연이 알고 싶은 듯이 물어보았다.

혜숙은 안심한 듯이 편지를 내놓으며,

"오라버니하고 저하고 이따가 4시에 자기 집으로 놀러 오라구요."

하였다. 영철은 그 편지를 들여다보며,

"놀러 오라구? 나는 갈 수가 없는걸. 인천을 좀 갈 일이 있어서 밤에나 올 테니까."

하며 안된 듯이 입맛을 다시며 말을 한다. 혜숙은 큰 걱정이 난 듯이,

"그러면 어떻게 해요?"

하며 영철을 쳐다본다.

"무엇을 어떻게 해?"

"그럼 저 혼자 가요?"

"혼자…?"

하고 영철은 힘있게 말을 하고는,

"혼자 가면 무엇하니, 고만두면 고만두지."

하고는, 들었던 수건을 역정이나 난 듯이 탁탁 털어서 횃대에다 턱 걸친다.

"그럼 기다리면 어떻게 해요?"

"기다리면?"

하고 영철은 조금 주저주저하다가,

"기다리다가 그만두겠지. 안 가도 관계치 않다."

혜숙의 마음에는 비로소 자기 오라버니인 영철의 말이 미웁고 원망스러웠다. 그리고 자기의 행복의 줄을 끊으려 하는 듯한 의심까지 나기를 시작하였다. 그리고 속마음으로 김선용에게 자기의 편지를 보내게 한 것도 자기의 오라버니 까닭이요, 또한 김선용에게 사랑을 주게 한 것도 자기 오라버니라 하였다. 세월의 흐름에 따라 엷어져 가는 것은 만나지 않는 김선용의 사랑이요, 날이 가고 달이 갈수록 두터워 가는 것은 백우영을 사모하는 마음이다. 그리고 영철이 어떠한 때는 원망스러울 때가 있고, 원망의 도수가 더하여 가면 갈수록 영철을 믿지 못할 때도 있었다.

지금도 혜숙의 마음속은 귀찮은 듯이 조마조마하다. 그리고 자기의 모든 것을 의뢰하던 영철이 지금이 당장에는 있지 않았으면 좋겠다 하였다. 그리고 백우영의 집에는 어떻든 가 보아야 하겠다 하였다.

'그렇지만' 하고 망설이는 듯이 방바닥에 놓여 있는 편지를 정성스럽게 접으면서 고개를 갸우스름하고 무엇을 생각하는 듯이 다른 곳만 본다. 영철은 웬일인지 오늘 혜숙이 백우영의 집에 가고 싶어 하는 것이 말할 수 없이 유쾌하지 못하여,

"그만두어라. 요다음에 나하고 같이 가자. 오라는데 안 가줄 수는 없으

니까. 그렇지만 혼자 갈 것은 없다."

할 즈음에 혜숙의 어머니가 밥상을 가지고 들어오다가 이 소리를 듣고 고개를 숙이고 불만족해 앉아 있는 혜숙을 흘겨보며,

"커다란 계집애가 다니기도 퍽 좋아하지, 무엇하러 남의 집 사내 있는 데를 혼자 가니! 오라버니하고 같이나 가면 모르지만."

하고 가뜩이나 속으로 분이 나는 혜숙을 책망한다. 혜숙은 오라버니에게는 차마 분풀이를 하지 못하다가 만만한 어머니에게는 팩 쏘는 소리로

"어머니는 알지도 못하고 그러셔. 남의 집 사내에게 신용을 잃으면 더 부끄럽지."

하니까 어머니는 핀잔이나 주는 듯이,

"애 고만두어라. 너무 잘 알아서 나는 걱정이더라."

하고 밥상을 놓는다.

영철의 귀에는 '신용'이라는 말이 의심쩍게 들리었다.

"그러면 언제 만나기로 약조하였던가?"

하면서도 성이 나서 앉은 혜숙에게 또다시 물어 볼 것도 없어서 그대로 빙그레 웃으면서,

"그래 그만두어라, 요다음에 나하고 가지, 어서 밥이나 먹어라."

한다. 혜숙도 하는 수 없는 듯이 상으로 가까이 와서 밥그릇을 열었다.

45회 사직동 백우영의 집 따로 떨어진 뒷사랑에는 11시가 넘어서 일어나 앉은 백우영이 그 옆에 앉은 자기 친구와 이야기를 하고 앉아 있다.

"오늘이 일요일이지?"

하며 백우영이 그 친구를 건너다보며 무슨 기대를 가진 표정으로 물었다. 그 청년은 백우영을 정신없는 놈이라는 듯이 싱긋 웃으면서,

"이런, 날 가는 줄도 모르고 지내나?"

“그렇다네.” 하였다.

“오늘 영철이가 인천을 가는 날이라지?”

“가겠지?”

“흥, 그런데 지배인인지 무엇인지는 이영철의 손 속에서 그대로 논다지?”

“그럴 리가 있나, 어떻게 영악한 사람이라고.”

“말 말게, 지난번에도 이영철이가 지배인에게 돈 500원을 돌려쓰다가 연말이 되어서 못 되었다는걸. 요새 어쩌 마음이 덜렁덜렁하는 모양이야.”

“덜렁덜렁만 하겠나. 죽자 사자 하는 아가씨가 있는데.”

“옳지, 옳지. 알겠네, 알았어. 너무 그러다가는 안될걸.”

“그러면 무엇 하나. 잘못 덤비다가는 큰코 다치지.”

“그렇고 말고. 제가 무엇으로 그러나. 저의 아버지는 돈도 주지 않지, 제가 무엇이 있어 그래.”

백우영은 다시 말을 고치어,

“그렇지만 누이동생은 관계치 않던걸. 자네도 보았겠네그려.” 하였다.

“음, 보다 뿐인가. 요새는 웬일인지 바짝 차리고 다니네. 어쩌 좀 다른 게야.”

백우영은 속마음으로 ‘내다’ 하는 자랑과 ‘너는 아직 모른다’ 하는 우스운 생각이 나지마는 태연한 기색으로,

“그럴 것이 아닌가. 요사이 날도 따뜻하여지고, 또 차차 마음이 따뜻하여 질 테니까.”

하고는 조금 있다가 다시 백우영은 말을 그치어,

“그런데 오늘은 가지 못하겠네.”

하고는 팔짱을 끼고 어깨를 한번 좌우로 부라질몸을 좌우로 흔드는 짓을 하더니,

"집에 일이 있는걸."

하고는 평계를 댄다.

"무슨 볼일이야. 자네가 없으면 어떻게 하나?"

하고는 그 찾아온 친구가 간원하는 듯이 말을 한다.

"정말야. 어제저녁 늦도록 잠을 자지 못하고 놀았더니 몸도 좀 아프고 이따 누가 온다고 하여서 꼭 기다리마고 대답을 하여 놓았는걸."

"안 되네. 가야 하네. 꼭 만나야 할 사람인가?"

"정말 못 가. 갈 수 만 있으면 가지."

그 청년도 농을 쳐서 웃으며,

"설화도 부른다네, 가세그려."

하며 유인을 하려 한다. 백우영은 한 번 씽긋 웃으면서,

"설화가 내게 무슨 상관이 있나, 영철이가 있어야지."

하고 가지 않겠다고 뻗대는 듯이 담벼락에 기대앉는다.

그 청년은 낙망하는 듯이 '시—' 하고 입김을 들이마시면서,

"안 되었는걸."

하고 천장만 쳐다본다. 백우영은,

"대단히 미안하이, 그렇지만 사정이 그런 걸 어찌하나."

하고 고개를 돌이켜 석경을 들여다본다.

그 청년은 시계를 보더니,

"벌써 11시 40분일세. 어서 가 보아야 하겠네. 그럼 그렇게 다른 사람에게 말을 하겠네."

하고 모자를 집어 들고 바깥으로 나아갔다.

백우영은 옷고름을 아무렇게나 고쳐 매고, "어멈, 어멈." 하고 하인을 부르더니, "세숫물 놓게." 하고 안으로 들어가 세수를 하고 나와서 체경 앞에 서서 머리에 기름을 발라 반지르하고 야들하게 얌밉게 착 갈라 붙이더

니, 옷을 갈아입고 향수를 뿌리고 넥타이를 골라 매었다. 그리고 그 옆에 있는 교의에 걸터앉아 향기 도는 담배를 푸— 하고 피운다.

그리고 혼자 빙글빙글 웃는 그의 머릿속으로는 오늘은 혜숙이가 올 터이지 그리고 영철이가 인천을 갔으니까 제가 혼자 올까? 그렇지만 영철이가 없어서 오지 않으면 어찌하노? 그렇다고 아니 올 리는 없으렷다. 어떻든 오기만 하여라. 오기만 하면 되었다 하였다.

그날 하루 종일 방안에 앉아 혜숙이 오기만 고대하였다.

그러나 거의 거의 해가 넘어가려 할 때 백우영은 시계를 쳐다보고 이맛살을 찌푸렸다. 저물어 가는 저녁 공기가 자기의 고대하는 마음을 거의거의 낙망으로 끄으는 듯이 그의 심사를 회색으로 물들이는 듯할 때 그는 갑갑한 듯이 창문을 홱 열어젖뜨리고는 바깥만 내다보고 서서

"오는 모양인가, 아니 오는 모양인가."

하다가는 또다시

"10분, 20분…."

하면서 뒷짐을 지고 방 가운데로 왔다갔다 한다.

46회　그러할 때 혜숙은 백우영의 집 문 앞에 와 섰다. 오기는 온 혜숙은 '들어갈까?' 하고 주저하다가는 어째 마음이 떨리고 자기 오라버니가 등 뒤에서 '못 들어간다' 하고 소리를 지르는 듯이 가슴이 떨려 '고만두어라. 집으로 돌아갔다가 요다음에 오라버니하고 오지. 만일 오라버니가 혼자 온 것을 아시면 얼마나 책망을 하시게' 하고는 대문간에 가 한참이나 섰다가 또다시 대여섯 발자국 돌아서 오다가,

"그렇지만 이왕 여기까지 왔으니 들어가지는 말고서 왔다는 말이나 하고 갈까?"

하고 한참이나 주저주저하고 서 있었다. 그러다가는 다시 그 집 문간으

로 가까이 들어섰다.

그때 마침 하인 하나가 혜숙의 주저하는 꼴을 보더니,

"누구를 찾으세요?"

하며 이상히 여기는 듯이 바라본다. 자기가 자기 마음을 마음대로 하지 못하였다가 하인의 '누구를 찾으세요?' 하는 소리가 어떻게 반가웠던지 알 수 없었다. 혜숙은,

"여기가 백우영 씨 댁이에요?"

하며 하인의 대답이 떨어지기를 기다리고 서 있었다.

"네, 그렇습니다. 이리로 들어오시지요."

하는 하인을 쫓아 들어가는 혜숙은 한옆으로는 주저하던 마음이 풀리어 적이 마음이 편한 동시에 백우영을 만나 볼까 하는 반가움도 있고 또 한편으로는 집에를 언뜻 가야 할 텐데 하는 불안도 없지 않았었다.

혜숙은 한참이나 좁은 꼬부라진 골목을 지나고 사랑문을 들어갈 때 속마음으로 '집도 크기도 하다' 하였다. 그리고는 곁눈으로 집 전체를 돌아보았다. 그러고는 '백우영 씨의 거처하는 곳은 어떻게 꾸며 놓았노?' 하였다.

백우영이가 기다리다 못해 화가 나는 듯이,

"에, 고만두어라."

하고 교의에 덜컥 걸터앉아서 애꿎은 담배만 필 때,

"서방님 손님 오셨어요."

하는 하인의 소리를 듣고 벌떡 일어나며,

"응? 누구시라구?"

하고 바깥을 내다보았다. 거기에는 혜숙이가 마당 가운데 들어서서 사랑마루를 쳐다보고 서 있다. 우영은 반가움이 극도로 달하여 달음박질하듯이 문밖으로 뛰어나오며,

"어서 이리 들어오십시오. 오시느라고 매우 수고하셨지요."

하고 댓돌 위에 올라서는 혜숙의 땀에 젖은 머리카락이 하얀 이마에 달라붙은 것을 보았다.

혜숙은 숨이 찬 듯이,

"아뇨 괜찮아요. 너무 늦게 와서 매우 기다리셨지요?"

"별로 기다리지는 않았으나 영철 군은 웬일인가요?"

"저 오라버니는 오늘 아침에 인천을 가시면서 못 오신다고 말씀이나 해달라고 하셔요."

하는 혜숙은 처음으로 거짓말을 하였다. 그리고 그의 마음은 떨리었다. 우영은 시침을 떼고,

"인천요? 어떻게 그렇게 공교하게 오늘 꼭 인천을 가게 되었을까요. 대단히 안되었는걸요."

혜숙은 우영의 방으로 들어가서 다만 주춤하고 서 있을 뿐이었다. 그리고 화려하고 아담하고 정하고 깨끗하게 꾸며 놓은 방에 쉴 새 없이 코를 찌르는 향내는 웬일인지 그윽한 염정의 붉게 타는 냄새를 맡는 듯하였다.

우영은 방석을 내놓으며,

"앉으시지요."

하였다. 그리고 잡지와 두어 가지 그림책을 내놓으며

"잠깐만 앉아 기다려 주십시오. 큰 사랑에 나가서 전화를 좀 하고 올 터이니까요."

하고는 바깥으로 나갔다.

혜숙은 고요한 방안에서 책장을 뒤적뒤적하다가 다시 한번 사면을 둘러보았다. 반양식으로 꾸민 이 방안의 놓여 있는 책장이나 화장대나 벽에 걸어 놓은 그림이나 테이블이나 그 위에 놓은 화병이나 의자나 방바닥에 깔아 놓은 수놓은 방석까지 아름답지 않은 것이 없으며 귀하고 반가워 보이지 않는 것이 없었다.

백우영이가 나간 지 30분이나 지나도 들어오지 않는다. 혜숙은 갑자기 놀라는 듯이 책장을 덮으면서 "가야 할 터인데." 하고는 귀를 기울여 우영이가 들어오나 아니 들어오나 하고 한참 듣다가 갑갑한 듯이 문을 열어 바깥을 내다보았다. 문 여는 소리에 아무도 없는 마당에 내려앉았던 저녁 참새가 푸르륵 날아갈 뿐이다.

조금 있다가 신발 소리가 나더니 우영이가 다시 사랑으로 나오며,

"매우 안되었습니다. 너무 기다리게 하여서."

하고 우영은 방안으로 들어왔다.

"아뇨, 괜찮아요. 그런데 저 고만 가겠어요."

"네? 가세요?"

"집에서 기다리실 터이니까요."

"무얼요, 조금 노시다 가시지… 가시기가 어려워서 그러세요? 이왕 오셨으니 저녁이나 잡숫고 가시지요."

"저녁요? 가서 먹지요."

하고는 혜숙은 다시 일어섰다.

47회 "앉으세요."

하고 우영은 치맛자락을 잡아당겨 앉힌다. 혜숙은 얼굴이 빨개지며,

"놓으세요. 앉을게요."

하고는 속으로 '무례하기도 하다' 하였으나 그 무례한 것을 책망할 만한 용기는 없었다.

그때 하인이 "상 내왔습니다." 하고 상을 들여다 놓았다.

전깃불이 켜지며 방안에 놓여 있는 세간의 장식한 금속을 비친다.

혜숙은 한옆으로 비켜 앉으며,

"저녁은 가서 먹지요."

하고 머뭇머뭇한다.

"무엇을 그러세요. 여기서 잡수셔도 마찬가지시지요. 자— 가까이 오십시오."

"집에서 기다리세요."

저녁상을 대한 두 사람은 거진 20분 동안이나 아무 소리 없이 앉아 있었다. 혜숙과 우영은 바로 보지도 못하는 가운데 오고가는 정사情思를 말하는 가운데에도 나른한 침묵이 한옆으로는 두렵고 불안한 생각이 나게 하였다.

혜숙은 자기의 가슴이 높은 고동으로 뛰고 또한 자기의 연하고 부드러운 숨소리가 조용한 방안에서 분명히 들릴 때 일부러 기침을 하고 무슨 말이든지 하리라 하였으나 할 말이 없었다. 그리고 백우영이가 아무 말도 없이 이상한 눈으로 자기를 바라보며 거북한 침을 삼킬 때에 혜숙의 뜨거운 피가 차디차게 식어 버리는 듯하고 가슴이 두근두근하였다. 그래서,

"저는 가겠어요."

하고 벌떡 일어나려고 하니까 백우영은 아무 대답도 없이 혜숙의 가려는 손을 잡으며,

"네?" 하고 아무 소리가 없다. 손을 잡힌 혜숙은 온몸이 금시에 차디찬 냉수를 끼얹는 것같이 떨리며 무서운 생각이 나서,

"왜 이러세요." 하고 손을 잡아 빼려고 애를 썼으나 우영은 무엇을 결심한 듯이 떨리는 중에도 흥분된 목소리로,

"혜숙 씨" 하고 그의 입을 귀밑까지 가까이 대며 쥔 혜숙의 손을 무엇을 재촉하는 듯이 가늘게 흔들었다.

혜숙의 얼굴은 핼쑥하여졌다. 그리고 아까 우영을 만났으면 하던 때와는 아주 반대로 지금은 다만 얼른 이 방을 벗어나고 싶을 뿐이었다.

백우영은 무슨 말인지 하려다가 다시 얼굴에 미소를 띠고,

"앉아 노시다가 천천히 가시지요."

하였다. 혜숙은 한숨을 휘— 쉬더니,

"가야 할걸요. 집에 너무 늦게 들어가면 걱정을 들어요."

하고 다시 얼굴이 타오르는 저녁놀 같아지며 옷고름만 만지작거리면서 고개를 숙이고 아무 소리 없이 서 있었다. 백우영은 먼저 자리 위에 앉아 혜숙의 팔을 잡아당기면서 떨리는 목소리로,

"혜숙 씨" 하였다. 혜숙은 잡아당기는 팔을 끌며,

"왜 이러세요." 하고 도망이나 갈 듯이 고개를 돌이킨다.

"저는 꼭 한 가지 원할 것이 있어요."

혜숙의 손은 떨리었다. 몇 분 사이의 아슬아슬하고 간질간질한 침묵이 계속하였다. 우영은 다시 일어났다. 혜숙은 화병에 꽂혀 있는 꽃송이 잎사귀만 하나씩 둘씩 따면서 돌아서 있다. 백우영은 다시 혜숙의 등 뒤로 두 손을 쥐고 나지막한 목소리로,

"혜숙 씨" 하였다. 혜숙은 다만 씩씩하는 콧소리만 내고 서 있더니,

"왜 이러세요." 하고 고개를 푹 수그리고 우는 듯이 서 있다. 우영은 혜숙의 머리 뒤로 으스스하게 일어선 머리카락을 하나둘 셀 듯이 들여다보면서, "자" 하고 혜숙의 몸을 투정하듯이 흔들었다.

*　　*　　*

황망히 백우영의 집을 뛰어오는 혜숙은 자기가 무슨 보배를 잃어버린 듯하였다. 그리고 힘없던 자기 몸에 는질는질한 오점이 박힌 듯하고 한없이 꽃다운 장래를 한꺼번에 끊어 놓은 듯하였다.

그리고 백우영과 교제를 시작한 때와 아까 서로 만나 이야기를 할 때에는 부끄러운 중에도 불그레한 즐거움이 그의 애를 태우더니 지금 이 으스스한 길거리를 비틀거리며 달아날 때에는 그 모든 지나간 일과 또는 백우영에게 안겼던 그 순간이 더럽고 진저리쳐지는 죄의 기록같이 생각될 뿐이었다.

혜숙은 옹송그리고 길거리로 걸어오며 몸을 자지러뜨려 오스스 떨면서 '내가 여기를 무엇 하러 왔나? 오라버니가 가지 말라고 그렇게까지 말씀한 것을 굳이 듣지 않고 와서 이런 꼴을 당하고 가니 오라버니를 무슨 낯으로 대할까. 아아 이제부터는 처녀가 아니지' 하고는 그의 몸을 둘러보았다.

48회 '나는 이제부터 정말 처녀가 아닌가?'

그는 자기 몸이 과연 처녀인가 아닌가? 의심하였다. 혜숙은 종로 네거리까지 왔다. 그리고 '어찌하면 좋을까' 하였다.

'어떻게 집에를 들어가나? 집에 들어가서 무엇이라고 하나?' 하였다.

집으로 들어가자니 부끄러운 중에도 가슴이 떨릴 뿐이요, 집에를 들어가지 않자니 어린 여자가 갈 곳이 없었다. 그러다가는, '춥거나 굶주리거나 집에 들어가지 말고 넓은 천지로 방황이라도 하여 볼까?' 하다가도,

'그렇지만 우리 어머니와 오라버니는 나를 사랑하니까 그것까지 용서하여 줄 터이지?' 하여 보기도 하였으나, 그의 다리는 집으로 향하지 않고 다만 한 시간일지라도 책망을 받을 시간이 늦어가기만 바라고 길거리에서 헤맬 뿐이었다.

혜숙은 하늘을 우러러 울고도 싶고 그대로 죽어버리고도 싶고 가슴이 바짝바짝 졸고 목이 마르고 입술이 타들어 왔다. 그러다가는 발을 동동 구르면서 '어떻게 하면 좋을까?' 하였다. 그는 길모퉁이에 한참 서 있어 보기도 하고 남의 집 담벼락에 기대서서 울어 보기도 하였다. 그러다가는,

'에라, 어떻든지 집으로 가 보리라' 하고 넓은 길을 나왔다가는 '그렇지만' 하고 다시 주춤하고 서서 '밤새도록 싸대다가 내일 집으로 들어가리라.' 하였다.

그러할 즈음에 누구인지 자기 뒤에 와서 기웃이 들여다보다가,

"혜숙이 아니냐?"

하는 사람이 있었다. 혜숙은 맥 풀리도록 깜짝 놀라 돌아보았다. 거기에는 영철이가 꾸짖는 듯이 자기를 바라보고 있었다. 혜숙은 아무 말도 못하고 다만,

"오라버니!" 하고 영철의 팔에 힘없이 매달려서 느끼어 가며 울었다. 그리고 들리지 않는 목소리로

"오라버니! 용서해 주세요."

하였다. 영철은, 용서하여 주세요, 하는 혜숙의 말을 들을 때 아까 아침에 자기가 우영의 집을 가지 말라 한 것을 듣지 않고 자기 마음대로 갔다가 길에서 만나 책망이나 듣지 않을까 하고 그것을 용서해 달라고 우나 보다 하였다. 그리고는 그 우는 것을 보고서는 속마음으로 벌써 용서하였다 하는 듯이,

"이게 무슨 짓이냐. 행길에서 울기는 왜 우니? 어서 가자. 전차를 기다리니?"

하고는 혜숙을 재촉하는 듯이 흔들어 댄다.

"아녜요. 아녜요."

하는 혜숙은 재촉하는 영철의 말을 들었는지 못 들었는지 그대로 극도의 애소에서 일어나는 어리광을 부리듯이,

"아녜요. 저는 죽은 사람이에요."

하고는 온몸의 버티어 있던 힘을 다한 듯이 그대로 영철의 팔에 매달려 울 뿐이었다.

이 소리를 듣는 영철의 가슴에는 번갯불같이 나타나 보이는 것이 있었다. 그리고는 혜숙의 얼굴을 물끄러미 들여다보았다. 영철의 눈에는 오늘 아침까지 연지같이 붉던 입술이 시푸르뎅뎅하여 보이며 기쁘게 반짝거리던 맑은 눈동자가 송장의 눈같이 으스스하게 보이는 듯하였다. 그리고 따뜻한 살 냄새가 그윽하던 그 육체는 시들시들하고도 차디차게 보인다.

그리고 영철은 뜨거운 눈물방울도 차다차게 자기 옷깃을 적실 때, 불쌍한 마음이 나기까지 하면서도 그의 핏속으로 스미어드는 떨리는 울음 소리가 추악한 냄새처럼, 그의 신경을 으쓱하게 하여, 얼른 그의 몸을 떠밀치려 하려다 또다시 그의 피부 끝에 닿은 신경은 끝과 끝이 재릿재릿한 우애의 바늘로 찌르는 듯할 때 또다시 혜숙의 몸을 껴안고,

"어서 가자. 응?"

하며 혜숙을 흔들었다. 혜숙은 떨리는 긴 한숨과 함께,

"저는 처녀가 아닙니다."

하고는 참으려 하던 울음이 또다시 흐른다.

"처녀가 아닌 저를 오라버니는 용서하여 주세요. 부정한 저를 오라버니는 예전과 같이 사랑하여 주시겠어요?"

영철은

"혜숙아!" 하고 그의 손을 힘 있게 쥐며,

"혜숙은 언제든지 나의 누이다."

하고는 소리를 지를 듯이 목소리를 높이하고는 그의 손이 떨리면서 뜨거운 눈물이 그의 두 뺨으로 굴러 떨어졌다. 혜숙은 영철의 손에 매달리며,

"그러면 오라버니는 저를 용서하여 주신다는 말씀이지요?"

하며 고마운 눈물이 이제는 또다시 뜨겁게 영철의 손을 씻어 준다. 영철은,

"인생이란 그런 것이란다."

하고는 눈물을 씻고

"어서 가자, 어서 가."

하며 혜숙을 끌고 차를 태우려고 정류장 가까이 왔다.

영철은 혜숙이가 불쌍하여 그리하였든지 인생의 무상함을 느낌인지 어쩐지 모를 눈물이 자꾸자꾸 쏟아진다. 그러고는,

"정신의 행복의 결과는 육体의 만족이다. 그리고 육의 만족은 정신의 고통일까?" 하였다.

49회 그러다가는 내가 오늘 인천을 가지 말걸 하는 후회가 일어나며 또다시 이등찻간에서 설화를 만났던 일이며, 설화가 자기를 따라 일부러 인천까지 간다는 말이며 또는 7시 차에 올라오기로 약조하였다가 소학교 다닐 때에 특별히 사모하던 선생님을 찾아뵈오러 갔던 일이 생각된다.

영철이가 선생을 찾아뵈올 때에는 그 선생이 반가이 맞아 주시면서,

"어! 영철인가. 잘 왔다, 잘 왔어. 이렇게까지 찾아 주니 참으로 고맙다."

하고 주름살이 조금 잡힌 흰 얼굴에 반가운 웃음을 띠며,

"이리 들어오너라."

하고 근지러운 손으로 자기의 손을 붙잡아 당기면서,

"그래, 요사이는 무엇을 하노? 오— 은행에 다닌다지? 그렇지, 그래. 놀아서는 안 되지."

했다. 영철이는 인사 한마디 할 새 없이 반가워하시던 것을 생각하였다.

"선용이는 일본서 신문을 돌려 공부 한다지? 그 아이는 꼭 성공하느니라, 성공해. 내가 가르친 아이들 중에는 아직까지도 너하고 선용이가 나를 생각하여 주는구나."

하며 집안 사람들에게

"저녁을 지어라. 반찬을 장만해라."

하던 생각을 하고 또 자기가,

"오늘은 잠깐 뵈옵고만 가야겠습니다. 그리고 저녁차에는 올라가야 하겠습니다."

하니까,

"어, 안 될 말, 안 될 말이지. 이렇게 오래간만에 와서 그대로 가다니, 저녁차에 못 가면 밤차에 가지."

하고 군이 붙잡으시므로 설화가 기다릴 생각을 하고 마음이 죄던 생각과 또 그 선생님이 자기를 붙잡고 눈물까지 흘리면서,

"영철아! 영철아! 나는 참으로 네가 참으로 그럴 줄 몰랐다. 너의 늙은 아버지까지 돌아다보지 않고 한낱 경박한 여자에게 그렇게까지 할 줄은…."

하던 선생님의 얼굴이 역력히 보인다.

그리고 정거장으로 나오는 자기를 행길까지 쫓아 나오시며,

"부디부디 잘 올라가거라. 그리고 나의 말을 잊지 말아 주기를 바란다."

고 신신당부하던 것이 생각된다. 그러고는 '설화가 나를 못 믿을 놈이라 하겠지? 만나자고 약조까지 하여 놓고 오지 않는 것을 볼 때 얼마나 무정스러운 생각이 났을까?' 그러다가는, '그 감정질感情質인 설화가 자기 집에서 나를 원망하고 눈물을 흘렸을 테지' 하였다.

그리고 경성 정거장에서 내려, 바로 설화의 집으로 가서 그런 말이나 하리라 하다가 뜻밖에 혜숙을 만나 뜻하지 않은 두려운 말을 듣고서 자기 누이를 데리고 지금 자기의 집으로 향하게 되는 것을 생각하고는 혜숙을 데려다 두고 다시 설화의 집으로 가리라 하였다. 그러고는,

"얘, 어째 우리 사람에게는 환경의, 모순의, 성격의 당착이 이 같이도 많은고?" 하였다.

* * *

그 이튿날 아침이었다. 걸음을 바쁘게 하여 사직골 백우영의 집으로 가는 영철의 마음에는 백우영이가 밉다 못해 얄미웁고 괴악하고 더러운 중에도 분한 마음과 그윽한 인생의 비애가 엉클어져 그대로 때려뉘고 싶은 생각이 났다. 그는 주먹을 부르쥐고, 종침다리 예배당 앞에 당도하였을 때, 인력

거 종소리가 따르르 하고 나며 자기의 앞으로 인력거 한 대가 닥쳐오더니 그 위에서 점잖은 목소리로,

"어디를 이렇게 급히 가나?"

한다. 영철은 얼핏 고개를 들어 쳐다보고,

"네, 댁까지 갑니다."

하는 목소리는 떨리는 중에도 분노가 섞여 있었다.

영철은 그대로 달려들고 싶었다. 우영의 아버지를 만난 영철은 우영을 만난 것 같이 분함이 났다. 그러나 사장의 은근하고 부드러운 표정과 목소리는 영철에게 그만 분노를 대담하게 내놓지 못하게 하였다.

백 사장은 얼굴에 미소를 띠며,

"그러면 우영을 보러 가나?"

한다. 영철은 다만,

"네." 하였을 뿐이었다. 그리고 사장의 얼굴을 쳐다볼 때 웬일인지 그의 얼굴에는 '네가 나의 아들에게 분풀이를 하러 가지?' 하고 위엄 있게 내려다보는 빛이 보이며 또는,

'그러면 너는 나에게까지 반항하는 자이지?' 하는 듯한 무서운 빛이 보이는 듯하였다.

그러나 그가 가는 웃음을 다시 띠며,

"일어났는지도 모르겠네. 어서 가 보게."

하고 인력거를 재촉하여 광화문 넓은 길을 향하여 가는 것을 한참이나 서서 바라보던 영철의 마음에는 백 사장의 웃음 속에는 무슨 깊은 의미가 박히어 있는 듯하고 또 자기와 인연을 더 가까이 맺어지게 하는 듯하였다.

50회 영철이 백우영의 집 큰대문을 들어서려 할 때 마침 나오는 하인과 마주쳤다. 영철은 힘있게 우뚝 서서 위엄있게 하인을 바라보며,

"서방님 계신가?" 하였다. 그 하인은 심술궂게 무례한 태도로 눈을 딱 부릅뜨고 아래위를 훑어보더니,

"무어요?" 하고 다시 쳐다본다. 영철은 화가 벌컥 나고 고이한 생각이 나건만 그대로 꾹 참고 서서,

"서방님 계셔?"

하였다. 그 하인은 다시 심퉁스런 소리로,

"잠깐만 기다리세요. 들어가 보고 나올게요."

하고는 그대로 안으로 들어간다.

영철은 우습고도 기가 막히었다. 그러나 억지로 참고 바깥에서 왔다갔다하며 나오기만 기다렸다.

조금 있다가 계집 하인 하나가 나오더니 영철을 보고 여성다운 부드러운 목소리로,

"서방님 뵈오러 오셨어요?"

한다. 영철은 아무 소리도 없이 고개만 끄떡끄떡하였다. 계집 하인은 말하기가 부끄러운 듯이 싱긋 웃더니,

"여태 주무세요. 좀 기다리셔야 할걸요."

하고 영철에게 거기 서서 일어날 때까지 기다리라는 듯이 바라본다. 영철은 속마음으로 '흥, 빌어먹을 소리를 다하는군.' 하며 열이 벌컥 나서,

"그러면 언제까지 기다리라는 말인가?"

하고 엄연한 목소리로 말을 하였다. 계집 하인은 조금 얼떨떨하여,

"글쎄요. 일어나실 때까지…."

하고 채 말을 못 마치므로 영철은 소리를 뻑 질러,

"무어야? 들어가 일어나시라고도 못해?" 하더니,

"가만 있거라. 내 들어가 잡아 일으킬 테니."

하고 앞사랑 중문을 지나 뒷사랑으로 통하는 꼬부라진 골목을 돌아 우

영의 누워 있는 사랑 마당에 들어섰다.

우영은 어제저녁에 혜숙을 보낸 뒤에 여태까지 그의 마음을 채우고 있는 그 무슨 꽃다운 희망과 그윽하던 기꺼움이 눈 녹듯이 다 풀리어 버리고 부끄러움과 더러움이 그의 가슴속을 용트림하여 지나가는 듯하고 또는 공연한 짓이로다 하는 후회가 그를 밤새도록 귀찮게 하더니 그대로 잠이 들었었다.

지금도 일어나 앉아 어제저녁에 혜숙을 더럽힌 것이 참말일까 하여 보다가 참말이 아니고 거짓말이었으면 좋겠다 하였다. 그러다가는, 그렇지만 참말이지 할 때 그러면 혜숙을 일평생 데리고 살까? 하였다. 그렇지, 함께 살면 혜숙도 부정한 여자가 아니요, 나도 잘못된 것은 없을 테지. 그렇다, 같이 데리고 살겠다! 하였으나 어쩐지 그의 마음에 꽃다웁게 빛나고 미치게 춤추는 많은 환영이 돌돌 뭉쳐져서 그의 가슴 한복판에 착 달라붙은 듯이 거북하고 귀찮은 듯하였다.

그러다가는 장래에 어떠한 여자든지 자기와 결혼을 하려니 하던 그 이상이 한꺼번에 푹 꺼쳐 버리고 눈앞에는 나무로 깎아 세워 놓은 듯이 혜숙의 그림자가 나타나 보일 것만 같았다.

우영은 속으로, 그러면 나는 또다시 다른 여성을 사랑하지 못할 테지! 많고 많은 여자 중에서는 혜숙이보다 더 어여쁘고 더 잘생긴 여자가 얼마든지 있을 텐데. 혜숙이란 여자 하나를 위하여 그 모든 여성의 사랑을 단념해 버려야 할 테지! 우영은 혜숙을 베스트의 애인으로 보기에는 얼마간 부족이 있었으며 또한 결함이 있어 보이었다. 뿐만 아니라 그의 피는 너무 많았다. 그의 끓는 피는 너무 그의 이상을 고원高遠하게 하였다.

우영이 이 모든 생각을 하고 자리 속에 누워 담배 연기를 후— 뿜을 때, 그 담배 연기는 요염한 자색을 가진 미인이 되어 미칠 듯이 춤을 추는 듯하였다.

이때 영철은 마루 위에 올라서 문을 홱 열어젖뜨렸다. 그리고 "우영 군" 하고 부르는 목소리는 무쇠 소리같이 무거웁고 강하였다. 우영의 마음은 그 무쇠 뭉치로 맞은 듯이 실신을 하도록 아무 감각이 없어졌다. 그러나 겨우 거짓 웃음을 지으며,

"아! 이게 웬일인가?"

하고 겨우 팔꿈치를 대고 일어나려 할 때 영철은 우영의 괴로운 웃음을 바라보면서,

"내가 여기 온 것을 내가 말하기 전에 벌써 자네는 알 테지?"

하고 한 걸음 가까이 나선다. 그리고 떨리는 주먹을 억지로 참으면서 또 한 걸음 가까이 나선다.

우영은 두려움을 참지 못하여 얼굴빛이 푸르락누르락하여 앉았다.

51회 영철은 다시 명상하듯 가만히 서 있더니 부드럽고 연하고 불그레하고 따뜻한 중에도 힘있는 목소리로,

"우영 군!" 하더니 또다시 비장한 중에도 녹는 듯한 어조로,

"내가 온 것은 결코 자네를 징계하려는 것이 아닐세."

하고 애연한 눈으로 우영을 바라보다가,

"청춘의 역사는 모두 그러한 것일까? 응? 우영 군! 자네나 내나 그것은 마음대로 하지 못하는 것이 아닌가? 두려운 것은 청춘의 타오르는 연한 불길이니까, 응?"

하고 검은 눈동자에 감추지 못하는 두어 방울 눈물이 고였다.

이 소리를 들은 백우영은 그 부드럽고도 강하고 연하고도 단단하고 뜨겁고도 차고 붉고도 푸르고 엄연하고도 애연한 영철 말에 모든 감정이 풀어지는 듯하고 한곳으로 엉기는 듯하여 무엇이 어떻다는 것을 알지 못하게 되었다. 그는 다만 애원하는 듯이 영철의 손을 붙잡고,

"영철 군 용서하여 주게. 모든 것이 다 나의 잘못일세."

하자, 무의식중에 눈물이 나왔다. 영철은 우영의 부드러운 손을 힘있게 쥐며 눈물이 고여 흐릿한 눈으로 다만 윤곽만 보이는 우영의 구부린 머리를 내려다보며,

"우영 군! 벌써 짓지 못할 시간은 그 순간을 휩쓸어 가지고 영원히 과거로 자꾸자꾸 갈 뿐일세." 하다가,

"청춘인 나는 청춘인 자네를 용서할 자격이 없을 테지. 나는 다만 자네에게 한 가지 청할 것을 가졌을 따름일세."

하였다. 우영은 가슴이 괴로운 듯이 얼굴을 영철의 손등에 비비면서,

"나 같은 놈에게 자네가 원할 것이 무엇인가? 될 수 있는 일이면 무슨 짓이든지 할걸세. 자네의 청이라면…."

영철은 주저하는 중에도 무엇을 깊이 생각하는 듯이 한참 먼 산을 바라보고 섰더니,

"나는 나의 누이를 일평생 잊어 주지 말기를 바랄 뿐일세."

하고 힘있게 쥐었던 우영의 손을 힘없이 놓으며,

"내 원하는 것은 그것 하나밖에 없네."

하고 눈물 방울을 뚝뚝 떨어뜨린다. 우영의 마음에는 또다시 아까 생각하던 불안한 생각이 났다. 그리고 무한한 장래에 헤아리기 어려운 여성의 사랑을 다 잊어버리고 다만 한 알밖에 안 되는 어린 혜숙의 사랑을 생각하니 어쩐지 안타까웁게도 부족하였다.

그러나 하는 수 없는 듯이,

"그것은 자네가 말할 것도 없는 일이지…."

하고 수건으로 눈물을 씻었다.

*　　*　　*

놀음에 다녀온 설화가 옷을 벗고 자리에 눕기는 3시 20분이었다.

그의 피곤한 몸이 이리 뒤척 저리 뒤척 편안한 잠을 이루지 못할 때마다 영철의 그림자가 자기 가슴을 얼싸안고 함께 뒹구는 듯하였다. 그는 잠을 이루려고 전깃불을 껐다. 전깃불을 끄고서 눈을 감으니까 아까보다도 더욱 분명하게 영철의 모양이 저쪽 미닫이 앞에 서 있는 듯이 보인다.

그는 속으로 혼자,

'영철 씨' 하여 보았다. 그러다가는 그 모양에 안길 듯이,

"영철 씨는 참으로 나를 사랑하여 주세요?"

하여 보았으나 아무 소리도 없고 다만 옆집 닭이 목 늘여 울 뿐이다. 그는 '나를 사랑하여 주시겠어요?' 하던 말에서 무슨 안타까움을 찾아낸 듯하여 간원하는 어조로 다시 건넌방에서 들리지 않을 만큼 소곤거리는 소리로,

"영철 씨! 나를 영원히 잊지 말아 주세요."

하였으나 그 말을 들어 주는 사람은 없었다.

참으로 영철 씨가 영원히 나를 사랑하시는지 하는 의심이 그를 못 견딜 만큼 처량하게 한다. 나는 기생이다. 더러운 계집이다. 저주받은 여자이다.

영철 씨는 참으로 나의 사랑을 알아 주지는 못하렷다. 그는 또한 범상한 남자이겠지? 아니 그도 젊은 사람이지. 그도 정에 약한 사람이겠지. 그가 아무리 나를 사랑하려 하더라도 나보다 더 나은 여자가 있으면 그의 사랑은 그리로 옮기어지겠지. 이 세상의 어떠한 여자가 남자의 참말을 듣는 자냐? 아마 한 사람일지라도 남자의 참말을 들은 사람은 없을 것이야.

대문간에서 문소리가 찌걱하고 고요하다. 설화는 눈을 번뜻 뜨고 얼핏 귀를 기울였다. 그리고 가슴은 웬일인지 놀란 사람처럼 울렁거린다. 그리고, '영철 씨가 오시나 보다' 하였다. 그러나 또다시 문소리 찌걱하고 가는 바람이 마당 구석을 스치고 지나갈 뿐이다. '아니지, 밤이 이렇게 늦었는데 오실 리가 있나' 하고 다시 마음을 진정하고 긴 한숨을 쉴 때에는 두 눈에서 눈물이 핑 돌았다.

52회 사흘이 지나갔다.

영철은 설화 오기를 기다리고 청요릿집 한 간 방을 왔다 갔다 하고 있었다. 보이가 무엇을 가져오려는 듯이 방안으로 들어와 선다. 영철은,

"이따 부르거든 들어와."

하고 귀찮은 듯이 소리를 빽 질렀다. 보이는 불만인 듯이 허리를 굽실하고 나가 버렸다.

영철은 혼자 속마음으로 '웬일야, 오늘 만나기로 하고' 하고서는 답답한 듯이 교의 위에 펄썩 주저앉았다. 그러고는 또다시 '손님이 왔나? 놀음에를 갔나? 놀음에를 갔으면 전화로 기별이라도 할 텐데' 하고 힘없이 먼 산을 바라보고 있다가 문밖에서 인력거 소리가 나는 것을 듣고 창문을 열어 보았다. 그러나 인력거는 지나가고 깜깜한 공중에는 별들만 깜박거린다. 흥분된 얼굴의 더운 피가 올라 서늘한 바람이 시원하기는 하지마는 처녀의 붉은 저고리와 창녀의 남치맛자락이 혼동이 되고 섞이어 조화 없는 정체精彩를 그리어 놓을 때 영철의 마음은 사랑의 따뜻함을 깨달으면서도 한 귀퉁이 마음이 괴로웠다.

내가 처녀를 사랑했으면 이런 괴로움이 없었을 테지. 이렇게 못 믿는 마음이 없었을 테지. 기생인 설화를 내가 믿으나 기생이란 그것이 나의 마음을 얼마나 괴롭게 하나? 만일 처녀의 순결한 사랑을 내가 받았으면 나는 참으로 흠 없는 사랑을 맛보았을걸!

기생인 설화는 자기의 먹을 것을 위하여 즉, 자기의 육체의 생활을 위하여 그의 정조를 판 것이지. 다만 한 찰나 사이라도 남에게 자기의 육체를 허락한 때에 그는 얼마간일지라도 정신으로 그 사람을 사랑하는 생각이 나지를 아니할까? 뿐만 아니라 설화의 그때 그 고통이 얼마큼 그를 못 견디게 할까.

그는 정조를 파는 여자이다. 그가 정조를 팔 때마다 나를 생각할 것이

다. 그가 나를 생각할 때마다 뼈가 아프고 피가 식을 것이다.

그러나 이 시대에 살아가는 내가 설화의 정조를 강제할 권리가 있을까? 내가 그에게 생활의 보장을 하여 주지 못하면서 그의 정조를 강제할 권리가 있을까?

나는 그를 위하여 나의 정조를 지킨다 하더라도 이 불완전하고 결함 많은 사회에 있는 나로서는 설화에게 정조를 강제할 수 없다.

그러나 영철의 마음속에 시기와 불안이 떠날 수는 없었다.

설화가 참으로 나를 사랑한다 하면 모든 물질의 구애를 내던지고 다만 나를 위하여 자기의 정조를 주어야 할 테지? 거기에 참으로 지상至上의 사랑이 있을 것이다.

이렇게 생각할 즈음에 문이 열렸다. 영철의 마음은 전기가 통하는 것과 같이 짜릿하였다.

그리고 두 손을 내밀고 들어온 설화를 자기 가슴에 안았다.

"아, 설화!"

하고는 영철은 다만 설화의 분 향내나는 뺨에 입을 맞추었다.

"고맙소. 이렇게까지 와 주어서."

그러나 설화는 영철의 가슴에 고개를 대고 아무 소리가 없다. 반갑다는 말도 없고, 안녕하시냐는 인사도 없다. 그러고는 쳐들려는 영철의 팔을 저리 밀치면서 고개를 더욱더욱 영철의 가슴에 파묻을 뿐이다.

영철은 허리를 흔들어 바로 세우려고 하였으나 듣지 않는다. 그리고,

"바로 앉아요." 하는 소리에도 대답이 없었다.

그때 영철은 느끼는 소리를 듣고 설화가 우는 것을 알았다. 영철의 마음은 당장에 얼음으로 주사를 맞듯이 저릿저릿하고 또다시 가련한 생각이 났다.

"왜 이래?"

하고 나지막하게 묻는 영철의 말소리는 측은과 애정이 섞여 있었다.

"울기는 왜 울어? 말을 해? 응. 말을 해요."

하는 영철도 울듯이 설화를 껴안았다.

"왜 울어? 무슨 좋지 못한 일을 당했어? 어머니께 꾸지람을 들었어?"

설화는 느끼는 목소리로,

"아녜요." 하고, 더욱 느껴 운다.

"그럼, 내가 무엇을 설화에게 불만족하게 한 일이 있던가?"

"아뇨."

"그럼, 말을 해야지."

설화는 아무 대답도 없었다. 영철의 마음은 갑갑하였다. 설화의 마음을 들여다보는 창구멍이 있으면 그대로 깨뜨려 부수고 들여다보고 싶기까지 하였다. 그리고 여자의 약점을 이용하여 그 뜻을 알아보리라 하는 생각이 열나는 생각과 함께 났다.

53회 "설화! 그러면 설화는 나를 진정으로 사랑하는 것이 아니란 말이지? 만일 설화가 나를 참으로 사랑한다 하면 모든 것을 나에게 말하지 않을 것이 무엇이지? 응! 만일 나에게 말하지 못할 것이 있다 하면 나는 그것을 억지로 들으려 하지 않을 테요. 그러나 내가 설화를 믿었던 것이 잘못이지."

하고 안았던 팔을 힘없이 놓으려 하니까 설화는 방안 공기 위로 구슬을 조화 없이 굴리는 듯이 울음소리를 높였다.

"영철 씨! 저는 제 말을 영철 씨가 안 들어 주시는 것이 좋을 듯해요."

하였다. 영철은,

"왜?" 하고 의심스럽게 설화를 내려다보았다.

"그것은 영철 씨의 가슴이 쓰릴 말이에요."

"무슨 말인데. 가슴이 쓰려도 괜찮아. 나는 설화를 위하여 내 몸과 마음을 바쳤으니까 내 가슴이 조금 쓰릴지라도….”

설화는 애원하는 듯이 영철의 가슴을 껴안으며,

“영철 씨!” 하고 말을 하려다가,

“고만두어요. 저는 이런 말을 하려 할 때마다 제 가슴을 에이는 듯이 쓰리고 아파요.” 하고 또다시,

“영철 씨! 영철 씨는 참으로 길이길이 이와 같은 더러운 여자를 사랑하여 주시겠어요? 저는 아무리 생각하여도 영철 씨가 나를 영원히 사랑하여 주실 것 같지가 않아요. 저는 영철 씨를 의심하는 것보다도 제가 영철 씨의 사랑을 받기가 너무 부끄러워요.”

하고는 고개를 다시 영철의 가슴에 대고 진저리나는 듯이 비비며 운다. 영철은 설화의 허리를 껴안으며,

“설화는 우리의 사랑이 참으로 완전한 결합을 하였을 때까지 천 번이나 만 번이나 입이 닳도록 그런 말을 할 것이지? 그러나 어째 운다는 이유를 말해 주어, 응? 어서 어서.”

하고 설화의 얼굴을 쳐들게 할 때 설화는 한참 있다가,

“그러면 저를 영원히 사랑하여 주시겠어요?”

수정알 같은 눈물이 괸 눈으로 영철의 얼굴을 쳐다보다가 다시 고개를 숙이고,

“영철 씨, 저는 돈으로 말미암아 피를 팔고 고기를 팔았어요….”

하고는 그대로 영철의 팔에 힘없이 매달려 운다. 그러더니만,

“저는 그것을 압니다. 정조를 압니다. 그러나 저는 정조 없는 더러운 계집입니다. 제가 영철 씨를 사랑하기 전에는 그것이 그렇게 마음 쓰린 줄 몰랐더니 영철 씨의 사랑을 받은 후 오늘에는 목숨을 잃어버리는 것보다도 참으로 쓰리고 아파요.” 하다가,

“영철 씨는 이렇게 더러운 여자라도 참으로 사랑하십니까? 저 같은 사

람이 영철 씨의 사랑을 바랄 수가 있을까요? 저는 영철 씨! 다만 한 가지 원할 것이 있어요. 그것은 언제든지 영철 씨가 저를 잊어 주지 않으신다면 그 외에 더 행복이 없어요."

영철은 전신의 맥이 풀리었다. 그리고 떨리는 목소리로,

"설화! 설화는 다시 살았다. 설화는 다시 처녀가 되었다! 아아, 나는 영원히 설화를 잊지 않을 테야." 하였다.

"고맙습니다. 잊지 말아 주세요. 영원히 잊지 말아 주세요, 네?"

하는 설화의 얼굴에는 갱생의 빛이 보였다.

"그만 눈물을 씻어."

하는 영철의 말과 함께 설화는 교의에 앉으며 눈물을 씻었다.

설화와 영철의 사이에는 몇십 번 몇백 번의 다짐이 있었다.

영철은 다시 설화의 손을 쥐었다. 향내 나는 꽃잎 같은 설화의 손을 쥘 때 화분花粉이 묻어 있는 듯이 부드럽고 바삭거리는 듯하였다. 그리고 또다시 그의 눈을 들여다보고 그의 코를 보고 그의 눈썹과 두 뺨을 볼 때 쌍꺼풀 지은 두 눈이 광채 있게 빛나는 것과 오뚝 선 콧날과 초승달 같은 두 눈썹과 도화분 바른 두 뺨이 정화하지 못한 성욕을 일으키지 않는 것이 아닌 게 아니지만 그의 섬세한 앞머리와 보일락말락한 주근깨와 크지 못한 두 귀와 검푸른 눈 가장자리와 어디인지 차디차게 도는 슬픈 빛의 마음 한 귀퉁이를 만족치 못하게 하는 동시에 맵시 없는 두 발까지도 그의 마음을 웬일인지 섭섭하게 하였다. 그러나 그를 껴안고 입을 맞출 때 근질근질 자릿자릿한 맛과 함께 자지러져 떠는 몸을 두 팔에 안았다가 손을 늦추고 그의 얼굴을 쳐다볼 때 부끄러워 방긋 웃는 그의 반 웃음과 살짝 나타났다 사라지는 백옥 같은 이가 그의 모든 불만과 섭섭함을 휩싸는 듯하였다.

54회 그러나 영철이 또다시 설화를 놓고 저편 쪽에 서서 바라볼 때에는 다

시 '너는 기생이겠지. 더러운 계집이지. 여러 남자의 더러운 정욕의 제물이
되어 씹다 남은 찌꺼기지' 하는 생각이 나다가도, '그렇지 않다. 그녀는 오
늘부터 다시 처녀가 되었다' 하고는 또다시 그의 윤곽이 선명한 가는 허리
를 힘있게 껴안으며,

"설화, 나는 참으로 설화를 믿어."

하였다. 설화도,

"저도요."

하며 영철의 목을 껴안으며 힘있게 두 팔을 쭉 뻗고 생긋 웃었다.

영철은 속마음으로 내가 왜 "나는 참으로 설화를 믿는다"는 말을 하였
나 하였다. 설화에게 그 말을 하는 것은 설화에게 나를 믿어 달라는 말이 아
닌가? 그러면 나는 설화를 못 믿는단 말이지? 못 믿는 사람을 설화는 믿어
줄 리가 있을까? 아니 내가 참으로 설화를 믿는 만큼이라도 믿지 못하는 마
음이 있느냐? 없느냐? 내가 남을 믿지 못하고 남더러 나를 믿어 달랄 수는
없는 것이지? 그러나 나는 그저 믿으련다. 설화가 나를 믿거나 말거나 나는
설화를 믿으련다. 그러면 설화도 나를 믿어줄 때가 있을 테지.

영철은 설화의 두 팔을 잡고,

"이제 그만 무엇을 좀 먹을까?" 하였다.

영철과 설화가 음식을 먹은 뒤에 차를 마실 때 12시를 쳤다. 창 밖을 내
다보니 북두칠성이 앵돌아져 간다.

설화는 벌떡 일어섰다. 그리고 영철을 걱정 있는 듯이 바라보며,

"여보세요. 벌써 12시예요. 너무 늦게 들어가면 집에 가 걱정 들어요. 집
에는 동무집에 잠깐 다녀온다 하고 왔는데요. 요릿집에서 놀음이 왔으면 큰
일났지요."

영철의 마음은 묵철을 녹여 붓는 듯이 괴로웠다. 그리고 다만 멍멍히
앉아 있다.

"영철 씨는 안 가세요?"

"글쎄."

영철은 담배 연기만 푸— 내뿜다.

설화는 영철의 좋지 못한 기색을 보더니,

"저는 죄 있는 사람예요. 왜 이렇게 보는 것이 자유롭지 못할까요? 영철 씨! 지금 저의 마음이 이렇게도 섭섭하고 괴로울 때 영철 씨의 가슴은⋯."

하고는 반 근심 반 괴로움과 또 웃음을 지어서 영철을 처다보았다.

그러나 설화는 가겠다고는 못하였다. 그는 다만 영철의 두 손을 붙잡고,

"영철 씨! 그만 가라고 하여 주세요."

하였다. 영철은,

"설화! 그러면 내가 가라고 해야 갈 텐가?"

하고 그의 등을 어루만지었다. 설화는,

"저의 입으로는 가겠다는 말이 차마 나오지를 않아요."

*　　*　　*

백우영과 이혜숙의 화려를 다하고 성대를 극한 결혼식이 거행된 지 며칠이 못 되어 일본에 있는 선용에게서 영철은 이와 같은 편지를 받았다.

친애하는 영철 군이여! 찰나와 찰나가 합하고 합하여 지나가고 또 지나가는, 다시 못 볼 과거가 나에게는 모든 슬픔과 모든 고통과 모든 번민과 오뇌와 원망이 되어 다시 있기 어려운 청춘은 그 가운데서 그대로 놓아 버리지 않으면 안 되게 되었다.

내가 오늘 그대에게 보내는 이 편지를 쓸 때 몇 번이나 미어지는 가슴을 움켜쥐었으며 얼마나 샘솟듯 하는 눈물을 붉은 주먹으로 씻었는지 그대는 아마 알지를 못할 것이지! 나는 다만 죽음을 받았을 뿐이었다.

청춘의 타오르는 열정의 불길 위에서 차디찬 낙망의 푸른 재를 뿌림을 당한 나는 그 정의 불길이 사라지려 할 때 그 불길을 담고 있는 등잔인 이 육체까지도 한꺼번에 깨뜨려 버리지 않으면 안 될 것이라 하였다. 아니다, 깨뜨리지 않으려 하여도 깨어지지 않을 수가 없었다.

사랑하는 영철 군이여!

인생의 역사는 사랑과 밤의 역사이다. 이 생生이란 이름을 등에 멘 자 중에 사랑에 웃고 사랑에 울고 사랑에 노래하고 사랑에 춤추고 사랑에 울고 눈물 짓고 한숨 쉬고 부르짖지 않는 자가 누구냐? 영원에서 영원으로 흐르는 우리 인생의 역사는 사랑의 역사이다.

그러나 어찌하여 나의 일생은 모든 비애와 타는 오뇌와 부르짖는 원망과 아픈 고통을 맛보지 않으면 안 될 몸이 되었던가?

푸른 반달이 깜찍하게 웃을 때 넓고 또 넓은 벌판 위에서 하얀 눈 위로 걸어갈 때 달빛은 야차夜叉의 홑옷같이 푸르고, 나의 눈에서 떨어지는 눈물 방울도 푸른데 혼자 소리쳐 원망의 부르짖음을 기껏 질렀으나 하늘 위에 깜박거리는 작은 별들만 비웃는 듯이 깜박깜박할 뿐이었다.

55회 나는 그대의 누이가 화촉동방에 몽롱한 꿈이 잦아지던 날 외로이 다다미방에 혼자 누워 견디기 어렵고 참기 어려운 비분 낙담으로 나의 이 가는 생生을 영원히 없애 버리려 하였다.

영철 군! 나의 적적함을 위로하는 것이 무엇이 있겠느냐? 나의 어두운 앞길을 밝히는 것이 무엇이 있겠느뇨? 텅 빈 나의 가슴을 언제든지 채워주던 것은 무엇이겠느뇨?

모든 몽상과 이상의 실현을 바라던 내가 어리석은 자이다.

오늘에는 나의 모든 것이 없어졌다. 다만 남았다는 것은 나의 가슴속에 팔딱팔딱 뛰면 뛸수록 나를 못 견디게 하는 심장의 고동이 있을 뿐이었다. 아아, 나는 그 심장의 고동까지 끊어 영원한 침묵의 위안을 받고자 나의 이 손으로 푸르고 빛나는 칼날을 들어 이 심장을 찔렀었다.

그날 저녁 생각건대 그대의 누이는 영원한 행복의 꽃다운 노래를 불렀겠지마는 이 불쌍한 넋 잃은 나의 육체의 가장자리에서는 고요한 침묵이 으스스한 만가挽歌를 불러 주었겠지?

영철 군! 아직까지도 푸르뎅뎅한 운명은 다하지 않았다고 오늘에는 살아서 지옥인 병원 한 귀퉁이에 나를 갖다 가두어 놓았다. 나는 유리창을 통해서 상 찌푸려 하늘을 바라볼 뿐이다. 의사는 1개월의 선고를 하였다. 아아, 1개월! 1개월의 치료가 더욱 더욱 나의 괴로움의 역사를 이어 놓는 실오라기가 될 뿐이다.

그러나 영철 군! 그대는 언제까지든지 나의 친우이다. 형제이다. 다만 서로 사랑하고 서로 위로하는 자는 그대 하나가 있을 뿐이지.

그 편지의 글자글자와 마디마디마다 피가 엉기고 눈물이 맺힌 듯하다. 실연자의 애곡을 듣는 듯하고 정 있는 사람의 울음을 받는 듯하다.

읽기를 다한 영철은 두 손을 마주치며 '어떻게 해야 좋을까?' 하였다.

선용의 죽으려 함은 나의 누이 까닭이다. 참되고 진실하고 끝없는 애정을 가진 나의 친구 선용을 그대로 두는 것은 나로서는 차마 할 수 없는 일이다.

아! 만일 선용이가 그날 그 칼로 자기의 가슴을 찔렀을 때 다시 일어나지 못하는 사람이 되었으면 오늘에 내가 이 편지를 보지 못하였을 테지? 또다시 그의 얼굴이나마 보지를 못하였을 테지. 아아, 그 고생 많고 설움 많은 선용이가, 그러나 그렇게까지 참고 견디던 선용이가 오죽 괴롭고 오죽 암담하여 자기의 모든 것을 휩싸고 뭉쳐 놓은 목숨까지 끊으려 덤비었을까? 하는 영철의 몸은 한참이나 차디찼었다. 그러다가는, 다시 요 시간에 또다시 선용이가 가슴을 비비고 피를 흘리며 괴로워 신음이나 하지 않을까 하는 생각이 나서 그대로 날아갈 수만 있으면 선용을 껴안아 일으키고 싶었다.

영철이 은행문을 들어서 철필을 들고 몇백 원 몇천 원 많은 금전의 숫자를 기록할 때,

'오! 여기에는 선용이 고통을 다라 할 수 없을지라도 얼마간 덜어 줄 금전이 있기는 있구나! 그리고 선용의 죽으려 한 것은 사랑으로 인함이었다. 그러나 그의 죽으려 한 얼마간의 동기는 이 돈에 있는 것이다. 그는 사랑의 실패자인 동시에 돈에 주린 자이다. 사랑에 배척을 당한 선용은 또한 돈까지 차지할 수 없었다. 아니다. 자기의 하려는 것도 하고 자기의 성공을 이루게 하는 그 무슨 세력을 그는 가지지 못하였다. 그는 혜숙을 무정하고 야속하다고 원망하는 가운데에도 돈 없는 것으로 인하여 모든 것을 단념한 사람이다. 그의 생까지 단념한 자이다.'

'그렇다. 돈이다!' 하고 영철은 고개를 돌리켜 현금 출납계에 태산같이 쌓여 있는 몇천 원 몇백 원의 뭉치 뭉치 묶어 놓은, 보기에도 끔찍한 돈을 보고, '저기에는 저렇게 돈이 있지마는 저것의 몇백 분의 일만 있어도 선용을 얼마간 도와 줄 수가 있을 테지!' 하고 멀거니 창 밖을 내다보았다.

그의 눈앞에는 해가 진 저문 날에 신문 뭉텅이를 옆에다 끼고 헐떡이며 뛰어가다가,

"에 내가 무엇을 하러 이 짓을 하노? 죽는 것이 차라리 낫지." 하다가, "그렇지만" 하고 다시 힘을 내어 뛰어가는 선용의 그림자도 보이고 또다시 병원 한 귀퉁이 병상 위에서, "내가 무엇하러 또 살았누?" 하고 한숨을 쉬고 있는 선용이도 보인다.

그가 다시 철필을 잡고 장부에 틀림없는 계산을 할 때에는 '돈이 있기는 있지만 내 것은 아니로구나' 하였다.

점심 시간이 되었다. 식당에서 점심을 먹고 바깥으로 나가려 할 때 영

철은 우영이가 자기 아버지를 찾아보고 돌아나가는 것을 만났다.

"야! 영철 군!" 하고 우영은 손을 내밀었다.

"요새는 어떠한가?" 하고 힘없고 시들스럽게 묻는 영철의 대답에,

"그저 그렇지." 하고 우영은 부잣집 자식의 만족하고 복스러운 웃음을 웃는다.

56회　영철은 무엇을 생각하였는지 한참 있다가 얼굴빛에 화기를 억지로 꾸미며,

"오늘 저녁에 집에 있으려나?"

하며 우영의 기색을 살피는 듯이 쳐다보았다.

"있지! 있어! 기다릴까?"

"글세, 좀 기다렸으면 좋겠는데."

하고 할까 말까 하는 듯이 말을 한다.

"그럼, 기다리지. 무슨 말할 것이 있나?"

하는 우영은 영철의 기다리라는 의사를 얼핏 알고 싶은 모양이다.

"아냐, 조용히 만나서 이야기할 것이 있어서!"

"응, 그럼 이따가 오게그려."

"그럼 꼭 기다리게."

"그럼세. 기다리지."

하고 우영은 인력거를 불러 타고 바깥으로 나간다.

우영을 보낸 영철은 지배인실 문 앞까지 가서 문 틈으로 들여다보았다. 지배인은 점심을 막 먹고 굵다란 여송연을 후— 피우고 있다.

그는 문을 열려 하다가 다시 자기 자리에 앉아 철필로 무엇을 히적히적 써 보기도 하고 주판으로 덜그럭덜그럭하여 보았다. 그러다가는 '에— 그만두어라' 하고 맥없이 앉아 있다가,

'그렇지만 제가 내 말이라면 아니 듣지는 못할 테지' 하고 쓸쓸한 웃음을 웃었다. 그러다가는 또다시 '말이나 한번 해볼까' 하고 다시 일어서서 지배인실로 들어가며,

"진지 잡수셨습니까?"

하고 수작을 붙였다. 무엇을 생각하고 앉았던 지배인은 안경을 벗어들고 눈곱을 씻다가,

"네. 벌써 먹었어요."

하고 허리를 뒤로 꼿꼿하게 펴며 대답을 한다. 영철은 잠깐 사이에 아무 말도 없이 서 있었다.

지배인은 교의를 가리키며,

"이리 앉으시구려."

하였다. 자리에 앉은 영철은 조금 주저하는 목소리로,

"한 가지 여쭈어 볼 말씀이 있어서…."

하고 얼굴을 두 손으로 비비고,

"조용히 만나뵈려고요."

하였다. 지배인은,

"무슨 말씀인데요?"

하고 주저주저하는 영철을 바라보았다. 영철은 공연히 말 시작을 하였다 하고 그만둘까 하다가 그렇지만 이왕 말을 꺼내었으니 아주 해 버리리라 하고 대용단을 내어,

"돈 천 원만 어떻게 써야 할 텐데요."

하고 얼굴빛이 조금 불그레하여지다가 다시 침착하여졌다.

"천 원요?"

하고 지배인은 깜짝 놀라는 듯이 영철을 바라보며 의심스럽게 묻는다.

"네." 하고 영철은 대답하였다.

"그것을 무엇하시려구?"

하고 지배인은 무슨 동정이나 하는 듯이 물었다. 본래 지배인은 이영철이라면 조금 알랑알랑하는 체하고 동정도 하는 체한다. 그것은 이영철 그 사람을 두려워하거나 친해서 그리하는 것이 아니라 이영철의 등 뒤에 있는 백 사장을 두려워하고 무서워하는 까닭이다.

지배인은 조금 있다가,

"그러면 사장께 여쭈어 보시지요." 하였다.

"아녜요. 그렇게까지는 할 수가 없으니까 말예요."

"네, 그러면 혼자만 아시고 쓰시게 말예요?"

"네."

"그렇지만 내가 한 일일지라도 사장께서는 자연히 아시게 될 것이 아닌가요?"

"그렇게 아시기 전에 얼른 도로 갖다 드릴 테니까요."

지배인은 다시 안경을 쓰며,

"어려운 일인걸요…. 그리고 참, 진정으로 말씀이지 영철 씨 한 분을 보고는 은행에서 그대로 돈 천 원을 내어 놓을 수는 없지 않아요?"

하고 비웃는 듯이 빙그레 웃으며 영철을 바라본다.

"그것은 염려 마세요."

하고 영철은 할까 말까 하다가,

"우영에게 그 말을 하여 놓았으니까요."

하고 하지 않던 거짓말을 하였다.

지배인은 '그러면 튼튼하다'는 듯이 껄껄 웃더니,

"그러면 그만이지요. 어떻든 영철 씨 남매분의 일이니까 저두 될 수 있는 데까지 보아 드리지요. 즉, 말하자면 쌈지에 돈주머니에 넣는 것이니까요."

하고 너는 행복스러운 놈이라는 듯이 바라보았다.

"그렇지만 얼핏 갖다 갚으셔야 합니다. 그동안에는 모두 제가 비밀리에 해드릴 테니까…."

할 때 부지배인이 무슨 문서를 들고 지배인실로 들어왔다. 두 사람의 말은 중동이 났다. 영철은 한참이나 앉아 있다가 벌떡 일어서며,

"그러면 이따라도 다시 말씀하겠습니다."

하고 바깥으로 나갔다.

그는 지배인실 문 앞까지 나와서는 무의식한 중에서 '인제는 김선용이가 살았다' 하였다. (제1편 종)

57회 3년 만에 다시 고향 나라로 돌아오는 선용의 눈에 보이는 모든 것은 그리웁고 반가울 뿐이다.

시신詩神의 은총을 이야기하는 듯한 산골짝 위나 처녀의 목욕하는 듯한 굽이굽이 돌아가는 물줄기가 다른 곳의 그것과는 아주 다르게 무슨 애소를 하는 듯하고도 장래에 닥쳐올 희망을 기다리는 듯하다.

가볍게 박자를 맞춰 살같이 닿는 기차는 산을 돌고 물을 건너 서울로 서울로 향하여 올 때, 기차가 경성 정거장에 닿기만 하면 무슨 기껍고 반가움을 줄 무엇이 자기를 기다리고 있는 듯하였다.

본래 고요함을 좋아하고 번잡함을 싫어하는 선용은 삼등실 한 귀퉁이에 담요를 깔고 고개를 뒤로 기대 앉아 새파랗게 개인 5월 하늘에 양떼 같은 구름이 고물고물 기어가는 듯이 떠나가는 것을 창 밖으로 내다보며 혼자 속마음으로,

'저 구름은 어디로 가노?' 하였다. 그러고는 다시 '내가 탄 기차도 저와 같이 끝없는 나라로 나를 끌어다 줄 수 있을까?' 하였다. 그러다가 기차 바퀴가 처참스럽게 바탕에 갈리며 덜컹하고 정거장에 설 때,

'기차는 구름같이 한없이 가지는 못하는구나' 하였다. 그리고 다시 그 구름을 바라볼 때 아까는 그 구름이 기차를 끌고 달아나는 듯하더니 기차는 서고 구름 혼자만 아까보다 더 속하게 달아나는 것을 보고,

'너는 언제든지 혼자만 흐르는구나' 하였다. 그러다가는 나도 저 구름과 함께 조금도 거침없이 한없는 나라로 영원히 흘러갔으면 좋겠다 하였다.

그럴 즈음에 어떤 트레머리 한 여학생 하나가 커다란 보퉁이를 들고 자기 앞을 스치고 지나 저쪽 앞 한 귀퉁이를 차지하고 앉았다. 선용은 흘끗 지나가는 바람에 얼굴을 자세히 보지 못하고 뒤 태도만 유심히 바라보았다. 그리하여 그 여학생이 창 밖을 내다볼 때 코 그림자가 보일 듯 말듯하고 얼굴이 다 보이지 않을 때, '이쪽을 좀 돌아다보았으면 좋겠다' 하였다. 그러나 그 여자는 선용의 요구대로 그리 쉽게 돌아다보지는 않았다.

선용은 그 뒤 태도를 보고서 속마음으로 또다시 '어쩌면 저렇게도 같은고?' 하다가 '저 여자가 그 여자였으면!' 하였다.

그럴 때 선용의 눈앞에는 자기가 동경 있을 때 보던 여자 그림자가 나타나 보인다. 그리고 지내 온 역사가 역력히 생각된다.

하루는 아침 일찍이 일어나 이층 창문 밖에 앉아 밥을 짓느라고 눈물을 흘려가며 숯불을 후— 불고 있을 때 심심도 하고 울적도 하여 휘파람도 불고 콧소리도 하며 고독의 적적함을 혼자 위로하고 있을 때 건너편 집 이층 미닫이가 열리며, 어떤 여학생 같은 여자가 유심히 자기를 바라보고 있다가 자기가 문을 닫고 안으로 들어가니까 그때야 그 여자도 문을 닫고 들어간 일이 있었다.

그때 선용은 그것을 그리 유심히 보아 두지는 않았다. 그러나 방에 들어와 밥을 퍼놓고 혼자 앉아 김치 몇 쪽에 간장 한 접시를 가지고 밥을 먹을 때 아래층에서 주인 노파가 올라오며,

"건넛집에 있는 여자를 아세요?"

하고 호물호물하면서 거짓 같은 친절함으로 말을 묻는다. 선용은 젓가락질을 그치고,

"몰라요." 하고 주름살 잡힌 노파를 바라보았다.

그 노파는 이상한 일이나 당한 듯이,

"모르세요?"

하고 왜 알 텐데 모르냐는 듯이 이상하게 선용을 바라본다. 선용은 다만 "네." 하고 먹던 밥만 떠 먹었다.

"이이도 조선 사람이래요."

하고 그래도 모르냐는 듯이 바라보았다.

"네, 그래요?"

하고 선용은 고개를 끄덕끄덕하며 반가운 중에도 아까 문을 열고 자기를 바라보던 생각이 나서 멀거니 그쪽 창을 바라보았다.

그후부터 선용은 아침 저녁으로 밥을 지을 때는 반드시 콧소리를 하고 휘파람을 불었다. 그리할 때마다 그 여자는 조금도 거르지 않고 문을 열고 꾸물꾸물 밥 짓는 선용을 바라보았다.

선용은 그 여자가 문을 열고 내다볼 때마다 수수께끼 속에 자기가 들어간 듯이 즐거웁고 그윽한 기꺼움이 생기었다.

그러다가도 '왜 저 여자가 꼭 내가 밥을 지을 때면 내다보나?' 하였다. '내가 밥 짓는 것이 불쌍하고도 가련한 생각이 나서 동정하는 마음으로 그렇게 바라보는 것인가?' 하였다. 그러다가도 그 불쌍하고 가련히 여기는 동정의 마음이 은연중에 알 수 없이 변하여 날마다 내다보지 아니치 못할 무슨 깊은 정의 인상을 그의 마음속에 박아 주지나 아니하였나? 하여 보았다.

58회 그렇게 굴다가 두 주일이 지난 후 선용은 그 집 앞 길거리로 지나가며 또 휘파람을 불어 보았다. 그리고 또다시 그 이층 미닫이를 쳐다보았다. 그

러다가는 얼핏 저쪽 길 모퉁이까지 가서 그 미닫이를 다시 돌아다 보았을 때 거기에는 여전히 그 여자가 창틈에 기대 서서 자기가 걸어가는 뒷그림자를 바라보고 있었다. 선용은 춤출 듯이 기뻐하였다. 그러다가 대담하게 '저 여자가 나를 사랑하는구나' 하였다. 그러다가 '나를 사랑하는 여자가 이 세상에 있구나' 하였다. 그러고는 날마다 날마다 홀로 방안에 앉아 외로움과 쓸쓸한 가운데서 눈 아픈 일본 글이나 영자 글을 읽다가 머리가 고달프고 몸이 찌뿌듯하면 반드시 콧소리를 하고 휘파람을 불었다. 그럴 때마다 그 여자는 미닫이 문을 반쯤 열고 이쪽을 바라보았다.

그리하다가 어떠한 날 저녁 때였다. 선용은 낙망과 비분의 구름에 싸여 집으로 돌아왔다. 그전 같으면 주인 노파에게 "다다이마"^{只今: 다녀왔습니다}하고 기꺼운 낯으로 인사를 하였을 테지만 아무 말도 없이 이층으로 올라가 고개를 두 팔로 얼싸안고 엎드려 몸부림을 할 듯이 한숨을 쉬고 눈물을 흘려 울었다. 노파는 선용을 쫓아 올라오며,

"웬일이요, 네?"

하고 연민이 엉킨 눈초리로 선용을 들여다보니까 선용은 긴 한숨을 내쉬며,

"네, 아무것도 아녜요. 나는 공부도 그만두고 멀리멀리 달아나거나 그대로 죽어 버려야 할 사람이에요."

하며 부끄럼도 모르고 엉엉 울었다.

"에?" 하고 노파는 눈을 동그랗게 뜨고,

"농담도 분수가 있지, 당신이!"

하고 네가 고생을 참지 못하여 그러는구나 하는 듯이 바라본다.

그날이었다. 5천 리 밖 서울에서는 백우영과 이혜숙의 혼례식이 거행되었다는 기별을 선용은 비로소 들었다.

그는 이 세상 모든 것을 내던지리라 하였다. 그래서 먹지 못하는 술을

기껏 먹었다. 그러나 그는 분함과 원통과 슬픔을 풀 만큼 먹을 술을 살 돈을 갖지 못하였다. 다만 몇몇 친구에게 억지로 빼앗아 먹은 술이, 그 얼마간 먹은 것이 더욱 선용의 감정을 불길같이 타게 할 뿐이었다. 그는 '나는 죽는 게 마땅하다' 하고 주먹을 단단히 쥐었다. 그러고는 '왜 편지가 없나 하였더니 그래서 그랬구나' 하고 비웃는 듯이 웃음을 웃어 보았다. 그의 가슴속에서는 고통과 비애와 원망이 한꺼번에 엉클어져 다만 가슴을 찌를 듯이 치밀 뿐이요, 눈물이 되어 흐를 뿐이다.

노파는 내려가고 창 밖에 달빛이 환하게 비치었다. 붉은 정서를 이야기하는 듯한 강호江戸: 에도 성의 찬란히 켜 있는 전깃불만 아무 소리 없이 창백한 달빛 아래 오뇌의 댄스를 하고 있는 듯할 뿐이다.

선용은 벌떡 일어나 미닫이를 열어젖뜨렸다. 서북으로 통하여 있는 창공 위에는 금싸라기 같은 별들이 오락가락하는 구름 속에 감추었다 눈 떴다 할 뿐이다.

선용은 또 건넛집에 달빛이 환하게 비친 창만 바라보았다. 고개를 창틀에 기대고 서 있는 선용의 가슴에는 차디찬 달빛이 차디찬 낙망과 원통의 차디찬 물길을 퍼붓는 듯할 뿐이다. 건넛집 창에 비친 전깃불은 조용히 켜 있다. 아무 흔들림이 없다. 진했다 옅었다 하는 것이 없이 나른하게 켜 있을 뿐이다. 거기에는 평화가 있는 듯하다. 그리고 흐르는 꿀의 냄새 같은 정취가 피곤하게 조으는 듯하였다.

선용은 저 방안의 그 여자는 창 앞에서 검은 머리를 대리석 같은 어깨 위에 흩트리고 하얀 요 위에 부드러운 입김을 쉬면서 평화롭게 자겠지 하였다. 곤한 잠에 못 이겨 가늘고 연한 다리로 귀찮게 이불을 차 내던지는 소리가 들리는 듯하였다. 그리고 얇은 자리옷에 반쯤 비치는 곱고 부드러운 붉은 육체의 윤곽이 내어 비치는 것이 보이는 듯하고 그 위로는 볼록볼록 뛰노는 붉은 심장의 고동이 들리는 듯하였다.

선용은 '아, 나를 위로하여 주시오. 나는 사랑을 잃은 자요, 심장이 깨어진 자요' 하며 그 창 안으로 그대로 훌쩍 날아 뛰어들어가 몽실몽실한 젖슴 위에 엎드려 기껏 울고 싶었다.

선용은 다시 그 여자가 자는가 안 자는가 하였다. 그러다가는 몇 간 되지 않는 저곳에 있는 그 여자가 나의 괴로움을 아는가 모르는가? 하였다. 그러고는 휘파람을 불어 그를 내다보게 하리라 하였다. 선용은 눈물 괸 눈에 입술을 모아 휘파람을 한번 불었다. 그리고 으레 내다보려니 하였다. 그러다가 내다보지 않으면 곤히 자는 것이겠지 하였다. 그러나 달은 밝고 별은 깜박거리는데 그쪽에서 문을 열고 자기의 눈물 괸 눈을 내다보는 사람은 없었다.

선용은 원망스럽고 야속한 마음이 나서,

'에, 고만두어라. 벌써 자는구나' 하였다. 그리고, 창문을 닫고 돌아서려 할 때 그 집 창에는 그 여자의 머리 그림자가 확 비치며 저리로 사라져 버렸다. 선용은 '에?!' 하고 한참이나 의심하는 듯이 멍멍히 서 있다가, '그러면 너도 나를 속였구나' 하고 그는 방바닥에 그대로 쓰러지며,

'아, 이 세상 모든 여자가 나를 속이는구나' 하고 한참 울었다.

59회 그후 선용이가 병원에 누워,

'내가 무엇하려 또 살았누' 한 지 두어 주일이 된 뒤이다. 간호부 하나가 들어오더니, 상냥한 목소리로 껴안을 듯이 가까이 와서 두 눈을 반짝반짝하며,

"여보세요."

하고 눈 감고 있는 선용을 불렀다. 선용은,

"네?" 하고 눈을 뜨고 그 간호부를 바라보았다.

"저요?"

"네."

간호부는 의미 있게 생긋 웃으며,

"당신은 참 행복스러운 어른이에요."

하는 하얀 얼굴에 두 뺨이 불그레하게 타오르는 것이 드러누운 선용을 몹시 도취하게 한다.

"네? 행복요?"

하고는 선용은 당초에 잊지 못할 말을 듣는 듯이 눈을 동그랗게 뜨며 물었다.

그 간호부는 목소리를 가라앉히며,

"네, 행복요."

하고 부드러운 한숨을 쉬고 가슴을 내려앉힌다. 선용은 비웃는 듯이 빙긋 웃으며,

"행복스러운 사람이 죽으려고 하였을까요?"

하고 고개를 돌이켜 처참한 기색으로 덮은 이불만 보고 있었다. 간호부는 한참 가만히 있더니,

"당신을 위하여 근심하는 이가 이 세상에 몇 사람이나 있는지 알 수 없으나 나는 그 중에 한 사람을 날마다 날마다 만나 봐요."

하고는 농담 비슷하게,

"그 까닭에 나는 당신을 행복스러운 이라고 생각해요."

한다. 선용은 장난의 말인 줄 알고 침착하고도 냉담하게,

"나를 위하여 근심하는 이는 이 세상에 한 사람도 없어요."

하고 다시 간호부의 부러워하는 듯이 바라보는 두 눈을 쳐다보았다.

"그렇지만 내가 날마다 그 사람을 만나는걸요."

"거짓말, 나를 위하여 근심하는 이가 있다면,"

선용은 한참 있다가,

"지금 내 앞에 서 있는 당신이지요."

하고 하하하 웃었다.

"뭐요? 자, 이것을 보세요."

하고 손에 쥐었던 편지를 내놓는다. 선용은,

"그것이 무엇이에요?"

하고 그 편지를 받으려 하니까 간호부는 놀려먹는 듯이 생긋 웃으며,

"편지요. 당신을 위하여 근심하는 이에게서 온 거예요." 하고,

"자— 이래도 거짓말인가요?"

하며 그 편지를 준다. 선용은 의심스럽게 그것을 받아들고 피봉을 보았다. 거기에는 다만 '김선용 씨'라고 씌어 있을 뿐이요, 보내는 이의 이름은 없었다.

선용은 다시 간호부를 보고

"이것을 누가 가져왔어요?"

"그 사람이 가져왔어요."

"그 사람이 누구예요. 남자예요, 여자예요?"

"물론 여자지요. 아시면서 공연히 그러셔."

"정말 몰라요, 그런데 그 사람은 어디 있나요?"

"벌써 갔어요."

"에헤, 누군고."

"누구인지 모르세요? 그 사람이 날마다 날마다 와서 나에게 당신의 동정을 물어보고는, 그대로 가 버리고 그대로 가 버리고 하였는데요."

"날마다 왔어요? 이상하다. 누구일까?"

선용의 가슴은 의심이 나는 중에도 여자라는 말이 부질없게 가슴을 두근거리게 하였다. 누가 날마다 나의 동정을 묻고 갔을까?

더구나 남자도 아니고 여자가? 그는 얼른 편지를 뜯어 보고 싶었다. 그

편지를 뜯었을 때 그 속에는 다만 두어 줄의 연필 글씨로,

'저는 선용 씨의 병환이 얼른 나으시기만 바랍니다. 그리고 기회가 용서하면 또다시 한번 만나뵈옵기를 바랄 뿐이외다' 하고 끝에는 '날마다 뵈옵는 사람'이라 썼다.

선용은 입속으로,

'날마다 뵈옵는 사람! 날마다 뵈옵는 사람?' 하고, 한참 생각을 하더니,

"오, 알았다."

하고 벌떡 일어나려 하니까 간호부는 선용을 붙잡으며,

"왜 이러세요. 그러시면 안 됩니다. 이렇게 누우세요."

베개를 바로 놓고 고개를 그 위에 놓아 주었다.

60회 "인제야 알았다. 인제야 알았다."

하고 한참이나 먼 산을 바라보던 선용은 다시 창연한 낯빛으로,

"날마다 왔어요?"

하고 다시 간호부에게 무슨 감사함을 말하는 듯이 물었다.

"네, 날마다 문간에서 물어보고 갔어요."

선용의 눈앞에는 문 앞에 와서 자기의 동정을 물어보고 복도를 돌아 층계를 내려 파릇파릇한 풀이 난 길거리를 걸어가는 그 여자의 형상이 역력히 보인다.

그러고는 원망스럽게 그 간호부를 바라보며,

"그러면 왜 여태까지 그런 말을 하지 않았어요?"

하니까 그 간호부는 자기의 애매함을 변명하려는 듯이,

"그이가 그런 말을 하지 말라 하니까 그랬지요."

하며 반쯤 웃는 가운데에도 원망을 품었다.

날마다 창으로 건너다 보던 그 여자가 두 주일이 넘도록 나를 찾아주었

다. 나는 참으로 간호부의 말과 같이 행복이 있는 자라 할 수 있을까? 나는 어찌하여 그를 만나보지 못하였노? 두 주일이나 되도록 날마다 나를 찾아 준 그를 무엇이 지척에 두고 보지를 못하게 하였을까? 그리고 내일도 또 올 것인가. 오늘은 어찌하여 편지를 하였을까?

그는 벌떡 일어나 그 여자를 쫓아가고 싶었다. 그리고 간호부더러,

"여보세요, 내일 오거든 꼭 나에게 가르쳐 주세요." 하였다.

그러나 그 이튿날 또 그 이튿날, 오늘까지 그의 소식을 듣지 못하였다.

선용은 차 안에 앉아 그것을 생각하여 보고, '저 여자가 그 여자가 아닌가?' 하고 저쪽 앞에 앉은 여자를 바라보았다. 그는 그 여자를 한번 자세히 보리라 하였다. 그는 일어섰다. 그리고 그 여자에게 가까이 가며,

'나를 보고 반가이 인사를 하였으면…' 하고 무슨 운명의 판단을 기다리는 듯하여 그녀의 얼굴을 자세히 보고도 싶은 중에, 또 한편으로는 만일에 여자가 그 여자가 아니면 어찌하나 하는 불안도 있어 얼핏 가지를 못하고 주저하였다. 선용이 그 여자에게 가까이 갔을 때에는 그 여자가 자기를 바라보았다. 선용의 가슴은 선뜻하였다. 그러나 그 여자는 그 여자가 아니었다.

선용은 다시 자기 자리에 돌아와 앉아 실망한 듯이 '아니로구나' 하고 다시 쓸쓸하고 외로움을 깨달았다. 장차 나타나려는 필름이 당장에 탁 끊어지는 듯하였다. 그러고는 '나를 위하여 근심하는 이는 없구나' 하였다. 그리고 기차가 다시 자꾸자꾸 가기만 할 때, 선용은 또다시 이러한 생각을 하였다.

내가 이 기차를 타고 한없는 나라로 간다고 하면 차창에 매달려, "안녕히 가세요, 안녕히 가세요" 하고 뜨거운 눈물을 흘려 줄 사람이 누구일까? 하였다.

그러고는 다시 자기가 동경역을 떠날 때 어떤 청년 하나가 차창을 의지

하여 바깥을 내다보고 떠나기를 아끼는 정이 그의 얼굴을 새파랗게 물들일 때 이십이 될락말락한 젊은 여자가,

"가지 마시오. 가지 마시오." 하는 듯이 흐느껴 우는 것을 본 것이 생각된다. 그러다가 기차가 '나는 간다'는 듯이 기적 소리를 날카롭게 지르고 움직움직 떠나기 시작할 때 그 청년은,

"잘 있거라. 나는 간다." 하는 듯이 모자를 들면서 울듯한 눈으로 그 여자를 바라볼 때 그 여자는 가슴이 쓰려 몸부림을 할 듯이 가기만 하는 기차를 따라가며,

"여보세요, 안녕히 가세요." 하던 것을 보았다. 그러고는 기차가 더욱더욱 속하게 가고 걸음은 점점 쫓아갈 수 없이 되었을 때에 아무렇게나 쪽찐 그 여자의 검은 머리채가 시커먼 구름이 그녀의 등을 덮는 듯이 툭 떨어지는 것을 보았다.

선용은 그것을 볼 때 그 청년은 행복스러운 사람이라 하였다. 그리고 세상의 가장 슬픈 것은 애인과 떠나가는 일이요, 또 가장 행복스러운 것도 그것이라 하였다. 말할 수 없이 쓰리게 아픈 설움 가운데에도, 무한히 기쁨이 숨겨 있는 것이라 하였다.

그러고는 나는 그와 같은 행복은 차지하지 못한 자로다. 누가 내가 기차 차창에 앉아 끝없이 떠나려 할 때 "여보세요. 여보세요." 떠나기를 아끼는 정이 맺히고 어린 목소리로 불러 줄 자이냐? 하였다.

나는 참으로 불행한 자로다, 외로운 자로다 하다가, 만일 나를 두 주일 동안이나 병원까지 찾아 준 그 여자가 있었다면 그렇게 하여 주었을는지 알 수 없으나 그 여자도 어디로 가 버렸는지 이제는 없다.

그의 말과 같이 만일 기회가 허락하면 그 여자를 만날 때가 있으련만 이 불행한 자에게 그렇게 복스런 기회가 돌아올까? 그 여자는 지금 이 지구 위 어디에든지 있으련만!

61회 그럴 즈음에 기차는 정거장을 거치고 거쳐 어느덧 해가 저물고 날이 어두워 기차는 한강철교를 지나고 용산역을 거쳤다. 힘들고 숨찬 언덕을 기차는 헐떡이며 남대문을 향하여 들어온다.

"부산 방면 마중갈 이 없소." 하고 역부의 길게 부르는 소리가, 갓 뿌린 물이 증발하는 공기를 울리고 여러 마중 나온 사람의 죄며 기다리는 마음을 부질없이 놀랍게 한다.

부르짖는 소리, 인사하는 소리, 웃는 소리, 발자국 소리, 이 모든 소리가 뒤섞이고 범벅이 되어 다만 웅얼웅얼하는 소리가 나는 사이로 기차는 땀을 흘리고 한숨을 후— 쉬며 기차는 플랫폼에 닿았다.

마중 나온 사람들은 제각기 만날 사람을 찾으려고 다투어 앞만 보고 달아난다. 선용은 담요 가방을 한옆에다 들고 차에서 내렸다. 그때 누구인지 "오라버니" 하고 비단옷을 찢는 듯한 여자의 목소리가 여러 사람 틈에서 나더니 어떤 여자 하나가 선용에게로 달려간다.

혹시 누구나 나왔나 하고 사면을 둘러보던 선용은 이 소리를 듣더니,

"오! 경희瓊姬냐." 하고 반갑게 그 여자의 손을 잡으며,

"잘 있었니? 그동안에 퍽 자랐구나. 어머니도 안녕하시냐?"

하였다. 경희는, "네." 하고 반가워서 어쩔 줄을 알지 못하며

"어머니께서 자꾸 나오시겠다는 것을 나오시지 못한다고 여쭈어서 가까스로 못 나오게 하였어요."

하며 선용의 웃는 낯을 바라본다. 선용은,

"그렇지, 어떻게 오시겠니 연로하신 터에." 하고,

"어서 나가자." 하며 경희를 재촉한다.

경희라는 여자는 눈에 도수 있는 안경을 쓰고 강중강중 걸어갈 때 몸에 입은 비단옷이 전깃불에 비치어 번쩍번쩍한다.

선용이가 두어 걸음 나가는 곳을 향하여 갔을 때다. 영철이가 고개를

번쩍 쳐들고 휘휘 사면을 둘러보더니 선용을 찾아내어,

"야! 선용 군."

하고 선용의 손을 단단히 쥐고 한참 아무 소리가 없다가,

"어떻든 반가우이."

하고 한참 선용을 바라본다. 선용은,

"나는 무엇이라 말을 해야 좋을지 알 수 없네. 다만 자네에게 감사할 따름일세."

할 즈음에 경희가 영철을 바라보며,

"언제 오셨어요?"

하며 생그레하고 쳐다본다.

"네, 지금 막 오는 길입니다…. 어서 나가세. 참 반가우이."

세 사람은 전차를 타고 재동 경희 집으로 향하여 갔다.

*   *   *

선용이 일본에서 온 지 사흘 되는 날이 마침 일요일이었다. 선용은 아침에 일찍이 일어나 세수를 하고 오늘은 어디를 가볼까 하며 여러 가지로 갈 곳을 생각하였으나 갈 곳이 없었다. 그때 마침 경희가 들어오며,

"오늘은 예배당에 안 가세요?" 하였다.

이 소리를 들은 선용의 마음은 무엇을 깨달은 듯이,

"참, 거기나 오래간만에 가볼까?" 하였다.

"가세요. 저도 예배당 가는 길이에요."

"어느 예배당에?"

"저— 종교宗橋 예배당에요."

이 소리를 들은 선용은 깜짝 놀란 듯이,

"종교?" 하고 눈을 크게 뜨고 묻는다.

"네. 왜 그렇게 눈을 크게 뜨세요."

"여기서 종교가 어디라고. 왜 그렇게 먼 곳으로 다니니?"

"그전부터 그곳으로 다니게 되었어요."

하고 무슨 부끄러운 생각이나 있는 듯이 고개를 뒤로 돌리며 생긋 웃는다.

두 사람은 종교 예배당에 왔다. 선용은 예배당 문간으로 들어갈 때마다 깨닫는 우스운 웃음을 또다시 깨달았다. 그리고 빙긋 웃었다.

그는 그전에 조선 있었을 때에도 자주자주 예배당에를 다녔다. 그가 무슨 신앙이 깊어서 예배당에를 간 것이 아니라 무미하고 적적한 일주일 동안에 공연한 번민으로 나날을 보내다가 하루아침 다만 한 시간일지라도 고요하고 정숙하게 모여 있는 예배당에 들어가면 자연히 마음에 성결되고 순결한 맛을 깨닫는 듯하여 가고 싶어 간 것이다.

그래서 여학생 많은 종교 예배당에 청년 신자가 많은 것을 생각하고 또 자기도 어쩐지 그 여학생 없는 예배당에 다니기 싫은 생각이 나는 것을 생각하고 속으로 웃었다.

62회　선용은 예배당으로 들어가 문을 열었다. 여러 사람들은 일제히 자기를 돌아다보았다. 그리고 저편에 늘어앉은 여학생들이 자기를 보는 듯하여 마음 속으로 기꺼운 듯도 하고 부끄러운 듯도 하여 고개를 들지 못하고 자리를 찾아 앉으려 하였으나, 벌써 양복 입은 젊은 신사와 머리를 길게 기른 예술가 비슷한 청년들이 자리를 다 차지하고 앉아 저희들끼리 앞에 앉은 사람의 머리 사이로 저쪽 어떤 여학생을 건너다보며 무엇이라 소곤소곤 히히 히히 하고 앉아 있었다.

선용은 자리가 없어 한참 주저주저하였다. 그리고 한가운데 서서 쭈뼛쭈뼛거리는 것이 공연히 불쾌하고 부끄러운 듯하여 그대로 다시 나가 버리고 싶었다. 그러다가 고개를 돌이켜 저쪽 앞을 흘끗 보니까 거기 자기의 오랜 친구 하나가 앉아 있다가 자기를 보고 눈짓을 하며 자기 옆에 빈 자리를 한 손으로 두드린다.

선용은 얼른 그리로 달려갔다. 그리고 반갑게 악수를 하고 오래 못 본 인사를 마쳤다. 그럴 즈음에 회색 두루마기의 상고머리를 깎은 시골 사람 같은 목사가 강도상 앞으로 가까이 가더니 꼬부라진 목소리로 그의 고유한 사투리를 써서,

"인제는 예배 시작하겠습니다." 하였다.

선용은 그 소리를 듣고 처음에는 픽 서툴렀다. 그리고 그 사람이 누구냐고 그 청년더러 물으니까 그 청년은 빙그레 웃으면서 그는 목사인데 이번 연회年會에 개성에서 갈려 왔다 한다. 개성 있을 때도 여러 청년들과 뜻이 맞지 않아서 싸움만 하더니, 여기 와서도 젊은 사람들과 마음이 맞지 않아 큰 걱정이라 한다.

그러나 선용은 사투리를 섞어서라도 예배 시작을 하겠다는 말이 듣기에는 픽 기뻤으며 반가웠다. 왜 그런고 하니 이편에는 남자, 저쪽에는 여자, 더군다나 서로 눈여겨 흘겨보는 청년 남녀들이 목소리를 합하여, 아침의 붉은 햇빛이 성자聖者가 밟고 가는 하늘길과 같이 유리창을 통하여 들어올 때 아름다운 찬송가를 노래하는 것이 구릿빛같이 불그레한 말할 수 없는 성聖된 감정을 자기의 끓는 하트 속에 전해 주는 것을 들을 수 있음이었다.

찬송가는 시작되었다. 서로 엉기고 뭉텅이가 된 여러 사람의 찬송가 소리 가운데로 때때로 들리는 순결한 처녀들의 조금도 상치 않은 고운 목소리에서 우러나오는 멜로디가 선용의 가슴을 몹시 기껍게 하였다.

그리하여 형식 같은 기도나 듣기 싫은 목사의 지나가는 허튼 주정 같은, 요령을 알 수 없는 강도보다도 언제까지든지 이렇게 찬송가만 부르고 있으면 그 신자들 가운데 무슨 보이지 않는 감화를 줄 수 있으리라 하였다.

그러나 아까운 찬송가는 그쳤다. 선용은 어서어서 또 한번 찬송가를 하

였으면 좋겠다 하였다.

성경을 보았다. 수전收錢: 헌금을 하였다. 그리고 기도를 하였다. 선용은 이러는 동안 여러 번 젊은 청년과 젊은 여자들이 서로 보고 서로 사랑을 동경하는 시선을 주고받는 것을 많이 찾아내었다.

이때 목사가 또다시 찬양대의 노래가 있겠다고 하였다. 안경 쓴 여자가 두서넛 바로 활개를 치고 나와 풍금 옆에 가 서서 여러 사람을 거만스럽게 둘러보더니, 저희들끼리 그 애교를 누구에게 보이려는 듯이 싱긋싱긋 웃는다. 그리고 또 그 뒤를 이어 남자들이 또 이쪽 풍금 곁에 가 서더니 두루마기를 쓰다듬고 주먹으로 입을 가리고 목소리를 가다듬는 듯이 기침을 하였다.

선용은 기꺼운 기대를 가졌다. 그 찬양대의 코러스가 아까 아무렇게나 하는 찬송가 합창보다도 더 좋은 감상을 주리라 하였다. 그러나 그 찬양대의 코러스가 시작할 때에는 기대하던 것보다 그렇게 만족함을 주지 못하였다. 모든 선율은 일그러지고 조화가 되지 않았다.

찬양대가 끝나고 목사의 강도가 끝나려 할 때이었다. 선용은 문득 저쪽 부인석 저쪽 귀퉁이를 바라보았다.

아아, 거기에는 3년 전 옛날에 영도사 흐르는 물 위에서 자기에게 뜻 깊은 말을 주더니 몇 달이 못 지나고 몇 날을 못 지내어 실연의 불꽃을 자기의 가슴에 던져 주어 여기 앉은 자기의 생生을 무참히 끊어 버리게까지 하려던 혜숙이가 거기 앉아 있었다.

선용의 온몸으로 돌아가던 성되고 정하던 피가 당장에 식어 버리는 듯하고 분하고 얄밉고 간악하게 보이는 생각이 그의 가슴으로 치밀어 올라온다.

그리하고 아까 자기가 들은 아주 성되고 즐거운 감정을 주는 여러 청년 남녀들이 목소리를 합하여, 아침의 붉은 햇살이 성자가 밟고 가는 하늘길과 같이 유리창으로 통하여 들어올 때, 아름다운 찬송가를 노래하는 것이 구릿빛같이 불그레한 말할 수 없이 성된 감정을 자기의 끓는 심장 위에 부어 주는 듯하더니 지금은 그 이브를 속이던 뱀과 같이 간악하게 생각되는 혜숙의 주정酒精의 타는 빛과 같은 파란 목소리가 섞이던 것을 생각하매 아주 마음이 좋지 못하였으며 그 혜숙을 당장에 몰아 내쫓고 싶었다.

그러나 선용의 마음 한 귀퉁이에서는 옛날의 그윽한 사랑의 기억이 아직 차디차게 식지는 않았다.

그러하고 다만 한때라도 자기가 사랑했고, 또 자기를 사랑한다고까지 말을 한 그 여자를 다시 지척에 놓고 바라보니 자기가 그 여자로 인하여 다시 얻기 어려운 생명까지 끊으려 하였으나 그것을 단념하고 또 일본 있는 여학생에게 향하는 희미하고 몽롱한 사랑의 정을 가진 선용은 다만 그 혜숙이 불쌍할 뿐이었다.

63회 선용은 한참이나 혜숙을 바라보다가 다시는 보지를 않으리라 결심하고 고개를 목사의 강도하는 쪽으로 향하였다. 그러나 자꾸자꾸 혜숙이가 자기를 바라보는 것 같이 얼굴이 간질간질하고, 또 아까부터 자기를 바라보는 것 같아서 그대로 거기 앉아 있지 말고 얼핏 바깥으로 나가 버리고 싶었다.

그러하나, 그 혜숙이가 자기를 보았다 하면 그의 마음속은 어떠하였으며, 또 그동안에 그 여자의 성격은 얼마나 변하여 나를 어떻게 생각하고 있으리요 하였다. 그리고 보지 않으리라 하면서도 자꾸자꾸 곁눈으로 그쪽을 흘겨보았다. 그러다가, 그 혜숙이가 힘없이 앉아 있다가 고개를 잠깐 들며 자기 편을 향하여 보는 듯할 때 선용은 눈을 얼핏 내리감기도 하고 다른 곳도 보았다.

선용은 거기 그대로 앉아 있을 수가 없었다. 그리고 오늘 예배당에 공연히 왔다고까지 생각을 하였다. 그는 벌떡 일어나 문 밖으로 나왔다. 쌀쌀한 바람이 그의 이마를 스치고 지나갈 때 그의 상기되었던 얼굴은 아주 시원함을 깨달았다. 그리고 예배당 큰 문으로 나가며 여자석 입구를 돌아다보 았다. 그리고 그 혜숙이가 자기 나오는 것을 쫓아나오지나 않을까 하였다.

그가 예배당에서 나와 행길로 걸어갈 때에는 웬일인지 울고 싶도록 슬 픈 생각이 났다. 그래서 인왕산 꼭대기라도 올라가서 실컷 울고 싶었다.

그래 그는 하루 종일토록 정처없이 돌아다니며 혜숙과 자기의 지나간 사랑의 기억에 마음을 괴롭게 하다가 밤 10시가 넘어서 자기 집으로 들어 갔다.

*　　*　　*

그 이튿날 선용은 건너방 책상 앞에 올로 앉아 자기 친구에게 가는 편 지를 쓰고 있었다.

그럴 즈음에 경희가 뛰어 들어오며 "오라버니"를 부른다. 선용은 쓰던 붓을 든 채로 "왜 그래?" 하며 돌아다보지도 않고 나머지 글자를 마저 채웠 다. 경희는,

"저요, 오늘 우리 동무들이 놀러 와요."

하며 생그레 웃으며 여자 오는 것을 남자에게 알려 주는 것이 무슨 이 상한 일이나 되는 듯이 선용은 바라본다. 선용은 여성과 만날 기회가 있을 때마다 그의 머릿속으로는 사랑·정·눈물·한숨·고민·오뇌, 이 모든 것이 한 뭉텅이가 되어 번개와 같이 나타났다가 번개와 같이 사라진다. 그리고 그의 가슴으로는 본능적으로 말할 수 없는 불안을 깨달았다.

"누구 누구?" 하고 선용은 물었다.

"여럿이에요. 오라버니는 다 모르는 아이들예요."

"무엇하러 와?"

"놀러 오지요."

"놀러?"

"네."

"어떻게 노누?"

"그저 이야기하고 놀지요."

"그럼 나도 한몫 끼게 되나?"

경희는 웃으면서,

"그럼요. 오라버니도…."

하더니 무엇을 깨달은 듯이 갑자기 은근한 듯하고 자별한 듯이 목소리를 바꾸어,

"저요. 오늘 정월晶月이라는 아이도 오는데요, 어떻게 피아노를 잘 치는지 알 수가 없어요. 학교에 다닐 때에도 음악에 재주가 있다고 하였더니 지금은 아주 훌륭한 피아니스트가 되었어요."

하고 서투른 영어로 피아니스트란 말을 한 것이 신기하고 부끄러운지 한번 호기好奇의 웃음을 웃더니 다시 말을 계속하여,

"그런데 시집을 가더니 아주 사람이 변하였어요."

할 즈음 선용은 껄껄 웃으며,

"그래 어떻게 변해졌어? 물론 변했을 테지."

하니까 경희는 또 부끄러운 듯이 웃으며,

"아뇨. 그렇게 변하였다는 것이 아니라요."

하며 '그렇게'라는 데 힘을 주어 말을 한다. 즉, 그렇게란 뜻은 보통 처녀가 시집을 가면 마음이 변하는 것을 의미함이다.

"그러면?" 하고 선용은 또다시 물었다.

"그애는 아주 이상해요. 때때로 울기만 하고, 말을 해도 아주 애처롭고 슬픈 말만 하고요. 언제인가 나에게 시 하나를 베껴 보냈는데요, 이런 시를 베껴 보냈어요. 저는 그것을 잊어버리지 않고 꼭 외워 두었지요."

64회 "무슨 시인데? 어디 외워 보아라."

"자! 외울게요."

하더니 얼굴이 조금 불그레하여지며 부끄러운 듯이 목소리가 조금 떨린다.

"…… 어느 곳에 고달픈 나그네의 가야 할 곳이 있을는지?

남쪽 나라 종려나무 그늘인가?

라인 언덕의 보리수 아래인가?

알지도 못하는 이의 손을 빌려 사막에 묻힐 이 몸일까?

그렇지 않으면 물결치는 바닷가에서 물결에 씻길 이 몸일까?

어디를 가든지 변치 않고

푸른 공중은 나를 에워싼다.

밤이 되면 죽음의 촛대[燭臺]

별들은 내 위에 비추어 있다

……

라고 써 보냈어요."

선용은 이 소리를 듣고 그 어떤 여자인지 나와 같이 눈물이 많은 여자인가 보다 하였다. 그리고 자기가 언제든지 원하는 방랑의 노래를 듣고는 그 여자가 얼른 보고 싶었다.

선용은,

"집은 어디고 성은 무엇인데?" 하였다.

경희는 다만 빙그레 웃으면서,

"왜 그러세요?"

하며 알려 주지를 않는다.

"글쎄 말야."

하고 선용은 경희가 자기 마음속에 있는 비밀을 알아차린 듯하여 고개를 돌렸다.

"이따 오거든 소개하여 드리지요, 네? 오라버니."

*   *   *

경희는 바깥으로 나갔다. 다시 책상에 놓여 있는 시계의 돌아가는 소리가 가늘게 들린다. 노곤한 침묵이 온 방안에서 시들어지는 듯하였다.

선용은 멀거니 앞만 보고 앉아 있다. 그리고 그 경희에게 들은 여자를 자기 눈앞에 마음대로 그려보았다.

그러다가는 약하고 연한 여자의 몸으로 북쪽 나라 눈구덩이에 검은 머리를 흩트리고 딩구는 것과 남쪽 지방 야자 그늘 밑으로 흰 치맛자락을 휘날리며 헤매는 것이 보인다. 그리고 이 세상 모든 곳으로 정처없이 떠다니는 그 여자가 얼마나 자기의 마음을 끄는지 알 수 없는 듯하다.

그러다가는 다시 어저께 혜숙을 만나보던 것이 생각나며 그 여자는 어찌하여 그러한 성격을 가졌으며 혜숙은 어찌하여 그러한 성격을 가진 여자로 태어났나 하였다. 그리고 그 혜숙을 그 여자와 같은 성격을 가진 여자로 만들고 싶었다.

그는 앞창 바깥을 멀거니 바라보았다. 아침 해는 벌써 공중에 높이 떠 불그레한 빛은 여위어지고 다만 아지랑이 낀 남산이 멀리 그 윤곽만 보이고 있다. 선용은 그동안에 아주 전신의 노곤함을 깨달았다.

그리고 또다시 옛날의 기억이 자꾸자꾸 떠오른다. 영도사의 놀음, 동경 객창의 고민, 자살, 병원의 치료, 일본에 있는 그 여학생, 그리고 또 오늘 이 자리의 모든 것이 순서 없이 왔다갔다했고 또다시 자기의 오촌이 돌아가고 자기가 그 집의 양자가 되어 경희의 집에 와 있게 된 것, 또 얼마의 재산을 자기 오촌에게 물려가진 것이 생각나며, 그전에는 자기 오촌도 자기가 문학 공부를 한다는 것을 반대하여 학자금을 주지 않던 것, 그러나 오늘 그전보다 다르게 안일한 생활을 하게 되는 것, 또는 신체 허약으로 공부를 채 마치지 못하고 돌아오게 된 것이 생각된다.

그러다가, 일본이 생각될 때마다 그 여학생은 어디를 갔을까? 어디 있을까? 어떻든 이 땅 위에는 있을 테지.

그러다가 이 쓸쓸하고 의미 없는 폐허 같은 세상에서 다만 그 여자 하나가 나를 기다리고 있으렷다 하는 생각이 나서 거친 가시덤불 사이나 시들어진 풀 위로 이리저리 헤매며 눈물을 흘리고 자기를 기다리는 그 여자를 찾아가고 싶었다.

그러다가도 어디 있는지도 알 수 없고 어떻게 되었는지도 알 수 없는 그 일본 여학생을 쫓아가는 것보다도 오늘 그 정월이라는 여자를 만나 또다시 알 수 없는 사랑의 쾌락을 나와 그 사이에 얽히게 하여 그녀와 나와 끝없는 방랑의 길을 떠나는 것도 좋으렷다 하여 보기도 하였으나 그것은 그렇게 쉽게 되지 않을 일이렷다 하고 곧 단념하여 버렸다.

선용은 창문을 닫고 자리 위에 벌떡 나동그라지며 누구를 기다리는 듯이 천장만 바라보고 가만히 누워 있었다. 그리고 공연히 마음이 조마조마하고 바깥에서 무슨 소리가 조금만 나도 가슴이 덜컥 내려앉는 듯했다. 선용은 뛰는 가슴을 진정하고 눈을 감고 한숨을 길게 쉬었다.

65회 이때 마루 끝에서 경희가,

"언니 어서 오오. 이리 올라와요."

하며 기껍고 반갑게 누구인지를 맞아들이는 소리가 들린다. 선용은 속마음으로 '에구 왔구나' 하였다. 그리고 자기도 모르게 벌떡 일어났으나 어떻게 할 수가 없어서 공연히 물끄러미 멍멍하고 앉아 있었다.

마루에서는 선용의 마음을 간질간질하게 하는 여자의 치맛자락이 서로 갈리는 부드러운 듯하고 미끄러운 듯한 소리가 들리며 꿈속으로 잡아당기는 듯한 피어 가는 백합꽃의 이슬 맞은 향내와 같은 웃음소리가 한 겹밖에 안 되는 미닫이를 통하여 들려왔다.

조금 있다가 누가 또 온 듯하다. 그리고, 이번에는 웃음소리가 뒤섞이고 범벅이 되어 일어난다.

그때 경희가 무슨 경고나 하는 듯이 조심스럽게 선용의 방을 향하여 손가락질을 하는 말소리가 들리더니, 웃음소리는 뚝 그치고 미안하고 부끄러워하는 듯한 잠잠한 침묵이 고요히 그 여성들의 까만 머리 위로 떠돌아 가는지 아무 소리도 들리지 않고 다만 때때로 소곤소곤하는 소리가 선용의 가슴 위로 살금살금 기어가는 듯이 선용을 간질간질하게 할 뿐이다.

30분밖에 안 지났다. 그러나 선용에게는 몇 시간이 지나간 듯하다. 경희가 문을 가만히 열면서 선용을 쳐다보고 눈짓을 한 번 하더니,

"저리로 나오세요." 하였다. 선용은 다만 "그래" 하고 경희의 뒤를 따라나갔다. 걸음이 어째 더 점잖아진 듯하고 두 다리가 뻣뻣한 듯하다.

선용이 안방으로 들어가려 할 때다.

뒤 창문을 열어젖뜨린 그 앞에 혜숙이가 앉아 있었다. 분명한 혜숙이가 자기를 쳐다보았다.

선용은 다만 아무 소리도 없이 그곳에 붙은 것처럼 서 있을 뿐이었다.

경희는 뒤쫓아 들어오다가 선용이 가만히 서 있는 것을 보고,

"어서 들어가세요." 하고 등을 가만히 밀었다.

선용은 어찌할 줄 몰랐다. 다만 아무 소리 없이 방안으로 들어가 혜숙을 돌아보지도 않고 앉아 있었다.

선용은 그 자리에 와 앉은 것이 가시방석 위에 앉은 듯이 괴로웠다. 그리고 얼른 자기 방으로 뛰어나가고 싶었다.

혜숙은 다만 얼굴이 발갛다 푸르렀나 하며 선용을 바라보기도 하고 다른 곳을 보기도 하였다.

그의 얼굴은 그전 선용이가 영도사에서 볼 때와 같이 피어오르는 것같이 불그레하지도 않고 조금도 거리낌 없이 해롱해롱하지도 않았다. 그의 얼굴은 몹시 창백하여졌다. 화색 있고 불그레하던 두 뺨은 어느덧 여위어 버리고 대리석의 그 빛같이 희고 누렇고 푸르렀다. 그의 둥그스름하고 매끈하던 목은 그전과 같지 않고 각이 지고 핼쑥하여졌다.

그리고 아무렇게나 빗어넘긴 머리칼이 이마 위에서 성기게 휘날리는 것과 가늘고 긴 손가락이 흠 없이 무릎 위에 놓여 있는 것을 볼 때 선용의 가슴은 웬일인지 불쌍하고 애처로울 뿐이었다.

그리고 바닷가에 발가벗은 정精이 검은 머리를 흩트리고서 돌베개를 베고 누워 있는 듯이 반쯤 오만하고 숭고한 듯한 애교가 그의 온몸을 흐르는 듯하면서 소복한 천녀天女가 하늘에서 죄를 짓고 땅 위에 내려와 넓고 넓은 광야로 헤매며 부르짖는 듯한 비애와 통한의 그늘이 그를 쫓아다니는 듯한 것이 선용을 몹시 가슴 타게 하였다.

그러나 혜숙은 선용의 가슴에 영원히 사라지지 못할 실연의 못을 박아 준 사람이다. 선용의 모든 희망과 행복을 불살라 준 사람이다. 그러나 선용이 그를 볼 때는 다만 자기의 마음속에 뭉치고 또 뭉친 원망을 시원하게 분풀이라도 하고 싶었으나 그 불쌍하고 애처롭게 된 그의 육체를 볼 때에는 그 모든 것이 확 풀어져 버렸다.

경희는 자기 오라버니를 자기 동무에게 소개하고 또 자기 동무를 자기 오라버니에게 소개하였다.

"이이는 이정월이란 이예요."

하고 혜숙을 가리키며 소개를 한다. 선용은 눈을 갑자기 크게 뜨며 그 정월을 바라보았다. 그리고 속마음으로, '혜숙이가 이정월이라니?' 하는 의심이 일어나며 여태껏 자기를 보기 원하고 기대하고 그로 인하여 부질없이 가슴을 울렁이던 그 사람이 3년 만에 나의 앞에 앉은 혜숙이란 소리를 듣고는 무슨 수수께끼를 듣는 듯하고 자기가 꿈속에 있지나 아니한가 하는 생각이 났다.

66회　그리고 그 이정월이 써 보내었다는 자기 누이동생이 읽던 그 게르만의 시인 하이네의 시를 생각하고, '참으로 그전 혜숙의 성격이 그렇게까지 변하였을까?' 하였다. '그리고 만일 그녀의 성격이 그렇게 변하였다 하면 무엇이 그녀를 그렇게 만들었을까?' 하였다.

별로 담화가 없었다. 다만 멀거니 앉아 있는 두 사람 사이에 경희와 또 다른 여자들의 조그맣게 이야기하는 소리가 들릴 뿐이었다.

정월의 관골顴骨 위의 피부는 꽤 불그레하다. 다른 곳은 다 창백하나 그곳뿐이 불그레할 뿐이다.

이렇게 서로 바라보고만 있을 수 없는 선용은 바깥으로 '나가야 나가야' 하고 일어날까 일어날까 할 때 갑자기 정월은 기침을 시작하였다. 그리고 가슴을 문지르며 못 견뎌 하였다. 다른 사람들은 다만 바라만 보고 있었다. 정월은 두 다리를 모으고 쪼그리고 앉아 얼굴이 새파랗게 질려 자꾸자꾸 기침을 재차 한다. 그러다가 입을 가린 흰 비단 수건에 빨간 핏덩이가 묻어 나왔다.

이것을 보는 선용의 마음은 무엇으로 찌르는 듯하였다. 그리고 그 순결하고 곱던 혜숙이가 오늘 저렇게 괴로워하는 꼴을 보고, 또는 그 빨간 피를 토하는 것을 보고 어린 양이 제단 앞에서 피를 흘리며 바르르 떠는 것보다도 더 불쌍한 듯하여 그는 금치 못하게 나오는 눈물을 참지 못하여 얼른 얼굴을 가리고 아무 소리 없이 안방에서 뛰어나와 자기 방으로 들어갔다. 그러고는 책상에 고개를 대고 한참이나 울었다.

그날 저녁이었다. 선용은 12시가 되도록 자기 방에 혼자 드러누워 있었다. 그리고 말할 수 없는 외로움을 깨달아 알았다.

사면은 아주 조용하다. 늦은 봄에 아직 어린 벌레들이 으스스하게 우는 소리가 선용의 핏속으로 스며드는 듯하였다. 시계는 영원으로부터 영원까지 흐르는 세월의 아주 짧은 구절을 세고 있다. 선용의 가슴은 공연히 긴장하였다 다시 가라앉았다 한다.

선용은 일어서서 이리 가고 저리 가고 하였다. 그리고 자기나 정월이나 이 세상에 났다가 사라지는 짧은 생을 생각할 때, 더구나 아주 짧은 청춘을 생각하여 볼 때 구차하고 기구하게 울며불며 한숨 쉬며 눈물 지으며 지나가는 인생이란 아주 작고 우습게 생각이 된다.

그는 다시 앞 미닫이를 열어젖뜨리고 바깥을 내다보았다. 은빛 같은 달빛은 온 지구를 덮고 있었다. 멀리 보이는 남산은 회색세계灰色世界의 산악과 같이 그의 윤곽만 보이고 있다. 멀리 저쪽 공중에는 작은 별들이 졸음 오는 듯이 껌벅거리고 있다. 마당에 깔린 모래는 반짝반짝하였다. 이슬에 젖은 안마당에 놓여 있는 나뭇잎이 번지르하게 빛이 난다.

선용은 무엇이라 말하기 어려운 감상과 비애 속에서 이것을 바라보았다.

선용은 과거와 현재와 장래의 자기 운명을 생각할 때에는 눈을 딱 감고 그대로 영원히 사라지고 싶었다. 그리고 그 불쌍하게 된 정월과 어디로 갔는지 모르는 그 여학생을 생각할 때에는 공연한 눈물이 알지 못하게 난다.

그리고 그 혜숙이가, 자기를 배척하던 혜숙이가 3년 만에 오늘 다시 만나 본 이때에는 그 혜숙이가 아니고 육체도 변하고 그의 성격까지 변한 정월이라는 시적詩的 이름 아래서 참 인생이란 것을 느끼고 참으로 참 생 가운데서 살아보려 한다는 말을 들을 때에 그의 마음은 한없는 기꺼움과 동정의 마음이 생겨나며 지나간 과거가 한때 지나간 농담같이 생각되기도 한다.

어쩌다가 정월의 육체는 왜 저리 되었는가? 제단 앞에 눈물을 짓는 음침하고 두려운 촛불과 같은 죽음의 촛불의 그림자가 그의 몸을 점점 가리지 않는가? 하는 생각을 할 때에 선용은 아주 미칠 듯한 생각이 났다.

그러다가 그 정월을 아무 말도 못하고 그대로 돌려보낸 것을 생각하고, 왜, 왜, 내가 정월을 그대로 돌려보내었는가. 그의 손목이라도 마주 잡고 눈물을 흘려가면서라도 지나간 일을 꾸지람이라도 하고 원망이라도 하고 타이르기라도 하며 또다시 그전과 같은 사랑을 다시 이어 볼걸!

그러다가도 그러나 그것도 꿈이로다, 지나가는 꿈이로다, 하다가는 '에, 고만두어라. 내가 또 미친놈이고 어리석은 놈이지. 그로 인하여 생명까지 끊으려 하던 내가 또 이런 생각을 하다니' 하기도 하였다.

그러나 혜숙은 연전 혜숙이가 아니요, 나를 죽게 한 혜숙이가 아니다 하는 생각이 그에게 무슨 몽롱한 호기好奇를 주며, 왜 나는 정월을 차지하여 볼 운명 아래 나지 않았나? 하였다.

67회 그는 한참 동안이나 멀거니 있었다. 어느덧 별 하나가 서쪽으로 넘어간다. 선용은 그것을 한참이나 바라보았다. 선용은 '달과 별은 영원히 우리 인생을 내리비추겠구나' 하였다. 그리고 '나나 정월이나 웃는 사람이나 우는 사람이나 누구든지 비추어 주겠구나.'

그리고 누렇고 붉은 아침 빛이 새로운 구름을 물들이는 새벽 아침이나 갈가마귀 어미 찾아가는 쓸쓸한 황혼이나 권위 있는 햇빛과 푸른 달빛과 여름이나 겨울이나 우리가 가 본 곳이나 우리가 가 보지도 못한 곳이나 이 모든 것 위에 쉴새 없이 움직이는 무슨 세력은, 영원한 우주 사이에 잠깐 있다 사라져 없어지는 나와 정월 사이를 눈물과 원망으로 매어놓고 그대로 쓸어가 버리렷다 하였다.

그리고 허황되고 우스운 세상이라 하였다. 그러다가 타는 듯한 마주魔酒를 마시어 답답한 가슴을 고쳐나 볼까? 요염한 창녀의 젖가슴에 안기어 끝없는 울음이나 울어 볼까 하였다.

선용은 자리도 펴지 않고 그대로 누워 잠이 들었다. 그러다가 얼마나 되었는지 선선한 기운을 못 이겨 눈을 떴다. 불그레한 아침 해가 안마당을 반사하여 미닫이 창을 물들이고 있었다.

* * *

정월은 처녀시대에 몽상하던 모든 환락을 반드시 실현하여 맛볼 수 있으리라는 공허하고 광막한 희망을 가슴에 품고 또 한편으로는 붉은 피가 타오르는 듯한 견디기 어렵고 참기 어려운 열정에 타는 불길로 자랑스러운 처녀의 달콤한 세월을 보내었으나 하루 저녁 백우영에게 애석하고도 할 수 없이 다시 얻기 어려운 처녀의 자랑을 잃어버린 후부터 비로소 가슴 쓰린 눈물을 알게 되고, 헤아리기 어려운 초민焦悶을 맛보게 되었다.

백우영과 결혼하던 그날까지는 모든 열락과 행복을 한없이 누리고 노래할 줄 알았더니, 그후 얼마가 되지 않아 정월은 알지 못하는 가운데 자기 생활의 어딘지 한구석이 비어 있는 것을 찾아내게 되었다.

그는 그때부터 비로소 처녀시대에 몽상하고 동경하던 모든 것이 한낱 붙잡으려 하나 붙잡을 수 없는 춘몽과 같이 사라짐을 깨닫고 바람 앞에 선 촛불과 같이 꺼져 버림을 깨닫고 바위에 부딪치는 물결같이 깨어져 사라짐을 깨달았다.

그러나 그는 자기의 남편을 사랑하였다. 처녀시대의 그 열렬한 사랑을 영구히 계속하려 하였다. 그러하나 날이 가고 달이 갈수록 찾아내는 것은 그 백우영의 결점뿐이요, 자꾸자꾸 자기의 마음을 괴롭게 하는 것은 어쩐 일인지 자기와 남편 사이에 모든 것이 잘 융화되지 않고 잘 이해되지 않는 것이었다.

반죽이 잘 되지 않은 밀가루떡같이 언제든지 두 사람 사이에는 우수수 부서져 떨어지는 무엇이 있었다.

그러나 정월은 사랑에는 이해만 있으면 그만이라 하였다. 그래서 자기 남편과 자기 사이에 사랑의 줄을 단단히 잇게 하여 주는 것은 다만 그 이해가 있을 뿐이라 하고 백우영을 이해하고 이해하여 영구한 사랑을 그에게 주려 하였으나 백우영은 그것을 알지 못하며 또는 정월을 이해해 줄 능력을 가지지 못하였다.

정월이 그것을 찾아내면 찾아낼수록 마음이 공연히 괴롭고 모든 것이 사라지는 것이 괴로웠다. 그리하여 공연히 눈물을 흘리고 한숨을 쉬었으나 눈물과 한숨을 흘리고 쉴 때마다 그는 말할 수 없는 괴로움을 맛보면서도 자꾸자꾸 울었으며 눈물을 지었다.

그는 가슴 한 귀퉁이 가슴이 빈 곳을 채우기 위하여 시를 외고 소설을 읽었다. 그리고 음악을 배우게 되었다. 그러나 정월이가 시를 읽고 소설을 보고 피아노를 칠 때마다 그전보다 더 감상을 맛보고 그전보다 더 울게 되었다. 그러나 그는 그 감상과 비애를 맛보는 것이 달콤함 애인의 따가운 피가 스며나오는 붉은 입술을 빠는 것과 같이 전신을 사라뜨리는 듯한 유열愉悅을 깨달았다.

그러다가도 무슨 알지 못하는 힘이 더욱더욱 자기의 몸을 친친 동여맨 것을 깨닫게 되며 그것이 무엇인지를 알려고 애쓰나 몽롱하게 그것을 알아낼 수 없을 때에는 그는 마음이 아주 괴로웠다.

그는 그러면서 무미한 생활을 하여 올 동안에 때때로 선용을 생각하여 보지 않는 것도 아니다. 그리고 백우영에게서 모든 행복을 얻지 못하고 무슨 만족함을 찾아내지 못한 그는 선용을 생각하여 보지 않지도 못하였다. 그리고 선용이가 참으로 자기를 이해하여 주고 자기의 사랑을 완전하게 받아 줄 사람이 아닐까 하여 보기도 하였으나 그러나 그것은 벌써 지나가 버린 일이라 어찌하리오. 다만 단념하고 또 단념하려 하고 만일 선용의 환영이 그의 눈앞에 보이기만 하면 눈을 딱 감고 보지 않으려 하였으나 그가 눈을 감을 때에는 반짝반짝하는 암흑 속에 더 분명히 자기로 인하여 생명을

끊으려던 선용이가 나타나 보였다. 그러나 그것은 얼마 되지 아니하여 사라
져 버렸다.

68회   정월이는 작년 겨울에 감기를 앓은 후 알지 못하게 폐병이 발생되어
피를 통하고 기침을 하며 몸이 점점 허약하여짐을 깨달으면 깨달을수록 더
욱더욱 감상과 비애가 그를 못 살게 굴었으며 죽음이라는 장래가 괴롭게 하
였다. 그러나 그는 울면 울수록 더욱 울고 싶었고 죽음이 두려운 것을 깨달
으면 깨달을수록 더욱 그 죽음을 속히 맛보고 싶었다.

그래 그는 그날과 그날을 이곳 저곳으로 꽃도 따고 달도 맞아 의미없고
쓸쓸스러운 날을 보낼 뿐이었다.

그는 어제 선용을 만나 볼 때 죽었던 사람을 다시 만난 것같이 반갑고
그리운 마음은 그대로 달려들어 선용의 가슴에 고개를 비비면서 소리쳐 울
어 가며 3년 전 그때 그날로 자기를 도로 끌어다 주어 달라고 하소연까지
하여 가며 선용에게 자기의 잘못을 용서하라고까지 하고 싶었으나 알지 못
하는 힘이 언제든지 자기 몸을 붙잡아 매 놓으므로 그리하지도 못하고 다만
가슴을 부질없이 태우면서 '단념하여야 할 것이다. 단념하여야 할 것이다'
하면서 자기의 뛰는 가슴을 진정하려 하였으나 자기가 피를 토하고 괴로워
할 때 선용의 눈에서 구슬 같은 눈물이 뚝뚝 떨어지며 얼굴을 가리고 자기
방으로 뛰어가는 것을 보고 정월은 미칠 듯이 선용이가 다정스럽고 눈물이
날 듯한 애련의 정을 깨닫게 되었다. 그리고 일평생 처음으로 자기를 위하
여 눈물을 흘리는 사람을 본 그는 이 세상을 다 돌아다닐지라도 선용 한 사
람뿐이 참으로 자기를 불쌍히 여겨 주는 사람이구나 하였다.

그리고 그는 '아! 어찌하면 좋을까?'하고 당장 죽어 없어져 버려 자기
를 매 놓은 보이지 않는 무슨 세력도 잊어버리고 선용에게 향하는 가슴 쓰
린 애정도 잊어버렸으면 할 만큼 초민을 깨달았다.

그녀는 지나간 과거를 생각하면 말할 수 없이 부끄러웠다. 그리고 그녀는 선용에게 지나간 과거의 책망을 들으며 원망을 들으며 애탄하는 말을 듣는 듯하여 가슴이 자꾸자꾸 죄는 듯하고 피가 마르는 듯하였다. 정월은 그날 저녁에 조금도 잠을 이루지 못하였다.

그녀는 3년 전 옛날의 동대문 밖 영도사에서 선용을 만났던 일과 또 그후 선용이 일본으로 떠나가자 말할 수 없이 섭섭하여 미칠 듯이 날을 보내던 것과 또 선용에게 자기가 날마다 날마다 울음으로 그날그날 지내간다는 사연을 써 보낸 것과 그후부터 자기가 날마다 만나고 날마다 동경하던 모든 허영의 만족을 주는 백우영에게 정조를 빼앗겨 그와 결혼을 하게 된 것과 그후 선용이 죽으려다가 다시 살아났다는 말을 듣고도 별로 불안하고 미안함을 깨닫지 못하던 것과 또는 고치기 어려운 병을 얻어 한 가정을 불행하게 하는 것과 오늘 선용을 다시 만나 지나간 과거의 견디기 어려운 기억과 또는 다정스러운 선용의 따뜻한 눈물을 본 것이 생각되며 또 한편으로 자기를 얽어매어 점점 더 괴롭고 답답한 곳으로 집어던지는 것이 무엇인가 하는 생각을 할 때마다 그는 죄는 가슴을 움켜잡았다.

그러다가 이제야 비로소 그 선용이가 죽으려던 것이 눈앞에 보이며 가슴이 떨리며 몸의 맥이 풀리는 듯하였다. 그리고 자기 눈앞에서 선용이가 가슴의 피를 흘리고 쩔쩔 헤매며 두 손을 폈다 쥐었다 하고 어쩔 줄을 모르면서 얼굴빛이 파랗게 질려 올라오며 숨소리를 자주자주 하여 괴로운 듯이 신음하는 소리가 들리고 보이는 듯하였다.

그러고는 갑자기 눈물이 쏟아지며 '내가 무정한 사람이었지, 내가 무정한 사람이었지' 하며 이불을 뒤집어쓰고, '선용 씨 용서하여 주셔요. 용서하여 주셔요' 하고 자꾸자꾸 울었다.

그리고 다시 방종한 생활을 하여 가는 자기 남편과 자기 사이에 보이지 않고 들리지도 않고 만질 수도 없는 무슨 간격이 자기와 자기 남편 사이를 자꾸자꾸 멀리하게 하는 것을 생각하고 두 사람 사이에 그 보이지도 않고 들리지도 않고 만질 수도 없는 무슨 힘을 더 강하게 하여 백우영과 자기 사이를 더욱더 멀리하여 영원히 백우영과 떨어져 버리고 선용과 자기 사이를 못 견디게 잡아당기는 그 보이지 않고 들리지도 않고 만질수도 없는 힘에 끌려가는 것이 도리어 운명을 복종하는 것이요, 합리의 일이 아닌가 하였다.

그러나 그는 그와 같은 생각을 시작만 하다가도 눈을 감고 몸을 떨며, '안 될 말이다. 안 될 말이다' 하였다. 아무리 선용은 다정한 사람이요, 백우영은 자기를 이해하지 못한다 하더라도 벌써 자기는 일생을 백우영에게 맡긴 몸이 아닌가?

선용과 자기 사이를 매어 놓을 기회는 벌써 시간을 타고 멀리 멀리 가 버린 것이다. 이것도 한 운명이 아닐까? 그리고 어떻게 백우영을 무정히 떼어 버리고 부정한 여자라는 더러운 이름 아래 조소와 모욕 사이에서 일평생을 지내 간다 하더라도 거기에 무슨 행복이 있으리요.

69회　그리고 또 자기가 날마다 읽는 그 유명한 소설 가운데 불행과 불운에서 헤매는 청춘 남녀의 애끓는 사랑의 역사를 읽어 보면 읽어 볼수록 자기도 그와 같이 불행과 불운 사이를 헤매고 헤매다가 무참히 이 세상을 떠나지 아니할까 하는 피상적 암시가 그를 몹시 가슴저리게 하였다. 그리고 피 있고 정 있는 아까운 청춘을 눈물과 한숨 속에서 지내 갈 것을 생각하니 살아가는 인생이 말할 수 없이 애달팠다. 그러다가는 자기 혼자 의견으로,

'청춘의 타오르는 힘있는 정염은 만 가지 불행의 원인은 아닐 텐데' 하고 자기와 같이 마음이 괴로운 생애를 하지 않는 젊은 청춘 남녀가 이 세상에 과연 있는지 의심하였다.

＊　　＊　　＊

그 이튿날 저녁이었다. 문 밖을 나선 선용은 어디를 가는지 교동 병문 넓은 길을 향하여 내려온다. 저녁 안개는 아직 사라지지 않고 동쪽 하늘에 새로이 올라온 둥근 달이 회색 안개 속에 빙그레 웃는 듯이 달려 있다. 바람은 살살살살 사람의 뺨을 스치고 지나간다.

단장을 들면서 걸어가던 선용은 무엇을 생각하였는지 양복 주머니에서 편지 한 장을 꺼내어 누가 볼까 겁내는 듯이 편지 한 번 보고 지나가는 사람 한 번 본다. 그러다가는 그의 얼굴은 무슨 결단하기 어려운 일을 당한 듯이 멀거니 앞만 바라보기도 하였다. 그러다가 또다시 그 편지를 주머니에 넣었다. 그 편지에는,

선용 씨!

지나간 과거는 어떻든 갔습니다. 지나간 과거가 우리를 웃기든지 울리든지 그 과거의 이야기는 말아 주세요. 지나간 과거는 과거 그대로 덮어 주세요. 저는 선용 씨의 따뜻한 눈물을 보았습니다. 저는 또다시 선용 씨를 잊지 못하게 되었습니다.

그러나 잊지 못하는 선용 씨를 저는 잊어야 할까요. 저는 다만 운명에게 모든 것을 맡길 뿐이외다. 저는 한 가지 말씀드리고 싶은 것이 있습니다. 만일 선용 씨가 저를 잊지 않으신다 하시거든 내일 저녁 금화원으로 월계꽃 구경 나갈까 하오니 선용 씨도 와 주시기 바랄 뿐이외다. 저의 오라버니도 오실 터이니.

정월

선용은 이 편지를 읽으면 읽을수록 몽롱한 의심이 자꾸자꾸 치밀어 올라온다. 길거리의 집이나 사람이나 지나가는 인력거나 마차, 자전거가 조금도 선용에게는 보이지도 않고 들리지도 않는다.

그리고 자기가 지금 무엇하러 금화원으로 가는지 알지 못하였다.

그가 교동 병문을 나서려 할 때 달려가는 전차가 덜컥하는 소리를 내며 선용의 몽롱한 의식을 무엇으로 때리는 듯이 분명하게 하여 놓는다.

선용은 멈칫하고 서서,

'내가 무엇하러 가나?' 하였다. 그러다가 관성으로 그러고 있는지 종로로 향하여 걸어간다.

내가 무엇하러 정월을 만나러 금화원으로 가나? 정월이가 정말 나를 기다릴 것인가? 내가 가면 과연 반겨 맞으며,

'어서 오십시오. 왜 이렇게 늦었어요?' 하고 두 손을 잡아 줄 것인가? 정말 나를 잊지 못하는가? 잊지 못하면서 운명으로 인하여 나와 서로 떨어져 있게 되는 것을 참으로 한탄하는가? 정말 나를 위하여 뜨거운 눈물을 흘리며 애끓는 한숨을 쉬는가? 만일 나를 정말 생각하고 나를 위하여 울고 나를 위하여 한숨진다 하면 어찌하여 모든 것을 한꺼번에 내던져 버리고 나에게로 오지를 못하는가 하고 가다가 선용은 다시,

'그렇다. 내가 지금 금화원으로 정월을 만나러 가는 것은 어리석고 또 어리석은 짓이다' 하다가 또다시,

'그 과거는 과거대로 덮어 주세요' 한 말은 나의 입에서 자기를 원망하고 꾸짖는 말이 나올까 겁나서 그것을 미리 틀어막으려 한 것이요, 나를 잊지 못하지만 모든 것을 운명에 맡긴다는 것은 나의 마음을 끌어 잡아당겨다가 자기 손 속에 집어넣고 운명이란 말하기 좋은 핑계로 나의 입에 자갈을 물리려는 것이 아닐까? 하는 생각이 난다.

70회 '그렇다. 그래 그동안에 늘었다는 것은 간특한 수단뿐이로구나. 운명이란 다 무엇이냐. 운명은 자기가 자기 손으로 만드는 것이다. 만일 자기가 참으로 나를 잊지 못하면 백우영과 자기 사이에 얽어놓은 인습과 형식의 줄

을 끊어 버리고 나와 자기 사이에 참으로 끊으려 하나 끊을 수 없는 참사랑의 가락을 얽어놓으면 그만이 아니냐?

고만두어라, 가는 내가 어리석은 놈이다. 도리어 친구에게 가서 하룻밤 사이 농담이나 하고 노는 것이 도리어 나을 것이다'

할 때 그는 어느덧 종로 네거리에 와 섰다. 그때 누구인지 선용의 손을 턱 잡으며,

"야, 오래간만일세그려. 언제 나왔나?"

쾌활한 청년 하나가 있었다. 선용은 깜짝 놀라면서 혹시 그 사람이 자기가 마음속으로 생각하는 것을 알지나 아니하였나 하는 두려운 의심이 엉킨 눈으로 그 청년을 바라보고 서투른 소리로,

"오래간만일세. 참, 여기서 만나기는 뜻밖인걸."

하였으나 그의 말소리는 서툴렀다. 그 청년은 선용과 전부터 아는 화가 원치상元致詳이었다. 그는 선용의 손을 단단히 쥐고 아주 반가워 못견디는 듯이,

"아! 참 오래간만야. 그런데 어디 가는 길인가?"

하였다. 선용의 마음은 불안하였다. 아까까지 어떤 친구를 찾아 밤새도록 농담이나 하고 놀고 싶던 생각은 어느덧 사라지고 어서어서 이 사람과 작별을 하고 금화원으로 가고 싶은 생각이 불현듯이 나며 반가워서 못 견뎌 하는 그의 손을 얼핏 좀 놓아 주었으면 좋겠다 하였다.

그래 그는 그 친구의 정을 받아 주지 않을 수도 없고 또 받아 줄 수도 없어 주저주저하면서,

"저, 남대문까지 좀 가네…."

하고 그 다음 말은 무엇이라 하여야 좋을지 알지 못하였다.

"거기는 왜? 누구에게?"

"누구 좀 볼 사람이 있어서."

"과히 나쁘지 않거든 우리 저리로 가세. 오래간만에 만났으니."

이 말이 떨어지기도 전에 선용은 아주 대경실색을 하는 듯이,

"아니 그렇지 못해, 꼭 7시에 만나자고 하여서."

하면서 잡은 손을 빼려 하니까 그 청년은,

"에! 고만두게, 나는 그래 친구 아니란 말인가? 그러지 말고 가세그려."

두 손을 잡아끈다. 선용은 애원하는 듯이,

"정말야. 못해, 못해. 그 사람이 꼭 기다린댔으니까."

어떻든 그 청년의 손에서 벗어나려는 듯이 모자를 벗고 인사를 하려 한다. 그러니까 그 청년은 손을 홱 뿌리치며,

"에, 고만두게."

원망하며 섭섭한 듯이 선용을 바라본다. 선용은 그 원망하는 듯하고도 섭섭해 하는 그 청년의 표정이 미안하고 또 자기가 여자를 찾아가느라고 그렇게 자별한 친구를 속인 것이 부끄럽기도 하여,

"그러면 내일이라도 또 만나세."

하고, 그를 향하여 용서하라는 듯한 웃음을 띠고 한참이나 바라보고 있었다.

두 사람은 헤어졌다. 선용은 웬일인지 그 친구를 작별한 것이 시원하였다. 그리고 다시 자기를 기다리고 있는 정월이가 자기 눈앞에 보였다.

그는 다시 정월의 창백하고 해쓱한 환영이 자기 눈앞에 나타날 때마다 불쌍한 가운데 말하기 어려운 애련의 정을 깨달았다. 그러고는 또다시 자기 누이동생 경희에게 정월이가 하이네 시를 써 보냈다는 말을 들은 것이 생각나며 그의 성격은 얼마나 변하였을까 하였다. 그리고 그가 얼마나 자기와 공통된 성격을 가졌을까 하였다. 그러다가 다시 그가 피 토하던 것을 생각할 때는 자기의 가슴은 쪼개는 듯이 아픈 듯할 때 그는 앞뒤에 연속되는 의식이 딱 끊어지는 듯이 다만, '폐병을 앓거나 자기를 당장에 옥 속으로 집어

던지거나 사랑은 영원히 사랑이요, 사랑 앞에는 죽음도 없고 아무것도 없고 다만 벌거벗은 사랑이 있을 뿐이지!' 하였다.

선용이 황금정 네거리까지 왔을 때에는 날이 캄캄하여졌다. 그리고 전차 감독의 호각 소리가 자기의 신경을 바늘로 찌르는 듯이 자릿자릿 하는 듯하였다. 그는 선뜻 그의 머리로 생각 하나가 전깃불 켜지듯이 갑자기 지나갔다가 다시 왔다.

"그런지도 모르지" 하고 혼자 남이 들을 만치 중얼거린 선용은 다시 고개를 숙이고 전찻길을 건너갔다.

정월도 정조의 관념을 가졌겠지? 한번 육체를 허락한 사람 외에는 다른 사람에게 또다시 허락지 않는 것이 정조로 인정하는 여자인지 모르지! 자기가 그 남자를 사랑하든지 사랑치 않든지 처녀의 사랑을 허락한 그 사람에게는 일평생 육체를 허락지 않는 것이 정조 있는 여자로 생각하는 것인 게지? 자기의 정조가 자기의 일평생의 모든 것인 줄 아는 여자인 게지?

71회 그러면 자기가 참으로 나를 잊지 못한다 하더라도 만일 정월이 모든 인습과 형식에 구애되어 자기의 사랑을 완전히 나에게 줄 수 없다 하면 나나 또는 정월 두 사람의 고통은 영원토록 사라지지 못하렷다.

그러나 선용은 정월에게 아니 갈 수가 없었다. 만일 정월이 지금 내가 생각한 것 같지 않은 여성이라 하면? 그렇다. 어떻든 가 보기나 할 것이다. 그렇지만 만일 내가 생각하는 것과 같은 여성이라 하면 내가 가서 무엇하나? 만나면 만나 볼수록 도수를 더해 가는 사랑의 불길은 도리어 나를 파멸의 구덩이에 집어던질 것인데 나는 단념해야 하지. 가지를 말아야지! 하다가도 그 창백한 정월의 입으로 선지피를 토하는 것이 보일 때에는 자기가 가지 않으면 정월이가 기다리다 못하여 자기를 원망하고 원망 끝에 세상을 비관하고, 비관 끝에 자포자기하는 마음이 생겨 아아, 그러다가는 죽음밖에는 없을 것밖에 생각이 나지 않고 자기가 정월의 운명을 잡고 있는 듯할 뿐이었다. 옛날에 자기를 죽음에 빠지게 하던 한낱 가늘고 작은 여성의 알지 못하는 매력에 끌려 정월의 운명을 자기 손에 잡은 듯이 생각하는 선용은 또다시 자기의 운명의 무슨 큰 산모퉁이를 이 시간에 돌아가는 듯하였다.

*　　*　　*

선용은 금화원에 왔다. 큰 문을 들어서 입장권을 내고 본관──요릿집──뒤를 돌아 층계를 내려섰다.

월계의 그윽한 향내가 연한 바람과 함께 선용의 뺨을 명주 수건으로 문질러 주는 듯이 지나간다. 그는 이곳 저곳 희고 붉은 월계꽃이 저녁 이슬을 머금고 해롱대는 사이로 정월과 영철을 찾아 헤매었다. 등나무 덩굴로 덮은 곳을 지나고 포플러나무 그늘을 꿰뚫어 그늘진 담 모퉁이까지 찾아보았으나 영철과 정월은 있지 않았다. 푸른 나무 잎사귀 사이로는 여자들의 비단 치맛자락이 달빛에 번쩍이고 산뜻하게 몸을 꾸민 얼굴 붉은 젊은 청춘들은 흥취 있게 떠들어 댄다. 저쪽 테이블을 둘러앉은 중년 신사들은 음침한 웃음 속에 오만한 어조로 무엇인지 서로 이야기들을 하고 앉아 차들을 마신다. 어두컴컴한 나무 그늘 밑에서는 나이 젊은 남녀 두 사람이 소곤거려 정화를 바꾸는 소리가 가늘게 들려온다.

선용은 또다시 여러 사람들이 떨어져 서서 농담하는 틈을 지나 차르륵 찰싹하는 분수가 물을 뿜는 연못 앞에 와 섰다.

그는 저쪽 한 귀퉁이에 누구를 기다리는 듯이 혼자 앉은 여자를 보았다. 그의 뒤 몸맵시가 정월과 아주 다르지만 선용은 그래도 하는 마음이 나서 그 앞으로 가서 그 여자의 얼굴을 자세히 들여다보았다. 그 여자는 속으로 욕을 하는 듯이 선용을 흘겨 쳐다보았다.

선용은 마음이 공연히 울분하였다. 그리고 자기가 모두 어리석은 짓만 하는 듯하고 오늘 저녁 이곳에 온 것은 참으로 무미함을 깨달았다. 그래서

분수 앞에 앉아,

　'고만두어라, 오거나 말거나' 하다가,

　'영철이까지 어째 오지를 않았누?' 하였다. 달빛으로 은실같이 보이는 물결은 여러 겹의 동그라미를 어룽어룽 사면으로 펴놓고 싸라기 같은 물방울을 여기저기 휘두르며 무도를 한다.

　오케스트라가 시작되었다. 그렇게 떠들던 여러 사람들의 말소리는 기름을 흘리는 듯한 침묵 속에 사라졌다. 선용은 음악에 취한 듯이 나른한 감정 속에 멀거니 앉았다가 어떤 여자의 치맛자락이 스치는 소리를 듣고는 다시 의식이 회복되었다. 그 여자는 선용에게 인사를 하였다. 그 여자는 뚱뚱하게 생긴, 어저께 자기 집에 놀러 왔던 차숙자였다.

　"언제 오셨습니까?" 하고 빙글빙글 웃으며 선용에게 인사를 한다. 선용은 정신없이 앉았다가 벌떡 일어나며,

　"예! 온 지 얼마 되지 않았습니다…. 혼자 오셨어요?"

　하니까 차숙자는 고개를 조금 흔들며,

　"아뇨, 저기 누구하고 같이 왔어요."

　부끄러움을 반쯤 억지로 감추려 한다. 선용은 속마음으로 아마 자기 정든 이하고 왔나 보다 하였다. 차숙자는 다리를 떼어놓으며 고개를 아무 소리 없이 굽혀 예를 하고 저리로 가려 하였다. 선용은 이 차숙자에게 정월이 오고 안 온 것을 물으면 알는지도 모르겠다 하고 가려는 숙자는 붙잡는 듯이 몸을 그에게 가까이 꾸부리다가 다시 물러서며,

　"저ㅡ." 하고 조금 주저하다가 정월을 보았느냐 하면 혹시 의심을 살는지도 몰라서,

　"혹시 영철 씨 못 만나셨어요?"

　하였다. 차숙자는 조금 고개를 기웃하고 생각을 하여 보더니,

　"이영철 씨 말씀이지요?"

하며 한참 있다,

"네." 하고 선용은 얼른 달아나는 듯이 대답을 하였다. 숙자는,

"네, 영철 씨는 몰라도 아까 정월이는 보았는데요. 어디를 갔는지 알 수 없습니다." 하였다.

"네? 정월 씨가 오셨어요?"

하는 선용의 가슴은 이상하게 물결쳤다.

"네, 왔어요. 그런데 아마 저기 올라갔는지도 알 수 없습니다."

하고 본관을 가리킨다.

"네, 매우 고맙습니다."

하고 숙자에게 감사를 하였다.

본관에는 유리창마다 전깃불이 화려하게 켜 있다. 바람이 불 때마다 창장이 휘날려 나부낀다. 이층 첫째 유리창을 반쯤 연 곳에는 어떤 모양낸 청년 하나가 이곳을 내려다보고 있다.

72회 선용은 반갑기도 하고 무엇이 가슴을 치미는 듯도 하였다. 그는 한달음에 그 요릿집으로 뛰어올라갔다. 문간에는 흰 옷 입은 보이가 점잖게 서 있다가 선용을 보고 허리를 굽혀 예를 하였다. 뛰어오기는 뛰어온 선용은 여기까지 와서 생각하니 어떻게 정월을 찾아야 좋을는지 알 수가 없었다. 어떻든 그는 문간 가까이 방 한 칸을 빌려 차 한 잔을 갖다 놓고 바깥만 내다보고 앉아 있었다. 그리고 보이를 불러 정월과 같은 손님이 혹시 있느냐고 물어보았다. 보이는 한참 생각하더니,

"알 수 없어요. 손님이 한두 분이 아니니까요." 하였다.

언제든지 요릿집에 발을 들여놓으면 일어나는 것과 같이 불그레한 중에도 사람의 마음을 취하게 하는 반쯤 탕^蕩한 기분이 선용의 가슴에서 또 일어났다. 선용은 조마조마하여 못 견디었다. 그래서 정월이가 뒷마당으로

내려가지나 아니하였나 하고 다시 뒤뜰로 내려갔다. 그러나 역시 정월을 찾아내지는 못하였다. 선용은 화가 난 듯이,

"에― 가 버리리라."

하고 문으로 향하여 나오려다가 주춤하고 서서 포플러 녹색 그늘 사이로 새어 흐르는 달을 쳐다보고 한참 섰다가,

"왔는데 어디로 갔노?"

하였다. 이때였다. 그 요릿집 정문 층계 위로 정월이가 어떤 남자와 나란히 서서 내려왔다. 창백한 달빛이 창백한 정월의 얼굴을 싸고 돌매 으스스한 유령이 암흑 속에 선 듯하였으나 선용의 마음은 그를 볼 때 무슨 경경함을 일으키지 않을 수가 없었다. 걸음걸음이 달빛을 끌며 머리카락 카락마다 달빛에 흩날리는 듯할 때 선용은 옛날의 사람이던 혜숙이 아니요, 죽어서 처녀가 되었거나 요녀가 되어 다시 자기 눈앞에 나타난 듯하였다.

선용은 내뛰는 걸음을 억지로 천천히 걸어 정월에게로 갔다. 그리고 모자를 벗고 환심을 얻으려는 듯이 빙긋 웃었다. 그러나 정월은 다만 푸른 눈동자를 잠깐 굴려 고개를 숙이는 듯 만 듯하고,

"언제 오셨어요?"

할 뿐이었다. 그러다가 다시 고개를 돌이켜 자기와 나란히 서서 걸어가는 그 청년에게,

"그러면 저의 오라버니하고 꼭 한번 놀러가지요."

하고는 다시 선용을 냉연한 눈으로 흘겨보며,

"벌써 가세요?" 하였다.

선용은 아무 말도 없이 그대로 서 있었다. 그리고 자기가 꿈속에 서 있는 듯이 다만 애매하고 몽롱한 의식과 감정 속에서 멀거니 정월을 바라보다가 다시 그의 의식과 감정이 무엇으로 자기의 머리를 때리는 듯이 회복될 때, '에! 간악한 년!' 하고 이를 악물고 그대로 덤벼들어 발길로라도 차 내던

지고 싶은 생각이 났다. 그러나 그는 긴 한숨과 함께 모든 것을 어리석음에 돌려보내는 듯이,

"네." 하였다. 정월은,

"안녕히 가십시오." 하고 거만한 걸음을 걸을 때에 휘청거리는 가는 허리가 흐르는 달빛을 휘휘 감아 낚는 듯하였다.

선용은 이 소리를 듣고는 눈물이 날 만치 원통하고 분하였다. 그의 뜨거운 피가 올라온 두 뺨은 불같이 탔다. 그리고 어디로 자기가 밟고 갈 때마다 바지직바지직하는 모래 위에 자기의 가슴을 비비며 통곡도 하고 싶었다. 그는 전신을 부르르 떨었다. 그의 두 손에는 차디찬 땀이 물같이 흘렀다.

그는 또다시 정월을 돌아보았다. 정월은 다시 저쪽 층계로 내려가다가 역시 선용을 바라보았다. 그 정월이 한번 다시 돌아보는 것이 더욱 자기 가슴 위에 모욕과 수치의 화살을 박아 주는 듯하였다.

'아! 이 어리석은 놈아! 너는 속는 줄 알면서도 또 속는구나!' 하고 선용은 자기가 자기를 어리석은 놈으로 자기 인격을 모욕하였다. 그는 몸을 소스라뜨리면서 정문을 나섰다. 그는 물에 빠져 죽거나 독약을 먹고 죽어 버리고 싶었다. 그래서 그 물에 팅팅 불은 몸뚱이와, 독약에 질리고 썩은 육체를 정월의 눈앞에 갖다 놓아 정월이 바르르 떨면서 이를 악물고 "내가 잘못하였습니다" 하면서 자기 몸을 얼싸안고 우는 것이 보고 싶었다.

73회 정월은 그날 어찌하여 선용에게 그리도 냉정하게 하였는지?

그 전날 하룻밤을 정월은 조금도 자지 못하였다. 아침 10시나 되어 백우영은 정월의 방으로 들어와 막 일어나서 머리를 고치는 정월을 침착한 중에도 친친치 못한 얼굴로,

"어제저녁에는 어떻게 지내었소?" 하였다.

"별로 다른 일은 없었어요."

하며 정월은 안경 쓰고 수염을 어여쁘게 깎고 눈썹이 까무스름하고 동그란 선이 빙빙 돌아가는 듯한 그의 얼굴을 바라보며 대답을 하였다.

백우영은 아무 말 없이 세수 수건을 들고 안경을 벗어 놓고 바깥으로 나갔다.

이것이 이 부부의 아침 인사였다.

백우영의 얼굴을 처다볼 때 정월은 저이가 나의 남편이지 하였다. 그러나 자기 남편을 바라볼 때마다 제 마음 한 귀퉁이에는 괴롭게 빈 곳이 있었다. 그리고 오늘 선용 씨를 만나러 가는 것이 무슨 큰 죄를 짓는 것 같아서 왜 내가 편지를 하였노 하고 후회까지 하였다.

그러다가 어떻든지 백우영과 자기 사이를 끈기 있게 달라붙일 방법이 없을까 하였다. 그는 그날 하루 종일 금화원에를 갈까 말까 하는 마음으로 속을 태우다가 그래도 갔다.

그는 처음 금화원에 들어서면서부터 선용이가 왔나 아니 왔나 하고 사면을 둘러보았다. 그리고 만나 보았으면 하면서도 만나지 않았으면 하였다. 그리고 만나는 두려움 가운데 만나지 못하면 어찌하나 하는 졸이는 마음이 있었다.

그러고는 만일 그를 만나면 무엇이라 하나 하였다. 거기서 먼저 말을 하거든 내가 대답을 할까 하였다. 그러다가 또다시 내가 왜 이렇게 마음을 졸이나? 그와 만나는 것이 무엇이 그리 크게 기쁜 일이며 그와 못 만나는 것이 무슨 그리 두려운 일인가, 다만 친구를 만난 것같이 친척을 만난 것같이 즐겁게 하루 저녁을 놀다 오면 그만이 아닐까. 그러나 그의 마음은 언제든지 가라앉지 않고 진정되지 않았다.

그가 돌층계를 내려서려 할 때 차숙자와 만났었다. 그리고 자기 오라버니를 찾아보았으나 만나지를 못하였다. 그럴 때 그는 어떤 양복 입은 청년 하나를 만났다. 정월은 반가운 듯이,

"언제 오셨어요?"

하며 반가워 인사를 하였다. 그 청년은 검은 얼굴에 웃음을 띠며,

"네, 어제 왔습니다." 하고 대답을 하였다.

"그런데 시골 재미가 어떠세요. 일전에 하신 편지도 보았습니다. 그 편지 보고 어떻게 한번 가 보고 싶은지 알 수가 없었어요. 그러나 몸이 자유롭지가 못해서…."

하며 정월은 호기심을 일으키는 듯 웃었다. 그 청년은 굽혔던 머리를 다시 들면서,

"네, 네, 그러시겠지요. 참, 어떻든지 한번 다녀가셨으면 좋겠다고 생각하였으나 영철 군도 몸이 자유롭지 못하고. 그러나 정월 씨 같은 어른에게는 아주 적당한 곳으로 생각해요. 공기는 물론이요, 저의 농장에는 조금 있으면 과실도 익을 터이요, 참 좋습니다. 꼭 한번 오셨으면 좋겠어요."

하였다.

"네, 그때쯤은 어떻든지 한번 가게 되겠지요."

"그런데 영철 군은 아니 왔습니까?"

"글쎄올시다. 오신다고 하였는데 아마 아직 아니 오셨나 봐요. 조금 있으면 오겠지요." 하고 정월은,

"그러면 저리로 가서서 차라도 한잔 잡숫지요." 하였다.

정월은 요릿집으로 들어가려다가 힐끗 곁눈으로 큰 문을 바라보았다. 거기에는 선용이 단장을 끌며 들어왔다. 정월은 반가운 중에도 무서운 마음이 그의 피를 당장에 식히는 듯이 그의 다리를 떨리게 하는 중에도 버티었던 것을 퉁겨 놓은 듯이 얼른 깡충 뛰어 본관으로 피해 들어갔다.

정월은 방에 들어앉아 창 밖을 쉴새없이 내다보았다. 그는 자기를 찾아 다니는 선용의 그림자를 보면서 다만 바라는 것은 얼핏 오라버니가 오셨으면 하는 마음뿐이었다.

정월은, 자기 몸을 선용에게 나타내 보이는 것이 나에게는 다행할는지 알 수 없다. 그는 그것을 보고는 도리어 모든 것을 단념할 테지. 아니다, 그이는 벌써 나를 단념한 사람이다. 그가 비록 한때 호기심으로 지금 나를 따라왔다 할지라도 그는 벌써 나를 잊은 사람이다.

74회 선용이 다시 본관 앞을 지나 바깥으로 창연한 빛을 띠고 낙망한 듯이 나가려 할 때 이것을 본 정월은 손에 잡은 미꾸라지를 놓친 듯이 벌떡 일어나 선용을 가지 못하게 붙잡고 싶은 생각이 복받쳐 올랐다.

선용과 자기 사이에 무슨 즐겁고 반가운, 다시 얻기 어려운 기회를 마지막으로 얻었다가 잃어버린 것 같아 만나지 않고 기다리는 마음으로 오히려 그 만날 기회를 연장시키고 싶을 뿐이었다.

선용이 자기 앉은 방 옆으로 들어올 때 그의 숨을 막는 것같이 괴로웠다. 그리고 가슴이 떨렸다. 만일 자기가 어떤 다른 청년과 앉은 것을 보고 선용 씨는 나를 의심하지 않을까? 하여 얼른 그 옆에 앉은 청년을 밀쳐 던지도록 멀리하고 싶었다. 그러다가 그렇지만 도리어 정월은 뛰는 가슴에도 억지로 침착한 어조로 그 청년에게,

"인제 저리로 가세요."

하며 바깥으로 나오면서 꼭 선용과 만나도록 발걸음을 떼어놓아 돌층계를 내려섰다. 그리고 선용과 꼭 마주칠 때에는 그녀는 그대로 달려들어 울고도 싶고 그대로 엎드려 애소도 하고 싶었으나 다만,

"언제 오셨어요?"

하는 서투른 목소리로 그를 대할 수밖에 없었다.

그러다가도 그의 옆에서 누가 선용과 만나는 것은 죄악이다 하고 부르짖는 것같이 가슴이 선뜻하고 마음이 떨릴 때, 그는 진저리 치는 무엇이 그의 손등을 기어갈 때 그것을 털어 버리려는 것같이 몸을 으쓱하고 선용에게

서 달아나고 싶었다.

그래 그는 태연하게 자기와 같이 걸어가는 청년에게,

"그러면 저의 오라버니하고 꼭 한번 놀러가지요."

하고 곁눈으로 선용의 동정만 살펴보았다. 그리고 그 순간에는 선용을 떼어 버리지 않고는 마음이 편치 못하였다.

그러나 선용이가 멀거니 자기를 원망스럽게 바라보고 무엇을 잃은 사람처럼 빈손만 내려다보고 물끄러미 서 있다가 주먹을 결심하는 듯이 내려다보고 나갈 때 정월은 또다시 자기의 행동에 회한을 깨달았다. 그리고 선용이가 불쌍해 보일 뿐이었다.

그는 선용 씨가 어디로 가시나? 하고 또다시 나는 참말을 하리라, 참말을 하리라 하였다.

*　　*　　*

선용은 금화원에서 나왔다. 하늘에는 둥근 달이 떨어질 듯이 달려 있다. 그는 그 달을 쳐다보고 저도 모르게,

"아아 달도 밝기도 하다."

한참 서서 쳐다보았다. 그러고는 또다시 걸음을 옮겨 대한문 앞 넓은 길 가운데를 지나 광화문을 향한 페이브먼트[鋪石] 위로 걸어간다.

그는 가면서 생각하기를 정월에 대한 모든 것을 단념하리라 하였다. 그는 자기가 정월에게 끌리는 정으로 인하여 자기의 속타는 것을 잊어버리기 위해 단념한다는 것보다도 자기의 인격을 욕보인 그 간특한 여자를 저주하기 위하여 그를 단념하리라 하였다.

그는 이후에는 아무리 정월을 만날 기회가 있을지라도 그를 피하리라 하였다.

그러고는 또다시 일본에서 두 주일이나 자기를 찾아 주던 그 여학생을 생각하였다. 그리고 자기가 그와 같이 고마운 그 여학생을 잊어버리고 그

귀신 같은 정월을 또 찾아온 것을 생각하매 어쩐지 마음속으로 부끄러운 생각이 났다. 그리고 자기의 꿋꿋이 서 있는 인격에 불을 지른 듯 모욕을 당한 듯하였다.

그는 그전 이왕직미술관 앞을 걸어온다. 단단한 길바닥이 고무신 바닥 밑에서 자기 전신을 공기나 놀리듯한 경쾌함을 깨달았다. 그리고 지금까지의 원망, 불평이 다 사라지고 다만 환한 희망이 그의 앞길에 비친 듯할 뿐이었다.

그러다가 가끔가끔 정월의 환영이 보일 때마다 사랑을 잃은 부끄러움보다도 자기를 모욕한 분함이 그의 주먹을 때때로 떨리게 하였다.

그가 아카시아나무 밑 전등불 환하게 비친 곳을 지나갈 때였다.

누구인지 애연한 목소리로 "선용 씨!" 하는 이가 있었다. 그 목소리는 선용의 정신을 옛날에 나렷하던 꿈속으로 다시 들게 하는 듯하였다. 선용은 그 목소리를 듣는 찰나에 그 목소리가 누구의 것인지 알았다. 그러고는 누구에게 붙잡힌 듯이 발을 딱 멈추고 서서 또다시 부르기를 기다렸다.

"선용 씨, 저 잠깐만 보세요."

하는 그 소리가 나자 그는 고개를 돌이켰다. 거기에는 자동차 차창으로 자기를 바라보는 정월이 앉아 있었다.

75회 "왜 그러시오?"

하는 선용의 목소리는 떨리는 듯한 중에도 무슨 강한 힘이 있었다. 정월은 애원하는 듯이,

"이리로 올라오세요."

하였다. 선용은 눈을 부릅떠서 정월을 바라보며,

"네? 저는 두 다리가 있어요. 그리고 나는 옛날 선용이가 아니오." 하며,

"정월 씨는 나를 만나실 필요는 없을 테지요. 또한 저도 정월 씨를 영영

만나지 않더라도 이 세상에서 살아갈 수 있는 사람이 되었습니다. 아무리 사랑으로 뭉치지 못한 이 불구인 선용일지라도 이제는 옛날같이 어리석은 자는 아닙니다."

정월은,

"여보세요, 선용 씨. 저의 말씀을 꼭 한 번만 들어 주세요."

하며 자동차에서 내려온다. 선용은 자동차 속을 들여다보았다. 축전기의 희미한 전깃불이 푸르게 켜 있는데 한옆에 수놓은 비단 방석이 꾸깃꾸깃 음독을 일으키는 듯이 놓여 있었다. 정월의 음탕한 부분이 그 위에서 슬근거리던 것을 생각하매 그는 얼른 그곳을 피하여 달아나고 싶었다.

"말씀할 것요? 저와 정월 씨 사이에는 영원리 말이 끊어졌습니다. 음파를 일으키는 보이지 않는 목소리라도 정월 씨와 저 사이에는 아무 의미없는 파동을 남겨 놓는 것보다 도리어 저의 몸뚱이를 으스스하게 할 뿐입니다."

정월은 자동차를 먼저 보내고 선용에게로 가까이 왔다. 그러고는 무의식중에 두 사람은 나란히 서서 걸어간다. 정월은 무엇을 생각하는지 무슨 말할 것을 주저하는지 땅만 보고 걸어가다가 겨우 가슴을 진정하고,

"여보세요?" 하였다. 선용은,

"네." 하고 심통스럽게 대답을 하였다.

정월은 선용이 그러는 것이 야속한 생각이 난다. 그래서 다 고만두어라 누가 이 세상에서 나의 마음을 알아 주는 사람이 있느냐? 하다가도 그렇지만 선용 씨가 그렇게 하는 것도 무리는 아니렷다 하였다.

그래서 하려던 말을 고만두리라 하다가 모든 부끄러움, 야속한 감정을 억제하고 선용의 어깨에 매달릴 듯이 몸을 가까이하며,

"여보세요, 지나간 모든 것은 다 용서하여 주세요." 하였다. 선용은,

"네?" 하고 깜짝 놀라는 듯이 정월을 바라보았다. 그럴 때 정월은 눈물을 참으려고 하얀 이로 붉은 입술을 악물고 까만 속눈썹을 감았다 떴다 하

고 있었다.

선용은 그 말을 듣고 또 눈물을 참으려 하는 것을 보고 여태까지 보기도 싫던 정월이 또다시 불쌍한 생각이 나서,

'고만두어라. 내가 그렇게까지 하는 것은 너무 심하였다.'

그러고는 속마음으로,

'정월이 무엇하러 나를 쫓아왔으며 무엇을 용서하여 달라나?' 하였다. 정월은 또다시,

"용서하세요. 저는 선용 씨에게 사죄하러 여기까지 쫓아왔어요."

하고 눈을 한번 깜박 감았다 뜰 때, 진주 같은 눈물이 옷깃 위에 떨어져 구른다. 그리고 수건으로 눈물을 씻으면서 바로 앞길을 보지 못하였다.

선용은 속마음으로 무엇을 정월이 용서하여 달라는가? 오늘 자기가 금화원에서 그렇게 천연덕스럽게 한 짓을 용서하란 말인가?

선용은 또다시 엄연한 목소리로,

"너는 아무것도 정월 씨를 용서해 드릴 것이 없어요."

하였다. 그러나 정월은,

"여보세요. 왜 사람이 남에게 용서하여 주길 바랄까요? 선용 씨! 저는 어저께 선용 씨를 속였어요."

하고는 느껴 운다. 선용은,

"네?" 하고 정월을 바라보았다. 그러고는 선용의 마음 가운데에서 상긋한 향내가 떠도는 듯이 정월이 또다시 나를 사랑하려니 하던 희미한 희망이 당장에 끊어지는 듯하였다.

"지나간 과거는 가 버렸습니다. 엎었던 기름을 다시 쓸어담지 못하는 것과 같이 선용 씨와 저 두 사람은 또다시 엉기지는 못할까요?"

하는 정월의 말을 들은 선용은,

"이와 같이 모순과 당착이 엉킨 이 세상에는 또다시 그것을 바랄 수는

없겠지요."

하는 대답으로 받았다. 그러나 선용은 이 말을 들을 때에 비로소 정월을 알게 되었다. 그리고 정월이 또다시 옛날을 추회하는 것을 알았다. 그러나 선용은 정월을 또다시 자기 애인이 되어 달라는 요구로써 그를 책망하고 그를 원망하는 마음이 나지는 아니하고 다만 인습에 얽히고 환경을 벗어나지 못하여 옆에 있는 행복을 알지 못한 것을 생각하며 또다시 정월이 불쌍하였다. 그러고는 속마음으로 나는 정월을 애인으로 불쌍히 여기는 것보다 이 세상의 살아 있는 불쌍한 인생의 하나로 동정하리라 하였다.

76회 정월은 무엇을 깨달았는지,

"저는 죽은 사람이외다. 붉은 피는 푸르고 차디차게 식었습니다. 저에게는 아무 환락과 아무 희망도 없이 저의 육체가 시들어질 때 저의 목숨까지 사라져 버리기를 바랄 뿐예요." 하고 또다시,

"선용 씨, 선용 씨는 저를 책망하시겠지요. 저를 저주하시겠지요. 그러나 저는 선용 씨 외에 또다시 이 세상에 참사람이 있을지 의심합니다. 그러나 저는 그 참사람을 영영히 잃은 사람예요." 하다가는,

"선용 씨, 저는 다만 영영히 선용 씨가 제가 살아 있다 사라진 것을 잊어주지 마시기만 바랄 뿐입니다."

선용의 눈에는 눈물이 괴었다. 그리고 무의식중에,

"정월 씨, 우리는 어찌하여 시간을 깨뜨려 부수지 못할까요? 왜 또다시 옛날로 돌아가지를 못할까요? 저는 다만 그것을 한탄할 뿐입니다." 하는 사이에 어느덧 정월의 집 문간에 왔다.

정월은 집으로 들어가려 하며,

"선용 씨, 영영 선용 씨를 못 뵈옵지는 않겠지요? 비록 제가 선용 씨를 뵈옵지 못한다 할지라도 선용 씨의 그림자는 저를 언제든지 싸고 돌아다닐

것이올시다."

그리고 또다시 선용에게 안길 듯이 바라보며,

"언제나 만나뵐까요?" 하였다. 선용은,

"이 세상의 모든 모순과 당착이 사라질 때겠지요." 하였다.

정월은 문을 열었다. 불그레한 전등불이 희미하게 비칠 때 흰 치맛자락을 흩날리며 문간으로 들어서는 그녀는 마치 수도원에서 금욕의 생활을 하고 있는 신녀信女같이 보였다. 그러다가는 정월의 그림자가 사라져 없어질 때 선용은 다만 망연히 그 속을 바라보고 서 있었다.

*   *   *

오늘 저녁에 영철은 금화원에 오지를 못하였다.

영철은 저녁을 먹고 교동 누구를 잠깐 보고 금화원으로 약조한 자기 누이를 만나려고 교동 병문을 막 돌아나설 때이다. 누구인지,

"여, 어디 가나?" 하고 뒤에서 부르는 사람이 있었다. 그는 이용준李容俊이라는 새롱거리기 좋아하는 은행원 중의 하나였다. 그는 여전히 새롱대는 어조로,

"어디를 가?" 하고 어깨를 툭 친다. 영철은,

"요것이 누구에게다 손짓을 해!"

하고 주먹을 쥐고 달려들려니까,

"히히, 어디 어디?"

하고 어린애 장난하듯 한다. 영철은 다시 얼굴을 고치고,

"어디 갔다오나?" 하니까 용준은,

"남의 말엔 대답도 아니하고."

하며 눈을 흘겨 쳐다보더니,

"자네, 내일부터 은행에 다 다녔네."

하고 침착한 중에도 생그레하며 쳐다본다.

영철은 그 말을 농담으로 듣고,

"자네 오늘 금화원에 아니 가려나?"

하고 다른 말을 꺼내었다.

"금화원?"

하고 용준은 영철을 쳐다보더니,

"금화원이고 무엇이고 자네 은행에서 돈 천 원을 쓴 일이 있나?"

하였다. 영철은 다른 사람이 알지 못하는 걸 용준이가 아는 것이 괴이하여 깜짝 놀라면서,

"그것은 어떻게 아나?" 하였다.

"글쎄 말이야."

"있어. 왜? 누가 무엇이라 하던가?"

용준은 한참이나 있다가,

"지배인인지 무언지가 오늘 사장하고 이야기하는 것을 들었는데."

하며 입맛을 다신다.

"그래?"

"자네가, 자네가 품행이 나쁘다고."

"무슨 품행이?"

"화류계에 빠져서 은행의 돈을 천 원이나 쓰고 여태껏 기일이 지나도 갚지를 않는다고. 다른 사람과 달라서 자네이기 때문에 얼마간 비밀을 지켜 주었더니 이렇다 저렇다 말이 없다고 대단히 분개한 모양이데."

영철은 껄껄 웃었다. 그러고는,

"그러니까 사장이 무엇이라고 대답을 하시던가?

"무얼, 사장야 언제든지 말이 적으니까 그렇소? 그렇소? 하실 뿐이지."

"응, 그래." 하고 영철은 주먹을 쥐었다.

용준은 다시,

"여보게, 설화가 누구인가? 설화 때문에 자네가 돈 천 원을 은행에서 썼다 하니 그것이 참말인가? 나는 자네가 그럴 리가 있나 하고 반신반의를 하였지만."

영철은 빙긋 웃으며,

"어떤 미친놈이 그러던가?" 하고 소리를 높였다.

77회 "그런데 지배인은 어떻게 해서든지 자네를 내보내도록 사장에게 말을 하데. 그러니까 사장께서도 만일, 과연 그런 일이 있다 하면 자네를 그대로 둘 수는 없다고 하시던걸."

하니까 영철의 얼굴에는 분노에서 밀리는 피가 올라오며,

"어디 보자. 지배인이 이기나 내가 지나."

하고 주먹을 마주 친다.

용준은 다시,

"그런데 이것을 좀 보아." 하였다.

"무엇을?"

"왜, 지배인의 조카가 있지 않은가?"

"그래, 그 얼굴이 빨아논 것같이 허옇게 생긴 것 말이지?"

"응, 옳지 바로 맞았네. 아마 그자를 자네가 나간 뒤에는 자네 대신 둘 모양이네."

이 소리를 들은 영철은 속으로 재미있기도 하고 호기심이 났다. 그리고, 네가 아무렇게 해도 쓸데없다 하였다.

영철은 이용준과 작별하고 파고다 공원을 지나 종로 네거리에 왔다. 그는 시계를 꺼내들고, '청진동을 잠깐 다녀갈까, 고만둘까' 하고 주저하였다. 시계는 6시 반밖에 되지 않았다. 영철은 아직 시간이 되지 않았으니 설화를 잠깐 보고 가리라 하였다. 설화의 집에 들어설 때에는 설화가 안방 미닫이

를 밀어 놓고 저녁 화장을 할 때였다.

영철이 마루 가까이 가며, "설화!" 하니까 설화는 석경을 들여다보며 정성스럽게 얼굴에 분을 바르다가 깜짝 놀라며,

"나는 누구라고. 이리 들어오세요." 하며 자리를 비켜 앉는다. 영철은 그대로 선 채,

"아냐, 들어갈 수 없어. 그런데 오늘 웬 모양을 저렇게 내노. 누구를 만나러 가?"

하며 설화가 화장하는 것만 바라보았다. 설화는 두 눈 가장자리를 문지르다가,

"왜요?" 하고 생긋 웃으며 쳐다본다.

영철은,

"글쎄 말야."

하고 설화 앞에 놓여 있는 담배를 보더니,

"언제부터 담배를 배웠노?" 하며,

"그 담배 하나만 줘." 하니까,

"아녜요. 손님 대접하려고 사왔어요."

하며 담뱃갑을 집어 준다.

그러고는,

"이리로 좀 들어오셔요. 들어와 잠깐만 앉았다 가시구려."

하며 간절히 청한다. 영철은 새로 세수한 설화의 얼굴과 손에서 나는 비누향내를 맡으면서 연하고 부드러운 중에도 불그레한 얼굴이 매혹적으로 사람의 마음을 끄는 듯하여,

"글쎄, 너무 늦어서는 안 될걸."

하고 못이기는 척 방으로 들어갔다.

그래 보료 위에 앉으면서 담배 연기를 뿜어 보내며 천장을 쳐다보고 싱

그레 웃었다. 설화는,

"무엇이 그리 우스우세요?"

하고 영철이 처다보는 천장을 보았다. 영철은 아까 이용준에게 들은 말이 우스워서 웃는 줄은 모르고 설화가 천장을 따라 처다보는 것이 우스워서 "하하하" 하고 설화를 돌아다보며 놀려먹듯이 웃었다. 설화는 알지도 못하고 따라 웃으며,

"왜 웃으세요?"

하며 자기 몸에 이상한 곳이 있는 듯하여 이리저리 둘러보더니,

"네? 글쎄 무엇이 우스우세요?"

하고 영철의 무릎 위에 어리광 부리듯이 달려들어 귀찮게 흔들어 댄다. 영철은 "왜 이래." 하고 달려드는 설화를 피하며,

"무슨 우스운 일이 있어."

여전히 웃으면서 담뱃재를 떨었다.

"글쎄, 무엇예요?"

"설화가 알 것은 아냐."

"무엇인데요? 저는 알 것이 아닐까요?"

"그것을 가르쳐 주면 말하나 마찬가지게."

하고 얼굴을 조금 침착하게 하더니,

"이리 와." 하고 설화의 팔을 잡아당기며,

"그것은 알아서 무엇해?"

하고 허리를 껴안으려 하니까 설화는 부끄러워서 웃으며,

"왜 이러세요."

하고 앙탈하듯이 팔을 잡아당겼다. 영철은 설화의 입이나 맞출 듯이 가까이 잡아당기며,

"우리가 사귄 지도 꽤 오래지?"

하고 의미 있는 눈초리로 설화를 바라본다.

78회 설화는,

"왜 그런 말씀을 하세요. 얼마나 된다구요. 1년도 못 되는데."

하고 영철을 수상하게 여기는 듯이 바라보았다. 영철은 무슨 한되는 일이나 있는 듯이,

"우리가 아무리 생각해도 영원할 것 같지는 않아."

하며 무슨 낙망이나 하는 듯이 한숨을 가볍게 내리쉬어 얼굴빛이 좋지 못하여진다. 설화는,

"왜 그런 말씀을 하세요? 다만 두 사람 사이에 끊이지 않는 사랑만 있으면…."

하고 눈물이 날 듯한 눈을 아래로 깔고 가는 손가락만 꼼지락꼼지락한다. 영철은,

"그거야 그렇지만." 하다가,

"설화는 영원히 나를 잊어버려 주지는 않지?"

하고 갑갑한 듯이 자리에 누웠다. 설화는 영철의 손을 꼭 쥐면서,

"저는 모든 것을 결심했어요. 저는 다만 참으로 사람 노릇을 한번 하여보고 죽고 싶어요. 세상에 모든 부귀나 영화를 다 내던지고라고 다만 그 사랑 하나만 위하여 저의 목숨까지 바치기를 결심하였습니다. 이 세상 사람은 다 믿지는 못하는 저일지라도 영철 씨를 저는 믿어왔으며 그대로 믿으려 합니다. 그러나 영철 씨, 이후에 비록 영철 씨가 나를 잊으시는 날이 있다 할지라도 저는 영철 씨의 사랑을 위하여 죽기까지 맹세합니다." 하고는 또다시,

"그러나 영철 씨는 나를 잊어 주지 않으실 테지요?"

하고 영철의 가슴에 엎드린다. 영철은 다만 설화의 등을 어루만지면서,

"나도 모든 것을 설화에게 바쳤소."

할 뿐이었다.

엎드린 설화의 마음은 천이면 천, 만이면 만 갈래로 흐트러졌다. 그가 영철에게 향하는 사랑이 그의 마음의 전부를 차지하였다는 것은 19년 동안이라는 세월을 살아온 설화로는 단정해 말할 수 없는 것이었다. 그에게는 짓밟힘을 당한 아프고 쓰린 경험의 기억이 그의 마음 한 귀퉁이에 영원히 사라지지 않게 남아 있다. 그는 영철을 처음에는 사랑하였다. 그러다가는 그것이 돌을 지나간 후에는 사랑하리라 하였다. 그리고 또 그것이 지난 뒤에는 사랑하여야 하겠다 하였다. 그리고 영철은 나를 사랑한다 하였다. 그러다가는 사랑할 테지 하였다. 또 그러다가는 사랑하지 않지는 못하렷다 하였다.

지금 와서는 다만 저의 남아 있는 반생의 모든 것을 당신에게 맡겼소 하리라 하였다. 그리고 맡겼다 하였다. 그러나 기생 노릇을 한 설화로서는 10분의 9로 영철로 사랑할는지는 몰라도 10분의 1은 결함으로 남아 있었다.

영철도 언제든지 생각하는 것과 같이 현대의 사람으로는 설화가 전적으로 영철을 사랑하지는 못하였다. 그러나 그 10분의 1로 남아 있는 결함이 가느다란 불안이 되어 설화를 귀찮게 굴 때 10분의 9인 그 정열이 그것을 정화시키고 순화시킬 큰 힘을 가지고 있었다.

설화의 가슴속에 의지가 없었다면 과연 영철과의 사랑도 무너질 날이 있겠지마는 설화의 마음속에는 무너지려는 그것을 버티어 나갈 만한 열정을 창조하는 굳센 의지가 넉넉히 있었다.

그때 누구인지 바깥에서 기침을 하는 사람이 있었다. 영철과 설화는 서로 바라보다가 바깥을 내다볼 때는 백우영이가 거기 서 있었다. 우영은 설화를 술취한 눈으로 바라보더니,

"평안한가?" 하고 인사를 붙였다. 그리고,

"들어가도 관계치 않소?"

하고 마루 끝에서 구두 끈을 풀기 시작하였다. 설화는,

"어서 오십시오. 왜 그렇게 뵈옵기가 어려워요?"

하고 방 아랫목에 누워 있는 영철에게 손짓을 하며,

"백, 백." 하고 작은 목소리로 알려 주었다. 백우영은 벌써 방안에 누가 있는 것을 알아차리고 일부러 방안을 들여다보았다. 영철도 벌떡 일어나 바깥을 내다보려다가 우영의 얼굴과 마주쳤을 때,

"나는 누구라구."

하였다. 우영은 영철을 설화의 집에서 만난 것이 질투스럽기도 하고 또 분하기도 하여,

"응, 자넨가?"

하고 방안으로 들어와 자리를 정하고 앉아서,

"이리로 내려 앉게." 하는 영철의 말에,

"응, 염려 말게." 하고 되지 않은 녀석이라 하는 듯이 비웃는 눈으로 바라보았다. 그러다가는 붉게 한 얼굴을 밉상스럽게 찡그리며,

"자네는 기생집만 다니나?" 하였다. 영철은 그 훈계하는 듯한 우영의 어조를 듣고 기가 막히고 아니꼬우나,

"내가 무슨 기생집에를 다녀. 오늘은 지나다가 좀 들렸네."

하고 억지로 웃는 낯을 꾸미고 우영을 바라보았다. 그리고 앞에 놓인 담배를 집어 주며,

"자, 담배나 태우게."

하였다. 우영은 심술사납게 그것을 바보며,

"염려 말게. 나도 담배 가졌네."

하고 입을 삐죽 내밀고 사면을 훑어보더니 자기 주머니에서 담배를 꺼내었다. 설화는 싫지만 하는 수 없이 성냥을 그어 주었다.

79회 영철의 마음은 불안하였다. 그래서 얼핏 일어나 금화원에 나가 보리

라 하였다. 그는 벌떡 일어나며,

"나는 가겠네." 하였다. 설화는 영철을 보고 옷깃을 잡을 듯이,

"왜 그렇게 가세요?" 하고 섭섭한 어조로 말하였다. 이 말을 들은 우영은 고개를 돌려서 가려는 영철을 흘겨보며,

"왜 그러나? 내가 왔다구 그러나? 가만있게. 내가 말할 것이 있으니 잠깐만 거기 앉게."

하더니 손가락으로 명령하듯이 방바닥을 가리켰다.

영철은 귀찮은 듯이,

"무슨 말인가?" 하고 그대로 서 있다.

"글쎄, 거기 앉아. 앉으라는데 왜 그러나? 내가 말을 한다 한다 하고 여지껏 말을 못 하였네." 하고는,

"자네, 그것을 어찌할 셈인가?" 하였다. 영철은 눈을 둥그렇게 뜨며,

"무엇을 어떻게 해?" 하였다. 우영은 입맛을 한번 다시더니,

"잊어버렸나? 그 천 원 말일세." 하였다.

이 말을 들은 영철은 설화 앞에서 그 말을 듣는 것이 불쾌하고 부끄러워 그대로 그 말을 덮어 버리려고,

"응. 그것 말인가? 그거야 염려 말게. 나도 생각하는 것이 있으니까." 하였다.

"무슨 생각인가? 자네도 정신을 좀 차리게. 자네 때문에 내가 귀찮으이."

"그것이야 낸들 생각 못 하겠나? 나도 자네인 까닭에 믿고 그러는 것이지."

"여보게, 믿는 것도 분수가 있지, 만일 이 일을 아버지가 알아보시게."

"글쎄, 그거야 걱정을 들을 테지…. 그 이야기는 고만두세. 요다음에 조용히 만나서 의논하세그려."

하고 그 말을 그만두려 하니까,

"여보게, 또 언제 만난단 말인가?"

하며 백우영이 굳이 말을 그치지 않으니까 영철은 분이 갑자기 나서,

"그럼 어떻게 하겠단 말인가? 지금 당장에 그것을 내란 말인가?"

하니까 우영은 조소하는 듯이,

"하…." 웃더니,

"자네쯤야 웬 그 돈을 낼 수가 있겠나?"

하고 주머니에서 영철이가 은행에서 써준 수형^{어음}을 꺼내 보이며,

"자네는 염려 말게, 응? 내가 모두 이렇게 갚았으니까, 히… 웬걸, 자네
야 생전 간들 그 돈을 갚을 수가 있겠나?" 하고 껄껄 웃는다.

영철은 눈을 크게 뜨고 그것을 바라보았다. 그리고 자기의 모든 자부심
을 한칼에 베이듯이 그 모욕을 깨달을 때 이를 악물고 온몸을 떨었다. 그리
고,

"나는 자네에게 그 돈을 갚아 받기를 원치 않네."

하고 몸에 불이 나며 목쉬인 소리로 백우영에게 때릴 듯이 가까이 나섰
다. 우영은 픽 웃으면서,

"갚아 준 것이 잘못이란 말인가? 자네가 갚지 못하면 내가 갚을 의무가
있는 것이니까."

하며 수형을 척척 접어 넣으며,

"만일 내가 그것을 갚은 것이 재미없거든 언제든지 관계치 않으니 갚
다 갚게그려."

하였다. 그러고는 두 사람의 수작을 듣고 속으로 영철의 분함을 무조건
으로 동정하던 설화를 바라보며 우영은 치지도외하듯이 빙그레 웃으면서,

"요사이는 재미가 어떤구?"

하였다. 설화는 백우영이가 자기를 바라보며 웃는 것이 온몸에 소름이

끼치는 듯이 오스스하고 싫어서 몸을 움츠러뜨리며,

"언제든지 마찬가지지요." 하였다.

비분한 얼굴로 가만히 있던 영철은 바깥으로 홱 나가면서,

"아무 염려 말게. 내일 이맘때 안으로 어떻게 해서든지 그 돈을 갚아 줄 테니까!"

하고 마루 끝에 내려섰다. 우영은 몸을 비스듬히 틀면서 다만 '힝!' 하고 코웃음을 쳤다.

설화는 영철을 따라나왔다. 그리고 옷깃을 잡으며,

"여보세요." 하고 옷깃을 잡아당긴다.

"왜 그래?" 하고 영철은 고개를 돌리며 설화를 바라보았다. 설화의 손은 가려는 영철의 옷깃을 단단히 쥐며,

"어떻게 하시려고 그러세요?" 하였다.

<u>80회</u> 두 사람은 문간으로 나왔다. 영철은 비장한 목소리로,

"설화! 설화는 나의 마음을 알아 주지?"

하며 까만 눈을 깜박깜박하는 설화의 얼굴을 내려다보았다.

"네. 네. 그런 말씀은 하실 것도 없지만 지금 어디 가서 돈 천 원을 만드십니까?"

영철은 한참이나 아무 말도 못 하였다. 남아의 의기로 그런 말을 하기는 하였으나 다시 생각하니 딴은 문제였다. 그러나 그는 설화를 위하여 얼른,

"도리가 있어, 도리가 있어."

하고 묵묵히 서 있었다. 설화는,

"여보세요." 하고 한참 가만히 있다가,

"그것은 저에게 맡겨 주세요. 제가 어떻게든지 만들어 드릴 테니요."

하니 영철은 눈을 크게 뜨고,

"무엇? 설화가? 그러나 안 될 말, 안 될 말."

하며 고개를 내저었다.

'나는 나의 설화의 피 판 돈을 한푼이라도 쓸 수는 없다. 나의 몸을 팔더라도 설화의 피 묻은 돈을 쓸 수가 없다. 나의 얼굴에 침을 뱉고 뺨을 바름을 당할지라도 그것 한 가지는 할 수 없다.'

"어서 들어가요, 내일 또 올 것이니 어서 들어가요."

하고 영철이가 골목 모퉁이를 돌아서다가 다시 한 번 뒤를 돌아볼 때 거기에는 여태껏 설화가 문 앞에 서 있었다.

*　　*　　*

영철은 한 개 독립한 인격을 가진 사람으로 모욕을 당하였다. 그는,

'내 이 모욕을 언제든지 갚고야 말 테다. 나는 사람이 아니다. 남의 애인이 못 된다.'

그리고 백우영에게 그 말을 들은 것보다 설화가 자기에게 맡겨 달라는 말을 들은 것이 더욱 자기의 자부심을 상하였다.

종로 네거리로 가는 그는 혼자 하늘도 쳐다보고 부르짖어 보았으며, 발로 땅을 굴러보기도 하였다. 그러나 그에게는 당장에 천 원을 만들 묘책은 없었다. 다만 울분하고 답답함이 무더운 장마날 일기같이 그의 숨을 틀어막을 뿐이었다. 그는 조금 감정을 진정하여 무슨 도리를 생각하여 보았다. 그러다가 얼른 자기의 예금 400원을 생각하였다. 그러나 그것은 천 원이라는 돈의 4할밖에 되지 못하였다. 그는,

'600원을 어디 가 구처하나?' 하였다. 그러다가 속마음으로 선용은 그만 한 돈을 변통할 수 있으련마는 하여 보았으나 그것을 달라기에는 영철이가 너무 용기가 적었다.

그의 맨 나중 결정은 이것이었다.

'아버지에게로 가리라. 나에게 그만 한 돈을 판상할 이는 다만 우리 아버지밖에 없을 터이다.'

영철은 자기 아버지 앞에 엎드려 울어 가며 모든 사정을 말하리라 하였다. 나의 심술을 용서하고 몸부림을 받아 줄 이는 우리 아버지밖에는 없을 것이다. '그렇다, 아버지에게로 가리라' 하였다. 그러고는 본능적으로 복받치는 애정의 감격한 눈물이 그의 눈에 괴었다.

영철은 자기 아버지의 집 사랑문에 들어섰다. 그의 몸은 술취한 사람같이 반쯤 비틀거리고 푸념하러 온 사람 같았다.

저녁상을 막 물린 이상국은 자기 아들이 오래간만에 들어온 것을 보고 반가운 마음이 나기는 하였으나 엄연한 기색으로 아무 말 없이 영철을 바라보았다. 영철은 인사를 하였다. 그러나 자기 아버지의 얼굴을 딱 당해보니까, 지금까지 그의 무릎에 엎드려 몸부림이라도 하고 싶던 마음은 어느덧 사라지고 말할 용기까지 줄어졌다. 그래서 '고만두어라. 이왕 왔으니 잠깐 다녀가기나 하리라' 하고 방으로 들어섰다.

이상국은 들어오는 자기 아들을 보더니,

"어서 오너라. 어디서 오니?"

하였다. 영철은 그의 말소리가 뜻하던 바보다는 부드러운 것을 보고 적이 마음이 풀려,

"네, 집에서 들어옵니다."

하고 방 한구석에 가서 한 다리를 세우고 앉았다. 얼마 동안은 아무 말 없었다. 영철은 가슴이 울렁울렁하여 기침도 나고 손도 비비었다. 그러다가는 말을 할까 말까 하다가 그만두어라 하였다. 이상국은,

"요새 너의 누이애 만나 보니?" 하였다.

81회 "네, 며칠째 보지는 못하였습니다."

하고서는 말이 나온 끝에 눈 딱 감고 말을 해 버리리라 하고,

"아버지." 하였다. 그의 말소리는 떨리는 중에 조금 컸다.

"왜 그러니?"

하는 아버지는 영철을 바라보았다. 영철은 주저주저 몸을 쓰다듬으며,

"돈 600원만 주세요."

하고서는 이제는 말을 해놓았으니 되거나 안 되거나 모두 말을 하리라 하였다. 아버지는 눈을 동그랗게 뜨며 영철을 흘겨보더니

"무엇? 돈?" 하고,

"그것은 무엇하련?" 하였다. 영철은,

"누구에게 꾸어 쓴 것이 있는게 그것을 갚아야 하겠어요." 하였다.

"누구의 돈을 600원이나 꾸었어? 그 돈은 무엇에 썼니?"

영철은 아무 말 없이 앉았었다. 아버지는 한참이나 말 나오기를 기다리다가 영철의 말 못하는 것을 보고 무엇을 알아챈 듯이,

"에, 망할 자식." 하고 화가 나서 옆으로 기대 앉는다. 그러하더니 다시 손가락을 내저으며,

"글쎄, 이 자식아! 너도 나이가 그만큼 먹었으면 철이 좀 나야지. 늙은 아비는 내버리고 너 혼자 뛰어나가서 계집에게 미쳐 날뛰다가 할 수 없이 되면 날더러 돈을 달라구? 그게 염치 있는 사람의 짓이냐? 내가 믿을 사람이라고는 너 하나밖에 또 어디 있느냐? 내가 살면 며칠이나 살듯하냐? 응."

한참 아무 소리 없이 앉았다가,

"모른다, 몰라! 나는 그런 돈을 갖지 못했다."

하고 멀거니 앉았다. 영철은,

"그러면 어떻게 해요? 아버지가 아니 주시면."

하고 얼굴빛이 누른 중에도 붉게 타올랐다.

"무엇을 어떻게 해? 누가 아니, 네가 생각해 하렴."

하고 아랫목에 벌떡 드러눕는다.

영철은 세상에는 부모도 자기 마음을 모르는구나 하였다. 그래 그는 그대로 엎드려 저의 마음을 몰라 주십니까? 왜 몰라 주십니까? 하고 울고 싶었다. 그는 울분한 중에도 야속한 생각이 나서 알지 못하는 눈물이 그의 눈에 괴었다. 그는 눈물을 참으리라 하였으나 참으리라 하면 참으리라 할수록 더욱 복받쳐 올라왔다. 그는 눈을 꿈벅하였다. 구슬 같은 눈물이 뚝뚝 두어 방울 떨어졌다. 영철은 고개를 돌려 다른 곳을 보다가 벌떡 일어나 바깥으로 나가며,

"저는 갑니다."

하였다. 아버지는 들었는지 말았는지 아무 소리 없었다. 영철은 문간을 나섰다.

자기 아들을 내보낸 이상국은 근 10분 동안이나 멀거니 있다가 미닫이를 열고 하인을 불렀다.

"애, 거기 누구 있니?"

"네." 하고 안 중문간을 돌아나오는 사람은 계집 하인이었다.

"너 요 문 밖에 얼른 나가서 서방님 여쭈어 오너라."

"네, 시방 막 나가셨습니까?"

"그래, 얼른 가 봐."

얼마 있다가 하인이 돌아 들어오더니,

"아무리 찾아보아도 안 계셔요."

하고는 안으로 들어가 버렸다.

영철의 아버지는 방안을 왔다갔다하다가 창연한 얼굴로 천장만 바라보더니 무엇을 결심하였는지 금고를 열었다.

그는 눈을 뜬 채 안으로 들어갔다. 그리고 영철의 어머니를 보고서,

"여보, 동대문 밖에 좀 다녀오오."

하였다. 얼굴에 주름살이 잡히고 덕스러워 보이는 영철의 어머니는,

"갑자기 농대문 밖은 무엇하러 가라우?"

하며 눈을 크게 뜬다. 이상국은 아랫목에 앉으며,

"지금 영철이가 다녀갔어."

하고 목소리는 불쌍히 여기는 정이 엉키었다.

"영철이가요? 그애가 왜 왔을꼬? 그런데 안에도 들어오지 않고 그대로 갔어요?"

"온 것을 내가 좀 책망을 했더니 눈물을 쭉쭉 흘리면서 그대로 가는구려. 그것을 보니까 어떻게 불쌍한지."

하며 영철의 아버지는 울듯 울듯 하고 코가 벌룽벌룽한다. 그 마누라는 "또 무엇이랍니까?" 하고 태연한 기색으로 영감을 본다.

"돈인지 무엇인지 600원만 달랍디다. 자, 이것 갖다 그애 주고 오시오."

하고 돈뭉치를 툭 내어던졌다.

82회 그 이튿날 아침이었다. 영철은 전차를 타고 은행으로 향하여 간다. 그는 동대문 정류장으로부터 종로까지 오면서 혼자 웃고 혼자 분하였다.

그는 오늘 은행에를 가면 물론 백 사장이 나를 부르렸다, 그리고 지배인에게 들은 말을 들은 대로 나에게 책망을 하렸다, 그러면 지배인이 퍽 고소해 하렸다, 그리고 꼭 내가 내쫓길 줄로만 알렸다, 그러면 자기 조카를 내 대신 은행에 둘 줄 믿으렸다 하였다. 그러고는 네 아무리 그래도 쓸데없다 하였다. 그리고 지배인을 생각할 때마다 얄밉고 간사한 것이 나타나 보인다.

영철은 오늘 지배인에게 도리어 창피한 꼴을 보이리라 하였다. 그리고 사장이 나를 불러들이거든 사장에게 전후 말을 숨김 없이 하리라 하였다. 그리고 주머니 속에서 선용에게 돈 부칠 때 받은 우편국 영수증을 꺼내 뵈며 사장에게 이러한 증거 서류를 가지고 나의 억울한 것을 변명하면 나를

책망하긴커녕 나를 칭찬하리라 하였다. 그리고 나를 내쫓기는커녕 경솔히 나를 훼방한 지배인을 책망하렷다. 그러면 그 얼굴이 뻘개서 멍하고 아무 소리를 못 하고 서 있는 꼴을 어찌 보나, 그리고 어떻게 은행의 한 자리를 얻어 월급이나 얼마간 먹으려다가 뒤통수를 툭툭 치고 돌아나가는 지배인의 조카라는 그 사람의 꼴을 어찌나 보나 하였다. 그때의 유쾌할 것을 미리 상상하고 아주 기분이 좋았다.

그가 은행에 들어서기는 다른 사람보다 그리 이르지도 않고 그리 늦지도 않았다. 그가 출근부에 도장을 찍고 자기 책상으로 가려다가는 어째 그 책상에 가 앉는 것이 수치와 같이 생각되어 싫었다. 그래 그는 그냥 다른 사람들이 둘러서서 이야기하는 뒤로 왔다갔다 서성서성하였다. 서성거리기 좋아하는 행원 한 사람이 영철을 보더니,

"요새도 설화 집 잘 가나?"

하고 의미 있게 빙그레 웃으면서 다른 사람들을 쳐다본다. 다른 사람들은 별로 전과 같이 영철을 대하여 농담도 하지 않고 아주 침착하게 서로 눈치들만 바라본다. 영철은 속마음으로 '네가 나를 놀려 대는구나' 하면서도, '그렇지만 너희들은 잘못 알았다' 하는 생각이 나며 다른 사람들이 자기에게 대하여 오늘 아침에 설면하게 하는 것이 분하기도 하고 갑갑하기도 하였으나 억지로 얼굴에 웃음을 띠며,

"암, 잘 가지, 거기를 안 가서야 될 수 있나."

하고 그 말에 대답을 하였으나 그 말소리와 웃음은 어째 싱거운 맛이 있었다. 다른 사람들은 영철의 거동만 곁눈으로 살피고 영철은 아무 소리없이 저쪽으로 왔다 갔다 하였다.

이때 지배인이 들어오다가 영철이 서 있는 것을 보고 거짓 웃음을 나타내며 아주 상업가의 말솜씨로 간사스럽게,

"오늘은 어찌 다른 날보다 퍽 일찍 출근을 하셨구려."

하며 영철을 곁눈으로 잠깐 바라보고 다시 눈을 내리깔더니 무슨 말이나 간절히 할 듯이 아주 정다운 체하고 손을 영철의 등에 대었다.

영철은 마음대로 한다면 그까짓 지배인쯤 당장에 메어꽂고 싶은 생각이 났으나 억지로 참고 엄연한 얼굴로,

"오늘이 일러요? 내가 아마 매일 늦게 왔나 보외다."

하였다. 지배인은 다시,

"이따가 사장 오시거든 좀 들어가 보시오. 좀 보겠다고 말씀합데다."

하였다. 영철은,

"저를요? 왜요?"

하며 지배인의 얼굴을 돌아다보았다. 지배인은 영철이 그 일을 알지 못하는 줄 알고서,

"모르겠어요, 어떻든." 하며 주저주저한다. 영철은,

"모르세요?" 하고 무엇을 벼르는 것같이 지배인의 눈을 뚫어지도록 바라보았다. 지배인은 영철의 뚫어질 듯이 바라보는 시선을 피하면서,

"네." 하였다. 그리고 지배인실로 영철을 피하여 들어가 버렸다.

영철은 새삼스럽게 울분한 생각이 나며 지배인의 하는 짓이 가증스럽고도 불쌍한 생각이 난다. 그리고 몇백 원의 월급과 얼마간의 사회의 신용을 얻어 보려고 별별 간교한 수단을 부리는 그의 심정은 어째 그럴까 하였다.

영철이 자기 책상 앞에 왔을 때에 그의 눈에는 자기가 이 자리에서 쫓겨나간 뒤에 지배인의 조카가 거기에 허리를 구부리고 애를 써 가며 주판과 붓대를 들고 일을 할 것이 보이는 듯하고 그의 하루 종일 일을 하여 겨우 자기의 생의 압박을 면하려고 발버둥질을 하는 듯한 것이 어찌나 불쌍하게도 생각되는지도 몰랐다. 그리고 자기가 그 자리를 꼭 차지할 줄 믿다가 나에게 다시 빼앗기고 밀쑥하여 돌아나가는 지배인의 조카의 낙망하여 하는 가슴은 어떨까? 하여 보았다.

그러고는 어저께까지 자기 손으로 만지고 다루었던 붓이나 책이나 모든 것이 어찌 만지기도 싫은 듯한 생각이 나며 또다시 그 지배인 아래에서 일을 하여 가지 않으면 안 되겠구나 하는 것을 생각할 때에는 모든 것이 비루한 듯하고 한 달에 몇십 원 받는 월급을 내어 던지기 싫어서 남에게 부끄러움을 주는 것 같고 남을 낙망시키는 것같이 생각된다. 그는 사무실 다른 방 저쪽 귀퉁이 문을 나서서 응접실 앞 복도 좁은 길로 천천히 걸어 나오며 주머니에서 다시 그 우편국에서 받은 천 원 위체 영수증을 꺼내어 들고 한참이나 들여다보았다. 그러고는 아까 차 속에서 생각하던 것과 같이 사장에게 모든 일을 아뢰리라 하다가,

'만일 그렇게 하면' 하고 그는 혼자 멀거니 서서 입맛을 다시며 생각을 하였다.

'지배인의 얼굴이 붉어지는 것이나 지배인의 조카가 낙망을 하고 돌아가거나 그것은 둘째 문제이다. 그것은 안 돼. 나의 울분한 것을 푸는 데 불과하지만' 하고 한참 생각을 하다가 그의 가슴에는 또다시 알 수 없는 의기의 감정이 치밀어 올라오며,

'그렇지만 그렇게 하면' 하고 한참 동안 침묵을 계속하더니, '그렇다' 하고 주먹을 단단히 쥐고 멀거니 먼 산만 바라보고 서 있었다.

영철의 가슴속은 갑자기 격렬한 변동일 일어났다. 아까 전차를 타고 은행까지 들어올 때까지는 지배인과 지배인 조카를 창피하고 부끄러운 꼴을 뵈며 자기의 마음을 기껍게 하리라, 그리고 자기의 위신을 높이리라 하였으나 지금 와서 또다시 생각을 하니까 그것은 한 어린아이의 한때 감정을 참지 못하여 쓰는 한 얕은 수단이 아닌가 하였다. 그리고 일본에서 고생하던 선용을 도와 주기 위하여 그 천 원의 돈을 쓴 것이라고 변명을 하면 아무 일 없이 나의 억울한 것은 벗겨지겠지만 자기의 한때의 울분한 감정을 참지 못하고 자기는 이와 같이 좋은 일을 하였소 하고 그것을 여러 사람에게 자랑

처럼 내세우는 것은 어쩌 영철의 마음에도 한낱 거짓 착한 체하는 것 같아 도리어 양심이 부끄러웠다. 그리고 몇십 원의 월급을 얻기 위하여 아무리 친척이 된다 하더라도 백 사장 앞에 나서서 나는 이러한 좋은 일을 하였으니 은행에 그대로 있겠소 하는 것도 어쩌 구차스러운 듯하기도 하고 아첨하는 듯도 하였다.

그러고는 나는 이 은행에를 다니지 않더라도 나에게 경제의 불편을 깨닫지는 않을 테니까 하였다. 그러고는 여기에 내가 오래 계속해 있는 것도 그리 좋은 일은 아니다. 언제든지 지배인과 나 사이에는 좋지 못한 감정을 가슴속에 품고 지내게 될 테니 도리어 내가 이 자리를 떠나 지배인과 멀쩍이 하는 것이 점잖은 것이고 옳은 일이 아닌가 하였다.

그러다가도 분하고 가증스러운 생각이 날 때마다 이왕 이 자리에서 나가게 되면 지배인을 창피한 꼴이나 보이고 나의 억울한 것을 풀고 가는 것이 떳떳한 일이 아닌가? 하여 보기도 하였다.

그러나 영철은 다시 생각하였다.

'나의 잘하고 잘못한 것은 하나님일지라도 그것을 죄 없이 하지는 못할 것이다. 남이 알거나 모르거나 나의 한 일은 한 일대로 영원히 사라지지 않을 것이다' 하였다. 그리고,

'나의 잘한 것이라고 모든 사람 앞에 애를 써서 변명을 하면 무엇을 하며 나의 잘한 일을 다른 사람이 알면 무엇하리요. 나의 잘한 일은 언제든지 어느 곳에서든지 잘한 일이 아닌가?' 하였다. 그리고 영철은,

'그렇다, 내가 참지, 내가 참지' 하고 손에 쥐었던 그 우편국 영수증을 가슴에서 복받쳐 오르는 불길 같은 의기심과 울렁울렁하는 심장과 떨리는 손으로 쭉쭉 찢어 그 옆에 휴지 뭉텅이 그릇에 홱 집어던지고 무엇에 쫓기어 가는 것같이 다시 여러 사람 있는 사무실로 들어갔다. 다른 사람들은 다 일들을 시작하였다. 그러나 영철은 혼자 담배만 피우면서 왔다 갔다 하였

다. 주인을 기다리는 책상이 혼자 창연히 그 옆에 놓여 있을 뿐이었다.

영철의 눈에는 곱이 낄 만치 더운 피가 돌아서 모든 것이 희미하게 보인다. 그리고 맥없이 가슴은 울렁울렁하기도 한다. 어떤 때에는,

'내가 그것을 왜 찢었노' 하여 보기도 하였으나 얼마 가지 아니하여 그 감정은 사라져 없어졌다.

다른 사람들도 영철이 사무를 시작하지 않는 것을 그리 이상하게 여기는 듯하지 않고 또 자기도 이제부터 영원히 그 자리와 인연이 멀어질 것 같이 생각되었다.

바깥에서 자동차 멈추는 소리가 났다. 영철의 가슴은 새삼스럽게 울렁울렁하여지며 가슴을 진정키 위하여 부질없는 기지개와 하품을 하였다. 그러고는 괴로운 미소를 띠며 '이제는 되었구나' 하였다. 그러나 그의 가슴은 그리 편치는 못하였다.

84회　영철은 다시 사장실 앞 복도로 올라갔다. 층계를 올라서려 할 때 사장은 누구와 그 층계 마루 위에서 이야기를 하고 서 있다가 영철을 보고 엄연한 눈을 번쩍하며 유심히 보았다. 영철은 사장과 또 사장 앞에 서서 이야기하는 사람의 얼굴을 돌아보고 사장에게 아무 소리 없이 묵례를 하였다. 사장도 거기 따라서 아무 말 없이 고개만 끄덕하였으나 그 아무 소리없이 구부리고 끄덕이는 사이에 두 사람은 무슨 공통되는 의식을 깨달았다.

그 사람은 가고 사장과 영철은 누가 시키는 것같이 사장실을 전후하여 들어갔다.

사장실에는 방 한가운데 테이블이 하나 놓여 있는데 그 위에 전화와 잉크병과 철필과 약간의 종이와 담배 재떨이가 놓여 있고 이쪽 한 귀퉁이에 따로 떨어진 책상이 있으며 문에 들어서자면 바른손 쪽에 옷과 모자를 거는 못이 몇 개 있고 방안은 아무것도 없고 다만 전등과 교의가 서너 개 있을

뿐이다. 그리고 네 벽은 푸르스름한 양회로 바르고 그림이나 사진은 하나도 없었다.

　사장은 책상 옆으로 가며 뒤따라오는 영철을 잠깐 돌아보는 듯하더니 안경을 벗어 수건으로 닦으면서,

　"지배인이 무엇이라고 하던가?"

　하고 말을 꺼낸다. 영철은 성이 난 듯하기도 하고 사장을 존경하는 듯하기도 한 일종 초연한 기색을 띠며,

　"네, 저를 잠깐 보시겠다고 말씀을 하셨다고 하였어요."

　하며 조금 가까이 책상 옆으로 간다.

　사장은 무슨 낙망이나 한 듯이 책상을 한 손으로 탁 치며 긴 한숨을 후우 쉬고 교의에 가 앉더니,

　"자네, 작년에 은행에서 돈 얻어 쓴 일이 있나?"

　하고 영철의 거동을 한번 흘겨보았다. 그러나 사장이 생각한 것과 같이 영철은 조금도 주저함과 두려워함을 나타내지 않았다. 영철은,

　"네." 하고 대담히 대답을 하였다.

　"얼마나?"

　"천 원요."

　"천 원!" 하고 사장은 잠시 아무 소리 없이 있더니,

　"그러면 그것을 무엇에 쓰려고 하였는가?"

　하고 아랫수염을 쓰다듬는다. 영철은 아무 소리 없이 가만히 서 있었다. 사장은 다만 영철의 대답만 기다리느라고 아무 소리 없이 바깥 유리창만 내다보고 있었다.

　영철은 어떻게 하면 좋을까? 하였다. 그리고 그 이야기를 하여 버릴까? 하였다. 그러나 그 이야기할 입은 떨어지지 않았다. 그러고는 사장이 다른 말을 할 때까지 아무 소리를 하지 않으리라 하였다.

사장은 영철의 아무 소리 없는 것을 무슨 의미로 알아챈 듯이 영철을 한번 쳐다보더니 아주 영철의 속마음을 다 알고 다시는 알아보려고 하지 않는 듯이,

"사람이라는 것이 젊어서는…."

하고 동정과 사랑과 너그러움이 엉킨 훈계를 시작하였다. 그리고 종말에 가서는,

"그 천 원 돈은 내가 맡을 것이니 아무 염려 말고, 요 다음부터는 좀 조심하게. 그리고 젊은 사람들이란 으레 남의 말하기 좋아하니까, 그런 사람에게 일지라도 좋지 못한 말을 듣지 않도록 해야지."

하고 영철의 성격과 경우를 알려주는 듯이 말을 하였다. 그리고 영철이가 생각하는 것과 같이 엄하고 단호한 처분을 내리지는 않았다. 영철은 속마음으로 눈물이 날 듯이 사장의 너그러움에 감복을 하는 동시에 지배인의 경망이 자기를 은행에서 내보낼 줄 믿고 있는 것이 우습기도 하고 가증하였다. 그러나 영철은 자기가 결심한 것을 꺾으려고 하지는 않았다.

"그렇지만 벌써 우영이가 그 돈을 갚았는걸요."

"우영이가? 응, 그러면 더욱 좋지. 그애가 어느 틈에 그랬나?"

하고 혼잣말을 한다.

영철은 사장 앞에서 우영의 결점을 말하지 않았다. 그리고 그 우영이가 갚아 준 천 원을 도로 갚기 위하여 지금 당장 주머니 속에 넣고 온 어젯 저녁에 자기 아버지가 보낸 돈을 가지고 있으면서도 그 말을 하지 않았다. 영철은 다시 무슨 결심이나 한 듯이 힘있는 어조로,

"저는 오늘부터 은행에서 나가겠습니다."

하였다. 사장은 눈을 크게 뜨고,

"왜? 무슨 일로?" 하고 영철을 쳐다본다.

"저는 더 오래 여기 있을 수가 없어요."

사장은 허리를 뒤로 기대로 하얗게 센 머리를 두어 번 쓰다듬으며 한참 있더니,

"그것이야 낸들 막을 수 있겠냐만…"

하고 그 이유를 모른다는 듯이 그 말소리를 높였다.

85회 그날 저녁 해가 아직 기울기 전이었다. 처녀시대에 백우영과 밀회를 하려고 자기 어머니를 속여 보았을는지 알 수 없으나, 한 번도 남을 속여 보지 못한 정월은 아무 소리 없이 남몰래 자기 집을 벗어 나왔다. 그리고 누가 볼까 하는 두려움으로 인력거를 한 대 몰아 타고 종로를 지나 광화문 넓은 길로 달려온다.

그의 가슴속에는 '기생'이라는 그림자가 때없이 나타나 보인다. 행길에서 조바위 쓰고 남치맛자락에 활개를 치며 지나가는 기생을 보기는 보았으나 가까이서 보지도 못하고 말도 해보지 못한 정월은, 남치맛자락이 훌훌 날리며 보라 회색 단속곳이 보일 때마다, "에, 더러워!" 하고 코를 옆으로 돌릴 만큼 음탕하고 더러운 인상을 받았을는지 모르나 저것도 '사람'이겠지! 하는 의심까지도 품어 보지를 못하였다.

그리고 기생이라 하면 무슨 아주 특별한 분위기에서 생활하는 자기와 같이 정조 깊다는 사람과는 아주 다른 동물인 것같이밖에 생각되지 않았다. 그리고 기생이라면 음탕하고 간사한 일종의 피의 계통을 받아 온 줄만 알았다. 그리고 빤지르하게 가꾼 머리에서 나는 고약한 밀기름 냄새와 얼굴에 허옇게 바른 분가루와 불그레한 뺨과 가늘게 감은 간사한 눈초리를 볼 때, 때묻은 여자의 속옷을 보는 것같이 더럽고 음란한 감정이 치받쳐 오르는 듯하였다.

정월은 속으로 '설화, 설화.' 하여 보았다. 그리고 눈앞에 기생 하나를 그려 보았다. 그의 눈앞에는 요염한 계집으로밖에는 보이지 않는다. 그리

고, 자기 오라버니를 휘어잡고 파멸의 구덩이로 잡아 끄는 것같이밖에 보이지 않는다.

그는 청진동에 가 인력거에서 내리며,

"설화 집이 어딘고? 그의 집을 어떻게 찾노?"

하였다. 그리고 별로 다녀 보지도 못한 동리가 되어서 골목이 어떻게 되었는지도 알지 못하는데다가 누구에게 물어나 보자니 다른 사람과 달라서 기생집을 남에게 물어보기도 무엇하여 그저 발길이 내키는 대로 골목 안으로 들어갔다. 그러면서 하루 종일 돌아다녀서라도 한 집씩 한 집씩 찾기만 하면 요까짓 청진동 안에 있는 설화 집 하나를 못 찾으랴 하고 차례차례 문패를 조사하였다.

그렇게 얼마 동안 찾아 골목 하나를 돌아설 때 인력거 방울 소리가 따르르 나며 자기 옆으로 기생 태운 인력거 하나가 홱 지나갔다. 정월은 그 기생을 쳐다보고 저것이 설화나 아닌가 하였다. 그리고 큰길로 나가는 뒷그림자를 바라보며 저것이 만일 설화라 하면 내가 아무리 집을 찾는다 하더라도 오늘 설화를 만나 보지 못하렸다. 그러면 한번 나오기 어려운 길을 허행하게 될 테지. 어디 인력거를 불러서 물어나 볼까?

그러나 게까지 용기를 갖지 못한 정월은 큰길로 나가는 기생만 바라보고 서 있었다. 그러나 얼마 아니하여 인력거 그림자는 사라졌다.

정월은 문패를 찾았으나 기생 문패는 하나 보지 못하였다. 그러자 꼭 하나 기생 문패를 찾았다. 그러나 그것이 설화는 아니었다. 정월은 그 집 앞에 딱 서서 한참이나 무엇을 생각하였다. 정월은 속으로 기생은 서로서로 집들을 알려니 하였다. 그래서 이 집이 기생집이니 들어가서 물어 볼까? 하다가도 기생집 하나를 들어가야 할 것도, 무슨 음실에나 들어가는 듯한 생각이 나는데 또 다른 기생집을 들어가기는 참으로 싫어서 다리가 아프더라도 자기 혼자 돌아다니며 찾아야 하겠지 할 때, 그 집에서 열대여섯밖에 안

되는 때가 벗지 못한 미인 하나가 나오더니 정월을 유심히 보고는 공손한 어조로,

"누구를 찾으세요?"

하였다. 정월은 반갑기도 하였으나 한편으로는 달아날 듯이 싫었다. 그러나 대용단으로,

"여기 설화."

하고 말이 막혔다. 그뒤에 붙일 말을 정월은 알지 못하였다. 이 말을 들은 그 미인은 아주 영리하게,

"네? 설화 언니 집요?" 하더니,

"바로 요 모퉁이 돌아서면 마루에 창살한 집예요."

하고 고개를 갸웃하고 저쪽 골목 모퉁이를 가리킨다.

정월이는 사례를 하고 그 골목 모퉁이를 돌아서니까 참으로 마루에 창살한 기와집 한 채가 눈에 보인다. 정월의 가슴은 부질없이 울렁하였다.

86회 정월은 문에 들어가기를 주저주저하다가 누가 기생집 문간에서 서성거리는 것을 보고 수상하게 여기지 아니할까 하고 누가 뒤에서 떼밀치는 것같이 얼른 문으로 들어갔다. 중문을 들어가 마당을 기웃이 들여다보며 안방, 건넌방, 마루, 부엌, 장독대 모든 것을 둘러볼 때 그가 여태까지 생각하던 것같이 음탕한 빛이 음탕한 기운이 흐를 줄 알았더니 그렇기는 고사하고 하주 해정하고 모든 세간을 배치해 놓은 것이 얌전하고 정갈해 보이며 다른 집과 별로히 틀려 보이지 않았다.

정월은 마당 한가운데에 들어서서 가벼웁고 연하게,

"에헴." 하고 기침을 한 번 하였다. 그리고 안방을 바라보았다. 건넌방 미닫이가 열리더니 설화 어머니가 정월을 이상하게 아래위로 훑어보더니,

"누구를 찾으세요?"

하며 나온다. 정월은,

"설화 씨가 누구신가요?"

하기는 하였으나 씨 자가 서툴렀다. 설화 어머니는 빙그레 웃으면서,

"지금 동무집에를 갔는데요, 곧 오겠지요. 왜 그러세요?"

하였으나 아무리 보아도 정월이가 설화 동무는 아니요, 어느 집 귀부인 같은데 알 수 없어 하였으나 결국은 자기 딸이 학교에 다닐 때 같이 다니던 이가 오래간만에 만나 보러 온 것인가 보다 하는 것이 가장 힘있는 추측이었다.

정월은 설화가 없다는 소리에 낙망하였다. 그러나,

"네, 꼭 볼일이 있어서요."

하고 '꼭' 자에 힘을 주어 말을 하였다. 그것은 설화 어머니가 '꼭'이란 소리를 듣고 일부러라도 불러다 줄까 하고 그런 것이었다. 설화 어미는,

"그러면 잠깐 올라와 기다리시죠."

하고 올라오기를 청하였다. 정월은 온몸에 무슨 더러운 때나 묻는 듯이 올라가기가 싫었다. 그래 그대로 서서,

"괜찮아요."

하고 주춤주춤하였다. 설화 어미는 언제 그리 친절하였는지,

"이리 좀 올라오세요. 설화도 곧 올 테니요."

안방 문을 열고 들어가 방석을 바로잡아 깔아 놓았다.

하는 수 없이 정월도 들어갔다. 그 어미는 담배를 피워 물더니 아무 말 없이 한 귀퉁이에 구부리고 앉아 있는 정월을 보더니,

"설화를 전부터 아셨나요?" 하였다. 정월은,

"아니요. 한 번도 보지 못하였어요."

하고 대답하기 성가신 것을 억지로 대답하였다.

설희 어미는 매운 담배 연기를 뻑뻑 빨아 후후 내불며,

"그러면 어떻게 설화를 아셨나요?"

하였다. 정월은 귀찮게 물어 대는 설화 어미의 말보다도 생전 처음으로 맡는 그 담배 연기가 더욱 싫었다. 그래서 폐병을 앓는 그는 갑자기 불 같은 화가 치밀어 올라오며 또 기침이 시작되어 어쩔 줄을 모르고 기침을 하였다. 이 꼴을 본 설화 어미는 미안한 듯이 담뱃불을 끄며 공중에 있는 담배 연기를 한 손으로 활활 부쳐 흐트리고,

"에, 가엾어라, 그저 담배가 원수야."

하고 민망한 듯이 정월을 보았다.

조금 있다가 설화가 마당으로 들어서더니,

"어머니." 하고 마루 끝에 여자구두가 놓여 있는 것을 보고 이상스럽게 안방을 향하여,

"누가 오셨어요?"

하였다. 설화 어미는 정월의 기침이 진정되기를 기다려,

"그래 어디 갔다 이제 오니? 이 어른이 벌써 오셔서 너를 기다리고 계셨는데."

하였다. 설화는 방으로 들어오며 창백하게 되어 앉아 있는 정월을 물끄러미 바라보더니 아랫목 보료 위에 무릎을 모으고 앉으며,

"누구신가요?" 하였다. 정월은 설화를 보았다. 그 설화는 자기가 생각한 바와 같이 그 때 흐르는 옷을 입고 더럽게 분을 바르고 기름내가 지르르 흐르도록 번지르하게 머리를 빗어 넘긴 기생이 아니었다. 그리고 단조하고 초조하고 두 눈에 그윽한 무엇을 바라보는 듯하고 사람의 마음을 잡아 끄는 수연한 빛이 떠도는 여자였다.

그리고 정월은 자기와 설화를 대조해 볼 수가 있었다. 자기가 자기를 알지 못하나 자기와 무엇이 다른 것을 알았다.

설화의 전신에 나타나는 것은 조화가 맞고 법열에 들어가는 신비극에

나타나는 여배우와 같이 자연과 비슷하면서도 자연이 아니요, 인공적이면서도 인공이 아닌, 즉 자연과 인공이 섞여 얼크러진 것이었다.

정월은 처음으로 이와 같은 여자를 보았다. 정월은,

"당신이 설화 씨인가요?" 하였다.

87회 "네, 제가 설화입니다." 하고 설화는 정월이가 교육 있고 분별 있는 여자인 것을 알았다.

정월은 무엇이라고 말을 꺼내야 할지 알 수 없어서 주저주저하였다. 설화는,

"어째서… 저를 찾아오셨나요?" 하였다.

"네." 하고 대답을 한 정월은 적지 않게 헤매었다. 사랑의 전상箭傷이 얼마나 아프고 쓰린 것을 맛본 정월로서는 그렇게 쉽게 말이 떨어지지 않았다. 그는 지금 자기 앞에 사람을 누를 듯한 표정을 가지고 앉아 있는 설화를 볼 때 한없는 애정의 애끓는 슬픔을 생각하고 또 비단저고리 남치맛자락에 방울방울 떨어질 원망의 눈물을 생각할 때 그의 신경은 극도로 흥분되었다. 그리고 안타깝고 애처로워질 미래를 생각하고 말할 수 없는 비애를 깨달았다.

그러나 자기 오라버니의 외적 행복만 관찰하고 내적 행복을 헤아릴 줄 모르는 정월로서는 영철과 설화를 천평 위에 아니 올려 놓을 수가 없었다. 그리고 영철을 위하여 불쌍하고 애처로우나 설화의 붉은 사랑을 희생하지 아니하지 못하였다. 정월은 한참 있다가,

"이영철 씨를 아시지요?"

하고 한번 눈을 거듭 떠 가슴 설렁한 설화 얼굴을 쳐다보았다.

설화는 의아해하는 듯이,

"네, 알지요."

하고 눈을 크게 떠 정월을 보았다. 그리고,

'저이가 영철 씨의 이름을 묻고 또 오늘 알지도 못하는데 나를 찾아오고 또 그의 얼굴에 수심의 그림자가 있으니 저이가 좋은 말을 전하여 주려는가, 나쁜 소식을 전하여 주려는가.'

그는 얼핏 그의 말을 듣고 싶으면서도 가슴이 거북한 듯하고 울렁하였다. 설화는,

"이영철 씨를 어떻게 아시는가요?"

하고 네가 어찌하여 왔으며 무슨 말을 하려는지 얼핏 가르쳐 달라는 듯 물었다. 정월은 한참이나 먼 산을 바라보다가 그의 말에는 대답하지도 않고,

"여보세요." 하였다.

"네."

"어떤 사람 하나를 두 사람이 사랑한다면 그 결과는 어떻게 될까요?" 하는 정월의 까만 눈썹이 덮힌 눈은 아래로 깔려졌다.

설화의 가슴은 이 말 한마디에 섬뜩 내려앉았다.

그리고 '어째 이이가 그런 말을 할까? 그러면 영철 씨가 또 다른 여자를 사랑한단 말인가? 그 여자라는 것은 지금 이 여자가 아닐까?' 하였다. 그러나 그렇게 쉽게 의심을 단정할 만큼 설화는 영철을 박약하게 믿지 않았다.

"그게 무슨 말씀예요? 왜 그런 말씀을 저에게 물어보십니까?"

"글쎄, 그 말에 대답을 하여 주세요. 그러면 또 말씀을 할 테니까요."

"그러면 그 사랑은 병신사랑이겠지요. 그 사랑을 완전케 하려면 두 사람 중 누구든지 희생이 돼야지요."

"네. 그렇지요. 그럼 두 사람 중에 누가 희생이 될까요?"

"그것은 단정해 말할 수가 없어요."

"그러면 그 희생이란 무엇을 의미할까요?"

"……."

설화는 아무 말도 없었다. 정월은,

"사랑에 희생이 되는 사람은 이 세상 모든 것을 잃어버린 사람이지요. 그러면 모든 것을 잃어버린 자에게는 파멸이 있을 따름이겠지요."

"네, 그렇지요. 죽음이 있을 따름이지요."

정월은 갑자기 그의 핏속으로 차디찬 무엇이 스치고 지나가는 것 같았다. 그리고 쌓아 두었던 슬픔의 감정이, 다만, 그 죽음이라는 말 한마디가 바늘로 찌르는 듯이 탁 터져 올라오며 설화의 무릎에 고개를 대고,

"설화 씨! 우리 두 사람 중에 누구든지 파멸을 당하지 않으면 안 되겠지요?"

자꾸자꾸 울었다.

설화는 자기를 속여 거짓 우는 것보다도 자기의 과거와 현재와 미래에 얽혔다 풀어지며 풀어졌다 엉키는 쓰린 사랑의 맘 아픈 정사情史를 생각하며 흐느껴 우는 줄은 알지 못하고, 이와 같은 여자와 말하여 본 기회도 적었거니와 자기 무릎에 엎디어 보배스런 눈물을 줌을 받을 줄 몽상도 못하다가, 지금 그 경우를 당하고 보니 순결한 감응과 함께 의외의 사랑이 깨어짐을 깨닫고 자기의 원수인 그 여자를 앞에 놓고도 그 여자를 원수로 알지 못하였으며 원수로 대접하지 못하였다.

도리어 자기와 똑같은 경우 똑같은 자리에서 불타는 사랑의 가슴 쓰림을 하소연하는 것을 볼 때 그는 정월을 불쌍히 여겼으며 서로 합하여 한 몸이 되어 영철 씨의 사랑을 똑같이 받고 싶었다.

그래서 설화는 아무 말 없이 정월을 껴안고 한참이나 눈물지어 울었다.

88회 설화는 조금 눈물을 신성하고,

'그러면 내가 희생이 될 것인가, 이 여자가 희생이 될 것인가?' 하고 한

참 주저하였다.

정월도 일어나 앉았다. 그리고 눈물을 씻었다. 설화 어머니는 한 귀퉁이에서 이 괴상스러운 꼴을 보고 다만 입맛만 다시고 있을 뿐이었다.

"여보세요."

정월은 떨리는 한숨을 섞어 설화를 불렀다.

"네." 하고 설화의 눈에는 아직 눈물이 괴어 있다.

"사랑하는 사람을 참으로 사랑하는 것은… 그의 참행복을 위하여 자기의 몸일지라도 내버리는 것이지요?"

하며 정월은 곁눈으로 설화를 보았다.

"네, 그렇겠지요."

하는 설화의 말이 끊어지자마자,

"그러면 설화 씨는 그것을 좀 생각하여 주세요."

하고 아무 말이 없었다. 설화도 다만 아무 말이 없었다.

*　*　*

설화는 정월을 보내고 그대로 방에 엎디어 몸부림하여 울었다. 그리고 머리를 쥐어뜯고 미친 듯이 날뛰었다. 그 옆에서 이 꼴을 보던 설화 어미는 다만 차디찬 웃음을 웃으면서,

"글쎄, 내가 무엇이라더냐. 네가 너무도 내 말을 안 듣더라."

하며 책망하는 듯이 비웃는다. 이 소리를 들은 설화는 갑자기 악을 쓰며,

"무엇을 무엇이라고 해요. 어머니는 입이 있어도 말할 권리가 없어요. 내가 이렇게 된 것도 다 어머니의 까닭예요. 내가 이렇게 울게 된 것도 부모 덕택예요. 내가 기생 노릇만 하지 않았다면 이런 괴로움을 맛보지 않았을 거예요. 어머니는 자식의 피를 빨아먹는 흡혈귀예요. 듣기 싫어요. 어머니 말은 아무리 옳다 해도 나에게는 살점을 에이는 칼날같이밖에 안 들려요.

난 우리 부모가 이렇게 만들어 놓았어요. 나를 이렇게 울리는 이는 우리 부모예요."

하고 방바닥에 엎드려 울다가,

"아아, 세상의 모든 남자는 다 귀신이야. 아무리 착하든 선량하든 사랑 있다는 사람들일지라도 남자는 다 악마야. 그래 나는 사람의 껍질을 쓴 악마에게 속았어… 나는 악마의 밥이 되었었어! 악마의 조롱거리가 되었었다."

이 소리를 들은 어미는,

"힝, 글쎄, 내가 무어라더냐. 너는 나를 무엇이라 무엇이라 내 탓만 하지만 그것도 다 팔자를 어떻게 하니? 내가 너를 기생 노릇시키고 싶어 한다더냐? 나도 모르는 것이 아니란다. 그러나 어떻게 하니?"

하며 욕먹는 것이 분하기는 하지만 꿀꺽 참았다.

"듣기 싫어요. 팔자가 무슨 팔자야!"

하고 소리를 버럭 질렀다.

"나는 죽는 수밖에 없어. 그래, 죽어야 해. 어머니가 다 무엇이야. 이 세상이 다 무엇이야."

설화 어미는 담뱃대를 든 채로 건넌방으로 건너가서 옷을 찾아 입고 문밖으로 나갔다. 이것이 설화가 야단을 치려 할 때 그것을 진정시키는 유일한 방법이었다. 그 어머니가 나가매 몸부림을 하소연할 곳도 없었다. 그가 울음을 조금 그쳤을 때에 또다시 어떻게 하여야 좋을지 알지 못하였다.

그대로 사라지고도 싶고 죽고도 싶었다.

그는 '이것이 꿈인가?' 하여 보았다. 정신의 모든 정력을 눈에다 모아 모든 것을 힘있게 살펴보았다. 그리고 꿈이 아닌 것을 깨달음보다도 으레 꿈이 아니라고 인식하였을 때 '그렇지, 나 같은 년에게 이것이 꿈이나 될 리가 있나?' 하고 비관하는 끝에 자기自棄하는 생각이 났다.

설화는 그와 같이 울면서 한숨을 지을 때마다 이영철의 환영이 자기 앞에 보이며 1년이나 넘어 두고 꿈속 같고 달콤한 사랑의 생활을 하여 보던 기억이 조각조각 이것저것 순서없이 생각되며 꿈같고 달콤하던 지나간 역사를 송장의 관을 덮는 검은 보자기로 덮어 버리는 듯하였다. 그리고 이영철을 한없이 원망하며 한없이 저주하는 생각이 나면서도 원혼의 요귀가 침침한 밤중에 원망스러운 사람을 따라다니며 눈물을 흘리는 것같이 차마 떨어지기 어려운 애끓는 정을 깨달았다. 설화는 이영철을 만나 보기만 하면 당장에 달려들어 그 가슴에 날카로운 칼날이라도 박으려 덤빌 것이 아니라 두 눈에 흘리는 뜨거운 눈물로써 애소하며 그의 목을 얼싸안고 고개를 그의 가슴에 괴롭고 견디기 어려운 듯이 비비면서,

"영철 씨, 영철 씨, 나를 죽여 주시오. 나를 죽여 주시오. 이 타는 듯하고 쓰린 듯한 가슴 위에 영철 씨의 손으로 죽음의 화살을 박아 주시오."

하며 영철의 손으로 자기의 뛰는 붉은 심장을 얼크러뜨려 주기를 원할 것이다.

89회　설화가 눈물을 그치고 이불을 내리덮고 자리에 누워 눈을 감고 있을 때에는 그의 흥분되었던 감정이 조금 가라앉았다. 그의 눈앞에는 아까 그 정월이 자기 치마 앞에 눈물을 흘리던 것이 보이며 또 맨 나중에,

"사랑하는 사람을 참으로 생각하여 사랑한다는 것은… 그의 참행복을 위하여 자기 몸을 희생하는 데 있는 것이지요."

하던 것과,

"그러면 설화 씨, 그것을 좀 생각하여 주세요."

하던 것이 생각되어, 그러면 날더러 희생하는 말이 아닌가. 그러면 어찌 날더러 희생이 되라는가. 자기와 나와 똑같은 지위에 있으면서 왜 자기는 희생이 되지 못하고 날더러 희생이 되라는가? 그리고 자기도 이영철을

떠나기 어려운 고통을 맛보면서 왜 날더러는 이 쓰라리고 아픈 고통을 맛보라는가? 나와 자기 두 사람 사이에 누가 더 이영철 씨를 행복스럽게 할 수 있을까?

설화는 행복이란 말 아래는 조금 주저하였다. 자기는 이영철에게 이 세상 사람이 말하는바 행복을 줄 수 있을까? 하였다. 그리고 기생인 자기가 기생이 아닌 그 여자와 같이 이영철의 사랑을 완전하고 영구하게 받을 수가 있으며 줄 수 있는가? 하였다.

설화는 어제저녁 때 이영철이 자기 손을 잡아당기며,

"우리가 사귄 지도 퍽 오래지?"

하던 것과,

"설화, 우리가 암만하여도 오래도록 사랑을 계속할 것 같지 않아."

하던 말이 생각되며 그러면 영철 씨가 설화 자기는 기생의 몸이니까 너와 같은 여자와는 오래도록 교제를 할 수 없다는 의미를 나에게 비쳐 준 것이 아닌가? 자기는 그와 같이 순결하고 얌전한 애인을 가졌으므로 나와 같이 더럽고 천한 계집년과는 영원한 사랑을 주고받고 할 수가 없다는 말이었던가?

그렇지 않으면 왔던 그 여자가 영철 씨의 사랑을 갈망하고 갈구하나 영철 씨가 그의 사랑을 받아 주지 않으므로 오늘 나에게 그와 같은 거짓 눈물을 보이며 나를 단념시키려는 간교한 수단에서 나온 하나의 계책이나 아닌가 하였다.

설화는 영철을 의심하여 원망하는 정이 새로이 나오면서 그전보다 더 그립고 사랑하고프고 가슴이 조이고 애끓는 눈물을 흘리면서도 그 여자의 말을 믿지도 못하고 아니 믿지도 못하였다. 그리고 다만 그의 머릿속으로 떠돌아다니는 생각과 그의 핏줄로 흐르는 감정은 아무것도 없고 다만 슬픔뿐이었다.

그가 쓸쓸스러운 황혼이 온 집안을 싸돌며 붉은 전깃불이 온 방안을 새로이 비칠 때 하얀 손을 신경질적으로 꼼질꼼질하며 떨리는 한숨을 쉬고 몸을 뒤치어 귀찮게 돌아누울 때에는 온몸이 녹는 듯한 피로를 깨달았다. 그의 마음은 새로이 영철이가 원망스러웠다. 그리고 여태껏 자기를 속이고 또 속이던 보통 풍류 남아들과 같이 더럽고 무정한 남자가 아닌가 하는 의심이 났다. 그리고 눈 감고 누워 있는 그의 눈앞에는 얇은 면사面紗를 통하여 보는 것과 같이 영철의 환영이 보였다. 그 환영은 자기를 보고 차디찬 웃음을 웃으며 서 있었다. 설화는 그 영철의 환영의 손을 잡고 하소연하려고 덤벼들었으나 그의 눈앞에는 다만 전깃불에 파동이 움직일 뿐이었다.

"에, 일평생 만나지 않을 테다."

그는 이를 악물고 주먹을 쥐고 온몸을 바르르 떨었다. 그리고 겨우 고개를 들어,

"어머니, 어머니. 물 좀 주세요. 냉수를 좀."

하고 자기 몸을 만져 볼 때에는 진액 같은 땀이 척척하게 흘렀다. 그러나 어머니는 없고 행랑어멈이 물을 떠왔다. 물을 마신 설화는 어멈에게,

"어멈, 오늘은 아무도 들어오지 못하게 하소. 그리고 영철 씨도."

하였다.

어멈은 귀찮은데 잘되었다는 듯이 문을 닫고 행랑으로 들어갔다.

은행에서 나온 영철은 아무리 백우영을 찾아다녀도 만날 수가 없었다. 그래 나중에는 설화 집에나 있나 하고 저녁도 먹지 않는 몸으로 8시나 되어서 설화의 집에 찾아왔다. 영철이가 어두컴컴한 청진동 골목으로 걸어올 때에는 다만 어제저녁에 당한 모욕을 시원하게 씻어 버리리라는 생각 뿐이었다. 그리고 자기 아버지가 보내 준 돈을 만져 보았다. 그리고 만족한 듯이 웃으며 설화 집 대문을 아무 의심 없이 안으로 밀었다. 문은 눈을 부릅뜬 것같이 힘있게 반항하였다. 영철은 문을 흔들었다.

어멈은 그것이 이영철인 것을 알았다.

그래서,

"누구요?" 하고 행랑에서 나왔다. 방안에 누워 있는 설화의 가슴은 두근거렸다.

영철은 또 문을 흔들어댔다.

어멈은,

"누구요?" 하고 심술궂게 소리를 지르며 문간까지 나와서 가만히 문틈으로 바깥을 내다보며 속으로 '정말 왔구나' 하였다.

90회   어멈이 문을 열 때에는 영철이가 잠시 문을 비켜 섰다. 어멈은 고개를 내밀고 두 손으로 대문을 가로막고 서서 영철을 보았다. 영철은 웃음을 띠고 그대로 들어가려 하였다. 그러나 어멈은,

"아가씨 안 계세요."

하고 수상스럽게 영철을 바라보았다. 영철은,

"어디 가셨나?"

하고 들어오려던 발길을 멈추고 서 있었다.

"모르겠어요. 아까 웬 양복 입은 어른하고 걸어 나가셨어요."

하고 어멈은 그것이 죄악인 줄은 깨닫지 못하고 그 거짓말을 하였다. 죄악을 깨닫기는 고사하고 자기의 솜씨 있는 말에 얼마간 만족하였다.

"양복 입은 사람!"

하는 영철의 가슴에는 의심이 생겼다가 사라졌다.

"아무 말씀도 없이?"

"별로 다른 말씀 없어요."

"날더러 무엇이라고 하시지도 않아?"

"아뇨."

"어디 가신지도 모르지?"

"몰라요. 그런데 여러 날 되시기 쉽댔어요. 아, 절에나 가셨나 보아요."

"절에?"

"네."

사귄 후에 한 번일지라도 자기와 만나자고 한 시간에 자기를 기다리지 않은 일이 없던 설화가 오늘에 한하여 자기와의 약속을 어기고 다른 사람과 함께 말 한마디도 없이 어디로 간다는 것은?

영철은 울듯이 마음이 마음이 괴로웠다. 그리고 또다시 의심하였다. 어제저녁에 대문까지 쫓아나오며 나의 손을 차마 놓지 못하던 설화가 오늘 나를 기다리지 않고 다른 사람과 어디를 갔으며 무엇하러 갔으며 무슨 동기로 갔을까? 그 양복 입었다는 사람은 누구일까?

사랑을 더욱 굳게 하는 것도 의심이요, 사랑을 더욱 엷게 하는 것도 의심이다. 또한 사랑의 도수가 높을수록 가슴에 불붙는 것은 질투이니 영철이가 오늘 의심이 일어나는 동시에 또한 질투의 마음이 없지도 않았다.

영철이 설화를 의심하는 생각이 날 때에는 어제저녁에 백우영에게 모욕 당하던 생각이 났다. 그리고 돈 없는 사람을 내버리고 돈 있는 사람을 따라가지나 아니하였나 하여 보기도 하고 또 그 양복 입은 사람이란 백우영이나 아닌가 하기도 하였다. 그리고 오늘부터는 자기를 배반하고 백우영의 가슴에 안겨 더러운 쾌락이나 탐하지나 않나 하였다. 그러다가도,

'아니다, 그렇지 않다. 나를 영원히 사랑한다고 몇백 번 다짐을 한 그 마음 약하고 다정하고 부드러운 설화가 그리하였을 리가 있나.' 하고 마음을 돌려먹었다.

그의 의심은 아직까지 설화를 믿는 마음을 이기기엔 약하였으며 아무 근거가 없었다. 그러나 그의 마음은 편하지 못하고 불안하였다.

영철을 문간에서 따돌려 보낸 설화는 갑자기 벌떡 일어나며,

'아니다. 놓쳐서는 안 된다. 만나 보아야 한다. 만나서 물어 보아야 한다. 그리고 또 그의 손으로 죽여라도 달래야 한다.' 하고, '그리고, 그 여자가 희생이 될지라도 나는 영철 씨를 놓을 수는 없어!' 하고 대문을 열어젖뜨리고 미친 것처럼 동리 골목까지 쫓아나왔으나 영철의 그림자는 보이지 않았다. 설화는 차디찬 바람이 가슴으로 기어드는 것도 관계하지 않고 그대로 그 옆담에 기대어 서서 넋을 잃고 울었다.

＊　　＊　　＊

집에 돌아온 설화는 옷을 꺼내어 입었다. 그리고 동무집에 간다 하고 문밖으로 나와서 명월관으로 인력거를 타고 가려 하였다.

'그렇다. 나는 그대로는 잘 수가 없어. 나는 아무 데도 쓸데없는 사람이야. 나는 죽은 사람이야. 에, 화나! 나는 어디 가서 죽든지 살든지 마음대로 놀아나 볼 테야. 세상은 나를 몰라 준다. 더욱 남자들은 나를 모른다. 나를 조롱한다. 나를 장난감으로 안다.'

'옳지, 어디 보자. 나도 모든 남자를 농락할 테다. 마음이 녹아 죽게 할 테다. 그대로 말려 죽일 테다.' 하고 전화를 빌려서 백우영의 집으로 명월관으로 놀러오라고 기별을 하였다.

91회　영철이 술에 반쯤 취하여 종로 네거리를 지나 청년회 앞까지 왔을 때였다. 청년회에서 이용준이가 쑥 튀어나오면서,

"여보게 보았나?" 하였다.

"보기는 무엇을 봐?"

"백우영이 말일세."

"못 보았어."

"나는 지금 보았는데."

"어디서?"

"지금 이 길로 웬 아씨하고 자동차를 타고 가던걸."

"아씨?"

"그래."

술에 흥분된 영철의 두 눈에는 백우영과 설화가 서로 껴안고 자동차를 몰고 가는 것이 보였다. 그러다가는 또다시 그렇지 않다 하여 보았다.

그러나 한참 있던 영철은 만일 그 아씨라는 사람이 설화 같으면 어찌하나! 그러다가는 그럴는지 모르지, 그럴는지도 몰라 하는 마음이 또다시 변하여 그렇다, 설화다, 하였다.

그러다가는 날더러 다홍치마 붉은 저고리에 귀밑머리를 풀지 못한 것이 한이 된다 하더니 그 말을 한 지가 몇 달이 못 되어 벌써 나를 떠나갔을까? 설화가 정말 나를 영영 잊어버렸나? 그러다가는 만일 그것이 거짓말이 아니고 정말이거든 나는 설화의 손을 잡고 원망도 하여 보고 타일러도 보고 간원도 하여 보리라 하였다.

영철은 이용준에게 다른 말 없이,

"자네 돈 있나?" 하고 손을 내밀었다.

"돈은 무엇하나?"

"글쎄, 있느냐 말야. 없거든 고만두고."

"있기는 있으나 무엇에 쓸 것을 말해야지."

"있어? 있기만 하면 가세."

"어디로 가?"

"어디로든지 가서 한잔 먹세."

영철은 누가 끄는 것같이 이용준을 데리고 명월관에 갔다. 문간에 들어서는 영철은 보이에게,

"여기 설화 왔나?" 하였다. 보이는 빙긋 웃으며,

"네. 왔어요."

이 말을 들은 영철은 낙망하였다. 자기가 설화를 의심하는 것이 죄악으로 알기는 알았지만 지금에 그 의심이 똑바로 들어맞을 때 영철은 몸에서 찬땀이 흐르는 듯하였다.

"어느 방에 있누?"

"저쪽 구석 방에 있어요."

백우영은 설화와 함께 상을 대하여 앉아 있다. 설화는,

"저 술 한잔 주세요. 자, 백우영 씨의 손으로 부어 주세요." 하며 잔을 들어 술을 청하였다. 우영은,

"술? 이게 웬일야?"

"무엇이 웬일예요? 나도 이제는 깨달았어요. 모든 것을 알았어요. 이 세상이란 그저 그런 거예요."

"무엇이 그저 그런 거야."

"먹고 놀고 엄벙덤벙이지요. 나는 사랑을 위하여 눈물짓는 사람은 어리석은 사람으로 알아요. 사랑은 한곳에 있으나 그것이 갈라지는 때, 밑둥에서 부러진 나무 토막같이 어디로든지 굴러갈 수가 있으니까요. 그 나무는 무슨 짓을 하든지 관계치 않으니까요. 자, 부으세요. 듬뿍 부으세요. 철철 넘게 부으세요. 하하, 술이 나는 무엇인 것을 몰랐더니 이제야 그 술을 알았어요."

설화는 한 잔 마셨다. 그리고 또,

"자, 나의 손으로 이 설화의 손으로 부어 드리는 술은 넉넉히 백우영 씨를 한 방울에 취하게 할 수가 있습니다. 백우영 씨는 그 술 한 방울 마시구두 영원히 저를 사랑하실 수 있습니다."

우영도 그 술을 마셨다. 설화는 또 잔을 들며,

"나는 술에 취하여 영원히 깨지 않기를 바라는 것과 같이 또 한 가지 취하고 싶은 것이 있어요."

"그것이 무엇이야?"

"나는 모든 남자들의 찝찝한 피를 빨아먹어 그것에 취하고 싶어요." 하며 잔을 상 위에 내던졌다. 잔은 두 갈래가 났다.

"나의 가슴은 이렇게 깨어졌습니다. 자, 그 아픈 상처를 고치기 위하여 부어 주세요. 철철 넘치도록 잔에 술을 부어 주세요."

92회 백우영은,

"그래라, 부어라!" 하고 잔에 술을 부었다. 얼굴이 진홍빛같이 붉어진 설화는,

"자, 우영 씨도 마시세요. 우리는 이렇게 지내는 것이 팔자지요."

우영은 웬일인지 알지 못하나 설화의 성격이 반쯤 미친 듯이 날뛸 때 마음이 유쾌치를 못하였다.

"여보세요, 우영 씨. 나의 머리를 우영 씨 무릎에 좀 베게 하여 주세요!"

하고는 우영의 무릎에 누웠다. 그리고 우영을 독살스럽게 쳐다보며,

"우영 씨, 우영 씨가 나를 사랑하신다지요? 흥. 별 미친 망할 소리를 다 듣겠네! 사랑이란 무어요? 사랑하고 싶거든 나를 술만 많이 먹여 놓아요. 그러면 당신이 사랑하고 싶다는 대로 사랑을 받아 줄게."

우영은 다만 설화의 허리를 껴안고 앉았다가 이 소리를 듣고 설화가 무슨 이유가 있구나 하였다. 나를 부른 것도 곡절이 있고 또는 술을 먹는 것도 무슨 까닭이 있고나 하였다. 그리고 자기의 무릎 위에 술 취한 설화가 누워 있는 것을 술 취한 눈으로 내려다볼 때 그 설화가 요염하게도 어여뻤다. 그리고 그 진홍빛 입술이 술에 젖어 번지르하게 흐를 때 우영은 치밀어 오르는 정욕을 참을 수 없었다. 우영은 더욱 단단히 살이 찐 설화의 허리를 껴안고 설화의 고개를 자기 입 가까이 대었다.

설화는 흐트러진 머리를 쓰다듬지도 않고 싱그레 웃으며,

"흥, 나의 입을 맞추려고?"

하고 손을 들어 우영의 입을 밀치며,

"천 원야! 알겠어! 천 원." 하였다.

"천 원 내야지, 내 입을 맞춰."

이럴 때 방문을 열어젖뜨리며 영철이가,

"자, 천 원은 내가 줄 테다. 받아라!"

하고 천 원을 설화의 입을 향하여 내던졌다.

"아! 영철 씨!" 하고 설화는 영철에게 달려들며,

"영철 씨, 나를 잊으셨어요? 저를 저버리셨어요?"

"옛날에 영철 씨는 그렇지 않으셨지요. 저를 잊으시려거든 저를 그대로 죽여 주세요."

하고 매달려 운다. 영철은 한참이나 부르르 떨더니 설화의 손을 단단히 쥐고,

"듣기 싫어 설화, 이 세상에 불쌍한 사람은 나 하나밖에 없다. 나는 마음도 약하고 몸도 약하고 또 금전의 세력도 약한 사람이다."

하고 한참이나 설화의 우는 것을 내려다보더니,

"누가 여자의 말을 참으로 믿는 자가 있느냐는 옛말과 같이 내가 너를 믿은 것이 잘못이지."

"자, 저리 가 저리 가!"

하고 설화를 떼밀치려 하니까,

"영철 씨, 참으로 영철 씨는 나를 떼밀쳐요? 참으로 나를 내버리세요?"

"듣기 싫어. 네가 나를 버렸지, 내가 너를 버린 것은 아니다!"

"아아, 참으로 무정하세요. 참으로 박정하세요."

"너의 입으로 그와 같은 말이 무슨 염치로 나오느냐? 내가 무정하다지 말고 너의 마음에 다시 한 번 물어보아라."

"나는 영원히 병신이 된 사람이다. 너는 나의 가슴에 언제든지 뺄 수 없

는 굵다란 못을 박아 준 자이다."

"영철 씨! 영철 씨는 왜 저의 마음을 몰라 주세요? 네? 영철 씨."

영철은 반쯤 조소와 분노가 엉킨 얼굴로 설화를 한참 내려다보더니,

"설화! 나는 참으로 알지 못하였다. 네가 그렇게까지 간교한 줄은 참으로 알지 못하였다. 나는 어제저녁까지 어리석은 사람이었으나, 그렇게 정신없게도 어리석은 사람이었으나 오늘부터는 그렇게 정신없게도 어리석은 사람은 아니다."

"영철 씨! 저는 영철 씨를 원망하지 않아요, 저를 스스로 나쁜 사람을 만들려 하지도 않아요. 다만 다만 끝까지 어제까지 믿고 바라던 것을 계속하려 할 뿐이에요."

"흥, 사람의 입은 무슨 말이든지 할 수 있게 만들어진 것이란다. 자기의 마음에 있는 것이나 없는 것이나. 다 고만두어라. 나는 사람을 못 믿는 것보다도 이 세상을 못 믿는 사람이다. 자, 우리는 이 자리에서 영원히 떠날 것이다."

<u>93회</u> "아, 영철 씨 잠깐만…" 하고 설화는 영철의 가슴을 붙잡고 매달리며,

"여보세요. 저는 아무 말도 하지 않으렵니다. 가시려거든 저를 죽여 없게 하여 주세요. 저는 이 세상에서 내버림을 당한 사람인데 또 영철 씨에게까지 내버림을 당하기는 참으로 저를 죽여 주시는 것이나 마찬가지예요. 저는 아무것도 믿을 것이 없이 다만 영철 씨 한 분만을 믿으려 하였고 그 믿음으로 저는 살아갈 줄 알았더니 영철 씨가 가시면 저는 누구를 믿고 지내요?"

"듣기 싫다. 너는 믿을 사람이 많으니라! 너의 믿을 것은 많으니라. 그러나 설화! 나는 아무 말도 할 것이 없다. 나는 다만 이 세상에 나서 사랑을 하지 않은 사람으로 죽었다면 좋을걸, 일평생 반병신으로 지낼 것을 생각하매 아무것보다도 이 세상이 무정할 뿐이다. 나뭇가지에 달린 열매가 병이

들었다 하면 그 열매가 익기 전에 그 열매의 사명을 다하기 전에 땅 위에 떨어져야 마땅한 것이다. 자, 네가 나무일는지 내가 열매일는지는 알 수 없느냐 이제는 떨어지지 않을 수 없다."

하고 설화를 다시 한번 힘껏 안았다 다시 들여다보며,

"옛날에 설화는 그렇지 않았느니라. 옛날에 설화는 피가 있더니 그것이 다 식었으며 옛날에 설화는 눈물이 있더니 그것이 다 말랐느냐?"

"설화! 나를 조금도 원망하지 말아라! 어느 때 어느 날까지라도 설화가 옛날로 돌아갈 때가 있다 하면 그때는 다시 나를 찾아오너라!"

하며 눈물을 흘릴 때 설화는 가슴이 죄는지,

"영철 씨!" 하고 말을 하려 입을 열 때 새빨간 입술이 피를 빨아먹다 멈춘 것처럼 영철의 마음을 으쓱하게 하였다. 그래서,

"듣기 싫어, 놓아!" 하고 붙잡은 설화의 손을 뿌리쳤다. 설화는 놓친 옷깃을 다시 잡으려 하였으나 벌써 문을 닫고 뛰어나간 영철은 앞에 있지 않았다.

*　　*　　*

영철은 아무 소리 없이 자기 방으로 돌아와 연옥을 붙잡고 소리쳐 울었다. 연옥은 영철을 위로하면서,

"왜 이렇게 우세요? 울지 마셔요."

하며 영철의 까만 머리털만 가는 손가락으로 문질러 주었다. 그때 연옥은 자기 비단옷에 영철의 눈물이 떨어져 얼룩이 지는 것도 생각지 못할 만큼 불쌍해 하고 동정하는 마음이 났다.

설화는 영철에게서 뿌리침을 당하고 백우영이 일으켜 주는 것도 암상스럽게 거절을 하고 억지로 무릎이 아픈 것을 참고 일어나 마루 난간에 한참 서서 울다가 옆에서 귀찮은 얼굴로 울지 말라는 우영의 말이 더욱 듣기 싫어 얼핏 집으로 가서 실컷 울다가 그 자리에 그대로 거꾸러져 죽어 버리

기나 하겠다 하고 겨우 눈물을 씻고 고개를 숙이고 문 앞으로 나왔다. 그의 눈알은 붉고 분 바른 두 뺨에는 눈물 방울이 굴러떨어져 자국이 보인다. 그는 사람 앞으로 지나가는 것이 부끄러워 고개를 돌려 다른 곳을 보면서 겨우 대문까지 나왔다.

영철은 연옥의 몸에 고개를 대이고 울면서 가슴이 쪼개지고 에이는 듯한 감정을 맛보면서도 자기 방 앞으로 설화가 지나가지나 않나 하는 기다리는 마음과 함께 지나다가 나의 이렇게 우는 것을 보고 불쌍한 마음이 그의 가슴에 복받쳐 오르고 말할 수 없는 괴로움을 당하는 끝에 자기의 잘못을 용서하여 달라고 그의 영롱한 두 눈과 어여쁜 입 가장자리에 이슬 같은 눈물과 애소하는 표정으로 나에게 달려들어 나의 가슴에 얼굴을 비비고 몸부림을 하면서라도 느껴 가며 울어 주지를 아니하나? 하였다. 그리고, 자기 방 앞으로 슬리퍼 소리가 나며 누가 지나갈 때마다 설화인 듯 설화인 듯하면서도 부질없이 가슴이 뛰었다. 그러나 그 사람 지나가는 소리가 사라질 때마다 더, 설화를 원망하는 생각이 나며 더욱 애끓는 생각이 났다.

연옥은 갑자기 방문 밖을 내다보다가,

"설화야." 하였다. 이 소리를 들은 영철은 번개같이 가슴이 무엇으로 콱 찔리는 듯하였다. 그러나 고개도 들지 아니하고 그대로 엎드려 있었다. 어린아이가 어머니에게 어리광 부리듯이 영철은 설화의 한없는 동정을 속마음으로 빌었다.

설화는 방문 앞으로 지나다가 연옥의 부르는 소리를 듣고 깜짝 놀라서 방안을 들여다보았다. 그리고 영철이 연옥의 무릎 위에 고개를 대고 있는 것을 보았다. 그때 설화의 마음은 영철이가 기대하는 그것과 반대로 영철과 연옥을 원망하는 생각이 갑자기 복받쳐 올라오며 충동적으로 질투의 생각이 났다. 다만 한순간에 그는 전신을 사르는 듯하고 뱀에게 물리는 듯한 질투의 생각이 났다. 그는 연옥이 부르는데 대답도 하지 않고 그대로 지나쳐

가 버렸다. 그러나 영철과 연옥이 자기 눈앞에서 사라져 보이지 않을 때에 그는 다시 연옥이가 불러 주었으면 하였다. 그리고 아까 그 연옥이 불러 주던 순간으로부터 지금까지의 시간이 다시 뒤로 물러가 버렸으면 하였다. 그러나 그는 한 걸음이나 두 걸음만 다시 돌아서면 그만일 것을 또다시 돌아서 연옥이가 불러 줄 수 있는 곳까지 가기에는 자기 다리를 무엇으로 굳혀 놓은 것같이 움직거려지지가 않았다. 그는 낙망과 함께 단념을 하였다. '아, 고만두어라. 나 같은 팔자 사나운 년이' 하면서 대문을 향하여 나갔다.

94회 영철은 설화를 부르던 연옥이가 무안하고 노한 듯이,

"망할 계집애, 사람이 부르는데 왜 대답도 없어."

하는 소리를 들을 때 또한 '에, 고만두어라. 나 같은 놈이' 하고 자기하는 생각이 났다. 그러나 그는 그대로 앉아 있지는 못하였다. 배척을 당하고 모욕을 당하면서도 무지개 같은 만질 수도 없고 잡아당길 수도 없는 무슨 이상한 힘이 자기를 자꾸자꾸 설화에게로 끌어가는 듯하였다. 그는 벌떡 일어났다. 그리고 어디인지 가 버린 설화의 뒤를 좇아가고 싶었다.

영철과 용준과 연옥이가 명월관에 나서기는 11시 반이나 지난 때였다. 용준은 먼저 인사를 하고 자기 집으로 가 버리고 영철과 연옥이가 종로 쪽으로 향하여 올라올 때 영철의 마음에는 지나간 과거가 다시 생각된다. 자기가 처음 설화의 집에 갈 때 동구 안 정류장에서 갈까 말까 하고 주저하던 생각으로부터 그날 저녁 자기가 설화 집에를 12시나 넘어서 갔을 때 눈물을 흘리며 방바닥에 그대로 누워서 떨리는 긴 숨을 쉬며 누웠던 것과 그후부터 영원히 영원히 다만 사랑을 위해서만 살아가자는 것과 만나자는 날 자기 집을 찾아가도 만나지 못하던 것과 오늘 백우영과 명월관에서 만나던 것과 그리고 또 한 가지 그의 머리에 굵다란 줄을 부욱 긋는 것같이 큰 인상을 주는 것은 백우영이가 설화 앞에서 자기를 모욕하려고 돈 이야기를 하

던 것이다.

그는 그날 저녁에 설화 앞에서 그것이 다만 자기의 인격을 모욕하는 것으로 생각하는 동시에 백우영이 대담하게도 그러한 짓을 하는 것이 도리어 부끄러웠으나 설화와 자기 사이를 겪리시키는 동기가 될 줄은 꿈에도 생각 못 하였다. 그리고 설화가 문간까지 쫓아나오며 자기의 손을 잡고,

"그 일은 저에게 맡겨 주세요."

하던 그때 그는 더욱더욱 설화와 자기 사이에 친밀의 도수가 농후하여 가는 것을 깨달았다.

그러나 지금 어떠한가. 돈으로 인하여 자기는 실연자가 되어 버렸다. 돈이다. 설화는 돈을 따라갔다. 돈 없는 자기를 내버렸다. 돈! 태산 같은 돈 뭉치가 과연 사랑이 없이 텅 빈 작은 가슴을 채워 줄 수가 있을까?

그는 설화를 원망하는 동시에 만일 설화의 육체나 정신이 인형과 같이 사람의 손으로 만들 수가 있다 하면 자기의 손으로라도 가슴을 쪼개고 머리를 깨뜨려 부숴 다시 새롭고 좋은 염통과 뇌수를 만들어 집어넣어 주고 싶었다.

영철은 오늘 저녁과 같이 캄캄하고 비애로운 밤은 또다시 없었다. 그는 그전과 같이 신분도 없고 염치도 없고 아무것도 없었다. 다만 손을 잡고 걸어가는 연옥의 손이 따뜻한 것이 자기의 타는 감정을 부드럽게 할 뿐이었다.

영철은 연옥의 손을 꼭 쥐면서 나지막한 목소리로,

"설화는 무정한 사람이지?"

하였다. 연옥은 한편으로 영철이가 자꾸자꾸 설화를 생각하는 것이 샘이 나면서도 그 비애스러운 영철의 어조에 스러지는 듯한 것을 들을 때에 그는 정신이 몽롱하여지는 듯하며 말할 수 없는 동정을 깨닫는다. 그리고 다만,

"네? 왜요?" 하고 영철의 얼굴을 쳐다보았다. 그러나 그 괴로워하는 영

철의 얼굴을 그렇게 오래 쳐다보지는 못하였다. 영철은 하늘의 별만 바라보며 혼잣말 같이,

"무정해. 무정한 사람이야." 하였다. 연옥은,

"그럴 리가 있나요? 그렇지 않을 애인데요."

하였다. 영철은 모든 것을 단념이나 한 듯이,

"고만둡시다. 설화 이야기는 고만둡시다." 하였다.

*   *   *

밤은 깊은 암흑이란 이불을 덮고 숨소리 없이 잔다. 창밖 습기 있는 회색 땅바닥에서 이슬 고이는 소리가 게밥 짓는 그 소리처럼 들리는 듯하다. 전짓불은 고요히 켜 있다.

설화는 붉은 등잔 아래 푸른 원한을 품고 붉은 피눈물을 흘리며 외로이 울고 있다.

'오늘 저녁에는 내가 잘못했지. 그이를 붙들고 물어나 볼걸!'

누워 있는 설화의 눈에서는 눈물이 샘솟듯한다.

95회 '내가 일을 경솔히 했지? 정말 영철 씨가 그 여자를 사랑하는지 알아나 볼걸!'

'아냐, 그이는 나를 잊은 사람이야. 벌써 잊어버린 지는 오래.'

하다가,

'그러나 한번 만나서 물어나 볼 테야. 그리고 이야기를 모조리 해버릴 테야.'

'내가 눈물을 섞어 간절히 청하면 그는 마음이 착한 사람이니까 마음을 돌려 주겠지! 나를 그전과 같이 생각하여 줄 테지?'

하다가도 또다시,

'아니다! 그는 벌써 나를 생각지 않은 지가 오래다. 그는 벌써 나를 내

버린 사람이다. 내가 그를 다시 볼 것도 없거니와 내가 청을 하는 것이 도리어 어리석은 짓이지! 도리어 비웃음을 받을걸! 나를 어리석다 할걸! 나를 무안 주려 할걸!'

'그렇다. 이제는 보지도 않고, 보려고 하지도 않는다. 남자하고는 또다시 정이란 주지 않을 테야. 일평생 그대로 혼자 지낼 테야.'

그가 이렇게 혼자 누워서 여러 가지 생각을 하고 있을 때 시계가 3시를 쳤다. 이 3시라는 시계 종소리를 들을 때 설화의 마음은 다시 옛날로 돌아가는 듯하여 마음이 괴로워 못 견디었다.

'옛날에 나는 저 시계가 3시를 칠 때 그를 그리워 잠 못들었더니, 오늘에는 그를 떠나서 운다. 옛날 시계가 셋을 치는 것이나 오늘의 시계가 셋을 때리는 것은 다름이 없건만 옛날에는 나의 가슴에 그리운 영철 씨의 모양을 껴안고 무한한 장래의 행복을 꿈꾸더니 오늘에는 실연의 심연에서 헤매이면서 운다! 아! 아! 어쩌면 나의 팔자는 이러할꼬? 나의 부모가 나를 죄악의 구렁에 빠지게 하더니, 오늘에는 영철 씨, 영철 씨가 죽음 속으로 나를 떼밀쳤다. 나는 부모를 원망할 것도 없고 영철 씨를 원망할 것도 없지만, 나는 죽은 사람이다. 나의 몸 하나는 영원히 죽은 사람이다.'

하다가 설움이 복받치고 모든 것이 원망스러울 때 그는 자기의 머리를 쥐어뜯으며,

'설화야, 불쌍한 설화야, 너는 죽어야 마땅하니라! 죽어라 죽어! 죽어가는 설화를 불쌍하다고 눈물이라도 한 방울 흘려 줄 사람이 없는 설화니라! 아아, 세상이 정 없어. 그러나 영철 씨! 저의 마음은 모르실 테지요? 저는 모든 것을 다 내버리고 죽으려 합니다. 모든 것을 다 잊으려 합니다. 그러나 영철 씨가 저의 가슴에 박아 주신 사랑의 진주는 저의 살이 썩고 또 썩을지라도 영원히 남아 있을 테지요.'

그는 머리를 베개에 대고 몸부림하였다.

그 이튿날 아침이었다. 새벽에 잠이 겨우 든 설화는 전과 달리 아침에 일찍 일어나 앉아서 멀거니 먼 산을 바라보고 앉아 있었다. 이 꼴을 본 설화 어머니는,

"얘, 눈이 왜 저 모양이냐? 울기는, 미친애! 무엇하러 울어! 젊어서는 저런 것 이런 것 다 당해 보아야 하느니라!"

하며 부엌으로 들어가려 하니까. 설화는,

"흥." 하고 한 번 웃더니, 또다시 먼 산만 바라보며,

'그렇지, 그렇지. 그러나 이영철 씨가 오늘 날더러 오랬는데.'

하며 소리 높여서 오스스하게,

"하, 하, 하." 하고 웃더니 손뼉을 두어 번 툭툭 친다.

"어머니, 나는 지금 이영철 씨가 오라고 해서 그 집으로 갈 테니 장에 있는 새옷 좀 꺼내 놓아 주."

부엌에서 이 소리를 들은 어머니는,

"무엇이야? 이 애가 미쳤나?" 하며 아무 소리 없이 불만 땐다.

"무어요? 미쳐요? 히히 하하. 내가 미쳐요? 이 세상 사람들이 미쳤어. 세상 사람들은 다 미친 사람이야. 우리 어머니는 돈에 미쳤어!"

"무엇이 어쩌고 어째?"

하며 설화 어미는 부지깽이를 그대로 든 채 창 앞으로 와서 보니까 설화의 두 눈이 휙죽 풀어진 듯하고 열이 올라 대가 미쳤다.

"너 눈이 왜 그러냐? 네가 미쳤니?"

"내가 미쳐! 히히 하하. 어머니가 미쳤어!"

"얘, 이애 웃음소리가 어째 저럴구?"

그러나 설화는 다만 두 손만 비비고 앉아서,

"어서 새옷 주어요. 이영철 씨가 오늘 나하고 만나자 했어요."

하니까 설화 어미는 마음이 덜렁 내려앉으며,

"이애가 왜 이러냐?"

하며 가까이 들여다본다.

"어서 옷 내어 놓아요. 새옷을 입어야 영철 씨가 나를 더 귀애하지? 하하, 허허."

96회 설화 어머니는 갑자기 눈물이 쏟아지며,

"설화야, 왜 이러니. 네가 미쳤니?"

하고 설화를 부여잡고 운다. 설화는 자기 어머니의 등을 어루만지면서,

"이제 우리 어머니도 실성하지 않았군! 그러나 울지 말어! 어머니가 울면 나도 울어야 해! 나도 눈물이 나! 그러지 말구, 어서 새옷 꺼내요." 하며 물끄러미 자기 어머니를 들여다보더니,

"새옷 꺼내 주시오. 영철 씨에게는 내가 새옷을 입고 가야 해."

"울기는 왜 울어! 못난이! 하하, 못난이야! 이 세상 사람들이 모두 못난이야! 잘난이 노릇을 하기가 그렇게 쉬운 걸 못 해! 자 자. 이렇게 해야 잘난이야, 어머니 보시오."

하고 주머니 속에 뭉쳐 두었던 아편 덩이를 꺼내어 들고서,

"이것만 이렇게…."

하고 집어삼키려 하니까 설화 어머니는 앗 소리를 치며 달려들어 그것을 뺏으면서,

"글쎄, 이게 웬일이냐? 응, 정신을 좀 차려라!" 하니까,

"이게 왜 이 모양이야? 어머니는 날더러 이래라 저래라 할 권리가 없어! 나를 이 모양으로 만든 것도 다 어머니지? 아냐? 아냐? 어디 말해 봐! 공연히 어서 가서 새옷이나 가져와! 왜 울어! 어머니가 울면은 나도 울 테야!"

설화 어머니는 울면서 새옷을 꺼내러 장 앞으로 갔다. 설화는 거울을 버텨 놓더니,

"진작 그럴 것이지. 누구든지 날더러 무엇이라고 그래만 보아라."

하더니 기름병을 기울여 머리에다 한 병을 다 부어 질펀하게 흐르게 하더니,

"이렇게 기름도 많이 발라 번지르하게 해야지 영철 씨가 귀애하지, 그래야 나를 사랑해? 무엇을 아나?"

하더니, 이번에는 분을 허옇게 처덕처덕 바르면서,

"이렇게 분을 많이 발라야 얼굴이 어여쁘다고 해요. 흥, 흥, 어디." 하고 거울을 들여다보더니,

"그렇지, 가만 있거라, 레트 크림을 바르고 또 크럽 포더를 바르자."

이 꼴을 보는 설화 어머니는,

"이거 참, 야단 났구나, 어떻게 하면 좋단 말이냐."

하고 발을 구르고 섰더니,

"어멈, 어멈."

어멈을 부르더니,

"여보게, 어서 가서 연옥 아씨 좀 오시라 하게!"

하며 어멈을 내보내고,

"글쎄, 세수나 하고 분을 발라라!" 하니까,

"듣기 싫어!"

하고서는 또다시 금비녀를 방바닥에 내던지며,

"이것 다 일없어! 트레머리를 해야지 영철 씨는 사랑을 한다나. 서양 머리한 사람만 사랑한대. 자, 어머니, 그전에 사다 둔 빗하고 핀하고 이리 가져와요." 하더니,

"어서, 시간 늦어요. 안 가져올 테야!" 하더니,

벌떡 일어나 서랍을 열고 제가 꺼내다가 머리를 칠삼으로 갈라 붙이고 맵시 있게 틀어 얹었다. 그러고는,

"가만히 있거라! 옳지, 옳지. 광대뼈가 불그스름해야 영철 씨는 사랑해."

하더니 정월의 얼굴에서 본 것같이 얼굴을 불그레한 도화분으로 발랐다. 그러고는 깜장 통치마에 갸름한 저고리를 입고는 벌떡 일어나더니,

"구두! 구두!" 하고 안방 마루로 왔다 갔다 하며 구두를 찾는다.

"내 구두 어디 갔나? 구두를 신어야 영철 씨에게 가지."

하고 찬장 밑에 넣어 둔 구두를 꺼내어 보다가,

"에그, 어떻게 하나. 이 구두는 그 여학생이 신은 것 같은 검정 구두가 아니고 노란 구둘세! 이걸 어찌하나, 응응."

하고 그대로 털썩 주저앉아 운다.

이때 연옥이가 어멈을 쫓아 들어오다가 이것을 보고,

"얘가 웬일이야. 저게 무슨 분이야, 웬 분을 저렇게 발랐니?"

하며 물끄러미 들여다보며 웬 영문을 몰라 하니까,

"무엇야? 이년! 네가 영철 씨를 뺏어 갔지? 어디 네가 죽나 내가 죽나 해보자! 네가 나를 죽이거나 내가 너를 죽여야 마음이 시원해." 하더니,

"이년." 하고 머리채를 꺼들어 잡아당기면서,

"나를 죽여라. 죽여."

하고 몸부림을 하며 매달린다. 이 꼴을 보던 설화 어미는,

"글쎄, 설화야, 설화야. 이게 웬일이냐, 네가 정말 미쳤구나? 이것을 좀 놓아라!"

하고 머리채 붙잡은 손을 펴려 하니까,

"이것들이 왜 이 모양야?"

하고 한번 뿌리치는 바람에 연옥은 그대로 마루에 나둥그러졌다.

"글쎄, 내가 어쨌니!"

하며 연옥은 머리를 다시 쪽찌며 혼자 앉아 한탄만 한다.

"얘, 남부끄럽다. 방으로 들어가자."

하는 자기 어머니 말은 듣지도 않고,

"에그! 영철 씨에게 가야 할 텐데 구두가 검정 구두가 아니고 노랑이야." 하며 그대로 몸부림하여 가며 운다.

97회 일주일이 지나간 어떤 날 저녁때였다. 선용은 탑동 공원을 이리저리 왔다 갔다 하고 있었다.

훗훗한 첫여름 공기가 무거웁게 불어오고 시뻘건 저녁해는 서편으로 기울어 기상만천의 꽃다운 저녁 구름을 서편 하늘에 가득히 그려 놓는다.

그 붉고 누런 저녁 구름에 반사되는 광선이 온 땅의 모든 것을 붉고 누렇게 물들이고 선용의 검은 얼굴까지도 술 먹은 것같이 불그레하게 하여 놓았다.

그때 선용의 머릿속에는 사회도 없고, 가정도 없고, 옆에 나무도 없고, 옆에 사람도 없고, 정월도 없고, 죽는 것도 없고, 사는 것도 없고, 다만 단순한 서편 하늘에 붉고 누르게 피어 있는 구름장같이 가 보지도 못하고 듣지도 못한 하늘 위에나 땅 아래나 어디론지 끝없이 흘러가 보았으면 하는 방랑욕에서 일어나는 법열에 뜬 정취뿐이었다.

화원에 뿌리는 척척한 수분이 지나가는 바람을 타고 선용의 훗훗한 뺨을 스치고 지나간다. 선용은 잠깐 사이에 다시 복잡한 의식을 회복하였다.

그의 머리에는 또다시 정월의 날씬한 그림자가 나타나 보였다. 그러나 그 정월의 그림자가 보일 때마다 선용은 보지 않으리라, 보지 않으리라 하고 자꾸자꾸 다른 생각을 하고 하여 그 다른 생각의 그림자가 정월의 그림자를 덮어 버리도록 애를 쓰고 또 썼으나 그것은 무엇보다도 어려운 일이었다. 도리어 다른 생각의 그림자로써 정월의 그림자를 덮으리라 할 때에는 더욱 분명히 정월의 그림자가 보일 뿐이었다.

그러나 정월의 그림자가 보이면 보일수록 선용은 타오르는 정열 위에 냉담한 이지理智의 푸른 재를 뿌려 그 정열을 식혀 버려 정월을 또다시 생각하지 않으리라 하였다. 아니 또다시 생각하지 않으리라 함보다도 생각할 수 없는 것이라 하였다. 그러나 선용은 피를 가진 사람이었다. 청춘의 노곤한 단잠을 다 깨지 못한 사람이었다. 만일 이지의 차디찬 힘으로 과연 열정의 타는 불길을 꺼 버릴 수가 있다 하면 선용은 말할 수 없는 공허를 깨달았을 것이다. 만일 선용이가 가슴의 공허를 깨닫는다 하면 또다시 그 낙망으로 인하여 공허를 맛볼 때와 같이 이 세상 모든 것은 슬픈 것으로 화하여 버렸을 것이며 나중에는 죽음의 벌을 받는지도 알 수 없으며 비록 죽음은 바라지 않는다 하더라도 결국은 살아 있는 송장이 되고 말았을 것이다.

그러나 정월의 날씬한 그림자를 대신 채우는 것은 일본에 있는 그 여학생의 그림자였다. 그 여학생은 지금 어디에 있는지 알지 못한다. 또는 무엇을 하는지도 알지 못한다. 그러나 선용 자기를 사랑하며, 선용 자신을 기다리고 있는 것은 조금도 틀림없다고 선용은 믿었다.

분명치도 못하고 보이지도 않고 들리지도 않는 알지 못하는 희망이 도리어 냉담한 이지, 그것보다는 몇천 배 몇만 배 낮게 선용의 그 낙망적 열정을 대신하여 줄 수 있으며 선용을 다시 희망과 열정의 권내圈內로 접어 넣을 만한 큰 세력을 가지고 있었다. 선용은 정월이를 생각할 때마다 그 일본에 있는 여학생을 생각하였다. 그리고 어느 것이 더 자기를 즐거웁게 하며 자기를 행복스럽게 하여 줄까 생각하여 보았다.

몸에 병이 있어 불쌍하고 가련하여 동정의 따가운 눈물을 흘려 주어야 할 만치 죽음과 생의 경계선 위에서 헤매이는 정월은 다만 불쌍한 인생을 위해서 동정을 주고받고 할 사람이다.

정월과 자기 사이는 다만 눈물이며 한숨인 비애의 애정이 있을 뿐이며 다만 남아 있는 것은 저녁 날에 묘지를 향하여 가는 상여꾼의 소리와 같이 쓸쓸하게 가슴 쓰린 사랑의 만가輓歌뿐이다.

그러나 일본에 있는 그 여학생은 어떠한가? 극의 막幕을 아직 열지 않은 것과 같이 무한한 기대가 저편에 숨어 있으며 말할 수 없는 정취가 저편에서 자기를 부르고 있다.

그러나 선용은 그 극이 비극일는지 희극일는지 알지 못하지만 사람인 선용은 또한 다른 사람과 같이 마음이 약하였다. 그는 알지도 못하고 듣지도 못하고 보이지도 않는 미래의 꿈 같은 희망에 속지 아니치 못하였다.

98회 선용은 그 여학생을 생각할수록 그전보다 더욱더욱 똑똑하고 분명하게 그의 눈앞에 장차 올 행복과 열락이 보이고 들리는 듯하였다. 그는 어떠한 때에는 기껍고 반갑게 어린아이가 오래 기다리던 어머니를 맞으려 두 팔을 벌리고 뛰어나가는 것과 같이 무한한 희망을 동정하는 끝에 아무것도 없는 공중에 두 팔을 훨씬 내밀어 그 장차 오려는 행복과 열락을 당장에 껴안을 듯한 그리움을 깨달았다.

그리고 감상과 비애를 맛보고 또 맛보아 아주 거기에 싫증이 난 선용은 장래에 또 무슨 불행이 있을는지 알지 못하겠다는 불안과 함께 그 여학생 사이에 새로운 행복을 간절히 원하기도 하였다. 너무나 차고, 쓸쓸하고 푸르스름하고, 가슴이 쓰린 것만 맛본 선용은 달콤하고 꿈속 같고 붉고 즐거운 몽환적 새 생명을 간망懇望하였다.

선용은 생각하였다.

'얼른얼른 일본으로 가리라. 몸이 허약하여 고향에 돌아와 정양을 한다는 것이 도리어 나의 정신에는 말할 수 없는 고통을 준다. 얼른얼른 일본으로 그 여학생을 찾아가리라. 그리고 찾지 못하겠든 어디로든지 헤매리라. 찾다가 찾으면 나에게 또다시 없는 다행이라 하겠지만 찾다가 못 찾으면 넓은 지구 위에 어디든지 헤매며 끝없는 희망을 품고 그 여학생을 찾아다니리

라. 만일 이 세상에서 찾을 수가 없거든 일평생 그 여학생은 나를 사랑하고 나를 기다린다는 희망을 가지고 지내다가 죽은 후 저 알 수 없는 세상까지 그를 쫓아 보리라. 나와 같이 나를 찾아다니다가 한 있는 일평생을 나와 같은 희망 가운데 살다가 이 세상의 차디찬 껍질을 내버리고 거기서 나를 기다리겠지―.'

하다가도 선용은 자기의 생각이 너무 공상적인 것을 혼자 웃으면서 '어떻든 일본으로 가리라' 하였다. 그리고 당장에 무슨 뜻하지 않은 기꺼운 일이나 들은 것같이 흥분됨을 깨달았다. 그리고 설을 기다리는 어린아이같이 당장에 일본을 가고 싶었다.

그는 한 주일쯤 있다가 서울을 떠나 일본으로 가기로 정하여 버렸다.

그후 사흘이 지나서 선용은 자기 방에서 일본으로 갈 행장을 차리고 있었다. 경희는 그 짐 꾸리는 것이 눈물이 날 만치 섭섭하고 쓸쓸스러움을 주는 듯하였다. 그리고 다른 때에는 웃기도 하고 우스운 소리도 잘하던 선용이가 짐 꾸리느라고 골몰하여 침착한 얼굴이 상기가 되어 아무 소리 없이 이것저것 저 할 것만 하는 것이 아주 야속한 생각이 난다. 그뿐 아니라 자기가 무슨 말을 할지라도,

"응, 응."

하고 지나가는 소리로 대답만 하고 어떤 때에는,

"가만히 있어. 이것 잊어버렸군."

하는 것이 어째 자기를 싫어하고 미워하는 것 같아 그는 서투르고 원망스러움을 맛보았다.

그는 거기 오래 서 있지 못하고 안방으로 뛰어가 멀거니 앉아 있었다.

선용은 한없이 유쾌함을 깨달았다. 한없는 기대가 자기 앞에 있는 듯하였다. 그리고 일본으로 가면 이번에는 그전과 같이 몸을 수고로이 하지 않고 안락하고 부드럽게 지내겠다 하는 생각이 그를 한없이 즐겁게 하였다.

그때 선용의 머리에는 정월이가 조금도 있지 아니하였다.

그가 막 고리짝을 얽어매고 있을 때이다. 영철이가 찾아와서 이 꼴을 보더니 아주 깜짝 놀라며,

"이것이 웬일인가. 짐은 왜 묶나?"

하며 이것저것을 둥그런 눈으로 번갈아 가며 바라본다.

선용은 묶던 짐을 여전히 묶으면서 아주 심상하게,

"모레 일본으로 갈 테야."

하였다.

"일본으로? 왜 벌써? 가을도 안 되었는데."

"여기 있을 수 없어. 얼핏 가 버리는 것이 수야."

"그렇지만 너무 속하지 않은가?"

"속하지 않아. 나는 여기 있으면 있을수록 고통이니까."

"그렇지만 이것은 참 의외인걸."

"의외?"

"그래."

"의외 될 것 무엇 있나, 가면 가고 오면 오는 것이지."

99회 영철은 한참이나 가만히 있었다. 선용은 또다시 말을 이어,

"자네, 은행에서 나왔다는 말을 들었는데 정말인가?"

하였다.

영철은 입맛을 다시며,

"그것은 또 누구에게 들었나?"

하니까 선용은 허리가 아픈지 허리를 펴고 일어서 두 손으로 허리를 잡고 영철을 쳐다보더니 다시 허리를 꾸부리며,

"글쎄, 왜 나왔나? 누구에게 들었어⋯ 누구한테 들었던가?"

하고 한참이나 고개를 갸웃하고 생각을 하여 보더니,

"잊어버렸는걸, 누구인지는."

하였다.

영철은 웃으면서,

"그거야 말해 무엇하나?"

하고 또 담배를 꺼내 문다. 선용은 마침 무엇을 잊어버린 것이 있어서 영철의 말을 귀담아 듣지를 않고,

"앗차, 잊어버렸다. 괴테의 『파우스트』를 넣지 않았구나."

하고 입맛을 쩍쩍 다시고 한참이나 애써 묶던 고리짝을 들여다보더니 다시 책장으로 가까이 가서 이 책 저 책을 뒤적뒤적하더니 영자^{英字}로 거죽을 씌운 책 한 권을 꺼내어 가지고 왔다. 영철은,

"그렇게 젊은 사람이 정신 없어 무엇을 하나?" 하더니,

"저리 가게, 내 묶어 줄 테니."

하고 달려들어 묶던 고리를 활활 풀어 헤뜨리고 빨랫줄을 두 줄로 합하여 두어 번 끝을 맞춰 죽죽 훑더니 매듭을 지어 놓고 이리저리 고리짝을 굴려 발을 대고 힘을 다해 졸라맨다.

선용은 이것을 시원스러워하는 듯이 보고 서서,

"그럼 자네, 이제부터는 무엇을 하려나?"

"글쎄, 할 것 무엇 있나?"

"그럼, 우리 둘이 일본으로 가세그려."

"그랬으면 좋겠지만 모든 것이 허락을 해야지."

"허락? 가면 가는 것이지."

"그렇지만."

"가세, 가. 가서 우리 둘이 있세. 돈이야 걱정할 것 무엇 있나?"

"그러나…."

하고 영철은 주저주저하였다. 그리고 가고 싶은 욕망이 나지도 않았다.

"가세, 가. 이번에 나하고 같이 가세."

하며 선용은 재촉하듯이 영철을 본다. 영철은,

"그런데 내 누이동생이 요새 대단히 앓고 나서 이번에 시골로 좀 데리고 갈까 하는데 나도 어떻게든지 일본으로 갈 요량이 있었으나 내년 봄쯤에 나 가 볼까 하는걸."

하였다.

"글쎄."

하고 선용은 정월의 말을 듣고는 말에 풀이 없어지며 아무 소리가 없다. 영철은,

"그러면 언제쯤 떠나나?"

하였다.

"모레쯤 가려 하네."

"모레?"

"그래."

"오, 참, 아까 모레라고 그랬지. 그럼 우리 같이 떠나세그려. 우리는 대전에서 차를 바꾸어 탈 테니까…."

"어딘데 대전에서 차를 갈아타."

"응, 부여까지 가려네."

"부여? 백제 옛 도읍 말일세그려."

"그렇지."

"어째 그리로 가나?"

"거기 아는 사람이 하나 있어서 자꾸자꾸 한번 놀러오라고 하니까. 또 마침 정월이가 시골 바람이 쏘이고 싶다 하고. 그래서 그리로 가기로 하였네,"

"참, 부여가 아주 좋다지?"

"그렇다는걸. 나는 가보지 못하였지만 그 사람이 이야기를 하는데 꽤 좋은 모양이야."

"그럼 몇 시에 가려나?"

"아침 9시 차로 가세그려."

"그러세. 그럼 우리 정거장에서 만나세."

"그러세."

영철은 한참 있다가,

"지금 우리 누이가 제중원에 있는데 병은 다 나았지만 집으로 가면 다 귀찮다고 거기서 바로 시골로 가겠다고 해서 병원에 있는데 마지막으로 한 번 찾아보게그려. 물론 옛일은 옛일이지마는 정월을 보아서가 아니고 나를 보아서 한 번만 찾아보게그려."

하고 농담도 같고 간원도 같고 자기 누이를 불쌍히 여기는 애정에서 솟아나오는 것같이 말을 하였다.

선용은 영철에게 정월이의 말을 듣는 것이 그전과 같이 열렬한 무슨 감동을 주지 못하고 다만 냉소와 함께 희미한 옛기억이 생각되었다가 사라질 뿐이었다.

100회　영철은 선용의 집에서 나와 안동을 넘어 전동 넓은 길로 내려올 때 누구인지 앞에 탁 막아서며,

"이 주사 나리, 어디를 가세요?"

하는 아주 영철의 마음을 유쾌치 못하게 하는 사람이 있었다. 영철이는 땅만 내려다보며 무엇을 생각하다가 깜짝 놀라 고개를 들어 쳐다볼 때 자기 앞에는 우산을 아무렇게나 묶어 든 설화 어미가 반가운 듯이 웃으면서 서 있다. 영철도 반가웠다. 설화 어미 그 사람이 반가운 것이 아니라 설화를 생

각하는 마음이 영철을 반갑게 하였다.

"오랜만이구려."

하며 영철은 그래도 웃음을 띠지 않고 냉담한 눈으로 설화 어미를 쳐다보았다.

"요새 재미가 어떻소?"

하고 영철은 지나가는 발길을 멈추고 섰다. 설화 어미는 무엇이 걱정이 되는지 긴 한숨을 한번 휘 쉬더니,

"제 재미야 그저 그렇지요마는 설화가 앓아서 큰일났습니다. 아마 죽을까 보아요."

하고 눈에 눈물이 그렁그렁하다. 영철도 그 소리를 듣고 뼈가 녹는 듯한 감정을 맛보고 바로 설화 어미의 얼굴을 쳐다보지 못하였다. 그리고 다만,

"앓아요?"

하고 깜짝 놀랄 뿐이었다.

"네, 바로 이 주사께서 다녀가시던 그날 저녁에 어딘지 다녀오더니 밤새도록 울기만 하고 왜 우느냐 해도 대답도 없고 그저 죽는다는 소리만 하더니 그 이튿날부터 자리에 누워 일어나지를 못합니다그려."

하다가 인력거가 지나가니까 한옆 길로 들어서며 또다시,

"그래 일주일이나 되도록 몸이 펄펄 끓고 정신을 잃고 헛소리만 하고 있습니다그려. 그리고 언제든지 영철 씨만 만났으면 좋겠다고 날마다 날마다 부르짖으니. 이 주사께서는 그후에 한 번도 오시지를 않고 댁으로 갈 수도 없고 또 댁 통 호수도 알 수 없고 회사에서는 나오셨다는 말을 들어 거기를 갈 수도 없고 어떻게 만나 뵈올 수가 있어야죠. 옆에서 보기에도 답답만 하고 내 자식도 아닌 남의 자식을 호강은 못 시키나마 저렇게 기르다가 그것이 죽고 보면…."

하더니 입이 떨리고 눈물방울이 똑똑 떨어지며,

"불쌍해 못 견디겠어요."

하고 수건으로 눈을 씻으며 목이 메어 말을 채 못 마친다. 영철은 본래 설화 어미를 그렇게 무인정한 사람으로는 알지는 않았으나 지금 그 우는 꼴을 보니까 한층 더,

'너도 사람이로구나.'

하는 생각이 나며 지나간 즐거운 사랑의 기억이 새삼스럽게 눈앞에 보이며 마음이 아주 좋지 못하다.

"그것 안되었구려."

하고 입맛을 다시며 땅만 들여다보고 섰으려니까 설화 어미는 누가 볼까 하여 눈물을 씻으면서,

"어떻든 오늘 한 번만 꼭 다녀가세요. 철을 모르는 어린 것이 조금 잘못한 것이 있더라도 그것을 허물로 생각지 마시고 꼭 한 번만 와주세요."

하며 어린애 타이르는 듯 말을 한다. 영철은 한참이나 가만히 있다가,

"그러구려, 그거야 못 하겠소?"

하고 구두로 땅을 긁다가,

"지금은 어디를 가는 길이요?"

하며 다시 설화 어미를 쳐다보니까,

"네, 저 의원에게로 약 가지러 가요. 벌써 약값이 얼마인지를 모르겠습니다."

하고 눈살을 찌푸리고 우산을 두 손에다 모아들고 들었다 힘없이 놓으며 고개를 내두른다.

영철은 지금처럼 설화가 불쌍하고 가련한 생각이 날 적이 없었다. 그는 무엇이라 말할 수 없이 인생의 무상과 비애를 느꼈다. 그는 주머니에다 손을 넣더니 10원짜리 한 장을 꺼내며,

"자, 이것 얼마 되지는 않지마는 약값에나 보태 쓰시우."

라고 설화 어미를 내어 주니 설화 어미는 눈이 둥그레지며 손을 얼핏 내밀지도 못하고,

"아, 무엇, 이렇게."

하고 아무 소리 없이 입을 벌리고 싱그레 웃는다.

"자, 받아요."

하고 영철은 설화 어미 손에 그 돈을 쥐어 주며,

"있었으면 얼마든지 주었으면 좋겠지만…"

하였다. 설화 어미는,

"천만의 말씀을 다하십니다."

하고 그 돈을 받아 들고,

"그러면 이따가 저녁에 오시렵니까?"

하였다.

"그러죠. 이따가 저녁에나 틈이 있을 테니까. 지금이라도 갔으면 좋겠지만…"

설화 어미는,

"그러면 꼭 기다리겠습니다."

하고 당부를 하고 또 당부를 하고 저쪽으로 엉덩이를 만족한 듯이 내저으며 가다가는 고개를 숙이고 무엇인지 생각하며 종로를 향하여 걸어가는 영철을 두어 번 돌아다본다.

101회 영철은 설화 어미에게 그 소리를 듣고는 참으로 가슴이 괴로웠고 설화가 불쌍하였다. 그리고, 자기를 만나자는 소리가 무엇보다도 가슴을 아프게 하였다.

그리고 어제까지 설화를 원망한 것이 나의 잘못이나 아닌가 하는 후회

의 마음이 반 의심과 함께 자꾸자꾸 난다.

그리고 설화가 자기에게 그렇게까지 한 것이 설화 자신의 본 마음에서 나온 것이 아니라 바깥의 모든 경우가 설화를 그렇게 만들어 놓은 것이 아닌가 하고 설화를 동정하는 호의로써 생각을 할 때 어린 계집아이가 험한 세상에서 부대껴 가며 헤매고 고생하는 가슴 쓰린 처지를 생각하면 영철 자신의 가슴이 쓰린 듯하였다. 그리고 병에 찌들어 신음하는 자기의 사랑하는 누이동생에게 향하는 애정과 같이 설화에게도 따뜻한 애정이 향하여 갔다. 그리고, 설화 자신이 나에게 그렇게 하였다 하더라도 어쩔 수 없는 환경의 모든 죄악이 설화를 그렇게 만들어 놓았나 하는 생각이 나며 세상 모든 것이 저주하고 싶도록 원망스러웠다.

* * *

설화 어미는 설화가 당장에 살아나는 듯이 춤출 듯이 좋아서 약을 지어 가지고 자기 집으로 뛰어들어왔다.

마루 위에 섰던 설화를 보러 온 연옥이가 설화 어미를 보더니,

"아주머니, 어디 갔다 오세요?"

하며 반가워한다.

"의원한테 갔다 온단다, 아이그."

하고 수건으로 흐르는 땀을 씻으며 마루 끝에 가 벌떡 주저앉아 이제는 할 일을 다하였다는 듯이 가슴을 내려앉히며,

"언제 왔니?"

하고 신을 벗고 방으로 들어가며,

"애, 설화야, 설화야, 영철 씨가 오신단다. 인제 정신을 좀 차려라, 정신을 좀 차려."

하고 하얗게 여윈 설화가 한없이 눈을 감고 누워 있는 곁으로 가까이 가서 설화의 가는 손을 붙잡고 가볍게 흔들며,

"설화야, 설화야. 정신을 좀 차려."

하면서 설화 어미가 설화를 깨우려 하니까, 곁에 있던 연옥이가 이 말을 듣더니,

"어디서 만나보셨어요?"

하니까 설화 어미가 설화를 들여다보고 있더니, 연옥을 돌아보며,

"오늘 마침 이 주사를 만났어."

하며 신통한 일이나 한 듯이 신이 나서 말을 한다.

연옥이도 신기한 듯이,

"어디서요?" 하였다.

"마침, 전동 길을 올라가려니까 무슨 생각을 하는지 고개를 숙이고 내려오겠지. 그래 앞에 가서 이 주사 어디 가세요? 하였더니 깜짝 놀라 나를 보고 재미가 어떠냐고, 그래 내가 설화가 앓는다고 말을 하였더니 아주 미안해하는 듯하더니 주머니에서 돈 10원을 꺼내 주며 약값에나 보태어 쓰라고 하기에 어떻게 하나, 웬 떡이요 하고 받아들고 오늘 한 번 다녀가라 하였더니 있다가 꼭 오마고 하였어."

"정말 올까요? 그이가."

"꼭 오마 했어. 아주 단단히 다짐을 받았으니까 오기야 올 테지."

연옥은 의아해하는 듯이 가만히 앉아 있다. 설화는 고개를 부스스 돌리더니 이야기하는 두 사람을 힘없이 바라보며,

"언제 오셨어요?"

하고 자기 어머니에게 향하여 괴로운 중에도 반가이 말을 한다.

"오, 지금 막 오는 길이다. 자, 정신을 좀 차려라. 오늘 이 주사가 오신단다."

"네? 이 주사라뇨?"

하고 설화는 단념한 가운데에도 얼마간의 기대하는 의심을 가지고,

"거짓말, 그이가 무엇하러 와요. 그이는 아니 와요."

하며 다시 얼굴빛이 그윽한 죽음의 나라를 바라다보듯이 처량하고도 일종의 비애의 빛을 띤다.

"정말야. 이따가 꼭 오시마고 하였어."

"아녜요."

하고 곧이듣지 않는 듯이 고개를 담벼락 쪽으로 향한다.

"그애, 남의 말은 퍽도 듣지 않네."

하며 설화 어미는 답답해하니까, 옆에 있던 연옥이가,

"참말이란다. 아까 어머니께서 만나 보셨단다. 그리고 그이가 약값까지 10원을 주고 있다가는 꼭 오마고 하였단다, 정말이야."

하고 설화를 믿도록 타이른다.

"정말?"

하고 그래도 시원치 않게 설화는 힘없이 말을 한다.

"그래, 정말예요. 있다가 보려무나."

102회 설화의 마음은 아주 낙망하여 단념하였었다. 그래도 속으로 이영철을 만나 보았으면 하는 기대의 마음이 없지 않았었다. 그러나 지금 이영철이 자기를 위하여 돈까지 주고 또 이따가 자기를 찾아온다는 말을 들을 때에 여러 날 병으로 인하여 기운이 다하여 모든 것이 모기장을 친 것같이 분명치 못하고 희미하게 보이는 가운데 그 말소리가 연옥이나 자기 어머니의 말과 같지 않고 꿈속에 무슨 알지 못하는 나라에서 온 사람이 자기에게 그것을 알려 주는 듯하여 설화는 하늘의 도와주심이나 무슨 신의 예감같이 생각하였으나 그것을 단단히 믿지 못하면서도 그것을 진정이라고 믿고 싶었다.

그러나 그는 자기의 믿고, 바라고 또는 기꺼움을 바깥으로 표현시키기를 원치 않았다. 그는 다만,

"그이는 오지 않아요. 오지 않아요."

할 뿐이었다. 그러나 그날이 점점 어두워서 갑갑한 어둠이 온 방으로 가득찰 때 그는 아주 견디기 어렵도록 가슴이 죄었다. 그리고 희미하게 들리는 모든 소리가 다 이영철의 발자취 소리같이 들리고 자기 어머니가 문을 열고 들어올 때마다 눈을 뜨고 쳐다보았으나 반가운 소식은 들리지 않았다. 그래 기대하면 기대하는 대로 모든 것은 자기에게 낙망과 비애를 줄 뿐이요 아무것도 없었다. 7시 반이 넘었다. 그때 설화는 한 시간 동안은 기다려도 쓸데없다 하고 조금 마음을 진정하였다. 그때에는 영철이가 자기 집에서 저녁을 먹고 있을 것이다. 그래 밥을 먹고 전차를 타고 나를 보러 오려면 한 시간은 걸리리라 하였다. 그러나 한 시간이 지나간 8시 반이 되어도 아무 소리가 없었다. 다만 설화 어미가,

"웬일일까, 8시가 넘었는데, 꼭 온댔는데."

하는 소리가 자기의 말은 거짓말이 아니라고 변호하는 듯이 때때로 마루 끝과 마당에 들릴 뿐이었다.

9시, 10시, 11시, 12시까지 지났다. 영철은 오지 않았다. 설화는 기다리고 기다리던 죄는 마음이 홱 풀어지며 다른 사람이 보지 못하게 눈에서 눈물이 났다. 그리고 그는 당장에 죽고 싶었다.

　　　　　　*　　*　　*

흘러가는 세월은 하룻저녁을 바꾸어 하룻낮으로 만들어 놓았다. 병원 대문으로 아침 10시가 넘어 선용은 여러 가지 생각을 하면서 천천히 발을 옮겨 놓았다.

선용이 병원 정문으로 들어서서 병실 문간을 들어가 층계를 올라갈 때 어떤 젊은 간호부가 혈색 좋은 얼굴에 미소를 띠고 상냥스럽게 자기를 바라보고 서 있다가 선용이가 모자를 벗고,

"말씀 좀 여쭈어 보겠습니다."

하니까,

"예, 무슨 말씀예요?"

하고 대답을 한다. 선용은 병원에 오기만 하면 자기가 동경 병원에서 치료를 받던 생각이 나며 또 간호부를 볼 때마다 자기에게 친절히 하여 주던 그 일본 간호부 생각이 난다.

오늘 이 상냥한 간호부를 처음 볼 때에는 일본에 있는 간호부보다 아주 어여쁘고 부드럽게 생겼구나 하다가 처음으로 그의 말소리를 들을 때에는 보통 다른 여자보다 사람과 많이 만나고 익힐 기회를 가졌으므로 그렇게 되었는지 알 수 없으나 어떻든 다른 여자보다 더 상냥한 점이 있기는 있으나 일본 있는 그 간호부보다는 아주 못하구나 하였다.

"이정월 씨가 어느 방에 계신가요?"

"네, 이정월 씨요…? 잠깐만 기다려 주세요."

하더니 저쪽 귀퉁이 일등 병실로 들어갔다 나오며,

"이리로 오세요. 지금 머리가 좀 아프시다고 드러누워 계신데 그대로 들어오시라구요."

"네, 그러면 이것을 좀 일어나시거든 드려주셔요."

하고 명함을 꺼내어 간호부를 주며,

"뭐, 누워 계신데 들어갈 것은 없지요."

"그러면 잠깐만 더 기다려 주세요."

하고 간호부는 다시 들어갔다 나오더니,

"들어오시라고 하십니다."

선용은 그대로 가려 하다가 다시 자기의 명함을 보고 들어오라는 말을 들었을 때에 그의 마음은 이상한 호기심이 일어났다. 그리고 으레 자기를 들어오라고 하렷다 하는 추측이 맞은 것을 유쾌하게 생각하였다.

<u>103회</u> 선용은 정월의 병실로 들어갔다. 공중색空中色 양회를 바른 고요하고 정결한 병실이 너무 가볍게 쓸쓸하다. 방안에는 약냄새가 가득 찼다. 선용은 웬일인지 두근거리는 감정을 진정키는 어려웠다. 방안에 놓여 있는 모든 것이 다 자기를 원망하고 애소하는 듯하고 모두 죽음으로 향하여 가는 듯하였다.

하얀 침상 위에 누워 있는 정월은 무엇을 명상하듯 눈을 감고 가만히 죽은 듯하게 누워 있었다. 선용이가 천천히 걸어 조심스러운 듯이 방 한가운데까지 들어오도록 정월은 알았는지 몰랐는지 그대로 누워 있었다. 그의 수척한 가슴을 덮은 흰 홑이불 위로 그의 심장이 팔딱팔딱 속하고 높게 뛰는 것이 분명히 보였다. 또는 목이 마른 듯이 때때로 침을 삼켰다. 견디기 어려운 반가움과 원망과 비애와 또는 한편에서 타오르는 피로한 정욕이 그의 가슴속에 있는 염통을 고조高調로 뛰게 하고 또는 초민焦悶을 일으키게 하였다. 그리하여 선뜻 선용을 맞이하지 못하게 하였다.

같이 들어온 간호부가 가만히 정월에게 선용의 들어옴을 말하매 그는 그때야 겨우 눈을 뜨고 고개를 돌이키며 가까이 선 선용을 바라보았다. 그의 가만히 뜨고 바라보는 힘없는 두 눈이 그윽하고 그리운 빛을 나타내는 것이 선용의 마음을 푸른 헝겊으로 싸는 듯이 불쌍하고 눈물이 날 듯하였다.

선용은 가만히 고개를 숙이고 의미있는 듯이 예를 하였다. 정월은 아무 소리도 없이 눈으로 답례를 하였다. 그리고 몸을 일으키려 할 때 그의 풀어진 옷고름가로는 파리한 가슴과 조그마한 유방이 어여쁘게 내다보였다. 그리고 풀어진 머리를 아무렇게나 쪽찐 머리채는 그의 왼쪽 어깨 위로 아무렇게나 떨어졌다.

선용은 떼어지지 않는 입을 가까스로 열어,

"좀 어떠하십니까? 오랫동안 뵈옵지를 못하여서… 그대로 누워 계시지요."

"예, 매우 고맙습니다. 이렇게까지 무정한 저를 찾아 주시니."

"왜 말씀을 그렇게 하세요. 네? 정월 씨는 저에게 무정히 하신 것이 하나도 없어요. 도리어 제가 오랫동안 찾아뵙지를 않았습니다. 생각이 나지 않았어요. 제가 도리어 정월 씨에게 무정히 하였습니다."

"천만에 말씀을 다하십니다. 저와 같은 사람에게 그렇게까지 하시는 것은…."

하고 정월은 아무 소리가 없다.

선용은 그 옆에 놓여 있는 테이블 위를 보았다. 거기에는 '비너스' 여신 조각의 사진이 하나 놓여 있었다. 선용이 이것을 볼 때 어찌함인지 그 여신이 정월과 자기와의 사이를 다시 이어 주는 듯하였다.

간호부는 나갔다. 조용한 방 한가운데는 말하기 어려운 사랑의 향내와 애끓는 비애, 원망의 냄새가 엉켜 가득 찼다. 방안의 모든 것이 숨소리도 내지 않고 이 두 사람의 이야기를 들으려고 귀를 기울이고 있는 듯하였다. 정월은 다시,

"선용 씨, 우리 두 사람은 정말 영원히 떠나지 않으면 안 될까요?"

하였다. 정월의 가슴은 생시를 꿈이라고 인정하려는 듯이 모든 것을 부인하면 부인할수록 더 똑똑하게 모든 것이 부인되지 않는 것이 생각할수록 가슴이 답답하였다.

선용이가 이 말을 들으며, 그의 여신의 머리털 같은 부드러운 머리털과 한없는 정욕을 일으키는 그의 흰 젖가슴이 반쯤 풀어진 옷 사이로 내다보이는 것과, 얇은 홑옷을 통하여 따뜻한 살이 하얗게 내비치는 그의 전 육체의 윤곽을 볼 때 그의 가슴에서 타오르는 사랑의 정은 한때에 눈물날 듯한 정욕으로 화하였다.

그는 자신도 모르게 정월의 손을 잡았다. 그 손을 잡을 때에 선용의 머릿속으로 지나가는 것은 3년 전 옛날에 영도사 시냇가에서 처녀인 혜숙의

손을 잡던 기억이었다. 그때에는 눈물날 듯한 환희歡喜와 희망을 깨달았으나 지금 이정월의 손을 잡을 때에는 눈물이 철철 흐를 듯한 비애와 낙망 속에서 헤맨다.

"정월 씨, 왜 그런 말씀을 하세요, 네? 아무것일지라도 우리 두 사람의 사랑을 정복할 수는 없지 않습니까?"

선용은 점점 그의 손을 단단히 쥐었다. 그리고 정월의 매끄럽고 가벼운 몸을 자기 가슴으로 가까이 하였다. 선용은 두려운 가슴과 함께 정월의 육체에 따뜻하고 녹는 듯한 아름다움을 놓을 수가 없었다. 그는 다만 영원히 정월의 몸을 놓지 말았으면 할 뿐이었다. 정월도 얼마간은 아무 소리 없이 가만히 있었다.

"놓으세요. 놓으세요."

정월은 양심의 가책을 받는 죄수와 같이 선용의 손에서 자기의 손을 빼려 하며 눈에서는 쉴 새없는 눈물이 흐르면서,

"놓으세요, 네? 놓으세요. 저는 선용 씨를 사랑할 자격이 없어요. 어서 돌아가셔요. 저는 다만 선용 씨에게 대한 죄인으로 일평생을 지내갈 따름입니다. 자, 어서 가세요."

하고 그대로 침상 위에 엎드려 자꾸 운다.

104회 선용은 아무 소리 없이 정월의 우는 것을 한참 내려다보다가,

"우지 마세요. 자, 저는 가려 합니다. 그러면 내일 정거장에서 만나시지요."

선용은 방문을 나섰다. 선용의 몸은 떨리며 한옆으로 피가 와짝 식어버리는 듯이 소름이 끼쳤다.

그리고 간호부가 자기를 유심히 보는 것이 아주 얼굴이 홧홧하여지는 듯하였다. 그가 층계를 내려와 다시 정월의 병실 유리창을 쳐다볼 때에는

창장窓帳에 매달려 눈물을 씻으며, 돌아가는 자기를 바라보는 정월이가 힘 없이 서 있었다. 선용은 모자를 벗어 인사를 하고 정문을 나섰을 때에 비로소 다시 일본에 있는 그 여학생을 생각하였다.

*　　*　　*

영철이가 설화 집에 가기는 다음날 오정이 거의 다 되어서였다. 설화 어미는 '왜 어저께 오지 않았느냐?'는 듯이 영철이를 바라보며,

"왜 오늘에야 오세요?"

하며 무슨 낙망이나 한 듯이 시름없이 말을 한다. 그의 두 뺨에는 눈물 방울이 묻어 있었다. 영철은 무엇이라 말할 수가 없었다. 다만,

"네. 마침 시골에서 친구 하나가 찾아와서요…."

하고 서투르게 말을 하였다.

영철은 설화의 집까지 오면서 다만 생각한 것은 진정으로 내가 설화의 누워 있는 자리 옆 가까이 하거들랑 설화는 벌떡 일어나 나의 목을 끌어안 고 한껏 울어 주었으면! 그러면 나도 울 테다. 그러면 두 사람이 흘리는 눈물은 한곳에 한꺼번에 섞여 흐르게 될 것이다. 그러면 또다시 헤어졌던 사랑이 다시 만나게 될 것이 아닌가 하였다. 그러고는, 으레 그렇게 되리라 하였다. 설화는 나를 잊어버리지 않았다고 자기의 어머니는 나에게 말을 하였다. 그러면 또다시 그 사랑을 잇기가 무엇이 어려우리요 하였다.

영철이 오래간만에 설화의 집에 들어와 보니까 모든 것이 반가운 듯하고 모든 것이 그리운 듯하였다. 그리고 그 전 같으면 자기를 보고 문을 열어 젖뜨리고 웃음을 띠고 반갑게 맞아 줄 설화가 다만 고요하고 조용한 미닫이 한 겹 가린 저 방안에 누워 있다는 것을 생각할 때 영철의 가슴은 말할 수 없이 섭섭하였다. 그리고 설화는 박명한 미인이로구나 하는 동정하는 마음 이 온 전신의 뜨거운 피를 식히는 듯이 쫘 흘렀다.

그러나 영철이가 설화가 누워 있는 방으로 들어갔을 때에는 설화가 못

견디게 영철의 고개를 끌어안고 울음을 울어 주지 않았다. 다만 힘없고 고요하게 죽은 듯이 누워 있을 뿐이었다. 영철은 설화의 손을 잡고,

"설화, 나요. 설화, 설화."

하며 그의 여위고 날씬한 손을 가볍게 흔들었으나 설화는 아무 소리가 없었다. 영철은 갑갑하고 속이 타는 듯이,

"설화, 나요. 설화, 나요."

하고 설화의 몸을 흔들었으나 설화는 아무 소리 없이 누워 있을 뿐이다.

"설화, 왜 대답이 없소? 네? 왜 대답이 없어요."

설화 어미는 눈물을 흘리며 설화의 근심에 싸인 듯이 푸르게 찡그린 얼굴을 두 손으로 쓰다듬으며,

"설화야, 영철 씨 오셨다. 네가 날마다 부르던 영철 씨가 오셨다. 왜 말이 없니, 응? 영철 씨가 오셨어."

그러나 설화는 대답이 없었다. 다만 머리맡에 놓여 있는 시계가 고요한 침묵이 흐르는 세월을 한가하게 세고 있을 뿐이었다.

설화 어미는 미친 사람 모양으로,

"설화야, 설화야, 왜 대답이 없느냐, 죽었느냐, 살았느냐."

하고 우는 얼굴로 설화를 깨운다.

그러나 설화는 다만 때때로 고개를 돌아누우며 혼몽한 가운데 정신을 잃고 누워 있었다.

영철의 가슴은 공연히 답답하였다. 그리고 웬일인지 모든 것이 귀찮은 듯한 생각이 났다. 그리고 자기를 보면 반가이 맞아 줄 줄 알았던 설화가 불러도 대답없이 누워 있는 것이 아주 원망스러웠다. 또 설화 어미가 눈물을 흘리고 우는 것이 아주 보기 싫었다. 그는 갑자기 가슴을 무엇이 콱 찌르는 듯하더니 갑자기 원망과 싫은 생각이 일어나며 그 자리에서 벌떡 일어나서,

"어, 나는 가겠소."

하고 방문 밖으로 나왔다. 설화 어미는 다만,

"왜 그렇게 가세요?"

하고 설화의 파리한 얼굴만 정신없이 바라볼 뿐이었다.

그리고 영철이 돌아간다는 것이 그리 섭섭하거나 그리 큰일이 아닌 듯이 문밖으로 나오지도 않고 그대로 지나가는 인사처럼 영철에게 인사할 뿐이었다.

<u>105회</u> "저, 설화가 혹시 정신을 차리거든 내가 다녀갔다는 말이나 하시오. 그리고 내일은 시골로 갈 테니까 또 만나 보기는 어렵고 시골에 다녀와서나 만나 보자고 하더라고 그러시오. 그리고 오늘 왔다가 말 한마디도 못한 것을 매우 섭섭하다고 해주시오."

하고 뒤도 돌아보지 않고 설화의 집을 나왔다.

영철은 오늘 설화의 집에 온 것이 아주 유쾌치 못한 인상을 받았다 하였다. 도리어 쓰리고, 아프고, 아찔한 슬픔을 맛보고 가는 것보다도 못하게 영철은 오늘 설화의 집에 온 것이 더럽고 원망스럽고 힘없이 누워 있는 푸른 설화의 얼굴이 아주 얄밉게 보였다. 그리고 죽거나 살거나 당초에 만나 보지 않으리라 하였다. 또 어저께 설화 어머니가 행길에서 자기를 보고 설화가 자기를 만나 보겠다고 헛소리를 하였다는 것이 얼굴이 간질간질한 거짓말같이 생각됐다. 그리고 오늘 설화를 찾아온 것이 자기가 무슨 희망을 품고 요행을 바라고 온 듯하여 다시 생각하니 말할 수 없이 부끄럽다. 영철은,

"영원히 만나지 않을 테다."

하고 주먹을 힘 있게 쥐고 고개를 진저리치듯 내흔들었다.

＊　　＊　　＊

영철이 설화의 집에서 나온 지 30분이 못 되어 설화는 겨우 잠깐 눈을 뜨고 사면을 둘러보았다. 그 옆에는 다만 설화 어미가 눈물을 흘리고 정신

없이 앉았을 뿐이다.

"어머니."

하고 설화는 시름없는 목소리로 말을 꺼내었다.

"영철 씨가 안 오셨지요?"

"오, 설화야, 이제 정신을 차렸니! 지금 영철 씨가 다녀가셨단다."

"네! 정말예요?"

하고 드러누웠다가 벌떡 일어나려 하며 반가운 듯이 눈망울을 굴리다가 다시 힘없이 자리에 누우며,

"거짓말이요. 그이가 왔을 리가 없어요. 왔으면 왜 나를 깨우지 않았어요? 네? 어머니, 거짓말이지요? 네? 거짓말이지요?"

하고 설화는 자기 어머니에게,

"거짓말이지요?"

소리를 무슨 요행이나 바라는 것같이 자꾸자꾸 한다. 설화는 영철이 왔다갔다는 것을 믿을 수 없어 그것을 부인하면서도 자기 어머니의 입에서 정말 왔다갔다는 말을 듣고 싶었다.

"정말이다, 그이가 왔다간 지가 반 점 가량도 되지 못하였단다."

"그러면 왜 나를 깨우지 않으셨어요? 네? 정말이에요?"

"정말이란다. 그런데 암만 흔들어도 네가 깨지를 않는 것을 어떻게 하니."

설화는 힘없는 손을 벌벌 떨면서 자기 어머니의 팔에 매달리며,

"정말예요? 정말 그이가 다녀갔어요? 네? 네?"

하며 괴로운 듯이 간절히 물어본다.

"그래! 정말야. 정말 다녀갔어."

설화는 아무리 하여도 그 어머니의 말을 믿을 수가 없었다.

"정말이면 왜 제가 보지를 못하였을까요?"

하며 혼잣소리처럼 말을 하고 다시 베개를 베고 드러누우며,

"그이가 왜 그렇게 속히 갔을까요?"

하였다.

설화 어미는 조금 답답스러운 말소리로,

"글쎄, 네가 깨지 않는 것을 어찌하니?"

하며 기막힌 듯이 말을 한다. 설화는 아무 소리 없이 천장만 바라보고 힘없이 누워 가슴이 쓰린 듯한 감상과 비애를 맛보았다. 설화 어미는 다시,

"그이가 내일 시골로 떠난단다. 그래, 다녀와서 만나 보자고 그러더라."

하고 눈물을 씻으며 한옆으로 물러앉는다.

이 소리를 들은 설화는 미쳐 날뛰고 싶었다.

여윈 월계꽃의 사라져 가는 향내와 같은 고요하고 그윽한 침묵이 온 방 안을 물들이고 있다.

설화는 덮은 이불을 귀찮고 갑갑한 듯이 다리로 툭 차서 허리에 반쯤 걸리게 하고 노곤하게 두 팔을 가슴 위에 올려놓으며 고개를 돌이켜 담벼락을 한참이나 바라보고 있다가 참지 못하여 나오는 뜨거운 눈물이 그의 해쓱한 두 뺨으로 때르륵 굴러 흰 요 위에 한 방울 두 방울 똑똑 떨어져 차디차게 흰 요만 적신다. 그리고 까만 두 눈을 깜짝일 때마다 방울방울 굵다란 눈물이 거꾸러질 듯이 쏟아져 나온다. 그리고 때때로 온몸을 사그라뜨리는 듯한 한숨에 떨리는 가벼운 소리가 고요한 침묵 속에서 가늘게 떤다.

106회 설화는 지금과 같이 모든 것이 공허함을 깨달은 일이 없었다. 비록 눈물을 흘리고 한숨을 쉴 때라도 그는 언제든지 만일의 요행한 줄기를 믿었으므로 오늘날까지의 가늘고 우습고 불쌍한 생명을 이어 왔다. 다만 보이지도 않고 들리지도 않는 미래라 하는 컴컴한 시간의 짧은 마디를 꾸밀 일, 자기 생의 장래에게 속임을 당하며 살아야 하겠다 하였다.

즉 다시 말하면 보지도 못하고 들을 수도 없고 또는 아무것도 없는 미래에 속고 또 속아 오늘까지의 생을 계속하여 왔으나 지금 이영철이가 자기를 위하여 참으로 자기 집까지 왔다 갔는지 왔다 가지를 아니하였는지 그것을 의심하는 동시에 또 자기 어머니의, 이영철이가 시골로 떠나갔다는 소리를 들을 때에 모든 것은 텅 비어 버리고 보이지도 않고 들리지도 않고 아무것도 없는 미래에 속았던 어리석음을 비로소 깨닫게 되었다.

모든 것은 공허이다. 누워 있는 그에게는 온 우주가 적막히 빈 듯하였다.

우연히 태어난 설화 한 개의 생의 경로는 아주 행복스럽지 못하였으며 아주 처량하였다. 다 같은 생을 향수享受하여 똑같은 인생의 한마디를 채우는 설화의 생에는 꽃도 없고 웃음도 없고 향내도 없고, 무르녹는 그늘도 없고 아무것도 없었다. 다만 눈물과 한숨과 비애와 유린의 발자국이 사라지지 않고 박혀 있을 뿐이다.

그러나 다만 그 짧고도 짧은 1년 동안이 넘을락 말락 한 영철 사이의 꿀 같은 사랑 속에 살던 그 시간뿐이 설화의 생의 또다시 없는 다만 한마디 또 짧고 또 짧은 유열과 참생의 짧은 마디였다.

그러나 그것도 한낱 잠꼬대와 함께 사라져 없어져 꿈과 같이 어디로 갔는가? 없어지고 말았다. 조물의 코웃음치는 한때의 희롱인지는 모르겠으나 설화에게는 자기 생의 모든 것이 다 비었다 한 것보다도 더 큰 무엇을 잃어버리게 되었다.

영철은 살아 있다. 이 땅 위에 살아 있다. 영철의 생은 그 육체로 세차게 돌아가는 혈액의 순환과 함께 뚜렷하게 살아 있다. 그러나 설화의 생은 영철이 설화에게서 보이지 않고 들리지 않는 무엇을 주었다가 도로 찾아가는 듯이 설화의 가슴속을 텅 비게 하는 동시에 설화의 싱싱하고 기뻐 뛰는 뜨거운 생은 풀 죽으려 하고 힘없이 쓰러지려 하여 미적지근하게 식으려 한다.

설화는 모든 것을 공허로 생각하고 미래를 캄캄한 어두운 밤보다도 더 까맣게 보고 어둡게 생각하는 동시에 고요한 침묵 속에 쉬지 않고 뛰는 심장의 고동을 들을 때에 푸른 입술을 해쓱한 이로 악무는 가운데에도 괴로운 웃음을 웃지 아니치 못하였다.

설화는 다만 이 순간을 두고 지나가고 닥쳐오는 과거와 미래가 비참하고 캄캄함을 깨달았을 때 우연히 태어났다 우연히 사라지는 자기의 생은 우연에게 맡기지 못할 만치 마음이 괴롭고 답답하였다. 절로 나고 절로 살고 절로 죽는 인생의 지나가는 길을 자기의 가는 손으로 애달프게 끊어 버리는 것이 도리어 그에게 무슨 만족을 주는 듯하고 그렇게 아니할 수 없을 만치 생의 의미 없음을 알게 되었다.

그러나 그의 가슴은 답답하였다. 그리고 목은 자꾸자꾸 타는 듯하였다. 그리고 미칠 듯이 가슴이 저리고 쓰리며 쉴 새 없는 눈물이 쏟아져 흐르며 박명하고 비참한 자기의 지나간 반생의 역사를 돌아다볼 때마다 모든 것이 그립고 무량한 감개가 자꾸자꾸 쏟아져 올라오며 비록 쓰린 감정을 맛보던 그때라도 도로 한 번 그때가 되었으면 하였다.

그러다가 영철과 자기 사이의 꽃다운 사랑의 역사를 생각할 때면 더욱 더욱 영철이가 그립고 어디로인지 간지를 모르는 영철의 뒷그림자를 그대로 쫓아가 옷깃을 부여잡고 다시 옛적과 같이 되어 달라고 간원을 하고 싶었다.

그리고 비애를 극하고 감상이 뭉친, 때없이 부르던 각종 노래의 간장을 녹이는 듯한 구절구절이 생각될 때마다 말할 수 없이 처량하고 슬펐다. 그리고 자기의 사랑을 그대로 말하여 놓은 듯하여 더욱 비애로웠다.

설화가 한참이나 울다가 고개를 돌이켜 자기 어미가 멀거니 앉아서 눈물을 흘리는 것을 볼 때, 그 눈물 흘리는 것이 어째 자기가 또다시 오지 못할 곳으로 떠나려는 것을 아까워 우는 것 같아서 그의 가슴은 미칠 듯이 섭섭

하고 온 세상이 좁아드는 듯하였다. 그때 그는 목멘 소리로,

"어머니, 왜 우세요?"

하며 복받쳐 올라오는 눈물을 숨기지 못하고 흘리면서 자기 어머니를 쳐다보았다.

107회 "아니다. 어째 눈물이 나오는구나."

하고 설화 어미는 눈물을 씻어 설화의 마음을 위로하려 하였으나 참으려 하면 참으려 할수록 더욱더욱 눈물이 복받쳐 쏟아졌다.

설화 어머니와 설화 두 사람은 다만 아무 소리 없이 서로 바라보기만 하며 참으려고 하지도 않고 눈물을 흘렸다. 두 사람이 소리 없이 바라보는 그 침묵 속에는 보이지 않고 들리지 않는 무슨 영靈이 꼼지락꼼지락하는 것이 있었다.

몇십 분이 지나갔다. 설화의 눈앞에는 또다시 비참한 얼굴로 쓸쓸히 자기를 돌아다보는 영철이가 보인다. 설화는 전신이 병마에게 쪼들림을 당하여 가는 사지가 버틸 수 없이 피폐함을 깨달으면서도 영철의 있는 곳으로 당장에 달려가고 싶었다.

그는 아주 갑갑함을 깨달았다. 그리고 벌떡 일어나려 하였으나 전신을 무엇이 잡아당기는 듯이 조금도 일어나 앉을 수는 없었다. 그는 다시 낙망하듯 이 자리에 털썩 드러누우며,

"어머니, 어머니."

하고 어머니를 다시 부르며 괴로움을 못 견뎌 하는 목소리로,

"영철 씨를 또 한 번만 오게 하여 주세요. 네? 지금요. 얼핏요. 네! 어서요. 시골 가시기 전에 꼭 한 번만 만나 뵈옵게요. 꼭 한 번만요."

하며 간절히 자기 어머니에게 애소하고 어리광 부리듯 말을 한다.

설화 어미는 갑갑한 듯이,

"어디 가서 오시라고 하니? 집을 알아야지."

하며 주저주저한다.

"왜 몰라요? 동대문 밖이라는데요. 그리고 계동에도 그이 집이 있다는
데요. 네? 어머니, 꼭 한 번만 더 청해 오셔요."

설화는 영철을 만나 모든 지나간 일을 조금도 숨김 없이 다 말을 하고
전과 같은 사랑을 또다시 이을 수가 있을까? 하는 만일의 요행과 영철을 그
리워하는 견디기 어려운 정으로 영철을 또다시 만나고 싶었다. 그리고 영철
을 만나지 못하면 당장에 죽을 듯이 마음이 괴로웠다.

이때 누구인지 사내 목소리로 바깥에서,

"이리 오너라."

하는 소리가 났다. 설화 어미는 치맛자락으로 눈물을 씻으면서 설화의
얼굴을 한번 물끄러미 쳐다보고 귀를 기울여 바깥에서 또 한번 부르는 소리
가 나기를 기다렸다. 부르는 소리는 또 났다. 설화 어미는 무엇을 알아챈 듯
이 벌떡 일어나 바깥으로 나가더니,

"이리로 들어오세요."

하며 그 손님을 안방으로 데리고 들어온다. 들어오는 사람은 도수 안경
을 쓰고 양복을 입은 근 40이나 된 의사였다. 날마다 오후면 한 번씩 오는
의사는 오늘도 여전히 설화의 병을 보러 왔다.

의사는 설화의 체온을 검사하고 맥박을 보았다. 그리고 어제서부터 오
늘까지의 경과를 물어보았다.

설화는 드러누워서 의사가 하라는 대로 몸을 움직이면서 의사의 얼굴
을 그전보다 더 유심히 바라보았다. 설화는 오늘 어찌함인지 다른 날과 같
지 않은 의사의 얼굴 기색을 찾아내게 되었다. 의사의 얼굴은 어제나 그저
께보다 너무 냉연한 빛이 보이는 듯하고 너무 침착한 빛이 보이는 듯하였
다. 그리고 그전보다 아주 잠깐 사이에 설화를 진찰하고 바깥 마루로 설화

어미를 따라나갔다. 그리고 돌아나가다가 다시 한번 돌아다볼 때 그 의사의 얼굴에는 무슨 낙망하는 빛이 보이는 듯하였다.

어제까지는 설화가 그래도 자기의 생을 위하여 그 의사를 믿고 그 의사가 오기만 하면 자기의 피곤한 생이 다시 기뻐 뛰는 듯이 반갑더니 오늘 그 의사의 일동 일정을 볼 때에는 웬일인지 시덥지 않은 듯한 생각이 난다.

<u>108회</u>　그때 설화의 머릿속으로 살같이 지나가는 것은 '그러면 나는 더 살지를 못하는가?' 하는 생각이었다. 그 의사가 비록 입으로는 그러한 말을 하지는 않지마는 너무 냉연하고 너무 침착하고 너무 낙망하는 듯한 빛이 그의 얼굴에 있는 듯한 것을 볼 때 설화는 모든 것이 절망이라는 선고를 그 의사에게서 들은 듯하였다.

그리고 의사와 설화 어미가 마루 끝에 내려서며 무엇이라 수군수군하는 소리가 자기의 죽음을 설화 어미에게 미리 가르쳐 주는 소리와 같이 들리며 온 전신의 피가 해쓱하게 마른 듯하고 전신에 소름이 쭉 끼치었다. 그러고는 속마음으로는,

'나는 죽는 사람인가?' 하였다.

두서너 시간은 지나갔다. 그날은 어두워 저녁이 되었다.

설화가 또다시 혼몽한 가운데서 눈을 떴을 때에는 방안이 어두컴컴한 저녁의 쓸쓸스럽고 침침한 저녁의 회색빛 어둠이 온 방안에 가득 차 있었다.

설화는 온 방안을 둘러보았다. 그리고 혹시나 영철이가 와 앉았지나 아니한가 하였다. 그러나 설화가 다만 한낱 요행을 한 줄기의 희망으로 알고 오다가 영철이가 또다시 자기 방에 들어와 앉지 않은 것을 깨달을 때에 이 세상 모든 것을 다 모아다가 자기 가슴 위에 지질러 놓은 듯한 갑갑하고 잠잠함을 비로소 알았으며 그립고 만나고 싶은 영철을 원망하는 생각이 점점

더하여졌다.

설화는 다만 한순간에 무엇을 깨달은 것이 있었다. 그리고 온 정신을 무슨 불길이 확 사르는 듯하였다. 또다시 눈물이 펑펑 쏟아졌다. 그리고 무엇을 생각한 듯이 눈만 깜박깜박하며 천장만 바라보고 누워 있었다.

시계가 11시를 칠 때였다. 설화는 온몸을 진저리치듯이 벌벌 떨며 사면을 둘러보았다. 그 옆에는 자기 어머니가 하루 종일 자기의 병구완을 하다가 이불도 덮지 않고 그대로 콧소리를 씩씩 내며 고단히 자고 있다. 설화는 이것을 볼 때 어쩌 속마음으로부터 불쌍하고 자기를 위하여 수고하는 것이 고마운 듯하고 어려서부터 자기를 길러 주던 것과 또 다른 기생의 어미와 다르게 자기를 친자식같이 사랑하여 주고 위하여 준 것을 생각하며 한옆으로 그 주름살이 잡혀 가는 얼굴에 근심스러운 빛을 띠고 눈물방울이 두 눈에 그렁그렁하여 자고 있는 것을 볼 때 그의 희끗희끗한 이마털이 난 머리털을 쓰다듬어 가며 그의 흘부드러운 두 뺨에 자기의 뺨을 비비어 주고라도 싶었으나 그가 깰까 두려워하는 설화는 다만 물끄러미 그의 얼굴만 한참 들여다보다가 베개 위에 머리를 대고 한참이나 느껴 가며 울었다.

그는 무엇을 결심한 듯이 힘없는 팔로 머리맡에 놓여 있는 벼룻집을 가까이 집어다 놓고 종이를 펴며 또다시 자기 어머니를 돌아다보았다.

그는 붓과 종이를 들고 무엇을 쓰려 하다가 기가 막히는 듯이 그대로 고개를 푹 수그리고 또다시 느껴 울었다.

그러다가 다시 고개를 들고 붓대를 움직거렸다.

사랑하는 영철 씨, 저는 가나이다. 아무것도 원망하지 않고 그대로 갈 곳으로 가나이다. 마음과 같이 되지 않는 세상에 이것도 또한 팔자로 돌려보내고 청산에 뜬구름 같은 이 세상을 하직하고 보이지 않는 저 나라로 돌아가나이다.

영철 씨, 모든 것은 꿈이었지요. 한없는 장래를 꽃다웁게 꿈인 줄 알았던 우리 두 사람은 그 가운데 약수 삼천리, 깊고 또 깊고, 길고 또 긴 강물이나 막힌 듯이 서로 만나 보지 못하게 된 것도 모두 다 한 세상 났다가 살아가는 우리 사람의 한때 운명이지요.

영철 씨, 영철 씨, 영철 씨. 저는 또다시 영철 씨의 가슴에 고개를 대고 영철 씨 하고 부끄러운 듯이 불러 보고 싶지마는 그것도 또한 한 개의 공상이 되어 버렸나이다. 영철 씨, 저는 또 무엇이라 하지 않으려 하나이다. 다만 시골에서 올라오시어 제가 이 세상에 있지 않은 줄을 아시거든 적막하고도 쓸쓸한 묘지에 새로이 생긴 붉은 흙이 덮인 무덤 위에 영철 씨의 따뜻한 눈물일지라도 한 방울 떨어뜨려 주세요.

109회 여기까지 쓰다가 설화는 종이로 얼굴을 가리고 고개를 틀어 박으며 미칠 듯이 울었다. 그러다가는 또다시 썼다.

영철 씨, 그리고 그 무덤 속에 소리없이 누워 있는 설화는 세상에 났던 불쌍한 사람 중의 한 사람이었다는 것을 알아 주세요. 그리고 영철 씨를 사랑하는 한 사람으로 알아 주세요. 저의 몸은 비록 지금 사라져 없어지지마는 저의 가슴에 맺힌 사랑의 씨는 영원토록 영철 씨를 위하여 무궁한 세월과 함께 언제든지 사라지지 않을 것을 알아 주세요. 영철 씨, 저는 가나이다. 그러면 이후 언제든지 저 세상에서 반갑게 만나 뵈올 것만 한 자락의 즐거움으로 저는 영원히 가나이다.

아! 영철 씨, 저는 가나이다.

이영철 씨!

김설화 재배

라 썼다. 그리고 그것을 정성스럽게 착착 접어서 자리 밑에다가 넣고 한참이나 멀거니 담벼락만 바라보고 있었다.

이 세상 모든 것이 공허함을 깨닫고 무의미함을 깨달은 설화는 영철과 자기 사이에 또다시 옛적과 같은 아름다운 사랑의 꽃다운 생활을 아무리 생각하여도 갖지 못할 것을 깨달은 그는 자기 마음속에 감추고 감춰져 있는 사랑을 죽음으로써 영철에게 호소하는 수밖에 없음을 깨달았다. 그리고 죽어 묻힌 자기의 쓸쓸한 무덤이 비록 아무 말은 하지 않을지라도 영원한 침묵 속에 자기가 품고 있던 귀하고 또 귀한 사랑의 애끓던 정을 영철에게 애소할 수 있음을 깨달았다.

그는 한참이나 멀거니 앉아 있었다. 그러다가 갑자기 무슨 생각이 홱 그의 머릿속으로 스쳐 지나가는 것을 깨달았다. 그리고 떨리는 손으로 자리 밑에 접어 넣은 그 유서를 다시 꺼내어 눈으로 한참 들여다보다가 힘없이 그 옆에 놓여 있는 성냥을 들어 그 종이 한 귀퉁이에 불을 붙였다. 얄따란 종이는 조금도 주저함이 없이 올라붙는 불꽃 속에 춤추는 까만 재가 되어 설화의 흘린 눈물 흔적과 함께 사라져 없어져 버렸다.

아, 설화는 이 세상 모든 것을 잊어버리고 죽음으로 돌아가면서 오히려 공연한 이 세상에 미련을 남겨두는 것이 참으로 어리석음을 그 순간에 깨달았다.

설화는 죽는다. 영원한 우주의 아무 소리 없는 침묵 속에 차디차게 안긴다. 죽음에는 다만 죽음이 있을 뿐이다. 그리고 아무 희망이나 요행이 그 죽음을 더 아름답게 하지 못하며 꽃답게 할 수 없었다. 아니, 아니, 아름다움이나 꽃다움이라는 것이 조금도 그 죽음이라는 것을 간섭할 수 없었다.

시계가 차디찬 새벽 공기를 울리고 2시를 쳤을 때에 목맨 설화의 죽음을 아랫목 요 위에 하얀 이불로 덮어 놓았는데 그 옆에서는 그의 어머니가 넋을 잃고 울고 동리집 홰에서는 세월이 또 있음을 길게 부르짖는 닭의 소리만 가늘게 들리더라.

＊　　＊　　＊

날이 밝은 그 이튿날 남대문 정거장 부산으로 향하여 가는 급행 열차 이등차에는 영철과 정월과 선용 세 사람이 나란히 앉아 있을 뿐이었다.

배웅 나온 사람으로는 선용의 육촌 누이 경희 한사람이 수건으로 참으려 하여도 참을 수 없는 눈물을 씻고 섰을 뿐이요, 아무도 있지 않았다.

정월은 기차가 떠나갈 시간이 되어 가면 되어 갈수록 가슴속이 불안함을 깨달았다. 그는 때때로 차창 밖을 내다보며 누구인지 오기를 기대하였다.

기차가 움직거리기를 시작할 때 경희는 수건을 휘둘러 편안히 가기를 축수하고 선용은 모자를 휘둘러 잘 있기를 빌었다.

정월은 그때 섭섭한 기색을 얼굴에 띠고 자기 오라버니를 쳐다보며,

"그이는 어째 안 왔을까요?"

하며 좋지 못한 얼굴을 한다. 정월은 자기 남편인 백우영을 만나 보지 못하고 떠나가는 것이 섭섭하였다.

기차가 대전 정거장에 이르기까지 정월과 영철과 선용 사이에는 별로 담화가 교환되지 않았다.

이제는 영철과 정월이 선용을 떠날 때가 되었다. 기차가 점점 점점 가만히 정지하기를 시작할 때 선용과 정월과 영철 세 사람은 분주히 일어나면서도 서로서로 얼굴을 유심히 들여다보았다. 정월의 얼굴에는 거의 울듯울듯한 기색이 보이며 다만 그 기차가 완전히 정지하는 시간이 너무 속한 것을 애달프게 생각하듯이 머뭇머뭇 주저주저한다.

그러나 기차는 섰다. 영철은 선용과 끓는 피가 돌아가는 손을 단단히 마주잡았다. 그리고 엄연하고 비창하고 우정이 스며나오는 듯한 얼굴로 서로 바라보았다.

"그러면 자주자주 편지나 하게."

하고 영철은 선용의 손을 놓고 바깥으로 나간다. 선용은 고개를 숙이고 무엇을 생각하는 듯이 영철을 쫓아 나가며,

"또 언제나 만나볼는지 알 수 없겠네그려."

하고 또다시 정월을 바라보았다. 정월의 두 눈에는 어느덧 반짝반짝하는 눈물이 고여 있었다.

110회 세 사람을 싸고 있는 공기는 다만 고요한 침묵 속에 바르르 떨 뿐이었다.

기차는 또 떠나간다. 다만 선용 한 사람이 남아 있는 듯이 쓸쓸한 기차는 또 떠나간다.

창 밖에 서 있는 영철과 정월은,

"잘 가게."

"안녕히 가세요."

하고 애끊는 떠남의 인사를 할 때 선용은 다만 모자를 내흔들며,

"잘 있게."

"안녕히 계시오."

하고 아무 소리 없이 두 사람을 바라보았다.

정월은 선용이 탄 기차가 점점 멀리 가면 멀리 갈수록 뜨거운 눈물을 더욱더욱 흘리며 쫓아갈 듯이 선용만 바라보고 섰다.

선용의 눈에는 눈물이 나지 아니치 못하였다. 그는 인생의 모든 비애를 혼자 차지한 듯이 한없이 울고 싶었다.

죽기보다도 어려운 것은 애인을 이별하는 것이다. 그러나 선용과 정월은 사랑의 희망을 다른 막막하고 보이지 않는 곳에 두고 언제 만날지도 모르고 영원히 떠나간다.

다른 애인 같으면 장래에 닥쳐올 꽃다운 생활을 한줄기의 희망으로 오히려 쓰린 가슴을 위로하겠지만 선용과 정월은 아무것 하나 희망이 없는 이별을 하는 것이다. 병에 구박驅迫: 못 견디게 괴롭힘을 당하여 산간수변山間水邊 정처없이 떠돌아다니는 정월이며 만날는지 못 만날는지 알지도 못하는 그 여학생을 쫓아가는 선용이다.

"안녕히 가세요."

"안녕히 계세요."

하며 목멘 소리로 떨어지지 않는 입을 열어 애끓는 인사를 할 때 선용은 또다시 그 일본 동경 정거장에서 기차를 따라오던 여자를 생각하고 그 여자에게 보냄을 당한 청년을 한없이 부러워하였으나 지금 자기가 똑같은 정거장에서 같은 애인에게 보냄을 당할 때에 그 보냄을 당하는 것이 한없이 쓰리고 미칠 듯이 비애로운 것을 비로소 알게 되었다.

점점 점점 작아가는 기차 그림자는 사라졌다.

이것을 바라보고 섰던 정월은 힘없이 영철의 팔목에 고개를 대며,

"오라버니, 어떻게 하면 좋을까요?"

하고 괴로운 가슴을 쥐어짤 듯이 눈물을 흘리며 가까스로 영철에게 끌려 정거장에 나섰다.

그러고는 다시 푸른 하늘에 한줄기 연기가 떠도는 저쪽을 다시 돌아다보았다. 저쪽 산모퉁이를 돌아가는 기차 소리만 가늘게 뛰— 할 뿐이다.

*   *   *

영철과 정월을 실은 목포 가는 기차는 줄기차고 세차게 서남으로 향하여 간다.

기차가 산골짜기를 돌아나가는 컴컴한 굴 속을 지나갈 때 정월은 지금 자기가 어디로 가며 무엇하러 가는지를 알지 못하였다. 다만 몇 시간 동안 자기의 몸을 기차에게 맡겼으니까 그 기차가 실어다 주는 곳까지 가나 보다

하는 몽롱한 의식이 그의 머리를 채우고 있을 뿐이다.

그는 어제까지 1천 년 전 백제의 옛 도읍이던 부여를 구경할 것이 무슨 무한하고 기꺼운 희망을 자기 눈앞에 갖다 놓는 듯하여 부질없이 기꺼운 마음을 진정치 못하면서 백마강 낙화암의 아름답고 꽃다운 이름만 입으로 외며 가보지 못한 그곳만 머릿속에 마음대로 그려보았더니 남대문 정거장에서 자기 남편인 백우영이가 불쌍하고 가련한 자기가 다만 며칠 몇 달일지라도 몇백 리 바깥으로 떠돌아가는 것을 와서 잘 다녀오느라 말 한마디 하여주지 않던 것을 생각하고 대전 정거장에서 언제 만날지 생전 만나 보지도 못할는지도 알 수 없이 떠나는 선용을 보낼 때 자기 마음이 미칠 듯이 섭섭함을 깨달은 그때부터 그는 모든 것이 공연한 것 같고 모든 것이 무미함을 알게 되었다.

그는 자기가 지금 왜 이 기차에 몸을 실어 어디로 무엇하러 가며 가서는 무엇하며 가야 할 필요가 어디 있는가 하였다.

그는 백우영이가 자기를 정거장까지 나와 주지 아니한 것이 자기를 냉대하는 것같이 생각되며 자기가 시골로 떠나는 것이 시원해하는 것같이 생각되며 백우영을 야속하게 생각하는 동시에 자기의 파경의 원망을 생각하여 보기까지 하였다. 그러나 정월은 자기 마음에서 일어나는 모든 의심을 힘있고 굳세게 부인하려 하였으며 내리누르려 하였다.

그리고 온 정신에까지 힘을 주어 진저리치듯 온몸을 떨었다. 그러나 그타 일어나는 의심과 누르려 하는 도덕적 양심이 싸우는 그의 머릿속과 가슴속은 그리 편치는 못하였다. 그리고 또 한편으로는 가슴속에서 타오르는 선용을 생각하는 눈물이 날 듯하고 가슴이 쓰린 듯한 애모의 정이 그의 모든 희망과 호기를 불살라 버렸다.

111회 그리고 그는 비로소 오늘날에 자기가 한낱 박행薄幸한 여자로구나 하였다. 처녀 때에는 자기가 미인이라고 스스로 자랑하던 그는 오늘에 와서는 자기의 박행을 생각할 때 그 미인이란 말을 생각해 보기만 하여도 눈물이 날 듯이 마음이 섭섭한 듯하고 애달픈 듯하였다. 그리고 또다시 처녀시대로 돌아가 보았으면 하는 생각이 났다.

그는 자기 옆에서 자는지 무엇을 생각하는지 눈을 감고 고개를 뒤에 기대고 고요히 앉아 있는 자기 오라버니의 얼굴을 한참이나 들여다보았다. 정월은 자기 오라버니의 얼굴을 들여다볼 때마다 회색의 근심스러운 듯한 빛이 가만가만 살금살금 돌아가는 것으로 보아 언제든지 흐릿한 의심을 품고 있었으나 오늘 지금 이 기차 안에서 그 얼굴을 들여다볼 때에 그는 또 무엇인가 분명히 깨달은 것이 있는 듯 그의 머리가 갑자기 환하게 밝아졌다 다시 컴컴하여지는 듯하였다.

그는 몇십 일 전에 기생 설화를 속이던 것이 생각되며 또는 자기의 마음과 비추어서 설화와 자기 오라버니의 마음을 알게 되었다. 그리고 그 근심스러운 얼굴을 억지로 펴려고 애쓰는 자기 오라버니의 가슴속의 괴로움을 혼자 마음속으로 가만히 동정하였다.

그러나 어질고 착하다는 정월은 자기 오라버니를 위하여 두 사람 중의 하나인 설화를 속인 것이 자기의 양심을 기꺼웁게 함을 깨닫기는 하면서 그것이 또한 죄악인 것을 깨닫지는 못하였다.

기차는 어느덧 두계豆溪 정거장에 닿았다. 역부의 '두계 두계' 하는 소리가 고요한 시골의 가만한 공기를 살살하게 울릴 때 영철은 어느덧 감았던 눈을 뜨고 기차 창 밖을 내다보며,

"벌써 두계인가?"

하였다.

기차는 또 떠나간다. 오른편 저쪽에 있는 시꺼먼 산이 슬슬슬슬 떠나가는 듯하였다. 영철은 정월을 돌아다보며,

"저 산이 계룡산이란다."

하며 그 검은 산을 가리켰다. 정월은 무슨 수지격이나 듣는 듯이 빙그레 웃으며,

"네, 그래요?"

하며 다시 그 산을 쳐다보았다. 그러나 그 거무스름하고 울퉁불퉁한 산이 서울에서 보던 회색빛의 삼각산이나 송음이 울울창창한 남산같이 다정스러운 듯하거나 품에 안길 듯 그립지는 못하고 다만 옛날 장사壯士의 시꺼먼 털이 거칠게 난 팔뚝과 같이 위엄 있고 굳세고 보기 싫게만 보일 뿐이다. 그러나 계룡산이란 조선의 명산이라는 것을 학교 다닐 때 지리시간에 선생에게 배워 들은 정월은 저 산속에는 절도 많고 물도 좋으려니 하였다.

그리고 송낙 쓰고 지팡이 짚고 한가한 걸음으로 산모퉁이를 돌아가는 여승의 그림자가 보이는 듯하였다. 그래 자기도 이 세상 모든 부질 없는 데 얽매인 것을 한꺼번에 끊어 버리고 구름 같은 검은 머리칼을 썩뚝썩뚝 깎아 버리고 죽장망혜로 산속에나 들어가 애달픈 일생을 한가히 지내 보는 것도 좋으려니 하여 보았다.

그러다가는 또다시 부질없는 공상이 그의 머리에 떠올랐다. 그렇게 자기가 여승이 되어 어떤 암자에서 한적한 세월을 보낸다 하자. 그러다가 몇 해가 지났는지 세월이 간 때, 일본 간 선용이가 유명한 문학자가 되어 조선의 유명한 명산 대찰을 구경하려고 자기가 있는 그 암자를 지난다 하면 그때에 나는 무엇을 하고 있다고 할까? 맑게 흐르는 샘 옆에서 물을 뜨고 있다고 하자. 그래 선용 씨가 나인 줄을 알지 못하고 목이 말라 물을 조금 청한다 하면? 나도 오래간만에 그를 보고 그이도 내가 그렇게 되어 있을 줄은 알지 못하므로 그대로 지나가는 한낱 나그네 모양 그대로 지나가 버릴 테지! 그러면 만나고도 서로 알지를 못할 것이지 하니까 다시 말할 수 없는 안타까운 생각이 났다.

그러다가 정월이 조금 정신을 차렸을 때에 자기가 이때껏 생각한 것이 한낱 공상에 지나지 못한 것을 생각하고 혼자 생긋 웃었다. 영철은,

"무엇이 그리 우스우냐?"

하고 따라서 웃음을 지으며 물어보았다. 정월은 다만,

"아녜요."

할 뿐이었다.

112회 정월은 그동안 잠깐 잠이 들었다 깨었다. 얼마 아니 되어 기차가 넓고 넓은 벌판으로 달아난다. 영철은 흥분이 되어서,

"여기다. 여기다." 하였다.

"여기사 황산벌이란다. 옛날에 백제가 망할 때에 당나라 장수 소정방이 신라 김유신과 힘을 합하여 부여성을 쳐들어오매 백제 장수 계백이 다만 군사 5천 명을 거느리고 이 황산벌에서 싸울 때에 계백이 말하기를 한 나라 사람으로 당나라와 신라의 대병을 당하게 되니 나라의 존망은 알 수 없으나 나의 처자가 원수의 종이 되거나 또는 그 욕을 당하는 것은 죽는 것만 같지 못하다 하고 마침내 처자를 제 손으로 찔러 죽이고 이 땅에 진을 치고 당나라와 신라의 군사를 맞아 사십四十합이나 싸우다가 힘이 다하여 죽었다는 곳이란다."

하고 감구感舊의 회포가 그의 얼굴에 가득하여 거친 벌만 바라본다.

"네— 그래요."

하고 정월은 고개를 끄떡거리더니 또 한 번 바깥을 내다보았다.

정월이 이 소리를 들은 후에는 참으로 의기의 마음이 가슴을 버티는 듯하더니 뉘엿뉘엿 넘어가는 저녁해가 붉게 비친 이 옛 전장에 시석矢石의 나는 소리와 달리는 말굽 소리가 천여 년의 세월을 지난 지금에도 오히려 들리는 듯하고 보이는 듯하다. 그러다가는 다시 그 쓸쓸하고 거친 벌판을 또

자세히 내다볼 때에는 부러진 칼을 옆에다 끌고 처자의 혼백을 찾아 정처없이 헤매는 옛 장수 계백의 원망을 품은 혼이 푸른 공중에서 힘없이 돌아다니는 것이 보이는 듯하였다.

그리고 또다시 몇인지 그 수를 알 수 없는 뜻 있는 나그네가 이 거칠고 보잘것없는 벌판을 지날 때마다 애끓는 옛 생각과 안타까운 눈물로써 그 외로운 혼백을 조상하여 주었으렷다 하였다. 그리고 또 이후 몇백 몇천의 길고 긴 세월을 두고 그와 같이 아름다운 조상을 받으렷다 하였다.

그리고 또 만일 그때에 그 계백이 그대로 죽기만 하였더라도 지금 그와 같은 애끓고 안타까운 눈물의 조상을 받지는 못하려니 하였다. 자기의 사랑하는 처자를 자기 손으로 찔러 죽여 그 뜨겁고 붉은 피가 묻어 흐르는 칼을 그대로 들고 싸우다가 죽었으므로 오늘날 그의 죽음이 아름다운 죽음이라는 것이겠지 하였다.

정월은 비로소 죽음에도 아름다운 죽음이 있음을 알았으며 또한 역사라는 것은 죽음의 기록이 아닐까 하였다.

기차는 논산에 닿았다. 그날은 그곳에서 지냈다.

이튿날 아침 풀끝에 맺힌 이슬이 사라지기도 전에 영철과 정월은 자동차로 부여를 향하여 떠나갔다.

그전 같으면 심신의 피로함을 많이 깨달았을 텐데 정월은 오늘에 한적한 시골의 회색 안개를 헤치고 떠오르는 붉은 햇발이 즐겁게 모든 것을 내리비치는 것을 볼 때 그의 마음은 부질없이 흥분이 되어 그리 고단하거나 피로함을 깨닫지를 못하였다.

자동차는 달려간다. 다만 정월과 영철을 실은 자동차가 물이 괸 논도랑을 지나고 깎아지른 산비탈을 돌아가고 나무가 옆으로 늘어진 곧은길을 달려가고 회색 연기가 자욱하게 오르는 초가집 동리를 돌아보고 서늘한 바람을 헤치며 힘차게 달려간다.

정월은 붉은 흙이 덮인 먼 산을 바라보며 아무 소리도 들리지 않는 벌판을 내다보고 깨어진 질그릇 조각을 덮은 조그마한 촌가를 볼 때 마치 자기가 몇천 년 전 옛날에 살아 있는 듯한 생각이 난다. 그리고, 무어라 말하기 어려운 가슴이 뭉클하고 푸르스름한 감구와 감상의 몽롱한 감정이 그의 가슴에 가득 차 있을 뿐이다.

그럴 즈음 어느덧 성평, 광평, 원봉, 석두의 여러 다리를 지나서 증산교를 지나 골짜기 하나를 나서니 행로가 잠깐 구부러져 원형을 그린 듯하다. 능산교를 지나가니 능산리라.

길 옆 한모퉁이에 석곽石槨이 많이 노출되어 있다. 이것은 백제 공후장상公侯將相의 무덤이라 한다.

당시의 부귀와 화사가 쓸쓸한 산모퉁이의 우툴두툴한 흙덩이 속에 바람에 씻기고 눈비에 갈리어 다만 헐벗은 비렁뱅이 옷과 같이 여기저기 아무렇게나 비죽비죽 내밀려 있고 귀하고 위엄 있던 육체가 누워 있던 그 관 속은 앙상한 촉루해골나마 어디로 갔는지 한 귀퉁이가 깨어지고 부서져 으스스하고 보기 싫게 쾅 뚫려 있을 뿐이다.

정월은 이것을 볼 때 짧고 짧은 인간으로 태어났다 사라지는 그 사이에 때없이 변하고 덧없이 바뀌는 인생의 무상을 아니 느낄 수가 없었다.

그리고 또다시 부귀와 영화를 혼자 누리던 공후장상도 죽어지면 산 한 모퉁이 귀떨어진 바위 옆의 흙덩어리가 되어 이리 구르고 저리 굴러 비에 씻기고 바람에 불려 어디로 갔는지 간 곳도 모르게 사라져 없어진 것을 생각하고 보지도 듣지도 못한 그 옛날을 생각해 보매 인생이란 그러하구나 하는 생각이 났다. 그리고 또다시 역사란 죽음의 기록이 아닌가? 하였다.

또다시 월경, 오산, 금성의 여러 다리를 건너 백제의 왕릉을 지나 사자성 동문터로 들어갔다.

<u>113회</u>　　그 이튿날 아침 영철과 정월 두 사람은 그의 친구 이봉하의 집에서 아침밥을 먹고 부여 옛성의 고적과 경치를 구경하러 나갔다.

먼저 평제탑에 왔다. 석조^{夕照}가 아니라 오정이 채 못 된 뜨거운 아침이었다.

거친 여름 풀이 터도 없는 왕흥사^{王興寺} 넓은 터를 채우고 있는데 아침 저녁 들려오던 땡땡 하던 절 종 소리는 구름 밖에 영원히 사라졌는지 한없는 우주에 가득 한 에테르를 가늘게 울리면서 자꾸자꾸 멀리멀리 가는지 다만 물 끝으로 지나가고 지나오는 가는 바람에 연하게 떨리는 소리가 정월의 서 있는 구두 끝에서 바슬바슬할 뿐이다.

정방^{定方}이 백제의 옛 천지를 한칼에 쑥밭을 만들어 버리고 백강의 푸른 물을 붉은 피로 물들이더니 정방이 한번 그의 육각^{肉殼}을 땅 속에 장사하매 지금 남은 것은 다만 쓸쓸하고 거친 부여 옛터의 서너 조각 돌덩이가 오고가는 바람에 씻겨 떨어지는 석양의 술취한 햇빛만 쉬지 않고 비칠 뿐이다.

세 사람은 다시 발을 돌이켜 부소산을 향하여 갔다. 영월대^{迎月臺}와 군창^{軍倉}의 옛터를 지나 푸른 소나무 사잇길로 사자루를 향하여 걸어갔다.

정월은 가만한 시골의 가는 바람과 연하고 부드러운 고도^{古都}의 공기가 일종의 감상 추억의 그윽한 회포를 자아내는 동시에 모든 피곤함을 잊어버릴 만한 흥분을 그의 식어 가는 핏속에 다시 불질러 주는 듯하였다.

그는 그저께 대전 정거장에서 선용을 떠나볼 때에 그의 가슴에 받은 애끓고 섭섭한 비애가 그날 종일 또 그 이튿날 종일 그의 마음을 못 살게 굴더니 오늘은 웬일인지 처녀가 장래를 공상하는 듯이 즐거운 희열을 깨닫는 듯하였다. 그리고 따뜻한 볕이 좁은 산길을 내리비치어 반짝반짝 하는 모래 위에 비쳐 있는 자기의 틀어 얹은 머리 그림자와 자기 전신의 검은 윤곽이 웬일인지 자기의 마음을 만족시키는 무엇이 있었다.

그는 달음질치고 싶었다. 멀리 쳐다보이는 사자의 높은 누각이 자기를 부르는 듯하고 그 아래 꽃 같은 궁녀가 귀여운 몸을 그 왕을 위하고 나라를 위하여 깊은 사자수泗泚水: 사비수의 잘못에 덤벙 던졌다는 그 낙화암이 얼른 보고 싶었다.

정월은 만일 자기 옆에 자기 오라버니와 자기 오라버니의 친구가 있지만 않으면 하나 둘 셋을 부르고 줄달음질하여 거기에 달려가고 싶었다.

정월과 영철과 봉하, 세 사람은 상긋한 소나무 냄새와 누르스름한 흙냄새를 맡으며 사자루로 향하여 갔다.

조금 있다가 땅에 비친 정월의 그림자가 희미하여지더니 뜨겁고도 따뜻하던 햇빛이 금세 거무스름하여진다. 정월은 아주 유쾌치 못하였다. 그래 눈살을 찌푸리고 하늘을 쳐다보았다. 시꺼먼 구름 한 덩어리가 눈부신 해를 심술궂게 가리어 버렸다. 여태까지 푸른 수정빛 같은 하늘빛이 온 공중을 물들이던 것을 아주 답답한 검은 빛으로 변하여 버렸다.

정월의 그 즐겁고 경쾌하던 마음은 그 햇빛을 가리는 그 시간에 아주 답답하고 캄캄하게 만들어 놓았다. 그는 다시 모든 것이 싫은 듯하고 공연히 성가신 듯한 생각이 났다. 그리고 또다시 마음껏 울고 싶을 만큼 비애로운 생각이 났다.

그녀는 그 답답하고 컴컴하고 성가신 듯하고 비애로운 생각이 가슴속에 뭉쳐 있는 동안에 또다시 자기가 지금 어디를 가며 무엇하러 가나? 하는 생각이 났다.

그리고 1천 년 전 옛날에 아홉 겹九重 궁궐 속에서 임금님의 사랑을 받아 가며 꿀맛 같고 취몽 같은 생활을 하여 가던 어여쁜 궁녀들이 캄캄한 어두운 밤에 연한 발에 신도 신지 못하고 얇은 홑옷 하나만 몸에다 두르고 원수들의 욕을 면하기 위하여 불붙는 궁궐을 빠져나와 시금 바로 사기가 걸어가는 이 길 위로 발에 피를 흘리면서 거꾸러질 듯이 도망하여 가던 것이 보이는 듯하고 그 모래가 깔린 길바닥에 연한 발이 터지고 올크러져 뚝뚝 떨어진 핏방울이 여태껏 남아 있는 듯하였다.

114회 정월은 다시 오던 길을 돌아보았다. 그리고 자기가 왜 가고 무엇하러 가는지 알지 못하는 앞길을 바라보았다.

그리고 그 불붙는 궁궐에서 애처로이 우는 소리를 내며 원수에게 쫓기어 임금님은 어디고 가신지도 모르고 쫓겨가는 그 궁녀들과 같이 자기도 지금 그 무엇에 쫓겨 지금 이 눈물 깊은 이 길로 쫓겨가는 것이나 아닐까? 하였다.

그녀는 어느덧 사자루에 왔다. 영철은 모자를 벗어들며 다만,

"아— 시원하다."

할 뿐이다.

여태껏 봉하고 영철하고 여기까지 걸어오며 역사에 대한 이야기와 이 시골 고유한 풍습과 경치를 말한 것이 많지마는 정월의 귀에는 하나도 들리지 않았다.

정월은 사자루 꼭대기 누각으로 올라갔다가 다시 내려왔다.

그리고 다시 동쪽 하늘을 바라보았다. 망망한 넓은 들에는 수채화를 그린 듯한 갓 익은 보리밭에 누르스름하고 푸르스름한 보리밭 고랑의 그은 듯한 줄기가 이리 가고 저리 갔을 뿐인데 지평선이 보일 만큼 넓지는 못하나 멀리멀리 허리 굽은 산등성 머리 위에는 뭉게뭉게 눈같이 흰구름이 눈부시게 피어 올라올 뿐이다.

정월은 동쪽 하늘을 쳐다볼 때마다 선용을 생각하였다. 보이지 않는 선용이 저 구름 밑에는 있으려니 하였다. 그래서 너무 고요하고 한적한 그곳을 생각을 하니 고함을 질러 "선용 씨" 하고 부르짖으면 그 목소리가 그 넓은 벌판을 울려 가서 그 흰구름 밑에 있는 듯한 선용의 귀에 들릴 듯하였다.

그러면 선용이가,

"네. 나는 여기 있습니다."

하고 대답을 하여 줄 듯하다. 그리고 또 아무도 없으면 기껏 울어라도 보고 싶었다. 그러나 그것도 또한 되지 않을 일이라는 인식이 그의 마음 한 귀퉁이에서 밉살스러운 듯이 조소를 하자 그는 공연히 그 옆에 있는 사람들에게 트집을 잡고 싶었다.

백마강 푸른 물은 사자루 낙화암을 돌아 미끄러지듯이 수북정水北亭을 거쳐 부여성을 에워싸고 흘러간다.

사면을 돌아보니 7백 년 창업이 초동 목수의 피리 소리에 부쳐 있고 구리기둥 구슬 발은 재마저 남겨 놓지 않고 사라져 없어졌다.

정월은 고란사皐蘭寺로 향하여 내려가려 하였다. 길은 꼿꼿하고 미끄러질 듯이 내리질리었다. 그리고 바위는 험상스럽게 내밀려 있다. 정월은 발을 구르며 팔을 벌리고 서서,

"에그, 여기를 어떻게 내려가요. 저는 못 가겠어요. 저는 도로 올라가요."

하며 도로 올라가려 한다.

영철과 봉하는 그대로 웃고 서서 내려오다가 도로 가려는 정월을 쳐다보고 섰다.

"내려와. 그대로 가다니? 낙화암은 보지 않고 갈 테야?"

정월은 낙화암이 보고 싶었다. 그러나 그 험한 길을 내려가기는 싫었다. 정월은 다시 올라가던 발을 멈추고 자기 오라버니만 바라보다가 어리광 부리고 원망하듯이 미소를 띠며,

"그렇지만 내려갈 수가 있어야지요. 험한 데를…" 하다가는,

"그러면 저를 붙잡아 주세요. 자요, 자요."

하며 영철에게 안길 듯이 두 팔을 벌리고 서 있다. 백마강의 푸른 물은

눈앞에서 어른어른한다. 영철은 다시 올라와 정월의 손을 잡고 가만가만 끌어내린다.

바윗길은 깎아지른 듯하다. 정월은 냉수나 퍼붓는 듯이 느끼는 것처럼 "에그머니 에그머니"를 부를 뿐이다. 낙화암 위로 가는 길을 내어 놓고 고란사로 통한 좁은 언덕길을 내려간다. 정월은 겨우 발이 붙을 만한 곳에 와서는 시원도 하고 그 옆에 있는 봉하가 부끄럽기도 한 듯이 한숨을 내쉬고 고개를 내리깔며 얼굴이 불그레져서 생긋 웃었다.

고란사에 내려왔다. 조룡대가 보인다. 옛날 고란사에는 고란이 전과 같이 맑은 샘물 위에 푸르게 나 있고 조룡대 옛 바위는 주인을 볼 수 없다. 절에서 잠깐 쉬고 맞추어 놓은 배를 기다려 타고 백마강 푸른 물에 둥실둥실 떴다.

115회 낙화암이 눈앞에 보인다. 거친 풀이 군데군데 나 있는 바위 아래에는 검푸른 물결이 여울져 흘러간다.

정월은 낙화암을 쳐다보았다.

거친 바위에는 아지랑이 같은 궁녀의 홑치맛자락이 여태껏 걸려 있어 가는 바람에 가볍게 흘날리는 듯하고 검은 머리에서 뚝 떨어지는 옥차 소리가 아직까지도 낭랑 정정히 들리는 듯하다.

그리고 옥 같고 대리석같이 고운 살이 올크러지고 터져서 빨간 피가 지금도 흐르는 듯하다. 그리고 그 푸른 물 속에는 아직까지도 그 머리칼이 어른어른하고 고운 육체의 부드러운 윤곽이 선명이 보여 궁녀들의 죽음이 떠나가지 않고 그대로 떠 있는 듯하다.

아, 말 없는 낙화암에 두견의 피가 얼마나 흘러 있고 넘어가는 석양은 몇 번이나 붉었는가? 고란 옛 절의 녹슨 풍경 소리만 오고가는 바람에 한가히 울 뿐이다. 정월은 옛날에 죽은 궁녀들이 여태껏 살았구나 하였다. 그 몸과 그 혼은 사라져 없어졌으나 몇만 사람의 몇천의 뜻이 있는 손이 이곳을 지날 때마다 1천여 년 전 옛날에 이곳에서 죽은 그 궁녀를 각각 그들 머릿속에 그려 볼 것이며 그를 위하여 가는 창자를 끊으리라 하였다.

그리고 자기도 오늘 그 궁녀를 위하여 애끓는 생각을 하며 뭉클한 감상을 맛보는구나 하였다. 그리고 이후 몇 해 후에 일본 간 선용 씨도 이곳을 구경타가 나와 똑같은 감상을 맛보려니 하였다.

그러다가 선용을 생각하니 어째 다시금 마음이 좋지 못하며 그립고 원망스러운 생각이 났다.

그리고, 이후 몇 해 후에 선용 씨가 이곳을 지날 때 몇천 년 전 옛날에 죽어간 궁녀는 생각할지라도 오늘 이 자리를 거쳐 간 이 정월은 생각하지를 못하렷다 하였다.

배는 천천히 떠나간다. 갑자기 찬바람이 홱 치고 지나간다. 정월은 갑자기 그 바람을 마셔 기침이 시작된다. 자꾸자꾸 복받친다. 그는 가슴을 쥐어짜는 듯하였다. 뱃전에 쪼그리고 앉아 가래침을 토하였다. 각혈이 자꾸자꾸 된다. 새빨간 피는 물 위에 떨어졌다. 그리고 가만히 퍼져간다.

정월은 가슴이 괴롭고 아프면서도 그 피가 물 위에 떨어지는 것을 보고 선용을 생각하였다. 그리고 붉은 피는 사라지지도 말고 흐르지도 말았으면 하였다. 언제든지 언제든지 이 아름다운 이름을 가진 낙화암 아래 떠돌다가 몇 해 후에든지 이곳으로 선용을 실은 배가 떠나갈 때 이 붉은 피를 보고 내가 여기 다녀갔던 것을 알아주었으면 하였다.

그러다가 그 피가 실오라기처럼 되어 점점 가라앉아 버리는 것을 보고 그대로 그 피를 붙잡으러 물 속으로 들어가고 싶었다.

영철은 파랗게 질린 정월의 얼굴과 사라져 없어지는 그 붉은 피를 번갈아 보며,

"인제는 좀 괜찮으냐?"

하고 고개를 기웃하고 물어본다.

"네. 괜찮아요"

하고 정월은 가까스로 대답을 하였다. 그러나 그의 머리에는 아직까지도 그 선용을 생각하는 마음과 사라져 없어지는 붉은 피의 생각이 떠나지를 않았다.

그는 고개를 바로하고 찡그린 얼굴로 사면을 둘러보았다. 그리고 아무 소리가 없었다. 돌아다보니 옛것이 아니건만 부소산 꼭대기에 외로이 서 있는 사자루의 외로운 그림자가 구름 밖에 떠돌아 공연히 섭섭한 회로를 던져준다.

이때 측은한 얼굴을 하고 있는 봉하가,

"오늘이 음력 며칠인가?"

하였다. 영철은,

"열흘이지." 하였다.

"그렇지 열흘이지. 그러면 우리 며칠 있다가 달 떨어지는 것 구경을 가세."

"그것 참 좋은걸."

"좋고 말고. 푸른 달이 은싸라기를 홱 뿌린 듯이 번득거리며 물 속으로 가라앉는 것은 참 좋아."

"그러렷다, 참 좋으렷다."

하는 소리를 정월은 그 옆에서 들었다. 그리하여 그 얼마나 델리킷함을 상상할 수가 있었다. 흡사 푸른 스피릿(精)의 시체가 가라앉는 것 같으리라 하였다. 그리고 그것이 얼른 보고 싶었다. 그리고 그때 그 달 떨어질 때에 그것을 보는 듯이 자기 머릿속에 추상을 하여 보았다.

온 강물 위는 아주 고요하렷다. 작은 별들은 눈이 부실 듯이 깜박깜박하렷다. 은하는 더욱 맑게 보이렷다. 또 푸른 달빛은 온 세상을 천사의 흩옷 같은 빛으로 물들이렷다. 먼 산과 가까운 수풀은 회색빛에 싸여 희미하게 보이렷다. 저편 마을 집 뚫어진 창으로 새어나오는 불빛만이 붉게 보이렷다. 그리고 잔잔한 물결이 가볍고 가늘게 춤을 출 때 그 속으로 그 푸르고 찬 달이 스스로 들어가렷다. 이 얼마나 아름다운 경치일까? 무엇이라 말할 수가 없으렷다 하였다.

배가 자꾸자꾸 슬렁슬렁 떠나간다. 자온대自溫臺, 수북정水北亭을 구경하였다.

116회 그날 저녁이었다. 세 사람은 10시가 넘도록 서로 앉아서 이 이야기 저 이야기 시간 가는 줄도 모르고 이야기를 한다.

정월은 그전보다 그리 졸음을 깨닫지는 못하였으나 몸이 조금 피로함을 깨달았는지 두 사람의 얼굴만 번갈아 쳐다보다가 한 손을 입에 대고 가만히 하품을 하였다. 봉하는 하던 이야기를 뚝 그치며,

"졸리신가 봅니다그려."

하며 여자라 하는 수 없다는 듯이 쳐다보다가 무엇을 결심이나 한 듯이 영철을 보고,

"그러면 나는 안방으로 건너가겠네. 일찍이 쉬게."

하고 벌떡 일어나 안방으로 건너가려 하니까 정월은 그래도 내가 꽤 튼튼하다는 것을 자랑하고 싶은 듯이,

"무얼요, 괜찮아요. 더 앉아서 노시다가 건너가시지요."

하기는 하였으나 얼핏 드러누워 자고 싶은 생각이 나서 참말로 건너가거라 하는 듯이 봉하를 쳐다본다. 영철도 따라서 일어선 봉하를 쳐다보며,

"천천히 건너가게그려."

한다. 그러나 봉하는 다시 앉지 않고 두 사람에게 인사를 하고 안방으로 건너갔다.

영철도 졸음이 오는 모양이다. 두 팔을 펴고 기지개를 켜더니 하품을 크게 하였다. 그리고 폈던 두 손을 턱 무릎 위에 내려놓으며 눈을 한번 감았다 뜨는데 불그레한 눈에 눈물방울이 핑 돌았다. 그리고 다시 눈을 끔적끔적하여 눈물을 들여보내 버렸다.

정월은 꽤 졸린 모양이다. 윗목에 자리를 펴 자기 오라버니를 누우라 하고 아랫목에는 자기가 자리를 깔았다. 그리고 베개를 바로 놓고 침 뱉을 타구를 베갯머리에 갖다 놓았다. 그리고,

"어서 주무셔요."

하고 자기는 옷을 벗고 누워 이불을 덮었다. 영철은 무슨 궁리나 하는 듯이 고개를 숙이고 앉아 자리 옆에 놓여 있던 책을 뒤적뒤적하고 앉아 있으면서,

"어서 자거라. 나는 천천히 잘 테니."

하다가 다시 무슨 생각을 했는지 이불 편 위에다 두 다리를 뻗고 드러누워 손을 깍지를 끼어 머리를 베고 천장만 바라보며 눈만 껌벅껌벅한다.

방안은 고요한다. 환하게 켜 있는 램프불만이 때때로 발발 떤다.

영철은 조금 있다가 자기 누이동생을 둘러보았다. 정월은 어느 때에 쉴는지 알지 못하는 가는 숨소리를 고달프게 내며 힘없이 고개를 저쪽 담벼락으로 향하고 잔다. 그의 힘줄이 뻐드름한 파리한 목과 때때로 신경질적으로 꼼질꼼질하는 뼈만 남은 손이 영철에게 몹시 측은하고 불쌍한 생각이 나게 하며 그 낙화암 아래서 피 토하던 생각을 다시 하게 한다. 영철은 한참이나 자고 있는 정월을 바라보고 있다가 갑갑한 듯이 고개를 홱 돌리며 상을 잠깐 찌푸리고 입맛을 다신다.

어느 때나 되었는지 정월이 한잠을 자고 눈을 떴다. 아직까지도 램프불이 꺼지지 않았다. 정월은 희미하게 보이는 눈을 채 똑똑히 뜨지도 못하고 자기 오라버니를 바라보며,

"여태껏 안 주무셨어요?"

하고 몸을 뒤쳐 돌아누웠다. 그러나 오라버니의 대답은 있지 않았다.

정월은 다시 눈을 비비고 자세히 자기 오라버니를 돌아보며,

"오라버니, 주무세요?"

하였다. 오라버니는 아무 소리 없이 이불도 덮지 않고 가만히 고개를 저쪽으로 향하고 누워 있을 뿐이다. 정월은 자기 오라버니가 자는 줄 알았다. 그래 가까이 가서 흔들어 깨워 이불을 덮고 자게 하려 하였다. 그래 자기 자리에서 일어나 자기 오라버니에게로 가까이 갔을 때에 자기 오라버니는 자는 것이 아니었다.

영철의 눈에서는 눈물이 그의 뺨을 씻어 흘러 떨어지고 있었다. 영철은 우느라고 자기 누이가 친절하게 부르는데도 대답을 하지 못한 것이었다.

정월은 가슴이 무어라고 말할 수 없이 쓰린 듯하였다. 그리고 감히 자기 오라버니의 몸에 손도 대지 못하고,

"왜 우세요?"

하였다. 이 소리를 듣는 영철의 눈에서는 더욱 뜨거운 눈물이 뚝뚝뚝 떨어졌다. 그리고 여전히 아무 대답도 아니하였다.

정월도 웬일인지 자기 오라버니의 눈물 떨어뜨리는 것을 보고 갑자기 가슴이 무엇으로 떠받치는 듯하더니 또한 뜨겁고 잔 구슬 같은 눈물이 떨어진다.

영철은 겨우 고개를 돌려 자기 누이를 바라보더니,

"울지 마라, 응. 자— 어서 자거라."

하며 소맷자락으로 자기 눈의 눈물을 씻는다. 정월도 이 소리를 듣더니 더욱 눈물이 나며,

"오라버니, 왜 그렇게 우세요? 네? 저 때문에 그러세요?"

하고 그의 가슴 앞 이불 위에 엎드러져 운다.

"아니다, 아냐. 어째 그런지 이곳에 와서 세상 일을 생각하니 자연히 슬픈 생각이 나서 울음이 나오는구나. 자— 울지 말고 어서 자거라."

그러나 영철의 울음은 그렇게 그윽한 감구의 회포나 세상의 무상을 탄식하는 몽클한 심사에서 나오는 울음이 아니었다. 그 무슨 심장을 꿰뚫는 듯한 참기 어려운 슬픔이 있는 것 같다. 그는 그전 같으면 얼른 눈물을 그리고 자기 누이를 위로하였으련만 오늘은 눈물방울을 펑펑 흘리면서 못 견디는 듯이 몸을 떤다.

"오라버니, 말을 하세요. 왜 오늘은 그전에 볼 수 없던 눈물을 그렇게 흘리세요? 네? 저 때문에 그러세요?"

"아냐."

"그럼은요?"

영철은 또 잠깐 사이 가만히 있었다. 그러다가 말을 할까 말까 하는 듯이 망설이는 듯하였다.

영철은 또다시,

"어서 자거라, 응? 어서 자. 내가 공연히 그랬구나."

하며 자기의 고민과 번뇌를 정월에게 보이지 않으려 하다가도 마음이 확 풀어져 모든 것을 다 자백하고 타파하고 싶은 듯히 힘없는 한숨을 후— 내쉰다.

117회 정월은 암만해도 무슨 곡절이 있는 것밖에는 보이지 않는다. 그리고 자기 오라버니가 자기의 불쌍한 것을 생각하고 그러는 듯하여 자기는 얼핏 죽어서라도 자기 오라버니의 걱정을 없이 하여 주고 싶을 만큼 따뜻한 애정이 그의 가슴에서 스며나와 온 전신을 한 찰나 사이에 아찔하게 녹여 버리는 듯하기도 하였다.

"말씀을 하셔야 잘 테어요. 네? 말씀을 하세요. 오라버니가 그렇게 말을 안 하시면 나는 언제든지 가슴이 답답만 해요."

영철의 전신을 이루고 있는 붉은 근육은 부르르 떨렸다. 그리고 이마를 베개에 대고 이불 밑에 놓여 있는 신문지를 꺼내어 정월을 집어 주며,

"이것을 좀 보아라."

하며 못 견뎌 하며 어쩔 줄을 모른다.

신문지 3면이었다. 제목은 '미인의 자살'이었다.

정월이 이것을 읽다가는 자기도 모르게 '에!' 소리를 내다가 갑자기 뚝 그쳤다. 그 기사에는 영철이가 검은 먹줄을 그리어 놓았었다.

"그것이란다, 그것이란다."

하며 영철은 무슨 회개를 하는 죄수가 지나간 일을 안타깝게 생각하는 듯이 거푸 말을 한다.

정월은 아무 말도 없이 가만히 앉아 있었다. 그의 눈앞에는 자기가 그 설화의 집에 갔을 때 눈물을 흘리던 그 설화가 나타나 보이다가 또 차디찬 주검이 되어 홑이불을 덮고 누워 있는 그 설화가 보이고 나중에는 그의 혼이 푸른 원망을 품고 둥실둥실 떠나가는 것이 보이는 듯하다.

영철의 마음은 아주 단순하였다.

'설화는 죽어 갔구나. 설화는 죽어 갔구나.'

하는 생각밖에 아무 생각도 있지 않았다.

영철은 조금 있다가 눈물을 씻고 한숨을 휘— 쉬더니,

"정월아, 이제야 말이지만 나는 그 설화를 무한히 사랑하였단다. 그러나 그 여자는 돈 있는 사람을 따라가 버렸단다."

그 돈 있는 사람은 자기 누이의 남편, 즉 백우영이다.

"아— 그러나 한번 죽어간 그에게 얽힌 지나간 역사는 꾸다가 깬 꿈과 같이 희미하고 몽몽한 기억을 남겨 버릴 뿐이다."

하고 단념이나 하는 듯이 고개를 돌리고 아무 소리가 없다. 정월은 이

소리를 듣고 어찌하면 좋을까 하였다.

영철은 설화를 그렇게 생각하나 정월은 설화를 생각하지 못하였다. 자기와 함께 처음 만나보던 그 자리에서 눈물을 흘리던 설화를 정월은 영철이가 생각하는 것과 같이 경박한 여자와 같이는 암만하여도 생각지를 못하였다. 그리고 그렇게 그 여자가 무정한 여자가 아니라고 생각하는 동시에 자기가 자기 오라버니를 위하여 설화를 속인 것이 그 설화를 죽게 한 동기가 되지나 아니하였나 하였다.

그리고 영철이가 눈물을 흘리는 것을 보매 자기를 떠나간 줄 알면서도 그와 같이 마음이 괴로워하는 것은 여태까지 그 설화를 사랑하고 그리워하는 마음이 사라진 것은 아니며, 또 자살까지 한 설화도 영철을 여태까지 사랑은 하나 정월 자기가 그 설화를 속임으로 인하여 영철을 원망하고 죽은 것이 아닐까 하였다.

그리고 그렇게 생각을 하면 생각할수록 그때 그 설화를 속인 것이 죄악이나 아닌가 하는 생각이 자꾸자꾸 난다.

정월은 그러면 그 이야기를 오라버니에게 하여 버릴까? 하였다. 그러나 그 이야기는 할 수가 없었다.

그리고 자기가 자기 남편에게 멀리함을 당하는 듯하고 선용이와 영원히 떠나 버리고 또는 몸에 고치지 못할 또는 다른 사람들이 꺼려하는 병을 가지고 내일 죽을지, 모레 죽을지, 모든 낙망과 비애 속에서 지나가는 것을 생각하며 자기가 또한 자기 오라버니와 그 설화 사이의 사랑을 부질없는 걱정으로 끊어 버리게 하고 또는 설화라 하는 그 아름다운 여자를 죽게까지 한 것을 생각하니 자기도 그 설화의 뒤를 쫓아가 설화에게 자기 잘못을 사과하고 또는 자기를 위하여 여기저기 자기를 도와주려고 쫓아다니고 애쓰던 오라버니의 마음을 놓게 하고 또 한 가지는 그 이름 곱고 아름다운 역사를 영원히 전하는 그 백마강 아래에서 언제든지 끊어져 버리고야 말 자기의 생명을 끊어 버리면, 이후에 이곳을 지나는 선용 씨의 애끓이는 가슴에서 새어나오는 눈물을 받는 것이 무슨 아름다운 명예를 자기 몸에 부어 줄 것 같았다.

*　　*　　*

몇 시나 되었는가? 닭은 자꾸자꾸 운다.

영철은 깜박 잠이 들었다 깨었다. 정월이 누워 있던 자리 위에는 이불이 아무렇게나 구깃구깃 놓여 있고 정월은 어디를 갔는지 있지 않았다.

영철은 깜짝 놀랐다. 그러나 변소에 갔나 보다 하고 얼마 동안 기다려 보았다. 그러나 오지 않았다. 그래 영철은 벌떡 일어났다. 그리고 정월이가 누웠던 자리를 보았다. 거기에는 연필로 아무렇게나 쓴 정월의 글이 놓여 있었다. 영철은 그 종이를 들고 한참이나 기가 막힌 듯이 멀거니 있다가 벌떡 일어나 문밖으로 나갔다.

그는 동리 길거리로 줄달음질하여 걸어갔다. 그러나 정월의 그림자는 보이지 않는다. 동리집 개는 자꾸자꾸 짖는다. 멀리 저쪽 하늘에 별들만 깜박하였다. 영철은 "정월아, 정월아!"를 부르며 정처없이 정월을 찾아 쓸쓸한 옛 도읍 거친 벌판과 험한 산모퉁이로 이리저리 헤매었으나 어디로 갔는지 정월은 보이지 않았다.

정월은 백마강에 몸을 던졌다. 반짝반짝 춤추는 물결 속으로 죽은 스피릿이 가라앉는 것같이 정월의 몸은 백마강 물결 속으로 들어가 버렸다.

아아, 과연 죽어간 정월이 설화의 원혼을 죽음으로 위로할 수가 있고 이후에 선용이가 이 자리를 거칠 때에 정월의 죽어 간 자리를 찾아낼 수가 있을는지?

이 모두 다 우리 인생이 한낱 환희幻戱인 까닭이로다.